汪涌豪 著

中國文學批評範疇及體系

　　汪涌豪，1962年6月生于上海。教育部"長江學者"特聘教授，復旦大學中文系教授，博士生導師。曾爲日本九州大學客座教授，神戶大學特任教授。主要從事中國古代文學、美學與文論研究，兼及古代哲學、史學與當代文化批評。著作有《中國文學批評範疇及體系》、《中國古典美學風骨論》、《中國游俠史論》、《中國游仙文化》、《言説的立場》、《汪涌豪人文演講集》等十七種，主編有四卷本《中國詩學》、十卷本《漢語言文學原典精讀系列》等四種，另有各類論文百餘篇。曾獲得教育部高校青年教師獎，上海市高校青年教師獎，霍英東教育基金會獎，中國圖書獎，上海市優秀圖書一等獎，以及省部級和國家哲學社會科學優秀成果一至三等獎多項多次。2004年起享受國務院頒發的政府特殊津貼。

目　錄

緒　言 …………………………………………………………… 1

第一章　範疇的哲學定義 …………………………………… 4
 第一節　術語、概念和範疇的界定 ……………………… 4
 第二節　範疇的理論地位 ………………………………… 10
 第三節　範疇的意義與研究價值 ………………………… 16

第二章　範疇的構成範式 …………………………………… 24
 第一節　範疇的語言形式與構成 ………………………… 24
  一、漢語特性籠蓋下的文學批評 ……………………… 25
  二、範疇的結構與活性 ………………………………… 29
  三、象形的意義 ………………………………………… 33
 第二節　取式於自然與人事 ……………………………… 36
  一、在仰觀俯察中肯認 ………………………………… 36
  二、感性形態的獲得 …………………………………… 39
  三、對感官用語的援用 ………………………………… 43
 第三節　向觀念論趨進 …………………………………… 51
  一、單個範疇存在形態的演變 ………………………… 52
  二、系統範疇的抽象化趨勢 …………………………… 55
  三、由有迹之形走向虛眇之境 ………………………… 58

第三章　範疇的主要特徵 …………………………………… 61
 第一節　直覺思維的碩果 ………………………………… 61

一、範疇的整體性與直接性 ………………………………… 61
　　二、認識超越的實現 ………………………………………… 65
　　三、善會其通與全息呈示 …………………………………… 68
　第二節　超越邏輯 ……………………………………………… 70
　　一、充滿暗示性的定義 ……………………………………… 70
　　二、模糊識別與解讀 ………………………………………… 73
　　三、具象批評與範疇的模糊性 ……………………………… 78
　第三節　可運作的動態系統 …………………………………… 81
　　一、承傳變易的雙向運動 …………………………………… 82
　　二、歷史性與學派性 ………………………………………… 85
　　三、範疇的衍生力及其統序特徵 …………………………… 89

第四章　範疇與創作風尚 ………………………………………… 97
　第一節　歷史的轉捩 …………………………………………… 97
　　一、由範疇出現頻率切入 …………………………………… 97
　　二、"百代之中"的中唐 ……………………………………… 98
　第二節　風骨範疇與漢唐文學理想 …………………………… 102
　　一、六朝文學背景下"風骨"的提出 ………………………… 102
　　二、對唐初文風的匡正 ……………………………………… 105
　　三、完滿的落幕 ……………………………………………… 109
　第三節　作爲宋元人心境折射的平淡範疇 …………………… 114
　　一、以道家思想爲底裏 ……………………………………… 115
　　二、沉靜於內省的境域 ……………………………………… 116
　　三、平簡清野之美 …………………………………………… 121
　　四、由陶詩的發現看平淡理想的確立 ……………………… 126
　第四節　格調：明清人回歸傳統的旗幟 ……………………… 133
　　一、從"體格"、"氣格"到"格韻"、"格致" ………………… 133
　　二、"調"的涵義與"格調"的意指 …………………………… 137
　　三、"格調"之於總結期文學批評的意義 …………………… 140
　第五節　一個正反合的過程 …………………………………… 148

一、理性思潮的冲蕩與相關範疇的抬升 ………………………… 149
　　二、禪宗、理學與心學對範疇的滋養 …………………………… 151
　　三、"以復古爲解放"的範疇統合 ………………………………… 162

第五章　範疇與文體 ………………………………………………… 168
第一節　詩文體式與範疇 …………………………………………… 169
　　一、唐前文體探討中基本範疇的確立 …………………………… 169
　　二、兩宋詩文範疇創設的豐富 …………………………………… 184
　　三、明清範疇詮解和運用的成熟 ………………………………… 190
　　四、相關概念、範疇例釋 ………………………………………… 199
　　　　1."響" …………………………………………………………… 200
　　　　2."脈" …………………………………………………………… 203
　　　　3."波瀾" ………………………………………………………… 208
　　　　4."圓" …………………………………………………………… 211
　　　　5."老" …………………………………………………………… 215
　　　　6."本色" ………………………………………………………… 221
　　　　7."家數" ………………………………………………………… 225
　　　　8.諸範疇的聯通和意義小結 ………………………………… 231
第二節　詞的體式與範疇 …………………………………………… 232
　　一、宋代詞學範疇解説 …………………………………………… 235
　　二、騷雅與沉鬱：元明以後範疇的振興 ………………………… 240
　　三、詞學範疇總結與重要範疇分釋 ……………………………… 259
　　　　1."妥溜" ………………………………………………………… 261
　　　　2."澀" …………………………………………………………… 265
　　　　3."深靜" ………………………………………………………… 270
　　　　4.諸範疇的聯通和意義小結 ………………………………… 275
第三節　曲的體式與範疇 …………………………………………… 276
　　一、詞曲體制同異與範疇的分際 ………………………………… 276
　　二、元明清諸家曲學範疇論要 …………………………………… 279
　　三、曲學範疇總結與重要範疇分釋 ……………………………… 288

    1. "豪辣灝爛" ………………………………………… 289
    2. "俊" ……………………………………………… 293
    3. 諸範疇的聯通和意義小結 ……………………… 298
  第四節 戲劇體式與範疇 ………………………………… 299
   一、明代劇學範疇通論 …………………………………… 299
   二、清代劇學範疇與金聖嘆、李漁的貢獻 …………… 311
   三、劇學範疇總結與重要範疇分釋 …………………… 317
    1. "局段" ………………………………………… 317
    2. "主腦" ………………………………………… 323
    3. "機趣" ………………………………………… 327
    4. 諸範疇的聯通和意義小結 ……………………… 332
  第五節 小說體式與範疇 ………………………………… 333
   一、小說觀念的萌起與明清小說範疇 ………………… 334
   二、晚清的進步 …………………………………………… 346
   三、小說範疇總結與重要範疇分釋 …………………… 352
    1. "幻" …………………………………………… 353
    2. "避犯" ………………………………………… 356
    3. "白描" ………………………………………… 360
    4. 諸範疇的聯通和意義小結 ……………………… 363
  第六節 諸文體與範疇的對應關係 …………………… 364
   一、各體文論範疇成熟度與理論品級 ………………… 365
   二、各體類範疇集束與小結 ……………………………… 369
    1. 詩文體式範疇集束 ……………………………… 370
    2. 詞曲體式範疇集束 ……………………………… 371
    3. 戲劇小說體式範疇集束 ………………………… 372
    4. 幾點小結 ………………………………………… 372

第六章 元範疇：文學理論體系的樞紐 ……………………… 377
  第一節 元範疇問題的提出 ………………………………… 377
   一、範疇的位序與元範疇的界定 ……………………… 377

二、確立過程中諸種觀點的研判 ································· 380
　　三、元範疇的唯一與多元 ··· 383
第二節　根植於傳統文化的考察 ··· 385
　　一、"天人合一"的文化精神及其對文學的浸入 ················· 385
　　　　1. "天人合一"的提出與儒道兩家的論述 ···················· 386
　　　　2. 通天盡人的"人文"追求 ···································· 390
　　二、由此確立的元範疇的剖解 ····································· 400
　　　　1. "道"與文學的歸趣 ··· 402
　　　　2. "氣"的本原意義 ·· 408
　　　　3. 作爲創作發生論和接受論的"興"範疇 ···················· 417
　　　　4. "象"的發現與營構 ··· 426
　　　　5. 執中平允與"和"生萬物 ···································· 434
　　三、元範疇聯結成的範疇體系構架 ································ 446
　　　　1. 元範疇的相互關係 ··· 446
　　　　2. 元範疇之於體系構建的可能 ······························· 454

第七章　範疇的邏輯體系 ·· 464
第一節　本原性範疇 ·· 464
　　一、主體本原及相關範疇序列 ····································· 465
　　二、客體本原及相關範疇的聯結 ·································· 476
第二節　創作論範疇 ·· 489
　　一、指涉創作發動的範疇序列 ····································· 489
　　二、揭示創作思維規律的範疇系統 ································ 493
　　三、"才"與"法"：關於創作機理範疇 ··························· 500
第三節　作品形態和風格論範疇 ··· 516
　　一、風格範疇體系的導入途徑 ····································· 516
　　二、作品物質構成提供的視點 ····································· 523
　　三、基於格制體調等實性構成的規範範疇 ······················· 531
　　四、虛性構成形態的規範範疇 ····································· 535
　　五、對冥合主客體的生態構成的範疇指說 ······················· 542

第四節　鑒賞與批評論範疇 …………………………………………… 548
      一、規範批評主體的範疇序列 ………………………………………… 549
      二、涵括批評原則與方法的範疇序列 ………………………………… 554
   第五節　範疇體系的整合 ………………………………………………… 569
      一、"潛體系"狀態下範疇勾連的凸顯 ………………………………… 569
      二、一個尚未閉合的系統 ……………………………………………… 580

結　語 ………………………………………………………………………… 586
引用書目 ……………………………………………………………………… 588
後　記 ………………………………………………………………………… 602
新版後記 ……………………………………………………………………… 605

緒　言

　　經過幾代人的艱苦勞作，中國古代文學批評研究在上世紀80年代終於找到了一個新的突破口，那就是對傳統文學理論批評所用的特殊名言的研究，對傳統文學理論批評的概念、範疇及其體系的研究。

　　由於範疇以感性經驗爲對象，以對客體的辯證思維爲特色，反映了一定歷史時期人所達到的認識深度，從此角度出發研究文學理論批評，可以排除歷史的偶然因素的干擾，最大程度地以純淨化的邏輯形式，再現古代作家、批評家的認識發展過程，所以它成爲人們探索傳統文學創作及理論批評的重要的切入點。

　　然而這一工作的艱巨性是人們所未曾料及的。在西方，"將審美範疇全面羅列出來，並以此涵蓋整個美學領域，這是19世紀美學家以及20世紀一部分美學家的夙願"。由於實際情形是，這種夙願遠未達到完滿實現的程度，所以當今的學者，"其野心都是較有節制的，它只力求考察那些在歐洲思想史上曾經有機會得到過申述的範疇"①。在中國，基於漢民族語言文字的固有特性，以及古代哲學及文化的深刻規定，傳統文論範疇的豐富複雜和難以一言道斷的特徵顯得更爲突出。倘站在西學的立場看，這一特徵尤其會被放大。蓋"國民之性質各有所特長，其思想所造之處各異，故其言語或繁於此而簡於彼，或精於甲而疏於乙，此在文化相若之國猶然，況其稍有軒輊者乎。抑我國人之特質，實際的也，通俗的也；西洋人之特質，思辨的也，科學的也，長於抽象而精於分類，對世界一切有形無形之事物，無往而不用綜括（Generalization）及分析（Specification）之二法，故言語之多，自然之理也。吾國人之所長，寧在於實踐之方面，而於理論之方面，則以具體的知識爲滿足，至分類之事，則除迫於實際

---

① 符·塔達基維奇《西方美學概念史》，學苑出版社，1990年，第209頁。

之需要外,殆不欲窮究之也"①。由此,帶連到文學批評範疇有許多非純西化的理論所能說明和詮解的特點。

儘管範疇是具有實體性意義的固定稱名,不僅廣爲以士大夫爲代表的知識階層所接受,甚至成爲他們構建創作理想和審美認同的基礎,但實際的情形是,它在時間和空間兩個維度上的被提出,被援用、強調和質疑,有遠超過人想象的複雜性。就單個範疇而言,它的邏輯邊界和理論内涵從某種意義上説是游移不定的;就系列範疇而言,彼此之間的交互包容,又有着多種實現的層面和方式;至於範疇的體系,更潜隱在浩瀚的史料和論者的片言只語中,令人有入山見寳無從收拾之感。至於考慮到傳統文學批評範疇大抵都有深厚悠久的歷史淵源,簡單地作詞源學意義上的檢視顯然是不夠的,毋寧説更需要運用語義學的方法,並實際上可以與西人所講的"知識考古學"構成有意味的對照。故從某種意義上可以説,範疇研究不僅可以用範疇史研究來置換,更應該用文學史、文論史甚至文化史、思想史研究的方法予以燭照,這無疑更增加了研究的難度。不過惟其如此,它也對人構成了無限的吸引。

但令人遺憾的是,儘管範疇的研究實際上已有比較長的歷史,由中國哲學範疇研究的被重視,進而帶動中國古代文論範疇進入學者的視野,以一個範疇爲主的中心研究型和以一個時代範疇集群爲主的斷代研究型著作紛紛出現,成果的積累也使人有理由提出突破的要求,但真正實質性的推進和提高至今仍未見到。

究其原因,以下幾個方面的問題不能不引起重視。首先是對於範疇本身哲學規定性的正確認識問題;其次是對傳統文論範疇自身特點的認識問題;再次是對範疇體系的理性鑒定問題。由於後兩個認識問題是伴隨着與西方文學批評範疇的對比和映照產生的,因此中西文論範疇的比較研究如何切實展開,亦當然地成爲人們關注的問題。當本書謹慎地拈起這個題目,試圖在吸收前人成果基礎上作較完滿的論斷時,上述幾個方面的問題自然構成了所有論述的基本背景。

而鑒於以往研究從外在構成看,對詩文範疇的重視甚於戲曲小説,對主要範疇的重視甚於一般範疇;從内在質性看,狹義詮釋多而廣義綜括少,具體例

---

① 王國維《論新學語之輸入》,《教育世界》第 96 號,1905 年 4 月。

釋多而條貫歸納少,單個專論多而體系探索少,留下的遺憾實在太多,所得出的結論也難稱周延,故如何在以下幾個方面求得推進和拓展,顯得尤爲重要。一是範疇序列的清理,由單個範疇的研究向範疇鏈或範疇族群研究方向趨進,最後達到對範疇生成規律和總量規模的論定。一是範疇性質的界定,運用綜合研究的方法,從語言到思維,確立古代文論範疇與其他文化背景和系統下的範疇的異同,從而凸現其獨特的理論品格。一是範疇指域的判明,即明確範疇緣起於自然物象還是客觀事象,是源出於哲學還是倫理學等等,以後又如何發展、演變並獲得意義穩定。一是範疇分布的瞭解,既包括在各批評家理論體系中的分布,也包括在各個時代各種文體中的分布,由此爲把握範疇與批評史上特定創作思潮和審美風會的關係提供依據。一是範疇層次的確立,它綜合對各個序列範疇的清理,結合各序列範疇的不同特性和在不同語境中的應用,明確其在整個範疇網絡中的邏輯位置,並最終爲文論範疇體系的建構打下扎實的基礎。以上爲本書懸設的理想和目標。

第一章　範疇的哲學定義

　　一切的問題似乎都從此開始。已有研究的偏頗和整個研究推進的遲滯，使對這一問題的審察成爲一個關鍵性的學術前沿。

　　依照一般的認識，範疇是關於客觀事物特性和關係的基本概念，是作爲人類思維對客觀事物本質聯繫的概括反映。它在人認識世界的實踐活動中產生，並轉而指導人的實踐活動。文學批評範疇自然是人們在揭示文學特徵及與之相關各方面聯繫過程中得到的理論成果，是文學本質規律的具體展開形態和表現形式。它誕生於文學創作與批評的實踐活動，並對這種創作批評活動發揮制約和導向作用。

　　然而，這種看似清晰的表述並沒有解除人們的困惑，一些足以影響整個研究方向和格局的認識誤區仍在出現並日漸擴大。譬如，有人以爲古代文學理論批評缺乏形態穩定、邏輯嚴密的專門名言，因此試圖從範疇角度求得對傳統文學批評真實樣態的認識，並不是可以寄託太多希望的路徑。與此站在另一極端，也有人將古代文理論批評範疇作泛化處理，在確認"道"、"氣"等本原性範疇，"神思"、"興會"等創作論範疇，"靡麗"、"豪放"等風格論範疇之外，還將"格律"、"下字"、"結體"、"章法"、"流別"等體式性稱名也定性爲範疇，從而使古代文學理論批評範疇的真實圖景變得晦闇不明，整個批評發展的綫索和脈絡也因此顯得淆亂不清。

第一節　術語、概念和範疇的界定

　　上述認識偏差，直接導源於對範疇哲學認識的偏差。範疇是英文 category 的漢譯，指反映認識對象性質、範圍和種類的思維形式，它揭示的是客觀世界和客觀事物中合乎規律的聯繫，在具有邏輯意義的同時，作爲存在的最一般規定,還有本體論意義。正是基於這種特性,它被人用作精神操作的工具,進而確認爲思維特有的邏輯形式。

一方面,這種邏輯形式有理論上的普遍性和形態上的穩定性,它的出現並豐富,表明主體認識的深入和成熟,它們之間彼此的作用和影響,足以顯示一門學問的獨立存在及其走向學科化乃至科學化的進程。從此意義上說,作爲人類思維對客觀事物由不脫形象的簡單規定進入到更精確的抽象定義的表征,範疇自身形態的穩定是必須的。這種穩定不僅使表象和經驗獲得固定的稱名,並借助語言賦予的明確意指,使之在歷史意識中得到保存,還對表象和經驗的進一步拓展,起到了積極的推動作用。

另一方面,這種邏輯形式又存在着很大的變易性,從總量考察,由少到多;由質量考察,由舊趨新。由於觀念、範疇也同它們所呈現的關係一樣不是永恒的,而是歷史的產物,所以單個範疇必然會隨時代的遷改和人們經驗的變化而變化。而範疇與範疇之間的相互聯動,因此顯現爲一個彼此開放的動態系統。在這個系統作整體性、目的性和適應性的運作過程中,範疇不斷依賴人的思維特性,選擇自己的表達方式。有的依賴邏輯的同一律,講究分析,重視結構,由此確立起類似黑格爾說的"純概念"。它對對象所指謂的東西規定得明確不可撼動,表現爲穩定的觀念特徵。西方哲學範疇即取此一路徑。有的則依託非邏輯的互滲律,講究綜合,重視功能,由此確立的範疇具有亦此亦彼的多元徵象。中國古代哲學、文學範疇即取此一路徑。如果說前者是一種"剛性範疇",它則可命名爲"柔性範疇"。

對範疇的這種多元徵象的成因和意義,後面還要作專門分析。這裏要着重指出,這種多元徵象本是範疇構成中最自然不過的現象。當結合中國文化的根本精神來考察,更可以得出這樣的結論。

受傳統哲學觀念與文化傳統的影響,古代中國人大多偏好致力於這種範疇的創設,儘管格於假象見義的習慣,客觀存在的諸多自然事象從來是範疇產生、形成的重要基礎,但由於它們通常被賦予很空靈深廣的涵義,所以其內涵常常漲破和溢出形式,獲得更普遍而抽象的意義。特別是當處在一個開放的動態系統中,它的意義幾乎是功能性的,可以隨語境置換,所謂"偏滯於晝夜陰陽者物也,若道則兼體而無累也。以其兼體,故曰一陰一陽,又曰陰陽不測,又曰一闔一闢,又曰通乎晝夜。語其推行故曰道,語其不測故曰神,語其生生故曰易,其實一物,指事異名爾"①。它還會以活躍的姿態吸納相鄰範疇,滋生後序範疇,以至造成範疇體系的最終完成。

中國古代文學批評範疇與傳統哲學的關係十分密切,大量具有核心意義的範疇,包括終極性範疇,即底下要專門論列的"元範疇",皆共用或沿用自哲學概念和範疇。中國哲學範疇正是這樣一個開放的、動態的、彼此聯繫的語言系統,當論者用"歷史性"、"學派性"和"綜合性"來指述這種特徵時,實際已指出了這一系統不確定性的真實存在②。

這種不確定性影響及於傳統文論範疇,使之不同程度也帶上了一種"模糊集合"的特徵。即在規範對象時它是多方面的;在展開自己時是多序列的;在運用過程中又是多變量的。譬如,"味"、"興"、"體勢"等範疇,無不具有多種意義,歷代論者也正是在不同的意義上,依照不同的語境取用它們。這種取用在古人來說是為了更好地說服別人,或更好地表白自己的立場,從而得到他人認可,乃或取得經典地位。但在後人看來,不啻是重重語言的陷阱,所謂"統此一字,隨所用而別,熟繹上下文,涵泳以求其立言之指,則差別畢見矣"③,實在是一種過於輕鬆的說法。至若歷代論者運用詩話文評的形式,三言兩語,要言不煩,又加重了這種不確定性的滋漫。但儘管如此,在深入認識這種不確定性,發現其已以某種特殊的方式,契入一個民族的思維習慣,成為其討論文學及與之相關一切問題的主導範式後,如何不避麻煩,經過認真的爬梳董理,找出其間內在的聯繫,進而分析其成因和特點,應該成為後世研究者努力去做的工作。僅在同一層面上不斷指出其如何多邊多義、模糊朦朧,顯然沒有意義。

至於將古代文學批評範疇作泛化處理,闌入許多文學體式用語或技法術語,同樣因於對範疇哲學特性認識的模糊。因為在此類討論領域裏,範疇指超越於具體物質層面或技術層面的專門名言,是人對客觀事物本質特徵的理性規定。譬如古人論"格律"之和諧、精整,"結體"之遒緊、疏朗,這"和諧"、"精整"、"遒緊"、"疏朗"才是概念或範疇,而"格律"、"結體"則不是。又如清人劉熙載《藝概》論古文"章法","揭全文之指,或在篇首,或在篇中,或在篇末。在篇首則後必顧之,在篇末則前必注之,在篇中則前注之,後顧之。顧注,抑所謂

---

① 張載《正蒙·乾稱篇第十七》。
② 見張岱年《略論中國哲學範疇的演變》,《求索》1984 年第 1 期。
③ 王夫之《夕堂永日緒論·外編》。

文眼者也"。這"章法"只是關於文章寫作的一般術語,不是概念和範疇,"顧注"才是。葉燮《原詩》稱杜甫七言長篇如《贈曹將軍丹青引》"變化神妙,極慘淡經營之奇。……章法如此,極森嚴,極整暇"。同理,這"森嚴"與"整暇"才是。再推而廣之,譬如古人稱作劇"寓意必高,措辭必雋,結調必響"①,這"寓意"、"措辭"和"結調"不是概念和範疇,而這"高"、"雋"和"響"才是。

因此,有必要對術語和概念、範疇的關係做一分疏。術語是指各門學科中的專門用語,上述"格律"、"章法"屬此,其情形正同"色彩"之於繪畫,"飛白"之於書法。概念和範疇則不同,概念指那些反映事物屬性的特殊稱名,與術語一旦形成必能穩定下來不同,它有不斷加強和確證自己的衝動,它的規範現實的標準越周延,意味着思維對客體的抽象越準確。而術語作爲它的物質載體或語言用料,雖是其得以形成的重要因素,並參與其形成的全過程,但從根本性上說有賴其內涵的確立,至於它本身則是靜凝的,穩定的。如既以"章法"指文章的篇章鉤連與撰結,就無須在字面上多作盤旋,再三深究,要深究的是這"章法"如何才能更合理、更獨特。

而範疇是比概念更高級的形式。概念包括了人認識實踐活動的主體意向,體現了人思維活動的能動性和目的性,滲透了人的意志和願望。它所具有的主客觀統一的特性,還有抽象與具體、普遍與特殊、確定性與靈活性相統一的特徵,使它能充分展示人對客觀世界認識的深化,從而在鞏固人已有的知識方面起到積極的推動作用②。但比之範疇,這種作用却不能不說又是有限的。因爲範疇作爲辯證思維的邏輯形式,反映的是事物與現象的普遍本質和一般性質,體現着實踐與認識、歷史與發展、目的性與創造性的統一。它從最切近的客觀事實中尋找並綜合各種關係,在連續和變動中充實並確定自身的內涵,是判斷和論述一切事物所用的最基本、最一般的謂詞。基於只有表徵存在的統一性,即表示普遍聯繫和普遍準則的概念才能成爲範疇,它與概念的區別顯然不容忽視。簡而言之,概念是對各類事物的性質和關係的一種反映,是關於一個對象的單一名言,而範疇則是反映事物本質屬性和普遍聯繫的基本名言,是關於一類對象的綜合性名言,它的外延比前者更寬,概括性也更大,在許多

---

① 黃啓太《詞曲閒評》。
② 參看彭漪漣主編《概念論》,學林出版社,1991年,第26—128頁。

時候能統攝一連串層次不同的概念展開事理的推演和論列,故最具有普遍的認識意義。

所以有論者指出,"範疇當然就是概念",但它必須"是由全民族在其悠久的歷史上把其經驗積累而成的","必是那一個文化中所久有的,所公同的","使用最廣而同時具有最大左右力的概念"①。又有論者進而指出,"凡一家獨用的概念或名詞,不能算作有普遍意義的範疇",並舉墨子所言"三表",公孫龍所論"指"爲例。還有一些概念只在一定歷史時期流行,後來銷聲匿迹了,例如"玄冥"、"獨化";一些概念只是個別思想家的刻意生造,如揚雄在《太玄》中仿《周易》之"元亨利貞"創設"罔直蒙酋",就"只能算作個人的用語,不能列爲範疇"②。蓋因其未能表示存在的統一性,以及普遍聯繫和普遍準則之故也。

普遍聯繫和普遍準則就是一個大的客體集合。概念表示一個客體集合,範疇是許多集合在思維活動相遇後產生的更大的集合。正是由於範疇是這樣一個更大的集合,"是一套可以發展不同哲學思想體系的基本概念與名言",它"一方面具備超越不同思想體系的中立性,一方面却又具備參與承受不同思想體系的潛入性。換言之,範疇可以成爲不同思想體系建立的基本概念和基本用辭"③。所以往往成爲理論創造的最高表現形式和一種學派、學說中最具魅力的部分,並進而最大程度地展示了一個特定時代文化創造的核心意義與價值。

古代文學批評範疇也是這樣。隨着歷代文學創作及批評的展開,相繼產生許多像"道"、"氣"那樣包容廣大、意義精深的集合名言,它們因反映客觀內容、實在基礎和各種環節的基本共性,被古人賦予終極性意義,顯然屬於範疇,且是貫穿整個文學發展始終的起主導作用的一類範疇。"妙悟"、"神思"、"情理"、"風骨"等同樣具有重要意義,它們或就創作主體作某種特性規定,或從客體角度揭示其本質屬性,可視作二類範疇。而如"雄深"、"俊艷"、"剛柔"、"虛實",包括"體勢"、"主腦"、"聲色"、"義法"等等,有的就創作過程和作品所達到的境界言,屬品格範疇;有的指涉具體的創作方法和技巧,屬藝法範疇,總之是

---

① 張東蓀《中國哲學上的範疇》,張汝倫編選《理性與良知——張東蓀文選》,上海遠東出版社,1995年,第294—303頁。
② 張岱年《中國古典哲學概念範疇要論》,中國社會科學出版社,1989年,第5頁。
③ 成中英《中國哲學範疇問題初探》,《中國哲學範疇集》,人民出版社,1985年,第42頁。

從更具體的方面揭示創作與批評的諸種關係和聯繫,是所謂三類範疇。

但無論是第一類構成的"本原範疇",還是第二、三類由思維到實踐,包括品格、藝法構成的"體用範疇",都是對審美客體和審美觀照的規定,是審美認識的一種凝聚,體現了人的審美感受的理性特點。特別是,作爲審美趣尚形成與發展過程中的觀念濃縮,它結聚爲可資利用的思想要素,在網羅文學批評所涵攝的種種辯證關係時,具有程度不同的普遍性和範式意義,不但能揭示文學創作的諸多要害,還反映了人們對文學認識的深化,所以與一般意義上的概念不可同日而語,與術語的區別更十分明顯。

例如,在古代文學理論發展的漫長過程中,有的批評家出於對文章或文學的某個方面的獨特會心,曾提出過一些特別的名言,如前及揚雄不但在哲學上提出"罔"、"直"、"蒙"、"酋",還從爲文的角度,指出"聖人之文,其隩也有五,曰元,曰妙,曰包,曰要,曰文"。由其所作"幽深謂之元,理微謂之妙,數博謂之包,辭約謂之要,章成謂之文"的解釋來看①,有些顯然不能視作範疇,只能是概念;有些從字面上看與古人常用的範疇一致,但因被賦予了極其個人化的獨特內蘊,實際上也只是有範疇之表而無範疇之實。再如,明代萬士和引唐順之的話,稱"詩文俱有丹頭",並釋曰:"丹頭者,精神也。"②費錫璜稱"聖賢學問,極斂約縝栗而萬物不能過",並認爲"周詩斂約之至,縝栗之至,惟漢詩尚存此氣味,所以百世不逮"③。這"丹頭"和"縝栗"也只反映了兩人對文學的某種認識,甚至這種認識未必契合詩與文的固有特性,所以既未被攬入任何一類乃至任何一個序列的文論範疇中,也不見有太多論者稱引與肯定,是所謂概念而不是範疇。有的從語詞組合到邏輯位序雖從屬於一常見的,甚至重要的範疇序列,如清人王令稱紀漚伯詩"古拙幽寫,殆與紺宮珍怪參挾筆底"④。這"幽寫"雖可攬入"幽"這個範疇序列,但同樣屬於他個人創設的名言,連他自己也不常使用,

---

① 《淵鑒類函・文章》引《法言》逸文。
② 《二妙集序》,《萬文恭公摘集》卷四。
③ 《漢詩總說》。又,王世貞《藝苑巵言》卷四有"杜審言華藻整栗小讓沈宋,而氣度高逸,神情圓暢,自是中興之祖,宜其矜率乃爾","六朝之末,衰颯甚矣。然其偶儷頗切,音響稍諧,一變而雄,遂爲唐始,再加縝栗,便成沈宋",卷六有"(思黯)律體微乖整栗,亦是浩然、太白之遺也",毛先舒《詩辯坻》卷三有"太白天縱逸才,落筆驚挺。其歌行跌宕自喜,不閑整栗,唐初規制,掃地欲盡矣",此處"整栗"與"縝栗"意近,可爲參看。
④ 《詩話》,《古雪堂文集》卷八。

所以也不能輕斷其爲範疇,而只能是概念。至於將"格律"、"章法"、"流別"、"文風"等術語攬入,顯然更扞格難通。

第二節　範疇的理論地位

範疇在中國古代文學批評中占有特別重要的地位,它不但構成了古代文學、美學理論批評發展的基本景觀,並且在當代文化融匯日趨深入的形勢下,還是民族文論實現與世界文論與文化對接的重要津梁。

傳統文論範疇之所以取得如此崇高的地位,與其自身極富原型意味的特殊理論品格有關。古代文學批評依循傳統哲學和文化的規定與影響,走的是一條道極中庸、不脫兩邊的發展道路,它既獨任主觀,又尊崇經典;力求創新,又不棄成法。當西方卓越的思想家勇敢地引領一個時代學術文化的主潮,並期待後人以他們的名字命名那段歷史時,中國人很少有以個人的理論或名字標別一個時代的野心,在更多情形下,他們寧願共同感受着同一種文化傳統的影響,慎終追遠,而不以趨新鶩奇爲念。

因此,與西方學術文化以多元假設爲旨歸,以各各不同的範疇創設提攜起一個理論不同,它通常取一種因循而推衍的方式,來生發原有的基始性範疇和核心範疇,由範疇之間的循環通釋與意義互決,形成一個互爲指涉、彼此滲透的動態體系。乍看起來似少獨具個人風格的創新範疇,但由於這些基始性或核心範疇在保持自身深厚意蘊和極強概括力,有很大的輻射面和覆蓋性的同時,並不拒斥後起的新思想,相反,吸納這種思想正構成其意蘊和概括力增厚增強的標誌,所以它能直接推動並誕育一系列新的範疇。這種新產生的範疇之於原範疇,可能是規範幅寬的增大,更多的則體現爲辨析能力的提高。當然,也包括對原範疇所蘊藏的可開發意義的進一步啓掘。它們不是否定前者,而是涵攝、濃縮或超越前者,如"境"之於"象","逸"之於"神","興象"之於"興寄","意象"之於"興象"。因此,在外在形態上,它們可能構成一個個相關的範疇序列,同序而相鄰的範疇之間有先生與後出之區分;在內在意義上,後出的範疇與原來基始範疇之間因存在統屬關係,又有上位與下位的不同。一個於中國古代文學理論批評有隔膜的人,會認爲他眼前經常晃動的是一套似新實舊或似舊却新的名言,而實際是,這個動態的、充滿衍生能力的開放系統,恰恰能準確而有效地說明文學創作及批評所遭遇到的衆多複雜問題。

如此,呈現在人們面前的古代文學批評的理論品相,在很大程度上就是一具有原型和範式意義的可衍展與生發的範疇集群。在古代文學批評這個大系統中的一家一派,他們的理論主張和觀念學說,從某種意義上說都是對這種範疇的說明、詮解和補充。如清人鍾秀《觀我生齋詩話》分四卷討論"詩原"、"詩體"、"詩派"和"詩聲",頗爲整贍,第一卷顧名思義是推原詩歌創作之根本,義最重要。而具體看作者的這部分論述,正是以範疇爲每節標目和提領,通過對"志"、"理"、"情"、"境"、"氣"、"識"、"趣"、"神"、"學"等名言的論述展開的。正是基於這一點,有論者指出,"中國美學憑藉範疇互釋共通凝聚成範疇集團,而集團意識並不旨在構成封閉的闡釋定域,而在於集團是開放的消散的集團,它既相互映攝,又輻射映照整個美學領域","美學體系僅需範疇的勾勒就足以完成","範疇是理論的筋骨",並進而得出較之西方美學是理論的體系,它是範疇體系是一種"範疇美學"的結論[①]。儘管這一判斷未必周延,但多少道出了傳統文論體系的某些基本特點,說明了範疇在傳統文學理論批評中所處的重要地位。衡之以諸如"比興"、"風骨"、"興寄"、"興象"、"平淡"、"妙悟"、"神韻"、"格調"、"性靈"、"肌理"、"沉鬱"、"境界"等範疇,幾乎分別代表了漢魏六朝至盛唐、中晚唐至宋元、明清至近代各個大的歷史時段文學風會和審美崇尚的主流,説忽視對範疇的考察與辨究將會使研究散漫而無歸趣,並不是什麼夸大之辭。

範疇崇高地位的取得,還在於其注重功能屬性,有"從其用而知其作之有"的實踐性品格。這一點與西方哲學、文學範疇相比有很大的不同。西方哲學範疇主要體現爲知識論和本體論的終極觀念,在其最初被提出的古希臘時代,它的原意是"指示"、"證明",表示存在本身及其各種屬性,從思維形式上說,是一種普遍的概念和邏輯形式。其哲學家、文學家都企圖把自己的學說構建成一完滿的系統,因而幾乎每個人都有一套自足展開的範疇體系,特別是到近代,差不多有多少哲學家就有多少範疇體系。

但需要指出,這種範疇是藉助聲音語言產生的,雖意義深刻,有的還足以標別一個時代所達到的思維高度,可由於它嚴格依照"非此即彼"的形式邏輯,注重結構分析而輕視動態聯繫,當逸出所從屬的體系之外,它常常會變得一無

---

① 程琦琳《中國美學是範疇美學》,《學術月刊》1992年第3期。

足用,既不能爲不同知識譜系的人所理解,當然也不可能爲其所采用。至於一些唯心色彩强烈的知識範疇,更是哲學家書齋裏的產物,思辨象牙塔内的清供,有多少現實的影響力杳不可知。

中國古代文論範疇則不同,它秉承傳統哲學範疇的基本特性,有着迥異於西方的特點。中國古代"範疇"一詞語出《尚書·洪範》箕子答武王問時說的"洪範九疇",它提出治理天下的根本辦法有九種,要在歸類範物和齊一人的行爲,有言行規約和制度法則的意義。因此,範疇的內容與選擇標準均着眼於對社會和人生有用,即使涉及對宇宙萬物的探討,也一以現實人生爲依歸,有極强的實踐品格。詳言之,它注重過程的觀照,以體現修養爲目的;它所認同的只是規範人行爲及價值的分類方法,而輕視對觀念系統本身的深刻瞭解,由此既不願多作結構剖析,也不接受邏輯和知性的檢驗。如果說西方範疇依從"非此即彼"的形式邏輯展開,它則依從"亦此亦彼"的辯證邏輯,尤注重關係的把握與分寸的掌控。爲了盡其微妙,明其要約,它取法自然,取象萬物,目的很清楚,就是爲人的實踐活動提供一正確的參照,進而糾正各種末流的放失。故古代詩人、批評家大多直接從感性直覺中建立觀念體系,凡所創設既少聯繫的環節,也似乎無需中介,甚至有的概念、範疇完全采取感性的形態,停留在對事物外相的描摹上,這使得它很容易爲人瞭解和接受。加以如前所說,古人大多少有推展一己體系以征服他人的野心,而好以個人真切的感知推己及人,就更令其所創設的名言很容易讓人慕然相從。

又由於古人多沿用傳統範疇之名以行一己之實,同時其所擇用的概念、範疇又多是關於主體認識能力、方法,以及如何使作品存在與這世界相諧的具體規定,而較少純粹抽象的客觀知識,且凡所規定多從否定的方面作出,如不詳細解說什麼是"韻味"、什麼是"意境",而僅說倘若這樣或那樣的話便缺乏"韻味"、沒有"意境"了,乃或爲人列出另一極端方面,讓人知道避忌和克服。唐以來論詩者有所謂"詩有六迷"、"詩有五不同"等論說,皆屬此類。如方回說"近世乃有刻削以爲新,組織以爲麗,怒罵以爲豪,譎觚以爲怪,苦澀以爲清,塵腐以爲熟者,是不可與言詩也"①;安磐說"詭而不法"之作不是"奇","綺而不合"之作不是"麗","枯而不振"之作不是"淡","奢而不節"之作不是"豐","藻而不

---

① 《跋遂初尤先生尚書詩》,《桐江集》卷三。

壯"之作不是"巧"①,也如此。清人毛先舒論"詩有十似":"激戾似遒,凌兢似壯,鋪綴似麗,佻巧似雋,底憒似穩,枯瘠似蒼,方鈍似老,拙稚似古,艱澀似奇,斷碎似變"②,雖未直言"遒"、"壯"等諸名言的意指究竟是什麼,但"激戾"、"佻巧"之類的反設之辭,足以讓人瞭然其意並心生戒惕。前兩者表現出極強的干預意識,後者則表現出毫不含糊的警示用心,這也使得範疇的實踐性品格進一步得到了凸顯③。至於元人陳繹曾論古文"病格":"晦,不明;浮,不沉;澀,不滑;淺,不深;率,不工;泛,不切;俗,不雅;略,不詳;訐,不婉;短,不遠;穢,不潔;胖,不遒;輕,不重;虛,不實;排,不活;疎,不密;頓,不勁;嫩,不老;散,不緻;枯,不潤;俚,不典;緩,不謹;寬,不緊;粗,不細;尖,不圓……陳,不新……雜,不精"④,各病之下,但陳對待意字,此外再無一語展開,更是運用否定性判斷的顯例。

　　除上述原型意味及實踐性品格外,傳統文論範疇的倫理化道德化傾向,或者說傳統文論範疇的社會學品性,也爲其崇高地位的確立提供了重要的助力。正如在西方哲學科學化、美學哲學化,在中國古代則是哲學美學化、美學倫理化一樣,大量事實證明,傳統中國人所創設的文論概念、範疇,許多包含有強烈的倫理道德意味。如前所説,古人談藝論文,探討文學創作及鑒賞批評問題時,很少究心於形而上的結構問題,如果說西方人與所論説對象在文化時空中的距離可以很遠,他們則貼得很近,並且不僅是視距不同,並立足點也有所不同。詳言之,他們更注意價值選擇而非真僞判斷,更願意讓自己的論説包含進豐富的社會內容和一己的人生體驗,在重視藝術中主體與客體、方法與本體融合的同時,對藝術與人生的融合投入了極大的關注。待創爲概念、範疇,也就對審美關係而非審美理念倍加注意,對觀念與人生的連接部分有着意的強調。由此,從數量上説"關係範疇"遠多於"實體範疇",乃至在整體上更多地體現出"關係範疇"而非"實體範疇"的基本徵象。這關係自然不僅是審美意義上的關係,還有着創作與非創作諸因素的關聯,如文與人、與道、與理、與社會、與自然

---

① 見《頤山詩話》。
② 《詩辨坻》卷四。
③ 袁祖光《綠天香雪簃詩話》卷二謂:"詩有五宜:不巧而敏,不露而隱,不食而謹,不滯而緊,不呆而穩。有五病:似簡而拘,似嚴而枯,似澹而疏,似闊而粗,似博而膚。"所論與毛氏"十似"可並看。
④ 《文筌・古文譜六・格》。

的關係,等等。對上述問題的探討,都曾調動甚至誕育出許多批評史上重要的概念和範疇。

　　賦予文論範疇以與社會政治理想和倫理道德規範相浹相融的内涵,在某些範疇上體現得十分明顯。譬如"興",它的核心意義主要指心與物的感發和契合,誠如宋人楊萬里所説:"我初無意於作是詩,而是物是事適然觸乎我,我之意亦適然感乎是物是事,觸先焉,感隨焉,而是詩出焉。我何與哉?天也。斯之謂興。"①它構成了文學創作的動因,也是作品意境形成的主要原因,所謂"有興而詩之神理全具也"②。然而由於它在初始階段就受到孔子"興觀群怨"説的影響,使得内涵中有了趨於性情之正的倫理意味。《論語·泰伯》説"興於詩",正是指通過誦詩提高和升華思想修養,故《周禮·春官·大司馬》謂:"以樂語教國子,曰興、道、諷、誦、言、語。"《國語》載申叔時語,稱"教之詩……教備而不從者,非人也,其可興乎?"漢儒包咸釋"興",也説"起也,言修身當先學詩"③。漢代"比興"這一範疇被廣泛使用,鄭玄釋"比興"爲比喻,而"比"與"興"之間只有美刺之分,並無顯隱之别④,也充分證明了這一點。今天有的論者正是據此斷言,諸如"象"是道家的元範疇,而"興"則絕對屬於儒家的核心範疇。

　　近人梁啟超《先秦政治思想史》指出:"儒家舍人生哲學外無學問,舍人格主義外無人生哲學。"在由儒家提出或受儒學、經學影響而形成的文論範疇中,確乎或多或少帶有與"興"範疇相同的特點,如"文質"、"中和"、"寄託"、"雅正"等等皆是,更不用説"美刺"、"風教"了。有些範疇如"清真",多被用以指情思的超逸脱俗及由這種超脱帶來的作品的省净清雅,如潘德輿《養一齋詩話》卷二稱"詩理,性情者也。理尚清真,詞須本色"。本不干風教。但有的論者還是爲其確立了倫理性的内容,在他們看來,既然詩理是性情,就有一個是非正邪的問題,故薛雪《一瓢詩話》要説:"詩貴清真,尤要有寄託。無寄託,便是假清真。"這樣,作爲風格論範疇的"清真"看似比較純粹,最終仍不脱倫理道德的牢籠。

　　還要特別指出,即使有些範疇原是由道家提出的,也同樣帶有這種色彩,

---

① 《答建康府大軍庫監門徐達書》,《誠齋集》卷六十七。
② 李重華《貞一齋詩説》。
③ 何晏《論語集解》引。
④ 見《周禮注》。另,《毛詩正義》卷一有"興是譬喻之名,意有不盡,故題曰興"之語,可爲參照。

有的還很强烈。如"虛靜"、"玄鑒"和"坐忘"均深刻揭示了主體安處無知無欲之狀態,在心理層面上達到與道合一的高妙境界,給後人研討創作主體如何排除干擾,實現非功利的藝術追求提供了啓示,以後被直接引用爲文論範疇。許多論者從心理學和詮釋學角度,解說這一序列範疇如何符合人的思維規律,以爲其助人擺脱抽象觀念和形式邏輯的束縛,使人得以在自然和自發的運動中開啓詩性的犁鬧,創造出完美的藝術。如此解釋自然不錯,但這裏要考究的是它們的本意。

老子説:"道常無爲而無不爲,侯王若能守之,萬物將自化。……不欲以靜,天下將自正。"①"是以聖人之治,虚其心。"②莊子説:"夫虚靜恬淡寂寞無爲者,天地之平而道德之至,故帝王聖人休焉。休則虚……虚則靜。"③基於這樣的認識,他們談"玄鑒"、"坐忘",要人摒棄一切倫理道德和實用知識,忘却外物,投入沉思。然而這種絶棄一切倫理道德和實用知識,"墮肢體,黜聰明,離形去知",由"坐馳"、"朝徹"而"見獨"④,本身就帶有明顯的道德色彩。虚無恬靜是爲了合乎"天德",爲了給正處結構性變動的亂世指出一條不同於别家别派的發展道路,確立一種與"形與影競走"之人迥然不同的人生理想,説到底,其根本就是對當時社會現狀和制度規範有所不滿。"屈折禮樂,呴俞仁義,以慰天下之心者,此失其常然也"⑤,"失其常然"者,即不能虚靜之故也。可見老莊哲學敏鋭地看到了文明進步適足成爲限止人自由實現的異化力量,所以不惜以極端的方式反對一切刻意尚行之人,由朝廷之士而及江海之士,獨對"不刻意而高,無仁義而修,無功名而治,無江海而閒,不道引而壽"的人予以高度的評價⑥。

以後,這種思想經玄學、佛學以及理學的吸收和發揚,内涵有所變化,但諸如玄學繼承"老聃之清净微妙,寧玄抱一"⑦,理學企求通過"主静"而"無欲",並

---

① 《老子》三十七章。
② 《老子》三章。
③ 《莊子·天道》。
④ 《莊子·大宗師》。
⑤ 《莊子·駢拇》。
⑥ 《莊子·刻意》。
⑦ 嵇康《卜疑》,《全三國文》卷四十七。

最終感而融通，純然至善，達到"萬物靜觀皆自得"的境界①，都隱含有非哲學意義上的道德指向。這種意指滲透在魏晉以來一直到宋元作家、批評家的相關論述中，乃至滲透到明清人對"虛靜"範疇的解說中，儘管它只以對超功利的精神自由的張揚，被人提升到審美理論的殿堂，實際並未與形式這一藝術的重要因素相結合，但人們並不計較這些，仍在談藝論文中反復提及它，強調它。從某種意義上可以說，它之所以被人頻繁地使用和強調，或者說它之所以在批評範疇體系中占據重要的一席，正因爲它符合了中國人以倫理覆蓋審美的習慣——唯有人的道德情感是清靜寧壹的，搦管命筆之際，他才可能神清氣爽，神閒氣定。

總之，受傳統哲學和文化的制約，古代中國人具有強烈的使命感和道德認同意識，文學創作在許多時候不過是增廣道藝、涵養德性的工具，文道之辨更明確了它任何時候都不能漠視這種道德力量的存在。而當文論範疇貫徹了這一精神，體現了這一思想，它對文學創作及批評的影響力自然就可想而知了。

第三節 範疇的意義與研究價值

古代文論範疇因其理論地位突出，自然成爲人們瞭解和研究傳統文學批評繞不過去的話題。而更爲深刻的原因是，作爲人們對文學本質特性和創作機理的認識結晶，它是人審美體驗的歷史記憶，它把歷史的過程性與人的相關性環節通過既有傳統文化淵源，又不乏一己心智創造的特殊名言記錄下來，因此剖析它們當中一些具有特殊內蘊與普遍意義的概念和範疇，再進一步研究這些概念和範疇之間的意義聯繫，以及這種聯繫發生的層面和方式，在很大程度上是可以用來說明一個民族審美結構的本質的。

如前所說，範疇是人類思維對客觀事物基本特性和本質聯繫的概括反映。由於它反映了人對客觀事物本質聯繫的認識程度，凝結着人類不同歷史時期、不同條件和層次的認識成果，因此它的不斷成熟和豐富，是人對客觀世界認識水平逐漸提高，對具體事物把握能力逐漸增強的表徵。

---

① 程顥《秋日偶成二首》之二，《河南程氏文集》卷三。

文論範疇自然也是同樣。就中國古代文學批評範疇的發生發展來考察，它大抵走過一條由不脫對傳統哲學、倫理學範疇的借鑒移用（有的直接取諸現實人事，但背後仍受傳統哲學與文化的規定與統攝），到將直接印象轉換爲抽象規定，再由抽象規定向高度具體推進的發展道路。從一定程度上可以說，那些具有根本性意義，同時能發展衍生新的觀念，以及能與外來哲學、文化相融合的範疇，大多都是這樣移用過來的。

　　而就其語言形式來看，則大多是一些"單體範疇"，如"文"、"質"、"氣"、"骨"、"神"、"境"、"味"。由於這些範疇在意義上不脫母意的牽制，因此在用於文學理論批評，規範和表達自己的主張與觀點時，有時難免浮泛不切。此後，隨着人們對文學自身屬性的認識日漸深入，對作品實現途徑和方式的瞭解日漸全面，上述比較粗樸的理解和表述，才經由意義拓殖和用語的整合，爲一種更清晰而深刻的名言所代替。

　　其間一個明顯的表徵是，實際發生的文學批評活動中，"合體範疇"開始增多。這當中有並列結構的——兩個"單體範疇"的涵義互爲映攝，互相發明；也有偏正結構和補充結構的——一個"單體範疇"以自己的涵義修飾、限制或說明另一個，使之意旨更加明確，更加深刻。前者如"意象"、"境界"、"雅正"、"性靈"、"痴木"等等，後者如"神韻"、"妙悟"、"理趣"等等，且這兩類範疇的界域並非固定不可變化。

　　有的"單體範疇"既可在第一類構成中作爲並列組合的一分子，又可在第二類構成中充當修飾詞乃或中心詞。如"機"這個範疇爲明清兩代人屢屢論及，它就既可以構成第一類的"機趣"、"機神"與"機勢"等名言，所謂"脈領清真神楚楚，語翻機勢步珊珊"①，又可以構成第二類的"死機"、"活機"等名言，所謂"盈天地之皆活機也"②，詩歌準此，不宜執定法而墮入"死機"。這裏的"死機"即袁枚所謂"機窒"的意思③。而就第二類構成再作考察，則可發現其組合結構中的"單體範疇"既可以被別的範疇修飾和限定，也可修飾和限定別的"單體範疇"。如"圓"可以被"清"這個範疇修飾限定，成"清圓"一詞，又可修飾限定別

---

① 鄧之柏《鄧氏宗譜》卷十五鄧應清《論作文法》，見張廷銀《族譜所見文學批評資料整理研究》，人民文學出版社，2012年，第293頁。
② 吳文溥《南野堂筆記》卷一。
③ 《隨園詩話》卷三。

的範疇如上述"機"字,成"圓機"一詞。

這尚是就"合體範疇"的淺表層次作的考察,從其深層次的意義互動來看,"合體範疇"的增多絶對是人們賞會能力和理論水平提高的標誌。僅以"意象"這個範疇爲例,"意象"之"意"本指創作主體的心志情意,"象"則指物象與形象。自《周易·繫辭上》討論"聖人立象以盡意,設卦以盡情僞,繫辭焉以盡其言"以來,"意"與"象"的關係就成爲古人經常討論的話題。其中魏晉玄學家對此發揮尤多,如荀粲提出"今稱立象以盡意,此非通於意外者也;繫辭焉以盡言,此非言乎繫表者也。斯則象外之意,繫表之言,固蘊而不出矣"①。后王弼《周易略例·明象》更提出"意以象盡,象以言著,故言者所以明象,得象而忘言,象者所以存意,得意而忘象",對"言"、"意"、"象"三者關係作了精闢的論述。但儘管如此,"意"與"象"之間區隔明顯,仍未融成一體。

待劉勰《文心雕龍》出,在探討文學創作規律的《神思》篇中,第一次將兩者熔鑄爲一整合的範疇,稱"使玄解之宰,尋聲律而定墨;獨照之匠,窺意象而運斤"②。此時,這"意象"已不是"意"與"象"的簡單拼合,由首句"尋聲律而定墨"可知,劉勰是將創造"意象"視爲創作的兩大任務之一的,且這"意象"作爲主客體相融合的産物,是創作主體主觀意志與客觀物象高度融合的結果。它純然出於作者的藝術創造,因構成作品的意藴美而具有重要的意義。故此後人們頻繁地提及它,如王昌齡提出"久用精思,未契意象,力疲智竭,放安神思,心偶照鏡,率然而生,曰生思"③,用以說明這種主客觀合一的創造非可力致,有賴感物而生。王廷相說:"言徵實則寡餘味也,情直致而難動物也。故示以意象,使人思而咀之,感而契之,邈則深矣,此詩之大致也。"④在承認其具有根本性意義的同時,指出它深於比興,有令人尋繹咀嚼深長思之的豐厚韻味,從而把對藝術反映客體的認識推向了縱深,同時也把"意象"這個範疇的理論品級提升到高一級的層次。

本來,感物而動從來是中國人的傳統,此時這物是否僅是客觀物象,如鍾

---

① 《三國志·荀彧傳》注引。
② 漢王充《論衡·亂龍篇》稱"夫畫布爲熊麋之象,名布爲侯,禮貴意象,示義取名也",是首用此詞,然尚指用一物象表明某種意思,與作爲文學批評範疇的"意象"無涉。
③ 胡震亨《唐音癸籤》卷二引。
④ 《與郭价夫學士論詩書》,《王氏家藏集》卷二十八。

嶸《詩品序》所説的"春風春鳥,秋月秋蟬,夏雲暑雨,冬日祁寒"? 顯然不是。它固然可以具體爲客觀之物,但更包含了主體"神與物游"的功夫,可以達到"神用象通"並"神餘象外"的境界。如果説"物感説"是建立在模仿自然基礎上的,那麽"意象"範疇則建立在情感表現的基礎上,它不僅與一般的反映論在審美方式上有所不同,而且還從本體意義上與這種方式劃清了界綫,因此很能用來説明傳統文學、美學理論的獨特文化品格。

其他屬於並列關係的"合體範疇",大而至於"文質"、"虛實"、"動静"、"奇正",小而至於"繁簡"、"洪纖"、"約肆"、"夷險",也充滿着一種辯證的動態活性,甚至使範疇所涵藴的意旨更具有發見文學創作内在規律的深刻性。本來,傳統文化有喜好綜合致思和辯證體道的特點,將兩個"單體範疇"拼合起來,辯證地表達某種相反相須相偶相成的對待關係,是古人透看事物本質的最直接有效的方法。這種方法在文學批評範疇的建構中也被運用得十分純熟和有效。當古人用這樣的範疇組合來表達自己對藝事的諸種體認時,他們對文學的形式構成、技術手段和藝術風格的把握,往往達到了簡捷透闢直湊單微的境地。

如"奇"與"正"本是兩個"單體範疇","正"指内容上無邪,得性情之正,形式上平正,無陷於淫濫偏畸,是謂"雅正"。"奇"則相反,指思想情感的超邁不群和驚世駭俗,或構思表達上的别出心裁和出人意料。劉熙載《藝概》引韓愈詩爲例,稱前者即所謂"約六經之旨而成文",後者即所謂"時有感激怨懟奇怪之辭"。基於崇尚淳雅和規整的認知習慣,古人一般尚"正"抑"奇",以宗經徵聖爲正,能自馳騁爲奇;雅潤端直爲正,出人意表爲奇;循體成勢爲正,穿鑿取新爲奇。故當劉勰在《文心雕龍·定勢》中揭出"淵乎文者,並總群勢,奇正雖反,必兼解以俱通"時,他實際上仍是伸正黜變的,不但反對時人"必顛倒文句,上字而抑下,中辭而出外"的刻意求奇,以爲是"適俗"所致,還要求人克服"密會者"意新得巧、"苟異者"失體成怪的毛病,不要"逐奇而失正",而應"執正而馭奇"。此後,諸如"好奇而卒不能奇也"[①],"文不可以不工,而惡乎好奇"[②]的議論有很多。當然,也有主張酌用兩者的,以爲"作文如用兵,有正有奇。正者

---

① 陳師道《後山詩話》。
② 方孝孺《上雪鄭顯則序》,《遜志齋集》卷十四。

文之法,奇者不爲法縛,千變萬化,坐作擊刺,一起俱起者也。及止部還伍,則肅然未嘗然"①,但總的來說還是以"正"爲主。

但隨着"奇"、"正"結合成整一的範疇,後人的認識在傾向上有了改變。它固然未脱棄前此伸正黜變、執正馭奇的意義内核,但對兩者相須相待的辯證關係有了更多的突出,這使得他們的論述更契合創作實際,從而給人以更切實的指導。如宋吴子良指出:"文雖奇,不可損正氣"②,雖論述重點在後半句,但以"奇"爲文的固有特性,由"奇"統"正",很可以見出"奇"之於"正"的須臾不可分離,他的言下之意是只要氣正,尚奇没什麼不可。以後由元及清,"奇"都被列爲文學風格之一,論文尤是③。論詩如元楊載《詩法家數》述及七古作法,也稱"如兵家之陣,方以爲正,又復爲奇,方以爲奇,忽復是正,出入變化,不可紀極",則"奇"、"正"相對構成複雜的變化,在他看來是成熟詩歌的必然徵象。明謝榛《四溟詩話》卷三在提出"正者奇之根"的同時,更稱"奇者正之標",並認爲"奇正當兼,造乎大家",較之劉勰等人一味執正馭奇,顯然更契合創作的實際,同時也更顯現出理智的清明。

綜上所説,文學批評範疇在意藴上由浮泛到深刻,在形式上由單一到複合,實際昭示着古人對文學特性及創作規律的認識日趨全面深刻,理論建設和學派意識日漸豐富成熟。在理論探討和批評實踐過程中產生的一系列概念和範疇,成爲當世及後人繼續文學認識活動的出發點和依賴工具,並進而集中保存了古代文學理論批評發展的歷史性成果。因此完全可以説,文學批評範疇的發展歷史是中國古代審美認識發展史的集中體現,一部哲學史、美學史和文學批評史,從這個意義上也因此可以説就是哲學範疇或美學、文學理論範疇發生發展的歷史。人們從對個別現象的知覺和表現,進入到形成概念與範疇,完成的是一個複雜的認識運動過程。當後人清理這個過程時,對這些概念、範疇作針對性的總結和研究無疑是大有必要的。誠如經典作家所説的,"從邏輯的一般概念和範疇的發展與運用的觀點出發的思想史——這才是需要的東西。"④

---

① 方以智《通雅》卷首之三《文章薪火》。
② 《荆溪林下偶談》卷二。
③ 參見陳繹曾《文筌》、許奉恩《文品》和何家琪《古文三十四品》等。
④ 列寧《黑格爾〈邏輯學〉一書摘要》,《列寧全集》第38卷,人民出版社,1986年,第188頁。

當然,一個概念、範疇通常反映的是事物的一種特性,而世界是聯繫的,世間萬物彼此聯繫,決定了概念、範疇之間也是聯繫的,此其一。其二,倘深入探究概念與範疇的性質,可以看到它們還是一種關係的規定。概念、範疇反映的是客觀世界和客觀事物中合乎規律的聯繫,規律的內容就是由概念和範疇及其相互關係來構成的。基於概念和範疇在很大程度上說是關於關係的規定,要瞭解其內涵,只有從最切近它的各種因素的連接處入手,這就決定了人們不能抱一種就事論事的態度,而必須綜合通觀,認識到相互聯繫的概念與範疇必定構成一個體系,進而必須將研究文論範疇體系的構成和特點視作是整個範疇研究的題中應有之義。確立了這一點,底下的結論也就顯而易見了,那就是這種體系研究的意義也是十分重大的。

　　這既表現在個別範疇只有在與該系統或該序列範疇的聯結中才能得到理解,如"興會"這個範疇指稱心與物突然或自然而然的交接,引發出主體不可遏制的創作靈感和衝動。但倘若不將其放置在傳統的"比興"範疇系統中,由作爲文學創作動因的"興",論及指涉創作展開到完成的各種"興",根本不足以確指其內涵。具體地說,"興"列在"六詩"之中,由作爲修辭手段的"託事於物"[①],到指稱主體心理感受的"有感之辭"[②],再到"感物曰興,興者情也,謂外感於物,內動於情,情不可遏,故曰興"[③],"興來如宿構,未始用雕鐫"[④],然後是"意興"、"感興"、"佇興"、"興致"、"興趣"等概念、範疇對"興"到時主體意態的描述,對"多務使事,不問興致"[⑤],"拘拘譾譾,意興掃地盡矣"[⑥]的否定,完整地表達了古人對文學創作主體精神狀態、主體與外物交接過程中"迎之未來攬之已去"的同感共應關係的微妙認識,"興會"範疇只有放置在這樣一個系統中,其內涵才能獲得正確的剖解。它決非是"興"與"會"的簡單叠加,作爲一個整合的範疇,實際上關涉着古代文學批評中主體創作學理論的全部精要。

　　範疇體系的重要性更主要的是表現在作爲人類認識過程的抽象化,其自我運動及所經歷的從胚胎階段到成熟期的歷史過程,可以讓人們清晰地看到

---

① 鄭玄《周禮注疏》卷二十三《大師注》引鄭衆語。
② 摯虞《文章流別論》,《全晉文》卷七十七。
③ 賈島《二南密旨》。
④ 邵雍《談詩吟》,《伊川擊壤集》卷十八。
⑤ 嚴羽《滄浪詩話·詩辨》。
⑥ 李開先《中麓先生咏雪詩後序》,《李中麓閒居集》文之六。

文學創作及理論批評中,具體的技巧、方法和觀念如何從簡單到複雜,從抽象到具體的潛進脈絡。概念與範疇之間的包容、涵蘊、區別、對待,構成了概念、範疇的邏輯聯繫。依據這些邏輯聯繫,文學批評範疇構建起自身的體系。有時,對單個範疇的個案研究並不足以反映或發現這個範疇及其相關名言產生的歷史背景和邏輯必然,還有它在當時的理論貢獻和深刻影響。只有將這個或這一序列範疇納入到它所實際依存的那張邏輯之網,與別的相關序列範疇聯繫起來考察,人們才有可能清晰地發現古人對於文學特性的認識如何由所知不多到知之甚多,乃或一項創作原則如何由最初的機械規定,變成可操作和可多途實現的有效規程。當基於這種點面結合的研究,人們認識了文學批評範疇的發展是一個動態過程,在時間上具有延續性,在空間上又具有廣袤性;各範疇內部諸要素的運動形態及其相互作用,如何最後定型化爲一個相對穩定的排序時,人們也就把握了傳統文論範疇由整體和諧性、傳統延續性和結構有序性三者構成的整體特徵,它的哲學基礎、思維特徵、邏輯起點和中心範疇等全部結構網絡。

　　還是以"興會"範疇爲例。如前所述,由對"興"而及"意興"、"興趣"等同序範疇的瞭解,其所指稱的內蘊固然得到了凸顯,然而古人所講的"興會"是否就如陸機《文賦》所說,"若夫應感之會,通塞之紀。來不可遏,去不可止。藏若景滅,行猶響起。方天機之駿利,夫何紛而不理,思風發於胸臆,言泉流於唇齒"?乃或如蘇軾《文與可畫篔簹谷偃竹記》中論文氏畫竹,一當成竹在胸,"急起從之,振筆直遂,以追所見,如兔起鶻落,稍縱則逝矣"?當打通由"興"而"感興"、"興會"這一序列範疇與其他序列乃至整個古代文論範疇體系的界隔,便可發現它的內涵顯然不是前面的初步剖解所能概盡的,更非靈感兩字可以說全。

　　誠然,如沈約說過"天機啓則六情自調,六情滯則音韻頓舛"那樣的話,後人承此,也多說"好詩須在一刹那上攬取,遲則失之"①,"當其觸物興懷,情來神會,機括躍如,如兔起鶻落,稍縱則逝矣,有先一刻後一刻不能之妙"②,然在提出"詩有天機"的同時,他們還認爲"興"須"待時而發"③,所謂"凡作文,靜室隱

---

① 徐增《而庵詩話》。
② 郎廷槐《師友詩傳錄》。
③ 謝榛《四溟詩話》卷二。

几,冥搜邈然,不期詩思遽生,妙句萌心,且含毫咀味,兩事兼舉,以就興之緩急也"①。"詩趣"、"詩機"、"詩境"、"詩料"固然是作詩之具,但皆"非倉猝所可求,必其平素涵養得足,使滿腔詩趣活潑潑地,詩機在在躍然欲出,眼前詩境,到處皆春,腕底詩料,俯拾即是"②。什麼是恰當的時機?如何才能捕捉恰當的時機?古人說得明白,是處虛養靜。唯處虛養靜,才能如皎然《詩式》所說:"有時意靜神王,佳句縱橫,若不可遏,宛如神助。"正因爲如此,前及徐增在突出"好詩須在一刹那上攬取"的同時,才又特別強調"作詩第一要心細氣靜"。故嚴格地說,倘要真正全面把握"興會"範疇的全部涵義,以"養興"爲聯繫中介,探求其與"養氣"、"虛靜"的關係是一定不可忽視的一環。甚至"感物"、"體物"也與它有內在的關聯,此杜甫所謂"雲山已發興,玉佩仍當歌"③、"詩盡人間興,兼須入海求"④。只有這樣,才算是對該範疇有比較徹底的瞭解,才能克服通常可見的詮釋上的偏頗與片面。

在這樣一種對整體系統的把握中,不但是概念與範疇,即傳統文學理論批評的基本特徵及獨特貢獻也得以顯現出來。這就給一部"從邏輯的一般概念和範疇的發展與運用的觀點出發的思想史"的出現提供了切實的契機。由此,當我們總結古代批評家的思維習慣,揭示彼時文學理論批評的基本特質,促使其在凸顯本民族文化的同時向現代轉化,也就變得更爲切實和容易一些。正是基於這一點,我們說範疇的形成,特別是範疇體系的建立,是衡量一門學問是否獲得自體性並進而成爲一門科學的重要標誌。

20世紀以來,人類文明創造已由上一世紀的嚴格區隔、精細分析走向融匯和整合,文化的獨斷已不再有強勢地位,但文化的民族根性並未就此變得無關緊要。相反,庫恩的"範式"理論,福柯的"話語"理論,以及他們提出的理論本身的"不可公度性"與"不可通約性",還有哈貝馬斯的"交往行爲理論",都爲人們在多元廣闊的言說背景下研究本民族文化的特殊性開闢了道路。當人們發現,中國古代歷史悠久的哲學範疇和文學批評範疇實際上爲後人提供了進入世界性話語溝通乃至文明交換的機會,那我們所從事的這項艱苦研究,實際上已經獲得了豐厚的報償。

---

① 《四溟詩話》卷三。
② 陳僅《竹林答問》。
③ 《陪李北海宴歷下亭》,《杜詩詳注》卷一。
④ 《西閣二首》之二,《杜詩詳注》卷七。

第二章　範疇的構成範式

已經確認，古代文學理論體系在很大程度上就是一整套能概括反映文學本質及文學創作諸要素的相互關係的範疇體系。在考察古代文學批評範疇的理論品格和體系特點之前，對範疇的邏輯形式或者説構成範式作一分析，顯然可以爲上述工作提供基礎。同時，因受制於從語言到文化的多種力量的集合作用，可以期待，對它的整體和諧性、傳統延續性和結構有序性，也即多層次、多變量和多統序的特點加以釐析分剖，也必然會豐富人們對這種品格和體系的認識。

第一節　範疇的語言形式與構成

這是瞭解範疇構成範式最直接的切入點。不過，其間的理由却不是用語言係構成範疇物質外殼這樣一般的事理就可以説盡的。更深刻的原因應該是，語言是意識的模型，語言鑄就了思維的模式，並通過思維模式構建起一定的文化精神和審美理想。

在西方，已有學者指出："從索緒爾和維特根斯坦到當代文學的20世紀'語言革命'之標誌，是承認意義不只是用語言'表達'和'反映'的東西，它實際上是被語言創造的東西。並不是好像我們有了意義和經驗，然後我們進一步替它穿上詞彙的外衣，首先我們之所以有意義和經驗，是因爲我們有一種語言使兩者可以置於其中。"[1]思維的行爲在很大程度上就是内隱的語言運動，因此由語言考察入手，從語言現象到語言系統，再由此現象和系統，分析其内涵的

---

[1]　特里·伊格爾頓《二十世紀西方文學理論》，伍曉明譯，陝西師範大學出版社，1986年，第163—164頁。

深層結構,並進而追溯人的社會根源和心理結構,很可以揭示範疇創設者對意義與經驗的規範方式,以及這種方式的形成原因。這樣,範疇自身的許多問題也就可以自然而然地得到解決。

一、漢語特性籠蓋下的文學批評

與印歐語系屬屈折語、東方的日語屬粘着語不同,中國古代文學批評範疇是由孤立語構成的。它一字一音一義,作爲形音義三者的統一體和習慣上的語言意義符號,帶有很强的表意性。既有直觀生動的象形表意,所謂"因物賦形,恍若圖畫無異"①,也有察而見意的指事表意與參悟尋索的會意表意,此外還包括在象形與指事基礎上標類注音的形聲表意。

就構詞成句來說,因没有人稱、時態、數量和詞性的變化,它的語法性虚詞可以減到最低程度,甚至可完全不用。而因語法意會,結構意化,句子成分的殘缺與指謂關係的模糊,還使它在很大程度上顯現出一種泛化的詩性色彩。譬如它可以没有人稱,没有主位限指,假此造成的客觀化的非個人化效果,能够向一切人提供足够開放的場景,召唤其移入或參與,從而在創作和賞會過程中,爲個人體驗上升和轉化爲普遍的帶有象徵意義的人類共同情感開闢了道路。

更爲深刻的是,它還包含這樣一層意思,那就是漢語的使用者們不喜歡將自己的觀點牽强地加諸客觀存在的事物之上,不願意站在世界、物象與讀者之間一味地作縷述與分析,而更願持一種虚以應物的態度去接應一切,這就不僅暗合了古人忘我而萬物歸懷的人生意趣,而且宣示了一種真正東方式的哲學智慧。

此外,他們還利用漢語的無時態,在作品中刻意呈現一種"絶對時間",即向人暗示他所表達的情感和所經驗到的事情是恒常的,原本就無須限制在某一特定的時空中。當然,與此相伴隨,没有時態就等於宣示了時間在本質上的短暫和虚妄。最後,它雖没有詞形的變化,然詞性却不是一成不變的。在未進入句子之前,它的意義是待定的;在進入句子之後,依不同的語境和所處的不同的語法位置,充任着不同的角色,它的意義又是多元的。古人正是利用了可

---

① 容庚《甲骨文字之發現及其考釋》,《國學季刊》1924年第3期。

以依憑語境判斷語言真實所指的特點,故意變換詞性,凸顯其多元功能,從而達到增擴詞的容量和表達力的目的。至於虛詞的省略和語法的弱化這種以後被西人推展爲"句法非詩"的做法,復經由並置叠加和錯置穿插的相互激盪,更使詞與詞之間的意義相互映射,其能指遠遠大於兩個單字的簡單相加。所以高名凱《漢語語法論》稱"漢語偏重心理,略於形式",王力《中國語法理論》也稱"西洋語言是法治的,中國語言是人治的"。

最後,尚須總括性地提到漢字建構以人爲本的特性。漢字雖以象形爲基礎,但其表情達意絕對貫徹以人爲本的原則。誠如姜亮夫所說:

> 整個漢字的精神,是從人(更確切一點說,是人的身體全部)出發的。一切物質的存在,是從人的眼所見,耳所聞,手所觸,鼻所嗅,舌所嘗出的(而尤以"見"爲重要),故表聲以殼,以簫管(即管),表聞以耳(聽、聞、聰等),表高爲上視,表低爲下視。畫一個物也以人所感受的大小輕重爲判,牛羊虎以頭,人所易知也;龍鳳最祥,人所崇敬也。總之,它是從人看事物,從人的官能看事物。①

衡之以今所見甲骨文字,表人的占五分之一以上,表示動物、植物、天象、地理等都沒表人的多,可知以人的身體、感官和行爲通於一切事物,確乎成爲漢民族構建文字形體的根本。往深裏說,它顯然表徵着漢民族特有的人本精神,而與西方的"物本"和印度的"神本"構成明顯的區別。前述漢語諸種成分的省略,以及無時態、無人稱,從某種程度上說皆在不同的側面體現了這種精神。它重意會而非形會,語言單位組詞成句更多依從人對深層意義的悟解,而不像邏輯形態豐富的西語那樣,必須在語法規則的嚴格制約下,呈主謂賓先後成序的綫性展開。這裏面顯然包含着一種對人的絕大的尊重。

文化影響語言,主要體現在詞彙層面;而語言對文化的影響,則主要通過語法途徑實現。漢語的上述語法特性構成了漢民族獨特的"寬式思維",並進而對傳統文化產生了深刻的影響。由於它單音孤立,形態單純,不重視語法構成的穩定,而關注內在意蘊的生成,即不重"形合"而重"意合",也爲古人談藝

---

① 《古文字學》,浙江人民出版社,1984年,第69頁。

論文時主觀意念的表現,還有施者與受者之間的感性互動,留下了廣闊的空間。

在西方,自亞里士多德時代開始,就將語言視作意義的符號,這個符號是能指與所指的結合,其所表達的意義完整而又穩定。因爲西方是拼音語言,有聲音而無形象,字、詞組合成句,其間語言與世界的關係靠約定俗成來維繫。從心理語言學的角度來看,它是先由文字符號產生聲音,再變換作概念、圖式,然後指向特定的含義和命題意義。整個過程沒有形象的參與,只有邏輯。伊格爾頓以下的論述,頗爲清晰地道出了這一點:

> 西方哲學是"語音中心的",它集中於"活的聲音",深刻地懷疑文字。同樣,在某種廣泛的意義上,它也是"邏各斯中心的"。它相信某個終極的"詞",例如存在、本質、真理或實在等等,可以作爲我們一切思想、語言和經驗的基礎,它一直渴求着能夠爲所有其他事物賦予意義的符號——"超越的能指"——和一切符號指向它的確定無疑的意義("超越的所指")。①

按解構主義的理解,邏各斯主義的本質就是"言語"、"話語",轉義爲"道"、"理性"和"規律",一切理性和普遍規則就存在於語言之中,語言從一開始就是抽象的,就是概念,語言中心因此從本質上說就是理性中心。總之,西方聲音語言不存在直觀的形象,這使得它必然地形成抽象的概念,並依循原子論的語言結構,包括笛卡兒的觀念原子論和羅素的邏輯原子論,由單音組合成詞,再由詞構成句子,由句子構成段落,最後成就整體意義。

漢語則不同,它不重語法而重語用,自先秦時代起,就不將語言簡單視爲表達意義的符號,語言的主項與謂項、能指與所指之間,也不具備恒定不變的穩定聯繫,而仰賴語言運用者甚至接受者的心智投入和情感補充,是謂"形入而心通"。由於是表意文字,每個字是一個意義集成塊,每一個集成塊又都充滿着象形意味,而不是抽象的代碼組合。從心理語言學的角度看是先有符號,再讓聲音與意象一同凸顯在人眼前,然後才轉化爲圖式與概念,並最終指向一定的含義與命題意義。這種聲音與意義形象同時並出的特點,經由前述主觀

---

① 《二十世紀西方文學理論》,伍曉明譯,陝西師範大學出版社,1986年,第163—164頁。

色彩強烈的非語法性組合,置換爲字詞句之間極爲活躍的能動粘接,使得語言的自我運動及語言與世界的關係變得至爲豐富而多樣。

對於這一點,西方語言學家不能很好理解,如葛蘭言、馬斯伯樂和高本漢等人均對漢語少語法範疇及詞類分別深致感慨,殊不知這正是中國人基於自身語言特性所擇定的語言策略。蓋語言要描述的對象,其存在與變化總發生在三維共時的狀態中,而語言表述却有無法更改的一維性,只能順時逐次展開對對象各方面的描述,這每每使對象的整體被硬生生地分割開來。既然這個問題在語法範圍裏根本無法得到解決,那麼用非語法性的組合又有什麼不可以呢？中國的哲人們似乎就是這麼認爲的。所以,在古代哲學史、美學史和文學理論批評史上,言意之辨和意象言關係的討論得以演成浩大的聲勢。

文學家對漢語的這種特性有絕對的認同。晚清林紓《春覺齋論文》所謂"字爲人人所能識,爲義則殊;字爲人人所習見,安置頓異,此在讀古文時會心而已",實際上就已經道出了漢語這種固有特性對文學創作及理論批評的巨大影響。

具體地説,傳統文學理論批評大都無意於對論述對象作過細的結構分析和系統論證,因爲在古人看來,所有的語言都是殘缺不全的,語言可説的只是"言之粗",而那"言之精"通常都被遺落掉了。因此,他們要求創作者用言外有意、詞外溢旨的手法,儘量葆全這份精義,由"不執文字"到"不立文字"。一方面,誠如金人王若虛所説："聖人之意,或不盡於言,亦不外乎言也。不盡於言,而執其言以求之,宜其失之不及也。不外乎言,而離其言以求之,宜其傷於太過也。"①但另一方面,或者説更重要的方面,基於漢語單字活力發達,他們實際上又特別強調這"不盡於言",並因漢字的象形性,發展出思維的整體性、形象性和模糊性特點,經常是憑長期的經驗積累,用帶有辯證精神的直覺思維去感知對象,對之作不借助於邏輯中介的綜合判斷。因此,他們不屑於對作品作一枝一葉的純客觀分析,而好通過感性直覺,對對象作整體性的把握。即使討論深僻的問題也不用抽象思辨,而多作感性規範,寥寥數語,既窮其隱微,又盡其毫忽,在刹那間完成對一個命題的全部探索。儘管有時會因内涵含混而蹈於空虛,或外延不清而歧義紛呈,但從總體上説,確實最大程度地擁有了對象的

---

① 《論語辨惑自序》,《滹南王先生文集》卷之三。

全部内容,保全了對象的氣足神完。

或以爲這種理論模式和批評方式是印象式的,所以它所取用的言説形式經常是詩話文評這類零碎不成系統的隨筆談片,這種看法恰恰没有看到漢語的特殊性和古人所持的特有的語言策略。它將所要表達的思想與語言構成一種深刻而内在的意義互動,而無意於在句子中建立起明確的指謂關係。由於其思想立足於天地人合一的基本哲學觀(這一點下文將專節論述),並且就語言本身的産生而言,其象天法地也表明了人和世界的不可分割性,也就是説,它"是通過宇宙來掌握語言,走向整體思考",而不像西方"通過語言來掌握宇宙,走向理性思考"①,它不僅指謂世界,還顯示世界,它的漫不經心只是表象,而真正的思想均出自其人的靈府,胎息於深在的生命體悟,這就使得它對文學的觀察和表述既脱略了外在的形相,並不拘泥於有形的字迹,而有洞穿一切有形的透闢,洋溢着東方民族特有的智慧和感染力。因此,與其説它是印象式的,不精確,不嚴密,難以導向科學,不如説它是基於漢語的固有特性,選擇通過感性直覺,用形象化的語言,來表達對客觀世界和創作事象的感悟,它重視的是言語方式與所反映對象的内在諧合,最終走向的是哲學和美學。中國古代許多傑出的文學理論家、批評家,許多卓有成就的詩人,他們的理論批評之所以本身就可以作爲一篇美文或一首詩來讀,大抵正緣於此。

二、範疇的結構與活性

傳統文論範疇作爲涵括古人對文學特質及審美體驗的觀念結晶,自然也根植於漢字本身的特殊性,體現出與上述文論特性相同的一面。也就是説,漢字的特殊性也影響了文學批評範疇的構成,規範了它的意義向度和價值内涵。

就"單體範疇"而言,許多就運用了漢語單字活力强的特點,在一個字中包含進十分豐富的内容,它的所指既是豐富而精深的,它的能指更周徹文理,難以用三言兩語界定。如"靈"這個範疇由"霝"與"巫"兩部分組成,《説文》釋"霝"曰:"雨零也。……《詩》曰:'霝雨其蒙。'"蓋古人求巫祈天得雨,是爲"靈",故《説文》釋"靈"謂"巫也"。段注引《曾子》"陽之精氣曰神,陰之精氣曰靈",毛公稱"神之精明者稱靈",也無非指其極知鬼神精微之事。後衍指人心,

---

① 成中英《中國語言與中國傳統哲學思維方式》,《哲學動態》1988年第5期。

所謂"靈府"、"靈臺",如人們在《莊子》的《德充符》與《庚桑楚》中所見到的那樣。

而對古人所論再作分疏,可知它既指靜態意義上的人的主觀精神,如屈原《湘君》所謂"橫大江兮物靈",曹植《七啓》所謂"澄神定靈";又指動態意義上的人的聰明靈活,如《莊子·天地》所謂"人愚者終身不靈",成玄英疏曰:"靈,知也。"另,《漢書·刑法志》稱:"夫人宵天地之貌,懷五常之性,聰明精粹,有生之最靈者也",也屬此義。時人用以論詩,渾言此兩個義項,因"文之爲物,自然靈氣,恍惚而來,不思而至"①,而進指作者的才情,所謂"詩有靈襟,斯無俗趣矣"②,並創設出"虛靈"一詞。本來,葛洪已用"虛靈機以如愚"指稱賢人風範③,後人承釋道之教,將其引入詩學批評,如屠隆好講道,自稱"道民",嘗師事方士矗道亨④,其所作《與汪司馬論三教》即如此。此外,它還被用來指作品所達到的一種高妙境界,如王夫之所謂"合化無迹者謂之靈,通遠得意者謂之靈"⑤。而它與"性"合鑄成"性靈"範疇,更使上述兩者意義互通互滲,範疇本身的內涵也因此變得更加豐富。

前所論及的"興"範疇,既有詩歌發生學意義上的"興起"意項,創作學上的"興會"意項,鑒賞學上的"興味"意項,還有文體論與接受論意義上的意項。也就是說,它在當下即刻的意義須賴具體的語境而定。甚至有時即使在同一語境,它的意義仍可能是多元的。如萬華亭稱"孔子'興於詩'三字,抉詩之精蘊,無論貞淫正變,讀之而令人不能興者,非佳詩也"⑥。此段文字中的"興"範疇固然主要就接受意義上說,但其包含有"興起"、"興味"等意項顯而易見。劉將孫稱:"文章英氣也,人聲之精者爲言,言之精者爲文,英者所以精者也。……有能以歐、蘇之發越,造伊、洛之精微,篇有興而語有味,若是者百過不厭也。"⑦這段文字中的"興"範疇則主要就詩歌本體論而言,但同時包含有"興味"、"興致"等意項,其意義同樣跳宕,並呈現出複雜多元的徵象。

---

① 李德裕《文章論》,《李衛公文集》外集卷三。
② 陸時雍《詩鏡總論》。
③ 《抱朴子·行品》。
④ 見《與汪伯玉司馬書》,《栖真館集》卷十四。
⑤ 《唐詩評選》卷三。
⑥ 《隨園詩話》卷十六引。
⑦ 《趙青山先生墓表》,《養吾齋集》卷二十九。

至於因漢語語義的機動豐富，組合隨意，一些複合詞的詞際關係靈活，可分可合，故許多"合體範疇"的内涵就更難一言道斷了。對此，美籍漢學家劉若愚曾予指出：

> 就單音節的漢字來看，這種意義模糊的問題已經夠嚴重的了，至於雙音節的詞，那就變得更加複雜化，因爲兩個音節在句法上常常處於彼此模棱兩可的關係。事實上，我們有時毫無辦法確定兩者的關係究竟是句法上的還是詞法上的。①

其實，拘執於句法關係還是詞法關係，不算體得漢語表達之窔奧，由此也不可能真正探知"合體範疇"的意義，因爲這種雙音節範疇的組合方式除有語法性組合，如"化境"、"悟入"等外，也有甚至更有非語法性的組合。劉氏曾問，雙音節範疇中"兩個音節究竟是表示兩個概念還是表示一個概念？如果是前者，那麼兩者的關係又是什麽"？他並舉"神韻"範疇爲例，認爲"神"這個字本來的意思可能指"上帝"、"靈魂"、"精神的"、"神聖的"、"富有靈感的"、"神秘的"或者"神奇的"等等，"韻"則指"諧和"、"和音"、"押韻"、"節奏"、"聲調"或者"個人風韻"等等，"神韻合在一起，在理論上以各種令人迷惘的方式加以解釋，其中一些有道理，另外一些則非常荒謬"。其實，這兩個字的組合從根本上說就既是語法的，又是非語法的。

就語法構成的角度考察，它可以視作並列關係的"合體範疇"，由"神"這個表示創作者活潑的思維活動方式及其作品所體現出的不可尋摘的内在精神本質的範疇，與"韻"這個表示作品清遠淡雅、餘味無窮的審美品性的範疇相結合。由於這兩個"單體範疇"都具有十分豐富的意義内涵，十分活躍的構詞能力，它們與其他範疇的組合皆能牽衍成新的範疇序列，因此其彼此吸引吸納，組合成新的範疇，顯得十分自然。但從歷代論者對此範疇的詮釋和運用來看，它又不僅是兩個"單體範疇"的簡單並列。兩個範疇之間除語法組合外，還有更深一層的非語法性的組合意味，即兩者的意義是交互映攝、互相激發的，其中存在着互爲主次、互相依須的複雜關係，決非用語法或詞法可以說清。

---

① 《中國文學理論》，四川人民出版社，1987年，第10頁。

一方面,"韻"被限指爲一種純粹的美的形態,乃或被人直接用爲對美的指稱①,"苟韻不勝,亦亡其美"②,故"神"、"韻"聯爲一詞,兼該兩義,但更主要側重在"韻"。王士禛論詩特重"神韻",也正是從清遠淡雅的詩美形態而言的。但另一方面,正如人之"韻"多流溢在人形體之外,詩之"韻"也與詩的形式體制聯繫密切,所謂"物色在於點染,意態在於抑揚,情事在於猶夷,風致在於綽約,語氣在於吞吐,體勢在於遊行,此則韻之所由生矣"③。而"神"這個範疇指稱人的精神本質,離形體和作品形式體制較遠,有指向人事至深至虛處的深刻性,所謂"知幾其神乎",故當它與"韻"結合,就賦予了"韻"以更精微的精神性內涵。它告訴人,所謂"神韻"雖依託作品的語言或格調等形式講求,但更存在於語言和格調之外,它的根本價值在於一種形而上的意蘊之美,精神之美。胡應麟稱贊"盛唐氣象渾成,神韻軒舉",又指出其"時有太實太繁處"④,就是因爲有的盛唐詩人只追求氣象渾厚,音節瀏亮,外在意象過於密集,以致造成造語過壯、假象過大的毛病,失却了向人精神的精深幽微處趨進的可能,結果與"神韻"二字終隔一層。明清兩代論者不經常用"神韻"來評判這一時期的文學創作,正是出於這一原因。故從這個意義上說,"神韻"範疇又不是以"韻"爲主的,相反是以"神"爲主,是"神"的一種表現形式。在理解和詮解這個範疇時,如果僅執著於詞法與句法,而不結合具體的用例仔細研判,不考慮漢語不重語法及非句法的特點,就不能得到正確的解釋。

要而言之,漢語單字活力强,字與字的組合經常發生。不重語法重語用,不尚字詞涵義的剛性定位與固化指謂,却偏尚以動態組合孳乳多元意義,都使得傳統文論範疇的創設組合獲得絶大的自由度。它們固然有自己內在的規定性,但這個規定性並沒有嚴格到不能有一絲彈性的程度,也沒有絕對不能逸出的意義邊界。有時,內涵的豐富與外延的廣闊並存,顯得辭約而旨豐,"不可以知解求"。以這種"不可以知解求"的辭約旨豐,它們能動地組合在一起,在複合詞的交合過程中全方位地釋放自己,或一方包容、補充和限定另一方,如"神思"、"風味"、"虛靈"等;或兩方面彼此包容、補充和限定,乃至共存並發,形成

---

① 周煇《清波雜志》卷六:"六宫稱之曰韻,蓋時以婦人有標致者爲韻。"
② 范温《潛溪詩眼》。
③ 陸時雍《詩鏡總論》。
④ 《詩藪》內編卷五。

一充滿張力的意義空間,如前及"神韻",還有"神骨"、"情境"、"氣機"、"性靈"、"意象"等。在這個空間中,範疇的聯繫被突出了,範疇的獨立性同時也得到了加强。或者說,正是在這種動態的充滿張力的組合中,一種對範疇質性規定的探索得以完成。

由於組合產生的意義通常是多元的,古人在解說這類範疇時也常常支離其義,析言分說。如"意象"範疇,何景明釋曰:"夫意象應曰合,意象乖曰離"①,王世貞釋曰:"外足於象,而内足於意"②,王夫之則說:"意伏象外,隨所至而與俱流。"③千萬不要以爲這種分視兩者是其綜合思維未貫徹到底的證明,實在是因爲這兩者的意藴太豐富了,當其彼此交接,有太多的内容需要人注意,有太精微的意義需要人切實地把握和領會。

也是由於這種組合孳乳出豐富精微的内涵,決定了這些範疇極具概括力,因此在很多時候,它們給人的印象大多具有根本性的意義。底下要專門論及,學界對古代文論"元範疇"究竟是哪些多有爭議,就與這一點有關。吉川幸次郎在《中國詩史》中,曾就漢語特性之於詩歌創作的影響說過如下一段話:"人們經常用含有嘲笑的意思說漢語是渾沌多方面的。如果說,詩就是用語言將多方面的因素,照多方面的原樣塑造出來的話,那麽,漢語是適宜於作詩的語言。"這裏我們衍用其意,要說的是,其實漢語也是一種十分適宜於表達文學理論批評乃或構造文論範疇的語言。

三、象形的意義

最後要專門討論的是,作爲象形文字的漢字給範疇帶來的感性直觀特徵。

漢字的創設源於先民的仰觀俯察,由觀象而取象、味象,最後形成文字,如許慎《說文解字序》所謂"倉頡之初作書,蓋依類象形,故謂之文"。基於從仰韶文化、大汶口文化,一直到商周甲骨及金文中,象形文字最多,文字起源於原始圖畫當無疑問。

象形構成了漢字的骨幹,其他結構皆因它而起,故古代稱文字爲"文",利用其形其音,通過多種方法拼合成的稱"字",取其"子"之義,所謂"字者言孳乳

---

① 《與李空同論詩書》,《何大復先生全集》卷三十二。
② 《于大夫詩集序》,《弇州山人四部稿》卷六十四。
③ 《古詩評選》卷一。

而浸多",但最本質的稱名仍是"文",爲其有象物的根性。故古人又說:"文者,象也"①,"六書也者,皆象形之變也"②。今人成中英《中國語言與中國傳統哲學思維方式》一文說得更爲詳細,他稱"轉注、假借則是語義的延伸,是把象形文字的形象性延伸出來,語義的延伸也代表了形象的延伸",這一點與西方的聲音語言大不相同。這其實凸顯了"自從畫八卦以來,中國人就重形過於重音"的特點。進而言之,"東漢已有《説文解字》,而南朝才講四聲,《切韻》到隋朝才定下來,宋朝才有《通志·七音略》",可知"重形象是中國人思想的一種習慣傾向,是心理結構或模式中的一個特點"③。以後,隨漢字的楷化,象形的特徵不再明顯,但經過類化轉移、抽象提示和意斷勢連等途徑,這一特徵多多少少仍得到保留④。而類似宋人鄭樵所創設的"一成文說",一直以來都被人視爲不明真相的謬言與妄說。

漢字的象形性在中國古代具有深刻的哲學意味。《易經》言象,《易傳》抬高象而貶低書與言,皆爲後世從哲學角度體味象提供了基礎。所謂"有天地自然之象,有人心營構之象……是則人心營構之象,亦出天地自然之象也"⑤。道法天地,人法自然,作爲對文學創作規律的概括,文學理論批評中的概念、範疇,包括那些不是從哲學範疇借用過來的純粹範疇,自然也因此沾帶上明顯的象形意味,並由此建構起一個不離具象並富有美感的符號系統。

譬如"氣",就是一個象形字。古作"三",《說文》段注稱"氣本雲氣,引申爲凡氣之稱,象形,象雲起之貌,三之者,列多不過三之意也,是類乎從三者也,故其次在是"。古人以雲氣在天地間流動之義,衍爲"精氣說"或"元氣說",以它爲構成天地萬物的原始物質,所謂"精氣爲物"⑥。不僅如此,由於持天地人合一的觀念,還將之視爲人的生命本原,所謂"雜乎芒芴之間,變而有氣,氣變而有形,形變而有生"⑦。"氣"就是人充沛鬱勃的精神,"氣也者,神之盛也"⑧。

---

① 《淮南子·天文訓》高誘注。
② 鄭樵《通志》卷三十一《六書略》。
③ 金克木《文化卮言》,上海文藝出版社,1996年,第74—75頁。
④ 參見朱良志《中國藝術的生命精神》,安徽教育出版社,1995年,第129頁。
⑤ 章學誠《文史通義》卷一《内篇一·易教下》。
⑥ 《周易·繫辭上》。
⑦ 《莊子·至樂》。
⑧ 《禮記·祭義》。

秦漢時，人們開始嘗試將"氣"運用來談藝論文，後經六朝人的成熟運用，成爲一個十分通行的範疇。它周徹從創作心理到思維方式和文法構成各方面，既指作者主體豐沛的生命積養，又指作品生氣彌滿、意氣周流的健旺徵象。以後，對於"氣"的論述代有新見，日臻細密，但大都仍依憑元氣這個天地間流蕩不息的具體意象，並由體會其運動力度和方向，得到"氣"有厚薄剛柔的結論。"氣"範疇的象形意味首先在人心中喚起對一種生氣彌滿的生命活力的向往，並使人由"塞天地之氣"而想及"垂世之文"①，不僅"天地間清氣爲六月風，爲臘前雪，於植物爲梅，於人爲仙，於千載爲文章，於文章爲詩"②，而且人之爲文，因感而發，也正爲了"宣造化之機"③，形自然之氣。故劉將孫《譚村西詩文序》說：

> 文以氣爲主，非主於氣也，乃其中有所主，則其氣浩然，流動充滿而無不達，遂若氣爲之主耳。故文之盛也，如風雨驟至，山川草木，皆爲之變；如江河浩渺，波濤平駭，各一其勢。大之而金石制作，歌《明堂》而頌《清廟》；小之而才情婉孌，清《白雪》而艷《陽春》；古之而鼎彝幼眇，陳淳風而追泰古；時之而花柳明媚，過前川而學少年。

"氣"範疇強烈的象形意味，在劉氏的心象中就是這樣呈現出鮮明生動的自然圖景，它無所不在，變動不居，充滿力度，生生不息。用清人錢詠類似的表述，是"有若看春空之雲，舒卷無跡者；有若聽幽澗之泉，曲折便利者"④。作者大多希望自己的作品能融入這種與自然合一的生命運動，批評者也樂意用此表達對這種運動之進入作品內裏的熱切期待。

其他如"風"、"文"、"美"、"善"、"大"等範疇也大抵類此。至於形聲、會意和指事字，如前所說皆不脫形象。如"性情"、"意志"、"性靈"、"悟入"等範疇皆以"心"爲偏旁意符，爲"心"這個象形範疇所統屬，如《說文》段注所說，"凡心之屬，皆從心"，自然能在人心目中呈現爲一種關乎主體境況的生命意味，從而構

---

① 王文祿《文脈》卷一。
② 劉將孫《彭宏濟詩序》，《養吾齋集》卷十一。
③ 彭時《文章辨體序》。
④ 《履園譚詩》。

成一組與創作本原和主體心理相關的範疇序列。

因此,從這個意義上說,每個漢字都是一個隱喻結構,它通常不指向抽象的事理,而指向具象的世界,以及這個世界萬事萬物的真諦和生命主體生生不息的運動結構。範疇是對包括人在內的萬事萬物本質聯繫的邏輯概括,是人從這個世界獲知的所有認識中最精微的部分,它與具體的生活事象和生命事象的聯繫雖有顯有幽,但那種建基於隱喻的召喚功能無疑都是巨大的。如果說,漢字可以稱作"生命符號",那麼,傳統哲學、文學批評範疇在很大程度上也可稱之爲"生命範疇"。卡西爾在《語言與神話》一書中曾感嘆,人爲文字"付出了沉重的代價",以至到後來,"剩下的只是一個思想符號的世界,而不是一個直接的經驗的世界"。以漢語爲物質材料的傳統文學批評範疇,因自己的象形特性,庶幾避免了這種遺憾。這或許可視爲其勝出同類範疇的地方吧。

第二節 取式於自然與人事

語言賦予文學批評範疇以物質外殼,同時賦予其基本的文化品格和理論旨趣。當代語言學理論已經證明,正是不同的語言造成了不同的世界觀和思想體系,這當中當然也包括造成了不同學科的概念和範疇。

當中國人命定必須選擇漢語作爲自己把握世界的工具時,漢語所起的作用實際上比人通常想象的要大得多。質言之,它在制約範疇意蘊生成方式的同時,還作了今人看起來意義更爲重大、影響更爲深遠的規定,那就是由倉頡作書,到八卦成列,象在其中,它培養了中國人注意從自身周圍的世界去發現體證和仰觀俯察的能力。這種能力落實到哲學與文學批評範疇的創設,就是使之從此走上一條由對天地萬物的取用,到賦予其幽邃深刻的意義,最後將之定型化爲學科範疇的著實的道路。由於在傳統文學批評範疇中,一些具有本體論意義的元範疇,或者說一些反映創作和批評的關鍵問題的核心範疇,有許多是對哲學乃或倫理學範疇的直接沿用,故考察這些範疇的來源,對於研究文學批評範疇具有十分重要的意義。

一、在仰觀俯察中肯認

在西方哲學傳統中,範疇來自於蘇格拉底及柏拉圖對普遍性概念的考察,它是存在的屬性類別,具有本體論的内涵。也就是說,作爲思維所必須認知的性質、範圍和種類,它具備了認知對象的根本性,是一種可以被瞭解爲本體論和形而上學的基本觀念。

亞里士多德在所著《範疇篇》中提出了著名的十大範疇,並建立了原始範疇的結構體系。這十大範疇如實體、性質、數量、關係、地點、時間、姿態、狀況、活動、遭受,"意在表明它們都是從某個方面描述、説明事物的詞"①,所以皆是他對存在本身的基本分類,是關於實體的最一般的定義,體現爲知識範疇的抽象品性。到了近代,康德《純粹理性批判》一書提出了十二範疇表,創立了完整的範疇體系。不過,他的體系是主觀的,具有先驗的形而上學性質。如他視範疇爲純粹的理智概念,僅來源於智慧,與感性無關,因而獨立於經驗之外。"欲自經驗引申此等純粹悟性概念","皆屬徒勞無益之舉"②。以後黑格爾創辯證範疇的結構體系,把概念、範疇的自身發展和全部哲學史聯繫起來,同時注意揭示範疇之間的内在聯繫和相互轉化,所提出的質、量、度的存在論範疇,矛盾、同一與差異,根據與條件、形式與内容等本體論範疇,以及所展開的一系列論述,克服了康德的先天唯心成分,在一種主客觀統一中深刻把握了人對世界認識的階段性規律。但要指出的是,從他全部範疇論的形成和展開來看,依然封閉在知識論範圍内,在概念上繞圈子。

與這種從命題、分析和分類來概括事理的邏輯範疇相比較,中國古代哲學範疇的形成和展開則大多不脱對宇宙人生大體大化的肯認,由此汲取其意象和精奥,創爲名言以約限思想,規範行爲,求得學説的確立和人生的完滿。誠如論者指出:"早在殷周之際,當希臘人還處在'稚氣的'英雄神化時代,中華民族便開始進入了哲學的覺醒。先民們抱着'通天下之志'、'定天下之業'、'斷天下之疑'的目的,歷經長期的生產實踐,以天然純樸而富於智慧的眼光,'仰則觀象於天,俯則觀法於地',采用'類萬物之情'的天才的直覺方法,先把絪緼混沌的客觀世界,自覺地抽象、分離爲'天地人'的對立統一體,産生奇偶、陰陽等矛盾觀念,同時,通過'奇偶數卜'的占筮活動,運用奇偶陰陽(--、—)符號,'二二相耦',構成了由'八卦'而'六十四卦'的《周易》卦象體系。每一卦象'其稱名也小,其取類也大;其旨遠,其辭文',都是一個藴涵着豐富内容的辯證範

---

① 亞里士多德《範疇篇　解釋篇》,商務印書館,1959年,第11頁。
② 《純粹理性批判》,商務印書館,1982年,第129頁。

疇。由於它自身奇偶陰陽的矛盾性質,使各個卦象(範疇)之間按照'非覆即變'、對立而不對抗的矛盾規律,有機地聯結在一起,形成了最初的中國哲學辯證邏輯範疇體系。"①

試看先秦以來中國哲學範疇的發生發展歷史,特別是先秦時期的基始性範疇如"元"、"氣"、"陰陽"、"五行"、"生"、"易"、"動靜"、"神"、"理"、"常"、"勢"等等,皆是古人從取式自然人事中得到的。張岱年將傳統哲學範疇分爲"自然哲學的概念範疇"、"人生哲學的概念範疇"、"知識論的概念範疇"三類②,所選列的範疇通貫先秦至明清。前者即多取式於自然,後兩者則多取式於人事。

當然,就是在先秦時代,傳統哲學範疇也不僅一例從自然與人事中來,或精確地說,不是直接地從自然與人事中來,如墨家和荀子所提出的"類"、"故"、"理"等範疇就具有相當的抽象意味。但"類"與具體的自然和人事事象有關,所謂"比類取象"③,只不過在取象以定性的同時,更側重於比類以運數而已,而"故"與"理"也不能說與自然人事一無關係,特別是在後期墨家那裏,這三者相互聯繫,作爲邏輯思維形式的基本範疇得到闡釋,不可謂未接受自然與人事的啓發。並且,即便如此,類似這樣的範疇還是沒有爲人普遍地信用,大部分人創設概念或範疇,還是走直接取式自然與人事的路徑。

這"天"指自然之天,當然,以後也可指義理之天和主宰之天。這"氣"指自然之氣,以後泛指不依賴於人的意識而構成的一切感覺對象的客觀存在乃至精神現象。這"勢"由《尚書·君陳》之"無依勢作威"、《管子·形勢》之"天不變其常,地不易其則",而《孫子兵法·勢篇》所謂"戰勢"、《慎子·威德》所謂"勢位",則是受自然與人事的雙重影響。待引入哲學領域,指稱事物由於相互間位置不同而引起的變化趨向,進而泛指事態的格局及運動趨機,事物的位置、力度、聲威、傾向和控制力。以後柳宗元聯言"勢"與"意",以討論上古封建之由來④。一直到清代,王夫之聯言"勢"與"理",提出"理當然而然,則成乎勢

---

① 陳俊民《中國傳統哲學邏輯範疇研究的歷史必然性》,《中國哲學範疇集》,人民出版社,1985年,第417頁。
② 《中國古典哲學概念範疇要論》,中國社會科學出版社,1989年,第2頁。
③ 《呂氏春秋·有始》謂:"天地萬物,一人之身也,此之謂大同。衆耳目鼻口也,衆五穀寒暑也,此之謂衆異。則萬物備也。天斟萬物,聖人覽焉,以觀其類",可爲參看。
④ 《封建論》,《柳河東集》卷三。

矣……勢既然而不得不然,則即此爲理矣"①,都未脫棄其初始的原義。

傳統哲學範疇這種不脫自然人事、不離具體事象的特點,與前述古代中國人偏尚經驗和實用,講究體驗和綜合,因而致力於宇宙論和價值論的探索是有關係的。由於尚經驗,求實用,它便不向玄虚之域致思;由於講整體綜合,重過程體驗,它便不好分析,忽視結構而注重功能,由此它的知識論構建和純思探索的熱情在一定程度上受到了沮抑,概念、範疇的形而上品格和抽象意味不免發育得不太充分。但從另一面看,它的宇宙論和價值論發達了,和諧意識和辯證精神顯得尤爲豐富。

二、感性形態的獲得

古代文學批評範疇因此受到上述正反兩方面的深刻影響。它很少有那種在現實界無相應對待的純粹論理性概念或範疇,在其萌生與發展的初期,大抵盡數借鑒和移用哲學或倫理學範疇。有時未必是借鑒和移用,因其人所談本也關涉文學,或對文學有直接而明顯的啓示,其所用名言也就自然而然地被後世沿用爲文學批評範疇。

由於文明肇興和初度繁榮的實際情況,先秦時代,幾乎所有重要的有原型意義的哲學範疇,都被秦漢以來歷代論者引入文學一途,成爲文學理論批評的元範疇或核心範疇。如前面論及的"氣"、"道"、"天",還有"陰陽"、"動靜"、"常"、"勢"等等,可以說都是直接從哲學引入的。並且,即使在其自身內涵得到充分發育和展開的後期,其原初的哲學痕跡仍宛然可見。

"氣"範疇對傳統文學理論影響之大已爲人所熟知,習常的論說不引也罷,但元人黃溍的一段話頗可以用爲上述判斷的重要佐證。在討論"文主於氣,氣命於志,志立於學"時,他說:

> 蓋三代而下,騷人墨客以才驅氣駕而爲文,驕氣盈則其言必肆而失於誕,吝氣歉則其言必苟而流於詒。譬如一元之運,百物生焉,觀其榮耀銷落,而氣之屈伸可知也。惟夫學足以輔其志,志足以御其氣者,氣和而聲

---

① 《讀四書大全說》卷九。

和，故其形於言也，粹然一出於正，兹其所以信於今而貽於後歟？①

他由大自然一元之氣的運化規律與萬物生長的哲學關係，論及作文須有"出於正"之粹然之氣，取用自然人事的痕迹是十分明顯的。

再說"勢"，它由古人依據自然與事理邏輯創設，漢以後被引入文學批評和藝術批評。出於對創作過程運動變化規律的駕馭欲望，還有根據個人的理解去反映和改造客觀對象的欲望，他們在書畫與詩文批評領域，多用這一範疇表達對高層次的藝術美創造，特別是藝術造型的靈動化的追求，故書論講"書勢"、"筆勢"和"體勢"，畫論講"取勢"和"造勢"，文學批評中也有大量相關的論述。劉勰《文心雕龍》專闢《定勢》篇討論"情致異區，文變殊術，莫不因情立體，即體成勢"的問題，篇中有這樣一段展開性的論述：

> 勢者，乘利而爲制也，如機發矢直，澗曲湍回，自然之趣也。圓者規體，其勢也自轉；方者矩形，其勢也自安。文章體勢，如斯而已。是以模經爲式者，自入典雅之懿；效騷命篇者，必歸艷逸之華；綜意淺切者，類乏醖藉；斷辭辨約者，率乖繁縟。譬激水不漪，槁木無陰，自然之勢也。

劉勰本義在"言勢之無定"②，他稱"勢"是一種"自然之趣"、"自然之勢"，就是要作者忠實於客觀事物的本來面貌，順應其運動變化的趨勢，並顧及所用文體的特點，如此"循體而成勢，隨變而立功"。已有論者指出，文中所謂"勢者，乘利而爲制也"，"圓者規體"，"方者矩形"，都來自《孫子》的《計篇》和《勢篇》③。以後，王昌齡論"詩有學古今勢一十七種"，署爲王氏所作的《詩中密旨》論"詩有三格"——得趣、得理、得勢，"詩有五用例"——用字、用形、用氣、用勢、用神。皎然《詩式》也有"明勢"一則和"深於體勢"、"偷勢"之論，稱賞"語與興驅，勢逐情起"，並對"勢有通塞"問題作了探討，所謂"一篇之中，後勢特起，前勢似斷，如驚鴻背飛，却顧儔侶"。齊己《風騷旨格》提出"詩有十勢"，其辭或許純是論理，但也不脫自然事理，乃或乾脆就以"獅子返擲勢"、"鯨吞鉅海勢"等生動的

---

① 《吴正傳文集序》，《金華黄先生文集》卷十八。
② 黄侃《文心雕龍札記·定勢》。
③ 詹鍈《文心雕龍義證》，上海古籍出版社，1982年，第1115頁。

現實事象命名其所議。

宋以下一直到明清,"勢"範疇的運用範圍更爲廣闊,但仍未脫盡對自然和人事的取用。如清人王夫之論詩推尚內力深含,無取亢響危聲,要求詩人能以斂束約忍之力顯示作品的力度美,因此也標舉"勢",所謂"以意爲主,勢次之","一勢字宜着眼"①,在具體品評中,又每以"筆有忍勢"②、"密情斂勢"稱人③。他將斂束約忍的力度美賦予"勢",固然豐富了這一範疇的內涵,但要說脫盡原義的牽制則不能,因爲他注入"勢"範疇的忍斂一義,正由"弓宜觓也,酒宜柔也,詩之爲理與酒同德,而不與弓同用"的生活事理而來④。其他論者用"勢",如稱"詩須爭起手,一起得勢,以下便迎刃而解,此力爭上游之法也"⑤。"律詩得勢全在首句,而第二韻扣題之處,務使題中字字落紙有聲,或襯托,或開合,或流水,均要落起警醒,乃佳。"⑥結合具體詩法而論,其義理資源也都根植於此。要求入手得勢,是爲了防止作品一開始即落平衍,使全篇"通身無氣力"⑦。清魏際瑞論古文寫作,稱"夫文者在勢,大抵逆則聳而順則卑,逆則奇而順則庸,逆則強而順則弱。形家以順龍爲奴龍,搖家以逆勢爲霸勢,是故一逆不已而再逆,故一波未平而再波"⑧,論"勢"的同時,拈出"順逆"這一對待性辯證範疇,其取用於自然人事的痕跡也非常清楚。對此,今人饒宗頤總結道:

> 原夫形勢立義,起於管仲;勢備選陣,成乎孫臏。韓非說勢爲勝衆之資,兵家用勢譬弓弩之象。道法相謀,兵藝同術,勢之義大矣哉!法書之本,永字八法,是曰八勢。隨形應變,盡態極妍。而畫筆所至,山川薦靈;或闔或開,有形有勢,受遲則拱揖有情,受疾則操縱得勢,受變則陸離譎怪,受化則氤氳幻滅。畫埋筆法,其大地之賁歟!其山川之飾歟!⑨

---

① 《夕堂永日緒論·內編》。
② 《古詩評選》卷一。
③ 《明詩評選》卷四。
④ 《古詩評選》卷二。
⑤ 陸元鋐《青芙蓉閣詩話》卷下。
⑥ 林聯桂《見星廬館詩話》卷二。
⑦ 冒春榮《葚原詩說》卷一。
⑧ 《答石公論文書》,《魏伯子集》卷二。
⑨ 《說"勢"序劉海粟翁書畫》,《澄心論萃》,上海文藝出版社,1996年,第395頁。

指出書畫用"勢"從根本上得之於自然,惜乎未連及文學創作,但古代詩書畫相通,連類而推,結論還是顯然的。

　　古代文學批評範疇的這種創設模式,浸注着濃厚的詩性意味和人文意識,比之以認識論觀照爲基礎,重視科學精神的西學範疇,無疑具有獨到的意義。借取黑格爾的一句話,"知解力是不可能掌握美的"①,這種不脱自然人事的感性形態,幫助古代中國人掌握了美,表達了美,並最終肇成了傳統文學、美學理論的豐富生態和持續發展。雅各布遜在《何謂詩》中曾説過這樣一段話:"當一個詞語被當作詞語得到接受之時,而不是作爲被命名的簡單替代物或某種情感的迸發,也就是説,當詞語及其句式的含義,在外部和内部的諸形式不再是現實世界的冷漠的徵象,而是具有其自身的分量和獨特的價值,詩性便得到了體現。"中國古代文學批評範疇走的恰恰是一條相反的道路,它所迸發出的詩情有時使得構成它的詞語本身就直現出一種美感,借用卡西爾的話,它不是一種"概念的深層",而是一種"純形的深層"②,且這形象性語言不是這世界"冷漠的徵象"。它不靠科學與理性來發現,但却在文學和藝術中得到了蓬勃而充分的展現。

　　當然,由於文學批評範疇多沿用傳統哲學、倫理學範疇,即或不是出於對上述兩者的沿用,也與其構成方法相類,不脱對自然與人事的取法。也就是説,它直接由感性直觀建立,缺乏聯繫的環節,即所謂中介,有的範疇甚至不免粘滯在具體事象上,取一種純描畫的姿態,而没有論理性的深入展開。且看清人蔣超伯的一段話:

　　　　英石之妙在皺、瘦、透,此三字可借以論詩。起伏蜿蜒,斯爲皺,皺則不衍,昌黎有焉;削膚存液,斯爲瘦,瘦則不膩,山谷有焉;六通四闢,斯爲透,透則不木,東坡有焉。凡平鋪直叙、絶無生趣者,宜醫以皺;腸肥腦滿、俗不可耐者,宜醫以瘦;村婆絮語、似是而非者,宜醫以透。時文家有"輕"、"清"、"靈"之説,"皺"、"瘦"、"透"三字義實兼之。支離非皺,寒儉非瘦,鹵莽滅裂非透。吁,難言之矣。③

---

① 《美學》第一卷,商務印書館,1981年,第143頁。
② 《人論》,上海譯文出版社,1985年,第215頁。
③ 《通齋詩話》下卷。

其間,"皺"、"瘦"、"透"三個名言的意指看似獲得了比較充分的解說,順帶着又對"衍"、"膩"、"木"三個名言也有指及,但細審之,全無正面的意義説明和嚴正的邊界釐定。這使得傳統文學理論批評向更深入嚴整方向的趨進變得頗爲艱難。

再看宋人吴沆的一段話:"詩有肌膚,有血脉,有骨格,有精神。無肌膚則不全,無血脉則不通,無骨格則不健,無精神則不美,四者備,然後成詩。"①純然以描述人生理體相的用語來論述詩歌創作的諸構成因素,而無一點論理性的補充説明,比之早先顏之推"文章當以理致爲心腎,氣調爲筋骨,事義爲皮膚,華麗爲冠冕"的象喻,更虛渺不可捉摸。這樣的情形不僅發生在吴沆一人身上,一直到明清兩代都還可以看到。

誠然,"在一切語種裏大部分涉及無生命的事物的表達方式,都是用人體及其各部分以及用人的感覺和情欲的隱喻來形成的"②,故西方文學批評也多有用"體格"、"血肉"等名言論文的,從朗吉弩斯到維威斯、華兹華斯和卡萊爾等人無不如此。但正如錢鍾書提出的,"它們在西洋文評裏,不過是偶然的比喻,信手拈來,隨意放下,並未沁透西洋文史的意識,成爲普遍的假設和專門的術語","只是比喻的詞藻,算不上鑒賞的範疇",因爲"在西洋文評裏,人體跟文章還是二元的,雖然是平行的二元;在我們的文評裏,文跟人無分彼此,混同一氣"③。倘作具體的比較,則西洋文評習慣説"一種或這種多肌肉的文章",而不説"一切文章的肌肉",而後者,恰恰充斥於中國的文學批評。"肌肉"在這裏决不是簡單的喻詞,而顯然具有本位意義。正是這種本位意義賦予了傳統文論範疇以十分鮮明的理論特點,並使之在具體的文學批評中,獲得深切著明的即時效果。當然,其多少有違理論自身通常需深入展開的本性。這或許可以算作傳統文學批評範疇構成模式的一個負面影響吧。

三、對感官用語的援用

古代文學批評範疇取式於自然人事的特點,以及其正反兩方面的影響已如上述。這裏需要指出,因有如前所説中西範疇在哲學根性上的深刻區别,在

---

① 《環溪詩話》卷中。
② 維柯《新科學》,人民文學出版社,1986年,第215頁。
③ 《中國固有的文學批評的一個特點》,《文學雜誌》第1卷第4期,1937年8月。

評判其正反兩方面的影響時,實在是哪一方面都不能説過頭的,對其負面影響的論定更須特別的慎重和留意。

今以非審美感官的感覺經驗被引入文學批評,描述這種經驗的語詞被引入批評範疇系統爲個案,作一具體説明。衆所周知,在西方文論傳統中,官能感覺作爲動物的感覺是被排斥在美的領域之外的,故康德説嗅覺、味覺近於機體之官,不如視覺、聽覺和觸覺之近於智慧之官。黑格爾更明確指出:"藝術的感性事物只涉及視聽兩個認識性的感覺。至於嗅覺、味覺和觸覺則完全與藝術欣賞無關。"①以後,利普曼和哈曼也將觸覺排斥在智慧之官外。當然,這樣的觀點並未定於一尊,但即使有不同意惟尊耳目論的自然主義美學出現,對感官之於審美作用的討論也都基本上被放置在如何獲得美感的論説平臺上,那些反映和描述感官經驗的詞語,並没有因此進入到美和審美理論範疇的系統當中。

中國的文論傳統則明顯不同。它一般不絶對地區隔兩者,一味拒斥味覺、嗅覺和觸覺,相反,如日人笠原仲二所指出的:"中國人最原初的美意識,就起源於'肥羊肉的味甘'這種古代人們的味覺的感受性","對中國人原初的美意識的内容或本質,我們可以一言以蔽之,主要是某種對象所給予的肉體的、官能的愉快感"②。儘管笠原氏所論不甚精確,如古代中國人是以羊大爲美、羊人爲美,並非以羊肥味甘爲美。就前者而言,《説文》釋"大",就説"天大,地大,人亦大,故大象人形",甲骨文中也以"大"訓人。就後者而言,羊人相合關乎上古羊生殖崇拜,因羊生羔時胞衣不破,滑溜順暢,故《詩經·生民》寫姜嫄生產,"誕彌厥月,先生如達,不拆不副",商代青銅器父乙簋也將"美"寫成頭戴羊角的孕婦模樣,但他提出的古人重視味覺等官能感覺却是不錯的。

先説味覺。傳統文論範疇中有"味"和"滋味"、"風味"等名言,一直到以後的"韻味"、"禪味"、"味外味",儼然成一序列,其最初意義即指能够刺激人味覺、嗅覺,引起酸甜苦辣等不同生理反應的物質,以及這種感覺反應本身。不過,古人對它的認識並没有僅止於此種淺表的層次,在用以喻政喻德、論醫論樂的同時,更將之提升到哲學的層面,把它視作對宇宙萬物特性的一種獨特的

---

① 《美學》第一卷,商務印書館,1981年,第48頁。
② 《古代中國人的美意識》,北京大學出版社,1987年,第2、6頁。

把握方式,以及由此得到的一種耐人尋味的認識成果。如蔡邕所謂"安貧樂潛,味道守真"①,梁元帝蕭繹所謂"鑽味微言,研精至道"②,都超越了一般意義上的生理體驗,而指向一種心理體驗,一種與這個世界的道體本真有所領會的精神性活動。

漢魏以來,人們將之引入文事,既用指主體的審美投入,所謂"耽味"、"誦味"、"含味"和"玩味",又兼指客體所内含的真久意藴,所謂"精味"、"清味"、"至味"、"逸味"、"遺味"、"餘味"乃至"禪味"。如此立意深遠,包舉廣泛,將啓人心智和誘發人美感等多種意思聯結起來,在道出主體審美體驗的完整性和過程性同時,對引起這種體驗的對象的豐富内涵作了直悟式的説明。所謂"詞之爲物,色香味宜無所不具"③。因執著於求味,不僅無情無味,不變無味,質實無味,顯豁也無味,甚有"味外之味"這類命題的提出,從而把這個範疇的審美内涵提升到一個更高的層次。如果説,傳統文學創作有其至高理想的話,那麽就形式方面的追求而言,"餘味"、"味外味"可以説是其中重要的一項。

與之相聯繫,尚有"無味"和"無味之味"兩説。清人姚椿《樗寮詩話》卷上謂:

> 戴剡源表元序許長源詩云:酸鹹甘苦之於食,各不勝其味也,而善庖者調之,能使之無味。温涼平烈之於藥,各不勝其性也,而善醫者治之,能使之無性。風雲月露、蟲魚草木以至人情世故之託於諸物,各不勝其爲跡也,而善詩者用之,能使之無跡。是三者所爲,其事不同,而同於爲之之妙,何者? 無味之味食始珍,無性之性藥始匀,無跡之跡詩始神也。

他以"無味之味"與"無性之性"喻指詩歌之"無跡之跡",突出了詩歌脱略聲臭不着痕跡的神化境界,説到底,這就是一種"真味",古人尤其推崇這種"味",稱"淡中有味味真味"④。其實,推而廣之,"無味之味"也須"味真味"。這種由"無

---

① 《被州辟辭讓申屠蟠》,《全後漢文》卷七十三。
② 《高祖武皇帝謚議》,《全梁文》卷十六。
③ 劉熙載《藝概·詞曲概》。
④ 鄒浩《自淡山過暗巖》,《道鄉集》卷十四。

味"求"真味",顯然比"味外味"更高一層次,因此是不能簡單地望文生義,以爲仍屬不脫原義的粗鄙表達的。

在引味覺入文事,引"味"作文論範疇的同時,古人還着重提到了"淡"。這個字後來成爲文學批評史上最重要的範疇之一,它具體到味覺中的某一例,用一種與濃鹽赤醬相對待的清平和順之味,來指稱作品溫和含婉、清雅有味的特殊境界,如蘇軾稱柳宗元詩"外枯而中膏,似淡而實美"即是①。明清人於此義迭有論述。如袁宏道稱"蘇子瞻酷嗜陶令詩,貴其淡而適也。凡物釀之得甘,炙之得苦,唯淡也不可造。不可造,是文之真性靈也"②。以物釀炙之後得甘得苦與淡不可造作譬,説明"淡"之美的生成根源,是對蘇氏所論很好的補充。徐渭論雜劇創作,稱"點鐵成金者,越俗越雅,越淡薄越滋味",又稱"夫真者僞之反也,故五味必淡,食斯真矣;五聲必希,聽斯真矣;五色不華,視斯真矣"③,取意與袁氏相同。

清人更着重發揮"濃"與"淡"的辯證關係,如清初賀貽孫《詩筏》承蘇軾外枯中膏似淡實美之説,指出"陶元亮詩真而不厭,何以不厭?厚爲之也。詩固有濃而薄,淡而厚者"。這裏"濃而薄"、"淡而厚"很值得玩味,它實際上道出了"淡"範疇所藴含的最精微的意義,即它看似淺而實深,明淺中大有深旨④。前及姚椿曾稱詩有味能得"神",深悉"濃淡"辯證關係的他們自不忘突出"淡"之於詩歌"神"的生成的作用,所謂"作詩須有遠神,讀者亦須有遠神以會之。蓋遠則淡,淡則真,真則入於妙矣"⑤。由"淡"與"神"、"妙"等範疇的這種連接,還有誰能説它只是一個表達感官體驗的粗淺的名言?至於由此一字牽衍出的"平淡"、"冲淡"、"簡淡"、"古淡"、"淡樸"、"淡遠"等一系列後序範疇,離其原初之意漸去漸遠並愈轉愈深,一概以鄙陋粗淺視之,就更不合實情了。

接着再考察嗅覺之於文學批評與文論範疇的關係。與西人將嗅覺排斥在審美感覺之外不同,古代中國人每每將之引入爲談藝論文之助。蓋他們認爲詩詞文等各體文學除能有味,也具色香,故引"香"爲獨特名言,對之每有着重的強調。

---

① 《評韓柳詩》,《東坡題跋》卷二。
② 《叙咼氏家繩集》,《袁宏道集箋校》卷三十五,上海古籍出版社,1981年,第1103頁。
③ 《贈成翁序》,《徐渭集·徐文長逸稿》卷十四。
④ "淡"另還與"鹹"構成對待,不常爲論者言及。明桂天祥《批點唐詩正聲》評岑參《與獨孤漸道別長句兼呈嚴八侍御》詩,就有"鹹淡濃麗俱有",可資旁備。
⑤ 計發《魚計軒詩話》。

如宋人因李白《廬山東林寺夜懷》之"天香生虛空,天樂鳴不歇"句,貫休《山居》之"豈知知足金仙子,霞外天香滿毳袍"句,而"因思靜勝境中當有自然清氣,名曰天香"①。明人沈際飛稱"詞貴香而弱,雄放者次之"②,祁彪佳稱曲中"駢儷之派,本於《玉玦》,而組織漸近自然,故香色出於俊逸,詞場中正少此一種艷手不得"③。袁中道論盛唐人詩,稱"覽之有色,扣之有聲,而嗅之若有香,相去千年之久,常如發硎之刃,新披之萼"④,都將此名言的嗅覺意味凸顯得更爲明白。

正因爲好詩嗅之有香,故清人提出"學古人詩不在乎字句,而在乎臭味,字句魄也,臭味魂也"⑤。宋大樽《茗香詩論》更説:

> 或問:詩至靖節,色香臭味俱無,然乎?曰:非也,此色香臭味之難可盡者,以極淡不易見耳。……和氣之流,必有色香臭味,雲則五色而爲慶,三色而成霱;露則結味而成甘,結潤而成膏。人養天和,其色香臭味亦發於自然。有《三百》之和,則有《三百》之色香臭味;有靖節之和,則有靖節之色香臭味。

這種對詩歌之"香"的品味和總結充滿着深刻的辯證意味,決非拘於名言原義,對詩歌外在聲華所作的隨意概括。作品之"香"既來自詩人的性情,又出於自然無迹,這"香"也就有了擺落庸常,指向作品本質結構的精微意義。

這裏要特別提及的是明清之際人對"鼻觀"的延入和運用⑥。如錢謙益認爲詩歌"疏瀹神明,洮汰穢濁",是"天地間之香氣也"。有鑒於人以目觀,不過是辨其色而不能得其香,故提出"鼻觀"兩字。其《香觀説書徐元嘆詩後》説:"吾廢目而用鼻,不以視而以齅。詩之品第,略與香等,或上妙,或下中,或斫鋸而取,或煎箏而就,或熏染而得,以齅映香,觸鼻即了,而辨聲色香味四者,鼻根中可以兼舉,此觀詩方便法也。"這裏,錢氏提出詩有香氣,是爲突出詩歌精微

---

① 晁迥《法藏碎金錄》卷五。
② 《草堂詩餘四集》。
③ 《遠山堂曲品》評梅鼎祚《玉合記》。
④ 《宋元詩序》,《珂雪齋文集》卷二。
⑤ 黃子雲《野鴻詩的》。
⑥ 宋人素有"聞香如參禪"之説,以至於把這種現象簡稱爲"香禪"。"香禪"的產生離不開鼻根認識世界的功能,此即宋人所謂"鼻觀",黃庭堅在詩文中首用之,如《題海首座壁》之"香寒明鼻觀",後蘇軾也有援用,如《題楊次公蕙》之"鼻觀已先通"。參見周裕鍇《法眼與詩心——宋代佛禪語境下的詩學話語建構》,中國社會科學出版社,2014年,第149頁。

窈深的藝術特性。在他看來,這種精微窈深很難捉摸把握,唯由表及裏的過細咀嚼和往復含玩才能得其玄珠與精魄。故他棄置常受青黃赤白烟雲塵霧迷惑的人眼不用,獨尚"鼻觀"。

"鼻觀"本來自於佛教義理。佛教以人的眼、耳、鼻、舌、身、意爲"六根",對應色、聲、香、味、觸、法"六境"與眼識、耳識、鼻識、舌識、身識、意識"六識"。鼻有嗅覺,能生"鼻識"。由於"六根"可以互用,故"無目而見"、"無耳而聽"、"非鼻聞香"、"異舌知味"、"無身覺觸",在佛教來説是很正常的事。一個人能把五官統聯爲一體,六根合一,便可覺悟自性,並由這種覺悟,達到對生命存在的終極體驗。基於此,佛典中類似"鼻裏音聲"、"耳中香味"、"眼中鹹淡"、"舌上玄黄"這類話每可見到。鼻既然有識,自然也可以有視,可以用觀。

且看《楞嚴經》卷三所載如來對阿難的一段談話:"阿難,汝又嗅此爐中旃檀,此香若復燃於一銖,室羅筏城四十里内同時聞氣,於意云何? 此香爲復生旃檀木,生於汝鼻,爲生於空? ……是故當知香臭與聞,俱無處所。即嗅與香,二處虛妄。本非因緣,非自然性。"按他的意思,是説人的"六根"與色、聲、香、味、觸、法"六塵"均屬虛妄,不能迷執,只有破除所執,才能達到真正意義上的覺悟。後釋慧洪在示衆時,因此話頭提出"入此鼻觀,親證無生"的命題①,以爲通過"鼻觀"可以親證到涅槃的正諦,從而對感官在生命體驗中的作用做了突出的强調。

錢謙益好談佛,每引佛理論文。其《二王子今體詩引》即引佛典,稱"唐有天人費氏告宣律師閻浮提世間臭氣上熏於空四十萬里,正直光音天,諸天清浄,無不厭惡,惟香氣上熏破之,故佛法中香爲佛事。……惟伊蘭充滿三界,諸天憫之,致令此世界中得以文字妙香代爲佛事"。其《後香觀説書介立旦公詩卷》論賞人詩,並稱"於斯時也,聞思不及鼻觀,先參一韻,偶成半偈,間作香嚴之觀,所謂清齋晏晦,香氣寂然,率入鼻中者,非旦公孰證之,非鼻觀孰參之",强調鑒賞時主體的積極投入。聯繫其認爲作品皆作者情感的體現,有氣含藏於心識,涌見於行墨,而"剪綵不可以爲花,刻楮不可以爲葉",可知他是把"鼻觀"作爲脱略作品形骸,把握作者生命本體和作品内在本質的有效手段的。此外,王思任稱"自謝家女形絮爲雪,使君譜一香字,遂攘之爲己有,柳本地綴也,忽作天想,雪偶目喻也。又作鼻觀,文章家割神取氣,亦何所不至"②,取意與錢

---

① 釋普濟《清涼慧洪禪師》,《五燈會元》卷十七。
② 《雪香庵詩集序》,《王季重十種》。

氏類似。所以，不加分析地認定文學批評範疇中引入對感官經驗的描述之辭，是範疇構建的粗鄙和不成熟，體現了取式自然與人事的傳統範疇構成模式的負面影響，並不是實事求是的做法。

在傳統文學批評範疇中，還有"冷"與"熱"、"硬"與"軟"、"尖"與"鈍"、"粗"與"細"等一系列對待範疇，大抵以"冷"、"軟"、"尖"、"細"勝"熱"、"硬"、"鈍"、"粗"①。其中尤以"冷"與"熱"或兩者整合成的"冷熱"範疇爲最常見常用，這可看作是由觸覺引入文論範疇的顯例。如李東陽《麓堂詩話》稱："作涼冷詩易，作炎熱詩難。"劉熙載《藝概》也有"冷句中有熱字，熱句中有冷字"之說，不過與上述味覺、嗅覺範疇稍稍不同，它多用於戲劇批評領域。如明代批評家論及戲劇場景設置，頗注意平衡用力，以防全劇關目分派不均，使演者受累，聽者不快。爲此他們常借日常生活事理，用"冷"、"熱"這兩個觸覺範疇來指謂劇情的寂喧和疏密。但凡冷熱相劑得當才是會家，相反則不能算本色當行。故湯顯祖《紅梅記總評》因該戲"上卷末折《拷伎》，平章諸宴跪立滿前，而鬼旦出場，一人獨唱長曲，使合場皆冷"，而稱其"苦無意味"。陳與郊《櫻桃夢》"炎冷、合離，如浪翻波叠，不可摸捉，乃肖夢境"，則被祁彪佳《遠山堂曲品》大大肯定了一番，他並稱"《邯鄲》之妙，亦正在此"。馮夢龍也從此角度討論劇作得失，《新灌園記總評》不滿該戲"丑凈不能發科，新劇較之，冷熱懸殊"。至清代李漁《閒情偶寄·演習部》專列"劑冷熱"一節，對此作了更爲深入的探討。鑒於時人好熱鬧而不喜靜雅，他提出"戲文太冷，詞曲太雅，原足令人生倦"，但倘"外貌似冷而中藏極熱，文章極雅而情事近俗者"也大可肯定，由此提出"冷中之熱，勝於熱中之冷"的命題②。

---

① 如嚴廷中《藥欄詩話甲集》謂："論詩以柔爲主，盤空硬語皆矯揉造作爲之，非正格也。"此"柔"字一定程度上可概言"冷"、"軟"、"細"甚至"尖"諸端。倘再分疏之，則其中"細"者，微也，轉義喻嫩，被用以指明情深，述理密，深思入微，尤具勝義。故常與"深"耦合成詞，有所謂"節細味永"、"結得深細"，竟陵派論詩每多用之，見其所撰《唐詩歸》。然亦有以"細"爲輕者，如顧璘《批點唐音》評皇甫孝常《秋夕寄懷契上人》"情景清細，所以爲中唐作者，作者要辨得此界，方好下手"。至於詞論中的"細"還兼指聲調的流利與格調的婉密，可並爲參看。
② 明萬曆時山陰人朱朝鼎《新校注古本西廂記跋》於此已著先鞭，他稱"近世製劇，淡則嚼蠟無味，濃則堆繡不勻，斯亦無庸校注已。至如古本《西廂》，元劇也。劇尚元，元諸劇尚《西廂》，盡人知之。其辭鮮穠婉麗，識者評爲化工，洵矣。但元屬夷世，每雜用本色語，而《西廂》本人情描寫，皆刺骨語，不特艷處沁人心髓，而其冷處著神，閒處寓趣，咀之更自雋永"，這"冷處著神"，部分解釋了爲何"冷"勝於"熱"的原因。

明清人批點和評論小說也每每用及此範疇,張竹坡和脂硯齋自不必說。到晚清,蔣智由更將文章分爲冷熱兩類,稱"熱的文章,其激刺也強,其興奮也易,讀之使人哀,使人怒,使人勇敢","冷的文章,其思慮也周,其條理也密,讀之使人疑,使人斷,使人智慧"①,直將作家創作的主觀態度和讀者的接受連接起來置論。其觸及的問題面頗廣,僅從字面而論,顯然不能得其要領。或許是受了他的影響,以後《醒獅》上發表了《讀母大蟲小說》一文,分小說爲冷熱兩種,稱"冷的小說,讀之使人疑,使人惑,有不可思議之象;熱的小說,讀之使人莊,使人快,有拔劍斫地之慨",同時又分別指出其短長:"熱的小說,其激刺也強,激刺強,則失之烈;冷的小說,其興感也緩,興感緩,則失之柔。"要求長短互避,冷熱得兼。雖然這種論述未及上述各家對"味"、"淡"等範疇的論述來得深刻,但要說全然爲感官感受所拘也不見得。

除上述諸名言外,如作爲味覺的"酸"、"辣",作爲觸覺的"滑",作爲味覺、觸覺兼有的"澀",都被作爲重要的概念或範疇,得到各個時代作家、批評家的張揚,並也在不同程度上牽衍出從屬於自己的概念或範疇序列,或與其他範疇拼合,成爲人們常用的名言。如"辣"與"生"字組成"生辣",即每被清人用爲重要的批評範疇,鄭燮和朱庭珍等人都對它有專門的探討②。有時,它們還將不同的感覺聯通爲一體,來表達一己獨到的見解。如趙士喆說:"詩之所貴者雄深……如力薄而味尖,即滿堂金玉鳳麟,亦梨園之蟒玉耳。"③其中許多包含有自體性的深刻內容,不能一概因其援用感官用語而小視之,更不該用西方文學、美學範疇的標準衡量取捨之。

總之,古代文學批評範疇既以對自然與人事的取式爲構成手段,當然不排斥對描述感官經驗,哪怕是非藝術感官經驗的語彙的引入。這部分名言在傳統文論範疇的構成中占據着相當的分量。往深裏說,它還與下文要重點談到的中國人好直覺思維和整體把握有關。即它好以自身全部的感官接收外部信息,並將之援用爲理論名言,這實際上是用"身體知"代替"認識知"。當然,誠如《莊子·庚桑楚》所說:"知者,接也;知者,謨也;知者之所不知,猶睨也。"即感官知覺是人的親知,不可輕置,又經過思慮的作用,非爲無識,但因其屬未

---

① 《冷的文章熱的文章》,《新民叢報》第四年,第四號。
② 見《儀真縣江村茶社寄舍弟》,《鄭板橋集·家書》和《筱園詩話》卷一。
③ 《石室談詩》卷下。

盡自覺的自然行爲，如成疏所謂"不知所以視而視，而視有明暗"；"不知所以知而知，而知有深淺"，不免存在着種種認知局限。可有鑒於人對世界的認知是"參即無盡，不參即無"的，感覺的認知終究負載着歷史文化的發展，感官的運用因此具有文化的意味當無疑問①。而將這種認識凝聚爲理論名言，它顯然在體現範疇取式現實的特點同時，在在凸顯了古人的言説智慧和所達到的認識高度。

第三節　向觀念論趨進

古代文學批評範疇取式於自然和人事，又不局限於自然和人事，它的感性形態與豐厚内藴有着非常諧和的統一性。精確地説，古人取式自然、人事以創設概念、範疇，不是將一己之思想託付給某一個别具體的自然事象，爲這自然事象與自己所要表達的意旨多相契近，而是看到這事象與文學的某種特性有着内在的同構關係。通過對這事象的取用，他們要達到的是對物之神的契近，乃至藝與道的合一。所以，取式自然與人事根本不妨礙他們對抽象問題的深刻思考，相反，恰恰助成了他們對這些問題的體察與瞭解。

也正是在這種轉换過程中，範疇自然而順暢地實現了從經驗論向觀念論方向的轉變。若以陸賈《新語》所論天的諸種作用爲例，有"潤之以風雨，曝之以日光，温之以節氣，降之以殞霜，位之以衆星，制之以斗衡，苞之以六合，羅之以紀綱，改之以災變，告之以禎祥，動之以生殺，悟之以文章"之説。依中國人的觀念，天文、地文與人文原是一體，但由天文、地文到人文之間畢竟是有距離的，需要提高了審美水平的人去引渡和連接，此所謂"悟"。概念、範疇的創設也同樣，雖取式於自然與人事，但所屬意的畢竟不是自然與人事本身。所以，在保持其原初含義的同時，適應着主體認識水平的提高，一些更精微深刻的意義開始被人輸入到了概念、範疇中。這樣，它們的容量得到了增廣，理論涵蓋力也得到了加强。經驗論色彩的退隱和觀念論色彩的凸顯，正是這種改變的邏輯體現。

---

① 關於感官和感官知覺的具體定義，可參見陳昌明《沉迷與超越：六朝文學之感官辯證》，里仁書局，2005 年，第 2—9 頁。

一、單個範疇存在形態的演變

範疇由經驗論向觀念論趨進,在一些形成歷史悠久的哲學、倫理學範疇中表現得十分明顯。當古人承接這種影響,引其入文學批評範疇,也就同時承接了其意義由淺入深、由具體到抽象的發展變化。這樣的情形,在單個範疇而言可謂不勝枚舉。

如"理"是中國古代哲學最重要的範疇之一,也是宋明理學的核心範疇,其自身意義的發展變化就經過了這樣一個過程。它本意指治玉,即依玉的天然紋理而治之,衍用爲動詞指治理,用爲名詞指腠理、脈理或地理。戰國時百家爭鳴,"理"被人從哲學意義上作了許多抽象的限定。道家將之與"道"、"氣"相聯言,儒家將之於"禮"、"義"相聯言。墨家則從邏輯學角度,提出"類"、"故"、"理"範疇來構建"察類明故"的名理辨析之學①。到荀子那裏,不僅析分"膚理"、"色理",還提出"道理"、"整理"、"物理"和"義理"②,大抵用來指稱事物的秩序、條理和規律。兩漢至魏晉南北朝,"理"作爲哲學範疇,經歷了由具體到抽象再到具體的發展過程,由形而下的經驗論上升爲指稱抽象規律的理論名言。如王弼以爲,"夫不能辯名,則不可與言理"③,提出"名理"問題,其所謂"物無妄然,必由其理,統之有宗,會之有元,故繁而不亂,衆而不惑"④,即指出"理"是事物運動變化的規律。此時"理"已脫盡原初的意思,轉化成純粹的觀念論範疇。至於二程和朱熹以下,理學家們將之作爲理學的最高範疇,賦予它不以實物存在與否爲轉移的恒定特性,稱"理者,道之根柢","理在内而無形者也"⑤,更是對此範疇觀念形態的明確指認了。

所以,當其被引入文學批評領域,如劉勰《文心雕龍・議對》所謂"若不達政體,而舞筆弄文,支離構辭,穿鑿會巧,空騁其華,固爲事實所擯;設得其理,亦爲遊辭所埋矣",其中的"理"就有規律之意。儘管其《序志》篇稱"擘肌分理,唯務折衷",仍用原意指作品細微具體的内在腠理,後宋人張邦基《墨莊漫録》評人詩"格力雖新,而肌理粗疏",明屠隆《王茂大修竹亭草稿序》稱

---

① 見《墨子・大取》。
② 見《荀子》之《正名》、《榮辱》、《解蔽》等篇。
③ 《老子指略》。
④ 《周易略例・明象》。
⑤ 黃與堅《論學三説・理説》。

"士不務養神而務工詩,刻畫斧藻,肌理粗具,氣骨索然",也都未擺脫原意的拘限,但更多的人在取用此範疇談藝論文時,其本意與本旨是更多偏在觀念層面的。

清人翁方綱標舉的"肌理說"即如此。其所論"理"一方面固然承襲原意,故稱:"理者,治玉也,字從玉,從里聲。其在於人,則肌理也,其在於樂,則條理也。"①又說:"其見於事,治玉治骨角之理即理官、理獄之理,無二義也。"②但他更想強調的意旨並不僅於此。他說:"《易》曰:'君子以言有物',理之本也。又曰:'言有序',理之經也。天下未有舍理而言文者,且蕭氏之爲《選》也,首原夫孝敬之準式,人倫之師友,所謂事出於沉思者,惟杜詩之真實,足以當之"③,"夫理者徹上徹下之謂,性道統紀之理,即密察條析之理,無二義也;義理之理,即文理、肌理、腠理之理,無二義也"④,"理者,民之秉也,物之則也,事境之歸也,聲音律度之矩也。是故淵泉時出,察諸文理焉;金玉聲振,集諸條理焉;暢於四支,發於事業,美諸通理焉,義理之理,即文理之理,即肌理之理也"⑤。可知他心目中的"理"與"肌理說"的要旨決非治玉之理,也非僅指一般的事理,而包含有《周易》黃中通理、程朱理學、經學通古、考訂詁訓等內容,包括自然之物的規律,萬事萬物的準則,人宜遵守的原則,事類環境的核心,還有聲音律度、物序規矩等各種條件,體現了生當乾嘉之世,一個意欲囊括眾說彌綸群言的士大夫的趣味和理想。所以,當漢學家戴震由字通詞,由詞通道,直白地從字義上論"理",稱"理者,察之而幾微,必區以別之名也,是故謂之分理,在物之質,曰肌理,曰腠理,曰文理,得其分則有條而不紊,謂之條理"⑥,他要作《理說駁戴震作》,維護朱熹"理即性也"的觀點。由翁氏所言"理"和"肌理"範疇,很可以看到因傳統哲學的影響,文學批評範疇由經驗論趨進至觀念論的發展軌跡。

將這種邏輯發展綫索展示得更爲明顯的是"風骨"範疇。此範疇的歷史淵源可上溯至秦漢以來的相術傳統和魏晉南北朝人物品評。劉勰等人的標舉是對其原意的第一次超越,但在用以指稱作品勁氣充周、生命力彌滿的外在風貌

---

① ③ 《杜詩精熟文選理理字說》,《復初齋文集》卷十。
② ④ 《理說駁戴震作》,《復初齋文集》卷七。
⑤ 《志言集序》,《復初齋文集》卷四。
⑥ 《孟子字義疏證》卷上。

時,並没有徹底擺脱相術與人物品鑒的語義影響。宋元以後,由於如齊梁那樣的浮艷文風不再占據詩壇主導,一種健康的詩學趣味已經確立,故時人僅從主觀情感的磊落峻爽和結言鋪辭的簡要端直角度立論,要求作品剛健挺特,有真力彌滿的生命徵象的漸漸轉少,而應和着近體詩確立並取得輝煌成就,新的審美崇尚業已形成並蔚成風氣的情勢,對其内涵作新的充填,使之向更契合文學創作内在機理和規律方向趨進的多了起來。由此,比之齊梁隋唐,它開始更多地以一種觀念論範疇的面目出現。

　　首先是氣象和格調意義的滲入。即詩歌氣象渾厚,且筆力雄强、格調高古,往往被人推爲有風骨。如嚴羽《滄浪詩話》稱賞"建安風骨",即因其"全在氣象","極爲高古"。楊慎批點《文心雕龍·風骨》篇,稱"使文明以健"一句中"明即風也,健則骨也。詩有格有調,格猶骨也,調猶風也",直以格調釋"風骨"。其次是與選字造句有了更多的聯繫。以字的虛實論,古人認爲"虛字太多而無餘味",有損全篇"氣骨",多使實字則"奇崛有骨"①。以句的平奇論,認爲"須有沉至之語,樸實之理,以爲之骨,乃可不朽"②,因爲這種傑句警語"鎮得住,撑得起,拓得開,勒得轉",可爲"一篇樹骨之要害處"③,而平弱無奇的句語則不行。再次偶對與比興也成了"風骨"生成的必要條件。如范温《潛溪詩眼》稱建安詩"得風雅騷人之氣骨",有一個原因即在於"其言直致而少對偶",故有些詩"未嘗不排而不覺排偶之迹",也能得到"骨高"的好評④,此就偶對言;就比興言,以爲"大抵詩知賦而不知比興,則切直而乏味;知比興而不知賦,則婉曲而無骨,三緯所以不可缺一"⑤。

　　由於範疇的内涵得到了擴充,一些依劉勰、鍾嶸乃至盛唐人標準,並不以"風骨"見長的詩人詩作,紛紛被人冠以有風骨的美譽。譬如除"盛唐詩篇篇有風骨"之外⑥,南朝劉宋之時的詩歌竟也被人稱爲"骨重體拙"、"骨秀神清"⑦,這與骨植堅挺、真氣彌盛的"風骨"原意顯然有了距離。與此相聯繫,在範疇的

---

① 謝榛《四溟詩話》卷一。
② 施補華《峴傭説詩》。
③ 朱庭珍《筱園詩話》卷四。
④ 沈德潛《古詩源》卷十四。
⑤ 潘德輿《養一齋詩話》卷十。
⑥ 王慎中《與道原弟》,《遵巖先生集》卷十四。
⑦ 喬億《劍溪詩説》卷上。

邏輯形態上,"骨幹"、"骨植"、"體骨"、"骨體"等不脫相術與人物品鑒的同序名言漸漸少了,"骨氣"、"氣骨"、"骨力"、"風力"等較爲抽象超脫的名言,則開始成爲人們指稱此範疇的主要用辭。

凡此種種,皆可證"風骨"在意義上發生了由粗樸向精緻、由功能判斷向結構分析的轉變。而究其實質,就是實現了範疇由實踐性的經驗論向抽象的觀念論方向的趨進。這種趨進擴大了範疇之於創作的涵攝作用,增加了其作爲成熟的理論名言的自在張力,並進而爲其成爲足以貫穿整個古代文學批評發展歷史的重要範疇創造了條件。後人在學理上承認"風骨"之於文學創作及理論批評的巨大作用,並從不拒絕它的匡正和指引,正與其具有成熟的理論形態,不再僅僅是對相術和人物品鑒的直接借用有很大的關係。

二、系統範疇的抽象化趨勢

就整個哲學範疇到文學批評範疇的大系統而言,其對客觀世界的認識,由實踐獲得經驗,再脫出經驗達到理性層次,同樣也有一個不斷從經驗論名言向觀念論名言趨進的過程。

如前所說,中國古代哲學範疇大多取式自然人事,即所謂仰觀俯察。先秦時誕生的一些比較抽象的觀念論範疇,大部分也從自然人事中來,且大多沒有越出經驗的範圍。兩漢承之,如學者指出的那樣,其辯證法思想"也是經驗主義的,不僅辯證法領域是如此,漢代全部哲學思想的特徵與基礎都是經驗主義,隨便分析這裏出現的任何一個重大的哲學命題,幾乎都可以看到它是以直觀和經驗爲基礎的"①。

然魏晉以後,這種情況漸有改變。魏晉玄學是一種比較具有思辨精神的哲學,它專意於探討"有無"、"本末"和"體用"、"言意"等抽象問題,好講"自然"、"性"、"命",對漢代重類比的思維方式,以及由此方式造成的諸多哲學命題,都提出了批評性的意見。如王弼《周易略例·明象》說:"是故觸類可爲其象,合義可爲其徵,義苟在健,何必馬乎?類苟在順,何必牛乎?爻苟合順,何必坤乃爲牛?義苟應健,何必乾乃爲馬?"講論與辯究之中,就體現出一種脫略

---

① 金春峰《從範疇看中國古代辯證法思想的發展及其規律》,《中國哲學範疇集》,人民出版社,1985年,第173頁。

事象具體的超邁氣象。

隋唐以後，佛學侵入，特別是宋慶曆以後，理性主義思潮興起，理學成爲統治思想，類似"性"、"命"、"太極"、"誠"、"知"、"良知"、"格物致知"等範疇與命題，更漸漸遠離了具體事象。就總體情況而言，在自然哲學範疇受到人尊崇的同時，知識論範疇開始有了更大的發展，以至出現了對概念、範疇作研究的專門著作，並直接造成"字義"一門學問的長足發展。如朱熹弟子陳淳就著有《字義詳講》，後人稱《北溪字義》，它"合周程張朱之論"，討論了"性"、"命"、"心"、"誠"等二十六個基本範疇，其中一部分屬客體範疇，大多爲抽象的主體範疇。他論字義分疏的要義，在"當隨本字各逐件看，要親切，又却合做一處看，要得玲瓏透徹，不相亂，方是見得明"①。這種詮解方式與範疇的觀念論性質頗能相應。影響及於後世，如清代戴震著《孟子字義疏證》，專論"理"、"性"、"才"、"天道"、"誠"等八個範疇，其條分縷析，遍布周密，著重從縱向對範疇作出解析，也具有鮮明的觀念論色彩。

明代，方以智爲學強調"質測之學"（相當於實驗科學）與"通幾之學"（相當於哲學）的區別，嘗稱"考測天地之象，象數、律曆、聲音、醫藥之說，皆質之通者也，皆物理也。專言治教，則宰理也；專言通幾，則所以爲物之至理也"②。又要求"寓通幾於質測"，用今天的話說，就是哲學不能脫離科學，但實驗科學應以哲學爲指導。他所說的"通幾"、"質測"也大體拔乎具體的經驗之上，表現出作爲觀念論知識的強烈的抽象意味。他是這樣說的：

> 通觀天地，天地一物也，推而至於不可知，轉以可知者攝之，以費知隱，重元一實，是物物神神之深幾也。寂感之蘊，深究其所自來，是曰通幾。物有其故，實考究之，大而元會，小而草木蠢蠕，類其性情，徵其好惡，推其常變，是曰質測。質測即藏通幾者也。③

這種對事物變化內在根源的把握，對事物變化規律及人與自然關係的究詰，顯然較初創時期的哲學及範疇構建來得更深刻更有意味。故有論者指出："中國

---

① 《北溪字義》卷上。
② 《通雅》卷首之三《文章薪火》。
③ 《浮山文集前編》卷六《曼寓草下·物理小識自序》。

哲學範疇的發展是一個不斷地與社會科學和自然科學中其他學科相脫離的淨化過程",它在宋以後基本上已達到成熟①。這一淨化過程顯然也包括日益脫離自然與人事拘限,在整體與系統上走向純粹與精微的努力。而這種淨化和成熟,自然也影響到了時人對文學的言說。

故古代文學批評範疇的演進與發展幾乎與哲學範疇取同一態勢,儘管在時間上未必完全合拍。簡而言之,以中唐爲分界,原先比較具體的、與現實事象聯繫比較密切的概念和範疇,如"文質"、"風骨"、"氣"等漸漸退出一綫,開始爲更超脫抽象一些的概念、範疇如"意象"、"格調"、"逸"、"韻"及其類屬的後序名言所代替。

這裏以"韻"這個範疇爲例,聯繫其相關範疇序列做一分析。依現存記載可知,上古無"韻"字,故《説文》無收。是漢魏人開始識"韻"②,並用以論樂的,如蔡邕《琴賦》之"繁弦既抑,雅韻乃揚",曹植《白鶴賦》之"聆雅琴之清韻",《晉書·律曆志》記"魏武時,河南杜夔精識音韻",故三國魏張揖《廣雅》注,謂"韻,和也"。顧野王《玉篇》也説"聲音和曰韻"。後五代徐鉉校訂《説文》,增補"韻"字,即引此説。"韻"產生後不久被延入人物品鑒,用指人物超舉優雅的風神氣度,如晉王坦之《答謝安書》所謂"人之體韻,猶器之方圓,方圓不可錯用,體韻豈可易處"?並衍成"風韻"、"遒韻"、"雅韻"等一系列後序名言。

蓋古人以爲,君子要"容止可觀,作事可法,德行可象,聲氣可樂,動作有文,言語有章"③,"燕處則聽雅頌之音,行步則有環佩之聲,升車則有鸞和之音"④,故以音樂之美比況人的風神之美,在他們是十分自然的事情。此後,由品音至品人再至品藝,"韻"漸次被引入文學批評,除指稱作品的音樂性之外,更用以指作品的風格意味。詩文是如此,戲劇、小說批評也是如此。前者如蕭子顯《南齊書·文學傳論》稱"文章者,蓋性情之風標,神明之律呂也。蘊思含毫,遊心内運,放言落紙,氣韻天成";後者如卧閒草堂本《儒林外史》稱小說"筆墨之外,逸韻橫生"。

---

① 張立文《中國哲學範疇發展史》,中國人民大學出版社,1988年,第23、10頁。
② 清閻若璩《古文尚書疏證》曾糾正顧炎武"韻字起於晉宋説",認爲"蓋起於建安中"。陳澧《東塾集·跋音論》舉《尹文子》"韻高而含徵"一語,以爲當起於先秦,但今本《尹文子》似係魏晉人僞託,不足爲據。按徐鼎《讀書雜記鉤古》考證甚明,先秦典籍並無此字,漢碑中也未見,故閻説可信。
③ 《左傳·襄公三十一年》。
④ 《禮記·經解》。

由對"韻"的這種理解，提攜起一連串後序範疇和鄰序範疇。它們彼此援引，互攬通釋，以後造成一個比較大的名言系統，系統中各範疇的意義也不斷走向精湛和深化。如晚唐司空圖《答李生論詩書》以"近而不浮，遠而不盡"爲"韻"，宋范溫《潛溪詩眼》以"有餘意"釋"韻"，陳善《捫蝨新話》以"枯淡"釋"韻"，乃至到清代王士禛《池北偶談》以"清遠"釋"韻"，在著意揭出詩人主觀情志與詩歌意象營建、意境創造的關係同時，帶連著將類似"浮"、"盡"、"餘"、"枯淡"、"清遠"等概念、範疇的意義也作了進一步的深化。此外，作品要有"韻"，物色的點染，意態的轉折，情事的猶夷，以及風致、體勢的狀貌，都須有相應的要求，於是一系列標別物色、情致和體勢的概念、範疇，儘管也取諸現實人事乃或自然物象，但其意義也不再僅是那麼的粗淺和簡單。如風致之"幽"，體勢之"朗"，意態之"超逸"、"豐秀"等等，在歷代人的論說中都獲得了與"韻"一樣超脫抽象的內涵。

　　當然，自司空圖以下，唐宋人所討論的"韻"也並非一概擺脫了具體的事象，倘若與明清人所論比較一下，其作爲觀念論範疇的抽象色彩還是有所不如的。如宋人李廌嘗說："凡文章之不可無者有四，一曰體，二曰志，三曰氣，四曰韻。……如金石之有聲，而玉之聲清越；如草木之有華，而蘭之臭芬馥；如鷄鶩之間而有鶴，清而不群；如犬羊之間而有麟，仁而不猛；如登培塿之丘，以觀崇山峻嶺之秀色；涉潢污之澤，以觀寒溪澄潭之清流；如朱弦之有餘音，太羹之有遺味者，韻也。……文章之無韻，譬之壯夫，其軀幹枵然，骨強氣盛，而神色昏懵，言動凡濁，則庸俗鄙人而已。"①"體"、"志"、"氣"皆屬於意義比較具體著實的範疇，爲唐以前人所常道，但"韻"却是宋代開始才特別增人會心的新名言。李氏將其攬入，用爲作文不可缺少的要件，自然稱得上是慧眼特識，但遺憾的是，解說却依然充滿象喻之辭。其間，雖也提及"清"、"味"等範疇，但都實實在在爲自然之物，相比之下，如王士禛之論"韻"和"清"、"遠"顯然更有勝義。於此可見出一個範疇系統走向抽象化和觀念化過程的曲折與艱難。

三、由有迹之形走向虛眇之境

　　這裏，再將上述單個範疇和系統範疇放置到中國文學批評史的大背景下

---

① 《答趙士舞德茂宣義論宏詞書》，《濟南集》卷八。

作一總結。我們説,文學創作發展到唐宋,已積累了足資借鑒的豐厚成果,時人的文學批評也從外部形質的考察進入到内在機理的把握,從總體性的泛論進入到細節的深究;從文質彬彬式的二元對待,進入到對作品存在的一切中間狀態乃或界外狀態的體察。故從這一階段起,誕生了許多意義較爲虛眇的概念、範疇,或原先一些意義顯豁的概念、範疇被賦予了更爲抽象虛眇的内涵,譬如"韻",還有"神"、"機"、"逸"等等。

這其間,佛教自傳入後在此時達到鼎盛,其以心爲本,主張三界唯心,"一切世間,諸所有物,皆即菩提妙明元心,心精遍圓,含裏十方"①,要求人"審象於浄心",對歷代論者在創設和界説範疇時取式自然人事顯然有重要的影響。佛講"我此法門,從上以來,先立無念爲宗,無祖爲體,無住爲本"②,要求人去我去著,對事物取靈活而不主故常的態度,對古人尚"無上妙道"和"言外之旨",貶"死句",參"活句",由此從參悟方式的活進入到表達方式的活,乃至隨物賦形,因情立格,顯然也有啓迪作用。此外,理學與心學的作用也不容忽視,這一點前已論及。

要之,對自然人事的觀察角度改變了,觀察的方式多樣化了,更重要的可能是,觀察的目的更純粹了,這些都造成人們對這種觀察的總結有了與以前不同的更抽象理性的特點。具體落實到文學批評,是由"文道論"更多地趨向"文氣論",由"情志論"更多地趨向"比興論",這是從大處而言;從細部觀察,則是由"文質論"趨向"形神論",由"文術論"趨向"意象論"(包括"象外論")、"意境論"(包括"境界論")。由此,他們多講"神"、"韻"、"靈"、"虛"、"空",這些範疇比起"氣"、"骨"、"文"、"質"之有形有迹,意義更爲抽象空靈,徑直指向傳統中國人精神世界中最難以言説的虛眇之境。

在這一過程中,前述"單體範疇"的意義趨於抽象化、精微化姑且不論,兩個"單體範疇"拼接組合日漸增多,却是一個不能不提到的現象。由於這類範疇通常是以"單體範疇"的抽象義爲邏輯出發點,所以其組合成新範疇,意義更趨抽象,有些甚至與原來的意思拉開不小的距離。這些範疇如"神韻"、"趣味"、"格調"等,連同它們的同序範疇,基本已不再與單體原意存在不可脱卸的

---

① 《楞嚴經》卷三,《大正藏》第十九册。
② 《六祖壇經·定慧品》。

緊密聯繫。而由這類範疇的交互作用，形成古代文學批評範疇的整體網絡，這一網絡的每個結點都由高度抽象的觀念論範疇充任，更使其不但脫去了原初範疇的具體與粗淺，還成了已提高了認識水平的古代作家、批評家表達自己文學主張和美學觀念的最適切的名言。不僅如此，用今天的眼光看，它們還是整個古代文學批評範疇體系中最深刻、最具光彩和魅力的部分。當人們意欲總結傳統文學理論批評的特點，通過比較尋找這種批評與當代文論發展的接榫點時，都會想到用這些範疇作爲理想的基點。

結言之，傳統文學理論批評及其概念、範疇最早差不多是由儒道兩家奠定的，這一點毫無疑問。在這個大背景下，可以確認最富有理論創造，並最終使古代文論及其概念、範疇煥發出巨大生命力的，不能不說是那批領受着多種思想沾溉，並有高度智慧和創造力的文人才士。正是在他們的努力下，文學批評範疇才得以在不割斷與傳統文化的血脈聯繫的同時，日漸獲得獨立的理論品性，並由有迹之形走向虛眇之境，走向可以爲後人探索體系建構提供更多可能性的廣大邈遠的理論空間。他們對概念、範疇出色的解說乃至組創闢設，頗可印證歐洲那位天才哲學家的論斷："最晚出的、最年輕的、最新近的哲學是最豐富、最深刻的哲學，在這裏面，凡是最初看起來好像是已經過去了的東西，被保存着，被包括着。"①

---

① 黑格爾《哲學史講演錄·導言》，商務印書館，1959年，第45頁。

第三章　範疇的主要特徵

對範疇構成範式的討論，必然會帶連着對這些範疇自身特點的審視。其實這種構成範式本身，也可以視作是古代文學批評範疇的一大特點。不過，有鑒於在指出語言和哲學的根本性影響後，文論範疇的自身特點及其在面上的展開仍不能說已經完成，而且此前與語言和哲學關係甚爲密切的思維方式問題也尚未被攬入論題，因此更進一步地研判和確立古代文論範疇的諸種特點，以及這種特點的多種表現形式和形成原因，是求得對範疇認識深化所必須做的工作。

第一節　直覺思維的碩果

古代文學批評範疇以象形表意文字爲物質載體，以不脫實相的自然與人事爲義理來源，不少概念、範疇直接依從感性直觀建立，取一種感性直觀的姿態，既不指明聯繫的中介，也無意掙脫具象的約限，同時又具有"以類行雜，以一行萬"的概括功能，這給範疇帶來了一系列迥異於西方文論範疇的特點。

一、範疇的整體性與直接性

範疇的整體性和直接性是其中主要的一個。古代文論範疇大多建立在人的感性直觀基礎上，是人對客觀現象的感知與呈現。這種感知與呈現造成了古代中國人的審美活動極富共通感。小而言之，是主客體的共通與合一；大而言之，是天地人的共通與合一，是爲傳統哲學所講的"一體"或"統體"①。如果

---

① 周敦頤《太極圖》即謂："蓋合而言之，萬物統體一太極也；分而言之，一物各具一太極也。"後朱熹以"合天地萬物而言只是一個理"爲"總相"，"及在人則各自有一個理"爲"別相"，認爲"總天地萬物之理，便是太極"，"太極只是天地萬物之理"，故有"物物有一太極"之説，又稱"統體是一太極"，見《朱子語類》卷六十九。又，此説也爲道教援用。如鮑雲龍就引周敦頤説，稱"萬理同出一原，是萬物統體一太極也"，見其所著《天原發微》卷一。是爲傳統哲學好整體統攝之顯證。

説,傳統哲學範疇的統合與融貫體現在主體論與倫理訴求相混,認識論與修養方法相融,本體論與道德哲學相合,那麼在文論範疇而言,除沿承上述哲學範疇的特性外,其自身還有照攝的整體性與描述的簡要性結合,表達的直接性與論説的意會性結合等特點。

具體地説,與西方重視理性分析和邏輯界説不同,一直以來古代中國人十分重視對感性經驗的直接把握,由此整體而直接的把握,再達到對感性經驗的超越。在此過程中,他們並不特別重視對自己的經驗成果作邊界清晰的抽象論定。儒家以爲世界是整一的,人與世界的關係是類的關係,由個體可以推類群體,由一己可以感悟世界。道家推重"混沌"、"混成"和"樸",也肯認原始未分的整體世界。以後,從兩漢經驗論哲學、魏晉玄學和佛學本體論,一直到宋明理學整體動態平衡的世界觀,都對這種觀念持高度的認同,都追求"總相"勝過"別相"。如張載所提"太和",不但與"道"和"太極"一樣具有本體意義,還包含有整體和諧的意思。所以王夫之以爲:"太和,和之至也","陰陽異撰,而其絪縕於太虛之中,合同而不相悖害,渾淪無間,和之至矣。未有形器之先,本無不和;既有形器之後,其和不失,故曰太和"①。

而要達到這種整體的平衡,各部分關係的處理顯得尤爲重要。如果説,西方哲學素來強調單體,如基本粒子、原子、分子、基因等等,那麼中國人首重整體,重視對象的整體平衡和協調,也即它的自然觀是以關係爲基礎的,正是這樣一種認識方式,維持着中國人整體觀的完滿。並且由於這種整體觀不是基於機械決定論的整體思維,而基於一種有機循環論,即它把客觀事物乃或宇宙自然看成是一個大的組織系統,在這個系統下統攝着許多構成不同的小系統,它們之間不但不相排斥,相反相生相待,構成傳統文化系統化整體的和諧圖景。

落實到文學批評範疇,則表現在每個歷史時期,它們總是圍繞着一個或幾個元範疇、核心範疇,構成並展開有機的思維工具系統。這一個或幾個元範疇、核心範疇作爲那個時代人所共同照奉的理想準則,統攝着下面諸多非核心範疇或子範疇。這些非核心範疇和子範疇是這個大的有機系統的一部分,它們的意義只有在所歸附的大系統中才能得到最大程度的釋放,也只有在這個

---

① 《張子正蒙注》卷一《太和篇》。

系統中才能得到人們的理解。而這些元範疇或核心範疇,尤具鮮明的整體性和直接性特徵。

譬如,先秦時被提出和引入文學批評的"道"範疇,由原先所指稱的人走的道路,分別被儒道兩家衍指人道與天道,也即修齊治平的根本原則與"先天地生"的宇宙本體。圍繞着這個核心範疇,古代文學理論批評展開了關於"明道"或"道法自然"的不同論述。一則通過對"志於道,據於德,依於仁,遊於藝"的論述①,凸顯"道"的根本性地位,影響及於後世,遂使"文多道寡,斯爲藝矣"②,成爲士人的通識。一則通過"技兼於事,事兼於義,義兼於德,德兼於道,道兼於天"的表述③,將人的注意力引向對宇宙人生及人類精神性活動,包括文學藝術創造的内在規律的把握,影響及於後世,遂使"藝通於道"、"道與藝合",成爲士人追求的最高境界。

統而言之,"道"作爲人本體存在與宇宙自然存在的同一性的體現,有極爲深刻的整體性意蘊,故儒道兩家都承認它是爲文的本原。尤其是儒家,繼孔子以後,《荀子·儒效》篇明確提出"聖人也者,道之管也","故《詩》《書》《禮》《樂》之歸是矣"。劉勰《文心雕龍》設《原道》篇,更明言"道沿聖以垂文,聖因文而明道"。以後,王通、韓愈、柳宗元以及周敦頤並提出"貫道"、"明道"和"載道"等命題,影響所及,構成了傳統教化派理論的持久發展(其中柳宗元所言之"道"既指六經,還指"輔事及物"的客觀事理和人事規律)。道家則標舉"道"的自然無爲,老子說:"人法地,地法天,天法道,道法自然。"④莊子進而指出這道"有情有信,無爲無形,可傳而不可受,可得而不可見,自本自根,未有天地,自古以固存,神鬼神帝,生天生地"⑤。即其既真實地存在,又没有意志和形相。不過他最終還是把"道"落實到具體的事象上,在對一系列精巧技藝的描述中,揭示出只有通過"齊以靜心"、"以天合天"的修養功夫,才能達到遊刃有餘的神化境界。這種境界對後世文人涵養創作心態,積蓄主體修養,創造出爐火純青的精粹藝術是一種很好的激勵。由此沿着"自然"、"天工"、"樸"、"大音希聲"等範

---

① 《論語·述而》。
② 柳冕《答荆南裴尚書論文書》,《唐文粹》卷八十四。
③ 《莊子·天地》。
④ 《老子》二十五章。
⑤ 《莊子·大宗師》。

疇和命題拓殖出的道路,有許多名言被提出和強調,並最終演爲審美派一脈文論的持久發展。

而就更廣大的範圍來看,由於"道"之於物無不由也,無不貫也,雜糅了"天之道"與"人之道"的雙重内容,既是宇宙的本質,人一切善端的本原,又是廣義的作文之根源,所謂"道者萬物之所以成也……天得之以高,地得之以藏……聖人得之以成文章"①,因此它所展開的整體觀就迥異於西方。如前所說,西人以爲世界統一於某個物質如原子,因原子等物是單一的,故其所持的整體觀呈現爲一種有限的整體觀。而"道"所展開的整體觀却是無限的,像"道通於一"這樣的命題,直然可看作是一種樸素的系統論,並且它的形式簡括,而内涵却十分深刻,所謂"道不可聞,聞而非也;道不可見,見而非也;道不可言,言而非也。知形形之不形乎,道不當名"②,任何人爲的裁割都必然會使其喪失一部分真義,更使其自我圓足的完聚能力受到削弱。以後玄學家將"道"等同於"無"和"自然",本着追求個體精神無限超越的旨趣,以"無狀無象,無聲無響,故能無所不通,無所不往,不得而知"來發揚其本旨③。再後來,佛教對不生不滅、不常不斷的真如實相和清净圓明體的描繪,又使之充實了不少精微的含義,這些含義不可假分析求,只能以直覺悟,此所謂"道本不俟多言然後顯也"④。故比之印度的"梵"和西方的"邏各斯",它的整體性、直接性表現得最爲充分,因而對傳統文學理論批評產生了極爲深刻的影響。

有時,它可以直接是文學本身,所謂"藝即是道,道即是藝"⑤,並非六經才是"道",藝也可以是"道"。如明代文徵明就說:"夫自朱氏之學行世,學者動以根本之論劫持士習,謂六經之外,非復有益,一涉詞章,便爲道病,言之者自以爲是,而聽之者不敢以爲非,雖當時名世之士,亦自疑其所學非出於正,而有悔却從前業小詩之語,沿譌踵敝至於今,漸不可革。嗚呼,其亦甚矣。"⑥他不以辭章爲道病,固然有基於其時思想解放風潮的影響,但"道"與"藝"本爲一體的傳統,無疑爲他的理直氣壯提供了切實的心理背景。此今人宗白華所以說:"中

---

① 《韓非子·解老》。
② 《莊子·知北遊》。
③ 王弼《老子道德經注》第十四章。
④ 吕南公《與王夢錫書》,《灌園集》卷十四。
⑤ 陸九淵《語錄下》,《象山先生全集》卷三十五。
⑥ 《晦庵詩話叙》,《甫田集》卷十七。

國哲學是就'生命本身'體悟'道'的節奏。'道'具象於生活、禮樂制度。'道'尤表象於'藝'。燦爛的'藝'賦予'道'以形象和生命,'道'給予'藝'以深度和靈魂。"①

除"道"之外,如"興"、"象"等範疇也具有這樣的整體性和直接性,諸如"意象"、"興象"、"虛象"、"象外象"等範疇的彼此統攝與相互浹洽,推動了唐五代以來意象理論的不斷深入,最終演成傳統文學批評史上殊爲龐大的陣仗。而"韻"、"逸"等範疇則構成宋元以來關於作品形態與風格理論的基礎與核心,由此諸如"韻致"、"逸韻"、"逸趣"、"野逸"等名言互相指涉,通釋互决,將範疇的整體性與直接性特徵表露得至爲分明。

二、認識超越的實現

上述範疇的整體性和直接性,無疑是在經驗綜合的基礎上形成的。從思維發生學的角度來看,經驗綜合須待主體認識超越完成後才能實現,而這認識的超越過程就是直覺思維。直覺思維是形成古代哲學範疇和文學批評範疇整體性、直接性特徵的根本原因。

直覺即直接察知,作爲一種把握外部世界和客觀事物的方式,它通常被理解爲思維對感性經驗和已有知識作持續思考時,不受邏輯規則約束,不依賴一般概念運作,直接頓悟事物本質的一種認識突變。在古代稱爲"體"或"玄覽",是古人把握客觀世界的最主要的方式。儒家講"一以貫之","下學而上達","反身而誠",提倡"類推"、"思通",其中就有直覺思維的成分。道家之不用名言論"道",通過"坐忘"、"坐馳"而"見獨",更是對直覺思維的提倡。由"坐忘"之忘却一切的沉思,到原發性思維的活躍暢行,如此"三日而後能外天下","七日而後能外物","九日而後能外生。已而外生矣,而後能朝徹;朝徹,而後能見獨"②。所謂"朝徹",就是指作爲認識主體的人對外部世界所產生的一種不假邏輯和概念的豁然貫通的覺解,如成玄英所釋:"物我兼忘,惠照豁然,如朝陽初啓,故謂之朝徹也。"

繼老莊哲學之後,禪宗對推動直覺思維的發展也起過重大的作用。它吸

---

① 《美學散步》,上海人民出版社,1981年,第80頁。
② 《莊子·大宗師》。

取莊子和玄學的方法,拿來與佛性本體論相結合,凡所提出的"頓了本心"、"道由心悟"、"即心即佛"以終成正果的理論,都意在突出思維的不確定性和突發性,求得刹那入真如、入不二法門。此所謂"不立文字,教外別傳","直指人心,見性成佛"①。如果説,儒家認爲人與世界的關係是類的關係,因而好用"比類直覺法",道家崇尚由本及末,因而多用由萬物到達"道"的"意會直覺法",那麽禪宗超言絶慮,從上相承以來,不曾教人求知求解,張揚的是一種"頓悟直覺法"。這種直覺法講求依刹那間的開悟,豁然領會到本自具足和無住無念的真我,實際上類似靈感思維。

以後,理學家吸收了佛教尤其禪宗超言絶慮的頓悟直覺,禪宗講事理雙融,解行並至,它則強調通過"思"的作用"格物致知","即物窮理"。它所説的"德性所知"、"豁然貫通",還有"明心見性"與"致良知",實際上皆是一種直覺思維,或與直覺思維大有關係。它將人的認識能力分成"聞見"、"窮理"和"盡性"三個層級,有鑒於"聞見"是人的感性認識,不能識得宇宙本體;"窮理"是"但據見上推類",也難盡物,它特別推崇"盡性",重視通過"盡其性"而"體天下之物"②。

受這種思維方式的影響,傳統哲學少有邏輯公演體系,哲學範疇也没有清晰整嚴的推理體系,無論是"道"、"自然"、"天"、"太極",還是"理"、"氣"、"性"、"心",都賴此直覺展開,表現出融貫一統的混沌特色。影響到傳統文學批評和文論範疇的建立,也不仰賴客觀的理性分析和邏輯推理,而注重主觀的憭悟式理解和創造性想象,且這想象又不舍去具象,因爲這具象包含着古人極爲看重的獨特意藴。要言之,由於這種思維既不同於感性認識要求客觀觀察——古人認爲客觀觀察之所得不可能是事物的整體,又不同於理性認識要求邏輯推理——古人認爲邏輯推理難免遺落對象的神妙,使事物失去直接可觀的豐富性,而呈現爲一種默識心通、無言而道合的深在體驗,所以有融感性理性於一體的高上特點。

魏晉六朝人所創設的"目想"概念,頗可以幫助人認識這種特點。所謂"目想",顧名思義就是不用心去想,而用眼睛來思考。如曹操《祭橋玄文》就有"幽

---

① 見《五燈會元》卷一、《碧岩録·聖諦第一義》。
② 見張載《正蒙·大心篇第七》。

靈潛翳,心存目想"之句①,潘岳《寡婦賦》襲用爲"窈冥兮潛翳,心存兮目想",後陸雲、曹攄等人詩文中也曾言及②。以後,蕭統用它指稱文學欣賞活動,稱"歷觀文囿,泛覽辭林,未嘗不心遊目想,移晷忘倦"③,同時姚最用"目想毫髮,皆無遺失"評論謝赫的畫④,更賦予它特別精微的意義。

這種奇特的表述來自道家。蓋《莊子·人間世》認爲,"夫徇耳目内通,而外於心知",故《田子方》有"若夫人者,目擊而道存矣,亦不可以容聲矣"一語,郭象注曰:"目裁往,意已達。"是説人在視綫所觸及的刹那間體悟到"道"的至高存在,這種體悟不假、也不能假語言的説明,而只能憑直覺去領會⑤。魏晉六朝人所用"目想"一詞正可拿出與郭氏所注相發明和參看。由於"機巧必須心悟,不可以目取",正如玄妙必資神遇,不可以力求⑥,故它讓人不借助於語言,不用心思考,而只是用眼睛去直接觀察把握外物,且這種觀察把握又非一般的認知,因是用眼看,便不脱整體與形象;用心想,便能產生對對象的深刻理解,如唐慧浄《雜詩》所謂"目想如神契",實際上包含有理性思考的意味,所以很簡切地道出了直覺思維的特點。

可以一説的是,在用"目想"表示對客觀世界認識的同時,古人又創設了"目語"一詞,如《三國志·吴書·周魴傳》中就有所謂"目語心計,不宣唇齒",不過較之"目想",它遠不能反映古代中國人的思維特點。兩相對照,這"目想"的語義是很可以讓人深入玩味的。

正是假此"目想"式的直覺思維,古代作家、批評家無需抽象概念,且不用辭費,就能以接近於箴言的形式,直指文學的本真,表達對創作的看法。其提供給人的認識成果因此有整體性和直接性的特點,充滿着形象圖式和象徵的意味,類於黑格爾所説的"充滿敏感的觀照",或"在感性直接觀照裏同時瞭解到本質和聯繫"⑦。並且,因着對文學本性的認識不能脱離主體情感的基本判

---

① 《文選》卷十六潘岳《寡婦賦》李善注引。
② 見《爲顧彦先贈婦往返詩四首》之一,《陸雲集》卷八;《答趙景猷》,逯欽立《晉詩》卷八。
③ 《文選序》,《全梁文》卷二十。
④ 《續畫品録》。
⑤ 《列子·仲尼》謂:"叔孫氏曰:'吾常聞之顔回曰:"孔丘能廢心而用形。"'陳大夫曰:'吾國亦有聖人,子弗知乎?'曰:'聖人孰謂?'曰:'老聃之弟子有亢倉子者,得聃之道,能以耳視而目聽。'魯侯聞之大驚,使上卿厚禮而致之。亢倉子應聘而至。魯侯卑辭請問之,亢倉子曰:'傳子者妄,我能視聽不用耳目,不能易耳目之用。'"可並爲參看。
⑥ 虞世南《筆髓論·契妙》。
⑦ 黑格爾《美學》第一卷,商務印書館,1982年,第167頁。

斷,他們張大這種情感因素,在發展以表象爲中介的形象思維的同時,發展以主體心理反應爲對象的内向性思維,也即"情感思維",以至使這種直覺思維因情感和激情對抽象思維的抑制,而顯出某些"原始思維"的特徵①。

由此,他們用概念、範疇多層次地類比,多方面地解説,逐次展開自己的相關論説。這些概念和範疇作爲其直覺思維的工具和成果,也就自然超越名言的一般邏輯,呈現出一種整體而直接的徵象。它以人的直覺感知爲基礎,强調體驗過程中諸心理因素的交互與統一,既重視直接的經驗,又能在認識超越的盡頭綜合這些經驗,並通過極富形象直觀性和義理深刻性的詞語表達出來。前所論及的"道"範疇,正是古人持這種思維方式得到的成果。

三、善會其通與全息呈示

古代文學批評範疇以直覺感知爲基礎,强調體驗過程中諸心理因素的統一性。由於這種統一性,不同的範疇序列有了共同的感知基礎,形成了共通的深層意藴。

對此,已有論者指出,"有些文論概念範疇之間往往可以互釋,如'志'與'情'、'象'與'境'、'興寄'與'比興'、'趣'與'味'、'韻'與'味'、'氣'與'神'與'韻'等等","一些概念範疇之間呈開放性關係,指述對象和理論觀照方位相互流動,相互吸納,相互補充","比如,'象'與'意'經由'立象見意'、'象罔'、'得意忘象'、'境生象外'等中介環節,相互滲透接納,由分殊而合一,組成'意象'這一新範疇",並把這種特點歸結爲"受傳統思維認識的'合異散同'、'善會其通'的方法原則之影響而來"②。

這種説法顯然有其合理性,不過説到底,"合異散同"也好,"善會其通"也好,皆受直覺思維的操縱。直覺思維具有本原性意義,"合異散同"、"善會其通"不過是在這種思維方式影響下形成的一種原則和方法。就"合異散同"而言,戰國時惠施曾提出"萬物畢同畢異"的"大同異",以與"小同異"相對③;又,莊子講"齊物","天地與我並生,萬物與我爲一",並提出"自其異者視之,肝膽楚越也;自其同者視之,萬物皆一也"④,實際是在説明同異是相對的。不過他

---

① 見列維-布留爾《原始思維》,商務印書館,1988年,第102頁。
② 党聖元《中國古代文論的範疇和體系》,《文學評論》1997年第1期。
③ 《莊子·天下》。
④ 《莊子·德充符》。

雖說"合異以爲同,散同以爲異"①,其實於這兩者之中更重前者即綜合,而不是作爲分析而存在的後者②。而這"自其同者視之"的思考角度和方式,實際與整體思維有着內在的聯繫,與直覺思維也大有關係。

再就"善會其通"而言,自《周易》時代起,中國人就講擬象取準,追求以簡馭繁,以顯示幽,以常攝變,"以通神明之德,以類萬物之情"③,以爲"引而伸之,觸類而長之,則天下能事畢矣"④。所以在觀天下之賾與之動的同時,十分重視"觀其會通",所謂"唯君子爲能通天下之志"⑤,故錢穆說:"中國人言學多重其和合會通處,西方人言學者多言其分別隔離處。"⑥這種"觀其會通",乃至整個《周易》所用的經驗直觀的思維方式,人或稱之爲"意象思維",與直覺思維在本質上也是相通的。故與其說上述範疇有開放性和通釋性,不如說有整體性和直接性;與其說這種特性是來自於"合異散同"、"善會其通",不如說直接導源於直覺思維更準確一些,也更本質一些。

還有論者指出,傳統文論範疇是全息性的。範疇之間"彼此相因,涵概滲透,使範疇具有覆蓋系統的特性,即一個範疇就是一個縮微系統,它擁有系統的全部信息,這就是範疇的全息性。換言之,範疇是理論發展特殊階段的胚胎,它蘊藏着後建立的系統理論的整體信息,它是濃縮了的理論,因而,它又是元理論的"。比如"神韻"、"意境"等就是覆蓋本體和主體、審美客體和審美觀照的範疇。而之所以有此特性,與中國人抱"提其神於太虛而俯之"的審美視界,還有冥忘一切、物我化一的攝物態度有關。由於中國人的審美視界是全整的立體的,所以中國美學範疇往往超越種種美的形式的理性界定,在生命內涵上達到一致和共通⑦。

---

① 《莊子·則陽》。
② 宋人陳祥道《論語全解》卷四謂:"揚子之言道德仁,則合異以爲同,故曰道德仁,人得之以人之天也。老子之言道德仁,則散同以爲異,故曰失道而後德,失德而後仁,其實一也。"又,金人寇才質《道德真經四子古道集解》卷一謂:"《南華經》曰:合異以爲同,《通玄經》曰:聖人從事於教,同心而同歸,而異名。《南華經》曰:散同以爲異,《通玄經》曰:後世五帝三王殊事而異路,五帝異道而覆天下,三王殊事因時而變而異言也,同謂之玄。"均有勝意,可並參看。
③ 《周易·繫辭下》。
④ 《周易·繫辭上》。
⑤ 《周易·彖辭·同人》。
⑥ 《現代中國學術論衡》,岳麓書社,1986年,第70頁。
⑦ 程琦琳《中國美學是範疇美學》,《學術月刊》1992年第3期。

說中國古代文學批評範疇是全息的當然有道理。其實,不僅是文論範疇,哲學範疇乃至整個中國古代哲學,從某種意義上説都有此特點。對此,古人多有認識,當然不可能冠以"全息性"這樣的名詞。正是據此,有學者稱中國哲學是一"全息自我調整整體動態平衡系統",中國哲學的八個基本範疇,從早期的"天"、"道"、"性"、"命",到晚期的"理"、"氣"、"心"、"性",都能構成這樣的系統①。

其實,所謂"全息自我調整整體動態平衡系統"也好,"提其神於太虛而俯之"的審美視界也好,都表現爲對客觀事物的直接切入性、整體契合性和神秘意會性,它與儒道兩家,尤其道家不好分析與證明自然,而崇尚感興、體驗和領悟的證道方式,實際上是一而二、二而一的②。説到底,它也是直覺思維的體現。所謂全息性也即整體性的題中應有之義。與此相聯繫,這種全息可以感性復現,作圖式化的形象展開,所以又不失其直接性。它是主觀與客觀的統一,抽象與具體的統一,普遍與特殊的統一,乃至下文還要講到的確定性與不確定性的統一。所以,爲着研究針對性與有效性的保持,由直覺思維切入,確立範疇的整體性和直接性,應該可以爲把握古代文學批評範疇的基本特徵提供可信的基礎。

第二節 超越邏輯

直覺思維決定了古代文論範疇的整體性和直接性已如上述。這裏要指出,因着人類思維之於映象外物的自身特點,這種思維形式進而還造成了概念、範疇指謂對象的不確定。而這種不確定又給古代文學批評範疇帶來了第二大特點,就是它的模糊性和多義性。

一、充滿暗示性的定義

這種特點同樣首先體現在哲學範疇上面。有一個現象十分令人注目,那

---

① 成中英《中國語言與中國傳統哲學思維方式》,張岱年等《中國思維偏向》,中國社會科學出版社1991年,第197頁。
② 方東美結合傳統儒道兩家哲學,稱"真正哲學家觀照宇宙的方法要'全而歸之',也就是把宇宙萬象紛歧的狀態,拿哲學家最高的智慧精神統攝起來",見其所著《原始儒家道家哲學》,臺灣黎明文化事業公司,1987年,第215頁。

就是儘管古人素重正名,認爲"名也者,正形者也","名以檢形,形以定名。名以定事,事以檢名。察其所以然,則形名之與事物,無所隱其理矣"①,又認定"名定而實辨",則"道行而志通"②,與之相聯繫,在具體的定義方式上,明言"所以謂,名也;所謂,實也"③,即以"名"爲能指,"實"爲所指,但事實上歷代論者對範疇的直接定義很少,他們似乎更重視主詞,而不太重視謂詞。譬如經常說什麼什麼是"理"是"性",而不太說"理"是什麼,"性"又是什麼。即使有所定義也是實體性或實質性的定義少,名義性或描述性的定義居多。一部《論語》,經統計論及"仁"字凡109次之多,但孔子除隨所議論稍作解釋之外,無一次集中概括的說明,更未給出一明確的定義,以至子貢嘆曰:"夫子之文章,可得而聞也;夫子之言性與天道,不可得而聞也。"④道家也是如此,老子論"道",以爲其非有非無,亦有亦無,所謂"道之爲物,惟恍惟忽,忽兮恍兮,其中有象;恍兮忽兮,其中有物。窈兮冥兮,其中有精;其精甚真,其中有信"⑤。又說:"視之不見名曰夷,聽之不聞名曰希,搏之不得名曰微,此三者不可致詰,故混而爲一。其上不皦,其下不昧,繩繩不可名,復歸於無物。是謂無狀之狀,無物之象,是謂惚恍。"⑥看似有定義,但說得玄奧至極,叫人不易把握。

對此,金岳霖很有感慨,以爲"每一文化區有它底中堅思想,每一中堅思想有它底最崇高的概念,最基本的原動力"⑦,然而"中國哲學非常簡潔,很不分明,觀念彼此聯結,因此它的暗示性幾乎無邊無涯,結果是千百年來人們不斷地加以注解,加以詮釋……這些古代哲學是從來沒有被擊破……也從來沒有得到全盤接受的"⑧。所謂"暗示性"實際指明了它不好嚴格的推理和抽象,而依賴人的直覺思維和整體把握,作某種超越邏輯與純思的主觀領悟的事實。

這種特點在漫長的古代具有普遍的文化約束力。譬如,古人討論"美"這個範疇,並不像西人那樣,把它還原爲比例、結構、強度、光潔度等物理屬性,並

---

① 《尹文子·大道上》。
② 《荀子·正名》。
③ 《墨子·經說上》。
④ 《論語·公冶長》。
⑤ 《老子》二十一章。
⑥ 《老子》十四章。
⑦ 《論道》,商務印書館,1987年,第16頁。
⑧ 《中國哲學》,《哲學研究》1985年第9期。

以"美是什麼"的表述方式,作出具體的實質性的說明。中國則無此等明確的論說,而通常取"什麼是美"的表述方式,如伍舉説:"上下內外大小遠近皆無害焉,故曰美。"①孟子説:"充實之謂美"②,"仁義爲美"③。影響及後世,如張載稱"充內形外之謂美"④,焦循以"容貌碩大而爲美"⑤。或者取一種否證式的表述方式,如本書第一章所述,指出"美不是什麼"或"什麼不是美",如荀子即有"不全不粹不足以爲美"之説⑥。也就是説,"美"作爲一種倫理屬性(還不是審美意義上的),一種人生境界(還不是藝術境界),在論題中只居於賓詞地位,它可以陳述其他名言,自身却並無太多的實體性。

道家以"大美"爲美的本體的最高範疇,然就莊子所稱"天地有大美而不言,四時有明法而不議,萬物有成理而不説。聖人者,原天地之美而達萬物之理,是故至人無爲,大聖不作,觀於天地之謂也"⑦,也未見有多少直接的説明。陸德明《經典釋文》稱這是"謂覆載之美也"。宋代理學家、湖湘學派的代表人物胡宏曾説:"今之學者少有所得,則欣然以天地之美爲盡在己,自以爲至足矣。就世俗而言,亦可謂君子,論於聖人之門,乃是自暴自棄耳。"⑧批評鋒芒所向在南宋初期的不良學風,然其所謂"天地之美"究屬何物,是客觀所見之美,還是心中映像之美,不得而知。影響及於古人論文,故劉勰也只説"事以明核爲美"⑨,湯顯祖稱:"詩乎……要皆以若有若無爲美"⑩,"美"範疇仍少有實體定義。

推而廣之,在傳統文論範疇中,那些內涵精微、功能活躍的常用範疇,從"勢"、"機"到"淡"、"韻"等大都如此。以至當它們被用爲詩法文程,必須詳爲解說時,古人更多的仍是用形象化的語言多方設喻,乃或引古今佳句曲爲比擬。如論"含蓄"範疇,有"作詩如畫美人,須於半而傳神,方有姿致,若全身露

---

① 《國語·楚語》。
② 《孟子·盡心下》。
③ 《孟子·公孫丑上》。
④ 《正蒙·中正篇第八》。
⑤ 《孟子正義》卷二十八。
⑥ 《荀子·勸學》。
⑦ 《莊子·知北遊》。
⑧ 吳仁華點校《胡宏集·書·與張敬夫》,中華書局,2009年,第130頁。
⑨ 《文心雕龍·議對》。
⑩ 《如蘭一集序》,《湯顯祖詩文集》卷三十一,上海古籍出版社,1982年,第1062頁。

出,則一覽而盡,何以動人顧盼"①。這種曲喻暗示式的定義雖不能一概以含混不清視之,但給後人理解帶來了一定困難是顯然的。

二、模糊識別與解讀

對範疇定義的模糊必然體現在運用其進行理論探討和鑒賞批評全過程,使得這個過程也充滿了模糊的類聚、識別和解讀,由此造成範疇內涵的多變和互歧。許多範疇不靠形式邏輯給出,既不基於非此即彼的二值邏輯判斷,也不是或此或彼、即彼此互不相關的多種意義的並存,而常常是亦此亦彼,遵守互滲互融的辯證邏輯,多種意義相互補充,呈多元解說的複義狀態。

大凡意義深邃精微、具有相當涵括力和普遍性的概念、範疇都具有這種特點,或集中體現出這種特點。以"意象"範疇為例,它的內涵在人們運用過程中就表現得十分模糊,或者說它是一詞多義的,既指主體意中之象,即主觀的"意"與客觀的"象"在意識中的有機結合,這有點像康德所說的"由想象力所形成那種表象。它能夠引起許多思想,然而卻不可能有任何明確的思想,即概念,與之完全相適應。因此,語言不能充分表達它,使之完全令人理解"。②《文心雕龍·神思》以"獨照之匠,窺意象而運斤"來指謂主體在虛靜坐馳中,讓心中意象涌現後所體味到一種獨異意蘊,就是這個意思。后王昌齡講"久用精思,未契意象"③,也是此意。但有時候,它也指主客體交融後所達到的某種既存狀態,近乎今人所講的"形象"。

不過,由於古人以為"在天成象,在地有形"④,"形"與"象"雖有可觸摸著握和不可直接把握的區別,但都似乎與主體不相關涉,所以他們更留意由這"形"、"象"所反映的主體的情思內容,在肯定這種情思之後才談"形""象",或者說談"形""象"的目的正為了契近這種情思。唯此之故,當他們著眼於主客體交融給作品帶來的某種既存狀態談論"意象",稱"意象風神,立於言前,而浮於言外"⑤,並將其析為兩端,稱"文字精深在法與意,華妙在意象與詞"⑥,別人

---

① 李長榮《茅洲詩話》卷四。
② 《判斷力批判》,引自蔣孔陽《德國古典美學》,商務印書館,1980 年,第 113 頁。
③ 胡震亨《唐音癸籤》卷二引。
④ 《周易·繫辭上》。
⑤ 李維楨《來使君詩序》,《大泌山房集》卷十九。
⑥ 方東樹《昭昧詹言》卷一。

是很難瞭解其真實所指的,還以爲它是在說意中之象。

至於在現實生活中,這兩種意義更是經常被混用,如周煇《清波雜志》卷五載"東坡南遷,度嶺次,於林麓間遇二道人……意象甚瀟灑"。這使得現代人很難將兩種意思剖分清楚。由此導致像胡應麟所説"古詩之妙,專求意象"這類清晰的表述也會被錯誤理解。胡氏原文見《詩藪》内編卷一:

> 風雅之規,典則居要;《離騷》之致,深永爲宗;古詩之妙,專求意象;歌行之暢,必由才氣;近體之工,務先法律;絶句之構,獨主風神,此結撰之殊途也。

胡氏所説的"意象",是指古詩專意於主客體自然融會而表現出的有别於歌行的才情酣利,律詩的法度森嚴,乃至絶句的言短情長、風神遠出的藝術特點。參以同編卷三稱漢高祖《大風歌》、漢武帝《秋風辭》"雖詞語寂寥,而意象靡盡",卷二稱曹植雜詩"全法《十九首》意象,規模酷肖,而奇警絶對弗如",可知其所論實在非關形象。但儘管如此,有論者還是不能準確解讀,以爲指藝術形象。

不僅如此,"意象"範疇有時還可指作品的氣象和風格。如朱承爵《存餘堂詩話》稱"詩詞雖同一機杼,而詞家意象亦或與詩略有不同,句欲敏,字欲捷,長篇須曲折三致意,而氣自流貫乃得"。這裏的"意象"就指受各自體制限制,詩詞從字法、句法到謀篇、行氣的不同所造成的不同的氣象和風格。因爲在古人看來,"意象"是"意"與"象"的結合,倘"外足於象而内足於意"①,或"意廣象圓",由此"意象透瑩"②、"意象渾融"③,作品的整體面貌自然會不同凡俗。

而更爲模糊的理解發生在"意象"與"興象"、"意境"等範疇的關係區隔上。本來,"興象"指用起興的手法,通過象徵來寄託情思,從而達到情景交融、情餘景外。由於它是"興"的產物,蓋"興者,因物感觸,言在於此,而寄意於彼,玩味乃可識",所以"興象"多有寄託,並因這種寄託而與"興寄"、"興諷"有一定的意

---

① 王世貞《於大夫集序》,《弇州山人四部稿》卷六十四。
② 王廷相《與郭價夫學士論詩書》,《王氏家藏集》卷二十八。
③ 羅大經《鶴林玉露》卷四。

義聯繫。但因"取象曰比,取義曰興,義即象下之意"①,"重象尤宜重興"的同時,"興不稱象,雖紛披繁密,而生意索然"②的情況每常見到,所以古人實際上又是把此範疇的意義重點放在"象"上的,這樣一來,它與"意象"範疇就難以明確區隔了。儘管後者中"意"與"象"兩者均有本位意義,分而言之並無害其整一性;而"興象"中的"興"不過是一種情思活動的方式,它能達成"象",但本身在範疇中並沒有實體意義,倘分開兩者,不成其爲整一的範疇,但古人討論詩理、評價作品時仍混用兩者。如胡應麟論詩多用"意象"已如上述,他同時還好用"興象",稱"作詩大要不過二端,體格聲調,興象風神而已"③。在許多場合他稱人詩"興象玲瓏"、"興象婉轉",與其所謂"意象深融"很難區別。至於"興象"有時也可作"形象"解,更加重了兩者之間的意義交叉。如清人方東樹嘗謂:讀古人詩文"須賞其興象逼真處,或疾雷怒濤,或凄風苦雨,或麗日春敷,或秋清皎潔,或玉珮瓊琚,或蕭慘寂寞。凡天地四時萬物之情狀,可悲可泣,一涉其筆,如見目前"④。文中所說的"興象"即可換作"形象",乃或可作形象意義上的"意象"理解。

除與"興象"的義界模糊外,"意象"與"意境"範疇的義界也不像人想象的那麼清晰。王昌齡、皎然多說"境象",王氏《詩格》稱"搜求於象,心入於境,神會於物,因心而得",皎然《詩議》在說"境象不一,虛實難明"的同時,又稱"盼睞方知造境難,象忘神遇非筆端"⑤。稍後,劉禹錫《董氏武陵集紀》稱"詩者其文章之蘊耶? 義得而言喪,故微而難能;境生於象外,故精而寡和"。在他們看來,要肇成作品的意境,"象"是一個十分重要的因素,這已爲"意象"與"意境"的互滲埋下了伏筆。本來,"意境"是由情景交融、虛實相生的意象造成的藝術境界,它以"境"爲主,要求融情於境,啓人遠想,如朱存爵《存餘堂詩話》所謂"作詩之妙,全在意境融徹,出音聲之外,乃得真味"。現在,因其既不能脫離形象,又包舉廣泛,被認爲是呈現在作品中的以渾融統一的形式出現的諸種詩美要素的總和,它與"意象"的義界就變得不易分明了,以至有時人們討論的是

---

① 皎然《詩式》卷一。
② 劉熙載《藝概·文概》。
③ 《詩藪》內編卷五。
④ 《昭昧詹言》卷一。
⑤ 《奉應顏尚書真卿觀玄真子置酒張樂舞破陣畫洞庭三山歌》,《杼山集》卷七。

"意象",用的却是"意境"一詞。後人的解説更如此。如有論者就認爲,劉勰《文心雕龍·神思》"首次明確標出'意象'一詞,而'意象'就已較爲接近'意境'了"①。有的論者則以爲"意境"所概括的就是一種意象結構方式,"意境"是詩的符號結構,"是作者在作品中創造的表現抒情主體以情感,以情景交融的意象結構方式構成的符號系統"②。由於是"意象"構成了"意境",要再嚴格區分兩者,在實際判斷過程中就變得十分困難。

此外,由於與"意象"關係密切的"興象"範疇和"意境"的關係也很密切,其義界並不比它與"意象"明晰多少。相反,像"興與境詣,神合氣完"③,"遇境即際,興窮即止"④這類意思經常被古人提到,所以在論述情志與外物相摩相蕩造成作品特殊的藝術效果時,連環互釋和心領神會式的大體把握便成了他們唯一能做的選擇。聯想及其稱"凡作詩不宜逼真,如朝行遠望,青山佳色,隱然可愛,其烟霞變幻,難於名狀,及登臨非復奇觀,唯片石數樹而已,遠近所見不同,妙在含糊,方見作手"⑤。他們或許也是用這樣的策略和態度談藝論文的吧。

有鑒於此,不能認爲古代文學批評範疇的模糊性、多義性僅僅源出漢字的一字多義,並僅用同名異實來作解釋。它既透露了古代中國人認識發展的真實消息,又是漢民族特有的思維方式的生動體現。

要説作爲認識主體的生理機制,人腦本來就有整體性的特質。人腦皮層細胞中傳入纖維、傳出神經元、皮層内部中間神經元的彼此聯繫從來密切,其整合運動的過程本身就具有模糊性。而就人認識發展的實際情況而言,由於客觀事物存在着類屬邊界不明確和性態不確定的情況,也很容易造成人的認識的不確定,故從某種意義上説,作爲人類不確定認知的基本形式,模糊性直接導源於事物自身的内在屬性。當然,客觀事物按自身的屬性存在並發展,本來無所謂確不確定,但問題是它進入了人的視野,與人的認知發生了關係,從此意義上又可以説,這種模糊性是人的認識過程中主客體相關性的具體體現。

---

① 張國慶《論意境説的源流》,《古代文學理論研究》第13輯,上海古籍出版社,1988年,第45頁。
② 蕭寅《説意境的本質與存在方式》,《古代文學理論研究》第16輯,上海古籍出版社,1992年,第227頁。
③ 王世貞《藝苑卮言》卷一。
④ 《藝苑卮言》卷三。
⑤ 謝榛《四溟詩話》卷三。

並且由已有的實踐活動可知,人類現有的能力還遠不足以產生精確的認識,其獲取信息並加工處理信息的過程難免受各種因素影響,故在可預見的相當長的時間內,模糊性仍將長期存在,這是人給自己構成的世界的客觀圖景。

受制於人自身認識實踐活動的形式、能力和水平,古代中國人在運用概念、範疇探討問題時,也常常表現出程度不等的模糊特點:一是用詞多歧義,没有明確的界說;二是設辭多獨斷,缺乏詳細的論證。但除上述客觀原因的規定外,這裏還要特別指出,從某種意義上說,選擇模糊正是他們的言說策略,是他們所特具的認識智慧的鮮明表徵。

詳言之,他們在普遍注重整體直觀,好運用意象思維的同時,對認識活動的模糊性尤其有深刻的認識,由此注重事物的普遍聯繫,關切這種聯繫的實現過程,甚至刻意突出這種聯繫的當然和必然。加以從根本的哲學觀念來說,從來執比物連類的思考立場,注重對對象整體作大體大化的把握,故在他們的哲學中,一切的差異都可以在中間階段融合,一切的對立又都能經中間環節過渡,留出這中間階段或地帶凸顯對象的特點,正是他們把握事物本質所常用的方法。這當中,源於氏族社會圖騰崇拜形成的集體表象和萬物有靈論,還有天人合一的有機自然觀,對他們也都有影響,但更深刻的影響來自直覺思維。由此,他們發展出樸素的辯證法思想,天才地預測到事物之間可能存在的微妙關係,提出許多不可測識與捉摸的玄論,並影響及支撐這些精妙理論的概念、範疇,使之最終不同程度也帶上了明顯的模糊特徵。

即以"玄"這個範疇而論,始見於《老子》,所謂"無名天地之始,有名天地之母。故常無,欲以觀其妙;常有,欲以觀其徼。此兩者同出而異名,同謂之玄,玄之又玄,衆妙之門"。後揚雄著《太玄》,以"玄"爲宇宙本體,其《玄摛》篇稱:"玄者,幽摛萬類而不見形者也",但没作進一步解釋,因爲作爲自然始祖與萬殊之大宗,它"眇昧乎其深也,故稱微焉;綿邈乎其遠也,故稱妙焉;其高則冠蓋乎九霄,其曠則籠罩乎八隅","因兆類而爲有,託潛寂而爲無,淪大幽而下沉,凌辰極而上游"[①],決非三言兩語可以說清。在無可驗證的情況下,與其下判斷會着了痕迹,做歸納會遺漏例外,不如大而化之,含糊其辭,反而更能葆其完有,不使殘缺。桓譚似能體會揚雄的這份難處,故在《新論》中爲之辯解,稱"揚

---

① 葛洪《抱朴子·暢玄》。

雄作《玄》書,以爲玄者天也道也。……故宓羲謂之易,老子謂之道,孔子謂之元,而揚雄謂之玄",可謂高明。

由此再接續前此對"意象"等範疇的討論,可知它們所具有的意義上的模糊性實在是必然的。因爲古人對文學本質及其形象存在狀態、意境構成方式等諸多問題的認識不可能瞭解徹底,即使達到徹底,也不敢自詡能傳達清楚,故當選用"意象"這個名言來概括時,必然會選擇模糊策略,並由此造成其與"興象"、"意境"等範疇義界的交叉。其他如"興致"與"興趣"、"興味"、"趣味","清"與"閒"、"遠"等範疇的情況也是同樣。

或許在古人而言,不對範疇作嚴格區分和過細辨析,正是因爲看到了一切區分和辨析之於意義確立的無意義,乃至歪曲。至少是,一旦這意義有了明確的邊際,其自身內涵的運動和擴張就會受到拘限。與其這樣"留意於言,不如留意於不言"①,正視範疇之間中介過渡的存在,並由對這種存在的尊重來體現自己整體把握能力和直覺領悟能力的高強,還有對多元動態的駕馭能力的出眾。故傳統文學批評範疇有不少意義不甚明確,不是古人說不清斷不明,而是不能說清不能斷明,特別是不能如笨伯和婆子般地去說清斷明。他們以高度靈活的語言變量爲一己直覺思維之助,實際上是留出開闊的思維空間,爲概念、範疇的多重展開提供了現實的可能。從此意義上說,範疇意義的模糊正是古人超越形式邏輯,綜合辯證地把握對象的一種有效方式。

三、具象批評與範疇的模糊性

有一種說法,稱傳統文學批評範疇的模糊性、多義性是由古人好用具象批評或意象批評造成的,由於具象批評通常采取以形寫意、假物爲喻的方法,其凸顯的整體不過是具象的綜合,帶連到概念、範疇的運用,也就在所難免地呈現爲一種模糊的徵象。

誠如本書第二章所說,當人們規範經驗表達認知之初,經常會取式自然與人事,假神秘的直覺,用形象來比擬,由此創設的概念和範疇也多以感知表象爲務,是感性經驗的產物,不但抽象性差,還有明顯的不確定性,或者就可以說是模糊性。前及"氣"、"味"等範疇無不如此。而具象批評也確乎是古人常用、

---

① 張韓《不用舌論》,《全晉文》卷一百七。

且涉及領域很廣的一種批評方法。但要説是這種方法造成傳統文論範疇的模糊多義則不盡然。因爲具象批評或意象批評之調動大量可以經驗的物色人事，象擬和比況對象的情狀品格，目的在使人更好地體知和把握這個對象，還有自己對對象所作的名言概括的真實所指，並且它在客觀上也確乎有助於人們瞭解對象的基本特徵和名言的真實所指。

例如皎然《詩式》卷一"品藻"條論詩的三種風貌和特色："其華艷如百葉芙蓉，菡萏照水；其體裁如龍行虎步，氣逸情高。脱若思來景遏，其勢中斷，亦須如寒松病枝，風擺半折。"分别用芙蓉菡萏、龍虎氣情和寒松病枝的具體意象，來説明所謂"華艷"、"體裁"和"思來景遏，其勢中斷"之文"勢"。本來，"華艷"這一名言就字面理解屬秾麗一路，然在古人看來，有自然而"華艷"者，也有刻意雕造而"華艷"者，皎然用芙蓉菡萏的意象，分明告訴人他所力主的"華艷"屬前者，即鍾嶸《詩品》所稱謝詩的"芙蓉出水"，而非顏詩之"錯彩鏤金"。以後，宋釋惠洪論詩有"芙蓉出水"一格，並用"讀之自然，令人愛悦，不假人言，然後爲貴"相釋①，與皎然同意。

"體裁"這個名言在這裏不同於後人所講的文學體裁，而指作品的體式裁制，包含有作者的個别性因素。如沈約《宋書·謝靈運傳論》所謂"靈運之興會標舉，延年之體裁明密，並方軌前秀，垂範後昆"，就是指顔延年作詩綿密，故體制緊湊而縝密。現通過皎然"龍行虎步，氣逸情高"的説明，聯繫其"辨體有一十九字"條解"力"一體爲"體裁勁健"，下文又列舉左思詩不僅對仗工整，而且氣高調逸，可知其所指不僅在體裁的明密，還有體格與風格均高卓不凡的意思。《宋書·武帝紀》謂"高祖龍行虎步，視瞻不凡"，以龍虎之姿狀其不凡，此處用以喻體制風格，其詩之逸出常格可想。

再看第三種，"思來景遏，其勢中斷"，論説詩人抒寫情志時插入景句，使文勢阻斷，不相連貫。當此際，應如何做到斷而不斷？皎然在例詩中舉出謝靈運《歲寒》詩的三四句，"明月照積雪，朔風勁且哀"，以它與全詩寫情的不同，説明如果這種寫景不可避免，也要蓄有餘勢，使一綫貫穿，正如寒松病枝，雖迎風支離，亦當有虬勁忍强之態。這種具象的説明無疑加深了人對"情景"和"勢"範疇的理解，怎麽能説使範疇變得模糊難解了呢？

---

① 《天厨禁臠》卷上。

當然,有時不同論者運用不同的概念、範疇進行象喻式批評,所用意象間或相同或相近;而用同一個概念、範疇作象喻式批評,所用意象又每每似是而非,這給正確把握這些概念、範疇造成了一定的困難。至若同一個論者對同一個概念、範疇作不同的象喻式說明,或者對不同的概念、範疇作相同相近的象喻式揭示,更易使人在解說時有無從措手的窘迫。此外,還有一種象喻式的具象批評,不是摹狀意象以契義理,而是直接舉出詩例要人體會,就更難乎其難了。且看底下兩個例子。一是舊題賈島《二南密旨》之論"詩有三格":

> 情格一,耿介曰情,外感於中而形於言,動天地,感鬼神,無出於情,三格中情最切也。如謝靈運詩:"池塘生春草,園柳變鳴禽。"如錢起詩:"帶竹飛泉冷,穿花片月深。"此皆情也。如此之用,與日月爭衡也。意格二,取詩中之意,不形於物象。如古詩云:"行行重行行,與君生別離。"如畫公《賦巴山夜猿送客》:"何年有此路,幾客共沾襟。"事格三,須興懷屬思,有所冥合,若將古事比今事,無冥合之意,何益於詩教?如謝靈運詩:"偶與張邴合,久欲歸東山。"如陸士衡《齊謳行》:"鄙哉牛山嘆,未及至人情。"如古詩云:"懶向碧雲客,獨吟黃鶴詩。"以上三格,可謂握造化手也。

此段文字在引詩證論之前,尚有片言只語的解釋性說明,使人對其所標舉的"情"、"意"、"事"三個範疇還可以把握。而底下謝榛《四溟詩話》卷二中的一段論述,則只有例詩而無一字說明:

> 詩有四格,曰興、曰趣、曰意、曰理。太白《贈汪倫》曰:"桃花潭水深千尺,不及汪倫送我情。"此興也。陸龜蒙《詠白蓮》曰:"無情有恨何人見,月曉風清欲墮時。"此趣也。王建《宮詞》曰:"自是桃花貪結子,錯教人恨五更風。"此意也。李涉《上于襄陽》曰:"下馬獨來尋故事,逢人惟說峴山碑。"此理也。悟者得之,庸心以求,或失之矣。

如果說,李白《贈汪倫》詩因景抒情與借景述情合一,尚能使人對"興"範疇有所瞭解,李涉《過襄陽上于司空頔》詩背後潛在有一段真實的本事,也能讓人多少明白其所謂"理"指什麼,但何以陸、王兩詩就能說明"趣"和"意"範疇,實在不易說清。但作者告訴人,只要你用心去悟就會體得,倘求之於膚表便不可能把握。這就難了,也玄了,由此欲使"趣"、"意"兩範疇真正得到適切的詮解,也就變得不那麼容易了。

不過在指出上述情況之後,我們仍要說明,具象批評的這種特點只造成了對論題的解讀不清,對所用概念、範疇的詮釋不清,這與概念、範疇因包舉廣大精微而邊界不易劃清不是一回事,與古人為葆全這份廣大精微,特為留出過渡的中間地帶,讓其自身延展能力得到最大程度的發揮,由此造成概念、範疇的模糊多義也不是一回事。前者是能說清而未說清,後者則是難說清遂不說清,乃至故意不說清。前者稍假以理可以解決,後者則非用悟不能體會,甚至即使悟了也未必得其全體。前者不足以造成真正意義上的指說的模糊,後者才是模糊的根本和根本的模糊。也就是說,模糊是由傳統的直覺思維決定的,與具象批評無因果關係和必然的聯繫。

如果說以象喻為主的具象式批評能說清事理解明範疇,但最終却未說清未解明是一種缺陷的話,那麼,模糊思維在難說清處不強為說清,便是中國人特有的處置策略與方式,是一種特點而非缺點。它以經驗性的感性語言傳達超驗性的審美感受,而不汲汲於為這種感受找到準確的名言,或已找到一個名言,也不汲汲於為其確立明確的邏輯邊界,這實際上包含着一種深刻而通透的智慧,即它認識到人們通常不能達到實體,是因為太執着於名言,並最終未能越過這些名言。因此不加分析地否定它自然是錯誤的,以為類如具象批評造就和影響了它又有些輕視了它。

第三節　可運作的動態系統

中國古代文學批評範疇的模糊性特徵,如前所說是在人的認識過程中產生的,它表徵的不僅僅是客體對象的固有屬性,還是人不確定認知的生動體現。由於把握文學現象會有很難作出明確剖分的時候,故為尊重這種不確定性,乾脆放棄這種剖分,讓語言憑各自所有的生成轉化功能自然地宣洩,便成為古人的一種選擇。正是這種選擇使文論範疇在模糊多元的同時,獲得了極強的活動能力。

這種活動能力,包括前所論及的漢語自身超強的牽衍孳乳能力(必須指出,漢語本身也是漢民族模糊思維方式的一種體現),還造成了傳統文學批評範疇又一顯著特點,即作爲一種可運作的動態系統,它被賦予了活力強勁的承傳性和變易性。正是這種承傳和變易的特性,構成了學界所屢屢道及的範疇的歷史性和學派性。至於再轉換一下論說角度,則這種承傳和變易特性,還造成了範疇極強的能產性和衍生性。人們通常所說的文論範疇的連鎖式展開和序列化特徵,正由這一系列特點的綜合作用而最後形成的。

一、承傳變易的雙向運動

文學批評範疇的承傳和變易特點依然可以從傳統哲學範疇中找到源頭,或者說與傳統哲學、倫理學範疇有着共同的發生發展原因。

中國哲學從很大程度上說是一個充滿承傳和變易的動態發展系統。一方面,誠如李約瑟《中國的科學與文明》一書所指出的:"在古代和中世紀,中國人認爲物質世界是一個連續的整體……因此個體有它們的內在節奏,這些個體都在一個宇宙和諧的普遍形式中得到統一。"因此從古代到近代,他們似乎一直圍繞着一些基本的概念、範疇和命題展開論爭,並由這些基本概念、範疇和命題提攜起整個哲學傳統。如先秦哲學家提出的"天命"、"五行"、"陰陽"、"道"、"氣"等觀念與範疇,就一直占據整個古代哲學思考的中心,後世哲學家對之迭有推崇和沿用,如清代王夫之、戴震等人對其中的重要範疇並還有專門的詮釋和發揮。

但另一方面,在上述基本概念和範疇不斷得到確認和詮解的同時,一些解釋它們的新概念、範疇開始不斷出現。它們充實到原有的概念、範疇中,使其內涵發生了程度不同的變化。故概念、範疇在有歷史承傳性同時,充滿着變易的一面,或者說具有發展性和流動性。這使得中國哲學史上,很少有範疇在誕生後意義就被坐實固化,不再發生任何變化。即使有些哲學家自以爲在做"我注六經"的工作,但實際上不知不覺中,還是將自己的理解甚至思想注入到前人創設的概念、範疇中,從而爲後人留下了該概念、範疇豐富多元的意旨與內涵。

受此影響,古代文論範疇的生成發展也充滿着這種承傳與變易的雙向運動。一方面,作爲發展到一定階段的人的認識的理性涵括,它有確定的意義内核。這種確定的意義内核對後人理解和運用該範疇有當然的影響力和約束力。另一方面,隨着人們對文學的探索日趨深化,這種意義内核也會不斷發生變化,乃至產生新義。這是就單個範疇而言的。就範疇系統而言,則更非一個個並列分峙在那裏,相反,後起範疇通常是從先出範疇中發展而來。在此大前提下,可以説各序列範疇之間的區别既是比較固定的,又具有相對性,有可能爲提高了認識水平的人所顛覆和解構,由此從質上説是去舊改新,從量上説是由少趨多。當然,比之單個範疇,其承傳性一般來説更多於變易性。

先就單個範疇而論,如"厚"這個範疇在詩學批評中通常指稱内容深刻、格調醇實的藝術品性和風格。明鍾惺、譚元春有鑒於公安派的淺率刻露,從體深、詞精、意恢、法嚴等角度提出了這一範疇,强調"冥心放懷,期在必厚"①,並分其爲"有如元氣大化,聲臭已絶,此以平而厚者也","有如高巖峻壑,岸壁無階,此以險而厚者也",認爲"詩至於厚,無餘事矣"。具體到選詩評詩,則推崇古諺、《古詩十九首》、漢郊祀鐃歌、蘇李詩、曹操樂府,以及初、盛唐人的成功之作。不過,由於他們論詩旨趣更偏重於靈性一途,在强調詩須以温柔敦厚爲本,且形式上要質實之後,緊接着説:"然從古未有無靈心而能爲詩者,厚出於靈","非不靈也,厚之極,靈不足以言之也,然必保此靈心,方可讀書養氣以求其厚"②,而並未將之提高到一個應有的高度。結果不免以"點逗一二新雋字句,矜爲元妙"③,"靈"不可得,"厚"更無從談起。

等到清人再拾起這個範疇,才卸去其所挾帶的"靈"的色彩,轉而標舉"詩以深爲難,而厚更難於深"④。如清初賀貽孫論詩並不一筆抹殺公安、竟陵,相反,對其攄發性靈的主張多有承繼。他也尚"厚",由於生當易代之際,飽看世事,他於個人坎坷遭際之於詩歌格調的影響看得分明,故尤其推崇感慨和優柔合一的詩風,所謂"詞不鬱則旨不達,感慨不極則優柔不深也","太平之世,不鳴條,不毀瓦,優柔而已矣,是烏可睹所謂雄風乎?"⑤並對"有血痕而無墨痕"的

---

① 《詩歸序》,《譚友夏合集·鵠灣文草》。
② 《與高孩之觀察》,《隱秀軒集》卷二十八。
③ 《四庫全書總目》卷一百九十三《集部·詩歸提要》。
④ 吴喬《圍爐詩話》卷一。
⑤ 《康上若詩序》,《水田居集》卷三。

作品給予很高的評價。由於他是基於這樣的趣味論"厚"的,所以更偏重此範疇內涵上的深沉質實,嘗稱"詩文之厚得之內養,非可襲而取也。博綜者謂之富,不謂之厚;穠縟者謂之肥,不謂之厚;粗僿者謂之蠻,不謂之厚","所謂厚者,以其神厚也,氣厚也,味厚也","然須厚養氣始得,非淺薄者所能僥倖"。總之,不靠一二字句的靈警,而"皆從蘊藉而出","內外俱徹"①。一方面對此前竟陵派所講的"厚"有所汲取,也講養氣,兼及讀書;另一方面又以所謂"神厚"、"氣厚"和"味厚"作新的充實,充分體現了清初詩學崇尚的特點。

以後袁枚反對"今人論詩,動言貴厚而賤薄"②,主張無論"厚"與"薄",以"妙"爲貴,但不久即遭來朱庭珍的譏評。朱氏重申賀貽孫之論,以爲"詩之厚在神骨意味,不在外面之色澤詞藻",並連言"思沉力厚"③,對"厚"之內涵作了進一步的充實,從而將之上溯至創作過程,而不僅僅是對創作結果的某種判斷。至於何紹基以"氣貫其中則圓","圓"則"安得不厚"④,張燮承以"不渾厚不得爲古"⑤,也各自對"厚"的審美特性作了補充。以後,有"深厚"、"廣厚"、"閎厚"、"篤厚"、"樸厚"、"溫厚"、"謹厚"、"純厚",以及"厚密"、"厚重"、"厚直"、"厚實"等一系列名言紛紛被用諸各體文批評。由此一例,可見出範疇承傳發展過程中後出轉精的變化軌跡。

再就範疇系統而言,由於古人對文學的認識是走一條連續而非截斷的道路,故範疇的各個序列之間也存在着互聯互動的密切關係,甚至從某種程度可以説,每個範疇都處在一定的聯繫之中,是一種關係中的範疇,如《孟子·盡心下》所謂"可欲之謂善,有諸己之謂信,充實之謂美,充實而光輝之謂大,大而化之之謂聖,聖而不可知之之謂神"即如此。由此帶連到文學批評,"美"、"大"、"聖"、"神"數者之間的聯繫也非常緊密。劉勰《文心雕龍·神思》謂"神用象通,情變所孕;物以貌求,心以理應",這"神"、"象"、"情"、"物"、"心"、"理"之間,也構成了互聯互動的內在聯繫。此外,清人惲敬《上曹儷笙侍郎書》論古文"其體至正,不可餘,餘則支;不可盡,盡則敝;不可爲容,爲容則體下",又稱文

---

① 《詩筏》。
② 《隨園詩話》卷四。
③ 分別見《筱園詩話》卷二、卷一。
④ 《與汪菊士論詩》,《東洲草堂文鈔》卷五。
⑤ 《小滄浪詩話》卷二。

瞻而力過是"少支而多敞",文謹而辭近是"少敞而多支",諸名言之間同樣存在着内在的動態聯繫。

而就一個範疇系統與其他範疇系統的關係來説,同樣也是如此。如"意境"、"境界"這一範疇系統,就吸收了"意"、"興"、"象"及其彼此交合後形成的"興象"、"意象"等後序範疇的内涵。當然,因審美着眼點不同,藝術視境有别,兩個序列範疇的意義不盡相同,後者較前者在内藴上有了明顯的增益。還有的範疇系統因向詩、詞、曲、賦、戲劇、小説等不同的文體開放,在沿承範疇原初意義的同時,也會充填進許多新的成分,如"神"、"妙"、"自然"等序列範疇就是如此。

總之,範疇及其系統既在承傳中變易,也在變易中承傳,呈現爲一種雙向通流的運動過程。今人審察古人對文學批評範疇所作的闡釋與發揚,之所以乍一看似曾相識,大同小異,深入下去就覺得各依所觸,别具會心,背後正是這種承傳和變易相統一的特性在起作用。

二、歷史性與學派性

再考察哲學範疇的歷史性與學派性對文學批評範疇的影響。依照前面對哲學範疇承傳變易特性的論定,由於一個概念和範疇在名言顯示上常常是固定的,但其意義又是活潑潑地運動着的,這種運動的結果必然會使原來的意義應和着主體知識構成和當下經驗的變化而作出相應的調整。

誠如黑格爾所説:"概念本身並不像知性所假想的那樣自身固執不動,没有發展過程,它毋寧是無限的形式,絶對健動,好像是一切生命的源泉,因而自己分化其自身。"①這種"自己分化其自身"的過程,就造成了範疇發展的歷史性,即每一個範疇都有一個聚散盛衰的演變過程,都是歷史的產物。歷代人包括今人之所以重視對範疇作縱向歷時的意義探尋,就是出於對這種歷史性的尊重。與此相聯繫,對同一個概念、範疇,孟子與荀子可能有不同的理解,理學與心學也會有不同的詮説,甚至同一個人的前期後期,同一個學派的這部分人與那部分人之間,也會有程度不同的歧見,這又凸顯了範疇的學派性。

就歷史性來説,一個範疇的内在涵義常常隨人們對文學認識的深化而不

---

① 《小邏輯》,商務印書館,1980年,第339頁。

斷走向深化,譬如"味"由感官的對象發展爲精神的對象,審美的對象,最後凝定爲一個意義精微的審美範疇。前面"向觀念論趨進"一節已從一個側面具體論證了這一點,而上述對範疇承傳和變易特性的考察,其實揭示了這一特點的形成原因。

從直觀表象到概括抽象,文學批評範疇走過了一條漫長的發展道路,在這個過程中,不但範疇的內涵得到了充實和豐富,借助語言形式的凝定,並其意義的邊界也得以逐步固定下來。這種既以經驗事實爲前提和基礎,以後又繼之以理性概括的持續發展,使得文論範疇不斷走向精致和成熟。以至當古人依據當下經驗,爲言說和宣示立場之需引用某個範疇,同時對之作追根尋源式的理論回溯以顯其學有本原與見有所出,他實際上已表達了自己對這種歷史性的關注和尊重。從這個意義上可以說,範疇的歷史性其實就是文學觀念史、文學批評史乃至文學審美歷史發展的縮影。

譬如,"興觀群怨"是孔子提出的重要詩學命題,分別由中國文學批評史上影響重大的四個範疇組成。歷代人從文學社會學角度對之所作的許多闡釋和說明,構成了這一命題及範疇不間斷的歷史發展。這當中,既有如"讀者因其詞,索其理而反之身心焉,則可興可觀可群可怨,而有裨風化者"這樣中規中矩的倫理化表達[①],也有立足於自己的時代,通過賦予其新意以重新振刷其光彩的精彩論說。典型的例子是王夫之。他以"曲寫心靈,動人興觀群怨"爲詩歌創作的出發點[②],由於他之所謂"曲寫心靈"主要指寫人"心之元聲",也即真情實感,包括現實人事對詩人的觸發和感動,所謂"唯此宭宭搖搖之中,有一切真情在內,可興可觀可群可怨"[③],所以在具體的批評實踐中,就賦予了這一命題和範疇鮮明的時代意義。在《詩譯》中他又說:

"詩可以興,可以觀,可以群,可以怨。"盡矣。辨漢、魏、唐、宋之雅俗得失以此,讀《三百篇》者必此也。"可以"云者,隨所"以"而皆"可"也。於所興而可觀,其興也深;於所觀而可興,其觀也審。以其群者而怨,怨愈不忘;以其怨者而群,群乃益摯。出於四情之外,以生起四情;遊於四情之

---

① 何喬新《唐律群玉序》,《文肅公文集》卷九。
② 《夕堂永日緒論・內編》。
③ 《古詩評選》卷四。

中,情無所窒。作者用一致之思,讀者各以其情而自得。

他無意於推倒前聖的論説,相反引以爲自己理論的源出。但經過漢唐以來挾此説以抹殺詩歌抒情品性和審美作用的不知幾許,同時挾情以忽忘詩歌持人性情作用的也不知幾許,使他覺得應該立足於當下,作出自己既不拘泥於傳統的道德訓教,又不違棄其倫理性内容的總結和發明。他突出"興"、"觀"、"群"、"怨"四者聯動所産生的深入人心的感染功能,在保持孔子原説精神的同時再作衍伸折進,正是在繼承傳統中開創一種新的傳統,繼承歷史中開創一種新的歷史。當後人回顧這一命題和範疇的發展過程,不能不承認,是他完成了中國文學批評史上一個重要的邏輯圓環——這是範疇歷史的傳承變化和傳承變化的範疇歷史所構成的有意味的邏輯圓環。

因此,當我們説古代文學批評範疇具有歷史性特徵時,不是在重復説它有傳承和變化的性質,而更突出的是它對建立中國人的文學傳統的巨大貢獻。

再就學派性而言。如果説,傳統哲學範疇"是一套可以發展不同哲學思想體系的基本概念和名言,一方面具備超越不同思想體系的中立性,一方面却又具備參與承受不同思想體系的潛入性。换言之,範疇可以成爲不同思想體系建立的基本概念或基本用辭,透過此一共通性,也許吾人可以解釋及預測不同體系相互影響的可能"①,那麽文論範疇也同樣,或者説,因爲在不同程度上受其影響,也表現出了同樣的特點。這種同一範疇爲不同思想體系的人所舉用和發揮,甚至拿來作爲自己學説的重要基礎,就構成了文論範疇的學派性。

譬如"真"這個範疇,在西方多指認識之真,導向的是科學,中國人則多用以指性情之真,導向的是倫理。但具體來説,儒道兩家對它的解説仍有不同。在儒家來説,它指那種符合善的主觀情感,也包括客觀真實,故孔子討論其與美的關係,提出的是"盡善盡美",並用"信"作替换,稱"情欲信,辭欲巧"②。"真"是對一種客觀狀態和事實的界定,"信"則是這種狀態和事實給人的感覺和印象,故以"信"替换"真",是以價值判斷替代事實確認,反映了儒家道德倫理對文學的滲透。以後,王充提倡"真美",反對"虚妄"③,劉勰主張"情深而不

---

① 成中英《中國哲學範疇問題初探》,《中國哲學範疇集》,人民出版社,1984年,第42頁。
② 《禮記·表記》。
③ 《論衡·對作》。

詭,事信而不誕"①,反對"真宰弗存,翩其反矣"②,乃至王若虛稱"哀樂之真,發乎情性,此詩之正理也"③,陸元鋐引蔣紹輝"詩之妙不外一'真'字",並稱"詩之所以能感人者,惟在一'真'字"④,有的雖未明白突出自己所論的倫理道德内容,但從根本上説皆從儒家的主張中來。

戲劇、小説批評中"真"的問題更成爲諸家討論的重點,其理論地位也比傳統詩文中高得多。是否戲劇、小説之真就是指反映客觀生活之真呢? 明人謝肇淛的回答甚是明確:"凡爲小説及雜劇戲文,須是虛實相半,方爲遊戲三昧之筆。亦要情景造極而止,不必問有無也。"⑤是以"情景造極"爲"真"。如何是"情景造極"?《警世通言序》所謂"其真者可以補金匱石室之遺,而贗者亦必有一番激揚勸誘悲歌慷慨之意。事真而理不贗,即事贗而理亦真。不害於風化,不謬於聖賢,不戾於諸書經史,若此者其可廢乎"? 説得非常清楚,即他不僅追求事真,也追求理真,並且從某種意義上説,這理真還更重要。只要理真,則無具體事實,純出作者想象,同樣可以存在,同樣值得肯定。這裏,不管所謂"事真"也好,事贗而"理真"也好,其儒家教化的色彩都是濃重而強烈的。

同樣是這個"真",以老莊爲代表的道家對之則有自己的解説。老子疾僞,其所指斥,並禮教的虛僞和國家法令的繁苛都包括在内,爲其妨礙人的自然本性和正常生活。故他主張"真",稱"信言不美,美言不信。善者不辯,辯者不善"⑥,有張大個體人格的意味。莊子承其意,更講"法天貴真",《漁父》篇因此假託漁翁之口,對孔子説出這樣一段話:"真者,精誠之至也。不精不誠,不能動人。……真在内者,神動於外,是所以貴真也。其用於人理也,事親則慈孝,事君則忠貞,飲酒則歡樂,處喪則悲哀。……禮者,世俗之所爲也;真者,所以受於天也,自然不可易也。故聖人法天貴真,不拘於俗。愚者反此。"孔子面對酒宴,會爲器皿不合禮法而發出"觚不觚,觚哉,觚哉"的浩嘆⑦,正所謂雖飲酒而不能盡歡。道家是不屑於此的。他們重視伸張人的本性,但求一己真性情

---

① 《文心雕龍·宗經》。
② 《文心雕龍·情采》。
③ 《滹南詩話》卷一。
④ 《青芙蓉閣詩話》卷上。
⑤ 《五雜俎》卷十五《事部三》。
⑥ 《老子》八十一章。
⑦ 《論語·學而》。

能與自然天地相合,故反對一切虛飾。影響及於後世,凡有異端思想或對社會享利集團及主潮文化持疏離態度者,每每持以作冲決束縛張大個性之具。如李贄反對"學者既以多讀書識義理障其童心",以爲"童心"就是人"心之初",也即"真心"①。雷思霈乾脆引用莊子原話,稱"真者,精誠之至。不精不誠,不能動人。強笑者不歡,強合者不親。夫惟有真人,而後有真言"②。

當然,本着事理的一般通則,歷代論者也有超脱儒道兩家,討論創作必須真實可信的問題。如元人竭口推頌《古詩十九首》"情真、景真、事真、意真"③,清人提倡"作詩以真爲上,而雕飾不與焉"④,同時又主張"詩貴真,詩之真趣,又在意似之間,認真則又死矣"⑤,"真率是詩之一體,偶爾有之不妨,篇篇如此……有心如此,便是不真,但有率耳"⑥,表現出折進一層的成熟思考和實事求是的辯證精神。但不能否認,儒道兩家所講的"真",特別是道家所論,對後人有深刻而久遠的影響。當然,儒家對"真"的論述多是從"信"和"誠"的角度作出的,"信"和"誠"是一種外在的規範,是對人講的;道家之"真"則將重點放在一己内在的性情,是對自己講的。這可以説是傳統文學批評範疇學派性的一個顯著體現。

其他如儒道兩家所論"道"與"氣",釋道兩家所論"虚"和"静",也都同中有異,或似同而實異,各自呈現出明顯的學派特徵。

三、範疇的衍生力及其統序特徵

如前所説,在中國哲學那裏,範疇是一整套可以發展出不同思想體系的基本名言。由於名言的一般性和共通性特點,使得它很容易誕育出新的思想觀念,包括新的範疇。誠如成中英所指出的那樣,"中國哲學中的範疇自其歷史發展看,不但有其占據中心思想的位置,而且有其促進或牽引新思想發展的意義。如果我們采取一個辯證的觀點,我們甚至可以說,中國原初的哲學範疇都具有發展引申新觀念以及與其他外來哲學(如佛學)交融發展的動力與能力"。

---

① 《童心説》,《焚書》卷三。
② 《袁宏道集箋校》附錄三引《瀟碧堂集序》,上海古籍出版社,1981年,第1695頁。
③ 陳繹曾《詩譜》。
④ 彭端淑《雪夜詩談》。
⑤ 陸時雍《詩鏡總論》。
⑥ 李家瑞《停雲閣詩話》卷一。

基於這一判斷,他甚至說:"凡是具有延伸發展及與其他外來哲學交相影響的觀念才有資格稱之爲哲學範疇。"①證諸"天道"、"性命"、"理氣"等範疇都十分能産,能牽衍派生一系列新的概念、範疇,並最終肇成新的學説和學派,成氏的上述論斷顯然是可以成立的。

這樣,傳統哲學範疇所具有的連鎖性和序列化特徵,就十分醒目地凸顯在古代思想史的流程中。就連鎖性而言,表現爲範疇意義在層層展開的同時又環環相串。如《周易·繫辭上》提出"《易》有太極,是生兩儀,兩儀生四象,四象生八卦"。至戰國末年,《吕氏春秋》承道家"主之以太一"之説,提出"太一"這個範疇,並以之爲"道"的代稱,稱萬物"本於太一,太一生兩儀,兩儀生陰陽"。到了漢代,《孝經·鈎命訣》提出"天地未分之前,有太易,有太初,有太始,有太素,有太極,是謂五運",在承認"太極"是派生天地萬物的宇宙本原同時,又認爲在此之前還有"太易"、"太初"等四個階段,"太極"由其派生,由此形成"太易"而"太初"而"太始"而"太素"而"太極"而"天地"而"四象"、"八卦"這樣一個連鎖系統。

以後魏晉玄學興起,兩漢流行的易學元氣説開始呈現頹勢。這當中,對其打擊最大的是王弼的太極虚無論。本着"以無爲本"的觀念,王弼將"太極"説成是"無"的别名,嘗謂"演天地之數,所賴者五十也。其用四十有九,則其一不用也。不用而用以之通,非數而數以之成,斯易之太極也。四十有九,數之極也。夫無不可以無明,必因於有,故常於有物之極,而必明其所由之宗"②。到宋代,混合老莊的"無極"和《易傳》的"太極"説,周敦頤更進一步提出"無極而太極"的新説。其《太極圖説》稱:"無極而太極,太極動而生陽,動極而静,静而生陰,静極復動。一動一静,互爲其根。分陰分陽,兩儀立焉。陽變陰合,而生水火木金土,五氣順布,四時行焉。五行一陰陽也,陰陽一太極也,太極本無極也。"如此又形成了"無極"而"太極"而"陰陽"而"五行"而"萬物"的連鎖③。而所有這一些,無論是漢以前的宇宙生成論,還是漢以後的宇宙本體論,皆有着

---

① 《中國哲學範疇問題初探》,《中國哲學範疇集》,人民出版社,1984年,第41頁。
② 《周易·繫辭上》韓康伯注引《大衍義》。
③ 此處"無極"是意在説明"太極"的特性,爲無稱之稱,不可得而名,如朱熹所説:"上天之載,無聲無臭,而實造化之樞紐,品匯之根柢也,故曰無極而太極,非太極之外復有無極也。"見《太極圖説·朱熹解附》,《周敦頤集》卷一,中華書局,1990年,第4頁。

內在的緊密聯繫,一環一環密銜緊扣着,上溯下沿,層層展開。由於這些觀念和範疇有明顯的統屬關係和連續性特徵,最終造成了傳統哲學及其概念、範疇的整體系統。儘管在西方人看起來,這種系統的理論性並不強。

範疇的序列性與上述連鎖性互爲因果,或可說互爲表裏。由於範疇以環環相扣的連鎖方式展開,衍生範疇作爲原範疇的次生狀態,在語言形式上不可避免地烙有原範疇的印記,這使得相關範疇從名言上看去很是接近,並且在意義指涉上呈現出一種序列化的獨特景觀。由"氣"、"元氣"、"生氣"、"精氣"等範疇構成一個系列,用以表徵人對物質存在的根本看法;由"道"、"太極"、"太一"、"一"等範疇構成一個系列,用以表徵人對客觀世界本原和規律的認識。儘管同序範疇之間的意義或有出入,並非完全涵攝,但從歷代人的論述來看,其相互之間大體可作這樣的歸併殆無疑問。舉例説,《呂氏春秋·大樂》提出"道也者,至精也,不可爲形,不可爲名,强爲之謂之太一",又由"太一"簡括爲"一"。《淮南子·詮言》説:"一也者,萬物之本也,無敵之道也。"證之以虞翻《周易注》所謂"太極,太一,分爲天地,故生兩儀也。"①兩相對照,可知上述數者確乎構成了一個意義相關的序列。其他如"本"、"本根"、"本體"與"實體","精"、"神"、"精神"與"神明"等範疇,也構成類似的統序關係。

文學批評範疇受此影響,或因不少範疇本從哲學、倫理學引入,所以也表現出極强的能産性和衍生性。加以古人取用或創設範疇與哲學家探討義理以自求樹立不盡相同,更多沾帶有靈機發揮的色彩,更多自由度和隨意性,這使範疇的牽衍能力得到了更大程度的發揮。特别是一些包容性强的元範疇和核心範疇,如"興"、"象"、"神"、"味"、"趣"、"韻"等,往往能通過交錯與複合等多種途徑,衍生出數量不等的次生子範疇,形成一個内在勾連完密、意義周詳的範疇集群。

就同一範疇集群來説,由於原初的元範疇或核心範疇衍生能力强,其子範疇也頗有活性,它們彼此牽涉,可以在很大程度上實現範疇的自由組合。如以"風骨"爲核心的範疇集群,衍生出"氣骨"、"骨氣"、"骨力"、"骨體"、"骨幹"等諸多範疇。而這些衍生出的範疇因彼此意義關聯,相互吸引牽衍,又可形成

---

① 李鼎祚《周易集解·繫辭上》引。

"氣力"、"風力"等新的範疇。而就範疇集群間的關係來說，分屬於不同集群的核心範疇，因自身多具能產性和衍展能力，又可與另一意義相鄰的範疇集群交合產生新的範疇。如"氣"與"神"分別是所在範疇集群的核心，在它們統屬下展開的一系列後序範疇，從各個方面反映了主體生命本原和創作過程的內在特質，還有作品所達致的特殊境界。但它們又能彼此牽涉投入，組合成"神氣"這個新的範疇。其他如"興味"、"神韻"、"趣味"等範疇，也是通過這種方式組合而成的。從其所涵括的意義來說，較之"興"、"味"、"神"、"韻"可能不是基元的根本的，如果說這些"單體範疇"是"一級範疇"的話，那麼它們只能是"二級範疇"。但中國古代文學批評發展的歷史證明，這些"二級範疇"及圍繞其展開的多方論述，對古代文學創作及理論批評的深入發展具有多麼重大而深遠的影響。

這種能產性和衍生性同樣也給文學批評範疇帶來了連鎖性和序列化特徵。所謂連鎖性是就範疇內在的意義聯繫而言，指新衍生出的範疇乃至命題，意義之間環環相扣，層層展開。如以"象"爲核心範疇，由"興象"而"意象"而"虛象"而"象外象"、"無象之象"，一環串扣着一環，將建立在情感表現基礎上的古人獨特的思維方式，以及這種方式造成的作品的形象系統，很全面深刻地揭示了出來。同樣，以"味"爲核心範疇，提携起"興味"、"神味"、"逸味"、"餘味"、"遺味"、"味外味"、"無定味"等一系列概念、範疇與命題，將作品所具有的並被人感知到的審美屬性及其精微區別，多層次地揭示了出來。同時，由"體味"、"玩味"而"品味"、"諷味"、"耽味"、"吮味"，其所指稱的主體鑒賞活動，以及這種活動之可增人興會啓導理性的作用，也得到了準確的表達。

倘若從這種意義連鎖的序列中拎出一些新衍生的名言作專門分析，是可以看到在這意義連鎖過程中，新出範疇之於原範疇有補充、發展和深化的重要意義的。譬如"圓機"之於"機"，"深静"之於"静"，"清真"之於"真"，"老潔"之於"潔"，等等，就存在這樣的遞進關係。又，受道家哲學的影響，古代中國人重"無"勝於重"有"，重"虛"勝於重"實"，基於"詩也者，運實而行於虛者也"[1]，許多"實性範疇"後來衍生出一系列新的範疇皆有體"虛"蹈"無"的架空特點，屬"虛性範疇"，就是後出範疇較原初範疇爲精微深刻的一個佐證。即以

---

[1] 于祉《澹園詩話》。

"虛"這個範疇而言,它主動投入或被其他"實性範疇"牽衍組成新的範疇,一般都較原範疇的意義爲精微和深刻。如"虛靈"之於"靈","虛機"之於"機","虛神"之於"神","虛淡"之於"淡","虛象"之於"象","虛圓"之於"圓",無不如此。

試擇"虛圓"之於"圓"作一分析。作爲文學批評範疇的"圓"本指作品用字措語到意境構成的渾成自然,所謂"煉句要歸自然,或五言,或七言,必令極圓極穩,讀者上口,自覺矯矯有氣。若一字不圓,便鬆散無力"①。是謂"圓勁"、"圓緊"之類名言的由來。當然,這種"圓"不能太著痕迹,不能因追求整贍勁緊而沾上火暴氣和臃滯相,故古人又提出"空圓"這一名言,意在求得超逸安雅之妙,並認爲只有善用比興而不是直陳敷衍,才能實現這種神妙。基於這種理想,他們對唐詩給予很高的評價,稱"唐詩之清麗空圓者,以比興爲之也"②。但"空"從某種意義上仍著了痕迹,且空之過當,不免枯寂,既不利情思表達,也非詩體應有的豐秀之相,故他們又提出"虛圓"這個名言,要求作詩能"轉意象於虛圓之中"③,即既不可流於枯寂,要有具體豐滿的意象,但這意象又不能不加處理地直接羅陳,而要待高明的作者做化實爲虛、化景物爲情思的處理,使滿目意象皆含不盡之情思,縹緲於言語筆墨之外。"虛"不是空,不是無,在古人的意識裏,它是一個空框,隨時可接納萬物、涵養萬有,或是已經接納、涵養了萬物萬有而俗眼不能識,此所謂"有虛用而無害於詩者"④,"以其虛而虛天下之實"⑤。所以,以"虛"合"圓",是將作品既包容渾成又不失透脱靈動,既有內蘊又不拘滯於此內蘊,並有向外吸納和拓展的無限可能性,給精確地表達了出來。如果以"圓"爲核心,構成"清圓"、"圓勁"、"圓緊"、"空圓"、"虛圓"這樣一個範疇系列,"虛圓"顯然具有最值得稱道的深刻性。

總之,在意義連鎖的總格局下,儘管歷代論者使用範疇時存在着交叉互滲的情況,但從邏輯演化的角度看,越是後起的概念、範疇,在承繼和保持核心範疇原初涵義的同時,對該概念、範疇的拓展也最大最深入。從這裏頗可以看

---

① 龐塏《詩義固説》下。
② 劉塤《隱居通議》卷七《詩歌二》。
③ 謝榛《四溟詩話》卷一。
④ 陸時雍《詩鏡總論》。
⑤ 李淦《文章精義》。《周禮·春官》注有"琮之言宗,八方所宗,故外八方,象地之形;中虛圓以應無窮,象地之德",可爲參看。

出,作爲理性認識的支點和工具,文學批評範疇越到後來越具有涵括經驗事實的能力。而這與第二章所討論的範疇"向觀念論趨進"的發展態勢也相符合。

相對於範疇的連鎖性,文學批評範疇的序列化特徵可以說是一種着眼於外在形式聯繫作出的判斷。即從外在構成看,呈現爲相關概念、範疇各成條塊排列的有序樣態。質言之,這種有序樣態大抵是以如下兩種方式實現的。一是以一個起始範疇(一般具有核心範疇甚至元範疇地位)爲開端,形成一意義聯繫密切的範疇序列,其後序範疇與起始範疇之間存在着明顯的統屬關係,前者是所謂"上位範疇",後者自然是"下位範疇"。如"悟"最早出現於《尚書·顧命上》之"今天降疾殆,弗興弗悟","悟"與"寤"通,故《詩傳》釋以"覺",又猶"知"。引入文學批評,則指對客體作不脫整體直觀的深入探索,從而把握其根本命脈的藝術思維活動。它就提攜起一個意義密切相關的範疇系列,如"體悟"、"漸悟"、"頓悟"、"徹悟",一直到"心悟"、"妙悟"和"悟入",等等。

"體悟"者,依成玄英疏《莊子·刻意》:"體,悟解也,妙契純素之理,則所在皆真道也",屬本土文化滋育的範疇。"漸悟"以下諸個名言則是佛理滲入的結果,兩者既有聯繫,也有區別。不過從邏輯形式考察,它們都歸屬在"悟"這個起始範疇之下。到了清代,又有"超悟"一詞出現,其義同於嚴羽的"妙悟",但似僅就一般事理創設,不一定從佛理中來。如黃培芳說:"詩貴超悟,是詩教之本然之理,非禪機也。孔子謂商、賜可與言詩,取其悟也;孟子譏高叟之固,固正與悟相反。"[①]陸桴亭也說:"凡體驗有得處,皆是悟。只是古人不喚作悟,喚作物格致知,古人把此個境界看作平常。"[②]這"超悟"可以視作"悟"範疇在經歷了外來文化的充填後,向本土文化範疇的皈返。如此由"悟"而"體悟"、"妙悟"、"超悟",這一系範疇的序列化特徵顯得十分整一和圓滿。

另一種範疇有序樣態的實現方式是,以一個範疇(通常仍爲具有核心範疇地位的)爲起點,吸納與自體意蘊並非直接連屬的另一些範疇,形成一個達到新的意蘊整合的範疇系列。其後序範疇與起始範疇之間,"下位範疇"與"上位範疇"之間,關係較前一種爲複雜。它通常不像前一種的縱向統屬,而是橫向映射型的,牽衍的雙方意義相融相浹,通釋互決。其間,依具體的語境,存在

---

① 《香石詩話》卷四。
② 《思辨錄輯要》卷三。

着不同位置的偏正關係、平行關係或其他邏輯關係。如"神"吸納另一個與之有關但並非直接聯繫的範疇"氣",構成"神氣"範疇,其間關係就是偏正的,重點偏在"氣","神"用來說明"氣"的性質,是"氣"的一部分,所謂"氣之精者爲神"①。再吸納"理",構成"神理"範疇,重點偏在"理","神"是表明此"理"非通常的物理常情,所謂"略其形迹,伸其神理者"是也②。再吸收"采",構成"神采"範疇,雖亦屬偏正關係,但重點却偏重於"神",因"神采"是神炫於外的光彩,含義與"神"略同,故人有徑以此詞釋"神"者,稱"神者,其神采也"③。此外,它還吸收"風",構成"風神"範疇,重點也在"神"。蓋"風者氣之動","神者,生之制也"④,於"氣"爲主宰,故"風神"仍指主體精神的外化,引入文學批評,指作品精神遠出的風貌。這"神氣"、"神采"和"風神"三者意義重點各不相同,是所謂"不同位置"的含義。

同樣是這個"神",當它吸納"韻"、"情"等範疇,又可構成平行關係的新範疇,如"神韻"的兩個意項之間,不存在誰統領誰的問題,而是平行映射互相照攝的,故古人每用"韻度風神"⑤、"風致情韻"⑥相釋。與"情"結合,兩者也不相統屬。殷璠《河岳英靈集序》標舉"三來説",就將兩者與"氣"並舉,稱"文有神來、氣來、情來"。後人解釋它們時也多用析言,稱"摹畫於步驟者神蹟,雕刻於體句者氣局,組綴於藻麗者情涸"⑦。但既耦合成一個範疇,也就有了内在的整一性,故明何景明用"領會神情"說明自己的作詩原則,並將之與詩的"形迹"構成對比⑧。而其與"遇"耦合成"神遇",與"會"耦合成"神會",兩者既非縱向統屬關係,也非橫向映射關係,且其意義既不垂直也不平行,而是一種補充説明關係,指稱的是張大主體精神,超越耳目感知與知性把握,直接體得對象本質的創作過程或鑒賞活動。如此,"神氣"、"神理"、"神采"、"風神"、"神韻"、"神情"和"神遇"、"神會"等,構成一個意義相關,但後序範疇並不盡爲起始範疇籠

---

① 方東樹《昭昧詹言》卷一。
② 金聖嘆《水滸傳序三》。
③ 袁文《甕牖閒評》。
④ 《淮南子·原道訓》。
⑤ 胡應麟《少室山房筆叢》卷四十一《莊岳委談下》。
⑥ 翁方綱《神韻論下》,《復初齋文集》卷八。
⑦ 焦竑《題謝康樂集後》,《澹園集》卷二十二。
⑧ 《與李空同論詩書》,《何大復先生全集》卷三十二。

蓋的新系列。

其他如"氣"範疇之於"體氣"、"氣味"、"氣韻"、"氣象"、"氣勢"、"氣骨"、"氣脈"、"氣格","境"範疇之於"境象"、"意境"、"境趣"、"境態"、"境界"、"取境",皆如此。由"氣"與"境"統攝的範疇序列還統貫各種文體,詞、曲、戲劇和小説批評中都有假此展開理論批評的用例。

綜合考察由能産性、衍生性帶來的中國古代文學批評範疇的連鎖性和序列化特徵,可以總結出如下特點:即就歷史的角度考察,範疇的意義連鎖和組合成序通常表現爲出現有先後的綫性特徵;而就邏輯的角度考察,則表現爲範疇間義理的通釋與互決。由於在中國古代文學批評的發展歷史上,範疇的邏輯層次和其在歷史上出現的時間順序大致相同,故範疇的意義連鎖和衍生成序,其實反映了古人對文學本質及創作規律的一般認識,同時也是文學批評範疇日漸走向體系化最直觀具體的表徵。

第四章　範疇與創作風尚

古代文學批評範疇與傳統思維方式的密切關係,帶給了它形象直觀、模糊變量和動態多元等特點已如上述。而當人們將這些特點納入到具體鮮活的文學發展的歷史潮流中,與創作實踐和由此形成的審美風會相聯繫,則可以發現它還存在着另一個側面,並這一側面能夠為今人把握整個範疇的邏輯體系提供切實的幫助。

第一節　歷史的轉捩

在本書的開頭,我們已對範疇作過哲學上的界定。儘管哲學的本性決定了範疇或多或少具有某種抽象特徵,但它緊密地關聯着人認識發展的歷史過程,是對這種過程的深刻反映却也是無疑義的。換言之,抽象概括雖意味着超越特殊經驗的限制,但它沒有也不可能拋棄特殊經驗。更何況,基於古代文化傳統的深刻規定,有着特殊思維方式的古人從來無意於誇大抽象概括的作用,更不使之遠離生動豐富的生活事象。因此,各個時代創作風尚的變化不可能不對它們構成影響,它們也從來不拒斥來自這方面的影響。

一、由範疇出現頻率切入

基於此,考察古代文學批評範疇與文學創作及審美趣味發展歷史的關係,可以發現有一個現象很值得重視,那就是每一個概念、範疇在各個歷史時期的出現頻率儘管難以準確統計,但其被引用和討論的大體情況却可以通過具體深細的研究得以確知和判明。

譬如"文質"、"比興"、"神理"、"風雅"、"風骨"、"靡麗"等概念、範疇,常見於先秦到六朝時期的文學批評,對於這些概念、範疇的延用和討論,構成了其時文學批評的主要景觀。"興象"、"寄託"、"興趣"、"妙悟"、"平淡"、"自然"、

"野逸"等概念、範疇,常見於宋金元時期的文學批評,對這些概念、範疇的延用和討論,規範了那個時代文學批評的基本走向。而"神韻"、"意境"、"境界"、"機趣"、"高古"、"本色"、"老成"、"俊艷"、"嬌爽"等概念、範疇,則常見於明清時期的文學批評,它們顯然成了總結期文學批評的主流甚至核心。當然,這是大體的判斷,不能絕對化。如六朝人對"自然"範疇也有專門的討論,並爲該範疇確立了最基本的内涵;明清人對"比興"範疇也每每論及,甚至有很出色精湛的推進一層的發明。而類似"靡"、"麗"、"壯"、"艷"等"單體範疇"更貫穿古代文學理論批評始終,以後又不斷孳乳出新的後序名言,翻新拓展出更精微深刻的意旨。但總的來說,隨創作習尚和審美風會的改變,它們有大致可以把握的更替迭代的綫索,它們的生息進退確實有迹可尋。

簡言之,那些出現頻率高的概念、範疇,大多契合了當時人的創作實際及審美需要,因而得以爲不同個性、趣味和風格的作家、批評家所注意,他們或肯定或否定,或從這方面或從那方面討論它,界定它,甚至相互辯難究詰,從而攪動一個人群乃至整個文化群落的視綫,最終把它送到文論範疇體系的前臺,直至由它占據這個龐大體系的中心。而因爲"名以檢形,形以定名"[1],"名正物定,名倚物徙"[2],隨着創作習尚和審美風會的改變,這種"聖人之所以真物"的名言[3],其所占據的邏輯位序,乃或所獲得的中心範疇的地位,也會隨之發生移易。揭出這種別彼此而檢虚實,乃或舍彼而崇此,以至群棄群取的現象,比之前面對範疇特點的分析來說可能外在了一些,但却能從價值層面見出範疇的存在意義與價值。而這種存在意義與價值從根本上說,是可以爲上述範疇特性的分析提供進一步的佐證的。

因此,餘下的問題是,在準確統計秦漢以來文論範疇的運用頻率尚有困難的情況下,對之作初步的搜羅與梳理,特別是找出其中重要的節點以爲考察的坐標,就變得非常的重要。

二、"百代之中"的中唐

這個重要的節點就是中唐。中國古代文學,就以詩文爲代表的中心文型

---

[1] 《尹文子·大道上》。
[2] 《韓非子·揚搉》。
[3] 《春秋繁露·深察名號》。

而言，其從創作到批評，發生重大變化的時間大抵在中唐。要在這方面作出全面徹底的論述，既非個人所能勝任，也與全書的議題相乖違。但大體說來，應該有如下一些明顯的徵象可以證明這一點。

中唐以前，由於整個社會基本處在上升時期，生産力和生産關係總體平衡，社會矛盾相對較少。作爲社會實踐主體的人比較容易從自然活動和社會活動中找到自身力量的確證，故精神比較飽滿，心態樂觀開張。其時，在古代文明發達的廣大中原地區，農耕生活的熏陶，禮儀文化的教養，還有與邊地少數民族的和合交流，都使人易於感染一種浩蕩粗獷、蓬勃向上的風氣。一切的規範都有待人草創，一切的草創都自然而然地帶上了那個時代開張豁蕩的熱情。漢唐的國力強盛，以及漢唐文學高朗壯大的風格，是其中的典型。

中唐以後，情形爲之一變，古代社會開始從整體上走向衰落，即使以後也曾有短期的繁榮和一時的中興，但總的來說國力再不及漢唐舊制。與此相伴隨，用來說明和裝點政教制度的權威也從神聖的高位上跌落。形勢已不允許人再任意伸張個體的力量，但王朝的政治卻還需要維持，於是一種局促、違扭和壓抑感開始四下彌散，並變得很容易被人感覺。而此時，相對穩定的經濟促成了南方文化日趨繁榮，南北的交流，禪宗的滋養及理學、心學的熏陶，漸以取代儒學與經學對人的控制。人的外向拓展減少了，精神的能量便返歸自體，由此造成内心深處久積的個人化的隱秘意念和深在體驗被喚起。一切的人都在沉思，由外向的行動轉爲内傾的反省，而這種反省就此不可避免地帶上了雖不再開張豁蕩，高朗壯大，但足夠圓融精緻的特徵。它重視以心爲本，以内御外，從而使人在精神上涵融萬物的精緻和深細得到了空前的凸顯。宋代文化和文學是其中的典型[1]。

章太炎曾指出："中國廢興之際，樞於中唐，詩賦亦由是不競。"[2]雖說中唐

---

[1] 陳寅恪《論韓愈》指出："綜括言之，唐代之史可分爲前後兩期，前期結束南北朝相承之舊局面，後期開啟趙家以降之新局面，關於政治社會經濟者如此，關於文化學術者亦莫不如此。"揭示的也正是此一點。見其所著《金明館叢稿初編》，上海古籍出版社，1982年，第296頁。又，川合康三《中國的詩與文——以中唐爲中心》一文指出："文學的發展在此有一個飛躍，那是毫無疑問的。中國文學的歷史，看來每到關鍵時期，文學主體就由集團向個人接近吧，中唐不用說也是一個關鍵時期。"《文學的變容——中唐文學的物質》一文進一步指出其内容上的"日常性"和藝術上的"散文化傾向"，都曾對宋人產生過深刻的影響。見其所著《終南山的變容——中唐文學論集》，上海古籍出版社，2007年，第69、22—24頁。

[2] 《國故論衡》中卷《辨詩》。

以後各體詩賦是否真的走入頹勢還可商榷①,但他連言社會政治與文學兩者,揭出中唐爲其間發展嬗變的一大關鍵,還是相當有眼光的。

具體到文學批評,中唐以前,人們於文學創作多求發凡起例,自創聲格。由諸子講"賦比興"和"温柔敦厚"開始,他們創作各體詩歌,確立文章體式,對如何吟咏情性、敷辭摛采均作有專門的探討,要求它體物明理,有寄託,見力度,能體現宏瞻遒逸的整體風貌。在語言運用上則講究辭達理舉,音協聲和,文從字順,氣盛言宜,當然,有時候也可以簡刻精警,奇險奧僻。但任性情至於私情濫情,但知雕造至於違反自然,都被斥爲有失體裁之正,風人之雅。故這個時期,除"道"、"氣"之外,類似"比興"、"風雅"、"文質"、"情性"、"自然"、"風骨"、"興寄"、"簡正"等範疇經常被人提及,乃至成爲一個時期文學批評的中心話題。

中唐以後,基於漢唐文學所取得的巨大成就,人們深深地感到了沿循坦途易而再出新意難,然而漢魏盛唐詩的安雅渾成與漢唐文的樸茂豐贍,畢竟是文學創作的高上境界,故他們很注意從情態到體式對這一時期的詩文作出系統分析,以求自己的創作能從精神風貌上契近古人。漢魏古詩因章法渾成,顯得不可句摘,漢唐古文辭意連屬,也非節節爲之,但這些都不能減少他們對之作悉心揣摩條分縷析的熱情,故諸如篇法之首尾開合、繁簡奇正,句法之抑揚頓挫、長短節奏,字法之點綴關鍵、金石綺采,均成爲討論的對象。特別是初、盛唐詩習從漢魏六朝汲取過無數營養,並因着今體詩漸占詩壇主導的變化,顯得整然有體,森然有法,更吸引他們對之從起調、轉節到收結一一作出分析。由此,順應着中唐以後"詩格"、"詩式"、"手鑒"、"機要"這類書的紛紛出現,論詩講"勢"、"法"、"格"、"調"便漸起漸盛。

明李東陽《麓堂詩話》嘗謂:"唐人不言詩法,詩法多出於宋,而宋人於詩無

---

① 陸時雍《詩鏡總論》説:"中唐詩近收斂,境斂而實,語斂而精,勢大將收,物華反素。盛唐鋪張已極,無復可加,中唐所以一反而之斂也。初唐人承隋之餘,前華已謝,後秀未開,聲欲啓而尚留,意方涵而不露,故其詩多希微玄澹之音。中唐反盛唐之風,攢意而取精,選言而取勝,所謂綺繡非珍,冰紈是貴,其致迥然異矣。然其病在雕刻太甚,元氣不完,體格卑而聲氣亦降,故其詩往往不長於古而長於律,自有所由來矣。"又,明初金實《螺城集序》論唐律詩演變趨勢,謂"初唐變五言,雖未能盡去梁、陳之綺麗,而思致幽遠,有不可及者。至開元、大曆,五七言則渾厚和平,無間然矣。中唐以後,作者刻苦以求痛快,無復前人之沉渾,而正音漸以流靡矣。是蓋有關於國家氣運,先儒所謂與時高下者是也"。則在時人看來,中唐後律詩亦離正聲日遠。類此對以中唐爲界詩歌的變化發展作了精切的分疏,可證章氏之論無虛。

所得",後人也多有"詩法出而詩亡"的説法。可事實是,從滄浪詩法、白石道人詩説到元明人的諸多作詩講究,黃省曾《名家詩法》這樣的詩格叢書,許多法式探討或編匯並非都不足稱道。尤其面對漢唐人所取得的巨大成就,時人既不可能作大的開闢,轉而從體式内部探討選景、構境、行氣、謀篇之道,由宏壯高朗折入清省幽淡,由此講體物取神,言理得趣,用情務求深入,敷陳力避滯實,並向往虛處能得生意,淡處倍見精彩,對能體現出情味真長、意境悠遠的作品每有很好的評價,也是可以理解的。至於具體落實到語言運用,注意言此意彼,言有盡而意無窮,但知摹狀而不爲抒情論理,但求精微而不見樸堅蒼老,但知掉弄書袋而不知點化出新,均被排拒在作手之外,更有其合理性。

所以這個時期,除"道"、"氣"、"情性"、"自然"、"風骨"等範疇仍繼續爲人論及外,更多的人開始標舉"神韻"、"意境"、"興趣"、"妙悟",還有"格力"、"體勢"、"格調"、"氣象"等藝法範疇,"高古"、"雄渾"、"平淡"、"天真"等風格範疇。特别是明清人,因處在傳統文化的總結期,文從秦漢、詩法盛唐幾乎成爲時人的共識。如前所説,秦漢文、盛唐詩的特點是渾成豐贍,不可句摘,故道説這種特性的概念、範疇風行一世,並影響及於詞曲乃至戲劇小説批評。

結言之,如果中唐以前是文以"氣"爲主的時代,它的特徵是外傾的,開放的,一切與外傾、開放品性相應的概念、範疇附屬之,那麽中唐以後就是文以"韻"爲主的時代,它的特徵是內傾的,深斂的,一切與內傾、深斂品性相應的概念、範疇附屬之。而具體到明清兩代特别是清代,又是一個整合一切的時代,前此出現過的各種理論主張、學説觀點和概念、範疇均重新登臺亮相,尋找與那個時代再度契合的機會。但其總的理論趨向又確確實實是從屬於中唐以後文學批評的總體格局的。所以可再次確認,中唐確乎是中國古代文學重要的轉變節點,也是古代文學批評重要的轉變節點。

再傾聽一下那個時代人自己的説明吧。元袁桷説:"詩至於中唐,變之始也。"① 清葉燮説:"此中也者,乃古今百代之中,而非有唐一代之所獨得而稱中者也","時值古今詩運之中,與文運實相表裏,爲古今一大關鍵,灼然不易"②。然後,我們考察"風骨"、"平淡"和"格調"三個範疇與不同時代創作風尚的相互

---

① 《書湯西樓詩後》,《清容居士集》卷四十八。
② 《百家唐詩序》,《己畦集》卷八。

關係,爲印證這一結論,再來作自己的判斷。

第二節　風骨範疇與漢唐文學理想

前已提及,"風骨"範疇指稱的是基於創作主體鬱勃情志和豐沛生命力的剛健有力的作品風貌。它從語源上説來自傳統相術與人物品鑒術語。以後,顧愷之、王羲之、王僧虔和謝赫等人將之分別引入書畫及詩文批評領域,劉勰《文心雕龍》更闢出專章,對其理論内涵和功能意義作了空前深入的説明。

一、六朝文學背景下"風骨"的提出

由《風骨》篇的具體論述可知,劉勰之提倡此範疇是與晉宋以來文壇"文術多門,各適所好。明者弗授,學者弗師。於是習華隨侈,流遁忘反"的訛濫放失有關的。且看《明詩》篇中他對這一時期不良文風的批評:

> 晉世群才,稍入輕綺。張潘左陸,比肩詩衢;采縟於正始,力柔於建安;或析文以爲妙,或流靡以自妍:此其大略也。江左篇製,溺乎玄風,嗤笑徇務之志,崇盛忘機之談;袁、孫已下,雖各有雕采,而辭趣一揆,莫與争雄,所以景純仙篇,挺拔而爲俊矣。宋初文詠,體有因革,莊老告退,而山水方滋,儷采百字之偶,争價一句之奇,情必極貌以寫物,辭必窮力而追新:此近世之所競也。

這種輕綺、縟麗和流靡,乃至但知體物詳盡繁辭唯新,已給晉、宋以來文學創作造成了很不好的影響,以至後來李世民君臣將其引爲亡國之誡,《隋書》、《晉書》、《梁書》、《陳書》的"文苑傳序"和"文學傳序",更對之作了不遺餘力的排擊。其實這種批評在劉勰書中其他篇章也多可見到,如《序志》篇所謂"言貴浮詭"、"將遂訛濫",《情采》篇所謂"采濫忽真"、"真宰弗存",《詮賦》篇所謂"繁華損枝,膏腴害骨"。有的雖不專就晉、宋文風講,但在他那裏,它們是可以歸併在一類的。他推崇的是建安文學,這種"浮詭"、"訛濫"和"輕綺",相較於三曹、七子,缺的正是豐沛的生命力和剛健的力度美,所謂"采縟於正始,力柔於建安","繁華損枝,膏腴害骨",把這一點說得很清楚。

對晉、宋以來創作普遍缺乏力度,論者言之甚詳,究其原因,是與時人爲文競尚玄遠,脫略世情乃至不道眞性情有關的。志在逐文而少激情,心中已失一種鼓蕩於內的豐沛元氣,筆下缺乏生動之狀乃至力度之美,是很自然的事。所以,劉勰在《通變》篇中稱他們"風末氣衰",在《封禪》篇中又指其爲"風末力寡",也就是缺乏"風骨"之意。而這種言不由衷競尚玄遠風氣的盛行,又是與那個時代特定的社會環境分不開的。

魏晉以降一直到南朝,實際上是一個貴族化的社會,特別是晉世以來,那批受莊園經濟供養並具有高貴血統的閥閱士族,不但是那個社會物質文明的擁有者,還是那個時代精神世界的主人。他們因家族的仕宦歷史和本人的官場歷練而富於政治敏感,又因動亂時世和坎坷的人生遭際而變得多愁善感。而自漢末以來連年的戰亂,頻繁的朝代更迭與君主的強權統治,本已使其內心深處有一種深刻的不安。再眼見儒家道德理想因虛僞名教的敗壞而陷入困境,更不免失望透頂。生命的毀滅既是如此的容易,傳統和信仰又是如此不堪強權的衝擊,那麼可遵循和執守的還有什麼呢?他們徬徨。

自然,漢末的天下分裂是爲下一次更具合理性的統一開路,這其間隱含着歷史前進的必然性。但在那個時代,不是每個人都能理解這種前進需要個人付出怎樣的代價。相反,他們只覺得自己是在無端地替歷史受過,苦悶與失望遂成爲帶有普遍性的社會心理,重新審視人生發現自我也因此成爲人自然而然的選擇。玄學的興起正是這種自我審視、發現帶來的結果。所以,他們喜好談玄,希望在玄學中找到個性化的自己。這個希望事實上是被實現了,正如戰國時代,人們因找到自身存在的普遍性而擺脫了對天命神鬼的依附一樣,因自覺意識的覺醒,他們也開始擯棄漢以來那種只叫人服從不讓人選擇的名教的信仰,代之以對自由的高揚。但另一方面,他們畢竟不能擺脫專制威權的轄制,不具備以社會的整體覺醒作爲個人自由起點的可能。並且,作爲這種威權的既得利益者,他們可以因種種原因和它在情感上拉開距離,但不可能徹底割斷與它的聯繫。因此,所謂自由也只能表現爲"從心所欲不逾矩",放曠自適,在自然中排釋鬱情,在玄理中平靜身心,乃至作玄機之談和無稽之談。

馮友蘭稱這批人爲"主情派"、"新道家",指出他們"任從衝動而生活","他們的動情,倒不在於某種個人的得失,而在於宇宙人生的某些普遍的方面",並舉《世說新語·言語》所載衛玠"初欲渡江,形神慘悴,語左右曰:見此茫茫,不覺百端交集,苟未免有情,亦復誰能遣此"以爲説明①。其實,人向宇宙人生致思的通道在此時得以被開啓並非没有來由,它是那個時代特定社會條件催使的結果。至於有的人内省雖深却多淡出,感興再多却故示痴騃,雖可説是具有放曠個性的智者達人,却不是守正不阿肩擔道義的入世强者。他們所稟的氣性可能是真久雋永的,但他們的生命力却不能冠以充沛、壯大這樣的詞彙。

以這種真久雋永作若不經意的精神追求,他們把心力更多地投到藝事一途,由此造成的文學也就不可能是充滿生機和活力的文學。至於承此而起的南朝文學更是浮弱萎靡,故唐初人在評價這種文學時,常以"輕險"、"清綺"等詞指稱之。如《隋書·文學傳序》稱"其意淺而繁,其文匿而彩,詞尚輕險,情多哀思",《北齊書·文苑傳序》稱"江左梁末,彌尚輕險,始自儲宫,刑乎流俗",《周書·王褒庾信傳論》稱"子山之文,發源於宋末,盛行於梁季,其體以淫放爲本,其詞以輕險爲宗"。倘去其極端,則除左思、劉琨、郭璞、鮑照等人詩有慷慨磊落的體格外,大多數人只作一些聲調和諧對偶工整的小詩。摹狀精細有緻,擬聲栩栩如生,婉麗新巧,一片平和。故裴子野《雕蟲論》稱其"興浮"、"志弱"、"巧而不要,隱而不深"。這樣的詩自有其價值,無須一概否定,但求其有豐沛的力度則不可能,故劉勰要用"慷慨"、"磊落"、"志深"而"任氣"的剛健文風來加以挽救。他用"風骨"這一範疇,所指稱的恰恰是這樣一種剛健的文風。

"風骨"是什麽,《文心雕龍》有詳細的解説:"怊悵述情,必始乎風;沉吟鋪辭,莫先於骨。故辭之待骨,如體之樹骸;情之含風,猶形之包氣。結言端直,則文骨成焉;意氣駿爽,則文風清焉。""練於骨者,析辭必精;深乎風者,述情必顯。"爲了解説分明,他在上述析而言之的基礎上再作反面論證,稱"思不環周,索莫乏氣,則無風之驗也","若瘠義肥辭,繁雜失統,則無骨之徵也",突出的都是其骨幹堅挺、剛健有力的美學風貌。他所説的"端直"、"駿爽"、"此風骨之力"、"骨髓峻"、"風力遒"、"文章才力,有似於此",也都意在揭示這一點。尤其值得注意的是,在析言"風骨"後,他又合而言之,並論及"氣"範疇的重要意義。由其所謂"若豐藻克贍,風骨不飛,則振采失鮮,負聲無力。是以綴慮裁篇,務盈守氣。剛健既實,輝光乃新",分明可以看出,他是以"氣"作爲"風骨"生成的基礎條件的。晉、宋以來作者不缺才情,不缺敏感,缺的就是這份充沛浩蕩的

---

① 《中國哲學簡史》,北京大學出版社,1996年,第204頁。

主觀志氣、生命勁氣,所謂"興浮"、"志弱"、"輕險",説到底都是缺乏這種主觀志氣和生命勁氣的表現。

此後,鍾嶸作《詩品》,對五言詩發展的諸多問題作了專門探討。他明確提出自己的詩學理想是要"宏斯三義,酌而用之,干之以風力,潤之以丹彩,使味之者無極,聞之者動心,是詩之至也"。這"風力"就是"風骨"的同序"下位範疇"。"風力"、"丹彩"並舉,即劉勰《風骨》篇所謂"采"與"風骨"的關係。由此,他稱鮑照"骨節强於謝混,驅邁疾於顔延",劉楨"仗氣愛奇,動多振絶。真骨凌霜,高風跨俗。但氣過其文,雕潤恨少",而對曹植"骨氣奇高,詞彩華茂,情兼雅怨,體被文質,粲溢今古,卓爾不群"有極高的評價,究其目的也是爲了克服當初風行天下的浮艷風氣。所以可以説,"風骨"範疇被劉、鍾標舉爲自己文學理論的中心,是與六朝文壇的實際情況密切相關的,六朝文風的普遍浮弱構成了他們相關論説的全部背景。

二、對唐初文風的匡正

唐前期"風骨"範疇依然爲有識見的詩人、批評家所提倡,因爲六朝浮艷文風一直延續到了他們那個時代。

唐初,太宗於萬機之暇親自過問文學,嘗説:"故觀文教於六經,閱武功於七德,臺榭取其避燥濕,金石尚其諧神人,皆節之於中和,不繫之於淫放。……釋實求華,以人從欲,亂於大道,君子恥之。"①還對房玄齡説:"比見前、後漢史載録揚雄《甘泉》、《羽獵》,司馬相如《子虚》、《上林》,班固《兩都》等賦,此既文體浮華,無益勸誡,何暇書之史策。其有上書論事,詞理切直,可裨於政理者,朕從與不從,皆須備載。"②他甚至還不准鄧隆上表求編文集的諛請,表明不願步梁武帝父子及陳後主、隋煬帝溺文不修德行的後塵。

不過,話雖這麽説,他並没有真的在趣味上脱開六朝文華的牢籠。所以雖在政治上重用山東微族人士,文學侍從却多江南士族子弟③。當暫摒機務,與這班才士一起遊心藝事,就活脱脱是一個純藝術的崇拜者。故當御史大夫杜淹稱"前代興亡,實由於樂",他即予駁斥,以爲"夫音聲豈能感人,歡者聞之則

---

① 《帝京篇序》,《全唐詩》卷一。
② 吴兢《貞觀政要·文史第二十八》。
③ 見《汪籛隋唐史論稿》,中國社會科學出版社 1981 年,第 93—97 頁。

悦,哀者聽之則悲。悲悦在於人心,非由樂也"①。與此相聯繫,他論詩也多取六朝之浮華與藻彩。不但稱賞上官儀的綺靡,每遣其視草,令人繼和②,還敕令褚亮與諸學士撰《古文章巧言語》一書,甚至對楊師道爲文酒之會大作艷詩也有興趣③,並親爲宮體,命朝臣賡和,以至虞世南以"恐此詩一傳,天下風靡,不敢奉詔"相諫④。其他有六朝風味的詩就更多了。故後人謂其"鋪張功烈,粉飾治平,即此便輸漢祖一籌,不徒骨之靡弱"⑤。

有意思的是,那個正言直諫的虞世南也好宮體詩,"常祖述徐陵,陵亦言世南得己之意"⑥。其他如長孫無忌、李百藥和令狐德棻等人差不多也都如此。貞觀三年(629),太宗爲求"以史爲鑒",下詔修梁、陳、北齊、北周、隋五朝史,他們領命執行。如前所說,在所修史書"文苑傳序"或"文學傳序"中,對包括玄言詩在內的六朝文風作了清算。但正所謂積習太深,未能遽改,六朝風氣還是影響了他們的史筆,以至"競爲綺艷,不求篤實"⑦。後劉知幾要求史書克服"喻過其體,詞没其義,繁華而失實,流宕而忘返"之病⑧,述事尚"實"尚"簡",文辭尚"質"尚"今",便是對這一傾向的反動。他甚至還直接批評其時所修諸史,謂"大唐修《晉書》,作者皆當代詞人,遠棄史、班,近宗徐、庾","以飾彼輕薄之句,而編爲史籍之文"⑨,可見六朝習氣影響之深與廣。

至於一般文臣,倘是由南朝入唐的南方才士,自然襲六朝之舊而增益之;而一些出身關隴集團的北方詩人,也競相以學南方爲時尚。故在劉洎、許敬宗、杜正倫、劉孝孫、岑文本、封行高、楊續等人張揚輕艷、獨尚靡麗之時,偶爾有一些出自山東微族的宮廷詩人寫幾首以史爲鑒的詩,根本不足以轉移風氣。此外,唐初文酒之會、宴飲賦詩屢見於史,爲作詩方便,類書編輯遂成熱點。虞世南作秘書監時,就"集群書可爲文章用者,號爲《北堂書鈔》"⑩。其時還有《文思博要》,部帙巨大至一千卷,太宗作詩常援以爲助,由此"作詩至多,亦有徐、

---

① 《貞觀政要·禮樂第二十九》。
② 見《舊唐書·上官儀傳》。
③ 見《舊唐書·楊慕仁傳》。
④⑥ 《新唐書·虞世南傳》。
⑤ 賀裳《載酒園詩話又編》。
⑦ 《舊唐書·房玄齡傳》。
⑧ 《史通·內篇·載文第十六》。
⑨ 《史通·內篇·論贊第九》。
⑩ 王讜《唐語林》卷二。

庾風氣,世不傳,獨於《初學》時時見之"①。

六朝浮靡文風得以延續並達到高潮是在龍朔(661—663)初年。其典型代表一是以雕刻深微屬對工巧、講究聲律爲主要宗旨的"上官體",一是以輕綺側艷、婉媚縟麗見長的頌體文。前者以上官儀爲代表,他歸納六朝以來詩歌的對仗方法,提出"六對"、"八對"之說,雖於律詩定型不無貢獻,但在當時却助長了不良文風的滋漫。他還和許敬宗一起奉敕編集《瑶山玉彩》,集古今文集之奇詞麗句,以類相從,部帙達五百卷之多,朝廷旨趣於此可想。至於後者的代表許敬宗不但參加過《瑶山玉彩》的編纂,還主持《累璧》、《芳林要覽》等類書的編纂,在集結手下文士歌功頌德時,尤好追求"究寫真之奥旨,擅體物之窮神"②,敷色繁麗,窮極精細。

所以,其時初登文壇的"初唐四杰"才謝膚澤而敦骨力,對之予以猛烈的抨擊,稱其"爭構纖微,競爲雕刻。糅之金玉龍鳳,亂之朱紫青黄。影帶以徇其功,假對以稱其美。骨氣都盡,剛健不聞"③。王楊盧駱秉承關隴儒家和河汾之學,以推行"王道仁政"爲己任,重經世致用而輕羼習世務。同時,受道家思想影響,對矯厲不群的耿介人格多有推崇④。故論文好講《《易》象六爻,幽贊通乎政本;詩人五際,比興存乎《國風》"⑤。以爲"文章經國之大業,不朽之盛事,而君子所役心勞神,宜於大者遠者,非緣情體物雕蟲小技而已"⑥。"苟非可以甄明大義,矯正末流,俗化資以興衰,家國繫其輕重,古人未嘗留心也。"⑦並對"磊落辭韻,鏗鏗風骨"有突出的強調⑧。

高宗後期,當政的武則天頗能起用寒素。永隆中以文章選士,及永淳之後,君臨天下二十多年,對文事更多提倡,至"當時公卿百辟無不以文章達,因循攲久,寖以成風"⑨。故文壇浮靡之風依然持續,代表人物如"文章四友"、沈宋,還有徐彦伯、閻朝隱、鄭愔、崔湜等人,作詩均語涉綺靡,鮮有閎闊剛健之格

---

① 王應麟《困學紀聞》卷十四。
② 《玉華山宮銘賦》,《全唐文》卷一百五十二。
③⑧ 楊炯《王勃集序》,《全唐文》卷一百九十一。
④ 見杜曉勤《初盛唐詩歌的文化闡釋》,東方出版社,1997年,第21頁。
⑤ 駱賓王《上吏部裴侍郎帝京篇啓》,《全唐文》卷一百九十八。
⑥ 王勃《平臺秘略論》,《全唐文》卷一百八十二。
⑦ 王勃《上吏部裴侍郎啓》,《全唐文》卷一百八十。
⑨ 杜佑《通典》卷十五《選舉三》引沈既濟語。

勢。時宴飲游賞、奉和應制之風盛行天下,即就崔融、李嶠等佼佼者言,此類詩也占去集中大半,且多咏物。李嶠還作有《評詩格》,所論"十體"不脫早爲四杰所不取的"影帶"、"形似"、"宛轉"、"飛動"。故儘管比之四杰之時,六朝文風相對來說有所消退,杜審言等人也寫出了一些感情沉著、體格雄健的佳作,但文風的根本好轉仍未實現。

這才引來陳子昂《與東方左史虬修竹篇序》中"文章道弊五百年"的批判。因積弊相同,他仍建"風骨"之幟,指斥時人丢棄建安詩歌的傳統,所謂"漢魏風骨,晉宋莫傳",又從儒家仁義禮樂角度,指斥其"彩麗競繁,而興寄都絶","逶迤頹靡,風雅不作"。陳子昂被認爲是"詩家有開創氣象者"①,許多論說"當世以爲法"②,可以下的事實表明,對陳氏主張給予正面評價是應該的,但將其在當時的影響無限夸大則不合實情。因爲至中宗、睿宗朝,游賞宴飲奉和應酬之風仍在盛行,綺靡文風並未徹底退出文壇。"中宗景龍二年,始於修文館置大學士四員,學士八員,直學士十二員","凡天子饗會遊豫,唯宰相及學士得從","帝有所感,即賦詩,學士皆屬和,當時人所欽慕。然皆狎猥佻佞,忘君臣禮法,惟以文華取幸"③。蓋"高宗嗣位,政教漸衰,薄於儒術,尤重文吏","及則天稱制,以權臨天下,不吝官爵,取悅當時。……至博士、助教,唯有學官之名,多非儒雅之實"④。延及中宗朝,"天下靡然,爭以文華相尚,儒學忠讜之士莫得進矣"⑤。文風自然不可收拾。加以當時士大夫競求官禄,多不修德,入則諂言自媚,出則肆欲行奸,並無高尚的節慨和操守。發爲文章,不免雕縟失體,繁密辱格,而志正情深理直氣壯之文幾不爲人所重。這樣的局面一直要到玄宗重新恢復儒學,進用儒生,並有意改正文風後才真正得到改變。

如此經過近百年的蕩滌,六朝餘風算是退盡。適應着陳子昂所推重的"骨氣端翔,音情頓挫,光英朗練,有金石聲"的文風正式形成,近體詩主導地位的正式確立,還有詩歌在情意表達與形式運用方面積累下的豐富經驗,才有殷璠出來,在提倡"神來"、"氣來"、"情來"的同時,將這種新文風的特色歸結爲"既

---

① 徐世溥《榆溪詩話》。
② 《新唐書·陳子昂傳》。
③ 計有功《唐詩紀事》卷九。
④ 《舊唐書·儒學傳序》。
⑤ 《資治通鑒》卷二百九。

閑新聲,復曉古體。文質半取,風騷兩挾。言氣骨則建安爲儔,論宮商則太康不逮"。他對魏晉詩歌的喜好,還有對"聲律風骨始備"的開元新詩歌的肯定,都可以看出他對"風骨"範疇有挽回文風之功的由衷承認。"風骨"範疇之所以一直成爲盛唐以前有識見的詩人、批評家用以抵禦浮艷文風的理論武器,誠非偶然。

當然,在强調"風骨"的同時,他還標舉"興象"範疇,並對"情幽興遠,思苦語奇"、"氣雖不高,調頗凌俗"的作品也有所肯定,這體現了在浮艷文風已遭匡正後,人們審美趣味向"情致"、"興象"過渡的事實。自中唐開始"風骨"不再占據文壇主導,殷氏的詩論已見端倪。

三、完滿的落幕

"風骨"範疇的盛行在時間上大致與初盛唐相應,此後雖仍有人不時提出,但再未像陳子昂、殷璠那樣以其爲根本性的論詩原則。究其原因,無疑與其時齊、梁文風已基本廓清,一種足以體現大唐氣象的新文學業已產生有關。再說,時代的發展與形勢的變化,使如何用文學補察時政,泄導人情,發揮美刺諷諫作用等問題開始凸顯,"風骨"之退居二綫實屬自然。

此外還要特別指出的是,這種落幕與文學創作自身的變化發展也存在着密切的關係。從某種程度甚至可以說,正是這種變化發展構成了"風骨"退居幕後的更本質的原因。這一點,從其時詩體的變化演進及由此造成的創作風尚的轉移中,可以看得很分明。

衆所周知,魏晉南北朝時今體詩尚未發明,古體詩獨占文壇,且除鮑照有意於七言詩的創制外,大多數人都用五言寫作,以至出現"五言騰踴"的局面。五言詩高度發展帶來了一個新的收穫,就是詩歌聲韻規律的被發現和被認識。當初謝靈運等人作詩以屬對爲工,已開律詩的端倪;以後沈約等人分別清濁,創爲"四聲"、"八病"之說,更使其初具規模。至唐初,沈、宋致力於聲韻規律的探索,遂使今體律詩格式底定①,並隨着繼起者的密上加密,形成一整套嚴整的程式規範。古、今兩體因體制有別,帶來了詩歌從造語、置辭到謀篇、行氣等多

---

① 沈、宋所創今體主要是五言八句的律體,初、盛唐盛行的詩體除五古和七言歌行外,主要也是五律。七律體制至杜甫始告完備。故錢木庵《唐音審體》說:"初唐諸家長律詩,對偶或不甚整齊,第二字或不相粘綴……少陵作而沈、宋諸家可祧矣。故五言長韻,七言四韻律詩,斷以少陵爲宗。"

方面的不同。所謂"古詩與律不同體,必各用其體,乃爲合格"①。但在律詩初起時期,人們對這種不同認識得並不深入,只是在以後不斷的實踐中,才漸漸積累起經驗。這種經驗在其人創作實踐和理論批評中均有體現,宋代以下歷代詩人、詩論家對之更有真切的總結。

大體説來,古詩重視氣格,故以文辭蒼古、氣勢渾勁爲主;今體系乎聲律,則以研練精切、穩順聲勢爲務。古、今兩體接受的傳統也不相同。因魏晉以來人離古近,《詩三百》可以博其源,《離騷》深永可以神其思,遺篇《十九首》可以約其趣,樂府高雄可以厲其氣;且文辭無涉秾艷,屬對不尚工切,一片無句可摘、圓整渾灝氣象,故文理宏,筆力强,氣勢不凡。唐以後人雖常稱要由漢魏上溯唐虞,並給《三百篇》以很高的地位,但當展開實際的詩歌創作,就通常只以漢魏爲法,再加上六朝的名物芬芳,王融、沈約等人的清音朗暢,故除講求語言端直和文風典正外,多言平仄以成句,抑揚以合調。其他如先後起結、銜承次第、淺深開合、倒折逆挽等等,也細加研求,因此文情顯,筆致細,氣韻生動。

顯然,較之今體,古詩更易造成風骨凛然的藝術效果。故前人多説:

五古以淵閎靜雅、骨氣高妙爲上。②

五古以神骨氣味爲主,愈古淡則愈高渾。……七古以才氣筆力爲主,愈變化則愈神明。③

大抵七言古詩貴乎句語渾雄,格調蒼古,若或窮鏤刻以爲巧,務喝喊以爲豪,或流乎萎弱,或過乎纖麗,則失之矣。④

古詩之視律體,非直聲律相詭也,其筋骨氣格文字作用,亦迥然不同。⑤

一尚風容,一尚筋骨,此齊梁、漢魏之分,即初、盛唐之所以別也。⑥

從這一角度看,劉勰要求人作詩須有"風骨",魏晉六朝其他人論文多言"風

---

① 李東陽《麓堂詩話》。
② 陸鎣《問花樓詩話》卷一。
③ 朱庭珍《筱園詩話》卷一。
④ 吴訥《文章辨體序説》。
⑤ 吴喬《圍爐詩話》卷二引馮班語。
⑥ 劉熙載《藝概・詩概》。

骨",是完全可以理解的。

如前所説,唐初以來很長一個時期,詩壇齊、梁文風盛行,有識之士面臨的任務與劉、鍾等有相同之處,故以"風骨"爲號召,並因今體詩興起,消極的病犯講求爲積極的規律探討所代替的客觀情勢,拿它與聲律並舉,在表達對齊、梁詩學成果有所擇取的同時,以示對建安詩歌爲代表的健康詩風的繼承和光大。

然而,他們畢竟需要一種能代表自己時代的新詩風。這種詩風在唐初尚不成熟,但隨此後盛唐文學的振起而日趨成形。故時人的審美趣味開始轉變,易真氣彌滿、風清骨峻爲興象玲瓏、風致秀出成爲共識。這種新崇尚在殷璠《河岳英靈集》中已有表現。如前所説,他論詩並尚風骨與聲律,但綜觀其詩學理論全體,可明顯看出這種並重的着眼點是在對前人論説的繼承和推廣,而他更富創造性的理論建樹,是針對盛唐新詩風興起概括出的"興象説"。他之所以竭力推崇常建、王維、孟浩然和劉眘虛,就是因爲他們的詩脱棄凡近,興象高遠。所謂"興象",下面還要專門談到,是指詩歌所達到的一種融匯着詩人勃然發動的主觀情志的客觀物象,以及由這種物象造成的寄意出言的特殊景象,它貼近盛唐詩人的創作實際和美學追求,是針對這種實踐和追求所作的理論歸納,因此較之"風骨"範疇,明顯創造多於繼承,時代特徵也更爲鮮明。

不僅如此,由於"興象"範疇與詩歌助益教化這類功利講求較爲疏遠,更符合詩藝的自在性規律,甚至在某種程度上觸及到詩歌構象與賞會的特性,故爲後世如皎然、司空圖、嚴羽等審美一路的批評家開了先河。皎然之"假象見意"、"采奇於象外",劉禹錫之"境生於象外",司空圖之"象外之象"、"景外之景",乃至"意象"、"興趣"和"意境"等批評範疇,與之在内涵上均有諸多共通的地方。皎然於詩追求"神詣"、"意冥"的神化境界,要求氣象氤氲,意度盤礴,清麗自然,不假用事,而且特別強調"氣高而不怒","力勁而不露",所謂"詩有四不"、"詩有二要",都以此爲重點。

這種理論主張對後來近體詩創作曾發揮過很大的指導作用,但就實際情形而言則首先是對當時詩歌創作實踐的總結。蓋自盛唐以來,許多論者爲求詩歌調美律暢,高華朗麗,都曾結合詩藝的展開作細緻的探討,一時有關詩法體式的著作大量出現,"即閲諸家格式等,勘彼同異,卷軸雖多,要樞則少,名異義同,繁穢尤甚"①,然也包含着一些有價值的思想,有些規定更是作詩必須遵守的律則,皎然《詩式》即爲其中最具代表性的一種。由此一種,不難想見時人興趣之所在。此後,司空圖承其旨提出"韻味說",對詩的存在本質、思維規律和美學風格作了精心的探討。由於他的諸多論說在不同程度上觸及到詩歌創作的本質特性,從而使詩論具有了詩歌哲學的意味。這是此前詩學批評很少有過的。顯然,發端於殷璠,發展於劉禹錫、皎然和司空圖等人的審美派詩論,其核心已不在"風骨",而在"興象"、"韻致"和"神詣",儘管皎然、司空圖所論"韻味"、"神詣"與殷璠的"興象"微有區別。

理論是創作的反映,皎然等人的觀點正是對大曆以來詩歌創作新追求的理論總結。盛唐時,李、杜、高、岑諸大家皆以壯大的情思、精深的格調抒寫情感,詩歌英情朗練,興會飆舉,體裁明密,風調高華,往往有雄放不可羈勒之作,爲盛唐詩風的確立奠定了基礎。然繼起者因失去浩蕩的時代風氣的感召,加以才情功力不濟,強學雄放,漫作壯語,遂造成壯而乏味、徒有空腔的弊病,至於靡麗過美、辨言過理或假象過大、造辭過壯的極端現象也時有出現。故大曆間詩人開始注意排斥這種膚僞空廓的詩風,由高華矯入省淨一途。

在詩歌體式方面多重近體短章,而疏於樂府古歌;創作方法上多重寫景抒情,而少邊幅的拓展;作品構成上由物我對峙,而趨於物我同一;意象具體而靜和,語言明晰而流利;且主題的取向,由偏重於表現理想,轉向對個人感受的關注,取身邊之瑣事,道一己之真情。總之,由遠紹漢魏之雄奇轉向近摹六朝之纖麗,由健朗的氣骨轉向悠遠的韻致,豪邁的氣勢轉向幽雋的情調。格調雄渾非其所長,而意趣清雅則轉勝於前人②,因此在整體上表現出了迥然不同於盛唐詩人的獨特趣味。

故元人方回說:"大曆十才子以前詩格,壯麗悲感;元和之後,漸尚細潤,愈出愈新。"③明胡震亨也說:"詳大曆諸家風尚,大抵厭薄開、天舊藻,矯入省淨一途……命旨貴沉宛有含,寫致取淡冷自送。"④這裏的"細潤"、"沉宛"和"淡冷",都道出了這一時期詩歌創作的新特點。稍後,紀昀更說:"大曆以還,詩格初

---

① 遍照金剛《文鏡秘府論·天卷·序》。
② 見蔣寅《大曆詩風》,上海古籍出版社,1992年,第237—238頁。
③ 《瀛奎律髓》卷十四。
④ 《唐音癸籤》卷七。

變,開、寶渾厚之氣漸遠漸漓,風調相高,稍趨浮響"①,又結合對唐盧綸《長安春望》詩的評點,稱"詩至大曆十子,渾厚之氣漸盡,惟風調勝後人耳。此詩格雖不高,而情韻特佳"②。流風所及,其後繼者大多"競講聲病,故多音節和諧,風調圓美"③。

詩歌"渾厚之氣漸盡",由"渾厚"趨入"細潤",自然就只能以"風調"也即風韻體調取勝了。顯然,這種"風調"所指稱的美學風格與"風骨"是不同的,它不具備勁氣充周的雄健力量,而更多地呈現爲風神韻致的省淨和清遠。它所重視的詩格詩境排斥了盛唐時高華渾厚的弘大氣象,而更多地呈現出一種輕逸雋淡的秀潤風貌。

對於中唐以來詩歌創作和審美風尚的這種轉變,殷璠之後諸家唐詩選本曾有真實的反映。如編定於貞元初高仲武的《中興間氣集》,專收肅宗至代宗間人詩,具體年限起自至德元年(756),終於大曆末年(779),序稱"今之所收,殆革前弊,但使體狀風雅,理致清新,觀者易心,聽者竦耳,則朝野通取,格律兼收"。此處"前弊"固然指序中所指斥的另外幾種唐詩選本,如"《英華》失於浮游,《玉臺》陷於淫靡,《珠英》但紀朝士,《丹陽》止錄吳人",但也與他要以新選反映新起創作的努力有關。他發現至德以後詩人創作有迥異於盛唐詩的新特點,特別是在"理致清新"一點上體現得尤爲明顯,故特爲用心選錄,以廣流傳。書中他多以"清"這一核心範疇及其後序名言稱人,如稱錢起"體格新奇,理致清贍",李希仲"務爲清逸",朱灣"詩體清遠,興用弘深",張繼"詩體清迥",皇甫曾"體制清緊,華不勝文",就是不選李白詩。當然,他對力健氣雄的作品也是推崇的,所以會對戴叔倫"骨氣稍軟"頗致微辭,但總的詩學趣味顯然不在"風骨",而在"清"範疇構成的那一個意義序列。

其時,另有姚合《極玄集》選詩多偏在個人情致的抒寫和風景流連上,體制以五言爲主,其中對中唐錢起、郎士元等人的作品著意收錄,多有推崇,於盛唐則只收王維、祖咏而不及李、杜、高、岑,同樣反映了這種時代風尚的新改變。故當初齊己曾將之與皎然《詩評》並提,稱"晝公評衆制,姚監選諸文"④。顯然,

---

① 《四庫全書總目》卷一百五十《集部·錢仲文集提要》。
② 《瀛奎律髓刊誤》卷二十九。
③ 《甌北詩話》卷十一。
④ 《寄南徐劉員外》,《全唐詩》卷八百四十一。

這種旨趣也與"風骨"有明顯的區别。對此，胡震亨有如下總結：

> 唐人自選一代詩，其鑒裁亦往往不同。殷璠酷以聲病爲拘，獨取風骨。高渤海歷詆《英華》《玉臺》《珠英》三選，並訾璠《丹陽》之狹於收，似又尚主韻調。姚監因之，頗與高合，大指並較殷爲殊。詳諸家每出新撰，未有不矯前撰爲之説者，然亦非其好爲異若此。詩自蕭氏《選》後，艷藻日富，律體因開，非尚重風骨裁甄，將何浄滌餘疵，肇成一代雅體？逮乎肄習既壹，多迺徵賤，自復華碩謝旺，閒婉代興，不得不移風骨之賞於情致，衡韻調爲去取，此《間氣》與《極玄》眎《英靈》所載，各一選法，雖體氣舠兩，大難相迫，亦時運爲之，非高、姚兩氏過也。①

這裏"韻調"這個範疇即指風韻與體調，所謂"華碩謝旺，閒婉代興"，正是指盛唐以後詩歌由富麗高華向清省簡浄的轉化。

一種新詩風的形成必然會召喚出與之相對應的新的審美標準乃至體現這種標準的選本，而這種標準和選本又加强了創作在同方向上的推進和發展。由高、姚兩人的移賞會於情致韻調，且不滿殷璠的偏收古體多録近體，頗可以看出作爲一個曾經在過去年代發揮過重大影響的批評範疇，"風骨"確乎不再直接反映並全面涵括人對文學的基本認識了。它遠化和淡化爲詩文創作的一般原則，在這一代人那裏已不再享有過去那種顯赫崇高的理論地位。

第三節　作爲宋元人心境折射的平淡範疇

在"風骨"完成歷史使命，退出文學批評範疇的前臺後，代替它導引一代創作風尚的是理論品性要精深内斂許多的"平淡"範疇。比之"風骨"在初期只爲人微言輕的劉勰、鍾嶸所提倡，"平淡"範疇的推展因一開始就有像歐陽修、蘇軾這樣一代文宗的支持，所以有遠好過"風骨"的機運。而且就其在文壇的影響而言，雖未見得有"風骨"那麽振聾發聵，却也意涵深永，有讓人愈嚼愈出的特殊意味。

---

① 《唐音癸籤》卷三十一。

一、以道家思想爲底裏

"平淡"是對一種平和淡遠、無涉雕造的作品風格和藝術境界的指稱。作爲文論範疇始見於六朝,如鍾嶸《詩品》稱郭璞"憲章潘岳,文體相輝,彪炳可玩,始變永嘉平淡之體,故稱中興第一"。鍾氏以爲永嘉詩人普遍貴黃老,尚虛談,"於時篇什,理過其辭,淡乎寡味"。及至江左,孫綽、許詢、桓溫、庾亮等人承襲此風,所作"皆平典似《道德論》",一無風骨,不值得推崇。故他所說的"平淡"實指"淡乎寡味",也就是一種乏味的平典和虛淡。

永嘉詩人追求平淡,實際流於枯淡,固然是因他們一味貴黃老、尚清虛所致,可就事實而論,以老莊爲代表的道家哲學對"淡"的論述原包含有無窮的深意,是決然不能與平典虛淡等量齊觀的。老子說:"道之出口,淡乎其無味"①,"淡"至於無味,在他看來正可用爲"道"的象徵。所謂"無味"其實不是真的無味,而指一種味之至。聯繫他曾說"恬淡爲上"②,可知他對"淡"投託的意思是十分深長的。故王弼注稱:"以恬淡爲味,治之極也。"以後,莊子主張"遊心於淡,合氣於漠"③,認爲這是順適自然的達治之方。又說:"若夫不刻意而高,無仁義而修,無功名而治,無江海而閒,不道引而壽,無不忘也,無不有也,淡然無極而衆美從之,此天地之道,聖人之德也。"成玄英疏曰:"心不滯於一方,迹冥符於五行,是以淡然虛曠而其道無窮,萬德之美皆從於己也。"可見莊子也以"淡"爲有"道"的象徵。他還說:"聖人休休焉則平易矣,平易則恬淡矣。平易恬淡,則憂患不能入,邪氣不能襲,故其德全而神不虧。"④似聖人得"道",皆平淡以自守。

老莊哲學的這種精微內涵未被孫綽輩領會,卻在時隔七百年後的宋人那裏煥發了精光,所謂"作詩無古今,惟造平淡難",一時崇尚和追求"平淡"成了壓倒衆聲的時代主調。當然,更精確一點的說法是,早在中唐時期,在這個傳統文學觀和審美觀發生重大改變的歷史轉捩期,如韓愈、白居易等人已開始標舉"淡"或"平淡"、"古淡"。如韓愈《醉贈張秘書》有"張籍學古淡,軒鶴避雞群",白居易《與元九書》評韋應物歌行,有"才麗之外,頗近興諷。其五言詩又高雅閒淡,自成一家之體,今之秉筆者誰能及之"。此外,鄭谷《讀故許昌薛尚

---

① 《老子》三十五章。
② 《老子》三十一章。
③ 《莊子·應帝王》。
④ 《莊子·刻意》。

書詩集》也有"篇篇高且真,真爲國風陳。澹薄雖師古,縱橫得意新"之句①。不過,這種表述的思想基礎很難確指是老莊的,且其影響所及也遠未形成如宋元人那樣的氣候。

那麽,爲何在宋代,"平淡"範疇開始倍受人們的重視,以至千人一口,升格爲文學批評的核心範疇呢?這就需要分析中唐以來,特別是北宋初年整個社會風氣對文壇的多重影響了。

如前指出,中唐以後,隨着古代社會從進取走向收縮,人們的心態也開始發生了一系列深刻的變化。這裏要進一步提出,與之相伴隨的儒家思想對人的實際控制力也在減弱,而一種與主潮思想相疏離的自由精神却在潛滋暗長。儒家思想的力求自振,表現爲二程和朱熹對道學、理學的建構。而自由思想的蓬勃不可掩抑,則在老莊學說風行、禪宗義理與心學繁興諸方面得到了充分的展示。當然,因同處一個時代,兩者在某些地方有相互聯通之處。但就實際情形而言,禪宗和心學,特別是老莊哲學的影響力,在文人來説似乎是更深刻更本質的。這是在展開底下具體論述前,必須着重交代的一點。

二、沉静於内省的境域

蓋宋代處在晚唐五代之後,古代社會走向收縮甚或衰敗的初期。其立國之初就没有出現過多少振興的氣象,相反,積貧積弱,憂患交並。置身於這樣的社會環境,時日一久,人的拓展能力不免日漸喪失,自信力跟着減退。故外傾型的心理普遍被一種內傾性的憂患人格所代替。表現爲士人的外在行爲明顯減少,内心的自省却顯著增加。或者説,正因爲外在行爲明顯減少,一種內心搜討的能力得到了大大的發展。外在的行爲須假物而行,端賴功名、顯宦和王朝的律令;而内心的自省却可以天馬行空,脱盡依傍,故它吸引了一大批士人投入其中,由此造成一個思考時代的到來。"在這樣一個由積極行動轉向深入思考的時代,人們的精神面貌變得幽淡沉静了。"②開始脱去對外在聲華的趨赴,走向内心的豐實和平和。正所謂"少年愛綺麗,壯年愛豪放,中年愛簡煉,

---

① 唐初已用"淡"或"平淡"論人,如《晉書·杜夷傳》之"夷清虛冲淡",《周書·王褒庾信傳論》之"袁翻才稱淡雅,常景思標沉鬱,彬彬焉,蓋一時之俊秀也"。可引爲參看。
② 蔡鍾翔等著《中國文學理論史》第二卷,北京出版社,1987年,第290—291頁。

老年愛淡遠"①。或以爲,如果真可以對一個朝代的世相作如此連類比觀,那麼宋代應該説近同古代社會的中年。但問題是,處於中年期的宋人性格特別纖敏,心智又特別成熟,因此其思致在很多時候其實已經步入了老境。

具體地説,秉承儒家"人生而靜,天之性也"之教②,它好主"靜"。時有道學家周敦頤主"靜",稱"聖人定之以中正仁義而主靜,立人極焉"③,"無欲則靜虛動直"④。心學家陸九淵也説:"此道非爭競務進者能知,唯靜退者可入。"⑤文學家於此也下了許多功夫。當初皎然《詩式》提出"辨體有一十九字",第十八體就是"靜",釋曰:"非如松風不動,林狖未鳴,乃謂意中之靜。"宋人於此更是多有辨析和發揮。如王安石欣賞南朝人王籍的"鳥鳴山更幽"句,並配以"風定花猶落"。沈括以爲原對"上下句只是一意",現"上句乃靜中有動,下句動中有靜"更佳⑥。但此説遭到范晞文反對,認爲如此成對"是猶作意爲之也",他要求對得自然,故舉劉長卿"片雲生斷壁,萬籟遍疏鐘",以爲雖"其體與前同,然初無所覺,咀嚼既久,乃得其意"⑦。曾季貍則進而指出王安石"茅檐相對坐終日,一鳥不鳴山更幽"一聯對得無味,"蓋鳥鳴即山不幽,鳥不鳴即山自幽矣,何必言更幽乎?"⑧由此一例,可見宋人對"靜"範疇的理解與辨析有多細微深入。

不僅如此,他們還將莊禪之説輸入其中。黄庭堅《次韻答斌老病起獨游東園二首》(之一)之"萬事同一機,多慮乃禪病。……小立近幽香,心與晚色靜",陳與義《寄題兖州孫大夫絶塵亭二首》(之二)之"境空納浩蕩,日暮生沉寥。……丈人方微吟,萬象各動摇",尚是在生活中悟"靜",蘇軾則將之引入文學藝術領域,其《送參寥師》所謂"欲令詩語妙,無厭空且靜。靜故了群動,空故納萬境",與老子所説的"歸根曰靜",禪宗所講的"内息諸念","外息諸相","必求靜於諸動,故雖動而常靜"⑨,由此"安閒恬靜,虛融淡泊"⑩,顯然存在着内在

---

① 葉燮《煮藥漫鈔》。
② 《禮記・樂記》。
③ 《太極圖説》,《周子全書》卷二。
④ 《通書・聖學第二十》。
⑤ 《語録》,《象山全集》卷三十四。
⑥ 《夢溪筆談》卷十四《藝文一》。
⑦ 《對床夜語》卷三。
⑧ 《艇齋詩話》。
⑨ 僧肇《物不遷論》,《大正藏》第四十五册。
⑩ 《五燈會元》卷一。

的聯繫。又,宋人喜愛白居易,也與白氏晚年喜好莊禪,以爲"是非都付夢,語默不妨禪","唯吟一句偈,無念是無生",因而在照了智見、五蘊皆空後好靜好思大有關係①。

由於主"靜",必然尚"虛"。道家講"唯道集虛",是尚"虛";佛教和禪宗更將之與"空"、"無"相等同,要求虛以照有,虛含萬象,故稱"心如虛空,不著空見"②,"空虛其懷,冥心真境"③。理學家如張載則説:"道要平曠中求其是,虛中求出實。"④文學家受此影響,如曾鞏也講"虛其心者,極物精微,所以入神也"⑤,黃庭堅稱"神澄意定……唯用心不雜,乃是入神要路"⑥,説的就是這個意思。他們並還用此範疇論文。早在中唐,皎然《詩議》就已提出"境象非一,虛實難明",説"可以偶虛,亦可以偶實"。宋人"懷虛靜之趣以樂其內,賞清曠之境以獎其外"⑦,似與"偶虛"更有會心。故不但於詩文用"虛"釐析得很深,甚至還能賞及"莊子文章善用虛,以其虛而虛天下之實;太史公文字善用實,以其實而實天下之虛"⑧。范晞文下邊一段話也含有類似的意思:

> 不以虛爲虛,而以實爲虛,化景物爲情思,從首至尾,自然如行雲流水,此其難也。否則偏於枯瘠,流於輕俗,而不足采也。⑨

他提出"以實爲虛",即化實有之景物爲虛玄的情思,認爲這樣做既可以避免因虛而枯的毛病,同時因這景物並非堆砌,情思由景物化出亦不爲濫情,所以又避免了輕俗之病,可以説是一種難以企及的至虛之境了。

又好"遠"。"遠"自先秦以來,被古人從長久、長遠的意義上使用,如《儀

---

① 白居易之外服儒風,内宗梵行,可參見陳寅恪《白樂天之思想行爲與佛道關係》,《元白詩箋證稿》,上海古籍出版社,1982年,第321—331頁。其合同莊禪及與諸禪師上人詩文往來情況,又可見蕭麗華《白居易詩中莊禪合論之底蘊》,《唐代文學研究》第七輯,廣西師大出版社,1998年,第500—520頁。
② 《六祖壇經·機緣品第七》。
③ 僧肇《維摩詰所説經注》卷第五《文殊師利問疾品第五》。
④ 《正蒙·太和篇第一》。
⑤ 《清心亭記》,《元豐類稿》卷十八。
⑥ 《書贈福州陳繼月》,《山谷集》卷二十九。
⑦ 晁迥《法藏碎金録》卷七。
⑧ 李淦《文章精義》。
⑨ 《對床夜語》卷二。

禮·士冠禮》之"則筮遠日";又被從高遠、遠大的意義上使用,如《國語·周語》之"將有遠志"、《左傳·莊公十年》之"未能遠謀"。魏晉時,因常與象幽而入覆之"玄"同意,故有"玄遠"一詞。以後被引入書畫和詩文批評,如皎然"辨體一十九字"中就列有此體,稱"非如渺渺望水,杳杳看山,乃謂意中之遠"。又有"至近而意遠"一說①。同時司空圖《與李生論詩書》也曾提出"近而不浮,遠而不盡",要求作詩有一種不執着於情旨的意韻美。宋人於此可謂尤有會心,如蘇軾不但用以論書②,還引以論詩,其《書黃子思詩集後》稱"李杜之後,詩人繼作,雖間有遠韻,而才不逮意。獨韋應物、柳宗元,發纖秾於簡古,寄至味於淡泊",突出了"遠韻"的特質。文末提及司空圖詩論,頗讓人想及其所論與司空氏遠近之說的意脈聯繫。

李希聲嘗說:"古人作詩正以風調高古爲主,雖意遠語疏,皆爲佳作。後人有切近的當,氣格凡下者,終使人可憎。"③造語疏闊而不求切當,是爲了更好地傳達悠遠的意旨。在他看來,有此意旨的詩歌風調必然高古。而如呂本中稱:"讀《古詩十九首》及曹子建詩,如'明月入我牖,流光正徘徊'之類,詩皆思深遠而有餘意,言有盡而意無窮也。學者當以此等詩常自涵養,自然下筆不同"④,葉適稱"魏晉名家,多發興高遠之言,少驗物切近之實"⑤,則正可爲李氏所論作具體的注腳。也是由於"遠"直接關係到述情的真切與詩的格調、氣象,故嚴羽《滄浪詩話》將之與"深"、"長"、"飄逸"、"凄婉"等並推爲詩的一種重要品格,以後"悠遠"、"僻遠"、"邈遠"、"幽遠"甚至"險遠"等皆從屬之。

此外便是尚"閒"。"閒"者,本指靜而無事,後指人性情的悠閒安詳,如《淮南子·本經訓》所謂"質真而素樸,閒靜而不躁",並有"閒晏"、"閒肆"、"閒裕"、"閒曠"、"閒邃"、"閒默"、"閒整"、"閒適"、"閒雅"、"閒逸"、"閒放"、"閒誕"、"閒澹"等一系列後序名言⑥。中唐起被引入文學理論批評,如白居易將自己吟咏

---

① 皎然詩亦多言"遠",如《陸羽新宅》有"借宅心常遠",《白雲歌寄陸中丞》有"一見西山雲,使人情意遠",可並看之。
② 蘇軾《跋顏公書畫贊》有"字間櫛比,而不失清遠"之語,《書唐氏六家書後》又有"褚河南書,清遠蕭散,微雜隸體"之評,見《蘇軾文集》卷六十九、九十三。
③ 《李希聲詩話》。
④ 《童蒙詩訓》。
⑤ 黄昇《玉林詩話》引。
⑥ 唐宋以降,尚有"閒媚"這樣的名言被用於詩文與書畫批評,前者不暇旁備,後者如竇臮《述書賦》有"肌骨閒媚,精神慢舉",葛立方《韻語陽秋》卷十四有"韓擇木作八分書,師蔡邕法,風流閒媚"。

情性之作通稱爲"閒適詩",皎然"辨體一十九字"中也有此一體,釋曰:"情性疏野曰閒。"有此疏野之性便是逸雅的人品,故"一十九字"中第二體"逸"的釋詞爲"體格開放"。齊己《風騷旨格》有十體,第一體"高古",釋詩爲己所作《逢進士沈彬》中"千般貴生無過達,一片心閒不那高"一聯,桂林僧□淳大師《詩評》更説:"一曰高不言高,意中含其高;二曰遠不言遠,意中含其遠;三曰閒不言閒,意中含其閒;四曰靜不言靜,意中含其靜。"皆是尚"閒"之意。

宋人因尚虛好靜,推崇悠眇高遠,所以也經常談"閒"。如吳莘即説:"詩所以吟咏情性,乃閒中之一適,非欲以求名也。"①因此他們每將人的性情之"閒"與作品體調之"閒"相聯言,由"人物高遠有出塵之姿",想及其作品多"從容閒暇處"②。最典型的自然是對歐陽修的評論了。當初曾鞏嘗從文章義理的角度,認爲其"根極理要,撥正邪僻,掎絜當世,張皇大中。其深純溫厚,與孟子、韓吏部之書爲相唱和,無半言片辭蹖駁於其間,眞六經之羽翼,道義之師祖也"③。然蘇洵以一蜀地布衣,抱才求用,當其上書陳意,直然切入歐文的内質:"執事之文章,天下之人莫不知之,然竊自以爲洵之知之特深,愈於天下之人。"在比較了孟、韓文章語約意盡或渾浩流轉的特點後,他指出:"執事之文,紆徐委備,往復百折,而條達疏暢,無所間斷,氣盡語極,急言竭論,而容與閒易,無艱難勞苦之態。"④很準確地道出了歐文的特點,千百年來一直爲人引用。

而綜觀"靜"、"虛"、"遠"、"閒"諸範疇,可以看到它們有着共同的意義内核。"靜"必由"虛","虛"定能"靜"。一個人倘能做到"虛"、"靜",則處己必"閒",置物必"遠"。而作爲文學創作的主體發動者,他的性情既已"虛"且"靜",處己置物既已"閒"且"遠",由此沉靜而内省,沉靜到内省,他寫出的作品也就必定是有"淡"之美的。唯其如此,故不但"虛"、"靜"、"遠"、"閒"四者交互勾連密切,它們各自的後序名言通釋互决,由諸如倪壽峰"遠則閒暇"之類的聯言統論⑤,這四者所表現的合人生與藝術、理性與情感爲一體的趣味,都一齊把人引向對生命存在的深在涵咏和深入思考。

---

① 《説郛》卷二十引《視聽鈔》佚文。
② 吳曾《能改齋漫録》卷十一。
③ 《上歐陽學士第一書》,《元豐類稿》卷十五。
④ 《上歐陽内翰書》,《嘉祐集》卷十二。
⑤ 黄昇《玉林詩話》引。

三、平簡清野之美

崇尚"淡"美的理想正是於這種沉靜自省中,這種虛靜閒遠的文學創造和審察中,在宋人心中牢牢地確立了起來,"淡"範疇的特殊意義內核也因以日漸得到明確的肯定。六朝時,王微有"文詞不怨思抑揚,則流淡無味"①,突出的是一種哀感頑艷的特質,他顯然以為,倘文無哀怨必"淡","流淡"是"淡"得太隨意、太徹底,乃至無所渟蓄、了無深意的意思。宋人所主的"淡"則與之不同,並也不以哀怨為主。

它首先是一種平易自然,故稱"平淡"。梅堯臣說:"作詩無古今,惟造平淡難",又說:"因吟適情性,稍欲到平淡。苦辭未圓熟,刺口劇菱芡。"②當然,這平易自然絕非緩散慢弱,如皎然《詩式》"詩有六迷"所謂"以緩慢而為淡濘";也絕非枯淡,如張嵲所說的"淡而少味,令人無一唱三嘆之意"③。倘因其外相素樸而一定要稱其為"枯",那也應該如朱熹所說,是"枯淡中有意思",即有意味的"枯",或如黃庭堅所說,是"平淡而山高水深"④,包含着一種外相素樸而內質豐厚的粹美。

從懷情者角度看,它大有思致,包蘊着逸趣,"其意優遊而不迫切"⑤,如呂本中《童蒙詩訓》稱《左傳》文辭"章不分明指切而從容委曲,辭不迫切而意已獨至","亦是當時聖人餘澤未遠,涵養自別,故詞氣不迫切如此"。而《論語》、《禮記》文字之"簡淡不厭,非左氏所可及也",都與作者的性情修養有關。包恢將此意說得更清楚,"所謂磨礪去圭角,浸潤著光精。非特見其用功之深,亦由其神情冲淡,趣向幽遠,有青山白雲之志,而欲超然出於塵外者。志之所至,宜詩亦至焉者"⑥。所以吳可《藏海詩話》說:"如說華麗平淡,此是造語也。方少則華麗,年加長漸入平淡也。"年加長,則人退去浮華,歸向真純,或性情亦復一變,誠中形外,這才有文字的平淡。

而落實到具體,則呈現為一種繁華刊落後的濃後之淡與老熟之美。一方面,它如"水之性本平,彼遇風而紋,遇壑而奔……皆非有意於奇變"⑦,故無須

---

① 《宋書·王微傳》。
② 《依韻和晏相公》,《宛陵先生集》卷二十八。
③ 《讀梅聖俞詩》,《紫微集》卷三十三。
④ 《與王觀復書二》,《豫章黃先生文集》卷十九。
⑤ 《王直方詩話》。
⑥ 《書撫州呂通判開詩稿後》,《敝帚稿略》卷五。
⑦ 樓鑰《答綦君更生論文書》,《攻媿集》卷六十六。

刻意以求。對此,包恢説得真切:"詩家者流,以汪洋澹泊爲高,其體有似造化之未發者,有似造化之已發者,而皆歸於自然,不知所以然而然也。"①張表臣更説:篇章要"以平夷恬淡爲上,怪險蹶趨爲下。如李長吉錦囊句,非不奇也,而牛鬼蛇神太甚,所謂施諸廊廟則駭矣"②。其他如周紫芝由明上人"作詩甚艱,求捷法於東坡。作兩頌以與之,其一云:'字字覺奇險,節節累枝葉。咬嚼三十年,轉更無交涉',其二云:'衝口出常言,法度法前軌。人言非妙處,妙處在於是'",而得出"乃知作詩到平淡處,要似非力所能"的結論③。朱熹稱"對今之狂怪雕鎪神頭鬼面則見其平,對今之肥膩腥臊酸鹹苦澀則見其淡"④,説的也是一樣的意思。倘不夠自然,則出語雖奇仍不足以爲美。曾慥稱黃庭堅題舒州三祖山金牛洞山水詩不如王安石同題,原因就在於此⑤。

當然,排斥奇險怪誕之語,不等於説"平淡"之美無須錘煉,不假人爲。如前所説,它是一種濃後之淡與老熟之美,實際包含着創造過程中的刻意求工。故蘇軾又説:"大凡爲文,當使氣象崢嶸,五色絢爛,漸老漸熟,乃造平淡。"⑥葛立方也説:"大抵欲造平淡,當從組麗中來;落其華芬,然後可造平淡之境","今之人多作拙易語,而自以爲平淡,識者未嘗不絶倒也"⑦。這也就是"平淡"爲何不等同於"枯淡"的原因。

其次,它還是一種高古簡斂,故又稱"簡淡"。如前及吕本中稱賞《論語》、《禮記》的文字,就用了"簡淡不厭"這樣的評語。不過,説到底,它指向的其實是一種古樸的粹美,當然,這種美的獲得關乎人的性情,故陸游《幽興》詩有"身閒詩簡淡,心靜夢和平"之句。他進而還結合人的不同情志,以見出其不同凡響:

> 古之説詩曰言志,夫得志而形於言……固所謂志也。若遭變遇讒,流離困悴,自道其不得志,是亦志也。然感激悲傷,憂時憫己,託情寓物,使

---

① 《答傅當可論詩》,《敝帚稿略》卷二。
② 《珊瑚鈎詩話》卷一。
③ 《竹坡詩話》。
④ 《答鞏仲至》,《朱文公全集》卷六十四。
⑤ 《苕溪漁隱叢話》卷三十四引《高齋詩話》。
⑥ 《竹坡詩話》引。
⑦ 《韻語陽秋》卷一。

人讀之,至於太息流涕,固難矣。至於安時處順,超然事外,不矜不挫,不
誣不懟,發爲文辭,冲淡簡遠,讀之者遺聲利,冥得喪,如見東郭順子,悠然
意消,豈不又難哉!①

只有心淡如水,忘却外物,過一種簡單的生活,才比較能接近這份純粹,傾聽到
内心的聲音,由此筆下自然脱去聲華,刊落浮辭。古人每將"事無心處却成功"
和"詩到淡處方有味"②並舉互參,即此意也。

由於"簡淡"是一種古樸的粹美,在時人看來有古人的風派,故它又常被拿
來與"古"聯言,是謂"古淡"這一後序名言的由來。蓋古時人任性而動,任情而
歌,作詩不事雕琢,"淳古淡泊",宋人以爲這是很高的境界,故每用以稱人。如
歐陽修《梅聖俞詩稿序》中,就對梅氏"簡古純粹,不求苟悦於世"大加贊賞。蘇
舜欽《詩僧則暉求詩》也提倡"會將趨古淡,先可鎮浮囂",反對作詩"以藻麗爲
勝"。要之,宋人向往疏簡的高境,主張"擇陰陽粹美,索天地精英"③,稱贊"清
遒粹美"的人格和文品,大半與他們對"簡淡"、"古淡"的喜好有關。

當然,如同"平淡"非"枯淡","簡淡"也非内涵的單薄或風格的貧弱。"揪
斂之中有開拓,簡淡之内出奇偉"一語,點出了它看似收斂簡淡其實豐饒有致
的特點。至若劉克莊稱"詩豈小道哉? 古詩遠矣,漢魏以來,音調體制屢變,作
者雖不必同,然其佳者必同。繁濃不如簡淡,直肆不如微婉,重而濁不如輕而
清,實而晦不如虛而明,不易之論也"④。將此意説得更爲透闢了。

高古者離俗,簡斂者離陋,作品離俗離陋,就能造成一種高潔的品性,此所
謂"清淡",它也是"平淡"範疇所涵指的特質之一。"清"與"淡"早在先秦道家
那裹就已結合成一體,故《莊子·知北游》説:"淡而静乎,漠而清乎。"以後又融
入佛教的"般若清静"與道教的尚清觀念,當然還有儒家"思無邪"的清心寡欲,
對中唐以降歷代人論文產生了深遠的影響。人多用以指性情的閒逸脱俗和作
品的雅淡潔净,如劉禹錫有"因定而得境,故倐然以清;由慧而遣詞,故粹然以

---

① 《曾裘父詩集序》,《渭南文集》卷十五。
② 俞文豹《吹劍録》引姜梅山詩。
③ 邵雍《詩畫吟》,《伊川擊壤集》卷十八。
④ 《跋真仁夫詩卷》,《後村先生大全集》卷九十九。

麗"之説①,齊己《風騷旨格》所列"詩有十體",第八體即爲"清潔"。宋人因而將其與"淡"範疇勾連在一起,如范温《潛溪詩眼》以柳宗元《晨詣超師院讀禪經詩》之"至誠清潔之意,參然在前"而肯定其詩淡而有味。前此葛立方論"平淡"當從組麗中來,但要求"落其華芬",這"落其華芬"就是崇尚"清淡"之意。他並引李白"清水出芙蓉,天然去雕飾"詩,稱"平淡到天然,則善矣",實際是將"清"與"淡"聯繫在一起。江西詩人黃庭堅所作"清新奇峭,頗道前人未嘗道處",與吕本中之"多渾厚平夷,時出雄偉,不見斧鑿痕"②,其實都有"淡"的一面,但南宋江湖派很不喜歡,他們更願意效法晚唐,以爲其是真清淡真逸雅。如孫僅就認爲姚合的詩能體得杜甫的"清雅"③,陳必復更説:"余愛晚唐諸子,其詩清深閒雅,如幽人野士,冲淡自賞,皆自成一家。"④

　　高古簡斂,清潔拙樸,又必然給作品帶來一種質樸野放的況味。自孔子稱"文勝質則史,質勝文則野"以來,"野"這一範疇多被用以指人的鄙陋與粗俗,如《宋書·劉秀之傳》稱人"野率無風采"即如此。引入文學批評,則指作品的逸出常格,離法不經,如劉勰《文心雕龍·明詩》以"直而不野"論古詩是其顯例。但唐以後,儘管仍有人在此意義上用它品詩衡文,如柳宗元《柳宗直西漢文類序》就以"簡而野"稱殷周以前文,但也許是受道家"自吾聞子之言,一年而野,二年而從,三年而通"等説的影響⑤,它在文論中的意義開始有了改變。如殷璠《河岳英靈集》在標舉"興象"的同時,提出詩"有雅體、野體、鄙體、俗體",分開"野體"與"雅體"自然很可以理解,但將之與"鄙體"、"俗體"也分開處置,可見其眼中的"野體"原無涉鄙俗,並不同於戴復古《論詩十絶》中所謂"樸拙惟宜怕近村"的"村野",而是與堂皇正坦的盛唐詩體不同的別一體,一種野放之體。這種野放之體在中唐以後大行其道,故皎然《詩式》釋"閒"一體時就用了"情性疏野"四字。

　　宋人力去膚廓圓熟,偏好平簡清淡,故於此範疇也每有推崇。如包恢就説:"予觀聖賢矯周末文弊之過,故禮從野,智惡鑿。野近於拙,鑿窮於巧。禮

---

① 《秋日過鴻舉法師寺院便送歸江陵引》,《劉禹錫集》卷二十九。
② 陳岩肖《庚溪詩話》卷上。
③ 《讀杜工部詩集序》,《古典文學研究資料匯編·杜甫卷》,中華書局,1964年,第59頁。
④ 《山居存稿自序》,《南宋六十家小集》。
⑤ 《莊子·寓言》。

智猶然,況詩文乎？嘗聞之曰:江左齊梁,競爭一韻一字之奇巧,不出月露風雲之形狀,至唐末則益多小巧,甚至於近鄙俚,迄於今則弊尤極矣。"①他認爲"野"有拙趣,正可以矯纖巧的文病。這種文病自六朝以來代代無絶,故人們於此一字尤宜切講。呂本中説:"初學作詩,寧失之野,不可失之靡麗;失之野不害氣質,失之靡麗不可復整頓。"②對此範疇強調得尤其厲害,似乎不惟詩品,即人品也係於此。

當然,他們還將這種"野"之美與"淡"範疇聯繫在一起考慮,如陳知柔《休齋詩話》即如此:

> 人之爲詩要有野意。蓋詩非文不腴,非質不枯。能始腴而終枯,無中邊之殊,意味自長。風人以來得野意者,惟淵明耳。如太白之豪放,樂天之淺陋,至於郊寒島瘦,去之益遠。予嘗欲作野意亭以居。一日題山石云:"山花有空相,江月多清暉。野意寫不盡,微吟浩忘歸。"人多與之,吾終恐其不似也。

底下還要談到,宋人發現陶淵明的好處正在於他的平淡。蘇軾引用佛語,所謂"如人食蜜,中邊皆甜",談論的正是陶詩以下包括韋、柳等人的詩風,它的特徵就是"外枯而中膏,似淡而實美"。陳氏將"野意"與這種"無中邊之殊"的枯淡之美聯繫起來,並結合自己的趣味談及人生理想,讓人自然想及這種由"野"至"淡"的追求在他決非僅是對詩美的追求,還是對一種獨特人生觀的堅持與踐行。這種人生觀不是李白那樣的人所能持有的,賈島、孟郊之輩也不可能有,只有到了宋代,它才被人從傳統中國人審美理想的深層鄭重地喚出。

同樣是一種思維方式和人生理想的體現,與"靜"、"虛"、"遠"、"閒"四者是相互聯繫的一樣,這"平"、"簡"、"清"、"野"在宋人眼中也是聯爲一體的,是"平淡"範疇所涵涉的核心特質的相關分列。當然,真所謂誠於中而形於外,這"靜"、"虛"、"遠"、"閒"與"平"、"簡"、"清"、"野"之間也不可判然兩分,唯此之故,類似"清閒"、"清虛"、"虛淡"、"淡靜"、"簡靜"、"簡遠"等概念、範疇,才會在

---

① 《書侯體仁存拙稿後》,《敝帚稿略》卷五。
② 《童蒙詩訓》。

時人的文學批評中屢屢出現。究其指向,大抵都指向一種刊落浮華的内美,它綽有餘味,外相平常而内實精純,令人含玩不盡,根觸無窮。對此,他們常用食橄欖作譬。如歐陽修稱梅聖俞:"近詩尤古硬,咀嚼苦難嘬。又如食橄欖,真味久愈在。"①人初食橄欖,通常不覺其甜,待咀嚼出汁,方得回甘,蘇軾《橄欖詩》因以有"徐得餘甘回齒頰,已輸崖蜜十分甜"之句。朱翌《猗覺寮雜記》也謂:"言餘甘者,甘味有餘,非果中餘甘也。"歐陽修用此喻詩歌平淡有味,言有盡而意無窮,十分適切地傳達了宋人"平淡"理想的主旨,故爲《王直方詩話》和《古今詩話》所引用。聯繫劉克莊論詩追求"若淡而深"②,這"深"其實也不外是這份難得的回甘而已。

楊萬里論詩尚"去詞去意,而詩有在",對人"慘淡深長,則浸淫於唐人"大有好評③。他也提出過一個類似的比喻:

> 嘗食夫飴與荼乎?人孰不飴之嗜也?初而甘,卒而酸。至於荼也,人病其苦也,然苦未既,而不勝其甘。詩亦如是而已矣。④

"荼"即苦菜,食久味甜,故《詩經·邶風·谷風》有"誰謂荼苦,其甘如薺"之句。楊氏取以喻詩,並以爲去詞去意而有詩在,正是擺脱了外在的形式浮華,認識到詩美的真正所在。推之以前,應該說中晚唐人已開始放棄追求朗聲艷色,並注意向内心回歸,但因爲没有宋人長久反省後養成的沉思功夫,没有底下還要論及的莊禪及理學、心學的深刻滋養,所以僅以琴棋僧鶴茶酒竹石作爲走回内心的橋梁。從此意義上説,宋人的追求正構成了對這種纖弱意趣的超越。它雖不能稱壯大,但絕不貧弱;雖不指向往上一路的飛升,但也決不是平面的鋪排,相反,是向人心深處最本真的皈返。

四、由陶詩的發現看平淡理想的確立

正是在這種情形下,宋人發現了陶淵明,發現了那種"寄大音於沈寥之表,

---

① 《六一詩話》。
② 《跋裘元量司直詩》,《後村先生大全集》卷一百一。
③ 《雙桂老人詩集後序》,《誠齋集》卷七十九。
④ 《頤庵詩稿序》,《誠齋集》卷八十三。

存至味於淡泊之中,非具眼者不能識"的難得的大美①。

最著名的自然是蘇軾在《評韓柳詩》和《與蘇轍書》中所生發的兩段議論:

> 柳子厚詩在陶淵明下,韋蘇州上;退之豪放奇險則過之,而溫麗靖深不及也。所貴乎枯淡者,謂其外枯而中膏,似淡而實美,淵明、子厚之流是也。若中邊皆枯淡,亦何足道。佛云:"如人食蜜,中邊皆甜。"人食五味,知其甘苦者皆是,能分別其中邊者,百無一二也。

> 淵明作詩不多,然其詩質而實綺,癯而實腴,自曹、劉、鮑、謝、李、杜諸人,皆莫及也。

陶淵明在整個六朝不爲人重。故《宋書·謝靈運傳論》、《南齊書·文學傳論》都未論及,《文心雕龍》全書評論作者甚多,對他也只字不提。間或有人提及,除蕭統《陶淵明集序》稱其"文章不群,辭采精拔"外,大多以爲缺乏文采,如北齊陽休之即以爲他"辭采未優"②。鍾嶸《詩品》將他列爲中品,稱除個別篇什"風華清靡",不爲"田家語"之外,大體"文體省净,殆無長語。篤意真古,辭興婉愜。每觀其文,想其人德。世嘆其質直"。可見,因其詩頗尚議論,又愛平樸,不受玄言詩並其他艷體詩牢籠,故不爲崇尚藻彩的六朝人喜歡。

但到唐中期這種情況有了改變。如韋應物不但佩服其人格,對其作品也很欽慕,他所作不少效陶詩,從主題到氣性,與原作均十分契近。白居易也有類似的創作。然此後詩風轉衰,真淳清樸爲人摒棄,頹風過處,竟有不知陶詩爲何物者。雖偶有薛能、鄭谷輩能給予好評,或引以爲師,但總的説來仍倍受冷落。清人沈德潛謂唐詩人中"王右丞有其清腴,孟山人有其閑遠,儲太祝有其樸實,韋左司有其冲和,柳儀曹有其峻潔,皆學焉而得其性之所近"③。其實上述諸人在某一點上近陶,全因性分所近,旨趣暗合,並没有明確舉其以爲法。即如韋應物,也並非盡用陶體,還出入二謝。

陶詩的真正被發現是在宋代,在蘇軾。除上述兩段議論外,蘇軾還指出陶

---

① 黃昇《玉林詩話》。
② 《陶潛集序録》,《全隋文》卷九。
③ 《説詩晬語》卷上。

詩"初看若散緩，熟讀有奇趣"，"才高意遠，造語精到"①。前及"外枯而中膏，似淡而實美"，正道出了這種"精到"之"奇趣"的審美内涵。故可以說，從陶詩那裏，蘇軾找到了自己可以欣賞的美，可以追步的人，同時也爲宋人找到了一個可以在這樣一個特定時代，讓身心自由，讓才氣透發，讓唐詩真正成爲過去，讓自己自覺走向未來的通途。

此外，如楊時稱"陶淵明詩所不可及者，冲淡深粹，出於自然。若曾用力學，然後知淵明詩非著力之所能成"②。朱熹稱"作詩須陶、柳門中來乃佳，不如是，無以發蕭散冲淡之趣，不免局促於塵埃，無由到古人佳處也"③。都從人論及詩，表現出了深悉那個時代人文消息，洞察那個時代人們精神境界的過人敏感。確實，陶詩之所以在此時備受推崇，絶非僅出陶詩本身，宋人所欣賞的陶詩的平淡，也絶非僅是陶淵明個人的平淡，還有他們自己獨特的審美品性投託在裏面。證諸朱熹在自己詩中無數次論及"淡泊"、"冲淡"，如《秋懷》詩之"淡泊忘所適"，《對雨》詩之"還增冲淡意"，《杜門》詩之"養素安冲淡"，等等，可以說，一種爲自己真正認可的人生趣味已深深地滲透到宋人對陶詩及"平淡"範疇的理解中了。

至於一般文人則紛紛指出其不假雕造，肯定他平樸自然，似淡實腴，如《杜工部草堂詩話》卷一引秦觀《韓愈論》，稱"陶潛、阮籍之詩長於冲澹"，杜詩"包冲澹之趣"。《韻語陽秋》卷一稱"陶潛、謝朓詩皆平淡有思致，非後來詩人怵心劌目雕琢者所爲也"。《誠齋詩話》稱"五言古詩，句雅淡而味深長者，陶淵明、柳子厚也"。《白石道人詩說》稱"陶淵明天資既高，趣旨又遠，故其詩散而莊，淡而腴，斷不容作邯鄲步也"。還有包恢稱"以今視古，不巧不拙無如淵明，知之者謂其寫胸中之巧，亦不足以稱之；不知者或謂其切於事情，但不文爾，是疑其拙也"④。均承蘇軾所論，從自己的角度對陶詩之"平淡"作了闡釋。當然，如晁補之所謂"陶淵明泊然物外，故其語言多物外意。而世之學淵明者，處喧爲淡，例作一種不工無味之辭，曰：吾似淵明。其實非也"⑤，並不僅就文而論文，

---

① 惠洪《冷齋夜話》卷一引。
② 《詩人玉屑》卷十三引《龜山先生語録》卷一。
③ 陶澍《靖節先生集》引。
④ 包恢《書侯體仁存拙稿後》，《敝帚稿略》卷五。
⑤ 《書魯直題高求父楊清亭詩後》，《雞肋集》卷三十三。

還特別指出"處喧爲淡"者之於陶詩的深層隔膜,足證平淡的真髓已刻錄在有宋整整一代人的心上。因這是他們急切尋找的東西,不得不作的選擇,故在理解和闡釋它時,他們是用心的,很少出錯的。

由前所引,還可看出蘇軾對韋、柳二人詩也十分推崇,故《書黃子思詩集後》並稱"李杜之後,詩人繼作,雖間有遠韻,而才不逮意,獨韋應物、柳宗元,發纖穠於簡古,寄至味於淡泊,非餘子所及也"。如前所說,韋應物好陶詩,詩風也相近,得宋人好評理在當然①。而柳宗元之詩,范溫《潛溪詩眼》已指明:"尤深遠難識,前賢亦未推重,自老坡發明其妙,學者方漸知之。"范氏以爲他的詩"大體皆好",尤有"潔清之意,參然在前","傳造化之妙"。這種"潔清之意"其實與"平淡"之美在內涵上是相通的。當然,比之蘇軾的分析,其所論不夠曉暢。蘇軾將兩人的詩與陶詩通連起來置論,整體性地推出,比范氏所論顯然更折進一層。從此意義上說,他對"平淡"範疇之於創作重要性的推崇絕然超過同時代任何一人,他本人就是這個時代尚"淡"趣味的最好見證。

宋人崇尚"平淡"的審美理想,對金元兩代人產生了很大的影響。金初文風頗尚工麗,但不久轉爲浮靡,故到中後期倍受趙秉文、李純甫等人的批評。他們試圖通過師法古人來挽回路頭,所推舉的對象首先就是爲蘇軾等所推崇的那些代表詩人。如說:"若陶淵明、謝靈運、韋蘇州、王維、柳子厚、白樂天得其沖淡"②,又說:"文章不可執一體,有時奇古,有時平淡"③,在看似公正的表述背後,掩抑不住對"平淡"趣味的喜好。與此相聯繫,他們對歐陽修的評價也很高,稱亡宋百餘年間,"唯歐陽公之文不爲尖新艱險之語,而有從容閒雅之態"④。時党懷英"文似歐公","詩似陶謝",就最得他們的稱賞⑤。

其他如王若虛文以歐、蘇爲正脈,詩學白居易之平淡紀實,嘗稱"樂天之詩,坦白平易,直以寫自然之趣,合乎天造,厭乎人意,而不爲奇詭,以駭末俗之耳目"⑥。

---

① 《詩人玉屑》卷十二引佚名《雪浪齋日記》稱爲詩"欲深清閒淡,當看韋蘇州、柳子厚、孟浩然、王摩詰、賈長江"。又,《詩話總龜》前集卷十二引吳處厚《清箱雜記》,謂晏殊"每讀韋應物詩,愛之曰:'全没些脂膩氣。'"也可增人對韋詩平淡的瞭解。
② 趙秉文《答李天英書》,《滏水集》卷十九。
③⑤ 劉祁《歸潛志》卷八。其實歐詩也以平易著稱,見宋佚名《雪浪齋日記》所謂"或疑六一居士詩,以爲未盡妙,以質於子和。子和曰:'六一詩只欲平易耳。西風酒旗市,細雨菊花天,豈不佳?晚煙寒橘柚,秋色老梧桐,豈不似少陵?'"
④ 趙秉文《竹溪先生文集引》,《滏水集》卷十五。
⑥ 《高思誠咏白堂記》,《滹南集》卷四十三。

元好問稱"古詩十九首,建安六七子。中間陶與謝,下逮韋柳止"①,"五言以來,六朝之謝、陶,唐之陳子昂、韋應物、柳子厚,最爲近風雅,自餘多以雜體爲之,詩之亡久矣。……近世蘇子瞻絕愛陶、柳二家,極其詩之所至"②。也表現出了對陶淵明爲代表的平淡詩風的欽慕。至於其《論詩三十首》之四謂"一語天然萬古新,豪華落盡見真淳。南窗白日羲皇上,未害淵明是晉人",後注"陶淵明,唐之白樂天",直將兩人視爲一體,明顯受到蘇軾的影響。他稱柳詩"怨之愈深,其辭愈緩"③,也準確道出了宋人心目中"平淡"範疇的一部分内涵。

元代如劉秉忠好吟咏自適,其詩蕭散閒淡,類其爲人,論詩也以自然爲宗。吳澄直稱陶淵明"爲詩也冲澹,華而不炫,如綱裏之錦,讀者莫知其藏絢麗之美也"④。"綱"是一種半透明的薄紗,《禮記·中庸》有"《詩》曰'衣錦尚綱',惡其文之著也"。鄭玄注謂:"禪爲綱,錦衣之美,而君子以綱表之,爲其文章露見似小人也。"即以爲人當含蓄,内實纖秾而籠之以淡雅,一如君子著錦衣,宜罩以薄紗,以掩其外耀之風華。這"綱裏之錦"可謂是繼蘇軾"食蜜説"後,對陶氏平淡詩風又一個生動的説明。方回倡"一祖三宗"説,然稱五言律詩"宋人當以梅聖俞爲第一,平淡而豐腴"⑤,乃至《學詩吟》第七首徑稱"宋詩孰第一,吾賞梅聖俞"。其次才是陳後山,因爲陳詩"淡中藏美麗,虛處看工夫"⑥。他的《瀛奎律髓》選陳詩113首,而黃庭堅詩不過35首。對於七律,更推崇曾茶山的"清勁潔雅",而五古則以"陶淵明爲根柢,三謝尚不滿人意,韋、柳善學陶者也"⑦。在《唐長孺藝圃小集序》中,他還提出"詩以格高爲第一"的基本主張,以爲用此可爲近世詩人之療救。那些被他推爲格高的詩人,於晉只陶淵明一人,於唐除陳子昂、杜甫、元結、韓愈之外,就是柳宗元、韋應物、劉禹錫,於宋則除了歐、蘇等主要作家,就是梅聖俞,都是喜好陶詩平淡一派的人物。陳振孫《直齋書錄解題》嘗謂:"聖俞爲詩,古淡深遠,有盛名於一時,近世少有喜者,或加毁譽,惟陸務觀重之,此可爲知者道也。自世人競宗江西,已看不入眼,況晚唐卑格方錮

---

① 《別李周卿三首》其二,《遺山集》卷二。
② 《東坡詩雅引》,《遺山集》卷三十六。
③ 王庭筠《獄中賦萱》小注,《中州集》卷三。
④ 《送袁用和赴彭澤教諭詩序》,《吳文正公全集》卷三十一。
⑤ 《瀛奎律髓》卷一。
⑥ 《瀛奎律髓》卷十。
⑦ 《送俞唯道序》,《桐江集》卷一。

之乎?"現由方回上述論說,可知這種理想經由南宋詩人的播揚,是切切實實地傳到金元的。

清人紀昀對方回的說法頗多不滿,所作《瀛奎律髓刊誤》稱其選詩三大弊病,"標起句眼"、"好尚生新"之外,就是"矯語古淡"。但基於元代詩壇多尚唐風,以致陷於浮靡和膚廓,這種推尚"古淡"無疑是有正面意義的。

其時,還有陳櫟持與方回相同的觀點,嘗說:

> "理勝物,淡勝麗"六字最好,不特詩如此,文亦當如此。……論其分數滋味,則當以淡與理爲主,物與麗爲賓。①
>
> 詩尤貴淡,然淡而非枯槁無餘味之謂也。一毫牽強,不可謂淡;少不出於自然,不可謂淡。外臒而內腴,形枯而神澤,斯爲淡矣。昔人論蜜,取其中邊皆甜。予今論詩,非取其中邊皆淡也,能以理爲主,以氣爲輔,以興趣品格爲高,以渾然天成爲妙,其殆庶幾乎。②

陳氏爲學尚朱熹,論文宗理學,嘗稱"蓋文章道理實非二致,欲學者由韓柳歐蘇詞章之文,進而粹之以周程張朱理學之文也,以道理深其淵源,以詞章壯其氣骨,文於是無弊矣"③。故多談"理",並由此尚"淡"。宋代"平淡"範疇的哲學基礎和人心基礎,於此再一次得到了體現。而所謂"中邊"之喻同樣源出佛教,其所論與蘇軾的關係可謂一望而知。

元代中後期,隨科舉制度的恢復,人文再興,追尚雅正的文風漸次得到確立。時人在師法上好講魏晉盛唐而力排宋金季世,故在竭力推尚盛唐之音"辭平和而意深長"的主導性理論中④,漸漸少了"平淡"的聲音。但如揭傒斯論"李太白《古風》,韋蘇州、王摩詰、柳子厚、儲光羲等古體,皆平淡蕭散,近體亦無拘攣之態,嘲哳之音,此詩之嫡派也",且以杜甫爲集大成者,似仍可見此趣味的一綫流傳。他又說:"唐司空圖教人學詩,須識味外味,……大抵句縛於律而無奇,語周於意而無餘。語句之間救過不暇,均爲無味。槁壤黃泉,蚓而後甘其

---

① 《答問》,《定宇集》卷七。
② 《江楚望淡生活說》,《定宇集》卷五。
③ 《太極圖說序》,《定宇集》卷一。
④ 虞集《李仲淵詩稿序》,《道園學古錄》卷六。

味耳。若學陶、王、韋、柳等詩,則當於平淡中求真味,初看未見,愈久不忘。"①對"平淡"意蘊的解說實在稱得上是很精切的。

其時還有楊士宏,"審其音律之正變,而擇其精粹",選《唐音》十五卷,推崇盛唐詩的體制與音聲。選本中"正音"各體,除李、杜、韓三家全集易見不錄外,儲、王、孟、柳、韋等人占去絕大部分篇幅,也頗可見其心期所向。顧璘承之,其《唐音批點》於五、七言律,一貫"沉實溫麗,雅正清遠,含蓄深厚,有言外之意;製作平易,無艱難之患";一要求"雄渾富麗之中有清沉微婉之致,故明白條暢而不膚淺,優游含泳而不輕浮"②,雖已開明人推尚聲調體格之先河,但處於文學觀念轉捩期的"平淡"範疇之於他的影響,還是可以通過他對"平易"、"清遠"等範疇的強調看出。

綜上所述,"平淡"及其同序概念、範疇在宋元時成為人們的論說核心,是與整個時代社會環境及由此形成的創作風尚密切相關的。吳可《藏海詩話》嘗說:"凡文章,先華麗而後平淡,如四時之序,方春則華麗,夏則茂實,秋冬則收斂,若外枯而中膏者是也。"宋代正處在中國封建社會開始走向衰落的當口,比之人是由青春走向壯歲,由壯歲漸趨暮年;比之四時則是經春夏而三秋,經三秋而再趨冬寒。"少攻歌詩,欲與造物者爭柄","其體裁始則陵轢波濤,穿穴險固,囚鎖怪異,破碎陣敵",及長"卒造平淡而已"③。實在是勢所不得不然而又自然而然的事情。

這種"平淡"與魏晉六朝的縟采密麗不同,與盛唐人的淵厚華碩有別,即與中晚唐司空圖所標舉的"如清沇之貫達"的澄淡精緻也不盡相似,它以深刻的思理為內核,以人格美追求為基礎,在揭示創作主體精神自由的同時,更賦予文學以反映人深層修養的重要功能。儘管其時,因各體文創作的成熟,各種技巧探討方興未艾,藝術形式正日漸擁有其本位意義,但因為有這種追求作基礎,他們反而將一切形式的講究給超越了。當司空圖在《題柳柳州集後》中致賞於柳詩的深永,"味其深搜之致,亦深遠矣",他們則更願意親近平淡美,看到他的淡泊和清遠,並進而將這種喜好傳給他們的後學,使之不致在一片崇唐聲中,失卻了作為詩人對個體生命存在方式的深在思索。

---

① 《詩法正宗》,《詩學指南》卷一。
② 《唐音評注》,河北大學出版社,2006年,第391頁。
③ 魏慶之《詩人玉屑》卷十。

第四節　格調：明清人回歸傳統的旗幟

依上所說，中唐以後特別是宋元人崇尚"平淡"，是對漢魏盛唐以來"風骨"範疇的終結。以"風骨"爲核心的範疇序列，是基於以"氣"爲主的文學觀；以"平淡"爲核心的範疇序列，是基於以"韻"爲主的文學觀。而明代崛起的"格調"範疇及以其爲核心的範疇序列，在某種意義上則可以說是基於以"體"爲主的文學觀。隨着古代文學總結期的到來，它大體代表了明清兩代人對創作批評的基本看法，因而成爲又一個足以標別時代的核心範疇。

一、從"體格"、"氣格"到"格韻"、"格致"

在"格調"範疇正式形成之前，"格"與"調"各有自己的固定意指，"格"指物事的量度，如《逸周書‧五權》有"政有三格五教"，朱右曾校釋曰："格，量度也。"顏之推《顏氏家訓‧歸心》有"以詩禮之教，格朝廷之人"，盧文弨補注曰："格猶裁也。"引申指一定的法式和標準，如《禮記‧緇衣》有"言有物而行有格"，鄭玄注曰："格，舊法也"，《後漢書‧傅燮傳》有"朝廷重其方格"，李賢注曰："格，猶標準也"，即此意。故以後有"格範"、"格軌"、"格尺"、"格令"、"格法"、"格條"、"格樣"、"格目"、"格制"和"格例"等詞。漢代以來人物品鑒風起，適應着時人好論才性的習慣，它被引爲對某種器局和風度的指稱，有"格度"、"風格"、"格量"等後序名言。如《抱朴子‧行品》稱"士有行己高簡，風格峻峭"，《後漢紀‧靈帝紀中》也有"格量高峻，含弘博恕"之語。

漢魏六朝時文學批評用"格"尚少，可稱引的如韋仲將謂漢末繁欽創作"都無檢格"[①]。劉勰《文心雕龍‧議對》論陸機斷議"諛辭弗剪，頗累文骨，各亦有美，風格存焉"。這裏的"格"均不脫原義，指一定的法式和標準。其他如《隱秀》篇論曹植、劉楨詩"格剛才勁"，因其文真僞難斷，故不足爲據。

"格"被較多地運用於文學批評是在唐代。除王昌齡《詩中密旨》分詩爲兩格，提出"詩意高，謂之格高；意下，謂之格下"，又分詩爲"五趣向"，以"高格"爲第一，置於"古雅"、"閒逸"、"幽深"、"神仙"之上外，大多出現在中唐以後。詩

---

① 《三國志‧王粲傳》注引魚豢《魏略》。

人如賈島《送賀蘭山人》謂"無師禪自解,有格句堪夸",姚合《寄張籍太祝》謂"飛動應由格,功夫過却奇",杜牧《李賀集序》謂"秋水明潔,不足爲其格也"。詩論家如皎然《詩式》分詩爲五格,謂曹植《三良詩》與王粲《咏史詩》"體格高遠,才藻相鄰",周顒、劉繪"宮商暢於詩體,輕重低昂之節,韻合情高,此未損文格"。此外,他的"辨體有一十九字",論"逸"一體也有"體格閒放"之句。選家如高仲武《中興間氣集》稱錢起詩"體格清奇,理致清淡",又稱皇甫冉"自擢桂禮闈,遂爲高格"①。晚唐人承"中唐以來各標風格"的傳統②,更多地經心於詩歌體格的探討,一時以"格"爲名的著作紛紛出現。今存尚有王叡《炙轂子詩格》、李洪宣《緣情手鑒詩格》、齊己《風騷旨格》、王玄《詩中旨格》、神彧《詩格》等多種③,乃至出現嫁名古人的僞作,如《魏文帝詩格》、白居易《文苑詩格》,等等。察其所論,雖不乏好的見解,但更多是爲讓人依以"考試進士"④,沒有太大的價值。只有司空圖獨具慧眼,不乏高出時流的議論。其《與李生論詩書》談到詩歌體格,謂"詩貫六義,則諷諭、抑揚、渟蓄、溫雅,皆在其間矣,然直致所得,以格自奇",又稱王維、韋應物詩"澄淡精緻,格在其中,豈妨於遒舉哉",很準確地道出了王、韋詩歌的主要特徵。

從上述言論可以看到,此時人們所說之"格"已不再拘於原義,用指一定的法式或標準,而更指與作品體式相關聯的體格。這種體格可以是"閒放"、"明潔"的,但終當以"清奇"和"高逸"爲宜。也因此,"體格"之外,它還與"氣"、"力"等範疇相耦合,構成"氣格"、"格力"等重要的後序名言,用以特別指稱作品的力度美。如皎然《詩式》稱劉楨詩"語與興驅,勢逐情生,不由作意,氣格自高,與《十九首》共一流也"。即爲一例。

宋以後,由於前已述及的原因,時人對體式格法之於文學創作的重要性有了更進一步的認識,如陳師道就以爲"學詩之要,在乎立格、命意、用字而已"⑤。將"立格"放在第一位,置於"意"與"字"之前。陳師道的這種觀點在以後諸如"格制"、"格範"這類名言的延用上得到了實在的印證。所謂"格制"、"格範"指

---

① 尤袤《全唐詩話》卷二引。
② 高步瀛《唐宋詩舉要》,上海古籍出版社,1978年,第407頁。
③ 今傳諸本《詩格》均題僧文彧撰,誤。詳見張伯偉《全唐五代詩格校考》,陝西教育出版社,1997年,第463頁。
④ 見《册府元龜》卷六百四十二。
⑤ 張表臣《珊瑚鈎詩話》卷二引。

符合體式規範的形式創制,以及由這種創制所形成的作品的整體風貌。如魏泰稱白居易"善作長韻叙事,但格制不高,局於淺切,又不能更風操,雖百篇之意,只如一篇,故使人讀而易厭也"①。辛文房稱朱晝"慕孟郊之名,爲詩格範相似,曾不遠千里而訪之,不厭勤苦"②。可知宋人將是否能得"格制"之正、合"格範"之軌,視爲詩歌創作的基礎性功夫。

至於姜夔則更將"格"與"意"聯繫起來,拿來與字句對舉。《白石道人詩説》嘗説:"意格欲高,句法欲響,只求工於句字,亦末矣。故始於意格,成於句字。句意欲深欲遠,句調欲清欲古欲和,是爲作者。"不僅如此,他還進一步論述了"格"與"意"的關係,稱"意出於格,先得格也;格出於意,先得意也"。認爲不但遒舉的體格可以從湛厚的詩意中生成,即湛厚的詩意也能賴高古的體格來傳達。這一説法因深契詩歌創作實際,爲劉熙載所推崇。《藝概》稱:"論詩者或謂詩格不如詩意,或謂詩意不如詩格,惟姜白石《詩説》爲得之。"此外,嚴羽《滄浪詩話》論詩法,也有"格力"一條。

而用"格"範疇品評作家作品就更爲常見了。如王禹偁稱孫何文"格高意遠,大得六經旨趣"③,歐陽修稱杜詩"其格之豪放",秦觀稱杜詩"窮高妙之格,極豪逸之氣"④,孫何稱"亹亹建安,格力猶完"⑤,黄庭堅稱王安石詩"暮年方妙,然格高而體下"⑥,王觀復詩"雖氣格之超俗,但未能從容動玉珮之音"⑦,吴可稱晚唐詩"失之太巧,只務外華,而氣弱格卑"⑧,朱翌稱"兩漢人與六朝人語,各有體格,今皆一律"⑨。還有元楊載《詩法家數》稱"凡作古詩,體格、句法俱要蒼古",范德機《木天禁語》稱古詩如《孔雀東南飛》、《木蘭辭》爲"上格"。他們所論"格"範疇的意義顯然與唐人相同,指作品的體格,而尤以高古挺特、剛健遒舉的氣格爲主。

但以下幾則足以引起重視:

---

① 《臨漢隱居詩話》。
② 《唐才子傳》卷四。
③ 《送丁謂序》,《小畜集》卷十九。
④ 蔡夢弼《杜工部草堂詩話》卷一引。
⑤ 《文箴》,《宋文鑒》卷七十二。
⑥ 陳師道《後山詩話》引。
⑦ 《跋書柳子厚詩》,《山谷集》卷二十六。
⑧ 《藏海詩話》。
⑨ 《猗覺寮雜記》卷上。

> 況先漢文章重厚有力量，今《大序》格韻極輕，疑是晉、宋間文章。①
>
> 退之于籍、湜輩，皆兒子畜之，獨于東野極口推重，雖退之謙抑，亦不徒然。世以配賈島而鄙其寒苦，蓋未之察也。郊之詩寒苦則信矣，然其格致高古，詞意精確，其才亦豈可易得？②
>
> 或問王荆公云："編四家詩以杜甫爲第一，李白爲第四，豈白之才格詞致不逮甫耶？"公曰："白之歌詩，豪放飄逸，人固莫及。然其格止於此而已，不知變也。"③
>
> （曹）希蘊頗能詩，雖格韻不高，然時有巧語。常作《墨竹詩》云："記得小軒岑寂夜，月移疏影上東墻。"此語甚工。④

一般地説，受本義的牽制，"格"與作品體式體制的關係要密切些，故有"格制"、"格範"甚或"體格"這樣的名言。好的"格範"、"格制"和"體格"大抵有遒勁挺特的志氣撐拄，故又有"氣格"、"格力"之稱。前及王禹偁、歐陽修以下諸家正是在這個意義上用它來評論作家作品的。然而，處在論文以"氣"爲主向以"韻"爲主轉變期的宋人，不能不更關注作品超乎形質之上的情蘊韻致之美。如何在尊崇古人體格的同時，實現一己之才情風韻，是當時許多人思考的重點，故他們常會將"格"與反映一己才性的"才"、"韻"、"致"等名言相聯言。上舉四則文字中"格韻"、"格致"和"才格"等名言的出現，正集中反映了這種思考。到明清時，如"許彥周謂張籍、王建樂府、宮詞皆傑出，所以不能追蹤李、杜者，氣不勝耳。余以爲非也，正坐格不高耳。不但李、杜，盛唐諸詩人所以超出初唐、中、晚者，只是格韻高妙"⑤，這樣的議論就時常可以見到了。

"格致"者，風格韻致也。早在宋初，歐陽修就已用它來評論藝事，稱五代趙昌"花寫生逼真，而筆法頓俗，殊無古人格致"⑥。"格韻"意義與之相近，它和字句的工巧不在一個層面，整體地反映着作品的審美品位。而"才格"更多地偏重在作者的氣質才性上。才有類型，影響及作品的"格"也各不相同。本來，

---

① 《朱子語類》卷七十八。
② 張戒《歲寒堂詩話》卷上。
③ 《説郛》卷三十二引范正敏《遯齋閒覽·編詩》。
④ 《苕溪漁隱叢話》前編卷二十五引佚名《漫叟詩話》。
⑤ 王士禛《分甘餘話》卷三。
⑥ 《歸田録》卷二。

"格範"、"格制"之"格"在意義的指涉上多質的規定性而稍少彈性,今由作者個性氣質的滲入,就比較容易出韻有致了。要之,由"體格"、"氣格"到"格韻"、"格致",是"格"在凝定成"格調"範疇之前一次重要的意義整合。

二、"調"的涵義與"格調"的意指

"調"的本義爲和,用作動詞解爲調和,《莊子》、《墨子》和《荀子》中分別用以指陰陽、上下和剛柔的調和。調和的對象還可以具體爲味爲音,其中後者與文學的關係大些,如《淮南子·泰北訓》之"音不調乎雅頌者,不可以爲樂"。當然,也可大而之於調化天下,深入之於調適身心。用作名詞,其意承前者而來,有指說話的腔調,又指音樂的調性,所謂"猶運也,謂音聲之和也"①。推而廣之,又可指某種言辭,如《文選》錄顏延之《秋胡詩》,有"義心多苦調,密比金玉聲"。李善注:"調猶辭也。"再推衍之,可指人的才情,如《三國志·蜀志·孟光傳》有"吾今所問,欲知其權略智調何如也"。由此有所謂"才調"、"風調"等名言,被廣泛地運用於對人物才性的品評,如《晉書·王接傳》之"才調秀出,見賞知音"即爲顯例。

魏晉南北朝以來,論文用"調"開始時有見到。如劉勰《文心雕龍·聲律》有"調鐘唇吻",《章句》有"調有緩急",主要是沿用"調"的本義,指調聲或聲調。至於《養氣》所說"調暢其氣",談的是創作展開前主體的體氣調息問題,仍未脫棄"調"的本義。但繼他之後,鍾嶸等人就更多地在衍申義上用"調"了,拿它指作品的"體調"。由於處在文以"氣"爲主的時代,時人認爲作品"體調"與體制體格一樣,也與作者的主觀志氣密切相關,並且從某種程度上說是這種志氣的外化,故有所謂"氣調"一詞。如《詩品》評晉宋詩人郭泰機、謝世基等五人,"文雖不多,氣調警拔,吾許其進,則鮑照、江淹未足逮止"。《顏氏家訓·文章篇》也有"文章當以理致爲心腎,氣調爲筋骨"之説。

此後,歷代論者的討論大多沿此義展開。在探討作品聲律聲調問題的同時,更用以指作品超乎繁響縟節之上的高上體調。史家如李延壽《北史·辛德源傳》稱人"文章綺艷,體調清華";選家如殷璠《河岳英靈集》有鑒於"詞有剛柔,調有高下",稱祖詠"氣雖不高,調頗凌俗",王維"詞秀調雅",高仲武《中興

---

① 《文選》卷二十六謝靈運《七里瀨》李善注。

間氣集》評郎士元、錢起二人"體調大抵欲同,然中郎公稍更閒雅",王粲《七哀》則"當今古調,無出其右";詩人如王維題孟浩然像,稱"余因美其風調,至所舍圖於素軸"①,元稹稱杜甫詩"詞氣豪邁,而風調清深"②。此外,五代韋縠還專門以"才調"命名自己所編的唐詩選本,誠如王士禛所說:"大抵以風調爲宗。"總之,由於中唐以後審美風尚的改變,論者不再突出"氣調",而多講逸雅的"風調"和"才調"。

　　宋代,與人們對"格"作出進一步探索一樣,"調"也得到論者更大的關注。如李錞就說:"古人作詩正以風調高古爲主,雖意遠語疏,皆爲佳作。"③其實漢魏人作詩但求質文相稱,雅正典重,未必講什麼風調。宋人既重格制程式,認定"學詩須熟看老杜蘇黃,亦先見體式,然後遍考他詩,自然工夫度越過人"④,自然要重視"調",包括從音、辭到整體韻致的"調"的研求。故從體調上求高古,正是其力圖在上述方面接近古人的一種體現。也正是基於這種認識,姜夔在《白石道人詩說》中說:作詩"句意欲深欲遠,句調欲清欲古",求"清"與"古"的目的,正爲了更有效地接近古人。陳善說:"文中要自有詩,詩中要自有文,亦相生法也。文中有詩,則句語精確;詩中有文,則詞調流暢。"⑤則進一步結合詩文兩者論"調"。當然,本着"調"的原義,對作品的音律及由此形成的韻調,宋人也是頗爲關注的。《新唐書·鄭綮傳》就專門記載有鄭氏詩"語多俳諧,故使落調"之事。

　　綜上所說,"格"與"調"兩範疇在魏晉六朝已被引入文學批評,唐以後特別是中唐以後尤爲常見。它們一個指稱作品的標格,作爲體的量度,更多地關乎作品的質幹;一個指稱作品的風調,作爲聲的類別,更多地關乎作品的韻致。"格"貴高古拔俗,以力度見長;"調"貴風華情深,以深婉取勝。也正是由於兩者意義聯繫天然密切,都基於作者的主觀志氣與才性,依乎作品的格範、體式與風調,且以"韻"與"致"爲中介,意義還有一定程度的交叉,爲後來論者將兩者聯言統論確定了前提。

---

① 葛立方《韻語陽秋》卷十四引。
② 《唐故工部員外郎杜君墓係銘序》,《元氏長慶集》卷五十六。
③ 魏慶之《詩人玉屑》卷十引。
④ 陳鵠《西塘集耆舊續聞》卷二。
⑤ 《捫蝨新話》上集卷一。

故唐時，殷璠《河岳英靈集》已用"格高調逸，趣遠情深，削盡常言，挾風騷之迹浩然之氣"稱人，並稱唐前期詩風，"貞觀末標格漸高，景雲中頗通遠調"。皎然《詩式》論謝靈運詩"直於情性，尚於作用，不顧詞采，而風流自然，……不然，何以得其格高，其氣正，其體貞，其貌古，其詞深，其才婉，其德宏，其調逸，其聲諧哉！""格高"與"調逸"也共同構成了他對謝氏作品的總體認識。王昌齡《詩格》對兩者關係有更具體的説明："凡作詩之體，意是格，聲是律，意高則格高，聲辨則律清，格律全，然後始用調。"所謂"意是格"，非謂"意"就是"格"，而是説"意"關乎"格"，故下文才有"意高則格高"之語。由這段話再聯繫上舉諸家所論，可知"格"作爲體的量度，不僅更多地關乎作品的質幹，也與"意"有關。正是這個"意"構成了作品的基底和核心，而"調"則是在格高律諧基礎上形成的一種作品風調。

唐宋時"格"與"調"直接組合成詞，通常作"格調"，也間寫作"調格"。作爲一個整一的範疇，與"風骨"一樣，首先似被運用於人物品鑒，如方干《贈美人》之"直緣多藝用以勞，心路玲瓏格調高"，秦韜玉《貧女》之"誰愛風流高格調，共憐時世儉梳妝"。也有用指一般的風貌和景象，如張喬《宿劉溫書齋》之"不掩盈窗月，天然格調高"。

與此相聯繫，用"格調"談藝論文也漸始出現。如姚合《喜覽裴中丞詩卷》有"調格江山峻，功夫日月深"。"調格"與"格調"顛倒成詞，表明時至唐代，作爲新起範疇，它尚未擁有穩定的語言形態。其他如韋莊《送李秀才歸荆溪》有"人言格調勝玄度，我愛篇章放浪仙"，宋王令《謝幾道見示佳什因次元韻》有"清新格調空吟諷，猥冗言辭自咄嗟"，葛立方《韻語陽秋》卷九稱王安石詠張良詩"議論格調，出(謝)瞻數等"，均以"格調"論文，可知在古人的約定俗成，自唐宋就已經開始。

當然，作爲對作品體式的一種規範，"格調"或"調格"畢竟不脱音聲之道，故時人也仍有從格律聲調意義上置論的。如趙令時所謂"句句言情，篇篇見意，奉勞歌伴，先定格調，後聽蕪詞"①，乃至元人劉壎所謂"今詳格調句法，甚類生前之作"皆是②。袁文論"白樂天好以俗語作詩，改易字之平仄，如'雪擺胡衫

---

① 《侯鯖録》卷五。
② 《隱居通議》卷十《詩歌五》。

紅'，此以俗語'胡'字作'鶻'字也，……又有不因俗語而亦改易字之平仄者，如'爲問長安月，如何不相離'，自注云：'相音思必切'，乃以'相'字爲入聲，……自蘇、李以來，未見此格調也。"① 這裏的"格調"顯然也指聲調無異。

三、"格調"之於總結期文學批評的意義

"格調"範疇真正被人反復提及，並被抬升到相當的理論高度，進而占據文學批評核心地位是在明清兩代。在明代大部分時間裏，"格調説"占據文壇主導，是當時文學、特別是詩學批評的主流，體現了一代文學批評的主要特點。

明人對"格調"範疇的討論大抵是沿着以下兩條路徑展開的：一是從作品形式角度出發，討論體格、句格和聲調、律調問題；一是從作品意藴角度出發，討論氣格、意格和體調、風調問題。而落實到具體的作家、批評家，往往是結合這兩者展開具體論述的。

早在明初，高啟就提出"詩之要，有曰格曰意曰趣而已"②。稍後高棅選《唐詩品彙》，以"氣象雄深，格調高壯"爲詩歌"正宗"，並稱岑參、王維等人詩"聲調最遠，品格最高"。成化年間，李東陽領袖文壇，作詩論詩皆以盛唐爲法，嘗説："予輩留心體制"，"詩必有具眼，亦必有具耳，眼主格，耳主聲"。這裏"眼主格"頗好理解，"耳主聲"則不盡指一般人所講的平仄聲韻，還包括由具體句法、字法造成的作品的格調。他一方面不滿人拘泥平仄聲韻，稱如此"泥古詩之成聲，平側短長，句句字字，摹仿不敢失，非唯格調有限，亦無以發人之情性"，但另一方面，既要在格調上切近古人，便不能一概撇棄程法不談，如果説"格調"是就作品成品而言的，那麼"法"就是這種成品的實現手段。於此，他提出了自己的解決之道，是要求"有法而不爲法所拘，乃得自然之妙"③。

到弘治、正德年間，以李夢陽、何景明爲主，倡言復古，文自西京、詩自盛唐以下一概吐棄，從而將"格調"範疇推向頂點。特別是李夢陽，竭力提倡以《楚辭》、漢賦和盛唐詩爲各體文的典範，以爲"學不的古，苦心無益"，"文必有法式，然後中諸音度"④。他所説的"法式"是什麽？由其《潛虬山人記》一文之"夫

---

① 《甕牖閒評》卷五。
② 《獨庵集序》，《高太史鳧藻集》卷二。
③ 《麓堂詩話》。
④ 《與周子書》，《空同集》卷六十二。

詩有七難,格古、調逸、氣舒、句渾、音圓、思冲、情以發之"可知,與"格調"有直接的關係。故他又說:"文自有格,不祖其格,終不足以知文。"①一般來說,倘以上述七端爲亟需講求的創作原則,那麼依傳統的習慣,"氣舒"、"思冲"和"情以發之"當居前三位,但由於他力倡復古,持的是"格調説"的主張,由"格古"和"調逸"切入就成了他契近古人的必然選擇。試想,上下千載,情懷各異,要以一己之情志與古人相交接,對敏感的詩人來説或非難事,但如何把這份可擬古人的情志很好地表現出來就須費斟酌。所以他要專門討論,集心力探究,乃至不惜以工匠規矩、書家法帖作譬,要求"翕闢頓挫,尺尺而寸寸之"②,並將之落實到具體的字句和音節。這樣死扣"格調",難免引起何景明"刻意古範,鑄形宿鏌,而獨守尺寸"的批評。不過何氏雖提出作詩應"富於材積,領會神情,臨景構結,不仿形迹",但又説"詩文有不可易之法者,辭斷而意屬,聯類而比物也",這表明他在本質上與李夢陽並無二致,只不過更重視"泯其擬議之迹,以成神聖之功"而已③。

"格調"範疇經由明初以來一直到李、何等人的提倡,在士人中產生了極大的影響,確乎有許多人由他們開啓的角度走近了古人,故一時"天下語詩文必稱何、李"④,當然也包括必言"格調"。繼李、何而起執掌文壇的王世貞,引"才思"和"情實"入"格調",提出"才生思,思生調,調生格,思即才之用,調即思之境,格即調之界"⑤,對此範疇作了重要的改造和補充。而所謂"不孜孜求工於效顰抵掌之似,大較氣完而辭暢,出之自才,止之自格,人不得以大曆而後名之"⑥,將這兩者關係説得更爲清楚。這種用"才思"充實"格調",又稱"聲響而不調則不和,格尊而無情實則不稱"⑦,意在避免一味追求"格調"墮入模擬的積弊。而"格者才之御也,調者氣之規也,……抑才以就格,完氣以成調"的説明⑧,則進一步確立了其之於詩歌創造的本位意義。

---

① 《答吴瑾書》,《空同集》卷六十二。
② 《駁何氏論文書》,《空同集》卷六十二。
③ 《與李空同論詩書》,《何大復先生全集》卷三十二。
④ 《明史·何景明傳》。
⑤ 《藝苑卮言》卷一。
⑥ 《方鴻臚息機堂詩集序》,《弇州山人續稿》卷四十五。
⑦ 《湯迪功詩草序》,《弇州山人續稿》卷四十七。
⑧ 《沈嘉則詩選序》,《弇州山人續稿》卷四十。

此後,被王世貞引入"末五子"的胡應麟對此範疇作了更進一步的論述。在明言"詩之體以代變也","詩之格以代降也"①,故作詩需精研古人,以便溯其源流、得其意調的同時,更指出"興象風神"以爲調劑。他謂:

> 作詩大要不過二端,體格聲調、興象風神而已。體格聲調有則可循,興象風神無方可執。故作者但求體正格高,聲雄調鬯,積習之久,矜持盡化,形迹俱融,興象風神,自爾超邁。

《詩藪》論詩大抵以這兩個總原則作準繩,前者意義較實,構成詩歌創作的基礎構架;後者意義較虛,且無具體的落實物,唯賴主客體各種藝術手段的調動才能實現,故在展開分析時,他多注意對前者的強調,在此基礎上再談"興象婉然"和"風神超拔",所謂"苟不能精其格調,得其神理,即之題面,無毫髮遺憾,焉能有之哉"。此外,他還以"格調"分論古、今兩體詩歌,分古詩爲"以和平、深厚、悲愴、婉麗爲宗者","以高閑、曠逸、清遠、玄妙爲宗者"兩種,分今體爲"典麗精工"與"清空閒遠"兩格。無論是古、今兩體,他都重前者,並明言"富碩則格調易高,清空則體氣易弱",於此可見"格調"範疇在其心目中的分量。

明人論文好言"格調",並進而將之推向文學批評的中心,自然也與那個時代特殊的創作風尚和由此形成的審美風會有關。首先與時人不滿元人一味宗唐,因不得要領而趨於浮廓有關。元人因見宋詩好議論而流於沉僿,故轉尚才性發揚,以宗唐和趨古爲務。特別是到世德、延祐後,楊載等人力主"詩當取材於漢魏,而音節則以唐爲宗"②,並從結構、聲律、字句等角度對之作細緻的研究,致一時唐音盛行,蔚成風氣。不過,可能是限於才力,他們的成就並不矚目。雖然比之宋代,"論詞語工麗,音節瀏亮,宋或不及於元"③,但畢竟多綺艷而乏高老,有勻整而少變化,所以局限明顯。元後期號稱"奇材益出"④,但大多體效溫庭筠,柔媚旖旎,幾類小詞;或者推尚白蘇體,粗直生硬,在所不免,這使明人十分不滿,深感揭出唐詩真面目的必要。

---

① 《詩藪》内編卷一。
② 《元史·楊載傳》。
③ 《靜志居詩話》卷四引許伯旅語。
④ 顧嗣立《元詩選凡例》,《元詩選》初集卷首。

與此同時，明初以來文壇暴露出的各種弊病，也從不同方向把揭舉"格調"的任務推到了前臺。應該説，明初期文學創作是比較活躍的。作家生當易代之際，顛沛簸蕩，感懷彌盛，發爲詩文，頗能縱橫抑揚，顯得體高而格壯。如林鴻被認爲開明人宗唐之先河，他的作品就儼然"以格調勝"①。但永樂後，隨"臺閣體"和"性氣詩派"主導詩壇，情況發生了改變。以"三楊"爲代表的臺閣詩人大抵也以唐人爲宗，但他們應和時勢的需要，從恢張皇度、襄贊政教的角度來彰揚唐詩，如楊士奇稱貞觀、開元文學"以其和平易直之心，而爲治世之音"②，由此談"格調"，要義便僅止於"春容詳贍，和平安雅"，所謂"要皆以自然醇正爲佳"，"務爲新巧而風韻愈凡，務爲高古而氣格愈下"③，結果以平淡清率來掩飾一己情懷的膚濫庸淺，以高聲大腔來代替詩歌應有的聲情茂越，文學成爲其宴集時酬應的清供，唐詩的典範作用就此成爲一種門面與擺設。

　　明代"以理學開國"④，朝廷張揚理學，明令將《四書》、《五經》和《性理大全》頒示兩京、六都、國子監和天下府州縣學。故其時有一批人好在詩中講理，形成"性氣詩派"。以理學爲詩出於宋人邵雍，其論詩主張"行筆因調性，成詩爲寫心"⑤，但此"性"此"心"均屬抽象的理學範疇，並非一己的真性實情，加以一以倫理爲本，修辭爲末，"不限聲律"，"因言成詩"⑥，一味取平近淡泊爲貴，遺音節，失體格，遂使作品淪爲押韻的講義和語録。承邵氏而起，元有劉靜修，明有陳獻章、莊昶等人，因主此心無物，不可勞攘，觀書博識，不如靜坐，也大多不重言情，偏尚言理。如莊昶之"山教太極圈中闊，天放先生帽頂高"⑦，"贈我一杯陶靖節，答君幾首邵堯夫"⑧，只一味作理語、遊戲語，了無情致，被清人稱爲"去張打油胡釘鉸無幾"⑨。其他如何維柏作詩也多雜講學語，錢百川晚師陳、莊，爲學究體，朱升學《擊壤集》不成，轉成鄙俚。而如薛蕙以理學著稱，晚年究心講學，詩更可想而知。由於理學興盛，性氣一派風行，時有湛若水輯陳、莊兩人

---

① 《四庫全書總目》卷一百六十九《集部·鳴盛集提要》。
② 《玉雪齋詩集序》，《東里文集》卷五。
③ 楊榮《省愆集序》，《文敏集》卷十一。
④ 黄宗羲《明儒學案》卷四十一《甘泉學案》引馮從吾語。
⑤ 《無苦吟》，《伊川擊壤集》卷十七。
⑥ 《伊川擊壤集序》，《伊川擊壤集》卷首。
⑦ 《遊茅山》，《莊定山集》卷四。
⑧ 《與王汝昌魏仲瞻雨夜小酌》，《莊定山集》卷四。
⑨ 《静志居詩話》卷八。

詩,楊廉集濂洛關閩及劉、陳、莊諸家詩爲《風雅源流》。陳、莊詩中有一些寫得涵蓄粹完,脱落艷華,面目略近陶詩,多少可稱一格,但更多的作品意境庸熟,詞句尤不講究至粗鄙失體,脱格無調,故深爲明人所不喜。

本來,明人就有擺脱宋人牢籠的想法,因宋人好議論,失情韻,有時持論太過,動傷韻格,乃至與詩性根本相違拗,如李夢陽就説:"宋人主理,作理語,於是薄風雲月露,一切剗去不爲。又作詩話教人,人不復知詩矣。"①王世貞徑直説:"余所以抑宋者,爲惜格也。"②現在有人以理學爲詩,不啻是讓理中最枯燥滯澀的部分成爲詩,這在他們看來顯然大失"格調",是斷斷不能同意的。故李夢陽決絶地指出:"今人有作性氣詩,輒自賢於'穿花蛺蝶'、'點水蜻蜓'等句,此何異痴人前説夢也。"③就散文一途而言,明代"專取四子書及《易》、《書》、《詩》、《春秋》、《禮記》五經命題取士","其文略仿宋經義,然代古人語氣爲之"④,影響所及,造成膚僞之風的盛行,當然也是他們所竭力反對的。

故他們特別標舉秦漢古文和盛唐詩歌,稱唐以後書不必讀,唐以後事不必使。尤其是"後七子"領袖李攀龍,編《古今詩删》竟不録宋元,而以明詩直承三唐。即以所選《唐詩删》部分而言,斤斤拘守於近體學盛唐,古體學漢魏,七古兼及初唐的宗旨,甚至五古不選老杜《北征》,七古不取李白《蜀道難》、《遠别離》,崖岸甚高,眼界不免太窄。然其目的,無非是要突出"格調"及詩歌的體格之正。也正是通過"格調",他們自以爲找到了一條通向漢唐的通衢。所以無論是前及李東陽也好,李、何、王、李也好,都好結合字法、句法和聲律,具體細化"格調"範疇的内容,要求它"有操有縱,有正有變","開合呼唤,悠揚委曲"⑤,"前疏者後必密,半闊者半必細,一實者必一虚,叠景者意必二"⑥。如前所説,王世貞雖引"才思"、"情實"入其中,但也免不了要講"一開則一闔,一揚則一抑"的詩法,"首尾開闔,繁簡奇正"的文法⑦。胡應麟則講"風骨高華,句語宏贍,音節雄亮,比偶精嚴"⑧,"風骨"的講求似已被包容進"格調"中了。其實,不

---

① ③ 《缶音序》,《空同集》卷五十二。
② 《宋詩選序》,《弇州山人續稿》卷四十一。
④ 《明史·選舉志二》。
⑤ 《麓堂詩話》。
⑥ 《再與何氏書》,《空同集》卷六十二。
⑦ 《藝苑卮言》卷一。
⑧ 《詩藪》内編卷四。

僅是"風骨"，類如"遒勁"、"雄健"等風格論名言都統屬在其旗下。而歸結起來說，李夢陽所謂"高古者格，宛亮者調"①，典型地反映了時人對"格調"範疇的全部理解。何喬新所謂"矯宋季之委靡，追盛唐之雅麗"②，王世貞所謂"盛唐之於詩也，其氣完，其聲鏗以平，其色麗以雅，其力沉而雄，其意融而無迹"③，強調的無非也是這種品格。

這種"格調說"對整個明代文壇的影響是深巨的，它造成了論詩講"格調"的一代風氣。論"格"有"血脈"、"貫串"、"單拋"、"雙拋"、"内剥"、"外剥"、"前散"、"後散"，等等④，論"調"則有"高調"、"緩調"以及"清調"、"平調"、"側調"，等等⑤。並於"氣格"、"格力"、"體格"、"風調"和"氣調"之外，有"格軌"、"格度"、"格套"等名言的創制。如徐禎卿《談藝録》就稱："詩貴先合度而後工拙，縱橫格軌，各具風騷。……諸詩固自有工醜，然而並驅者，託之軌度也。""大匠之家，器飾雜出，要其格度，不過總心機之妙應，假刀鋸以成功耳。"直至最後落入程式，遭人批斥，所謂"詩貴性情，要從胸次中流出，近時李獻吉、何仲默者最工，姑自其近體論之，似落入格套，雖謂之擬作亦可也"⑥。

確實，明人講"格調"在很大程度上造成了文壇忽視真情實感的復古思潮，其消極影響是顯然的。但要說"格調"範疇偏在體格風調乃至格律聲調，對它的標舉大不利於作者的真情發動，必須放棄或否定，則不免與事實不符。因爲就明人來說，根本無法漠視漢魏文和盛唐詩的巨大成就，這種成就已構成了尊崇本源的古人文學傳統的重要部分。鑒於宋人另闢蹊徑導致的議論入理和粗鄙入莽，他們強烈地感覺到，此時重新確認這種傳統的典範意義有多重要，所以力求從精神上追仿古人，以求所作有漢唐人的氣色蒼渾和聲情茂越。而要實現這種品格，光作原則性的標舉是不夠的，還必須指出切實可行的路徑，所以他們標舉格高調古。"格調"範疇正承擔了他們對這條路徑探索的全部任務。儘管，主觀志氣充沛和生命力旺盛依然是作品氣色蒼渾、聲情茂越的基本條件；要追仿古人也得保持一種與之對應的精神狀態，不然只能僅得其聲腔而

---

① 《駁何氏論文書》，《空同集》卷六十二。
② 《重刊黄楊集序》，《椒邱文集》卷九。
③ 《徐汝思詩集序》，《弇州山人四部稿》卷六十五。
④ 見謝榛《四溟詩話》卷一。
⑤ 見費經虞《雅倫》卷十五《鍼砭》。
⑥ 陸深《玉堂漫筆》卷上。

無其實氣,但在一個文學傳統悠久且十分崇尚典範的民族而言,懷着強烈追古或復古信仰的人們,因對古人的仰慕,在追求契合經典的過程中,更多地從體格風調與格律聲調上作揣摩追仿是完全可以理解的,只要不推向片面的極致,在一定程度上也是行得通的。一方面,較之漢魏盛唐人,它確實有冷淡文學創作的原動力之嫌,並且在文學發展歷史上造成一時以模擬剿襲爲務,只求聲腔切近而不重真情發抒的盛行,但另一方面,卻也有發現藝術創作規律,通過揣摩體格風調與格律聲調,求得從內在機理上把握古人真諦的高明之處。正因爲如此,即使最反對復古模擬的作家、批評家,也不一概排斥通過"格調"走近古人①。

明中後期,公安、竟陵崛起。他們排擊前、後七子,反對"格調"而獨任"性靈"。因有新思想的貫穿,也寫了一些清新通曉,較格調派爲出色的詩,特別是較李攀龍的句重字復、氣斷神離要好許多。但專任才性而不重積學,甚至以信筆掃抹爲文字,以率爾操觚爲聰明,以爲如此就可以奪席古人,擅美當代,結果不免走入極端,既不足以扳倒格調派,也未能動搖"格調"範疇的主導地位。

如姚佺在竟陵派風行天下,許多人厭講和怕講"格調"兩字時,就特選李何王李四家詩發雕以行。明末陳子龍對七子的評價就更高了,力主"惟宜盛其才情,不必廢此格調"②。一直到清初,如錢謙益、吳偉業、施閏章等人,學詩皆從"格調"入手。尤其是錢氏,對七子文集還爛熟於心③。葉燮以識見精卓著稱後世,更說:"鍾惺、譚元春之矯異於末季,又不如王、李之猶可及於再世之餘也,是皆其力所至遠近之分量也。"④爲什麽?因爲七子真正鑽研過古人的作品,乃至取出未見詩即能識其時代格調而十不失一。至於他們的理論,也各有依據,有的還很有見地。誠如有論者指出:"在明人中對古代詩史研究作出成績者差不多都是格調派,其著作如高棅的《唐詩品彙》,李東陽的《麓堂詩話》,王世貞的《藝苑巵言》等。而晚出的胡應麟的《詩藪》,許學夷的《詩源辨體》則尤具規模,兩書本着格調說的觀點對歷代詩歌的流變與發展及其藝術成就作了詳盡

---

① 李、何爲首的"前七子"之以復古爲己任,不僅止於作詩,還有藉文學復古實現漢唐以來盛世理想的政治訴求,此或亦有助於其詩論的傳揚與推展。詳參簡錦松《明代文學批評研究》,臺灣學生書局,1989年,第19—84頁。
② 《仿佛樓詩稿序》,《安雅堂稿》卷三。
③ 見《答山陰徐伯調書》,《有學集》卷三十九;《題徐少白詩卷後》,《有學集》卷四十七。
④ 《原詩》卷二内篇下。

的評述,雖不免有復古的偏向,但條分縷析,系統儼然,對後來關於中國詩歌史的研究影響頗大。"①再就他們的創作而言,大多"典雅嚴重"②,確有過人之處。如李夢陽長五七言律與七言歌行,"深嗜而冥契者杜陵",故時馮夢禎稱其得杜詩神理而面目隨之,"實非有意模擬,如宋人生吞活剥之説也","其文熔精兩漢而雜出之,藻不傷琢,真不涉俚,庶幾稱盛世之文哉!"③從而讓人看到在遠離古典的近世,有可能擺脱宋元積習的希望。總之,這批崇尚"格調"的代表人物大多學力過人,根柢深固,駕其深厚的才力以濟其桀鷔,所以能驅動一時風氣,横據海內百有餘年,以至"雖敗而不至亡也"④。"格調"範疇也因此雖屢受攻擊,仍不至於被人全部抹倒。

清人以總結古典厚積薄發自期,自然也多講"格調"。如毛先舒論文重法,嘗歸納文法十條,曰"主客"、"先後"、"詳略"、"分合"、"伏應"、"束縱"、"聯斷"、"單復"、"頓宕"、"整頓"。論詩也好談法談"格調",其《詩辨坻》卷一嘗説:

> 標格聲調,古人以寫性靈之具也。由之斯中隱畢達,廢之則辭理自乖。夫古人之傳者,精於立言爲多,取彼之精,以遇吾心,法由彼立,杼自我成,柯則不遠,彼我奚間?此如唱歌,又如音樂,高下徐疾,豫有定律,案節而奏,自足怡神,聞其音者,歌哭抃舞,有不知其然者,政以聲律節奏之妙耳。倘啓唇縱恣,戛擊任手,砰磅伊亞,自爲起闋,奏之者無節,則聆之者不訴,欲寫性靈,豈復得耶?離朱之察,不廢璣衡;夔、曠之聰,不斥琯律。雖法度爲藉資,實明聰之由人。借物見智,神明逾新,標格聲調,何以異此。

他以音樂和歌唱爲例,説明"格調"之於作文得體的重要性,並且"格調"與"性靈"在意義上也並非對立不相容,若爲有性情的人所用,均可以見智慧,出神明。基於此,他不同意公安派所説的"模擬標格,拘忌聲調,則爲古所域,性靈斯掩,幾亡詩矣",提出"標格聲調,古人以寫性靈之具也",從而確認"格調"之於詩歌創作有不得不然的根本性意義,之於總結期的文學批評和詩學範型建

---

① 袁震宇、劉明今《明代文學批評史》,上海古籍出版社,1991年,第23—24頁。
② 郭麐《樗園消夏録》卷下引姚鼐語。
③ 《重刻空同先生集序》,《快雪堂集》卷二一。
④ 《四庫全書總目》卷一七二《集部·少室山房類稿提要》。

設也有十分重要的意義。

後葉燮《原詩》稱"詩學之規則不一端,而曰體格,曰聲調,恒爲先務,論詩者所爲總持門也"。同時又認爲它"非詩之質",而僅屬"聲之文",由此要求人重視性情而不棄格調,恰如其分地總結了"格調"範疇的理論意義,表明時至清代,百年來的沉澱,已使人的認識更趨客觀。以後,他的學生沈德潛有見於宋詩派再起,捋搶楊、陸,弊端日生,"獨持格調說,崇奉盛唐而排斥宋詩,以漢魏盛唐倡於吳下"①。嘗言:"詩中高格,入詞便苦其腐;詞中麗句,入詩便苦其纖,各有規格在也。"②只有遵循一定的體式,方爲合格之作。故重"體"重"法",於"格"講"長而不漫","短而不促","倫次整齊,起結完備","超然而起,悠然而止";於"調"講"抑揚抗墜","繁音促節",要人"靜氣按節,密咏恬吟,覺前人聲中難寫響外別傳之妙,一齊俱出"。

沈氏等人在前、後七子被公安、竟陵抹倒之後,明末清初人普遍厭唐尚宋之時標舉"格調",是頗令人深長思之的③,它最直接地道出了"格調"範疇之於文學創作的指導意義。考慮到此時正處傳統文化的總結期,這種指導意義被再一次凸顯,應該說是一點也不奇怪的。

第五節　一個正反合的過程

上面,結合漢魏以來創作風尚的移易,對"風骨"、"平淡"和"格調"範疇所作的個案研究,足證文論範疇的被提出、運用乃至最終確立,是某種時代風氣汰洗下,文學創作和理論批評自身發展的產物。這裏,由這三個範疇爲中心並延展開去,提攜起相關同序、鄰序的諸多名言,要進一步指出,文學批評範疇的誕生和確立既是文學內部諸組成要素的矛盾運動的反映,也與傳統文化自身的發展嬗變有關,後出範疇與先出範疇之間、核心範疇與一般範疇之間存在的那種互爲彌縫、迭相超越的意脈聯繫,正與傳統文化的發展嬗變相應。倘若由上述三個範疇爲中心,對這一龐大系統的起伏運動作整體意義上的宏觀把握,

---

① 王昶《湖海詩傳》,商務印書館,1958年,第157頁。
② 《說詩晬語》卷下。
③ 沈德潛《歸愚文鈔全集》卷一《李客山遺詩序》謂:"李子客山,年二十餘,即偕予游橫山葉先生門,爲詩友。時論者家石湖而户放翁,捋搶唐瑣,並爲一談。而客山篤信師說,於古體追模魏晉,於今體追模唐人,有怪而訕笑之。"可爲參看。

那麼可以說,傳統文學批評範疇在其漫長的歷史進程中,恰恰走過了一個正反合的邏輯圓環。

一、理性思潮的冲蕩與相關範疇的抬升

古代中國自秦漢以來,受儒家思想影響,一直彌漫着理性主義傳統,其間雖有以玄學思想爲基礎的感傷思潮的衝蕩,但影響遠未蓋過這一傳統。這種理性主義傳統以認識論與道德觀相統一的現世哲學爲基礎,既有贊襄"仁"爲政治綱領,"禮"爲等級標別,"中庸"爲行爲原則的保守一面,也有與守成滯後迥别的沉毅不屈、自強不息的進取一面,有崇揚人作爲社會主體的優越地位和眞久價值的積極一面。因此,雖強調"中正",認爲唯"中正"才能堅忍,正而能固,則剛而不愎,固而不執,但並不盡棄"狂狷";雖重禮修德,認爲道德修養是人格完善的必要條件,但又兼取增才,從而體現出瞻矚高遠的宏大格局和足以綿延自振的壯大生命力。

以這種哲學思想與道德理想從事文學創作,古人對勁氣充周、馳驟揚厲的生命精神給予特別的關注,並力求在作品中予以體現。就表達方式而言,有時是對這種生命力的直接頌揚,大多則通過一種恊然互蕩、盎然並進的亢擧之情來傳達。當然,這種對生命的奮發揚厲的頌揚並非儒家獨有,道家學說中也包含有相當積極的生命意識。並且,就其產生的時間而言,也遠非孔子時代才有,在《周易》經傳中,宇宙生命生生不息、新新相續的創化規律已被揭示得相當明確。如它以爲陰陽兩氣化生萬物,萬物皆禀氣而生,是一種"氣積"。由這種"氣積"造成的剛健篤實又輝光無比的生命運動,形諸自然是山川長麗和日月常輝,形諸人事則是生命不絕的綿延和新陳代謝。《易傳》所謂"生生之謂易",正道出了這一點。

"生生"即不絕之意,生生不已,其爲物最健,說明天地萬物陰陽變換,剛柔相推,恒久而無窮盡。天地合德,萬物化生,人因天地化育而富有生命,並以其精神與宇宙生命浩然周流,此所謂"天行健,君子以自強不息"。《周易》有八卦,象徵八種自然現象,《易傳》作者在解釋這八種現象時,對這一點曾有不止一次的強調,並用其爲解釋社會現象的根本法則。因此,作爲中國人最根本的宇宙觀,《周易》經傳所昭示的觀念對古代中國人產生了巨大的影響,特別是對儒道兩家更起了決定性的規範作用。誠如桓譚所謂:"故宓羲氏謂之易,老子

謂之道,孔子謂之元,而揚雄謂之玄。"①儒家對剛健狂狷的擇取,道家對主體生命的崇揚,由此在精神上有了密切的聯繫。傳統文學包括一切藝術的内在品格,就最深層的哲學基因與精神氣質而言皆根植於此。

古人把文學藝術當作天地間一氣運化的結果,爲此,在展示和再現經驗到的客觀事物及其形式時,十分注意對這種内在本質及生命活力的體驗,並讓這種活力暢流於詩文的字裏行間。可以説,天地萬物及人的生命運動成爲他們意欲表現的首要對象。與此相聯繫,他們認爲作文僅反映客觀對象是遠遠不夠的,還必須獲得人的血肉印證。只有通過這種印證,作品的内在節律才能與作者的心靈相合拍,人們也才能在靜止的文字排列中體驗到文學存在的價值。以這樣的認知,他們對作品的内在意藴就特別地關注,對這種意藴能否表現主體情思乃至生命意識有突出的強調。

並且,作爲靜態性的語言藝術,文字與書畫一樣,都不能擺脱非時間的局限,即它的形象呈示有一次性和終結性,這決定了對它來説,任何運動感乃至生命感都只能是一種暗示。正是有鑒於此,他們非常注意探討突破這種自身局限的途徑,由此盤桓於天地之間,仰觀俯察,以求得對個體生命的把握,或用自然萬物的生命運動來激發自己的詩美創造。所以東西方論者均以爲:"中國藝術品所表現的理想美,其内在深意,均在盡情宣暢生命勁氣,不但真力貫注,而且彌漫天地。"②"有史以來,中國藝術便是憑藉一種内在的力量來表現有生命的自然,藝術家的目的在於使自己同這種力量融合貫通,然後再將其特徵傳達給觀眾。"③他們稱西畫的基礎構成是算學,中國則是動力學④,也正是基於這一點。移以論各體文學藝術批評,這種説法同樣能通。

"風骨"及其同序、鄰序範疇,就生成條件而言不離創作者富有生命活力和鬱勃情志的真久元氣,所以在魏晉南北朝被人集中強調。與此相聯繫,仰承"詩言志"和"修辭立其誠"的傳統,他們還從立德修身的角度,提出"知言養氣"的要求,並推而廣之,將此作爲文學發生的必要條件。即從客觀角度説,必須"應物斯感"、"神與物游";就創作主體而言,必須重視生命真氣的蓄養,此後才

---

① 《新論·閔友第十五》。
② 方東美《中國人的人生觀》,臺灣幼獅文化事業公司,1986年,第138頁。
③ 里德《藝術的真諦》,遼寧人民出版社,1987年,第74頁。
④ 宗白華《美學散步》,上海人民出版社,1981年,第108頁。

談得到情信辭巧,文質相符,比興寄託,詞約旨豐,才能要求其"尚巧貴妍"、"音聲迭代",且其目的皆是爲了讓這種生命勁氣和主觀情志得到盡情的宣暢。他們並提出"中和雅正"作爲文學作品理想的風格範型,因爲緝事比類、非對不發的拘牽,辭采嬌富、光影盈紙的密麗,很容易把人引向遠離性情和生命本質的形式崇拜。要說這些形式本來都是爲這種生命宣暢服務的,並無根本性的價值,後來它越俎代庖,在已占有適當位置的情況下還竭情表現,極貌寫物,窮力追新,辭與理競,文勝意伏,就遭到了人們的排擊。由此,他們在標舉"風骨"範疇同時,更對有"直尋"之美的作家作品給予很高的評價。落實到文學概念和範疇,是諸如"情志"、"性情"、"文質"、"神理"、"雅正"、"自然"等概念、範疇成爲時人的論說中心,而對"氣"這一系列範疇的推尚更自不待言。

其間,"風骨"範疇作爲對文學作品力度美的指稱,因既關涉主體,連通作者的情志;又關涉客體,表現爲文字的雅健;既直接秉承了傳統文化的義理正統,又涵蓋了從行氣、鋪辭到會體、明變等創作機理,很容易被不同藝術領域、不同審美趣味的人所接受,出於各自的理想追求和現實考慮,他們大力提倡它,或用以克服主體情志蒼白、感興不深造成的作品的平弱庸淺,或用以擯絕不關情性、不求真情發露的純形式展示和唯美追求。

唐初以來,詩歌從内容到體式皆未能從六朝文華中蛻出新質。無論是《北堂書鈔》、《藝文類聚》、《文思博要》、《瑶山玉彩》等類書的編撰,還是《筆札華梁》、《文筆式》、《詩髓腦》、《唐朝新定詩格》等法式書的流行,都表現出遺本追末的特點。直到"初唐四杰"、陳子昂和殷璠等人起來,這種片面的追求才被超越。而其人所用的武器,正是接續唐初史家已言及但並未踐行的主張,通過對傳統文化中正大剛健的生命崇尚的確認,重新舉起"風骨"的大纛。由陳子昂所謂"思古人常恐逶迤頽靡,風雅不作,以耿耿也",是很可以看到這種文化對"風骨"範疇提倡者的深刻影響的。

二、禪宗、理學與心學對範疇的滋養

中唐以降一直到宋元,以儒家爲主的理性主義傳統在很大程度上減弱了它的影響力。先是禪宗結合道家乃至道教義理,對士人思想進行了強有力的改塑,接着是作爲傳統儒學的修正和提升,理學與心學的崛起給文學創作與批評帶來了一系列新的變化。

唐時佛學的本土化已經完成，禪宗在中唐後全面進入士人心靈，成爲其精神世界的又一重財富。禪即"思維修"、"靜慮"，本指止觀，強調的是心靈的入靜體悟。它認爲宇宙萬物皆由心生，是呈現於我心的物相，唯心才是真實，是謂"自性"。"自性迷，即衆生；自性覺，即是佛。"①故好講人的自性具足，人以"無念爲宗"，只要"無心於事"，"無事於心"，便能進入虛空，擁有萬物，是爲"聖人虛其心而實其照，終日知而未嘗知也。故能默耀韜光，虛心玄鑒，閉智塞聰，而獨覺冥冥者矣"②。

禪宗的這一思想，深深地切入了正處於沉思中的宋人的纖敏心靈，借着對禪理的研煉，他們不但發現了一片開闊平和的精神世界，而且也發現了在反映一己心事方面，它給人帶來的無窮便利。如果說，中唐戴叔倫所謂"律儀通外學，詩思入禪關"③，五代徐寅所謂"夫詩者，儒中之禪也"④，尚只是從思維的角度置論，那麽宋人則是在這同時看到了一種超越有無、是非和得失的可能，由此藉由禪宗的直覺，獲得了豐厚的内在體驗和精神自由，進而最終讓自己的精神超越了唐五代人，走上了一條超功利的審美道路。

所以，他們每借自然人事表達自己的禪悅之心，如張孝祥《念奴嬌·過洞庭》所謂"素月分輝，明河光影，表裏俱澄徹，悠然心會，妙處難與君說"。談藝論文也多以禪爲喻。皎然不過是說"愛君詩思動禪心"⑤，他們則運用禪理的思考方法討論如何作詩和賞詩，包括如何"悟"和"悟入"。當初臨濟宗禪僧大慧宗杲談如何"徑截理會"，曾說："須得這一念子'嚗'地一破，方了得生死，方名悟入。然切不可存心待破，若存心在破處，則永劫無有破時。"⑥他們細加尋繹，爲這一刹那的開悟，非常強調"悟入必自工夫中來"⑦。要求"識文章者，當如禪家有悟門。夫法門千差萬別，要須自一轉語悟入。如古人文章，直須先悟得一處，乃可通其他妙處"⑧。以至引出種種討論，所謂"後山論詩說換骨，東湖論詩

---

① 《六祖壇經·疑問品第三》。
② 《般若無知論》。
③ 《道道虔上人遊方》，《全唐詩》卷二百七十三。
④ 《雅道機要》，《詩學指南》卷四。
⑤ 《酬張明府》，《全唐詩》卷八百十九。
⑥ 《大慧普覺禪師語錄》卷二十六《答富樞密》。
⑦ 《童蒙詩訓》。
⑧ 《潛溪詩眼》。

説中的,東萊論詩説活法,子蒼論詩説飽參,入處雖不同,然其實皆一關捩,要知非悟入不可"①。

嚴羽更創"妙悟説","妙"者,依王弼《老子注》所言,指"微之極也",以"妙"飾"悟",意在突出文學創作特有的思維隱秘性。早在唐代,張彥遠《歷代名畫記》卷二已有"凝神遐思,妙悟自然"之説,北宋郭若虚《圖畫見聞志》也曾以"靈心妙悟"稱人。嚴羽突出這兩個字與兩人或有不同,由《滄浪詩話》可知,他是完全將其放在禪學背景上講的,可能汲取了僧肇"妙悟自然"②,"玄道在於妙悟"③,天台智顗"誦文者守株,情通者妙悟"④等説的滋養,此外還包括對王維"妙悟者不在多言,善學者還從規矩"的效仿⑤。因此與前及吕本中等人相同,他也是將此義貫徹到作詩和賞詩兩方面的。不過相比之下,他對悟入須從工夫中來的説法似不太認同。

如前所説,處在古代社會衰退期的宋人,精神面貌通常較漢唐人爲幽靜深邃,禪宗講入靜體悟,講"内心自性不動"⑥,"安靜閒恬,虛融淡泊"⑦,很容易使其頓生"於我心有戚戚焉"的欣喜和感動,由此發現並更肯認"平淡"的理想。因爲表象的東西是不用人花心思去"悟"的,唯有外似枯淡而内藏精微者才需人投入去"悟",不惟是"悟",還要"妙悟"。誠如有論者指出那樣:"在禪宗對士大夫的滲透過程中,士大夫也不自覺地習慣了禪宗的思維方式,逐漸形成了以直覺觀照中沉思冥想爲特徵的創作構思,以自我感受爲主追溯領悟藝術品中的哲理、情感和欣賞方式及自然、簡練、含蓄的表現手法三合一的藝術思維習慣,這種心理性格—審美情趣—藝術思維的結合,使中國士大夫文學藝術形成了與其他民族、其他階層的文學藝術迥然不同的藝術風格,它偏愛寧靜、和諧、淡泊、清遠,而蔑視衝動、激烈、艷麗、刺激,它注重哲理與情感的表現,而忽略物象的再現與描摹,它長於抒情寫意,而短於叙事狀物。"⑧

---

① 曾季貍《艇齋詩話》。
② 《長阿含經序》,《出三藏記集》卷九。
③ 《涅槃無名論》。
④ 《摩訶止觀》卷第十上。
⑤ 《畫學秘訣》,《王右丞集箋注》卷二十八,上海古籍出版社,1984年,第490頁。
⑥ 《六祖壇經・坐禪品第五》。
⑦ 《景德傳燈錄》卷五。
⑧ 葛兆光《禪宗與中國文化》,上海人民出版社,1986年,第203—204頁。

落實到嚴羽來説,他推崇漢魏盛唐詩。於晉人多稱陶淵明,《詩體》一類中就列有"陶體",《詩評》又稱"晉人舍陶淵明、阮嗣宗外,惟左太冲高出一時,陸士衡獨在諸公之下","謝所以不及陶者,康樂之詩精工,淵明之詩質而自然耳"。於唐人則推崇柳宗元,不僅《詩辨》稱其出韓愈之上,《答吳景仙書》又贊同吳氏《詩説》所謂"柳子厚五言古詩,尚在韋蘇州之上,豈元、白同時諸公所可望邪"。至於品評宋詩,則不忘點出"梅聖俞學唐人平淡處"。鑒於他直接援引禪理論詩,其《詩辨》講"興趣",《詩品》主"高古"、"深"、"遠",《詩法》求除俗,並力主"語忌直,意忌淺,脈忌露,味忌短,音韻忌散緩,亦忌迫促",這種趣味與禪宗似乎不能説是了無關係的。

當然,表現得更爲典型的還是蘇軾。這個迭遭變故、飽看世事的才人後來從儒家的入世訓教中激突出來,歸於莊禪。他深知"學佛老者本期於静而達,静似懶,達似放,學者或未至其所期,而先得其所似,不爲無害"①。所以僅藉此休息身心,既用以反省人生,復假以審視藝術,並没有因此而墮入狂禪一道。他對白居易大爲欽慕②,同時又發現了陶詩不可言喻的粹美,以爲"淵明形神似我,樂天心相似我",有許多都基於上述對禪宗的瞭解。其實陶淵明心中可能更多的是玄遠之意,但他却能略其形迹,從中看到一種深入空寂、萬慮洗然的禪意。故他稱陶詩"外枯而中膏,似淡而實美",實與《送參寥師》所表述的"空静説"在致思方式和精神實質上是相互聯繫的。他嘗有詩謂:"暫借好詩消永夜,每逢佳處輒參禪"③,一切好詩俱可入禪,更不用説具有"平淡"之美的陶詩了。

黄庭堅將"語約而意深"奉爲文章法度④,要求"句法簡易,而大巧出焉,平淡而山高水深,似欲不可企及"⑤。又推崇陶淵明,稱庾信不使句弱句俗,但有意於爲詩,"至於淵明,則所謂不煩繩削而自合者"⑥,也與禪宗的影響有關。説起黄氏與佛學的淵源,並不淺於乃師,於禪學的耽溺更深,不但與圓通法秀、晦堂祖心等禪師關係密切,對臨濟宗也甚爲偏好,嘗以"似僧有髮,似俗無塵。作

---

① 《答畢仲舉書》,《東坡集》卷三十。
② 見葉寘《愛日齋叢鈔》卷二。
③ 《夜直玉堂携李之儀端叔詩百餘首讀至夜半書其後》,《蘇文忠公全集》前集卷十七。
④ 《答何静翁》,《山谷集》卷十九。
⑤ 《與王觀復書二》,《豫章黄先生文集》卷十九。
⑥ 《題意可詩後》,《豫章黄先生文集》卷二十六。

夢中夢,見身外身"自贊①,故論學與論文都頗重"悟"字,由即心即佛而求立處皆真。他稱"拾遺句中有眼,彭澤意在無弦"②,某種意義上與其用玄覺水月之喻,說"無人知句法,秋月自澄江"是一致的③。論者每以爲他侈言法度,講究布置,不知這一切費心安排,在他只是爲實現一個自然渾成、平淡粹美的理想。即便是爲人常道的"點鐵成金"説,也淵源於梅、蘇的"以故爲新,以俗爲雅"。陳師道《後山詩話》記載:"閩士有好詩者,不用陳語常談,寫投梅聖俞。答書曰:'子詩誠工,但未能以故爲新,以俗爲雅爾。'"黃庭堅所論正與其精神相通。他認爲這種探討與唐五代人的瑣屑講求是不同的,後者作成的詩歌僅有斧鑿痕而不能鈎深入神,和光同塵。所以他説:"故學者要先以識爲主,如禪家所謂正法眼者。"④這一説法在韓駒、嚴羽那兒都可以聽到回響。

以後,楊萬里、姜夔論詩重"悟"和"活法",也重禪理。如楊氏在《誠齋詩話》中反對《金針法》所謂"八句律詩,落句要如高山轉石,一去無回"等死板講究,而强調"詩已盡而味方永,乃善之善也",並對陶、柳詩"句雅淡而味深長"大有好評,就與其受禪宗的影響,力主的"萬事悟活法"有關⑤。姜氏《白石道人詩説》無取逞才漫肆,任意無歸。嘗謂:"學有餘而約以用之,善用事者也;意有餘而約以盡之,善措辭者也;乍叙事而間以理言,得活法者也。"聯繫他還要求"語貴含蓄","句中有餘味,篇中有餘意",反對"雕刻傷氣,敷衍露骨",並推崇陶淵明"散而莊,淡而腴",可見趣味也與蘇、黃兩人相近。他引禪宗之"悟"和"活法",因此也可理解爲是想求得一種"平淡"詩美的實現。

如果説,"悟"是唐宋人借禪理指稱對詩歌特性的深切把握,那麽"參"則是一個關於審美體驗的重要名言,指鑽研和體味作品内在意趣的過程。它同樣取用自佛學與禪宗。佛學有游訪問禪和打坐禪思之别,是爲"參學"與"參禪"。宋人引入文學領域,主要取後者内省和體驗之意。"參"不是解,不是具體落實的分析與剖解,而是參尋與參究,故常被時人用來狀説對作品整體直觀的涵咏和玩索,如前及蘇軾的"每逢佳詩輒參禪",其他如葉夢得、韓駒、吳可、龔相等

---

① 《寫真自贊》之六,《豫章黃先生文集》卷十四。
② 《題高子勉》四,《山谷集》卷十二。
③ 《奉答謝公静與榮子邕論狄元規孫少述詩長韻》,《豫章黃先生文集》卷二。
④ 范温《潛溪詩眼》引。
⑤ 周必大《次韻楊廷秀待制寄題朱氏涣然書院》,《平園續稿》卷一。

人也都有相關的論述。由於禪宗以爲"參"的目的是爲了"悟入",唯有"悟入"之"參"才算得上是真正有意義的修煉工夫,時人論文遂以爲兩者"皆一關捩"①。當然要做到"悟入"之"參"十分不容易,一如禪僧詰旦升堂爲"早參",晡時唸誦爲"晚參",謁師問道以求開示也是"參"。此外又有定期上堂的"大參"、不定時應答的"小參"及僧衆共同集思的"廣參",故一時"遍參"、"飽參"、"熟參"之說紛紛出現。

以後,嚴羽更將"參"抬升爲一個重要的批評範疇,在論述其之於把握創作規律的重要性後,要求試取漢魏晉宋南北朝及唐宋人詩"熟參之",並將這種"熟參"視作達到"透徹之悟"的唯一途徑。從很大程度上可以說,正是這種"妙悟"和"熟參"的結合,引導宋人發現和創造了"平淡"、"淡泊"的詩境,使他們克服了華碩朗麗的誘惑,並纖巧精緻的召引,走向深邃和粹美。相比之下,同是以禪論詩,晚唐五代詩人只是偏好講"勢"講"法",沒有對作者主體控馭作用的強調,因而也就不可能擁有這樣的深邃和粹美。

如前已論及,論文用"勢"由來已久,但自中唐以後,受佛教特別是禪宗的影響,它成爲文學批評的重要話頭。皎然《詩式》開宗明義就是"明勢",晚唐五代人更將"勢"分出許多名目,如神彧《詩格》有所謂"芙蓉映水勢"、"龍潛巨浸勢"、"驚鴻背飛勢"等十種之多。明人鍾惺《硃評詞府靈蛇二集》將它們集中起來,歸納爲二十勢,實際之數應該還不止這些。其間,齊己《風騷旨格》所列"十勢"的影響最大。齊己對溈仰宗門風頗爲諳熟,仰山有分列諸勢以示學人的傳統,齊己受到啓發,遂用禪宗話頭論詩歌之"勢",不過語涉瑣屑,談不上精切。宋人則不同,雖好以禪喻詩,但大多不願講"勢",或以爲光陳"勢"於外,未結"韻"在內,未見得有詩美,所以轉論"味"和"悟",以爲"勢"與"法"追求的是外在之體象,"味"和"悟"才指向作品的內質,其間區別不容混淆。由此即使講"法"也是"活法",並最終導向"去詞"、"去意"的"無法"。這種"活法"和"無法",在當時皆間接或直接地起到了爲"平淡"美張目的作用。

宋人趣味的這種轉變,宋代文學批評以"平淡"爲中心,提攜起從創作過程到作品質性一系列新的理論總結,由此造成傳統文學批評範疇體系的極大豐富與充實,還與理學和心學的作用分不開。

---

① 見曾季貍《艇齋詩話》。

理學與心學本是儒學在特定歷史條件下的變化發展形態，它興起於社會紛亂、意識形態亟待重作收拾的宋代實在是時勢使然。就儒學本身而言，漢儒拘執名物考據和章句詁訓，並以爲祿利之路；唐儒苟守疏不破注的窠臼，並以疑經爲悖道，都幾使儒學失去發展的生機，特別是在與釋道兩家的競爭中，經常因迂闊和粗鄙失去對廣大人群的影響力。一面是紛亂的時世人心需要有一種統一的思想來救治，一面是扮演這一角色的儒學自身千瘡百孔亟待振興，故應和着唐後期儒學復興的情勢，宋人開始疑經改經，特別是在前人未及鑽研的本體論方面，別出心裁地作了許多探索，力求既明其"所當然"，又明其"所以然"。由此以"道體"爲核心，或標舉"理"，如程、朱；或揭出"心"，如陸九淵。前者"性"與"理"相合，後者"心"與"理"爲一，總之務求貫通"理"、"性"、"命"、"心"諸端，由"窮理盡性"達到"道通爲一"。這樣"明於庶物，察於人倫，知盡性至命，必本於孝悌；窮神知化，由通於禮樂。辨異端似是之非，開百代未明之惑"①，終於完成了傳統倫理化的儒學向靈警的思辨化的理學與心學的蛻變，同時也使所謂道統在一個新的層次上得到了恢復和發揚。

　　由於理學以爲心性是核心，然後才談得上治國平天下，所以很重視體認和存養這心性的本體。所謂體認和存養，在他們而言主要是一種"涵養"和"省察"的功夫，"涵養"指心性本原的培養，"省察"則指對心中之理的識察。理學家講"虛心"以"窮理"，"虛心然後能盡心"，故很重視這種反身而誠的修養功夫。與此相聯繫，他們又好講"主敬"和"居靜"。前者由周敦頤提出，所謂"聖人定之以中正仁義而主靜"②，心純而無欲是"靜"的主要內容。在這方面，他頗注意吸取道釋兩家之學。對此二程頗不滿意，提出"敬"來予以修正，所謂"涵養須用敬，進學則在致知"③。以後，朱熹"恐人差入禪去，故少說靜，只說敬"④，並稱此爲"聖門之綱領，存養之要法"⑤。"敬"者，警也，畏慎肅警之義也，呂祖謙釋以"心莊則體舒，心肅則容靜"⑥，朱熹釋以"整齊嚴肅"⑦，要旨皆在於讓人心中有一定之主宰，不像主靜者一味反觀內省，失了操持。

---

① 程頤《明道先生行狀》，《河南程氏文集》卷十一。
② 《太極圖説》，《周子全書》卷二。
③ 《伊川先生語錄》，《河南程氏遺書》卷十八。
④ 黃宗羲《明儒學案》卷五《白沙學案上》。
⑤⑦ 《朱子語類》卷十二。
⑥ 黃宗羲《宋元學案》卷四十六《東萊學案》。

不過,這不等於說二程與朱熹就絕對排斥"靜",與整個理學對道釋之學實際上多有汲取一樣,他們的存養理論也每每攬入兩家主靜之旨。如朱熹就以"至伊川方教人就身上做工夫",比"至唐六祖始教人存養工夫"①;老子講"歸根曰靜",莊子講"萬物無足以撓心故靜",也影響及程顥多講"靜坐"、"靜觀",程頤更稱"有人欲屏去思慮,患其紛亂,則須是坐禪入定"②。儘管朱熹還有"靜坐非要坐禪入定"之說③,但在這樣的論說背景下,不免顯得蒼白無力。

以對敬靜存養功夫的重視,復追求性情的怡悅和人格的完善,理學家也間有從事文學創作或批評的,有的如朱熹還是一個兩者兼擅的行家。他們所提出的許多意見乃至命題、範疇,對時人都產生過不小的影響。其中,除對作家人格修養及作品道德內容的強調外,最重要的就是對靜淡醇和的文學風格與平和自然的審美境界的張揚了。如程頤重視詩歌"興起人志意"的作用,嘗說:"興於詩者,吟咏性情,涵暢道德之中而歆動之"④,認爲這種"興起"得之於人的靜觀,此即《秋日偶成》所謂"萬物靜觀皆自得,四時佳興與人同"。邵雍提倡"情累都忘","因閑觀時,因靜觀物",又分觀物爲"以我觀物"和"以物觀物",提倡"反觀"而不主己見,故對"煉辭得奇句,煉意得餘味"的作品大有好評⑤,對"人和心盡見,天與意相連"⑥的自然境界充滿向往。

如果說,上述兩家所論尚局限在理學範圍,那麼朱熹的文學觀則真正開闢了心性與詩性的整合道路。他嘗說:"古之立言者其辭粹然,不期以異於世俗,而後之讀之者,知其卓然非世俗之士也。"⑦這裏"其辭粹然",就是指那種平淡醇厚的粹美。有這種粹美的文學必然滋味深長,能讓人從中獲得許多體悟,包括對"道"的體悟。故《語類》又說:"大凡物事須要說得有滋味","須要自得言外之意始得,須是看得那物事有精神方好","作詩間以數句適懷亦不妨,但不用多作,蓋多便是陷溺爾。當其不應事時,平淡自攝,豈不能如思量詩句。至如真味發溢,又都與尋常好吟者不同"。由此對風格自然的作品多有好評,如

---

① 《朱子語類》卷一百二十六。
② 《宋元學案》卷十一《伊川學案》。
③ 《朱子語類》卷十二。
④ 《河南程氏外書》卷三。
⑤ 《論詩吟》,《伊川擊壤集》卷十一。
⑥ 《談詩吟》,《伊川擊壤集》卷十八。
⑦ 《答林鼐》,《晦庵集》卷三十九。

稱"古人文章大率只是平説而意自長","淵明詩平淡出於自然",孟、韓兩家文"自然純粹成體","後人文章務意多而酸澀";宋初文章拙重而一派和氣,到了"宣政間,則窮極華麗,都散了和氣"。

基於這種認識,他能指出"李太白詩不當是豪放,亦有雍容和緩底"。又説:"《國史補》稱韋(應物)'爲人高潔,鮮衣寡欲,所至之處,掃地焚香,閉閤而坐'。其詩無一字做作,直是自在,其氣象近道,意常愛之。"他還比較韋應物和陶淵明的不同,稱"陶淵明詩人皆説是平淡,據某看,他自豪放,但豪放得來不覺耳。"陶詩"有力,但語健而意閒,隱者多是帶氣負性之人爲之,陶欲有爲而不能者也"。如韋應物"則自在,其詩直有做不著處便倒塌了底",表現出了非常獨到而深刻的賞會,讓人看得到一個道學家深邃的精神視界和藝術感悟力。他還稱歐陽修文"雖平淡,其中却自美麗,有好處,有不可及處,都不是闒茸之意思","有斷續不接處……然有紆徐曲折,辭少意多,玩味不能已者",也可作如是觀。

朱熹之後,理學家魏了翁談及文學,對朱氏批評過的蘇、黄等人多有好評,以爲其"根於性,命於氣,發於情,止於道"①,"落華就實,直造簡遠","慮澹氣夷,無一毫憔悴隕穫之態"②。偏向陸氏心學的包恢好談心之涵養,嘗説:"某謂人雖貴于天地,靈於萬物,然其初也未有名稱,往往止例指之曰靈蟲,却不知其所以靈者何物,後世聖人始立名曰心,……學者若能於此自知自明,則亦猶身之元有手足耳目,而自用其視聽行動耳。……如果自見得分明,只消如此養去,養得純熟至於無間,則全體大用,神明不測,總不出此"。③由此好談靜坐,主張不倚他物而自作主宰,嘗説:"今之學者則終日之間無非倚物,倚聞見,倚議論,倚文字,倚傳注語録,以此爲奇妙活計,此心此理未始卓然自立也。"④故論詩無取掉弄書袋,以爲"果無古書則有真詩,故其爲詩,自胸中流出,多與真會"⑤。他認爲一種"汪洋淡泊"的詩歌庶幾契近這種"真",如陶淵明"冲淡閒静,自謂是羲皇上人,此其志也",這就是"真"。在《答傅當可論詩》一文中他還説,

　　詩家者流,以汪洋澹泊爲高。其體有似造化之未發者,有似造化之已

---

① 《楊少逸不欺集序》,《鶴山先生全集》卷五十五。
② 《黄太史文集序》,《鶴山先生全集》卷五十三。
③ 《答項司户書》,《敝帚稿略》卷二。
④ 《與留通判書》,《敝帚稿略》卷二。
⑤ 《答曾子華論詩》,《敝帚稿略》卷二。

發者,而皆歸於自然,不知所以然而然也。所謂造化之未發者,則冲漠有際,冥會無迹,空中之音,相中之色,欲有執著,曾不可得而自有,尸居而龍見,淵默而雷聲者焉!所謂造化之已發者,真景見前,生意呈露,混然天成,無補天之縫罅,物各傳物,無刻楮之痕迹。蓋自有純真而非影,全是而非似者焉!故觀之雖若天下之至質,而實天下之至華;雖若天下之至枯,而實天下之至腴。如彭澤一派,來自天稷者,尚庶幾焉,而亦豈能全合哉!

"未發"與"已發",本是理學家與心學家常用的話頭。如程頤本《中庸》之教,指出"天下之理,原其所自,未有不善,喜怒哀樂未發,何嘗不善;發而中節,則無往而不善"①。又要求人"涵養於未發之前",由"寂然不動"、"冲漠無朕"進入到"感而遂通"的境界。此說經羅豫章而李綱而朱熹傳承下來,朱熹即講"未發固要有養,已發亦要審察","大抵未發已發,只是一項工夫"②。"然其所謂善,則血脈貫通,初未嘗有不同。"③心學家陸九淵也持如此觀,以爲"未發"與"已發"本是一體,"苟此心之存,到此理自明"④。倘要具體考察,則"未發"爲體,"已發"爲用,"心之未發屬乎性,既發則情也"⑤。

包氏援以入文學批評,其所謂"造化未發",即指存在於主體的本性,它寂然不動,"已發"則爲情。他並把這種"未發"、"已發"與詩的枯腴聯繫起來,以陶詩爲得性情之正,這種中正與平正,正是其人有道的氣象。當然,由於自朱氏指出其在"未發"階段已負節持氣,此即有偏倚,不能算真正中節,所以誠中形外,其文辭雖無乖戾,終不能算真正的大和,此所謂未能"全合"。此外,包氏還提出過"表裏淺深"的命題,推尚"若其意味風韻,含蓄蘊藉,隱然潛寓於裏,而其表淡然若無外飾者,深也"⑥,並將周敦頤和屈原、陶淵明、林逋並列,推稱爲達到境界者,心學家的趣味宛然可見。

綜上所說,理學家、心學家普遍好尚作詩存性,觀物養心,要求作者心態平和,作品安雅從容,理要說得暢,情性要表達得透,創作原是作者人格修養的表

---

① 《河南程氏遺書》卷二十二上。
② 《朱子語類》卷六十二。
③ 《答胡伯逢四》,《晦庵集》卷四十六。
④ 《語錄》,《象山全集》卷三十四。
⑤ 《朱子語類》卷九十八。
⑥ 《書徐致遠無弦稿後》,《敝帚稿略》卷五。

徵,而非才情瀾翻的放任,故對如何通過平淡自攝達到真情發露有特別深刻的會心,對作品真味流溢,含蓄中滲透道旨的品格有特別強烈的喜好。

又由於如黃綰所說:"宋儒之學,其入門皆由於禪。濂溪、明道、橫渠、象山則由於上乘;伊川、晦庵則由於下乘。"①禪宗力排種種業障的翳蔽,講求由"無念"達到内心的澄明,又講"體諸法如夢,本來無事,心境本寂,非今始空"②,爲理學家、心學家所汲取③,兩股力量交合一處,再加以老莊哲學的作用,便對文人的精神世界構成了深刻的衝擊。由此,文人的士夫氣息轉濃,文人的隊伍似也更加純潔。俯仰古今,縱想未來,發爲文章,吟成歌詩,"包含欲無外,搜抉欲無秘"之外,還要"思致極幽眇"④,有了一種絶然不同於漢唐人的特别氣象。

落實到文學批評,它化爲歐陽修的"會意說",蘇軾的"空静說",黃庭堅的"妙心說",吕本中的"悟入說",楊萬里的"去詞去意說",並影響及元人郝經的"内遊說",方回的"治心說"。落實到文學批評範疇的創設和運用,則"虚静"、"自然"、"興趣"、"含蓄"、"幽眇"、"真"、"味"、"趣"、"適"、"閒"、"遠"、"簡"、"野"等名言屢爲人提及。其中如"閒"、"遠"、"簡"、"野"等風格論範疇,還發展出一系列子範疇。即以"簡"而言,"簡易"、"簡練"、"簡淡"、"簡遠"之外,並有"簡静"、"簡正"、"簡妙"、"簡約"、"簡則"、"簡至"、"簡絶"、"簡闊"、"簡放"、"簡恣"、"簡拔"、"簡潔"、"簡勁"、"簡捷"、"簡樸"等等,自成一個序列。而對養成這種"自然"、"含蓄"質性和"閒"、"簡"品格的過程、方式,則用"悟"、"悟入"、"妙悟"、"參"、"熟參"、"遍參"、"飽參"、"已發"、"未發"、"静"、"静觀"等概念、範疇來表示。如果細細審察這些概念、範疇的意旨,同樣是論"真"論"静"論"法"論"悟",都較前人折進一層,看得更深刻,說得更透闢。

可以説,宋代不但是傳統哲學範疇發展的鼎盛時期,也是傳統文學批評範疇的意義達到空前精微的時期。在這一系列範疇中間,"平淡"範疇無疑居於核心地位,它的意義幽微豐厚,決非三言兩語可以傳達,更非六朝乃至唐人所論的"淡"所能概盡。而就其內在意藴言,顯然構成了對六朝乃至唐人的超越。

---

① 《明道編》卷一。
② 《禪門師資承襲圖》。
③ 前述朱熹少年時對禪學就有會心,考取進士後每援禪理入文,以後受張栻影響,更體會到儒與禪本一體兩面,原十分相似,"所爭毫末耳","虛實而已",見《朱子文集續編》卷五《答羅參議》與《朱子語類》卷一百二十四,可謂儒禪交通的典型。
④ 羅大經《鶴林玉露》丙編卷三。

故藉着對它的體味與分析,可以把握傳統文學範疇發展變化的潛進脈絡。

三、"以復古爲解放"的範疇統合

宋人的上述追求有其理論上的自足性,但不久在實際創作中造成了一系列弊病,所謂凡物推至極端必生流弊。譬如因反宏壯華艷,轉入省净淡泊,其粗硬槎枒、孤矯鹵莽之弊便觸目皆是;因避景語情詞,轉入深析峭冷,其剪書成詩、議論不化更在可見。故至元代,人們已開始再學盛唐,以求發展。不過因多種原因,包括才性不夠,元人的轉型十分失敗。這才有明清兩代人既力掃宋人積弊,又無取元人的輕艷,岸然以總結前人、振起文學自期。

這個過程中,如果說明人扮演的是衝鋒陷陣、殺伐斬獲的角色,用豐富的創作和理論,特別是對"格調"範疇的標舉來重塑文學正統,那麼清人承其功而再加廓清,完成的是一種全面重建的工作。

清代處在古代社會發展的終點,幾千年文化的整合總結時期。本着梁啓超《清代學術概論》所說的"以復古爲解放"的宗旨,他們博學精研,以考據證史爲方法,以經世致用爲目的,掀起了一股聲勢浩大的思潮。由於它不重空談心性,力主務實求是,反對主觀冥想,重視客觀考察,且提倡實事、實功、實效、實行,故被稱爲實學思潮①。以後,因清廷的高壓政策,實學思潮中經世致用的色彩冲淡了不少,所謂"不以經術明治亂,故短於風議",但其"長於求是"的精神還是被保留了下來②。一時反對静觀内視、論性談天的空疏,重視廣泛學習古人,以培植學問根柢成爲普遍的風氣。

這種風氣自然也影響到詩人和批評家,他們大都能注意廣博地學習前人,學習經史百家和歷代詩文。因此詩文原本六經,詩需有爲而作感事而發的思想,多讀書可以濟才醫俗,可以見性情博旨趣,去一味妙悟之弊,得空靈清脱之致的思想,成爲時人的共識。而當其檢討創作批評的各種弊端,也總結合着博

---

① 明末清初諸儒於此已有提倡,如吳偉業《復社記事》引張溥批評"公卿不通六藝,後進小生剽耳備目,幸弋獲於有司"的惡習,以爲緣起於"讀書之道虧而廉恥之途塞"。陳子龍《皇明經世文編序》痛斥俗儒"時王所尚,世務所急,是非得失之際,未之用心,……宜天下之智日以絀,故曰士無實學"。魏禧《甘健齋軸園稿叙》則謂:"自六經孔孟之文不可復作,天下聰明好古之士,其言或醇或雜,莫不求工於文,成一家之言,以傳於後世。於是文日盛而真意消亡,實學中絶。"

② 章太炎《訄書·清儒第十二》。

學深思展開。所謂"變症雖殊,病源則一,總是文無根柢,從古人面目上尋討耳"①。以至貫於依草附木之輩也開始對這一問題有所認識,"尚聲格者悟剽竊之僞,探幽宵者悔枵腹之疏"②。因此,有清一代,儘管仍有人持片面極端的意見,隨着一種主張的盛行和傳揚,新的流弊也時有產生,但總的來説眼界要比明人寬了許多。

如其時也有宗唐宗宋之分,但宗唐者能兼取宋詩,即使不視爲正宗,至少認爲"采之可以綜正變"③,"資泛瀾"④。宗宋者也不是盡以宋詩爲宗而無取唐人一字,他們不滿的只是那種以唐人爲極詣的絕對做法,故主張"由宋元上溯兩漢有唐"⑤。當初,曾燦選海內名家詩爲《過日集》,"凡例"中就説:"唐詩尚風華,故多浮而不實;宋詩貴尖刻,未免顯而近粗",故他要選能避此二病的詩人詩作,可見時人眼界之開闊。再以宋詩言,終元之世不顯,明代公安派尚白、蘇不過是旁支別派,故異響乏應,李攀龍《詩删》根本不及宋元,即李褒《宋藝圃集》、曹學佺《十二代詩選》、潘是仁《宋元名家詩集》,所取的也只是近唐風的宋詩,而非宋詩的正聲。但至清代,經黃宗羲、吳之振和查慎行等人的提倡,竟也演成浩大的聲勢。其人對宋詩體派、格式乃至詩法的鑽研,也迭有獨到的心得和可喜的創獲。

總之,清人對古代文學遺產普遍持一種敬重的態度。他們既從公安、竟陵身上看到了學習古人的必要性,又從前、後七子身上看到了正確學習古人的重要性,所以對漢魏以來包括三唐兩宋之詩,都能從體制格律到體調風格作出專門的研討。即以聲律一途而言,如王士禎著有《古詩平仄論》,趙執信著有《聲調譜》,翁方綱對兩者作有評校,又自撰《五言詩平仄舉隅》和《七言詩平仄舉隅》,言辭之間,迭有改進。如王士禎以爲古詩不可屢入律句,應一韻到底,但所論零碎不成系統。至趙執信歷舉古、近、樂府、雜言各體詩的聲調格式,將"古中之古"、"古中之近"和"近中之古"各體"截然判明","詩家窾妙,具得了然於心"⑥。不過受王氏各不示人的影響,他"於聲調宜忌不肯明言,僅就古詩點

---

① 邵長蘅《與彭子》,《青門簏稿》卷十一。
② 邵長蘅《明四家詩鈔序》,《青門簏稿》卷七。
③ 施閏章《傅山堂詩序》,《學餘堂文集》卷七。
④ 邵長蘅《二家詩鈔序》,《青門賸稿》卷四。
⑤ 錢謙益《答杜蒼略論文書》,《有學集》卷三十八。
⑥ 李重華《貞一齋詩話》引。

出,使人自悟"①,故乾嘉間,才有翁方綱等人繼起重作深論,終竟全功。

而一般人論文尤多强調"志氣"、"胸襟"、"學力"和"才思"。鑒於有明一代作者"徒以貌襲格調爲事,無一人具真才實學以副之者"②,很强調對歷代詩學的全面掌握和切實領會。如朱彝尊是絶對的宗唐派,以爲"學詩者以唐人爲徑,此遵道而得周行者也。唐之有杜甫,其猶九達之逵乎。外是而高、岑、王、孟,若李,若韋,若元、白、劉、柳,則如崇期劇驂,可以交復而歧出"③。但對明人拘執唐人聲色以揣以摹還是反對的,以爲"正嘉以後,言詩者本嚴羽、楊士宏、高棅之説,一主乎唐,……斤斤較格律聲調之高下,使出於一。吾言吾志,將以唐人之志爲志;吾持其心,乃一以唐人之心爲心,而己心不與"④,並不值得推崇。沈德潛論詩也推崇"三唐之格",被認爲是清代"格調派"的代表,"束髮以來即喜抄唐人詩集",但他對專門"談格律,談對仗,較量字句,擬議聲病,以求言語之工"也是反對的。在他看來,"惟先有不可磨滅之概與挹注不盡之源藴於胸中"⑤,才是體得古人真精神的正確道路。

其時,有王士禎"神韻説"和袁枚"性靈説"崛起。王士禎對明七子是頗爲欽重的,也十分推崇唐詩,但不願學"九天閶闔"、"萬國衣冠"之類的空廓語,以爲這是"自命高華,自矜爲壯麗,按之其中,毫無生氣"⑥,故拈出"神韻"兩字,以求從"清遠"的格調、"平淡"的風致和"含蓄"的境界入手,真正從精神上切近古人。這一路數設定非爲無見,但由於實際倡導過程中過於講究"仁興"和"興會",遺落了唐詩氣象高渾、格力雅健的一面,所以翁方綱批評它"專舉空音鏡象一邊,……非神韻之全也"⑦。事實是,經由宋人的反撥和元人的遺缺,這氣象高渾、格力雅健對清人來説是十分看重的。

袁枚對情感重要性的認識十分正確,以爲"詩者,各人之性情耳,與唐宋無與也"⑧。但他論定時人學古是"權門托足","木偶演戲",且以"格調是空架子"⑨,

---

① 鄭先樸《聲調譜闡説凡例》。
② 翁方綱《神韻説下》,《復初齋文集》卷八。
③ 《王學士西征草序》,《曝書亭集》卷三十七。
④ 《王先生言遠詩序》,《曝書亭集》卷三十八。
⑤ 《繆少司寇詩序》,《歸愚詩文鈔》卷三十。
⑥ 何世璂《然燈紀聞》。
⑦ 《神韻論上》,《復初齋文集》卷八。
⑧ 《答施蘭坨論詩書》,《小倉山房文集》卷十七。
⑨ 《隨園詩話》卷一。

轉而標舉"性靈",追求活潑的靈趣,甚至以爲"音律風趣能動人心目者,即爲佳詩"①。結果又使創作墮入滑易一途。誠如謝堃所說:"《隨園詩話》專主性靈,言無所謂格律,一時風氣遂爲之頹靡。"②

其實,王士禛對"神韻"、"清遠"、"興會"、"佇興"的標舉,還有對"雋永"、"超詣"、"澄淡"的提倡,不過使詩歌得其一美,其"不欲以雄鷙奧博爲宗",算不上體得"詩家正軌"③。好引禪理入詩,講天然妙悟,"語中有語","不參死意"④,更未免蹈空之弊。而袁枚標舉"性靈",大講"性情"、"真味"、"真趣"、"天籟",也不足以抹到同時如沈德潛等人重"格調"的主張,至於實際創作中富有說服力的實績更是未多見到。所以,一種綜合諸家、切實著論的風氣開始在文壇形成。它承認"神韻"和"性靈"兩說皆有合理性,但更主張作者能開闊胸襟,深植學問,從而使作品真正做到高而不亢,麗而不佻,雅正醇厚,文質彬彬。爲此,時人開始更多地標舉"高"、"厚"、"重"、"大"等範疇,特別推崇作品有"沉雄"、"華贍"、"弘闊"的"氣象"。

詩是如此,文也一樣。自明代唐宋派清算秦漢派,注重古文之道及其精神脈理後,"清初三大家"都力主"才"與"法"的統一,尤重篇章之法的探討和總結。到桐城派手中,細研"神氣"、"音節",視"神理氣味"和"格律聲色"爲成文之骨幹與樞機,乃至倡言"詩古文各要從聲音證入,不知聲音,總爲門外漢耳",並細分"急讀以求其體勢,緩讀以求其神味"⑤,更表現出強烈的綜合傾向。底下還會專門討論,詞學批評及其範疇運用也表現出相類似的傾向。

基於這種全面的認識,他們再談"風骨"和"格調",態度就較前人爲中肯與公允。如賀貽孫《詩筏》將"風骨"列爲作詩第一要務,稱"詩家固不能廢煉,但以煉骨煉氣爲上,煉句次之,煉字斯下矣"。毛先舒《詩辨坻》卷一明確指出:"詩主風骨,不專文彩,第設色欲稍增新變耳。"張謙宜《絸齋詩談》則認爲"氣骨者,後生學詩,急宜講者"。紀昀和方東樹等人還進而將之樹爲文學思想的主幹,來針砭時弊,挽回頹風。與此同時,如劉勰、鍾嶸的意見開始更多地被人引

---

① 《隨園詩話》卷三。
② 《春草堂詩話》卷一。
③ 翁方綱《七言詩三昧舉偶》。
④ 《居易錄》。
⑤ 《與陳碩士》,《惜抱軒尺牘》卷七。

用。田雯《古歡堂集雜著》、喬億《劍溪說詩》和尚鎔《三家詩話》均直接稱引《文心雕龍》及其中關於"風骨"的論述，與"風骨"同序鄰序的概念、範疇更是不斷被人提起，或得到新的闡釋和發揚。對"格調"範疇的標舉也同樣呈回升態勢。且不論沈德潛等人常集中討論詩歌的"體"、"格"，即推尚"性靈"的袁枚也在所作《續詩品》中闢出許多章節，專論"選材"、"用筆"、"布格"和"結響"，並以爲作詩求"平淡"是一半工夫，求"精深"也是一半工夫，"非精深不能超超獨先，非平淡不能人人領解"①。這裏的"精深"自然關乎用意，係乎格調。

不僅如此，他們還將"風骨"與"格調"範疇貫通起來，討論高古詩品的實現問題。如馮班以"筋骨氣格"四字論古、今詩歌之別②。賀裳稱晚唐詩"大都綺麗則無骨"，其中尤以"李建勳詩格最弱"③。又評李賀"骨勁而神秀，在中唐最高渾有氣格"④。翁方綱以"骨力既屢，格調復平"稱楊載詩⑤，朱庭珍以"神骨不俊，氣格不高"稱浙派詩人⑥。有的揭示了"格調"之於"風骨"生成的內在聯繫，有的雖未明言，言語中實隱含有這樣的意思。朱庭珍還說：

> 骨有餘而韻不足，格有餘而神不足，氣有餘而情不足，則爲板重之病，爲晦澀之病，非平實不靈，即生硬枯瘦矣。……有格有韻，有才有情，有氣有神，有聲有色，殺活在手，奇正從心，雄渾而兼沉著，高華而實精切，深厚而能微妙，流麗而極蒼堅，如此始爲律詩成就之詣。……自盛唐後，代無幾人。若及此詣，便是大家之詩。

將"骨"、"格"、"氣"三個範疇視爲同一個意義序列，放在相同的語法位置上來討論，更詳細地突出了其間存在的邏輯聯繫。而由其能持一種通達而不偏廢的態度，要求"有格有韻，有才有情，有氣有神，有聲有色"，具體論述中又力主"以靜主動"，"動而實靜"，"外雖浩然茫然，如天風海濤，有搖五嶽騰萬里之勢，內實淵渟嶽峙，骨重神寒，有沉靜致遠之志"，以爲"氣飄則嫌易盡，意露則嫌無

---

① 《隨園詩話》卷八。
② 《圍爐詩話》卷二引。
③ 《圍爐詩話》卷三引。
④ 《載酒園詩話又編》。
⑤ 《石洲詩話》卷五。
⑥ 《筱園詩話》卷二。

餘,詞旨清倩則嫌味不厚,局陣寬展則嫌詣不深",由此對"大氣飛動之中,常伏有淵然寂然深靜淡定之道氣,隱爲之根,以鎮攝於神骨之間,駕馭於法理之内"的作品大有好評,稱其爲"骨重神寒",可知他所論"風骨"乃至"格調"實已吸收了宋元以來論者的諸多成果。

總之,在不同歷史時期社會文化思潮和創作風尚的影響下,文學批評範疇相應地表現出了與之趨同的特徵,一些概念、範疇被不斷提及並占據體系中心,一些概念、範疇則退居二綫,由邊緣化生存直至最後被排擊被否定,其間起落消長,大致呈現出清晰且可著握的有規則運動。倘以"風骨"、"平淡"和"格調"三個範疇爲節點,提携起"氣"、"文質"、"情性"、"含蓄"、"自然"、"簡遠"以及"風調"、"格力"、"韻致"等概念、範疇,則可以看到整個古代文學理論批評的範疇聯動正走過一個正反合的過程,這也是範疇系統自身展開、縮結到最後形成的有機發展過程。

日人鈴木修次曾指出:"在漫長的中國文學史上,假如仔細觀察的話,雖然衆説紛紜,莫衷一是,但是如果想要宏觀地、稍微粗略地講述中國文學大勢的話,必須首先注視從《詩經》的'風',經過'風骨',直到'格調'這一文學潮流。"①這個表述雖然有些簡單,結論也可商榷,但所揭出的用範疇來提領一個較長時段文學發展歷史的做法,還是具有參考意義的。

---

① 《"風骨"與"愍物宗情"》,《中國文學與日本文學》,吉林大學日本研究所文學研究室譯,海峽文藝出版社,1989年,第56頁。

第五章　範疇與文體

範疇與創作風尚息息相關,與文體的關係也十分密切。並且由於前者涉及許多非文學的因素,因此影響及於範疇的生成與發展相對來說比較外在籠統,後者直接關乎文學創作的内在機理和操作規程,能使範疇帶上更多微觀而且根本的特點,因此對進一步釐清傳統文論範疇的準確涵義,把握整個範疇體系的系統特徵具有十分重要的意義。

關於"體",《釋名》解作"第",鄭玄注《周禮·天官》則以爲"猶分也",又箋《詩經·大雅·行葦》之"方苞方體,維葉泥泥"爲"成形",均可見其尊序體要之意。古代中國人有異常強烈的"體"的意識,既關注"體相"、"體例",追求"體物"、"體要",對諸如"體式"、"體段"、"體法"、"體格"乃至"體氣"、"體象"、"體統",都有深切著明的解會。這其中自然包括對言語得體的要求,故早在《尚書·畢命》中,就提出了"辭尚體要"的命題,並與"政貴有恒"構成對待。後《墨子·大取》說:"立辭而不明於其類,則必困矣",其意也在尚"體"。故劉熙載《藝概》說:"老子曰:'言有宗',墨子曰:'立辭而不明於其類,則必困矣','宗'、'類'二字,於文之體用包括盡矣。"當然,《尚書》、《老子》和《墨子》所論皆不專就文學言,但古人好對自己的一切行爲作追根尋源式的叩問,好攀附古典以託體自尊,因此攬古語以自壯,挾古聖賢以自恃,從來被視爲是正當必須之事,文體的意識就此逐步得到了確立①。如果說"夫詩雖以情志爲本,而以成聲爲節。然則雅音之韻,四言爲正,其餘雖備曲折之體,而非音之正也"②,尚只是就詩一體論,那此後類似"文章各有體,本不可相犯欺。……如散文不宜用詩家語,詩句不宜用散文言,律賦不宜犯散文言,散文不宜犯律賦語,皆判然各異,如雜用

---

① 漢盧植《酈文勝誄》之"文體思奧,爛有文章,箴縷百家",蔡邕《獨斷》之"文體如上策",爲最早在今義上用"文體"一詞者,録此以供參看。
② 摯虞《文章流別論》,《全晉文》卷七十七。

之,非惟失體,且梗目難通"①,就針對性更廣泛了。倘再瞭解到實際創作中雖有"以格掩才"②,"格尊而亡情實"③的情況,但更多"以材溢格"④,乃至不時"破體"、"失體"的情況,則類似"凡文章體例,不解清濁規矩,造次不得製作,製作不依此法,縱令合理,所作千篇,不堪施用"⑤,這樣極端的言論會出現也就並不奇怪。

按歷代詩人、批評家所說之"體"或"文體",大概有這樣三層意義:一是體制體裁,這是構成作品存在的最基本條件,是謂矩度謹嚴,務求來歷。二是語體語勢,這是構成上述第一層意義的重要基礎,因爲所謂文體,說到底是語言的使用方式。第三才是所謂"體性",即作品的風格特徵。鑒於"體性"雖是語體轉化爲文體的最後目標,但牽涉到創作者的不同氣質與個性,如"暢快人詩必瀟灑,敦厚人詩必莊重"之類⑥,個人的主觀因素常能突破體的拘限,使問題的展開不僅限於體裁的層面,故這裏僅就其前兩層意義展開討論。

第一節　詩文體式與範疇

詩與文是古代中國人最常用的文體樣式,自先秦萌芽以來,有着源遠流長的發展歷史。由於古人對詩與文的關注最多最持久,故獲得的理論成果遠較晚起的其他體式爲多,關涉兩體的概念、範疇也遠較其他體式爲豐富和成熟。前面所討論的大部分問題都與詩文範疇有關,或主要圍繞詩文範疇展開,就出於這個原因。又由於自先秦以來,古人對詩文兩體的討論常常是取統而言之的形式,許多理論綜合兩者而設,許多判斷涵括兩者而下,因此此處對它們的考察也擬以通體的方式進行。

一、唐前文體探討中基本範疇的確立

古代中國人認爲,天地以精英之氣予人,人秉此氣,養之全,充之盛,至於

---

① 劉祁《歸潛志》卷十二。
②④ 屠隆《貝葉齋稿序》,《白榆集》卷之一。
③ 王世貞《湯迪功詩草序》,《弇州山人續稿》卷四十七。
⑤ 遍照金剛《文鏡秘府論·南卷·論文意》。
⑥ 薛雪《一瓢詩話》。

彪炳閎肆而不可遏,往往因感而發,以宣造化之機,以述人情物理。有時陶冶情性之餘,亦可用爲禮樂刑政之具。在這方面,詩與文是盡出一源的。故先秦以來,本着雜文學的觀念,兩者往往被統合而論。

漢代文學觀念趨於進步,由於韻文方面有樂府詩的繁興成熟,並取得很高的成就,賦在《楚辭》和縱橫家辯説之辭的影響下也蔚成大國,自成面目;散文方面,論説、書序、奏議、書啓等各體文篇什日富,一部分論學論史著作漸具文學色彩,且如頌、贊、箴、銘、哀、誄、碑等韻文或韻散結合的文體也已出現,時人開始注意到文學與學術的區別。然而在用"學"或"文學"指稱學術之外,他們仍用"文"或"文章"通稱一切文的創作。如揚雄所謂"聖人以文,其隩也有五"①,就包括了詩歌和其他一切文。以後王充論"文人宜遵五經六藝爲文,諸子傳書爲文,造論著説爲文,上書奏記爲文,文德之操爲文"②,以"文"包括一切學術文和應用文,範圍更廣,標準也更模糊。

但這不等於説秦漢人對詩文兩體的區別一無認識,恰恰相反,由於五經中包括有被奉爲經典的《詩經》,先秦以來各家對《詩經》的討論,還有漢人對屈原及辭賦的討論,都足以表明時人對詩與文的區別已有相當的認識。孔子所謂依仁遊藝,志足言文,要求"文質彬彬","辭達而已",反對巧言令色與言過其行,固然包括一切文而言,但諸如"興於詩,立於禮,成於樂","詩可以興,可以觀,可以群,可以怨","思無邪"以及"樂而不淫,哀而不傷"等論説,就針對《詩經》一體而言。其深契詩歌的本質特徵,沾溉後世可謂既深且遠。此後,以《詩大序》爲代表,漢人討論了詩歌的性質、產生、內容特點及與時代的關係,對詩的風格要素和社會作用等問題也作了專門的討論,儘管充斥着政治教化色彩,但第一次將抒情與言志統一起來,講"風以動之","主文而譎諫",凡所指摘要"咏歌依違","譬喻不斥言",開啓了後世文人重視風雅比興,以含蓄的言辭反映現實的傳統,這對張大詩體特徵有十分重大的意義。至於鄭玄、鄭衆因論《詩》而對"賦"、"比"、"興"範疇作了簡切的解説,也啓引並規範了後人對詩歌作法的一部分思考。

漢代圍繞屈原和辭賦還曾展開過熱烈的討論。司馬遷論賦,指出司馬相

---

① 《淵鑒類函·文章》引《法言》佚文。
② 《論衡·佚文》。

如有"靡麗多夸"的特徵。揚雄《法言·吾子》細分"詩人之賦"與"辭人之賦",稱一者"麗以則"一者"麗以淫",雖因相如賦"弘麗溫雅"而擔心其欲諷反勸,但還是揭示了其"必推類而言,極麗靡之辭,閎侈鉅衍,競於使人不能加也"的體式特點①。後班固討論賦的發展歷史,以為可歌頌上德,又稱賞屈原所作"弘博麗雅",並不同意揚氏對辭賦的否定,表明時人對此一文體的認識是一貫的。這實質上已是專門的賦體論了,魏晉六朝的文體論應該受到過它的影響。

　　由這一時期的文學批評可以看到,類似"麗"、"雅"、"麗靡"、"麗雅"等概念、範疇已開始進入文論範疇體系。其時還有一些人並非文學家,但對各種實用文的體式特徵間有討論。如西漢公孫弘論召書律令須"文章爾雅,訓辭深厚"②。東漢王充稱論一體"貴是而不務華"③,"論說之出,猶弓矢之發也,論之應理,猶矢之中的"④。陳忠稱帝王號令"言必弘雅,辭必溫麗"⑤。《鹽鐵論·水旱》載大夫之言,謂"議者,貴其辭約而指明,可於眾人之聽,不至繁文稠辭多言,害有司化俗之計"。這裏"爾雅"、"深厚"、"弘雅"、"溫麗"諸名言所指,大體同於揚、馬和班固,表明時至秦漢,除"比興"、"風教"、"文質"之外,以"麗"與"雅"為中心的風格論範疇已經出現。它們相互聯繫,漸已呈統序化的邏輯生態。

　　到魏晉南北朝時文體觀念開始趨於成熟,伴隨着對不同體式的文學作品的細析深論,文體與文論範疇之間的聯繫被空前明確地提點了出來。也正是基於這一點,從文體角度出發的理解和詮釋,成為人們準確把握範疇內涵的重要鎖匙。最早用範疇來界定和說明文體的是曹丕,其《典論·論文》說:

> 夫文本同而末異:蓋奏議宜雅,書論宜理,銘誄尚實,詩賦欲麗。此四科不同,故能之者偏也,唯通才能備其體。

如前所說,兩漢時已有論者對詩、賦、令、議等各體文的特點做過論列,大體以

---

① 《漢書·揚雄傳》。
② 《史記·儒林列傳》。
③ 《論衡·自紀》。
④ 《論衡·超奇》。
⑤ 《後漢書·周榮傳》。

詩言情,賦麗則,令尚雅而厚,議須約而明,至若論則要理實而不華。漢代各體文寫作有長足的發展,奏議一體在東漢曾被作爲選舉官吏的考科之一,由《隋志》所錄應劭《漢朝議駁》三十卷,陳壽《漢名臣奏事》三十卷,可見繁興。書論一體也很發達,王充《論衡·對作》即有"書論之造,漢家尤多"之說,一時名士假以論經史與政治,常取辭雄理暢,議論風生,影響及於建安時人。由於奏者進也,臣下言事稱"奏";議者朝廷有事,集臣下商討稱"議",兩者皆屬以下進上,所論之事又多關軍國大政,臨文必須莊敬其心,故曹丕要求它寫得莊敬典重,得事理之正,此處"雅"範疇正指此義。書論要求言盡而義明,尤須有邏輯性和說服力,曹丕用一"理"字加以說明。此外就是誄碑之文。誄雖起自周代,然至漢方盛,以至有人臣因辭美而得賜帛免刑的①。碑則早見於上古,"自後漢以來,碑碣雲起"②,"門生故吏,合集財貨。刊石紀功,稱述勳德。高邈伊周,下凌管晏",曼衍流宕處,至於叢生"欺曜當時,疑誤後世"之弊③。正是因爲其普遍存在鋪張和虛譽的毛病,則從"實"自然是其要首先做到的。

當然,最值得注意的是他所作的"詩賦欲麗"的界說。這一界說可以說是對前此漢人所論的沿承。漢人論屈原、司馬相如辭賦已多用"麗"字,乃或徑稱賦爲"麗文"④,但尚未用以論詩。曹丕提出詩與賦皆須"麗",標誌着詩歌漸漸擺脫了經學的牢籠,注意到了自身的形式本位。"麗",《廣韻》解作"美",《正韻》解作"華",《玉篇》解作"好",又作"華綺也",如《韓詩外傳》卷一載原憲謂子貢曰:"仁義之匿,衣裘之麗,憲不忍爲之也。"《楚辭·招魂》有"被文服纖,麗而不奇些",《戰國策·齊策》有"妻子衣服麗都"。在齊梁浮詭文風彌漫之前,一直是作爲一正面乃或中性範疇存在的。以後,鑒於人們求"麗"而至於放濫,劉勰、鍾嶸等人才用"雅"、"典"等來加以限止與修正,如《文心雕龍·徵聖》稱"聖文之雅麗,固銜華而佩實者也",《詩品》則稱謝靈運"麗典新聲",《古詩十九首》"文溫以麗"。

不過,以"麗"界說詩賦畢竟僅論及形式的一面,在"詩緣情"觀念經由《詩大序》的播揚而爲人熟知的時候,再僅用"麗"來作界說,且與賦體一滾論之,顯

---

① 事見《後漢書·杜篤傳》。
② 《文心雕龍·誄碑》。
③ 桓範《世要論·銘誄》。
④ 桓譚《新論·袪蔽》有"余少時見揚子雲之麗文高論"。

然不能饜足人心。故至西晉,有陸機作《文賦》,對各體文的不同特點再作釐定:

> 詩緣情而綺靡,賦體物以瀏亮,碑披文以相質,誄纏綿而淒愴,銘博約而溫潤,箴頓挫而清壯,頌優遊以彬蔚,論精微而朗暢,奏平徹以閒雅,說煒曄而譎誑。

陸氏將曹丕四科八體細分爲十二類,進而將詩賦離析爲二,以"體物而瀏亮"稱賦,"緣情而綺靡"説詩,頗可見出其人對詩歌特徵的認識已趨深入。"緣情"之義分明,毋須贅議。"綺"、"靡"或"綺靡"漢以來常爲人提及,意指美麗動人①。陸機用此範疇界定詩歌,是要突出詩歌依託人的情感發動,給人以綺麗美感的特性。這裏他一字不提同樣爲漢人常説的教化內容,頗可見出走向文學自覺時代的人們,對文學已然有了一份真切的理解。

或以爲"綺"指文采,"靡"指音聲,其實大可不必作如此細分,事實可能也不允許作這樣的細分。蓋"綺"本指有紋飾的織物,《漢書·高帝紀下》注曰:"文繒也,即今之細綾也",後泛指一切華麗美盛耀人眼目之物,如張協《七命》所謂"流綺星連,浮彩艷發",李善注曰:"綺,光色也。"用以論文,自然指文辭的華美,但也可指情思的旖旎,此所以有"綺思"、"綺情"這樣的詞彙。再推而廣之,可指由"綺思"、"綺情"造成的作品美盛無比的整體風貌,此所以梁簡文帝《箏賦》有"矩制端平,雕鏤綺媚"之語。

"靡"本義同樣也指好的織物,《方言》謂:"東齊言布帛之細曰'綾',秦晉曰'靡'。"亦泛指華麗精美,如《莊子·天下》有"不靡於萬物",成玄英疏曰:"靡,麗也。"陸機《文賦》有"或寄辭於瘁音,言徒靡而弗華",李善注引《韓詩章句》謂:"靡,好也",可見並非專指音聲之美,亦指作品總體的精緻美麗,有所謂密麗的意思。"綺"和"靡"整合成詞,本意爲細好,衍指作品的動人與美麗,故又可置換作"綺麗"。曹丕《善哉行》之一中就有"感心動耳,綺麗難忘"一語。並且,與"麗"一樣,"綺麗"或"綺靡"在齊梁以前也是被從正面意義上標舉的範疇,直到鍾嶸《詩品》稱謝惠連"又爲綺麗歌謠,風人第一"仍無貶義。此後,因

---

① 見王運熙、楊明《魏晉南北朝文學批評史》,上海古籍出版社,1989年,第103頁。

整個文壇創作日趨浮華，才被用來指稱一味雕鏤形式的不良文風，以至李白《古風》詩有"自從建安來，綺麗不足珍"之説。

與陸機同時，前後還有傅玄、皇甫謐、摯虞、李充等人，也在不同的場合、用不同方式論及文體問題。如傅玄《七謨序》論"七"體一類作品，"或以恢大道而導幽滯，或以黜瑰奓而託諷咏"，有"纏綿精巧"、"奔逸壯麗"、"精密閒理"等特點。《連珠序》論"連珠"一體，"其文體辭麗而言約，不指説事情，必假喻以達其旨，而賢者微悟，合於古詩勸興之義"，又稱班固所作"喻美辭壯，文章弘麗"，蔡邕"言質而辭碎，然其旨篤矣"，賈逵"儒而不艷"，傅毅"文而不典"。皇甫謐《三都賦序》則指出賦的體制特點是"因物造端，敷弘體理"，"引而申之，故文必極美；觸類而長之，故辭必盡麗"，並稱相如、子雲等人"初極宏侈之辭，終以絢簡之制，焕乎有文，蔚爾鱗集"，其間"興"、"麗"、"理"、"壯"、"艷"等範疇多有出現。

摯虞《文章流別集》集衆體而成編，論詩主張"以情志爲本，而以成聲爲節，然則雅音正韻，四言爲正"，論賦提出"假象盡辭，敷陳其志"，並區別古今賦之不同在一以"情義"一以"事類"，批評後者"假象過大"、"逸辭過壯"、"辯言過理"、"麗靡過美"，皆有卓見。他還具體評論了一些作家作品，稱"《幽通》精以整，《思玄》博而贍"，王粲詩"文當而整，旨近乎雅"。後李充作《翰林論》，"論爲文體要"①，從現存佚文看，除論及如"壯"這樣個別的範疇外，大體未有多少創獲。如摯虞對"象"所作的那種論述更未見到。

由上述魏晉以來人對詩賦等文體的論述看，他們對"比興"之義有深切的理解，故要求"因物造端"，反對詞直意露；雖好"弘麗"、"壯麗"的文風，仍要求假象敷陳。從概念、範疇的運用來看，可見所論所設範疇的内涵日趨精細，如"精"分出"精巧"、"精密"、"精要"、"精整"等等，"麗"分出"温麗"、"弘麗"、"壯麗"、"麗靡"等等，基本道盡了這些範疇的意旨。譬如，清人也論及"精"這個範疇，由戴名世所稱"太史公纂《五帝本紀》，擇其言尤雅音，此精之説也；蔡邕曰：'煉余心兮浸太清。'夫惟雅且清則精，精則糟粕、煨燼、塵垢、渣滓，與凡邪僞剽賊，皆刊削而靡存，夫如是之謂精也"②，可知其言雖詳細許多，基本意旨並未溢

---

① 《玉海》卷六十二引《中興書目》。
② 《答伍張兩生書》，《戴名世集》卷一，中華書局，1986年，第4頁。

出上述"精密"、"精要"、"精整"和"精巧"之外。而從範疇的形式構成來看這種細析細分,則在單一範疇占主導地位的前提下,成序列範疇開始更多出現的趨勢表現得頗爲分明。

此外,與陸機還論及實用文,並提出"溫潤"、"清壯"、"朗暢"、"閒雅"等名言一樣,上述諸人也曾論及各類雜體文。如摯虞稱"頌而似雅","風雅之意"。李充論表提出"遠大"、"華藻",論贊提出"辭簡而義正"。儘管頌與表均非純文學,但他們是抱着文學的眼光去評判的,故所謂"溫潤"、"清壯"、"閒雅"、"風雅"、"遠大"、"簡正"等等,在很大程度上也反映了對文學特性的認識。後世論者多將其視作風格論範疇,進而將其施諸純文學批評,就印證了這一點。

當然,要特別指出魏晉時代文學理論批評畢竟只是初度繁榮,所以其評判文學與非文學作品,著意揭示其區別的努力尚嫌不夠。落實到概念、範疇的運用,所創設的名言之於各種文體的針對性也並不很強,這是一方面。另一方面,就純文學本身而言,對詩(包括賦)和文(包括雜體文)的區別揭示得也不夠充分。故體現詩文各自特點的範疇,除一偏重"比興"、"綺靡"和"壯麗",一偏重"遠大"、"簡正"和"閒理"外,更進一步的深入展開仍告闕如。

南北朝時文學批評進入到一個全面繁榮的時期,關於文體的討論特別繁盛。除單篇論文外,專書有傅亮《續文章志》、邱淵之《文章錄》、顔竣《詩例錄》、沈約《宋世文章志》、《文苑》等十多種,雖説絕大多數都已佚失,但主要內容相信在《文心雕龍》和《詩品》中有所體現。此外,承晉人好纂總集的習氣,南朝人在這方面也多有製作。依《隋志》記載,計有無名氏《文海》、《古樂府》,劉義慶《集林》,謝靈運《賦集》、《詩集》等數十種,今也大多亡佚,但從僅存的蕭統《文選》和徐陵《玉臺新詠》來看,也每有對文體的論述。

南朝人論文存在復古、新變和折中三種不同傾向。除以裴子野爲代表的復古派從文學的內容和社會功用角度批判劉宋以來文學創作外,新變派如沈約、蕭綱,折中派如劉勰、蕭統,其文學觀念的表達許多都與文體密切聯繫在一起。如沈約《宋書·謝靈運傳論》論先秦以來文學無取"蕪音累氣",對"艷發"、"盛藻"、"遒麗"和"清辭麗曲"多有好評,所提出的"以情緯文,以文被質"與"以氣質爲體",很準確地道出了"建安七子"的作品特色。"興會標舉"、"體裁明密"云云,也是具有表達力的概括。雖然不盡指文體而更偏重於風格,但由於這種風格與文體存在緊密的對應關係,所以凡所標舉仍可從這個角度予以定位。

以後,蕭綱《與湘東王書》提出詩賦應抒情寫景,"吟咏情性",對"京師文體,懦鈍殊常,競學浮疏,争爲闡緩",好摹擬《内則》《酒誥》等經典文體表示了極大的不滿。他從反面提出"懦鈍"、"浮疏"和"闡緩"等名言,可視作是對文學與非文學界限的進一步區劃。此後歷代論者言及文病,也多以"鈍"、"緩"和"浮"爲戒。如皎然《詩式》提出"詩有六迷",其一就是"以緩慢而爲淡濘";方東樹《昭昧詹言》卷一稱漢魏人用筆,所長正在"空中轉換搏捥,無一滯筆平順迂緩骎寨",是爲論"緩"。《詩式》又有"詩有四不",其一有"情多而不暗,暗則蹶於拙鈍",是爲論"鈍"。朱熹論作文忌"絮"、"巧"、"昧晦"等之外,還須忌"浮淺"①,是爲論"浮"。上述諸家將此列爲文病,說明上述名言與文學作品的體式特徵密切相關,而不僅是對作品風格的空泛指謂。

在這方面貢獻最大的自然要數劉勰了。在《文心雕龍·定勢》中,他曾對各體文的特徵都用一個概念或範疇作出概括:

> 夫情致異區,文變殊術,莫不因情立體,即體成勢也。……章表奏議,則準的乎典雅;賦頌歌詩,則羽儀乎清麗;符檄書移,則楷式於明斷;史論序注,則師範於覈要;箴銘碑誄,則體制於弘深;連珠七辭,則從事於巧艷:此循體而成勢,隨變而立功者也。雖復契會相參,節文互雜,譬五色之錦,各以本采爲地矣。

《明詩》到《書記》各篇的"敷理以舉統"部分,更詳細論述了各種文章的體制特點和寫作要求,其中提出"四言正體,則雅潤爲本,五言流調,則清麗居宗",也即上文"羽儀乎清麗"之義。聯繫曹丕、陸機以來諸家定義,可知擺脫了來自政治道德等一切實用因素的干擾,"麗"這個範疇確乎成爲一個時代人對文學特徵的共同認識。在《明詩》篇中,劉勰又列舉諸家,稱"平子得其雅,叔夜含其潤,茂先凝其清,景陽振其麗,兼善則子建、仲宣,偏美則太冲、公幹"。蓋張衡、嵇康的四言詩體近《詩經》,故他用"雅"、"潤"這兩個範疇總結,張華和張協是五言詩大家,在當時爲新體流調,務求悦人耳目,不免取新取靚,故他用"清"和

---

① 方東樹《昭昧詹言》卷一引。

"麗"這兩個範疇來總結。對於賦一體，前文曾與詩並列，被界定爲"羽儀乎清麗"，《詮賦》篇更提出"情以物興，故義必明雅；物以情觀，故詞必巧麗"，總之，要求"麗詞雅義，符采相勝"。

其他如論頌贊，指出"辭必清鑠"，"纖曲巧致"；論祝盟，要求"務實"、"立誠"；論銘箴，指出"文資確切"，"體貴弘潤"，"其取事也必核以辨，其摛文也必簡而深"；論誄碑，指出"序述哀情，則觸類而長"，"必見清風之華"，"峻偉之烈"；論哀吊，指出本"隱心結文則事愜"，"正義以繩理"；論諧隱，指出其體要"雅"，"理周爲務"；論史傳，指出"析理居正"；論論說，指出"義貴圓通，辭忌枝碎"，"貴能破理"，"喻巧而理至"；論詔策，指出"騰義飛辭，煥其大號"；論檄移，提出"必事昭而理辨，氣盛而辭斷"；論封禪，指出"構位之始，宜明大體"，樹骨選言之間，"使意古而不晦於深，文今而不墜於淺"；論章表，指出"要而非略，明而不淺"，"繁約得正，華實相勝"；論奏啓，指出要以"明允篤誠爲本"，"辨要輕清，文而不佻"；論議對，提出"文以辨潔爲能，不以繁縟爲巧，事以明覈爲美，不以深隱爲奇"；論書記，提出"隨事立體，貴乎精要"，都可以拿來與《定勢》篇相參看。

在《宗經》篇中，劉勰還曾提出"情深"、"風清"、"事信"、"義直"、"體約"、"文麗"等六項指導創作批評的標準，結合上述對各體文體式要求的論述，可知他對詩賦的要求偏在"情深"、"風清"和"文麗"，故標舉"雅潤"、"清麗"等概念、範疇。對其他各體文的要求則偏在"事信"、"義直"和"體約"，即強調實誠、義正和事愜，故標舉"辨潔"、"明覈"、"精要"等概念、範疇。當然，其間各文體的要求與範疇指述存在有意義交叉的情況，如對章表也曾提出"清文以馳其麗"，但大體有如上之區別。

由此已可知南北朝時文學批評範疇的繁榮程度。比之魏晉，於"麗"、"雅"、"潤"、"壯"、"簡"等概念、範疇之外，"輕"、"潔"、"巧"、"艷"及其一系列後序概念、範疇也被提了出來①。繼隋唐之後，這些概念範疇在宋元明清各代都有極其活躍的表現。而"華實"、"繁約"、"深淺"等對待性範疇的提出，也爲後

---

① "艷"最早指楚地歌舞，所謂"荆艷"、"楚艷"。又被用作音樂術語，《樂府詩集》卷二十六有"諸調曲皆有辭有聲，而大曲又有艷有趣有亂"，"艷在曲之前，趣與亂在曲之後，亦猶吳聲西曲前有和後有送也"，或因其調多纏綿柔媚，後被用指美艷之人事，如《說文》所釋"好而長也"，《方言》所謂"美也，宋衛晉鄭之間曰艷。美色爲艷"。魏晉以降，文學創作與批評中也每用之，陸機不滿"雅而不艷"，見諸《文賦》；劉勰好觀"艷說"，倡歸"艷逸"，也載於《文心雕龍·定勢》，以後更成爲文學批評的常用名言。

世這類範疇的繁興奠定了重要的基礎。概而言之,這一時期文學批評範疇因各體文的成熟而趨於豐富,是爲古代文論範疇發展歷史上第一個繁興期。倘再聯繫劉勰對文學風格的八種概括,"典雅"、"遠奧"、"精約"、"顯附"、"繁縟"、"壯麗"、"新奇"、"輕靡",包括類似張融《門律自序》之"吾文章之體,多爲世人所驚",《臨卒戒子》之"吾文體英絕,變而屢奇",還有隋人劉善經《四聲指歸》所稱"文體各異,較而言之,有博雅焉,有清典焉,有綺艷焉,有宏壯焉,有要約焉,有切至焉",大體可以概盡那個時代文論範疇的全貌。它們意義豐厚,意指明晰,在理論形態上呈現出單純而穩定的成熟徵象。

  自魏晉六朝人爲詩文作了如上區分,並用相應概念、範疇予以指實後,唐代人大多予以沿承,當然也作了新的發展。

  以論詩言,初唐以來人順應着新體詩向近體詩過渡的趨勢,對詩歌的聲律病犯產生了強烈的探究興趣。沈、宋以下,元兢、崔融等人或標示句例,或討論體式,不過所言大都屑小。值得一提的是崔氏《唐朝新定詩格》提出詩有"十體",其中"氣質體"謂"有質骨而作志氣者",將"氣質"、"質骨"引入文體討論,爲此前論者所無。至盛唐,王昌齡《詩格》提出"凡作詩之體,意是格,聲是律,意高則格高,聲辨則律清,格律全,然後始有調"。在所論"十七勢"中,又提出"比興"、"感興"、"情景"、"理味"等範疇。李白則說:"興寄深微,五言不如四言,七言又其靡也。"①上述"比興"、"興寄"範疇的被突出,是與盛唐人對六朝浮艷之風的全面清算相應和的。它們不僅在一般的批評中被人標舉,還在討論文體時被人特別指出,可見時人爲正本清源,特意從根底上追究和樹立的用心。此後,殷璠《河岳英靈集》以"聲律風骨始備"概括當時新定型的今體詩,芮挺章編《國秀集》,序稱"昔陸平原之論文曰:'詩緣情而綺靡。'是彩色相宣,烟霞交映,風流婉麗之謂也",並用此爲選詩的標準,多取近體而少錄古體,又稱七言詩"務以聲析爲宏壯,勢奔爲清逸",在概念、範疇的運用上表現出了不同於殷璠的趣味,體現出了承舊開新的新氣象。

  中唐後,近體詩創作開始暴露出不少問題,時人"拘限聲病,喜尚形似,且以流易爲辭,不知喪於雅正"②,故引來元、白、劉禹錫等人開始從不同的方向對

---

① 孟棨《本事詩·高逸第三》。
② 元結《篋中集序》,《全唐文》卷三百八十一。

之作"清體"的工作。白居易除自己作新樂府詩，追求"其辭質而徑"、"其言直而切"、"其事覈而實"、"其體順而肆"外，鑒於時人以爲律體"卑痺，格力不揚，苟無恣態，則陷流俗"，還與元稹"常欲得思深語近，韻律調新，屬對無差，而風情宛然"的别一體①，追求"韻高而體律，意古而詞新"，"甚覺有味"②目標的實現。在他們看來，對近體詩要求"韻"、"味"、"新"是其體式的題中應有之義。劉禹錫詩被白氏稱爲"神妙"、"微婉"③，他在《唐故尚書主客員外郎盧公集序》中明確指出："心之精微，發而爲文；文之神妙，咏而爲詩。"《董氏武陵集紀》也說："詩者，其文章之藴邪。"並以爲"義得而言喪，故微而難能；境生於象外，故精而寡和"是詩的特殊根性。這種從形象生成和意境塑造角度對詩體所作的定義爲此前所少見，特别是"境"和"象"範疇，繼王昌齡之後，至他開始更多地與詩歌體式聯繫在一起。

晚唐司空圖承劉氏所論，在《與李生論詩書》中提出："詩貫六義，則諷諭、抑揚、渟蓄、温雅，皆在其間矣，然直致所得，以格自奇。"論及絶句，要求"本於極詣"。《與王駕評詩書》又說："五言所得，長於思與境偕，乃詩家之所尚。"將對詩的認識引入更精微的境地，初顯詩歌哲學的面貌。其所主的"景"、"象"、"境"等範疇，也因此有了哲學意義上的豐富内涵。

晚唐詩體討論的繁盛還可從格式類著作迭出上看出。據《宋史·藝文志》著録，時有紇于俞作《賦格》一卷，和凝作《賦格》一卷，《直齋書録解題》録馬偁有《賦門魚鑰》十五卷，《新唐書·藝文志》録孫郃有《文格》二卷，《通志·藝文略》録任博有《文章妙格》一卷，僧神郁有《四六格》一卷。這些書以後大都亡佚，唯詩格類書因有用於科考，得以留存下來。並且比之初唐時同類書多探討聲對病犯，它們集中研判的是詩的體勢和物象④。

就體勢而言，齊己、徐寅、僧神或多有論說。如徐氏《雅道機要》以爲作詩"先須明其體勢，然後用思取句"。神或《詩格》也說："勢者，詩之力也，如物有勢，即無往不克，此道隱其間，作者明然可見。"需要指出的是，上述兩人所論都是從禪學角度出發的。如徐寅就以爲詩是"儒中之禪也，一言契道，萬古咸

---

① 元稹《上令狐相公詩啓》，《全唐文》卷六百五十三。
② 白居易《放言五首序》，《全唐詩》卷四百三十八。
③ 見《劉白唱和集解》，《全唐文》卷六百七十七；《哭劉尚書夢得》，《全唐詩》卷四百五十九。
④ 參見張伯偉《全唐五代詩格校考》，陝西人民出版社，1996年，第11頁。

知"。他所提出的詩須"辭體若淡,道理深奧,不失諷咏,語多興味",又"須搜尋,……凡搜尋之際,宜放意深遠,體理玄微,不須急就,惟在積思",都浸透着禪宗的影響。論"勢"也同樣,勢者,相也,或説是一種富有動態感和力度的相。所謂因勢象形,各具情態。如前所説,禪宗各派,尤其是潙仰宗,好以"若干勢以示學人,謂之仰山門風"①,齊己等人受此影響,用以論詩歌句法,"由上下兩句在内容上或表現手法上的互補,相反或對立所形成的張力,這種張力由於存在於詩句的節奏律動和構句模式的力量之間,因而就能形成一種勢,並且由於張力的正、反、順、逆的種種不同,遂因之而出現了種種名目的勢"②。儘管詩格類著作對"勢"的種種討論有時不免流於刻碎浮泛,但通過對這一範疇的標舉,確實揭示了句法之於詩歌力度美生成的關係,並藉此上接傳統文勢論重"氣"重"力"的餘緒,不但豐富了"勢"範疇本身的涵義,對宋元以後的詩學批評也産生了正面的影響。

就物象而言,舊署賈島《二南密旨》已説:"造化之功,一物一象,皆察而用之,比君臣之化","物象是詩家之作用"。後虛中、徐衍受此影響,也説:"物象者,詩之至要,苟不體而用之,何異登山命舟,行川索馬,雖及其時,豈及其用。"③其中"作用"一詞也來自佛教用語,簡稱爲"用",通常與"體"構成對待。中唐皎然《詩式》已有言及,是謂"明作用",又稱《古詩十九首》"辭精義炳,婉而成章,始見作用之功"。《二南密旨》所論與佛理正合符節,具體地説,"詩人所寫的某事某物是'體',而烘托、渲染某事某物的意味、情狀、精神、氣氛的'象'是'用'","體屬'内',故'暗',用屬'外',故'明'",故《二南密旨》又有"明暗以體判用"一説④。聯繫時人多講意有内外,它實際上已提出了詩歌須用包含了主體情思的事象這一重要命題。詩離不開"作用",物象正是在這個意義上顯出了它存在的價值。所謂"真詩之人,心含造化,言舍萬象,且天地、日月、草木、烟雲皆隨我用,合我晦明"⑤。故雖然"意包内外","須令意在象前,象生意後,斯爲上手矣,不得一向只拘物象,屬對全無意味"⑥。但作爲"作用"之象仍

---

① 《唐袁州仰山慧寂傳》,《宋高僧傳》卷十二。
② 張伯偉《禪與詩學》,浙江人民出版社,1992年,第22頁。
③ 徐衍《風騷要式》。
④ 張伯偉《禪與詩學》,第27頁。
⑤ 虛中《流類手鑒》。
⑥ 徐寅《雅道機要》。

非常重要①。也正是基於這樣的認識,詩格類著作還特列"象外門"②,肯定物象之於詩歌體式的根本性意義。如果説,劉禹錫的"境生於象外",司空圖的"象外之象"、"景外之景",還是將這種主觀情志對物象的溢出作爲作詩的遠景追求,他們則把它作爲詩歌的題中應有之義,是體式内的問題。由此,從"意"、"象"到"意象"和"象外象",中、晚唐文學批評範疇的創設和運用,較此前有了進步是很顯而易見的。

再就文一途考察,唐初以來一直風行駢體,體式僵硬,文風不振,故招來中唐古文運動先驅的批斥,他們以爲文本六經,體近風雅,故宜追求高朗,不棄壯大,由此特別重視對"宏曠"、"豐贍"、"超逸"等概念、範疇的標舉③,講究"言近而興深,語細而諷大"④,向往兩漢文的"寬而簡"、"直婉"、"辨而不華"、"博厚而文明",反對"樸而少文"、"華而無根"⑤。而要做到這一點,他們認爲體"道"與煉"氣"很是重要,"道能兼氣,氣能兼辭"⑥,"氣生則才勇,才勇則文壯,文壯然後可以鼓天下之動"⑦。權德輿《醉説》一文也曾專門談到古文之道:

> 予既醉,客有問文者,漬筆以應之云:嘗聞於師曰:尚氣尚理,有簡有通,能者得之以是,不能者失之亦以是。四者皆得之於全,然則得之矣。失於全,則鼓氣者類於怒矣,言理者傷於懦矣,或狺狺而呀口,貼貼以墮水,好簡者則瑣碎以譎怪,或如讖緯,好通者則寬疏以浩溔,龐亂憔悴。豈無一曲之效,固致遠之必泥。

提出"氣"、"理"相依,"簡"、"通"並重之道,以求文章沉博而有節,條達而有氣,這大體代表了時人對文章體式的基本看法。

此後韓、柳繼起,抨擊駢文,較之上述古文運動先驅更強調主體修養的重

---

① 清人馮班《鈍吟雜録·正俗》有所謂"李都尉詩皆直叙無作用,尤爲古樸",在表明不同時代批評家趣味變化的同時,或也可有助於人對"作用"這個名言的理解。
② 王夢簡《詩格要律》。
③ 見李華《揚州功曹蕭穎士文集序》,《全唐文》卷三百十五。
④ 賈至《工部侍郎李公集序》,《全唐文》卷三百六十八。
⑤ 梁肅《常州刺史獨孤及集後序》,《全唐文》卷五百十八。
⑥ 梁肅《補闕李君前集序》,《全唐文》卷五百十八。
⑦ 柳冕《答楊中丞論文書》,《全唐文》卷五百二十七。

要性,要求"本之《書》以求其質,本之《詩》以求其恒,本之《禮》以求其宜,本之《春秋》以求其斷,本之《易》以求其動","參之《穀梁氏》以厲其氣,參之《孟》《荀》以暢其支,參之《莊》《老》以肆其端,參之《國語》以博其趣,參之《離騷》以致其幽,參之《太史公》以著其潔",如此氣盛言宜,再"抑之欲其奧,揚之欲其明,疏之欲其通,廉之欲其節,激而發之欲其清,固而存之欲其重"①,使有"本深而末茂,形大而聲宏,行峻而言厲,心醇而氣和"②,"豐而不餘一言,約而不失一辭。其事信,其理切"③。

與古文運動先驅推崇兩漢文章,以爲其"博厚"得文體之正一樣,韓、柳也好漢文。韓愈力主取法《周誥》《殷盤》之"佶屈聱牙",《春秋》之"謹嚴",《左傳》之"浮夸",《易》之"奇而法",《詩》之"正而葩"④,等等,還有司馬遷《史記》之"雄深雅健"⑤。柳宗元也同樣,除前此談作者主體修養時多有論及外,還爲堂弟宗直《西漢文類》四十卷作序,稱"文之近古而尤壯麗,莫若漢之西京,……殷周之前,其文簡而野。魏晉以降,則蕩而靡。得其中者漢氏"。上述諸家所論都在不同程度上涉及對概念、範疇的標舉和釐定。

總結古文運動倡導者的論說,其要求古文一體大體是道德內涵充實,論事說理切實,文氣豐沛,風格樸茂,故類似"氣"、"理"、"質"、"切"、"幽"、"通"、"重"、"豐贍"、"弘壯"等概念、範疇不時被人論及,有些範疇如"厚"還形成序列,有所謂"質厚"、"博厚"、"廣厚"等成詞。尤其值得注意的是,因韓愈力主務去陳言,戛戛獨造,稱賞"詞句刻深","不顧世俗輕重"的僻澀文風⑥,柳宗元也欣賞《國語》的"深閎傑異"⑦,"《越》之下篇尤奇峻"⑧,故"奇"這個範疇開始頻繁地在文論中出現,並被賦予體式性意義。

作文尚"奇"漢已有之,揚雄《法言·君子》就曾批評"子長多愛,愛奇也"。王充《論衡·書解》以爲"謂文不足奇者,子成之徒也",似不否定"奇"。但所講

---

① 柳宗元《答韋中立論師道書》,《柳河東集》卷三十四。
② 韓愈《答尉遲生書》,《韓昌黎文集校注》卷二,上海古籍出版社,2014年,第162頁。
③ 《上襄陽於相公書》,《韓昌黎文集校注》卷二,第166頁。
④ 《進學解》,《韓昌黎文集校注》卷一,第51頁。
⑤ 劉禹錫《柳君文集序》,《全唐文》卷六百五。
⑥ 《與袁相公書》,《韓昌黎文集校注》卷三,第249頁。
⑦ 《非國語序》,《柳河東集》卷四十四。
⑧ 《非國語後序》,《柳河東集》卷四十五。

主要指人能精彩出衆,非刻意求異之意。唯此,他才會在《論衡·對作》中説:"故《論衡》者,所以銓輕重之言,立真僞之平,非苟調文飾,爲奇偉之觀也。"劉勰《文心雕龍》雖列"新奇"爲文之一體,以"擯古競今,危側趣詭"爲其特徵,但總的來説是要求"望今制奇,參定古法","執正以馭奇",反對"逐奇而失正",以爲後者會使"文體遂蔽"。他並具體論及"顛倒文句"、"回互不常"的求奇之舉,或江淹"孤臣危涕,孽子墜心"和"心折骨驚"之類。以此衡量,如韓愈將"奔走於衣食"倒爲"衣食於奔走",肯定難爲他所取。

但唐人對"奇"却多予積極的肯定。韓、柳之外,如皇甫湜自己作文"文思古謇,字復怪僻",讓人讀之尋繹長久,"目瞪舌澀,不能分其句"①,論文更尚"奇",以爲只要"文奇而理正",也足傳遠②,由此推稱韓愈和元結等人,《題浯溪石》稱賞元詩"出句多分外","拔戟成一隊"同時,用"約潔有餘態"、"粹美君可蓋"作具體説明。由"約潔"、"粹美"這樣的名言,唐人將自己的趣味與此後宋人自然地聯結了起來。

還要特別提出的是柳宗元對"峻潔"的強調。前及柳宗元已提出作古文要"參之《離騷》以致其幽,參之《太史公》以著其潔",在《報袁君陳秀才避師名書》中,他又說:"《穀梁子》《太史公》甚峻潔,可以出入"。由其頗能欣賞"深閎傑異"之美,多言奇峻,有時只舉一"峻"字稱司馬遷文,所謂"壯如李斯,峻如馬遷"③,可知這"潔"是一種簡約内斂的"奇",或奇極而至平易④。此外,再聯想其作文"吟而繹繹,顧其詞甚約,而味淵然以長","端而曼,苦而腴,佶然以生,癯然以清"⑤,它似乎又將人導向一種涵藴深長的平淡美,當然這是一種内斂奇峻的平淡。只是,因時代創作風尚和審美風會的關係,當時人尚少認識這種美,故它未及涵蓋一切古文創作。

以後,李德裕在《文章論》所附《文箴》中提出"文之爲物,自然靈氣。惚恍而來,不思而至。杼軸得之,淡而無味。琢刻藻繪,珍不足貴。如彼璞玉,磨礱成器。奢者爲之,錯以金翠。美質既雕,良寶斯棄"。承皇甫湜、柳宗元所論"約潔"、

---

① 高彦休《唐闕史》卷上。
② 《答李生第二書》,《皇甫持正集》卷四。
③ 《與楊京兆憑書》,《柳河東集》卷三十。
④ 明艾南英《天傭子集》卷三《金正希稿序》稱:"文必潔而後浮氣斂,昏氣除,情理生焉,其馳驟迭宕,嗚咽悲慨,倏然變化,皆潔而後至者也",是得其意。
⑤ 劉禹錫《答柳子厚書》,《全唐文》卷六百四。

"峻潔"而談"淡而無味",又引申而言及作文須應靈感,勿強構聚,體現出審美趣味轉變期人們對文章體式的新理解。孫樵認爲古文有"澀艱"和"平淡"兩體,貶斥作文但知"拈新摘芳,鼓勢求知,取媚一時"①,"平淡"之文顯然與此無涉。

綜上所論,唐代文學批評範疇的運用也很豐富,其中單體範疇尤多,這表明時人對所論文體特徵有絕對清晰的把握,對所用名言有深加釐析的強烈的企圖心。至於許多概念、範疇不再像此前那樣與體式呈一一對應的關係,一些重要的概念、範疇也不再僅從文學體式的辨析中得出,更可見範疇創設與運用的成熟,儘管範疇與體式的關係仍是比較密切的。此外,如果說初盛唐人所用範疇基本上爲魏晉六朝所籠蓋,那中唐以後,受佛教等影響,開始愈轉愈精,並緊密貼合着文體展開,涉及到文學創作的多個方面。不僅是風格論範疇,許多關乎創作内在機制的重要範疇如"意"、"象"、"情"、"景"等開始占據重要地位,它們同"約"、"潔"、"通"、"莊"等新出範疇一起,共同豐富了人們對各體文自身特質的瞭解,同時也昭示着文論範疇又一個繁榮期的到來。

二、兩宋詩文範疇創設的豐富

宋時各體詩歌均已定型,並積累下許多成果,大家輩出,體派衆多。從體式角度對詩歌作出相應探討,是擺在當時人前面的一大任務。

早在北宋,王安石揭言"治教政令,聖人之所謂文也"②,已開始注意對詩歌體式的鑽研。不僅評文章"常先體制而後文之工拙"③,晚年"詩律尤精嚴,造語用字,間不容髮"④,尤精於對偶。他十分佩服杜詩的"緒密而思深"⑤,嘗說:"詩,從言從寺,寺者,法度之所在也。"⑥蓋漢代三公居地稱府,九卿居地稱寺⑦,一直到清代仍沿其舊⑧。九卿又稱九寺大卿,其官位顯赫,爲朝政所出。此外又有一說,以爲專指九卿之一的廷尉,即後所改稱的掌握國家刑法的大理

---

① 《罵僮志》,《全唐文》卷七百九十五。
② 《與祖擇之書》,《臨川集》卷七十七。
③ 《書王元之竹樓記後》,《豫章黃先生文集》卷二十六。
④ 葉夢得《石林詩話》卷上。
⑤ 胡仔《苕溪漁隱叢話》前集卷六《遯齋閒覽》引。
⑥ 李之儀《姑溪居士後集》卷十五《雜題跋》引。
⑦ 見《左傳·隱公七年》孔穎達疏。
⑧ 王士禛《香祖筆記》卷一:"今九卿自大理、太常已下官署皆名曰寺,沿東漢之舊也。"

寺或寺棘。王安石如此拆解"詩"字,是要説明它有一系列必須遵守的體法講究,非人任情肆行所能辦,故論詩多言屬對、句法和用事。黄庭堅就嘗從其得古詩之法。

江西詩派專意研討詩歌體式,所創制的作詩之法更爲人耳熟能詳。黄庭堅自然是其中的代表。劉克莊《江西詩派小序》稱:"豫章稍後出,薈萃百家句律之長,窮極歷代體制之變,搜獵奇書,穿穴異聞,作爲古律,自成一家,雖只字半句不輕出,遂爲本朝諸家宗祖。"黄氏論詩好講"格"、"意"和"句法"、"句眼",並提出了"行布"這一概念。《次韻高子勉十首》之二有"行布佺期近"之句,《題明皇真如圖》有"故人物雖有佳處,而行布無韻,此畫之沉疴也"之語,前是論詩,後則論畫。此"行布"一詞本出佛家,佛言華嚴之旨,有"行布則教相施設,圓融乃理性德用"之説①,爲華嚴宗就菩薩進趣至佛果之修行階位所立的法門之一,另一即爲圓融。"行布"具體包括信、行、向、地,統稱"次第行布",意猶謂"行列布措也"②。華嚴宗以爲,有次第的行布不礙圓融,《楞伽經》論"名身"與"句身"、"字身"的差別,也謂"名者是次第行列,句者是次第安布"。黄庭堅引以入詩畫批評,特用指作者的法度布置。唐沈佺期作詩講究法度,爲老杜所承襲,對此范温《潛溪詩眼》已有指出,黄庭堅自言"文章必謹布置",又推崇杜甫律詩,自然會以沈佺期爲榜樣。這裏,"行布"概念的被引入,表明他對作詩之內在規律的留意③。

以後陳師道以下也多講此道,稱"學詩之要,在乎立格命意用字而已","學者體其格,高其意,練其字,則自然有餘矣",並提倡"辭致峭麗"、"語脈新奇"、"句清而體好"④,"學詩當識活法"⑤,"字字當活,活則字字響"⑥,一時"脈"、"韻"、"活"、"奇"、"工拙"、"透脱"等概念、範疇頻頻出現。姜夔論詩重獨創,不願受江西詩法牢籠,但也講法度,崇意格,以爲"守法度曰詩",《白石道人詩説》

---

① 澄觀《大華嚴經略策·第十四聖賢位次》。
② 見釋志磐《佛祖統紀》卷三上。
③ 錢鍾書認爲此"實與《文心雕龍》所謂'宅位'及'附會',三者同出而異名耳……夫'宅位'、'附會'、'布位'、'布置',皆'行布'之別名",又引《文鏡秘府論·定位》之"凡制於文,先布其位"爲證,見其所著《談藝録》,中華書局,1984年,第323—326頁。
④ 張表臣《珊瑚鈎詩話》卷二引。
⑤ 吕本中《夏均父集序》,《後村先生大全集》卷九十五《江西詩派》引。
⑥ 吕本中《童蒙詩訓》。

中多講"圓法"、"活法"和"句法",在概念、範疇的運用上與江西詩人表現出相同的趣味。

當然,對詩歌體法的重視不止江西一家。基於唐詩取得的巨大成就,時人多主張以唐人爲法,采輯唐人詩作以析論之的情況常可看到,其中周弼所編《三體唐詩》就頗具這個特點。他爲救江湖末派油滑之弊,選唐人七絕、七律和五律三體詩,具體指證七律"六格",除"結句"、"咏物"外,就是如下虛實之法:

四實:中四句全寫景物,開元、大曆多此體,華麗典重之中,有雍容寬厚之態,是以難也。後人爲之,未免堆垛少味。

四虛:中四句皆寫情思,自首至尾如行雲流水,空所依傍,元和以後流於枯瘠,不足采矣。

前虛後實:前聯寫情而虛,後聯寫景而實,實則氣勢雄健,虛者態度諧婉,輕前重後,劑重適均,無窒塞輕佻之患。大中以後多此體,至今宗唐詩者尚之。

前實後虛:其法同上,景物情思互相揉拌,無迹可尋。精於此法,自爾變化不窮矣。

上述討論可謂細緻,以"華麗典重"、"雍容寬厚"、"氣勢雄健"、"態度諧婉"等名言,概括因虛實不同而形成的各種體式特點或風格特徵,應該說也頗準確。

此外,南宋魏慶之《詩人玉屑》輯錄宋代諸家詩法,一改過去《苕溪漁隱叢話》以時代先後爲序的作法,以一半的篇幅討論詩歌體制,以"詩辨"爲第一,依次展開"詩法"、"詩評"、"詩體"、"句法"、"口訣"、"命意"、"造語"、"下字"、"用事"、"壓韻"、"屬對"、"鍛煉"諸項,是時人重視文體及創作體法的顯例。

其間,嚴羽所論當然最爲重要,也最有價值。嚴羽雖提倡"妙悟"、"興趣",反對江西詩派以議論、文字和才學爲詩,但並不廢法,故《滄浪詩話》所列"詩辨"一節專論"詩之法有五",將"格力"、"氣象"和"興趣"連同"體制"、"音節"一起列入其中,表明他眼中法的界域已經擴大,不但"體制"、"音節"有法可依,並"氣象"和"興趣"也是有迹可尋的。甚至依他本意,作詩者更應研究的就是這種"氣象"和"興趣",而漢魏盛唐是具體的典範。然後論"活法",要求除去"體"、"意"、"句"、"字"和"韻"之俗,又要求"下字貴響,造語貴圓","意貴透徹"、"語貴脫灑"、"須參活句,勿參死句",反對"直"、"淺"、"露"、"短"、"散緩",並稱"辨家數如辨蒼白,方可言詩"。很大程度上可以說,他對詩歌創作根本主張的倡揚,對歷代作家作品的評論,都是從辨明詩體這個根本點出發的。故所謂"妙悟"、"入神"、"興趣"、"氣象",包括"脫灑"、"散緩"等一系列概念、範疇,皆可視作是他深入研討詩歌體式後得到的具體的理論成果。

再說散文一途。宋代各體文發達,然因古文一途有用古怪生新矯浮巧軟媚的風氣,所謂"爾來文格日失其舊,各出新意,相勝爲奇,至太學盛建,而講官石介益加崇長,因其好尚,寖以成風,以怪誕詆訕爲高,以流蕩猥煩爲贍,逾越繩墨,惑誤後學",故召來一些人的批評①。時柳開作《應責》,以爲"古文者,非在辭澀言苦,使人難讀誦之。在於古其理,高其意,隨言短長,應變作制,同古人之行事,是謂古文也"。不過遺憾的是,他自己的創作也不脫艱澀。故有歐陽修等人出,沿韓、柳所論,倡言"道勝文至"和"事信言文"的同時,倡導流暢自然的文風,對此"文體大壞"進行匡治。當然,這種流暢自然仍自有法度在,是爲《尹師魯墓誌銘》所說的"簡而有法"。爲此,如歐陽修對四六駢偶也有所吸取,認爲只要用得恰當,便無妨爲佳作。其《筆說》評價蘇軾父子,稱"近時文章變體,如蘇氏父子以四六述叙,委曲精盡,不減古文,自學者變格爲文,迨今三十年,始得斯人",眼界較唐人似更寬一些。這種精神以後爲蘇軾所繼承。

南宋時,人們已沒有了以古文反對時文或"太學體"的任務,一代文章的基礎也已確立,故討論"文"與"道"關係的少了,從行文角度探討古文體制的多了起來。可舉者如周必大謂楊長孺"四六特拘對耳,其立意措辭貴渾融有味,與散文同"②。還有楊長孺的"文章各有體,……曾子固之古雅,蘇老泉之雄健,固亦文章之傑,然皆不能作詩;山谷詩騷妙天下,而散文頗覺瑣碎局促"③。王應麟記呂祖謙所謂"詔書或用散文,或用四六,皆得。唯四六者下語須渾全,不可如表,求新奇之對而失大體"④。

周必大學問博洽,又長文章,朱熹於時人文章獨取他一人,陸游也稱其"落筆立論,傾動一座,無敢攖其鋒者"⑤。他還以文章受知於孝宗,製作之富,楊萬

---

① 見李燾《續資治通鑑長編》卷一百五十八。
② 羅大經《鶴林玉露》甲編卷二。
③ 《鶴林玉露》丙編卷二。
④ 《辭學指南》卷二。
⑤ 《周益公文集序》,《陸放翁全集》卷十五。

里、陸游之外未有及者。時孝宗令臨安府開印《文海》，他以此書"殊無倫理"，建議"委館閣官銓擇本朝文章，成一代之書"①，這便是《宋文鑒》之緣起。呂祖謙也是飽學之士，文章"波流雲涌，珠輝玉潔，爲一時著作之冠"②，在南宋諸儒中可謂銜華佩實，一時"士子相過聚，學者近三百人"③。嘗自言"研思微旨"④，於各種文章的體式特點都能精熟於心。由他所編《聖宋文鑒》、《古文關鍵》，乃至爲諸生課試而作的《麗澤講義》、《乙丑課程》、《春秋講義》、《歷代奏議》、《精騎》，尤其《左氏博議》看，確乎多示人門徑的心造有得之言⑤。《古文關鍵》開卷有《總論看文法》，提出看文須"先見文章體式，然後遍考古人用意處"，又説作文要"筆健而不粗，意深而不晦，句新而不怪，語利而不狂，常中有變，正中有奇"，可見對體式問題的重視。因此兩人專從文體角度討論古文作法，並標舉"渾融"、"渾全"和"味"等範疇實在順理成章。楊長孺父子與周必大均有交往，周氏並曾對其有所指授，其以"古雅"、"雄健"稱文，又以爲文與詩不同，也頗值得重視。

自呂氏於古文綱目關鍵、警示句法乃至起承轉合、波瀾關鎖細加圈抹標評之後，選評之風在南宋日漸興盛。呂氏學生樓昉也編了一部《崇古文訣》，於古文體法多有揭發和推闡，細要處甚至超過乃師。呂氏多用"血脈"、"性靈"、"警策"等名言論作法，用"豐潤"、"端潔"、"清新"、"簡肅"、"清快"、"雅健"、"雄壯"、"華麗"、"縝密"等名言論風格，如稱韓文"簡古"，柳文"關鍵"，歐文"平淡"，蘇文"波瀾"。此外也以"體格"、"豪放"等名言稱人，如稱賈誼"文氣筆力，則當爲西漢第一"，司馬遷《自序》"文字反復委折，有開闊變化之妙，尤宜玩味"，至於歐陽修《秋聲賦》則"悲壯頓挫，無一字塵涴"。

以後，真德秀編《文章正宗》，稱表"以簡潔精緻爲先，用事忌深僻，造語忌纖巧，鋪叙忌繁冗"，露布"貴奮發雄壯，少粗無害"，贊"貴乎贍麗宏肆，而有雍容俯仰頓挫起伏之態，乃爲佳作"。謝枋得編《文章軌範》，主張"凡學文初要膽大，終要細心，由粗入細，由俗入雅，由繁入簡，由豪蕩入純粹"，又"以議論精明而斷制，文勢圓活而宛曲，有抑揚，有頓挫，有擒縱"爲高上，尤推崇"謹嚴簡

---

① 《玉堂雜記》卷中。
② 王崇炳《呂東萊先生文集叙》，雍正元年敬勝堂刻本卷首。
③ 呂祖謙《與劉衡州》，《東萊呂太史別集》卷九。
④ 《除太學博士謝陳丞相啓》，《東萊集》卷四。
⑤ 《説郛》卷十五上《螢雪叢説》"東萊教學者作文之法"條謂其嘗"教學者作文之法，先看《精騎》，次看《春秋》，權衡自然，筆力雄樸，格致老成，每每出人一頭地"。

潔"。孝宗乾道初,有陳騤撰《文則》,在這部被今人稱爲中國古代第一部修辭學專著中,陳氏對古文創作諸多根本性問題作了詳細論述。他分古文爲"載事之文"與"載言之文"兩類,對序、說、問、記等八種常用文體的來源一一作了說明,對箴、贊、銘、祝等其他文體也有溯源和界定,此外還對具體一部作品、一部書間或有深入細緻的討論。所舉出的"雄健而雅"、"宛曲而峻"、"整齊而醇"、"婉而當"、"謹而嚴"、"約而信"、"切而慤"、"和而直"、"辨而正"、"達而法"、"美而敏"等體式要求,皆豐富了人們對古文的認識,同時也擴大了概念、範疇對古文創作的指涉與規範。

兩宋文體論發展之大端已如上述。從其與概念、範疇的關係來看,比唐五代似更密切了一些。而就概念、範疇本身來看,較之此前也有了不少新的發展,因此出現了一些新的特點。如果說唐人探討詩體多偏於聲律對偶與物象體勢,兼及"比興"、"興象"和"閒雅",突出的是"情"、"景"之於創作的重要性,以後受道釋思想特別是禪宗的影響,兼及"境"、"象",注重"味"、"勢"和"作用";論文則尚"理"重"質",追求"博厚"、"宏壯",兼及"奇"、"簡"和"峻潔",那麽宋人似更重視以己爲主,由創作主體的相關問題切入,分析所有這一切講求的成因及構成要素,所以更尚"意",並用以爲文學創作與文體成型的重要因素。尚"意"之風中唐已見端倪,陸時雍《詩鏡總論》就說過:"勢大將收,物華反素。盛唐鋪張已極,無復可加,中唐所以一反而之斂也","中唐反盛之風,攢意而取精,選言而取勝","境斂而實,語斂而精",晚唐因之,"專尚理致","意見日深,議論愈切",乃至"專尋好意,不理聲格",由此上承元和之風而下啓宋人先河。講究"正體"和宗唐的許學夷曾將此一"大變"稱爲"大敝"①,但實事求是地說,宋人尚"意"似較諸中晚唐有勝出的地方,他們追求"意"的自覺意識比前人強烈,對這個範疇的理解也比前人成熟。

尚"意"之外,他們還專注於講"法"講"格",並爲把握這"格"與法"而引入禪學,講"悟入"、"熟參";又爲避免論"格"、"法"過當,趨於單板,又講"活"、"趣"與"韻格";於文則在講"法"之外,要求"渾融"與"端潔",並"平淡"中有"奇趣","豪蕩"處見"純粹"。而統合兩者,則内省精神的發達,道釋思想和理學、心學的滋養,使得時人尊體時更多地重視"意"和"韻"的表現,要求意緒連貫,

---

① 《詩源辯體》卷三十二。

筆力透脱,同時不憚繁細地分析如何表達這"意"和"韻",如何使作品真正有唐人所講的"博厚"與"宏壯",或他們自己喜歡的"渾融"與"平和",由此多講"血脈"、"波瀾"與"頓挫"、"擒縱"。類似這樣的反映詩文創作内在機理的概念、範疇,在傳統文學批評中尚是第一次集中而正式地出現。

三、明清範疇詮解和運用的成熟

明清處在中國古代文學批評的總結期,承唐五代詩格詩式繁榮,宋代詩話文評叢出,已有元人因矯宋詩話的屑小①,再尚作詩法則和家數講求之後,總結性的歷代文學選本和文體專著開始出現。

就前者而言,除梅鼎祚《歷代文紀》、馮惟訥《古詩紀》和陸時雍《古詩鏡》外,僅六朝文學選本就有劉節的《廣文選》與張溥的《漢魏六朝百三名家集》。此外,楊慎的《五言律祖》、徐獻忠的《六朝聲偶》、邵一儒的《六朝聲偶删補》等,也專取六朝人詩以究明唐代律詩之淵源,對人增進體式的瞭解顯然大有助益,並且本身就表明了時人對文學體式認識的深化②。就後者言,除洪武時曾鼎承李淦《古今文章精義》、趙撝謙《學範》之義,又引陳繹曾、陳騤等人著作,編成《文式》二卷外,有吳訥《文章辨體》和徐師曾《文體明辨》這樣集大成的著作。前書因録古代文章正體,始於古歌辭,終於祭文,釐爲五十卷,有變體若四六、律詩、詞曲者,别爲外集附後,每體自爲一類,每類各著序題,"使數千載文體之正變高下,一覽可以具見"③。後者準前者而損益之,上采黄虞,下及近代,文各標其體,體各歸其類,條分縷析,得八十四卷,於前人合兩類爲一、混正變而未分的情況一一辨析清楚,大具參考價值。

吳、徐兩人極重體制,嘗説:"文辭以體制爲先","夫文章之有體裁,猶宫室之有制度,器皿之有法式也",故一個開卷即列"諸儒總論作文法",一個亦以"文章綱領"爲全書總的啓領。在具體論述各類文體時,雖以叙説緣起和演變爲主,但也間及具體作法和體制特點的提示。如《文章辨體》論四言、七古和近

---

① 元人詩法及其對宋人的繼承與發展,可參見張健《元代詩法校考》,北京大學出版社,2001年,第2—4頁。
② 明初,有"開國文臣之首"的宋濂雖主"詩乃吟咏性情之具","皆出於吾一心",但已對時人盲目自信肆意逞才提出批評,以爲如此"閟視前古爲無物","猖狂無倫"至於"以揚沙走石爲豪",必有礙"純和冲粹之意"的表達。見《文憲集》卷七《答章秀才論詩書》。
③ 彭時《文章辨體序》。

體詩,就有如下表述:

> 大抵四言之作,拘於模擬者,則有蹈襲《風》《雅》辭意之譏;涉於理趣者,又有銘贊文體之誚。惟能辭意融化而一出於性情六義之正,爲得之矣。
>
> 大抵七言古詩貴乎句語渾融,格調蒼古,若或窮縷刻以爲巧,務喝喊以爲豪,或流乎萎弱,或過乎纖麗,則失之矣。
>
> 大抵律詩拘於定體,固弗若古體之高遠,然對偶音律,亦文辭之不可廢者。故學之者當以子美爲宗,其命辭用事,聯對聲律,須取溫厚和平不失六義之正者爲矜式。若換句拗體,粗豪險怪者,斯皆律體之變,非學者所先也。楊仲弘云:"凡作唐律,起處要平直,承處要春容,轉處要變化,結處要淵永,上下要相聯,首尾要相應,最忌俗意俗字,俗語俗韻。用功二十年,始有所得。"嗚呼,其可易而視之哉!

吳氏論古詩重"高遠"、"句語渾融"、"格調蒼古",不取"萎弱"、"纖麗",以爲近體尤須"溫厚和平",有"平直"、"春容"和"淵永"之美。他還引周伯弜論絕句語,"絕句以第三句爲主,但須以實事寓意,則轉換有力,涵蓄無盡",並稱"由是觀之,絕句之法可見矣"。"涵蓄"即"含蓄"也,絕句體制短小,尤須以小見大,意在言外,所以用"涵蓄"標別是很切當的。

其他如論表,引真德秀"大抵表文以簡潔精緻爲先,用意忌深僻,造語忌纖巧,鋪叙忌繁冗",論銘則引陸機"銘貴博約而溫潤",論頌則引劉勰"敷寫似賦,而不入華侈之區,敬慎如銘,而異乎規諫之域",以爲"須鋪張揚厲,而以典雅豐縟爲貴"。這裏"典雅"和"豐縟"也就是劉勰似賦鋪張而不華侈之意。論贊引真德秀"貴乎贍麗宏肆,而有雍容俯仰頓挫起伏之態,乃爲佳作",論連珠"穿貫事理,如珠在貫,其辭典,其氣約,不直指事情,必假物陳義以達其旨,有合古詩風興之義",皆涉及到一系列概念、範疇的運用。

徐師曾也同樣,論五古稱引劉勰"五言流調,清麗居宗",論七古"其爲則也,聲長字縱,易以成文,故蘊氣調辭,與五言略異,……然樂府歌行,貴抑揚頓挫,古詩則優柔和平,循守法度,其體自不同也"。論律詩"則一篇之中,抒情寫景,或因情以寓景,或因景以見情,大抵以格調爲主,意興經之,詞句緯之,以渾厚爲上,雅淡次之,秾艷又次之"。論絕句仍沿用周伯弜言,不過以"旨趣"代替了"含蓄"範疇,要求"旨趣深長"。其他如論各體文,銘一體稱引陸機"銘貴博約而溫潤"語,論祭文引劉勰"宜恭且哀,若夫辭華而靡實,情鬱而不宣,皆非工於此者也"一語。又論奏疏"以明允篤誠爲本,辨析疏通爲首,治繁總要,此其大體也"。書記"本在盡言,故宜條暢以宣意,優柔以繹情,乃心聲之獻酬也"。策則"練治爲上,工文次之"。所用概念、範疇基本不出前人範圍,措意也大抵相同。

吴、徐稍後,又有熊逵取《木天禁語》、《詩學禁臠》和《説詩要旨》各爲一卷,成《清江詩法》一書。吴默集宋、明兩代人論詩語及歷代名家要語,如《名公雅論》、《詩家一指》、《沙中金集》,也包括《木天禁語》和《詩學禁臠》,成《翰林詩法》十卷,以爲後學法則。至於通過師友切磋,記傳序跋,熱衷文體討論的人就更多了。如李東陽《麓堂詩話》就曾説:"予輩留心體制","詩與文不同體","近見名家大手以文章自命者,至其爲詩,則毫釐千里,終其身而不悟,然則詩果易言哉!"依他的理解,詩之異於文者,"以其有聲律諷咏,能使人反覆諷咏,以暢達情思,感發志氣"①,不過尚止於論"聲"。稍后王鏊多論古文創作,稱"凡爲文必有法"②,具體到"文之制,大率有二:典重而嚴,敷腴而暢","文如韓柳可謂嚴矣","文至歐蘇可謂暢矣"③。以後才有李夢陽《徐迪功集序》稱"夫追古未有不先其體者也",王廷相稱"古人之作莫不有體","君子之言曰,詩貴於辨體"④。茅坤《文訣》提出"認題"、"布勢"、"調格"、"煉辭"、"凝神"諸題,對"神"這一範疇尤多强調,稱"神者,文章中淵然之光,窅然之思,一唱三嘆,餘音嫋嫋,即之不可得,而詠之又無窮者也"。胡應麟《詩藪》外編卷一稱"詩與文體迥不類,文尚典實,詩貴清空;詩主風神,文先理道"。許學夷《詩源辨體》卷一稱"詩與文章不同,文顯而直,詩曲而隱"。用"典實"、"理道"與"清空"、"風神","顯"、"直"與"曲"、"隱"兩兩對應的範疇界別詩文,很概括地表達了明人對兩種文體的基本認識。其他許多議論也都沿用這些概念、範疇展開。

其中論詩一體最多,如何良俊論"詩苟發於情性,更得興致高遠,體勢穩順,措辭妥貼,音韻和暢,斯可謂詩之最上乘矣"⑤。胡震亨引楊仲弘語,論七古

---

① 《滄洲詩集序》,《懷麓堂集》卷二十五。
② 《孫可之集序》,《震澤集》卷十二。
③ 《容春堂文集序》,《震澤集》卷十四。
④ 《劉梅國詩集序》,《王氏家藏集》卷二十二。
⑤ 《元朗詩話》卷一。

"要鋪敘,要有開合,有風度,迢遞險怪,雄俊鏗鏘,忌庸俗軟腐。須是波闊開合,如江海之波,一波未平,一波復起;又如兵家之陣,方以爲正,又復爲奇,方以爲奇,忽復是正,出入變化,不可紀極。備此法者,唯李、杜也,開合燦然,音韻鏗然,法度森然,神思悠然,學問充然,議論超然"①。對照前及吴訥之論,其意也是以古詩要"雄渾",然與徐師曾所說的"優柔和平"不同,可見時人對於古詩有多種要求。

王世貞論五、七律詩,稱"五言律差易得雄渾,加以二字,便覺費力,雖曼聲可聽,而古色漸稀。七字爲句,字皆調美,八句爲篇,句皆穩暢。雖復盛唐,代不數人,人不數首"②。前此吴、徐兩人論律詩,或要求"沉厚和平",或講"格調"、"意興"和"渾厚",旨趣大體相近。王氏從尊古的角度出發,細分五、七律兩體,言語之中有以五律爲近古之意,而七律雖音調流美,易失雄渾之氣。

說起來,七律難於五律是明人一致的看法。謝肇淛就說:"詩中諸體,惟七律最難,非當家不能合作,盛唐惟王維、李頎頗臻其妙。然頎僅存七首,王亦止二十餘首,而折腰疊字之病,時時見之,終非射雕手也。自少陵精粗雜陳,議論間出,後人效顰,反以是爲藏垢之府矣"③。王文禄也說:"詩惟七律爲難,李太白止八首,杜子美爲多,然淺而俚者亦有之。"④其之所以難,是因爲被格律所縛,一味平和易流於卑弱,一味壯偉又易墮於粗豪,其情形正與古詩相反,"古詩之難,莫難於五古",而七古聲長字縱,易於牽合成章。因此,明人論及七律,多要求寓高古於精工,發神秀於典則,所謂"極精切而極渾成,極工密而極古雅,極整嚴而極流動"⑤,乃至要求"凡作七言律詩,直須澄静此心,如秋高月明,獨立華岳之巔,俯視萬象,景皆入奇峭,不可寬緩"⑥。

總之,明人論古、近兩體詩,每用"雄渾"、"蒼古"、"優柔"、"和平"等概念、範疇要求古詩,意近楊載《詩法家數》所論;而其中又以"清麗"要求五古,以"奇正"、"瀏亮"等要求七古。論近體則多尚"格調",這是唐宋人較少論及的一個範疇。此外,講究"精切"和"渾成",而其中又以"雄渾"要求五律,以"壯偉"、

---

① 《唐音癸籤》卷三。
② 《藝苑卮言》卷一。
③ 《小草齋詩話》卷一。
④ 《詩的》。
⑤ 胡應麟《詩藪》内編卷五。
⑥ 周履靖《騷壇秘語》卷上。

"典則"和"渾成"裁量七律①。絕句則大抵以"含蓄"爲上,細言之,"五言絕,尚真切,質多勝文;七言絕,尚高華,文多勝質……至意當含蓄,語務舂容,則二者一律也"②。而由於五古較七古爲近古,五律比七律定型得早,即以絕句論,五絕昉自兩漢,七絕起於六朝,也有古、近之別。依着疏上加密、踵事增華的一般事理,他們以"雄渾"、"蒼古"等名言論前者,以"整嚴"、"精切"等名言論後者,是包括與上述名言同序鄰序的概念、範疇在內的。如論古詩,還用"風骨"、"氣勢"等範疇;論律詩,則還用"高華"、"沉著"、"整煉"等範疇。而倘僅以字數論,則"四言婉而優,五言直而倨,七言縱而暢,三言矯而掉,六言甘而媚"③。這"婉"、"優"、"直"、"倨"、"縱"、"暢"、"矯"、"掉"、"甘"、"媚"等,皆分別有其所從屬的上源範疇系統,又可兩兩組合成詞。時人對詩體的這種限定,可以說是在上源範疇系統的大背景下進行和展開的。

　　清人重視歷代詩學的精研,對前朝創作及批評尤多反思④。有鑒於元明兩代好言體式家數,以至於祧唐宗宋、各拘師法的弊端,多講"文章無定式","毋拘之以格式"⑤,但對各體詩的體制還是十分關注的,甚至從某種程度上說討論得更深入細微,上述言論不過是其不滿元明人粗鄙拘執的有激之辭⑥。故他們一般不取"天魔舞"與"信口腔"⑦,認爲"古詩律詩,體格不同,氣象亦異,各有法

---

① 明人雖也推崇古律,如陸時雍《詩鏡》提倡"絕去故常,劃除塗轍,得意一往",故評《龍池篇》與《古意》爲"唐人律詩第一",但同時認爲"排律貴在嚴整,初唐惟沈、宋爲佳,九齡以流行行之,便爲損格"。"孟浩然、李太白俱以古行律,故多率意一往,不爲律束",被認爲是患才之揚、情之肆,未得體式之正。見《詩鏡》,河北大學出版社,2010年,第453、494、543頁。又,李維楨《唐詩紀序》謂:"律體情勝則俚,才勝則離;法嚴而韻諧,意貫而語秀。初盛奪千古之幟,後無來者。絕句不必長才而可以情勝。初唐饒爲之,中晚固無讓也。歌行伸縮由人,即情才俱勝,俱不失體。"可並參看之。
② 胡應麟《詩藪》內編卷六。
③ 陸時雍《詩鏡總論》。
④ 即以清人選明詩總集而言,數量達七十種之多。其中除《列朝詩集》、《明詩綜》、《明三十家詩選》等幾種爲人熟知外,如黃昌衢《藜照樓明二十四家詩定》、王企靖《明詩百卅名家集鈔》、魯之裕《明詩鈔》、程如嬰《明詩歸》、陳萊《九大家詩選》、朱琰《明人詩鈔》、柳彬《明詩穆如集》、陸坊《明詩精選》等均幾乎不爲人所知。其實這些選本都各有自己的宗趣與偏好,尤其追求整體雅正的同時,每每明示或隱寓正體的要求,是值得重視的文學批評史研究或文體史研究的重要資料。
⑤ 顧炎武《日知錄》卷十六。
⑥ 如乾隆時有王楷蘇應諸生學詩之請作《騷壇八略》,其中就突出"源流"、"體裁"、"法律"、"家數"諸略,以爲"詩有體裁,不可不辨論","作詩不明法律,總有才學,是野戰也"。雖爲家塾私論,不能不說是一代風氣的反映。
⑦ 史承謙《青梅軒詩話》卷一。

度,各有境界分寸"①。即從使事、選材到用意、運筆,兩種體式各有其相宜者。大體說來,古詩好樸厚,近體多婉妍。作者只有依例而行,才能成就合格之體。如劉熙載《詩概》就說:

> 伏應轉接,夾敘夾議,開闔盡變,古詩之法。近體亦具有之,惟古詩波瀾較爲壯闊耳。
>
> 古體勁而質,近體婉而妍,詩之常也。論其變,則古婉近勁,古妍近質,亦多有之。
>
> 論古、近體詩,參用陸機《文賦》曰:絶"博約而温潤";律"頓挫而清壯";五古"平徹而閒雅";七古"煒煜而譎狂"。

除第三例引《文賦》論各體詩稍有鑿强,易引起混亂外,他對古、近兩體詩的界劃大體是明確的當的,反映了清人的一般認識。事實上,清人正是用"勁質"、"婉妍"的同序、鄰序範疇,來分別論説古、今兩體的主要區别的。

具體地説,對於五古,他們好用"平淡"、"和平"等概念、範疇指稱之,所謂"五言古詩,或興起,或比或賦,須寓意深遠,託詞温厚,反復優遊,含蓄婉轉,推人心之至情,寫感慨之微意"②。對於七古,則好用"氣格"、"雄健"、"氣勢"等概念、範疇,所謂"七古以氣格爲主,非有天姿之高妙,筆力之雄健,音節之鏗鏘,未易言也。尤須沉鬱頓挫以出之"③。"大約作七古與他體不同,以縱橫豪宕之氣,逞夭矯馳驟之才,選材豪勁,命意沉遠,其發端必奇,其收處無盡,音節琅琅,可歌可聽。"④如方東樹更以"樸"、"拙"、"瑣"、"曲"、"硬"、"淡"、"老"論其妙,並以爲以上數者,缺一不可⑤。

於律詩而言,清人好從"格致"、"體勢"角度置論。如稱"五言律,陰鏗、何遜、庾信、徐陵已開其體,唐初人研揣聲音,穩順體勢,其製乃備"⑥。"七律以元

---

① 朱庭珍《筱園詩話》卷一。
② 冒春榮《葚原詩説》卷四。
③ 錢泳《履園譚詩·總論》。
④ 田雯《古歡堂集雜著》卷二。
⑤ 《昭昧詹言》卷十一。
⑥ 沈德潛《説詩晬語》卷上。

氣渾成爲上,以神韻悠遠爲次,以名句可摘爲又次,以小巧粗獷爲下"①,"七律八句,要搏結完固,宛轉玲瓏,句中寓有層叠,乃妙。若祗是四層,未見圓活,俗語所謂'死版貨'"②。此外,論絕句則一如明人,多要求"含蓄"和"委曲",其中五絕以"詞簡而味長"爲主③,七絕以"語近情遥,含吐不露爲貴,只眼前景,口頭語,而有弦外音,使人神遠"④。

或以爲,上述清人論近體多舉"渾成"、"完固"乃或"圓活",並不與"婉妍"這樣的名言同序,乃至也並不與之鄰序,何以認識差距如此之大,是否論者對所用名言的内涵理解存有出入? 其實,這種别擇名言,另立新説,在古人往往包含着更折進一層的意思,即律詩度整語儷,往往易工而難化,加以有格律的規定,不免束縛緊而尺幅窄,故論者每要求人以鬱勃的興會渾融之,使情思得以有節制地展開,與文辭相生相顧,彌綸成片,如此意涵上有渾成之致,體勢格調上也能得高華之長,其間並無排斥"婉妍"另起爐竈之意。唯此之故,上述所舉諸例在多言"渾成"之外,仍不免講圓活玲瓏,講神韻悠遠。

清人論古文一體的成果遠較明人爲豐富。儘管如魏際瑞所説:"文章之道,自體格以至章節字句,古人之法已全,而吾或欲與古人争衡,慨然發吾志之所欲發,則非有其識與議者。"⑤又如魏禧所説:"文章之變,於今已盡,無能離古人而自創一格者,獨識力卓越,庶足與古人相增益。"⑥但其實他們並没有放棄對獨創性體式的追求,故較之詩學,實際成就未爲遜色。

如清初毛先舒作《論文》,討論"主客"、"先後"、"詳略"、"分合"、"伏應"、"束縱"、"聯斷"、"單復"、"頓宕"、"整亂"等法。魏禧繼之論古文之"伏應"與"斷續",稱"人知所謂伏應,而不知無所謂伏應者,伏應之至也;人知所謂斷續,而不知無所謂斷續者,斷續之至也"⑦。邵長蘅分文體爲二,"曰叙事,曰議論,是謂定體",又提出"辭斷意續,筋絡相束,奔放者忌肆,雕刻者忌促,深䆳者忌詭,敷演者忌俗,是謂定格。言道者必宗經,言治者必宗史,導情欲婉而暢,述

---

① 施補華《峴傭説詩》。
② 方世舉《蘭叢詩話》。
③ 宋犖《漫堂説詩》。
④ 沈德潛《唐詩别裁集》卷二十。
⑤ 《學文堂文集序》,《魏伯子文集》卷一。
⑥ 《答蔡生書》,《魏叔子文集》卷六。
⑦ 《陸懸圃文序》,《魏叔子文集》卷八。

事欲法而明,是謂定理"①,是以爲文之理格有定。後戴名世手批《唐宋八大家文選》,於起伏呼應、聯絡賓主,以及抑揚、離合、伸縮之法也多有研究,並將其歸結爲"自然"一義,稱"今夫文之爲道,雖其辭章格制各有不同,而其旨非有二也,第在率其自然而行其所無事"②。他還揭出"精"、"氣"、"神"三個範疇作爲作文關鍵,爲後來桐城派所推重。

"世言文章者稱桐城云"③。桐城派論文重法是一大特色,如方苞就標舉"義法"範疇統攝各體文的寫作。基於"法從義起",他要求因義定法,法隨文變。"義法"這個詞本起於《墨子·非命》之"凡出言談文學之道也,則不可而不先立義法",然方苞將自己的論說源頭一直上溯到《史記·十二諸侯年表序》所載孔子之"興於魯而次《春秋》,……約其辭文,去其煩重,以制義法",又以《春秋》、《左傳》和《史記》爲法,並引入《易經》之說,稱"義即《易》之所謂'言有物'也,法即《易》之所謂'言有序'也,義以爲經而法緯之,然後爲成體之文"④。

用此範疇,他評論歷代文章,稱"秦周以前,學者尚未言文,而文之義法,無一之不備焉"⑤,"班、史疏於義法"⑥,"班、史義法,視子長少漫矣,然尚能識其體要"⑦,尚屬泛泛。至論韓愈"碑記墓誌之有銘,猶史有贊論,義法創自太史公,其指意辭事必取之本文之外,……此意惟韓子識之,故其銘辭未有義具於碑誌者,或體制所宜,事有覆舉,則必以補本文之間缺,如此篇兵謀戰功詳於序,而既平後情事,則以銘出之,其大指然也"⑧,漸具體入微。又,《古文約選序例》稱"子長年表、月表、序,義法備於《左》《史》。退之變《左》《史》之格,而陰用其義法。永叔摹《史記》之格調,而曲得其風神。介甫變退之之壁壘,而陰用其步法",也是就文章體式作詳細的探討,並讓人看到了"義法"與"格調"、"風神"的聯繫。"義法"由此成爲古代文學批評史上後起的重要範疇,所謂"義法居文之大要"⑨。即作慢詞,也被認爲"須講義法,與古文辭同"⑩。

---

① 《與魏叔子論文書》,《青門簏稿》卷十一。
② 《李潮進稿序》,《南山集》卷二。
③ 姚瑩《朝議大夫刑部郎中加四品銜從祖惜抱先生行狀》,《東溟文集》卷六。
④ 《又書貨殖列傳後》,《方望溪先生全集》卷二。
⑤⑧ 《書韓退之平淮西碑後》,《方望溪先生全集》卷五。
⑥ 《書漢書禮樂志後》,《方望溪先生全集》卷二。
⑦ 《書漢書霍光傳後》,《方望溪先生全集》卷二。
⑨ 劉熙載《藝概·文概》。陳康祺《郎潛紀聞》卷十四也以"讀其文集,茂密清雋,不背義法"稱人。
⑩ 蔡嵩云《柯亭詞論》。

其後劉大櫆《論文偶記》論古文,提出"神氣"、"音節"、"字句"三原則,認爲"行文之道,神爲主,氣輔之","氣隨神轉,神渾則氣灝,神遠則氣邈,神偉則氣高,神變則氣奇,神深則氣静","音節者,神氣之迹也;字句者,音節之矩也"。而如"義理"、"書卷"、"經濟"三者不過是"行文之實",只有把握上述"行文之道",才能曲盡作文之"能事"。姚鼐編《古文辭類纂》,於"序目"中更進一步析論十三類文體,以爲所以爲文者有八,"神"、"理"、"氣"、"味"和"格"、"律"、"聲"、"色",前四者爲"文之精也",後四者爲"文之粗也"。上述諸範疇在此前文學批評中都曾出現過,但與文體術語相對待提出,且用諸古文一體,以他的論述爲較詳明。

受桐城派影響但又有自己主張的陽湖派諸家,也對文章一體多有討論。如惲敬《上曹儷笙侍郎書》以爲古文是"文中之一體","其體至正,不可餘,餘則支;不可盡,盡則敝;不可爲容,爲容則體下"。他没有具體解釋"餘"、"支"、"敝"和"容"等名言的内涵,但由底下具體討論,可知是指只依附古人,不能沛然於所爲文之外的諸種弊病。再具體地說,文贍而力過是"少支而多敝",文謹而辭近是"少敝而多支"。"支"在此由離散、細碎和無蔓,衍指爲文的喻過其體,詞没其意,所謂累辭漫説。文有"餘"則易生"支蘖",易成"支辭"。"敝"則由破舊、衰疲和敗壞,衍指爲文的單薄與寒儉。文如"盡"則易"敗敝",並易呈"窳敝"之象。儘管這兩個名言都不脱其本義,非爲生造,但惲氏仍賦予了它們特别的意旨,相對於古人及同時代人,絶對是别創新名。於此可見用概念、範疇來收納或表徵自己的觀念主張,在其時已成爲論者的言説習慣。

其他如陳澧用《詩經·小雅·正月》"維號斯言,有倫有脊"句,提出古文創作"倫"與"脊"這兩個概念,稱:"倫者,今曰老生常談所謂層次也;脊者,所謂主意也,……有意矣,而或不止有一意,則必有所主,猶人身不止一骨,而脊骨爲之主,此所謂'有脊'也。"①劉熙載《藝概》提出"顧注"這一概念,稱:"揭全文之指,或在篇首,或在篇中,或在篇末。在篇首則後必顧之,或篇末則前必注之,在篇中則前注之,後顧之。顧注,抑所謂文眼者也。"則是清人的創造。方東樹好以文論詩,承桐城每授人作文法的傳統,又本着"領略古法生新奇"的雄心,力主論文"必發一種精意,爲前人所未發,時人所未解;必撰一番新辭,爲前人所未

---

① 《復黄苣香書》,《東塾集》卷四。

道,時人所不能"①,更是屢創新辭,用"汁"、"漿"、"棱"等新特字論詩,津津樂道地討論如何"起棱"爲"奇棱",有"汁漿"爲"正漿"②。清人論詩,間有言及"汁"、"漿"者,如張謙宜《絸齋詩談》卷一就稱"凡讀書,都要爛成漿,化成汁,順手點染,全非陳物,乃是高手",爲純粹的比喻。他則別有專指,借傳統髹漆工藝之用灰漆刮出器皿邊緣,使其見棱見角,再塗汁漿令其圓潤光滑,喻詩歌銜接過渡處當歷落分明,但又須不致生澀硬札,有圓融順溜之長③。於此又可見即使到傳統詩學批評的總結期,名言創造的生機仍未中絶。

綜合明清兩代文體論的發展及其與文學批評範疇的關係,可以看到時人經過對秦漢以來一直到宋元不同文體主張的比較,基本理清了文與詩兩種體式的異同關係。他們用不同序列、不同內涵的概念、範疇分別總結詩文的體式特徵,從而爲後人更好地把握這些概念、範疇提供了很好的佐證。此外,他們在探討詩文體式過程中開始注意彌合前人不同的論說,或闡發其旨,或補其未備,由此在概念、範疇的使用上更頻繁、更自覺,以至這些從文體角度建起的名言,成爲其整個理論體系的基礎和核心,如桐城派揭舉"神"、"氣"等範疇就有這種綜合的集大成的特點。至於類如"義法"、"顧注"、"汁"、"漿"等新的概念、範疇的被提出,則表明在總結前人論說的同時,他們研究思致所達到的細密化程度和沛盛的創造力。

四、相關概念、範疇例釋

上述對詩文體式與概念、範疇關係的討論是十分粗略的,比之底下詞曲和戲劇、小說部分尤其顯得簡單。下面擬對宋元以來各體詩文批評中常用的幾個很有特點和標誌性的概念、範疇作一專門詮釋,以多少彌補這種缺憾。如前面一再提到的,中唐特別是宋代以後,古代文學創作和理論批評發生了一些極爲重要的變化,這些變化當然在概念、範疇的創設和運用中也有反映。前此,結合創作風尚的移易,已對此作了一些說明。此處結合文體討論,再擇取幾個

---

① 《書林揚觶》卷下《附論文人十五》。
② 《昭昧詹言》卷十二、卷一。
③ 參見蔣寅《詩學、文章學話語的溝通與桐城派詩歌理論的系統化——方東樹詩學的歷史貢獻》,《復旦學報》2016 年第 6 期。又,劉熙載《藝概·經義概》有"文有攻棱、補窪兩法。攻棱做題字也,補窪做題間也",可並爲參看。

有典型意義的概念、範疇作一番解析,是因爲這些概念、範疇雖在範疇體系中不占主要地位,但可見出文體之於範疇創設與運用的重要關係,且是這個體系中最具敏感性和自體性的部分。

1. "響"

"響"本指回聲,泛指聲音,以後用以形容一切宏亮的聲音,如《易傳·繫辭上》有"其受命也如響"。早在魏晉南北朝,它已被引入文學理論批評。如劉勰《文心雕龍·風骨》就有"捶字堅而難移,結響凝而不滯,此風骨之力"一説,《體性》也有"嗣宗俶儻,故響逸而調遠"。但僅就聲律言,且並不多見。宋代,隨詩法講求普遍受到重視,"響"開始被廣泛運用於體式討論和作家作品批評。如北宋初梅堯臣《寄維陽評待制》詩已有"四坐稽頟嘆辯敏,文字響亮如清球"這樣的詩句。江西詩派興起後,它更得到人普遍的重視,意義也變得更爲豐富精深。魏慶之《詩人玉屑》卷三論唐人句法,有"眼用響字"條,列於"下字"目下,且看其中所引吕本中《童蒙詩訓》的一段話:

> 潘邠老言:"七言詩第五字要響,如'返照入江翻石壁,歸雲擁樹失山村','翻'字、'失'字是響字也;五言詩第三字要響,如'圓荷浮小葉,細麥落輕花','浮'字、'落'字是響字也。所謂響者,致力處也。"予竊以爲字字當活,活則字字自響。

潘大臨首先將"響"理解爲詩眼,所以稱七言詩第五字、五言詩第三字要下得特別有力。吕本中認爲不能這麽拘狹地理解,他指出作詩關鍵在得一"活"字,且須每字皆"活",只要做到了這個"活",詩自然也就"響"了。然在另一處他又說:"詩每句中須有一兩字響,響字乃妙指,如子美'身輕一鳥過'、'飛燕受風斜','過'字、'受'字皆一句響字也。"[1]可見,做詩字字求響有所不能,也有所不必,但一二字能"響"在他仍認爲是必須的。當然,不一定非在第三、第五字,如杜詩末一字也"響",因爲它下"活"了。當然說歸說,要真正做到談何容易,即以吕氏本人而言,誠如朱熹指出的那樣:"紫微論詩欲字字響,其晚年詩多啞了。"[2]由

---

[1] 蔡夢弼《杜工部草堂詩話》卷二。
[2] 劉克莊《江西詩派序》引,《後村先生大全集》卷九十五。

朱氏對吕本中的批評，可見他也關注並贊同詩須"響"。其他如嚴羽論詩重"歌之抑揚"，不取"如戛釜撞瓮"，故《滄浪詩話》也提出"下字貴響"。姜夔《白石道人詩説》並以爲不僅下字，即句法也要做到"響"，不然"只求工於句字，亦末矣"。

宋人從字法、句法角度對"響"所作的研究，給元以後歷代人很大的影響。元人陳繹曾《文説》論"下字法"，謂"有順文之聲而下之者，若音當揚，則下響字"。時有佚名者作《沙中金集》，收入黄省曾《名家詩法》，書中開列諸種詩法，"實字作眼"、"拗字作眼"之外，便是"響字作眼"①。楊載《詩法家數》説"下字要有金石聲"，也是求"響"的意思。方回《瀛奎律髓》對此有更進一步的論述，如"作詩準繩"論煉句，要求"雄偉清健，有金石聲"，"律詩要法"於七言一條下，要求"聲響、雄渾、鏗鏘、偉健、高遠"，以"響"爲第一要務；五言要求多下實字，也是因爲"字實則自然響亮，而句法健"。這種將字的虛實與"響"聯繫起來討論，較宋人顯然有所推進。在評陳師道《贈王秀修商子常》詩時，他又説："'能'字、'每'字乃是以虛字爲眼，非此二字，精神安在？善吟咏古詩者，只點綴一二好字高唱起，而知其用力著意之地矣。"則不但實字，虛字用得好也同樣能"響"。

明七子尚聲格體調，由此立場出發也好講"響"，李夢陽所謂"高古者格，宛亮者調"，何景明所謂"以俊語亮節自安"②，皆是尚"響"之義，並賦予其與"格調"範疇相會通的獨到意義。王世貞稱"文故有極哉……揚之則高其響，在上而不能沉"③，更分"響"爲"實響"與"虛響"兩類，以爲"有虛有實，有沉有響，虛響易工，沉實難至"④，"聲響而不調則不和，格尊而無情實則不稱"⑤，將聲諧與"情實"充實到"響"當中去，有補前七子之闕的意思。由於"響"深契詩歌創作的機理，不論持何種主張，於此一節都很難迴避，故此後竟陵派鍾惺雖力斥七子，仍要求作詩"要使體渾而響切，事雜而詞整，氣恢而法嚴，令才有不必盡，而意有不得逞，小蟻封盤馬意也"⑥。其《唐詩歸》評杜甫《九日藍田崔氏莊》和《秋興》其七謂："凡雄者貴沉。此詩及'昆明池水'勝於'玉露凋傷'、'風急天高'蓋以此。王元美謂七言律虛響易工，沉實難至，似亦篤論，而專取四詩爲唐七言

---

① 見許學夷《詩源辨體》卷三十五。
② 《駁何氏論文書》，《空同集》卷六十二。
③ 《吴明卿先生集序》，《弇州山人續稿》卷四十七。
④ 《藝苑巵言》卷一。
⑤ 《湯迪功詩草序》，《弇州山人續稿》卷四十七。
⑥ 《江行俳體自序》，《隱秀軒集》卷十。

律壓卷,無論老杜至處不在此,即就四詩中已有虛響、沉實之不同矣,不知彼以何者而分虛響、沉實也?"①於此可見相承相接之脈絡。此外,楊良弼《作詩體要》除以時代、流派分出"中唐體"、"四靈體"之外,還從體式角度分出"高格體"、"卑格體"、"不拘對體"、"死化活體",並另有"有眼體"、"響亮體"之目。雷燮《南谷詩話》卷上也有"學詩之要,在立格、命意、煉字三者而已。體格本高古,忌卑俗;意興貴精遠,忌粗淺;字眼貴清響,忌塵腐"之說。

至於清人尚"響"之論就更多了,不但重"格調"的沈德潛在《說詩晬語》卷上中力主詩要"屬對穩"、"遣事切"、"結響高",連重"性靈"的袁枚在《續詩品》中也專列"結響"一品以爲標舉。而且,他們對宋元以來諸家論說還多有推闡,乃至別出自己的新見。前者如施補華《峴傭說詩》主張"下字煉句,須成高、亮兩字,不高不亮,詩雖好,亦減成色",而"講求高亮,尤須辨響"。爲此,他承王世貞所論,再次析論"虛響"與"實響"兩者,稱"凡聲有餘,意不逮,或意雖足,氣不沉、光太露者,皆謂之虛響",並還以明七子爲例,指出其學唐人不得皆因此病。其他如冒春榮《葚原詩說》卷二之"下字須清、活、響",吳景旭《歷代詩話》卷七十八之"詩家易字,最爲緊要,……試取數語細哦之,覺舌本間有斷斷不可混下者,此無他,響與啞之別也",也屬此類。後者如賀貽孫從用韻的角度細析之,其《詩筏》力言"前輩有禁人用啞韻者,謂押韻要官樣,勿用啞韻",而"四支"與"十四鹽"皆啞韻,不可用。袁枚《隨園詩話》卷六更說:

> 欲作佳詩,先選好韻,凡其音涉啞滯者,晦僻者,便宜棄舍。"葩"即"花"也,而"葩"字不亮;"芳"即"香"也,而"芳"字不響。以此類推,不一而足,宋、唐之分,亦從此起。

區分可謂嚴細,示例可謂具體。而王曉堂鑒於避盡啞韻之不易,乾脆說:"押啞韻要響"②,這"響"字正可謂無所不在了。又,朱庭珍稱律詩"最爭起處","貴用陡峭之筆,灑然而來,突然涌出,若天外奇峰,壁立千仞,則入手勢更健,氣自雄壯,格自高,意自奇,不但取調之響也"。又舉曹植、謝靈運等人所作好句,以爲

---

① 《唐詩歸》卷十七。
② 《歷下偶談續編》卷十。

"皆高格響調,起句之極有力,最得勢者,可爲後學法式"①,則還引入"勢"範疇,將此義由字法、句法擴大到整篇之章法②。至此,"響"超越了作爲下字之法的局限,上升爲關乎詩歌體格體勢的重要名言。它的出現並成熟,不能不說是對唐以前詩法論的一種深化。

2."脈"

"脈"本指血管,"壅遏營氣,令無所避,是謂脈"③,古人以之爲"血之府"④,又以爲"骨著脈通,與體俱生"⑤。後衍指事物如血管連貫有條理者。與"響"範疇一樣,"脈"在魏晉六朝時被引入文學批評,間或用以指作品内在意蘊的條貫和會通。如劉勰《文心雕龍·附會》所謂"若統緒失宗,辭味必亂;義脈不流,則偏枯文體",《章句》所謂"故能外文綺交,內義脈注,跗萼相銜,首尾一體"。清人紀昀於此句下評曰:"與《鎔裁》篇一段參看。"《附會》、《章句》和《鎔裁》三篇專論文章作法,特別是如何首尾圓合、條貫統序的意義聯結之法,此紀氏所謂可爲參看之意。

中唐以後,此義開始受人重視。皎然《詩式》論"詩有四不",其一即"才贍而不疏,疏則損於筋脈"。五代徐寅《雅道機要》則列有"叙血脈"一節,稱"凡爲詩須洞貫四闋,始末理道,交馳不失次序"。宋人處在唐人巨大的陰影下,頗思有所悟創,故承前人之說,更多地講"詩有肌膚,有血脈,有骨格,有精神……無血脈則不通"⑥,並進而將之推進到"氣脈"、"脈理"、"脈絡"的抽象層面。

具體地說,這"脈"分"語脈"和"意脈"。未發之前,上下連貫之旨爲"意脈";已發之後,前後統屬之詞爲"語脈"。故間或亦寫作"句脈"和"義脈"。由於語詞是用來傳達意旨的,故這兩者在宋人實際論述過程中並未被嚴格區分爲兩橛。再看兩則有關的記載:

> 大概作詩要從首至尾,語脈聯屬,有如理詞狀。古詩云:"唤婢打鴉兒,莫教枝上啼。啼時驚妾夢,不得到遼西。"⑦

---

① 《筱園詩話》卷四。
② 《唐宋詩醇》卷十六評杜甫《將赴荆南寄別李劍州》詩"通體響亮",可爲參看。
③ 《靈樞·訣氣》。
④ 《素問·脈要精微論》。
⑤ 王符《潛夫論·德化》。
⑥ 吳沆《環溪詩話》。
⑦ 范季隨《陵陽先生室中語》。

"打起黃鶯兒,莫教枝上啼。幾回驚妾夢,不得到遼西。"此唐人詩也。人問詩法於韓公子蒼,子蒼令參此詩以爲法。"汴水日馳三百里,扁舟東下更開帆。旦辭杞國風微北,夜泊寧陵月正南。老樹挾霜鳴窣窣,寒花承露落毿毿。茫然不悟身何處,水色天光共蔚藍。"此韓子蒼詩也。人問詩法於呂公居仁,居仁令參此詩以爲法。後之學詩者,熟讀此二篇,思過半矣。①

所舉兩詩何以被推爲典範?韓、呂兩人均未作詳解,然由其所論可知,與"響"之主要關乎字法不同,它主要是就詩歌的篇章之法而言的。篇法、章法靠詩中的行氣來聯通,故又有"氣脈"一說。如包恢論律詩通病,一是"有刻琢痕迹,止取對偶精切,反成短淺,而無真意餘味,止可逐句觀,不可成篇觀,局於格律,遂乏風韻",一是"有各一物一事,斷續破碎,而前後氣脈不相照應貫通,謂之不成章"②。前者是句法之病,後者就是章法之病。此外,如吳可題黃節夫書,論及如何改詩可使"有氣骨,而又意脈聯貫"③,張表臣稱杜甫《閬中歌》"辭致峭麗,語脈新奇"④,朱弁稱"王臨川語脈與南豐絕不相類"⑤,則仍同前意。而其中尤以姜夔《白石道人詩說》說得最爲完整:"大凡詩,自有氣象、體面、血脈、韻度。氣象欲其渾厚,其失也俗;體面欲其宏大,其失也狂;血脈欲其貫穿,其失也露;韻度欲其飄逸,其失也輕。"這裏的"血脈"同"氣脈",都是語脈、意脈貫通後作品所呈現的整體貫通之象。

由於以"脈"論詩具體而切實,後世好講體法與師承的論者每每言及之。如金人元好問不滿當時後生一弄筆墨便高自標置的輕狂作風,特別欽重辛愿的業專心通,稱其"每讀劉、趙、雷、李、張、杜、王、麻諸人之詩,必爲之探源委,發凡例,解絡脈,審音節,辨清濁,權輕重,片善不掩,微纇必指,如老吏斷獄,文峻網密,絲毫不相貸"⑥。在他那裏,"解絡脈"與"探源委"、"辨清濁"諸事一樣,成爲把握詩人詩作,進而判斷其高下的重要標尺。

---

① 魏慶之《詩人玉屑》卷六引《小園解後錄》。
② 《書撫州呂通判開詩稿略》,《敝帚稿略》卷五。
③ 《藏海詩話》。
④ 《珊瑚鈎詩話》卷二。
⑤ 《曲洧舊聞》卷三。
⑥ 《溪南詩老辛愿》,《中州集》卷十。

以後,方回提出"律爲骨,意爲脈,字爲眼,此詩家之大概也"①。以律爲骨,是基於他"詩之精者爲律"的基本觀點,故多重句法和結構。以字爲眼,即所謂字法,如前面所說,主要是求得響而不啞。以意爲脈則大有講究。他嘗評謝靈運《過始寧墅》詩:"有形有脈,以偶句叙事述景,形也;不必偶而必立論盡意,脈也。"②蓋方回論詩基本取江西詩派的立場,江西派尚"作意"、"意格"和"意韻",他便提出"詩以格高爲第一"③,同時要求"詩先看格高而意又到語又工爲上,意到語工而格不高次之,無格無意又無語下矣",如此"以意爲脈,以格爲骨",對"用字虛實輕重,外若不等,而意脈體格實佳"的作品多有好評④,正體現出宋人的趣味。同時楊載《詩法家數》論律詩"須要血脈貫通,音韻相應,對偶相停,上下匀稱",古詩須"文脈貫通,意之斷續,整然可觀",范德機《木天禁語》論五古篇法應"先分爲幾段幾節,……次要過句,過句名爲血脈,引過次段,過處用兩句,一結上,一生下",是之謂"過脈",都將討論推向更加細緻的境地。

明人如顧起綸論七言律也以"脈"爲關鍵,嘗謂"句句字字不可斷爲工,又以句句字字直屬爲病,在氣貫節續,如脈絡然"⑤。胡應麟則說:"凡讀古人文字,務須平心易氣,熟參上下語脈,得其立言本意乃可。"⑥又,繆昌期稱竟陵派作詩"其學儉,其氣薄",同時"其脈亂"⑦。其實鍾、譚論詩也談"漢魏意脈",然可能疏於養氣積學,終未能有所獲,故爲繆氏詬病。

清人論法尚"美人細意熨貼平,裁縫滅盡針綫迹",故也多言"脈"。如王夫之反對"借客形主"、"以反跌正"之類的科場死法,以爲作詩要"以情事爲起合,詩有真脈理,真局法,則此是也。立法自敝者,局亂、脈亂都不自知,哀哉!"⑧錢謙益對江西詩派頗有微辭,以爲"自宋以來,學杜詩者莫不善於黃魯直",然仍

---

① 《汪斗山識海吟稿序》,《桐江集》卷一。
② 《文選顏鮑謝詩評》卷三。
③ 《唐長孺藝圃小集序》,《桐江續集》卷三十三。
④ 分別見《瀛奎律髓》卷二十一、四十二和二十六。
⑤ 《國雅品·士品二》。又,明人稱岑參《奉和中書舍人賈至早朝大明宮》詩"通篇心靈、脈融、語秀,作廊廟古衣冠法物,令人對之魂肅神斂。不特《早期》諸什此爲首倡,即舉唐七律取爲壓卷,何讓?"所提"脈融",也意在於此。見周珽《删補唐詩選脈箋釋會通評林》,齊魯書社,2001年,第444頁。
⑥ 《少室山房筆叢》卷十《丹鉛新錄六》。
⑦ 《文原》。
⑧ 《明詩評選》卷四。

"不知杜之真脈絡"①。至如冒春榮還討論到了"詩中以虚字爲筋節脈絡"②,趙翼稱贊吳偉業"古詩擅長處,尤妙在轉韻,一轉韻,則通骨筋脈,倍覺靈活"③。類似這樣的討論,包括受中醫"脈行筋下"爲"伏"④,而用"伏脈"指行文之預先鋪墊⑤,都將"脈"與詩的内在機理結合得更緊密了。

"脈"或"脈絡"還被人用來論詞與文。前者如况周頤稱"詞亦文之一體,昔人名作,亦有理脈可尋,所謂蛇灰蚓綫之妙"⑥。這裏的"理脈"或是指"理"與"脈",但也可能指行文之理路。如是,則此"理脈"即屬"脈"的後序名言,並其意差同"語脈"。後者如陸游就説:"論文有脈絡,千古若不誣。"⑦後元人劉壎也説:"凡文章必有樞紐,有脈絡,開闔起伏,抑揚布置,自有一定之法。"他並用此具體分析古人文章,稱"《春秋》以後文章之妙者,世推《左傳》、《史記》,而其文法乃有相似者。蓋古人作文俱有間架,有樞紐,有脈絡,有眼目,……如《左傳》載宰孔賜齊侯胙一段,有曰:'將下拜,將下拜,敬不下拜,下拜登受。'連用四'下拜',不覺重復"⑧。後陳繹曾爲科舉程試之需,作《文説》叙爲文之法,如"養氣"、"抱題"、"明體"、"分間"、"立意"、"用事"、"造語"與"下字",於如何使文字警策、脈絡分明也多有置論,只是未直接用及此名言。

明唐順之認爲"文字俱有一脈相傳"⑨,是論廣義的"脈";同時又説文章家"繩墨布置,奇正轉折,自有專門師法,至於中間一段精神命脈骨髓,則非洗滌心源,獨立物表,具今古只眼者,不足以與此"⑩,則直接用"脈",並將其意推向更深廣的境地。此外,徐渭也曾論及"大梗文脈"⑪。王文禄著有《文脈》三卷,

---

① 《讀杜小箋上》,《初學集》卷一百六。
② 《葚原詩説》卷一。
③ 《甌北詩話》卷九。
④ 滑壽《難經本義·十八難》。
⑤ 見何焯評韓愈《縣齋有懷》詩,《義門讀書記》中册,中華書局1987年,第506頁。又,林紓《春覺齋論文》謂:"伏筆即伏脈"。
⑥ 《蕙風詞話》卷二。
⑦ 《書嘆》,《劍南詩稿》卷七。具體如吕祖謙《古文關鍵》謂:"文字一篇之中,須有數行整齊處,須有數行不整齊處……常使經緯相通,有一脈過乎其間然後可。蓋有形者綱目,無形者血脈也。"樓昉《崇古文訣》評柳宗元文,稱"脈絡相生,節奏相應,無一字放過"。可爲參看。
⑧ 《隱居通議》卷十八《文章六》。
⑨ 萬士和《二妙集序》引,《萬文恭公摘集》卷四。
⑩ 《答茅鹿門知縣二》,《荆川先生文集》卷七。
⑪ 《奉答馮宗師書》,《徐文長三集》卷十六。

其卷一"總論"稱:"一元清明之氣,畀於心,以時洩宣,名之曰文。文之脈蘊於冲穆之密,行於法象之昭,根心之靈,宰氣之機,先天無始,後天無終。"看似講得抽象,其實無非突出"脈"之於行文的重要意義。再結合其後面具體的討論,更可知從虚玄處置論的目的,在要人不能忽視這個看不見摸不着的存在,故取意仍不脱前人的範圍。也因爲是這樣,全書才會以宋濂所主的"有篇聯,脈絡貫通;有段聯,奇偶迭生;有句聯,長短合節;有字聯,賓主對待"殿後。當然,其推尚文統,尤重六朝,在其時秦漢與唐宋兩派之外可稱别調,特異性不容抹煞。一直到清代,桐城派方苞倡言"義法",仍要求脈絡呼應,嘗說:"記事之文,惟《左傳》《史記》各有義法,一篇之中,脈相灌輸而不可增損,然其前後相應,或隱或顯,或偏或全,變化隨宜,不主一道。"①這"脈相灌輸"即文章起滅轉接隱顯呼應之法,在以後成爲桐城派作文的秘訣,方苞門人程崟序就說:"明於四戰之脈絡,則凡首尾開闔,虚實詳略,順逆斷續之義法無越此者矣。"②

最後,因"謂之脈者,如人身之有十二脈,發於趾端,達於顛頂,藏於肌肉之中,督任衝帶,互相爲宅,縈繞周回,微動而流轉不窮,合爲一人之生理","無法無脈,不復成文字"③,所以詩文之"脈"在古人看起來是彼此互通的,如宋李頎《古今詩話》專門引蘇轍《詩病五事》"《哀江頭》詞氣得詩人遺法"一則,名之以"詩文脈理",稱"事不接,文不屬,如連山斷嶺,雖相去絕遠,而氣象連絡,觀者知其脈理之爲一也。蓋附離不以鑿枘,此最爲文之高致耳"。其間,文之脈法對詩歌影響大,還是詩之脈法對文的影響大,讓人頗難輕斷。方東樹素持"詩文一理"的觀點,曾說:"七言長篇,不過一叙一議一寫三法耳,即太史公亦不過用此三法耳,而顛倒順逆變化迷離而用之,遂使百世下目眩神摇,莫測其妙,所以獨掩千古也。"又說:"欲知插叙、逆叙、倒叙、補叙,必真解史遷脈法乃悟,以此爲律令,小才小家學之,便成亂雜不通也。"④這種綜合詩文兩體的討論,是時人認識日趨精微的反映,同時也多少說明傳統文論範疇本身所具有的生長性和延展力是何等之强⑤。

---

① 《書五代史安重誨傳後》,《方望溪先生全集》卷二。
② 《左傳義法舉要》。
③ 王夫之《夕堂永日緒論外編》。
④ 《昭昧詹言》卷十一。
⑤ 西湖散人《紅樓夢影》稱:"大凡稗官野史,所記新聞而作,是以先取新聲可喜之事,立爲主腦,次乃融情入理,以聯脈絡,提一髮則五官如四肢俱動,因其情理足信,始能傳世。"是小説批評也有用此者。

3."波瀾"

"波瀾"本指自然界水漾成紋,遇激成波,杜甫每用以稱人的才思浩瀚,詞源不竭,此《敬贈鄭諫議十韻》所謂"毫髮無遺憾,波瀾獨老成",《追酬故高蜀州人日見寄》所謂"文章曹植波瀾闊"之所出也。後兼指文章的跌宕起伏,富有規模,宋人論詩多有談及。如歐陽修《六一詩話》稱韓愈:"退之筆力,無施不可,而嘗以詩為文章末事,故其詩曰'多情懷酒伴,餘事作詩人'也,然其資談笑,助諧謔,叙人情,狀物態,一寓於詩,而曲盡其妙,此在雄文大手,固不足論。而余獨愛其工於用韻也。蓋其得韻寬,則波瀾橫溢,泛入旁韻,乍還乍離,出入回合,殆不可拘以常格。"王安石《贈彭器資》詩也有"文章浩渺足波瀾,行義迢迢有歸處"之句。

自江西派起,人多講句法、章法。由於這類法式易使文章呆板,文氣斷絕,故他們濟之以講"脈",要求意義連貫,體相圓合。不過"脈"意在闔,而文須開闔有致,所以在此基礎上他們再講"波瀾",以確保作品有挾勢而動、生生不息的生命體相。如楊萬里《題徐衡仲西窗詩編》就以"居仁衣鉢新分似,吉甫波瀾並取將"稱人。姜夔《白石道人詩說》論詩法,也說:"波瀾開闔,如在江湖中,一波未平,一波已作,如兵家之法,方以為正,又復是奇,方以為奇,忽復為正,出入變化,不可紀極,而法度不可亂。"

那麼如何使文章有"波瀾"呢?他們以為主要靠多學古人,善養體氣。黃庭堅《與王庠周彥書》稱人"所寄詩文,……甚近古人,但其波瀾枝葉不若古人爾,意亦是讀建安作者之詩與淵明、子美所作,未入神爾",就說到這一點。以後呂本中有更具體的論述:

> 詩卷熟讀,……其間大概皆好,然以本中觀之,治擇工夫已勝,而波瀾尚未闊,欲波瀾之闊去,須於規模令大,涵養吾氣而後可。規摹既大,波瀾自闊,少加治擇,功已倍於古矣。試取東坡黃州以後詩,如《種松》、《醫眼》之類,及杜子美歌行及長韻近體詩看,便可見。若未如此,而事治擇,恐易就而難遠也。退之云:"氣,水也;言,浮物也。水大則物之浮者,大小畢浮。氣之與言,猶是也。氣盛,則言之長短與聲之高下皆宜。"如此,則知所以為文矣。[①]

---

① 《苕溪漁隱叢話前集》卷四十九引《與曾吉甫論詩第二帖》。

蓋因"氣"爲虛無之物，難以馭執示人，多講不足以授人切實的門徑，故養氣之說在好講法的宋人文論中，並不占有太突出的地位。然因其人畢竟多識、好思、尚理，涵養志氣在其看來本是無庸申述的修養功夫，故對此範疇還是投入很多的重視，只是講得不如魏晉六朝乃或唐人多而已。因於此，如吕本中這樣引"養氣説"入詩法，特別標舉韓愈的《答李翊書》以爲説明，又在《寄唐充之二十韻》中稱"直須識根柢，始是極波瀾"，這種以詞彩雕藻的治擇工夫爲末，講究文章内在的氣化運行和勢動不息，確乎構成了對江西詩法切要的補充。以後曾幾作《東萊先生詩集後傳》，專門提及吕氏的這段話，稱"受而書諸紳"，"因記公教我之言於篇末，使後生知前輩相與情實如此，且以見幾於公之言，雖老不忘也"，可見印象之深刻。

在當世文有波瀾的人中間，宋人普遍認可的第一人就是蘇軾。蘇軾推崇文理自然，嘗稱友人林子中"使君才氣卷波瀾"[1]，自己作詩也好任情發動，行於當行而止於所不得不止。由於才情超軼，筆下瀾翻，有奔縱不可羈勒之勢，乃至爲句律所不能束縛之豪情，這在時人看來就是富於"波瀾"。儘管有時"波瀾富而句律疏"，但是比之黄庭堅的"鍛煉精而性情遠"[2]，還是更得人的好評。

以後，元人也有用此二字論詩的，如揭傒斯《詩宗正法眼藏》就説："學詩當以唐人爲宗"，"諸名家又當以杜爲正宗"，"今於杜集中取其鋪叙正，波瀾闊，用意深，琢句雅，使事當，下字切，五、七言律十五首，學者不可草草看過"。同時楊載《詩法家數》也有類似的説法，所謂"詩要鋪叙正，波瀾闊，用意深，琢句雅，使字當，下字響"，並以此爲"觀詩之法"。論七言古詩更要求"要有開合"，"須是波瀾開合"。明代朱權《西漢詩法》論七言古詩法，全引姜夔"一波未平，一波已作"之論。何景明《六子詩·邊太常貢》則有"芳詞灑清風，藻思興文瀾"之句，這"文瀾"也就是文章波瀾之意也。此外，時人還用"波瀾"論文，元時如陳繹曾《文筌·古文譜六》論古文之格，析分爲"未入格"、"正格"與"病格"三類，其中"正格"論及"流"一體，就釋爲"務爲波瀾"。又認爲欲求作文"下字法"宜讀策，"然只董仲舒三策是正格式，或賈誼《治安策》是正籌"，"文字以董爲體，以賈爲骨，而東坡策略助波瀾，白居易諸策止可體面，亦可已矣"[3]。王世貞則稱時"蘇伯衡、方希

---

[1] 《西江月·送别》，《蘇軾全集》詞集卷二，上海古籍出版社，2000年，第614頁。
[2] 劉克莊《後村詩話》前集卷二。
[3] 《文説·下字法》。

古皆出眉山父子,方才似高,然少波瀾耳"①。

由於"波瀾"的落實有賴於情志的深邃和內容的豐厚,與之相對,其體制必然有一定的規模,故到清代,時人每每結合長律的體式展開討論。如王士禛論長律之法,就標舉"首尾開闔,波瀾頓挫"八字。長律中每須有節奏轉換,操縱正變,若一味平鋪、直叙和穩布必然乏味,故需講闓闢馳驟與次第詳略,疏密疾徐與順逆隱見,最忌章法散漫,筋骨鬆懈,或一段一意,胡亂堆垛;或前懈後促,首尾不顧。也就是説,它尤其要求作者有縱橫揮灑的駕馭能力,如此才有可能出奇意,見高格。王氏用"波瀾頓挫"四字,正是對這一特點的指實。以後陳僅作《長律淺説示學生士林》,對如何使詩歌波瀾開合作了更爲具體的説明②。

其他如葉燮《原詩》外編下稱杜甫《哀王孫》詩"終篇一韻,變化波瀾,層層掉換,竟似逐段换韻者。七古能事,至此已極,非學者所易步趣耳"。郎廷槐《師友詩傳録》引張實居語,稱"七言長篇,宜富麗,宜峭絶,而言不悉。波瀾要宏闊,陡起陡止,一層不了,又起一層。卷舒要如意警拔,而無鋪叙之迹。又要徘徊回顧,不失題面,此其大略也"。潘德輿《養一齋詩話》卷二承此,也説:"長篇波瀾,貴層叠尤貴陡變,貴陡變尤貴自在,總須能見其大,不得瑣屑鋪陳。"《唐宋詩醇》卷十七稱杜甫五言排律《秋日夔府詠懷奉寄鄭監審李賓客之芳一百韻》"波瀾層叠,竟無絲痕,真絶作也"。也是基於此詩起伏轉折,頓挫承遞,若斷若續,乍離乍合,有汪洋曼衍之勢。至於古詩篇幅一般都長,且少拘束,自然也被要求多出"波瀾"。如劉熙載《藝概》稱:"杜陵五、七古叙事,節次波瀾,離合斷續,從《史記》中來,而蒼莽雄直之氣,亦逼近之。"由其所論,也可知與"脈"這個範疇一樣,文章亦有"波瀾",且此"波瀾"也能對詩歌創作產生很大的影響。

如前所述,類如"雄渾"、"頓挫"、"弘壯"、"富麗"等風格論範疇爲魏晉以下歷代人常道,乃至構成傳統文論範疇體系中規模最大的一族,但如何做到"雄深",如何能有"弘壯",怎樣才算音情"頓挫"、文華"富麗",唐以前人多言之不詳。宋以來人對"波瀾"的標舉和運用,在一定程度上彌補了這種疏闊,讓人看到了經由積學養氣契近並實現它們的切實途徑。與上述"響"、"脈"範疇一樣,它雖來自現實事象,但意義却抽象而精微,具有指證作品内在構

---

① 《藝苑卮言》卷五。
② 見《竹林答問》。

成的巨大作用①。

4."圓"

環周爲"圓"。古人以"全"與"周"釋"圓",見諸《說文》與《玉篇》,意在突出其完滿渾全之特徵。又由於其圓轉無礙而柔厚有致,秦漢以來每被用來指象上天,《白虎通》即謂"天鎮也,其道曰圓"。又成爲一種神奇且富有生命力的喻詞,如《易經·繫辭上》有"蓍之德,圓而神",王弼注曰:"圓者,運而不窮。"

魏晉起"圓"被引入書畫批評,如晉衛恒《四體書勢》就有"不方不圓,若行若飛"之說。劉勰《文心雕龍》引以論文,《體性》稱"思轉自圓",《論說》稱"義貴圓通",《麗辭》稱"必使理圓事密",《熔裁》稱"首尾圓合,條貫統序",《封禪》稱"骨掣靡密,辭貫圓通",《風骨》又稱"骨采未圓",已從思理到文辭對其意作了簡切的論述,此後唐白居易、裴延翰等人也論及之。白氏《江樓夜吟元九律詩成三十韻》有"冰扣聲聲冷,珠排字字圓"之句,裴氏《樊川文集序》也有"仲舅之文,……絜簡渾圓"之說。究其大意,大抵指稱從創作思維到植骨鋪辭等各個方面的完滿圓密,如錢鍾書所說,爲"詞意周妥,完善無缺之謂,非僅音節調順,字句光致而已"②。

宋人用"圓",則不盡指一般物象事理上的完滿。受理學家如周敦頤以"圓"象太極,以及朱熹以無極而太極稱"圓"的影響,乃或還有佛教"性體周遍曰圓"③,特別是禪宗"圓妙明心"④、"圓明一切智"的影響⑤,禪崇潙仰宗風有九十七種圓相⑥,尚"圓"之意甚爲強烈。故他們偏重從飽滿圓熟、自圓自足至不假外求的角度來談論此範疇,突出其內在義理運化的周至圓到,而其表面形態反可以是殘缺不全的。如羅大經稱歐陽修"作四六,便一洗昆體,圓活有理致"⑦。這"圓活有理致"就顯然不僅指作品外相的圓密和完滿。再看《王直方

---

① 毛宗崗《第七才子書琵琶記·總論》稱"大約文章之妙,妙在人急而我緩之,人緩而我急之。人急而我不故示之以緩,則文瀾不曲;人緩而我不故示之以急,則文勢不奇",《參論》又引蔣子新語,稱"文章但有順而無逆,便不成文章;傳奇但有歡而無悲,亦不成傳奇","所以有逆有悲者,必用一人從中作梗,以爲波瀾"。是此名言也進入到戲劇批評當中。
② 《談藝錄》,中華書局,1984年,第114頁。
③ 《三藏法數》卷四十六。
④ 《楞嚴經》卷二。
⑤ 玄奘《大唐西域記·劫比羅伐窣堵國》。
⑥ 智昭《人天眼目》卷四,《大正藏》第四十八冊。
⑦ 《鶴林玉露》丙編卷二。

詩話》的一則記載：

> 謝朓嘗語沈約曰："好詩圓美流轉如彈丸。"故東坡《答王鞏》云："新詩如彈丸。"及《送歐陽季弼》云："中有清圓句，銅丸飛柘彈。"蓋謂詩貴圓熟也。余以謂圓熟多失之平易，老硬多失之乾枯，不失於二者之間，可與古之作者並驅耳。

由王直方所言"圓熟多失之平易"可知，他雖不取一味乾枯的老硬風格，如梅聖俞《依韻和晏相公》所謂"苦詞未圓熟，刺口劇菱芡"，但對那種一味平妥光溜的"圓"也是不認同的。他欣賞的是一種老熟古樸其質周至圓到其相的詩歌風格，展示了時至宋代，一個理性清明者成熟而安和的審美趣味，此所謂"不失於二者之間"。

相類似的意見還見諸葉夢得的《石林詩話》。在這部詩話中，葉氏用"輸寫便利，動無違礙"和"精圓快速"狀其勢態，顯然亦不盡指平妥和圓密①。其他如魏慶之《詩人玉屑》卷四論"詩有四煉"：煉句、煉字、煉意和煉格，除要求句欲得"健"、字欲得"清"與格欲得"高"外，還有就是意欲得"圓"。又說：

> 諧會五音，清便宛轉，宮商迭奏，金石相宣，謂之聲律。摹寫景象，巧奪天真，探索幽微，妙與神會，謂之物象。苟無意與格以主之，才雖華藻，辭雖雄贍，皆無取也。要在意圓格高，纖秾俱備，句老而字不俗，理深而意不雜，才縱而氣不怒，言簡而事不晦，如此之作，方入風騷。

由其將"意圓"與"格高"並列，並總括性地要求句老字不俗，理深意不雜，並才縱言簡，氣沉事明，可知也並非一味以周至妥帖取勝。

江西詩人則從參"活法"的角度，對所謂"好詩圓美流轉如彈丸"作出論述，曾幾《讀呂居仁舊詩有懷其人作詩寄之》之"其圓如金彈，所向若脫兔"即如此。呂本中於此有更具體的說明，其《夏均父集序》說："學詩當識活法。所謂活法者，規矩備具而能出於規矩之外，變化不測而亦不背於規矩也。是道也，蓋有

---

① 明譚浚《說詩》卷上釋"圓通"一式："清圓快速，發之流通。盡寫便利，動無違礙"，可爲參看。

定法而無定法,無定法而有定法,知是者則可以與語活法矣。謝玄暉有言:'好詩流轉圓美如彈丸。'此真活法也。"謝朓本義僅從詩應精美不失自然的角度置論,呂氏拿來加以改鑄,融入了更豐富的涵義,即以離方遁圓的方法,期窮神盡相的詩美實現。對此,劉克莊有如下按語:"以宣城詩考之,如錦工機錦,玉人琢玉,極天下之巧妙,窮極巧妙,然後能流轉圓美。近時學者誤認彈丸之論而趨於易,故放翁詩云:'彈丸之論方誤人',……然則欲知紫微詩者,以《均父集序》觀之,則知彈丸之語,非主於易。"①

陸游自己作詩有時也放濫至於輕滑,但志旨上頗好向上一路的壯大與古樸。梅堯臣詩自為歐陽修欣賞後,喜者極少,但他集中獨多對梅詩的推崇,乃至仿其作或化用其詩句。嘗說:"歌詩復古,梅堯臣獨擅美。"②作為呂本中的私淑弟子,他又從曾幾學詩,深知"活法"是有法而無法,規矩備具而又出於規矩之外的,故不認為從"活法"角度標舉"圓"範疇是在要人滑利圓妥,並極其不滿時人對"圓"的這種曲解,此其《答鄭虞任檢法見贈》所以說:"文章要須到屈宋,萬仞青霄下鷟鳳。區區圓美非絕倫,彈丸之評方誤人。"他的論述實際上是為"圓"範疇充填進古樸雅健的內質。其時,包恢論近體詩創作,於"語意圓活悠長"和"有蘊藉"之外,復要求"有警策"③,似也有此用心。

當然,純從文章形式角度論"圓",並要求其能圓密完滿的也有。如宋末周密引張建語,稱"作詩不論長篇短韻,須要詞理具足,不欠不餘,如荷上灑水,散為露珠,大者如豆,小者如粟,細者如塵,一一看之,無不圓成"④。姜夔《白石道人詩說》謂"說理要簡切,說事要圓活",嚴羽《滄浪詩話》稱"造語貴圓",雖一從敘事上說,一從置辭上說,但都承此範疇本義而論。再落實到文章的折轉與體勢,也要求其呈圓密完滿之相。此時,它常常與"方"構成對待。所謂"文有圓有方。韓文多圓,柳文多方。蘇文方者亦少,圓者多"⑤。如一味用"方"而不能體"圓",未為高境⑥。

---

① 《江西詩派序》,《後村先生大全集》卷九十五。
② 《宣城李虞部詩序》,《渭南文集》卷十五。
③ 《書撫州呂通判開詩稿略》,《敝帚稿略》卷五。
④ 《浩然齋雅談》卷上。
⑤ 李淦《文章精義》。
⑥ 李東陽《麓堂詩話》謂"律詩起承轉合,不為無法,但不可泥。泥於法而為之,則撐柱對待,四方八角,無圓活生動之意",即指此也。

如果説，宋人論"圓"重由"意圓"而至"事圓"與"語圓"，元以後人所論則大多側重於後者，這使得它最後成爲一個風格論範疇①。如戴表元《洪潛甫詩序》論宋"永嘉四靈"矯梅聖俞之"冲淡"，黄庭堅之"雄厚"，"一變而爲清圓"即是。又因其時人們僅將"圓"視爲"八面中間，透徹明瑩"②，由此"圓暢"、"圓備"、"圓該"、"圓潤"、"圓溜"、"圓煉"、"圓亮"和"匀圓"、"輕圓"等後序名言競出。此外，鑒于人因求"圓"而致作品勢消勁懈，明清以來人還提出"圓勁"、"圓緊"等後序範疇以爲補救，如王世貞論唐人"打起黄鶯兒"詩，就推稱其"不惟語意之高妙而已，其篇法圓緊，中間增一字不得，着一意不得"③。本書第三章論範疇的統序特點，言及此範疇時已提到過，因爲這種"圓勁"、"圓緊"有時會有火暴氣，不合"圓"範疇的原旨本義，故古人又提出"空圓"和"虚圓"等名言以爲補救，稱賞唐詩善用比興，使詩在整體上呈現出"清麗空圓"的徵象，以至還要求言志抒情時，能轉意象於"虚圓"之中，使人能體會到詩味的悠長。這可以視作"圓"範疇意義的深化和發展。

清人何紹基對如何造成詩歌之"圓"，還有過如下一段專門論述，講得比宋代以來許多人都深切著明，真有良工授人以規矩之風。他説：

> 落筆要面面圓，字字圓。所謂圓者，非專講格調也，一在理，一在氣。理何以圓？文以載道，或大悖於理，或微礙於理，便於理不圓。讀書人落筆，謂其悖理礙理，似未必有其事，豈知動筆用心，稍偏即理不圓，稍隔即理不圓，此病作家中尚時時有之，况初學乎？……以此類推，要理圓是極難了，非平日平心積理，凡事到前銖兩斟酌，下筆時又銖兩斟酌，安得理無滯礙乎？氣何以圓？用筆如鑄元精，耿耿貫當中，直起直落可也，旁起旁落可也，千迴萬折可也，一戛即止亦可也，氣貫其中則圓。如寫字用中鋒然，一筆到底，四面都有，安得不厚，安得不韻，安得不雄渾，安得不淡遠？這事切要握筆時提起丹田，高著眼光，盤曲縱送，自運神明，方得此氣。當

---

① 《理田李氏世譜》載明李桂崖《奇童韻度序》謂："大抵詩之作也，要在意圓格高纖秾具備，句老而字不俗，理深而辭不難，才縱而氣不怒，言簡而事不晦。如此之作，始入風騷韻度焉。"見張廷銀《族譜所見文學批評資料整理研究》，人民文學出版社，2012年，第288頁，是宋元後仍有人崇意之圓之顯例，但總體而言不能不説已轉移至風格的講究。
② 周履靖《騷壇秘語》卷中。
③ 《藝苑巵言》卷四。

真圓,大難大難!①

提出養氣以貫中,平心積理以求"圓",雖也是從"語圓"方面着眼,但較之宋人講"意圓"而不及使"圓"之法,顯然要具體深入得多,也與詩歌的體式和創作機理契合得多。

至於况周頤稱"筆圓,下乘也;意圓,中乘也;神圓,上乘也"②,雖是論詞,意與詩文通,因"天體至圓,萬物做到極精妙者,無有不圓。聖人之至德,古今之至文、法帖,以及一藝一心,必極圓而後登峰造極"③,所以這"神圓"可謂"圓"範疇這一系列後序名言中最重要的一個,並標示了該範疇所能企及的最高境界。

5. "老"

"老"這個詞原意甚明,指物事歷久或人壽增長,衍指老熟和老成,如杜甫《敬贈鄭諫議十韻》之"毫髮無遺憾,波瀾獨老成"。老成的筆法稱爲"老筆",如李白《題上陽臺》有"山高水長,物象萬千。非有老筆,清壯何窮"。由老成的筆法構成的風格爲"老格",如僧鸞《贈李粲秀才》所謂"前輩歌詩惟翰林,神仙老格何高深"。宋人處在唐以後漸趨老熟的時期,心態轉暮,於詩風求平淡古樸,於詩法講脫去浮囂,故論詩更多地言及此範疇。在他們看來,唐人詩凡佳者大多有此優長,故蘇軾《至真州再和王勝之》詩有"老手王摩詰,窮交孟浩然"之句,張戒《歲寒堂詩話》卷上也稱王維詩"格老而味長"④。

具體地説,它可以是一種"老健",如朱熹《跋病翁先生詩》稱"逮其晚歲,筆力老健,出入衆作,自成一家,則已稍變此體矣。"胡仔《苕溪漁隱叢話前集》引蘇軾論張子野語,也有"子野詩筆老健,歌詞乃其餘波耳"之説。可以是一種"老蒼",如黄庭堅《次韻答邢敦夫》所謂"兒中兀老蒼,趣造甚奇異"。可以是一種"老辣",如劉克莊《趙戣詩卷題跋》之謂"歌行中悲憤慷慨苦硬老辣者,乃似

---

① 《與汪菊士論詩》,《東洲草堂文鈔》卷五。
② 《蕙風詞話》卷一。
③ 張英《聰訓齋語》卷上。
④ 《詩話總龜前集》卷三《志氣門》引釋文瑩《玉壺清話》卷七語,其原文爲:"嘗謂文老不衰者,止見今大參元厚之絳。頃在禁林,《懷荆南舊游》云:'去年曾醉海棠叢,聞説新枝發舊紅。昨夜夢回花下飲,不知身在玉堂中。'詞氣略不少衰。又,曾魯公垂八十,筆力尚完。時曾子宣内翰謫守鄱陽,手寫一束慰之,略云:'扶搖方遠,六月去而不息;消長以道,七日自當來復。'吾友中,秘書楊經臣博瞻才雅,而嘗誦之經日,謂余曰:'此非知其然而爲,神驅於氣使之爲爾!'"可爲參看。

盧仝、劉叉"。可以是"老練",如葉適《題南岳詩稿》稱"潛夫思益新,句愈工,涉歷老練,布置闊遠,建大將旗鼓,非子孰當"。有上述風格的自然被稱為"老作",如曾季貍《艇齋詩話》稱韓文和杜詩"備極全美,然有老作,如《祭老成文》、《大風卷茅屋歌》,渾然無斧鑿痕,又老作之尤者"。

　　宋代各體文都已基本定型,創設規範拓展區宇的工作也已完成。如何使這些格制規範趨於穩定,脫去初創時的青嫩走向豐實,乃至有所變化,有事物成熟期通常可見的收縱自如,便成了宋人十分關注的問題。由此,他們對"老練"、"老辣"等名言懷有特別的興趣,並樂意用這一序列的概念、範疇指稱創作技巧的精熟,以及因這種精熟而達到的高妙渾成的境界。落實到具體,上述風格意義上的"老"是由字老、句老、章法結構之老造成的。此所以,才有惠洪"句法欲老健有英氣,當間用方俗言為妙,如奇男子行人群中,自然有穎脫不可干之韻"這類具體的討論①。

　　宋人還進而用"老"作為敬詞,冠諸詩風老成、技法老到的作者名前,如王稱《東都事略‧儒學傳‧蘇洵》稱蘇氏父子"隱然名動京師,而蘇氏文章遂擅天下,一時學者皆尊其賢,學其文,以為師法,以其父子俱知名,號為老蘇",尚是從年輩序次上用"老"。范成大《寄題永新張教授無盡藏》所謂"快誦老坡《秋望賦》,大千風月一毫端",則顯然是基於其文筆與文格的老到。此後元人沿因之,如陶宗儀《輟耕錄‧文章宗旨》就稱"宋代文章家尤多,老歐之雅粹,老蘇之蒼勁,長蘇之神俊,而古作甚不多見"②。

　　明人創作上多存力追古人的雄心,故好辨究體制,因此更多從文體文法角度作討論。凡尊體而得體之全,並通過諸如伏應、提頓、轉接、藏見、綰插等適切手法表達出來,從而使作品體格高上、文法森嚴,便被認為是有"老意",得"老境"。其典範人物自然是杜甫了,李東陽《麓堂詩話》就稱杜甫"安得仙人九節杖,拄到玉女洗頭盆"這類詩句為"老辣",王世懋《藝圃擷餘》進而稱杜詩"有深句,有雄句,有老句,有秀句,有麗句,有險句,有拙句,有累句",謝榛《四溟詩話》卷一稱杜甫和裴迪早梅相憶之作,兩聯用二十二虛字,"句法老健,意味深長,非巨筆不能至",卷三又稱"太白謂子美詩苦,然却沉鬱,緣其性褊躁婞直,

---

① 《冷齋夜話》卷四。
② 陶氏論書也好用"老",嘗稱東晉卞壺"草書緊古而老",可並看之,見其所著《書史會要》卷三。

而多憂怨憤厲之氣。其用字之法，則老將之用兵也"，《唐詩歸》卷二十二稱其《覃山人隱居》"深心高調，老氣幽情，此七言律真詩也，汩沒者誰能辨之"？皆就詩法角度言。

　　清人則談論得更具體深入。如毛先舒《詩辯坻》卷三說："詩本無定法，亦不可以講法"，"法老則氣靜，學邃則華斂，才高則辭簡，意深則韻遠"，看到了沉至內斂的文之活法大有助於作品的行氣和氣象。他又稱"詩有十似"："激戾似遒，凌兢似壯，鋪綴似麗，佻巧似雋，底滯似穩，枯瘠似蒼，方鈍似老，拙穉似古，艱棘似奇，斷碎似變"。意同徐渭所講的"稚中藏老"①，實際上指出了真正的"老"決非"方鈍"，相反，它脫去火氣和作意，能使作品體氣清靜，品格隨之高遠。後方東樹《昭昧詹言》卷一說："用意高深，用法高深，而字句不典不古不堅老，仍不能脫凡近淺俗，故字句亦爲文家一大事。"卷十一又說："七言古之妙，樸、拙、瑣、曲、硬、淡，缺一不可，總歸於一字曰老。"②從某種意義上說，也是認定"老"可以合樸拙與淡曲爲一的。

　　由於古詩本來就樸茂簡質，後人作古體大多也力求簡質是自不待言的事，故明人更多地將此範疇用於今體詩的討論。如方以智說：

　　　　近體因陳、隋之比儷，而初、盛以高渾出之，氣格正矣。調至中唐，乃稱嫻雅；刻露取快，則晚唐也。究當互取，寧可執一？杜陵悲涼沉厚，以老作態，是運斤之質也。錢、劉、皇甫之流利，義山、溫、許之工艷，香山、放翁之樸爽，何不可以兼互用之，自然光焰萬丈，寧須沾丐殘膏？後世尊杜太過者，溲渤亦零陵香矣，不善學古人者，專學古人之疵累，徒好畫龍，見真龍必怖而走，何怪乎！③

方氏此說頗爲弘通，力主律詩當兼取衆長，不名一格，故不僅初、盛之"高渾"，中唐之"嫻雅"，即中、晚唐後流行的"樸爽"、"工艷"和"刻露"也可互取兼用。

---

①　《答許北口》，《徐文長集》卷十七。
②　"瑣"這個名言雖非常用，但也不時見諸歷代人的論著中。除用指零碎、細小乃或卑下外，另有迴環連鎖之意，如《後漢書·仲長統傳》引仲氏《述志詩》，有"古來繞繞，委曲如瑣"，即此意也。故《廣雅》稱"瑣，連也"，《韻會》稱"凡物刻鏤冒結交加爲連鎖者，皆曰瑣"。此處方氏正在此肯定意義上沿用之。
③　《通雅》卷三《詩說》。

但其最推崇的還是杜詩的"悲涼沉厚",他稱這種"悲涼沉厚"是"以老作態"。聯想近體詩中五律自陰、何、徐、庾等人開體,沈、宋等人確立規模後,是杜甫獨闢蹊徑,寓縱橫排奡於整贍密致之中,遂使此體格致深沉,體勢飛動,以至終唐之世雖變態多多而終無有越出其上者。而七律的成熟,誠如錢木庵《唐音審體》所説,"斷以少陵爲宗"。"唐人以詩名家者,集中十僅一二,且未見其可傳,蓋語長氣短者易流於卑,而事實意虛者又幾乎塞"①,他的這種法度整嚴而又优柔寬舒,音容鬱麗而又體近大雅,舉凡疏達、弘壯、刻至、輕俊兼而有之,確乎是因於對詩體把握的老熟,上述判斷還是很有説服力的。

　　清人也如此,如賀貽孫《詩筏》稱"律詩對偶,圓如連珠,渾如合璧。連珠互映,自然走盤。合璧雙關,一色無痕。八句一氣而氣逾老,一句三折而句逾遒。愈老愈沉,愈遒愈宕。首貴聳拔,意已趨下。結須流連,旨則收上。七言固爾,五言亦然。神而化之,存乎其大,非筆舌所能宣也"。他並一反七律難於五律的成説,稱"五言律音韻易促也,五字之中,鏗然悠然,無懈可擊,有味可尋,一氣渾成,波瀾獨老,名爲堅城,實則化境,則五言律難於七言律也"。究其原意,以爲五律體制較小,頗難施展,且其字須一一稱量而出,不能苟下,其體相要穩妥,氣味要渾厚,但意辭聯屬之間又每易詞連氣斷,不相管攝,故提出波瀾要老,要一氣連貫,以起伏折轉的有致來克服僵滯局促,從而使詩在整體上顯出遒健不凡的徵象。

　　方貞觀《輟鍛録》論七律一體説:

　　　　體制惟七律最難,須五十六字無一牽湊,平近而不庸熟,清老而不俚直,高響而不叫號,排宕而不輕佻,尤忌刪去兩字便可作五言詩讀。欲除諸病,惟熟讀少陵及大曆諸名家,則得之矣。

儘管仍持七律最難的成説,但以爲律詩要一氣連貫,則與賀氏相一致。至若以"清"字飾"老",頗堪玩味②。"老"固然不是"嫩",但與"蒼"、"古"、"拙"、"遒"等

---

① 范晞文《對床夜語》卷二。
② 袁枚《隨園詩話》卷五有"詩有有篇無句者,通首清老,一氣渾成,恰無佳句令人傳誦",《隨園詩話補遺》卷五有"閨秀金兑瑛詩,已采入詩話矣。今又寄其母毛仲瑛詩來,風格清老,足見淵源有自"。又,陸以湉《冷廬雜識》稱金岱峰詩"沉著清老,無描頭畫角習氣",可並爲參看。

名言也都有區别,他能看到裏面有一種單純明净的意藴在,突顯此"清老而不俚直",可謂剴切。而連言"清老"和"高響",又頗可見出明代"格調説"的影響。蓋當日李夢陽與何景明駁難,已稱"七言若剪得上二字,言何必七也"①。胡應麟不同意此説,以爲只要"格律精工,詞調穩愜,故句意高遠,縱字字可剪,何害其工",如杜詩"江間波浪兼天涌,塞上風雲接地陰","五更鼓角聲悲壯,三峽星河影動摇"等句,剪去上二字,無損其價②。方氏是否聽説過胡應麟的話不得而知,他以爲既是七律,則諸字連貫,勢不可斷,杜詩的佳處正在於此。故在某種程度上,他又賦予了此範疇格調不凡的意義,至少他之論"老"許多是從"格調"角度着眼的。聯繫前及賀貽孫《詩筏》所謂"看盛唐詩,當從其氣格渾老神韻生動處賞之",又稱李攀龍論氣格"皆從華整上看,易墮惡道,使以'渾老'二字論氣格,又誰得而非之哉"？説"老"在清人那裏兼有"格調"範疇的部分意義,殆無疑問。

不僅如此,清人還進而歸返本義,探討了作品老熟與作者年齡、閲歷的對應關係。如俞兆晟序《漁洋詩話》,引王士禛之説,謂少時"惟務博綜該洽,以求兼長","中歲越三唐而事兩宋","既而清利流爲空疎,新靈寖以佶屈,顧瞻世道,惄焉心憂,於是以太音希聲,藥淫哇錮習,《唐賢三昧》之選,所謂乃造平淡時也,然而境亦從兹老矣",並説王氏"晚居長安,位益尊,詩益老",認爲詩境是與人的年齡成正比的,年紀增大,閲歷加深,筆下必然深造獨得,有樸茂的老境。王闓運結合自己的創作實踐,也指出:"觀余少時所作及今年諸詩,少時專力致工,今不及也。凡謂文章老成者,格局或老,才思定減。杜子美則不然,子美本無才思故也。學問則老定勝少,少時可笑處殊多。"③突出了學力與詩歌格局高老的關係。張謙宜《絸齋詩談》卷一更明確指出:

> 詩要老成,却須以年紀涵養爲涔次,必不得做作裝點,似小兒之學老人。且如小兒入學,只教他拱手徐行,不得跳躍叫喊,其天真爛熳之趣,自不可掩。甫弱冠,則聰明英發之氣,溢於眉睫。壯而授室,則學問沉静之容,見於四體。艾髦已後,則清瘦蕭散,無所不可。然皆有全副精神,自少

---

① 《再與何氏書》,《李空同全集》卷六十一。
② 《詩藪》内編卷五。
③ 《湘綺樓説詩》卷六。

而老,不離軀幹。不然,則似臃腫老樹,壘砢頑石耳。

他結合年輕、學識和閱歷,論詩歌"老成"之所從來,並明指這"老成"恰如人"清瘦蕭散"的體徵和神態,它與"聰明英發之氣"及"學問沉静之容"不同,由此頗可以令人體味此範疇的真實涵義。

當然,也有人持不同的意見。早在明代,胡應麟《詩藪》續編卷二已指出:"凡詩初年多骨格未成,晚年則意態橫放,故惟中歲工力並到,神情俱茂,興象諧合之際,極可嘉賞。……老杜夔峽以後,過於奔放;獻吉江西以後,漸失支離;仲默秦中之作,略無神彩;于鱗移疾之後,大涉刻深,元美郞臺之後,務趨平淡。視其中年精華雄傑,往往如出二手。蓋或視之太易,或求之太深,或情隨事遷,或力因年減,雖大家不免,世返以是爲工者,非余所敢知也。"清人田雯和袁枚也持相類似的意見,前者稱"子美一生,唯中年諸詩静練如神,晚則頹放"①,後者則有"老手頹唐,才人膽大"之語②。但大部人却更願意相信宋人的話③,更何況在他們看來,老成之人的徵象與老成之詩確乎有許多相似。

在具體的討論和批評實踐過程中,明清人還由此"老"字推闡出一系列後序名言,除前已提及的"老成"、"清老"、"渾老"、"堅老"等外,還有所謂"老蒼",如胡應麟《詩藪》外編卷六稱元人詩"詞太綺縟而乏老蒼"。有"老潔",如尚鎔《三家詩話》稱元人虞集詩"以老潔勝"。有"深老",如毛先舒《詩辯坻》卷三稱"子美'文章有神交有道',雖云深老,且起有勢,却是露句,宋人宗此等失足耳"。有"高老",如朱庭珍《筱園詩話》卷一稱宋人陳師道詩"高老,……惟江西習氣過重,易使人厭"。張謙宜《絸齋詩談》卷三說:"所謂琢句,非是故意蹺蹊以爲新穎,安於庸腐以爲名理,溺於浮艷以爲風流,惑於仙佛以爲高曠,假借老病以爲忠慨,恣口罵世以爲悲壯,故意頹放枯瘠以爲老氣。"在從反面對範疇作出界定的同時,還提出"老氣"這個名言,足見"老"在其詩學批評中所占的地位。至薛雪說:"詩文要通體穩稱,乃爲老到"④,吴汝綸說:"夫文章之道,絢爛

---

① 《古歡堂雜著》卷四。
② 《續詩品‧辨微》。
③ 宋孫奕《履齋詩說》謂:"醉翁在夷陵後詩,涪翁到黔南後詩,比興益明,用事益精,短章雅而偉,大篇豪而古,如少陵到夔州後詩,昌黎在潮陽後詩,愈見光焰也。不然,少游何以謂《元和聖德詩》,於韓文爲下,與《淮西碑》如出兩手,蓋其少作也。"可相參看。
④ 《一瓢詩話》。

之後,歸於老確。望溪老確矣,海峰猶絢爛也。"①提出"老到"、"老確"兩個後序名言的同時,還兼用以論文,更可見此範疇涵蓋力的廣泛。

6."本色"

"本色"一詞,顧名思義指本來的顏色。如《晉書‧天文志》所謂"凡五星有色,大小不同,各依其斗而順時應節,……不失本色而應四時者,吉"。後引申指本行本業。引入文學批評,多指某種文學體制規範中具體而特殊的要求,以及由這種要求造成的該體式作品的基本特徵。

儘管文體的探討起於魏晉,各體文章特別是各體詩的確立也不晚於唐代,但由於諸家之說各是一己認識的總結,形諸創作實踐都有待時間來驗證其當否,故開始並不具備定於一尊的權威性。如劉勰《文心雕龍》對各體文的論說十分精詳,且頗有收括漢以來諸家之說的包容性,其《通變》篇曾不滿"今才穎之士,刻意學文,多略漢篇,師範宋集;雖古今備閱,然近附而遠疏矣。夫青生於藍,絳生於蒨,雖踰本色,不能復化",但因人微言輕,不爲所重。

到宋代,各體文的創作和理論均極豐富,於是共識遂漸漸形成。面對不時出現的末流放失,尊體的呼聲也開始強烈起來。尊體就是要求恪守文體固有的制約,故倪思說:"文章以體制爲先,精工次之。失其體制,雖浮聲切響,抽黃對白,極其精工,不可謂之文矣。"②王安石評文章,也"常先體制而後文之工拙。"③張戒也說:"論詩當以文體爲先,誓策爲後。"④基於這樣的認識,他們認爲韓愈的詩是"押韻之文耳,雖健美富贍,然終不是詩"⑤。"詩文各有體,韓以文爲詩,杜以詩爲文,故不工爾。"⑥"韓以文爲詩,杜以詩爲文,世傳以爲戲。"⑦對混淆詩文體制界限的做法基本上持否定態度。

基於對詩文"止體"的肯定,他們提出了"本色"這個範疇,用以表示對尊體之人及其作品的推崇。

---

① 《與楊伯衡論方劉二集書》,《桐城吳先生文集》卷四。
② 吳訥《文章辨體序說‧諸儒總論作文法》引。
③ 黃庭堅《書王元之竹樓記後》,《豫章黃先生文集》卷二十六。
④ 《歲寒堂詩話》卷上。
⑤ 惠洪《冷齋夜活》卷二引沈括語。
⑥ 《後山詩話》引黃庭堅語。
⑦ 陳善《捫虱新話》上集卷一。

> 退之以文爲詩,子瞻以詩爲詞,如教坊雷大使之舞,雖極天下之工,要非本色。①
>
> 唐文人皆能詩,柳尤高,韓尚非本色。②
>
> 文師南豐,詩師豫章,二師皆極天下之本色,故後山詩文高妙一世。③
>
> 坡詩略如昌黎,有汗漫者,有典嚴者,有麗縟者,有簡澹者,翕張開合,千變萬態,蓋自以其氣魄力量爲之,然非本色也。④
>
> 東坡之文妙天下,然皆非本色,與其它文人之文,詩人之詩不同,文非歐、曾之文,詩非山谷之詩,四六非荊公之四六,然皆自極其妙。⑤

韓愈、蘇軾以文爲詩爲人熟知。黃庭堅教人"作詩使《史》《漢》間全語,爲有氣骨"⑥,自己創作也常寓單行之氣於排偶之中,曲折起伏,近古文而不同於常體,所以在對他的評價上宋人是有分歧的。以前面所引,因他致力於詩法探討,對"興寄高遠,但語生硬,不諧律呂,或詞氣不逮初造意"⑦、"未能從容中玉珮之音,左準繩,右規矩"⑧者多有指正,諸家皆以其爲得文體之正的"本色"一派,但嚴羽並不以此爲然,他引禪理入詩,在《滄浪詩話·詩辨》中明言"大抵禪道惟在妙悟,詩道亦在妙悟……惟悟乃爲當行,乃爲本色"。實從吟誦性情、興發感動的角度對此範疇提出了比黃庭堅更純粹的要求。不過不論具體評價如何,對創作要依循體裁體式之固有本色,諸家並無疑義,都是竭力維護的。

明清處於古代文學的集成時期,自然對於尊體問題更加重視。宋人從以詩爲文、以文爲詩,或以詩爲詞、以詞爲詩角度論"本色"範疇,間有以爲突破體制局限是可以而且必要的。如陳善就說:"文中要自有詩,詩中要自有文,亦相生法也。文中有詩,則句語精確;詩中有文,則詞調流暢。"⑨且這樣的議論還不少。但明人不這麼看,基於前代文體論的成果積纍日豐,他們再不籠統地混言

---

① 《後山詩話》。
② 劉克莊《竹溪詩序》,《後村集》卷二十三。
③ 劉克莊《江西詩派序》,《後村先生大全集》卷九十五。
④ 《後村詩話》前集卷二。
⑤ 曾季貍《艇齋詩話》。
⑥ 《王直方詩話》引。
⑦ 《與王觀復書》,《豫章黃先生文集》卷十九。
⑧ 《跋書柳子厚詩》,《山谷集》卷二十六。
⑨ 蔡夢弼《杜工部草堂詩話》卷一引。

詩文兩體,乃至詩文的不同類別。徐師曾《文體明辨序說》就說:"蓋自秦漢而下,文愈盛,故類愈增;類愈增,故體愈衆;體愈衆,故辨當愈嚴。"許學夷《詩源辨體》卷三十六更說:"古、律、絕句,詩之體也。諸體所指,詩之趣也。別其體,斯得其趣矣。"一時以"本色"要求創作的多了起來,加以下面還要提及的戲曲小說批評中"本色"理論的繁興,使它儼然成爲人們關注的熱點和中心。

如王世懋《藝圃擷餘》說:"作古詩先須辨體,無論兩漢難至,苦心模倣,時隔一塵。即爲建安,不可墮落六朝一語。爲三謝,縱極排麗,不可雜入唐音。小詩欲作王、韋,長篇欲作老杜,便應全用其體,第不可羊質虎皮,虎頭蛇尾。詞曲家非當家本色,雖麗語博學無用,況此道乎!"即聯繫曲論談"本色"範疇,言語中以曲爲小道,小道猶且尊體,詩歌更當如此。當然,這裏所謂的"體"更多地偏在風格一義。又論絕句,以爲其源"出於樂府,貴有風人之致,其聲可歌,其趣在有意無意之間,使人莫可捉著,……晚唐快心露骨,便非本色"。則專從體式角度置論,"快心露骨"即不含蓄,不符合明人對絕句的普遍要求,自然難稱"本色"。

此外,如王世貞《藝苑巵言》卷二也論及長篇叙事詩"要其本色"的問題。胡應麟《詩藪》內編卷一稱:"文章自有體裁,凡爲某體,務須尋其本色,庶幾當行",並舉例說:"柴桑《歸去來辭》,說者謂雖本楚聲,而無其哀怨切蹙之病,不知不類《楚辭》,正坐阿堵中,如《停雲》、'采菊'諸篇,非不夷猶恬曠,然第陶一家語,律以建安,面目頓自懸殊,況《三百篇》、《十九首》耶。"他還說:"曰仙,曰禪,皆詩中本色。惟儒生氣象,一毫不得著詩,儒者語言,一字不可入詩。"因爲在他看來,道釋仙禪之義在深層意蘊上有與詩理相通處,闌入無害本色,如"儒者言語"乃高頭講章,議論爲詩,"儒生氣象"乃頭巾氣,酸腐相,故非詩體所宜。

在此基礎上,還有人進而用此範疇指人心的簡質真率,以及在此影響下文章對浮義虛辭的祛除。且看唐宋派代表人物唐順之《答茅鹿門知縣第二書》中說的一段話:

> 文莫猶人,躬行未得,此一段公案,姑不敢論,只就文章家論之。雖其繩墨布置,奇正轉摺,自有專門師法,至於中一段精神命脈骨髓,則非洗滌心源,獨立物表,具古今隻眼者,不足以與此。今有兩人,其一人心地超然,所謂具千古隻眼人也,即使未嘗操紙筆呻吟,學爲文章,但直據胸臆,信手寫出,如寫家書,雖或疎鹵,然絕無烟火酸餡習氣,便是宇宙間一樣絕

好文字。其一人猶然塵中人也,雖其專專學爲文章,其於所謂繩墨布置,則盡是矣。然番來覆去,不過是這幾句婆子舌頭語,索其所謂真精神與千古不可磨滅之見,絕無有也,則文雖工而不免爲下格,此文章本色也。

受王陽明心學的影響,唐氏論文頗重求心中之天理,"青天白日不欲不爲之初心"①,以爲有"真精神與千古不可磨滅之見"便是"本色"。秦漢以前,諸家不論儒道名墨皆爲"本色",只是因爲他們皆先有此見。"唐宋而下,文人莫不語性命,談治道,滿紙炫然,一切自託於儒家,……影響剿說,蓋頭竊尾,如貧人借富人之衣,莊農作大賈之飾,極力裝做,醜態盡露,是以精光枵焉,而其言遂不久湮廢。"故他又說:"近來覺得詩文一事,只是直寫胸臆,如諺語所謂'開口見喉嚨'者。使後人讀之,如真見其面目,瑜瑕俱不容掩,所謂本色,此爲上乘文字。"②在上引與茅坤書的後半截,又直謂:"即如以詩爲喻,陶彭澤未嘗較聲律,雕句文,但信手寫出,便是宇宙間第一等好詩,何則? 其本色高也。自有詩以來,其較聲律,雕句文,用心最苦而立說最嚴者,無如沈約,苦却一生精力,使人讀其詩,只見其綑縛齷齪,滿卷累牘,竟不曾道出一兩句好話,何則? 其本色卑也。本色卑,文不能工也,而況非其本色者哉!"當然,上述言論皆不僅從體裁體式上論,但與其對作文之法的具體認識有關。唐氏論文一向重法,嘗錄先秦至宋代文爲《文編》六十四卷,突出講法,辨明體制特點,從此意義衍申開去,他要求人有真精神,並以此真精神充實到"本色"中去,從而賦予了該範疇以更深刻廣泛的涵義。

以後,公安派袁宗道稱王世貞才華過人,"第不奈頭領牽掣,不容不入他行市,然自家本色時時露出,畢竟不是歷下一流人"③。也從此簡直率真角度置論。袁宏道稱中道詩"佳處自不必言,即疵處亦多本色獨造語",與其"大都獨抒性靈,不拘格套,非從自己胸臆流出,不肯下筆"的主張相合,並稱自己不很喜歡這所謂的"佳處",爲其"尚不能不以粉飾蹈襲爲恨,以爲未能盡脫近代文人氣習故也",相反"極喜其疵處"④,可見他對基於本性自然的文章"本色"有怎

---

① 《寄黃士尚》,《荆川文集》卷五。
② 《又與洪方洲書》,《荆川文集》卷七。
③ 《答陶石簣》,《白蘇齋類集》卷十六。
④ 《叙小修詩》,《袁宏道集箋校》卷四,上海古籍出版社,1981年,第187—188頁。

樣極端的推重。

清人從這兩個意義上論"本色"範疇的也不勝枚舉。清初王夫之論歷代詩,每舉以爲重要的衡裁標準。如《唐詩評選》稱李益《輕薄篇》"平直有韻度,樂府本色",稱李白《金陵酒肆留別》"一味本色,詩到如此,在歌行誠爲大宗",稱杜甫"於歌行自是散聖,庵主家風,不登宗乘,於他本色處揀別便知。李獨用本色,則爲《金陵送別》一流詩,然自是合作,杜本色極致,唯此《七歌》(指《乾元中寓居同谷縣作歌七首》)一類而已,此外如夔府詩則尤入俗醜"。皆是從詩歌體裁體式角度置論。至稱沈佺期《和上巳連寒食有懷京洛》"本色風光",盧綸《長安春望》"一法本色盡落",杜甫《秋興八首》"皆以脫露顯本色風神",則兼及性情和文體兩者而言。其他如王士禎《趙怡齋詩序》稱:"論詩當先觀本色,《碩人》之詩曰:'巧笑倩兮,美目盼兮',而尼父有'繪事後素'之說,即此可悟本色之旨。"以爲《論語·八佾》所載孔子與子夏師徒問答,孔子說彩繪建立在白色素底基礎上,頗可用來說明詩歌華彩應以樸素的語言爲基礎的道理,則將"本色"範疇的邏輯源頭往前大大推進了一步。至《漁洋詩話》稱彭孫遹、徐緘所作《竹枝詞》"皆本色語也",也是就性情之真率自然說的。

7. "家數"

"家數"本指一切技法,故《墨子·尚同下》有"天下爲家數也甚多"一說。嚴羽《答吳景仙書》也說:"世之技藝,猶各有家數,市縑帛者,必分道地,然後知優劣。"這種特定的技法遍及各個行業,自然及於文化與文事,所謂"古人學行皆稱家數,《漢志》編古書籍,以家分流,在六藝外,時六經有師承,各守家法,短在務攻異己,其長在精思古訓,不作無稽之言"①。

"家數"之進入文學批評也在宋代。吳自牧論小說講演歷史,謂"說話者謂之'舌辯',雖有四家數,各有門庭"②。這"四家數"指"小說"、"講經"、"講史"和"合生",因四家各有流別,故稱"家數"和"門庭"。羅燁論小說開闢,稱:"講論處不滯搭,不絮煩;敷衍處有規模,有收拾;冷淡處提掇得有家數,熱鬧處敷衍得越久長。"③也是用此指說話人的技藝。詩文批評自然也有用此範疇的,前引嚴羽《答吳景仙書》在說完"世之技藝,猶各有家數"後,緊接着即說"況文章

---

① 俞正燮《癸巳存稿》卷十二。
② 《夢粱錄》卷二十。
③ 《醉翁談錄》甲集卷一《舌耕叙引》。

乎"。充其意,是指獨特的體法傳承及在此傳承基礎上形成的詩的風格。所謂"僕於作詩不敢自負,至識則自謂有一日之長,於古今體制,若辨蒼素,甚者望而知之",就道出了它的内涵。《滄浪詩話·詩法》説:"辨家數如辨蒼白,方可言詩",下注:"荆公評文章,先體制而後文之工拙",可爲證明。劉克莊《後村詩話》前集卷二稱:"蓋逐字逐句銖銖而較者,決不足爲大家數,而前輩號大家數者,亦未嘗不留意於句律也。"新集卷二又稱杜甫《孤雁》詩出色,"讀此篇便見得鮑當輩止是小家數"。提出"大家數"和"小家數"這一區別,無非指創作成就突出、卓然自成一家的技藝風格或與之相反的庸陋風格。如前所説,宋人爲在唐人基礎上推陳出新,自樹一幟,頗注意合理師承和巧妙化用,故好辨究體制,以求立志高,入門正,發展潛力遠大。標舉此範疇以爲號召,正是出於同樣的用心。

元代詩學唐人,力求追古,一時論者講論指授也常及之。如范德機《木天禁語》論詩之"六關","篇法"、"句法"、"字法"、"氣象"和"音節"之外,就是"家數",稱"詩之造極適中,各極一家,詞氣稍偏,句有精粗,强弱不均,况成章乎?不可不謹"。底下細列《三百篇》之"思無邪",《離騷》之"激烈憤怨",《選詩》之"婉曲委順",李白之"雄豪空曠",韓愈、杜甫之"沉雄厚壯"等九家數,以求舉一反三,並指出學者倘不審察,會分別失之"意見"、"哀傷"、"柔弱"、"狂誕"和"粗硬",可知也是以此範疇指稱整篇作品的技法和風格。傅若金説得還要絶對,他在《詩法正論》中説:"詩能不失家數,不失法度,雖疏拙亦可喜也。不然,則大好只大謬爾。"將"家數"和"法度"的重要性推到極端的程度。蓋元人雖不重學,一代學術也没多少值得稱道的成就,於創作一途却十分講究傳統和師承,揭傒斯《詩法正宗》就説:"學問有淵源,文章有法度,……得之則成,失之則否,信手拈來,出意妄作,本無根源,未經師匠,名曰杜撰。"傅氏與前及范德機的論説正是這種認識的反映。楊載乾脆將此範疇用爲論詩專著的題名,其《詩法家數》重點討論詩學正源、作詩準繩和方法。嘗説:"余於詩之一事,用工凡二十餘年,乃能會諸法,而得其一二,然於盛唐大家數,抑亦未敢望其有所似焉。"雖自信不如嚴羽,相去亦不太遠。他並以此範疇指代作詩的特殊規則,稱"詩要首尾相應,多見人中間一聯,盡有奇特,全篇湊合,如出二手,便不成家數。此一句一字,必須著意聯合也,大概要沉著痛快優遊不迫而已"。則與嚴羽所論微有不同。如果説嚴羽從詩的整體風格論"家數",他則更多地聯繫詩的具體技法,將此層意思充實到整個範疇之中。

明清文體學發達,伴隨着復古和學古風氣的盛行,以及辨體尊體意識的日漸强烈,時人論詩也多講"家數"。徐師曾《文體明辨序説》中首列"文章綱領",其中就引了嚴羽"世之技藝,猶各有家數"一段議論。費經虞對此更作過具體的説明:

> 詩體有時代不同,如漢、魏不同於齊、梁,初、盛不同於中、晚,唐不同於宋,此時代之不同也。有宗派不同,如梁、陳好爲宫體,晚唐好爲西崑,江西流涪翁之派,宋初喜才調之詩,此宗派不同也。有家數不同,如曹、劉備質文之麗,靖節爲冲淡之宗,太白飄逸,少陵沉雄,昌黎奇拔,子瞻靈雋,此家數不同也。詩之不同,如人之面。學者能辨别其體調,分其高下,始能追步前人。①

他明確區别時代、宗派和家數三者之不同,時代不同很可以理解,宗派和家數之辨則至爲重要。蓋傳統詩歌宗派或流派,肇始於對詩學基本看法的相同和相近,内部不一定有統一的創作方法,乃至創作主張也不盡劃一,這是與西洋文學流派很不一樣的地方。家數則不同,它是一種業已成熟的,有着巨大整合力和影響力的結體置辭等創作技法的總和,並且,儘管它成熟後可以形成一大宗,衍爲一個流派,如作者所説的"曹、劉備質文之麗",以後就成爲文學史上著名的"曹劉體",嚴羽《滄浪詩話·詩體》中列有此體,但從根本上説,當人以"家數"論之,主要還是就其善用質文這一端而言的,突出的是具體的體法以及由此體法形成的作品風格。

清人討論創作也每言"家數",如王闓運認爲"詩究殊於文,文不易分,詩易分矣",故稱"文有相代,詩有家數。文取通行,故一代成一代之風;詩由心聲,故一人有一人之派。……陳、隋南北絶而宗派同,王、駱家數殊而音韻近,亦有間相染者,細辨乃能分之"②。不過,基於明人刻意古法至於拘泥不化,他們不再恪守門派,區疆劃界,而認爲"夫文章公器,雖有宗派,無所謂統也。其入理

---

① 《雅倫》卷二《體調》。
② 《湘綺樓説詩》卷六。

純粹,叙事精嚴,措詞雅潔,運氣渾厚,法度完密,而意味高古者,即係文章正宗,初不以人地時限也。必欲秘爲絶詣,據作一家私傳,不惟誕妄,抑且孤陋矣"①。由此,對所謂"家數"開始有比較全面的認識。清初魏禧説:

> 今天下家殊人異,爭名文章,然辨之不過二説:曰本領、曰家數而已。有本領者,如巨宦大賈,家多金銀,時出其所有,以買田宅,營園圃,市珍奇玩好,無所不可;有家數者,如王謝子弟,容止言談,自然大雅。有本領無家數,理識雖自卓絶,不合古人法度,不能曲折變化以自盡其意,如富人作屋,梓材丹腹,物物貴美,而結構鄙俗,觀者神氣索然;有家數無本領,望之居然《史》《漢》大家,進求之,則有古人而無我,如俳優登場,啼笑之妙可以感動旁人,而與其身悲喜,了不相涉。然是二者,又以本領爲最貴。王謝子弟,枵腹清談,無當實事,固不若巨宦大賈,温飽自養,且可出其餘財,上佐國用,下業貧民也。②

文中比喻富博,有收煞不住之勢,以巨宦大賈比有"本領"者,然又説有此長者如富人作屋;以王謝子弟比有"家數"者,然又説有此長者如俳優登場,看似兩不相涉,並不確當,但其實論説的道理還是明白的。即認爲有"家數"者追求學有本源,語有師承,合乎古人格法,自然大雅,只不過很容易不切實情,造成優孟衣冠;有"本領"者雖自恃才華,恣意横行,其情有類暴發户之粗俗不雅,不過畢竟富於財積,可供馳騁。因此,他不僅主張兩者要相互補充,還明確提出"二者又以本領爲最貴"。聯繫其《答計甫草書》所稱"古人法度,猶工師規矩,不可叛也,而興會所至,感慨悲憤愉樂之激發,得意疾書,浩然自快其志,此一時也。雖勸以爵禄不肯移,懼以斧鉞不肯止,又安有左氏、司馬遷、班固、韓、柳、歐陽、蘇在其意中哉?"這種對"家數"的論述不能不説是比較深刻的。

前此,黄宗羲《姜友棠詩序》已稱賞人"初未嘗有古人之家數存於胸中",在《七怪》中批評時人爲文不真,"應酬之下,本無所謂文章,所點者妄談家數,曰:'吾本王、李風雅之正宗。'曰:'吾師歐、曾古文之正路也。'"以爲只知模擬者

---

① 朱庭珍《筱園詩話》卷四。
② 《答毛馳黄》,《魏叔子文集·外編》卷七。

"不可謂之詩人"①,魏禧的上述説法可以説是他的一脈延傳,不過没有他説得徹底。因他批評的是"妄談家數"者,可以辭激言厲,魏氏是平論"家數"之短長,所以要公允客觀。

然而,可能是由於自宋以來人們多講師法,日久弊生,又"格調説"在明以後破綻迭出,轉成拘忌,"神韻説"又言之過當,翻爲空寂,故對"家數"本身作進一步究問的言論開始出現。如崔旭以爲,"王阮亭之《古詩平仄》、《律詩定體》,趙秋谷之《聲調譜》,不見以爲秘訣,見之則無用。方虚谷《瀛奎律髓》所標詩眼,馮默庵《才調集》之起承轉合,俱小家數"②。袁枚論詩力主"性情"和"著我",所謂"提筆先須問性情,風裁休劃宋元明"③,對時人專意於古詩聲調,乃至演爲專譜、奉爲秘本大不以爲然,稱爲"後天空架子","覽之不覺失笑"④,因此對拘守"家法"以唬人的做法也很不滿,斥爲"節女守貞"。《隨園詩話》卷五嘗説:

> 詩人家數甚多,不可硜硜然域一先生之言,自以爲是,而妄薄前人。須知王、孟清幽,豈可施諸邊塞?杜、韓排奡,未便播之管弦。沈、宋莊重,到山野則俗。盧仝險怪,登廟堂則野。韋、柳雋逸,不宜長篇。蘇、黃瘦硬,短於言情。悱惻芬芳,非温、李、冬郎不可。屬詞比事,非元、白、梅村不可。古人各成一家,業已傳名而去。後人不得不兼綜條貫,相題行事。雖才力筆性,各有所宜,未容勉强,然寧藏拙而不爲則可,若護其所短,而反譏人之所長,則不可。所謂以宫笑角,以白詆青者,謂之陋儒。范蔚宗云:"人識同體之善,而忘異量之美,此大病也。"蔣苕生太史《題隨園集》云:"古來只此筆數枝,怪哉公以一手持。"余雖不能當此言,而私心竊向往之。

他無意於否認古人創作各有"家數"的成言,也承認王、孟"清幽"與杜、韓"排奡"的價值,只是更主張不同的技巧、體法和風格應與不同的才性相對應,復與

---

① 《景洲詩集序》,《南雷文集》卷一。
② 《念堂詩話》卷一。
③ 《答曾南邨論詩》,《小倉山房詩集》卷四。
④ 《再答李少鶴》,《小倉山房尺牘》卷十。

不同的體式篇制相配合。他在《隨園詩話》卷四中曾說:"學漢魏《文選》者,其弊常流於假;學李杜韓蘇者,其弊常失於粗;學王孟韋柳者,其弊常流於弱,學元白放翁者,其弊常失於淺,學溫李冬郎者,其弊常失於纖。人能吸諸家之精華而吐其糟粕,則諸弊盡捐。"聯繫起來看,應該說這樣理解和處置"家數"是比較平實穩妥的。

袁枚還曾就王士禛的詩歌創作發表了如下意見:"其修詞琢句,大概捃摭於大曆十子、宋元名家,取彼碎金,成我風格,恰不沾沾於盛唐,蹈七子習氣,在本朝自當算一家數。"①王士禛論詩力主"神韻",向往佇興而就,反對依傍成格,不僅中年越三唐而事兩宋,即早年宗唐時已對宋詩流露出敬佩之意,所謂"耳食紛紛說開寶,幾人眼見宋元詩",即作於其青年時期②。人有問學盛唐還是中唐,答以"從其性之所近,伐毛洗髓,務得其神,而不襲其貌,則無論初盛中晚,皆為名家"③。他的叔祖王季木在萬曆年間獨師李夢陽,論者以為這對他作詩會有影響,但他恰恰並不推崇季木之詩④。對此袁枚多有肯定,以為他不一味仿唐,走七子老路,誠為卓然特立,足成家數。

同時有薛雪,作為葉燮學生,詩學宗旨與袁枚不盡相同,但論及"家數"却取一樣通達的態度。其《一瓢詩話》嘗說:"作詩家數不必畫一,但求合律,便可造進。譬如作樂,八音迭奏,原各就其所發以成之。聖人聞之,三月忘味,何也?知其所以然,始可與言詩矣。"表明時至文化集成期的清代,人們的認識已變得宏通,且有了很大的進步。

這裏還必須指出,因程式技藝要求高而特殊,"家數"這個範疇還被廣泛運用於詞曲和小說理論批評。如譚獻《復堂詞話》稱"文字無大小,必有正變,必有家數",認為蔣春霖《水雲樓詞》"固清商變徵之聲,而流別甚正,家數頗大,與成容若、項蓮生二百年中分鼎三足"。王煜《清十一家詞自序》論浙派、常州以後詞,"而名家後起,舉出於茲焉,匯納百宗,蔚為變徵,家數流別,冠冕一朝,清朝有斯,可謂至極矣"。蔡嵩云《柯亭詞論》謂:"至朱、鄭、況諸家,詞之家數雖不同,而詞派則同。""家數"這個範疇之不同於流派,被表述得很明確。

---

① 《隨園詩話》卷三,並參見俞正燮《癸巳存稿》卷十二。
② 翁方綱《石洲詩話》卷八:"此詩作於康熙元年壬寅之秋,先生年二十九歲。"
③ 《燃燈紀聞》。
④ 見《居易錄》卷十四。

曲學批評中，如李調元《雨村曲話》卷下有"今所傳若耶野老《載花舲》、《香草吟》二本，詞調卑靡，頗不足觀。而《香草吟》全以藥名演成傳奇，雖其家數小，亦具靈思，曲中之另一體也"之說，意同詩論。又如王驥德《曲律》卷二專門設"論家數"一節，討論本色、文詞二格。小説批評除前述羅燁論"小説開闢"、吳自牧論説話"四家數"外，其他如李贄評《水滸傳》，稱作者寫人物"妙絶千古，全在同而不同處有辨，如魯智深、李逵、阮小七、石秀、呼延灼、劉唐等人，都是急性的，渠形容刻畫來各有派頭，各有光景，各有家數，各有身份，一毫不差，半些不混"，也是一例。

因詞曲也講作法，起處高奇，接筆自然，並有"挺接"、"反接"、"正接"等名目，轉筆處又要求細分"疾轉"、"逆轉"和"實轉"，結合處更有"層層結合"、"面面周到"諸法，用"家數"這一範疇來概括確乎顯得很周延。如果說，像"本色"這樣的範疇雖起自詩文批評，後在戲劇、小説批評中蔚成大國，轉而再影響詩文批評的話，那麽"家數"則是先由詩文批評再衍及戲曲、小説批評的。於此頗可見此範疇的延展活力。

8. 諸範疇的聯通和意義小結

綜上所說這些範疇大都有着悠久的發展歷史，但其被集中運用並日趨成熟均在宋以後，是與其時文法講求風氣的盛行有關的。在被趣味不同的作家、批評家運用和探討的過程中，它們也在不斷探索自己的意義邊界，不斷豐富着自身的意旨和内涵，直到最終支撐起一個廣闊的意義空間，成爲具有普遍概括能力的抽象名言。並且，這些範疇在意義上是互相貫連的，觸及到文學創作内部構成的各個方面。譬如說，詩文的"脈絡"每每與"波瀾"有關，"波瀾"又顯然可用是否"老成"來說明。而創作每每體"圓"求"老"，又自構成重要的"家數"，影響和規範到不同風格的形成。唯此，明胡應麟才會由"體制音響"論"老蒼"①，清沈德潛才會說"貴屬對穩，貴遣事切，貴捶字老，貴結響高，而總歸於血脈動盪，首尾渾成"②。吴德旋認爲："作文豈可廢雕琢，……清氣澄徹，自然古雅風神，乃是一家數也。"③則其還指向作品的氣韻風神，並不僅僅以技法體法爲限。

---

① 《詩藪》外編卷六。
② 《説詩晬語》卷上。
③ 《初月樓古文緒論》。

更值得指出的是,這些相互貫連並看似有些瑣屑的概念、範疇,各自又聯繫着自己所關聯和從屬的概念、範疇,如"脈"與"間架"、"樞紐"、"眼目"等關係密切,由此提攜起一系列創作論範疇和風格論範疇。"老"在宋元以後與"氣"、"性"和"養氣"等本原論、創作論範疇關係日趨密切,與"古"、"樸"、"堅"、"厚"、"拙"、"大"等風格論範疇更是須臾不可分離。"本色"更進入戲曲、小説等各體批評,與許多範疇都發生了意義交接。

明人曾説:"古人以學爲詩,今人以詩爲學"[①],如果把其中的詩擴大至一切文類,則此一判斷表明,時至宋元以後,"後經典時代"的中國人對文學特性的把握,對文學創作内在機理的認識確已不斷趨於深入。上述諸範疇根植於傳統文學的形式構成,既關聯着音聲,又依託於體勢,體現出强烈的自體特性,足以彰顯文本的結構方式和"漢語性",並最終爲構建具有民族特色的成熟的詩學奠定扎實的基礎。而對這些概念、範疇從邏輯生成到意義演變作如上細緻的臚述,不但可以爲與其相關連的範疇系統中各單個名言的理解提供鑰匙,還有助於加强今人對範疇體系特有的理論品格的認識。有鑒於此前對傳統文論範疇的研究大多僅關注在字源的涵義,而脱離其作爲創作體法或技法的本義,有的甚至淪爲望文生義的自説自話,爲使這一研究能真正向其原生處皈返,時時想及上述範疇的精微内涵,當不會毫無意義。

第二節　詞的體式與範疇

詞爲韻文,從屬於廣義的詩的範疇,但實際上與詩區别甚大,歷代作者和批評家對它的要求也不一樣,這直接造成了詞學批評所用範疇在整體上與詩相類的同時,又有一些不能掩抑的自體特點,故在此分開論列。

詞,又稱曲子詞。關於它起自六朝還是漢魏,諸家説法不一,非此處可以概論。然其伴隨燕樂的發達而產生這一點,在學界已成定論。因此,儘管它導源於古詩,亦兼具六義,至唐中期以後,由起初的五、七言歌辭添益出許多泛聲,再逐漸增加實字,最後衍變成長短句,但以倚聲制辭爲最根本的特

---

① 葉廷秀《詩譚》卷五。

點却是不争之事實。惟此之故,其最初被人稱爲"樂章"①,後又被稱爲"歌曲"、"詞曲"②,劉熙載《藝概》因此乾脆視之爲"聲學"。

由於詞是聲學,須依調填寫,其節奏參差錯落,句型長短不整,小令是如此,中調、長調更是如此,故與傳統詩歌的區别十分明顯。而更爲重要的是,基本上起自民間歌詞的詞因承襲着母體多言情事的傳統,在發展的初期以吟唱緑情紅意爲主,兼爲友朋燕集、娱賓遣興之具,所謂"多發於臨遠送歸,故不勝其纏綿悱惻,即當歌對酒,而樂極哀來,捫心渺渺,閣泪盈盈,其情最真,其體亦最正矣"③。這更給它帶來了迥别於詩的特點,以至人們從形式着眼稱其爲"詩餘"的同時,又有了"詞爲艷科"的判斷。以後詞的合樂性及其善於織綜鋪叙的特點,不斷加深了它向"艷科"一途有偏至的發展,直至造成其婉約柔美的正體風格的確立。當然,詞述情爲主的特點也在一定程度上影響着它的形式,特別是就單個詞家而言,對詞調的運用和創設,對詞體的豐富和改變,有時皆與述情的需要有關。

由於詞似詩而非詩,歷代作詞論詞者都熱衷探究詞體以凸顯其特異性,那些試圖爲詞爭一席地位的人於此更是不遺餘力。如北宋李之儀就説:"長短句於遣辭中最爲難工,自有一種風格,稍不如格,便覺齟齬。"④李清照在所作《詞論》中更指出詞是歌詞,故必須"協音律",别"五音"、"五聲"、"六律"和"清濁輕重"。她認爲晏殊、歐陽修和蘇軾等人忽視了這一點,故所作只是"句讀不葺之詩"。王安石、曾鞏等人長於散文,作詞每讓人絶倒至於不能卒讀。只有晏幾道、賀鑄、秦觀、黄庭堅等人才得此體之正。所以她提出詞"别是一家"之説,要求作者填作時能多加注意。所謂"别是一家",是説相對於詩文,詞有自己獨特的體式特點。前此,陳師道等人稱蘇軾以詩爲詞,"雖極天下之工,要非本色",趙師㞦稱"詩詞各一家"⑤,已點出這層意思。自此以後,這樣的説法更每每被人舉爲尊體的理由。與此相對應,伴隨着時人對詞的本位特性的張揚,一批涵括和説明詞的體式特點、創作規範和風格特徵的概念、範疇開始出現,既深化

---

① 見王辟之《澠水燕談録》卷八,曾敏行《獨醒雜誌》卷三。
② 見張舜民《畫墁録》。
③ 謝章鋌《賭棋山莊詞話》卷十。
④ 《跋吴思道小詞》,《姑溪居士文集》卷四十。
⑤ 《聖求詞序》,見《宋三十名家詞》。

了人對詞體的認識,同時也豐富了整個文學批評範疇體系,使之得以更全面地包容古人在創作與批評兩方面所取得的理性認識成果。

在展開對詞學範疇的全面論述前,要特別說明,由於詞與詩的天然聯繫,詞人將詩文筆法輸入詞作的情況殊爲常見,所以傳統詩文批評的諸多概念、範疇常有被人用以論詞的。對這一部分概念、範疇的關注,頗可以豐富人們對這些名言本身的認識。如"比興"、"韻味"、"意境"、"氣象"、"風骨"、"空靈"等詩文範疇,每爲歷代論詞者所用。清人就說:"自古詞章,皆關比興,斯義不明,體制遂舛。"①認爲"比興"是詞一體本身固有的特點,乃至最基本的成體條件。有的論者還進一步暢論其義,指出詞"低迴深婉,托諷於有意無意之間,可謂精於比義","托喻不深,樹義不厚,不足以言興;深矣厚矣,而喻可專指,義可強附,亦不足以言興。所謂興者,意在筆先,神餘言外,極虛極活,極沉極鬱,若遠若近,可喻不可喻,反復纏綿,都歸忠厚"②,從而賦予此範疇以本諸"忠厚"而出以"沉鬱"的獨特內涵,這與詩文批評中的"比興"範疇在論述方向上大體一致,只是所涵括的意義稍有不同。

有的範疇如"格調"、"性靈"等被引入詞學批評的頻率沒上述範疇高,但也時可見諸論者的著作。如他們稱"自來詩家或主性靈,或矜才學,或講格調,往往是丹非素,詞則三者缺一不可。蓋不曰賦,曰吟而曰填,則格調最宜講究,否則去上不分,平仄任意,可以娛俗目,不能欺識者"③,"古今詞人格調之高,無如白石,惜不於意境上用力,故覺無言外之味,弦外之響,終不能與於第一流之作者也"④。其所說"格調"的涵義大體同於詩文批評。其間種種,表現的樣貌十分複雜,非幾句話可以說清。

基於論詞者在運用詩文批評範疇時多結合詞的體式特點展開,即以崇體爲前提,有選擇地吸收詩文創作範疇來說明詞的特點,所以要切實瞭解其對詩文範疇究竟是在原義上引用,還是有所充填、發展乃至更張,必須結合詞的特性和其人對這種特性的理性判定,並以此爲考察的出發點和歸結點才有可能。所以,此處擬對歷代詞學理論中辨體範疇作一釐定和考察。在此過程中,我們將舍

---

① 莊棫《復堂詞序》。
② 陳廷焯《白雨齋詞話》卷六。
③ 丁紹儀《聽秋聲館詞話》卷一。
④ 王國維《人間詞話》卷上。

去體式討論中與詩文批評範疇近同的部分,而着重論說其相異的部分,以更好地凸顯詞學批評範疇本身的特點。

一、宋代詞學範疇解說

如前所說,對詞的體裁體式作特別的界劃,在詞體初起的北宋就已經開始,但由此角度深入下去作進一步的探討,並進而創設一系列概念、範疇以涵括和保存這些理論成果,則是南宋以來人做的工作。

五代至北宋,詞被視爲小道,自歐陽炯作《花間集序》,至陳世修《陽春集序》、晏幾道《小山詞自序》,皆以爲娱賓遣興之具。而持論正統如王安石則對之多有譏斥①,理學家程頤乃更指責秦觀褻瀆上穹②。到北宋中後期,詞的題材日益擴大,創作風格日漸多樣,特別是隨着與音樂分離程度的日趨提高,許多詞人開始謀求讓其脱離小道,成爲與詩相齊的正體。他們提出詞是古樂府之末造,古人長短句與詩同爲抒情言志之具;詞與政通,與詩一樣可以補世,可用爲陶冶性情之具。

基於這種認識,他們有意識地凸顯詞的本位及其體式體法特徵。不過,如李清照等人只是尊體,而未及具體地展開。蘇軾、黃庭堅以下一直到王灼、胡寅等人只是結合創作實踐就事論事,或對各家風格成就作一簡單判斷,雖提及"豪放"、"雅俗"等範疇,但均就風格置論,而不是從文體切入。其他像范開、劉辰翁等人對辛棄疾的評論也無不如此。即使間有論及詞的體式,大多只從詩詞一體的角度置論,實際是將詩詞硬扯在一起,以爲"只是一理,不容異觀"③,並不足以真正確立詞的獨立地位。由此就詞學範疇的角度考察,真正能夠標别一類文體特徵和創作機理的中心範疇並未出現,或雖有出現,其面目和意義還不甚分明。

待南宋張炎《詞源》出現,這種局面才得以改變。《詞源》分上下兩卷,上卷專論音樂,有《五音相生》、《十二律吕》、《謳曲旨要》等目,下卷則專論創作,有《句法》、《字法》、《拍眼》、《用事》、《意趣》等目,末附《楊守齋作詞五要》。書中張炎從詞的體式角度,揭出了"意趣"、"質實"、"古雅峭拔"、"凝澀晦昧"等概

---

① 見魏泰《東軒筆録》卷五。
② 見劉克莊《黄孝道長短句》,《後村先生大全集》卷一百六。
③ 王若虚《滹南詩話》卷二。

念、範疇,其中最具詞的特殊意味,因此也最重要的是"清空"和"騷雅"兩範疇。先説"清空":

> 詞要清空,不要質實,清空則古雅峭拔,質實則凝澀晦昧。姜白石詞如野雲孤飛,去留無迹。吳夢窗詞如七寶樓台,眩人眼目,碎拆下來,不成片段,此清空、質實之説。
>
> 詞以意趣爲主,不可蹈襲前人語意,如東坡中秋水調歌云……此數詞皆清空中有意趣,無筆力者未易到。

"清空"一詞在張炎以前不常爲人所用。因"清"與"空"爲道釋兩家義理所聚,故即有分用者,也多用以闡發自己對道釋義理的領悟。如唐權德輿《送靈澈上人廬山回歸沃州序》之"上人心冥空無而迹寄文字,故語甚夷易,如不出常境,而諸生思慮,終不可至"。劉克莊《王與義詩》之"前輩有學詩如學仙之論,窺意仙者,必極天下之輕清,而後易於解脱,未有重濁而能仙也"。至於蘇軾《書王定國所藏煙江叠嶂圖》所謂"江山清空我塵土,雖有去路尋無緣",則與文事無關。

今天無法探知張炎揭舉"清空"是否受到道釋思想的影響,但由其以"野雲孤飛,去留無迹"評姜夔,想來或受到些許影響也未可知。那麽,這一範疇的意義到底是什麽呢?由文中所説"古雅峭拔",無涉"質實"和"凝澀晦昧",再聯繫前文他所舉吳文英《聲聲慢》之詞太"澀",《唐多令》"疏快却不質實",可知大體指一種清明空靈的詞境和詞品,因是清明空靈,所以無取凝澀晦昧,也不關質實與密麗。

一般説來,北宋人作詞多疏快雅淡,南宋則踵事增華,轉趨密麗,故劉熙載《藝概》説:"北宋詞用密亦疏,用隱亦亮,用沉亦快,用細亦闊,用精亦渾,南宋只是掉轉過來。"倘説得再著實些,則一般用實字多於虛字,音節多變,用意層次和曲折程度高,易使詞顯出密的體相,反之則易見疏宕。傳統書畫理論中,"疏密"這一對待性範疇每被人提及,張彥遠《歷代名畫記》乃有"若知畫有疏密之體,方可議乎畫"之説,姜夔《續書譜》論書法結體,也説:"書以疏欲風神,密欲老氣……當疏不疏,反成寒乞;當密不密,必至凋疏。"其作詞多疏宕清健,所謂"詞至白石,疏宕極矣"①,或受藝事的感通與影響也未可知。吳文英詞多取

---

① 張祥齡《詞論》。

密的一路,雖"能令無數麗字,一一生動飛舞,如萬花爲春。非若雕璃蹙繡,毫無生氣也"①,但運意深遠,用筆幽邃,煉字煉句,迥不猶人,終究還是太密致了些。密至極處,不免滯塞,是謂"質實",所以被張炎指爲不能"清空"。《唐多令》一詞能不如此,他才特爲表出,稱"如是者集中尚有,惜不多耳"。

張炎以古雅脱俗、含蓄虛靈爲"清空",以爲它無涉"澀"、"密",也不盡同於"精粹"與疏快",這是他對這一範疇的基本規定,對此,後世論者多表欽服。如元陸行直《詞旨》説:"《詞源》云'清空'二字,亦一生受用不盡,指迷之妙,盡在是矣。"明清以下人更是紛紛就此作出闡揚。如孫麟趾《詞徑》倡作詞十六字訣,其中就有"清"與"空",分占第一和第十二位,所謂"天之氣清,人之品格高者,出筆必清。五采陸離,不知命意所在者,氣未清也。清則眉目顯,如水之鑒物無遁形,故貴清","天以空而高,水以空而明,性以空而悟,空則超,實則滯"。由自然界的"清"與"空"説開去,尚是一種簡單的析論,但所解釋的内容與張氏原意還是貼合的。李佳則説:"余謂詞,最宜清空,一氣轉折,方足陶冶性靈。"②謝章鋌説:"詞貴清空,意欲清,氣欲空。太煉則傷氣,太鬱則傷意","夫詞欲清空,忌填實。清空生於静,静則必妙,其寄意也微,其託興也孤"③。則結合"意"、"氣"與"静"、"妙"諸範疇,進而論其所由生,及其所能給詞帶來的效果,是對張氏之説很好的推進。

此外,沈祥龍《論詞隨筆》將"清空"落實爲文字表達也頗具特色。他説:"清者,不染塵埃之謂;空者,不着色相之謂。清則麗,空則靈","詞不尚鋪述,而事理自明,不尚議論,而情理自見,其間全賴一清字。骨理清,體格清,辭意清,更出以風流藴藉之筆,則善矣","詞當於空處起步,閒處着想。空則不占實位,而實意自籠住;閒則不犯正位,而正意自顯出"。它示人以門徑,使得"清空"成爲一種較容易把握的實在可追求的詞學境界。那麽,將"清空"落實爲文字,該用什麽做中介呢?沈氏進一步提出了"妙悟説":"詞得屈子之纏綿悱惻,又須得莊子之超曠空靈。蓋莊子之文,純是寄言。詞能寄言,則如鏡中花,如水中月,有神無迹,色相俱空,此惟在妙悟而已。嚴滄浪云:'惟妙悟乃爲當行,乃爲本色'。"如前所説,張炎所論"清空"是否受到道釋思想的影響不得而知,

---

① 況周頤《蕙風詞話》卷二。
② 《左庵詞話》卷上。
③ 《賭棋山莊詞話續編》卷三。

但他的後繼者顯然將這兩者聯繫了起來。此外,由此一端,也可以見出詩學範疇對詞學批評和詞學範疇的深刻影響。

還須指出,張炎以"古雅峭拔"釋"清空"是很值得回味的,它使人感到在追求疏快虛靈反對質實凝滯的同時,其所推出的詞境決不僅是一味的縹緲輕虛,因爲縹緲輕虛決當不得"古雅峭拔"四字。清人於此看得分明,如鄭文焯就指出:"詞之難工,以屬辭遣辭,純以清空出之。……然屏除諸弊,又易失之空疏,動輒局蹐。……所貴清空者,曰氣骨而已。"①聯繫姜夔善以健筆寫柔情,詞風雖"空靈清峭",乃至"清勁知音,亦未免有生硬處"②,仍被張氏推稱爲得"清空"之美,可見在他看來,這"氣骨"的挺健也是"清空"範疇的題中應有之義。惟此挺健氣骨充實於疏快虛靈之中,它才能擺脫"空疏",顯出"古雅峭拔"的特殊美質,並爲後世趣味不同的詞作者和批評家公推爲詞體之正。

"清空"範疇的意義和影響已如上述,相比於"意趣"和"質實",它的内蘊更豐富,也更契合詞體的機理,所以對後世創作產生極大的規範作用。這裏還要特別提出,與詞學批評中許多範疇承詩文批評而來不同,"清空"範疇雖不能脫開詩學批評的影響,但確實是一個典型的原創性的詞學名言,自產生後不僅籠蓋了時人對詞體本位的根本認識,還給詩文批評以一定的影響。基於"渾樸清空,天地之真氣也"③,如胡應麟《詩藪》外編卷一就明言"詩與文體迥不類,文尚典實,詩貴清空"。賀貽孫《詩筏》也說:"清空一氣,攪之不碎,揮之不開,此化境也。"田同之《西圃詩說》進而說:"詩之妙處無他,清空而已。……杜詩云:'讀書破萬卷,下筆如有神。'神者,清空之謂也。"雖對此範疇的解說有些隨意,但"清空"與"神"範疇的內在聯繫宛然可見。至於以"清空"品評作家作品的也間可見到,如張清標就以"清空靈淡,似不以人力勝者"稱孟浩然詩④。

張炎論詞還推尚"雅"和"騷雅",其論姜夔詞謂:"白石詞如《疏影》《暗香》《揚州慢》《一萼紅》《琵琶仙》《探春》《八歸》《淡黃柳》等曲,不惟清空,又且騷雅,讀之使人神觀飛越。"又稱陸淞《瑞鶴仙》"臉霞紅印枕"、辛棄疾《祝英臺近》"寶釵分"詞"皆景中帶情,而有騷雅,故其燕酣之樂,別離之愁,回文題葉之思,

---

① 《大鶴先生論詞手簡·三》。
② 沈義父《樂府指迷》。
③ 劉存仁《屺雲樓詩話》卷一。
④ 《楚天樵話》卷上。

峴首西州之淚,一寓於詞。若能屏去浮艷,樂而不淫,是亦漢魏樂府之遺意","美成詞只當看他渾成處,於軟媚中有氣魄,采唐詩融化如自己者,乃其所長。惜乎意趣却不高遠,所以出奇之語,以白石騷雅句法潤色之,真天機雲錦也"。

在這方面張氏是有所本的。據《江行雜錄》記載,早在南宋初渡時,朝廷就開始下詔燒燬淫詞版本,高宗並親自製作"睿思雅正,宸文典瞻"的祭享樂章和"清新簡遠,備騷雅體"的《漁父詞》。所謂"備騷雅體",即上承《詩經》風雅和《離騷》悃誠的傳統,它在當時國勢危艱人心激蕩之時,成爲文人投託情感的最合適對象。然紹興十二年(1142)大局初定後,朝廷即下詔開天下樂禁,文壇風氣轉趨浮華。有鑒於其時歌詞"流爲浮艷猥褻不可聞之語","蕩而不知所止",銅陽居士開始大力提倡"復雅",在《復雅歌詞序》中要求作詞應"輻騷雅之趣"。張直夫爲李彭老詞作序,也力主"靡麗不失爲國風之正,閒雅不失爲騷雅之賦……則情爲性用"①。張氏之尚"騷雅",名言承其所擬而精神已換,更多地落實爲對具體的句法意脈的要求。

嚴格地說,從《詩》《騷》角度論"騷雅",並非銅陽居士等人開其端,如杜甫《陳拾遺故宅》詩中已有"有才繼騷雅,哲匠不比肩"之句。後胡仔、曾慥等人也曾用此範疇稱人詩,如前者《苕溪漁隱叢話》前集卷三十"六一居士下"謂"二李之詩,詞格騷雅,真可壓倒元、白",後者《鵲山亭》詩也有"少陵騷雅今誰和,東海風流世謾傳"之句。元楊維禎稱"學詩於晚唐季宋之後,而又上下陶、杜、二李,以薄乎騷雅,亦落落乎其難哉!"②也用此論詩。但只有張炎將之有意識地轉換爲對詞體基本特徵的要求。儘管不能說他之所謂"騷雅"與性情一無關涉,與《風》《騷》遠不相及,但論説的重點却無疑已放在形式或體式一端。他的學生陸輔之引以論詞學要訣,謂"周清真之典麗,姜白石之騷雅,史梅溪之句法,吳夢窗之字面,取四家之所長,去四家之所短"③,把這一點説得很清楚。"騷雅"在以後也成爲詞家引爲不二法門的重要規範,並在清代取得了長足的發展。

總之,終有宋一代除張炎外,各家詞學範疇建設不能説太豐富。北宋如蘇軾《祭張子野文》稱"微詞婉轉,蓋詩之裔",是以"婉轉"論詞;《答陳季常》稱"又

---

① 周密《浩然齋雅談》卷下引。
② 《趙氏詩錄序》,《東維子文集》卷七。
③ 《詞旨》卷上。

惠新詞,句句警拔",是以"警拔"論詞;《跋黔安居士漁父詞》稱"魯直作此詞,清新婉麗",又提出"清新婉麗"。其他如晁補之論黃庭堅詞以"高妙",李清照論賀鑄詞以"典重",皆從風格着眼,且未展開進一步的論釋。南宋胡寅《題酒邊詞》提出"豪放"這個範疇,王灼《碧雞漫志》稱"唐末五代,文章之陋極矣,獨樂章可喜,雖乏高韻,而一種奇巧,各自立格,不相沿襲",如賀、周之"精新",晏幾道之"秀氣勝韻",張、秦之"俊逸精妙"和"疏蕩",柳永之"淺近卑俗",李清照之"輕巧尖新",不一而足。劉克莊《辛稼軒集序》稱辛詞"秾纖綿密者,亦不在小晏、秦郎之下",情形亦復如此。整體上説,基本同於詩論。詞學批評範疇的成熟和繁榮,要在元明以後的清代才實現。

二、騷雅與沉鬱:元明以後範疇的振興

元明兩代詞作不少,但詞學批評並不發達。時人所論多關乎詞的起源及詩、詞、樂府的關係問題,間及詞與情的處置原則和詞的風格特徵,也大多瑣碎,並未有多少精義。類似何元朗"樂府以皦徑揚厲爲工,詩餘以婉麗流暢爲美"①,徐士俊"蓋詩之一道,譬如康莊九逵,車驅馬驟,不能不假步其間;至於詞,則深巖曲徑,叢竹幽花,源幾折而始流,橋獨木而方度"②,李東琪"詩莊詞媚"③,乃或張綖之"詞尚豐潤"④,毛晉之"詞尚綺艷"⑤,卓人月之"昔人論詞典必以委曲爲體"⑥,這樣從體制角度着眼的論述不多,故無從談論其創獲和突破。

可以一説的是關於"豪放"與"婉約"的討論。這兩個範疇的意義比較顯豁,在詩文批評中也屢可見到。就"婉約"而言,早在晉代,陸機《文賦》已有"或清虛以婉約,每除煩而去濫"之語,梁王筠《昭明太子哀册文》中也有"屬詞婉約,緣情綺靡"的評論。它由形容人恭謙和順之態引入,與同序列的"婉順"、"婉娩"、"婉委"、"和婉"等名言一起,共同指稱文學作品的委婉含蓄。"豪放"也由人的奔放不拘形檢,衍指詩文的無所拘束,高健超邁。但引入時間較晚,

---

① 王世貞《藝苑卮言》附錄一引。
② 沈雄《古今詞話‧詞評》下卷引《付雪詞序》。
③⑥ 《古今詞論》引。
④ 《淮海居士長短句跋》。
⑤ 《淮海詞跋》,《宋六十名家詞》。

至宋人論著中才較多見到。如王安石稱李白詩"豪放飄逸,人固莫及"①,蘇舜欽稱杜甫詩"豪邁哀頓,非昔之攻詩者所能依倚"②。它與同序列的"豪健"、"雄豪"、"豪壯"等名言一起,共同構成對一種陽剛的作品格調的說明。不過在詩文批評中它們始終沒有成爲中心範疇,並倍受人們的關注。

在詞學批評中,如胡寅《酒邊集序》所謂"名曰曲,比其曲盡人情耳",王炎《雙溪詩餘自序》所謂"長短句命名曰曲,取其曲盡人情,惟婉轉嫵媚爲善",柴望《涼州鼓吹自序》之"大抵詞以雋永委婉爲上",陳模《懷古錄》卷中之"蓋曲者曲也,固當以委曲爲體",皆已開詞以婉約爲正的消息,只是未舉出"婉約"範疇,並將之與"豪放"對舉。是明人的總結性討論才使之進入詞學範疇的前列。且前人所論大多就作品風格而言,明人則進而將之視作詞體的主要特性。

如張綎《詩餘圖譜》"凡例"說:"詞體大略有二,一體婉約,一體豪放,婉約者欲其情蘊藉,豪放者欲其氣象恢弘。"因他將這兩個範疇與詞人創作旨趣和各種風格的代表詞人放在一起論列,遂使其也有了體派論乃或風格論的色彩。不過他接著說:"大抵詞體以婉約爲正,故東坡稱少游爲今之詞手,後山評東坡如教坊雷大使舞,雖極天下之工,要非本色。今所錄爲式者,必是婉約,庶得詞體。又有惟取音節中調,不暇擇其詞之工者,覽者詳之。"則顯然是着眼於詞的體裁體式而論的。故徐師曾《文體明辨序說》說:"至論其詞,則有婉約者,有豪放者。婉約者欲其詞情蘊藉,豪放者欲其氣象恢弘。蓋雖各因其質,而詞貴感人,要當以婉約爲正,否則雖極精工,終乖本色,非有識者所取也。"

清人戈載《宋七家詞選序》也持此見,認爲"詞之爲體"當"以婉約爲正宗,慷慨激昂,奮臂叫囂,固有詩文,奈何尋一時之奇,而壞詞之體耶!"故選自認爲"無一絲外家之氣"的七大家詞以爲詞林規範。江順治引劉熙載《藝概》所論,稱"叔原貴異,方回淡遠,耆卿細貼,少游清遠,四家詞趣各別,惟尚婉則同耳"③,雖是論詞趣詞風,但從另一個側面可見,"婉約"範疇原是包含有上述諸端的,故在以後形成"清婉"、"淡婉"和"細婉"等一整套成序名言。如第二章所提及的,其中"細"這個名言頗堪咀嚼,它既指詞聲調的流利精微,如孫麟趾《詞經》所謂"作詞必須擇調,如《滿江紅》《沁園春》《水調歌頭》《西江月》等調,必不

---

① 魏慶之《詩人玉屑》卷十四引。
② 《題杜子美別集後》,《蘇學士文集》卷十三。
③ 《詞學集成》卷五。

可染指,以其聲調粗率板滯,必不細膩活脫也",也指詞的整體格調,如陳廷焯《詞壇叢話》所謂"詞貴細婉而忌粗疏",陳廷焯《白雨齋詞話》卷六之稱蔣捷《滿江紅》"浪遠微聽荇葉響,雨殘細數梧梢滴"句"最細",構成了"婉約"範疇重要的意義側面。

當然,其時也有人以"豪放"爲詞之正體,對蘇、辛等人迭有稱賞,便是這種認識的反映①。但大部分人都認同王世貞在《藝苑卮言》中所說的,"豪放"終究只是"詞之變體",非"詞之正宗"。清人顧貞觀《古今詞選序》就說:"溫柔而秀潤,艷冶而清華,詞之正也;雄奇而磊落,激昂而慷慨,詞之變也。"俞樾《徐花農玉可盦詞存序》也說:"詞之正宗,則貴清空,不貴饾饤;貴微婉,不貴豪放。《花間》《尊前》,其矩矱固如是也。"一直到近代,以"婉約蘊藉"爲"正宗之南派","氣象恢宏"爲"變體之北派"的論說還時可見到②。

此外也有不偏廢一端,在兩者之外另闢出"閒雅"一格的,如清人鄒祗謨所謂"詩家有王、孟、儲、韋一派,詞流唯務觀、仙倫、次山、少魯諸家近似,與辛、劉徒作壯語者有別"③。但鑒於詞的發展史上婉約之體早於豪放出現④,最根本的是,詞的體式與音樂關係密切,詞中婉約體的數量絕對超過豪放體,這種議論終究未改變"婉約爲正"的總格局。而"婉約深至"可"時造虛深"⑤,更使這一範疇具有了很大的意義彈性和涵蓋力,並最終成爲詞學批評中最著名的範疇之一。

清代因處古代文化的總結期,各體文學都有人出來洗發琢磨,重現其光彩,詞的創作也同樣,浙西、常州之外,雲間、陽羨、西陵、柳州各自成派,一時作手如林,號稱中興。詞學理論批評較之元明兩代更稱繁盛,不但有人大力推尊詞體,聲言"古人如屈、宋之騷,班、揚之賦,漢魏之樂府,唐人之近體,辛稼軒之詩餘,關漢卿、王實甫之曲,雖時變體更,要莫不有性情之寄,故其至處,可以異

---

① 參見方岳《秋崖集》卷三十八《跋陳平仲詩》、汪莘《方壺存稿》卷一《詩餘序》及周紫芝《太倉稊米集》卷六十六《書安定郡王長短句後》、劉辰翁《須溪集》卷六《辛稼軒詞序》)。
② 楊崇煥《升庵長短句正集序》。
③ 《遠志齋詞衷》。其實南宋黃昇《中興以來絕妙詞選》卷五已謂劉過"詞多壯語,蓋學稼軒者也"。
④ 劉熙載《藝概》卷四謂:"太白《憶秦娥》聲情悲壯,晚唐五代,惟趨婉麗,至東坡始能復古。後世論詞者,或轉以東坡爲變調,不知晚唐五代乃變調也。"此係個人翻案之論,不足以改變詞以婉約爲正體的事實。
⑤ 譚獻《復堂詞話》。

世同符,而正亦不必兼舉衆體,以博長才之譽於天下後世"①。概念、範疇的創設和運用也趨於活躍。其間,有些概念、範疇是宋人的創造,經他們的抉發和豐富,意義得以深化;有許多則純然是他們的發明。這些概念、範疇在後來構成了詞學批評的主體,向人昭示着清人對詞體認識的深入與進步。

前者如對"雅"和"騷雅"範疇的推崇與標舉,清初朱彝尊就以此爲詞體之正。他認爲當日曾慥錄《雅詞》、鮦陽居士輯《復雅》均是爲了崇雅,故特將友人樓上舍所輯《詞鵠》改名作《群雅集》。後厲鶚繼其說,稱"由詩而樂府而詞,必企夫雅之一言,而可以卓然自命爲作者"②。吴錫麒《戴竹友銀藤花館詞序》也說:"大抵倚聲之道,雅正爲難,質實者連蹇而滯音,浮華者苛縟而喪志,甚或猛起奮末,徒規於虎賁;陰淫案衍,漸流爲爨弄。翩其反矣,又何稱乎!"③郭頻伽《詞品》十二則及楊夔生《續詞品》十二則,並都還有"閒雅"一品。

在對此範疇的理解上,除承宋人之說,以爲"詞者詩之餘,當發乎情,止乎禮義。國風好色而不淫,小雅怨悱而不亂,離騷之旨,即詞旨也"④,更多的是沿張炎的思路,將之與詞的體式相結合。如姚燮就說:"詞,小道也,然詞不騷雅則俚,旨不微婉則直,過煉者氣傷於辭,過疏者神浮於意。"⑤蔣兆蘭更說:"古文貴潔,詞體尤潔,方望溪所舉古文中忌用諸語,除麗藻語外,詞中皆忌之。他如頭巾氣語,南北曲中語,世俗習用熟爛典故及經傳中典重字面,皆盡屏除净盡,務使清虚騷雅,不染一塵,方爲筆妙。"⑥鄭文焯則進而說:"其實經史百家悉在熔煉中,而出以高淡,故能騷雅"⑦,指出了此範疇的多個意義面相以及諸所避忌,對學養之於雅體養成的重要意義有婉轉間接的強調。

至於用此範疇評價詞人詞作就更普遍了,如李佳《左庵詞話》卷上稱姜夔詞"筆致騷雅,非他人所及",張宗櫹《詞林紀事》引樓敬思語,稱"南宋詞人,姜白石外,唯張玉田能以翻筆、側筆取勝,其章法、句法俱超,清虚騷雅,可謂脫盡蹊徑,自成一家"。是結合具體用筆法及句法、章法,對此範疇超脫品質的揭

---

① 曹勳《無名氏詩餘序》,《曹宗伯全集》卷七。
② 《群雅詞集序》,《樊榭山房文集》卷四。
③ 江順詒《詞學集成》卷六《各家詞序》引。
④ 沈祥龍《論詞隨筆》。
⑤ 《疏影樓詞自序》,陳乃乾《清名家詞》卷八。
⑥ 《詞說》。
⑦ 《大鶴先生論詞手簡·三》。

示。其他如陳廷焯、況周頤和譚獻亦每以"清虛騷雅"、"騷雅俊逸"或"騷雅鈖翀"稱人。況氏《蕙風詞話》卷三稱劉文靖"寓騷雅於冲夷,足穢鬱於平淡,讀之如飲醇醪,如鑒古錦",是對此範疇絕好的解說。

近人陳衍則還對之作了進一步的闡揚,他承常州派張惠言"意内言外"之說,在《石遺室詩話》卷二十中指出:"意内者騷,言外者雅,苟無悱惻幽隱不能自道之情,感物而發,是謂不騷;發而不有動宕閟約之詞,是謂不雅。"所謂"悱惻幽隱不能自道之情",尚符合此範疇源出屈騷的精神,而"動宕閟約之詞"則與《詩經》二雅並無直接關涉,是他個人的創見。不僅如此,他還對此範疇之於作詞的意義作了極高的評價,嘗說:

> 論詞於北宋人,則曰婉約,而豪放者病矣;論詞於南宋人,則曰清空,而質實者病矣;又其至者,則曰本色當行,而險麗者抑次矣。然語清空者,固自質實而晦澀;貴本色者,以險麗爲著力,而清空、本色、豪放,皆是滑易之病也。救其病固無過於騷雅。

說"本色"、"豪放"過處會流於"滑易"誠是,但說"清空"也會墮入此境,衡之以宋以來歷代人的論說,頗與時見不合。不過,他說"騷雅"可救此"滑易之病"還是對的。"滑易"者,浮滑率易也,可流於約,也可失之秾;可偏於粗疏,也會墮入俚俗,而"騷雅"因詞人性情醇和而導致詞的内質淳厚,發爲文辭,無涉淺切,自然是可用爲此病之藥石的。

後者則是以張惠言、周濟爲代表。常州詞派發起的對詞的新解說,曾引出清人對詞體新一輪的深入探討,其間提出的許多範疇不僅爲宋人所未及,即元明兩代人也未曾夢見。

張惠言推尊詞體之意甚切,其《詞選序》嘗謂:"《傳》曰:'意内而言外者謂之詞',其緣情造端,興於微言,以相感動,極命風謠。里巷男女哀樂,以道賢人君子幽約怨悱不能自言之情,低徊要眇,以喻其致。蓋《詩》之比、興、變風之義,騷人之歌則近之矣。然以其文小,其聲哀,放者爲之,或淫蕩靡曼,雜以昌狂俳優。然要其至者,罔不惻隱盱愉,感物而發,觸類條鬯,各有所歸,不徒雕琢曼飾而已。"自來,關於詞的近二十種稱名,大多就其合樂性和句式特徵而來,這自然是符合詞體發生發展的實情的。張氏卻別作一種解說,用許慎《說文解字》的解釋來作界定,又引入"比興"範疇,語頗牽強,却突出了詞的意義內蘊,使詞須有內涵深摯、意境幽邃的觀念開始在人心目中得以確立。這便是他的尊體之道,所謂"設爲大雅之詞,以謝小言之累"①,"敷假古義,以自貴其體也"②。

蓋張氏爲人爲學都頗有經世意識,嘗謂"古之爲學,非博其聞而已,必有所用之;古之爲文,非華其言而已,必有所行之"③。他可能是鑒於宋元以來詞多被人用作吟詠一己情性的清供,乃至咀嚼個人悲歡的工具,故特别强調"惻隱盱愉,感物而發"。以此爲起始,此後從周濟開始,一直到譚獻、陳廷焯、王鵬運、況周頤等人,皆標舉"寄託"、"柔厚"、"虛深"、"幽鬱",提出"沉鬱"、"渾涵"、"重"、"拙"、"大"等概念、範疇,對其義作了更廣泛的衍申和更深入的論析。

如周濟《宋四家詞選目録序論》論詞之"非寄託不入,專寄託不出",指出"一物一事,引而伸之,觸類多通"。倘無寄託,不能使人切入;倘有寄託而不能"冥發妄中",不經意流露,也不能使人觸類旁通,出而引發更廣遠的聯想。何謂能出?"讀其篇者,臨淵窺魚,意爲魴鯉;中宵驚電,罔識東西。赤子隨母笑啼,鄉人緣劇喜怒,抑可謂能出矣。"如果説這段對"寄託"的議論尚從創作角度提出,那《介存齋論詞雜著》稱"初學詞求有寄託,有寄託則表裏相宣,斐然成章。既成格調,求無寄託,無寄託則指事類情,仁者見仁,知者見知",則表明他還將此範疇看作是詞體的題中應有之義。此處"格調"即格制體調之義。以後,陳廷焯提出"寄託不厚,感人不深",況周頤提出"詞貴有寄託,所貴者流露於不自知,觸發於弗克自已,身世之感,通於性靈,即性靈,即寄託,非二物相比附也"。雖各從自己的詞學理想出發,並帶連着對"格調"、"性靈"等範疇的討論,但從根本上受周濟的影響是顯而易見的。

陳廷焯另還標舉"沉鬱"範疇,與常州派之崇"比興",推尚"旨隱辭微"、"低徊要眇"也有直接的聯繫。他嘗説:"(詞中感慨)特不宜説破,只可用比興體。即比興中亦須含蓄不露,斯爲沉鬱,斯爲忠厚。"他並進而從詞的體裁體式角度,論述了此範疇的内涵來源及理論意義:

---

① 周儀煒《秋籟吟序》。
② 謝章鋌《與黄子壽論詞書》,《賭棋山莊文集》卷五。
③ 《畢訓咸詠史詩序》,《茗柯文編》二編卷上。

> 作詞之法，首貴沉鬱。沉則不浮，鬱則不薄。顧沉鬱未易強求，不根柢於《風》《騷》，烏能沉鬱！十三國變風，二十五篇楚詞，忠厚之至，亦沉鬱之至，詞之源也。不究心於此，率爾操觚，烏有是處！①

可知他所說的"沉鬱"是本諸《詩經》的變風和《楚辭》，特別是屈騷，"沉鬱頓挫，忠厚纏綿，楚詞之體也"。他曾說："余論詞，則在本原"，這"沉鬱"就是他所認同的"本原"。具體地說，它兼有意內言外兩個方面。就意內而言，"所謂沉鬱者，意在筆先，神餘言外，寫怨夫思婦之懷，寓孽子孤臣之感。凡交情之冷淡，身世之飄零，皆可於一草一木發之"。這就是他常常連言"沉鬱"與"忠厚"、"哀怨"的道理。他以為"作詞貴悲鬱中見忠厚"，"仙詞不如鬼詞，哀則幽鬱，樂則淺顯也"，言下之意，唯淒涼幽怨才能"沉鬱"，所謂"詩以窮而後工，倚聲亦然"，故又說："既得忠厚，再求沉鬱。"就言外而言，即"發之又必若隱若見，欲露不露，反復纏綿，終不許一語道破，匪獨體格之高，亦見性情之厚"。即要含蓄頓挫，"才欲說破，便自咽住"，"言中有物，吞吐盡致"。可知此範疇雖與主體情感關係密切，終究偏屬形式，邏輯重點在"忠厚"的外在表現。而"反復纏綿，不一語道破"，就是"頓挫"。故他又說："沉鬱之中，運以頓挫，方是詞中最上乘。"他對陳維崧評價很高，稱"國初詞家，斷以迦陵為巨擘，後人每好揚朱而抑陳，以為竹垞獨得南宋真脈。嗚呼，彼豈真知有南宋哉！"雖給予高過朱彝尊的評價，但同時又指出其"氣魄絕大，骨力絕遒"，"沉雄俊爽"，"只是一發無餘"，未往深處開掘，所缺的正是辛棄疾的深厚沉鬱，所謂"患在不能鬱，不鬱則不深，不深則不厚……究屬粗才"，"論其氣力，幾欲突過稼軒，只是雄而不深，直而不鬱"。由此評語，充分見出此範疇不同於一般遒雄俊爽的特殊內質。

他還通過詩詞兩體的比較，進一步暢論其旨：

> 詩詞一理，然亦有不盡同者。詩之高境，亦在沉鬱，然或以古樸勝，或以冲淡勝，或以巨麗勝，或以雄蒼勝。納沉鬱於四者之中，固是化境。即不盡沉鬱，如五七言大篇，暢所欲言者，亦別有可觀。若詞則舍沉鬱之外，更無以為詞。蓋篇幅狹小，倘一直說去，不留餘地，雖極工巧之致，識者終

---

① 《白雨齋詞話》卷一。

笑其淺矣。

温厚和平,詩教之正,亦詞之根本也。然必須沉鬱頓挫出之,方是佳境。否則不失之淺露,即難免平庸。

詩之高境在沉鬱,其次即直截痛快,亦不失爲次乘。詞則舍沉鬱之外,即金氏所謂俚詞鄙詞游詞,更無次乘也。非沉鬱無以見深厚,唐宋諸名家,不可及者正在此。

温厚和平,詩詞一本也。然爲詩者,既得其本,而措語則以平遠雍穆爲正,沉鬱頓挫爲變,特變而不失其正,即於平遠雍穆中,亦不可無沉鬱頓挫也。詞則以温厚和平爲本,而措語即以沉鬱頓挫爲正,更不必以平遠雍穆爲貴。詩與詞同體異用者在此。

"沉鬱"不同於"清空",屬於傳統詩文批評中常用的名言。就其原義而言,可指人沉悶抑鬱,如《莊子·外物》有"心若懸於天地之間,慰暋沉屯",《釋文》釋"慰",鬱也;"暋",悶也。司馬彪注稱"沉",深也;"屯",難也。即人心遂則喜,意乖則悶,遇境沉溺,觸物屯遭。另,《詩經·秦風·晨風》有"鴥彼晨風,鬱彼北林"之句,傳曰:"鬱,積也。"早在先秦時代,如屈原《九章·思美人》中已有"申旦以舒中情兮,志沉菀而莫達"之句,"沉菀",即"沉鬱"之謂也。以後每被用來指稱人的才思,如劉歆《與揚雄書從取方言》之"非子云澹雅之才,沉鬱之思,不能經年鋭積,以成此書",梁任昉《王文憲集序》之"若乃金版玉匱之書,海上名山之旨,沉鬱澹雅之思,離堅合異之談,莫不揔制清衷,遞爲心極"。

作爲對深厚壯嚴、哀感頑艷的作品品格的指稱,文學批評中"沉鬱"範疇的意義正承此而來。最早引以論文的是鍾嶸《詩品序》之稱梁武帝蕭衍"體沉鬱之幽思,文麗日月,賞究天人"。後杜甫《進鵰賦表》謂:"臣之述作,雖不足以鼓吹《六經》,先鳴諸子,至於沉鬱頓挫,隨時敏捷,而揚雄、枚皋之流,庶可跂及也。"這裏"沉鬱"即指自己文思深沉,文勢蘊積可及揚、枚。揚雄口吃不能劇談,默而好深湛之思,所作賦也屬意幽深,所以《文心雕龍·體性》稱"子云沉寂,故志隱而味深",杜甫對此頗爲佩服,聯繫其《奉贈韋左丞丈三十二韻》所謂"賦料揚雄敵",不難把握其所説"沉鬱"的含義。

不過此後論者用此範疇則較爲少見。如胡應麟《詩藪》外編卷四稱:"清新、秀逸、冲遠、和平、流麗、精工、莊嚴、奇峭,名家所擅,大家之所兼也。浩瀚、汪洋、錯綜、變幻、雄深、豪宕、閎廓、沉深,大家所長,名家之所短也。"杜甫自然是他心目中的大家,故在同書內編卷五中,他稱杜詩七言句壯而閎大,"古今作者無出範圍",並列舉詩作,以爲有"高拔"、"豪宕"、"沉婉"、"飛動"、"整嚴"、"典碩"、"秾麗"、"奇峭"、"精深"、"瘦勁"、"古淡"、"感愴"、"悲哀"諸般長處。其間"沉婉"和"精深"已近同"沉鬱",但就是没直接用此範疇,原因爲何不得而知,抑或只是用語習慣,也可能以爲用此"沉婉"、"精深"或"豪宕"、"奇峭",已足以傳達深沉蘊積之旨。再往上推,宋代秦觀《韓愈論》論杜詩"積衆流之長",言及"高妙之格"、"豪逸之氣"、"沖淡之趣"、"峻潔之姿"、"藻麗之態",也不及沉鬱之致;往下延及清末方東樹《昭昧詹言》稱杜甫有"混茫飛動氣勢",同樣未道及"沉鬱"。可見它並未成爲時人公認的一般性名言,所以被引用的頻率遠遠低於"精深"、"沉婉"等詞。

正是基於這種情況,雖說此範疇非陳廷焯首創,即用以論詞,常州派周濟《宋四家詞選》周邦彥《氏州第一》"波落寒汀"眉批,已言及"竭力追逼得換頭一句出,鈎轉思牽情繞,力挽六鈞,此與《瑞鶴仙》一闋皆絕新機杼,而結體各別,此輕利,彼沉鬱",但要說賦予它豐富深邃的含義,並將之用作對詞體體式最基本的概括與詞學主張最核心的凝聚,不能不說自陳氏開始。他認爲詞固然要有"高境",也應"溫厚和平",但若捨此"沉鬱"便不成其爲詞。這裏面,有着繼承常州詞派理論,意欲尊體的良苦用心在。他要把詞抬升到至高的地位,非但不是"小道",還根本不輸却詩歌,因爲它有哀怨而不失忠厚的内蘊,"情以鬱而後深,詞以婉而善諷",同時又能竭盡含蓄,變化生態,而非一味的"激昂慷慨",所以能成爲那個動亂時世承載作者浩茫心事的理想載體。

且看他對王沂孫詞的評論。他將王氏列爲"四聖"之一,稱其詞"性情和厚,學力精深,怨慕幽思,本諸忠厚,而運以頓挫之姿,沉鬱之筆,論其詞品,已臻絕頂,古今不可無一,不能有二"。以爲周邦彥詞法密,姜夔詞格高,若論詞味之厚,無有過於王氏者,簡直推崇到無以復加的程度。究其原因,與王氏坎坷經歷給予他的深切感觸分不開。王沂孫以會稽富家子,宋亡前往來臨安、會稽間,與周密、趙與仁、陳允常等人組織吟社,唱和不絕。宋亡後,飽受刺激,三度來舊游之地憑弔故都,又在會稽組織參與《樂府補題》的編撰,詠物聚會,常將一腔鬱悶投諸筆楮間。故當初周濟《介存齋論詞雜著》已稱他"最多故國之感,故着力不多,天分高絕,所謂意能尊體也"。這一切給陳氏以强烈的震撼,他稱王詞"品最高,味最厚,意境最深,力量最重。感時傷世之言,而出以纏綿忠愛,詩中之曹子建、杜子美也。詞人有此,庶幾無憾"。相比之下,"國初諸老,同時杰出,幾欲上掩兩宋,然才力有餘,沉厚不足"。如厲鶚詞"窈曲幽深,自是高境,然其幽深處,在貌而不在骨,絕非從《楚騷》來",故"色澤甚饒,而沉厚之味終不足也"。乃至稱"有明三百年中,習倚聲者不乏其人,然以'沉鬱頓挫'四字繩之,竟無一篇滿人意者"。通過這些評論,很可以讓人對其所論"沉鬱"的意旨有進一步的認識。

同時有況周頤推尊詞體,以爲"唐宋已還,大雅鴻達,篤好而專精之,謂之詞學。獨造之詣,非有所附麗,若爲駢枝也。曲士以詩餘名詞,豈通論哉"。他曾到京師從王鵬運游,王氏於"詞夙尚體格",對其多所規誡,又以所刻宋元詞屬爲斠讎,"自是得窺詞學門徑"。其中給他影響最大的,除"自然從追琢中出"一說外,就是"重"、"拙"、"大"三原則了。故在作詞"體格爲之一變"的同時,他將這三個範疇視爲關乎詞的體裁體式的首要問題。嘗說:"作詞有三要,曰重、拙、大,南渡諸賢不可及處在是。"在《蕙風詞話》卷二和卷五中,他還具體解釋了其中兩個範疇的含義:

> 重者,沉著之謂。在氣格,不在字句。於夢窗詞庶幾見之。即其芬菲鏗麗之作,中間雋句艷字,莫不有沉摯之思、灝瀚之氣,挾之以流轉,令人玩索而不能盡,則其中之所存者厚。沉著者,厚之發見乎外者也。
> 詞忌做,尤忌做得太過。巧不如拙,尖不如禿。

對"大"則未做特別專門的展開,但多見諸對詞家的評論,如基於作詞"必須有人氣真力,斡運其間,非時流小惠之筆能勝任"的認識,稱蘇文忠詞"以才情博大勝",李仁卿詞"理旨甚大",等等。

由上述論述可知,他所說的"重"是指基於氣格之上的凝重沉厚的作品體格。他以"沉著"釋"重",而"沉著"又在"情真理足,筆力能包舉之,純任自然,不假錘煉",是"厚"的外在表現。這在義理上與張惠言所說的"深美閎約",還有譚獻的"柔厚"、陳廷焯的"沉鬱"顯然有內在的聯繫。"拙"即王鵬運所謂"自然從追琢中出"之意,指詞家經過錘煉後所達到的一種詞意渾樸的境界,故他又說:"詞過經意,其蔽也斧琢;過不經意,其蔽也襯襪。不經意而經意,易;經意而不經意,難。"而"大"這個範疇依前面所引,無非指詞家所禀之才氣大,託旨深,有大家的格局和風範。

由於"重"、"拙"、"大"三者關係甚密,意義可通釋互決,故況氏還將它們聯繫起來討論,提出"拙不可及,融重與大於拙之中,鬱勃久之,有不得已者出乎其中而不自知,乃至不可解,其殆庶幾乎。猶有一言蔽之,若赤子之笑啼然,看似至易,而實至難者也"。這是殊爲難得的統觀,可以見出他對自己所提倡的作詞原則頗有融貫整體的構想。當初,趙尊岳爲《蕙風詞話》作跋,曾概述"其論詞格曰:宜重、拙、大,舉《花間》之閎麗,北宋之清疏,南宋之醇至,要於三者合焉"。聯繫況氏在別一處所說"凡輕倩處,即是傷格處,即爲疵病矣",這無疑從另一側面揭舉出了三個範疇的意指,以及其尊體的目的。

在《詞學講義》中,況氏又指出:"古今詞學名輩,非必皆絶頂聰明也,其大要曰雅,曰厚,曰重、拙、大。厚與雅,相因而成者也,薄則俗矣。輕者重之反,巧者拙之反,纖者大之反,當所知戒矣。"《蕙風詞話》也說:"昔賢樸厚醇至之作,由性情學養中出,何至蹈直率之失","如何有魄力,唯厚乃有魄力",則可見三者分別與"輕"、"巧"、"纖"相對,其與"輕"、"巧"、"纖"的區別不僅關乎體量,更係於質量和密度的不同。統而言之,則它們非爲表達的粗率莽直,而是內涵的幽鬱深厚。"厚"這個範疇前已有論到,它在明清兩代不斷爲人提及,如謝章鋌稱"然有其要焉,則歸於養性情,宅之以忠愛,出之於溫厚,意旨隱約,寄託遙深"[1],劉熙載提出"詞之大要,不外厚而清。厚,包諸所有;清,空諸所有"[2],陳廷焯特別不滿時人力薄,"每以含蓄爲深厚",乃至以爲"含蓄之意境淺,沉厚之根柢深"。由"柔厚"、"溫厚"、"深厚"等名言的内涵可以看出,它不是一種向外發展的率直粗重,而是向內掘進的深刻和厚重,況氏標舉"重"、"拙"、"大"的同時,特别提出"厚",再因之以"雅",顯然是有着不落偏詣的全面考慮的。

除況氏之外,其時還有許多論者對這些範疇作過標舉。如陳洵提出"貴拙"和"由大幾化"的命題,以爲"唐五代令詞,極有拙致,北宋猶近之。南渡以後,雖極名雋,而氣質不逮矣。昔朱復古善彈琴,言琴須帶拙聲,若太巧,即與箏、阮何異。此意願與聲家參之"。又評周邦彥詞"格調天成,離合順逆,自然

---

[1] 《稗販雜録・詞話紀餘》。
[2] 《藝概・詞曲概》。

中度",吴文英詞"神力獨運,飛沉起伏,實處皆空,夢窗可謂大,清真則幾於化矣"①。結合其所指涉的詞家詞作,所謂"拙"、"大"、"化"這幾個範疇的内涵也頗清晰可見。另,蔡嵩雲《柯亭詞論》説:

> 何謂輕、清、靈,人尚易知。何謂重、大、拙,則人難曉。如略示其端,此三字須分别看。重謂力量,大謂氣概,拙謂古致。工夫火候到時,方有此境。以書喻之最易明,如漢魏六朝碑版,即重、大、拙三者俱備,輕、清、靈不過簪花美格而已。然各有所詣,亦是一種工夫,特未可相提並論耳。

他以"重"、"大"、"拙"與"輕"、"清"、"靈"相對舉,又釋以"力量"、"氣概"和"古致",所論大體與况氏相同。不過,他全部的着力點更偏重在作品的體式體調,故稱"小令以輕、清、靈爲當行,不做到此地步,即失其婉轉抑揚之致,必至味同嚼蠟。慢詞以重、大、拙爲絶詣,不做到此境界,落於纖巧輕滑一路,亦不成大方家數"。夏敬觀《蕙風詞話詮評》承况氏所説,也提出重、拙、大三者相關聯,"不重則無拙、大之可言,不拙則無重、大之可言,不大則無重、拙之可言。析言爲三名辭,實則一貫之道也"。不過,他也没有過多地從内容的沉婉深鬱角度作討論,多少反映這幾個範疇的邏輯重點不僅偏於内容一端。

與"重"、"拙"、"大"意義相近的是謝章鋌提出的"量"或"分量"。謝氏《與黄子壽論詞書》曾説:

> 詞之興也,大抵由於尊前惜别,花底談心,情事率多褻近,數傳而後,俯仰激昂,時有寄託,然而其量未盡也。故趙宋一代作者,蘇、辛之派不及姜、史,姜、史之派不及晏、秦,此固正變之推本窮,而亦以填詞爲小道,若其量之只宜如此者。

"量"者,稱也,銓也,所以均物平輕重也,故古人有"比量"、"衡量"、"料量"、"裁量"和"酌量"諸説。謝氏援以論詞,認爲人們格於詞是詩餘的觀念,多用以施諸尊前花底,偶有寄託,也遠未達到其所能及與當及的意義極致。詞之所能承

---

① 《海綃説詞·通論》。

載、包孕與涵括的極致便是他所說的"量"。他甚至認爲,"曲爲詞之餘,乃傳奇諸作佳者,紀事言情,外可考世運之盛衰,内足驗人物之邪正,而詞反靡靡焉"。故反對"喜講宗派,亦止爭格調聲律之幽渺",而對"詞人日興而詞量則猶未盡"①,即不能充量求盡的現象深致感慨。

在《賭棋山莊詞話》卷八中他還說:"至今日詞學所誤,在局於姜、史,斤斤字句氣體之間,不敢拈大題目,出大意義,一若詞之分量不得不如是者,其立意蓋已卑矣,而奚暇論聲調哉!"把他揭舉的"量"或"分量"的具體所指講得再清楚不過了。"量"或"分量"就是"大題目"和由"大題目"所引發出的"大意義"。他以爲詩有詩史,詞也可以厄史。當此國家危艱之際,"兵氣漲乎雲霄,刀瘢留於草木",這"大題目"就是本小雅怨悱之意,發世危時艱之嘆,"導揚盛烈,續《饒歌》《鼓吹》之音",而決非閨襜瞻顧一類。至於實現這一目標的具體手段,本常州派"意内言外"之教,他拈出"寄託"兩字。嘗說:"詞雖與詩異體,其源則一。漫無寄託,夸多鬥靡,無當也。"正確的應該是"其文綺靡,其情柔曼,其稱物近而托興遠,且微驟聆之,若惝悅纏綿不自持,而敦摯不得已之思隱焉。是則所謂意内言外者歟"②。這樣,他就把"量"和"分量"與詞的體裁體式勾連了起來,即詞雖小道而實非小道,詞固然可以花底尊前,而僅花底尊前根本不足以傾盡詞所能反映包容的最大程量。這種對"量"、"分量"作"大題目"、"大意義"的解釋,與況周頤標舉"重"、"拙"、"大"異曲同工,其根本精神是相通的。

王國維是晚清偉大的美學家、批評家,他衆多的理論建樹也包括對詞的評論,這部分成果集中體現在《人間詞話》中。由於學貫中西,眼界比明清以來一班文人要開闊,故對詞的許多看法能不爲前人所牢籠。如前所說,清人詞學不脫浙派和常州派兩家範圍,至陳廷焯以下,更幾乎與常州派有或多或少的淵源。他則揭舉新話題,從新的角度切入詞的本質,以及與作詞有關的諸多新問題。當然,所用範疇也與前人時賢不盡相同。

王國維詞論的精髓,集中在由"境界"範疇提攜起的對詞的獨特存在方式的論述中。他指出:"詞以境界爲上,有境界則自成高格,自有名句,五代、北宋之詞所以獨絶者在此。""滄浪所謂'興趣',阮亭所謂'神韻',猶不過道其面目,

---

① 《眠琴小築詞序》,《賭棋山莊文集·續集》卷二。
② 《葉辰溪我聞室詞叙》,《賭棋山莊文集》卷一。

不若鄙人拈出'境界'二字，爲探其本也。"之所以有這份自信，是因爲較之嚴羽、王士禎所說皆從抽象處着論，且又說得過分惝怳含糊，他對自己所揭舉的"境界"範疇有十分明確的界定："境非獨謂景物也，喜怒哀樂，亦人心中之一境界，故能寫真景物，真感情者，謂之有境界，否則謂之無境界。"明言此範疇是指詞所達到的一種情真景切的程度，它既關乎客觀外物的激發，又端賴主觀心志的調弄，所以顯得深切著明。他還說："言氣質，言神韻，不如言境界。有境界，本也；氣質、神韻，末也。有境界而二者隨之矣"，也是基於這樣的認識。

"境界"一詞，原指地域疆界，佛教傳入中土後，用以指主體精神所能達到的特定層次。所謂"心之所游履攀緣者，謂之境，如色爲眼識所游履，謂之色境。乃至法爲意識所游履，謂之法境。又實相之理，爲妙智游履之所，亦稱爲境，亦屬法境。界者，界域。境界，指所觀之地、之界域"①。佛教以爲自家勢力所及之境土，又我所得之果報界域，皆謂"境界"，此所謂"六塵"、"六根"皆有境界，"六根種種境界，各各自求所樂境界，不樂餘境界"②。"六根"產生"六識"，也稱"境界"。故在佛教義理中，它既指客觀外物，又指物之於人的影響和人對物的領悟，"内識生時，似外境現"。衍及一般事理層面，人也有徑稱一切物爲"外境"的③。

由東漢以降一直到魏晉南朝，"境界"還只是宗教或哲學範疇，而罕見於文學批評。盛唐人仍不以此論詩。王昌齡出入佛寺，皎然爲僧徒，也不過講"境"而已，且意義多偏在形象鮮明直觀所達到的程度。殷璠《河岳英靈集》卷上以"常境"稱王維詩，高仲武《中興間氣集》卷下以"佳境"稱李季蘭詩，也大體類此。

"境界"被正式引入文學批評是在宋代。今可見到較早的如李淦之稱"作世外文字，強換過境界，莊子《寓言》之類，是空境界文字"④。蔡夢弼引張子韶《心傳錄》，稱"讀子美'野色更無山隔斷，山光直與水相通'，已而嘆曰：'子美此詩，非特爲山光野色，凡悟一道理透徹處，往往境界皆如此也。'"⑤盛子履引蘇

———————

① 黄念祖《大乘無量壽經解·至心精進第五》。
② 道世《法苑珠林·攝念篇》，《大正藏》卷五十三。
③ 見孔穎達《禮記正義》卷三十七，張守節《史記·樂書正義》。
④ 《文章精義》。
⑤ 《杜工部草堂詩話》卷二。

軾題吴道子、王維畫,"此詩極寫道子之雄放,'當其下手風雨快,筆所未到氣已吞',是何等境界"①。

此後用此範疇的開始多了起來。明人艾南英所謂"公所爲文,在翰林應酬之作爲多,較之宋文憲、方希古、蘇平仲輩,雖篇幅謹嚴,稍遜前人之寬博。至其冥思入微,命詞遣意,境界一新",是論文②。王世貞之"詩旨有極含蓄者,隱惻者,緊切者;法有極婉曲者,清暢者,峻潔者,奇詭者,玄妙者。騷賦古選,樂府歌行,千變萬化,不能出其境界"③,葉燮之"如蘇軾之詩,其境界皆開闢古今之所未有,天地萬物,嬉笑怒罵,無不鼓舞於筆端"④,是論詩。祁彪佳稱"本尋常境界,而能宛然逼真,敷以恰好之詞,則雖尋常中亦自超異矣"⑤,是論劇曲。梁啓超則常用以論小說,稱"小説者,常導人游於他境界,而變換其常觸常受之空氣者也"⑥。而由上述所論來看,除梁氏以外,大體如唐人,指藝術形象鮮明直觀所達到的層次和程度。作爲對文學存在狀態的一種指稱,它着眼在作品的整體,以後並不僅以形象的鮮明直觀爲限,還兼及章法、格調等諸形式構成所造成的作品的整體樣貌。清初侯方域以下一段議論,頗可以幫助人瞭解這一點:

> 夫詩之爲道,格調欲雄放,意思欲含蓄,神韻欲閒遠,骨采欲蒼堅,波瀾欲頓挫,境界欲如深山大澤,章法欲清空一氣。⑦

他將"境界"與"格調"、"意思"、"波瀾"、"章法"等分開論列,雖排列頗爲淆亂,但由"意思"而"骨采"而"波瀾"、"章法"而"格調"、"神韻"與"境界"的邏輯關係還是依稀可見的。

再考察晚清時代,王國維發表《人間詞話》之前,王葆心著成《古文辭通義》二十卷,在歸納歷代人論文時已多用"境"、"境界"這樣的範疇,既有指"文字禀

---

① 《溪山卧遊録》卷一。
② 《重刻羅文肅公集序》,《明文在》卷四十四。
③ 《藝苑卮言》卷二。
④ 《原詩》内篇上。
⑤ 《遠山堂劇品·喬斷鬼》。
⑥ 《論小説與群治之關係》,《新小説》1902年第1期。
⑦ 《陳其年詩序》,《壯悔堂文集》卷二。

負之才質及其經歷之境界",也有用"壯闊"、"絢爛"等詞具體説明作品所達到的不同"境界",這已將"境界"範疇的内藴披露了一些。他還綜述"古人文境之美",認爲"陽剛之美,莫要於雄直怪麗;陰柔之美,莫要於茹遠潔適"。所謂"文境之美"指文章"境界"之美是很顯然的。

詞家也大體如此,如李佳《左庵詞話》卷下説:"詞曰詩餘,曲曰詞餘,詩與詞不同,詞與曲境界亦難强合。"江順詒《詞學集成》由詞的源起論及體派、音韻,其卷七專列"境"一體,既及"意境",所謂"詩詞曲三者之意境各不同,豈在字句之末",更多的應題所立,指作品境界。吳榖人有《紅豆詞叙》,稱"駐楓煙而聽雁,艤荻水而尋漁。短徑遥通,高樓近接。琴横春薦,雜花亂飛。酒在秋山,缺月相候。此其境與詞宜"。江氏案曰:"詩與文,不外情、境二字,而詞家之情、境,尤有所宜,此序長言之未足也。"從詞的體式角度,指出了詞的境界有别於詩文。並且,由其認同吳榖人所述,可知"境"指客觀外物構成的作品整體境界。又,蔡小石《拜石山房詞序》稱:"夫意以曲而善託,調以杳而彌深,始讀之則萬萼春深,百色妖露,積雪縞地,餘霞綺天,此一境也。再讀之則煙濤洶洞,霜飆飛摇,駿馬下坂,泳鱗出水,又一境也。卒讀之而皎皎明月,仙仙白雲,鴻雁高翔,墜葉如雨,不知其何以冲然而澹,翛然而遠也。"江順詒據此評曰:"始境,情勝也;又境,氣勝也;終境,格勝也。"這裏"境"兼指物之於人的影響及人對物的領悟,是在相關意義的聯動中,對"境"或"境界"範疇作的深入闡釋。"境"有不同的質性,體現爲不同的外在徵象。由不同的角度看入,其與"情"、"氣"、"格"的意義互動,還有其所構成之依靠和所呈現的外貌,以及豐富而能動的意義指向,就看得頗爲清楚了。至於"境"與"情"、"氣"、"格"耦合,構成"境情"、"境氣"和"境格"等名言,少見於别家論述,應是他個人的獨創。

江氏還引《詞繹》所謂"詞有與古詩同義者,'瀟瀟雨歇',易水之歌也;'自是天涯',麥滿之詩也;'又是羊車過也',團扇之辭也;'夜夜岳陽樓中',日出當心之志也;'已失了春風一半',鯢居之諷也;'瓊樓玉宇',天問之遺也。詞又有與古詩同妙者,'問甚時同賦三十六陂秋水',即灞岸之興也;'關河冷落,殘照當樓',即敕勒之歌也;'危樓雲雨上,其下水扶天',即明月積雪之句也;'燕子樓空,佳人何在,空鎖樓中燕',即平生少年之篇也",感嘆"專寫閨幃者,亦知此境界否"。又,柴虎臣嘗説:"旨取温柔,詞歸藴藉。曙而閨帷,勿浸而巷曲。浸而巷曲,勿墮而村鄙。"又説:"語境則咸陽古道,汴水長流;語事則赤壁周郎,江州司馬;語景則岸草平沙,曉風殘月;語情則紅雨飛愁,黃花比瘦。"他在其下案曰:"填詞者多有界限,不可不知。"此處"界限"意近"境界",察其所指,顯指詞中包含着情思的形象所達到的鮮明生動的層次和程度。他的這種論説可以説開了王國維"境界説"的先河。

與王國維同時的論者更多有論及此範疇的,如況周頤《蕙風詞話》卷一稱"填詞要天資,要學力,平日之閲歷,目前之境界,亦與有關係。無詞境,即無詞心"。這"目前之境界"尚偏指作者所遭遇的客觀外境,至論"寫景與言情,非二事也。善言情者,但寫景而情在其中,此等境界,唯北宋詞人往往有之",提及"情"與"景"兩端,所謂"寫景而情在其中",偏重可能在"情",在有所寄託,但從根本上説,因它是一種依託形象的深婉寄託,深沉情感不加説明的自然展現,是情感自然而然地貫穿在直觀鮮明的景物之中,所以仍偏重在"景",是"情"假"景"而呈現出詞特有的層次和程度。他稱北宋詞往往近是,是因較之南宋詞尚意,北宋人一派天真,顯得自然高渾,所以所達到的層級要較後來者高妙許多。

王國維在有些場合並不細分"境界"與"意境",但觀念仍以爲兩者不能混淆。故《人間詞話乙稿序》説:"文學之事,其内足以攄己,而外足以感人者,意與境二者而已。上焉者意與境渾,其次或以境勝,或以意勝,苟缺其一,不足以言文學。"論者或以爲從這裏可以見出他原本就混用兩者①,其實恰恰相反,這段文字中"意"是"意","境"是"境",兩者關係正相對待,其情形一如宋人普聞所謂"意從境中宣出"②,明人朱承爵所謂"作詩之妙全在意境融徹"③,即"意"與"境"的交融;或如劉熙載《藝概》論李白《菩薩蠻》《憶秦娥》"足抵少陵《秋興》八首,想其情境,殆作於明皇西幸後乎",爲"情"與"境"的照會,而與傳統文學批評中的"意境"範疇不同。後者兩個義項是互爲含攝,密不可分的。唯其如此,他才從創作方法角度論,以爲有"造境"、"寫境"之不同;從心投入物的方式論,有"有我之境"與"無我之境"之區别。

"有我之境"以情感浸透見長,決不是説其中無物,或不需假物表達,這從

---

① 黄維樑《王國維人間詞話新論》:"由此看來,情景也好,意境也好,境界也好,文雖有别,其實則一。"見其所著《中國古典文論新探》,北京大學出版社,1996年,第100頁。其實,《人間詞話》多講"境界",《宋元戲曲考》和《人間詞話乙稿序》只講"意境"而不及"境界",已可見王氏對這兩個範疇有所區别。
② 《詩論》。
③ 《存餘堂詩話》。

他分別例舉"采菊東籬下,悠然見南山"與"泪眼問花花不語,亂紅飛過秋千去"兩例中可以得到證明。"無我之境"也不是說詞中無人,無人乃是寂滅,何與文事？不過是作者泯滅"我相",讓自然以固有的景象呈示在人面前,誠如饒宗頤所說,它是一種"我相之冲淡"的境界,而非"我相之絶滅"①。但不論是"有我之境"還是"無我之境",最終歸結點都在物,在"在人耳目"的客觀物事。"以物觀物"固然突出的是物,"以我觀物"最後突出的也是物②。以此爲基礎,再看所謂"喜怒哀樂,亦人心中之一境界,故能寫真景物,真感情,謂之有境界",就可以做出比較全面的判斷了。因這"真景物"是物,"真情感"也須假物來表達的。

質言之,詞或其他一切文學作品中從來沒有純粹客觀之景,也很少有無須依賴外物託載的純粹主觀之情,故兩者相須相依,很難分出是"意"賴"境"出還是"境"賴"意"生,而這"意"賴"境"出與"境"賴"意"生,正是"意境"範疇的特點。王國維於此一節理解得很透徹,基於前人對此已有論述,"意境"範疇也爲人耳熟能詳,他不可能再特爲拈出一個意義與之盡同的名言,以爲足可替代"興趣"、"神韻"和"氣質"等傳統範疇的千古發明。現鄭重拈出"境界"範疇,讓它替代過往的陳舊之論,是因爲他覺得自己抓住了詞體的本質。詞的好壞就在於詞人如何讓自己深微的情思貫徹到所布陳的景物事象中,由此使詞顯示出一種鮮明生動而又不同凡俗的審美徵象。但凡情意真厚,刻畫精警,使詞中境象自然生動,便是有"境界"。它包孕詞作所呈現出來的一切外在風貌,既高於具體的字句章法,又越然於格調和意境之上,這就是他說"'紅杏枝頭春意鬧',著一'鬧'字,而境界全出。'雲破月來花弄影',著一'弄'字,而境界全出矣","'西(當作'秋')風吹渭水,落日(當作'葉')滿長安',美成以之入詞,白仁甫以之入曲,此借古人之境界爲我之境界者也"的原因,也是他說"(孫光憲詞)昔黃玉林賞其'一庭花(當作'疏')雨濕春愁',爲古今佳句,余以爲不若'片帆

---

① 《人間詞話平議》,《澄心論萃》,上海文藝出版社,1996年,第213—215頁。
② 朱光潛以爲:"王先生在這裏所指出的分別實在是一個很精微的分別,不過從近代美學觀點來看,他所用的名詞有些欠妥。他所謂的'以我觀物,故物皆著我之色彩'就是近代美學所謂'移情作用'。……這種現象在注意力專注到物我兩忘時才發生。從此可知王先生所說的'有我之境',實在是'無我之境'。他的'無我之境'的實例……都是詩人在冷靜中所回味出來的妙境,都沒有經過移情作用,所以其實都是'有我之境'。我以爲與其說'有我之境'和'無我之境',不如說'超物之境'和'同物之境'。"見其所作《詩的隱與顯(關於王靜安先生〈人間詞話〉的幾點意見)》,《人世間》1934年第1期。

煙際閃孤光',尤有境界也"的原因。他以周邦彥《解語花》之"桂華流瓦"爲境界高妙,而秦觀、吳文英以下作詞好用代字,汩没了形象的鮮明生動,並最終危及整首詞的感染力,所以就只能得他無"境界"的批評了。

他還説:"抑豈獨清景而已,一切境界,無不爲詩人設,世無詩人,即無此種境界。夫境界之呈於吾心而見於外物者,皆須臾之物。惟詩人能以此須臾之物,鐫諸不朽之文字,使讀者自得之。……境界有二,有詩人之境界,有常人之境界。詩人之境界,惟詩人能感之而能寫之,故讀其詩者,亦高舉遠慕,有遺世之意。而亦有得有不得,且得之者亦各有深淺焉。若夫悲歡離合,羇旅行役之感,常人皆能感之,而惟詩人能寫之。"用"境界"這一範疇直接指稱客觀外物,看似有點混亂,其實在根本上並不與他所説的"能寫真景物,真感情者,謂之有境界"相矛盾。他既已區别了"詩人之境界"與"常人之境界",情感的因素就應該是"境界"範疇的題中應有之義,不過爲"境界"的物性所涵括和包容而已。他稱辛棄疾詞佳處"在有性情,有境界",將"性情"和"境界"分開説,也是在突出此範疇的涵蓋性和整一性。再進一步説,他雖説"境"非獨指情景,喜怒哀樂亦人心中一"境界",但正如鹿乾岳《儉持堂詩序》所説:"神智才情,詩所探之内境也;山川草木,詩所借之外境也",陳匪石《聲執》卷上所説:"有身外之境,風雨山川花鳥之一切相皆是;有身内之境,爲因乎風雨山川花鳥發於中而不自覺之一念",當他很關注人心中之情與詞所表達的"沁人心脾"之情的區别,這情又哪裏不是一種物性的"境"或"境界"呢?

除"境界"範疇之外,王國維還提出過"詞之爲體,要眇宜修,能言詩之所不能言,而不能盡言詩之所能言。詩之境闊,詞之言長"的觀點。這"要眇宜修"是他從體裁體式角度對詞作的又一個概括性定義。"要眇"亦作"要妙",本指精深微妙。《老子》第二十七章有"不貴其師,不愛其資,雖智大迷,是謂要妙"。《楚辭·遠游》有"銷鑠以汋約兮,神要眇以淫放",洪興祖《補注》即指其爲"精微貌"。後多指精妙的著述和創作,如《三國志·吳志·劉惇傳》載"惇於諸術皆善,尤明太乙,皆能推演其事,窮盡要妙"。司馬光《河上督役》詩也有"高論探要妙,佳句裁清新"之句。此外也有指人物的美好,《楚辭·九歌·湘君》有"美要眇兮宜修,沛吾乘兮桂舟"。王逸《章句》注:"要眇,好貌",又説"修,飾也,言二女之貌要眇而好又宜修飾也",《九章·橘頌》也有"紛緼宜修,姱而不醜兮"。王氏好《楚辭》,曾引《離騷》"紛吾既有此内美兮,又重之以修能"之句論文學之事,他對詞的這種體式概括,顯然是受到了《楚辭》的影響。

不過儘管如此,在具體提出"要眇宜修"時,他還是綜合上述意微言長兩方面展開討論。即認爲詞的内容應不落皮相,有"深遠之致"、"沉著之致",同時又能區别於詩,不以格局弘大見長,而能精加錘煉,出之以綿邈幽美。前及張惠言《詞選序》只講詞體宜於"道賢人君子幽約怨悱不能自言之情,低迴要眇,以喻其致",周濟《介存齋論詞雜著》也推崇"天光雲影,搖蕩緑波,撫玩無斁,追尋已遠"的作詞境界。王國維雖能持别一眼光,但前代論者的影響畢竟潛在,故論說之際不能說不受到啓發。《人間詞話》中,他稱"張皋文謂'飛卿之詞,深美閎約',余謂此四字唯馮正中足以當之。劉融齋謂'飛卿精妙絶人',差近之耳",便是一證明①。這"深美閎約"與"要眇宜修"大體相近,突出了詞所獨有的體式特徵。"閎約"之"閎"既指宏大和恢宏,也可能指幽眇和深遠,即所謂"閎眇"、"閎深",與表示簡要、簡束和簡美的"約"整合成詞②,則指深邃要約,義同"要眇宜修",得詞體之正,所以他特别認同。

"要眇"還可與王氏所標舉的"境界"範疇交互參看。詞能"要眇宜修"應該說必有"境界",蓋因用一系列景物烘托心情,景物的鮮明與情思的深邃構成反比,便是王氏理想中的有"境界"。之所以在這裏又有此特别的標舉,是意在突出論說的針對性,分疏詞與詩的不同。對於詩詞境界的不同論者歷來講得不多,雖如劉體仁已指出:"詞中境界,有非詩之所能至者,體限之也。"③但也未作深入的探討。王氏在標舉"境界"的同時,進一步提出詞應"要眇宜修",這一概括細化並深化了人們對詞體的認識,足以代表一個時代人所達到的認識高度。

三、詞學範疇總結與重要範疇分釋

綜上所說,詞作爲古代韻文學重要的一支,有自己的體式規定和格法要

---

① 張氏此論見《詞選序》。周濟《介存齋論詞雜著》謂:"皋文曰:'飛卿之詞,深美閎約',信然。飛卿醖釀最深,故其言不怒不懾,備剛柔之氣。"
② "約"實爲古代文學批評較爲重要和活躍的名言之一,自《孟子·離婁下》稱"博學而詳説之,將以反説約也",桓譚《新論》稱"漢之淮南王聘天下辯通,以著篇章……乃其事約艷,體具而言微也",後《文賦》提出"銘博約而溫潤",《文心雕龍·情采》提出"爲情者要約而寫真",它及與它耦合而成的諸多名言,如"約麗"、"約至"、"約潔"、"約素"、"約省"以及"簡約"、"博約"、"婉約"、"綽約"、"纖約"、"辨約"、"微約"、"儉約"、"閒約"、"斂約"、"靖約"、"淡約"、"質約"、"隱約"包括"閎約"等,對各體文學批評都產生過一定的影響。
③ 《七頌堂詞繹》。

求,尤須推求音律,講究合樂。所謂求之詞選,以探其本;博之詞綜,以廣其才;按之詞律,以合其法。自南宋以來論者各以一己所得,多相推尚。舉凡"清空"、"騷雅"、"婉約"、"豪放"、"沉鬱"、"柔厚"、"重"、"拙"、"大"、"境界"等名言的提出,在在代表了古人對詞體認識的豐富和深入。

　　大致說來,儘管自來有詩貴莊重而詞不嫌佻,詩貴深厚而詞不嫌薄,詩貴含蓄而詞不嫌露的成說,但受極富形塑能力的文學傳統的影響,它在體式上還是走了一條與詩文相近的道路。即從其源起及日後的發展來看,本來專以婉約纖美爲尚,乃至有"詞以艷麗爲本色,要是體制使然"[①],"以艷冶爲正則,寧作大雅罪人,弗帶經生氣"之說[②],並一時如"和婉"、"閒婉"、"婉約"等一系的概念、範疇,"秾麗"、"清麗"、"纖麗"、"温麗"、"奇麗"、"妙麗",乃至"縟麗"、"險麗"、"輕麗"等一系的概念、範疇,在古人詞論中層見叠出,俯拾皆是。但因求婉太過落於格卑,求麗太過墮入穢鄙這類現象代代有之,故歷代論者多叮請注意克服愛寫閨襜而流於狎昵,蹈揚湖海而動涉叫嚣的弊病,要求思沉力厚,格高調雅,並針對性地提出了"雅"、"沉鬱"、"潔"等概念、範疇以爲療救。"雅"範疇造成了"清雅"、"安雅"、"醇雅"、"騷雅"等同序名言以及"要眇"、"閎約"、"寄託"等鄰序名言的發達;"沉鬱"範疇造成了"沉厚"、"深鬱"、"幽鬱"等同序名言和"柔厚"、"重"、"拙"、"大"等鄰序名言的發達;"潔"這個範疇也造成了"清潔"、"潔淨"、"高潔"、"淡潔"、"娟潔"、"整潔"、"約潔"等一系列後序名言,以及"簡淨"、"蕭散"等鄰序名言的發達。前及蔣兆蘭《詞說》稱"古文貴潔,詞體尤甚。方望溪所舉古文中忌用諸語,除麗藻語外,詞中皆忌之"是其顯例。先著、程洪因"恐詞之或即於淫鄙穢雜",還編有《詞潔》以廣其意。唯其不單單爲詞學批評所獨有,且主要在詩文批評一途有出色表現,故前面未予論列。

　　依着中國人傳統的欣賞習慣和審美趣味,由人工而天工,由極煉而似未煉,歷來是人至高的追求。所謂天工即自然渾樸,無涉人爲的雕造。詞雖被認爲格制在詩文之下,但無論是推崇"豪放",還是欣賞"婉約",尊體的論者千方百計賦予它高上正大的品性。上述正面提出的範疇可以説都能出以自然又不失自然,而反面提出的概念、範疇,最大的缺失或正在於不能自然乃至違反自

---

① 彭孫遹《金粟詞話》。
② 沈雄《古今詞話》。

然。當然,其間詞家的感情須真實深切是不用說的。王國維總括性地提出"境界"範疇,將這些問題全都包容了進去,至少從學理角度看是如此。有些問題他未明確論列,但後人很容易看出,它們仍從屬於"境界說"範圍。從這個意義上說,王氏之所以自認邁越了嚴羽、王士禛等人,非盡出自負。

除上面所列述的諸概念、範疇之外,還有一些概念、範疇在古人看來也是構成詞體的重要因素,或作詞須特別避免的,如"留"、"妥溜"、"澀"、"深靜"、"冘"等。它們通常可類歸於前述某一個序列的範疇之下,或因偏重於對某一種風格的指稱而未被論及,但因從不同的角度和方向揭出了詞的某一體式特徵和創作機理,仍值得引起足夠的重視。特別是鑒於這一類概念、範疇至今未得到專門的研究,在此稍加臚述也許非爲無端。

1. "妥溜"

自北宋起,如李之儀《跋吳思道小詞》所謂"長短句於遣辭中最爲難工,自有一種風格,稍不如格,便覺齟齬"的觀念,就已被確立起來。經南宋而下,詞貴婉曲,忌質直;貴輕倩,忌莊矜;貴靈便,忌重滯,更成爲詞人共識。即有勁直一路的詞風,也被要求寄勁於婉,寓直於曲。加以詞須合樂,詞調有特別的節拍規定,一味鋪陳情感,或雕琢文辭,廢律失格,不要說不可能做成佳作,即能否算詞都會受到質疑。故歷代人論詞,第一步多求穩妥合格,其次才是精警出采。所謂穩妥合格,包括字、句、章、韻各個方面,字法要俜色揣稱,句法要閎深渾成,章法講離合順逆、貫串映帶,韻法則須和調合律、婉暢瀏亮。大凡一種詞格,皆有一定的經典範式矗立在那裏,後人依調而作,不能無視和迴避,不然談不上合作,也難稱高手。當初沈義府作《樂府指迷》,稱"發意不可太高,高則狂怪,失柔婉之意",便是從穩妥合格角度對作詞提出要求。"妥溜"這一名言正是在這樣的背景下被提出來的。

如前所述,張炎論詞好尚"清空"、"騷雅",但他對具體創作過程的研究也是十分投入的。譬如論作慢詞,"看是甚題目,先擇曲名,然後命意。命意既了,思量頭如何起,尾如何結,方始選韻,而後述曲。最是過片,不要斷了曲意,便要承上接下。……詞既成,試思前後之意不相應,或有重疊句意;又恐字面粗疏,即爲修改。改畢,淨寫一本,展之几案間,或貼之壁,少頃再觀,必有未穩處,又須修改,至來日再觀,恐又有未盡善者。如此改之又改,方成無瑕之玉。倘急於脫稿,倦事修擇,豈能無病。不惟不能全美,抑且未協音聲"。"妥溜"這個概念正是他在求"穩善"和"全美"的基礎上提出的。他是這樣説的：

> 詞中句法，要平妥精粹。一曲之中，安能句句高妙，只要拍搭襯副得去，於好發揮筆力處，極要用功，不要輕易放過，讀之使人擊節可也。
>
> 句法中有字面，蓋詞中一個生硬字用不得。須是深加鍛煉，字字敲打得響，歌誦妥溜，方爲本色語。如賀方回、吳夢窗，皆善於煉字面，多於温庭筠、李長吉詩中來。字面亦詞中之起眼處，不可不留意也。

這裏"平妥"也即"妥溜"。"妥"者，安穩、確當、完備之意也。古人引以論文，如梅堯臣《次韻和長吉上人淮甸相遇》詩中有"文字皆妥貼，業術無傾欹"之句，而早自陸機《文賦》，已可見"或妥帖而易施，或岨峿而不安"云云，説的是在"選義按部，考辭就班"過程中，也即要選擇恰當的事義與詞句，安排布置在適切之處，有時會來得比較容易，有時則煞費斟酌，不易到位，皆用以指文字的安頓問題。後明人郎瑛評管訥《詠月中桂》詩，稱"此詩雖若可觀，不免犯重……當改'根'爲'枝'，'種'爲'長'，易此二字，殊覺辭理妥協"①。所論的落脚點即在這裏。綜其大義，無論是"整妥"，如方回之評沈佺期詩②，還是"圓妥"，如舒岳祥題潘少白詩③，都要求適中恰好，此所謂"妥不弱"與"老不疎"、"工不刻"俱爲作詩之"名家數正法眼藏"④。

詞作爲音樂文學的形式，在當時"大抵倚聲而爲之詞，皆可歌也"⑤。以舊譜填新詞，別易調名稱"寓聲"，突出的也是這種音樂特性。加以詞體的燕樂背景，以及此後雖有詞樂分離的趨勢，但這種音樂性實際上仍被保存。凡此種種，都使得論詞者不能不重視詞體的合樂問題。擴而大之，不得不關注詞的下字、造語、擇韻的合格、曉鬯和美聽。所以比之討論詩文，他們自然更多關注"妥溜"，包括"平妥"、"妥貼"、"妥當"、"妥協"、"妥密"、"妥安"、"妥洽"、"穩妥"、"完妥"等，以爲這是求得詞作得體高妙的重要途徑。

---

① 《七修類稿》卷三十《詩文類二》。
② 見《瀛奎律髓》卷十六。
③ 見《題李少白詩》，《閬風集》卷二。
④ 趙文《高信則詩集序》，《青山集》卷二。
⑤ 張耒《賀方回樂府序》，《柯山集》卷四十。

明清人承之,本着對詞體格制的深入體認,不斷强調此問題。以爲"詞全以調爲主,調全以字之音爲主,音有平仄,多必不可移者,間有可移者。仄有上去入,多可移者,間有必不可移者。儻必不可移者,任意出入,則歌時有棘喉澀舌之病","今人既不解歌,而詞家染指,不過小令中調,尚多以律詩手爲之,不知孰爲音,孰爲調,何怪乎詞之亡已"。詞當然要"遇事命意,意忌庸、忌隨、忌襲。立意命句,句忌腐、忌澀、忌晦。意卓矣,而束之以音。屈意以就音,而意能自達者,鮮矣。句奇矣,而攝之以調,屈句以就調,而句能自振者,鮮矣。此詞之所以難也"①。凡所討論都可歸結到如何妥帖合體上,妥帖合體至於曉鬯圓粹,就是"妥溜"。

故孫麟趾《詞徑》説:"作詞尤須擇韻,如一調應十二個字作韻脚者,須有十三、四字可爲擇用,若僅有十一個字可用,必至一韻牽强。詞中一字未妥,通體且爲减色,況押韻不妥乎。"沈祥龍《論詞隨筆》也稱"煉字貴堅凝,又貴妥溜",並具體討論到哪些字可用,哪些字不可用。"腐者,啞者,笨者,弱者,粗俗者,生硬者,詞中所未經見者,皆不可用,而叶韻字尤宜留意。古人名句,末字必新雋響亮,如'人比黄花瘦'之'瘦'字,'紅杏枝頭春意鬧'之'鬧'字皆是。然有同此字,而用之善不善,則存乎其人之意與筆。"他還進而論及詞中虚字,以爲"猶曲中襯字,前呼後應,仰承俯注,全賴虚字靈活,其詞始要妥溜而不板實,不特句首虚字宜講,句中虚字亦當留意。如白石詞云:'庾郎先自吟愁賦,淒淒更聞私語','先自'、'更聞',互相呼應,餘可類推"。則"妥溜"不僅是合乎體式的曉鬯圓粹,還有活脱靈動的意思。而所有這一切最後都應出以自然而然,所謂"極煉如不煉"。如"雁風吹裂雲痕"之煉一字,"看足柳昏花暝"之煉二三字,就令人不見痕迹。又可見他之所謂"妥溜",於一般意義上的平妥圓粹之外,還更有超越人工的自然和高古的意思。

劉熙載《藝概》嘗説:"詞尚清空妥溜,昔人已言之矣,惟須妥溜中有奇創,清空中有沉厚,才見本領。"則提出了進一步的要求。不過由其將"奇創"與"妥溜"對舉,正可知後者基於詞的固有體式,是一種比較固定化的程式規範。

"妥溜"及其同序、鄰序名言還被廣泛運用於作家作品的評論,在這種評論中,它的意義得到了一些重要的補充和限定。如周濟《宋四家詞選目録序論》

---

① 俞彦《爰園詞話》。

就稱張炎"才本不高，專恃磨礱雕琢，裝頭作脚，處處妥當，後人翕然宗之"，已指出"處處妥當"是一種不值得追仿的刻意安排。謝章鋌《賭棋山莊詞話》卷十一指出："大抵今之揣摩南宋，只求清雅而已。故專以委夷妥帖爲上乘，而不知南宋之所以勝人者，清矣而尤貴乎真，真則有至情；雅矣而尤貴乎醇，醇則耐尋味。若徒字句修潔，聲韻圓轉，而置立意於不講，則亦姜、史之皮毛，周、張之枝葉已。雖不纖靡，亦且浮膩；雖不叫囂，亦且薄弱。"實際上指出了"妥溜"不應該一味在字句和聲韻上求，還應包含立意的考較和真醇之情味的追求，這較之此名言的初始用法已有了很大的改變。他又說："詞淵源《三百篇》，萌芽古樂府，成體於唐，盛於宋，衰於元明，復昌於國朝。溫、李，正始之音也；晏、秦，當行之技也；稼軒出，始用氣；白石出，始立格。嗚乎！詞雖小道，難言矣，與詩同志而竟詩焉則亢，與曲同音而竟曲焉則狎，其文綺靡，其情柔曼，其稱物近而託興遠，且微驟聆之若惝恍纏綿不自持，而敦摯不得已之思隱焉，是則所謂言内意外者歟。"①實際是從反面推進一層，對"妥溜"作了新的論定。蓋推崇溫、李、姜、秦，以爲本色當行，指出詞與詩同體則"亢"，詞與曲同體則"狎"，要求下不可流於滑膩，上不可妄攀清高。其中，"亢"指亢直、亢勁，乃至亢烈、亢悍，正站在了"妥溜"的反面。其時，陳廷焯以爲北宋多俚詞，南宋多游詞，然兩家有一共同的缺點——不免"伉詞"②，意正指此。謝氏既反對講"妥溜"而至於浮膩薄弱，又不取一味求勁而至於亢直惡露，對此名言的定位應該說是很合適的。

此外如陳匪石《聲執》卷下論南宋三家詞，"夫張炎之妥溜，王沂孫之沉鬱，吳文英之極沉博絶麗之觀，擅潛氣内轉之妙……皆於南宋自樹一幟"。他舍蔣、周而録張、王、吳、姜、辛，"至此五家者，相因相成，往往可觀，然各有千古，不能相掩……初爲學詞者，先於張、王求雅正之音，意内言外之旨，然後以吳煉其氣意，以姜拓其胸襟，以辛健其筆力，而旁參之史，藉探清真之門徑，即可望北宋之堂室，猶周止庵教人之法"。如前所說，張炎在理論上重視"妥溜"，在創作上也實踐"妥溜"，所以被舉爲代表，可見他以爲包括"妥溜"在内的詞學講求，是可以作爲初學門徑和詞學正道的。至於再提出"然後以吳煉其氣意"等等，意同謝章鋌，其避免墮入偏詣的用心是一望而知的。

---

① 《葉辰溪我聞室詞叙》，《賭棋山莊文集》卷一。
② 《白雨齋詞話》卷八。

總之，"妥溜"這個概念，包括其同序的"穩妥"、"妥貼"等名言，指涉的是詞的體式特徵的一個重要方面。因詞後詩而起，雅正高上不可與詩相較，後來論者並認識到也不必與詩相較，所以轉從輕倩新奇一途求發展①。惟輕倩新奇過當，不免有失體之危，故時人提出"雖貴新奇，亦須新而妥，奇而確"，"妥而確總不越一理字，欲望句之驚人，先求理之服衆"②。當然，倘若過求"妥溜"，於理並未有多少突出，反有可能失却高格，陷入薄弱，這也是要努力避免的，故論者又對之作出一些限制和補充，而這一切限制和補充皆是從確認其爲詞體之要這一前提出發的。因此，儘管它未及"清空"、"騷雅"等範疇來得顯赫，但某種程度上說却是能張大詞體特性的重要名言。

2. "澀"

"澀"這個概念也是伴隨詞體的確立和兩宋詞的創作實踐，由當時詞家總結出來的。其本義無非指生硬滯塞，不能靈活圓暢。一般說來，創作用"澀"固然可得古拙樸茂的格調，使作品有沉著有力的徵象，但求之太過，移勁直有力爲生硬粗莽，反爲文病，古人所謂"澀體"即指此而言。如唐人徐彥伯爲文"多變易求新，以'鳳閣'爲'鸑閣'，'龍門'爲'虬户'……進之效之，謂之徐澀體"③。韓愈作文好奇，氣魄宏大，連帶及作詩也奇險過人，人們就稱其"深於文而未深於詩，故詩極變化而文成澀體"④。"孟郊詩蹇澀窮僻，琢削不假，真苦吟而成，觀其句法格力可見矣"⑤，則指詩中"澀體"。南宋蕭德藻作詩"風骨稜稜，較誠齋爲雅音矣"，但好作拗體，"筆意崎崟，力求生造"，故沈德潛"貶其意象孤孑，入於澀體"。⑥ 又，明楊良弼《作詩體要》並有"澀體"之目⑦。

---

① 有鑒於前及"妥不弱"甚難，"妥溜"而流於庸弱則每見，故整體而言，古人論詩忌"滑易"而不尚"妥溜"，相反每用僻典澀韻以求出奇，如薛雪《一瓢詩話》更明言"口熟于溜，用慣不覺"爲"詩人之病"。當然"溜"或"妥溜"也不一定就爲其他文體之惡境，"溜"能達"亮"爲"溜亮"，猶"瀏亮"也，即爲朱熹視爲作文妙境，見《朱子語類》卷八十七；爲許學夷視爲作詩妙境，見《詩源辯體》卷三十；又爲李漁視爲作曲高境，見《閒情偶寄·詞曲上·音律》。
② 李漁《窺詞管見》。
③ 計有功《唐詩紀事》卷九。
④ 王棻《答王子裳書》。
⑤ 《詩話總龜》卷二十引《隱居詩話》。
⑥ 朱庭珍《筱園詩話》卷四。
⑦ 古人或以爲"澀"中自有一種特別的婉媚態度，故創爲"嬌澀"這一名言，王夫之每用以論詩，如《古詩評選》卷一稱王融《巫山高》詩"落穎亦貴，惜多嬌澀，此篇幾於渾成矣"，又稱劉孝綽《銅雀妓》詩"婉以入情，能不嬌澀"，附此備案。

雖説"詞於古文詩賦,體制各異,然不明古文法度,體格不大;不具詩人旨趣,吐屬不雅;不備賦家才華,文采不富"①。但如前所説,限於詩莊詞媚的習慣認知,還有其娛賓遣興的實際功用,再怎麽引入古文法度,也不應、事實上也不能汩没詞之爲詞的根本,故不像詩文,爲求體格高上,一定程度可行"澀體",詞中不管因語言聲調之澀,所謂"棘喉澀舌"、"澀噎不暢",還是因用典置辭而澀,一直爲論者所不取。與此相聯繫,也鮮有詞家以擅"澀體"立名。故前及張炎《詞源》要説:"詞要清空,不要質實,清空則古雅峭拔,質實則凝澀晦昧。"又説:"詞之語句,太寬則容易,太工則苦澀。"他以爲詞起頭和中間的八字相對須特別用功夫,一如詩之講究"詩眼",若前八句已工,下面便須稍稍寬展一些,這樣才不致窒塞。工巧太過而造成窒塞,便是"澀"。

其他如俞彦《爰園詞話》提出"立意命句,句忌腐、忌澀、忌晦","詞全以調爲主,調全以字之音爲主……任意出入則歌時有棘喉澀舌之病"。謝章鋌《張惠言詞選跋》也反對"用事生澀"。吴衡照《蓮子居詞話》則説:"詞忌雕琢,雕琢近澀,澀則傷氣。"俞氏以爲任意出入不合音調會致"澀",他則進一步提出,倘過分刻意求工也能致"澀",意同張炎所論。不過,他稱詞之"澀"會累及詞之氣,則是一個十分重要的説明。

"澀"又被人視作是一種"板滯"、"板重"。清人李佳《左庵詞話》卷上承張炎"夢窗《聲聲慢》云:'檀欒金碧,婀娜蓬萊,游雲不蘸芳洲',前八字恐亦太澀"之論,只在末句用"前八字不免板滯"相置換。而對如何才算不"板滯",他提出"須用虚字轉折方活"。如"任、看、正、待、乍、怕、總、向、愛、奈、似、但、料、想、更、算、况、悵、快、早、盡、憑、嘆、方、將、未、已、應、若、莫、念、甚、倘、便、怎、恁等類皆是"。卷下又概括爲"善用筆者靈而活,不善用筆者滯而板"。當初張氏稱"句法中有字面,蓋詞中一個生硬字用不得","合用虚字呼唤,單字如'正'、'但'、'任'、'甚'之類,兩字如'莫是'、'還又'、'那堪'之類,三字如'更能消'、'最無端'、'又却是'之類,此等虚字,都要用之得其節。若使盡用虚字,句語又俗,雖不質實,恐不無掩卷之誚"。從求"清空"出發,也提出虚字用得活的問題。李佳則認爲這種用得活可以去"澀",隱隱透露出"澀"與"清空"義正相反,或有很大一部分相反的消息。

---

① 沈祥龍《論詞隨筆》。

不過，由於一味"清空"也是一弊，而浮艷滑利更是作詞惡境，故如何在求雅的同時，使詞有高古精深的品格，是宋代以下歷代論者十分關心的問題。基於這種關心，他們一方面堅持不以豪放爲詞之正體，但另一方面又對格調高上的作品多有肯定。以至在某種時候，帶連及對"澀"的評價也出現了與上述論者不盡相同的變化。

如孫麟趾《詞逕》引包世臣語，稱"感人之速莫如聲，故詞別名倚聲。倚聲得者又有三，曰清，曰脆，曰澀。不脆則聲不成，脆矣而不清則膩，脆矣清矣而不澀則浮"。包氏此語出自其所作《月底修簫譜序》，緊接着上述一段話，他還說："屯田、夢窗以不清傷氣，淮海、玉田以不澀傷格，清真、白石則能兼之矣。"以爲詞宜"清"、"脆"，尤以能得"澀"爲貴，有"澀"則不致於"浮"，且易見"格"。前賢言"格"者必及"氣"，故所謂"不澀傷格"實際是說不"澀"有傷"氣格"。這一說法正好與上述吳衡照相反。當然，孫氏的這一說法還僅是從聲音角度說的，譚獻則更注意發掘詞在整體上透發出的"深澀"之美。其《篋中詞》說：

> 南宋詞敝，瑣屑餖飣，朱、厲二家，學之者流爲寒乞。枚庵高朗，頻伽清疏，浙派爲之一變。而郭詞則疏俊少年尤喜之。予初事倚聲，頗以頻伽名雋，樂於風詠；繼而微窺柔厚之旨，乃覺頻伽之薄。又以詞尚深澀，而頻伽滑矣。後來辨之。

浙派由朱彝尊開其端，厲鶚振其緒，郭麐仍其旨，一體尊奉石帚、玉田爲圭臬而不落北宋一步。朱氏並還作有《祝英臺近·題丁雁冰韜汝詞稿》詞，聲言"史梅溪，姜石帚，澀體夢窗叟，不事形摹，秦七與黃九"。故李佳說："宋人詞體尚澀，國朝宗之，謂之浙派，多以典麗幽澀爭勝。"①"典麗"很好，"幽澀"也自有佳處，然由於過求醇雅，意旨不免流於枯寂，等而下之又衍爲冗漫，故譚獻指出"浙派爲人訢病，由其以姜、張爲止境，而又不能如白石之澀、玉田之潤"。

郭麐是浙派後期代表人物，因從袁枚游，論詞遂多尚攄發性靈，如《桃花潭水詞序》中就有對"自抒其襟靈"的提倡。與之相應，作詞也鮮活輕捷，圓轉流美，但有時不免流於薄弱，故引來譚獻的批評。他認爲"澀"是詞體所固有的特質，能體現出詞的體法之正與"柔厚"之旨。前面已有提及，"柔厚"也是詞學理

---

① 《左庵詞話》卷上。

論批評中一個重要的範疇,爲譚氏所力主。它萌啓於傳統詩學批評,推重氣斂力沉之外,尤以"婉約"、"幽窈"和"怨而不怒"爲核心内質。詞能體"澀",在他看來正可用爲"柔厚"之助,故文中每每將此兩者連言並提。與此相聯繫,他又認爲"澀"可醫"滑"。"滑"與"澀"本成對待①,作詞"滑",即"能流利而不能蘊藉"②,必致浮薄,必無涉深雅厚重,而"澀"恰恰能療救之,所以被他用爲"柔厚"之助。他還稱馮煦《蒙香室詞》"趨向在清真、夢窗,門徑甚正,心思甚邃,得澀意。惟由澀筆,時有累句,能入而不能出,此病當救以虛渾"③。前又曾提及,南宋時張炎已以吳文英詞澀,此説一直爲人沿用。一直到晚清,鄭文焯爲吳詞作跋,仍稱"高雋處固足矯一時放浪通脱之弊,而晦澀終不免焉"④。譚氏此説表明,自己在認同作詞取"澀"的同時,對其可能帶來的弊病是有清醒認識的,故提出"虛渾"以爲匡救。"虛"在這裏意近"清空","渾"者意指"渾全"。也就是説,"澀"不可墮入滯塞枝枒之末路,但它能增詞之"厚"則是無可懷疑的。

此後沈祥龍《論詞隨筆》正面發揚"幽澀"之意,稱"詞能幽澀,則無淺滑之病;能皺瘦,則免痴肥之誚。觀周美成、張子野兩家詞自見"。至此,經由"幽"的整合,"幽澀"這個名言幾乎脱去了"澀"可能造成的火暴滯澀,從而使詞在整體上變得面目深邃了,氣性也更沉靜,於此可見沈氏對詞之"澀"境的體認已更進了一層⑤。況周頤《蕙風詞話》卷五並還從音聲到格調兩方面對之作了提倡,認爲"簡生澀之中,至佳之音節出焉","澀之中有味,有韻,有境界。雖至澀之調,有真氣貫注其間。其至者,可使疏宕,次亦不失凝重,難與貌澀者道耳"。對此概念的推崇達到了很高的程度,它真氣貫注,體現爲疏宕而不失凝重,凝重中仍有至味的徵象,而滯塞枝枒非"澀",不過"貌澀"而已。蔡嵩雲《柯亭詞論》認爲:"詞中有澀之一境,但澀與滯異,亦猶重、大、拙之拙,不與笨同。昔侍臨川李梅庵夫子几席,聞其論書法,發揮拙、澀二字之妙……由此見詞學亦通於書道。"將"澀"比之况氏所論"重"、"拙"、"大"之"拙",又比之書法用澀筆取

---

① 《素問·五臟生成篇》謂:"夫脈之大小滑澀浮沉,可以指别。"《靈樞·官能》亦有"審皮膚之寒温滑澀,知其所苦"之語,《逆順肥瘦》並稱"氣之滑澀,血之清濁,行之逆順也"。
② 孫麟趾《詞徑》。
③ 《復堂日記》。
④ 《夢窗詞跋二》,見《大鶴山人詞集跋尾》。
⑤ 王夫之論詩不好"嬌澀"而尚"隱澀",《古詩評選》卷六稱庾信《奉和永豐殿下言志二首》其一"覓隱澀之構,蒼莽之章",可與"幽澀"對看。

勢出力,更將"澀"非滯塞一義説得十分分明。陳衍《石遺詩話》卷二十謂:

> 夫爭清空與質實者,防其偏於澀也;爭婉約與豪放者,防其流於滑也。二者交病,與其滑也,寧澀矣,謂澀猶爾於雅也。今試取晏元獻、秦淮海、周清真諸家詞讀之,非當行本色,清空而婉約者乎?然險麗語入於澀者,時時遇之。

可能因眼見"澀"給作詞帶來的消極影響,陳衍沒有像上述幾家那樣對之作竭力的推稱,但還是以爲它仍勝於"滑"而近於"雅"。如前所説,詞"滑"爲詞家大忌,古人正是爲了避此大忌,才學吴文英至於流於晦昧,刻畫過深至於不能空靈超脱。畢竟晦昧滯澀多少可見功底,而滑易一味近俗,不免浮薄不利詞體,所以兩相對比,陳氏以爲它離"雅"更遠。這種對"澀"的擇取和肯定,實際上與蔡嵩雲一樣,是將之抬升到與高古重拙相同的地位。衡之以詞的創作實際,雖不無偏頗,但無疑是富於針對性的。

　　至於在具體的作家作品評論中,時人對"澀"之於創作的重要性和正面意義也多有強調。以對姜夔詞的評價爲例,前此張炎以爲姜詞清空靈動,讀之使人神觀飛越,並無涉於"澀",他們則不這麼看,大多認爲其不惟清空靈動,因"一洗華靡,獨標清綺,如瘦石孤花,清笙幽馨"①,"幽韻冷香,令人挹之無盡"②,還有清動邃實的一面;"以清虚爲體,而時有陰冷處,格調最高"③,加以作詞過程中能奪胎辛詞而渾灝流轉,"變雄健爲清剛,變馳驟爲疏宕"④,又存在着"澀"的一面。故前有譚獻《篋中詞》以此概念來界説他,並批評浙派厲鶚"不能如白石之澀",後有馮煦稱其"爲南渡一人,千秋論定,無俟揚榷……孤雲野飛,去留無迹。彼讀姜詞者,必欲求下字處,則先自俗處能雅,滑處能澀始"⑤。

　　要言之,"澀"基於一種清虚之真氣,疏宕、凝重而又幽邃,既不是粗率,也非關生硬。倘"澀"至於粗至於硬,古人也是不滿的。如周濟《介存齋論詞雜

---

① 郭麐《靈芬館詞話》。
② 劉熙載《藝概·詞曲概》。
③ 陳廷焯《白雨齋詞話》卷二。
④ 周濟《宋四家詞選目錄序論》。
⑤ 《蒿庵論詞》。

著》稱吳文英詞"總勝空滑,況其佳者,天光雲影,搖蕩綠波,撫玩無斁,追尋已遠",評價不可謂不高,但對其"生澀處"還是提出了批評。"澀"至於"生",自然已有違深厚幽邃的本義。也正因爲如此,以後清人"標白石爲第一,以刻削峭潔爲貴。不善學之,競爲澀體,務安難字,卒之抄撮堆砌,其音節頓挫之妙,蕩然欲洗,草草陋習,反墮浙西成派"①,也屢遭有識之士的譏評,張祥齡《詞論》稱其爲"澀煉"。"澀"至於煉,或"澀"不脫苦煉痕迹,自然走向了自己的反面。

3."深靜"

如果說"澀"是一個有兩重性的概念,用得不好會累及詞體,那麼"深靜"這個名言則純然具有正面的意義,且其所指比之"妥溜"和"澀"更爲精微,不但指稱詞的體式體格,還指向其所以發動和生成的內在原因。

"深靜",一作"深靚"②,指深邃寧靜之意③。如宋歐陽修《真州東園記》寫景,有"其寬閒深靚,可以答遠響而生清風"之句,秦觀《龍井記》稱"西湖深靚空闊,納光景而涵煙霏",也用及此詞。宋代隨世道與學術的移易,禪宗、心學的興起,"閒"與"靜"的妙處更多地被人發現並引入文學批評,如張戒《歲寒堂詩話》卷上就曾說:"淵明'狗吠深巷中,雞鳴桑樹顛','采菊東籬下,悠然見南山',此景物雖在目前,而非至閒至靜之中,則不能到,此味不可及也。"故作爲"靜"範疇的後序名言④,它穩定爲一個具有相當概括力的概念,被人用以指詩風的深沉恬淡,如陳濟生稱凌義渠"詩深靚幽潔如其人"⑤。

可能是因詞多寫綠情紅意,有時浮煙浪墨纏人筆端,不免輕俊至於滑利,清空至於脫易,故越到後來論者越注意推尚清空騷雅但不失深厚渾成的詞境,

---

① 謝章鋌《賭棋山莊詞話續編》卷三。
② "深靚"亦作"靚深",漢揚雄《甘泉賦》即有"惟弸彋其拂汩兮,稍暗暗而靚深"之語。
③ 漢以來人另有"密靚"、"淵靚"等詞,前者如《漢書·外戚傳下》之"神渺渺兮密靚處,君不御兮誰爲榮",後者如楊萬里《寄題劉巨卿家六咏·蒙齋》之"是心如維斗,萬物所取正。蒙之以微雲,孤光更淵靚",其意與此可對看。
④ "靜"是古代文學批評中比較重要而活躍的範疇之一。它由原指本色的堅守不爭,衍指安和、貞潔乃至美善,故有"靜好"、"靜暢"、"靜嘉"、"靜潔"、"靜雅"、"靜美"等名言。又與"情"通,如《禮記·樂記》所謂"樂由中出故靜"。以後並發展出更豐富的意旨,有諸如"靜厚"、"靜寄"、"靜秀"、"靜艷"、"靜穆"、"靜漠",以及"沉靜"、"柔靜"、"澄靜"、"淡靜"、"閒靜"、"和靜"、"儉靜"、"樸靜"、"幽靜"、"僻靜"、"淵靜"、"嚴靜"、"空靜"等名言,用來描述從主體創作狀態到作品外在風貌等一系列問題。它所擁有的許多後序名言,在宋元以後不斷深化了人們對文學創作與批評的認識,所以在整個範疇體系中占有重要的地位。
⑤ 陳田《明詩紀事》辛籤卷三引《天啓崇禎兩朝遺詩》。

講究向內沉潛而非外耀辭采。常州派講究寄託,突出詞的"意內言外",便是如此。"深靜"的被提出正是鑒於這種現實背景。如清初黃圖珌論詞曲主張"心靜力雄,意淺言深。景隨情至,情緣景生。吐人所不能吐之情,描人所不能描之景。華而不浮,麗而不淫,誠爲化工之筆也"①。此後譚獻講"柔厚",陳廷焯講"沉鬱",況周頤講"重"、"拙"、"大",推尚以深渾之筆寫鬱悒愴怏之情,都間接地凸顯或呼應了詞須"深靜"的宗旨。揆之六義,它的生成與保持端賴比興,又重精思妙緒,宛轉環生,所以很得詞家肯認,而那種新月吐巖、初花媚叢般的詞風雖然繼續存在,已不再占據詞體的主導地位。當然還必須指出,有時推尚沉鬱重拙過當,乃至流於滯澀晦昧,也是時人重視這個名言的一個原因。也就是說,它既是對滑利脫易的輕俊詞風的反撥,也是將詞引向真正的深厚而非粗拙的手段和途徑。同時它也決不僅指詞中所描寫的具體景物之靜,如金聖嘆稱《六一詞》"簾影無風,花影頻移動"、"只是無情正是極靜"之類,而指創作主體一種特殊的精神狀態,以及在這種狀態指導下作品整體質性上的內斂和深厚。對此,況周頤《蕙風詞話》卷二有專門討論:

> 詞境以深靜爲至,韓持國《胡搗練令》過拍云:"燕子漸歸春悄,簾幕垂清曉。"境至靜矣。而此中有人,如隔蓬山。思之思之,遂由淺而見深。蓋寫景與言情,非二事也。善言情者,但寫景而情在其中。此等境界,唯北宋人詞往往有之。持國此二句,尤妙在一"漸"字。

由上述對韓詞的評論可知,況氏反對情浮於景,旨露於辭,而希望這情能深沉自然地在一事一景中自然展開。他認爲北宋詞人不尚做作,所以做到了這一點。當然,不尚做作不等於不要錘煉。他特別推崇韓詞中"漸"這個字,正表明在他看來,合理適當的錘煉正可使詞境愈加顯出沉靜深厚的面目。

不過此段議論雖最終歸結爲詞之境,終究著重在景之靜,與金聖嘆所論區別不太大,與揭示這個名言所涵括的全部豐富意指更隔有一重公案。相比之下,底下兩段議論就不一樣了:

---

① 《看山閣集閒筆》卷三。

> 人靜簾垂。燈昏香直。窗外芙蓉殘葉，颯颯作秋聲，與砌蟲相和答。據梧暝坐，湛懷息機。每一念起，輒設理想排遣之，乃至萬緣俱寂，吾心忽瑩然開朗如滿月，肌骨清涼，不知斯世何世也。斯時若有無端哀怨，根觸於萬不得已，即而察之，一切境象全失，唯有小窗虛幌，筆床硯匣，一一在吾目前，此詞境也。
>
> 吾蒼茫獨立於寂寞無人之區，忽有匪夷所思之一念，自沉冥杳靄中來，吾於是乎有詞。洎吾詞成，則於頃者之一念若相屬若不相屬也。而此一念，方綿邈引演於吾詞之外，而吾詞不能殫陳，斯爲不盡之妙。非有意爲是不盡，如書家所云無垂不縮，無往不復也。

這裏，他將論述重點集中到作者身上，明確指出"深靜"的詞境須賴作詞者"深靜"的心靈。人之靜是據梧暝坐，湛懷息機；外界的境是殘葉秋燈，砌蟲相和。此時有各種思慮紛起，詞人即設理想竭力排遣，這"理想"無非指拋棄塵俗思慮，體會内心的清明。若有無端而來的感觸涌諸筆端，雖不能盡己所思慮的全部，也自是好的詞境，並定能寫成好詞。這裏，他突出"無端哀愁"的"根觸"，"忽有匪夷所思之一念"，皆意在突出詞人的思慮非刻意所得，且思慮的内容亦非塵世俗事。同書卷三評《蜕巖詞》中"掃花游落紅"一闋："並是真實情景，寓於忘言之頃，至靜之中，非胸中無一點塵，未易領會得到"，評《菊軒樂府》"月上海棠"一闋："於情中入深靜，於疏處運追琢，尤能得詞家三昧"，説的也是這個意思。

具體地説，詞人觀察和攝取外界景物人事時須靜，"非靜中不能領略"。當然這"靜"不僅指人外在形態的非運動性，還在於心態的靜，即内心的靜定明徹。故他又説："凈而後能靜，無塵則不囂矣"，"非胸中無一點塵，未易領會得到"，"非胸次無一點塵，此景未易會得，靜深中生明妙矣"。前已言及，"靜"指貞和美善，又與"情"通。這裏要再作補充，"靜"古同"凈"，義本相關，故《詩經·大雅·既醉》有"靜嘉"一詞，《淮南子·本經》有"靜潔足以享上帝，禮鬼神"。此處的"靜"就皆爲"凈"[1]。況氏認爲人心澄凈明徹則自靜，故他所推崇的

---

[1] 《漢書·王莽傳下》有"乃庚子雨水灑道，辛丑清靚無塵"，顔師古注曰："靚字與靜同。"可知文中"清靚"即潔凈之意也。

"幽静之境"或"冷静幽瑟之趣",正兼指這兩者而言。他稱《履齋詞》中《二郎神》"凝竚久,驀聽棋邊落子,一聲聲静"句、《千秋歲》"荷遞香能細"句,"此静與細,亦非雅人深致,未易領略";稱楊澤民《秋蕊香》"良人輕逐利名遠,不憶幽花静院"句,"抵多少'盈盈秋水,淡淡春山'",也正可以證明這一點。

況氏還進一步將"深静"與自己所標舉的"重"、"拙"、"大"聯繫起來,稱"詞有穆之一境,静而兼厚、重、大也。淡而穆不易,濃而穆更難。知此,可以讀《花間集》"。表明他所講的"静"或"深静",某種意義上説雖是與"厚"、"重"、"大"意不同,層次也不盡合的另一重審美要求,但它們可以統屬於"穆"這個名言之下。聯繫他稱耶律文正詞"高渾之至,淡而近於穆矣,庶幾合蘇之清、辛之健而一矣",可知它大概是一種更高的更接近於渾成精微理想的作品品格。"穆"本有静的意思,所以"静"與"穆"可聯成"静穆"一詞;又可指諧和純粹,《詩經·大雅·烝民》有"吉甫作誦,穆如清風",鄭箋:"穆,和也。"《逸周書·謚法》稱"布德執義曰穆",孔晁注曰:"穆,純也。"此外,它還有深遠之意,《楚辭·九章·悲迴風》有"穆眇眇之無垠兮,莽芒芒之無儀",洪興祖補注曰:"穆,深微貌。"也就是説,它與"静"或"深静"某種程度上意義相通,可彼此涵攝與互釋。相比之下,"厚"、"重"、"大"反而顯得是一種略顯粗樸的要求了。儘管它們與"深静"也有密切的聯繫,並因此有"静重"、"静厚"等衍生名言,影響及詩論,如方東樹就有"侍郎之文,静重博厚"之説①。

在況氏同時,陳廷焯《白雨齋詞話》也曾標舉"静"範疇,但他多受"文氣説"及傳統哲學中"静和者養氣,養氣得其和"的影響②,將之與"氣"相連言,稱讀人詞"須息心静氣,沉略數過,其味乃出。心粗氣浮者,必不許讀碧山詞"。又稱"讀白石、梅溪、碧山、玉田詞,如飲醇醪,清而不薄,厚而不滯。元以後詞,則清者失真味,濃者似火酒矣。言近旨遠,其味乃厚;節短韻長,其情乃深;遣詞雅而用意渾,其品乃高,其氣乃静"。相比之下,況氏所標舉的"深静"純然爲詞而設,以爲是詞體題中應有之義,更有理由得到人們的重視。遺憾的是,他没有進一步提出如何才能做到"深静",像陳廷焯主張"情以鬱而後深",或沈祥龍主張用透過、翻轉、折進等法以求"用意深"那樣。

---

① 《書惜抱先生墓誌後》,《儀衛軒文集》卷六。
② 《鬼谷子·陰符》。

"深静"再一次獲得比較集中的討論是在王國維手中實現的,且不僅僅以討論詞學批評爲限。在《叔本華與尼采》一文中,王國維譯引叔本華之"夫美術者,實以靜觀中所得之實念,寓諸一物焉而再現之",作爲對美的本質的根本性定義。《叔本華之哲學及其教育學説》進而指出:"美之對象,非特别之物,而此物之種類之形式;又觀之我,非特别之我,而純粹無欲之我。……若不視此物爲與我有利害之關係,而但觀其物,則此物已非特别之物,而代表其物之全種,叔氏謂之曰'實念'。故美之知識,實念之知識也。"

基於這種基本文學觀,他認爲人在接觸外物時應"純粹無欲",脱棄一切利害的考較和私欲的干擾。他論優美與壯美:"苟一物焉,與吾人無利害之關係,而吾人之觀之也,不觀其關係,而但觀其物,或吾人心中,無絲毫生活之欲存,而其觀物也,不視爲與我有關係之物,而但視爲外物,則今之所觀者,非昔之所觀者也。此時吾心寧静之狀態,名之曰優美之情,而謂此物曰優美。若此物大不利於吾人,而吾人生活之意志爲之破裂,因之意志遁去,而知力得爲獨立之作用,以深觀其物,吾人謂此物曰壯美,而謂其感情曰壯美之情。"①

他將這種對美的基本判斷引入《人間詞話》,稱"無我之境,人惟於静中得之;有我之境,於由動之静時得之。故一優美,一宏壯也"。聯繋前面的論述可知,他認爲人只要通過"静",也即通過忘掉自己,以無利害私欲之心,不觀物之關係,但觀物之本身,就能切近優美的境界。而因物大不利於人,人的生活意志爲之破裂,意志因之遁去,這破裂遁去之"動"造成"知力"的"獨立之作用"的結果就是"静"。此所謂"有我之境,於由動之静時得之",它産生壯美之情。這種引入西洋哲學論"静",此前未曾有過。雖然它的歸結點在"境界"的狀況,但與況周頤所論仍有異曲同工之妙。

以後梁啓超論詞引與己齊名的麥孟華語,也曾以"静境妙觀"稱人②。陳匪石論詞境時曾説出下面一段話:

仇述盦問詞境如何能佳,愚答以"高處立,寬處行"六字。能高能寬,則涵蓋一切,包容一切,不受束縛,生天然之觀感,得真切之體會。再求其

---
① 《紅樓夢評論·人生及美術之概觀》,《王國維文學美學論著集》,北岳文藝出版社,1987年,第4頁。
② 《飲冰室評詞》丁卷"國朝詞"附録"北宋詞"引其評《謁金門·風不定》語。

本,則寬在胸襟,高在身分。名利之心固不可有,即色相亦必能空,不生執著。渣滓净去,翳障蠲除,冲夷虛澹,雖萬象紛陳,瞬息萬變,而自能握其玄珠,不淺不晦不俗以出之,叫囂僞薄之氣皆不能中於吾身,氣味自歸於醇厚,境地自入於深静。此種境界,白石、夢窗詞中往往可見,而東坡爲尤多。若論其致力所在,則全自養來,而輔之以學。①

他提出詞的境界應該是"高處立,寬處行"。何謂"高"和"寬",即心誠而明,意恒定而不輕躁浮夸也。他認爲只有做到這樣,才能使氣味歸於"醇厚",境界也由此折入"深静"。可能是因爲後出的關係,他的論述能綜合前面諸家所論,因而從主客體兩個方面對這一名言作了很好的總結。

4. 諸範疇的聯通和意義小結

"妥溜"、"澀"和"深静"三個名言的意指及意義已分述如上。它們由對詞體體式的討論而引發,但意旨決不僅限於體式規範,還指向詞的存在方式和詞家的創作心態。因此儘管理論層級尚不能與詩文批評中"氣"、"雅"、"風骨"、"神韻"等範疇相比,再從其被闡釋時所達到的深度和被采用時所達到的廣度來看,也不能與詞學批評中諸如"清空"、"騷雅"、"沉鬱"、"豪放"等範疇相提並論。但因爲它們能契合詞的創作的内在機理,有張大詞人本位的針對性和切入性,所以尤其能彰顯詞的文體個性,進而彰顯作爲後期韻文學的代表,它所特有的母語根性。

由上述論列連接起來看,還可以分明見出詞學批評範疇對詞體特質揭示的不斷深化。簡言之,以"妥溜"爲代表的那一序列名言,是針對詞體的外在體式而發的。至"澀"及其相關後序名言的提出,則比較深地切入了詞的體式本真,包含了論者在克服作詞諸種弊端後所達到的對詞體認識的新高度,由此從某種程度上實現了對"妥溜"的超越。然後再及"深静",則進一步打通主客兩端討論詞的存在方式、整體品性和理想境界,最終爲尊體努力的完成創造了理論條件②。

而從這些名言的理論旨趣和指向來看,其連接過渡的總趨勢是走向與詩

---

① 《聲執》卷上《論詞境》。
② 延君壽《老生常談》論陶潛《和郭主簿》詩"一樣寫秋,迥與唐人不同,氣味深静故耳",是詩學批評也有用此名言之例證。

學理想的合一。説起來,中國古代各體韻文從某種意義上説都最終走向詩,因此詩學理論批評及其概念、範疇的意義指向和層級演進,對詞學批評範疇的建構與運用有着顯潛不等的重要影響。詩學批評由講"聲色"而及"風骨"、"神韻"、"意境",是由外在的體式講求不斷契近内在的本真規定,詞學批評由"妥溜"而及"澀"與"深静"亦復如此。它們層層轉進,步步深入,凸顯的是詞體特異而自在的文體品格。倘狹隘地考察一家一派的論述,或不能覺察這種變化發展,但倘抓住作爲理論認識結晶的概念和範疇細加分析,則這種轉進和深入的軌跡就比較容易把握了。

第三節　曲的體式與範疇

與詞的情況相類似,曲雖屬韻文,但與詩區別甚大,因此一方面服從於韻文大體都皈返於詩的總趨勢,它在創作和批評兩端都無可避免地受到詩學批評的影響,概念、範疇的創設和運用也是如此。另一方面受制於特殊的表演方式和受衆趣味,其體式要求又有不盡同於詩乃至詞的地方,概念、範疇的創設和運用因此也極富自體性,有非傳統詩學名言可以籠蓋的獨特一面。今也一本前例,對同於詩學批評的概念和範疇,僅點出其對該名言意義的增益部分,其他不作展開;而對不同於詩學批評的那些概念、範疇,則稍作專門的討論。

一、詞曲體制同異與範疇的分際

曲,包括北曲和南曲,與詩詞存在着既聯繫又相區別的淵源關係。此處不可能詳細描述曲的形成過程,總之它與唐宋大曲、唐曲子、北宋詞曲、唐宋詞、諸宫調、隊舞、唱賺和宋雜劇有疏密不等的連帶關係,特別是北曲,對唐代宫廷樂曲、民間樂曲、燕樂、清樂、大曲和小曲均有程度不同的吸收。

就文學批評的角度看,歷代論曲者以爲,在這種聯繫明顯存在的同時,還有一些區別不能不作特别的强調。大體上説,他們推尊詩體,以爲它格調端重,寓託莊嚴;詞以騷雅清空爲主,則次之;曲尚流利,不避俚俗,更次一等。這其中有一個現象值得注意,即古人在討論詩詞曲三者區別時常常分論詩曲,而以詞界乎兩者之間,認爲由對詩曲的甄别,詞的體式也就庶幾在焉。如李漁就説:"詩有詩之腔調,曲有曲之腔調。詩之腔調宜古雅,曲之腔調宜近俗,詞之腔調則雅俗相和之間。"①謝元淮説:"詞之爲體,上不可入詩,下不可入曲,要於詩與曲之間,自成一境。守定詞場疆界,方稱本色當行。"②謝章鋌也説:"詞宜雅矣,而尤貴得趣。雅而不趣,是古樂府;趣而不雅,是南北曲。"③後兩種説法自然意在推尊詞體,但統合起來看,以曲與詩相對待,多少表明曲的自體特徵是十分明顯而強烈的。唯此李調元要説:"蓋作曲自有一番才料,其修飾詞章,填塞故實,了無干涉也。"④梁廷枏也説:"詩詞空其聲音,元曲則描寫實事,其體例固別爲一種。"⑤

再深入一步考察這相關連的三者,有以爲"詞曰詩餘,曲曰詞餘。詩與詞不同,詞與曲境界亦難強合。然工詩者未必工詞,工詞者自可工曲,詞曲之間,究相近也"⑥。這種將詞曲連言而與詩對舉的説法具有很大的代表性,歷代論者言及三者關係大多持此意見。當然,也有以爲"詩詞同體而異用,曲與詞則用不同,而體亦漸異,此不可不辨"⑦。鑒於宋詞、諸宮調和北曲均從以唐曲爲發端的曲子辭及其民間流傳形式衍變而成,宋詞和諸宮調對北曲只産生過局部的影響,兩者之間存在着並行而非承傳的關係,説曲不是詞餘似乎是更合乎事實的判斷⑧。只是在古代,人們並不這樣看,他們仍普遍持詞曲體近的認識。由此元人詞集往往兼收小令,明人承之,以至論詞者如楊慎《詞品》也兼及元曲。清乾嘉以還漸革此習,雖朱彝尊《詞綜》仍收馮子振等人北曲十六首,但一時"斷不可以曲而作詞","調則詞而語則曲",不能"以曲調而亂詞體也"⑨這類説法層見叠出,詞雅曲俗開始判然分明⑩。

詞曲有別的觀念催生了時人對詞曲異同關係的研究。其中尤以對兩者難易的討論爲最發達。對此歷代論者的意見並不統一。有以爲"詞之與曲,則同源別派,清濁判然。自元以來,院本、傳奇原有佳句可入詞林,但曲之徑太寬,

---

① 《窺詞管見》。
② 《填詞淺説》。
③ 《賭棋山莊詞話》卷十一。
④ 《雨村曲話》卷下。
⑤ 《曲話》卷四。
⑥⑪ 李佳《左庵詞話》卷下。
⑦ 陳廷焯《白雨齋詞話》卷八。
⑧ 見李昌集《中國古代散曲史》,華東師範大學出版社,1991年,第28頁。
⑨ 《柳塘詞話》卷二。
⑩ 近人姚華《弗堂類稿・論著丙》有《曲海一勺》,仍稱"詞曲相距,不過一堦,數其宗派,誼猶父子"。可備參看。

易涉粗鄙油滑,何可混廁入詞"①,"工詩者未必工詞,工詞者自可工曲"⑪。但這大多是詞家自尚體格之論,曲家並不認同。當初羅宗信爲周德清《中原音韻》作序,就曾對儒者鄙薄曲體提出批評,以爲"迂闊庸腐之資無能也,非薄之也。必若通儒俊才,乃能造其妙也。……必使耳中聳聽,紙上可觀爲上,殆非止以填字而已,此其所以難於宋詞也"。清人黃周星也說:"詩降而詞,詞降而曲,名爲愈趨愈下,實則愈趨愈難。何也？詩律寬而詞律嚴,若曲則倍嚴矣。"②黃圖珌更說:"蓋曲之難,實有與詞倍焉。"③衡之以曲框格在律,色澤在唱,既要審音、擇調,又須辨字,其板眼、務頭、攛搶、緊緩,講究殊多,如字有五音,爲唇、爲舌、爲齒、爲鼻、爲喉;又爲撮口、滿口、開口、閉口;爲穿牙、縮舌;爲半滿、半撮,凡此種種,均須人窮工極思才能絲毫無爽,故上述說法並非夸大其詞。

倘總結曲與詞乃至詩的體式區別,則從文辭一途而言,曲須明白通俗,不避輕淺,又須諧暢音律,不沾唇拗嗓。至述情則周致爽利,可直接鋪陳而不避繁密;風格則詼諧有趣,富生活氣息而不避俚俗。當然,這輕淺、繁密和俚俗並非如詩詞作者所鄙斥的那樣無聊庸俗,不過是應於體式,較詩詞更爲輕軟一些而已。誠如《詞統》所言:"詞取香麗,既下於詩矣。若再佻薄,則流於曲,故不可也。"故姚華進而說:"按詞曲之界,幾微而已,詞莊而曲諧,是誠有辨。若謂曲盡佻薄,實未必然,蓋佻薄亦曲之末流下乘耳。"④

今人任中敏《詞曲通義》論詞曲性質不同,所作的如下判斷,頗可以概括歷代論者的意見:

> 詞靜而曲動,詞斂而曲放,詞縱而曲橫,詞深而曲廣,詞內旋而曲外旋,詞陰柔而曲陽剛。詞以婉約爲主,別體則爲豪放;曲以豪放爲主,別體則爲婉約。詞尚意內言外,曲意爲言外而意亦外——此詞曲精神之所異,亦即其性質之所異也。
>
> 詞合用文言,曲合用白話。同一白話,詞與曲之所以說者,其途徑與態度亦各異。曲以說得急切透闢,極情盡致爲尚,不但不寬馳,不含蓄,且

---

① 杜文瀾《憩園詞話》卷一。
② 《製曲枝語》。
③ 《看山閣集閒筆》卷三。
④ 《菉猗室曲話》卷一引。

多衝口而出,若不能得者,用意則全然暴露於辭面,用比興者並所比所興亦説明無隱,此其態度爲迫切,爲坦率,恰與詞處相反地位。

他以"豪放"、"急切"、"透闢"等爲曲的基本體式特徵,雖未具體展開,但在在分明,基本符合元代以來曲的創作實際,同時也與歷代曲論家成系統或不成系統的概括相應。當然,他們論述時所用的概念、範疇要更豐富一些。這當中有一些是與詞學批評相同的,如"麗"、"澀"、"細潤"、"妥";乃至與詩學批評相同,如"風韻"、"格調"等等,特別是"明中葉以後,作者按譜填字,各逞新詞,此道遂變爲文章之事"①,這種趨同的現象顯得比較突出。但隨着對曲體研究的深入和大部分曲家的高度認同,曲學概念、範疇在契合自在性創作機理方面還是取得了不少重要的成果,它的一系列名言的創設和運用,在爲理論上分殊詞曲兩體作出重要貢獻的同時,也大大豐富了傳統文學批評範疇體系,乃至彌補了其邏輯之網上的某些缺罅,因而顯得彌足珍貴。

二、元明清諸家曲學範疇論要

如前所説,曲的淵源可追溯至唐五代,但曲的創作鼎盛期則在元代。其時,或因體式初立,佳作甫出,全面深入的研究尚談不上,故整個元代曲學批評並不繁榮。可舉者如芝庵《唱論》以論述宋元兩代戲曲聲樂理論和歌唱方法爲主,《青樓集》與《録鬼簿》主要記載戲曲演員和文人雅士的生平事迹、作品目録,兼及對其創作的簡單評價,在藝術史、文學史研究一途有重要意義,拿來作文學批評史研究的資料則顯得有些薄弱。

當然,以下一些論述涉及對曲體的把握,所用概念、範疇對人們認識曲體還是頗有啓示作用的。如周德清《中原音韻》一書前半部分論韻譜,提出以中原音韻作爲"放之四海而皆準"的作曲準則,開創了今音韻學一派,影響及於近代"官話"的發展。後半部分討論"正語作詞起例",則涉及曲的文字和創作關鍵,素爲治曲者推重。如論"造語",提出"可作樂府語、經史語、天下通語","不可作俗語、蠻語、謔語、嗑語、市語、鄉語、書生語、譏誚語、全句語、拘肆語、張打油語、雙聲叠韻語、六字三韻語"。之所以如此,無非是爲了使曲辭明白如話,

---

① 梁廷枏《曲話》卷四。

聽之能詳。如"蠻語"是粗蠢狠戾之語,"嗑語"是嘮叨瑣屑之語,"全句語"是引用成語典故,整抄全句而不知剪裁之語,"書生語"是典重晦澀之語,"書之紙上,詳解方曉,歌則莫知所云",均不符合曲的體式要求。至若"拘肆語"太過粗俗,勾欄曲肆所通行,還有"張打油乞化出門語",寒儉不成體統,也是不能全部引入的。總之,"不必要上紙,但只要好聽,俗語、謔語、市語皆可"。他還進一步指出:

> 未造其語,先立其意,語、意俱高爲上。短章辭既簡,意欲盡;長篇要腰腹飽滿,首尾相救。造語必俊,用字必熟。太文則迂,不文則俗。文而不文,俗而不俗。要聳觀,又聳聽。格調高,音律好,襯字無,平仄穩。

除提出曲的造語要高簡之外,並提出"造語必俊,用字必熟","文而不文,俗而不俗",以及"聳觀"、"聳聽"的主張和命題。這一方面見出曲須服從聽的需要,還有閱讀賞會的功能,要符合文學創作的基本要求,所以他用"高"、"簡"和"格調"等概念、範疇予以說明。另一方面,他又針對性地突出了曲不同於詩詞的自體特徵,即語"俊"字"熟",不"文"不"俗",這些概念、範疇對後世曲論家的影響巨大,王驥德《曲律》論字法要求"要極新,又要極熟;要極奇,又要極穩",明顯受到他的影響。

周氏還提出力避"語病"、"語澀"、"語粗"和"語嫩"的主張。"語病"一望而知。"語澀"指"句生硬而平仄不好","語粗"指"無細膩俊美之言"。由於造語的粗澀與用字有關,故他又提出切不可用"生硬字"、"太俗字",當然"太文字"也是要避免的。他推崇的是符合曲的體式的"協音俊語","夫樂府貴在音律瀏亮"。關於"粗"與"澀"前面已有論及,它們在傳統文學批評後期,成爲人們每每談論的重要話題。"嫩"這個不盡出於視覺,很大程度上還有賴觸覺的概念在曲學批評中不斷被提及,則頗值得重視。它與"老"、"熟"這一類概念、範疇一起,指向的是在程式化壓抑下,文學創作如何反樸歸真的訴求,在意蘊上有很新鮮的發見。只是受傳統範疇多取式於自然人事這一特點的影響,其用辭顯得比較粗樸和初級。

詳言之,"嫩"原指事物初生時柔弱輕微的那種狀態,衍指人的年輕不老練,或物事的不堅牢和易折損。南北朝時期人們將之引入文學批評,用以指詩藝的不成熟，如鍾嶸《詩品》卷下稱戴逵"詩雖嫩弱，有清工之句，裁長補短，袁彥伯之亞乎"，即認爲戴氏詩清新工整，但稍嫌單薄。後人評論藝事也有用及，如宋郭若虛稱梁忠信山水"體近高克明，而筆墨差嫩"①。但總的來說，在詩文批評中還是比較少見的。自周氏用以指曲中文字的薄弱庸腐與膚表不切，後世論者遂多予沿用。如明王世貞《曲藻》提出"作詞十法"，就明言"亦出德清"，雖對他的話有所修正，如認爲"經史語亦有可用可不用"，"謔、市、譏誚，亦不盡然，顧用之何如耳"，但對於"語病"、"語澀"、"語粗"、"語嫩"還是認爲"皆所當避"。清人笠閣漁翁《笠閣批評舊戲目跋》在討論了南、北曲的區別後，也總結說："故造語忌硬、忌澀、忌嫩、忌粗、忌文。"不過隨作曲重文詞的風氣漸起漸盛，曲家對曲的體式特徵每好作有偏至的刻意強調，以爲詩詞大道近雅，曲則小道可俗，用濃色字和細嫩字未始不可，由此"嫩"這個概念開始爲人常道，並在辨析與運用過程中漸漸獲得了正面的意義。如王驥德論曲的用字之忌，"陳腐"、"生造"、"俚俗"、"蹇澀"、"粗鄙"、"蹈襲"等諸項皆列入，獨獨不及"嫩"②，相反對此還比較推崇。

明代以後曲學批評漸趨活躍，李開先《詞謔》中第二部分《詞套》選前人幾十套散曲和雜劇曲文作了評論，承周德清之說，也每用"穩"、"妥"論曲之用"韻"；也講"飽滿"，要求"大勢嚴整，音調不差"。對曲的"句法意味"尤爲重視，嘗說："世稱'詩頭曲尾'，又稱'豹尾'，必須急並響亮，含有餘不盡之意。作詞者安得豹尾，滿目皆狗尾耳，况所續者又非貂耶。"其中，對"勢"這個範疇的運用同於詩文批評，而偏在作品的整體構成。那些"勢不能全收"、"大勢則不可及"的作品均爲他所不取。還有何良俊《曲論》在評高則誠《琵琶記》"長空萬里"一曲時指出："然既謂之曲，須要有蒜酪，而此曲全無，正如王公大人之席，駝峰熊掌，肥膌盈前，而無疏笋蜆蛤，所欠者，風味耳。"此"風味"同於李氏所講的"意味"，其內涵與詩文批評也大抵相類。

此後王世貞主掌文壇，於所著說部中討論曲的創作，被人別出集輯成《曲藻》一書。就對曲的體式把握看，他於周德清所説大致接受，但也作了一些補充。受個人趣味的影響，他不廢"經史語"、"謔語"、"市語"和"譏誚語"，並細析

---

① 《圖畫見聞志》卷四。
② 《曲律》卷三《論曲禁第二十三》。

"景中雅語"、"景中壯語"、"意中爽語"、"情中快語"、"情中冶語"、"情中悄語"、"情中緊語",還有"諢中奇語"、"諢中巧語",對曲一體實際存在的博雜弘肆有很準確的體認。不過對"淺於風人之致"的作品還是不取的,以爲這種人或可稱爲"作家"、"當家",但顯非大家名手。故又說:"敬夫與康德涵俱以詞曲名一時,其秀麗雄爽,康大不如也,評者以敬夫聲價不在關漢卿、馬東籬下。"

萬曆年間,王驥德作《曲律》四十章討論作曲諸法,門類詳備,議論精湛。因有鑒於"數十年來,此風忽熾,人翻窠臼,家畫葫蘆,傳奇不奇,散套成套,訛非關舊,誣曰從先,格喜刱新,不思乖體,恆叮自矜其設色,齊東妄附於當行",他特重曲體的探討,常以"非體"、"無大學問"、"無大見識"、"無巧思"、"無俊語"、"無次第"、"無貫穿"論人。又注意討論宮調、平仄和陰陽,講究腔調、板眼和襯字,如此"法尤密,論尤奇",目的都是爲了正體。

概而言之,他認爲聲分平仄,字論陰陽。曲家依腔貼調,敦拖嗚咽,悉須作"內裏聲"而不能流於"叫曲"。講究板眼,力避促滯,是爲求"圓美而好聽";識字讀書,是爲求"下筆有許多典故,許多好語襯副"。而就文辭一途言,以爲"夫曲以模寫物情,體貼人理,所以委曲宛轉,以代說詞","詩不如詞,詞不如曲,故是漸近人情",突出了曲特有的抒情功能之於曲體的制約和規範作用。與此相關,他對曲之聲調也有特別的要求:"欲其清,不欲其濁;欲其圓,不欲其滯;欲其響,不欲其沉;欲其俊,不欲其痴;欲其雅,不欲其粗;欲其和,不欲其殺;欲其流利輕滑而易歌,不欲其乖剌艱澀而難吐。"而曲的句法自然就是:

> 宜婉曲不宜直致,宜藻艷不宜枯瘁,宜溜亮不宜艱澀,宜輕俊不宜重滯,宜新采不宜陳腐,宜擺脫不宜堆垛,宜温雅不宜激烈,宜細膩不宜粗率,宜芳潤不宜噍殺。又總之,宜自然不宜生造。意常則造語貴新,語常則倒換須奇。

與此相聯繫,字法自然"要極新,又要極熟;要極奇,又要極穩"。前及他"論曲禁",主張力避"陳腐(不新采)"、"生造(不現成)"、"俚俗(不文雅)"、"蹇澀(不順溜)"、"粗鄙(不細膩)"等病,貫徹的也是相同的精神。凡所用概念、範疇有承周德清以來各家的,如論曲調須清圓俊雅,不蹇澀粗率,即本諸周氏的"語粗"、"語澀"之論;而所謂"不重滯"、"不噍殺",視作對"語嫩"的具體解說也未嘗不可。

其他如要求字法"奇"而能"穩",這"穩"字也爲周氏以來曲家所重①。蓋較之詞的聲有次第,句有短長,曲的邊幅雖然較寬,然要付諸演唱,言關唇舌齒喉,理寓陰陽清濁,應聲合腔尤爲重要。倘一味取新,違拗人嗓,意固好終不能用也是枉然,故對作曲提出"穩"的要求,一如對詞提出"妥",是十分切要的。王驥德重聲律,故每用此概念作專門強調。論小令"著一戾句不得,著一草率字不得"已有求"穩"的意思;論用險韻以爲可見才情,但需"極穩妥方妙",則對此作了直接的標示。他並提出"穩俏"這個後序名言,聯繫前述"宜溜亮不宜艱澀"、"宜輕俊不宜重滯"、"宜芳潤不宜噍殺",實際上包含了從聲色到意義諸方面的要求。所以在"雜論"中他又提出入曲三昧在一"巧"字,如果說前此論句法之"婉曲"、"藻艷"、"細膩"是就文辭的質性而言,"擺脫"、"新采"是就文辭的創新而言,"溜亮"、"穩俏"是就文辭的音聲而言,那麼它們都可用來說明"巧"這個名言。

當然,更多的人論及曲體都用"自然"相要求。"自然"這個範疇在傳統文論中運用頻率極高,但在詞曲批評一途,其重要性似得到了更充分的凸顯。王驥德在討論句法時已總結道:"總之,宜自然,不宜生造。"凌濛初提出"曲始於胡元,大略貴當行不貴藻麗,其當行者曰本色"。大體上也是在講要自然生動的道理。當然,倘"以鄙俚可笑爲不施脂粉,以生梗雉率爲出之天然,較之套詞、故實一派,反覺雅俗懸殊"②,他也是反對的。張琦則從性情天然的角度討論了這個問題,其所著《衡曲麈譚》說:

> 心之精微,人不可知。靈竅隱深,忽忽欲動,名曰心曲。曲也者,達其心而爲言者也。思致貴於綿渺,辭語貴於迫切。長門之詠,宜於宮樣而帶岑寂;香閨之語,宜於閫藏而饒綺麗。倚門孳笑之聲,務求纖媚而顧盼生姿;學士騷人之賦,須期慷慨而嘯歌不俗。故詠春花勿幸秋月,吟朝雨莫涵夜潮。瓊臺、玉砌,要知雪部之套辭;芳草、輕煙,總是郊原之泛句。又如命題雜詠,而直道本色,則何取於寓言?觸物興懷,而雜景揣摩,則安在

---

① 古代詩文批評常常以"穩"這個名言相要求,欲其體"穩順"、辭"穩重"、聲"穩協"、"穩妥",通體顯得"工穩"、"安穩"。如沈德潛《說詩晬語》卷上稱:"唐初人研揣聲音,穩順體勢,其利乃備。"馮班《鈍吟雜錄·正俗》稱:"平仄宮商,體勢穩協,視齊梁體爲優矣。"趙翼《甌北詩話》卷三論韓愈《詠月》、《詠雪》諸詩"極體物之工,措詞之雅,七律更無一不完善穩妥,與古詩之奇崛判若兩手"。旨趣與曲相同。
② 凌濛初《譚曲雜劄》。

其即事。甚且士女之吻無辨,睽合之意多乖,人情斷續而忽入俚言,筆致拗違而生吞成語,又曲之最病者也。

這裏,他對曲作了個人的界定,同時以爲曲情宜"綿渺",曲詞宜"迫切",多少把前人或重前者或尚後者的缺陷給彌補了。他以爲曲體用情深婉,而用辭不妨直捷,對照前引任中敏所論,其所謂"詞靜而曲動"云云,正確性似應限於詞與曲的外在表現形態上。他又說:"故曲不貴摭實而貴流麗,不貴尖酸而貴博雅,不貴剽襲而貴冶創,不貴熟爛而貴新生,不貴文飾而貴真率肖吻,不貴平敷而貴選句走險",是多從選言造語角度置論。舉凡"流麗"、"博雅"、"冶創"、"新生"、"真率"等名言,皆與他以曲爲"心曲"的基本認識相應。

清代有李漁挺生。誠如羅忼烈所說,元明清以來,"求其於律呂聲韻、家數文章,以及作法排場之是非,周遍無遺,又有統紀者,三書而已。元周德清之《中原音韻作詞十法》,明王驥德之《曲律》,清李漁之《閒情偶寄》'詞曲部'。代各有人,一人而已"①。李漁以爲,天地之間"有一種文字,即有一種文字之法脈準繩載之於書者",但填詞製曲之人出於種種顧慮不多置論,他願冒此大不韙,揭發其秘以供人采擇。此書主要論劇曲,這將在下節專門討論,但亦有論及詞曲的。如"貴顯淺"一節說:"詩文之詞采貴典雅而賤粗俗,宜蘊藉而忌分明,詞曲不然,話則本之街談巷議,事則取其直說明言。""戒浮泛"一節說:"然一味顯淺而不知分別,則將日流粗俗,求爲文人之筆而不可得矣。"取論與前述諸家相同,所用概念、範疇也近似。

稍後黃周星推尊曲體,以爲較詩詞爲難,並總結曲體的根本特徵,"不過八字盡之,曰:'少引聖籍,多發天然'而已"。而製曲的要訣無他,"不過四字盡之,曰:'雅俗共賞'而已"。曲之妙處無他,"曰:'能感人'而已"。由此對曲家賣弄才情十分反感,以爲"夫文各有體,曲雖小技,亦復有曲之體,若典彙、四六,原自各成一家,何必活剝生吞,強施之於曲乎"②。曲體尚"自然",那具體作曲時雅俗共賞的標準爲何?他提出"趣"這個範疇以爲說明:

---

① 《〈曲禁〉疏證》,《詞曲論稿》,中華書局,1977年,第398頁。
② 《製曲枝語》。

製曲之訣,雖盡於"雅俗共賞"四字,仍可以一字括之,曰:"趣"。古云:"詩有別趣",曲爲詩之流派,且被之弦歌,自當專以趣勝。今人遇情境之可喜者,輒曰"有趣!有趣!"則一切語言文字,未有無趣而可以感人者。趣非獨於詩酒花月中見之,凡屬有情,如聖賢豪傑之人,無非趣人;忠孝廉節之事,無非趣事。知此者,可與論曲。

自《列子·湯問》載鍾子期能盡伯樂琴曲之趣後,唐以前除劉勰《文心雕龍·體性》稱"子政簡易,故趣昭而事博"外,用及此"趣"字的較少。唐以後除柳宗元《答韋中立論師道書》稱"參之《國語》以博其趣"外,又一般不被從審美範疇意義上使用。唐竇蒙《語例字格》所舉九十個名言中就無此字。但宋元以後它不斷被人用來品評音樂、書畫和詩文,表達對一種基於天性且出以自然的主觀情趣的指稱。如稱書"意趣飄然騫舉"①,稱畫"落筆有奇趣"②。"古之詩人,雖趣尚不同,體制不一,要皆出於自得"③,就更多講"趣"了。一般來說,它"得之自然者深,得之學問者淺"④,是所謂"真趣"、"天趣"乃或"塵外之趣"。蘇軾以爲"詩以奇趣爲宗",他所說的"趣"則合學問性情爲一,融識理與証道爲一,故又說"反常合道爲趣"⑤。

以後嚴羽《滄浪詩話》提出"詩有別趣",並以爲唐人詩長在"興趣","羚羊掛角,無跡可求。故其妙處透徹玲瓏,不可湊泊,如空中之音,相中之色,水中之月,境中之象",也是在突出"趣"對人性情所作的脫略形跡的生動表現。明人對此一義更迭有闡發,如公安袁氏兄弟稱"趣如山上之色,水中之味,花中之光,女中之態,雖善說者不能下一語,惟會心者知之"⑥,"遠性逸情,瀟瀟灑灑,別有一種異致,若山光水色,可見而不可即,此其趣別也"⑦。趙南星也以爲"趣"得之於天而不可强,且兼"意"、"言"、"味"、"音"和"態"諸端,並説:"詩非徒才也,必與情兼妙而後能之,才與情合而成趣"⑧,將"趣"之所從來道說得簡

---

① 陶宗儀《書史會要》卷四。
② 張彥遠《歷代名畫記》卷十。
③ 王若虛《滹南詩話》卷三。
④⑥ 《叙陳正甫會心集》,《袁宏道集箋校》卷十,上海古籍出版社,1981年,第468頁。
⑤ 《苕溪漁隱叢話·前集》卷十九引。
⑦ 袁中道《妙高山法寺碑》,《珂雪齋集》卷十八。
⑧ 《蘇杏石先生詩集序》,《味檗齋文集》卷五。

切而分明。鍾惺更説:"人之能知覺運動以生者,趣所爲也","趣其所以生也,趣死則死"。且作文也同樣,"夫文之於趣,無之而無之者也"①。相比之下,類如高啓"格以辨其體"、"意以達其情"、"趣以臻其妙"、"妙不臻則流於凡近,而超俗之風微"②,講論得不免太過平實。

曲家所論與之稍有不同,前此李漁論作傳奇,已明言"趣者,傳奇之風致",其中當然包括劇曲亦須講"趣"的意思。黃周星更將之落實爲能感動人心的新異奇特之人事,以及這種人事帶給人的情感冲蕩。它在審美徵象上不是以不可測識的幽遠生動見長,而是以哀感頑艷深入人心擅勝。故在解釋曲之妙在感人時又説:"感人者,喜則欲歌欲舞,悲則欲泣欲訴,怒則欲殺欲割,生趣勃勃,生氣凛凛之謂也。"這種意義上的"趣",在以後李贄等人的小説批評中也可見到。李贄稱"天下文章當以趣爲第一,既是趣了,何必實有其事並實有其人"③。其所謂"趣"指的就是這種"生趣勃勃,生氣凛凛"。

再後,劉熙載在《藝概》的《詞曲概》部分也提出了一些很有特點的概念、範疇。他引"騷雅"入曲④,推崇"借俗寫雅"的曲風,認爲"圓溜瀟灑,纏綿藴藉"是曲之"别材"。時至清代,經過明人的詩化,曲體最初有的自然率直一定程度已被揚棄,所以他推崇如喬吉、張可久這樣更重視文辭藻彩的曲家,並稱他們深得曲家之雅意。而在曲的樣式上則更推重小令,"蓋小令一闋中,要具事之首尾,又要言外有餘味,所以爲難,不似套數可以任意鋪排"。"餘味"的講求,顯然取諸詩學批評。

值得注意的是他還提出了"破空"、"破有"這兩個頗具原創性的名言:

  曲以破有、破空爲至上之品,中麓謂"小山詞瘦至骨立,血肉銷化俱盡,乃煉成萬轉金鐵軀",破有也。又嘗謂"其句高而情更款",破空也。

劉氏所引李開先語,見其所著《詞謔》:"張小山《湖上晚歸》[南吕],當爲古今絶

---

① 《東坡文選序》,《隱秀軒文集戾集》。
② 《獨庵集序》,《高太史鳬藻集》卷二。
③ 《李卓吾先生批評忠義水滸傳》第五十三回總批。
④ 明汪廷訥《刻陳大聲全集序》謂陳鐸散曲"其韻嚴,其響和,其節舒,詞秀而易晰,音諧而易按,言之蒜酪,更復擅場,借使騷雅屬耳,擊節賞者,里人聞之,亦且心醉,其真詞壇之鼓吹,而俳諧之杰霸乎"。是已以"騷雅"論曲。

唱,世獨重馬東籬《北夜行船》,人生有幸不幸耳。……總較之,東籬蒼老,小山清勁,瘦至骨立,而血肉銷化俱盡,乃孫悟空煉成萬轉金鐵軀矣。"《一枝花》"韻窄而字不重,句高而情更款,開首全對尤難"。張可久一生坎坷,東西奔走,情懷頗爲蕭索,故類似《賣花聲·客況》中"十年落魄江濱客,幾度雷轟薦福碑,男兒未遇傷心懷"這樣的句子,集中時可見到。但他同時又是一個透達清通之人,在或出或入的歲月裏寫了大量反映隱居生活的作品,又善於化用詩詞成句,"漉沙構白,熬波出素,變化神奇,雪飛花舞"①,故無一般散曲常有的淺俚,被朱權《太和正音譜》稱爲"詞清而且麗,華而不艷,有不吃烟火食氣,真可謂不羈之材,若被太華之仙風,招蓬萊之海月,誠詞林之宗匠也"。又比之"瑤天笙鶴"。這清麗華貴不食烟火之氣,太華蓬萊瑤天笙鶴之象,頗可以拿來與李開先所説的"瘦至骨立"或"句高情款"相參。時喬吉也長製曲,並得李開先識賞,稱爲"藴藉包含,風流調笑,種種出奇而不失之怪,多多益善而不失之煩,句句用俗而不失其爲文",但與張可久相比,不免俚直本色了些,於骨峭情高更稍有欠缺,故張德瀛説:"張小山、喬夢符小令並稱,然張之小令遠軼夢符之上。"②

劉熙載無疑是贊同李開先的評贊的,但引入佛教義理作了自己的解説。佛教以爲萬物以因緣而生,皆虛幻不實,沒有固定,"色即是空,非色滅空,色性自空"③,故強調不能執著於"空名"、"空見",而須知萬物萬事皆具幻相宛然和自性空無兩個方面,只有悟入空觀所顯示的真實本體,即所謂"真如",達到"空性",並以此理破棄一切妄相,才是認識世界的正確方法。然而欲界與色界有色身的衆生往往心有所執著,不能隨緣而行,是謂"有住";且還各有所持執的主觀意識,是謂"有見"。"有住"、"有見"又無非因於人的主觀好惡,是所謂"有情"。故佛教講"破相"、"破執",要求人破除一切妄相而直顯性體,破除實我、實法的執見而達到高明。宋以後人論文每執以爲話頭,一直到清代仍如此④。

---

① 劉致《小山樂府跋》,天一閣明鈔本《小山樂府》卷末。
② 《詞徵》卷六。
③ 《維摩詰經·入不二法門品第九》。印度佛教自公元二世紀至六世紀,曾發生過兩次"空有之争",前者是小乘説一切有部與大乘中觀學派的義理之争,後者是同爲大乘的中觀學派與唯識學派的對立。具體參見羅因《空有與空無——玄學與般若學交會問題之研究》,《國立臺灣大學文史叢刊》2003年,第9—21頁。
④ 如清人朱庭珍《筱園詩話》每言及之,且尤重"破空",不僅作古詩要"破空岬超",即作近體也須"破空而來,參以活相"。

劉氏以張可久作曲能抓住事象之精神，不尚浮辭濫說，使一片空靈脫透的意境自然呈現於字裏行間，所以借佛教義理，揭出"破有"兩字以爲褒獎。

當然，這"破有"要達到的是真正的"空"，如非"真空"則去"破"的本義便遠。故禪家有"頑空"一道，對人自覺不自覺地生"斷滅空"，墮入虛無頗爲警惕，以爲如此"斷空"，不惟不能"真空"，反添"空障"①。劉氏受此影響，論文每言之。其《藝概》嘗說："詩要超乎'空'、'欲'二界，'空'則入禪，'欲'則入俗。超之之道無他，曰'發乎情止乎禮義'而已。"張可久作曲句格高上，述情入微，但能不傷於瘠，不流於枯，不像其他作者那樣"鄙俗而澀，柔脆而苦，一再咀嚼，滿口敗絮"②，一如佛徒偏執空義而不能融通，一味無念無生而墮入空障，在他看來其實達到了真空妙有的境界，所以他用上述名言以爲褒獎。

三、曲學範疇總結與重要範疇分釋

如前所說，散曲創作的發生和繁榮在中國古代社會的後期。作爲韻文的一種，它與詞存在着十分密切的關係，與詩也割不斷千絲萬縷的聯繫，故王驥德《曲律》感嘆"世多可歌之曲，而難可讀之曲，歌則易以聲掩詞，而讀則不能掩也"。他要求曲能"有規有矩，有色有聲，衆美具矣，而其妙處，政不在聲調之中，而在句字之外。又須烟波渺漫，姿態橫逸，攬之不得，挹之不盡。摹歡則令人神蕩，寫怨則令人斷腸。不在快人，而在動人，此所謂'風神'，所謂'標韻'，所謂'動吾天機'。不知所以然而然，方是神品，方是絕技"。具體落實到小令，他以爲"與五、七言絕句同法，要醞藉，要無襯字，要言簡而趣味無窮。昔人謂：五言律詩，如四十個賢人，著一個屠沽不得，小令亦須字字看得精細，著一庚句不得，著一草率字不得"。在這裏，他用作論說的標準幾乎完全來自於詩。他認爲曲不能一味突出自己的體式特點，並遷就這種特點，不能重聲情而不顧及辭情。凡所用概念、範疇如"風神"、"標韻"等等皆從詩學批評移入，這種情況越到後來表現得愈爲明顯。

---

① 羅大經《鶴林玉露》卷十二有"蓋頑空，則頑然無知之空，木石是也"。李贄《觀音問·答自信》有"若無山河大地，則清淨本原爲頑空無用之物，爲斷滅空不能生化之物，非萬物之母矣"，爲其於有想的境界，分別起了斷想、滅想和空想三種邪想，於無相實相不能如實證解，故不是修證所得的境界，只是對真理的錯誤的妄想。
② 劉致《小山樂府跋》，天一閣明抄本《小山樂府》卷末。

但這裏要特別指出,再怎麼有各自的言說立場和主觀判斷,回到論題的基本面,他們都承認曲有自己的體式特點。基於這種體式特點,歷代論者即使沿用詩文概念、範疇,也往往會作一些適應曲體的改塑。如說"夫曲者,曲而有直體,本色語不可離趣,矜麗語不可入深。元人以曲爲曲,明人以詞爲曲,國初介於詞曲之間,近人並有以賦爲曲者"①,這"趣"便不盡同於詩學批評之"趣"。而因"詞(此處指曲)與詩,意同而體異,詩宜悠遠而有餘味,詞宜明白而不難知。以詞爲詩,詩斯劣矣;以詩爲詞,詞斯乖矣"②,所以在具體的曲學批評中,便誕生了像"破空"、"破有"這樣的原創性名言,還有像"穩俏"這樣出人意料的合體名言。限於本章專從文學體式角度討論的限制,此處對諸如"艷"、"尖"、"爽"等主體論意義上的概念、範疇均未作論列,對諸如"輕滑"、"艷爽"、"爽利"、"婉俏"、"儇俏"、"愀媚"、"婉切"等風格論意義上的概念、範疇,也未能一一予以析論。但必須特別指出,這些概念、範疇均在不同方向、不同程度上凸顯了曲的體式本質,同時也豐富了傳統文學批評範疇的理論系統。

在不能一一列舉的諸多原創性概念、範疇中,還有兩個關乎體式探討的名言頗具典型意義,今就此作一專門分釋。

1. "豪辣灝爛"

這一概念主要見之於元代貫雲石《陽春白雪序》對諸家散曲的批評:

> 比來徐子芳滑雅,楊西庵平熟,已有知者。近代疏齋媚嫵,如仙女尋春,自然笑傲。馮海粟豪辣灝爛,不斷古今,心事天與,疏翁不可同舌共談。關漢卿、庾吉甫造語妖嬌,却如小女臨杯,使人不忍對滯。

貫氏論諸家曲體,用及"滑雅"、"平熟"、"妖嬌"、"媚嫵"等名言,有些已非詩文批評中所常見,但最特異的還是論馮子振的"豪辣灝爛"一詞,它幾乎是貫氏的獨造。

"豪"是氣魄大,無拘束,迅猛勁急,桀驁強橫,故有"豪邁"、"豪肆"、"豪健"、"豪逸"、"豪宕"、"豪雋"等一系列後序名言;有此品性之人則被稱爲"豪傑"、"俊豪"。大概自宋代以來,因任意氣,好議論,時人對驅遣辭華、鋪張才情

---
① 陳棟《北涇草堂曲論》。
② 李開先《西野春游詞序》,《李中麓閒居集》文之六。

那一路創作有特別的興趣，故上述名言開始被引入文學批評。如歐陽修稱"子華筆力豪贍，公儀文思温雅而敏捷，皆勍敵也"①。又稱"子美筆力豪雋，以超邁橫絶爲奇；聖俞覃思精微，以深遠閒淡爲意"②。王安石稱歐陽修"器質之深厚，智識之高達，而輔學術之精微，故充於文章，見於議論，豪健俊偉，怪巧瑰琦"③。葉夢得稱蘇軾"自在場屋，筆力豪騁，不能屈折於作賦"④。其他如蔡絛也以"雄偉豪傑"稱人⑤，晁公武則欽佩人"其文豪重有理致"⑥。即如理學家邵雍，《安樂齋中吟》中也有"輕醇酒用小盞飲，豪壯詩將大字書"之句。朱熹《齋居感興詩序》對陳子昂《感遇》詩的"詞旨幽邃，音節豪宕"更是大加稱贊。戴表元稱陳季淵詩"皆清豪可諷"⑦，爲此後序名言中最可玩味者。

其實，宋代以前已多有以"豪"取勝的詩人，但少有人用此範疇作贊詞。宋以後，他們才被人冠以"豪"的美名，朱熹評陳子昂是一顯例。其他如元劉壎稱杜甫"或以豪壯，或以鉅麗，或以雅健，或以活動，或以重大，或以涵蓄，或以富艷，皆可爲萬世格範者"⑧。明周亮工稱曹植"生享華樂而文章豪逸"⑨。宋長白稱"元代名手，奄有二朝。如靜修之雄，松雪之雅，道園之曠，鐵崖之豪，皆卓然成家，諸體俱備矣"⑩。不過儘管如此，將"豪"、"辣"兩字拼接組合以稱人似仍未有見。

"辣"者《廣雅·釋言》釋爲"辛"，《古今韻會》引魏李登《聲類》謂："江南曰辣，中國曰辛。"因其能帶給人刺痛般的感覺，故《玉篇》才有"辣，辛辣也，痛也"之説，以後由對一種味道的稱名，被衍指人有薑桂之性，性剛嚴而犀利，能感激人心。歷代人援其論文，遂多指人辭氣深刻或筆性老熟，當然也包括風格的慧至透剔和高明洞達，是爲"老辣"，如劉克莊《跋趙戣詩卷》之"歌行中悲憤、慷慨、苦硬、老辣者，乃似盧仝、劉叉"；或"峭辣"，如趙翼《陔餘叢考》論方回叠字

---

① 《歸田録》卷下。
② 《六一詩話》。
③ 《祭歐陽文忠公文》，《臨川集》卷八十六。
④ 《石林燕語》卷八。
⑤ 《鐵圍山叢談》卷一。
⑥ 《郡齋讀書志》卷十九"別集類下"《張浮休漫集》。
⑦ 《陳季淵詩序》，《剡源戴先生文集》卷八。
⑧ 《隱居通議》卷七《詩歌二》。
⑨ 《何省齋太史詩序》，《賴古堂集》卷十五。
⑩ 《柳亭詩話·元句》。

詩《石頭田詩》"頗峭辣可喜";或"生辣",如初豸佳《西湖尋夢序》稱作者張岱"筆具代工,其所記遊,有酈道元之博奧,有劉同人之生辣";或"辣浪",如徐渭《南詞叙錄》稱"辣浪,風流爽快也"。倘其語言縱橫貫達,直指人心,則稱"辣語",如袁枚就曾說:"詩不能作甘言,便作辣語、荒唐語,亦復可愛。"①察其所論均有"豪辣"之意,但未見對這兩個字的直接連用。

"灝"者,通"浩",空曠廣大貌,在天曰"灝氣",悠悠莫知其源;衍申爲"灝噩"、"灝博"。在水曰"灝溔",安漾徐迴,亦莫知其所終,故又有"灝瀚"、"灝茫"、"灝漫"、"灝瀁"等詞。總之,它指稱的是一種博大周徹、無所不至的境界。陳本禮《屈辭精義自跋》稱"文自六經外,惟莊、屈兩家夙稱大家,莊文灝瀚,屈詞奇險",即用以形容莊子散文的汪洋恣肆,不可撿束。"爛"字有明艷紛披、恣縱放浪的意思,也含周至彌徹至於極點之意。在"灝"可稱"灝漫",在"爛"可稱"爛漫",故兩者結合成詞也屬自然而然。不過,同"豪辣"一樣,前人一般不直接用"灝爛"論文。

"豪辣"、"灝爛"或"豪辣灝爛"之不見於傳統文學批評,是與詩文體式在古代地位顯赫,由此古人多對其投託高上的主觀寓意有關。散曲則不同,起於民間,施諸市井,即文人試作也多以世俗趣味爲標準,每每逸出"温柔敦厚"的牢籠。而因事選形,隨物賦象,所用明豁具體、刺激人感官的意象和語彙,又時時有違"文理優柔"的成説。如杜仁傑《般涉調·耍孩兒·莊家不識勾欄》中,就有"則被一泡尿,爆得我没奈何"這樣的句子。除却這種極端的例子不談,從關漢卿到王和卿,乃或白樸、馬致遠到晚期的曾瑞、喬吉,或豪爽熱烈,或老辣詼諧,有的高雅精緻背後,透出的仍是爽利放達與玩世不恭,就是典型的"豪辣灝爛"。何良俊《四友齋叢話》稱關氏"激厲而少藴藉",已近此義。

馮子振博學英詞,性格"豪俊"②,爲文主任意即成,不事雕斫,又好酒酣耳熱,據案疾書。嘗爲《居庸賦》,首尾五千言,閎衍鉅麗,宋濂爲作跋尾,稱下筆"一揮萬餘言,少亦不下數千言,真一世之雄哉"③。散曲也爽利豪放,透達跌

---

① 《隨園詩話補遺》卷十。需要指出的是,基於古人對詩文的傳統定位,作品過尚辛辣不被視爲詩文之正格,如劉廷璣即將此種"蒜辣格"界定爲"皆鄙穢語也",見其所著《在園雜志》卷三,中華書局,2005年,第96頁。

② 《元史·儒林傳二·陳孚傳》。

③ 《題馮子振居庸賦後》,《文憲集》卷十三。

宕。所以貫雲石用"豪辣灏爛"稱之,借以説明他意旨不避發露、文辭不求隱蓄的體式特徵。它充滿力度,是徹底的放開和傾説,它粗俗尖刻,但能切入人情事理。比之詩,講究含蓄温雅,自與它了不相涉;比之詞,有"沉鬱"一格似稍相類,但也只是相類,因詞託體"沉鬱"是爲求渾穆,非在尖利鋒鋭,鬱勃無隱。鬱勃而不能隱忍者不是"沉鬱",而只能是曲體所允許的爽利透快,無所不爲的强悍和刁蠻。誠如朱東潤所説:"平熟嫵媚之境,詩詞中皆有之,'豪辣灏爛'則惟曲始足當此。鬱勃侘傺,抑塞而不可語,洩之於曲,其境界爲'豪辣',萬事萬象,森然畢具,狀難寫之情,傳不盡之意,發之於曲,則爲'灏爛'。"①馮氏與其他許多曲家一樣,幾乎只長作曲②,於詩文雖"事料醲郁,美如簇錦,律之法度未免乖剌,人亦以此少之"③,或許這從另一方面促使了他爲求與詩文名家争勝,故意將曲的體式發揮到淋漓盡致,所以給貫氏留下很深的印象,如鄧子晉序《太平樂府》所説,其"以馮海粟爲豪辣灏爛,乃其所畏也"。

對此,元末楊維楨也説:"士大夫以今樂府鳴者,奇巧莫如關漢卿、庾吉甫、楊淡齋、盧疏齋,豪爽則有如馮海粟、滕玉霄,藴藉則有如貫酸齋、馬昂父。"④時人以爲的評。故《太平清話》援以爲據,陳繼儒甚至偷取此語,充入自己的筆記⑤。楊氏又説:"今樂府者,文墨之士之游也。然而媟雅邪正,豪俊鄙野,則亦隨其人品而得之,楊、盧、滕、李、馮、貫、馬、白,皆一代詞伯,皆不得不游於是。"⑥他所説

---

① 《中國文學批評史大綱》,上海古籍出版社,1983年,第184頁。又,盧前曾分疏"潑"與"辣",稱"潑者蠻悍之謂,辣者陰狠之謂。《馬介甫》之尹氏,潑者也;《風月鑒》之熙鳳,辣者也。苟以尹氏之做工,移而至於熙鳳,未有不失身份,故潑、辣二字,萬萬不可誤會",見其所著《盧前曲學論著三種》,商務印書館,2014年,第388頁,可爲參看。
② 胡應麟《少室山房筆叢》卷二十五《莊嶽委譚下》:"涵虚子記元詞手百八十餘,中能旁及詩文者,貫雲石、高則誠二三子耳。自餘馬致遠輩,樂府外他伎倆不展一籌,信天授有定也。滕玉霄、元好問、薩天錫、趙子昂、馮海粟、盧疏齋、姚牧庵輩皆文,差及詞耳。"
③ 《元史·儒林傳二·陳孚傳》。
④ 《周月湖今樂府序》,《東維子集》卷十一。
⑤ 見姚華《緑猗室曲話》卷一。
⑥ 《沈氏今樂府序》,《東維子集》卷十一。又,李調元《雨村曲話》卷上引《嘯餘譜》"有新定樂府十五體名目:一丹丘體,豪放不羈。二宗匠體,詞林老作之詞。三黄冠體,神遊廣漠,寄情太虚。有餐霞服日之想,名曰道情。四承安體,華觀偉麗,過於泆樂。承安,金章宗正朔。五盛元體,快然有雍熙之治,字句皆無忌憚。又曰不諱體。六江東體,端謹嚴密。七江南體,文彩焕然,風流儒雅。八車吴體,清麗華巧,浮而且艷。九淮南體,氣勁趣高。十玉堂體,公平正大。十一草堂體,志在泉石。十二楚江體,曲抑不伸,據忠訴志。十三香匳體,裙裾脂粉。十四騷人體,嘲譏戲謔。十五俳優體,詭喻淫虐,即淫詞。按,此十五體,不過綜其大概而言。其實視撰詞人之手筆,各自成家,如馬致遠之'朝陽鳴鳳'則豪爽一路,王實甫之'花間美人'則細膩一路,各自成體,不必拘也。"可與楊説相參證。

的"豪爽"、"豪俊",實際上皆意同貫氏所評。

明代以後,雖有王磐、馮惟敏等人製曲真率奔放,風格近於豪辣,但隨着散曲漸趨雅化,如前述王驥德幾乎以對詩的要求來裁量曲,並提出"曲以婉麗俊倩爲上",茅一相《題詞評曲藻後》也說:曲"貴情語不貴雅歌,貴婉聲不貴勁氣",這使得"豪辣灏爛"便不再被人推崇。但那種以製曲代歌哭,謔浪笑傲,逾禮越制,畢竟沒有全部斷絕。如冒襄之傳童子聲歌技藝①,黃景仁居京師,落落寡合,日從伶人乞食,紅氍毹上,粉墨淋漓,歌哭登場,旁若無人②,凡所用曲,想必有此風格。就是王驥德,也不能盡掩此格而無所表彰。他嘗推稱元人所作【雙調】步步嬌第二調《沉醉東風》,"又起一頭,特此後語意頗佳,至末段,詞亦爛熳奔涌"。這"爛漫奔涌"庶幾與"灏爛"相當,因此曲末段鋪排感情的失意極爲酣暢淋漓,透達之至,"響珰珰菱花碎跌,支楞争餘弦斷絶,忔支支把同心帶扯,琭玎珰寶簪斷折,采蓮人偏把並頭折,比目魚就池中冷水澆熱,連枝樹生砍折,都撈起御水流葉,藍橋下翻滚滚波浪卷雪,袄神廟焰騰騰火走金蛇"。其時已有人稱它"沉深逸宕而字字本色"③,王氏的稱賞多少可以説明,這一概念因適切曲體的某一部分特徵,終究不可掩没。而張琦《衡曲塵譚》論曲之"辭語貴於迫切",則可視作是此種特徵的一脈延傳。

2."俊"

"俊"本指才情超卓之人,《鶡冠子·能天》謂"德萬人者謂之俊",《説文》釋以"材千人也",以至世有"俊士"、"俊人"、"俊才"、"俊物"、"俊群"之稱,魏晉六朝人物品鑒中觸目可見。如蕭統文中就有"其風韻遒上,神峰標映。千里絶跡,百尺無枝。文辯縱横,才學優贍。跌宕之情彌遠,濠梁之氣特多。實俊人也"這樣的稱人之語④。作者的才性自然也可用"俊"來指實,如劉勰《文心雕龍·體性》就有"是以賈生俊發,故文潔而體清",鍾嶸也間以"俊"稱人。然一直到唐代,用得不能算多。

六朝尚麗,後世人所講的"俊",在其時被"清"和"麗"等概念、範疇表達了。唐人尚雅,"俊"的意思又被"逸"和"雅"等概念、範疇表達了,乃或於"俊"或"俊

---

① 見陳瑚《得全堂夜宴記》,《同人集》卷三。
② 見楊懋建《京塵雜錄》卷四。
③ 見胡應麟《少室山房筆叢》卷四十一《莊嶽委譚下》。
④ 《與東宮官屬令》,《全梁文》卷十九。

逸"不但不加推崇,相反還微有不滿。蓋"俊"者有輕捷快爽和亮麗動人的意思,故有"俊快"、"俊敏"、"俊爽"、"俊捷"、"俊朗"、"俊麗"、"俊宕"等一系列後序名言,唐人既尚典雅高渾,於快捷爽麗自然不會傾力推崇,故"杜集中言李白詩處甚多,如'李白斗酒詩百篇',如'清新庾開府,俊逸鮑參軍','何時一尊酒,重與細論文'之句,似譏其太俊快"①。

自宋代開始這個情況有了改變。宋人好尚議論,推崇識見,風氣驅動,士人不免任氣逞才,故以"俊"稱人多了起來。如范仲淹《與韓魏公書》稱"今有進士潘起,才筆俊健,言行温粹",王禹偁《左街僧録通惠大師文集序》稱常從義"文章俊捷,謂之文虎",蘇軾《與元老姪孫書》之二稱"六郎亦不廢學,雖不解對義,然作文極俊壯有家法",《薦宗室令畤狀》又稱其人"吏事通敏,文采俊麗"。他如釋文瑩《玉壺清話》卷七稱人詩"固無飄逸俊邁之氣,但平樸而常,不事虛語爾",元辛文房《唐才子傳》卷四稱耿湋"詩才俊爽,意思不群"。以後鍾惺編《詩歸》,稱"中、晚唐之異於初、盛,以其俊耳,猶從樸入。然盛唐俊處皆樸,中、晚唐樸處皆俊"②,可謂眼光獨具,讓人有以理解何以此範疇不興於彼時而大行於宋代的原因。

不過儘管宋人已好言"俊",如曲學批評中常用的"俊語"一詞也已出現③,但作爲一個内涵穩定且邊界清晰的專門範疇,它是在元明清三代曲學批評、包括劇學批評中趨於定型並成熟的。早在元代,周德清《中原音韻》"正語作詞起例"已提出"造語必俊,用字必熟",稱"自關、鄭、白、馬一新製作,韻共守自然之音,樂能通天下之語,字暢語俊,韻促音調,觀其所述,曰忠曰孝,有補於世"。他以爲於某調某句某字上務頭要把握住了,然後"可施俊語於其上",因務頭係調中最緊要處,是俗稱"做腔"的地方,曲有務頭,如棋中有眼,做活可使全句皆健,全曲皆美。他還進一步對什麽是"俊語"作了間接的説明,所謂"太文則迂,不文則俗",又指出"語粗"之病在"無細膩俊美之語",可知其所謂"俊"是一種亮麗警策不涉生澀的文字風格。

周氏的這種論定對明清兩代曲論家的影響十分巨大,以至"俊"這一範疇

---

① 葛立方《韻語陽秋》卷一。
② 毛先舒《詩辯坻》卷四《竟陵詩解駁議》引。
③ 朱熹《游晝寒以茂林修竹清流激湍分韻賦詩得竹字》中已有"後生更矗矗,俊語非硜硜"之句,見《晦庵集》卷六,可爲參見。

成爲界劃曲體的重要標尺之一。王驥德《曲律》所謂"曲以婉麗俊俏爲上"是其顯証。他論套數"意新語俊,字響調圓",則是對"婉麗俊俏"的具體說明。此外"俊"還因此被人與"本色"範疇連用,凡有"當家本色俊語"①,一般都會得到好評,何良俊評論元代散曲創作也貫徹了這種思想:

> 元人樂府稱馬東籬、鄭德輝、關漢卿、白仁甫爲四大家,馬之詞老健而乏姿媚,關之詞激厲而少蘊藉,白頗簡淡,所欠者俊語。當以鄭爲第一。②

鄭氏散曲藝術成就在當時就有定評,周德清將之與關、白、馬並列。何良俊進而指出,如關、白、馬或失之直或失之健,或者就是簡淡少藻飾,都不如鄭。他所說的"俊語"一如周氏,指俊爽亮麗的曲詞。他又具體評價王實甫《絲竹芙蓉亭》中仙呂一套,"通篇皆本色,詞殊簡淡可喜,其間如《混江龍》內'想着我懷兒中受用,怕什麽臉兒上搶白',《元和令》內'他有曹子建七步才,還不了龐居士一分債',《勝葫蘆》內'兀的般月斜風細,更闌人靜,天上巧安排',《寄生草》內'你莫不一家兒受了康禪戒',此等皆俊語也。夫語關閨閣,已是秾艷,須得以冷言剩句出之,雜以訕笑,方才有趣。若既着相,辭復濃艷,則豈畫家所謂'濃鹽赤醬'者乎"③。可知他之所謂"俊"非僅指藻飾鋪排,更非一味的濃艷漂亮,紅腐滿目,還包括一種切合情景的爽利與有趣。它可以是艷麗,但更主要是表情生動,狀物有趣,唯有這種不同凡響的詞彩才稱得上是"俊",唯有這種詞彩構成的語言才稱得上是"俊語"。

以後隨曲體的雅化,"俊語"才更多地偏指警策新特的佳辭麗句,如清李調元《雨村曲話》卷上稱馬致遠"多俊語,'霜清紫蟹肥,露冷黃花瘦',九日俊語也;'細研片腦梅花粉,新剥真珠荳蔻仁',詠茶俊語也;'天地安排詩句就,雲山失色酒杯寬',金山寺俊語也"。也關乎音律。對此,王驥德《曲律·論聲調》就有專門論述:

> 故凡曲調,欲其清,不欲其濁;欲其圓,不欲其滯;欲其響,不欲其沉;

---

① 李調元《雨村曲話》卷下。
②③ 《四友齋叢說》卷三十七。

欲其俊，不欲其痴；欲其雅，不欲其粗；欲其和，不欲其殺；欲其流利輕滑而易歌，不欲其乖刺艱澀而難吐。其法須先熟讀唐詩，諷其句字，繹其節拍，使長灌注融液於心胸口吻之間，機括既熟，音律自諧，出之詞曲，必無沾唇拗嗓之病。

其實，上述所舉諸端在意義上可以相互發明，聲韻清圓者必"響"必"和"，也必"流利"而不"艱澀"。而這些也就是"雅"，也就是"俊"。故"俊"這個範疇也包含聲音聲調的曉暢和美聽。王驥德之外，湯顯祖《答呂姜山》稱"凡文以意趣神色爲主，四者到時，或有麗詞俊音可用"，也以"俊"指音律。沈寵綏《度曲須知》着重討論歌曲中念字的格律和技巧，在論及清唱時，他提及"全要閒雅整肅，清俊溫潤"，雖重點在腔調和板眼，但與曲辭本身的聲調顯然也有不可分開的聯繫。

此外，沈德符《顧曲雜言》稱邱濬少年時所作《鍾情麗集》"亦學究腐談，無一俊語"，復可知所謂"俊"不僅與辭采聲調有關，還與表情達意有一定的關係，情懷惡拙或陳腐皆不可期待其筆下能有俊語，這就把對"俊"這個範疇的解說往深處推進了一步。唯此"俊"與情意有聯繫，王驥德才會以"措意俊妙，雖北人無以加之"稱《噴嚏》、《枕頭》諸曲。陳繼儒還進一步探討了作者才性與"俊"、"俊語"的關係，在評論施紹莘的散曲創作時，他說了以下一段話：

> 夫曲者，謂其曲盡人情也。詩，人人可學，而詞曲非才子決不能。子野才太俊，性太痴，膽太大，手太辣，腸太柔，心太巧，舌太尖，抓搔痛癢，描寫笑啼，太逼真，太曲折。①

說明其逼真而曲盡情感的俊俏描寫，與其人才性之"俊"有直接的關係。才俊文俊之人又常常被人稱爲"俊手"，如王驥德《崑崙奴劍俠成仙題辭》就稱梅禹金"故捶文詞，一家俊手"。影響及清人，如姚燮《今樂考證》引厲鶚論喬吉之曲，也稱其"灑落俊生，如遇翁之風韻於紅牙錦瑟間爾云"。由此人才性之俊，不難理解作爲曲學範疇的"俊"的真正內涵。

由於"俊"非一味美艷，乃至特定情景中，"冷言剩句"也可以爲"俊語"，故

---

① 《秋水庵花影集叙》，《陳眉公全集》卷十一。

它並不總是與"美"、"艷"、"麗"等概念、範疇聯繫在一起。它可以是"疏俊",如王世貞《曲藻》稱馬致遠《百歲光陰》"放逸宏麗,而不離本色","結尤疏俊可詠,元人稱為第一,真不虛也"。可以是"輕俊",如王驥德《曲律》要求句法"宜輕俊不宜重滯"。徐渭《南詞叙錄》不滿元人散套"用事重沓,亦太滯",這"太滯"即不"輕俊"之謂也。也可以是"警俊",如凌濛初《譚曲雜札》稱"元曲源流古樂府之體,故方言、常語,沓而成章,着不得一毫故實,即有用者,亦其本色高,如'藍橋'、'祆廟'、'陽臺'、'巫山'之類,以拗出之為警俊之句,決不直用詩句,非他典故填實者也。"

由於散曲與劇曲關係密切不可分,"俊"這一範疇在戲劇批評中也有很活躍的表現,下面將作論述,此處僅舉凌濛初《譚曲雜札》以"尖俊宛展"評論作品,又稱"傳奇初時本自教坊供應,此外止有上臺拘攔,故曲白皆不為深奧,其間用詼諧曰'俏語',其妙出奇拗曰'俊語'",可知其意義是一致的。

詩詞批評中,"俊"和"俊語"也不時被人提及,如宋末牟巘嘗稱:"古人謂粹其文。謂不閒以詩則不俊於口。不俊者,屬詞不得流傳也。此豈有風致可尚耶?詩固無取於鄙樸便澀而重遲耶?"①王世貞稱王維"江流天地外,山色有無中"句"是詩家極俊語,即入畫三昧"②。清人陳荄稱謝榛《話洞庭湖》詩之"地連湘樹闊,湖共楚天浮"與杜甫"星垂平野闊,月涌大江流"一樣秀出,杜為"壯語",彼"亦俊語也"③,賀裳稱晚唐詩"氣益靡弱,間於長律中出一二俊語,便囂然得名。然八句中率着牽凑,不能全佳,間有形容入俗者"④。袁枚稱"詩雖幽俊,而不能展拓開張,終窘邊幅⑤。沈雄引毛驟語,稱"詞家惟刻意、俊語、濃色,俱賴作者神明"⑥。陳廷焯稱"他人之詞,詞才也;少游,詞心也。得之於內,不可以傳,雖子瞻之明俊,耆卿之幽秀,猶若有瞠乎後者,況其下耶!"⑦察其意義,也不出曲學批評所設定的範圍。當然,像"幽俊"、"明俊"這樣新的後序名言的創設,還是很可見出清人的新創造以及"俊"範疇的深邃內涵的。當然,因

---

① 《繆淡圃詩文序》,《陵陽集》卷十三。
② 《黃太痴江山攬勝圖跋》,《王弇州集》卷十六。
③ 《九大家詩選》卷七。
④ 《載酒園詩話》卷一。
⑤ 《隨園詩話》卷三。
⑥ 《古今詞話·詞品》卷下。
⑦ 《白雨齋詞話》卷六。

基於古人對詩歌一體的傳統定位，比之於詞，時人對所謂"俊"是時存戒惕之心的①。

3. 諸範疇的聯通和意義小結

"豪辣灝爛"和"俊"是曲學理論批評中比較有特色的名言，擇取兩者作具體的解説，是因爲它們集中代表了曲的體式特徵。詩詞文固然也有"豪放"、"豪壯"之體，但更多總歸於沉鬱頓挫，含忍隱蓄；詩詞文固然也有俊語，也推尚"俊艾"、"俊髦"，佩服"俊眼"、"俊賞"和"俊悟"，但總歸於"俊逸"、"俊雅"，間或還能賞及"俊潔"、"俊瞻"、"閎俊"與"穠俊"②。而曲則不然，上述兩個名言正分別代表了曲的創作的兩個方向，前者純然偏向豪放，故"豪爽"、"爛漫"等名言歸屬之；後者更多偏向峭逸，故"俊敏"、"俊爽"、"俊快"、"尖俊"、"艷俊"等名言歸屬之。

而這裏要特別指出的是，這兩者所指稱的曲的質性、體調和風格又不是截然對立的，作爲曲的體式的題中應有之義，它們必然從屬於明白通曉、爽利透脱的曲的總體特徵。並且事實上兩者也確實是連接在一起的。一個人才性輕敏，意氣俊發，必然下筆爽透，恣肆縱橫，由此從裏往外透發着豪宕灝爛的特殊韻味。特別是在古代社會的後期，受發達的商品經濟和娛樂業的影響，市民趣味得到公開張揚，人性好貨好色不稍掩飾，人情好伶俐厭木訥成爲風氣，故有才俊者每每備受時人推崇。如萬曆才士王思任天資聰敏，又通脱自放，不拘繩檢，長詩、文、戲曲等各體文創作，"見者謂其筆悍而膽怒，眼俊而舌尖，恣意描摹，盡情刻畫，文譽鵲起。蓋先生聰明絶世，出言靈巧，與人諧謔，矢口放言，略無忌憚"③。如此眼俊與舌尖集於一身，故要説其光有"俊"或僅有"豪辣灝爛"都不準確，這也是前及楊維楨將"俊"與"豪"相耦合，造成"豪俊"這一複合名言來論説馮子振的原因。

---

① 如毛先舒《詩辯坻》卷三即有"邊貢詩'自聞秋兩聲，不種芭蕉樹'，王世貞謂芭蕉豈可言樹？余謂北齊武成後謡云：'千金買果園，中有芙蓉樹。破券不分明，蓮子隨它去。'是不定木本乃稱樹也。第邊語雖俊而命意微近填詞耳。俊語常恐墮格，此等處故難"，可爲參看。
② 如王世懋《藝圃擷餘》有"李于鱗七言詩俊潔嘹亮，余兄極推轂之"。王仁裕《開元天寶遺事·文陣雄帥》有"張九齡常覽蘇頲文卷，謂同僚曰：'蘇生之俊瞻無敵，真文陣雄帥也。'"劉大櫆《偃師知縣盧君傳》有"(盧見曾)澄然谿達有度，讀其詩，閎俊可喜"。梁啓超《廣詩中八賢歌》有"絶世少年丁令威，選字穠俊文深微"。
③ 張岱《瑯嬛文集》卷之四《王謔庵先生傳》。

第四節　戲劇體式與範疇

　　古代戲劇與曲的關係之密切前已論及，這裏要說的是劇學批評與曲學理論批評的關係也同樣密切，同時得到發展並趨於繁榮。在論者很容易將兩者視爲一事，所謂"曲止小令、雜劇、套數三種"①，論曲之詞似乎都無外是論劇之詞。

　　其實，說論曲之辭無外是論劇之辭固然有一定的合理性，但要說論劇之辭皆爲論曲之辭則與事實大大不符。畢竟戲劇要分派人物，搬演故事，有情節須要交代，環境須要烘襯，還有賓白科介等等，體制遠較曲爲龐大，結構也更爲複雜。因此從很大程度上可以說，它是一種與曲性質不同的體式，與詩詞等傳統韻文體式的區別更大，而與宋元以後日趨成熟並繁榮的小說倒更接近一些。落實到概念和範疇的創設與運用，戲劇批評與曲學批評的情況也同中多異，許多範疇爲人物刻畫、場面調動和關目設置而設，表現出與傳統文學批評不同的新特點，因此很有專門研究的必要。

一、明代劇學範疇通論

　　與曲的批評不同，曲因被認爲是古樂府之遺，與詩詞等傳統文學體式聯繫密切，故受人重視，相關研究比較多。戲劇純然爲一新起的樣式，在元明兩代由初起而漸至成熟。當人們回顧諸家創作得失，作理論上的檢討和考量，時間已在元代以後，所以重要的理論成果也都出在元代以後。

　　明代李開先在討論雜劇的選錄標準時，指出"取其辭意高古，音調協和，與人心風教俱有激勸感移之功，尤以大分高而學力到，悟入深而體裁正者爲之本也"②，表現出強烈的尊體傾向。他還着重解釋了何謂"知音"，"曰知填詞，知小令，知長套，知雜劇，知戲文，知院本，知北十法，知南九宮，知節拍指點，善作而能歌"③，並以爲這一些都與作者能否"悟入"有關。所謂"傳奇、戲文，……其微

---

① 劉熙載《藝概·詞曲概》。
② 《改定元賢傳奇後序》，《李中麓閒居集》文之五。
③ 《寶劍記後序》，《李中麓閒居集》文之六。

妙則一而已，悟入之功，存乎作者之天資學力耳"①。這裏"悟入"這個名言全承詩文批評而來。

此後徐渭討論戲劇創作也提到"悟"，《南詞叙錄》稱"填詞如作唐詩，文既不可俗，又不可自有一種妙處，要在人領解妙悟，未可言傳"。聯繫其稱《琵琶記》"《食糠》《嘗藥》《築墳》《寫真》諸作，從人心流出，嚴滄浪言：'水中之月，空中之影'，最不可到。如《十八答》，句句是常言俗語，扭作曲子，點鐵成金，信是妙手"，可知他之所謂"妙悟"就是悟"真"悟"俗"。他反對戲劇用文語、故事，反對邵燦"以時文爲南曲"皆出於此。在《題崑崙奴雜劇後》，他對此意作了明確的發揮：

> 凡語入緊要處，略著文采，自謂動人，不知減却多少悲歡。此是本色不足者，乃有此病。……點鐵成金者，越俗越雅，越淡薄越有滋味，越不扭捏動人，越自動人。
>
> 語入要緊處，不可著一毫脂粉，越俗越家常越警醒，此才是好水碓，不雜一毫糠衣，真本色。……至散白與整白不同，尤宜俗宜真，不可著一文字，與扭捏一典故事，乃截多補少，促作整句，錦糊燈籠，玉鑲刀口。非不好看，討一毫明快，不知落在何處矣。此皆本色不足，仗此小做作以媚人，而不知誤入野狐作嬌冶也。

"本色"這個範疇爲散曲批評常用，至戲劇批評中，意義兼指對白、關目乃至整個作品，並不以劇曲語言爲限。且看他的進一步論述："世事莫不有本色，有相色。本色，猶言正身也；相色，替身也。替身者，即書評中'婢作夫人終覺羞澀'之謂也。婢作夫人者，欲塗抹成主母而多插帶，反掩其素之謂也。故余於此本中賤相色，貴本色。衆人嘖嘖者我呴呴也。豈唯劇者，凡作者莫不如此。"②佛教稱一切事物的外貌形狀爲"相"，凡所有"相"皆是虛妄，故"相色"即指不能透達並開示事物本質的膚表虛浮之相。他以"相色"與"本色"相對待，凡所指涉包括戲劇創作各個方面，不僅就文辭而言。

---

① 《西野春游詞序》，《李中麓閒居集》文之六。
② 《西廂序》，《徐文長佚草》卷一。

頗值得注意的還有他對"醒"和"警醒"這兩個名言的使用。傳統文學批評中多見"警策"一詞，"以文喻馬，言馬因警策而彌駿，以喻文資片言而益明也。夫駕之法，以策駕乘，今以一言之好，最於衆辭，若策驅馳，故云警策"①。以今言，即指作品中作者用力甚多顯見巧思的要緊處。有此巧思的句子就是"警句"，如陸機《文賦》所謂"立片言而居要，乃一篇之警策"。又，《宋史·隱逸傳上·魏野》所謂"爲詩精苦，有唐人風格，多警策句"。文有"警句"則必顯"警拔"，如鍾嶸《詩品》卷中稱"觀此五字，文雖不多，氣調警拔"，陸游《老學庵筆記》卷八稱"大抵宋詩雖多疵類，而語意絶有警拔者"。但以"警"與"醒"相組合構成"警醒"一詞，或單用"醒"品評作品則似未多見。

可能因戲劇除暢情和娛戲之外，還被要求承擔起勸教世人的功能，爲使沉溺於各種私欲的人們能見此改悔，悟今是而昨非，所以論者開始注意講求述事的奇絶，述情也要求能更警切，"較之老生擁皋比，講經義，老衲登上座，説佛法，動效又百倍"②。並且，即使單單是暢情和娛戲，爲使觀者意悦情動，他們也特別講究效果，或熱腔罵世，或冷板度人，務求擊開情竅，刮出情腸，使人起義動慨，觸目驚心。由此，類似"醒"或"警醒"這樣的名言開始屢屢爲人言及。元末楊維楨稱贊關漢卿和庾吉甫，已指出他們"以聲文綴於君臣、夫婦、仙釋氏之典故，以警人視聽，使痴兒女有古今美惡成敗之勸懲"③。徐渭所説"越俗越家常越警醒"，正就戲劇作品表情達意的深切著明而言。"醒"、"警醒"就是精警和明切，讓人如冷水澆背，如受電而驚起，以至耄耋婦孺，皆拍掌而曉喻，所謂"出於綿渺，則入人心脾；出於激切，則發人猛省"④。

以後湯顯祖論戲劇"極人物之萬途，攢古今之千變"，也認爲"無情者可使有情，無聲者可使有聲。寂可使喧，喧可使寂，饑可使飽，醉可使醒，行可以留，卧可以興"⑤。然其所謂"醒"尚不脱具體的本義。馮夢龍稱湯氏《邯鄲

---

① 《文選》陸機《文賦》李善注語。
② 陶奭齡《小柴桑喃喃録》卷上。又吴長元《燕蘭小譜》卷四載清初安樂山謂："梨園雖小道，而狀古來之忠孝奸頑，使人感發懲創，亦詩教也。詩人之感，在士大夫；梨園之感，及乎鄉童村女，豈曰小補之哉！"可並參看。
③ 《沈氏今樂府序》，《東維子集》卷十一。
④ 李調元《雨村曲話序》。
⑤ 《宜黄縣戲神清源師廟記》，《湯顯祖詩文集》卷三十四，上海古籍出版社，1982年，第1127頁。

夢》"通記極苦,極樂,極痴,極醒,描摹盡興,而點綴處亦復熱鬧,關目甚緊"①,呂天成稱屠隆《曇花記》"其詞華美充暢,説世情極醒"②,孟稱舜稱馬致遠《任風子》"機鋒雋利,可以提醒一世"③,則顯然擺脱了具體的本義,而特指作品所具有的能使人驚起、覺悟的藝術特質。

其他如祁彪佳《遠山堂劇品》稱余翹《鎖骨菩薩》,"菩薩憫世人溺色,即以色醒之,正是禪門棒喝之法",又稱吳禮卿《媱童公案》"作者唤醒之思深矣",散木湛然禪師《地獄生天》中"老僧説法,不作禪語而作趣語,正是其醒世苦心",陳與郊《中山狼》借中山狼唾罵世人,説得透快,"當爲醒世一編,勿復作詞曲觀也"④。潘之恒《鸞嘯小品》則從表演的角度對此名言作了強調,稱演戲要由"技"而進於"神",倘不以"神"求或不能"神合","安能悟世主而警凡夫"。一直到清代,李漁仍用此稱卜傳奇可傳與否有三,曰"情"、曰"文"、曰"有裨風教","情事不奇不傳,文詞不警拔不傳,情文俱備,而不軌於正道,無益於勸懲,使觀者聽者啞然一笑而遂已者,亦終不傳"⑤。乾隆年間,鐵橋山人從表演角度稱生角范二官扮演的人物,"摹形繪影,聲情逼真,鬚眉活現,觀者莫不快心醒目,嘖嘖稱羨焉"⑥,也如此。

至於"俗"和"真"等範疇雖非僅見於戲劇批評,但在戲劇批評中占據很重要的地位。如徐渭説:"夫真者,僞之反也。故五味必淡,食斯真矣;五聲必希,聽斯真矣;五色不華,視斯真矣。凡人能真此三者,推而至於他,將未有不真者。"⑦把"真"這個範疇的内涵揭示得再透徹不過了。李贄論劇也尚"真",受王學左派影響,他厭惡程朱理學,提倡人性自由,言論中包含有強烈的異端色彩。基於對這種人性自由的伸張,他提出了著名的"童心説"。按他的解釋,所謂"童心者,真心也","絶假純真,最初一念之本心也"。這一主張涵蓋他對詩詞文賦戲劇小説等一切文學創作的認識。在《琵琶記》第八齣《文場選士》總批中

---

① 《墨憨齋定本傳奇·邯鄲夢總評》。
② 《曲品》卷下。
③ 《古今名劇合選·任風子評語》。
④ 祁氏仕途失意,因此常以閉門頌佛和交遊禪師破悶銷愁,其事具見《祁忠敏公日記·歸南快録》,故論劇述與禪理有之,名言創設與意涵想定也有取於禪理,自可想見。
⑤ 《香草吟傳奇序》,吳敏華《中國古代戲曲序跋集》,中國戲劇出版社,1990年,第369頁。
⑥ 《消寒新詠》。
⑦ 《贈成翁序》,《徐渭集·徐文長逸稿》卷十四。

他說:"戲曲戲矣,倒須是真,若真若反,不妨似戲也。今戲者太戲,真者太真,俱不是也。"第三十七齣《書館悲逢》【太師引】一曲批語又說:"似假似真,令人倘恍,文至此活矣,活矣!"這些論述皆能脫出具體的性情之真,切入到藝術的內裏,辯證地揭示了此範疇的另一重內涵。應該承認,作爲傳統文論範疇的"真"也只有結合了這兩重意義才變得飽滿起來,成熟起來。

與"真"相關,李贄針對戲劇創作提出的更重要的範疇是"畫工"和"化工"。其《焚書・雜述・雜説》説:

> 《拜月》、《西廂》化工也,《琵琶》畫工也。夫所謂畫工者,以其能奪天地之化工,而其孰知天地之無工乎?今夫天之所生,地之所長,百卉具在,人見而愛之矣,至覓其工,了不可得,豈其智固不能得之歟。要知造化無工,雖有神聖,亦不能識知化工之所在,而其誰能得之?由此觀之,畫工雖巧,已落二義矣。文章之事,寸心千古,可悲也乎!

明清兩代,圍繞《琵琶記》和《西廂記》、《拜月亭》的高下優劣曾展開過激烈的爭論。自何良俊提出《拜月》好過《琵琶》,招來王世貞和呂天成、王驥德等人的反對或部分反對,沈德符、徐復祚和凌濛初則從"自然"、"本色"的角度作了肯定。李贄也持肯定態度,不過稍稍不同的是,他認爲《西廂》也可歸在此一類。他之所謂"畫工"指一種人工無疑,如"結構之密,偶對之切,依於道理,合乎法度,首尾相應,虛實相生"之類。他認爲人爲則僞,病在不真,所以產生不了"天下之至文"。

而"化工"不同,它是一種難得的"真",所以他又説:"《西廂》、《拜月》何工之有,蓋工莫工於《琵琶》矣。彼高生者,固已殫其力之所能工,而極吾才於既竭。惟作者窮巧極工,不遺餘力,是故語盡而意亦盡,詞竭而味索然亦隨以竭。吾嘗攬琵琶而彈之矣,一彈而嘆,再彈而怨,三彈而向之怨嘆無復存者,此其何故耶?豈其似真非真,所以入人之心者不深耶。蓋雖工巧之極,其氣力限量只可達於皮膚骨血之間,則其感人僅僅如是,何足怪哉?《西廂》、《拜月》乃不如是,意者宇宙之內,本自有如此可喜之人,如化工之於物,其工巧自不可思議爾。"

這種"真"基於天地造化的陶鈞之功,合乎自然而不煩人工,其天然湊泊,至微至妙,是莊子所説的"天籟"。用李贄自己的話,"追風逐電之足,決不在於牝牡驪黃之間;聲應氣求之夫,決不在於尋行數墨之士;風行水上之文,決不在於一字一句之奇"。自宋代以來論者對文學創作的自然妙境十分神往,以爲"一詩之出,必極天下之至精","有窮智極力所不能到者,獨造化自然之聲也。蓋天機自動,天籟自鳴,鼓以雷霆,豫順以動,發自中節,聲自成文,此詩之至也"①。吳子良並提出"畫工"、"化工"之説,稱"肥瘠各稱,妍淡曲盡,乃見畫工之妙","四時異景,萬卉殊態,乃見化工之妙"②。李贄基於自己"世之真能文者,比其初皆非有意於爲文"的判斷,竭力推崇《西廂》、《拜月》,並稱《拜月》曲白都近自然,悉疑天造,豈曰人工,從而充實了"本色"、"當行"説的内涵,也使"畫工"、"化工"這一對範疇沾帶上了那個時代特有的異端氣息。

對李贄的"畫工"、"化工"説,後人屢有稱引。如清徐發《蟾宫操傳奇序》謂:"李贄評雜劇院本,貶《琵琶》而推《西廂》,有'畫工'、'化工'之別。夫春生夏長,秋殺冬藏,陽開陰闔,覓天工之巧,了不可得,而文之至者,亦如化工之於物,其巧不可思議似也。"黄圖珌《看山閣集閒筆》進而對"化工"作了一番解説,稱"心靜力雄,意淺言深,景隨情至,情由景生,吐人所不能吐之情,描人所不能描之景,華而不浮,麗而不淫,誠爲化工之筆也",似乎是從如何造成"化工"的角度立論。他還説《琵琶》較之《西廂》"陳腐之氣尚未有銷,情景之思猶然不及,噫!所謂畫工,非化工也"。較之李贄更多地重視通過妥善處理情景關係達到天然有趣,如此授人以具體的門徑,對理解和把握此名言的涵義有一定的幫助。

值得一説的是,此一對名言還曾給詩文及小説批評以一定的影響。如方宗誠《讀文雜記》就稱"有化工之文,有畫工之文",前者"義理充足於胸中,觸處洞然,隨感所見,未嘗有意爲文,自然不蔓不支,如天地之元氣充周",後者"義理未能充積於中,惟於古人之文,摹其意,會其神……古今所謂文士之文是也"。閒齋老人《儒林外史序》稱《水滸傳》、《金瓶梅》"窮神盡相,畫工化工,合爲一手,從來稗官無有出其右者"。所論對象與李贄有別,但取意應該説是一脈相承的。

晚明戲劇批評達到更成熟的境地,隨着創作的繁榮和理論總結的深入,時人對戲劇體式的瞭解也躍上一個新的臺階。如果説明前中期關於戲劇的討論尚偏重於世教作用的論定和作家風格的呈示,間有對體式的討論,雖頗精卓終不成系統,名言的創設、詮解和運用也有待進一步加强,那麽晚明以後,不但諸

---

① 包恢《答曾子華論詩》,《敝帚稿略》卷二。
② 《荆溪林下偶談》卷三"水心文章之妙"條。

如"真"、"自然"、"化工"等範疇的内涵得到了進一步的論定,其理論邊界也因此最終得以確定。更重要的是,一些深契戲劇創作體式特點的概念、範疇開始被提了出來,從而爲傳統文學批評範疇體系的進一步豐富作出了貢獻。

臧懋循本着"盡元曲之妙,且使今之爲南者,知有所取則云爾",著手編纂《元曲選》,對明代戲劇創作存在的淺靡鄙俚予以批判。他尤尚本色自然,標舉"當行",稱自己所見別本《荆釵記》"構調工而穩,運思婉而匝,用事雅而切,布局圓而整,與坊本大異",已著眼從戲劇體式角度置論。同時稍後有吕天成作《曲品》,專論明傳奇作家及其創作,以爲雜劇只叙一事本末不免"境促",不如傳奇備述一人始終,有"味長"和"暢趣"的特點。他用"神"、"妙"、"能"、"具"四個名言區分四類傳奇作品。前三品歷代已有,就近説,宋人夏文彦已用以論畫,並在當時造成了一定的影響①。但"具品"則爲他獨創。此"具"字似亦從畫論中來,"論畫者又云,夫畫特形貌采章,歷歷具足,甚謹甚細,而外露巧密"②。故這"具"殆指"歷歷具足,甚謹甚細"那一類作品。傳統書畫從來推崇"神"、"妙"、"逸"、"雅",並以"逸"爲至高理想。可能基於傳奇要備述人物始終的體式特點,他認爲描寫能否具足謹細很是需要,故另立一類。後祁彪佳《曲品》、《劇品》對此予以沿用。

由於重視叙説的詳備,吕天成自然也十分推尚"真"範疇,並與李贄一樣,對生活真實與藝術真實的關係有比較準確的把握,提出"有意駕虚,不必與事實合"。但更能體現他戲劇批評特色的是對作品結構、關目和境界的論述。他嘗引舅祖孫月峰所論"南劇十要":

> 凡南劇,第一要事佳,第二要關目好,第三要搬出來好,第四要按宫調,協音律,第五要使人易曉,第六要詞采好,第七要善敷衍,淡處做得濃,閒處做得熱鬧,第八要各腳色分得匀妥,第九要脱套,第十要合世情,關風化。

所以十分重視作品整體情節、結構的安排,並用"閒"、"熱"、"濃"、"淡"等名言討論如何使之趨於合理。底下要專門論列的,他對作品之"局"或"局段"也十

---

① 見陶宗儀《南村輟耕録》卷十八《叙畫》。
② 何良俊《四友齋叢説》卷一。

分關注,對這些方面處理得當、整體感強的作品往往用"局境"、"景趣"和"境態"等名言來説明,對有"透快"、"秀爽"和"徹邕"之長的作品大多予以肯定,而對那些墮入"腐"、"酸"之境的作品則評價不高。

王驥德《曲律》在討論散曲創作同時,對戲劇創作也發表過很好的見解。其中論及戲劇的家數:

> 曲之始,止本色一家,觀元劇及《琵琶》、《拜月》二記可見。自《香囊記》以儒門手脚爲之,遂濫觴而有文詞家一體。……故作曲者須先認其路頭,然後可徐議工拙。至本色之弊,易流俚腐;文詞之病,每苦太文。雅俗淺深之辨,介在微茫,又在善用才者酌之而已。

指出戲劇創作有自己獨特的體式要求,故試作之前須認準路頭,以求合體。在這裏,他用"本色"這個範疇概言戲劇的基本特點,是與詩詞等傳統文學樣式相比較而作出的最簡要的判斷。

然後他又論及戲劇的製作,以爲劇之爲劇當"貴剪裁,貴鍛煉,——以全帙爲大間架,以每折爲折落,以曲白爲粉堊,爲丹臒,勿落套,勿不經,勿太蔓,蔓則局懈,而優人多刪削。勿太促,促則氣迫,而節奏不暢達。毋令一人無着落,毋令一折不照應"。賓白要"明白簡質","不可深晦","出之輕俏,不費一毫做造力耳",並稱《玉玦記》諸白"潔浄文雅,又不深晦"。其中"間架"一詞關乎劇本的情節勾連和人物布置,以後不斷被人提及。本來,類似這種名言是宋以來詩詞批評常用的,所謂"布置者,謂詩之全篇用意曲折也"①。范温《潛溪詩眼》載黄庭堅言文章必謹法度,每見後學多告以韓愈文的命意曲折,以概考古人法度。沈義府《樂府指迷》論作大詞,也要求"先須立間架,將事與意分定了,第一要起得好,中間要鋪叙,過處要清新,最緊是末句,須是有一好出場方妙"。劉壎《隱居通議》卷九論作文,也説"蓋古人作文俱有間架,有樞紐,有脈絡,有眼目"。但自從被吕天成、王驥德等人引入後,因與戲劇體式要求十分貼切,所以運用得反比詩詞批評要多了一些,只是其義與具體作法太近,大體承自對房室營造中樑與樑、桁與桁之間結構的特殊稱謂,後衍指漢字的筆畫結構,如清人黄自元

---

① 佚名《詩憲》。

就作有《間架結構摘要九十二法》這樣的書法蒙書,然後再借以指文章的布局,故是否能算理論名言,尚須結合古人具體的語境和用例,謹慎地加以論定。

　　此外,王氏還提出了戲劇體式中的"虛實"問題,以爲"戲劇之道,出之貴實,而用之貴虛。《明珠》、《浣紗》、《紅拂》、《玉合》,以實而用實者也;《還魂》、'二夢',以虛而用實者也。以實而用實也易,以虛而用實也難"。"虛實"這一對待範疇很早就被從哲學引入文學,宋人受莊禪之學影響,用得尤多,如"不以虛爲虛,而以實爲虛"①,這樣的議論時常可以見到。明人進而提出"景實而無趣"、"景虛而有味"②的主張。在戲劇及以後的小說批評中它似更著實一些,戲劇、小說都要演說故事,有一非說清楚不可的情節綫索要逐次展開,然限於時間、場地,不可能盡情鋪排,如何做到虛實合當,直接關乎作品的成敗。王驥德提出"以虛而用實也難",稱賞湯顯祖"二夢"之"境往神來,巧湊妙合",是對戲劇提出了如何以少總多的要求。他的這一表述爲以後運用此範疇討論戲劇的情節安排奠定了基礎。祁彪佳《遠山堂曲品》所謂"善攄實"、"善用虛"和"避實擊虛之法",沈際飛《題紫釵記》所論"以筆爲舌,以實爲虛,以渾成爲變化",李漁《閒情偶寄》之稱"傳奇之實,大半皆寓言耳",吳儀一《長生殿·禊游》批語之稱"行文之妙,更在用側筆襯寫……皆於虛處傳神"等等,皆可視作是其所論的一脈延傳。

　　徐復祚博學能文,尤長詞曲,有傳奇、雜劇的創作實踐,所以論劇很重"本色"。嘗說:"傳奇之作,要在使田畯紅女聞之而趯然喜,悚然懼。若徒逞其博洽,使聞者不解爲何語,何異對驢而彈琴乎?"又力主戒"澀",稱"文章且不可澀,況樂府出於優伶之口,入於當筵之耳,不遑使反,何暇思維,而可澀乎哉?"認爲劇中用僻語僻典,雖驚俗眼,"亦最壞曲體"。其實文章是可以有"澀"一體的,如前所說,即同爲樂府,詞中也有用"澀"的傳統。但曲却不可,誠如他所說,"出於優伶之口,入於當筵之耳",體式與詞又自不同,故元時周德清已推尚"纖句"而無取此體,他的這種強調顯然也是出於尊體的目的,據此可進一步確認"澀"範疇的內蘊和指域。此外,他還以"筋"、"骨"這樣的名言討論戲劇的關目構造,注意作品"間架"的可觀,繼王驥德之後再次提及"間架"一詞。後凌濛初稱"戲曲搭架,亦是要事,不妥則全傳可憎矣"③,乃襲用其意。

---

①　范晞文《對床夜語》卷二。
②　謝榛《四溟詩話》卷一。
③　《譚曲雜劄》。

再稍後，王思任《批點玉茗堂牡丹亭敘》論劇重"傳神"、"寫意"，借道家、道教的義理與話頭，特別提出"空"這個範疇。嘗稱"火可畫，風不可描；冰可鏤，空不可斡。蓋神君氣母，別有追似之手，庸工不與耳"，並推崇湯顯祖在這方面取得的成就，稱其所作"散活尖酸"、"靈洞"、"筆筆風來，層層空到"。"神君"是道教對神靈和神仙的稱謂，"氣母"在道家那裏本指元氣之本，後為道教衍為丹丘真氣，兩者有一共同特徵，皆神龍見首難見尾，甚至根本無從得見其首尾。王氏用此強調戲劇創作既須基於實境，又能拔乎實境。而所謂"斡空"和"空到"，尤指作者想象力的作用和虛構的能力。對以演說故事為本的戲劇創作來說，這種駕虛行危能力的被提出和被重視，無疑係於時人對文體的認識深化。其實在王思任之前，陳繼儒評《西廂記》已有"翻空揭出夢境"之說，沈際飛《牡丹亭·玩真》眉批也提及"以空攄實，使人忽啼忽笑"；王思任以後，又有祁彪佳《遠山堂劇品》提出構劇要能"撇脱"、"洗脱"，推崇"空中點綴"和"空峭"，並以有此特點的作品為"逸品"，雖不一定都是受道家或道教的影響，但著眼點無疑相同。

差不多同時，小說批評也有尚"空"的言論，如桃源居士《唐人小說序》稱"唐人於小說摛詞布景，有翻空造微之趣"。清棲霞居士《花月痕題詞》也說："文字不從高處著想，出筆輒隨；文字不從空處落墨，到眼皆俗。"詩詞文批評中，自宋以後有崇尚"清空"的傳統，作詞自不必說了，即作文，並章法也"欲清空一氣"①。袁枚《續詩品》還有《空行》一品，認為"鐘厚必啞，耳塞必聾。萬古不懷，其惟虛空"。余宜集甚至提出了"空際"這個名言，以與"實際"相對②，這又是延用了佛教的話頭。在佛教義理中，"實際"猶"實相"，作為對"真如"、"法性"境界的指謂，有不可說的特徵，所謂"證不可說之實際，解不可說之法門"③。現再強調"空際"，是更突出了悟入空義、得到解脫之人對一切外物皆具自性空無與幻想宛然兩個方面的認識。文學既狀寫實境，亦攄發性靈，心靈無涯，莫徵其詳，是作詩須用"空"。可見古代文學批評發展到中後期，這個範疇開始逐漸占據重要的地位。只不過在詩詞文等傳統文學批評中，它有時偏向文辭的澄徹，是"不著色相之謂"④，也指述情的靈透。在戲劇小說批評中，則進而成為

---

① 侯方域《陳其年詩序》，《壯悔堂文集》卷二。
② 見《余旬甫詩話》。
③ 《敦煌變文集·維摩詰經講經文》。
④ 沈祥龍《論詞隨筆》。

對情景創造時超越過於著實的描繪，達到透闢生動的藝術方法的概括。

凌濛初在戲劇體式方面的貢獻，是在《南音三籟凡例》中提出了"曲分三籟"："其古質自然，行家本色者爲天；其俊逸有思，時露質地者爲地；若但粉飾藻繢，沿襲靡詞者，雖名重詞流，聲傳里耳，概謂之人籟而已。"他特別要求曲白能做到這一點，"自樂不傳於今之世，與聲音之道流行於天地間者，惟詞曲一種而已。曲有自然之音，音有自然之節"，"夫籟者，自然之音節也。蒙莊分別之爲三，要皆以自然爲宗。故凡詞曲，字有平仄，句有短長，詞有合離，拍有緩急，其所謂宜不宜者，正以自然與不自然之異在芒忽間也"。《譚曲雜劄》同樣貫穿這一思想，故稱徐復祚《紅梨花》【越調‧小桃紅】"度曲宛轉處近自然"，梁辰魚【南呂‧紅衲襖】"韻甚嚴，而押來復自然"，並對呂天成"詞忌組練而晦，白忌堆砌駢偶而冗"之説予以肯定。

這種以"自然"爲戲劇體式之根本的説法，在王國維那兒得到了回響。王氏以爲"元曲之佳處何在？一言以蔽之，曰：自然而已矣。古今之大文學，無不以自然勝，而莫著於元曲"，"謂元曲爲中國最自然之文學，無不可也"①。他還從創作動機角度，提出其因"自娛娛人"，故無意諱飾；同時又從體式角度，指出"古代文學之形容事物也，率用古語，其用俗語者絶無，又所用之家數亦不甚多，獨元曲以許用襯字故，故輒以許多俗語或以自然之聲音形容之，此自古文學上所未有也"，"元劇實於新文體中自由使用新言語，在我國文學中，於《楚辭》、内典外，得此而三"。兩者相較，可知凌濛初的"曲分三籟"説實際上已導夫先路。

張岱論劇反對"狠求奇怪"②，但又尚"靈奇"和"冷雋"，要求用自然之筆，寫新奇之事，這也是一種對"自然"的理解。作爲家班主人，他於場上之曲鑽研甚精。其時有潘之恒論演員需具備好的素質，並以"才"（賦質清婉、指距纖利、辭氣輕颺）、"慧"（一目默記、一接神會、一隅旁通）、"致"（見獵而喜，將乘而蕩，登場而從容合節、不知所以然）分別概之③。又提出"餘"這個名言，"夫所謂餘者，非長而羡之之謂，蓋滿而後溢，乃可以爲餘也"，即指情感的彌漫充溢，"何所溢之，溢於音也，故爲劇，必自調音始"，"音既微矣，悲喜之情已具曲中，一顰一笑，自有餘韻，故曰曲餘"④，是戲劇之餘韻、餘意和餘味皆賴餘音實現。又提

---

① 《宋元戲曲考》，《王國維遺書》第十五冊，上海古籍出版社，1983年，第74頁。
② 《瑯嬛文集》卷之三《答李翰庵》。
③ 《與楊超超評劇五則》，《鶯嘯小品》卷二。
④ 《曲餘》，《鶯嘯小品》卷三。

出"節"、"淡節"和"致"、"致節"這樣的名言,"致不尚嚴整,而尚瀟灑;不尚繁纖,而尚淡節。淡節者,淡而有節,如文人悠長之思,雋永之味,點水而不撓,飄雲而不滯,故足貴也"①。即要求表演有節制,蘊藉生情。張岱討論演習過程則比他更深入,視境也更高。對"生"、"熟"這一對範疇的論述就很能體現這一點。一般說來,一齣戲各地巡演,或在一地連續上演,演員極易產生疲餒輕忽之心,唱念做打之間,自然生出"熟"、"流"和"油"等種種毛病。針對這種情況,張岱著重討論了如何使一齣戲演來日日不同,又如何正確處理"生"與"熟"的關係問題。其《與何紫翔》説:

> 昨聽松江何鳴臺、王本吾二人彈琴,何鳴臺不能化板爲活,其蔽也實;王本吾不能練熟爲生,其蔽也油,二者皆是大病,而本吾爲甚。何者？彈琴者,初學入手,患不能熟;及至一熟,患不能生。夫生,非澀勒離歧遺忘斷續之謂也。古人彈琴,吟揉掉注,得手應心,其間勾留之巧,穿度之奇,呼應之靈,頓挫之妙,真有非指非弦,非勾非剔,一種生鮮之氣,人不及知,己不及覺者,非十分純熟,十分淘洗,十分脱化,必不能到此地步。蓋此練熟還生之法,自彈琴撥阮,蹴踘吹簫,唱曲演戲,描畫寫字,作文做詩,凡百諸項,皆藉此一口生氣。得此生氣者,自致清虛;失此生氣者,終成渣穢。

也就是説,"熟"並非戲劇表演的最高境界,倘能藉長久的積累與認真的磋磨,下一番淘洗脱化的工夫,必能使之再上一重境界。對這種由"淘洗"、"脱化"而達致的"清虛"境界,他是用"生"這個名言來概括的。這個"生"不是"澀勒離歧遺忘斷續"之謂,他延"生鮮之氣"即"生氣"一義,指表演所達到的生意彌滿的新境界,並認爲其道理可通於詩文。

"生"與"熟"這對範疇,或組合成"生熟"這一對待範疇,在明清以來倍受論者重視,可見諸各門類藝術批評。如董其昌論"畫與字各有門庭,字可生,畫不可不熟,字須熟後生,畫須生外熟"②,張岱用以論戲劇,並感嘆"誰能練熟更還生"③,

---

① 《致節》,《鶯嘯小品》卷三。
② 《畫禪室隨筆》卷二。
③ 《祁奕遠鮮云小伶歌》,《張子詩秕》卷三。

體現出他對戲劇創作的深刻理解。此後李漁《閒情偶寄·演習部》論演戲"變舊成新",主張"仍其體質,變其丰姿",即保留曲文和關目,改竄科諢說話,以延入世味,切合時態。雖貼切可操作,但所論意思較張岱要淺表得多。

明末還有祁彪佳,如前所說對戲劇體式也發表了不少有見地的意見。對前人集矢的"本色"、"綺麗",他能持公允的兼取態度,認爲"駢麗之派,本於《玉玦》,而組織漸近自然,故香色出於俊逸,詞場中正少此一種艷手不可"①。明清人論戲劇之"自然",多言"色"、"本色"、"活色"、"真色",他揭舉"香色",推尚"艷手",並以爲這是戲劇一體本應有的特質,體現了時人對戲劇風格的理解是與時俱進、日漸完善了。

二、清代劇學範疇與金聖嘆、李漁的貢獻

清代戲劇創作稍遜於明。因統治者的政策導向和文人的興趣偏向,經義與詩文等途發展甚鉅,戲劇創作則頗不景氣,家伶日少,歌場奏藝廢弛。對此,梁啓超在討論清代學術變遷對政治的影響時已有論及②。在理論建設方面,正如近人吳梅所指出的,清人在協律訂譜、情節布局及曲目整理方面均有超過前代的成就③。但若非有金聖嘆、李漁這樣一二杰出人物撐柱其間,就戲劇理論批評的整體而言是決談不上多少實績的,範疇的創設和運用方面也是如此。

先來看金聖嘆對戲劇範疇的創設和運用。金氏這方面的論述是圍繞對《西廂記》的批評展開的。駕其橫溢的才華,他重點揭示此劇人物刻畫的精妙,其窮技詭譎,透發心花,可謂"眼明手快,讀之解頤"④。雖間或於客觀冷靜的推量究察有所欠缺,但論及戲劇體式和創作的基本問題都不乏針對性,有的還十分精彩。

對"實寫"和"空寫"的討論即如此。他認爲《西廂記》中《酬簡》一折是"實寫","一部大書,無數文字,十曲八折,千頭萬緒,至此而一齊結穴,如衆水之畢赴大海,如群真之咸會天闕,如萬方捷書,齊到甘泉,如五夜火符,親會流珠"。《驚夢》一折是"空寫","一部大書,無數文字,七曲八折,千頭萬緒,至此而一無

---

① 《遠山堂劇品》。
② 見《中國近三百年學術史》,中國書店出版社,1985年,第21頁。
③ 見《中國戲曲概論》,上海古籍出版社,2000年,第176—177頁。
④ 陸文衡《嗇庵隨筆》卷五。

所用,如楚人之火燒阿房,如莊惠之快辯儵魚,如臨濟大師肋下之拳,如成連先生刺船徑去"。察其所謂"實寫"、"空寫"的意旨頗爲豐富,既從劇情内容出發論及情所歸處,又從創作技法角度涵括虛實處理這一層意思,有所謂"實處作結"和"空處收仝"之別。

但在更多的地方,他僅從後一個角度置論,並多次提及"空"及其後序範疇。如《鬧齋》一齣論"實寫"和"虛寫",推崇"異樣空靈排宕之筆","無限妙文,必無一字是實寫",《驚艷》一齣推稱作者"意外出奇,憑空逗巧",《琴心》一齣推稱作者"不得不叙事,却先作如許空靈澹蕩之筆,妙絕",又稱《前候》一齣"只此四語,是一篇正文,其餘都從空中蕩漾而成",《鬧簡》一齣"不知者又謂寫鶯鶯春倦,非也……看他純是雕空鏤塵之義,而又全不露一點斧鑿痕,真是奇絕一世"。這樣的議論誠可與前及明人對"空"、"空際"、"空到"和"空峭"的討論前後輝映。

在《後候》一折總批中,金聖嘆又就戲劇的情節安排提出"生"、"掃"一對概念,稱"有生有掃,生如生葉生花,掃如掃花掃葉"。"生"即發生,"今夫一切世間太虛空中本無有事,而忽然有之,如方春本無有葉與花,而忽然有葉與花,曰生"。"掃"就是消失,"既而一切世間妄想顛倒有若干事而忽然還無,如殘春花落即掃花,窮秋落葉即掃葉,曰掃"。他以爲《西廂記》中《驚艷》一齣是"生",《哭宴》一齣是"掃",因前者全劇得以發生與開始,因後者全劇得以收煞與結束,此所謂"最大之章法也"。而之所以如此結撰,他認爲全然是出於描寫情事的需要。儘管未像其他傳奇作品采用每本四十折的正宗體式,但仍是深得戲劇起落收縱之法的典範。

此外,在《前候》一折總批中他還借用古代博戲"雙陸"的技法稱謂,提出"那輾"這個名言:

> 凡作文必有題,題也者,文之所由以出也。乃吾亦嘗取題而熟睹之矣,見其中間全無有文,夫題之中間全無有文,而彼天下能文之人,都從何處得文者耶?吾由今以思而後深信那輾之爲功,是惟不小。何則,夫題有以一字爲之,有以三、五、六、七乃至數十百字爲之,今都不論其字少與字多,而總之題則有其前,則有其後,則有其中間。抑不寧惟是已也,且有其前之前,且有其後之後,且有其前之後,而尚非中間,而猶爲中間之前;且

有其後之前,而既非中間,而已爲中間之後,此真不可以不致察也。誠察題之有前,又察其有前前,而於是焉先寫其前前,夫然後寫其前,夫然後寫其幾幾欲至中間而猶爲中間之前,夫然後始寫中間。至於其後,亦復如此。而後信題固麼,而吾文乃甚舒長也。題固急,而吾文乃甚行遲也。題固直,而吾文乃甚要折也。題固竭,而吾文乃甚悠揚也。如不知題之有前有後,有諸迤邐,而一發遂取其中間,此譬之以概擊石,確然一聲,則遽已耳,更不能有其餘響也。蓋那輾與不那輾,其不同有如此者。

金聖嘆最早是從友人陳豫叔處得此二字的。在博戲中,"那"之爲言指搓那,"輾"之爲言指輾開。陳氏以爲"那輾之功,何獨小技爲然哉,一切世間凡所有事,無不用之",金聖嘆由此悟到作文也須如此。察題仔細,然後於題之前後,或前之再前後之再後,總之間接各處多施筆墨,以求鋪出意致,搖蕩生情。聯繫《讀第六才子書西廂記法》中所謂"文章最妙是目注彼處,手寫此處","却去遠遠處發來,迤邐寫到將至時,便且住,却重去遠遠處更端再發來,再迤邐又寫到將至時,便又且住。如是更端數番,皆去遠遠處發來,迤邐寫到將至時,即便住,更不復寫出得所住處,使人自於文外覷然親見","文章最妙是先覷定阿堵一處,已却於阿堵一處之四面,將筆來左盤右旋,右盤左旋,再不放脱,却不擒住,分明如獅子滾球相似",可知這"那輾"即迴旋騰挪與竭情鋪陳多方觀照之意。他提出《西廂記》中《前候》一齣情節簡單,不過紅娘得鶯鶯音訊告覆張生,張生苦求代遞書信一事,但因用此"那輾","果又得纏纏然如許六七百言之一大篇",較之紅娘傳信,張生託書,如劇中紅娘追叙張生修書退敵之前事,眼見張、崔二人相思,私覰張生書房所爲及搶白張生等戲,皆是他憑空騰挪迴旋所生出的妙文。故這"那輾"兩字與他所探討過的"大落墨法",以及"虛實"、"生掃"等概念、範疇皆有内在的聯繫,與他所竭力標舉的"空"範疇更是一脈相通。他嘗説:"凡爲傳奇,不可不喻此者,此大落墨法。"這"大落墨"正寫即"實",側寫即"虛",前後襯寫則爲"那輾",而這種側寫和襯寫就是用"空",就是"斡空"之筆。

如前所説,明人如祁彪佳論劇已尚"空峭",講"空中點綴"。再早一些,王思任強調"斡空"和"空到",意在無中生有,翻出情致,如此既可避免著題與粘題之病,令觀者在欣賞過程中暫時脱開中心情節,得到喘息的時機,而就劇本本身來説,更能收虛實相生之效,此所謂"撇脱"、"洗脱"。因此,"那輾"這個名言是對戲劇體式特點很適切的總結。儘管就其語源而言不脫現實事相而非學理抽象，但因有金聖嘆主觀色彩强烈的解說和發揮，實際與作爲語源本義的博戲之法已相去甚遠，而純然納入到他對戲劇本體的整體論述中了。值得一提的是嘉靖年間但明倫對《聊齋志異》的評點。但氏列述了"暗點法"、"反攻法"、"鈎連法"等二十多種《聊齋》作者常用的手法，其中有"挪展法"，指點出對象後，不作具體展開而先敘他事，再及對象本身，如此"亹亹斐斐，曲曲折折"。其所用"挪展"一詞，就字面和解說而言與"那輾"微有區别，但根本點是一致的，明顯受到了金聖嘆所論的影響。同時稍後哈斯寶評《紅樓夢》，提出小說有"拉來推去"之法，察其第三回回評，可知也同"那輾"。哈斯寶自認有關文心妙理之悟"是金人瑞聖嘆氏傳下的"，故說兩者有關當非臆測。

與此相關連，在《酬韻》總批中金聖嘆還從佛理中借來"極微"一語，討論戲劇創作於不可著筆處刻鏤生發的重要性：

> 曼殊室利菩薩好論極微，昔者聖嘆聞之而甚爾焉。夫娑婆世界，大至無量由延，而其故乃起於極微，以至娑婆世界中間之一切所有，其故無不一一起於極微。此其事甚大，非今所得論。今者，止借菩薩"極微"之一言，以觀行文之人之心……人誠推此心也以往，則操筆而書鄉黨饋壺漿之一辭，必有文也；書人婦姑勃谿之一聲，必有文也；書塗之人一揖遂别，必有文也。何也？其間皆有極微，他人以粗心處之，則無如何，因遂廢然以擱筆耳。我既適向曼殊室利菩薩大智門下學得此法矣，是雖於路旁拾取蔗滓，尚將涓涓焉壓得其漿滿於一石，彼之下更有何逼迮題能縛我腕，使不動也哉。

"曼殊室利"即文殊師利。佛教宇宙觀以爲"無窮由延"之三千大千世界，皆由最小最小的微粒構成。"由延"即"由旬"，係古代印度的長度單位，佛法"分析諸色至一極微，故一極微爲色極少"①。金聖嘆從此義理中得到啓發，以爲現實生活中如秋雲、鳧毛和花、焰，皆"必有極微於其中間，分焉而得分，又徐徐分焉而使人不得分"。文事亦如之，只有做到心細而善思，則粗鄙平常如婦姑爭吵

---

① 《俱舍論》卷十二。

之瑣事,也有一段精光可待洗發。《西廂記》做到了這一點,《借廂》後《鬧齋》前插入《酬韻》,是鶯鶯得以與張生情感溝通必須經歷的過程,一般作者以爲鬆閒,可能放過不寫,但王實甫深得"極微"之道,故設計出這個看似於情節推進無甚關係的場面,從而使人物的情感發展更歷歷可尋,心理衝突更飽滿可信,故深得他的肯定。

傳統文學批評中許多重要概念、範疇都借鑒於佛學和禪學義理,戲劇批評也同樣。不說"境"、"境界"這樣的範疇爲論者常用,金聖嘆的"極微"論又是一著例。關於戲劇作品要冷處劑熱,閒筆生意,要刻畫入深,設計精細,是金聖嘆以前包括金聖嘆本人多所強調的問題,"極微"這一名言涵括了古人的這部分經驗。金聖嘆借佛學義理給這部分經驗以固定的稱名,佛學宇宙觀的精微深刻恰可體現其張皇戲劇體式的良苦用心。這種對概念、範疇的創設和運用,應該是能說明時人理論意識的成熟的。

再說李漁的戲劇範疇論。於諸家論劇多重音律不同,李漁"獨先結構",認爲"在引商刻羽之先,拈韻抽毫之始",這一點最爲重要。故《閒情偶寄》論劇斷以結構爲第一,強調立一篇"主腦",密全局"針綫",減情節"頭緒",審事實"虛實"。"古人呼劇本爲傳奇者,因其事甚奇特,未經人見而傳之,是以得名,可見非奇不傳。新,即奇之別名也"。又標舉"纖巧"和"尖新",稱"纖巧二字,作文之大忌也,處處皆是,而獨不戒於傳奇一種。傳奇之爲道也,愈纖愈密,愈巧愈精工"。即以爲"纖巧"是戲劇體式的基本特徵之一,無須迴避。但考慮到此一概念"爲文人鄙賤已久,言之似不中聽,易以'尖新'二字,則似變瑕成瑜。其實,'尖新'即是'纖巧',猶三暮四朝之,未嘗稍異"。事實上,"尖新"不符合中國人的傳統審美觀,即使在清代也並非是一個意義正面的名言。這種一廂情願的判斷,只能說明他對戲劇一體的獨特認識。

當然,在這同時他也標舉"自然",要求苦樂從真,"妙在水到渠成,天機自露",以達"妙境"爲上。即使演唱演奏"三籟齊鳴,天人合一","但須以肉爲主而絲竹副之,決不出自然者亦漸近自然"。即使是求"新奇"和"尖新",也不取"一味趨新,無論可變者變,即斷斷當仍者,亦加改竄以示新奇"。因爲他所謂的"新奇","在中藏不在外貌,在精液不在渣滓"。這樣的解說應該說比較平實,也比較穩妥。

他另外還提出戲劇創作須重視賓白,務求聲音鏗鏘,語言肖似。嘗說:"文字之最豪宕,最風雅,作之最健人脾胃者,莫過填詞一種。若無此種,幾於悶殺才人,困死豪傑。"又要求賓白宜"潔浄",所謂"潔浄"非指文辭的質樸高雅,"簡省之别名也,潔則忌多,减始能浄"。這是他針對戲劇體式特點,對"潔浄"一詞作的特殊解説。也就是説,這一概念不僅有一個質的標準,還含有量的考核,而後一層意思一般不爲人所重視,從這個意義上説,李漁的論述是對該概念内涵的一種再豐富或再確認。此外,他論科諢要求"雅中帶俗"、"俗中見雅"、"活處寓板"、"板處証活"。"雅"、"俗"相生自是諸家常談,對"活"與"板"關係的論述也間見諸詩文批評,如明人以爲"下字實則格老,知實而不知圓活則板"①;就戲劇批評而言,吕天成也有"舊處翻新,板處作活"之説②,但如他那樣將兩者關係揭示得這麽分明,稱"活處寓板,即於板處証活",畢竟不多。其他如論格局,要求"入手之初,不宜太遠,亦正不宜太近";論演習,提出"冷中之熱,勝於熱中之冷;俗中之雅,遜於雅中之俗",都説得十分辯證,啓人興會。

不過,由於李漁所論側重在戲劇創作和演出中的具體問題,特別是技法和諱忌的探討,故雖有足夠的豐富,有時也够深刻,但並不全假名言展開,在戲劇範疇的創設和運用方面反不如金聖嘆來得有建設性。

此外還可一提的是毛綸評《琵琶記》時對"真"、"幻"關係的討論。毛綸認爲"蓋曲之體,與詩不同","詩體直,直則貴其曲,能運曲於直中,乃爲妙詩;曲體本曲,曲則又貴其直,能運直於曲中,乃爲妙曲"。分疏詩曲兩體可謂簡切中肯。又以爲"寓言非真","然事之虚幻,固爲不必有之事,而文之真至,竟成必有之文,使人讀其文之真,而忘其事之幻,則才子之才,誠不可以意量而計測也"。這裏對"真"、"幻"或"真至"、"虚幻"概念的討論也甚辯證。另外,他還提出"文章之妙,妙在反跌"。所謂"反跌"與"正伏"相對,指劇情不如人所料地急轉直下或急速翻轉。他認爲"蓋作文之法,不正伏,則下文不現;不反跌,則下文不奇"③。此外又稱"文章之妙,妙在自然,以其有自然而就之神化也",這比此後洪昇論戲曲雖尚"真"而更追求合"雅",孔尚任雖崇"奇"而更強調"徵信",在理論上似更有意義。因前者偏重強調作品的義理内容,後者更多突出作品的徵史作用,於戲劇體式特徵契入得終不够深入。

---

① 費經虞《雅倫》卷二十二《瑣語》。
② 《曲品》卷下。
③ 《第七才子書琵琶記》第十齣《奉旨招婿》評語。

三、劇學範疇總結與重要範疇分釋

戲劇批評中概念、範疇的創設和運用情況已如上述。基於散曲和戲劇在體式上聯繫密切，散曲家與戲劇家常常一身二任，所以論曲之說與論劇之談也常常合二而一，類似"本色"、"趣味"、"雅俗"、"俊"、"俏"、"艷爽"等曲學概念和範疇，常常爲劇論家所用。

但必須指出，在劇論家那裏，這些概念、範疇都被作過適合於戲劇體制的必要改塑。如"俊"這一名言前已有專門討論，劇論家也每用及之。王世貞《曲藻》稱張伯起《紅拂記》"潔而俊，失在輕弱"。察其意旨就不單指語言音調，而偏於整體風格。而凌濛初《譚曲雜劄》論《明珠記》"尖俊宛展處，在當時固爲獨勝，非梁、梅輩派頭"，所包含的內容則更爲深廣。再如"艷"，在曲論中多指文辭華麗，有時含有一些貶義，其時並及對人物情感和整體構思的把握。如祁彪佳《遠山堂曲品》稱湯顯祖《紫釵記》"含景切事之詞，往往悠然獨至，然傳情處太覺刻露，終是文字脫落不盡之故，故題之以'艷'"，尚同曲論，及評呂天成《戒珠記》"語以駢偶見工，局以熱艷取勝"，就不僅指文辭還指構思，且不含貶意，相反是一種推崇。此外，呂、祁兩人著作都標舉"艷品"，雖較之第一等"逸品"爲次，但所收作品數量與"逸品"差不多，較排在其後的"能品"、"具品"要少得多。如祁氏《曲品》所錄"逸品"26 部，"艷品"20 部，較"能品"的 217 部與"具品"的 127 部要少得多。且被列爲"艷品"的有湯顯祖《紫簫記》《紫釵記》、沈璟《紅渠記》、呂天成《戒珠記》《金合記》、梅鼎祚《玉合記》、屠隆《曇花記》、鄭若庸《玉玦記》等，雖各家評價或有出入，俱爲一時名作無疑，於此可見劇論範疇與曲學範疇的區別。

更爲顯著的當然是那些針對戲劇體式提出的概念、範疇。如在編劇構思、情節設計、人物塑造、場面調度、演員表演諸方面，時人總結出一整套規律，並用相應的名言表達出來。這當中有的只爲一家所用，尚談不上是概念，更不可稱範疇；有的則爲許多人認同，成爲凝結某一創作經驗的理論化表達。前者如"搭架"，僅爲凌濛初一人所用，不同於諸家所論之"間架"、"分布"和"結構"；後者如"局段"、"主腦"、"機趣"等則每爲諸家所論及。今就後者作一分釋。

1. "局段"

這幾乎是貫穿整個戲劇理論批評的重要範疇，爲明清兩代批評家所廣泛使用。

"局段",又稱"局",意指部分。如《禮記·曲禮》有"進退有度,左右有局",鄭玄注:"局,部分也。"孔穎達疏:"軍之在左右,各有部分,不相濫也。"部分與部分之間如何銜接成一體並非易事,須斟酌推量。這種斟酌推量有賴人的精密算計,故時至金元,已有人用其指稱計謀和手段。如董解元《西廂記諸宮調》卷七有"說盡虛脾,使盡局段,把人贏勾廝欺謾"。鍾嗣成《一枝花·自序醜齋》套曲也有"饒你有拿霧藝衝天計,誅龍局段打鳳機"。

由於古代戲劇從元雜劇開始一直到南戲、傳奇,皆由數量不等的場次與場景構成,各個大小不等的場次、場景如何銜接勾連,並渾然一體地推動劇情發展,達到最終的完滿,成了戲劇走向成熟後作者、批評家認真考慮的問題。如呂天成《曲品》就屢屢談及這個問題,稱《蕉帕記》"情節局段,能於舊處翻新,板處作活,真擅巧思而新人耳目",稱《琵琶記》"串插甚合局段,苦樂相錯,具見體裁",稱《趙氏孤兒》"即以趙武爲岸賈子,正是戲局"。這裏"局段"或"局"正指戲劇作品中場景、情節的勾連和銜接,用他的話就是所謂"串合"和"湊泊"之道。如《琵琶記》全本四十二齣,作者在劇中將蔡宅和牛府的景象串插交互地演出,用貧與富構成的強烈反差來打動觀者,由此集全部同情於趙氏一身,這種情節設置甚爲巧妙精貼,故被他稱爲"甚合局段"。而所謂"具見體裁"云云,則表明在他看來,這種安排上的自然得當、勾連嚴密是合乎戲劇本身的體式要求的,這是此作之所以被列爲"神品"的原因。其他如稱《趙氏孤兒》"正是戲局",稱《雙環記》"串插可觀,此是傳奇法",表達的也是這一意思。

而有一些作品在這方面做得不甚好,他也每每著意揭出:

(《紈扇記》)才人筆,自綺麗。記申伯湘事,似自況也。局段未見謹嚴。

(《鸚鵡洲》)詞多綺麗,第局段甚雜,演之覺懈,是才人語,非詞人手也。

(《浣紗記》)羅織富麗,局面甚大,第恨不能謹嚴。

(《龍泉記》)情節闊大,而局不緊,是道學先生口氣。

(《曇花記》)其詞華美充暢,說世情極醒,但律以傳奇局,則漫衍乏節奏耳。

明代傳奇創作發展到後來，因作者一味肆逞才華，鋪張麗詞，關目有愈作愈繁的傾向，如屠隆的《曇花記》長達五十五齣，不僅情節冗雜，登場人物叢出，讓人前看後忘，不勝接覽。呂氏以爲這種作品文辭不錯，排場也大，但場景勾連不緊，並不符合作爲場上之曲的戲劇體式特點，是所謂"才人語，非詞人手"。

王驥德《曲律》具體深入地討論了戲劇結構問題，以爲"作曲猶造宮室者然"，"亦必先分段數，以何意起，何意接，何意作中段敷衍，何意作後果收煞，整整在目，而後可施結撰"。故在"論劇戲"一題下，也專門論及此範疇：

> 劇之與戲，南北故自異體。北劇僅一人唱，南戲則各唱。一人唱則意可舒展，而有才者得盡其春容之姿；各人唱則格有所拘，律有所限，即有才者，不能恣肆於三尺之外也。於是，貴剪裁，貴鍛煉——以全帙爲大間架，以每折爲折落，以曲白爲粉堊，爲丹臒。勿落套，勿不經，勿太蔓，蔓則局懈，而優人多刪削；勿太促，促則氣迫，而節奏不暢達；毋令一人無着落，毋令一折不照應。

他將情節、場景的構造問題與全劇的行氣和節奏相連言，指出情節枝蔓易造成"局段"鬆弛，影響整部作品的完滿合體。"局段"範疇的重要性在這裏被得到了進一步的強調。

此後祁彪佳《遠山堂曲品》、《劇品》也多次提及此意，不僅每以"局段甚雜"、"局面正大"等語評人，如指出葉憲祖《琴心雅調》"玩其局段，是全記體，非劇體"。還具體論述了如何"煞局"或稱"收局"的問題，如評《鬱輪袍》"末段似多一二轉，於煞局存病"，《宋公明》"揭陽鎮一折，不能收局，豈有遺脫之故耶"。基於對"局段"或"局"的處理之於戲劇創作至關重要，他還一改一般人不能切割戲劇與詩文的聯繫，每重劇曲而不重結構的習慣，稱"作南傳奇者，構局爲難，曲、白次之"。故評呂天成《二淫記》，"暴二嬙之私，乃以使人恥，恥則思懲矣。構局攢簇，以一部左史供其謔浪，而以淺近之白，雅質之詞度之"。對這部推爲"逸品"的作品，評判也從"構局"開始，其次才是曲、白。

一直到清代，如毛綸仍以"局"這個範疇稱戲劇情節、場景的勾連，並因"局"原指棋盤或下棋這種初始義，稱"善奕者必弄到十數著，乃至數十百著，直到收局而後已","人若不能算到全局,而但看此十數著,則無一著不是閒著。若能算到全局,而後看此十數著,則無一著是閒著",用此來譬喻作劇時情節、場景的調排和勾連。他批點《琵琶記》,稱"嘗見其閒閒一篇,淡淡數筆,由前而觀,似乎極冷、極緩、極沒要緊,乃由後而觀,竟爲全部收局中極緊、極要、極不可少之處。知此者,庶幾可與縱讀古今才子之文"①,即貫徹了上述的主張,看出《琵琶記》有這方面的優點。丁耀亢論劇提出"詞有十忌"、"詞有七要",其中"忌直鋪叙","忌關目太俗","要串插奇","要照應密"等皆關乎戲劇結構。同祁彪佳一樣,他在所提"詞有三難"中,將"布局"列在第一位,稱"布局,繁簡合宜難;宮調,緩急中拍難;修詞,入質入情難",充分説明隨戲劇創作的成熟,人們對劇體結構的全局感在加強。而"局段"或"局"範疇正凝結了會家作手在這個問題上的共識,具有重要的理論價值。

由於"局段"關乎戲劇創作是否得體式之正,故明清兩代論者特別注重對如何設局的討論,由此提出"煉局"、"布局"、"構局"、"運局"等一系列後序名言。如吕天成《曲品》就稱《綿箋記》"煉局遣詞,機鋒甚迅,巧警會心",稱《明珠記》"乃其布局運思,是詞壇一大將也",並稱王濟"頗知煉局之法,半寂半喧","琢句之方,或莊或逸",誠爲"高手"。馮夢龍《楚江情自序》也有"此記模精布局,種種化腐爲新"②。祁彪佳《遠山堂曲品》的評論也如此,一方面稱陳開泰《冰山記》"傳時事而不牽蔓,正是煉局之法",又稱《四豪記》"構局頗佳,但填詞非名筆耳",另一方面,對李開先《寶劍記》因"不識煉局之法,故重復處頗多",徐□□《八義記》"運局構思,有激烈閎暢之致,尚少清超一境耳",若水居士《三妙記》寫閨情缺少婉轉之趣,"蓋作者能填詞不能構局之故也",均直言不諱地提出批評。可見他們都肯認填詞止關辭章聲律,而構局才現作者整體性才能的事實。

一個值得注意的事實是,在吕天成《曲品》所列"具品"中,幾乎很少有被他稱爲能知"構局"的人,相反他每每指出這些作者有"順文敷衍"、"全無作法"、"平鋪直叙"、"板實敷衍"、"貫串無法"等"局段散漫"之病。如對陳德中《賜劍記》一劇,就直言"頭緒紛如,全不識構局之法,安得以暢達許之"。可見此品作

---

① 《第七才子書琵琶記·總論》。
② 見黄文暘《曲海總目提要》卷九。

者雖述事歷歷具足,總少精心的構撰,不知構局之法。呂氏將這一品目列在其他三品之後,叨陪末座,從另一個側面可見出他對戲劇"構局"的重視確實達到了相當的程度。

明末以降一直到清代,"局段"仍時時出現在諸家論述中。如崇禎間韋佩居序《燕子箋》,稱阮大鋮此劇"構局引絲,有伏有應,有詳有約,有案有斷,即游戲三昧,實御以《左》、《國》、龍門家法,而慧心盤腸,蜿行屈曲,全在筋轉脈搖間,別有馬迹蛛絲、草蛇灰綫之妙,介處,白處,有字處,無字處,皆有情有文,有聲有態,以至眉輪眼角,衣痕袖折,茗碗香爐,無非神情,無非關鎖,此亦未易與不細心人道也"。阮氏此劇頗多巧合,構思工夫確乎非同一般,韋佩居於此發明甚詳,可謂能傳此劇之精微了。

"構局"、"煉局"固賴奇想巧思,但並不意味着作者可以隨意馳才,刻意造作,故論者還提出"無意結構,而湊簇自佳"的構思新境界。如呂天成《曲品》對沈璟《紅蕖記》苦意鑄裁,安排下十巧合這類"無端巧合"就不認同。祁彪佳也認爲"邇來詞人,每善多其轉折,令觀者索一解未盡,更索一解,反不得自然之致"很要不得,曲折工巧而又合乎情理邏輯的情節、場景才值得推崇和提倡。在《遠山堂曲品》中,他稱王濚《軒轅記》"意調若一覽易盡,而構局之妙,令人且驚且疑,漸入佳境,所謂深味之而無窮者"。看似"一覽易盡",實際倍見精妙,正達到了這種境界。李漁《閒情偶寄·結構部》說:

> 如造物之賦形,當其精血初凝,胞胎未就,先爲制定全形,使點血而具五官百骸之勢。倘先無成局,而由頂及踵,逐段滋生,則人之一身,當有無數斷續之痕,而血氣爲之中阻矣。

以人的氣血貫通、整然一體作譬,突出的無非是戲劇結構的自然整一,所謂先有成局,也正是爲了克服這種節節爲之、氣斷意阻的人爲湊簇和刻意雕造。

而對所煉構成"局段"的格調而言,他們以爲應該是豐富多樣的,並不一定要以嚴絲合縫爲準。質言之,它可以是高邁超脫的,如呂天成強調"詞防近俚,局忌入酸",故對《金門太隱記》等戲"布局摛詞盡脫俗套"多有好評,《金臺記》"事佳,而局頗俗",則爲他所不喜。祁彪佳也推崇"無局不新,無詞不合",認爲"其構局必取境於新,故不入俗"。也可以是熱鬧或清簡的,如祁彪佳對呂天成

《戒珠記》"語以駢偶見工,局以熱艷取勝",汪廷訥《種玉記》"調有倩語,局亦簡緊",楊誠齋《常椿壽》"局更變幻",陽初子《一文錢》"至構曲之靈變,已至不可思議"迭有稱贊,而對黃中正《雙燕記》"局段無奇"評價就較低。

陳繼儒對《西廂》、《琵琶》兩劇評價甚高,《陳眉公批評琵琶記》劇末總評稱其爲"傳神文字",因其刻畫人情透徹,讀來解頤酸鼻。但對《紅拂記》之局段出色似更有好評:

> 《西廂》風流,《琵琶》離憂,大抵都作兒子態耳。《紅拂》以立談而物色英雄,半局而坐定江山,奇腸落落,雄氣勃勃,翻傳奇之局如掀乾揭坤之獸,不有斯文,何伸豪興?信乎黃鐘大呂之奏,天地放膽文章也。

此語見《陳眉公批評紅拂記》總評。這種"掀乾揭坤"的"局段"就不僅是靈變奇特了,它大開大闔,不同於常見的煉構,陳繼儒因其貼合戲劇內容,所以給予肯定。但以爲它超出《西廂》、《琵琶》就很耐人尋味,這裏面包含着他對"局段"格調的獨特理解。

此外,潘之恒稱友人吳越石家班《牡丹亭》演出"能飄飄忽忽,另番一局於縹緲之餘,以淒愴於聲調之外,一字無遺,無微不及"①。稱贊的也是不同凡響的局段,只不過是從演出角度論列罷了。

順便一說,"局段"、"局"及其後序範疇在明清時還曾進入詩文及小說批評,用以指稱詩文和小說的謀篇布局。前者如王夫之《明詩評選》稱"詩有真脈理,真局法",《唐宋詩醇》卷十五評杜甫《蜀相》和李商隱《籌筆驛》"局陣各異,功悉敵",袁枚《古文摹仿》稱《日知錄》"亦有《古文摹仿》一篇,與此不同,彼言摹仿體裁、局段,此言摹仿句調、詞語,二者互相發明"。陳僅《竹林答問》稱大凡作詩"一題入手,先掃心地","然後從容定意,意定而後謀局,局定則思過半矣"。黃子雲《野鴻詩的》稱"初學時無論古今體詩,一題在手,先安排法局,然後下筆。及工夫精粹……自有獨造未經道之語"。這裏所謂"局法"或"法局"皆"局段"之意。朱庭珍《筱園詩話》卷四論詩,特別提出"體物之功,鑄局之法,斷不可少",以爲詩宜"用提筆、揚筆、縱筆及飛舞靈變之筆,以舒展筋絡,振蕩

---

① 《情痴》,《鸞嘯小品》卷三。

局勢,作姿態而鼓氣機,掀波瀾以生變化"。因着詩學批評的傳統,將"局"與"勢"範疇拼合成"局勢"一詞,其所指稱與前此陳繼儒有異曲同工之妙。至於"鑄局"一詞,一如葉燮所謂"養局"①,也可與"煉局"、"構局"等劇學批評概念對看。

後者如金聖嘆論作小說創作:"今天下之人,徒知有才者始能構思,而不知古人用才,乃繞乎構思之後;繼知有才者始能立局,而不知古人用才,乃繞乎立局之後。"②其批點《水滸傳》,於第五十二回總評論小說避實取虛之法,"今茲略於破高廉而詳於取公孫,意者其用此法歟? 然業已略於高廉而詳於公孫,則何不並略公孫而特詳於公孫之師,蓋所謂避實擊虛之法,至是乃爲極盡其變,而李大哥特以妙人見借,助成局段者也"。一直到近代,林紓仍用以評判小說得失,稱《紅樓夢》"制局精嚴,觀止矣"③。俠人仍用此討論中西小說之別,稱"中國小說起局必平","西洋小說起局必奇","大抵中國小說,不徒以局勢疑陣見長"④。當然,較之戲劇批評並不多見。

2. "主腦"

又稱"頭腦"或"大頭腦",它是明清兩代人常用的重要的戲劇範疇,由頭腦係人體中樞引申指整部作品的關鍵⑤。明人如王驥德在《曲律》中說:

> 不關風化,縱好徒然,此《琵琶》持大頭腦處。《拜月》只是宣淫,端士所不與也。
>
> 傳中緊要處,須重著精神,極力發揮使透。如《浣紗》遺了越王嘗膽及夫人采葛事,紅拂私奔,如姬竊符,皆本傳大頭腦,如何草草放過。若無緊要處只管敷演,又多惹人厭憎,皆不審輕重之故也。
>
> 《西廂記》每套只是一個頭腦,有前調末句牽搭後調做者,有後調首句補足前調做者,單槍匹馬,橫衝直撞,無不可人,他曲殊未能知此竅窽也。

---

① 《原詩》外篇下。
② 《第五才子書施耐庵水滸傳·序一》。
③ 《孝女耐兒傳序》。
④ 《小說叢話》。
⑤ 此名言最早出自王陽明,《傳習錄》就稱"爲學須得個頭腦功夫,方有着落","大抵吾人爲學緊要大頭腦,只是立志。"此後其學生王艮在《語錄》上也說:"學者初得頭腦,不可便討聞見支撑,正須養微致盛,則天德王道在此矣。"此處"頭腦"和"大頭腦"意思較靈動,大體指真知、主宰和關鍵。

由王氏所論來看，"頭腦"這一範疇的意義比較靈變機動，所引第一條指全劇的中心思想，第二條指全劇中凸顯這個中心思想的主要情節，第三條則指全劇中每套每折的中心。但大體說來皆圍繞着劇作關鍵這個基本意核而來。

以後馮夢龍《墨憨齋定本傳奇》中《精忠旗》眉批，稱"刻背是《精忠》大頭腦，扮時作痛狀或直作不痛，俱非，須要描寫慷慨忘生光景"，則是在情節意義上用此範疇，同於王氏所說第二條。《人獸鬼》第一折批語又稱："要緊關目，必須表白。"如《新灌園》中田法章不願君國等"本傳絕大關目"，《永團圓》中王晉登拜母及蔡生辭親赴試等"通記大關節"，皆不能草草放過。這裏的"絕大關目"、"大關節"，乃或《酒家傭》第二十六折批語所謂"情節大關係處"，似又兼有王氏所說的第一、第三條兩義。徐復祚《三家村老委談》評論張伯起《紅拂記》"本《虬髯客》而作，惜其增出徐德言'合鏡'一段，遂成兩家門，頭腦太多"，孫柚《琴心記》"極有佳句，第頭腦太亂，腳色太多，大傷體裁，不便於登場"，也是從情節意義上用此範疇的。徐氏不滿戲劇創作"關目散漫，無骨無筋，全無收攝"，並認為這種"頭腦"不清情節叢出大傷體裁，既不符合傳奇的體式要求，因此也就算不上是成功的作品。

到了清代，金聖嘆也發表了與王驥德相似的意見。其《讀第六才子書西廂記法》稱："《西廂記》止寫得三個人：一個是雙文，一個是張生，一個是紅娘。其餘如夫人，如法本，如白馬將軍，如歡郎，如法聰，如孫飛虎，如琴童，如唐小二，他俱不曾着一筆半筆寫，俱是寫三個人時所忽然應用之傢伙耳。"又進一步指出："若更仔細算時，《西廂記》亦止為寫得一個人。一個人者，雙文是也。"他認為張生、紅娘皆是為要寫此一個而牽涉出的，作者寫此兩人，"當知正是出力寫雙文"，只是他沒有用"頭腦"或"大頭腦"這個範疇。

對此範疇作出比較全面論斷的是李漁。《閒情偶寄》在討論戲劇結構時專門談到這個問題。或許是覺得"頭腦"一詞過於具體，不像論理性名言，他將之置換成"主腦"：

> 古人作文一篇，定有一篇之主腦。主腦非他，即作者立言之本意也。傳奇亦然，一本戲中，有無數人名，究竟俱屬陪賓。原其初心，止為一人而設，即此一人之身，自始至終，離合悲歡，中具無限情由，無窮關目，究竟俱屬衍文。原其初心，又止為一事而設。此一人一事，即作傳奇之主腦也。

然必此一人一事果然奇特,實在可傳而後傳之,則不愧傳奇之目,而其人其事與作者姓名皆千古矣。

爲此他特舉《琵琶記》和《西廂記》爲例,稱前者整部戲只爲蔡伯喈一人,而蔡一人又只爲"重婚牛府"一事,其餘如二親遭凶、五娘盡孝、拐兒騙財匿書、張大公疏財仗義皆由於此。後者只爲張君瑞一人,而張一人又只爲"白馬解圍"一事,其餘如寫夫人許婚、張生望配、紅娘作合、鶯鶯失身、鄭恒力爭等等皆由於此。這"重婚牛府"和"白馬解圍"即二劇之"主腦"。由如上具體解說可知,雖然其對具體作品的分析,諸如《西廂》究竟寫誰人爲主,並沒有金聖嘆那麼準確,但要求一部戲只須一個關鍵情節却與金聖嘆相同。而就其所用"主腦"一詞的意涵而言,似包含了明代以來論者所講的全部內容,既指主題思想,所謂"立言之本意",又指表達這種思想的主要情節,如"重婚牛府"、"白馬解圍"之類。

當然,兩者之間他是有所側重地偏在"一事"上的。蓋戲劇作品爲便於伶人敷演和觀衆欣賞,自來傾力凸顯一個主要人物,對此諸家並無異議,也一直是這麼做的。問題是後人追新逐異,以逞才爲務,巧設種種變幻離奇的情節,遂使人物面目變得晦澀不清。像《桃花扇》那樣通本記明季時事,頭緒雖多却無一折可删的爲數極少,吳梅《顧曲塵談》即稱其爲"曲中異軍"。而如《雙珠記》、《獅吼記》等徒設幻境,假託神鬼,則往往使全劇綫索紊亂,人物也變得模糊起來,這引來他的不滿。基於戲劇是靠情節和動作來表現人物命運的,創作意圖只有通過情節和動作來傳達,而人物性格也端賴中心情節的推展而漸趨清晰與豐富,他提出以"一事"爲全劇主腦,確認寫事就是寫人,寫人必須寫事,是抓住了戲劇體式之根本。對此他還作了進一步的申述,指出"後人作傳奇,但知爲一人而作,不知爲一事而作,盡此一人所作之事,逐節鋪陳,有如散金碎玉,以作零出則可,謂之全本,則爲斷綫之珠,無梁之屋,作者茫然無緒,觀者寂然無聲,無怪乎有識梨園望之而却走也"。這種"逐節鋪陳"固然是在寫人,但並非正確的寫人之法,其最終導致作品漫散無歸,作者主觀意圖無從附託,觀者因不喜歡而望梨園却走是必然的事。

所以比之他的前輩,李漁對"主腦"的認識和解說要更深刻一些,更符合戲劇的體式特徵和創作機理。王驥德論"頭腦"須重著精神,發揮使透,固然極是,但他以爲每套都須有一"頭腦",極易造成劇情的緩散和觀者注意力的分散,以寓託倫理教化爲"大頭腦",更易使之游離於劇情之外,不如李漁來得準確和貼切。這種差別既反映了李漁識見的高明,同時也説明一個範疇由産生到被合理闡釋並最終穩定成熟,是有一個發展過程的。

"頭腦"或"主腦"範疇在戲劇理論批評一途的影響是很深遠的,一直到近代,如吴梅論曲還承李漁所論,以不小的篇幅強調"立主腦"的重要,稱"傳奇主腦,總在生旦,一切他色,止爲此一生一旦之供給"。"原其初心,止爲一人而設","又止爲一事而設","此一人一事,即所謂傳奇之主腦也"①,並舉《紅梨記》中趙伯疇之"錦囊寄情"以爲説明。

當然,在非戲劇批評一途,此範疇也有一定的回響。如劉熙載《藝概》論經義和古文時都曾用及之,前者稱:"凡作一篇文,其用意俱要可以一言蔽之,擴之則爲千萬言,約之則爲一言,所謂主腦者是也。破題、起講,扼定主腦;承題、八比,則所以分攄乎此也。主腦皆須廣大精微,尤必審乎章旨、節旨、句旨之所當重者而重之,不可硬出意見。主腦既得,則制動以静,治煩以簡,一綫到底,百變而不離其宗,如兵非將不御,射非鵠不志也。"後者稱:"文固要句句字字受命於主腦,而主腦有純駁、平陂、高下之不同,若非慎辨而去取之,則差若毫釐,謬以千里矣。"大抵也在文章關鍵這個意義上用"主腦"。不過,以"主腦"有"純駁"、"平陂"和"高下"之不同,則是他的新解。惜乎如何是"純駁"、"平陂"和"高下",他未作解釋;如何"慎辨而去取之",他也未開示,這是十分遺憾的事情。

詩學批評中也有用此範疇的。如清人吴雷發《説詩菅蒯》就曾指出:"詩亦有深淺次第,然須在有意無意之間。向見注唐詩者,每首從始至末,必欲強爲聯絡,遂至妄生枝節,而詩之主腦反無由見,詩之生氣亦索然矣。"其所説"主腦"自然關乎作品的主旨關鍵,不過格於體制有別,不再一定是主要情節。也是因爲詩與戲劇不同,於散文也有別,其"主腦"一般來説是不宜直言的,倘直言即非含蓄,即是惡露,爲作詩大忌。故吴氏反對注詩者強爲解説,言語背後實隱含着詩歌"主腦"應含婉深隱這層意思。

小説批評受戲劇影響甚大,故"頭腦"、"主腦"爲論者使用的頻率較詩文爲高。如董月岩評本《雪月梅》卷首,就有"不通世務人做不得書,此書看他於大

---

① 《顧曲麈談》,上海古籍出版社,2000年,第56頁。

頭段、大關目處,純是閲歷中得來,真是第一通人"。此處"大頭段"就是"大頭腦"。西湖散人《紅樓夢影》也稱:"大凡稗官野史,所記新聞而作,是以先取新聲可喜之事,立爲主腦,次乃融情入理,以聯脈絡,提一髮則五官如四肢俱動,因其情理足信,始能傳世。"晚清吴沃堯《兩晉演義序》説:"自《春秋列國》以迄《英烈傳》、《鐵冠圖》,除《列國》外,其附會者當據百分之九九,甚至藉一古人之姓名,以爲一書之主腦,除此主腦姓名之外,無一非附會者。"這裏,以姓名爲"主腦"是説立一人之事爲"主腦",儘管這事可以是附會,而不是説僅以一古人姓名爲全劇主腦。

邱煒菱《菽園贅談》嘗謂:"詩文雖小道,小説蓋小之又小者也。然自有章法有主腦在。否則滿屋散錢,從何牽起。讀者亦覺茫無頭緒,未終卷而思睡矣。即如《紅樓夢》,以絳珠還泪爲主腦……《西廂記》,以白馬解圍爲主腦……《水滸傳》主腦在於收結三十六人,故以梁山泊驚惡夢,戛然而止,意在於著書,故可止而止,不在於群盜。"所用"主腦"範疇與戲劇批評盡同。著超《古今小説評林》稱:"小説之主腦,在啓發智識而維持風化,啓發智識猶易事也,維持風化則難乎其難,是非有確切之倫理小説足以感動人心,而使愚夫愚婦皆激發天良不可。"察其所用"主腦",牽涉稍廣,邊界不甚清晰,然仍未出李漁所謂"即作者立言之本意"的範圍,指作者的主觀創作意圖,當然還包括這種意圖在作品中的具體實現。

3."機趣"

"機趣"這個範疇在古代文學理論批評後期有十分活躍的表現。它由"機"和"趣"兩個意義並列的範疇構成,但邏輯重點却在"機"上,"機趣"是因"機"而"趣",見"機"而"趣"。

與許多文學批評範疇一樣,"機趣"也來自傳統哲學。老莊哲學對此有出色的探索,以爲萬物所由生發的地方本一片空無,這空無的狀態就是"機",《莊子·至樂》篇所謂"萬物皆出於機,皆入於機",説的就是這個意思。對此,成玄英疏曰:"機者發動,所謂造化也。造化者,無物也。人既從無生有,又反入歸無也。"傳統哲學又以爲萬物因於"氣",故造化者"氣機"也。造化之要構成了事物發展的動因,是謂"樞機"。《莊子·大宗師》有"其耆欲深者,其天機淺",因此也可稱爲"機籟"。此"樞機"乃或"天機"、"機籟"至精至微,能把握此至精至微者,心靈必至纖至敏,是謂"機靈"或"靈機"。陸機《文賦》用以論文,稱"方天機之駿利,夫何紛而不理,思風發於胸臆,言泉流於唇齒",即強調得之於自然的靈機之於創作的巨大作用。劉勰《文心雕龍·神思》也有"機敏故造次而成功,慮疑故愈久而致績"之說。

明代理學、心學風行,促使人向內發見心性,故陳汝元《金蓮記·構釁》有"太極圖中生意好,鳶魚機趣滔滔,淵源夙仰泰山高"這樣的句子。特別是陽明心學以知識愈廣而人欲愈滋,才力愈多而天理愈蔽,力主張揚心性本體,所謂"惟求得其心"①,而拒絶"從冊子上鑽研,名物上考索,形迹上比擬"②。其極端處是把人的主觀能動性吹脹爲代替一切知識的要素,並認爲這才是有頭腦之人的本原之學。以後心學在倫理學和文學藝術兩個方面有很大的發展。以文學一途而言,要求尊崇本心,任真發動,在當時一批思想開放的文人那裏有極大的市場。提到尊崇本心,任真發動,自然很容易使人想起老莊哲學,故莊子關於"機"的論述就此被引入文學批評領域。又,明人受宋人如蘇軾等的影響頗深,宋人尚才性議論,恃聰明意氣,論文每有言及"天機"、"機趣"甚至"理趣",以爲"機到語不覺自至,不可遇也"③,"狀理則理趣渾然,狀事則事情昭然,狀物則物態宛然,有窮智極力之所不能到者,猶造化自然之聲也"④。故明中晚期論者每引此爲話題來討論文學創作。

如湯顯祖論文重"情",尚"靈性"、"靈氣",多講"意趣神色",就每多言"機"。嘗說:"文字,起伏離合斷接而已。極其變,自熟而自知之,父不能得其子也。雖然,盡於法與機耳,法若止而機若行。"⑤如果說"法"是主管文字起伏離合斷接之道的,那麼"機"就是保證這道出入變化,達到自然神化境界的前提。它因於作者彌滿的自然本心,這種初心發動深得天地自然的元氣滋養,所以相較於"法"是第一性的東西。他稱"宋文則漢文也,氣骨代降,而精氣滿勁,行其法而通其機,一也"⑥,即道出了這一點。他還說:"通天地之化者在氣機,奪天地之化者亦在氣機","天下文章有類乎是,莽莽者氣乎,旋旋者機乎"⑦。

---

① 王陽明《紫陽書院集序》,《王文成公全書》卷七。
② 《傳習錄上》,《王文成公全書》卷一。
③ 沈作喆《寓簡》卷十。
④ 《答曾子華論詩》,《敝帚稿略》卷二。
⑤ 《湯許二會元制義點閱題詞》,《湯顯祖詩文集》卷三十三,上海古籍出版社,1982年,第1100頁。
⑥ 《與陸景鄴》,《湯顯祖詩文集》卷四十七,第1338頁。
⑦ 《朱懋忠制義叙》,《湯顯祖詩文集》卷三十一,第1068頁。

也是在強調這種造化之氣對創作的決定作用。前及李贄所主"化工",其意義正與此相近。

此後袁宏道論文也每用"機"或"氣機"範疇,如稱詩與舉子業異調而同機,時文風行,"乃童而習之,萃天下之精神,注之一的,故文之變態,常百倍於詩"①。他論"趣",以爲"得之自然者深,得之學問者淺","入理愈深,然其去趣愈遠矣"②,乃至以爲"夫詩以趣爲主"③,亦與他對"機"的認識相關連。袁宗道推崇蘇軾,蘇軾談藝論文已多尚"機趣",如稱李伯時畫山莊圖非強記不忘,"醉中不以鼻飲,夢中不以趾捉,天機之所合,不強而自記也"④。宗道乃稱其"自黃州以後,文機一變,天趣橫生"⑤。後江盈科論文重"元神活潑",以爲"元神活潑,則抒爲文章,激爲氣節,賢爲勛猷,無之非是",然後"其衷灑然,其趣恬然",以爲白、蘇兩人即如此,"彼直以世爲宇,以身爲寄,而以出處隱見,悲愉歡戚,爲陰陽寒暑呼吸之運","大化與俱,造物與游"⑥,也看到了這一點。其所謂"元神活潑"就是"機"。

其他各個時期如林希恩稱詩文無關苦思,"不屬於思,若或啓之,而合節從律,蓋有不知爲之者,故風生而水自文,春至而鳥能言者,氣機自然也"⑦,謝榛稱"詩有天機,待時而發,觸物而成,雖幽尋苦索,不易得也"⑧,也都有崇"機"之談。而其中王思任和陸時雍將"機趣"與"真素"聯繫起來討論,突出了那個時代的特點,尤值得重視。

> 弇州論詩曰才曰格曰法曰品,而吾獨曰一趣,可以盡詩。近日爲詩者,強則峭峻谿刻,弱者淺託淡玄,診之不靈也,嚼之無味也,接之非顯也。而臨候遇境攄心,感懷發語,往往以激吐真至之情,歸於雅舍和厚之旨,不斧鑿而工,不橐籥而化,動以天機,鳴以天籟,此其趣勝也。⑨

---

① 《郝公琰詩叙》,《袁宏道集箋校》卷三十五,上海古籍出版社 1981 年,第 1109 頁。
② 《叙陳正甫會心集》,《袁宏道集箋校》卷十,第 463 頁。
③ 《西京稿序》,《袁宏道集箋校》卷五十一,第 1485 頁。
④ 《書李伯時山莊圖後》,《蘇文忠公全集》前集卷二十三。
⑤ 《答陶石簣》,《白蘇齋類集》卷十六。
⑥ 《白蘇齋册子引》,《雪濤閣集》卷八。
⑦ 《詩文浪談》。
⑧ 《四溟詩話》卷二。
⑨ 《袁臨侯先生詩序》,《王季重集》卷八。

詩貴真，詩之真趣又在意似之間，認真則又死矣。柳子厚過於真，所以多直而寡委也。《三百篇》賦物陳情，皆其然而不必然之詞，所以意廣象圓，機靈而感捷也。①

　　一個從内容上著眼，指出"趣"來自"天籟"、"天機"；一個從形式著眼，指出"趣"要超脱機靈，並把源頭上溯至《詩經》以託體自尊。其間雖無一字關乎異端，但經過明代新世風的淘洗，這種論述在精神上與湯顯祖、袁氏兄弟同出一源是顯而易見的。

　　也正是受了這種時代風氣的影響，時人論戲劇一體時每多及"機趣"。加以戲劇追求場上效果，本身就要求從情節、人物到賓白、科介都能生動有趣，故一旦攬入，便在明清兩代得到了幾超詩文批評的高度發展，論者既以它爲戲劇發生之起源，稱"人生而有情，思歡怒愁，感於幽微，流乎嘯歌，形諸動摇。或一往而盡，或積日而不能自休。蓋自鳳凰鳥獸以至巴渝夷鬼，無不能舞能歌，以靈機自相轉活，而況吾人"②。又以爲它是戲劇體式的本質之一，所謂"本色不在摹剿家常語言，此中别有機神情趣"③。

　　至於用此範疇論作家作品的就更多了，如邱兆麟稱湯顯祖的傳奇和制義、詩賦爲"昭代三異"，"曷異爾？他人擬爲，先生自爲也。擬爲者，學唐學宋，究竟得唐宋而已。自爲者，性靈發皇之際，天機溅没，一無所學，要以自得爲先生，此先生之所以過人，而天下厭王、李思袁、徐，厭袁、徐思先生與。"④孟稱舜《古今名劇合選》評《青衫泪》"此劇天機雅趣，别成一種。至爲興奴寫照處，真是借他檀板，擔我閨情，用俗語愈覺其雅，板語愈覺其韻，此元人不可及處。"吕天成《曲品》每以"意趣"、"趣味"和"幻妄之趣"稱人，王驥德《曲律》也同樣，不但稱作套數要"動吾天機"，更稱《拜月亭》"語似草草，然似露機趣"。

　　潘之恒並從演出角度張揚此範疇，稱"余尚吴歈，以其亮而潤，宛而清，乃若法以律之，暢以導之，重以出之，揚袂風生，垂手如玉，同心齊度，則天趣

----

① 《詩鏡總論》。
② 湯顯祖《宜黃縣戲神清源師廟記》，《湯顯祖詩文集》卷三十四，第 1127 頁。
③ 吕天成《曲品》卷上。
④ 《玉書庭全集・湯若士先生絶句選序》。

所成,非由人力"①。沈寵綏也指出六律五聲八音皆"昉天地之自然也",故"一字有一字之安全,一聲有一聲之美好,頓挫起伏,俱軌自然"②。"自然"是什麼？天然也。故他又說:"聲籟皆本天然,一經呼唱,則機括圓溜,而天然字音出矣。"③

清代承明人所論,儘管任張個性的色彩少了許多,但也好講"機"和"機趣"。如寓園居士《秫陵春序》有"《錦箋》輕圓而味稍薄,《曇花》富贍而機不靈,《西樓》有雋語而失之佻,《燕子箋》有新趣而失之俗,《鴛鴦棒》等則浪子不已,幾於倡夫,大非風流儒雅之體矣"。是"機"不"靈"有"趣"而失俗與味薄、語佻一樣,皆作劇曲之病,非劇體之正。李漁《閒情偶寄·詞采》則專闢一節論"重機趣"問題,他說:

> "機趣"二字,填詞家必不可少。機者,傳奇之精神;趣者,傳奇之風致。少此二物,則如泥人土馬,有生形而無生氣。因作者逐句湊成,遂使觀場者逐段記憶,稍不留心,則看到第二曲,不記頭一曲是何等情形;看到第二折,不知第三折要作何勾當。是心口徒勞,耳目俱澀,何必以此自苦,而復苦百千萬億之人哉？故填詞之中,勿使有斷續痕,勿使有道學氣。

本書第三章曾提及,古人對文論範疇大抵不作辭意分明的判斷,重主詞而不重謂詞,李漁在這裏對"機趣"範疇的解釋卻是難得的明確。"趣"字前已說過,在散曲和戲劇批評中均指生動的意趣,他解作"風致"可謂貼切。因爲基於戲劇體式特點的規定,它有科介賓白,似可諧謔入俗,這便使"意趣"帶上了幾分風趣。"機者,傳奇之精神",是說"機"是作者沛盛生命元氣賦予作品的精神,因這元氣沛盛,得造化之氣機,所以施於作品,內力綿勁,"血脈相連"。落實到具體作法,則能使全劇渾然一體,"如藕於未切之時,先長暗絲以待;絲於絡成之後,才知作繭之精",又使全劇述情生動,充滿靈機和智慧,"離合悲歡,嬉笑怒罵,無一語一字不帶機趣而行"。而由"勿使有道學氣"的強調,其對此範疇的理解實與明人精神相通也就不難看出了。故底下所說不要"迂腐"、"板實",要

---

① 《廣陵散三則》,《鶯嘯小品》卷三。
② 《度曲須知》卷下《經緯圖說》。
③ 《度曲須知序》。

"超脱"、"空靈",不能僅看作是對行文的要求,而是由文而人,由人而文,對戲劇一體的通盤整體所作的要求。也只有這樣理解,這"迂腐"、"板實"和"超脱"、"空靈"才可以説是從反正兩方面對"機趣"範疇所作的最好的説明。

在同書《格局》一節中,李漁再次論及這個範疇,稱"開手筆機飛舞,墨勢淋漓,有自由自得之妙。則把握在手,破竹之勢已成,不憂此後不成完璧"。鑒於不是每個作者都能在一開手時就暢達無阻,他又提出"養機使動之法",所謂"如入手艱澀,姑置勿填,似避煩苦之勢。自尋樂境,養動生機,俟襟懷略展之後,仍復拈毫,有興即填,否則又置。如是者數四,未有不忽撞天機者"。"養機使動"即棄絶刻意苦吟,積蓄生命元氣,等待主體感興與外物自然湊泊的那一瞬間。因非刻意追求,且這主體已棄絶了一切功利的考較與世俗習累的干擾,以一片澄明的心與天地自然相交接,所以就能迎來筆機飛舞、墨勢淋漓的酣暢文思,由此無處不在,無往不是。這又是其在《賓白》一節所説"妙在水到渠成,天機自露"的意思。

最後要指出的是,儘管"機趣"須得之自然並出以自然,但其形成過程無往而非賴人的主觀營構,故其後孔尚任稱自己作劇"説白則抑揚鏗鏘,語句整練,設科打諢,俱有別趣,寧不通俗,不肯傷雅,頗得風人之旨"[1],可見這"機趣"來自巧設。黄啟太指出:"填曲雖屬詩家外道,然寓意必高,措辭必雋,結調必響,三者備而能事畢矣","詞曲以命意布局爲先,簡净爲高,而機調之湊泊,聲律之敲戞,科白、打諢之步驟,尤宜生動合趣,處處經營,不可一段稍涉鬆懈。"把這層意思説得更加清楚了。即這"機趣"是作者刻意爲之處處經營的結果。他十分推崇《桃花扇》,稱其中有的場次"尤分外湊趣,刺骨誅心之語,仍自雋妙解頤",原因就在於作者"非僅選聲練色,其布置安插,無一不臻完善"[2]。

4. 諸範疇的聯通和意義小結

綜上所述,"局段"、"主腦"和"機趣"三個範疇可以説代表了戲劇創作的三個階段,涵括了戲劇創作所必然面臨的主要問題,具有重要的範式意義。

作劇先須構架,此所謂"局段"。由"局"和"局段"範疇帶連起的一系列後序名言,如"煉局"、"構局"乃至"鑄局"、"運局",皆從不同側面反映了構架的重

---

[1] 《桃花扇·凡例》。

[2] 《詞曲閒評》。

要。設局構架自然要顧及作劇的初心與本意,注意凸顯全劇的中心意旨和關鍵情節。儘管就創作的實際展開過程而言,安排"一人一事"是最為基礎性的工作,故李漁《閒情偶記》論結構時要首先強調"先天成局"。但在此實際展開過程的前期,創作者的中心意旨不能不說已自確立在那裏了,故很多時候是很難確定究竟立"主腦"在先還是設"局段"在先。而由前述論者對這兩個範疇的論述來看,好的"局段"對作品"主腦"的凸顯顯然大有幫助;而倘"主腦"分明,作品的頭緒要約不繁,這"局段"也就簡緊了,也就合理和得體了。所以這兩者又都與"自然"、"正大"、"虛實"、"收縱"等概念、範疇密切相關。

作品"構局"自然完整,"主腦"分明突出,又必有利於作品"機趣"的暢行。此祁彪佳所謂"構局之妙,令人且驚且疑,漸入佳境,所謂深味之而無窮者"。"味之而無窮"就是見"天機",就是有"機趣"了。因為"機趣"並非不費力就能出現在作品中的,作者如何設局立意,對它的生成分外重要。當然,設局立意已定,是要出以"疏疏散散,靈氣統於筆端,若無意結構,而湊簇自佳"的①。在這裏,"主腦"、"局段"也好,"機趣"也好,又與"本色"、"和厚"、"空靈"和"神化"等範疇聯繫了起來,並最終歸向"本色"、"和厚"、"空靈"和"神化"。

詩文等體式自然也講究這些概念、範疇,如上所舉,論者也有運用它們表明自己的觀念和見解的。但不能不說,只有在劇學批評中,它們才走到範疇體系的前臺,進入到時人理論體系的中心。

第五節　小說體式與範疇

中國古代小說有不同於詩詞曲的發展歷史和體式特徵,即與同為演說故事、塑造人物的戲劇相比,也還有自己獨立的本位特點。因此,如鈕琇儘管說"傳奇演義,即詩歌紀傳之變而為通俗者",但還是着重指出其"哀艷奇恣,各有專家。其文章近於遊戲,大約空中結撰,寄姓氏於有無之間,以徵其詭幻,然博考之,皆有所本"②。待小說體式正式確立以後,論者對這種體式特徵的探討就更多了,並最終形成了一整套具有自體特點的語彙系統。這個系統中固然有

---

① 《遠山堂曲品》卷下。
② 《觚賸續編》卷一《言觚·文章有本》。

許多形象化的表達,但也不乏富於學理的系統總結,正是後者構成了小説批評範疇的主體。

一、小説觀念的萌起與明清小説範疇

説起來,小説在先秦時代已經萌芽,然真正達到成熟繁榮却是唐以後事。與之相對應,"小説"一詞最早見諸《莊》《荀》,然其所説"飾小説以干縣令,其於大達亦遠矣"①,"故智者論道而已矣,小家珍説之所願皆衰矣"②,實與後人所言之小説並無直接關係。唯因"小家珍説"之意,類同後人對小説的部分認識,加以《莊子》書中多近小説的寓言,有些篇章如《逍遥游》還提出了"齊諧"、"誌怪"等説,所以被素好慎終追遠、託體自尊的古人拿來作爲尊體的依據,説明史統散而説部興,小説由來已久,決非不經之談。

對小説的判斷比較近切後人的要推漢劉向父子、班固和桓譚。前三人所言見諸《漢書·藝文志》,所謂"小説家者流,蓋出於稗官,街談巷語,道聽途説者之所造也。……閭里小知者之所及,亦使綴而不忘,如或一言可采,此亦芻蕘狂夫之議也"。桓氏的意見則見諸《文選》卷三十一李善注江淹《李都尉從軍》所引《新論》語:"若其小説家,合叢殘小語,近取譬論,以作短書,治身理家,有可觀之辭。"

由班固和桓譚所論,再結合《漢志》所收多出方士之手,可知它最初是對士人和方士所收集創作的體制零碎殘瑣的那部分作品的稱謂。它的作用或可爲王者觀風俗,但也有用爲悦志把玩的。前者由《漢志》顔注引如淳言"王者知閭巷風俗,故立稗官使稱説之"可知,後者則有張衡《西京賦》所謂"匪唯玩好,乃有秘書,小説九百,本自虞初,從容之求,寔侯寔儲"數語爲証。賦言皇帝求小説非爲玩好,是其時有人以之爲玩好當無疑問。聯繫《説文》訓"説"爲"釋"爲"談説",段注進而疑"説"爲"悦","釋"即"懌","説釋者,開解之意,故爲喜悦",則此義大體可明。

又,先秦子夏已有"雖小道,必有可觀者焉,致遠恐泥,是以君子不爲也"之説③。後劉向稱《列子》"亦有可觀者",《新序》、《説苑》"皆可觀",桓譚以爲小説

---

① 《莊子·外物》。
② 《荀子·正名》。
③ 《論語·子張》。

"有可觀之辭",皆從此而來。底下還要專門討論,"觀"無疑是中國文學批評中一個重要的範疇,它不僅指耳目等感官對外物的觀察和感知,基於主體心智的作用,還有心靈觀照及超越形識達到神觀的意思。漢人再三強調小說"可觀",似乎寓示着他們對小說文體特徵的某種認定。不過囿於孔子不語"怪力亂神"的訓教,以及小說本出稗官的歷史淵源,儘管魏晉南北朝志怪和志人小說的創作頗爲豐富,乃至有直接以"小說"命名者①,小說被認爲"有應風雅","未易輕棄"②,地位也有所提高,但除在強調可補史闕,"舉美事"、"浮誕"和"辭趣過誕",因此與經史不同之外③,當時並未有人專門致力於從體式角度分析其特徵和創作規律。因此,小說批評範疇的創設和運用,乃或小說範疇體系的構建自然也就談不上。

唐代小說創作趨於繁榮,誠如魯迅《中國小說史略》所說,"雖尚不離於搜奇記逸,然敘述宛轉,文辭華艷,與六朝之粗陳梗概者較,演進之迹甚明"。蓋六朝變異之談,"多是傳錄舛訛,未必盡幻設語,至唐人乃作意好奇,假小說以寄筆端"④,才形成一種有意識的創作,如裴鉶、袁郊等人還是專門的小說家。只是比之創作的繁榮,時人在理論建設方面仍然乏善可陳。承六朝人所論,雖認同它的非聖不經,但大抵仍要求能與史相參,"無害於教化"⑤,並對其"風規"、"勸戒"作用作了突出的強調。因此,儘管也有不少人論及小說,就所取得的實績而言並不足以擺脫史的拘束,成爲一真正獨立的門類。作爲對一種理論的抽象概括,並一理論區別於其他理論的標誌,小說批評範疇的建設還有待宋元以後人來完成。

宋元因社會生產關係的改變,手工業和商業經濟的繁榮,導致廣大地區都市化進程加劇。而都市生活形態與市民的文化消費習慣,又刺激了包括"說話"在內的娛樂業的發展。故除繼承唐人傳奇傳統,文言小說在其時有很大發展外,因"說話"藝術而起的白話小說也日漸繁興,並很快取得了主導地位。時人不但不輕貶這類小說,相反還通過序跋、筆記等各種形式表達對它的喜愛。

---

① 《隋志》著錄有未知作者的《小說》五卷,《舊唐書·經籍志》有劉義慶《小說》十卷。此外,另有梁殷芸撰《小說》十卷。
② 曹植《與楊德祖書》,《全三國文》卷十六。
③ 見署郭寬《漢武洞冥記序》、葛洪《神仙傳自序》和蕭綺《拾遺記序》。
④ 胡應麟《少室山房筆叢》卷三十六《二酉綴遺中》。
⑤ 李翱《卓異記序》,《全唐文》卷六百三十六。

而分類的細化,評點及類似小説專論的出現,均標誌着一個不同於前代的觀念自覺時代的到來。

就小説理論批評範疇而言,這一時期也有了第一批創獲。如洪邁不僅創作有小説集《夷堅志》,還在序中駁斥別人的責難,提出"稗官小説家言不必信,固也","《夷堅》諸志,皆得之傳聞。……愛奇之過,一至於斯,讀者曲而暢之,勿以辭害意也"。雖仍有託史書以自立的意思,但突出小説不必"信"、可以"奇"大有意義。他又肯定唐人小説"鬼物假託,莫不宛轉有思致"①,也是對這種不信有奇的肯定。灌圃耐得翁稱"蓋小説者,能以一朝一代故事,頃刻間提破"②,吴自牧稱"蓋小説者,能講一朝一代故事,頃刻間捏合"③。在將野史筆記雜錄從小説中剔除的同時,這"提破"和"捏合"實際上已觸及到了小説一體所特有的概括性和典型性問題,讓後人得以想見時人對小説體式的認識已達到一個比較深入的層次。

此後有羅燁在《醉翁談錄》中專門作了《舌耕叙引》兩篇——《小説引子》、《小説開闢》。在這兩篇可以説是古代小説專論的首創之作中,他不但對話本小説作了較詳細的分類,進而還初步劃定了小説的界限。至於其所論列的作品,今天看來大都具有小説的基本特點。而《小説開闢》末尾對結構布局的討論,尤表明他對小説體式特點的清晰認識。所謂"講論處不滯搭,不絮煩;敷衍處有規模,有收拾;冷淡處提掇得有家數,熱鬧處敷衍得越久長"。凡所提及的名言均爲後世論者所習用。

值得一提的是,大約自宋代開始,小説批評與畫學理論批評有了更密切的聯繫。究其原因是基於小説有描寫物情世態的特性,並且主要是基於對小説刻畫人物和摹狀情性的重要性的認識,時人從傳統詩文批評中無所借鑒,遂因古人鑄鼎象物之舊説,轉從繪畫作法和畫學理論中汲取營養,以至一些畫學理論命題及範疇每每被論者引入以佐己説。

早在北宋,趙令時《侯鯖録》論及《鶯鶯傳》故事,稱"夫崔之才華婉美,詞彩艷麗,則於所載緘書詩章盡之矣。如其都愉淫冶之態,則不可得而見,及觀其文,飄飄然仿佛出於人目前,雖丹青摹寫其形狀,未知能如是工且至否",已將兩者相連

---

① 《容齋隨筆》卷十五《唐詩人有名不顯者》。
② 《都城紀勝·瓦舍衆伎》。
③ 《夢粱録》卷二十《小説講經史》。

言。待劉辰翁評點《世説新語》，稱《何晏七歲》一則"字形語勢皆繪，奇事奇事"，更將此意推而廣之。以後，如天都外臣汪道昆稱《水滸傳》"如良史善繪，濃淡遠近，點染盡工"①，葉畫稱《水滸傳》描畫人物"千古若活，真正傳神寫照妙手"②，李漁將"《水滸傳》之叙事"與"吳道子之寫生"連言，稱爲"此道中之絶技"③，皆本此而來。由此，諸如"筆墨"、"大落墨"、"白描"、"傳神寫照"、"點染"、"寫生"等概念、範疇與命題被紛紛引入小説批評，而諸如"濃淡"、"虛實"、"遠近"等對待性名言也被賦予特殊的意義，得到廣泛的使用。如"虛實"在詩學批評中通常指寫景述情時對著實與虛靈關係的適切處理，小説批評則更多從類似"古人用筆，妙有虛實。所謂畫法，即在虛實之間。虛實使筆生動有機，機趣所之，生發不窮"④的畫論中得到啓發和滋養，指人物刻劃和情節設置的從實與幻設。

　　小説觀念自覺的真正完成是在明清兩代。在創作上，經由古代神話傳説、魏晉南北朝志怪、志人小説、唐傳奇與宋話本等幾個發展階段，以四大奇書的出色表現，還有白話短篇小説集"三言"、"二拍"的出現爲標誌，小説的繁榮和成熟至此達到了相當高的程度。《紅樓夢》的問世打破了小説傳統的認識方式和表達方式，所取得的成就更非此前任何作家作品所能比擬。由於創作的成功，還有藝術經驗的積累，使明代那些櫛沐濃重商業氣息，並更多更勇敢地接受新思想影響的小説愛好者們，竟有將其與傳統詩文乃至六經相比併的念頭。小説的地位得到了空前的提高，即價值觀頗爲正統者也有"更定九流"的呼吁⑤。與之相伴隨，小説的本位特徵開始得到更明確的確認。清人承此餘緒而推廣之，在某些方面並有更進一步的闡釋，從而奠定了小説批評的基本格局，當然也包括小説批評範疇的基本格局。

　　與歷代人好假史以尊體不同，明人有意識地區分兩者。認爲"小説者流，或騷人墨客遊戲筆端，或奇士洽人蒐羅宇外，紀述見聞，無所迴忌，覃研理道，務極幽深"⑥，"文不甚深，言不甚俗"⑦，"演義，以通俗爲義也者"⑧，"則史書、

---

① 《水滸傳叙》。
② 《容與堂本水滸傳》第三回總評。
③ 《閒情偶寄・詞曲部・語求肖似》。
④ 方薰《山静居畫論》卷上。
⑤⑥ 見胡應麟《少室山房筆叢》卷二十九《九流緒論下》。
⑦ 蔣大器《三國志通俗演義序》。
⑧ 陳繼儒《唐書演義序》。

小說有不同者,無足怪也"①。儘管類似小說羽翼信史的觀點還不時可以聽到,但終已失去了齊一認識的力量。在這種背景下,小說創作的真實性問題被提了出來,"真假"、"虛實"、"奇幻"等範疇開始不斷爲各家論及。如前及汪道昆《水滸傳序》就提出小說的本事出處"不必深辯,要自可喜"。謝肇淛在考察了大量神話題材的小說後,將這一問題論述得更爲具體:

> 凡爲小説及雜劇戲文,須是虛實相半,方爲遊戲三昧之筆。亦要情景造極而止,不必問其有無也。古今小説家,如《西京雜記》、《飛燕外傳》、《天寶遺事》諸書,《虯髯》、《紅綫》、《隱娘》、《白猿》諸傳,雜劇家如《琵琶》、《西厢》、《荆釵》、《蒙正》等詞,豈必真有是事哉? 近來作小説,稍涉怪誕,人便笑其不經,而新出雜劇,若《浣紗》、《青衫》、《義乳》、《孤兒》等作,必事事考之正史,年月不合,姓字不同,不敢作也。如此,則看史傳足矣,何名爲戲。②

其實魏晉以來人已意識到這一點,故干寶所作即"博采異同,遂混虛實"③,惜其未作理論上的展開。謝氏認識到曼衍虛誕是小說體式的題中應有之義,並認定要"情景造極",唯行虛破真才能造成佳構,這就將其間的道理説周全了。所以,他又稱《三國演義》與《錢唐記》、《宣和遺事》、《楊六郎》一樣"俚而無味","事太實則近腐,可以悦里巷小兒,而不足爲士君子道也"。這一觀點與他《金瓶梅跋》致賞於小說"不徒肖其貌,且並其神傳之"是一致的。這裏"神傳"與"情景造極"幾乎是一個意思,傳"神"和任"虛"也密不可分。此外,酉陽野史《新刻續編三國志引》用"虛"、"實"等範疇,所表達的意思與謝氏也差不多。

"虛"與"實"這對範疇在傳統詩文批評中的運用多與道釋思想相關聯。本着天下萬物"有"生於"無"且"唯道集虛"的認識,或世間萬物雖各有因緣然必以"空"爲衆形之始的認識,中國古代哲人多主張視乎冥冥,聽乎無聲,關注空無所包含的實有至理。文人受此啟發,在詩文意境創造一途自覺運用"以實爲虛"、"化景物爲情思"等方法,力求創造出內藴豐實而又空靈清透的佳作。在

---

① 焦大木《新刊大宋演義中興英烈傳序》。
② 《五雜俎》卷十五《事部三》。
③ 《晉書·干寶傳》。

具體的批評實踐中也注意考察其得失，提出"以虛寫實"、"實而無趣"、"虛而有味"等命題。謝氏所論"虛"、"實"與此類同。此後，金豐《新鐫精忠演義說本岳王全傳序》稱"事事皆虛，則過於誕妄，而無以服考古之心；事事皆實，則失於平庸，而無以動一時之聽"，"實者虛之，虛者實之，娓娓乎有令人聽之而忘倦矣"，即承此義。

不過，需要指出謝氏及其同時代小說家所論之"虛"、"實"有從哲學角度出發的，但大多僅就創作而言，指稱的是小說創作中真實與虛構的關係。此後受詩文批評影響，有人開始將之上升到更高層次。如清代二知道人稱"盲左、班、馬之書，實事傳神也；雪芹之書，虛事傳神也，然其意中自有實事"①，即庶幾乎近此。因爲傳統觀念中，"虛"所關聯的經常是事物的本質，較之"實"更能表現對象的精髓，故古人常崇"虛"叩"虛"，以至詩文批評中有"虛神"這樣從屬於"神"範疇的後序名言，如清人韓廷錫說："文有虛神，然當從實處入，不當從虛處入。……凡凌虛仙子，俱於實地修行得之，可悟爲文之法也。"②二知道人之論與韓廷錫所說意思相近，從中可以看到在接受畫學理論批評影響的同時，小說論者因向傳統文論乃至傳統哲學趨近與皈返，致對此一對待範疇的認識不斷走向深化的發展軌跡。

李贄本"童心說"，在討論戲劇創作的同時，對小說也投入了很大關注。作爲明代小說評點的開創者，他在評點《水滸傳》過程中提出了許多精闢的見解。如較早引入宋元以來重要的哲學範疇"格物"，第二十三回眉批謂："東坡《題畫雁詩》，'野雁見人時，未起意先改。君從何處看，得此無人態？'今虎食人法，安得如此分明，可謂格物。"以此來稱贊小說家精於觀察。後金聖嘆評《水滸傳》，稱"天下之文章，無有出《水滸》右者；天下之格物君子，無有出施耐庵先生右者"，"施耐庵以一心所運，而一百八人各自入妙者，無他，十年格物而一朝物格"，即承其說。當然，金聖嘆還進而論及作者"心清"、"澄懷"之於"格物"的重要性，似談得更深入一些。此外，李贄還多次用"逼真"、"傳神"論《水滸》，如稱"妙處只是個性事逼真"、"時候風俗，無不寫真"、"象情象事，文章所謂肖題，畫家所謂傳神也"。此處"傳神"從畫論中來甚明，"逼真"也同樣，白居易《記畫》

---

① 《紅樓夢說夢》。
② 《與友人論文》，《尺牘新鈔》卷一。

已見提出,並稱繪畫之美在於"以真爲師"。但詩文批評一途則不如此。古人以爲即如咏物也"不待分明説盡,只仿佛形容,便見妙處"①,故"凡作詩不宜逼真,如朝行遠望,青山佳色,隱然可愛,其烟霞變化,難於名狀,及登臨非復奇觀,唯片石數樹而已。遠近所見不同,妙在含糊,方見作手"②。小説要叙事見人,且入情入理,自然要求下筆能在在成狀,歷歷如繪,所以李贄從正面運用此名言,應該説正與小説體式特點相符。

此後,葉晝託名李贄評點《水滸傳》,在繼承李氏思想的同時,對小説藝術又有十分精闢的創見。僅就概念、範疇而言,基於小説須實寫生活的要求,除力舉"逼真"、"肖物"和"傳神"等名言,尤推崇"化工"而無取"畫工"。所謂"逼真"與"化工",在他非僅指一般意義上的形似,而意在"不惟能畫眼前,且畫心上;不惟能畫心上,且能畫意外"。他認爲《水滸》在許多地方做到了這一點,並感嘆"顧虎頭、吳道子安能到此",顯然受到畫論的影響。當然,詩文批評中"象外"、"意外"等説也爲他的論説提供了參照。由於追求"化工"而非"畫工",他還很理解"劈空捏造"之"假"對於小説創作的意義,以爲《水滸傳》文字原是假的,但因寫出了人情物理,仍可視爲"真",並且只有這種"真"才有價值。於此,他又特別標舉"趣"這個範疇,稱"天下文章當以趣爲第一,既是趣了,何必實有是事,並實有是人。若一一推究如何如何,豈不令人笑殺"③。

萬曆時,李日華講談小説體式,也曾論及"虛"、"實"範疇,其《廣諧史序》説:

> 因記載而可思者,實也;而未必一一可按者,不能不屬之虛。借形以託者,虛也;而反若一一可按者,不能不屬之實。古至人之治心,虛者實之,實者虛之。實者虛之故不係,虛者實之故不脱。不脱不係,生機靈趣活潑潑然,以坐揮萬象,將毋寧忘筌蹄之極,而向所讎校研摩之未嘗有者耶。

同樣是説真實與虛構的關係,李氏的論述較前及謝肇淛明顯深刻了許多,他由實者"不能不屬之虛",虛者"不能不屬之實",進一步展開了謝氏"虛實相半"的

---

① 魏慶之《詩人玉屑》卷六引《呂氏童蒙訓》。
② 謝榛《四溟詩話》卷三。
③ 《容與堂本水滸傳》第二十一回、五十三回總評。

泛泛表述,其"坐揮萬象,將毋寧忘筌蹄之極",觸及了傳神寫照的本質;而"不脫不係"、"生機靈趣",則將謝氏所論之"可喜"具體化了。至所提"生機"、"靈趣"等後序名言,與前此葉晝之尚"趣"、胡應麟之尚"生動"是一致的。同時與當時戲劇乃至詩文批評所提倡的"趣"範疇也一脈相承。

稍後的馮夢龍以畢生精力從事通俗文學的搜求、整理和出版,他著力標舉的範疇是"真"和"俗",特別對前者尤著意渲染。在《太霞新奏》中稱自己的散曲"絕無文采,然有一字過人,曰真",並認爲這也應該是小說體式的重要特徵之一。當然,在具體展開對這種特徵的論述時,屬於同一序列的"逼真"、"真切"、"真真"等名言也每每被他用及。如《警世通言叙》指出"野史盡真乎?曰不必也;盡贗乎?曰不必也。然則,去其贗而存其真乎?曰不必也",只要做到"事真而理不贗,即事贗而理亦真"就可。可知他所謂"真"是指一種近乎物理、事理和情理本質的實相。當然,它不包括"尚理或病於艱深"①。後清夢覺主人稱小說"奚究其真假,惟取乎事之近理"②,脂評稱"事之所無,理之必有"③,說的也是這個意思。在傳統文學批評中,"真"多指情感的真,當然也包括客觀事物的真,但因受儒道兩家思想影響,主要偏在主體情感方面,或與誠信之美善結合,或與任性法天結合,以馮氏爲代表的小說批評用"真",攬入了基於時代新風尚的新的價值標準和審美趣味,從而在一定程度上豐富了此範疇的意義內涵。

明末清初金聖嘆批點《水滸傳》,對小說創作的動機、主旨到情節設置、人物塑造都有很透闢的分析,其中關於典型性格的論述尤具開創性。就其運用範疇的情況而言,除提倡"格物"、重性格刻畫之外,特別提出了"太落墨"這個概念,用以指對關鍵人事的濃墨重彩的描繪。又直接提出了"典型"一詞,如評第三十一回武松送宋江,"真正哥哥既死,且把認義哥的遠送,所謂'雖無老成人,尚有典型'也",用的是《詩經·大雅》中的詩語。蓋"典型"(或寫作"典刑")一詞本指成規常法,後衍指典範與範式。如謝肇淛稱"晉之《世說》、唐之《酉陽》,卓然爲諸家之冠,其叙事文采,足見一代典刑"④,後桃源居士《唐人小說序》稱其時小說"足以存故實,見典刑",吳航野客稱"歷覽諸種傳奇,除《醒世》、

---

① 《醒世恒言序》。
② 《紅樓夢序》。
③ 《脂硯齋重評石頭記》甲戌本第二回眉批。
④ 《五雜俎》卷十三《事部一》。

《覺世》,總不外才子佳人,獨讓《平山冷燕》、《玉嬌李》出一頭地。由其用筆不俗,尚見大雅典型"①,皆在此種意義上用。金氏所論雖不就現代意義上的藝術典型言,但兩者之間實有內在的聯繫,且由其第一次引入小說批評,足以催生成規典範向藝術典型的意義轉化。後張竹坡批《金瓶梅》,稱陳經濟娶潘金蓮爲"又一個要偷娶,西門典型尚在"②,就接近了作爲共性和個性高度統一的藝術典型的真義了。

金聖嘆還討論了小說體式的諸多細節問題,不但講字法、句法、章法,還講"部法"和"立局",講小說所達到的種種境界。其《水滸傳·序一》説:

> 心之所至,手亦至焉;心之所不至,手亦至焉;心之所不至,手亦不至焉。心之所至,手亦至焉者,文章之聖境也;心之所不至,手亦至焉者,文章之神境也;心之所不至,手亦不至焉者,文章之化境也。夫文章至於心手皆不至,則是其紙上無字,無句,無局,無思者,也獨能令千萬世下人之讀吾文者,其心頭眼底宵宵有思,乃搖搖有局,乃鏗鏗有句,而燁燁有字。則是其提筆臨紙之時,才以繞其前,才以繞其後,而非徒然卒然之事也。

文中提出"聖境"、"神境"和"化境"。由這三個意義相互關聯的後序範疇指述小說創作達到的三種境界,可以見出金氏對傳統哲學及詩文批評的汲取。《周易·繫辭上》有"陰陽不測之謂神","神也者,妙萬物而爲言者也"之説,《孟子·盡心下》則提出"大而化之之謂聖,聖而不可知之之謂神",是"聖"尚非至高境界,"聖則通靈","妙將入神",由"聖"而"神",才是囊括萬物,達到只可意會不可形詰的更上一路。所以古人論詩,稱"五言律、七言歌行,子美神矣,七言律聖矣;五、七言絕,太白神矣,七言歌行聖矣,五言次之"③。同時,傳統哲學又好言"化",《周易·繫辭下》説:"窮神知化,德之盛也。"諸家解説,"神天德,化天道,德其體,道其用,一於氣而已"④,"窮神知化,化之妙者神也"⑤,似乎

---

① 《駐春園·開宗明義》。
② 《第一奇書金瓶梅》第八十六回類批。
③ 王世貞《藝苑卮言》卷四。
④ 張載《正蒙·神化篇第四》。
⑤ 程顥《師訓》,《河南程氏遺書》卷十一。

"化"較"神"低一層級,或是"神"之用。但金聖嘆所說的"化"稍有別於此,而更近於明張岱所講的"通神入妙,必待天工"①。所講的"化境"則正指這種"天工"和"天籟",近於詩人所講的"天籟人籟,合而同化"之"化"②,是一種造化自然的功能。他推崇小說所達到的"心手皆不至"的境界,就是要最大程度地降低作者主觀情志的干預,凸顯作品本體的運化,這種運化的過程及實現就是"化工"。

繼金聖嘆而起,在評點一途取得很大成就的先有毛綸、毛宗崗父子。就小說批評範疇的創設和運用而言,毛氏父子推崇小說之"幻"、"巧","幻既出人意料,巧復在人意中",並稱"善寫妙人者不於他處寫,正於無處寫",提倡"虛筆"、"虛寫"的妙用,都可看作是對前人所論"虛實"說的繼承。當然,這是一種有發展的繼承。同時受金聖嘆影響,他們又重文章之"勢",在《讀三國志法》中提出"文之短者,不連敘則不貫串;文之長者,連敘則懼其累贅,故必敘別事以間之,而後文勢乃錯綜盡變"的主張。又說:"凡文之奇者,文前必有前聲,文後亦必有餘勢。"又曾用"相引"、"相反"的概念,以爲只有前者就會見首知尾,平直單調;只用後者就會事起突兀,讓人罔無頭緒,不易入味。

值得注意的是,他們還借詩法中"合掌"一詞,討論小說情節描寫應避免雷同的問題。如卷首評語有"今人好爲雷同之文","文之合掌,往往類是"。第九十四回諸葛亮破羌兵與司馬懿擒孟達,"事不雷同,文亦不合掌,如此妙文,真他書之所未有"。又稱第一百二十回晉之篡魏與魏之篡漢相對成篇,"炎之取吳"與"昭之取蜀"亦正相對,"比類而觀,更無分寸雷同,絲毫合掌"。後鄒弢稱小說"寫各人分別,不作一樣寫,妙在各有悲慘,各有寫法,閱此可免合掌之病"③,意同於此。應該說,"合掌"源出佛教用語,本指合十法界於一心,以示恭敬,故《觀無量壽經》有"合掌叉手,讚嘆諸佛"云云,後成爲關乎作詩避忌的術語,宋人用來指"上下句只是一意"④,乃或更早劉勰的《文心雕龍·儷辭》用來指"對句之駢枝",其情形有點像戲劇批評中的"間架",尚不能稱作概念,更非範疇。但也應該承認,經由他的改造,其作爲術語的技術色彩在一定程度上被沖淡或稀釋了不少。

---

① 《石匱書》卷二〇九《妙藝列傳總論》。
② 袁枚《峽江寺飛泉亭記》,《小倉山房文集》卷二十九。
③ 《青樓夢》鄒評本第四十二回。
④ 沈括《夢溪筆談》卷十四《藝文一》。

此後是張竹坡,他在評點《金瓶梅》時對"典型"、"摹神"等概念、範疇均有論及。又承金聖嘆小說敘事要"有節次,有間架,有方法,有波折"之說,提出"讀《金瓶梅》,須看其大間架處"。如前所說,"間架"一詞爲戲劇批評常用,金氏引入論小說的布局結構後,爲張竹坡取用。另外他還提出"抗衡"這個名言來討論人物性格的塑造和使之做到相得益彰的途徑:

> 總之,爲金蓮作對,以便寫其妒寵爭妍之態也,故惠蓮在先,如意兒在後,總隨瓶兒與之抗衡,以寫金蓮之妒也……如耍獅子必抛一球,射箭必立一的,欲寫金蓮,而不寫其與之爭寵之人,將何以寫金蓮?故惠蓮、瓶兒、如意,皆欲寫金蓮之球之的也。

這是一個頗具獨創性的概念。文學創作中對比相襯原理,以及關於對比相襯的概念、範疇歷代多有,但大多強調其相融相洽或相反相成之義,並不突出對比物之間存在的緊張關係及其之於表情達意的意義。"抗衡"這個名言很確切地傳達了這部分意思,這使得傳統文學理論中對比映襯的創作原則得到了豐富和擴展,是很值得重視和肯定的。至於他對"避犯"和"白描"的論述有突過金氏處,容底下專門討論。

毛、張之後,如馮鎮巒、但明綸評定《聊齋》時也有一些值得重視的發明。前者論小說可以乖違常體,以便出"精神",見"生趣";又主張"作人宜直,作文宜曲",以"化工"、"意境"等範疇稱賞此書的妙處在"同於化工賦物,人各面目,各篇各具局面,排場不一,意境翻新,令讀者每至一篇,另長一番精神"。後者在討論小說作法時特別標擧"蓄"、"轉"等名言,稱"文夭矯變化,如生龍活虎,不可捉摸,然以法求之,只是一蓄字訣"。"蓄"即"含蓄",在詩文指情韻的含蓄,在小說則主要指寫人述事能留有餘地,增人遐思。他並以爲惟"蓄"才能出人意表,"愈蓄則文勢愈緊,愈伸,愈矯,愈陡,愈縱,愈轉",愈能避免平庸、直率、生硬、輕弱之病,達到"極大極厚"之境界。這種論述顯然較宋元人爲精緻,較明人爲更具體。

"轉"也是宋元以後文學批評較常用的名言,詩文講究"折轉"、"到轉"和"轉掉",要求"轉要透脫"①,即述情說理須層層折轉,翻轉一次即折進一層,並

---

① 費經虞《雅論》卷二十二《瑣語》。

還有"頸轉"、"腰轉"、"腹轉"、"股尾轉"等具體的名目①。詞學批評也尚此義,乃至有"詞之妙在透過,在翻轉,在折進","詞貴愈轉愈深"之說②。但氏將之引入小說批評,並賦予它更豐富的含義:

> 文忌直,轉則曲;文忌弱,轉則健;文忌庸,轉則新;文忌平,轉則峭;文忌窘,轉則寬;文忌散,轉則聚;文忌鬆,轉則緊;文忌復,轉則開;文忌熟,轉則生;文忌板,轉則活;文忌硬,轉則圓;文忌淺,轉則深;文忌澀,轉則暢;文忌悶,轉則醒。求轉筆於文,思過半矣。

將"轉"視作行文的根本方法之一,認爲它能通過曲折或折進的方式,給小說帶來不同凡俗的面貌。這種措辭用語的不同凡俗,翻空出奇,與他所標舉的"蓄"有着内在的聯繫,"蓋轉以句法言之,蓄則統篇法言也"。以後哈斯寶評《紅樓夢》,稱"文章之妙,在於事先料不到它的變化反復,事出突然而又合理……後來突然折轉,無意中生變,而且變得端端在理,這是何等之奇"③。這所謂的"折轉"也即但氏說的"轉",不過更側重在文意而已。

此外,但氏還頗有獨創性地提出了"胎"這個名言。如在《蓮香》夾評中指出:"作文之要在於立意立胎",《嬰寧》一篇評說得更具體,"此篇以'笑'字立胎,而以花爲眼,處處寫真,即處處以花映帶之,捻梅花一枝數語,已伏全文之脈,故文章全在提綴處得力也"。"胎"者,事物的肇始、根源或初基,他用以指造成小說情節發展的主要因素。由此論述,可以察知其本意是借生活中實有之事象,來表達對作品主旨應有所存蓄、並應有適當事物啓逗引出這樣的認識。這個名言不爲其他批評家所用,但從其論述的具體明切,可知取式於自然和人事從來是古代文學批評範疇産生的重要源泉,由這種途徑形成的概念,範疇同樣可以概括和反映對文學問題的深刻認識。

清代小說評點還有一個大家是脂硯齋。他披文入情,賞會入微,貼合着物理人情,絲絲入扣,層層剥繭,藝術鑒賞力頗爲突出。但從範疇的創設和運用方面考察,除間用"間架"、"神妙"、"情理"、"合掌"、"趣"來評論《紅樓夢》各章

---

① 李騰芳《文字法三十五則》,《李文莊公全集》卷九。
② 沈祥龍《論詞隨筆》。
③ 《新譯紅樓夢回評》第十回。

節的寫作特點和藝術成就外,並無太多獨創性的發明。《儒林外史》出現後,閒齋老人、臥閒草堂主人和天目山樵或序或評,或爲作識語,在這方面也未有太突出的建樹。

二、晚清的進步

晚清因時代風雲激蕩,小説創作得以在梁啓超等人的提倡下,以"文學界中之占最上乘者"的身份①,成爲文壇主導。梁氏夸大小説可以振興道德、宗教、政治、風俗的言論自然不能算準確客觀,對此時人已有指正,如黄人《小説林發刊詞》就以爲"昔之視小説也太輕,而今之視小説又太重也",但都起到了抬升小説地位的巨大作用。故一時作者如林,雜誌頻出。加以從政治小説、社會小説到偵探小説、科學小説,各種西洋小説的譯介②,新的文學觀念的傳入和影響,時人對小説的認識開始不再斤斤糾纏於虛實真僞的討論,而是調動序跋、評點、筆記等一切形式,乃至發展爲叢話和專論,對其體式作了更爲全面深入的探索。即使談及虛實真僞或意義功用,也較前輩爲新特和深入。其時如孫寶瑄、蘇曼殊和俠人等人還頗多中西小説比較之談,今天看來不乏膚表皮相,但在當時,却對人獲得文體認識的新視野提供了很大的幫助。故從1897年到1916年,從人物塑造、情節結構到叙述方式,時人對小説體式的認識有了明顯的進步。

當然,這個過程中不排斥一些保守陳舊的觀念不時迭出其間,但它們不再構成當時批評的主體却是不争之事實。這種創作繁榮、批評活躍的形勢,自然在小説批評範疇的運用一途得到相應的體現。具體地説,比之清代前中期小説評論大多依託文本,用大段文字傳其聲情、揭其精彩,此期論者的視域似更開闊,立論也漸漸超越某一具體對象或細節,而抽象並上升爲對一些普遍命題的全面論述。因此在舊範疇的解説和新範疇的創設方面都取得了邁越前賢的實績。如吳沃堯以"奇正"論小説,稱"小説雖一家言,要其門類頗複雜,余亦不能枚舉,要而言之,奇正兩端而已"。他所説的"奇"指用"諧詞"、"譎諫"爲主的

---

① 陶祐曾《論小説之勢力及其影響》,《遊戲世界》1907年第10期。
② 清末民初二十年間,共有七百九十六種小説被翻譯傳入,僅1906年到1908年兩年間,輸入的竟達兩百多種。見陳平原《20世紀中國小説史》第一卷,北京大學出版社,1989年,第34—39頁。

社會小說，"正"指用"莊語"、"正規"爲主的歷史小說①。嚴復、夏曾佑討論小說虛構，稱"故書之言實事者不易傳，而書之言虛事者易傳"②；"世間有不能畫之事"，而史又"因實有之事常平淡"，不如小說"詭設之事常秾豔"③。雖指述的問題是老的，所用概念、範疇也不出舊時常談，但具體展開與界定實富有新義。

梁啓超對許多問題的認識更有突破。他在《論小說與群治之關係》一文中談及人們爲何愛看小說，提出了"現境界"和"他境界"兩個概念。認爲"凡人之情，常非能以現境界而自滿足者也"，總想感受"身外之事，世界外之世界"，小說正"導人游於他境界，而變換其常觸受之空氣者也"。由於這"他境界"是一個非人所習常觸受的世界，作者的描寫必然會有種種的虛構和創造，故其所謂"現境界"和"他境界"雖汲取了前此小說批評中"虛"、"實"等範疇的部分內容，但意義指向似比前者更爲深廣。後浴血生稱"小說能導人游於他境界，固也；然我以爲能導人游於他境界者，必著者之先自游於他境界者也"④，在梁氏所論的基礎上又有補充和推展。從他的論述中可以看出，他對梁氏分"境界"爲兩類是贊同的。

夏曾佑《小說原理》論人心之所係小說者，除"不費心思"外就是"時刻變換"。依他的解說，這"時刻變換"就是轉換"境界"，也即進入梁氏所謂"他境界"之意。狄平子《論文學上小說之位置》稱時間有過去、現在和未來三界，"第一等悟性，乃樂未來"，"第一等記性，乃樂過去"，爲了感召一般受衆，小說應"專取目前人人共解之理，人人習聞之事"。雖對梁氏之說提出不同意見，但受"他境界"的影響還是十分顯然的。一直到1912年，管達如《說小說》提出"真實界"與"理想界"的區分，並稱"小說者，理想的而非事實的也"，俠人則稱"先輩從未有一人能自游於他境界者也"⑤，雖正反兩方面意見不同，仍不出其所說的籠蓋。

同文中，梁啓超還從接受的角度，談了小說對人的支配作用，凡所揭舉的四個名言皆極具針對性：

————————

① 《兩晉演義》第一回總評。
② 《國聞報附印說部緣起》。
③ 夏曾佑《小說原理》。
④⑤ 《小說叢話》，《新小說》社，1906年。

> 抑小説之支配人道也，復有四種力，一曰熏。熏也者，如入雲烟中而爲其所烘，如近墨朱處而爲其所染。……人之讀一小説也，不知不覺之間，而眼識爲之迷漾，而腦筋爲之摇颺，而神經爲之營注，今日變一二焉，明日變一二焉，刹那刹那，相斷相續，久之而此小説之境界，遂入其靈台而據之，成爲一特別之原質之種子。有此種子故，他日又更有所觸所受者，旦旦而熏之，種子愈盛，而又以之熏他人。……二曰浸。……浸也者，入而與之俱化者也。人之讀一小説也，往往既終卷後數日或數旬而終不能釋然。……等是佳作也，而其卷帙愈繁，事實愈多者，則其浸人也亦愈甚。……三曰刺。刺也者，刺激之義也。……刺也者，能入於一刹那頃，忽起異感而不能自制者也。……四曰提，……自内而脱之使出，實佛法之最上乘也。凡讀小説者，必常若自化其身焉，入於書中，而爲其書之主人翁。

梁氏解説得明白，所謂"熏"即熏陶移化。於此一端他仍沿用畫學術語以爲説明，稱這種熏陶移化不僅對自己，還可施諸他人，乃或遍徹世界。"浸"即浸淫含咀，與"熏"相較，"熏以空間言，故其力之大小，存其界之廣狹；浸以時間言，故其力之大小，存其界之長短"。他指出如"讀《紅樓》竟者，必有餘戀有餘悲，讀《水滸》竟者，必有餘快有餘怒"，皆"浸之力使然也"，唯"浸"之作用於人的時間長，所以可使人"入而與之俱化"。

"刺"即刺激搖撼，較之前二者之用"漸"，它用的是"頓"。"熏、浸之力，在使感受者不覺；刺之力，在使感受者驟覺。"在作出上述分疏的同時，他又列舉藹和之人讀林冲、武松遭厄受困"忽然髮指"，愉樂之人讀晴雯被逐和黛玉去世"忽然泪流"，以爲皆因受刺激之故，並認爲"大抵腦筋愈敏之人，則其受刺激力愈速且劇，而要之必以其書所含刺激力之大小爲比例"。又説："此力之爲用也，文字不如語言，然語言力所被，不能廣不能久也，於是不得不乞靈於文字。在文字中，則文言不如其俗語，莊論不如其寓言，故具此力最大者，非小説末由。"從讀者類型論及小説體式，聯繫其在《新民叢刊》第十四號所作的《新小説》廣告，所謂"小説之道，感人深矣。泰西論文學者必以小説首屈一指，豈不以此種文體曲折透達，淋漓盡致，描人羣之情狀，概天地之窾奥，有非尋常文學家所能及者耶！"這"俗語"、"寓言"即具此曲折淋漓與洞達透闢的特點無疑。

最後，"提"即提頓移情，指小說具有提領讀者入於書中化身爲人的功能。如讀《紅樓夢》者必自擬賈寶玉，讀《水滸傳》者必自擬黑旋風、花和尚之類。"夫既化其身以入書中矣，則言其讀此書時，此身已非我有，截然去此界以入於彼界，所謂華嚴樓閣，帝網重重，一毛孔中，萬億蓮花；一彈指頃，百千浩劫。文字移人，至此而極。"他認爲比之前三種力之"自外而灌之使入"，"提之力，自内而脱之使出"，是小說最感動人心、功效也最爲精微的一種。就讀者而言，閱讀過程中能否感受到"提"的作用，端賴藝術想象和形象思維的展開；而就作者言，爲使作品深入人心，塑造人物和設置情節時，尤須注意將深入逼真的描繪，納入到具有召喚性和開放性的總體構架中。因此，儘管梁啓超沒有進而對藝術創造、欣賞和批評的思維規律作進一步的探討，但這個名言顯然已觸及到了此前小說批評範疇很少觸及的領域，理論價值不容低估。特别是較之此前論者僅從小說作法意義上用"提"，如稱"書中緊要事，必前提後繳，以清眉目"、"書中要緊人，皆用重筆提清，令閱者着眼"①，内涵無疑要深邃許多。

也因此，這四個名言爲當時許多人取用。如楚卿就引它來説明"小説爲文學之最上乘"的道理②。陶祐曾論小説"刺人腦球，驚人眼簾，暢人意界，增人智力，有無量不可思議之大勢力"③，意同於此。蛻庵稱"小説之妙，在取尋常社會上習聞習見，人人能解之事理，淋漓摹寫之，而挑逗默化之，故必讀者入其境界愈深，然後其受感刺愈劇"④，也是如此。俠人或受到啓發，也曾專門論小説之力，"吾謂小説具有一最大神力，曰迷"。不過對"迷"這一名言缺乏展開，遠不如梁氏所論更本質更深刻罷了。

當然也有持不同意見的，徐念慈就是其中的代表。儘管他也稱"小説者，文學中之以娛樂的，促社會發展，深性情之刺戟者也"，但並不同意梁氏所謂風俗改良、國民進化咸賴小説的説法，以爲"小説固不足生社會，而惟有社會始成小説也"。又稱"所謂小説者，殆合理想美學、情感美學而居其最上層者"⑤，他歸結自己的判斷，提出了"美"的標準。所論自有其得理處，亦可見認識的獨到

---

① 許寶善《北史演義凡例》。
② 《論文學上小説之位置》，《新小説》1903 年第一卷第 7 期。
③ 《論小説之勢力及其影響》，《遊戲世界》1907 年第 10 期。
④ 《小説叢話》。
⑤ 《余之小説觀》，《小説林》1908 年第 9 期。

與清明。而純就小說本身作內在的審美批評，又顯然與王國維有着共同的旨趣。在《紅樓夢評論》者，王國維明確地將小說歸爲"美術"即美學之一種，認爲其所寫"非個人之性質，而人類全體之性質也"，且"貴具體而不貴抽象，於是舉人類全體之性質，置諸個人之名字之下"。徐念慈進而分析這種"美"何以有如此大的吸引力，提出如下五項特質，一是"合於理性之自然"，他引黑格爾"藝術之圓滿者，其第一義爲醇化於自然"之說，強調重點偏在對生活的逼真反映與對生活走向的準確把握上。二是"事物現個性者，愈愈豐富，理想之發現也愈愈圓滿，故美之究竟在具象理想，不在抽象理想"。三是能引起"快感"，激發出種種情感反應。四是有模仿"實體"的"形象"。五是理想化，包括"由感興的實體，於藝術上除去無用分子，發揮其本性之謂也"的典型化內容，及"本科學之理想超越自然而促其進化者"的想象內容①。當時，黃人也不滿梁啓超所論，提出"小說者，文學之傾於美的方面之一種也"，雖然揭出"美"這個範疇作爲小說體式的重要特質，但未作具體展開。是徐念慈從上述五個方面，第一次具體地揭示了這種"美"的豐富內涵。還要提及的是，在運用"感興"、"自然"等範疇的同時，因受西方哲學的影響，他還引入了"個性"、"具象"、"抽象"、"理性"等新的名言。即使說及"感興"與"自然"，也有對其內涵程度不同的新的充實。

此外，鑒於明清人多以爲"書稱通俗演義，非故諧謔以傷雅道。理奧則難解，辭葩則不真，欲其警世，奚取艱深"②，由此提出"最淺易，最明白者，乃小說正宗也"③，晚清論者還多標舉"含蓄"、"味"、"餘味"等範疇以爲修正。如浴血生明確指出："社會小說，愈含蓄愈有味。讀《儒林外史》者，蓋無不嘆其用筆之妙，如神禹鑄鼎，魑魅魍魎，莫遁其形，然而作者固未嘗落一字褒貶也。今之社會小說夥矣，有同病焉，病在於盡。"④"盡"就是不含蓄，爲傳統文學創作之大忌，古人論文要求用"晦"，是求"含義未盡"⑤；論詩更如此，所謂"詩不患無言，而患言之盡"⑥，"詞意一時俱盡，雖工不貴也"⑦。浴血生反對小說務"盡"，既

---

① 《小說林緣起》。
② 爽閣主人《禪真逸史凡例》。
③ 羅浮居士《蜃樓志序》。
④ 《小說叢話》，《新小說》，1906年。
⑤ 劉知幾《史通》內篇卷六《敘事第二十二》。
⑥ 陸時雍《詩鏡總論》。
⑦ 袁中道《寄曹大參尊生》，《珂雪齋近集》卷二。

是對其時小説創作存在的淺率之風的反撥，一定程度上也可以説是在向傳統文學理想趨同。

　　黄人對小説的淺率直白也很不滿，以爲"夫小説雖無所不包，然終須天然湊合，方是情趣"，"小説兼具文學美術兩性質，更不宜盡。而作者乃以'盡'之一字爲其唯一之妙訣，真別有肺腸也"，"小説之描寫人物，當如鏡中取影，妍媸好醜令觀者自知。最忌攙入作者論斷，或如戲劇中一脚色出場，橫加一段定場白，預言某某若何之善，某某若何之劣……毫無餘味"①。張冥飛説："小説筆法之佳妙者，以意在語言文字之外，耐人尋味者爲神品，此境在各小説中不可多得。以語言作作有芒，及彼此發語針鋒相對爲能品，其平鋪直叙者爲下。"蔣著超説："小説寫夢，實常落套……《西廂》不寫夢，而夢語獨多，此超以象外者。西洋小説，其意境多超脱，然寫夢亦無好手筆。"②這裏除借用"神品"、"能品"等畫學批評用語外，"意境"、"情趣"、"餘味"、"超以象外"、"天然湊合"等名言和命題再度被强調，讓人感覺到在援用西學張皇發揚過後，傳統的文學趣味漸漸在回歸，並且它對小説之尊體仍然具有不可小視的加持作用。

　　而眷秋説："詞以能造曲咽之境者爲正宗，故清真集千古之大成。若稼軒詞境，自非有幼安之才力，實未易學。……小説之趣味與詞頗近，故《石頭記》可作千古模範，《水滸》則非有耐庵之才，冒冒然爲之，必失於粗獷，不可讀矣。"③則還傳導出這樣一個信息，即在時人眼中，小説不再僅僅以爽利明白爲正宗，類似"詞賦名家，却非説部當行"④，這樣的説法也不再具有絕對的真理性，上述傳統詩學和詞學批評範疇的被引入正是這種認識的反映。有鑒於此，或許應該指出，實際情形並不像今人想的那麽單純分明，毋寧説，對泰西之説的引入和向傳統觀念回歸在那個時代是同時存在的，它們構成了其時小説繁榮的一體兩面。

　　在晚清小説批評中，王國維無疑具有重要的地位。前已論及，他對"美術"也即藝術本質的認識比較深刻。就思想來源而言，他是叔本華的信徒，非常推崇藝術在削減人生痛苦方面的作用。不過，不説在觀念引入和轉换的自然順

---

① 《小説小話》，《小説林》第一卷。
② 《古今小説評林》，民權出版部，1919年。
③ 《小説雜評》，《雅言》1912年第1期。
④ 符雪樵《花月痕評語》。

適方面未必盡善盡美,在範疇的創設和運用方面,他也沒有超過同時代人。倒是揭出"壯美"、"優美"範疇,以及認爲這種美可以"使吾人離生活之欲",頗有理論價值。此外,他還提出一種"使人復歸於生活之欲"的審美品格,將之命名爲"眩惑",認爲與《西廂記》之《酬束》,《牡丹亭》之《驚夢》,以及《飛燕別傳》、《雜事秘辛》等"徒諷一而勸百,欲止沸而益薪","不能使人忘生活之欲,及此欲與物之關係"不同,《紅樓夢》示人以大解脫,大清明,所以是一部"眩惑之原質殆絶"的大著作。只是有些遺憾,這個提法並未得到時人普遍的重視與認同。

三、小説範疇總結與重要範疇分釋

回視千餘年來小説理論批評的發展歷程,特別是其在明清以後茁長繁榮的歷史,可以看到古人對小説體式特徵的認識是達到較高層次的。他們在不同場合、以不同形式發表的見解,涉及了小説本質及其創作規律的方方面面。儘管受"小道説"及"補史説"等傳統觀念的影響,許多論述過於糾纏在一些體外話上,以致最終未能將小説理論批評推向更精微深入的境地,但終究有承繼又有開新,積累了比較扎實的成果。

反映到小説批評範疇的創設和運用方面也有不俗的表現。儘管與詩文詞曲範疇相比,他們對小説體式和創作機理的討論未能盡數轉化或凝聚爲命題、概念和範疇,而通常習慣用一大段感性靈警的評語,來表明一部好的小説是如何或該如何,但不可否認,他們對"真假"、"虛實"、"雅俗"等一系列概念、範疇的探討確乎抓住了小説體式的根本。到了近代,因新學的傳入,西洋小説的譯介,一種不同於傳統的新的小説觀不啻爲批評家打開了新的視窗,於是有了如梁啓超"熏"、"浸"、"刺"、"提"等名言的提出,有了徐念慈、王國維等人對諸如"實體"和"眩惑"的標舉。

此外,小説創作觀念在晚清有向傳統文學趣味皈返和趨同的現象,這導致了"意境"、"含蓄"等傳統文論範疇的被突出和被強調,這種現象幾乎與時人接受西洋小説觀是同時並存的。它在一個側面表明,一種歷史悠久的傳統趣味和觀念,因深契古代哲學和文化,深契人們的閱讀心理,是有着巨大而歷久彌新的生命力的。作爲這種文化的結晶,傳統文學批評範疇包括小説批評範疇的生命力也同樣是歷久彌新的。

底下,試再擇取"幻"、"避犯"和"白描"等三個名言作進一步的討論。

1. "幻"

這個範疇關涉小說體式和創作的整體取向與過程,是明清人對小說體式特徵最重要的論定之一。"幻"者,憑空虛構、出神入化之謂也。故《列子·周穆王》説:"窮數達變,因形移易者,謂之化,謂之幻。造物者其巧妙,其功深,固難窮難終。因形者其巧顯,其功淺,故隨起隨滅。知幻化之不異生死也,始可與學幻矣。"古人有因其常用以喻不可測識之事境而援以論詩,著名的如杜牧《李賀集序》之"鯨呿鰲擲,牛鬼蛇神,不足為其虛荒誕幻也"。不過,當要表達這種"虛荒誕幻"時,更多的人是用"奇"、"奇詭"或"窅眇"這樣的概念、範疇,或引入這樣的概念、範疇。如宋人蔡絛所謂"窮極幻眇,奇特不可名"①,清紀昀所謂"李昌谷詩'秋墳鬼唱鮑家詩',則以鮑參軍有《蒿里行》,幻窅其詞耳"②。這裏"幻眇"、"幻窅"皆指奇特美妙、幽晦深隱之意,雖不能説與憑空虛構無關,但主要不指虛構和想象。

而在小說批評中,它却主要針對小說體式而設,且包括"景之奇幻者"、"情之奇幻者"和"文之奇幻者"諸方面。質言之,雖然神怪幻化小說在漢魏時已經出現,論者如劉歆、郭璞對小說的幻化特徵也有所涉及,及至宋代,洪邁推稱"齊諧之誌怪,莊周之談天,虛無幻茫,不可致詰"③,並肯定唐人傳奇"鬼物假託,莫不宛轉有思致"④。但在宋以前,大部分人本着小說為史之遺當可考信的訓教,對此是明顯持拒斥態度的。明以後,隨創作的繁興,一批積累下豐富經驗且趣味廣泛的文人才士才開始總結此體的得失,從尊體角度提出不必實録可以虛構的主張,這使得"幻"這個範疇的重要作用一下子凸顯了出來。

如胡應麟總結性地論述了小說用"幻"的發展歷史,稱"凡變異之談,盛於六朝,然多是傳録舛訛,未必盡幻設語。至唐人乃作意好奇,假小說以寄筆端。……宋人所記,乃多有近實者,而文彩無足觀。本朝《新》《餘》等話,本出名流,以皆幻設,而時益以俚俗,又在前數家下"⑤。結合其《九流諸論》稱小說在"唐人以前紀述多虛,而藻繪可觀;宋人以後論述多實,而彩艷殊乏",可知他

---

① 《鐵圍山叢談》卷六。
② 《閱微草堂筆記》卷十七《姑妄聽之三》。
③ 《夷堅乙志序》。
④ 《容齋隨筆》卷十五《唐詩人有名不顯者》。
⑤ 《少室山房筆叢》卷三十六《二酉綴遺中》。

對"幻設"一路的作品是更爲青睞的。更有代表性的是袁于令的意見。在《隋史遺文序》中,他明確指出"史以遺名者何,所以輔正史也。正史以紀事,紀事者何?傳信也。遺史以蒐逸,蒐逸者何?傳奇也。傳信者貴真……傳奇者貴幻……顧個中有慷慨足驚里耳,而不必諧於情;奇幻足快俗人,而不必根於理。"在《西遊記題辭》中更説:"文不幻不文,幻不極不幻。是知天下極幻之事,乃極真之事;極幻之理,乃極真之理。"這種把"幻"視作足以標別小說體式特徵的重要範疇,在當時是很突出的。

蓋當時大部分人雖不再以爲小説之奇,"不奇於憑虛駕幻,談天説鬼,而奇於筆端變化,跌宕波瀾"①,進而對小説之虛幻持一味貶斥的角度。但在主張"虛"、"實"兼顧的同時,普遍以爲"真"與"幻"是應該兼顧兼備的。如張无咎就説:"小説家以真爲正,以幻爲奇。然語有之:'畫鬼易,畫人難',《西游》幻極矣,所以不逮《水滸》者,人鬼之分也。鬼而不人,第可資齒牙,不可動肝肺。《三國志》,人矣,描寫亦工,所不足者幻耳。然勢不得幻,非才不能幻。其季孟之間乎?"②言下之意,是"幻"雖出奇,不可失"真"。謝肇淛則説:"小説野俚諸書,稗官所不載者,雖極幻妄無當,然亦有至理存焉。如《水滸傳》無論已,《西遊記》曼衍虛誕,而其縱橫變化……蓋亦求放心之喻,非浪作也。"③是贊成"幻"的存在,但須"幻"中有"理"。

還有更多的人則在不否定"幻"的前提下,直接讓"真"的意涵充實其中。因爲一味求"幻",多少與傳統的文學觀念和審美理想不合,而"真"者,"正"也,因其離形歸本的本義,經常被理解爲通乎"雅正",容易爲大多數人所接受④。如睡鄉居士《二刻拍案驚奇序》就稱小説"失真之病,起於好奇","至演義一家,幻易而真難,固不可相衡而論矣。有如《西游》一記,怪誕不經,讀者皆知其謬,然據其記載,師弟四人,各一性情,各一動止,試摘取其一言一事,遂使暗中摸索,亦知其出自何人,則正以幻中有真,乃爲傳神阿堵,而已有不如《水滸》之譏,豈非真不真之關,固奇不奇之大較也哉"。説《西遊記》明顯不如《水滸傳》

---

① 煙水散人《賽花鈴題辭》。
② 《批評北宋三遂新平妖傳叙》。
③ 《五雜俎》卷十五《事部三》。
④ 《説文》釋"幻"爲"從反予,相詐惑也",即指其爲不真而惑,惑乃莫辨真否,不定之迷之意,故與作爲本然存在的"真"構成對待。倘不從超越意義上論,如《漢書·楊王孫傳》所謂"精神者天之有也,形骸者地之有也,精神離形,各歸其真,故謂之鬼,鬼者歸也",人一般多慎接慎取之。

未必就是的論,因作爲神魔小説的《西遊記》與反映現實生活的《水滸傳》本非一類,硬要依一種標準強分高下並無太大意義,但他提出"幻中有真,乃爲傳神阿堵",無疑明確和豐富了"幻"這個範疇的内涵。它告訴人,真正的"幻"不僅只是"奇",還包含有"真",因而可以"傳神"。

此外便是將"理"充實其中,免其因一味虚張而流於不情。所謂"文章不入人意中則不正……不正則無情","慨入人意中,而復出人意外,而仍入人意中,乃爲情文交至"①。要求兼顧"意中"與"意外",實際是要求兼顧虚幻和情理兩端,這本是傳統中國人普遍認同的可以涵蓋各體文創作的一般原則,小説自不能例外。故夢覺主人《紅樓夢序》稱:"假多則幻,幻即是夢。書之奚究其真假,惟取乎事之近理,詞無妄誕。説夢豈无妄誕,乃幻中有情,情中有幻是也。……似而不似,恍然若夢,斯情幻之變互也。"這就是説,在切近人情事理的前提下,妄誕不真的"幻"是可以被接受的。

馮鎮巒《讀聊齋雜説》也稱《聊齋》一書"雖海市蜃樓,而描寫刻畫,似幻似真,實一一如乎人人意中所欲出"。在他看來,這"似幻似真"是基於作者能"説鬼狐即以人事之倫次、百物之性情説之,説得極圓,不出情理之外;説來極巧,恰在人的意願之中"。脂硯齋《重評石頭記》更進一步指出小説是可以寫"事之所無,理之必有,極幻極幽,荒唐不經"之事的,並認爲"以幻弄成真,以真實成幻,真真假假,恣意遊戲於筆墨之中,可謂狡猾之至。作人要老誠,作文要狡猾",也是將"理"注入"幻"這個範疇當中。

除了從小説所反映生活的虚實真假角度論"幻"之外,還有論者從藝術思維角度對此範疇作了討論。清人杜陵男子《蟬史序》一文即如此:

> 大思不入於幻者,不足以窮物之變;説不及於誕者,不足以聳人之聞。然而天地大矣,九州之外復有九州,吾安知幻者之果幻也?古今遠矣,開闢以前已有開闢,吾安知誕者之果誕也?……昔媧石補天,五色孰窺其迹?羿弓射日,九烏竟墜何方?大抵傳聞,不無附會。蓋有可爲無,無可爲有者,人心之幻也。有不盡有,無不盡無者,文辭之誕也。幻故不測事,孰察其端倪?誕故不窮言,孰究其涯際?蜃樓海市,景現須臾;牛鬼蛇神,

---

① 韜叟《野叟曝言》第三十二回評語。

情生萬變,詎可據史載之實錄,例野乘之紀聞乎?……常則覓生活於故紙,變則化臭腐爲神奇。子安得執其常,以疑其變乎哉!

他不但認爲小説家應用"幻"來思維,"幻"或"幻誕"是窮極物變、聳人聽聞的重要基礎,並進而認爲大千世界尚有許多人所未知的領域和事象須賴小説表達,小説所寫雖常語涉荒誕,爲知世之所必無。故小説家應發揮主觀能動性,在創作過程中令自己的思維入於無有之間,乃至無所謂無,無所謂有。這種認識較之凌濛初所謂"今之人但知耳目之外,牛鬼蛇神之爲奇,而不知耳目之内,日用起居,其爲譎詭幻怪,非可以常理測者固多也……則所謂必向耳目之外崇譎詭幻怪以爲奇,贅矣"①,可能偏激了一些,但却足夠深刻。它從力求平正的傳統論説的包圍中突出,既擺脱了一般人對真假虚實觀念的糾纏與偏執,又張大了藝術思維的自主特徵和本位價值,從而賦予了"幻"這個範疇更完整深刻的内涵。

至近代,如張冥飛提出"神怪小説,乃占小説界中一重要位置",並推崇《西遊記》出色,"後有作者,若《封神傳》諸書,筆墨沾滯,總不及其灑脱,思想幻渺,不能出其範圍矣"②,更突出了小説之"幻"與作者思想之"幻渺"的必然聯繫。而《新世界小説社報》的《讀新小説法》雖仍説新小説"宜作史讀"、"宜作子讀"、"宜作經讀",但更強調"因其所有而有之,則萬物莫不有,唯知幻觀之無非實觀也,方可讀吾新小説"。這種相對於"實觀"的"幻觀"概念的提出,且在打通作者和讀者兩者的基礎上作爲一條普遍原則提出,既與"幻"範疇在理論上的成熟分不開,又是這個範疇走向更精深成熟的表徵。

2."避犯"

這是古人對小説所作的又一個針對性很強的理論規範和總結。具體一點地説,是明清人對小説一體在人物塑造、情節設置和語言處理等方面所作的又一項具有方法論意義的要求。

時人以爲,"小説豈易言者哉,其爲文也俚,一話也必如其人初脱諸口,摹繪以得其神。其爲事也瑣,一境也必如吾身親歷其中,曲折以達其見。夫天下

---

① 《拍案驚奇序》。
② 《古今小説評林》,民权出版部,1919年。

之人不同也,則天下之事不同也。以一人之筆寫一人之事易,以一人之筆寫衆人之事難;以一人之筆寫一人之事之不同者易,以一人之筆寫衆人之事之不同者難。況乎以事之不可同者而從同寫之,以人之本可同者而不同寫之,則是書之爲難能而可貴也"①。正是爲了克服這個困難,使小說能真正寫出同而不同又不同而同的衆生相,從而在品級上邁越作爲中心文型的傳統詩文,他們提出了"避犯"這一對待性範疇。

顧名思義,"避犯"是指竭力避免雷同或有意製造疊合。前者在迥異中見才致,爲人所習知;後者則要求在雷同中出新巧,其精微之義尤爲論者所推重。金聖嘆《水滸傳》評點就對這一範疇的理論内涵作了比較早且明確的解釋。其第十一回總評說:

> 吾觀今之文章之家,每云我有避之一訣,固也,然而吾知其必非才子之文也。夫才子之文,則豈惟不避而已,又必於本不相犯之處,特特故自犯之,而後從而避之,此無他,亦以文章家之有避一訣,非以教人避也,正以教人犯也。犯之而後避之,故避有所避也。若不能犯之但欲避之,然則避何所避乎哉? 是故行文非能避之難,實能犯之難也。

在他看來,成功的小說家應該敢於行此"犯"字,通過描寫相類似的情節、場面和人物,張大其實質上存在的重要差别,並由此見出生活的豐富多樣和作者的才情秀出。在《讀第五才子書法》中,他舉了"如武松打虎後,又寫李逵殺虎,又寫二解爭虎。潘金蓮偷漢後,又寫潘巧雲偷漢。江州城劫法場後,又寫大名府劫法場。何濤捕盜後,又寫黄安捕盜。林沖起解後,又寫盧俊義起解。朱仝、雷橫放晁蓋後,又寫朱仝、雷橫放宋江等。正是要故意把題目犯了,却有本事出落得無一點一畫相借,以爲快樂是也"。值得注意的是,他認爲"避"之法正是教人"犯"之法,施耐庵明乎此理,"經營圖度,先有成竹藏之胸中,夫而後隨筆迅掃,極妍盡致,只覺幹同是幹,節同是節,葉同是葉,枝同是枝,而其間俯仰斜正,各自入妙,風痕露跡,變化無窮也"。這種對"避"與"犯"辯證關係的認識無疑是十分深刻的。

---

① 西泠散人《熙朝快史序》。

當然,要做到"無一點一畫相借",關鍵在寫出人物不同的個性,並使之成爲藝術典型。在這一點上,金聖嘆未作更進一步的説明。他只是分析《水滸傳》"寫武松打虎純是精細,寫李逵殺虎純是大膽","若要李逵學武松一毫,李逵不能;若要武松學李逵一毫,武松亦不取。各自興奇作怪,出妙入神",將此範疇與人物個性的塑造掛連起來。此後毛綸、毛宗崗父子批點《三國演義》也多講同而不同、不同而同的妙處,如第五十三回評諸葛亮取七郡之地,所用方法寫來各各不同,"求其一筆之相犯而不可得",並在《讀三國演義法》中提出"唯犯之而後能避之,乃見其能避也"。

"避犯"範疇真正被從個性塑造角度得到強調,是在張竹坡手上實現的。在《金瓶梅讀法》中,張竹坡特別表彰了《金瓶梅》作者"善用犯筆而不犯"的高妙筆法,"如寫一伯爵,更寫一希大,然畢竟伯爵是伯爵,希大是希大,各人的身份,各人的談吐,一絲不紊。寫一金蓮,更寫一瓶兒,可謂犯矣,然又始終聚散,其言語舉動,又各各不亂一絲。……諸如此類,皆妙在特特犯手,却又各各一款,絶不相同也","看他一連寫吳大妗子家一席女宴,接寫請衆官娘子一席女宴,又接寫會親一席女宴,重重叠叠,毫不犯手,直是史公復生",即著眼於小説對人物性格入木三分的深刻把握。

張氏以爲小説"不過是情理二字。……於一個心中討出一個人的情理,則一個人的傳得矣"。又説:"其書凡有描寫,莫不各盡人情","各得天道"。這"情理"同於"人情"和"天道",也即今天説的人物個性。由於他是基於這種認識討論"避犯"的,遂使這一對待範疇成爲關乎小説體式根本的重要名言,而非僅指"奇峰對插,錦屏對峙"、"兩山對峙,雙水分流"之類的具體作法。這種體式探討比之金聖嘆區分"正犯法"與"略犯法",或蔡元放將"犯而不犯"與"借樹開花"、"烘雲托月"諸法相連言①,顯然要深入了一步。

就上所説,可知"避犯"範疇的意義關鍵在"犯"。正是"犯"成就了"避","犯"之後才有所謂"避"。故以後論者言及此範疇,多突出此義。如許寶善稱"叙戰事,最易相犯,書中大小數十餘戰,或鬥智,或角力,移形換步,各各不同"②。棲霞居士評《花月痕》,"全書以夢起,以夢結,中間紀夢復不一而足,筆

---

① 《水滸後傳讀法》。
② 《北史演義凡例》。

墨都不相犯"。韜叟評《野叟曝言》,"筆筆反對,便無一筆犯復,此又特犯中之一法"。虞大木評《綠野仙蹤》,"寫於冰誅妖狐,燒大蛇,今又寫誅猿猴,叠犯怪精題目,却無一字一句雷同,使讀者不厭其復,其庶幾可做犯題文也。"

當然,如此理解並不意味着這一範疇中"避"的本位消失了。事實是,時人對"犯"須賴"避"存在也有專門的發揮。如脂硯齋評《紅樓夢》,倍稱其"重不見重,犯不見犯","各極其妙,各不相犯"。如第十九回寶玉聞寶釵有香,他作了這樣的眉批:"玉生香是要與小羔梨香院對看,愈覺生動活潑。且前以黛玉,後以寶釵,特犯不犯,煞好看。"以爲"犯"的運用可使小說生動有趣。但他對"避"也有突出的強調,其第十六回夾批云:

> 一段趙嫗討情閒文,却引出通部脈絡,所謂由小及大,譬如登高必自卑之意。細思大觀園一事,若從如何奉旨起造,又如何分派衆人,從頭細細直寫將來,幾千樣細事如何能順筆一氣清,又將落於死板拮据之鄉,故只用璉、鳳夫妻二人一問一答,上用趙嫗討情作引,下用蓉、薔來説事作收,餘者隨筆順筆略一點染,則耀然洞徹矣。此是避難法。

脂評指出作者寫榮國大族前先寫鄉宦小家,是運用了"從小至大"的章法,具體到寫起造大觀園也用此法。但難能可貴的是,作者於這一切不作翔實的交代,而是借一二細節和一兩個人物的對話來傳達,從而避免了瑣細無趣人事的頻頻出現,這就是善"避"。顯然此處"避"非僅對應"犯"而存在,也不僅指情節、場面和人物塑造的不重叠,它以一人一事爲對象,指具體描寫過程中合理巧妙的藝術處理,那種繁枝删盡菁華畢出的獨到功夫。可見"避犯"並非僅僅夫同求異一義,還有由繁入簡、化板滯呆定爲宕跌有趣的意思。

傳統文學批評也有講"避"與"犯"的。如作詩講避意象和語言的重複,避各種文病,所謂"力避庸熟"①,"知熟必避,知生必避"②。講"犯"就更早更多。如署名司空圖所作《二十四詩品·縝密》中就有"語不欲犯,思不欲痴"之説,金人王若虛《滹南詩話》卷三有"物有同然之理,人有同然之見,語意之間,豈容全

---

① 吳仰賢《小匏庵詩話》卷一。
② 袁枚《續詩品·割忍》。

不見犯哉？"作詞並有以宮調或句法相犯的"犯調"，姜夔《淒涼犯》詞序因以說："凡曲言犯者，謂以宮犯商，商犯宮之類。"但兩者在詩詞文批評中並不占重要地位，且論者多從技法避忌的角度討論，並未將之整合為一個相須相待的理論範疇，也未對其間存在的辯證關係作出精闢的說明。是小說批評的深入展開賦予了此範疇穩定的邏輯聯繫和深刻的理論內涵，並使之在傳統文學理論批評的後期，成為一個引人注目的重要範疇①。

3."白描"

"白描"本是傳統繪畫技法之一，源自古代的"白畫"。"描"本有依樣摹寫的意思，"白描"指用墨綫勾勒物象輪廓，以水墨渲染表現其情狀。它不施彩色，有時甚至連水墨烘染都不用，意在最大程度地凸顯墨綫本身的粹美。在傳統人物畫和花鳥畫中，白描曾有過十分出色的表現。特別是人物畫家，每視其為塑造形象的重要手段。因此創設了多種描法，僅僅涉及衣服紋飾的描法就有十多種，所謂"十八描"②。

如前所說，因小說要塑造人物和實寫場景，論者很自然地向畫法畫論借取名言，用以表達對此一新起體式的認識，引入"白描"指稱對人物及相關情節場面作簡潔傳神的表現也是如此。依今天所存資料，似金聖嘆較早將此引入小說批評。金氏每引用畫法論小說，如《水滸傳》第六十三回總批，有"寫雪天擒索超，略寫索超而勤寫雪天者，寫得雪天精神，便令索超精神，此畫家所謂襯染之法，不可不一用也"。但更推崇"白描法"，如同是論寫雪景，第九回"林教頭風雪山神廟"的批語中，他數次推稱作者"一路寫景絕妙"、"寫雪妙絕"，特別是最後一段"尋着踪跡"四字，真是"繪雪高手，龍眠白描，庶幾當此"。龍眠即北宋著名畫家李公麟，擅畫人物鞍馬和歷史故事，為王安石所激賞。他特別注重寫生，追求刻畫的準確與生動。又繼承顧愷之、吳道子等人的技法，發展出一種流水行雲般的綫描風格，因多不敷色，人稱"白描"，如元人張昱《李龍眠畫醉中八仙歌》即有"龍眠白描誰不賞，胸次含空生萬物"之

---

① "避犯"也曾被毛綸父子引入戲劇批評，《第七才子書琵琶記》第三十九齣《散髮歸林》評語稱："文有既與前文相犯，而又與前文相避者，不相避，不見文心之變也"，"文有不與前文相避，而故與前文相犯者，不相犯，不見文心之巧也"，"夫作文之難，非善避之難，而以犯者避之難；又非犯難之難，而以避者犯之之難"。較之詩詞文批評語更精湛，義更深至。

② 見鄒德中《繪事指蒙》與汪砢玉《珊瑚網》。

句。金聖嘆以"龍眠白描"稱贊《水滸傳》，意在對小說不多鋪染，只抓住主要物象描寫人物及其所處環境的創作技法表示肯定，惜乎語焉不詳。

到張竹坡手上，這個名言開始被頻繁使用，不但上升到方法論高度，内涵也有了進一步的豐富。在《金瓶梅》卷首的《讀法》中，他總括性地指出："讀《金瓶》當看其白描處，子弟能看其白描處，必能自做出異樣省力巧妙文字來。"落實到具體的人物，又一一用此作了深細的分析：

> 描寫伯爵處，純是白描，追魂攝影之筆，如向希大説"何如？我説"，又如伸着舌頭道"爺"，儼然紙上活跳出來，如聞其聲，如見其形。（第一回回首總評）
>
> 一路純是白描勾挑。（第一回夾批）
>
> 上回內云，"金蓮穿一件扣身衫兒"，將金蓮性情形影魂魄一齊描出。此回內云，"毛青布大袖衫兒"，描寫武大的老婆又活跳起來。（第二回回首批語）
>
> 直講人情，妙，白描中化工手也。（第二十六回夾批）
>
> 夫寫其生子必如何如何，雖極力描寫，已落穢套。今君其止令月娘一忙，衆人一齊在屋，金蓮發話，雪娥慌忙走幾段文字，下句接"呱"的一聲，遂使生子已完。真是異樣巧滑之文，而金蓮妒口又白描入骨也。（第三十回夾批）

應伯爵趨炎附勢，對西門慶竭盡巴結之能事，張竹坡以爲小說作者於此人物雖未多著墨，刻畫其幫閒醜態却入木三分，故稱其"白描"功夫。又，小說寫潘金蓮多攝魂追魄之筆，一顰一笑，俱用語不多而切情切景，直現其性格趣味，故他也用"白描入骨"予以表彰。由其所謂"入骨"、"活跳出來"、"性情形影魂魄一齊描出"、"白描中化工手"等語，加以全書批語多言"紙上活現"、"眉眼皆動"、"毛髮皆動"，可知其所謂"白描"既指向金聖嘆所看重的以簡勝繁的技法功夫，還包含有由外趨内、由形入神的自然極致的意思。它充實和深化了"白描"一詞的原有内涵，使之某種意義上成爲與"入神"、"傳神"一樣具有重要地位的理論名言。

脂齋硯《紅樓夢》評點與卧閒草堂《儒林外史》評本也用及此名言。前者如

第二十一回湘雲"必定是外頭去掉下來,不妨被人揀了去,到便宜他"句下,脂硯齋批道:"'到便宜他'四字與'忘了'二字是一氣而來,將一侯府千金白描矣。"第二十四回稱寶玉屋內下人的描寫,"怡紅細事俱用帶筆白描,是大章法也"。後者如閒齋老人序稱人們將《水滸傳》、《金瓶梅》轟抬爲"摹寫人物事故,即家常日用,米鹽瑣屑,皆各窮神盡相,畫工化工,合爲一手,從來稗官無有出其右者",是因爲未見《儒林外史》,他認爲吳敬梓有兩書作者的才華,即塑造人物的成就也不遜色於兩人。蓋"篇中所載之人,不可枚舉,而其人之性情心術,一一活現紙上"。卧閒草堂評本的作者顯然持同一觀點,故從人物塑造和情節展開多個角度,對小說描寫的逼真傳神給予很高評價。如第二十三回評牛浦對道士吹噓自己如何與官府有交情:"牛浦未嘗不同安東董老爺相與,後來至安東時董公未嘗不迎之,致敬以有禮。然在子午宮會道士時,則未嘗一至安東與董公相晉接也。刮刮而談,謅出許多話說,書中之道士不知是謊,書外之閱者深知是謊,行文之妙,真李龍眠白描手也。"用"白描"指稱小說對人物客觀而準確的描寫,更突出表彰作者不作任何褒貶,留待讀者自己判斷的優長。聯繫其他回目稱贊作者"直書其事,不加斷語,其是非自見"的"繪風繪水手段",又以一般小說中常有的"看官聽說"、"原來某人爲人是何等樣"等直白交代爲"索然無味"的"拙筆",他其實是賦予了"白描"兩字更深廣的含義。即如果小說揭示人物應該是簡潔明瞭生動傳神的,那麼這種簡明、生動和傳神應該從場景及人物言行中自然流露出來,這才是所謂追魂攝魄,才是讓人高下立判的真正的"白描"。明清以來小說創作因承說話的傳統,好在文中橫插道德說教和主觀判斷,卧閒草堂評本對"白描"的這種理解和運用,顯然是對傳統小說習慣做法的駁正。

此外如還讀我書室主人《兒女英雄傳》第六回評語,有"同中之異,亦先逗一筆,全從空際落墨,不著一字,白描高手";棲霞居士《花月痕》第十回評語有"一語活現神情,作者真是白描好手",第三十一回評語又有"情景真切,白描好手";鄒弢《青樓夢》第一回評語有"寫幼卿處純是白描,追魂奪魄之筆,如見其人,如聞其聲",第四十九回又有"純用白描,筆法妙絕",都是突出這個名言不假鋪排,以簡潔生動的筆法直接傳達人物精神的內涵。

至於近代小說論者更明確將其作爲標別小說體式的重要標準。如張冥飛說:"小說可以長篇爲主體,長篇尤以白話爲宜。文言長篇如《三國志》之白描淺説,尚不及半白話體之《石頭記》也。"①浴血生説:"既云小説,則自有小説體裁,轉無取乎詞藻之鋪排,字面之堆垛。試覽元人雜劇,純用本色,蓋詩家之所謂白描者也。"②將小説與戲劇等列,是受小説爲説部之一的傳統説法的影響,表明時至近代,小説的自體特徵還有待進一步的張揚,但指出小説與雜劇一樣都不應該鋪張麗辭,堆砌華藻,由此標舉"白描",無疑還是很有意義的。

　　此處,浴血生引詩家之論喻小説。其實前已論及,"白描"的真正源頭在古人對繪畫技法的討論。宋元以後,特別是明清時始見諸詩詞批評,詩論方面,如袁枚《仿元遺山論詩》有"一味白描神活現,畫中誰似李龍眠",趙翼《甌北詩話》卷十以"專用白描"稱人,不過指出其體"宜短節促調,以遒緊見工",想來不以爲它可涵蓋一切詩體。詞論方面,王又華《古今詞論》主張"白描不可近俗,修飾不得太文",李調元《雨村詞話》卷二推稱"詞中白描高手",但沈祥龍《論詞隨筆》則以爲詞"不宜過於白描"。此外,戲曲批評中也間可見到"白描"的運用,如郝鑒《鴛鴦帕》弁言稱"製曲之道,字有陰陽,句有長短,四聲不容以假借,九宮不可以易移,詎不難哉? 然猶有或可摹難而未甚難也。至若布局貴新警,吐詞貴淺顯,率以白描爲高手,正如香山之琢句,必使老嫗皆知,始稱合作,真有嘔出心血,而不能爽然於口者。比之詩文之可以雄渾高古,幽邃曲抑以自快足於己者,未可同年語矣"③。又黃圖珌《看山閣集閒筆》卷三稱"元人白描,純是口頭言語,化俗爲雅,亦不宜過於高遠,恐失詞旨;又不可過於鄙陋,恐類乎俚下之談也。其所貴乎清真,有元人白描本色之妙也"。這些都充分表明,時至傳統文學批評後期,"白描"假其形象化的語言表達與豐富内涵,確已跨越不同藝術門類,成爲極具涵括力的理論名言。

　　4. 諸範疇的聯通和意義小結

　　由於古代小説受口頭文學、書場演出和觀衆接受等因素的影響,多具非書面性,存在着主題過於直露、綫索過於單純、情節每每雷同等病,尤其西洋小説傳入後,這些缺點顯得更爲明顯。又由於古代小説向有"文備衆體"的特點,能集史才、詩筆、議論於一體,多具文體雜糅性,以致從人物刻畫到情節安排都不同程度存在着面目不夠清晰、提領得不夠警醒等問題,故在小説批評範疇系統

---

① 《古今小説評林》,民權出版部,1919年。
② 《小説叢話》。
③ 吳毓華《中國古代戲曲序跋集》,中國戲劇出版社,1990年,第482頁。

中,"幻"、"避犯"和"白描"成了三個頗具糾補意義的名言。

一般地說,"白描"主要指向人物形象的塑造和性格的刻畫,"避犯"主要指向人物、情節和場面的設計與安排,而"幻"範疇則關涉小說創作的整體取向和過程。但這三者之間又密切相關,有着內在的意脈聯繫。因爲特別是對小說這種體式來說,人物塑造和情節、場面的描寫是不可分開的,而思維的活躍更貫徹在這一過程的每個環節,故論者在具體的批評實踐中,每每將這三者相連言,十分強調其内在本有的諧調性。

由"幻"、"避犯"和"白描"這三個名言,還提攜和帶連出一系列相關的術語、概念和範疇,如由"幻"引出"劈空"、"神奇"、"虛實"、"有無"、"變化"等;由"避犯"引出"妙"、"生熟"、"正襯"、"反襯"、"正筆"、"旁筆"等;由"白描"引出"典型"、"格物"、"真假"、"化工"等。這些相關術語與名言之間的意義聯繫就更密切了。如張竹坡《金瓶梅讀法》論書中人物描寫,"於西門慶不作一文筆,於月娘不作一顯筆,於玉樓則純用俏筆,於金蓮不作一鈍筆,於瓶兒不作一深筆,於春梅純用微筆,於敬濟不作一韻筆,於大姐不作一秀筆,於伯爵不作一呆筆,於玳安不着一蠢筆,此所以各各皆別"。既是論"白描",也是講"避犯",而人物設置的幻誕奇變也悉在其中。當其著手評點時,這幾個概念、範疇及由此提攜起的諸多相關名言是一齊進入他的思維系統,爲他所取用的。

第六節 諸文體與範疇的對應關係

前面對古人討論各體文所創設的概念、範疇作了初步的梳理。誠如本章開頭所說,文體之"體"包含的意義甚廣,除體裁體制外,還兼指語體語勢乃至總體風格。鑒於傳統詩文批評方面,概念、範疇的創設與運用十分活躍,並在體制、語體和風格等意義層面都有充分的表現,所以對這一類文論範疇的討論取之從嚴,非專門針對體式的一般不多闌入,留待其他各章從容剖解。而對詞、曲和戲劇小說批評,一者因前此專門的梳理工作少有人做,二者因古人對這些體式的論定,純粹度本不及詩文,所以取之從寬,除針對體裁體制所施用的概念、範疇外,一些與之關係密切的名言也酌情予以論列。這構成了底下要做的諸文體與範疇對應關係的論說基礎。

一、各體文論範疇成熟度與理論品級

綜前所論,就詩文一類而言,概念、範疇的創設運用十分豐富,對所揭舉概念、範疇的界定與解說也頗深切確當,這不僅使詩文的體式特徵得到了清晰的展示,還使歷代論者所執持的批評宗趣和立場得以充分地表露出來。

具體地說,古人用範疇規定詩文兩體,走過了一條由膚表而深入、由粗樸而精微的發展道路。先是以"麗"及其同序、後序範疇來確立其與別的實用文體的區別;以"清壯"、"朗暢"、"閒雅"等概念、範疇規範其具體的品格體調,由此推展爲"宏曠"、"豐贍"和"奇峻",接着再折轉爲對"約潔"與"粹美"的推崇。類似"約潔"、"雅潔"、"峻潔"、"老潔"、"圓潔"這一序列概念、範疇,就像是一個中介點,一頭連着漢魏盛唐人對壯大之美的欣賞,另一頭開啓了中唐以後平淡之美的先河。於是"興象"、"境象"、"平淡"、"淡雅"、"興味"等概念、範疇,開始成爲詩文特別是詩歌的體式之正。而爲了達成對這種體式之正的把握,"悟"和"趣"等序列的概念、範疇開始被更多地引入到各種詩文的批評中。這一過程一直延續到明清古代文化總結期的到來。其時,在繼續延展上述名言孳乳出的如"境象"、"興味"和"平淡"等範疇的同時,作爲對傳統典範的發揚和皈返,"體格"、"韻致"、"血脈"、"波瀾"等概念、範疇開始受到論者格外的重視,"老"、"厚"、"大"、"重"、"靈"、"雄健"、"渾厚"等概念、範疇被作爲文學的高上理想,也漸漸得到人們普遍的尊崇。

而就範疇的詞源考察,則雖然受傳統文化精神和思維方式的影響,取式自然、人事的具象性語彙始終是構建新名言的重要資鑒,但總的來說,大體從具體走向抽象,有的即或仍套用形象化的字面,但越到後期,取意越能超越具體的事相,而與所討論的文體機理達成契合。至於從範疇的形態來看,儘管不脫"單體範疇"和"合體範疇"兩類,但大多穩定爲後者同格的並列結構,或異格的偏正、補充結構,且同一序列的範疇數量也由少變多。這種數量上的不斷豐富顯然昭示着人們對文體本身認識的多元和深入。

詞曲因與詩一樣同屬韻文,乃至與詩同源異派,被視爲是從詩中分出的旁支,所以取法和借鑒詩文批評成爲其體式範疇的顯著特徵。不過基於關注對象和反映事象主要偏在情感一路,與音樂關係又至爲密切(詞雖有一個與音樂不斷分離的過程,但終究未能與之徹底割絕),所以仍然發展出諸多僅屬於自己的獨特名言,前者如"清空"、"騷雅"、"妥溜"、"婉約"等,後者如"嫩"、"俊"、

"艷爽"、"豪辣灝爛"等。它們與詩文批評範疇不同,大多偏向陰柔一路。即使詞有"豪放"一體,曲有"豪宕"一格,但"氣格"、"風骨"、"高古"、"沉雄"等並不是規範其創作的最適切的名言。特別是在曲而言,不但"氣格"、"風骨"不大被提倡,並與之意思正相對的"爽利"、"輕滑"、"透快"、"徹邑"、"清豪"、"雋爽"等名言反而大行其道。因此,如果説詩文批評範疇是全方位展開的,包含着古人豐富多元的審美趣味,那麼它們則是比較單向度地展開自己穩定的意指,偏向貼合世情和生活,有的並未發展出深刻的理論自覺,與哲學文化的聯繫也沒有詩文那麼密切,因此在理論品級稍遜一籌。特別是就曲學範疇考察,這一點尤爲明顯。

就詞曲批評範疇的語源來看,儘管也與自然人事關係密切,但因有自己的藝術同源——詩學批評範疇的現成借鑒,一發端便顯得比較遠離具體的事象原型,即使不離原型,意義也顯得較爲穩定,很少有像"風骨"、"神韻"等詩文批評範疇那樣,諸家各有解説,互不相下。當然,它們的意義在批評過程中也有增益,但總的來説保持着結構的穩定和運動方向的恒一。

戲劇、小説晚起,由於既要演説故事、塑造人物,又須設置情節、安排場景,故不能專注於文辭一端。不過,因受體式規定,戲劇批評仍十分關注曲文,並且對詩詞和曲學批評中諸多概念、範疇多有延用,乃至如有論者所指出的那樣,與詩詞和曲學批評共有一個理論基礎,所謂"古代哲學作爲戲曲審美的理論基礎,不僅一些戲曲美學範疇直接來自古代哲學,如'道'、'理'、'氣'、'形'、'神'等,都是從哲學延伸到美學,而且戲曲美學中,有關審美的本質、審美體驗、審美趣味、審美方式和審美境界,都受古代哲學決定性的影響,有不可分割的聯繫"[1]。話説得稍稍絶對,但大體與事實相符。

小説與詩詞也不能説沒有關係,與文離得就更近些。所以類似小説妙處"皆從詩詞句中泛出者"[2],這樣的論説時常可以聽到。歷代論者也講"小説筆法之佳妙者,以意在語言文字之外,耐人尋味者爲神品"[3],進而熱衷於討論煉字和章法,乃或擴大爲"部法"和"局法",並就其脈絡與關紐來處定其優劣[4]。

---

[1] 吳毓華《古代戲曲美學史》,文化藝術出版社,1994年,第33頁。
[2] 《脂硯齋重評石頭記》第二十五回批語。
[3] 張冥飛《古今小説評林》,民權出版部,1919年。
[4] 見陶家鶴《綠野仙踪序》。

由此同詩學批評一樣，也多有對"意境"、"境界"、"神"、"妙"等概念、範疇的強調。但基於前述體式特點的規定，不同之處還是顯然存在的，落實到時人論說的重點，"意境"、"境界"等範疇已不再居於被取用或討論的前列，而類似"局段"、"避犯"、"奇幻"、"主腦"等範疇則被人反復地講論和強調。這些概念與範疇有的爲戲劇、小説批評所獨有，有的雖非獨有，但不能不説以戲劇、小説體式爲主要的論説依託。並且，比之詩文乃至詞曲批評，戲劇、小説批評似更關注具體的作法和技巧。或許是作文須抒情言志的特性已爲詩文批評大家説盡，他們很少將"情志"、"養氣"、"比興"、"虚静"等範疇與戲曲、小説創作聯繫起來，這些範疇似乎過於原則過於抽象了，不足以説明和駕馭一個繁雜多變的生活面，因此與其説"情志"、"比興"，在他們覺得不如説"傳神"、"寫真"；與其講"養氣"、"虚静"，不如講"格物"和"烘染"。

而就概念、範疇的形態而言，特多正反成對的合體名言，如"形神"、"有無"、"真幻"、"虚實"、"板活"、"健弱"、"避犯"。這種成對名言中每一子項都要從對方那裏得到説明。依人的思維通例，概念、範疇的形成大多由單體開始，然後發展爲合體。在合體名言中，如前所説有同格並列與異格偏正（或補充）之分。成對名言屬同格並列一類，但細析之，其意義與"雅正"、"風骨"等仍有不同，並列的兩者意義相對，是所謂"對待範疇"。這種對待性範疇在其他文體批評中也可看到，如詩學批評中的"濃淡"，詞學批評中的"雅俗"，古文批評中的"奇正"等等，但不能不説以戲劇、小説批評爲最集中最突出。展開對這類概念、範疇的論定時，批評家多注意揭示其互相依存和轉化的可能性，並頗能顧及這種依存和轉化的前提與條件，從而在釐清其意旨的同時，避免了讓人無所適從的意義互歧。

當然，由於多關注具體的作法和技巧，導致了許多戲曲、小説批評範疇的理論品級未能達到詩文批評範疇的高度，至少從整體上説是如此。其中小説批評範疇尤其如此，因其在各體文學中成熟得最晚，地位取得最爲不易，在用概念、範疇涵括思維成果，確當表達對自身體式和創作規律的理解方面不像詞曲乃至戲劇那樣多可借鑒，因此迫使論者在盡可能取用傳統範疇如"神韻"、"機趣"、"傳神"，乃或技法術語如"間架"、"合掌"的同時，因着描畫人事物象這一點上與繪事相同，頻繁引入畫學理論範疇，包括繪畫技法術語，不但用"白描"、"烘染"和"大落墨"等討論人物刻畫、情節設置和場面渲染，還直接用"近山濃抹,遠樹輕描"、"千皴萬染"、"頰上三毫"等畫學用語評論作家作品。而還有一部分論者因在評論時更注重推原作者之初心,復現生活的實相,並無意於熔鑄概念、範疇,或以爲將如此微妙複雜的内容熔鑄於一個特定的名言不可能,乃或以爲將此内容注入乾枯的概念、範疇殊爲可惜,故更多地恃靈警穎悟的心智,用具體生動的一長套語言表達自己的觀點,並比照生活實有的豐富與複雜,發爲議論。這種精闢的議論與作者的創作宗趣、技巧手法貼合得很密切,有設身處地的針對性,但除催生出"逼真"、"傳神"等有數的幾個名言外,並没有形成更具概括力的概念、範疇集群。像"典型"這樣具有精深内涵的範疇雖已有使用,終未得到推廣,以至到近代,如俠人《小説叢話》稱小説"神力"在"明著一事焉以爲之型,明立一人焉以爲之式",已正面觸及了這個問題,終未能用"典型"範疇來涵括之。這是今人總結小説批評發展歷史,特別是小説批評範疇的發生發展歷史時不能不倍感遺憾的地方。

有論者以爲,在明清有關人物塑造的理論方面,文學範疇呈不斷演進的趨勢,且存在着一個由葉晝的"逼真"到金聖嘆的"性格"再到張竹坡、脂硯齋的"人情"、"情理"的發展綫索①。而事實是,古代小説理論批評對人物塑造的探討確乎不斷趨於深入,但就範疇的創闢與運用而言,並没有這種如詩文批評中通常可見的清晰的演進綫索,而像"性格"、"人情"之類算不算是範疇也很值得商榷。如果硬是要將這種歷史發展綫索通過概念、範疇的演進排列出來,人們將不免感到捉襟見肘的寒窘。

一直到晚清,儘管有了西洋小説的閲讀經驗,仍還有論者用傳統詩文乃至繪畫批評中引入的概念、範疇來表達自己並不陳腐有時還很深刻的見解。如前及林紓《孝女耐兒傳序》説:"中國説部,登峰造極者無若《石頭記》,叙人間富貴,感人情盛衰,用筆縝密,著色繁麗,制局精嚴,觀止矣。其間點染以清客,間雜以村嫗,牽綴以小人,收束以販子,亦可謂善於體物。"俠人《小説叢話》比較中西小説同異,稱"中國小説起局必平正,而後則愈出愈奇;西洋小説起局必奇突,而以後則漸行漸弛。大抵中國小説,不徒以局勢疑陣見長,其深味在事之始末,人之風采,文筆之生動也"。舉凡"縝密"、"繁麗"、"局勢"、"制局"、"點染"等名言,或源於詩文、戲劇批評,或取用於畫學理論,這固然因於論者各自

---

① 見葉朗《中國美學史大綱》,上海人民出版社,1999年,第409頁。

的言説偏好和用語習慣,也可見出傳統文論範疇自我延展能力和容攝能力的強大,但就小説理論批評本身而言,不能不説是一個缺憾。

由此影響到小説批評範疇的理論層次,就較少有可能得到更大的提高。像"相引"、"相反"、"抗衡"、"他境界"這樣抽象性和涵蓋力都足夠的範疇不多,大量存在的是就事論事或借事喻理的一般化表述,即使切入小説體式本身,論及具體的創作過程,也多歸結爲各種技巧文法,而較少基於大的結構性判斷的範疇概括。類似"正筆"、"反筆"、"過筆"、"沓筆"、"轉筆"、"偷筆"等瑣細的論述紛至迭出,就是缺少一個抽象的共名將其串聯起來。"提綴"、"捏合"、"直行"、"打曲"、"穿插"、"過脈"等零碎的説法在在多有,而不見有根本性的邏輯歸納和抽象的總結。

有的論者如梁啓超雖在這方面多所拓展,創爲"熏"、"浸"、"刺"、"提"等名言討論小説作用也頗切,但遺憾的是並没有深入下去,作更系統的發揮,以至基本上僅爲其個人所用,而未上升爲共同性的理論名言。至如但明倫所提出的"胎",王國維所提出的"眩惑"就更如此了。因此在文學批評範疇的歷史長河中,小説批評範疇只能依附於詩文批評範疇發展的主流,成爲一個較爲次要的旁支。儘管就小説創作和理論批評所取得的成果而言,有並不遜色於詩文的實績。

二、各體類範疇集束與小結

接著可以比較具體地開列一張清單,作爲對這一部分論述的收束和小結了。要特別説明的是,基於上述討論是圍繞各體文學的體式特徵和具體作法展開的,許多概念、範疇甚至是重要的概念、範疇因不屬此序列,且在其他章節已有論列或將要論及,此處没有一一攬入。詩文一類尤其如此。因此,下面的這種收束和小結不可能是包舉無遺的,需要統觀和比照本書前後相關的論述,方可得其全貌和大體。

不過讓人遺憾不止的是,時至今日,任何一種歸納從哲學上説都不能不説是一種遺落,因爲歸納者有一個既定的標準,且只能按統計學意義上的多數展開工作。我們所希望和要求自己的只是,這種遺落應該被打壓到最低的限度,且在邏輯上與已開列的概念、範疇是同方向的;而重要的反例,不同旨趣和序列的名言則斷斷不使告闕。我們視此爲確保這一工作正當性和準確性的基礎條件。

1. 詩文體式範疇集束

風、風雅、風教、刺、風雅、比興、興、觀、群、怨、文、質、無邪——以上先秦

麗、約、明、靡麗、則、雅、弘麗、溫雅、溫麗、弘博、弘雅、麗雅、爾雅、深厚——以上兩漢

氣、氣質、養氣、麗、綺麗、典麗、巧麗、弘麗、弘緩、遒麗、清麗、壯、壯麗、壯厲、靡麗、清、清鑠、清壯、輕清、綺靡、艷、巧艷、巧致、艷發、繁縟、約、繁約、簡、簡縟、簡正、絢簡、整、精整、精要、精巧、精密、明密、明核、確切、覈、覈要、典、典正、雅、明雅、典雅、閑雅、潤、雅潤、弘潤、溫潤、溫雅、宏侈、博贍、忼慷、深、弘深、深隱、淺、淺深、淵懿、興會、勢、遠大、朗暢、圓通、懦鈍、闡緩、浮疏、辨、辨潔、瀏亮、當、碎——以上魏晉六朝

興、味、興味、感興、興寄、比興、理味、意、意味、氣、氣質、志氣、象、物象、象外、境、風、風骨、風騷、風流、風情、質骨、直致、直婉、微婉、婉麗、情景、閑雅、溫雅、清逸、清潔、宏壯、宏曠、調、格、格力、勢、體勢、渟蓄、寬疏、神妙、諷詠、作用、博厚、質、質厚、廣厚、豐贍、深、深閎、深奧、雄深雅健、壯、壯麗、重、節、蕩、厲、大、簡、寬簡、新、奇、潔、峻、奇峻、峻潔、約潔、樸、通、超逸、野、徑、順、肆、切、理、苦、幽、腴、細、勇、趣、澀艱、淡、平淡、自然、譎怪、靈氣——以上唐五代

氣、氣象、意、法、活、活法、趣、興趣、別才、別趣、格、格力、悟、悟入、脈、血脈、行布、韻、脫灑、透脫、透徹、響、圓、圓折、切、明切、醇、當、峻、直敏、約、典重、典實、典古、華麗、峭麗、贍麗、家數、味、古、古雅、健、便健、雅健、雄健、雄壯、高遠、深、深僻、枯瘠、窒塞、晦、渾融、渾全、宛曲、婉、婉娩、諸婉、諸韶、宏肆、豪蕩、整齊、縝密、謹、嚴、謹嚴、精緻、精細、清、新、奇、新奇、清新、清嚴、清快、端潔、峻潔、峻厲、簡潔、簡肅、平淡、閒易、方折、純粹、和粹、豐潤、纖巧、輕佻、怪、狂、粗、警策、警拔、寬厚、波瀾、常變、奇正、繁冗、繁簡、抑揚、頓挫、擒縱——以上宋金元

格調、意興、自然、比興、氣象、精工、精切、精緻、工密、警策、簡潔、整嚴、真切、淵永、雅淵、春容、涵蓄、寬緩、和平、優、優柔、厚、深厚、溫厚、溫蔚、溫秀、渾厚、渾成、雄渾（渾雄）、雄俊、雄整、雄偉、古雅、蒼古、沉著、風華、高華、高遠、高麗、清空、風骨、典、典實、典雅、雅淡、平正、直、平直、顯直、平妥、妥貼、平樸、平永、平亮、平夷、平典、平凈、瑩凈、豐縟、疏豈、暢、和暢、條暢、穩暢、穩順、奇峭、

奇拔、流動、瀏亮、輕揚、風神、風度、豪、巧、倨縱、矯、掉、婉、遒婉、約、甘、媚、膚、狹、熟、纖麗、穠艷、單弱、閒艷、艷逸、艷澹、菱弱、深僻、寠澀、粗厲、重滯、曲隱、正變、奇正、木、適、幽適——以上明

氣、氣格、氣象、氣勢、氣機、比、興、和、和平、優遊、含蓄、厚、溫厚、幽遠、邈遠、沉遠、悠遠、僻遠、險遠、深遠、完固、完密、貫穿、妥確、高妙、粗獷、渾成、渾灝、宏放、浩邁、圓活、勻圓、圓壯、厚壯、壯闊、宛轉、婉轉、婉秀、婉暢、婉妍、陡健、雄健、雄俊、沉雄、豪勁、高古、高亮、爽亮、勁質、淡、平淡、天然、自然、本色、樸、拙、曲、委曲、奇、奇恣、森嚴、森整、整暇、硬、硬札、簡、味、精、神、神韻、神理、風神、體格、格調、法、義法、法度、聲色、淹雅、雅潔、大、洪大、餘、支、敝、容、老、老到、瑣、甘、顧注、陡、陡頓、暴、漫、弱、棱、汁、漿、靈、性靈、境界、脫、脫易、出脫、艱奧、窒塞、雕巧、窘束、促迫、寒儉、凌砌、淒斷、鏗鏘、俗熟、細、細潤、尖媚——以上清

2. 詞曲體式範疇集束

清空、清真、清遠、清婉、清虛、清疏、疏快、質實、填實、厚、柔厚、忠厚、樸厚、深厚、和厚、溫厚、沉厚、醇厚、雅、騷雅、清雅、雅正、閒雅、醇雅、醇至、古雅、峭拔、婉約、柔曼、委曲、委婉、微婉、細婉、深、深婉、靜、深靜、靜厚、深靚、虛渾、穆、深穆、靜穆、雍穆、微、隱微、沉摯、刻摯、沉著、沉鬱、幽鬱、悲鬱、沉鬱頓挫、閟眇、閟深、深美閟約、幽渺、比興、托興、寄託、含蓄、約、留、和平、堅、堅凝、重、拙、巧拙、大、博大、渾成、渾涵、高、高渾、高朗、渾融、妥、平妥、妥當、妥溜、妥貼、圓轉、細、細貼、細潤、密、沖夷、平淡、潔、淡潔、修潔、媚潔、簡凈、名雋、俊爽、俊逸、俊潔、豪放、豪健、氣豪、雄豪、俚、俚俗、直、伉直、直率、氣格、氣力、粗疏、板滯、板重、澀、生澀、幽澀、澀煉、凝澀晦昧、叫囂、尖、浮、浮膩、薄、薄弱、淺薄、淺滑、淺露、輕、輕倩、輕淺、輕滑、空滑、脆、靈、軟媚、纖靡、纖巧、秾鬱、秾濃、險麗、秀折、本色、自然、量、分量、造境、寫境、境界、意境、要眇宜修——以上詞

俊、俊美、俊倩、輕俊、疏俊、警俊、澀、艱澀、蹇澀、藻艷、爽、艷爽、爽利、雄爽、豪俊、豪宕、豪辣灝爛、機、天機、機趣、趣味、生趣、生鮮、生辣、熟、生熟、熟爛、婉、穩、婉俏、穩俏、儇俏、妥、穩妥、妖嬌、冶創、婉曲、婉轉、婉麗、委曲、啞、和、圓、圓溜、圓美、麗、流麗、矜麗、香麗、香艷、香嫩、嫩、溜亮、瀏亮、響亮、新、新生、新采、尖新、尖酸、真率、淺顯、迫切、纖媚、盡、簡、俗、俚雅(雅俚)、清、滑、

清滑、滑易、滑利、平滑、浮滑、輕滑、佻薄、飽滿、自然、天然、直致、本色、當家、作家、破空、破有、殺、噍殺、痴、硬、粗、粗率、枯瘁、滯、重滯、濁、沉、痴、文、細、精細、聲色、貫穿、嚴整、博雅、綿渺、標韻、風神、風味、奇巧——以上曲

3. 戲劇小說體式範疇集束

色、色色、各色、香色、本色、當行、爽、爽利、秀爽、爽艷、秀快、透爽、透快、圓、整、匝、切、局、局段、局面、局概、局境、布局、立局、煉局、運局、構局、鑄局、煞局、收局、境態、境界、境趣、景趣、別趣、意趣、趣味、機趣、機靈、機神、機調、空、空靈、空到、空峭、斡空、翻空、空寫、實寫、生掃、生氣、生熟、靈奇、靈洞、洗脫、撇脫、超異、天籟、地籟、人籟、俗、真、俗真、雅、風雅、雅俗、閒、密、藏、冷熱、熱艷、冷雋、麗、綺麗、尖新、尖俊、巧、纖巧、板、活、板實、工、工巧、畫工、化工、圓整、整練、簡省、簡淨、簡直、簡質、古質、潔淨、輕俏、澀、深晦、僻、凹、油、酸、腐、俚腐、自然、警、醒、警醒、警策、巧警、徹促、豪宕、正大、神、妙、妙悟、能、具、才、慧、致、節、淡節、致節、餘、完、敷衍、那輾、反跌、逆跌、正伏、極微、超脫、主腦、頭腦、大頭腦、大關目、大頭段、大關節、筋、骨、味、淡、淡薄、滋味、婉、真幻、虛實、遠近、避犯——以上戲劇

奇、奇正、奇巧、幻、奇幻、真幻、詭幻、幻渺、幻巧、幻誕、幻觀、實觀、浮誕、信、點染、烘染、捏合、相引、相反、白描、輕描、濃抹、大落墨、勢、餘勢、轉、胎、眼、局、部法、脈絡、波瀾、合掌、空、劈空、空際、敷衍、抗衡、典型、典則、形象、畫工、化工、真、寫真、逼真、真真、真切、聖境、神境、化境、意境、情景、境界、現境界、他境界、境象、家數、悶、醒、熏、浸、刺、感刺、提、提破、提綴、蓄、含蓄、淺易、艱深、理、味、餘味、盡、美、迷、眩惑、本色、自然、生機、靈趣、情趣、生趣、機趣、傳神、入神、養神、精神、妙、神妙、巧妙、真假、虛實、情理、賓主、伸縮、曲直、板活、深淺、冷熱、雅俗、健弱、生熟、避犯、脫係、波折、緊、伸、矯、陡、縱、大、厚、庸、新、平、峭、窘、寬、鬆、硬、圓、澀、暢——以上小說

4. 幾點小結

以上是對詩文、詞曲和戲劇、小說諸文體範疇作的簡要臚列，由上面集束的這些概念、範疇的大體情況，可以得到如下幾點結論。

首先，中國古代文學批評範疇因本書第三章所論述的原因，極富包容性和涵蓋力，其意義的充實與轉換無須牽動語言外殼，因此，不說"氣"、"象"、"比興"這樣的重要範疇，即具體到"本色"、"家數"、"波瀾"這樣的名言，也能契合

詩文、詞曲和戲劇、小說各體文學的體式特徵，成爲對這種特徵最簡切的指證與概括。也正是在這個意義上，我們說古代文學批評範疇是一個可以運作的動態系統。而有一些範疇不但極具包容性和涵蓋力，還有強烈的誘導和鑄範作用，它們以活潑的理論品性，決定了自己是歷代文論中具有普遍意義的重要準則，乃至是古代文論範疇體系最重要的構成基礎。每一個範疇都代表着一種新的經驗和思考，都是人理智地考察、吸取和聯結感性經驗的結果。這其間，一些直接從思維形式中概括出來的概念、範疇特別具有方法論意義，特別能發展出豐富的範疇群和範疇序列，提攜人對一系列相關理論問題作出深入思考，從而爲不同時代不同趣味的論者所使用，在凸顯各體文所共有的審美屬性的同時，向人們清晰地昭示了構建範疇體系的現實可能性。譬如，我們已不再懷疑，不論是哪種文體樣式和哪種文學崇尚，都不能拒絕創作應合"自然"、有"趣味"、出"境界"、見"神韻"，這種要求幾乎是千百年來作家和批評家喉管中涌動着的共同的聲音，這"自然"、"趣味"、"神韻"、"境界"，也因此成爲中國古代文學理論體系和文論範疇體系的重要基幹之一。

其次，在基於相同的哲學傳統和文化精神，由此有相同的藝術趣味和審美判斷，好用相同的概念、範疇施諸各體文批評的同時，古代作家、批評家還結合不同體式的文學創作，創設了許多新的名言。譬如詞學批評中的"清空"，曲學批評中的"豪辣灏爛"，劇學批評中的"局段"、"主腦"，小說批評中的"提破"、"抗衡"、"現境界"等等。這種創設既有新的社會思潮和文化趣尚的驅動，但就其本身而言，不能不說是建立在對文學體式認識深化的基礎上的。它們突出了文體本身的根本性特徵，從而爲不同體式的文學創作，特別是戲劇、小說那樣後起而缺乏經典地位的文學體式的健康發展，提供了重要的保障。在這方面，像"化工"、"空到"、"白描"、"機趣"等概念、範疇，不僅僅是對作品體式的靜態總結，還對時人的創作起過強烈的干預作用。儘管因論說指向的局限，它們不像"自然"、"境界"那樣涵蓋各體文學，却是古代文論範疇多樣化和分門化發展的標誌性成果，是古代文學批評範疇體系構架中極爲重要的一支。

歸結起來説，中國古代文學中重要的批評範疇大抵在唐宋時都已出現。在本書的第四章，我們曾分析了範疇與創作風尚的關係，指出中唐是古代文學創作重要的轉捩點，繼之而起的宋人則拓植了古代文學觀念和審美崇尚的新面貌。其時，先期出現的概念、範疇運用得已趨老熟，後起的概念、範疇因論者的提倡，也漸漸獲得重要的地位。儘管此後文體代興，認識轉精，新名言的創設或有，但在總量上終不如轉換範疇來得多。究其原因，多少關涉中國人慎終追遠的文化根性，那種挾古人以自壯，託往體以自尊的習慣心理，對本來就存在很強的程式化傾向的古代各體文創作及作家的創作理念有一種深刻的支持。一般地説，他們很少有衝決這些觀念徹底解放文體的衝動，即或在創作上有求新的嘗試，公開論説時大都仍莊敬自持。這樣的情況一直到明代以後才有改變，其時，伴隨着新的社會思潮和新文化的冲蕩，面對的又是新的文體和新起的創作，一些異樣的聲音開始出現了，而"靈"、"香"、"適"、"迷"等概念、範疇開始頻頻出現在論者的筆端。

再就範疇的內在意藴而言，表現爲對已有範疇內涵的擴充和拓展。如"趣"在宋以前詩論和元明清三代戲劇、小説理論中的涵義並不一致，宋以前人注重在作品生動鮮明、觸物而起的形象性，故其與"興"範疇每相聯言；注重在作品幽眇深微、觸情而起的情感性，故又與"情"範疇密切相關；注重在作品出人意料、觸理而起的直悟性，故還與"妙"範疇多相往還。此後，人們則將其與世俗化、平民化的情感，潑辣透脱又不失敏慧深刻的性情聯繫在一起，與匪夷所思、新奇迭出的人生世相聯繫在一起，是謂"機趣"、"奇趣"和"靈趣"，這就對前者就有了擴充和發展。再如"爽"這個範疇，《説文》解作"明"，《方言》解作"猛"，大抵有明曉有力之意。魏晉時，它被引入人物品評與文學批評，由人物的"爽朗清舉"而及其"辭氣俱爽"與"氣爽才麗"[1]。唐以後，張彥遠《歷代名畫記》每以"筆迹俊爽"、"風格爽舉"稱人，宋郭熙《林泉高致》更詳言創作須"注精以一之"，倘"積昏氣而汩之者，其狀黯猥而不爽"，"不爽則失瀟灑法"。"元中原豪傑，不樂仕元，而發其雄心，洸洋自恣於草澤間，載酒徵歌，彈絃度曲，以雄俊鶻爽之氣，發而爲纏綿婉麗之音，故泛賞則盡境，描寫則盡態，體物則盡形，發響則盡節，騁麗則盡藻，諧俗則盡情"[2]，談藝論文也每多用及之。如徐復祚《南北詞廣韻選批語》評《西廂》之《草橋驚夢》"尤俊爽可喜"，吕天成《曲品》評《麟鳳記》"詞致秀爽"，王世貞《藝苑卮言》評《雙調·雁兒落帶得勝令》"艷爽之極"，祁彪佳《遠山堂曲品》評《三綱》之詞"明爽"，《旗亭》之曲"爽亮"，《海棠詩》

---

[1] 見《世説新語》之《容止》、《文學》與《文心雕龍·樂府》。
[2] 屠隆《章臺柳玉合記叙》，《棲真館集》卷十一。

"疏爽",甚至認爲"惟曲有爽語,少敗筆,聊可掩其構局之病"。凡此,包括"豪爽"、"雄爽"、"英爽"之屬,都對此範疇的内涵作了豐富與擴充。其他如"虛實"、"真幻"、"境界"等範疇也是如此。

而就範疇的外在形式言,則表現爲在尊崇一個中心範疇的前提下,同一序列子範疇的數量得到了大大的增益,甚至一個子範疇與其他範疇序列交接組合成新範疇乃至範疇序列的情況也時有出現。前者如"俊",詩文批評有"俊逸"和"雄俊"、"奇俊",到宋元以後則發展出"輕俊"、"疏俊"、"警俊"和"俊艷"等衆多的後序名言。"麗"在詩文批評中發育得很早,成熟度也很高,六朝以來,除"綺麗"、"靡麗"之外,並有"溫麗"、"遒麗"、"壯麗"、"典麗"、"縟麗"、"弘麗"、"清麗"、"巧麗"等後序名言,唐以後又發展出"婉麗"、"華麗"、"峭麗"、"纖麗"、"瀏麗"等新的名言。宋以後詞曲批評中,並還有"爽麗"、"險麗"、"俊麗"、"香麗"等新詞出現。它們乍看之下似乎無大區別,但依時代排列,按體式分類,是分明可以看到其間存在着的不同意涵的。像"香麗"這個後序名言在詩文批評中就絕少使用,而按中國人五官感通的認知習慣,"香"應該是"麗"的題中之義,又與外相熱艷分不開。之所以到元代才開始出現,並自此以後漸占批評話語一席之地,如陳繼儒《題西樓記》稱人"言極靈極快,其遊戲而爲樂府,極幻極怪,極艷極香",袁籜庵序《衍波詞》,稱其"一經陶寫,便覺香艷鏗訇,壓紙欲飛",孟稱舜《古今名劇合選評語》稱《桃源三訪》"語含香潤",《花前一笑》"語更香倩",乃至"字摘屈宋之艷,句熏班馬之香"①,稱詩爲"天地間之香氣"②,"詞雖詩餘,然貴乎香艷清幽,……不在詩家蒼勁古樸間而論其工拙也"③,其原因頗耐人尋味,並似乎不僅局限於文學,分析下去,是很可以加深人們對"麗"這個中心範疇的認識,從而將對它的界定推進到一個更完滿的境地的。

後者如"境界",在詩文批評中早就和"意"、"情"、"物"、"心"等範疇交合,構成"意境"、"情境"、"物境"和"心境"等名言。在戲劇、小説批評中,論者同樣尊它爲重要的準則,契合着戲劇、小説的體式特質,將之與"趣"、"局"、"態"等範疇交合,發展出了"境趣"、"局境"、"境態"、"煉境"、"現境界"、"他境界"等一系列重要名言。在這種能動而積極的牽衍互動過程中,"境界"範疇的

---

① 蔣士銓《晉春秋序》,太虛齋刊本《晉春秋》卷首。
② 錢謙益《錢牧齋全集》(六),上海古籍出版社,2003年,第1567頁。
③ 黄圖珌《看山閣集閒筆》。

意義內核得到最大程度的發散，理論生命也因此得到了持久而充分的延展。由此推諸更廣的範圍、更多中心範疇的交接組合運動，人們可以看到，正是因為有了這種活躍而能動的範疇耦合方式，在對作為多樣統一的文學事相作理論上的把握和再現時，古人才能神閒氣定，既仰觀俯察，復曲應泛當，似永遠都能應付自如，並綽有餘裕。

而無論是前者還是後者，由於古人已不僅僅依賴一己的直觀思維，還承前人的創設，實際上用了概念思維乃至抽象的邏輯思維，這使得他們在討論和運用概念、範疇時，皆超越了早先"從事象立言"的簡單模式，而向"從事理立言"的方向趨進。即再不滿足於對現象作直覺的感知性的規定，而努力進於類型化的分析性的規定，由取象而取義，由概言而析理，故其所用的名言可以說不再僅僅是一種"經驗論範疇"，而是與理性認識相聯通的"論理性範疇"。從單個批評家的範疇運用來說，或許這種從具象到抽象的變化態勢體現得不甚明顯，但從一個體派、一個時代的範疇運用來說，乃或從統貫通代的概念、範疇的運用情況看，這種發展綫索就至為明顯了，且表現為與其人由普遍到特殊、由簡單到複雜的認識發展道路相一致。或者說，它生動而準確地體現了古代中國人理論思維從形成、發展與成熟的全過程。此所謂範疇是人類思維特有的邏輯形式，是實踐與認識、歷史性與發展性、能動性與創造性相統一的最生動的凝聚。

第六章 元範疇：文學理論體系的樞紐

在對範疇作出上述比較全面基礎的述列後，討論元範疇的條件也就趨於成熟。古代文學批評範疇有其獨特的構成方式和邏輯特點，並且與創作風尚和體式特質密切相關，這些構成了範疇豐富複雜的整體面貌。對這種整體面貌的清理，已經爲元範疇研究作了重要的鋪墊。因爲這種清理把人必然地引向了這樣一種思考，即面對如此交互複雜形態多樣的散殊名言，怎樣通過把握其犖犖大端，提攜起整個系統，並爲最終構建完整的範疇譜系提供依據。換言之，在眾多的概念、範疇中，在躍動於各個時代、各種文體的眾多的概念、範疇的序列中，究竟有哪個或哪些是更重要的，可以統貫和驅動整個系統的運作？在具體釐定文論範疇體系的整體構架前，有必要先解決這一問題。

第一節 元範疇問題的提出

在本書第三章對範疇連鎖展開和衍展成序特點的論述中，我們已不止一次提到過"核心範疇"、"基始範疇"和"衍生範疇"等概念。通過對各體文論範疇的述列可以知道，在各自成序的範疇集團中，有延展與衍生能力的主要範疇，特別是"基始範疇"和"核心範疇"，在範疇集團中所起的作用是十分巨大的，甚至是根本性的。基於其意義足以貫徹範疇集團乃至範疇體系的始終，而這種貫徹始終的意義內核有時又足以讓人體覘傳統文學創作和批評的某些本質特點，因此有必要對其作更進一步的核定。

一、範疇的位序與元範疇的界定

中國古代文學批評範疇既是連鎖展開、牽衍成序，爲一可運作的動態系統，那麼就各個範疇考察，必然有前後甚至主次的區別。那些居於範疇序列前面的是所謂"前位範疇"，處在稍後的則爲"後位範疇"。譬如，在"簡"範疇以下，由"簡正"、"簡直"、"簡切"、"簡淨"、"簡古"、"簡妙"、"簡拔"、"簡雅"、"簡健"、"簡澀"構成的同一序列中，"簡正"、"簡直"、"簡切"、"簡淨"可以說是"前位範疇"，它們不但誕生的時間較早，意義也較純正，最爲契近"簡"之本義。"簡古"以下就是所謂"後位範疇"，它們由後來論者踵事增華、密上加密地衍展出來，基本上是對原範疇的推展和細化。如宋人唐子西《語錄》稱陶淵明《桃源記》"造語簡妙"、惠洪《冷齋夜語》稱顧況詩"簡拔而意精確"，朱翌《猗覺寮雜記》卷下稱班固"裁《史記》冗語，極簡健"，劉壎《隱居通議・詩歌三》稱人"簡潔峻峭，而悠然深味，不見其際"，皆是在認同原"基始範疇"的前提下，限制和補充說明"簡"之妙的。

與之相關連，關於範疇序位，還可見"上位範疇"和"下位範疇"的分疏。它們的區別看似同於"前位範疇"與"後位範疇"，實際上並不如此。所謂"上位範疇"又稱"種範疇"、"母範疇"，是指處在範疇集團起點的初始名言。如"境"之於"情境"、"物境"、"象境"、"理境"、"意境"，"格"之於"氣格"、"體格"、"格力"、"格致"、"格韻"，等等。它對後面這些範疇有意義上的統攝籠蓋作用。前及"簡"範疇序列中，"簡"即屬"上位範疇"。"上位範疇"之間經常可以再行組合，形成新的範疇，如果這個範疇有足夠的意義張力和涵蓋性的話，還可形成另一個序列，如"韻"與"格"可以構成"韻格"，"韻"與"神"可以構成"神韻"。而類如"神韻"以下，又形成一自成序列的範疇集團。這是古代文學批評範疇的一個基本層次。

所謂"下位範疇"，是指在"上位範疇"之後集團序列中的所有其他範疇，因它們由"上位範疇"擴展衍生，又稱"子範疇"、"後序範疇"。如果以上舉"格"一序列範疇爲例，舉凡"氣格"、"體格"、"格力"、"格致"、"格韻"等皆爲"下位範疇"。上舉"簡"一序列的範疇中，"簡正"以下皆爲"下位範疇"。因此，與前位、後位範疇相比，其間區別至爲明顯。即"下位範疇"包括前位、後位範疇，如"格"一序列，"氣格"、"體格"是直接承襲"格"範疇最基本含義的兩個範疇，居前位地位，但比之"格"這個上位"種範疇"，它們又無區別於"格致"、"格韻"等"後位範疇"。所以同樣是對範疇集團序列的界定，這兩者之間的意義終究不相混淆。

這裏要究問的是，由"前位範疇"往上是所謂上位"種範疇"，那麼由上位"種範疇"再往上，是不是還存在一些更基本更核心的範疇？考察傳統文學理論批評，可以得到肯定的結論。這種凌駕於上位"種範疇"之上，具有最高涵括力和統攝力的範疇就是元範疇。

與上位"種範疇"是表明該範疇處於集團序列的起點，屬初始名言不同，元範疇是那種不以其他範疇作爲自己的存在依據，不以其他範疇規定自己的性質和意義邊界的最一般抽象的名言。就其所涵括的内容來說是最深刻最精微的，就其所罩攝的範圍來說是最普遍最廣泛的，而就其所具有的活動力和延展能力而言又是最强烈最持久的。套用托馬斯·庫恩的話，它類似一個時代科學共同體所持有的共同的"研究傳統"和"理論框架"，即"共同的理論上和方法上的信念"，是一種"範式概念"①。由於它有發展和牽衍新觀念及與外來文化相融合的動力和能力，因而是理解整個範疇集團，把握整個範疇體系的重要鎖鑰。

又因爲傳統中國人有强烈的往古崇拜意識，如前所說，强調慎終追遠，學有本源。落實到概念、範疇的創設和運用，名言的共通性一面一直被有意識地維護和凸顯，有時自創一範疇未必深入人心，且也不一定能説清問題和攝得要害，而借前人的成言，輸入一己之新見，反倒容易爲人認同。因此，就元範疇的特性而言，還得加上一條，即它誕生的時間一般最早或很早，有悠久而綿長不間斷的發展歷史，特别是與傳統哲學、倫理、心理諸因素有很密切的聯繫，乃至就是哲學範疇本身或它們的演化形態，所以它能長久而有力地規範和影響趣味不同的作者、批評家，使之在創作-批評實踐中與之趨同②。

中國古代文學批評元範疇有自己的特點。如果說，西方文學批評元範疇多關涉作爲客觀存在的文學的本質，以及美的本質特性和具體的創作規律，

---

① 庫恩以爲範式"是一個共同體成員共享的信仰、價值、技術等等的集合，是常規科學所賴以運作的理論基礎和實踐規範，是從事某一學科的研究者所共同遵從的世界觀和行爲方式"，簡言之，"就是一種公認的模型或模式"，它的產生並形成可視作是一門學科達到成熟的標誌。見其所著《科學革命的結構》，上海科技出版社，1980年，第29頁。
② 張東蓀《中國哲學上的範疇》一方面認定"範疇與概念之界限並不是固定的，凡概念都可以變爲範疇"，一方面又承認範疇是"由全民族在其悠久的歷史上把其經驗積累而成的"，"必是那一個文化中所久有的，所公認的"，持論頗爲淆亂。但他認爲"所謂重要的範疇就是那些使用最廣泛而同時具有最大左右力的概念"，却多少可用來説明元範疇的性質。見張汝倫編選《理性與良智——張東蓀文選》，上海遠東出版社，1995年，第296—303頁。

也即以藝術和美爲中心的話,那麼受古代哲學、思想和文化傳統的影響,中國文學批評中的元範疇關涉的則是作爲主體的人,以及作爲客體的文學的各個方面。也就是說,它並不單純以藝術和美爲中心,而毋說是以審美關係爲中心。

或以爲,與西人以多元假設爲旨歸,好發明與創設元範疇不同,古代中國人在言說方式上少抗論別擇之風,不尚駁詰而重傳授,在思維方式上多以一總萬之慮,不尚歸納而重演繹,這造成在名言的創設上多相類範疇而少終極範疇,因此很難說有什麽元範疇。其實這種說法是不對的。西人固然多"實體範疇",内涵充實而穩定,邏輯清晰而不游移;而中國多"關係範疇",内涵豐實但跳脱發散,邊界渾涵而不易切指,但這並不等於說"關係範疇"就一概缺乏實體意義,就不能作爲元範疇。事實恰恰相反,中國哲學的自身特點正規定了它是以"關係範疇"作爲體系的根本性核心和基元的。受這一特點的影響和籠蓋,文學理論批評自覺不自覺也以此爲論説之根本。因此,研判和確立這種基元性範疇,對把握古代文論範疇系統十分重要。

二、確立過程中諸種觀點的研判

對古代文學批評中元範疇的自身特點,人們的認識是比較一致的。不過因傳統文學批評範疇的情況十分複雜,論説對象和指涉層次不同的範疇,其概括性與綜合程度雖有區别,但有時表現得並不十分明確,至於整個範疇體系的面目,更多隱藏在論理性乃或感悟性的言辭鋪排之後,故造成人們對究竟哪些是元範疇的意見並不一致。

如有論者以爲,"從宏觀上看,中國詩學的核心範疇,其實只有一對:風骨與韻味","風骨"指向的是悲劇美,其歸趣在儒家;"韻味"指向平淡美,其歸趣在道家[①]。有的論者認爲,《樂記》是中國古典美學和文論的奠基石,所謂"禮辨異,樂統同";禮節制,樂調和;禮秩序,樂和諧;禮尚差别,樂重平等;禮自外作,樂由内出,"禮樂皆得,謂之有德",故將"和諧"奉爲古代美學的邏輯起點,也即總範疇、元範疇,並因古典藝術多以和諧美爲最高理想,而稱"在中西古典美學

[①] 韓經太《中國詩學史的宏觀透視》,《天津社會科學》1994年第5期。

中只出現了兩個基本美學範疇,一是優美,一是壯美"①。有的以"味"爲"基礎範疇",認爲它是"中國古代美學的邏輯起點,又是它的歸宿或落脚點","聯繫審美主體和審美客體的重要紐帶",故可"作爲構造中國古典美學體系的核心範疇"②。還有論者以爲,"意境"體現了中國藝術的本質,所以應作爲古代美學的起點,居"中心範疇"的地位③。有的則以"氣"爲構建古代文藝美學體系的基礎性範疇④,以"道"爲傳統美學的源頭,認爲傳統美學意在求"道"並表現"道",最終的歸向也在"道",故"道"當爲傳統美學的起點和元範疇⑤。此外,還有以"味"與"意象"爲實際上的元範疇的。

有的論者進而區別不同的哲學體系,於道家指出"樸"爲整個美學的基調,是爲與"道"、"無"有同等地位的本體性範疇⑥。或以"虛無"爲中國美學範疇體系之本⑦。有的提出,"象"源於《易經》和《老子》,是中國道家美學幽深致遠的基本範疇;"興"源於《詩經》和《論語》,是中國儒家美學思想弘揚發展的主要範疇,"象"和"興"這兩個元範疇及其相互關係,構成了中國美學範疇體系研究歷史與邏輯統一的起點,以及理解並掌握中國美學獨特體系的一條基本綫索⑧。

上述諸家說的"核心範疇"、"總範疇"和"基礎範疇",其實都是元範疇的意思。察其所論,大抵基於古代文學理論批評的自身特點,結合對其哲學基礎和文化上源的揭示,從不同角度和層面作出的判斷,不能說是向壁虛構和隨意揣設。不過要指出的是,他們分別側重於古代文學和美學理論批評的某些方面,以與這種部分認識相對應的範疇作爲貫通全體的元範疇,都不免於事實相違,有片面不能周延之弊。質言之,如"意境"、"韻味"等不但屬晚起的"後位範疇",其本身含義的確定有待"意"、"境"、"韻"、"味"等範疇耦合關係的穩定,即

---

① 周來祥、彭修艮《中西美學範疇的邏輯發展》,《文藝研究》1990 年第 5 期。
② 皮朝綱《中國美學體系論》,語文出版社,1995 年,第 86 頁。又見其所著《中國美學沉思錄》,四川人民出版社,1997 年,第 241 頁。
③ 彭修銀《關於中國古典美學範疇系統化的幾個問題》,《人文雜誌》1992 年第 4 期。
④ 詹杭倫《當代中國美學研究的回顧與展望》,《中國古典文學論集》第 10 輯,《四川大學學報》編輯部刊印。
⑤ 安港《中國傳統美學的核心——道》,《北京大學研究生學刊》1990 年第 1 期。
⑥ 舒建華《樸:老莊美學的核心》,《晉陽學刊》1992 年第 5 期。
⑦ 陳望衡《老子審美理想的歷史價值》,《天津社會科學》1991 年第 4 期。
⑧ 成立《中國美學的元範疇》,《學術月刊》1991 年第 3 期。

就穩定後的意義指向而言,也只涵蓋了古代文學創作的一個發展路向,雖然是一個被事實證明大有前途的發展路向,以其爲古代文學批評範疇的基元顯然不能成立。再如"味",雖曾牽衍出一個自成序列的範疇集團,並很早就被人從主體辨審、創造和客體審美接受這兩個向度説明文學創作和藝術鑒賞的特殊性,但問題是它僅依字源上的原義被先秦人引入事理或哲學討論,如《左傳·昭公元年》之"天有六氣,降生五味",《老子》第十二章之"五色令人目盲,五音令人耳聾,五味令人口爽……是以聖人爲腹不爲目,故去彼取此",包括《禮記·禮運》稱"五味,六和,十二食,還相爲質也",即以後進入文事的切磋,如王充稱"文必麗以好,言必辯以巧,言瞭於耳,則事味於心"①,陸雲稱"兄前表甚有深情遠旨可耽味"②,仍不脱原義。由於它在使用過程中並没有發展出更精微的含義,誕育出抽象的觀念,故人們多不把它當作是一個哲學範疇。也就是説,在大多數情況下它的内涵並不精微抽象,只揭示了古人與道藝相接的一種方式,並不能周蓋文學活動實際存在的全部豐富性。

對於"風骨"範疇,前面已有論述。它源於先秦相術和漢魏人物品鑒,由指稱人的外在形貌,衍指作品剛健挺特、真力彌滿的外在風貌。當初劉勰在力倡"風骨"的同時已標舉文有"八體",反對"必雅言慷慨"的强同,而要求作者能依自己性分所近和興趣所在,臻作品於美境,畢文事以全功。他另有關涉爲文根本的"文之樞紐"五篇,也不以此範疇爲根本性的規範。中唐以後,時人移"風骨"之論爲"風調"之賞,就更不再占據文學批評的中心,以之爲統攝整個古代文學批評的核心範疇,與事實出入太大。

"樸"與"虚無"是道家創設的專門名言,道家講虚静恬淡,以質樸清真爲至高理想,故常説"見素抱樸"③,"無名之樸"④。"樸"與"器"相對,專指未經人工雕琢的物事,故《莊子·應帝王》説"順物自然而無容私焉",《山水》又有"既雕既琢,復歸於樸"之説。而"虚"的本意指空⑤。在老莊那兒,它指一種内心的境界,故《老子》十六章有所謂"致虚極,守静篤",魏源《本義》釋以"無欲"。《莊

---

① 《論衡·自紀》。
② 《與兄平原書》,《全晉文》卷一百二。
③ 《老子》十九章。
④ 《老子》三十七章。
⑤ 見《爾雅》和《廣雅·釋詁三》。

子》的《人間世》也有所謂"唯道集虛,虛者,心齋也"。"無"是"道"的基本徵象,它的特點也就是"虛"和"空"。故《大宗師》又說:"夫道,有情有信,無爲無形,可傳而不可受,可得而不可見。"認識到"虛"和"無",也就達到了認識的最高境界。後人將之引入文學藝術領域,以與一切"實有"相對待,辯證地揭示藝術創造中意味和餘蘊的生成機制,以及那種空靈剔透的神妙境界,如陸機《文賦》之"課虛無以責有,叩寂寞而求音"即是。宋元以降人更多有論及,不過大多單論"虛"或渾言"虛實",如以爲"詩有實有虛,虛者其宗趣也,實者其名物也"①,"劇戲之道,出之貴實,而用之貴虛"②。在提出"虛""實"相生兼用的同時,更要求"避實取虛"③,"翻實爲虛"④,"避實擊虛"⑤,"以虛運實"⑥。它關乎用字的"脫"與"滯",取景的"繁"與"簡",構境的"沉實"與"空靈",爲藝術創造之具體原則明矣。更何況在具體論述時,它並不常以"虛無"這樣穩定的語式出現,所以舉以爲傳統文學批評的元範疇,也與事實不符。

餘下如"道"、"氣"、"興"、"象"、"和諧",與上述範疇不同,它們誕生於中華文明長成的初期,皆有源遠流長的發展歷史,既無須仰賴其他範疇作爲自己存在的依據,也不以其他範疇規定自己的質性和義界,無論從涵括內容的精微深刻,還是罩攝範圍與延展活力的大和強來說都很突出,則確乎可以稱爲古代文論範疇有時甚至還可以包括哲學範疇中的元範疇。底下我們將深入傳統文化的上源,結合古代哲學的基本特點,以及這種哲學所體現出的中國人的理性思索和情感訴求,對這幾個元範疇一一作出具體詳盡的論述。

三、元範疇的唯一與多元

由上面所論可知,不是任何一個比較重要的範疇,特別是不是任何一個範疇因後來曾有活躍的表現,就可以被確定爲元範疇的。換言之,元範疇在數量上不可能是無限的。有論者以爲:"中國古代文論中衆多的元範疇,如志、道、味、神、韻、情、興、意、理等,都具有多義性、流動性、模糊性的特徵,它們可以與

---

① 焦竑《詩名物疏序》,《澹園集》卷十四。
② 王驥德《曲律》卷四《雜論》。
③ 金聖嘆《第五才子書施耐庵水滸傳》第五十二回總批。
④ 祁彪佳《遠山堂曲品》。
⑤ 王嗣奭《江上值水如海勢聊短述》評語,《杜臆》卷四。
⑥ 張謙宜《絸齋詩談》卷四。

多種概念、範疇結合而成新的範疇,具有極強的生長能力,一個元範疇,可以構成一個網狀的主體原理系統。"①是將"上位範疇"與元範疇兩個概念相混淆了,它徒增範疇辨識的混亂,顯然於理未愜。

那麼,與此相反,認爲古代文學批評元範疇只能有一個是否正確呢？回答也是否定的。傳統中國人究詰天地間一切問題,包括性命問題,都好歸向一個終極,以一個終極性的名言來統攝與派生其他,如太極生兩儀,兩儀生四象,四象生八卦,這"太極"就是一終極性範疇。又稱道生一,一生二,二生三,三生萬物,這"一"也是終極性範疇。影響及論文,也常常執一終極性的目標,以至今人探討文學批評範疇,總以爲應該有一個並且只能有一個終極性和根本性的基礎範疇,由它決定和派生下屬二級、三級範疇。

如在上述幾個範疇中,有的論者就獨推"道"爲中國古代文學批評的邏輯起點,以爲它就是這樣一種元範疇。之所以如此論定,不僅在它"義理之抽象性、統攝性、衍生性","更重要的是考慮到其與中國傳統思維特徵、價值觀念、整體學術思想的淵源關係"②。應該說這種意見頗得文論範疇的大體和要領,但問題是,就其底下對"道"何以與傳統思維特徵、價值觀念和學術思想相關的論述中,我們並沒有看到足以排開其他範疇介入的嚴密論證。譬如,說"'原道'觀念是傳統中國一切學術思想之圭臬,體現爲以叩問深究'天人之際'、'性與天道'爲思理目標",難道類似"氣"、"興"等範疇就不如此了？答案顯然不是。

至於古人每好標舉一個範疇作爲文學之根本,有時僅是個人行爲,或他所從屬的文學集團、流派的集體行爲,並不具備爲所有人認同的普遍意義。因此,今人研究古代文學理論體系中的元範疇,應從傳統文化的大背景以及這種文化的深層根基中尋找,而不必想當然地預設其數量,認爲唯其獨一無二才至尊至高。但凡符合傳統文化的哲學精神,又深契文學創作內在機理,體現古人獨特思維方式和根本性審美訴求的就是元範疇,否則就不是。總之,關鍵是要找到符合上述一系列條件的適切名言,如果事實上它不止一個,就沒有理由拘執於慣常的思維不予承認。

---

① 孫耀煜《中國古代文學原理》,江蘇教育出版社,1996年,第38頁。
② 党聖元《中國古代文論的範疇體系》,《文學評論》1997年第1期。

第二節　根植於傳統文化的考察

什麼是傳統文化的根本精神，這是一個值得認真討論的大題目，它指向的幾乎就是一個漫長的歷史過程。近現代以來，學人嘗試着從各個方向揭開其真實的面目。聯繫傳統文化的三大繁盛形態，即諸子哲學、魏晉玄學和宋明理學，我們以爲這種文化的根本主題就是究天人之際。"這一觀念直接支配中國哲學的發展"①，當然也包括範疇和範疇體系的發展。中國古代文學觀念的發展深受傳統哲學的影響，在許多時候、許多方面，這兩者彼此不能分開，故這種中心觀念也深刻規定了傳統文學的基本徵象。此所以論者以爲："中國文化精神本重此心天合一之人生共相，故文學藝術諸種造詣，亦都同歸於此一共相，而莫能自外。"②文學批評範疇的創設和運用也同樣如此。

一、"天人合一"的文化精神及其對文學的浸入

由於古代中國人在初始階段，無時無刻不面臨着與完全異己不可抗的自然力的對立，心靈充滿不安和恐懼。這種不安和恐懼迫使他們將自然中的某些力量神化，藉以消除自己與未知世界的距離，求得精神的平衡。在西方，爲着同樣的原因，古希臘人好講"神"與"人"的統一。中國人多講務實，理性又早熟，故在周代就用"天"將早前只有巫師可通、能定人休咎的"帝"給置換了下來，由此好講天人合一。

這"天"按馮友蘭《中國哲學史》中的解說，既指"物質之天"、"主宰之天"和"運命之天"，又指"自然之天"和"義理之天"。傅偉勳《從西方哲學到禪佛教》則將之分爲"天地之天"、"天然之天"、"皇天之天"、"天命之天"、"天道之天"、"天理之天"，實際與馮氏所說差不多。倘稍加整合與分疏，大抵可分爲以下三類：自然之天，包括上述物質之天、天然之天和自然之天；神靈之天，包括上述天命之天、皇天之天、主宰之天；還有就是義理之天，包括天道之天和天理之天。如孔子講"天何言哉，四時行焉，萬物生焉，天何言哉"③，屬前者；"天生德

---

① 唐君毅《中西哲學思想之比較研究集》，正中書局，1997年，第111頁。
② 錢穆《中國文化傳統中之史學與文學》，見阮芝生等編《中國史學論文選集》第二輯，幼獅文化事業公司，1977年，第34頁。
③ 《論語·陽貨》。

於予,桓魋其如予何"①,屬中者;"天之未喪斯文也,匡人其如予何"②,屬後者。

古代中國人以爲,"人之與天地也同,萬物之形雖異,其情一體也","故古之治身與天下者,必法天地"③。另一方面,"所謂天者,非謂蒼蒼莽莽之天也"④,"人與天調,然後天地之美生"⑤,"人者天地之心也"⑥,故"善言天者,必有徵於人"⑦。本着這種天地人合一的自然觀和哲學觀,他們把"天"從神學中解放出來,賦予其客觀自然的物質意義,從而否定了商周時的神學天命觀,本着對人的主觀精神的高揚,給它輸入人的意志和人事的義理,將之視爲人的活動的最適宜的空間。

1. "天人合一"的提出與儒道兩家的論述

由於把"天"更多地指爲自然之天,義理之天,而非神靈之天,所以古代中國人每從自然角度出發講"天人合一",道家在此一途有很深闢的闡發;又從義理角度出發講"天人合道",儒家於此一途多有開拓和建樹。而從神靈角度出發講"天人感應"的,並不是中國哲學乃至傳統文化的主流,更不能代表它的全部內涵。至於有的雖重人的主體性,又假"天"強調自然規律的客觀性,提出"天人相分",或倡言掌握自然,利用它造福人類,同樣不占主要地位。

如前所說,儒道兩家都贊同天人相合,在儒家那裏,這個"天"帶有某種道德意志乃至目的論色彩,因此被舉爲至高的原則。《中庸》即說:"思知人,不可以不知天。"張載在《正蒙》的《誠明篇》中稱:"儒者則因明致誠,因誠致明,故天人合一,致學而可以成聖,得天而未始遺人",第一次明確提出"天人合一"的命題。但這種思想在儒家那裏是早就存在着的,且看孔子孫子孔伋所說的一段話:

> 唯天下至誠,爲能盡其性。盡其性,則能盡人之性。能盡人之性,則能盡物之心。能盡物之心,則可以贊天地之化育。可以贊天地之化育,則

---

① 《論語·述而》。
② 《論語·子罕》。
③ 《呂氏春秋·情欲》。
④ 《說苑·建本》。
⑤ 《管子·五行》。
⑥ 《禮記·禮運》。
⑦ 《荀子·性惡》。

可以與天地參矣。①

孔伋弟子孟子更説：

> 盡其心者，知其性也。知其性，則知天矣。存其心，養其性，所以事天也。殀壽不貳，修身以俟之，所以立命也。②

又説："夫君子所過者化，所存者神，上下與天地同流。"③ 只要善養"至大至剛"、"配義與道"的浩然之氣，再通過反身而誠的功夫，就可"塞於天地之間"④。儘管他們所説的人尚非指普通人而專是聖人，但後來則泛指一切人。

道家以"天"爲宇宙及其運行規律的最高抽象，所謂"天道無親，常與善人"，"天之道，不争而善勝"，"天地所以能長且久者，以其不自生，故能長生"，《老子》五千言將此義説得分明。他還説過"天地不仁"這樣的話⑤，對此，王弼注曰："天地任自然，無爲無造，萬物自相治理，故曰不仁。"河上公注曰："天施地化，不以仁恩，任自然也。"聯繫他所説"天法道，道法自然"，可知他所説的"天"皆可歸結爲"自然"一義。而所謂"無"、"大"、"虚"、"静"、"樸"、"無欲"、"無爲"、"無親"、"不仁"、"不恃"、"不宰"、"不争"、"不有"、"不自生"等等，皆與"天"意義相通。莊子沿其教，《在宥》篇嘗謂：

> 何謂道，有天道，有人道。無爲而尊者，天道也；有爲而累者，人道也。主者，天道也；臣者，人道也。天道之與人道也，相去遠矣，不可不察也。

《秋水》篇又説：

> 牛馬四足，是謂天；落馬首，穿牛鼻，是謂人。故曰：無以人滅天，無以故滅命，無以得殉名，謹守而勿失，是謂反其真。

---

① 《中庸》二十二章。
②③ 《孟子·盡心上》。
④ 《孟子·公孫丑上》。
⑤ 《老子》五章。

他要求人去除人爲，無以人滅天，復歸自然本性。既然"無爲爲之之謂天"，"忘己之人，是之謂入於天"①，"不厭其天，不忽於人，民幾乎以其眞"②，人就應該"虛無恬淡，乃合天德"③，"形全精復，與天爲一"④，這樣也就達到了"人天無別"的境界⑤。如果說，儒家以"天"爲道德本原，講天人合德，但實際上是先建立人道再規定天道的話，那麼道家所講的天人合一是以人配天，是人道合於天道。一者靠"反身而誠"而渾然與物同體，一者則以一己之"虛靜"推廣之於大天大地。

《周易》推天道以明人事，其重占筮，就是希望行此以獲得神靈啓示，這決定了其所主的天人關係是一種天神支配人類的神學關係。但其卦、爻辭則仍記錄和反映了古人掙脫神學迷信，走向理性認識的艱苦歷程。其對天人關係的討論儘管不直接深透，但也達到了很高的成就，並對後世產生了深遠的影響。

首先，它確定人是自然的產物，所謂"天地之大德曰生"，這種生生之德被認爲是一切善的起源。"有天地然後萬物生焉，盈天地之間者唯萬物。"⑥其次，自然法則可爲社會法規的典範，所謂"天地之道，恆久而不已也，……聖人久於其道，而天下化成；觀其所恆，而天地萬物之情可見矣"⑦。故它在以"天人"表示世界存在的同時，又以"動靜"、"正變"、"常變"表達這種存在的形式，用"性情"、"形神"、"知行"、"虛實"表達人的存在與認識。並提出"觀象"，由觀天下之賾之動，進而觀其會通，目的在"法象"。而"法象"其實就是"法天"。甚至它認爲六十四卦中，每一卦的六爻交迭結構都是天人合一的象徵性圖示。上二爻象徵天道，中二爻象徵人道，下二爻則象徵地道。

與此相聯繫，人的倫理品格當然也應以自然爲法式，《謙卦》的彖辭稱"天道下濟而光明，地道卑而上行，天道虧盈而益謙，地道變盈而流謙，鬼神害盈而福謙，人道惡盈而好謙。謙，尊而光，卑而不可踰，君子之終也"。故有所謂"天行健，君子以自強不息"，"地勢坤，君子以厚德載物"之說。它還特別提出人之

---

① 《莊子·天地》。
②④ 《莊子·達生》。
③ 《莊子·刻意》。
⑤ 《莊子·達生》成玄英疏語。
⑥ 《易傳·序卦》。
⑦ 《易傳·恆卦》。

"後天"和"裁成"、"輔相"的思想,要求人尊重自然,但又不取消自己,相反能意識到自己是天人關係中的能動主體。故張載説:"天人不須强分,《易》言天道,則與人事一滚論之。"①人事不僅法天,人心因此也可以通天。也所以,論者認爲儒家文化與道家文化都源出於《易》,"在先秦典籍中,《易大傳》是思想最深刻的一部分,是先秦辯證法思想發展的最高峰"②。它所用的諸多名言和命題,如"乾坤"、"動静"、"陰陽"、"剛柔"、"變化"、"道器"、"太極"、"生生"、"大生"、"盈虚"、"終始"、"往復"、"窮神知化"等,幾乎構成了後人一切形而上思考的義理基礎。

譬如以光大儒學自任的宋明理學家就曾受到它的影響。邵雍稱"學不際天人,不足以謂之學"③。周敦頤、程顥也持如此觀,主張"只心便是天,盡之便知性,知性便知天"④。進而又説:"天人本無二,不必言合。"⑤張載以爲"天之良能本吾良能",天人非"異知"、"異用",提出"性與天道合一存於誠"⑥。朱熹合張載、二程之説,以爲"天"兼"理"與"氣","性與氣皆出於天"⑦,同時突出人的本位意識,稱"人者,天地之心,没這人時,天地便没人管"⑧。以後王陽明倡良知良能説,認爲"吾心之良知,即所謂天理也"⑨。王夫之别開一徑,分"天"爲"天之天"、"人之天"和"物之天",尤突出"人之天",以爲"善言天者,言人之天也"。對照《易傳》,都淵源有自。一直到章太炎,其所作《天論》無往而非是對天人關係的張揚。

總之,先秦以來自孔孟、老莊到《周易》經傳,都直接間接地探討了天人關係問題。其中有以"天"爲天道天理的唯心學説,有以"天"爲自然元氣的唯物學説,但所包含的整體和諧觀念,對立統一觀念,發展變化觀念,還有以人爲本的觀念,都深刻地影響了古代中國人的思維方式和智性觀念,乃至如有的論者

---

① 《横渠易説·繫辭上》。
② 張岱年《中國哲學史史料學》,三聯書店,1982年,第26頁。
③ 《皇極經世》卷十二之下《觀物外篇下》。
④ 《二先生語二上》,《河南程氏遺書》卷二上。
⑤ 《二先生語六》,《河南程氏遺書》卷六。
⑥ 《正蒙·誠明篇第六》。
⑦ 《朱子語類》卷五十九。
⑧ 《朱子語類》卷四十五。
⑨ 《傳習録中·答顧東橋書》。

所指出的那樣,"成爲中國人心態的基礎"①。"天人合一","内外合用","誠明合德"與"知行合一",分别成爲人與宇宙、與社會全體創造活動的源泉和目標,"中國文化中所藴藏的最根本的力量,是中國自古以來把握的天人合德的宇宙本體哲學,其爲最根本的力量乃是由於所有中國文化之創造活動,皆發源並得力於此種哲學"②。

放眼東西方其他民族,如西人也講"天人合一",但統一的基礎在人之外的上帝。它全知全能,實際上就是一種智性的觀念。而中國人則將此統一於人之内,所謂"天道遠,人道邇",並經過不脱感性事象的推理,最後徹底地否定了包括上帝在内的一切智性觀念,所謂"見乃謂之象",由"觀象"而"取類"、"感通",最後達到"與天爲一"的"同天"境界。"天人合一"在他們那裏,絶對是最高的本體境界和價值境界。再申言之,如果説西人的"天人合一"是一種自然機械論和因果論,在天人交合過程中人的身心是二元的,其對事物對立鬥爭的强調超過於和諧共處,即使不廢滅和諧因素,也將之限定於數學和物理形式方面的話,那麽中國人的天人學説則趨於向内深涵而非向外超越,它是一種有機生成論和目的論,在天人交合過程中最終走向的是身心的合一。儒家將自然人化與道家將人自然化,皆是這種合一的表現。

2. 通天盡人的"人文"追求

這種"天人合一"的觀念自然也浸入了文學藝術領域,並且因爲它屬於中國哲學的根本性觀念,與中國文化的命脈所係,所以對文學藝術的影響也就十分深刻,以至許多時候,後者不過是以自己的方式,在整體上表現爲對它的歸附和順應而已。

這裏先從儒家的影響談起。有鑒於《易傳》的基本思想大抵和思孟學派,也包括鄒衍陰陽五行學派相容,故這裏將此兩者放在一起,綜合考察其對文學創作和批評的影響。孔孟之論天人已如前述,這裏專就《易傳》談。《周易·繫辭下》説:"《易》之爲書也,廣大悉備,有天道焉,有人道焉,有地道焉。"《説卦》又説:"昔者聖人之作《易》也,將以順性命之理,是以立天之道曰陰與陽,立地之道曰柔與剛,立人之道曰仁與義。"那麽如何立此天、地、人之道呢?《易傳》

---

① 成中英《中國哲學與文化》,三民書局,1974年,第5頁。
② 成中英《中國文化的現代化與世界化》,中國和平出版社,1988年,第42—45頁。

作者用了觀象、取類和感通的方法。所謂"《易》者,象也","八卦以象告","仰則觀象於天,俯則觀法於地,觀鳥獸之文,與地之宜,近取諸身,遠取諸物,於是始作八卦,以通神明之德,以類萬物之情","聖人有以見天下之賾,而擬諸其形容,象其物宜,是故謂之象"。即用不舍去具象的意象來作思維,且這意象顧名思義,浸透着人的主觀色彩,此所謂"觀象"。

《周易·繫辭上》又説:"方以類聚,物以群分","同聲相應,同氣相求。水泛濕,火就燥,雲從龍,風從虎,聖人作而萬物睹,本乎天者親上,本乎地者親下,各從其類也"。應該說,相應者同類,即物性功能和行爲方式相同者屬同類的思想,在管子、莊子和荀子那裏均已提及,《易傳》的發揮是對其時古人類意識的總結性表述。它擬象配唯,目的在以簡馭繁,以顯示幽,以常攝變,所以稱"以通神明之德,以類萬物之情","引而伸之,觸類而長之,則天下之能事畢矣"。前引聖人"擬諸其形容,象其物宜",以後如元人吳澄由推考易象出發,建立起"一決於象"的象數易學體系,認爲此"象""渾然全備",能制天地,又分其爲九類,就以"比類"相釋①。此所謂"取類"。

《周易·繫辭上》還說:"聖人有以見天下之動,而觀其會通,以行其典禮","《易》無思也,無爲也,寂然不動,感而通天下之故,非天下之至神,其孰能與於此"。由觀其所感而能見天地萬物之情,這種"感而遂通","通天下之志"裏面既有着對孔孟"取譬"和盡心知性知天說的汲取,同時也有對"一闔一闢謂之變,往來不窮謂之通"的事物發展之道的自覺認識,甚至還包括對"剛柔相推"的對立轉化之道的辯證體悟。此所謂"會通"。

在天人合一的總的圖式下,由"觀象"、"取類"和"會通",《周易》經傳爲傳統中國人確立了基本的思維方式和觀念形態。以這種思維方式和觀念爲指導,古人談文學和藝術,乃至發爲理論,創爲名言,便取一種與一般反映論完全不同的態度。

且看《禮記》作者之論樂:

  樂者,天地之和也。……流而不息,合同而化,而樂興焉。……地氣

---

① 《易纂言》卷七《繫辭上傳》。又,《草廬吳文正公集》卷二《答田副史第二書》謂"象之至大至廣而可以包羅天地,揆叙萬類者",亦同此意。

上齊,天氣下降,陰陽相摩,天地相蕩,鼓之以雷霆,奮之以風雨,動之以四時,煖之以日月,而百化興焉,如此,則樂者,天地之和也。①

再看《吕氏春秋》作者之論樂：

音樂之所由來者遠矣,生於度量,本於太一。太一出兩儀,兩儀出陰陽。陰陽變化,一上一下,合而成章。渾渾沌沌,離則復合,合則復離,是謂天常。……聲出於和,和出於適,和、適,先王定樂,由此而生。天下太平,萬物安寧。皆化其上,樂乃可成。②

劉勰《文心雕龍·原道》篇論文之源起,與上述思維方式和哲學觀念的聯繫尤爲明顯：

文之爲德也大矣,與天地並生者何哉？夫玄黄色雜,方圓體分,日月疊璧,以垂麗天之象;山川焕綺,以鋪理地之形。此蓋道之文也。仰觀吐曜,俯察含章,高卑定位,故兩儀既生矣。惟人參之,性靈所鍾,是謂三才。爲五行之秀,實天地之心。心生而言立,言立而文明,自然之道也。傍及萬品,動植有文,龍鳳以藻繪呈瑞,虎豹以炳蔚凝姿;雲霞雕色,有踰畫工之妙;草木賁華,無待錦匠之奇。夫豈外飾,蓋自然耳。……爰自風姓,暨於孔氏,玄聖創典,素王述訓,莫不原道心以敷章,研神理而設教。取象乎《河》《洛》,問數乎蓍龜,觀天文以極變,察人文以成化。然後能經緯區宇,彌綸彝憲,發揮事業,彪炳辭義。故知道沿聖以垂文,聖因文而明道,旁通而無滯,日用而不匱。《易》曰:"鼓天下之動者存乎辭。"辭之所以能鼓天下者,乃道之文也。

由上述諸家所論,特別是《文心雕龍·原道》篇可知,古人認爲人文的源起與天文、地文是一體的。劉勰藉以張揚儒家之道之於作文的本原意義,認爲伏羲和

---

① 《禮記·樂記》。
② 《吕氏春秋·大樂》。

孔子皆鋪陳辭章、研討神理，進而推行教化，這"道心"、"神理"的內容體現在哪裏？由"取象乎《河》《洛》，問數乎蓍龜"可知，他認爲是來自河圖洛書和卜吉問凶，而此數事皆與"天"有關。儒家雖不佞"天"，但也不抹殺"天"的存在，甚至作爲一種宗教的存在。當然，它更多是賦予"天"以現實人事特別是道德倫理的內容，孔子所謂"天生德於予"①，"不怨天，不尤人，下學而上達，知我者其天乎"②，在道出一份德與天齊或上達天德的自負自期的同時，就說出了之所以敬"天"的真實原因。孟子更以"天"爲有意志的實體，"莫之爲而爲者，天也；莫之致而至者，命也"③，並以爲"天"與人性相貫通，是道德的本原，它們的本質都是"誠"。劉勰正是接受了這種宇宙觀和天命觀，他引《易》理探討人文，包括人文的起源、性質和功用，又吸收了道家的一些觀念，但在根本性的內在路上是與儒家天人觀深相契合的。並且，他是以此爲起始，再展開對文與道、文與質等一系列問題的探討的。

這種思想爲後世儒家文論家所繼承和發揚，如宋人石介論文力倡周公、孔子之道統，又主張效法韓、柳，其論文學文章說：

> 夫有天地故有文，天尊地卑，乾坤定矣；卑高以陳，貴賤位矣；動靜有常，剛柔斷矣；方以類聚，物以群分，吉凶生矣；在天成象，在地成形，變化見矣：文之所由生也。天垂象，見吉凶，聖人象之；河出圖，洛出書，聖人則之：文之所由見也。觀乎天文以察時變，觀乎人文以化成天下：文之所由用也。三皇之書，言大道也，謂之三墳；五帝之書，言常道也，謂之五典：文之所由跡也。四始六義存乎《詩》，典謨誥誓存乎《書》，安上治民存乎《禮》，移風易俗存乎《樂》，窮理盡性存乎《易》，懲惡勸善存乎《春秋》：文之所由著也。④

稍稍寬泛一點地說，劉勰等人的這種論說在中國古代開闢了一條教化派文學批評的道路，後世儒家文論熱衷於討論文與世道人心的關係，文學的教化功

---

① 《論語·述而》。
② 《論語·憲問》。
③ 《孟子·萬章上》。
④ 《上蔡副樞書》，《徂徠集》卷十三。

用,文學的陽剛陰柔、中和之美及生生不息、賁白尚素等審美品格問題,都與此合一天人的根本哲學觀有關。有的論者還進一步指出,原道說的哲學基礎就是"天人合一"。

當然,由於孔子不多言天人關係,所以在這方面給文學更大影響的是以老莊爲代表的道家哲學。如前所說,老子崇尚自然,嘗說:"輔萬物之自然而不敢爲。"①人既輔相自然,這自然當然就有了人可取法的典範意義。他又說:"希言自然。故飄風不終朝,驟雨不終日,孰爲此者?天地。天地尚不能久,而況於人乎"②認爲天道自然少言,人也應效法之。他所說的"天得一以清,地得一以寧,神得一以靈",這"一"正與自然大化的冲虛不盈之德相契會。由此,他肯定自然天成,推崇"挫其銳,解其紛,和其光,同其塵",他貴"柔"尚"大",稱"天下之至柔,馳騁天下之至堅"③、"天下莫柔弱於水,而攻堅強者莫之能勝,以其無以易之,弱之勝強,柔之勝剛,天下莫不知,莫能行"④、"天下皆謂我道大,似不肖。夫唯大,故似不肖"⑤。又說:"大成若缺,其用不弊;大盈若冲,其用不窮;大直若屈,大巧若拙,大辯若訥。"⑥這"大巧"、"大辯"即從自然界的"大成"、"大盈"事相中考察援取來的。

莊子也同樣,以爲"天地有大美",且這"大美"能爲人所掌握,所謂"原天地之美"⑦。在《大宗師》中,他進而提出人要仿效自然:

> 吾師乎!吾師乎!鳌萬物而不爲義,澤及萬世而不爲仁,長於上古而不爲老,覆載天地刻雕衆形而不爲巧,此所游已。

《天道》又說:"夫明白於天地之德者,此之謂大本大宗,與天和者也……與天和者,謂之天樂。"並承《老子》關於"道"的論述,提出"夫恬淡寂漠虛無無爲,此天

---

① 《老子》六十四章。
② 《老子》二十三章。
③ 《老子》四十三章。
④ 《老子》七十八章。
⑤ 《老子》六十七章。
⑥ 《老子》四十五章。
⑦ 《莊子·知北遊》。

地之平而道德之質也","淡然無極而衆美從之"①。這種崇天和法天的思想,開闢出一條以追求精神内蘊和自然美爲宗旨的審美派的道路。後世論者注意探討文學的形象性和抒情性,關注含蓄美和自然美的實現,要求"妙在和光同塵,事須鈎深入神",對虛實相生、意溢詞外的作品境界有特别的向往,都與此大有關係。

古代作家、批評家既以人文與天文、地文同出一源,且人文之先,肇自太極,所以論文就很重視在根本上歸源於"太極",也就是"道"。這一"道"如儒家所强調的既是自然之道,但因統貫着聖人之情,又是道德倫理之道。同時,他們又很重視這"文"的自然妙造,一如道家所强調的那樣,不取人爲的刻意與雕鏤。而更多時候於此兩義兼收並蓄,因"禮樂之原,出於天地自然之理"②,"動静互極而陰陽生,陽變陰合而五行具,天下之至文實始諸此"③,而要求它"明道"、"貫道",並本着一種同情,對客觀世界有真實的反映,所謂"夫天地不能逆寒暑以成歲,萬物不能逃消息以就情,故聖以時動,物以情徵,竅遇則聲,情遇則吟,吟以和宣,宣以亂暢,暢而永之,而詩生焉"④。由此"感物而動"的理論被提了出來,並得到人們普遍的遵行。

"感物而動"有一個真僞的問題,即是否誠中形外。而睹物興情,心物交接之際,主觀意旨的培養,情景關係的調適,情理、情采的互應等問題,也由此一一被提了出來。所謂"山川無極,情理實勞"⑤,"詩以持人之性情,天地之神理寄焉。古人之爲詩也,天亦惟是取真情與真境緣飾之而已矣……豈有神既而可僞爲者哉"⑥。詩之情景兩不相背,"景乃詩之媒,情乃詩之胚,合而爲詩,以數言而統萬形,元氣渾成,其浩無涯矣"⑦,也當以真誠爲是。"情真景真,從而形之詠歌,其詞必工。"⑧當然,未必所有情景皆可入詩入文,這其間尚有一個奇正雅俗是否適宜的問題。倘以爲"夫謂之奇,則非正矣,然亦無傷於正也"⑨,是

---

① 《莊子·刻意》。
② 真德秀《問興立成》,《真西山文集》卷三十一。
③ 魏了翁《大邑縣學振文堂記》,《鶴山先生大全集》卷四十。
④ 李夢陽《鳴春集序》,《空同集》卷五十一。
⑤ 《文心雕龍·辨騷》。
⑥ 顧起元《劉成齋先生詩序》,《明文授讀》卷三十六。
⑦ 謝榛《四溟詩話》卷三。
⑧ 歸莊《眉照上人詩序》,《歸莊集》卷三。
⑨ 皇甫湜《答李生第二書》,《皇甫持正文集》卷四。

不行的。因爲"詩,雅道也,擇其言尤雅者爲之可耳,而一切涉纖、涉巧、涉淺、涉俚、涉佻、涉詭、涉淫、涉靡者,戒之如避鴆毒可也"①。這其間,心物情景之間冪合無間,皆從一本而論。

又因是源出自然,聖人多"原天地之美而達萬物之理"②,古人又要求作者致虛極,守靜篤,善於把握客觀對象的内在精神與意藴,使一種"真淳"、"質樸"之美得到彰顯。由此講"有無"、"動靜"、"虛實",講"形神"、"言意"和"顯隱"。所謂"文之道,在鼓之舞之以盡神,鼓舞有爲而神無爲,有爲正無爲之所自見也"③。強調在無處生有,由有處而入無,最後臻"有無合一"之境④。詩應有"絶類離群"的境界,"真中有幻,動中有靜,寂處有音,冷處有神,句中有句,味外有味"⑤。這"幻"、"靜"、"音"、"神"就是作品之虛無處,它從實有處入,故不爲無"味",反而有"神",此所謂"虛神"⑥,"虛其心者,極乎精微,所以入神也"⑦。也即《莊子·德充符》所謂"非愛其形也,愛使其形者也"。如果說,儒家推崇"天行健,君子以自強不息"的剛健精神,道家則偏重於"玄牝之門,是謂天地根"的陰柔格調。它深刻地揭示了藝術創造的内在機理,將古代文學理論批評從指導寫作、指陳文病的層次提升到審美思辨的高度。由此作品的形象讓位給了"意象",作品的體裁體式讓位給了"風神韻致",作品的充實輝光讓給了"綽有餘味"、"空靈透脱"。作爲總結詩藝的理論構建,從情志、風韻到意境,無不洋溢着天人之美。

總之,古人一本孔孟、老莊和《易傳》之教,在"天人合一"的前提下討論文學創作,同時順天而不佞天,在創作過程中高揚主體精神,充分發揮"我向性"而克服"物向性",從而將建立在直覺思維基礎上的"意象思維"定位在主體意向性的認知基礎上,而非西方那種客體對象性的認知基礎上。即這"天人合一"的圖式既不把物變成外在於人心靈的對象,更不使人產生物背後還有一獨立世界的印象。相反,它使人相信人的内心潛在地有與天地相溝通的可能,只

---

① 王士禛等《師友詩傳録》。
② 《莊子·知北遊》。
③ 劉熙載《遊藝約言》,《古桐書屋續刻三種》。
④ 屠隆《鹿園論三教》,《鴻苞》卷二十七。
⑤ 吴雷發《說詩菅蒯》。
⑥ 韓廷錫《與友人書》,《尺牘新鈔》卷一。
⑦ 曾鞏《清心亭記》,《元豐類稿》卷十八。

要經過"反身而誠"的功夫,如朱熹所說,"所謂反身而誠,蓋謂盡其所以得乎己之理,則知天下萬物之理初不外此"①,便可以與天合一,所謂"盡其心者,知其性也,知其性則知天矣"②,"忘己之人,是之謂入於天"③。由此它要求人由觀物而起感物之心,觀物是由物及心,心歸於物,是一種"物本"觀念。與之相對,還有一種由心及物,物歸於心的"心本"觀念。古代中國人取的是一種心物兩化的平衡的審美意識,即所謂"感物"。如果說"物本"觀念最終產生認識,"心本"觀念最終催生情感,則崇尚平衡的"感物"正是將心物和合爲一而達到"道",達到認識和情感的統一。誠如劉若愚所說:在傳統中國人而言,"既不是有意識地模仿自然,也不以純粹無意識的方式反映'道',而是在力所能及的主體與客體的區別已經消失的意識的'化境'中本能地顯現出'道'"④。

這主客體區別的消泯,就是"天人合一"、"心物合一"和"情景合一"的境界,就是古代中國文人花極大心力追求的境界。因爲在中國人的觀念裏,這宇宙不單只是物理作用與反作用的機械場所,還是一個大化生命流行的瑰麗境界。人是一生命物,自然山川草木鳥獸也是生命物,人與之相浹相資,既把自己的生命活動外溢或投入到自然物中,又從自然物中觀照自己的生命活動。如此人對天道的發現便扎實地立足於人的視野和認知圖式,推動了人對天人一體的肯認和虔信。作爲美的存在,自然本身既充滿着生生意趣,人們對美的創造於是成了對這生生不已的生命活動的體現。它向外回應創生不息的大宇宙,向內培養剛健韌強的小宇宙,向下不脫堅厚的物質基礎,向上提升高尚的價值思想,無內外上下之區界,徹上徹下,徹內徹外,只是生命。此即熊十力《新唯識論》所謂"蓋吾人的生命,與宇宙的大生命,實非有二也"。比之希臘和印度,它更接近於藝術。如果說西方是"科學文化",印度是"宗教文化",那麼誠如錢穆在《現代中國學術論衡》一書中指出的,它是一種"藝術文化"。

在這個"藝術文化"開闢出的絕大時空中,古人仰觀俯察,以求合天。這天是一種客體的主體化,意味着改造後的客體,或至少是滲入了主體情思的客體,被融合吸收到主體的審美活動中,成爲主體生命一體化中不可或離的部

---

① 黃宗羲《宋元學案》卷四十九《晦翁學案下》引《答廖子晦》。
② 《孟子·盡心上》。
③ 《莊子·天地》。
④ 《中國的文學理論》,四川人民出版社,1987年,第72頁。

分。這人是一種對象化的主體，受自然熔鑄的主體被吸納到客體的大化運演之中，成爲這運演過程的一環。由此這客體成爲主體需要的價值對象，主體也成爲客體屬性的價值確證。從此意義上説，"天人合一"的文化精神給傳統文學創作和理論批評帶上了明顯的"交感論"色彩。這種"交感論"比之"模仿論"更深刻地把握了審美與認識、藝術與科學的區別，它突出主體在創造活動中的主觀能動性，使得人能通過抒情功能的追求，實現存在的終極目標。同時，比之片面强調情感，企圖讓意志取代現實，而否定或忽視藝術的認識意義和叙事功能的"表現論"，則又有一份理性的清明和安詳。

正是基於這一點，古人以爲："乾坤之清寧，艮坎之流止，日月星辰之懸象，風霆雨露之變易，寒暑晝夜之往來，昆蟲草木之消息，會運之升降，帝王之禪繼，聖賢之潛顯，制度之損益，錐簡之縱橫，人道之綱紀，聲音彩色之錯紛，象數形體之同異，皆文也。"①進而針對藝文，要求"肇自然之性，成造化之功"，"心凝神釋，與萬物冥合"②，"以追光躡景之筆，寫通天盡人之懷"③，追求"胸中廓然無一物，然後烟雲秀色與天地生生之氣自然湊泊"④，"天人之意相與融洽"⑤的境界，由"山性即我性，山情即我情"⑥，達到"天籟人籟，合而同化"⑦。乃至即使"詩果能窮人"，也要"窮而通天地"⑧。清人姚鼐《敦拙堂詩集序》謂："文者，藝也，道與藝合，天與人一，則爲文之至。"劉熙載《藝概》引《詩緯·含神霧》之所謂"詩者，天地之心"，文中子所謂"詩者，民之性情也"，也稱"此可見詩爲天人之合"，更將依託於傳統文化的詩的特性清晰地表述了出來。他論作賦："在外者物色，在我者生意，二者相摩相蕩，而賦出焉，若與自家生意無相入處，則物色只成閒事。"講的也是這個道理。又論書法，"當造乎自然"，要"立天以定人"，又要"由人復天"，"學書者有二觀，曰觀物，曰觀我。觀物以類情，觀我以通德，如是則書之前後莫非書也，而書之時可知矣"。這"觀物以類情，觀我以

---

① 丘雲霄《大觀之遊贈金子》，《山中集》卷六。
② 柳宗元《始得西山宴遊記》，《柳河東集》卷二十九。
③ 王夫之《古詩評選》卷四。
④ 李日華《紫桃軒雜綴》卷四。
⑤ 歐陽修《六一詩話》。
⑥ 唐志契《繪事微言》卷下《山水性情》。
⑦ 袁枚《峽江寺飛泉亭記》，《小倉山房文集》卷二十九。
⑧ 金寔《送山東參議孫君赴任序》，《覺非齋文集》卷十三。

通德"也無外是"天人合一"。故上述"此可見詩爲天人之合",實可置換成此可見諸藝皆爲天人之合。"天人合一"這個傳統的世界統一原理,在他那裏直然是審美問題須一開始就與人的問題密切相關的最終理據。此外,朱庭珍《筱園詩話》卷一也有如下的表述:

> 作山水詩者,以人所心得,與山水所得於天者互證,而潛會默悟,凝神於無朕之宇,研慮於非想之天,以心體天地之心,以變窮造化之變。

人心之所得與自然互證,而且這種互證的過程出有入無,超象絶迹,其幾甚微,不能以一般事理推度,又不能用一般方法設想。如此以"天人合一"爲論説背景,著力凸顯藝術創造體無窮而游無朕的特徵,可以説是對詩歌創作規律所作的深入精微的探討。我們通常對像劉勰這樣從"思接千載,視通萬里"角度討論創作思維的言論多有重視,其實,基於中國文化的深厚傳統,類如王夫之"以追光躡景之筆,寫通天盡人之懷"和朱庭珍"凝神於無朕之宇,研慮於非想之天"這樣突出天人一體中人的能動作用的言論,更應得到積極的評價。

倘再細究這種"天人合一"、"主客合一"的表現形式及其衍生形態,可以看到傳統文學理論批評在情景交融中更重"情",心物契合中更重"心",虛實相須中更重"虛",有無相生中更重"無",形神兼備中自然更重"神",顯隱交至中也更重"隱"。其他如繁簡相間中更重"簡",濃淡輕重備具中更重"淡"和"輕",巧拙生熟互參中更重"拙"與"生",有限無限相統一中更重"無限"等等,也都可以見出古人合一天人並非是被動的選擇,相反,如前面一再強調的,是有着十分積極能動的圖謀的。於此一端,足可見古人對"天"的認識的深刻性,對天人關係認識的深刻性。

在這方面,儒家比道家似有所不及。佛教因認爲諸法無相,本無分別,也即"無二",所謂"蘊之與界,凡夫見二,智者了達其性無二。無二之性,即是佛性"①,也講"天人合一"、"梵人合一"。僧肇就説:"玄道在於妙悟……所以天地與我同根,萬物與我一體。"②龍樹説:"涅槃與世間,無有少分別;世間與涅槃,

---

① 《六祖壇經·行由品第一》。
② 《涅槃無名論·妙存第七》。

亦無少分別。""涅槃之實際,及與世間際。如是二際者,無毫釐差別。"①由此"梵人合一"、"物我無二",它講"物我玄會","萬物齊旨,是非同觀",要人"齊是非,一好醜"。但因最終走向"一心是萬法"的唯心一途,它的合一天人其實多少墮入了偏頗,對後世的影響也不及道家深遠。

故有論者指出:"作爲總結詩藝的理論,其從本體、風格到意境,亦無不灌注着天、人之美。探討天人關係,我們古代有儒、釋、道三大主幹之學,且因其審視角度、思維定勢的異同,既各臻其妙,又絀補交融。但從對古典詩論美學基本傾向的影響而言,孔顏樂處(儒)與佛家妙理(釋)均不及老莊精神(道)。""從大體上看,宋、元、明、清是古典詩論的發展、總結階段,在這裏雖然流派紛呈,各執一見,但其詩論整體却表現出融前人之長而完成詩歌美學世界的建構。在此詩歌美學世界中,匯融着多種文化思潮、藝術精神,若從其中尋找來自遙遠時代的面層淵源,顯然感受到歷史的隔膜。但是,如果我們深入文化内層去摸索這一時期詩論的本質,仍是天人精神的滲透,並於更高的藝術層次上追光躡影,蹈虛逐無,求取詩歌虛静、冲淡的自然美境界。"②這種對傳統文學和美學發展大勢的宏觀把握與整體性判斷符合文學創作和批評的實際,無疑是很有見地的。要補充的不過是,這種"天人合一"不僅以詩歌一途爲限,它成爲由天人對待而主客交融合一,最後超越主客兩端的一切藝術創造的通則。當然,在詩歌創作一途,它表現得更爲充分一些。

二、由此確立的元範疇的剖解

在確立古代哲學傳統、文化精神以及文學的基本特徵以後,再談文學批評範疇體系中的元範疇問題,便獲得了一個大體合理的歷史坐標。

如本章一開頭所言,與傳統哲學範疇有其邏輯層次,除有天道範疇、人道範疇和知行範疇之分,復有最高範疇和一般範疇之別一樣,傳統文學批評範疇也是有層次和等級的。那些個別性範疇邏輯層次和等級最低,説明的僅是個別局部的問題,因此在形式上往往表現爲不被任何範疇序列收納的散殊個體,在内容上則成爲僅爲個別人或個別時代着意使用的特殊名言。如詩學批評中

---

① 《中論》卷四《觀涅槃品第二十五》。
② 許結《〈老子〉與中國古典詩論》,《古代文藝理論研究》第 16 輯,上海古籍出版社,1992 年,第 13—17 頁。

的"木",詞學批評中的"留",小說批評中的"胎"等等皆是。由於它們大多不能涵蓋一個比較廣闊的意義面,從哲學上作界定,更應該被稱作概念而不是範疇。此外是具有一定概括力和衍生能力的範疇,它們往往能夠反映創作及批評的某一個方面,構成上述個別性範疇的意義上源。而就其語言形式而言,則引領或從屬於某一個範疇集團或序列,當然也可以牽衍出一個新的範疇序列。這類範疇在古代文學批評中數量較多,且能在同一層次内能動組合,互相牽衍。其中像"味"、"韻"、"神"、"境"、"風骨"、"自然"等比較重要的範疇,除自己可以構成一系列"後位範疇"外,還可以與其他範疇拼接耦合,孳乳出新的"後位範疇"。最後才是涵括内容最爲精微深刻,罩攝範圍最爲廣泛普遍的最一般的概括性名言,它們誕生的時間最早或很早,與傳統文化的聯繫也最本質最密切,甚至就是哲學範疇本身或其衍生狀態。

前面已經説過,在論者已列舉的諸範疇中,"意境"、"風骨"、"韻味"、"意象"、"虚無"和"樸"等其實並不能算作元範疇。今依從"天人合一"這一傳統文化的根本精神作考察,則它們或者意在指稱文學作品特有的藝術風貌或審美徵象,但問題是,其所發動和取得多仰賴主客體的高度融合,而由這主客體融合到作品風格生成中間,尚有一大段距離需賴更根本性的要素予以連接。此其一。其二,它們指述文學創作諸問題的實際的邏輯重點大多落在結果而非起點上,更非根本點上。如"風骨"由"氣"發動,賴"氣"而生成,但"風骨"範疇的重點並不在"氣"也不在"風"或"骨",而在兩者交合構成的整體效應上,所以並不足以反映傳統文學的基本特徵,那種主客合一進而天人合一的根本精神。

有的則分屬一體,偏指一端。如"風骨"範疇或偏尚於"人"一端,"樸"範疇偏向於"天"一端。"虚無"範疇則以一種廣漠的事象來指稱空間特徵,衍指人沖虚的内心境界和藝術效仿大道所得到的空靈境界。儘管從根本上説它不可能没有"人"的參與,但在天人凑泊主客交融方面總未能做到圓滿。至於有的範疇如"意境",雖典型地反映了古代各種體類文學藝術共同的審美特徵,較之"風骨"和"虚無"分别偏趨一端爲圓滿周徹,但它產生和定型的時間實在太晚,孕育於魏晉南北朝,粗成於唐代,至明清方始普及到各個藝術門類,並在各門類文學批評中得到重點論述和普遍運用。這種時間上的晚出,某種意義上正反映了它在融合天人、心物和情景,或者説在融合主客兩方面時經歷了一個比較艱苦的探索過程。它汲取了諸多思想資源,最後整合定型爲一個穩定的理論名言,它是有待的,需要其他名言的説明和充實的,故也不能被視爲元範疇。至於自魏晉至唐以來諸家盛其義而無其辭,也從一個側面反映了這個範疇在很長時間内,並非不可替代和或缺的事實。

相比之下,如"道"、"氣"、"興"、"象"與"和"等範疇,作爲一意義精深的"統名",包藴了古人對天人關係古早而深刻的探索,指涉力和衍生力均極强,凡所涉及的問題幾乎涵蓋了傳統文學創作與批評的主要方面,對具有悠久的現世關懷與抒情傳統,同時形式感分明、程式化傾向强烈的古代文學,具有深遠的影響力和規範制約作用,在邏輯層次上要明顯高出"風骨"、"意境"等範疇許多,可以確立爲古代文論範疇體系的邏輯起點和理論基元。

1. "道"與文學的歸趣

"道"字早見於金文《貉子卣》、《曾伯簠》,本指道路,故《説文》釋以"所修道也,一達謂之道"。衍指天體之運行有常,是爲"天道";人類行爲之所依恃,是爲"人道",子産所言"天道遠,人道邇"①,即此意也。孔子少論"天道",所謂"夫子之言性與天道,不可得而聞也",但重"人道",嘗説:"誰能出不由户,何莫由斯道也。"②要求"志於道,據於德,依於仁,游於藝"③。他夸獎子産"行己也恭"、"事上也敬"、"養民也惠"、"使民也義"④,有"君子之道",又對子貢説君子之道有三,"知者不惑,仁者不憂,勇者不懼"⑤。凡所置論,皆從人的修養着眼。

此後《易傳》作者與天地準,提出彌綸天地之道,所謂"立天之道曰陰與陽,立地之道曰柔與剛,立人之道曰仁與義"。《荀子》在論天道的同時,更對人道作了進一步的强調,其《儒效》篇以爲"道者,非天之道,非地之道,人之所以道也","聖人也者,道之管也",故《正名》篇又提出"道也者,治之經理也",要求"心合於道,説合於心,辭合於説"。以後,"人道"的地位不斷被突出强調,如宋代理學家雖或以"氣"言"道",或以"理"言"道",但多以之爲獲得上天印證的倫理綱常。這種將修身養性的原則發展爲倫理道德規範和處世治國法則,充分

---

① 《左傳·昭公十八年》。
② 《論語·雍也》。
③ 《論語·述而》。
④ 《論語·公冶長》。
⑤ 《論語·子罕》。

體現了儒家合一天人的特色。

儒家這種對"道"的認識沾溉歷代文人既深且遠,不僅孔子的道德修養方法成爲他們力求在作品中體現的精神內涵,如荀子的相關主張在以後更直接啓發了"明道"、"徵聖"、"宗經"思想的形成。如果說劉勰《文心雕龍·原道》所謂"夫玄黃色雜,方圓體分,日月疊璧,以垂麗天之象;山川煥綺,以鋪理地之形,此蓋道之文也",趙湘所謂"靈乎物者文也,固乎文者本也。本在道而通乎神明,隨發以變,萬物之情盡矣……日月星辰之於天,百谷草木之於地,參然紛然,司蠢植性,變以示來,罔有遯者。嗚呼,其亦靈矣,其本亦無邪而存乎道矣"①,尚是本《易傳》之教,未盡基於道德教化的考量,那麼像王禹偁所謂"天之文日月五星,地之文百穀草木,人之文六籍五常,舍是而稱文者,吾未知其可也"②,則由傳統天道觀徑直切入"道"的道德屬性,由此對文學的社會價值與倫理品格作了明確的界定。

底下兩段議論,將這層意義說得更爲清楚:

> 動靜互根而陰陽生,陽變陰合而五行具,天下之至文實始諸此。仰觀俯察,而日月之代明,星辰之羅布,山川之流峙,草木之生息,凡物之相錯而粲然不可紊者,皆文也。近取諸身,而君臣之仁敬,父子之慈孝,兄弟之友恭,夫婦之好合,朋友之信睦,凡天理之自然,而非人所得爲者,皆文也。堯之蕩蕩,不可得而名,而僅可名者,文章也。夫子之言性與天道,不可得而聞,所可得而聞者,文章也。然則,堯之文章乃蕩蕩之所發見,而夫子之文章,亦性與天道之流行。謂文云者必如此而後爲至。……聖人所謂斯文,亦曰斯道云耳,而非文人之所以玩物肆情,進士之所以譁眾取寵者也。③

> 天地之間,物之至著而至久者,其文乎?蓋其著也,與天地同其化;其久也,與天地同其運。故文者天地焉,相爲用者也,是何也?曰:道之所由託也。道與文不相離,妙而不可見之謂道,形而可見者之謂文。道非文,道無自而明;文非道,文不足以行也。是故文與道非二物也。道與天地

---

① 《本文》,《南陽集》卷四。
② 《送孫何序》,《小畜集》卷十九。
③ 魏了翁《大邑縣學振文堂記》,《鶴山先生大全集》卷四十。

並，文其有不同於天地者乎？載籍以來，六經之文至矣，凡其爲文，皆所以載夫道也。①

兩段議論從"天人合一"的根本方面，討論"道"之於文學創作的重要意義，明其所由生在仰觀俯察，且君臣、父子、兄弟、夫婦皆天理自然，非人所爲。由於"道"與天地並，故文自然也與天地同。從這個意義來說，文與"道"固非二物，聖人之教，六經之文，皆詳載天道，可爲人法，並能成爲人作文的依循。

唐宋以來，"道"爲歷代文人特別是文章家所重視。他們每講堯舜禹湯文武周公孔子所傳的道統，如韓愈就如此，不惟好辭，且好言"道"，明確提出"修辭明道"的主張。柳宗元復以"輔時及物"爲"道"，算是稍著己見。此後，由韓門弟子李翺提出"貫道說"，及宋初柳開、石介等人提出"文道合一說"，王禹偁提出"傳道明心說"，歐陽修提出"道勝文至說"，乃至周敦頤有"文以載道說"，程頤有"作文害道說"，不一而足。且明清以下各有傳人，或有人重複其意見。雖所論之"道"皆屬"人道"，但都言之鑿鑿，以爲自己的論說有本原必然的理由。究其原因，正是因爲在根本上認爲天人合一、文道相融是理所當然的，自己所持之說是得了"天道"印證的緣故。

這"道"的內容自然是儒家之道。因爲儒家經典被認爲"象天地，效鬼神，參物序，制人紀，洞性靈之奧區，極文章之骨髓"②。儒家的倫理規範—天地之心，同天地之心，是"天"與"道"最真切的表現，故象天地而生，與天地共生的文學自然要反映它表現它。也所以，這種"原道"或"明道"思想在歷代文人心目中享有十分神聖的地位。所謂"自有天地，即有斯文"③。"文，道之器也"，"不深於道而能文者希矣"④。"文以載道，道也者，伏羲氏以來不易之旨也。"⑤"黃虞以後，周孔以前，文與道合爲一。秦漢而下，文與道分爲二。六經理道既深，文辭亦偉，秦漢六朝工於文，而道則舛戾。宋儒合乎道，而文則淺庸。"⑥後人但求華艷是違反傳統，悖違了聖賢。在這裏，"道"因有"天人合一"的傳統哲學觀

---

① 王褘《文原》，《王忠文公集》卷二十。
② 《文心雕龍·宗經》。
③ 郝經《原古錄序》，《陵川文集》卷二十九。
④ 林俊《送丁玉夫序》，《見素集》卷二。
⑤ 茅坤《與王敬所少司寇書》，《茅鹿門集》卷五。
⑥ 屠隆《文章》，《鴻苞節錄》卷六。

和文化精神作基礎，被賦予了與天地同源的實體性内容，擁有與天合一並共名的崇高地位。漢唐以下，幾乎很少有論者挑戰其正當性，乃至逸出其意義籠蓋之外。朱熹説得分明，因爲"道字包得大"，"道字宏大"，"道是統名"①。即使偶有人逸出儒家正統，也不過跳入道家之域，仍在"道"這個共名之下。當然，道家所論被引爲作文要義，其意義是不大一樣了，但稱名的相同不能不説是導致這種越逸行爲時常發生的重要原因。

與儒家不同，道家言"道"是從推究世界本原的角度出發的。老子以爲"道"是先天地而生的萬物的根源，它非有非無，亦有亦無，既無狀無象，且無目的意志，但"常無爲而無不爲"，"莫之命而常自然"。莊子承老子之説，亦以"道"爲"自本自根"、"生天生地"的最高實體，同時認爲其"有情有信"，雖然"可傳而不可受，可得而不可見"，但畢竟有可傳可得的部分，所以他熱衷於"技"、"藝"的研求，並以"知天之所爲"，"知人之所爲"爲人之極至②。及其後學，由"天"從屬於"道"、"道"先於"天"，變而爲"道兼於天"、"道通於天"。《天地》篇云："技兼於事，事兼於義，義兼於德，德兼於道，道兼於天"，"故通於天地者，德也；行於萬物者，道也"，"道"在這裏不再是凌駕於萬物之上的抽象絶對，而是一種與天地關係更爲密切的普遍規律了。

以後，《管子》四篇對老莊之説又有改造，進一步突出"道在天地之間"的思想，認爲它"其大無外，其小無内"③。而魏晉玄學家不再從宇宙生成角度論"道"，而着眼於本體的研究，以"無"釋"道"。王弼《論語疑釋》即説："道者，無之稱也，無不通也，無不由也，况之曰道，寂然無體，不可爲象。"注《道德經》又説："道，無形不繫，常不可名，以無名爲常，故曰'道常無名'也。"何晏則徑言"自然者，道也"④，是以"自然"釋"道"。夏侯玄和王弼也有此論。王弼所説自然，"其端兆不可得而見也，其意趣不可得而睹也"⑤，就是在講"道"。此外郭象也説："道在自然，非可言致者也。"⑥當然，這些論説幾乎都是對老莊哲學的衍申和展開。

---

① 《朱子語類》卷六。
② 《莊子·大宗師》。
③ 《管子·心術上》。
④ 張湛《列子·仲尼》注引何晏《無名論》。
⑤ 《老子》十七章注。
⑥ 《莊子·知北遊》注。

老莊道論對文學的影響也十分深巨,從某種程度上甚至比儒家更深刻,更本質①。誠如徐復觀所説,老莊建立"道"這個最高概念,目的"是要在精神上與道爲一體,亦即所謂'體道',因而形成'道的人生觀',抱着道的生活態度,以安頓現實的生活","他們所説的道,若通過思辨去加以展開,以建立由宇宙落向人生的系統,它固然是理論的,形而上學的意義,此在老子,即偏重在這一方面。但若通過工夫在現實人生中加以體認,則將發現他們之所謂道,實際是一種最高的藝術精神,這一直要到莊子而始爲顯著。"②老莊的道論正建立在一種"工夫"的體驗和實踐上,它契合了藝事的内在機理,從而給古代文學包括各門類藝術創造以深刻的影響。

　　劉勰《文心雕龍·原道》篇本儒家之教立論,但再三提出"道之文也"、"自然之道"、"蓋自然耳"、"莫非自然",就是受了老莊道論的影響。莊子對"以天合天"的純熟技藝的描繪,對如何致"道"的途徑和方法的闡述,更對《文心雕龍》全書產生很大的影響。如果説,在文學本原論方面劉勰堅持了儒家正統立場的話,那麽在具體的創作論、批評論方面就明顯引入了老莊的道論,尤其關於"自然"和"虚静"的論述明顯帶有莊子的痕迹。《文心雕龍》全書引《老子》凡兩處,引《莊子》達十三處之多,且多與説明行文須應"自然"作者須能"虚静"有關,這些都很可以用來加深人們對他所説"自然之道"的理解。

　　六朝以降,歷代論者談行文之有道,大多由此"工夫"一路出發,書畫家由"澄心運思"、"澄懷味道"達到對書畫之道的認識,文學家則由"妙造自然"求得對作文之"道"的真切把握。王維詩畫皆長,於此理尤諳熟深通,嘗説:"夫畫道之中,水墨最爲上,肇自然之性,成造化之功。"③他所説的"畫道"就指繪畫的技法和規律。虚中謂:"夫詩道幽遠,理入玄微,凡俗罔知,以爲淺近。善詩之人心含造化,言舍萬象,且天地日月草木烟霞,皆隨我用,合我晦明,此則詩人之言應於物象,豈可易哉。"④王士禛謂:"夫詩之道,有根柢焉,有興會焉,二者率不可得兼。"⑤這"道"則指作詩的原則和方法,詩歌創作的内在機理和規律。這

―――――――

① 張岱年《老子"道"的觀念的獨創性及其傳衍》:"'道'是中國古代哲學本體論的最高範疇,乃是老子首先提出的。"見其所著《張岱年哲學文選》下册,中國廣播電視出版社,1999年,第493頁。
② 《中國藝術精神》,春風文藝出版社,1987年,第42頁。
③ 《山水訣》。
④ 《流類手鑒》。
⑤ 《帶經堂詩話》卷三。

種對"道"的強調,實際已觸及了人在實現"心含造化,言舍萬象"過程中,如何處理好"興會"與"根柢",包括"動靜"、"虛實"、"形神"、"有無"等一系列關係這個重要問題。

而道家哲學通過對"道"的闡述正告訴人,在人們所耳熟能詳的一般事理之外,還存在着一個更高更本真的事理,它"視之不見","聽之不聞","搏之不得",既"無"且"虛",用王弼玄學化的表述,是"不溫不涼,不宮不商,聽之不可得而聞,視之不可得而彰,體之不可得而知,味之不可得而嘗。故其爲物也則混成,爲象也則無形,爲音也則希聲,爲味也則無呈"①。不是運用感官,調動理性,假藉名言可以道斷的。人要把握和傳達"道",就應該注意這不能即刻明確聞見的部分,注意"有無相生","無"可生"有"的道理。以後歷代論者將此意推展開去,體味到藝術創造中"濃淡"、"疏密"、"動靜"、"巧拙"、"生熟"等關係的精微和深妙,大半正是受了道家之"道"的啓發,當然也有玄學家的貢獻。

署名爲司空圖的《二十四詩品》討論詩歌本質,嘗說"俱道適往,著手成春","道不自器,與之圓方","俱似大道,妙契同塵","少有道契,終與俗違","由道返氣,處得以狂",就充滿着道家哲學的思辨色彩,並且其所論"方"、"圓"、"體"、"虛"、"無"等概念、範疇也都意通於"道",這使得其所論有了一種詩歌哲學的意味。故其所說"飲真茹強,蓄素守中","體素儲潔,乘月返真","是有真宰,與之沉浮","是有真跡,如不可知"等,皆可視爲是本着對"道"的體認,從主客觀兩方面對詩美實現途徑的探討。一方面是"道不自器,與之圓方",一方面是"素處以默,妙機其微","情性所至,妙不自尋",真正的詩美實現正仰賴這種主客觀兩端的交合與通流。又,《莊子·大宗師》曾說:"知天之所爲,知人之所爲者,至矣。……庸詎知吾所謂天之非人乎? 所謂人之非天乎?"道家的大人觀也體現在古人對作爲自己學說根本的"道"的認識上,包括《二十四詩品》作者在内的歷代論者,從不同的方向、以各自的方式繼承其道論的這一特點,當他們要求藝術創造脱去名利羈絆與功利考校,藝術作品獨有真宰不爲華僞,並以此爲必須遵循與恪守的規範時,他們的心中是橫亙着道家之"道"的影響的。

總之,"道"是傳統哲學中標誌着宇宙本原及其運動規律的重要範疇,作爲

---

① 《老子指略》。

儒道兩家都着力强調的本體論範疇,它涵括了古人對天人問題的根本性認識。儒家講"道不遠人","可離非道也";道家稱其"爲天下母","在太極之先","六極之下",生久而長老,這些觀念都深刻地影響了歷代作家、批評家,使之常常將自己所認定的根本性觀念都冠上"道"的稱名。它可能偏於"人道",也可能偏於"天道",或"天道"與"人道"相交合,但都包舉博雜,内容精深,有足以充實和延展自體的巨大能力。要之,整個傳統文學以貼近它、反映它、符合它的運化法則爲務,各體文學以它爲出發點,同時也以它爲最終歸趣,所以它理所當然地成爲古代文學批評範疇體系中重要的元範疇。

2."氣"的本原意義

如本書第二章曾指出的,"氣"這個字出現得也非常早,殷周甲骨文和青銅銘文中已可見到。它本指自然界存在的有别於液體、固體的細微流動體,所謂"天地之氣"①、"天有六氣"②均指此。故《説文》釋曰:"氣,雲氣也。"

以後由對自然現象的説明衍指社會現象,如《左傳·昭公二十五年》載趙簡子問禮,子大叔引子産語作答,謂民"則天之明,因地之性,生其六氣,用其五行,氣爲五味,發爲五色,章爲五聲,淫則昏亂,民失其性,是故爲禮以奉之","民有好惡喜怒哀樂,生於六氣"。以"氣"來解釋人的性情和情緒,是對天命主宰的神學蒙昧的突破,它導致了此後"氣一元論"的出現。老子則講"精"也講"氣",《管子·内業》聯爲"精氣"一詞,稱"精也者,氣之精也"。"凡物之精,此則爲生。下生五穀,上爲列星。流於天地之間,謂之鬼神;藏於胸中,謂之聖人。是故民(名)氣,杲乎如登於天,杳乎如入於淵,淖乎如在於海,卒乎如在於己。"人的形體和生命自然也由"氣"合和而生,故《易傳·繫辭下》説:"天地絪緼,萬物化醇,男女構精,萬物化生。"此後,"人之所以生者,精氣也"③,及"人而爲鬼,則已歸精氣於天,歸形質於地矣"④,與《莊子·知北游》所謂"人之生,氣之聚也,聚則爲生,散則爲死","通天下一氣耳"一起,成爲時人共識。

與"精氣説"相關,戰國末年還有"元氣説"。《易傳》作者和《吕氏春秋》均連言"元"和"氣",前者稱"大哉乾元,萬物資始",後者引黄帝語,稱"芒芒昧昧,

---

① 《國語·周語》。
② 《左傳·昭公元年》。
③ 《論衡·論死》。
④ 洪亮吉《意言·天地篇第十一》,《卷施閣文甲集》卷一。

因天之威,與之同氣"。漢代,董仲舒《春秋繁露·王道》完整地提出了"元氣和順"之說。王充《論衡·言毒》也說:"萬物之生,皆禀元氣。"王符還進而以爲宇宙形成之初,天地不分,一片混沌,充滿着一元之氣,以後才"翻然自化,清濁分別,變成陰陽",其中清陽者薄靡而爲天,重濁者凝滯而爲地。陰陽體定,兩儀既成,隨後才有"天地壹郁,萬物化淳,和氣生人,以統理之"①。

由於先秦時人們對物質界的認識尚處較低水平,故多主觀臆測。漢代神學發達,命定論風行,無論是王充還是劉安,皆從主觀意志角度討論"氣",由此有關"氣"的學說,在關涉宇宙間客觀存在的質料、元素問題的同時,向着形而上的玄虛之域拓展開去,並衍生出種種偏向於精神一路的命題。如《孟子·公孫丑上》中既有"氣,體之充"的說法,又有對"配義與道"、"集義所生"的"浩然之氣"的論述。《禮記·祭義》也謂:"氣也者,神之盛也。"《大戴禮·曾子天圓》直謂:"陽之精氣曰神。"《白虎通·情性篇》説:"精神者何謂也?精者,靜也,太陰施化之氣也,象火之化德,生也。神者,恍惚,太陽之氣也。"《太平經》卷四十二說:"神者乘氣而行,故人有氣則有神,有神則有氣,神去則氣絶,氣亡則神去。"其意均同《禮記》。鄭玄乾脆把"氣"與"精神"直接聯繫起來,在《禮記·聘義》注中稱:"精神,亦謂精氣也。"《列子·仲尼》引老子弟子亢倉子語,也說"心合於氣,氣合於神"。又因清陽爲天,濁陰爲地,故還有"氣之清者爲神"一說②。

與以"氣"爲精神的觀念相聯繫,突出"氣"的造化屬性,以"氣"爲力的說法在秦漢也頗流行。如前所說,在古人看來,天地未形之始,宇宙洪荒,萬物皆無,是元氣的冲蕩,才使無形以起,有形以分,然後陰陽區別,造成天地,所以《老子》說:"萬物負陰以抱陽,冲氣以爲和。"這種冲蕩的過程,便是一種彌滿真力的創化過程。《吕氏春秋·盡數》所謂"流水不腐,户樞不蠹,動也,形氣亦然",說的也是這個意思。以後古人又將此義施於精神領域,本着精神性氣論的大旨,以它爲由人的精神造成的力量。如王充《論衡·儒增》就說,"人之精,乃氣也,氣乃力也。"高誘《吕氏春秋·審時》注也說:"氣,力也。"日人鈴木虎雄認爲"所謂氣大概是指精神底活力"③,正是有鑒於此而言的。

---

① 《潛夫論·本訓》。
② 《後漢書·李固傳》。
③ 《中國古代文藝論史》(上),孫俍工譯,北新書局,1929年,第49頁。

由於"氣"既是力,爲生之母,體之充,精神之本,又關乎人的性情和品質,所以古人拿它施諸人生修養的討論。自東漢以來,適應着統治秩序和權力結構的需要,名學趨於復興,人物品鑒風行。人物品鑒既重對象肢體的充美和骨法的嚴正,也重其質性的超舉和稟氣的高妙。特別是到魏晉,"論形之例"轉爲"精神之談"①,探討如何知性分、養體氣更成爲士階層共同的話題。時人認定"物之有形,形有精神,能知精神,則窮理盡性"②。又,"神"爲"氣"之精,"風"爲"氣"之動,故人物品鑒所講的"風"和"風采"也不僅指人的外在形貌和儀態,更指基於人内在生命志氣之上的風致和韻度。

受此影響,曹丕將"氣"範疇引入文學批評。其《典論·論文》提出"文以氣爲主,氣之清濁有體,不可力强而致",用以强調因作者稟氣不同造成的才性差別對文章的制約作用,揭示了作者稟氣和文章質性的關係,開啓了後世從主客體雙向通流中把握作品特色乃至風格的法門。其間他對"氣"的具體劃分是好"高妙之氣"、"逸氣",而不取遲緩舒滯的"齊氣",就與秦漢以來精神性氣論的影響有關。

曹丕以後,關於"氣"的論述不絶於載籍。歷代作家、批評家在確定人之稟氣所出的前提下,討論"氣"之於創作展開的本原性意義,然後再及其在作品中的貫徹和實現。而由於不同的作者引氣不同,作品也表現出與之相應的特殊風貌。如梁元帝蕭繹稱陸倕爲文"詞鋒飆竪,逸氣雲浮"③,尚僅就爲文言。蕭統稱其"資忠履貞,冰清玉潔。文該四始,學遍九流。高情勝氣,貞然直上"④,則論文與論人合一。由此,他們自然要論及"養氣"的重要性。"養氣"有不同的途徑,正確的途徑,在他們以爲可以導致作品雅正風格的形成。明人彭時《文章辨體序》説:"天地以精英之氣賦於人,而人鍾是氣也,養之全,充之盛,至於彪炳閎肆而不可遏,往往因感而發,以宣造化之機,述人情物理之宜,達禮樂刑政之具,而文章興焉。"即反映了古人的這種認識。他們一再强調"觀於人身及萬物動植,皆至是氣所鼓蕩。氣才絶,即腐敗臭惡不可近,詩文亦然"⑤,"有

---

① 《抱朴子·清鑒》。
② 《人物志·九徵》。
③ 《太常卿陸倕墓誌銘》,《全梁文》卷十八。
④ 《與晉安王綱令》,《全梁文》卷十九。
⑤ 方東樹《昭昧詹言》卷一。

氣則生,無氣則死,亦與人同"①。這是"氣"範疇在古代文學理論批評中最基本的意義。

聖人之文與一般人有區別,在他們看來也在於稟氣不同。如宋人真德秀就說:

> 蓋聖人之文,元氣也,聚爲日星之光耀,發爲風塵之奇變,皆自然而然,非用力可至也。自是以降,則視其資之薄厚,與所蓄之淺深,不得而遁焉。故祥順之人其言婉,峭直之人其言勁,嫚肆者無莊語,輕躁者無確詞,此氣之所發者然也。②

清人魏禧也持如此觀,嘗謂:"地懸於天中,萬物畢載,然上下無所附,終古而不墜,所以舉之者,氣也。人之能載萬物者,莫如文章。天之文,地之理,聖人之道,非文章不傳,然而無以舉之,則文之散滅也已久。故聖人不作,六經之文絕,然其氣未嘗絕也。聖人之氣,如天之四時,分之而爲十有二月,又分之爲二十有四氣。得其一氣,則莫不可以生物。六經以下,爲周諸子,爲秦、漢,爲唐、宋大家之文。苟非甚背於道,則其氣莫不載之以傳。"③這種認識與前及"原道"的傳統文學觀一致,不過是從稟氣的角度,爲其在天地人合一的系統中,或由天地人合一構成的文化背景下,進一步落實合理合法的地位而已。

當然,更大量常見的是結合文學創作本身談"氣"。如《文心雕龍》既以之爲充斥於人體的生命本原,如《體性》篇所謂"才力居中,肇自血氣","才有庸俊,氣有剛柔";又用以指受這種生命本原鼓蕩而周流於胸中的充沛亢進的精神動力,如《神思》篇所謂"神居胸臆,而志氣統其關鍵",《體性》篇所謂"氣以實志,志以定言"。要言之,是將"氣"與"神"、"志"等代表主體精神的範疇相聯言。《管子·內業》嘗云:"氣,道乃生,生乃思,思乃知,知乃止矣。"劉勰將此一精神引入文事,從而對"氣"之於創作思維的作用作了更進一步的落實。他還進而認爲,唯有主體之"氣"充沛,並因這種充沛造成的"剛健既實",文章才能"輝光乃新",風骨才能躍然振起,故"思不環周,莫索乏氣"是"無風之

---

① 朱庭珍《筱園詩話》卷一。
② 《日湖文集序》,《真文忠公文集》卷二十八。
③ 《論世堂文集序》,《魏叔子文集》卷八。

驗",只有"情與氣諧"、"文明以健"才風骨凜然。黄叔琳《文心雕龍輯注》就此總結説:"氣是風骨之本。"范文瀾《文心雕龍注》也説,《風骨》一篇"以風爲名,而篇中多言氣。……蓋氣指其未動,風指其已動",正指出了劉氏之説的根本。

唐宋以來,突出"氣"範疇,申言"文以氣爲主"的論者更是不勝枚舉。殷璠《河岳英靈集序》將"氣來"作爲自己標舉的"三來"之一,並用以表示對詩情萌動、詩歌生成和詩美品格的概括。范仲淹、王十朋、黄潛、王文禄、錢謙益等人因曹丕所論,對此也皆有重申和發揮,以爲文學創作要"精"、"氣"、"神"兼備,或"氣"、"意"、"理"俱足,甚至認爲"情深而文精,氣盛而化神"①,而文之病正常常表現爲氣衰或氣短。蔡正孫就説:"西漢文章所以雄深雅健者,其氣長故也。"②如前所説,傳統哲學從來突出"氣"運化不息真力彌滿的品性。他們承曹丕之論,以文學家的眼光,則進而對這"氣"的質性和樣態作了更具體的區分,所謂"氣,剛柔也"③,不僅要求其綿長,還要求"鼓氣以勢壯爲美"④,以爲"文以氣爲主,非天下之剛者莫能之"⑤。當然,本着辯證折中的精神,又要求把握其間的分寸,力避粗猛而不中節,頓挫而無收煞,從而賦予它以"精神內斂,光響和發"的美的品相⑥。如清人朱庭珍《筱園詩話》卷一就説:

> 夫氣以雄放爲貴,若長江大河,濤翻雲涌,滔滔莽莽,是天下之至動者也。然非有至靜者宰乎其中,以爲之根,則或放而易盡,或剛而不調,氣雖盛,而是客氣,非真氣矣。

傳統醫學以外邪侵入體内爲"客氣",以與"同氣"相對⑦,後衍指一切虛驕偏

---

① 傅山《文訓》,《霜紅龕集》卷二十五。
② 《詩林廣記前集》卷八。
③ 鄭玄《考工記總目》注。
④ 李德裕《文章論》,《李衛公文集》外集卷三。
⑤ 王十朋《蔡端明公文集序》,《梅溪王先生文集》後集卷二十七。
⑥ 厲志《白華山人詩説》卷一。
⑦ 見《素問·標本病傳論》。又,張仲景《傷寒論·太陽證上》謂:"客氣動膈,短氣躁煩",方有執注曰:"客氣,邪氣也。"之所以有此稱呼,爲其使自然界六淫之氣與人體六經之氣處在不相合狀態之故也。倘相合,則爲"同氣"。

激之氣①,包括浮夸的文氣②。故此處用"客氣"與"真氣"相對,很準確地道出了上述美的品相之根本。進而,他們在推尚"正氣"、"真氣"、"直氣"、"英氣"、"逸氣"、"爽氣"、"清氣"、"雋氣"和"靈氣"的同時,反對"以昏氣出之","以矜氣作之",並對一切"累氣"、"傖氣"、"驕氣"、"吝氣"、"烟火氣"、"脂粉氣"、"頭巾氣"和"蔬笋氣"予以否定。乃或還以"詩家霸氣、禪氣"爲"過者之病";"冷氣、庸氣"爲"不及者之病"。而諸如杜、韓沉雄非"霸氣",王、孟妙悟非"禪氣",韋、柳蕭寥非"冷氣",陶淵明平和非"庸氣"。但後起者學得不像,走入歧路,由此"無神味則冷"、"無氣色則庸"③,他們是堅決反對的。

其間,比較有意思的還有清人方東樹對"魄氣"和"魂氣"的討論:

> 魂氣多則成活相,魄氣多則爲死滯。千古一人,惟杜子美,只是純以魂氣爲用。此意唐人猶多兼之,後人不解久矣。

古人以離開人形體而存在的精神爲"魂",《易傳·繫辭上》有"精氣爲物,遊魂爲變"之說,又以依附形體而顯現的精神爲"魄"。由於"人生始化曰魄,既生魄,陽曰魂,用物精多,則魂魄強"④,以孔穎達疏言,"形氣既殊,魂魄亦異,附形之靈爲魄,附氣之神爲魂也。附形之靈者,謂初生之時,耳目心識、手足運動、啼呼爲聲,此則魄之靈也;附氣之神者,謂精神性識漸有所知,此則附氣之神也"。也就是說,"魂"較之"魄"得精氣多而陽盛,能離人形體而獨立,是所謂神,而"魄"只是形⑤。所以,方東樹以"魂氣"指鮮活生動的作品,以"魄氣"指死滯而缺乏活力的作品。他以爲如李商隱詩"多使故事,裝貼藻飾,掩其性情面目,則但見魄氣而無魂氣",可知"魂氣"即生氣,"魄氣"即死氣,有性情者有"魂氣",無真意則必沾"魄氣"。

---

① 《左傳·定公八年》:"陽虎偽不見冉猛者,曰:'猛在此,必敗。'猛逐之,顧而無繼,偽顛。虎曰:'盡客氣也。'"杜預注:"言皆客氣,非勇。"又,《宋書·顏延之傳》有"雖心智薄劣,而高自比擬,客氣虛張,曾無愧畏。"
② 劉知幾《史通·雜說中》謂:"其書文而不實,雅而無儉,真迹甚寡,客氣尤煩",可知此病泛指一切文章之華而不實,又不僅以詩歌爲限。
③ 湯大奎《炙硯瑣語》卷下。
④ 《左傳·昭公七年》。
⑤ 薛瑄《薛文清公讀書録》卷四"魂魄"條曰:"耳目之聰明爲魄,魄者,形之神也;口鼻之呼吸爲魂,魂者,氣之神也",可爲參看。

上述種種對"氣"的討論大多是從主體所稟之氣的角度說的,也有就作品體現出的"氣"而言的。至於主體所稟之氣如何體現到作品中,古人另有探討。並且比之唐宋以前,此後論者大多將注意的重點放在這一問題上,由此使"氣"範疇的内涵得到了進一步的詮釋和充實。

譬如他們認爲,"氣"在作品中的貫徹有賴"義深"、"意遠"和"理辨",由此三者才能"氣直"進而"辭盛"①。落實到具體,則於文之開闔順逆要求"出入有度,而神氣自流",而無取"其氣離而不屬,其聲離而不節"②。桐城派劉大櫆還進一步提出"因聲求氣"說,並因字句、音節而求神色,以爲"讀古人文,於起滅轉接之間,覺得不可識測,便是奇氣"③。姚範則明確指出:"字句章法,文之淺者,然神氣體勢,皆因之而見。"④一時論著多講"章法則須一氣呵成,開合動蕩,首尾一綫貫注"⑤、"以練神練氣爲上半截事,以練字練句爲下半截事"⑥。於詩也講"一氣呵成,神完力足"⑦。朱庭珍《筱園詩話》卷一對此有專門的論述:

> 及其用之之際,則又鎮之以理,主之以意,行之以才,達之以筆,輔之以理趣,範之以法度,使暢流於神骨之間,潛貫於筋節之内,隨詩之抑揚斷續,曲折縱橫,奔放充滿於中,而首尾蓬勃如一。斂之欲其深且醇,縱之欲其雄而肆,揚之則高渾,抑之則厚重,變化神明,存乎一心,此之謂煉氣。

由"氣"在作品中的運用和貫徹,提攜起"理"、"意"、"才"、"趣"、"法"等方方面面,其詩論中"氣"範疇的本原意味,就此表露得可謂清楚。沈德潛《說詩晬語》卷上結合特定詩體,說得還更具體一些:

> 七言古或雜以兩言、三言、四言、五六言,皆七言之短句也。或雜以八九言、十餘言,皆伸以長句,而故欲振蕩其勢,迴旋其姿也。其間忽疾忽

---

① 李翱《答朱載言書》,《李文公集》卷六。
② 唐順之《董中峰侍郎文集序》,《荆川先生文集》卷十。
③ 《論文偶記》。
④ 方東樹《昭昧詹言》卷一引。
⑤ 《昭昧詹言》卷十四。
⑥ 《藝概·文概》。
⑦ 施補華《峴傭說詩》。

徐,忽翕或張,忽渟濚,忽轉掣,乍陰乍陽,屢遷光景,莫不有浩氣鼓蕩其機,如吹萬之不窮,如江河之滔涒而奔放,斯長篇之能事極矣。

對長篇古詩如何行氣才能格調沉雄作了十分具體的論述。當然,歸根到底,潛轉於作品字句間的"氣"是詩人主觀志氣的流溢,故其所謂"浩氣",並前及種種"氣",還有如稍後嚴廷中所反對的"死氣滿紙"①,皆不僅就作品的外在徵象言是顯而易見的事。

於此,古人每每強調養氣的重要。如《文心雕龍》要求人在創作前先"清和其心,調暢其氣","務盈守氣",然後求得作品"氣號凌雲"、"氣截雲蜺"的藝術效果的實現。至於如何煉養,則不僅承孟子之教,以培植道德修養爲具體方法,還以讀書、行歷和交友爲求取之道。對此數者,歷代人言之甚詳。而隨着心智的日趨老熟,加以道教守靜調息術的浸潤,理學心學的滋養,"心養"和"靜處之養"在以後倍受論者的重視。哲學家以爲"靜坐是養氣工夫,可以變化氣質"②,詩人和批評家也講"文要養氣,詩要洗心"③,"養氣之法,宜澄心靜慮,以此景此事此人此物默存於胸中,使之融化,與吾心爲一,則此氣油然自生,當有樂處,文思自然流動,充滿而不可遏矣",另一方面又"切不可作氣,氣不能養而作之,則昏而不可用。所出之言,皆浮辭客氣,非文也"④。就是不要刻意地通過某種方法去引求氣的積累,而應注意與一己體性的調適,是所謂"先養其性氣"⑤。以後黃子雲《野鴻詩的》引入道教內丹的養煉之術,直稱"導引之術,曰精、氣、神,詩之理亦然",無外也是突出這種靜處涵養的重要。所以,朱庭珍《筱園詩話》卷一說:"故氣須以至動涵至靜,非養不可。養之云者,齋吾心,息吾慮,游之以道德之途,潤之以《詩》《書》之澤,植之在性情之天,培之以理趣之府,優遊而休息焉,蘊釀而含蓄焉,使方寸中怡然渙然,常有勃鬱欲吐暢不可遏之勢,此之謂養氣。"他將齋心息慮放在增進道德和涵泳《詩》《書》之前,言談中又多突出蘊釀含蓄,澡雪寸心,正意在強調靜養之於培植文氣的作用。

綜上所說,文學批評中的"氣"範疇,指稱的是基於創作主體生命活力之上

---

① 《藥欄詩話》。
② 黃宗羲《明儒學案》卷六十二《蕺山學案》引劉宗周語。
③ 錢泳《履園詩話》。
④ 陳繹曾《文說》。
⑤ 許學夷《詩源辨體》卷二十三。

的氣質個性及其作品中的生動體現。它直接取諸傳統哲學中關於物質存在和宇宙本質的專有稱名而推衍發展之,如傳統哲學講"天地者,興會之所生,萬物之所自焉"①,歷代文人因視天地人爲一物,天文、地文和人文爲一體,故認定文也由一氣所生,所謂"夫文章,天地之元氣也。元氣在平時,崑崙磅礴,和聲順氣,發自廊廟,而鬯浹於幽遐,無所見奇。逮夫厄運危時,天地閉塞,元氣鼓蕩而出,擁勇鬱遏,坌憤激訏,而後至文生焉"②,"文之大原出於天,得其備者,渾然如太和之元氣,偏焉而入於陽與偏焉而入於陰,皆不可以爲文章之至境"③,"昔人之論文,率謂文主於氣……譬如一元之運,百物生焉,觀其榮耀銷落,而氣之屈伸可知也"④,"有塞天地之氣,而後有垂世之文"⑤,説的都是這個意思。因爲天地爲"氣"所生,"文與天地同,苟能充之,則可配序三靈,管攝萬匯"⑥。這裏,論者對"管攝萬匯"的内容未作具體展開,但從前及"氣"之於創作主客體兩方面的深刻規定,"氣"之於作者自身底藴及作品風格形成的深刻影響已可分明見出。這便是我們所説的"氣"範疇之於文學創作的本原意義。

　　王夫之可以説是中國古代文藝哲學家的殿軍之一。他全部哲學的邏輯起點爲"絪緼",又稱"氤氲",即充沛的元氣。他把"絪緼"規定爲"太和之真體","太和未分之本然",又稱"天人之藴,一氣而已"⑦,"蓋言心言性,言天言理,俱必在氣上説,若無氣處,則俱無也"⑧。對"氣"的"流行洋溢"、化生萬物的運動特徵有十分突出的強調。他稱這種過程爲"氣化":"氣化者,氣之化也,陰陽具於太虚絪緼之中,其一陰一陽,或動或静,相與摩蕩,乘其時位以著其功能,五行萬物之融結流止、飛潛動植,各自成其條理而不妄。"⑨由此引出對天道、人道和文與質的探討。總之,他"認識文藝現象,論述其本質和作用,正是運用了這一'天'、'人'統一的'人道'觀,换句話説,'天'、'人'統一的'人道'觀,構成了

---

① 《禮統》,《太平御覽·天部》卷一引。
② 黄宗羲《謝翱年譜游録注序》,《吾悔集》卷一。
③ 管同《與友人論文書》,《因寄軒文初集》卷六。
④ 黄溍《吴正傳文集序》,《金華黄先生文集》卷十八。
⑤ 王文禄《文脈》卷一。
⑥ 宋濂《文原》,《宋文憲全集》卷二十六。
⑦ 《讀四書大全説》卷十。
⑧ 《讀四書大全説》卷一。
⑨ 《張子正蒙注》卷一《太和篇》。

王夫之文藝哲學的第一塊理論基石"①。

其他如葉燮《原詩》論詩好講"理"、"事"、"情",以爲"此三者,足以窮盡萬有之變態,凡形形色色,聲音狀貌,舉不能越乎此。此舉在物者而爲言,而無一物之成能去此者也"。但他對"氣"也有突出的強調,甚而指出:"然具是三者,總而持之,條而貫之,曰氣。事、理、情之所爲用,氣爲之用也。……三者藉氣而行也。得是三者,而氣鼓行於其間,綱縕磅礴,隨其自然,所至即爲法,此天地萬象之至文也。"在他那裏,"理"、"事"、"情"三個範疇就爲詩人所用的客觀事物而言,它們由"氣"統率,並與"才"、"膽"、"識"、"力"等指稱主觀因素的名言相結合,這其實就類似王夫之所主的天人統一。至於晚清天崩地解,論者特別張揚壯大之"氣",推崇"乾坤清氣此才奇"②,更可見其合一天人的針對性與深刻性。

"天地充塞無間,惟氣而已,在天則爲氣,在人則爲心。"③正是由於"氣"具有深刻的本原意義,是一個涉及藝術創造本質的範疇,不僅概括創作主體創造力的本質,也是作品長葆生命力的源泉,所以自引入音樂理論後,就被頻繁運用於詩文及書畫批評,對古人的藝術創造發生了重大的影響。古人鑒賞批評每每從此入手,是謂"觀氣"。如清人論庾信《春賦》,稱"觀其文氣,略與梁朝諸君相似"④。至於它派生或提攜起許多後序的二級、三級範疇,如"性氣"、"體氣"、"神氣"、"氣韻"、"氣味"、"氣象"、"氣調"、"氣格"等等,指涉範圍遍及藝術創造過程中主客體的方方面面,乃至具體的音聲、格法與體調。並且,隨着中唐以後文學創作與批評的精細化發展,日漸顯示出巨大的規範意義。這一切足以說明,"氣"在傳統文學理論批評中具有當然的基元地位,也具有"統名"的性質,是一個重要的元範疇。

3. 作爲創作發生論和接受論的"興"範疇

"興"以"起"爲本義,衍指舉用,如《周禮·地官·大司徒》有"以鄉三物教萬民,而賓興之"。鄭注:"興,猶舉也。"⑤詩學批評中的"興"範疇由"六詩"、"六

---

① 蔡鍾翔等《中國文學理論史》第四卷,北京出版社,1987年,第146頁。
② 徐嘉《書壯悔堂集》,《味靜齋詩存》卷十一。
③ 何紹基《與汪菊士論詩》,《東洲草堂文鈔》卷五。
④ 倪璠《庾子山集注》,中華書局,1980年,第74頁。
⑤ 基於"興"的字形以及上古流行的"興祭"與"興舞"習俗,陳世驤認爲它原指初民合群舉物並興奮地旋轉,見《陳世驤文存》,遼寧教育出版社,1998年,第155頁;周策縱認爲它原是祈求或歡慶豐收所舉行的陳器歌舞祭儀,見《古巫醫與"六詩"考——中國浪漫文學探源》,上海古籍出版社,2009年,第132頁。總之與巫文化有關。

義"所謂"賦風雅頌比興"而來，原與"賦"、"比"一起，作爲詩的修辭手段而存在。鄭玄和鄭衆最早對之作了解釋，前者從政教立言，稱"賦之言鋪"，比"取比類以言之"，興"取善事以喻勸之"①；後者則就修辭而論，稱"比者，比方於物也；興者，託事於物也"②。後世論者對此三者迭有論述，其間又以朱熹《詩集傳》所謂"賦者，敷陳其意而直言之也"，"比者，以彼物比此物也"，"興者，先言他物以引起所咏之詞也"爲最簡切入理。不過即便如此，仍可見其與"起"這個原初義的意脈聯繫。

"興"經常與"賦"、"比"兩者聯言，但相較於賦之直陳鋪設，它與"比"的關係似更接近些，所以古人多聯言"比興"，並用以與"賦"構成對待。如劉勰《文心雕龍》即分開此兩者，一在《詮賦》篇中討論，一專列《比興》篇安置。宋人蔡正孫引《瑤溪集》謂："詩之有六義，後世賦別爲一大文，而比少興多。"③明李東陽以爲："詩有三義，賦止居其一，而比、興居其二。"④也都將兩者分開討論。又由於古人歷來推尚文理優柔，賦之正言直述易於窮盡，不如比興之託物寓情難以直指，故有的論者開始專言"比興"而不再以"賦"爲對待。如方以智稱："詩者，志之所之也，反復之，引觸之，比興而已矣。"⑤李夢陽稱："詩有六義，比、興要焉。"⑥均不及賦。清人如馮班、吳喬也大都如此。乃至有人明確指認此兩者爲"詩之正宗"⑦，而賦同樣不得與其列。

當然，"興"與"比"既然爲六義之一，各有自己穩定的意指，所以後來也被人分開論列了。但其間有一點必須提到，就是"比興"一詞仍被作爲一個指稱託物諷諭的範疇，爲許多論者所強調。如杜甫《同元使君舂陵行並序》稱元結詩有"比興體制"，白居易《與元九書》稱李白詩"索其風雅比興，十無一焉"，此"比興"皆指比興寄託，近於陳子昂所說的"興寄"。故朱自清說："至於論詩，從唐以來，'比興'一直是最重要的觀念之一"，"論詩的人所重的不是'比興'本

---

① 《毛詩正義》引。
② 《周禮注疏》卷二十三《大師注》引。
③ 《詩林廣記》前集卷二。
④ 《麓堂詩話》。
⑤ 《通雅》卷三《詩説》。
⑥ 《詩集自序》，《空同集》卷五十。
⑦ 劉光蕡《古詩十九首注·行行重行行》，《烟霞草堂遺書》之十三。

身,而是詩的作用"①。雖說"比興"的作用和"比興"本身不可截然分開,如柳宗元《楊評事文集後序》說:"比興者流,蓋出於虞、夏之咏歌,殷、周之風雅,其要在於麗則清越,言暢而意美,謂宜流於謠誦也。"但論者在具體運用時,每每忽視如柳說的後半部分,只關注前半部分,由此要求詩歌必須對政治有所諷諫,這就使得本為作詩之法的"比興"失去了原有的詩藝本位,變成"風雅之道"了。故為了更好地探討作詩本身的問題,也有必要先將兩者區分開檢視。

一般來說,"意在於假物取意,則謂之比","比"是以彼喻此,託物而陳;"意在於託物興詞,則謂之興"②,"興"偏重在感物而動,因物起情,較之主觀預設的譬喻,它"託於物而後言所咏之事也"③,講究觸物而起,自然感發,意義似更為豐富。主觀預設的譬喻,是人依一定的創作意圖,取外物以為用,所謂"借喻而明曰比"④,人為的痕迹比較明顯,在可取用為詩料的紛繁萬象面前,它儼然為主宰,儘管可靈活運用,但畢竟未達到或未易達到與物同化、與天合一。"興"則不同,由漢儒"託事於物"的解說開始,它由一種客觀的隱喻,發展為具有運動特性的心的感發,與"賦者敷陳之稱"、"比者喻類之言"相比,它是一種"有感之辭"⑤,由感物而引起内在詩情的衝動。所以論者說:"比者,附也;興者,起也。""附"是"附理",而"起"則是"起情",如劉勰《文心雕龍·比興》所說,一者"切類以指事",不脫客觀色彩;一則"依微而擬議",更富主觀意味。所以《毛傳》說詩,於"賦"、"比"兩類都不多標注而只標"興體",便人含咀索玩。

更精確地說,由《《詩》之為義,有興而感觸"開始⑥,"興"就指由外物感發而引起強烈的主觀反應,所謂"以其感發而況之,之為興"⑦,"感動觸發曰興"⑧。這使得它實際上具有了一種心物交格、主客合一的理論品性。前已指出,天人合一、主客交融是傳統文化精神的集中體現,"興"範疇正是在這個根本點上與傳統哲學與文化相契合,所以取得了遠非"賦"、"比"乃至"比興"範疇可以比擬

---

① 《詩言志辨》,華東師範大學出版社,1996年,第100頁。
② 黃省曾《詩法》。
③ 梁寅《詩演義》卷一。
④ 龐塏《詩義固說》下。
⑤ 摯虞《文章流別論》,《全晉文》卷七十七。
⑥ 李塨《論語傳注》卷一。
⑦ 王安石《詩義》卷一,《詩義鈎沉》引《李黃集解》。
⑧ 郝敬《毛詩原解·讀詩》,《續修四庫全書》第58冊,上海古籍出版社,1996年,第234頁。

的崇高地位。如果説,"賦"與"比"尚可與西方文學觀念相比照,"比興"的精神也能在其他文學批評形態中找得到大致的對應,那麽"興"根本找不到一個相當的詞來對譯。這種不可對譯性的根源,正基於其所攜帶的深厚而獨特的傳統文化基因。

《文心雕龍·物色》在描寫心與物的交感時説:"山沓水匝,樹雜雲合。目既往還,心亦吐納。春日遲遲,秋風颯颯。情往似贈,興來如答。"還有署名賈島的《二南密旨》説:"感物曰興,興者,情也,謂外感於物,内動於情,情不可遏,故曰興。"宋吳謂《詩評》説:"凡陰陽寒暑,草木鳥獸,山川風景得於適然之感而爲詩,皆興也。"凡此之屬,都突出了"興"範疇主客交合、天然湊泊的特徵。所以,"賦"多用人世間事象,"比"多用自然界現象,"興"則"既可爲人事界之事象,亦可爲自然界之物象,更可能爲假想之喻象"①。前兩者是攝物之先的主觀,後者是呈現中的客觀,入之於詩就是這樣構成了主客觀的交合和統一。這種交合統一"得於適然之感",它尤可玩味,表明上述心目的往還吐納是天然發生的,因而能自然湊泊,了無牽强。對此,宋人楊萬里在《答建康府大軍庫監門徐達書》中説得可謂分明:

> 我初無意於作是詩,而是物是事適然觸乎我,我之意亦適然感乎是物是事。觸先焉,感隨焉,而是詩出焉。我何與哉,天也!斯之謂興。

謝榛《四溟詩話》卷一稱:"詩有不立意造句,以興爲主,漫然成篇,此詩之入化也。""適然"的結果就是"入化",即達致化境。其意同於以後王士禛所主的"佇興"和"興會"。宋人甚至還以爲:"詩莫尚乎興,聖人言語,亦有專是興者,如'逝者如斯夫,不舍晝夜','山梁雌雉,時哉時哉',無非興也,特不曾隱括協韻爾。"②

當然,就實際情形而言,詩人作詩並非都是在毫無準備的情況下,僅爲外物觸動就感激於心,形諸言咏,以至這種外物投影到詩中成爲物象,與所興之

---

① 叶嘉瑩《中國古典詩歌中形象與情意之關係例説》,《古代文藝理論研究》第六輯,上海古籍出版社,1982年,第37頁。
② 羅大經《鶴林玉露》乙編卷四。

感並無理性可以解釋的聯繫,如朱熹所謂"詩之興,全無巴鼻"①。有時可能也有一些準備,更多的是作者先懷有某種心緒和情感,然後待一外物與其心緒、情感相應合而產生創作衝動。不過,在表現這種衝動時,他們是力求呈現感物之初的新鮮生動的,並且這也是古人通常用以奪天工見詩才的地方。惟此才有《詩品序》所謂"宏斯三義,酌而用之",有《文鏡秘府論·論文意》所謂"作文興若不來,即須看隨身卷子,以發興也",有羅大經所謂"因物感觸,言在於此,而意寄於彼,玩味乃可識"②。也因這"興"常常是詩人安排的,所以在作者有精研發揚之必要,在讀者則尤需悉心領會,玩味以識。

清人方東樹《昭昧詹言》卷十八嘗謂:

> 詩重比興,比但以物相比,興則因物感觸,言在於此而義寄於彼,如《關雎》《桃夭》《兔罝》《樛木》。解此則言外有餘味,而不盡於句中。又有興而兼比者,亦終取興不取比也。若夫興在象外,則雖比而亦興。然則,興最詩之要用也。

他突出"興"的要用,因其有言此義彼、旨溢句外的神妙。顯然在他看來,"興"不僅是純然爲物所感,然後衝口而發,漫然成篇。相反,去取之間頗可以看出古人臨物用情的悉心考量,還有對超越物象拘制以求詩境拓展的執著追求。

事實也是如此,古人作詩雖因物起情,但並不一定照實寫出。如《詩經》多以"興句"重復置於全篇首章以爲啓領,但唐人作近體詩就多以之置於頸聯,以爲情感的中轉和蓄發。至作古體,則起承轉合,無處不可用"興",由此或設定並渲染全篇氣氛,或折進情感,以象結穴而遺意言外,總之全賴詩人的心智安排而爲用。具體地說,如"前半首寫光景,後半首寫感慨,少陵七律,每有此體,然必光景中隱含感慨,即《三百篇》之興體也"③,固然是用"興"。但如崔顥《黃鶴樓》由陳述句轉入寫景,末兩句再以情景交合作結,也是"興",明王世懋以爲這是一種"興而賦",並指出興體不一定要先託於物才能言所咏之事,所謂仗境

---

① 《詩綱領》,《朱子全書》卷三十五。
② 羅大經《鶴林玉露》乙編卷四。
③ 施補華《峴傭說詩》。

生情,也不一定非要在出句次序上先境後情,有時候不如此反而更見深意①。這種不如此,正是詩人用"興"的主觀錘煉工夫。古人以爲唐人於此錘煉得最爲恰好,所謂"盛唐諸公律詩,得風人之致,故主興不主意,貴婉不貴深"②,一片渾沌,不見刻意。故李重華說:"興之爲義,是詩家大半得力處","無端說一件鳥獸草木,不明指天時,而天時恍在其中;不顯示地境,而地境宛在其中;且不實說人事,而人事已隱約流露其中,故有興而詩之神理全具也"③。而古人之所以厚唐薄宋,有一個很重要原因,就因爲前者多比、興特別多興體,而後者多議論,即多用賦體:

> 唐詩之清麗空圓者,比與興爲之也,宋詩之典實閎重者,賦爲之也。④
> 唐詩有意,而託比興以雜出之,其詞婉而微,如人而衣冠。宋詩亦有意,惟賦而少比興,其詞徑以直,如人而赤體。明之瞎盛唐詩,字面煥然,無意無法,直是木偶被文綉耳。⑤
> 唐詩人去古未遠,尚多比、興,如"玉顏不及寒鴉色","雲想衣裳花想容","一片冰心在玉壺",及玉溪生《錦瑟》一篇,皆比體也。如"秋風江上草","黃河水直人心曲","孤雲與歸鳥,千里片時間",以及李、杜、元、白諸大家,最多興體。降及宋元,直陳其事者十居其七八,而比、興體微矣。⑥

如此清空婉微、神理全具之詩,凡天時地境人事又豈是無端指述,或者說不能極言切指的,有時徜恍其言,不過是故意如此罷了。也所以陳廷焯說:"若興則難言矣,託喻不深,樹義不厚,不足以言興。深矣厚矣,而喻可專指,義可强附,亦不足以言興。所謂興者,意在筆先,神餘言外,極虛極活,極沉極鬱,若遠若近,可喻不可喻,反復纏綿,都歸忠厚。"⑦總之要花一番功夫,又不見痕迹,哪怕這痕迹僅僅是眼裏金屑。從這個意義上說,宋胡寅和明楊慎均引李仲蒙"叙事

---

① 《藝圃擷餘》。
② 許學夷《詩源辨體》卷三。
③ 《貞一齋詩説》。
④ 劉壎《隱居通義》卷七《詩歌二》。
⑤ 吳喬《圍爐詩話》卷一。
⑥ 洪亮吉《北江詩話》卷一。
⑦ 《白雨齋詞話》卷六。

以言情謂之賦,情物盡也;索物以託情謂之比,情附物也;觸物以起情謂之興,物動情也"①,只言"物動情"而不及懷情之人見應情之物益倍起情,從而予以描摹傳達這層意思,實在是堵絶了"興"範疇心物交格、主客合一的雙向對流的通道。所以準確地説,天機隨觸,偶然而起,如皎然《詩式》所謂"語與興驅,勢逐情起,不由作意",只是"興"之一義,因爲它只講了物之於心的單向運動。只有同時指出心與物的往還通流與自然契合還存在有另一面,才能全面瞭解這一範疇。

今人葉嘉瑩以爲:"西方詩論中的批評術語甚多,如明喻、隱喻、轉喻、象徵、擬人、舉隅、寄託、外應物象等,名目極繁,其所代表的情意與形象之關係也有多種不同之樣式,只不過仔細推究起來,這類術語所反映的都同是屬於思索安排爲主的'比'的方式,而並没有一個真正屬於自然感發的中國之所謂'興'的方式。……對於所謂'興'的自然感發之作用的重視,實在是中國古典詩論中的一項極值得注意的特色。"②這項特色正集中體現在上述自然感發所具有的心物交格和雙向通流之上③。

至於物對心的感發或心對物的感應,通常不是通過顯而易見的膚表方式展示,它雖一觸即發,却不尚滔滔汩汩;它所要達到的目的,不是對物的整全的認識,而是物之於心的某種感動的傳達。故《文心雕龍·比興》篇稱:"詩文弘奥,包韞六義。毛公述傳,獨標興體。豈不以風通而賦同,比顯而興隱哉。"比"切類以指事",或"畜憤以斥言",不如興之"依微以擬議","環譬以託諷",是所謂興之"隱"。故劉勰又説:"觀夫興之託諭,婉而成章,稱名也小,取類也大。"這個"隱"與比有明喻、暗喻的"暗"不同,它非指"隱晦",而指"隱秀",它以"復意爲工",而尤重在"文外之重旨"的抉發。故《隱秀》篇説:"夫隱之爲體,義生文外,秘響傍通,伏采潛發,譬爻象之變互體,川瀆之韞珠玉也。"張戒《歲寒堂詩話》引此篇佚文,稱"情在詞外曰隱"。此也即鍾嶸以下人們每以"文已盡而

---

① 見《與李叔易書》,《裴然集》卷十八;《升庵詩話》卷十二。
② 《比興之説與詩可以興》,《光明日報》1987年9月22日。
③ 美國漢學家孫築瑾認爲,"興"建立在中國文化獨特的思維模式之上,作爲中國詩歌一種特有的抒情動力(lyrical energy),它強調心物相應,有機的融合,所以與西方文學喻依完全爲喻旨服務的隱喻關係不同。如果説西方文學是一種"摹仿式思維",那麼中國文學就是一種"興式思維"。見其所著《摹仿與興作爲兩種觀察世界的模式:中西詩歌比較》,轉引自張萬民《中西詩學的匯通與分歧:英語世界的比興研究》,《文化與詩學》2011年第1期。

意有餘"釋"興",皎然稱"興取象下之意",以及前及羅大經、方東樹等人好說"言在於此而意寄於彼"的原因。

明人袁黃曾說:"感事觸情,緣情生境,物類易陳,衷腸莫罄,可以起愚頑,可以發聰聽,飄然若羚羊之掛角,悠然若天馬之行徑,尋之無踪,斯謂之興。"① 在指出"興"有"感事觸情"、"緣情生境"兩方面特徵之後,對其實現方式也作了形象的說明。對此,清人朱庭珍《筱園詩話》卷一說得更爲明晰:

> 詩有六義,賦僅一體,比、興二義,蓋爲一種難題立法。固有不可直言,不敢顯言,不便明言,不忍斥言之情之境,或借譬喻,以比擬出之;或取義於物,以連類引起之,反覆迴環,以致唱嘆,曲折搖曳,愈耐尋求。此詩品所以貴温柔敦厚、深婉和平也,詩情所以重纏綿悱惻、醖釀含蓄也,詩義所以尚文外曲致、思表纖旨也。一味直陳其事,何能感人?後代詩家,多賦而少比興,宜其造詣不深,去古日遠也。

其中"取義於物,以連類引起之,反覆迴環,以致唱嘆,曲折搖曳,愈耐尋求"數語,即就"興"而言。這種尚"隱"貴"曲"、即前引方東樹所謂"興在象外",乃或張謙宜所謂"景已溢於興外"②的結果,使讀者有可能得不到關於詩中事境的直接認識,但爲詩人創造的情境所感染,内心的感動可能更强烈持久,心物感應之間所獲得的整體性美感可能更妙不可言,因此也更爲他們所推崇所需要。而就理論層級而言,它顯然是下面要專門討論的"象外說"的邏輯上源。

上述"興"皆從創作角度說,與此相聯繫,還有從接受角度和作用角度談的。早在先秦時代,孔子本《周禮·春官》"以樂教國子,興、道、諷、誦、言、語"之說,提出"詩可以興,可以群,可以觀,可以怨"。又說"興於詩,立於禮,成於樂"。何晏《論語集解》引包咸注曰:"興,起也,言修身當先學詩。"朱熹《論語集注》釋曰:"興,起也,詩本性情,有邪有正,其爲言既易知,而吟咏之間抑揚反復,其感人又易入。"雖是感《詩》起興,但與感物起興在心理機制上爲一事是十分明顯的。孔子要求人讀《詩》以"吟咏情性,涵暢道德",取其"温厚和平之氣,

---

① 《詩賦》,《古今圖書集成》卷二百一。
② 《絸齋詩談》卷三。

皆能感發人之善心者"①,非純然要求人接受道德訓教,故將此"興"放在"觀"、"群"、"怨"數者以及禮樂以上。於此可見他認爲只有先有審美意義上的感動,才談得上其他數者功能的實現。

故以後論者每用它指因作品的情旨淵深而根觸而思,悠然興會。如元稹稱:"玄元氏之下元日,會予家居至,枉樂天代書詩一百韻,鴻洞卓犖,令人興起心情。"②陶宗儀稱宋幼主在京都作"寄語林和靖,梅花幾度開。黃金臺下客,應是不歸來"詩,"始終二十字,含蓄無限悽戚意思,讀之而不興感者幾希"③。所言之"興"皆此義。朱熹並說:"詩可以興,須是讀了有興起處,方是讀詩;若不能興起,便不是讀詩。"④可知"興"在創作接受論中也處於十分重要的地位。

清人王夫之還進而將之提升到可以培植豪傑人格的高度,他說:

> 能興即謂之豪傑。興者,性之生乎氣者也。拖沓委順,當世之然而然,不然而不然,終日勞而不能度越於祿位田宅妻子之中,數米計薪,日以挫其志氣,仰視天而不知其高,俯視地而不知其厚,雖覺如夢,雖視如盲,雖勤動其四體而心不靈,惟不興故也。聖人以詩教以蕩滌其濁心,震其暮氣,納之於豪傑而後期之以聖賢,此救人道於亂世之大權也。⑤

人的心頑冥而氣狹短,可以用詩興起,促其性變,這是對詩歌感發作用的極端強調。其間,"興"範疇對這種感發作用的實現能起至關重要的作用,所以他要說"能興即謂之豪傑"這樣看似與文學本身並不契合密會的話。其他如黃宗羲論興觀群怨,稱"古之以詩名者,未有能離此四者,然其情各有至處,其意句就境中宣出者,可以興也"⑥,吳喬評王安石詩"能令人尋繹於語言之外,當其絕詣,實自可興可觀,特推爲宋人第一"⑦,則從詩藝角度對"興"的起情特點作了很好的說明。

---

① 王直《詩辨》,《皇明文衡》卷十四。
② 《酬翰林白學士代書一百韻並序》,《元氏長慶集》卷十。
③ 《南村輟耕錄》卷二十。
④ 《朱子語類》卷八十。
⑤ 《俟解》,《思問錄 俟解》,中華書局,1956年,第3頁。
⑥ 《汪扶晨詩序》,《南雷文定》四集卷一。
⑦ 《圍爐詩話》卷五。

總之,"走筆成詩,興也",甚至"無處無時而非興"①,作爲文學範疇的"興"既有"興起"這樣的創作發生論意義,又有"興味"這種接受論的意義。而有此屬性的作品往往被稱爲"興體",是其又有體式意義。概而言之,它包含物動情和情附物、物能發興和情能促興兩端。觸物發興,強調的是"四序紛回,而入興貴閒"②;情能促興,強調的是感激生意,振發人心,如前及王夫之所謂"興者,性之生乎氣者也",由此,"詩工創心,以情爲地,以興爲經,然後清音韻其風律,麗句增其文彩……乃知性文,味益深矣"。因此不僅具有方法論意義,還有本體論意義,關涉到主體與客體、情與景的統一。對此,朱熹《語類》卷八十用"比意雖切而却淺,興意雖闊而味長"來表達,劉熙載《藝概》用"興與比有闊狹之分,蓋比有正而無反,興兼反正故也"來表達。也因此,它深契"天人合一"的文化傳統及以少總多、寓意言外的審美趣味,成爲貫穿整個古代文學理論批評的元範疇。

4."象"的發現與營構

依照古人的說法,"象"這個範疇是對一切可視可感之物的總稱。如論天體,爲"天象";論人體,爲"心象"、"脈象"和"臟象"。《周易》古經由八卦而六十四卦,被古人認爲是聖人仿照自然界天象而創造的符號,是所謂"易象"。故《易傳·繫辭上》説:"易者,象也;象也者,像者也。"

具體地説,它包含有天象和象徵兩層意思。表天象如《周易·繫辭上》謂:"在天成象,在地成形,變化見矣。"韓康伯注曰:"象況日月星辰,形況山川草木也。"聯繫阮籍《達莊論》所謂"形謂之石,象謂之星",可知比之有實體可觸摸的"形",它雖可目見,却未必可切實著握。王夫之嘗謂:"物生而形形焉,形者質也;形生而象象焉,象者文也。形則必成象矣,象者象其形矣。在天成象,而或未有形;在地成形,而無有無象,視之則形也,察之則象也。所以質以視章,而文由察著。未之察者,弗見焉耳。"③用"質"、"文"相釋,也是突出"象"非有形的特點。

由於"象"屬於天,不同"形"屬於地,故它又與"器"構成對舉,此《周易·繫辭上》所謂"見乃謂之象,形乃謂之器"。意指其雖可感而知,但不與可觸摸著握的"形"相同。此外,它又與"法"構成對待,《周易·繫辭下》所謂"仰則觀象

---

① 《四溟詩話》卷三。
② 《文心雕龍·物色》。
③ 《尚書引義》卷六《畢命》。

於天,俯則觀法於地"。由於"制而用之謂之法","法"與"形"聯繫密切,比較固定,故"象"也不與之同。《周易·繫辭上》並說:"法象莫大乎天地,變通莫大乎四時,懸象著明莫大乎日月。"此"象"存於天地之間,是爲"大象"。

表象徵的如《周易·繫辭下》所謂"八卦有列,象在其中矣","爻象動乎內,吉凶見乎外"。這裏的"象"用《易傳》作者的話,就是"聖人有以見天下之賾,而擬諸其形容,象其物宜,是故謂之象","聖人設卦觀象……是故吉凶者,失得之象也;悔吝者,憂虞之象也;變化者,進退之象也;剛柔者,晝夜之象也"。春秋時代,原始宗教卜筮之道已講以龜明象,如《左傳·僖公十五年》中就有"龜,象也;筮,數也。物先而後有象,象而後有滋,滋而後有數"。言龜以象示,筮以數告,象數相因而生,然後有占,占所以知吉凶也。《易傳》作者用"象"象徵,或是這種風氣的遺傳。

由上述"象"的兩個意項,引出以下兩點對古代中國人的影響非常巨大。一是它的直觀可見從根本上導致了古人好用取象比類的直覺思維方式,觀察、把握和反映身外的世界,並因這"象"非必有實體但必可感知,而在作不離形相的思考的同時,實現了自覺認識對有形之迹的超越;一是它對客觀物事周洽適切的形容和摹狀,有越然一切主觀擬議之上的準確與生動。因客觀物事不盡一例簡單到一目瞭然,如"天下之賾"就不易擬諸形容,即再多的言語文字也不一定能很好地傳達,此時就需要借"象"來呈示,所謂"書不盡言,言不盡意,然則聖人之意其不可見乎?子曰,聖人立象以盡意,設卦以盡情偽,繫辭焉以盡其言"①。"象"具有完整傳達客觀事物的功用,不但不舍去思維對象的具象因素,且不舍去思維主體的主觀旨趣,並由取類而感通,由感通而會盡其精微,完滿地完成人的認識使命。這也就是《周易·繫辭下》所說的"夫《易》彰往而察來,顯微而闡幽……其稱名也小,其取類也大"。對此,韓康伯注曰:"託象以明義,因小以喻大。"借此"象","《易》之思也,無爲也,寂然不動,感而通天下之故"。

以老子爲代表的道家哲學,對"象"的闡釋比《易傳》作者似更深入。《老子》第四十一章曾說:"大音希聲,大象無形。"河上公注曰:"象,道也",未確。其實,如成玄英疏指出:老子所說的"大象","猶大道之法象也",是用來指"道"

---

① 《周易·繫辭上》。

的"無狀之狀,無物之象,是謂惚恍"①這種不可言說把握的特性的。故第二十一章又說:"道之爲物,惟恍惟惚,惚兮恍兮,其中有象;恍兮惚兮,其中有物。"又,《易傳》作者說:"見乃謂之象",是說"象"雖不可執而可見,老子因以"象"爲"道"之法象,基於他"有生於無"的基本思想,"象"也就只能是無形的了。故《韓非子·解老》有"諸人之所以意想者皆謂之象"的解釋,並非盡出妄測。莊子未專門談論"象",然由《秋水》篇所謂"世之議者皆曰:'至精無形,至大不可圍',是信情乎?"《天運》篇所謂"故有焱氏爲之頌曰:聽之不聞其聲,視之不見其形,充滿天地,苞裹六極"。可知其專注和欣賞的也不是有實相的"形",其所心儀的至道是寄託在脫略了有形的"大象"上的。

"象"比"形"高一層,有隱内顯外之別,一概括,一具體;一與形而上的"道"相通,一與形而下的"器"相連,所謂有實之形與形合,無形之象與道通,這使得古代中國人確立了"象"比"形"更精微重要的觀念,由此樂於往"象"裏寄託自己所有抽象深刻的感懷。當然,由於"象"最基本的意義畢竟在客觀事象,他們很明白這種具體之"象"的局限性,所以雖沒像老子一樣把它引向玄虛之域,却把它的邊界無限擴大了,這就有了所謂"象外"的說法。

最早提出"象外"一詞的是三國魏時的荀粲,他說:"蓋理之微者,非物象之所奉也。今稱立象以盡意,此非通於意外者也;繫辭焉以盡言,此非言乎繫表者。斯則象外之意,繫表之言,固蕴而不出矣。"②荀氏討論到語言表達能否盡意的問題,對此,王弼《周易略例·明象》曾有專門的論述:"夫象者,出意者也;言者,明象者也。盡意莫若象,盡象莫若言。言生於象,故可尋言以觀象;象生於意,故可尋象以觀意。意以象盡,象以言著,故言者所以明象,得象而忘言;象者所以存意,得意而忘象。"雖未提出"象外之意"、"繫表之言",但認爲"言"與"象"都有限而"意"無限,所以要求"忘言"、"忘象",不拘執於"言"與"象",以免死於句下,實際上也是持"言外"、"象外"之見的。

王弼的這種觀點本莊子關於言意的論述而來。《莊子·天道》篇嘗言:"世之所貴道者書也,書不過語,語有貴也。語之所貴者意也,意有所隨。意之所隨者,不可言傳也。"《外物》篇又說:"筌者所以在魚,得魚而忘筌。蹄者所以在

---

① 《老子》十四章。
② 《三國志·魏志·荀彧傳》注引何劭《荀粲傳》。又,晉孫綽《遊天台山賦》有"散以象外之說,暢以無生之篇"云云,可並爲參看。

兔,得兔而忘蹄。言者所以在意,得意而忘言,吾安得夫忘言之人而與之言哉。"莊子認爲可以言論的都是"物之粗",需要意致的才是"物之精",更有言不能論意不可致者"不期精粗"。由於他認爲精粗之物"期於有形者也",不期精粗之物屬於"無形者",故儘管未獲稱名,實際就是"道"了,而"象"則是這種"道"的外化。從此意義上說,莊子的言意之說能爲玄學家所倚重,並被後人拿來與"立象"、"觀象"和"象外"之說聯言,是十分自然的事。

東漢以後,佛教傳入中國,並在六朝時日趨興盛。爲了獲得更多的信衆並知識層的支持,它曾多方吸納中土文化,包括術語、概念和範疇以爲己用,在言、意、象問題上也是如此。雖然,"我此法門,從上以來,先立無念爲宗,無相爲體,無住爲本"①,佛教徒認爲佛家之道超越具體可感的形相之上,無言無相,並稱"凡所有相,皆是虛妄"②,但考慮到向衆生說法必須有所倚恃,故又頗注意假形相以傳,所謂聖人"託形象以傳真"③,"神道無方,觸象而寄"④,如此使"上士游之,則忘其蹄筌,取諸遠味;下士游之,則美其華藻,玩其炳蔚,先悅其耳目,漸率以義方"⑤。此所謂"像教",要在由"象"傳心,"豈唯像形也篤,故亦傳心者極矣"⑥。而觀者審象之際,必須有無垢無净的心態,實有萬德而蕩無纖塵,此所謂"審象於净心"⑦。

當然,佛性畢竟不能以形相求,故佛徒吸收中土的言意之說,講"道不可言"、"以心傳心",以爲"夫象以盡意,得意則忘象;言以詮理,入理則言息","若忘筌取魚,始可與言道矣"⑧。進而注意對"象外"的探討,所謂"斯則窮神盡智,極象外之談也"⑨,"窮微言之美,極象外之談"⑩,"撫玄節於希聲,暢微言於象外"⑪。以後禪宗主不立文字,講教外別傳,其實也是一種"象外之談"。

《周易》經傳、老莊哲學和玄學、佛學關於"象"的探討和闡釋,對古代文學

---

① 《六祖壇經·疑問品第三》。
② 《六祖壇經·行由品第一》。
③ 慧皎《高僧傳》卷八《義解五》。
④ 慧遠《萬佛影銘序》,《廣弘明集》卷十五。
⑤ 《正誣論》,《弘明集》卷一。
⑥ 謝靈運《佛影銘》,《全宋文》卷三十三。
⑦ 王維《繡如意輪象讚並序》,《王右丞集箋注》卷二十,上海古籍出版社,1984年,第373頁。
⑧ 慧皎《高僧傳》卷七《義解四》引竺道生語。
⑨ 僧肇《般若無知論》。
⑩ 僧肇《涅槃無名論》。
⑪ 僧衛《十住經合注序》,《出三藏記集》卷九。

創作及批評的影響顯然是巨大的,以致其創作重"象"的創造,批評也重對"象"的隱示作用的標舉和揭示。由於這"象"既是直觀的察而可見的,當作者之心與外物相接,觸目所見之景落實在筆底,就是所謂的"興象"了。唐虛中《流類手鑒》謂:"善詩之人,心含造化,言含萬象,且天地、日月、草木、烟雲,皆隨我用,合我晦明,此則詩人之言,應於物象,豈可易哉。"這種"詩人之言,應於物象"所造致的就是"興象",它結合着詩人的主觀情思,表現爲情與景的天然凑泊和主客觀的自然融合。

倘若作者主觀心志更强烈一些,對言、意、象三者關係的關注更多一些,則當其攬景入詩,形諸文字,便可稱爲"意象"了。如王昌齡《詩格》稱"久用精思,未契意象",王廷相《與郭價夫學士論詩書》稱"言徵實則寡餘味也,情直致而難動物也,故示以意象,使人思而咀之,感而契之,邈則深矣,此詩之大致也",皆突出了主體情志的參與甚至主導作用。當然,這種起主導作用的"意"要與"象"契合無間,使徵色於"象",運神於"意",並達到"象"與"意"的冥然合一,此所謂"夫意象應曰合,意象乖曰離,是故乾坤之卦,體天地之撰,意象盡矣"①。

當"意"與"象"契合爲一,論者會進而探討其應體現出怎樣的總體風貌,譬如是"意象幽閒,不類人境"②,還是"意象飄逸"③,"意象孤峻"④,"意象渾融"⑤,乃或"意象空洞"⑥。如果說,"興象"之"象"主要由"興"決定,而"興"又多半由所適然遭遇的外物決定,故作品的總體風貌也自與這外物相應的話,那麼"意象"之"象"多半由"意"決定,其呈現在作品中的整體風貌自然就有了探究的必要,這就是上述"意象"多被限定指述的原因。如秦韜玉《豪家》詩謂:"地衣鎮角香獅子,簾額侵鈎繡闈邪",擇物狀景工切,論者稱爲"可謂狀富貴之象於目前"⑦,這"富貴氣象"就專指浸透着富貴氣的意象。

―――――――
① 何景明《與李空同論詩書》,《何大復先生全集》卷三十二。
② 姜夔《念奴嬌序》,《白石道人歌曲》卷三。
③ 何良俊《四友齋叢説》卷二十六。
④ 沈德潛《説詩晬語》卷下。
⑤ 胡應麟《詩藪》内編卷五。
⑥ 陸樹聲《穀城山館詩序》,于慎行《穀城山館詩集》卷首。又,錢謙益《列朝詩集小傳》丁集引于氏論五言古詩云:"魏晉之於五言,豈非神化,學之則迂矣。何者?意象空洞,樸而不敢琱;軌途整嚴,制而不敢騁。少則難變,多則易窮。古所謂鸚鵡語,不過數聲爾。原本性靈,極命物態,洪纖明滅,畢究精藴,唐果無五言古詩哉?"
⑦ 顧元慶《夷白齋詩話》。

此外，又有將本指自然界四時朝暮的"氣象"拿來指稱作品總體風貌的，如韓愈《薦士》詩有"逶迤晉宋間，氣象日凋耗"之句，皎然《詩式》以"氣象氤氳，由深於體勢"爲"詩有四深"之首。葉夢得《石林詩話》則稱"七言難於氣象雄渾，句中有力而紆徐不失言外之意"。可以説，"賦詩分氣象"成爲歷代論者特別是宋以後論者的習慣，而這種習慣的養成顯然與中唐以後整個文學創作及審美風氣的轉移分不開。如果説中唐以前創作多屬"喻象型"的，不爲深文曲隱，常常明確而具體；至此則多屬"意象型"的，不是"比體雲構"，而是"意伏象外，隨所至而與俱流，雖令守行墨者不測其緒"①，顯得深微而幽眇。

當然，受《周易》經傳以下哲學乃或宗教的影響，儘管"象"浸透着主觀情思，可籠挫天地日月，仍不能阻止古代作家、批評家對"象外"的追求。在這方面，佛教和禪宗的影響似更大一些。故與之相對應，自中唐以來論者開始多言"象外"②。如皎然承佛教教義，論詩重"境象"，《詩式》論取境，提出"意静神王，佳句縱橫"；論用事，提出"義即象下之意"；論"重意詩例"，提出"兩重意已上，皆文外之旨"，還稱"繹慮於險中，采奇於象外，狀飛動之句，寫冥奧之思"。劉禹錫早年受皎然詩教，故《董氏武陵集紀》稱："詩者，其文章之藴邪！義得而言喪，故微而難能，境生於象外，故精而寡和。"由"義得而言喪"與"境生於象外"互文對待，可知其所言"象外"的真實所指。

質言之，"境生於象外"命題的提出是有着不容輕忽的理論意義的。它回應了盛唐以後文學創作的新變化，是對詩美特別是詩的形象意境之美的新的開拓。以後，司空圖《與極浦書》提出"象外之象，景外之景"，《與李生論詩書》提出"韻外之旨"、"味外之旨"，把對詩藝的研究推向更深入的境地。宋人因唐詩於此多所追求，總結出其好用"象外句"的規律，如無可上人詩曰："聽雨寒更盡，開門落葉深"，是以落葉比雨聲，這種"比物以意，而不指言一物"③，在宋人看來就是典型的"象外句"。後方回言自己學詩於前輩，得"八句詩法"，其中第三句"題詩不窘於物象"④，便是其人研究"象外句"的理論結晶。鍾惺《砅評詞

---

① 王夫之《古詩評選》卷一。
② 中唐前，如劉知幾《史通》内篇卷六《叙事第二十二》已提出"睹一事於句中，反三隅於字外"，可參看之。
③ 魏慶之《詩人玉屑》卷三引《冷齋夜話》。
④ 《王直方詩話》引。

府靈蛇二集》於"辨體"一節中,並還有"象外語體"、"象外比體"之目,於此亦可見其人對"象外"的體認已達到比較精細的程度。

由此,論者不僅要求作詩能"意生象外",如黃庭堅稱杜甫"咫尺應需論萬里"①,且還要求"象外追神",如張謙宜所言②。不僅如此,基於"象外"而生或伴隨"象外"而生的還有"文外"、"韻外"、"味外"和"意外",如姜夔《白石道人詩說》論"詩有四種高妙",其中第二種"意高妙"即"出自意外",也即推崇"句中有餘味,篇中有餘意"的那種"善之善者"。此外又有"音聲之外",如朱承爵《承餘堂詩話》稱"作詩之妙全在意境融徹,出音聲之外,乃得真味"。由前面對各體文範疇的述列可知,它們並還進入到詞曲和戲劇、小說批評,影響十分深遠。

從本質上說,"象外"是一種對可察視的具體文境的超越,即突破其有限的內蘊,指向無限的可能;突破目擊之實有,指向神遇之虛萬,由此言有盡而意無窮,或意在言外,故它是一種藝術內蘊的感性化釋放,也可以說是一種"超象"。翁方綱《石洲詩話》卷一稱王維五言詩"神超象外",很簡潔地道出了這一點。由這種對"象"的超越,凸顯了作品的風神或精神,所謂"神遊象外,有得意忘言之妙"③。故游潛稱贊"象外精神言外意"④,陳廷焯也每講"神餘象外"⑤。倘無"象外"或"象外"無物,會被古人認為淺切顯俗,質實無味,着了形相,少了趣致。故清人汪師韓又說:"切而無味,則象外之境窮;巧而無情,則言中之意盡。"⑥

"象"既具有直觀性,為天地自然之觀,又具象徵性,為作者意中之象。不但可以明指、確指,還可以暗指、多指,指向客觀物象的存在本質,乃或創作主體的深層心理和生命運動的本真。"雖一著,然非止一性一能,遂不限於一功一效。"⑦蓋依《周易》經傳作者的理解,聖人取象天地萬物,創製八卦,分別代表自然界中的天、地、風、雷、水、火、山、澤,八卦錯綜交疊,衍為六十四卦。卦的本義是懸掛物象以示人,爻的本義是仿效萬物變化運動的徵象。《易傳》作者

---

① 胡仔《苕溪漁隱叢話》前集卷九引。
② 見《絸齋詩談》卷二。
③ 許印芳《詩法萃編》卷八。
④ 《夢蕉詩話》。
⑤ 《白雨齋詞話》卷一。
⑥ 《詩學纂聞》。
⑦ 錢鍾書《管錐編》第一冊,中華書局,1979年,第39頁。

指出:"聖人有以見天下之動,而觀其會通,以行其典禮,繫辭焉以斷其吉凶,是故謂之爻","鼓天下之動者存乎辭"①,並說:"爻也者,效天下之動也。""剛柔相推,變在其中矣。繫辭焉而命之,動在其中矣。"②可見,它著意研究的是事物的行爲和功能,它所要揭示的是物質世界動態的功能屬性,所謂"陰陽"就是對這種屬性的概括,所以又說"神無方而《易》無體","知變化之道者,其知神之所爲乎"③。而對事物的形體和結構相對來說則比較輕視。古代作家、批評家正是從這當中受到啓發,十分注意賦予"象"以體象生命運動的特性,這就在用"象"潛指主觀意志的同時,從根本上將抽象晦澀之"象"排斥在文學藝術之外了。由此,所謂"取象"就成爲對運動中的生命活象的擷取,"味象"也因此成爲一種在内心深處還原文學藝術所蘊蓄的生命運動的體驗活動。

總之,"象"這個範疇淵源深厚,歷史悠久。它既非純模仿的,取法天地自然之外,還注意人的主觀心志的參入;又非純表現的,關注"象"及"象外"之道的同時,還要求體現自然的運動節律。由此主張以心爲主與從物出發的統一,包括情與景的統一,並且將這種統一貫穿在從藝術創作本體論("立象以見意")到創作論("觀物以取象")、鑒賞論("境生象外")諸環節的連續展開中。由於這"象"從根本上說來自天地自然之象,誠如章學誠所說:"有天地自然之象,有人心營構之象。……心之營構,則情之變易爲之也。情之變易,感於人世之接構,而乘於陰陽倚伏爲之也。是則人心營構之象,亦出天地自然之象也。"④所以,古人對"象"的重視,對藝術創造中"象"的強調,正貫穿著應自然之教、與天地相參的積極追求,而藝術作品中的"興象"也好"意象"也好,正是這種"天人合一"的文化精神的集中體現。

正基於此,有論者以爲,"代表中國古典美學精神的是意象說而不是言志說"⑤。有的論者還進而指出,"真正能夠體現中國獨特的藝術精神的正在於由'象'所展開的藝術論述中,正是它決定了中國的藝術起源論,審美體驗論,藝術表達論,批評方法論,決定了中國審美意象體系的總體框架。正是在這個意義上,與其説中國藝術以情爲核心,毋寧説它以'象'爲核心"。中國藝術精神

---

① ③ 《周易·繫辭上》。
② 《周易·繫辭下》。
④ 《文史通義》卷一《内篇一·易教下》。
⑤ 葉朗《中國美學史大綱》,上海人民出版社,1988年,第13頁。

妙在心物之際,有無之間,它"是摹傳和表現的統一,感性形態和觀念内容的統一,它統一於'象'"①。話說得有些絕對,但大抵抓住了要害。聯繫前及有論者在將"興"視爲儒家文論元範疇的同時,將"象"視作道家文論的元範疇,這顯然忽略了它在文化上更悠久的根源。

5. 執中平允與"和"生萬物

早在三千多年前,中國的甲骨文和金文中就有了"和"字。"和"這個範疇原意指歌唱的音聲相應,故《說文》說:"和,相應也。"《尚書·堯典》有"聲依永,律和聲",《國語·周語》有"樂從和","聲應相保曰和",即用此原義。

以後推向一般事理,衍指不同事物之間存在着的一致關係。如西周末年史伯稱"夫和實生物,同則不繼。以他平他謂之和,故能豐長而物歸之;若以同裨同,盡乃棄矣"②,即以不同事物相互作用而臻達的平衡爲"和"。他認爲唯有如此,新事物才能不斷産生,倘若同同相濟,物則難繼。春秋時齊相晏嬰用此意討論政治,稱"和如羹焉,水火醯醢鹽梅,以烹魚肉,燀之以薪,宰夫和之,齊之以味,濟其不及,以泄其過;君子食之,以平其心。君臣亦然,君所謂可,而有否焉,臣獻其否,以成其可;君所謂否,而有可焉,臣獻其可,以去其否,是以政平而不干,民無爭心"③。與史伯一樣,他從大自然雜成萬物中得到啓示,將之由宇宙間多樣事物的和諧相生,推展爲社會人事的一般法則。

儒道兩家正是順此思路展開對"和"範疇的論述的。儒家重道德禮儀,故凡所置論,每從社會倫理角度出發。如孔子雖講"君子和而不同,小人同而不和"④,取意與晏子相同,但更追求中節之"和"的實現,並希望經由個人内心之"和"與當政者持政之"和",達到天下之"和"。故儒家經典有"喜怒哀樂之未發,謂之中;發而皆中節,謂之和。中也者,天下之大本也;和也者,天下之達道也。致中和,天地位焉,萬物育焉"的說法⑤。後世儒者因此說:"中節者爲是,不中節者爲非。挾是而行則爲正,挾非而行則爲邪。"⑥至於這"中節"的標準當然是儒家的道德學說,所謂"義以分則和,和則一","故先王案爲之制禮義以分

---

① 朱良志《中國藝術的生命精神》,安徽教育出版社,1995年,第171—172頁。
② 《國語·鄭語》。
③ 《左傳·昭公二十年》。
④ 《論語·子路》。
⑤ 《禮記·中庸》。
⑥ 《胡子知言疑義》,《胡宏集·附錄一》。

之，使有貴賤之等，長幼之差，知賢愚、能不能之分，皆使人載其事，而各得其宜，然後使慤禄多少厚薄之稱。是夫羣居和一之道也"①。倘人各安其位，於社會職司認知分明，便可達社會之"和"。

就個人如何達到"和"而言，儒家以爲必須靠修養。後世儒者所謂"清厲而静，和潤而遠"，庶幾近之。蓋"清厲而弗静，其失也躁；和潤而弗遠，其失也佞。弗躁弗佞，然後君子，其中和之道歟"②。至於"禮之用，和爲貴，先王之道，斯爲美"③，也當細加研求。不過，由於"禮"主要用來"别異"，故它尤留心於具有"和同"作用的"樂"的强調，《禮記》有《樂記》，《荀子》有《樂論》，如《樂記》作者就突出了樂之於協調人心、人與社會關係的功用，稱"是故先王本之情性，稽之度數，制之禮義，合生氣之和，道五常之行，使之陽而不散，陰而不密，剛氣不怒，柔氣不懾，四暢交於中，而發作於外，皆安其位而不相奪也"。這種思想在以後嵇康等歷代論者那裏不斷被從各個角度得到强調，元人陳敏子《琴律發微》、明人黄佐《樂聲説》、徐上瀛《大還閣琴譜》、清人汪烜《樂記或問》等，也有對此義的引用和發揮。

當然，儒家這種求"中"求"和"的思想在文學一途也得到了明確的貫徹，那就是强調"温柔敦厚"的詩教，以爲"其爲人也，温柔敦厚而不愚，則深於《詩》者也"④。所謂"温柔敦厚"，如孔穎達《禮記正義》的解釋："温，謂顔色温潤；柔，謂性情和柔。詩依違諷諫，不指切事情。"這種"依違諷諫，不指切事情"的根本目的在"别異"，在不犯禮儀，但所采取的方式則是"和"。孔子論《關雎》"樂而不淫，哀而不傷"，即"言其和也"⑤。孔子以爲人作詩不發乎情，要非禮義，故詩可以有樂有哀；然而發乎情未必就盡合禮義，故須對它進一步提出哀樂中節的要求。"淫"者，即指樂過當失正，"傷"者，也指哀過當害和。後來劉向説："其聲哀而不莊，樂而不安，慢易以犯節，流漫以忘本，廣則容奸，狹則思欲，感滌蕩之氣，而滅平和之德，是以君子賤之也。"⑥是將此義説得更直白分明了。

與儒家兼容對立兩端，要求在倫理學範圍內達成事物的動態平衡，故重點

---

① 《荀子·榮辱》。
② 范仲淹《與唐處士書》，《范文正公文集》卷四。
③ 《論語·學而》。
④ 《禮記·經解》。
⑤ 《論語集解》引孔安國注。
⑥ 《説苑·修文》。

講"人和"不同,道家則更多地在自然和哲學範圍內討論"和",重點講"天和"。老子說:"道生一,一生二,二生三,三生萬物,萬物負陰而抱陽,冲氣以爲和。"① 又說:"知和曰常,知常曰明。"② 王弼注曰:"物以和爲常,故知和則得常也。不皦不昧,不温不涼,此常也。"按帛書本《老子》中,此二句作"和曰常,知常曰明",明言"和"就是事物運動變化的法則,上述王弼的注釋雖針對"知和曰常"一句而來,然指出"物以和爲常",還是準確地揭示了老子的本意。也就是說在老子那裏,"和"就是綜合陰陽的"道"。

莊子也曾談"和",但他指出:"夫明白於天地之德者,此之謂大本大宗,與天和者也;所以均調天下,與人和者也。與人和者,謂之人樂;與天和者,謂之天樂。"③ 要求人與天和,並以此爲"和"的最高旨歸,明白地表現出與儒家不同的見解。莊子還曾假託齧缺向被衣問道,被衣答以"若正汝形,一汝貌,天和將至;攝汝知,一汝度,神將來舍"④。所謂正形一貌,攝知一度,依成玄英疏,也就是要人"形容端雅,勿爲邪僻;視聽純一,勿多取境",然後"自然和理,歸至汝身"。又以水之平是其湛盛爲喻,要求人取法這種狀態,"內保之而外不蕩",提出"德者,成和之脩也。德不形者,物不能離也"⑤,"敬之而不喜,侮之而不怒者,唯同乎天和者爲然"⑥。這種提倡澄静己心摒除外累,也與儒家要求以禮自約允執其中不盡一致。

綜合儒道兩家論述雖各有分殊,但有一點相同,都由天地自然之"和"論及社會人事之"和"。儒家重視道德領域内的"和",誠如《中庸》所說,是因爲覺得它是天下至本之道,所謂唯中和則位育以成。荀子說:"列星隨旋,日月遞炤,四時代御,陰陽大化,風雨博施,萬物各得其和以生,各得其養以成,不見其事,而見其功,夫是之謂神。"⑦《易傳》作者把宇宙看成是"雲幻而施,品物流行"的和諧體,《咸卦》彖辭稱,"天地感而萬物化生,聖人感人心而天下和平",對自然界陰陽交至所形成的和諧狀態特別感興趣,由此求神人、天人及人際關係的和諧。《說卦》稱"和順於道德而理於義,窮理盡性以至於命",《乾卦》並提出"太

---

① 《老子》四十二章。
② 《老子》五十五章。
③ 《莊子·天道》。
④⑥ 《莊子·知北遊》。
⑤ 《莊子·德充符》。
⑦ 《荀子·天論》。

和"這個概念,稱"大哉乾元,萬物資始,乃統天。……乾道變化,各正性命。保合太和,乃利貞",要求萬物各正性命,不相悖害。王夫之因其渾淪無際,"未有形器之先,本無不和;既有形器之後,其和不失"而稱其爲"和之至"①。這種"和之至"有着生命運動全部的生動徵象,施之於現實人事,它合同利群,有人際的安和,並得與自然相往還;施之於藝事,則安雅諧調,有活力搏搏,並得以葆有動態的平衡。誠如明人黃佐所説:

> 樂自天作,樂由陽來,至和之發也。其治心也,德盛而後知樂;其治人也,功成而後作樂,至和之極也。蓋優柔平中,德之盛也;天下化中,治之至也。是謂道配天地,古之極也。故天地有自然之律,人聲有自然之和,天籟氣機,相爲動蕩,如五聲八音,清濁高下,出乎口,入乎耳,自有一定。中和條貫,惟聖人爲能察之。②

有此"和",也就達到了美。故董仲舒承《論語·學而》所論"禮之用,和爲貴,先王之道,斯爲美",稱人"其心舒,其志平,其氣和,其欲節,其事易,其行道,故能平易和理而無争也,如此者,謂之仁"③。而"世治而民和,志平而氣正,則天地之化精,而萬物之美起"④。

道家推崇"道法自然",老子明言"萬物負陰而抱陽,冲氣以爲和",如果説因"冲"古作"盅",指器虛,所謂"道冲,而用之或不盈,淵兮似萬物之宗",所以這種"和"有着一望可知的精神品性的話,那麼莊子《天道》篇所謂"明白於天地之德者……與天和者也",則明白地道出了"和"的自然底藴。這"天地之德"或稱"天地之道"是什麼呢?莊子解説得很分明:"天下有常然。常然者,曲者不以鈎,直者不以繩,圓者不以規,方者不以矩,附離不以膠漆,約束不以纆索。"⑤"若夫不刻意而高,無仁義而修,無功名而治,無江海而閒,不道引而壽,無不忘也,無不有也,淡然無極而衆美從之,此天地之道,聖人之德也。"⑥《田子方》一

---

① 《張子正蒙注》卷一《太和篇》。
② 《樂聲説》。
③ 《春秋繁露·必仁且智》。
④ 《春秋繁露·天地陰陽》。
⑤ 《莊子·駢拇》。
⑥ 《莊子·刻意》。

篇假託老子答孔子問,還對這種自然之"和"及由此帶來的美作了如下說明:

> 老聃曰:"吾游心於物之初。"孔子曰:"何謂邪?"曰:"心困焉而不能知,口辟焉而不能言,嘗爲汝議乎其將。至陰肅肅,至陽赫赫,肅肅出乎天,赫赫發乎地,兩者交通成和而物生焉,或爲之紀而莫見其形。消息滿虛,一晦一明;日改月化,日有所爲,而莫見其功。生有所乎萌,死有所乎歸,始終相反乎無端,而莫知乎其所窮。非是也,且孰爲之宗?"孔子曰:"請問游是。"老聃曰:"夫得是,至美至樂也,得至美而游乎至樂,謂之至人。"

道的和諧體現在萬物中,所以人要"合於天倪"。當然,比之儒家之"和"源出於天而施之於人,並由天及人,道家還是更尊尚"和"之本義,著眼於自然並要求由人及天的。

上述基於傳統哲學觀的"和"範疇對古代文學創作和理論批評也產生了深遠的影響①。由儒道關於"和"的理論出發,歷代作家、批評家對創作主體身心狀態、作品的內容和形式,以及其與自然社會的諧和,都做了大量的討論,其間不同程度地貫穿着"和"與"中和"的原則精神。至於藝術創造之於個人怡和情志、群體統合諧調的作用,也被從"和"的角度得到了真正的確立和說明。

就創作主體身心諧和而言,因儒家之教,古人多講情志的安和不躁,由"和以調性"而要求"志平氣和"、"心氣平和",因此強調臨文以敬,搦管命筆之先,很重視一己之情的適切處置,以免其放濫無節,更不令其墮入邪僻。如宋人智圓就說:

> 或曰:情動於中而形於言,何率情之非乎?曰:有是哉!節情以中則可。噫,立言者莫不由喜怒哀樂內動乎!夫喜而不節,則其言佞;怒而不節,則其言訐;哀而不節,則其言懦;樂而不節,則其言淫……故愚以庶乎

---

① 先秦諸子中墨、法兩家也講"和",如《墨子》一書凡"和"字出現達三十次,超過《論語》、《孟子》兩書之和,也超過《老子》之凡八講。察其所論各有側重,所以致"和"的途徑也不盡相同,但對文學批評的影響均不及儒道兩家。

中和爲立言之大要也,則德乎功乎可踐言而至也。①

他據儒家"已發"、"未發"之教,明確提出"中和乃立言之大要"。"中"作爲傳統哲學範疇也有悠久的歷史,《尚書·盤庚中》稱"汝分猷念以相從,各設中於乃心",《管子·弟子職》稱"凡言與行,思中以爲紀",即以"中"爲準則。孔子要求"樂而不淫,哀而不傷",季札觀樂講"直而不倨,曲而不屈"②,荀子提出"詩者,中聲之所止也"③,乃或儒家要求"溫柔敦厚"、"思無邪",既是尚"和"之意,也無不與尚"中"有關。從很大程度上說,"聖人執中,以立天地萬物之極"④,與聖人重"和"在根本上是相通的。故論者談"和"每每會及於"中"。如與智圓同時的趙湘稱"詩者,文之精氣,古聖人持之攝天下邪心",又推崇一種"溫而正,峭而容,淡而味,貞而潤,美而不淫,刺而不怒"的君子文風⑤,就既尚"和",又同時正在尚"中"。

古人以爲倘若用文學作品"強諫爭於廷,怨忿訐於道,怒鄰罵坐",不說其作者不知如何在"與時乖逢,遇物悲喜"中自處,即其人是否是"忠信篤敬,抱道而居"也大可懷疑,由此或"引頸以承戈,被襟而受矢"⑥,實屬自取其辱。其中,"對人主語言及章疏文字,溫柔敦厚尤不可無"。像蘇軾作詩語多譏玩,王安石在朝論事多不循理,都被人指爲有"暴慢邪僻之氣"⑦,未得性情之中。乃至"古今遷客逐客,氣少和平",升沉枯菀攖胸,常被人認爲寫不出"盛世之言"⑧,其遭逢或能得人同情,其文字的價值被人懷疑非止一例,於此都可見在古人心目中,"和"與"中和"有多重要。

那麼,如何才能克服這種暴慢邪僻放濫無節之情呢?如前所說,古人以爲要靠修養。如理學家尚仁主敬,講心性之學,反身而誠,"雖死生榮辱轉戰於前,曾未入於胸中","是故哀而未嘗傷,樂而未嘗淫,雖曰吟咏情性,曾何累於

---

① 《答李秀才書》,《閒居編》卷二十四。
② 《左傳·襄公二十九年》。
③ 《荀子·勸學》。
④ 呂坤《呻吟語》卷一《談道》。
⑤ 《王象支使甬上詩集序》,《南陽集》卷四。
⑥ 《書王知載朐山雜咏後》,《豫章黃先生文集》卷二十六。
⑦ 楊時《語錄》,《龜山集》卷十。
⑧ 王思任《馬訥齋詩移序》,《王季重十種》。

性情哉"①。元郝經論文多講義理,有感於司馬遷之文得情性之中,他提出"内游說",以爲"持心御氣,明正精一","無偏無倚,無污無滯,無撓無蕩,每寓於物而游焉",如此"身不離於衽席之上,而游於六合之外,生乎千古之下,而游乎千古之上","常止而行,常動而靜,常誠而不妄,常和而不悖","蘊而爲德行,行而爲事業,固不以文辭而已也"②。即指出通過修養錘煉可以得情性之和,從而避免墮入以偏奇取勝的歧途。

當然,這種以道德之"和"、性情之"和"衡人,在一定程度上顯示了儒家文學思想保守的一面。相比之下,道家由於崇尚自然,主張人與天和,如前所說是由人及天,要人脫略外在的虛飾與束縛,保持心境的純一與自然,以爲人禀氣而和,其意態必安詳淡靜,如水之平滿,見其渟盛,在某種程度上給了古代作家、批評家更深刻的啓發。基於道家哲學關於"虛靜"、"物化"和"自然"的論說,他們發現排開道德的要求不說,倘一個人能克服浮躁之氣,保持心志的安和,確乎有助於創作的成功,所以紛紛結合各體文的内在機理,著意發揮此義。莊子說:"貴富顯嚴名利六者,勃志也;容動色理氣意六者,謬心也;惡欲喜怒哀樂六者,累德也;去就取與知能六者,塞道也。此四六者,不蕩胸中則正,正則靜,靜則明,明則虛,虛則無爲而無不爲也。"③這樣的論說使他們很受啓發,由此引以討論作者的創作心態,提出禀清和之氣清明之心審己察物,以便準確而成功地表情達意的主張。

劉勰《文心雕龍·養氣》就用莊子水平見其渟盛的例子,稱"紛哉萬象,勞矣千想。玄神宜寶,素氣資養。水停以鑒,火靜而朗。無擾文慮,鬱此精爽","率志委和,則理融而情暢;鑽礪過分,則神疲而氣衰"。又說:

> 夫學業在勤,功庸弗怠,故有錐股自厲,和熊以苦之人。志於文也,則申寫鬱滯,故宜從容率情,優柔適會。若銷鑠精膽,蹙迫和氣,秉牘以驅齡,灑翰以伐性,豈聖賢之素心,會文之直理哉!且夫思有利鈍,時有通塞,沐則心覆,且或反常,神之方昏,再三愈黷。是以吐納文藝,務在節宣,清和其心,調暢其氣,煩而即舍,勿使壅滯,意得則舒懷以命筆,理伏則投

---

① 邵雍《伊川擊壤集序》,《伊川擊壤集》卷首。
② 《内游》,《陵川集》卷二十。
③ 《莊子·庚桑楚》。

筆以卷懷,逍遙以針勞,談笑以藥倦。常弄閒於才鋒,賈餘於文勇,使刃發如新,湊理無滯,雖非胎息之邁術,斯亦衛氣之一方也。

所謂"率志委和"、"清和其心"、"蹙迫和氣",皆是在強調"和"之於培養良好創作狀態的決定作用。其僅就創作展開的實際過程而言,目的在作品出神入化的理想境界的實現,並不涉及道德的説教與發明。

此後,唐人虞世南論作書,"當收視反聽,絕慮凝神,心正氣和,則契於妙。心神不正,書則攲斜;志氣不和,字則顛仆。其道同魯廟之器,虛則攲,滿則覆,中則正,正者沖和之謂也",持論多有與劉勰相同處。聯繫下文"字雖有質,迹本無爲,稟陰陽而動靜,體萬物以成形,達性通變,其常不主"①,可知與劉勰論證基礎相同,也源出道家。至曾鞏稱"虛其心者,極乎精微,可以入神也;齋其心者,由乎中庸,所以致用也"②,則表達了一個文章家的認識,其所謂"中庸"即中和恰好之道。揭傒斯説:"夫爲詩與爲政同,心欲其平也,氣欲其和也,情欲其真也,思欲其深也,紀綱欲明,法度欲齊,而溫柔敦厚之教常行其中也。"③將作詩與爲政相比有些牽強,但考慮到兩者共有同一個觀念源頭,前人論政用"和"在在多有,這種説法也就很可以理解。

再就作品的整體諸和而言,古人以爲但凡在內容上符合傳統教化原則,形式上行中道而不旁出,也就滿足了"和"的要求。如劉勰《文心雕龍·樂府》稱漢初作樂,"制氏紀其鏗鏘,叔孫定其容典,於是武德興乎高祖,四時廣於孝文,雖摹韶夏,而頗襲秦舊,中和之響,闃其不還"。據《漢書·禮樂志》記載:"《武德舞》者,高祖四年作,以象天下樂己行武以除亂也。……《四時舞》者,孝文所作,以示天下之安和也。……大氐皆因秦舊事焉。"所以劉勰稱其有違"中和"。後三國杜夔以知音爲雅樂郎,又爲曹操制雅樂,劉勰則給予好評,稱"言奏舒雅"。這就是從內容上論作品之"和"。

《文心雕龍·章句》論"兩韻輒易,則聲韻微躁。百句不遷,則唇吻告勞。妙才激揚,雖觸思利貞,曷若折之中和,庶保无咎"。提出百句用一韻,缺乏抑揚轉折,讀來勞人;而兩句一轉韻,又太急促,顯得輕躁,則是就形式説的。所

---

① 《筆髓論·契妙》。
② 《清心亭記》,《元豐類稿》卷十八。
③ 《蕭孚有詩序》,《揭文安公全集》卷八。

謂"利貞"和"无咎"皆出《周易》,《周易·文言》稱"利者義之和也,貞者事之幹也",孔疏:"利,和也。貞,正也。"又,《恒卦》彖辭謂:"恒亨,无咎,利貞,久於其道也,天地之道,恒久而不已也。"劉勰借《周易》以"和"與"正"爲恒久至道,教人判斷吉凶,來説明轉韻的隨情取適與恰如其分,也是因"和"之義理與《周易》經傳的聯繫而顯得並不乖扭。其他如唐人張説稱"許舍人之文,雖乏峻峰激流,然詞旨豐美,得中和之氣"①,也是就形式而論的。金人元好問引"内相文獻楊公有言,文章天地中和之氣,太過爲荒唐,不及爲滅裂。仲經所得,雍容和緩,道所欲言者而止,其亦得中和之氣者歟"②,意同於張説。

後世論者多反對作品梗直欹寄,乖僻粗戾,可視作從反面對作品之"和"的強調。乖僻粗戾在古人常用"噍殺"這個名言來表達。此詞從《禮記·樂記》"其哀心感者,其聲噍以殺"而來,《史記·樂書》作"焦衰",依孔疏所解,指一種焦戚殺急,不能舒緩平和的短急之音。樂本主和,而噍殺急促自然違反樂的基本要求。後人引以論文,力戒作品音聲體調的急促粗率。如王驥德《曲律》論戲曲聲調"欲其和,不欲其殺",譚獻《朱櫻船詩序》稱:"文章者,禮教之飾也,以學本詩書,音本律吕爲正宗,必以辭氣鄙俗、聲音噍殺爲畸邪?"沈德潛《唐詩别裁集原序》稱"唐人之詩,有優柔平中順成和動之音,亦有志微噍殺流僻邪散之響,由志微噍殺流僻邪散而欲上溯於詩教之本原,猶南轅而之幽薊,北轅而之閩粤,不可得也",則就作品整個體調而言。由於違反"優柔平中順成和動"也就是違反了"中和",所以被認爲非詩之正體。其他如"伉直"、"叫嚣"、"怒張"、"惡露"乃至"認真"等不被人肯定,也大體出於這一原因。

古代文學批評中許多對立統一的觀念,富有辯證意味的差别性或對待性名言,也都是由尚"和"的觀念生發的。前者如"勁"與"露"、"險"與"僻"、"奇"與"怪"、"直"與"舒"、"麗"與"華",等等,後者如"文"與"質"、"情"與"理"、"情"與"采"、"形"與"神"、"一"與"多"、"動"與"静"、"虚"與"實"、"奇"與"正"、"隱"與"顯"、"雅"與"俗"、"拙"與"巧"、"濃"與"淡"、"生"與"熟"、"真"與"幻"、"粗"與"細",等等,皆被要求配伍恰當而不過,彼此交合而相映成趣。如他們常常要求氣高而不怒,力勁而不露,情多而不暗,才瞻

---

① 見《大唐新語》卷八。
② 《張仲經詩集序》,《遺山先生文集》卷三十七。

而不疏;常常要求一中寓多,多中見一,或翻轉而用;常常要求以俗爲雅,以熟生新,追求大巧之拙,濃後之淡,等等,舉凡這一切的變化配伍都要達到中和圓融。如皎然指出:

> 蘇、李之制,意深體閑,詞多怨思,音韻激切,其象瑟也。曹、王之制,思逸義婉,詞多頓挫,音韻低昂,其象鼓也。嗣宗、孟陽、太冲之制,興殊增麗,風骨雅淡,音韻閒暢,其象籛也。宋、齊、吳、楚之制,務精尚巧,氣質華美,音韻鏗鏘,其象箏也。唯古詩之制,麗而不華,直而不野,如諷刺之作,雅得和平之資,深遠精密,音律和緩,其象琴也。①

他指出蘇、李之下諸家所作各有所長,唯一沒有把握好的就是這種微妙的尺度,結果有所偏詣的追求,造成了詩的體調沒有中正和平之質。古人素以爲琴取中和,故明人徐上瀛《溪山琴説》稱:"凡弦上之取音,惟貴中和。"冷仙《琴聲十六法》也說:"和爲五音之本……故重而不虛,輕而不浮,疾而不促,緩而不馳……吾是以知其太和。"皎然不取鼓籛之劇烈與箏瑟之清冽,單以琴聲作譬,正是尚"和"之意,而"直而不野"、"麗而不華"云云,典型地反映了上述富有辯證意味的對待性名言與"和"範疇的意義聯繫。

此外,如歐陽修所説的"肆而不放,樂而不流"②,謝榛所説的"作詩中正之法","貴乎同不同之間"③,包括陳僅所謂"不生不熟之間"、"不陳不新之間"④,也都是崇"中"尚"和"之意。在本書第一章,我們曾説到,古人常從否定的角度對範疇的意旨作出規定,如認爲"詭而不法"之作不是"奇","綺而不合"之作不是"麗","枯而不振"之作不是"淡","奢而不節"不是"豐","藻而不壯"不是"巧"⑤,其間有一個重要的標準就是崇"中"尚"和"。

古人還有結合作者作品兩者統論"和"的意義與作用的。且看李夢陽和朱庭珍的兩段話:

---

① 何汶《竹莊詩話》卷一引。
② 《禮部唱和詩序》,《歐陽文忠公文集》卷四十三。
③ 《四溟詩話》卷三。
④ 《竹林答問》。
⑤ 安磐《頤山詩話》。

夫詩，宣志而道和者也，故貴宛不貴嶮，貴質不貴靡，貴情不貴繁，貴融洽不貴工巧。故曰：聞其樂而知其德。故音也者，愚智之大防，莊詖簡佻浮乎之界分也。①

孔子曰："過猶不及。"又曰："中庸不可能也。"《尚書》亦曰："允執厥中。"釋氏鍊妙明心，歸於一乘妙法；道家九轉功成，內結聖胎，同是一"中"字至理。蓋超凡入聖，自有此神化境界。詩家造詣，何獨不然。人力既盡，天工合符，所作之詩，自然如"初寫《黃庭》，恰到好處"，從心所欲，縱筆所之，無不水到渠成，若天造地設，一定而不可易矣。此方是得心應手之技。故出人意外者，仍在人意中也。若夫不及者，固不足道；即過者，其病亦歷歷可指。是以太奇則凡，太巧則纖，太刻則拙，太新則庸，太濃則俗，太切則卑，太清則薄，太深則晦，太高則枯，太厚則滯，太雄則粗，太快則剽，太放則冗，太收則麼，皆詩家大病也，學者不可不知。必造到適中之境，恰好地步，始無遺憾也。②

前者就主觀志氣統馭詩歌創作而言，爲詩下了宣志道和的定義，認爲作者的"志"與"和"決定了文章"宛"、"嶮"、"質"、"靡"等特質。後者由儒釋道三家皆尚"中"說起，要求作爲創作主體的個人先有執"中"尚"和"的旨趣和狀態，然後游刃有餘，克服入於偏頗的種種文病。佛教大乘中觀派提倡"常是一邊，斷滅是一邊，離是二邊行中道，是爲般若波羅密"③。此說以後爲禪宗繼承和發展。道教外煉說講究"還丹"，稱燒煉丹砂產生的氧化反應過程爲"轉"，以爲轉數少，藥力不足，服之用日須多；轉數多，藥力盛，服之用日才少，成仙才速。不過，倘未把握好加熱反應的過程和時間，則煉不出金丹，即使煉出也含毒性，非人體所能承受。此理也通於後起的內丹術。內丹術以人體爲鼎爐，以元神妙用爲火候，特別強調調動意念，由煉精化氣、煉氣化神而達到神與氣凝。整個過程從攝精、閉氣、安神到聖胎結成，也講究分寸的拿捏。而這種恰好的分寸感與"中"的意思實有相契相合之處，故朱氏援以論詩，意在強調執"中"尚"和"是人必須遵循的至道，它合於天工，是作好詩的必要條件。

---

① 《與徐氏論文書》，《空同集》卷六十二。
② 《筱園詩話》卷一。
③ 龍樹《大智度論》，《大正藏》第二十五冊。

綜上所說,基於"天人合一"的傳統自然觀和哲學觀,自先秦時代起,傳統中國人談藝論文就好講"和",雖然其間也受到議事、講道和論政的啓發,但精神却一脈相承。天地之正爲和,其陰陽兩氣相平,最宜生長萬物。人"取天地之美而養其身"①,故也尚"和",並創成音樂,"樂之務在於和心"②;發爲文章,自然概莫能外。也因爲如此,論者每每打通兩者,既由作文上推人事,提出"夫爲詩與爲政同,心欲其平也,氣欲其和也,情欲其真也,思欲其深也"③,更常由人事上推自然,聲言"中和者,天地間之元氣也。陰陽以調,寒暑以正,四時以化,萬物以生,人得之以爲人,聖賢充之以爲學問,措之以爲事業。雖洪纖高下精微廣大,其極至於不可知,而無物不有,無時不然,日由之而與之俱化,盛哉以言乎,宇宙之情則備矣,而知者鮮矣"④。

且這種"和"的思想貫穿在從本原論、創作論到風格論、鑒賞批評論各個方面。既體現在主觀情志之於社會人事的處置態度上,也體現在作品的内在機理和撰作結構中,故《文心雕龍》討論文章作法,在練意練辭的《熔裁》篇和分章造句的《章句》篇外,會專設《附會》一篇討論内容與文辭如何結合的附辭會意之道。其篇末說:"篇統間關,情數稠疊。原始要終,疏條布葉。道味相附,懸緒自接。如樂之和,心聲克協。"注意,在這個時候,他依然以音聲之和作譬。相比之下,元人孟昉《天净沙·十二月樂府詞序》所謂"凡文章之有韻者,皆可歌也,第時有升降,言有雅俗,調有古今,聲有消長,原其所自,無非發人心之和,非六德之外,別有一律吕也"。不過只言及一端而已。

"和"的實現是主客體相向運動的結果,文學創造中和諧之境的實現,是這種相向運動誕育出的渾厚溫蓄的生命活力使然,故它絶非抑斂萎靡的刻板統一,相反,"和實生物",能使作品產生内源性的表達力和感染力,且因久積精誠於中,而非過與不及,它醇厚而綿久。老子說:"含德之厚,比於赤子。……終日號而嗌不嗄,和之至也"⑤,就是這"和"的徵象。由這重"和"而推尚"自然",推動了歷代文人努力與天相倪,與物同化,進而追求文學各要素的整體諧調與

---

① 董仲舒《春秋繁露·循天之道》。
② 《吕氏春秋·侈樂》。
③ 揭傒斯《莆孚有詩序》,《揭文安公全集》卷八。
④ 劉將孫《中和堂記》,《養吾齋集》卷十九。
⑤ 《老子》五十五章。

動態平衡,最後使這人文的諧調平衡有映象天地之文諧調平衡的特性,直至形成一種以多樣統一爲目標的燦爛的和諧之美。綜上所述,正是由於"和"根植於中國古代悠久的哲學文化傳統,又涵括了歷代文學創作的實際經驗,反映了古人的文學理想及批評的重大關切,並在以後不斷影響一系列文學觀念與批評範疇的確立,所以成爲古代文學批評範疇體系中的元範疇之一。

三、元範疇聯結成的範疇體系構架

上面對"道"、"氣"、"興"、"象"與"和"範疇的逐個檢視,足證中國古代文學批評的元範疇不止一個。這裏需進一步指出的是,儘管因文學創作涉及的問題很廣,有本體意義上的,也有具體藝法上的,因此很難把一切問題都歸結到一個方面。換言之,很難有一個總的範疇可以涵括一切,指涉萬有。但經由這一系列元範疇的自我展開及彼此之間的互應與聯動,人們還是可以把握古代作家和批評家所秉持的文學觀念的根本,並看到傳統文學理論批評及範疇體系的原始圖景的。

1. 元範疇的相互關係

這種原始圖景的確立,首先是建築在上述諸範疇本來就存在着密切聯繫的基礎上的。這些範疇在很大程度上的彼此依賴,互爲指陳,甚至在某些語境中同指一事的動態互應,使得它們在說明文學問題時有很大的涵蓋性和包羅能力,不但從根本上解答了傳統文學創作的諸多重要問題,並且集中反映了古人對這些問題的艱苦思索所得到的理性成果。

就"道"與"氣"的關係而論,儘管"道"在古代哲學中指一種道德原則或自然法則,然而老子說過,"道生一,一生二,二生三,三生萬物,萬物負陰而抱陽,冲氣以爲和",它和"氣"實在存在着非常密切的關係。以後理學家更將之視爲一種氣化過程,稱"由氣化,有道之名"①,"陰陽迭運者氣也,其理則所謂道"②。一直到清代,戴震仍說:"氣化流行,生生不息,是故謂之道。"③當然,其間也有如王廷相這樣,以"氣"爲世界唯一實體,稱"天地之先,元氣而已矣。元氣之上

---

① 《正蒙·太和篇第一》。
② 《周易本義·繫辭上》。
③ 《孟子字義疏正》卷下。

無物,故元氣爲道之本"①,以至究竟是以"道"爲本還是以"氣"爲本,有時處在未定狀態,但更多的論者還是以爲"氣"較之"道"應該是低一層的,是後者的一種構成或體現。

"和"與"道"關係也頗密切。《周易》講"一陰一陽謂之道",又講"天地之間,剛柔相推而生變化"。韓康伯就此指出,其思想特點實際是"剛柔發散,變動相和"的,故"和"與"道"存在着因果關係。也正因爲這兩者存在着因果關係,它與"氣"就有了聯繫。《淮南子·氾論訓》說:"天地之氣,莫大於和。和者陰陽調,日夜分而生物","聖人正在剛柔之間,乃得道之本","陰陽相接,乃能成和"。張載則說陰陽二氣合成絪緼,"太和所謂道,中涵浮沉、升降、動靜、相感之性,是生絪緼、相盪、勝負、屈伸之始,其來也幾微易簡,其究也廣大堅固"②。是"和"由陰陽兩氣調和而成,爲天地間最大者,這就與"道"同體了。

"象"與"道"的關係,由老子"道之爲物,惟恍惟忽,忽兮恍兮,其中有象,恍兮忽兮,其中有物"一語可見。《老子》講"執大象,天下往",又說"大象無形",這種無狀之狀,無物之象,在老子那裏是用來說明不可名狀之"道"的實質的。與此相聯繫,它與"氣"也有密切聯繫。如張載就說:"凡可狀皆有也,凡有皆象也,凡象皆氣也。"③王夫之也說:"陰陽二氣充滿太虛,此外更無他物,亦無間隙。天之象,地之形,皆其所範圍也。"④即"氣"的交感凝結可成物象,是爲"氣象"一詞的由來。由其很早就成詞,也可見兩者關係之密切。

除此之外,"興"與"象"、"興"與"和"、"象"與"和"之間也有關係,並且準確地說,它不是那種何者與何者的單純關聯,其間的關係常常是多元交錯或雙向互逆的。

由於作爲文論範疇的"道"、"氣"、"興"、"象"與"和",其中大部分都源出於傳統哲學,所以當被用諸文學批評時,彼此之間同樣也發生了密不可分的聯繫。相對而言,"興"雖未沾帶多少哲學意味,然因古人對客觀外物與一己觸感的觀察體悟背後有深刻的問道追求,也與心性的養煉有內在的關聯,所以其所

---

① 《雅述》上篇。又,《王氏家藏集》卷三十三《橫渠理氣辨》謂:"理根於氣,不能獨存也。"可並看。
② 《正蒙·太和篇第一》。
③ 《正蒙·乾稱篇第十七》。
④ 《張子正蒙注》卷一《太和篇》。

具有的觸物而感、感而起情的特點,也與傳統哲學並上述諸範疇結合得很密切。

就"道"和"氣"的關係論,古人歷來有"文本於道"之說,當"失道則博之以氣,氣不足則飾之以辭"。故以爲"道能兼氣"①,有"道"作文的根本,則"氣"全而辭辯;不然,離"道"之"氣"不足貴,乏"氣"之文更不足觀。唐代不少古文家就持此種觀點。如韓愈雖以"氣"指作者精神狀態的昂揚飽滿,以及這種昂揚飽滿造成的作品的弘壯風貌,但因他所論的"道"合仁與義而言,爲堯舜禹湯文武周公孔孟代代相傳,所以稟"道"養"氣",從根本上說就有了儒家之道的道德內容。宋人王柏說:

> 夫道者,形而上者也;氣者,形而下者也。形而上者不可見,必有形而下者爲之體焉。故氣亦道也。如是之文,始有正氣。氣雖正也,體各不同,體雖多端,而不害其爲正氣,足矣。蓋氣不正,不足以傳遠。學者要當以知道爲先,養氣爲助。道苟明矣,而氣不充,不過失之弱耳。道苟不明,氣雖壯,亦邪氣而已,虛氣而已,否則客氣而已,不可謂載道之文也。②

雖有"氣亦道也"之說,但仍以"道"爲先,養"氣"是爲了助"道"。"道"雖屬形而上,但有所體現,聖人之道就是這種體現。故歷代論者討論"道"與"氣"關係,每主張向聖人學習。又由於自周公而上,聖人之道僅見於行事;孔孟以下,不得其時才見於著述,所以許多人便以六經爲養氣之本。所謂"天地未判,道在天地;天地既分,道在聖賢;聖賢之歿,道在六經。凡存心養性之理,窮神知化之方,天人應感之機,治忽存亡之候,莫不畢書之"③,"氣之所充,非本於學不可也。六經而下,以文雄世者,稱孟軻氏、韓愈氏"④。明人方孝孺在提出"文與道相表裏","道者氣之君,氣者文之師","文者辭達而已矣"後,推稱漢代如司馬遷、賈誼可謂達,若揚雄則未也;唐宋如韓、柳、歐、蘇、曾鞏可謂達,若李觀、樊

---

① 梁肅《補闕李君前集序》,《全唐文》卷五百十八。
② 《題碧霞山人王公文集後》,《魯齋集》卷十一。
③ 宋濂《徐教授文集序》,《宋學士文集》卷七。
④ 戴良《密庵文集序》,《九靈山房集》卷二十九。

宗師、黃庭堅之徒則未也，"於道則又難言也"①。以爲上述諸人究竟有幾個文達於"道"非他所能妄斷，言語之間，以大部分人未能達"道"的意思是很明顯的。既然"道者氣之君"，上述諸人"道"尚未達，"氣"自然也就難昌了。

當然，在與"道"的關係中，"氣"也並非無所作爲。前及王柏已說："道"屬形而上，必待形而下之"氣"爲之體焉。在明確了創作的根本性旨歸後，要具體付諸實施，畢竟還有賴文學諸要素的合理展開，所以"氣"的始原意義及規定作用在古人那裏還是得到充分突出的。前面討論"氣"範疇的形成發展，已對歷代人強調的"文以氣爲主"有所展開，此處專就其與"道"的關係，可再舉出清人魏禧的一段話以爲說明：

> 地縣於天中，萬物畢載，然上下無所附，終古而不墜，所以舉之者，氣也。人之能載萬物者，莫如文章，天之文，地之理，聖人之道，非文章不傳。然而無以舉之，則文之散滅也已久。故聖人不作，六經之文絶，然其氣未嘗絶也。聖人之氣，如天之四時，分之而爲十有二月，又分之爲二十有四氣。得其一氣，則莫不可以生物。六經以下，爲周諸子、爲秦漢、爲唐宋大家之文，苟非甚背於道，則其氣莫不載之以傳。《書》《詩》《易》《禮》《春秋》之氣，得其一皆足自名。而世之言氣，則惟以浩瀚蓬勃，出而不窮，動而不止者當之，於是而蘇軾氏乃以氣特聞。子瞻之自言曰："吾文如萬斛泉源，不擇地皆可出，在平地一日千里無難，及其與山石曲折，隨物賦形，而不自知也。行乎其所當行，止乎其所不得不止。"而乃以氣特聞。②

他無意推翻"道"的終極意義，但突出了"氣"的舉托作用和禀"氣"而生的文章的傳達作用。並由含"道"之"氣"推及蘇軾不擇地而出的浩蕩文風。其實，蘇軾的這段《自評文》主要是講爲文須自由抒寫，平易流暢。當然，文理自然姿態橫生與作者所禀之氣是否浩蕩有直接的聯繫，但由論"道"、"氣"一下轉換到文章的自然流暢，這個過程發生得如此自然，似無意中體現了"氣"之於創作活動展開的某種決定意義。

---

① 《與舒君》，《遜志齋集》卷十一。
② 《論世堂文集叙》，《魏叔子文集》卷八。

再就"和"與"道"、"氣"的關係而言。由於古人認爲天之用在"中",天之動在"和",並天地之道而美於"和",這"和"也就成了"道"盛的必然徵象。陸九淵所説一段文字可以證明這一點:"梭山一日對學者言,曰:'文所以明道,辭達足矣。'意有所屬也,先生正色而言曰:道有變動,故曰爻;爻有等,故曰物;物相雜,故曰文。文不當,故吉凶生焉。昔者聖人之作《易》也,幽贊於神明而生蓍,參天兩地而倚數,觀變於陰陽而立卦,發揮於剛柔而生爻,和順於道德而理於義,窮理盡性以至於命,這方是文。文不到這裏,説甚文?"①

至於"氣"與"和"的關係則要細細分殊。一般地説,"氣"是"和"的基礎,但"氣"之種類多多,並不都能使詩清和。性氣動而深婉,自然能"和";意氣勁而矯激,則不能"和"。如清人以爲"唐詩大概主情,故多寬裕和動之音;宋詩大概主氣,故多猛起奮末之音"②。這裏,宋人主"氣"而不得"寬裕和動",就是因爲其所主之"氣"爲"意氣"乃至"客氣",而非一派祥和的"正氣"。故他們多要求"養此胸中春氣,方能含孕太和"③,而"氣和者韻勝"④,並才能深厚,才堪咀嚼。如明人陳白沙曾説:"完養心氣,臻極和平,勿爲豪放所奪。造詣深後,自然如良金美玉,無瑕纇可指摘。若恣意橫爲,詞氣間便一切飛沙走石,無老成典雅,規矩蕩然,識者笑之矣。"⑤清吴雷發《説詩菅蒯》稱"虚心下氣……則筆端自然深細而温和",張謙宜《絸齋詩談》卷一稱"詩貴和平者何也?凄厲陡險,一瀉而盡,覽之可喜,咀嚼索然。故學者必須涵養渟蓄,令其深厚。然深非叵測,厚豈包皮,審之審之,以古爲則可也",都在突出強調這一點。

張謙宜並還對"詩貴和平"作了進一步的解説:"人多謂詩貴和平,只要不傷觸人,其實《三百篇》中有罵人極狠者,如'胡不遄死'、'豺虎不食'等句,謂之乖戾可乎?蓋罵其所當罵,如敲撲加諸盜賊,正是人情中節處,故謂之'和'。又如人有痛心,便須著哭;人有冤枉,須容其訴,如此心下才鬆穎,故謂之'平'。只這兩字,人先懂不得,又講甚詩!"⑥則與陳白沙等人所説不同,突出了"和"範疇内聚的動態力量,它與古代哲學家以充滿創造力和真精神的生命活力爲

---

① 《象山語録》外集卷二。
② 潘德輿《養一齋詩話》卷四。
③ 何紹基《與汪菊士論詩》,《東洲草堂文鈔》卷五。
④ 周必大《楊謹仲詩集序》,《廬陵周文忠公集》卷五十二。
⑤ 喬億《劍溪説詩又編》引。
⑥ 《絸齋詩談》卷一。

"和之至"的觀念正復相應,尤值得注意。

至於詞這種體式,雖說"温柔和平,詩詞一本也"①,"氣體要深厚",但時人一般更多是從"居心忠厚,託體高深,雅而不腐,逸而不流"的角度展開論述的②,與詩的要求有一些不同。

"和"與"興"也存在着某種聯繫。"興"者因物而感,具有喚情起意的作用。但倘一個人嘆老嗟卑,心懷怨望乃至怨毒,當猝遇衰景,怨悱情起,於己有損志違德之嫌,於人無和怡陶養之效,這也是古人斷斷不取的。所以他們好講體養中和之正性,抑沮貪欲之邪念,以此經過涵養陶煉得來的性情觸景起情,才可能寫出好的作品。故宋人真德秀說:"學者誠能以莊敬治其身,和樂養其心,則於禮樂之本得之矣。是亦足以立身而成德也。《三百篇》之詩,雖云難曉,今諸老先生發明其義,瞭然所知。如能反復涵咏,直可以感發其性情,則所謂興於詩者,亦未嘗不存也。"③邵雍《談吟詞》謂:"人和心盡見,天意與相連。論物生新句,評文起雅言。興來如宿構,未始用雕鎸。"也指出了"興來"與人體會天意,志和心明有關。唯此主體心志經過長期修養積累,變得澄明或平和,一旦興起,才能有宿構般的完整和精彩。黃子肅《詩法》謂:"寄興悠揚之句,意之所至,信手拈來,頭頭是道,不待思索,得之於自然……寄興悠揚之句,其字宜涵蓄不露,宜優游不迫。"這"涵蓄不露"、"優游不迫"也即"和"之象。

不僅如此,作者創作心態之和平清明還影響到讀者的因詩興感。沈德潛謂《詩經》之《二南》"美文王之化也。然不著一修齊治化字,沖澹愉夷,隨興而發,有知如婦人,無知如物類,同際太和之盛,而相忘其所以然,是王風皞皞氣象"④。所謂有"王風皞皞氣象",使讀者忘其所以然,是與其有"沖澹愉夷"、"際太和之盛"的心境有關的。主體心境的祥和易使人的創作狀態調整到最佳,由此隨機觸發,興來而成,便能帶給觀者相應的感染和感動,使之也隨即興起,同際和盛。故此,王陽明說:"古人爲治,先養得人心和平,然後作樂,比如在此歌詩,你的心氣和平,聽者自然悦懌興起,只此,便是元聲之始。"⑤雖是講歌詩而

---

① 《白雨齋詞話》卷八。
② 《白雨齋詞話》卷七。
③ 《問興立成》,《真西山文集》卷三十一。
④ 《説詩晬語》卷上。
⑤ 《傳習錄》,《王文成公全書》卷一。

非作詩,且僅用爲論政之喻,但其間道理却是相通的。

"興"與"氣"也有聯繫。唐王夢簡《詩格要律》即以"起意有神勇銳氣,不失其正"爲"興"。元人劉將孫說:"文章英氣也,人聲之精者爲言,言之精者爲文,英者所以精者也。"他每嘆世人作文之陋,"類以椎魯者爲古,崛強者爲奇",不知可以發其精英之氣,由此"遏抑其光大,登進其泥途,遂使神駭索然,一無足以動悟"。下文又稱"有能以歐、蘇之發越,造伊、洛之精微,篇有興而語有味,若是者百過不厭也"①,暫不說伊、洛之作是否真的精微有興味,然他先說文需賴精英之氣而發,後說得此"英氣"的歐、蘇、伊、洛"篇有興而語有味",可知"興"、"味"與"氣"的沛盛有關。

王世貞稱:"句法之妙,有不見字法者,此是法極無迹,人能之至,境與天會,未易求也。有俱屬象而妙者,有俱屬意而妙者,有俱作高調而妙者,有直下不對偶而妙者,皆興與境詣,神合氣完使之然。"②是"境與天會"、"興與境詣"與"神合氣完"關係至爲密切,俱可助成句法之妙。清人歸莊稱:"古文必靜氣凝神,深思精擇而出之","詩則不然,本以娛性情,將有待於興會"。然由其下文所說"豪氣狂才,高懷深致,錯出並見,其詩必有可觀"③,可知"氣"之於詩人發興是大有作用的。

"興"與"象"的關係就更爲密切了。詩中之"象"是詩人取用天地萬物,再借心智投入藝術地體現在作品中的。由於詩人取用天地萬象,有依主觀需要因情入景、以景喻情的,更多的當然也是更受人推崇的則是觸物起情,這就使得"興"、"象"兩者時常粘連在一處,難以分開。早在東漢,鄭玄注《周禮·天官·司裘》,就說:"若詩之興,謂象飾而作之。"認爲詩之"興"需假"象"的作用。清人章學誠將此關係說得更爲清楚:"象之所包廣矣,非徒《易》而已,六藝莫不兼之。蓋道體之將形而未顯者也,雎鳩之於好逑,樛木之於貞淑,甚而熊蛇之於男女,象之通於《詩》也。"又說:"《易》之象也,《詩》之興也,變化而不可方物矣","深於比興,即其深於取象者也"④。將《易》象雖包六藝,與詩之比興尤爲表裏的意思說得至爲清楚。

---

① 《趙青山先生墓表》,《養吾齋集》卷二十九。
② 《藝苑卮言》卷一。
③ 《吳門唱和集序》,《歸莊集》卷三。
④ 《文史通義》卷一《內篇一·易教下》。

"象"能將"道體之將形而未顯者"體現出來,是指出了"象"有不加説明地展現物理的功用。作者取象而不落言筌,是謂"深於取象"。從這個意義上説,"象"取的是一種深在隱曲的内傾狀態。這與"興"相同。前已指出,比顯而興隱,"興"是用一種隱曲含蓄的方式表情達意的,儘管它發動時可能十分强烈,但落實到作品中則不能那麽激切,它的妙處正在真情發動而讓人不見情的障蔽,使人深於情而非汩没於情,隨情婉轉而不被情所傾覆,以至渾忘超脱的含玩和賞會。故聞一多説:"象與興實際上都是隱,有話不能明説的隱。所以《易》有《詩》的效果,《詩》兼有《易》的功能,而二者在形式上往往不能分别","隱在六經中相當於《易》的象和《詩》的興"①。一是可以啓人玄思的哲理性的符號象徵,一是激發人審美想象的具體的感性象徵,指謂不同而功用相同,實在是傳統文學、美學理論中一道特殊的景觀。

也正是由於兩者關係密切,故類似"興中有象"、"象中有興"這樣的命題在古代文學批評中屢可見到。如許學夷説:"詩有景象,即風人之興比也。唐人意在景象之中,故景象可合不可離也。"②此即清人方東樹評白居易《錢塘湖春行》詩"佳處在象中有興,有人在,不比死句"之意③。"興"説到底是情,勢逐情起,故語與興驅,所以又稱"情興"、"意興",如遍照金剛《文境秘府論》稱:"凡詩物色兼意爲好,若有物色無意興,雖巧亦無處用之。"顧起綸《國雅品》稱:"聲調淵雅,情興高朗。""興"與"象"的結合正是主客合一、情景合一與天人合一的表現。故劉熙載《藝概》説:"重象尤宜重興,興不稱象,雖紛披繁密而生意索然,能無爲識者厭乎?"

"興"、"象"關係密切的最明顯標誌就是唐以來兩者被整合爲一固定名言,自殷璠用以批評作家作品後,成爲歷代人每每論及的重要範疇。明人還進而將之作爲詩歌創作的基本原則,如胡應麟就提出"作詩大要不過二端,體格聲調,興象風神而已"④,且言語之中,以爲"興象風神"要更重要一些。蓋明人宗唐,自胡震亨、許學夷以下諸人,皆有唐人以此"興象風神"擅勝的認識,所謂"唐人律詩以興象爲主,風神爲宗,浩然五言律,興象玲瓏,風神超邁,即元瑞所

---

① 《神話與詩》,古籍出版社,1956年,第118頁。
② 《詩源辨體》卷二十七。
③ 《續昭昧詹言》卷十八。
④ 《詩藪》内編卷五。

謂大本先立,乃盛唐最上乘,不得偏於閒淡悠遠求之也"①。故"興象"在此時實際上已多少代替了"興寄"範疇,成爲詩學批評的重要名言。

清人受此影響,論詩每求"興象天然"、"興象彌深",乃或"興象超遠"。所謂"在心爲志,發言爲詩,古之風人特自寫其悲愉,旁抒其美刺而已。心靈百變,物色萬端。逢所感觸,遂生寄託。寄託既遠,興象彌深。於是緣情之什,漸化爲文章"②。並且,因處在傳統文學的總結期,他們更自覺地將兩者統合在一起考慮,注意詩的"興象互相感發"③,追求"其造語天然渾成,興象不可思議執著"④,"興象超遠,渾然元氣"⑤,並對有此長處的詩人如謝靈運、王維等人給予極好的評價。此外,由於追求"興象"的不可思議執著和超遠蘊蓄,他們進而承皎然"興即象下之意"一說,提出"興在象外"的命題。"興在象外"不是"興"與"象"的隔離,恰恰相反,正是"興"、"象"密切粘合渾然無間的表現,是"興"全方位地進入"象"、深入"象",並從"象"中溢出,然後使"象"本身因內在意蘊的豐富而漲破邊界的結果。故馮班説:"詩有活句,隱秀之詞也。直叙事理,或有詞無意,死句也。隱者,興在象外,言盡而意不盡者也;秀者,章中迫出之詞,意象生動者也。"⑥方東樹也説:"言外多少餘味不盡,所謂言在此而意寄於彼,興在象外。"⑦

2. 元範疇之於體系構建的可能

除"道"、"氣"、"興"、"象"與"和"相互聯繫,其各自的意義指涉觸及到文學的特性與規律外,由它們牽引出或提攜起的諸多問題,包括理論命題和概念、範疇,更是幾乎涉及了從本原論到批評論等所有重要方面,這爲古代文學批評體系,特別是範疇體系的確立,起到了規劃構架的重要作用。

前面已經指出,"道"是一個具有本體意義的元範疇,它自然籠蓋與文學相關的諸多重要問題。受儒釋道思想的不同影響,這"道"可以是偏於外在道德倫理的作品內容,也可以是偏於内在創作機理的作品形式。論文而不知"道"

---

① 《詩源辨體》卷十六。
② 紀昀《鶴街詩稿序》,《紀文達公文集》卷九。
③ 翁方綱《石洲詩話》卷十六。
④ 方東樹《昭昧詹言》卷五。
⑤ 方東樹《昭昧詹言》卷十六。
⑥ 《嚴氏糾謬》,《鈍吟雜錄》卷五。
⑦ 《昭昧詹言》卷十八。

不及"道",在古人看來是不可思議的事情。故劉勰《文心雕龍》論"文之樞紐",以《原道》爲第一篇,提出"道沿聖以垂文,聖因文而明道",認爲自孔子以來,聖人"莫不原道心以敷章","道"構成了文學的核心內容。這種"明道"的主張爲後來唐宋古文家所繼承,如柳宗元《答韋中立論師道書》中就說過"乃知文者以明道"這樣的話。它不但是對魏晉南北朝時不良文風的一種針砭,即對後世一切形式主義文風都起過明顯的匡正作用。

當然,在古代社會後期,也有一些思想活躍的士大夫文人對"明道說"提出正面的批評。如袁枚就說:"三代後聖人不生,文之與道離也久矣","而推究作者之心,都是道其所道,未必果文王、周公、孔子之道也。夫道若大路然,亦非待文章而後明者也"。不過,這並不能徹底否定文須明道的成說。至於後人道其所適,與文可以不明道也不是一回事。從這個意義上說,他所反對的與其說是"明道說"本身,不如說是那種"若矜矜然認門面語爲真諦,而時時作學究塾師之狀","持論必庸而下筆多滯,將終其身得人之得而不自得其得"的人和事①,而文須明道的主張並未被撼動,且有可能他根本就未想撼動。

在《原道》篇中,劉勰還說:"心生而言立,言立而文明,自然之道也","夫豈外飾,蓋自然耳",則又吸收了道家的論說。聯繫他在《明詩》篇所講的"感物吟志,莫非自然",《定勢》篇所講的"因情立體,即體成勢","如機發矢直,澗曲湍回,自然之趣也",《隱秀》所講的"故自然會妙,譬卉木之耀英華",可知他同時認爲"道"又有"自然"的特質。對此,紀昀評曰:"文以載道,明其當然;文原於道,明其本然。識其本乃不逐其末,首揭文體之尊,所以截斷衆流","齊梁文藻,日競雕華,標自然以爲宗,是彥和喫緊爲人處"。

這種思想在後世從"自然英旨"角度論"道"者那裏得到了熱烈的響應。他們認爲"道"不僅是禮義教化,乃或擴而大之爲郡國利病甚至自然規律,"道心"和"神理"正復構成互補。如蘇軾論文重"文與道俱",他之所謂"道"就與其所講之"理"之"物"大體相同,指事物的客觀規律。故論文要求文理自然,姿態橫生,如水不擇地而涌流,行於當行,止於不可不止。此後,在如王夫之等人的詩論中,"神理"成爲一個重要的範疇。王夫之認爲作詩"神理湊合時,自然拾

---

① 《答友人論文第二書》,《小倉山房文集》卷十九。

得"①,是因這"神理"裏面正有"道"在。而戲劇、小説批評中多言"神理",乃或言及"道",也有此意。

而古人之於文,知由"道"以充其"氣","氣"充然後資以言,無"氣"則死,有"氣"則生,也成爲時人共識。由此,他們因重"氣"而及"養氣"、"行氣"和"辨氣"。

"養氣"關涉創作主體主觀修養和精神狀態的培養,它凝爲情,發爲志,散而爲文,所謂"氣之與言猶是也,氣盛則言之短長與聲之高下者皆宜"②,"故爲文莫先養氣"③。而這"養氣"又與"性情"、"虛静"、"守真"等問題相關聯,"涵泳道德之途,葅畬六藝之圃"是"充吾氣","泊乎寡營,浩乎自得"是"舒吾氣","植聲色,急標榜"是"矜吾氣","投贄干謁,蠅附蟻營"是"惡吾氣","應酬繆輵,諛墓攫金"是"撓吾氣"④。在這方面,古人曾發展出一整套的理論,並在論述展開過程中提攜起諸多的概念和範疇。

"行氣"可視爲"養氣"一法,古人以爲龜能行氣導引,《素問·太陰陽明論》嘗用以指人的精氣輸送,道教則用以指呼吸吐納等養生内修功夫。要使氣周行不殆,而勿使之滯、使之鬱、使之結,認爲氣行則能和,氣和則志充⑤,更成爲古人一般的認知常識。文學批評語境中的"行氣"承此義,則關涉到誠中形外的整個創作過程,外化爲作品的氣脈和節律。所謂"詩文者,生氣也","大約詩文以氣脈爲上,氣所以行也,脈綰章法而隱焉者也"⑥。各體文學作品之直行曲致,連接貫注,其抑揚跌宕處每須人潛心體會,要不能使其餒,入於粗,故最好是既有懸河泄海之急,又有淪瀾渟蓄之勢。如此引而不竭,放爲豁蕩,呈自然入妙之狀。倘"氣"不能暢行自如貫徹其中,則"雖有英詞麗藻,如編珠綴玉,不得爲金璞之寶矣"⑦。

至於"辨氣"同於前及"觀氣",也與古代養生説分不開。古人以爲人體内有正、邪兩氣,正、邪又各有陰、陽之别,故須辨審之。落實到文事,則結穴於具

---

① 《夕堂永日緒論·内編》。
② 《答李翊書》,《韓昌黎文集校注》卷三,上海古籍出版社,2014年,第191頁。
③ 王鏊《文章》,《震澤長語》卷下。
④ 邵長蘅《與魏叔子論文書》,《青門簏稿》卷十一。
⑤ 見《左傳·昭公九年》之"味以行氣,氣以實志"杜預注。
⑥ 方東樹《昭昧詹言》卷一。
⑦ 李德裕《文章論》,《李衛公文集》外集卷三。

體的鑒賞與批評。於此,古人講究深入體會,辨別分明,如何杜甫爲"元氣",李白爲"逸氣",韓愈爲"浩氣",等等,然後再總括性地求得對作品整體的把握,所謂"讀古人詩,要分別古人氣象"①。倘再擴大開去,極而言之,則"夫文章,天地之元氣也",其在平時"崑崙磅礡,和聲順氣,發自廊廟,而邕浹於幽遐,無所見奇",氣象風格自然一片平和。但當天閉地塞,厄運危時,它"鼓蕩而出,擁勇鬱遏,坌憤激訐"②,就不免抑鬱急切。此處所辨之言"氣"又關涉到時代與文運,時代與文學氣象的形成,是觀詩、論詩者多所注意的問題。

作者之"養氣"還有一重要的作用是安神,劉勰《文心雕龍·養氣》篇即由"志盛者思銳以勝勞,氣衰者慮密以傷神"說起,以爲"玄神宜寶,素氣資養","吐納文藝,務在節宣,清和其心,調暢其氣,煩而即舍,勿使壅滯",如此方可避免神昏。這樣的見解一直爲後世所認同,故直到晚清,方東樹《昭昧詹言》仍說:"氣之精者曰神","精神者,氣之華也"。而落實到具體的作品,倘行氣通暢有力,"則情深而文明,氣盛而化神,當與天地同功也"③。也就是說,"神"之靈變惝恍,妙萬物而爲言,並使作品離合無端,往復無迹,全賴"氣"的貫注和流動。唯生氣遠出,才有"神"的呈現。

故此,"氣"與"神"經常被論者連言。殷璠《河岳英靈集序》有"神來"、"氣來"和"情來"的聯言。李重華《貞一齋詩說》之"詩有五長",也首列"以神運者"和"以氣運者"。這種聯言的結果,直接導致了兩者被整合成"神氣"這一重要範疇。如謝榛《四溟詩話》卷一認爲,"詩無神氣,猶繪日月而無光彩",卷三提出學習古人,宜"熟讀之以奪神氣",他並稱引別人"全篇工緻而不流動,則神氣索然"的話,以爲其實"亦造物不完也"。凡所論說均結合兩者,突出"氣"一力貫注運化無礙給作品帶來的精神倍出奕奕有神的質性。劉大櫆《論文偶記》提出:"文章最要氣盛,然無神以主之,則氣無所附,蕩乎不知其所歸也。神者氣之主,氣者神之用。"這種看似以"神"決定"氣"的說法不唯與傳統的認知不符,即與他所說"文章最要氣盛"、"神只是氣之精處"也不盡相符,其實他所說的"氣"只是主觀精神氣質和生命活力外化在作品中的文章氣勢和風格,是一種與"行文之實"相對的"行文之道",在根本上,他及他所從屬的桐城派還是認定

---

① 喬億《劍溪說詩》卷下。
② 黃宗羲《謝翺年譜游錄注序》,《悔吾集》卷一。
③ 宋濂《文原》,《宋文憲全集》卷二十六。

"氣"之於"神"是有決定作用的。

"興"直接切入詩的存在本體,"是詩家大半得力處"①。如果說,"賦核而該"、"比形而切",那"興"就是"託而悠"②。即"鋪叙括綜"是賦,"意象附合"是比,而"興"是一種"感動觸發"③。從創作主體方面説,它感物而作,託物寓情,因此有"興寄"、"興託"、"興喻"和"諷興"、"意興"、"情興"等一系列後序名言,尤其是"情興",指向爲文的要害,所謂"詩所繇起,自情興始"④。而從客體方面説,由於主觀寄託不能訴諸直言,相反常常是感事觸緒,緣情生境,且悠若天馬行空,尋覓無踪,"當其觸物興懷,情來神會,機括躍如,如兔起鶻落,稍縱則逝矣"⑤,故又有"興會"、"佇興"和"興致"等一系列後序名言,既指興動、興到時的意念,又觸及了文學創作的靈感思維問題。

好的"興"能如此玲瓏無迹,無端倪可執,自然也就是"含蓄",也就是"深厚",這又觸及了古代中國人一個最重要的審美理想。如袁枚就以爲,詩可以興是"指含蓄者言之"⑥。同時,它又能給作品帶來自然之美,故皎然《詩議》稱"古詩以諷興爲宗,直而不俗,麗而不巧,格高而詞温,語近而意遠,情浮於語,偶象則發,不以力制,故皆合於語,而生自然"。這裏提出"諷興"這一後序名言,指涵濡吟誦以發興的創作狀態,由於它能適情而作,不以力制,實際上也不能力制,所以能得自然之美。對這種自然之美,朱庭珍《筱園詩話》卷一是這樣説的:"蓋興象玲瓏,意趣活潑,寄託深遠,風韻冷然,故能高踞題顛,不落蹊徑,超超玄著,耿耿元精,獨探真際於箇中,遥流清音於弦外,空諸所有,妙合天籟。"劉熙載《藝概》合言兩者,稱"絶句於六義多取風、興,故視他體尤以委曲、含蓄、自然爲尚"。有此"委曲"、"含蓄"和"自然",作品也就有了"味",正因於此,古人常將"篇有興而語有味"合言⑦,或以"有興有味"稱人⑧,而"興盡味不盡"⑨,也因此變得不是什麼不可期待的事了。

---

① 李重華《貞一齋詩説》。
② 林景熙《王修竹詩集序》,《霽山文集》卷三。
③ 郝敬《毛詩原解·讀詩》,《續修四庫全書》第58册,上海古籍出版社,1996年,第234頁。
④ 喬世寧《巘下稿叙》,《丘隅集》卷十。
⑤ 《帶經堂詩話》卷二十九引張肖亭語。
⑥ 《答沈大宗伯論詩書》,《小倉山房詩文集》卷七。
⑦ 劉將孫《趙青山先生墓表》,《養吾齋集》卷二十九。
⑧ 方東樹《昭昧詹言》卷十八。
⑨ 王壽昌《小清華園詩談》卷上。

如此含蓄自然富有滋味的審美品性,在嚴羽看來就是有"興趣"。它顯示出一種與文學之餖飣湊泊,與才學之膠著酸腐,與議論之偏尚理路絕然無涉的風貌,既滲入了作者的主觀志趣,無迹可求然實有情致;又間雜有天理人情的風趣之義,陳義不高但令人玩味。對於嚴羽所主的"興趣"後人有不同的評價,批評者以爲"浮光掠影,如有所見,其實脚跟未曾點地"①,然而,將"興"這個範疇與作爲人主觀情致體現的"趣"相結合,着實開啓了古人認識文學之所以存在、所能存在的又一條通道,它使文學卸下了裹贊教化的沉重負擔,從而爲"興"範疇由"比興"、"興寄"向"興會"、"仔興"的轉化打下了扎實的基柱。以後論者稱"所謂性情者,不必關乎倫常,意深於美刺,但觸物起興,有真趣存焉耳"②。"興趣所到,固非拘攣一途,且天地山川,風雲草木,止數字耳,陶鑄既深,變化若鬼,即不出此數字,而起伏頓挫,回合正變,萬狀錯出,悲壯沉鬱,清空流利,迥乎不齊。"③這些言談的背後,都可以看得到"興趣説"的影響。自然,這種"興趣"之於創作的重要性要遠遠超過才力,此所以古人又説:"凡興趣深而材力弱,不害爲佳;材力高而興趣卑,殆不足揚矣。"④

"興"到成"趣",投諸作品,則如鏡花水月,透徹玲瓏得不可著握,倘要理解和把握它,非用"悟"不可,儘管這"悟"是建立在躬行力學基礎上的,所謂"博采而有所通,力索而有所入也"⑤。故"興"範疇又與"悟"和"妙悟"發生了關聯。嚴羽所言"妙悟"不過是一種詩學理想的標樹,尚未將這兩者關係説透,清人吴喬説:"詩於唐人無所悟入,終落死句,嚴滄浪謂'詩貴妙悟',此言是也。然彼不知興比,教人何從悟入?實無見於唐人,作玄妙恍惚語,説詩、説禪、説教,俱無本據"⑥,既切中了嚴羽詩説過於蹈空的要害,又很精闢地點出了"興"與"悟"的關係。劉熙載乾脆説:"儒家不言'悟'而實已言之,如言'覺'言'興'皆是。"⑦

"象"之於文學創作而言,指一種客觀存在的事象,由於它浸透着主觀情感,並因比之"形"的具體,雖實存而較虛,故當作者情感投入時,一般也不宜太

---

① 馮班《嚴氏糾謬》,《鈍吟雜錄》卷五。
② 喬億《劍溪説詩》卷下。
③ 屠隆《與友人論詩文》,《由拳集》卷二十三。
④ 陳仁子《玄暉宣城集序》,《牧萊脞語》卷七。
⑤ 錢鍾書《談藝錄》,中華書局,1984年,第98頁。
⑥ 《圍爐詩話》卷五。
⑦ 《古桐書屋札記》,《古桐書屋續刻三種》。

急切直露，所以古人往往采用觸物興感、遇感而發的言説策略，以爲如此"示以意象"，方"使人思而咀之，感而契之，邈哉深矣，此詩之大致也"①。從這個意義上説，所謂"意象"根本上説都接近於"興象"。

要使"象"浸透主觀之"意"，而這"意"又不直露、遮蔽或取代"象"，並使"意"與"象"契合互生，顯然觸及藝術創造中主客觀如何統一的問題。由於這一問題關涉到文學的根本，故大凡與"情景"、"形神"、"虛實"等範疇相關聯的問題皆因此逐次展開，並與"象"範疇連接了起來。劉勰《文心雕龍·神思》篇就説："神用象通，情變所孕，物以貌求，心以理應，刻鏤聲律，萌芽比興。"一般以爲，"神用象通"從"神與物游"而來，講的是心與物的關係問題。其實，在討論了創作規律之後，劉勰總結性地提出"神用象通"這個命題，正意在超越具體的心物關係，揭示藝術構思中主體心靈與作品成象的雙向感通問題，告訴人"意象"的形成與想象乃至美感的關係是如何的密切。以後，王昌齡《詩格》講"生思"，"久用精思，未契意象。力疲智竭，放安神思。心偶照境，率然而生"，並要求詩歌創作能"搜求於象，心入於境，神會於物，因心而得"，是爲"取思"，正是沿此思路展開的論述。

"神與物游"也好，"物以貌求"也好，説的都是心與物的關係，考慮到"神用象通"中的"象"本已沾帶了作者的主觀色彩，劉勰似以爲，比之於"物"，"象"更適宜爲藝術創造中想象活動的展開提供實在的支持。釋家云："神道無方，觸像而寄。"②蓋因這種"象"並非隨便一件物事，而是被一片靈心投注的東西，它可以是具體實在之物，但也絶不僅限於具體實在之物，它們的自身運動趨勢和相互作用，可以爲作品拓出更抽象廣大的意義空間。而從今天看，正是藉此範疇，從來注重實際面向現世的傳統文學被帶入到一個比較抽象超玄的領域，它既關注主體的内心體驗，又關注作品的外在意義，並由此產生所謂"象外"、"象下"的話題。

司空圖《與極浦書》謂："戴容州云：'詩家之景，如蘭田日暖，良玉生煙，可望而不可置於眉睫之前也。'象外之象，景外之景，豈容易可談哉！"聯繫其《與李生論詩書》所謂"倘復以全美爲工，即知味外之旨矣"，"近而不浮，遠而不盡，

---

① 王廷相《與郭价夫學士論詩書》，《王氏家藏集》卷二十八。
② 慧遠《萬佛影銘序》，《廣弘明集》卷十五。

然後可以言韻外之致"，可知他認爲倘"意象"或"興象"內質有足夠的豐富，乃至全然溢出，似無若有——古人有時稱這種來自"意象"最深層的隱秘內核爲"超象"，是有足以打動人的巨大力量的。它非耳提面命，而似千里長波，持久地拍打，有涵咏不盡的韻致和餘味。葉燮《原詩》內篇下稱："詩之至處，妙在含蓄無垠，思致微渺，其寄託在可言不可言之間，其指歸在可解不可解之會，言在此而意在彼，泯端倪而離形象，絕議論而窮思維，引人於冥漠恍惚之境，所以爲至也。"這"泯端倪而離形象，絕議論而窮思維"，正道出了藝術創造活動中，經由想象催生出"象外"、"象下"之意，從而創造出詩歌韻味的特點。

"象"和"象外"、"象下"意的生成，與想象、靈感等藝術思維方式有關，然藝術思維意義較虛，要落實爲文字，如何"神用象通"、"搜求於象"，還得調動多種手段。如前已提及，"比興"是一法，它可以感發人心。此外就是盡可能刪削一切無關物事，使"象"得以能集中地凸顯。如李東陽《麓堂詩話》稱唐人"鷄聲茅店月，人迹板橋霜"之句，"人但知其能道羈愁野況於言意之表，不知二句中不用一二閒字，止提掇出緊關物色字樣，而音韻鏗鏘，意象具足，始爲難得"。薛雪《一瓢詩話》深取此論，並推闡出詩"初不假語助而得"的道理。此法後爲西方現代派詩人所用，尤其意象派詩人講究意象的並置和疊加，儘量將語法成分降低到最低程度，即薛氏"不假語助"之意。

還有一法就是造成氣氛和意境，不執著於意象本身的描繪，而使情意的內容得到凸顯。此陸時雍《詩鏡總論》所謂"古人善於言情，轉意象於虛圓之中，故覺其味之長而言之美也"。不然就是"死做"，詩爲活物、清物，"死做"是歷來不得好評的。故此法後來多爲人遵行。如李東陽雖強調"意象具足"，但這"具足"只指其聲色與精神的飽滿，決不是指一味的跳脫刺目，故當面對"樂意相關禽對語，生香不斷樹交花"這類詩句，"論者以爲至妙"，他則說："予不能辨，但恨其意象太著耳。"

所以由"選象"而言，它涉及感物、比興等文學發生學上的諸多問題；由"造象"而言，它涉及意境、風神等問題；由"觀象"而言，則又涉及韻致和餘味等問題。在此過程中，它與一系列概念、範疇牽連互釋，提攜起古代文學批評範疇中極爲重要的一支，對歷代人的創作批評都起過根本性的規範作用。

至於"和"這個元範疇關涉創作主體先天稟賦和後天積養，還有創作過程中心氣的調控，心智投入是否因克服了功利考較而變得純粹清明等問題，都使得它與"養氣"、"虛靜"、"興寄"等名言,以及"緣情"、"寫意"等問題有密切的聯繫。如潘德輿《養一齋詩話》卷一所說:"其作此詩之由,必脫棄勢利,而後謂之雅也。今種種門靡騁妍之詩,皆趨勢弋利之心所流露也,詞縱雅而心不雅矣,心不雅則詞亦不能掩矣。"心懷勢利,自難平和,或者說,心懷勢利就是心不平和的表現,欲以這樣的心態求雅,自不可得。

由此,落實到作品,要求和平安詳,即使心有責怨,也要"責之愈深,其旨愈婉;怨之愈深,其辭愈緩",如此"優柔饜飫"①,"用字不可太露,露則直突而無深長之味;發意不可太高,高則狂怪而失柔婉之意"②,並將其精神貫徹在"繁簡"、"奇正"、"曲直"、"顯隱"等一系列富有辯證精神的對待範疇中。故屠隆說:"詩道有法,昔人貴在妙悟,新不欲杜撰,舊不欲抄襲,實不欲粘帶,虛不欲空疏,濃不欲脂粉,淡不欲乾枯;深不欲艱澀,淺不欲率易,奇不欲譎怪,平不欲凡陋,沉不欲黯慘,響不欲叫嘯,華不欲輕艷,質不欲俚野。"③於此可見"和"與藝術創作諸方面的聯繫,它不僅從內在義理上,還從方法論上為古人提供了一個重要的認識角度。至於就一般作法而言,以"全篇整麗,首尾勻和"④為貴,這樣的意思就更為論者常道了。

體"和"的作品還被認為是符合"雅"的典範。早在漢代,揚雄《法言》就提出"中正則雅,多哇則鄭"。"中正"者,正聲溫雅也;"多哇"者,淫聲繁越也。由於聖人之文被認為是"銜華佩實"的,所以也就是中正和平的。劉勰《文心雕龍·體性》篇稱"典雅者,熔式經誥,方軌儒門",應該包括對中正和平的模仿。古人進而認為,即使不談法式聖賢,就一般情形而言,但凡文能體"和",也大多能得"雅"意,或"古雅"、"閒雅",或"清雅"、"幽雅",諸如此類。如金人趙秉文推尚中和之則,嘗承《禮記》語,稱"中者天下之大本也"⑤又承理學家所論,稱"中者和之未發,和者中之已發;中者和之體,和者中之用,非有二物也,純是天理而已矣"⑥,由此就十分肯定歐陽修文章之"不為尖新艱險之語,而有從容閒

---

① 元好問《楊叔能小亨集引》,《遺山先生文集》卷三十九。
② 沈義府《樂府指迷》。
③ 《論詩文》,《鴻苞節錄》卷六。
④ 胡應麟《詩藪》外編卷六。
⑤ 《性道教說》,《閑閑老人滏水集》卷一。
⑥ 《中說》,《閑閑老人滏水集》卷一。

雅之態,豐而不餘一言,約而不失一辭,使人讀之者亹亹不厭"①。

相反,倘若志氣驕滿,違其中和,則雖處富貴亦不可能有富貴之典雅,欲進而求上述諸雅更不可能。楊載《詩法家數》就說:"榮遇之詩,要富貴尊嚴,典雅溫厚。寫意要閒雅,美麗清細。如王維、賈至諸公《早朝》之作,氣格雄深,句意嚴整,如宫商迭奏,音韻鏗鏘……後來諸公應詔之作,多用此體,然多志驕氣盈,處富貴而不失其正者,幾希矣。"楊氏論詩主張"寫景要雅淡,推人心之至情,寫感慨之微意,悲歡含蓄而不傷,美刺婉曲而不露","哀而不傷,怨而不亂","發興以感其事,而不失情性之正",將此一主張與上述所言相聯繫,可知在他看來,能否體"和"顯然是與作品之"雅"有直接聯繫的。

綜合上述兩個方面的分析,由"道"、"氣"、"興"、"象"與"和"這五個元範疇的自身含指、相互關係及其提攜起的諸多名言、命題的牽衍整合,已大體勾勒出中國古代文學創作及理論批評的基本框架,決定了中國古代文學批評範疇體系的基本結構。即在古人看來,文學就根本而言是"道"的反映,儘管這"道"可以從不同的角度和層面去理解。而如何接近和反映"道",有賴作者主客觀兩方面的積極努力。從主觀方面說,養氣、煉氣是基礎;從客觀方面說,取象、造象是根本。至於作者主觀之"氣"如何貫徹在"象"中,或"象"中如何體現出作者之"氣",這是"興"範疇要回答的問題。相對於文學創作的内在機理和内部規律而言,文要反映和體證"道"可能是根本性的,但對創作活動的具體展開過程而言,"興"無疑處在更重要的地位,不僅推動創作的發生,還關乎創作的展開與接受。最後,這種反映和體證"道"的文學,這種由"興"串聯起的主體之"氣"和客體之"象"的融合,必須呈現爲一和諧整贍的面貌,這面貌在古人看來以"和"或"中和"爲最佳。不但内容上與人相和,形式上與天相和,並内容與形式均必須與天人相和,由此達到和諧安雅的最高境界。

正是基於這幾個元範疇各自強大的涵括力和衍生力,在它們周圍可以凝聚並已經凝聚了一系列重要的"子範疇"或"下位範疇",有些"子範疇"或"下位範疇"相對於其衍生出的範疇又是"上位範疇"或"種範疇"。由此不同層次的範疇層層交纏,展開一可以相互指涉並且意義互决的結構網絡,終於使古人紛繁殊散的範疇論述得以有了明確的邏輯歸向,古代文學批評範疇體系的構建也因此成爲可能。

---

① 《竹溪先生文集引》,《閑閑老人滏水集》卷十五。

第七章　範疇的邏輯體系

在對各體文論範疇的梳理和元範疇的確立工作完成以後，構建範疇體系便不再是不着邊際的事情。現在，我們試着把歷時的概念、範疇放在同一個論述平面，來探討它們之間的相互關係，開顯其邏輯體系的整體面貌。

誠如許多論者指出的那樣，總的來說，比之西方批評範疇的整嚴有體系，中國古代文論範疇顯得有些零碎支離，甚至雜亂無統。然而綜合思維並非毫無邏輯的思維方式，具象直覺也不一概排斥抽象理性。從人類思想發生發展的歷史看，一個富有辯證意味的思想體系和範疇系統，更不缺乏對認知對象整體結構的理論敏感。就追求認知的完整與清明，並由此認同由沉潛而達高明的古代中國人而言，理性永遠存在，只不過不一定存在於所謂的理性形式之中。因此，倘不爲表面的零亂無序所迷惑，倘不因每一個批評家運用範疇的隨意靈變而心生追究的畏懼，人們完全可以看到，在這種看似即興隨意的表達背後，實際上有着一條根本性的理路一綫貫穿，且這理路蘊含着可以轉換爲有序系統的潛能。也正基於這一點，本着前面基礎性的董理與論析，可以將這些概念、範疇依性質不同分別論列，在究明其內在的依存關係的同時，使批評範疇的邏輯勾連和體系構架得以清晰地顯示出來。

第一節　本原性範疇

這裏的本原性是指基於古人對文學創作普遍原則的自覺自任而產生的一系列根本性認知，它超越了一切有限性和功能性的局限，向人敞開了可以發現認識對象整體結構的深邃的視野。由這種根本性認知凝結成的指涉文學本體存在的那部分實性範疇，如"道"、"氣"、"心"、"物"等等，就是本原性範疇。

"道"和"氣"的本原意義，在前面有關元範疇的討論中已經究明。依着中國人"天人合一"的基本哲學觀,宇宙天地無疑是一個生命系統,"氣"既爲生命之本原,自然是生命體所從事的一切活動包括文學活動的根本。"道"集中體現了這個生命系統的精粹,乃至代表了這種精粹,故一切哲學思辨和文學創造都自然而然地向它皈返。而"心"和"物"這兩個範疇分別代表了生命系統的對待兩極,兩者的關係及其聯動結果,構成了千姿百態的文學樣貌和作品體調。所以,儘管不具有像"道"和"氣"那樣的哲學上的終極地位,但就文學創作而言,它們派生和孳乳出無數的觀念組合,包括概念和範疇序列,因此也具有本原意義。

由於"道"、"氣"兩範疇植根深厚,取源廣遠,作爲萬物本原的代名詞爲人所共識,此後並未出現太多的替換性稱名,大體相類的也只有"元"、"玄"、"太極"、"太一"等有數的幾個。它們一則多爲"道"的表現形式,二則較少進入文學批評,或雖進入但未契入文學的内裏與根本,可以存而不論,故底下僅就"心"、"物"及其相關範疇作一討論。

一、主體本原及相關範疇序列

先說"心"這個主體本原範疇及其相關範疇序列。心在古代被認爲是主宰人的意識思維和情志活動的藏神之臟,如《素問·靈蘭秘典論》所謂"君主之官也,神明出焉",又《靈樞·本神》所謂"所以任物者爲之心",即以之爲接受外物並進行意識和思維活動的主導,所有五臟六腑之大主,故古人有"心體"、"心量"、"心志"、"心智"、"心識"、"心想"和"心用"等諸多說法。

"心之精微,發而爲文;文之神妙,咏而爲詩"[①]。文學創作作爲精神性創造活動,端賴人的心靈這一點是無須求證的,所以古人論文,大多不加說明地突出強調"心"的作用。《禮記·樂記》說:"詩,言其志也;歌,咏其聲也;舞,動其容也。三者本於心,然後樂器從之。是故情深而文明,氣盛而化神,和順積中而英華發外,惟樂不可以爲僞。"按《樂記》之論詩歌舞三者皆本於心,又稱情深文明,氣盛化神,實是點出"氣"與"心"存在對應關係的事實。故古人好講"心氣",《靈樞·脈度》有"心氣通於舌"之說,《天年》又稱人六十而"心氣始衰"。又用以指人的意氣與眼界,乃或性格與情感。由此"心氣"一詞進入文學批評,

---

① 劉禹錫《唐故尚書主客員外郎盧公集叙》,《劉夢得文集》卷二十三。

如唐孟郊《送任載齊古二秀才自洞庭遊宣城序》稱"文章者,賢人之心氣也。心氣樂則文章正,心氣非則文章不正"。清劉大櫆《海門初集序》也稱"文章者,人之心氣也。天偶以是氣畀之其人以爲心,則其爲文也,心有輝然之光,歷萬古而不可墮壞"。明劉世偉《過庭詩話》卷上更說:"作詩先要平其心氣,心氣不平,所作必不渾涵,大則取禍,小則招辱,豈特工拙之間耶!"以後,《毛詩序》稱"詩者,志之所志也,在心爲志,發言爲詩",陸賈《新語·慎微》稱"故隱之則爲道,布之則爲文,詩在心爲志,出口爲辭"。一直到司馬光,仍在說"在心爲志,發口爲言"①,充分突出了"心"之於詩的決定作用和本原意義。後人因此推展此義,倡言"夫文貴有內心,詩家亦然,以心體天地之心,以變窮造化之變"②,都包含有對一己"心氣"的審察與養練。

　　由於"心"之於文學有本原意義,故又有"心源"這個名言在文學批評中出現。"心源"者,映照萬物的主體心靈也,語本佛教義理。佛教特別是禪宗強調"心"的地位和作用,以爲"一切法皆從心生"③,人的心靈感受才是世界唯一的實在,所謂"三界無別法,唯是一心作","心者是總持之妙本,萬法之洪源","夫百千法門,同歸方寸。河沙妙德,總在心源"④。這種"心"爲萬法之源觀念,在中唐以後刺激了許多士大夫和文人、藝術家,促使他們對主體心靈予以更多的強調⑤。於是,畫學理論中有"外師造化,中得心源"⑥、"本自心源,想成形迹"⑦等說出現;在文學批評一途則有如唐順之的"洗滌心源"說,朱奠培也說:"蓋詩者,所以暢心源之匯美,據鄞鄂之含章,陶寫性靈,發揮胸次。"⑧李贄"童心"說受到禪學"自性"本覺與本淨的影響,同樣是"心"範疇的後序範疇無疑。

────────

① 司馬光《趙朝議文稿序》,《溫國文正司馬公文集》卷六十五。
② 朱庭珍《筱園詩話》卷一。
③ 《五燈會元》卷三。
④ 《五燈會元》卷二。
⑤ 王夫之《張子正蒙注》卷七《大易篇》謂:"故求仁爲本,而當其精義,則義以成仁;當其復禮,則禮以行仁;當其主信,則信以敦仁,四者互爲緣起。此惟明於大化之渾淪與心源之寂感者,乃知元亨利貞,統於《乾》《坤》之妙。"又,嚴有禧《漱華隨筆》卷三謂:"是故人之行善,利人者公公則爲真,利己者私私則爲假。又根心者真,襲迹者假。又無爲而爲者真,有爲而爲者假。皆當從心源隱微處默默洗滌,默默檢點。"
⑥ 張彥遠《歷代名畫記》卷十。
⑦ 郭若虛《圖畫見聞志》卷一《論氣韻非師》。又,《宣和畫譜》卷十一記范寬語,謂"前人之法未嘗不近取諸物,吾與其師於人者,未若師諸物也;吾與其師於物者,未若師諸心",也同意。
⑧ 《松石軒詩評叙》。

"心"有外現狀態,表現在文學創作中指特定的心理狀態,故還有"心境"一詞。王昌齡《詩格》論意境,已有"張之於意而思之於心"之說,後方回更以"心境"爲題,撰文提出"顧我之境與人同,而我之所以境則存乎方寸之間,與人有不同者焉"①。"心"有組織功能,從取物到造境,故又有"心匠"、"心裁"等一系同序範疇,或指出人意表的精心構思,或指巧妙合理的結構安排,所謂"大凡地有勝境,得人而後發;人有心匠,得物而後開"②,"遇有操觚,一師心匠,氣從意暢,神與境合"③,又所謂"謹守八家空套,不自出心裁,五弊也"④,總要在"著色原資妙選材,也須結構匠心裁"⑤。這兩個名言雖在一定程度上涉入了創作論,但與"心"範疇同具本原性意味則是無疑問的。也正是由於"心"有一個如何外現於作品的問題,故古人還將之與作品的整體意趣境界相聯言,要求"境與身際,性與境適,絕去依傍,獨洗心光,當其趣之所極,心若激而不能已於鳴者"⑥。

與"心"範疇意指相同,且同具本原意義的尚有"志"、"情"、"性"、"意"等範疇。

"志者,心之所之,之猶向也,謂之正面全向那裏去。"⑦即指人的思想和意志。古人因受孟子尚志說的影響,所言之"志"多含"仁義"的內容,指"君子之志",如裴子野《雕蟲論》即如此。明人吳寬爲友人詩集作序,稱"觀於此編,既得詩人之體,且其詞氣嚴厲,而憤世感事之意,時復發見,若利劍出匣,鋒芒差差見之,凜然不敢狎視,正如其爲人。故曰:在心爲志,發言爲詩,謂詩非心聲也哉"⑧。所謂"詞氣嚴厲,而憤世感事之意",皆以成其君子之志也。前及《禮記》、《詩序》所論,也爲此意。而那些刻意爲文者,不依循心志之本體,"牽綴刻削",則被古人認定是"反有失其志之正"⑨,其所作因此也就斷無可取之處。

---

① 《心境記》,《桐江集》卷二。
② 白居易《白蘋洲五亭記》,《全唐文》卷六百七十六。
③ 王世貞《藝苑卮言》卷一。
④ 袁枚《復家實堂》,《小倉山房尺牘》卷三。
⑤ 趙翼《論詩》,《甌北集》卷三十六。
⑥ 張履《靜觀齋詩集自序》,《積石文稿》卷六。
⑦ 陳淳《北溪字義》卷上。
⑧ 《容溪詩集序》,《匏翁家藏集》卷四十二。
⑨ 李東陽《王城山人詩集序》,《懷麓堂集·文》卷二。

故總的來說，論詩言"志"，旨較莊嚴。一些立場保守者更是將"志"與"道"、"義"相貫通，借《禮記·樂記》所謂"是故君子反情以和其志"①，而至於片面貶抑"情"以抬高"志"。底下要談到，"情"指人的情感體驗，"志"則主要指人的理智活動；"情"可能放濫，故要"發乎情止乎禮義"，"志"即屬此"止乎禮義"者。以後，一些理學家還以"懷其時"釋"志"，而與"感其物"之"情"相對②。一些追求文學醇雅品格的人如張炎，則在《詞源》上提出"詞欲雅而正，志之所之，一爲情所役，則失雅正之音"。這種觀點在古代頗具代表性。此外也有從一般事理角度論立志，並細分其所涉及的各個方面的。如梁橋說：

夫學詩莫先於立志，志之不立，終歸無成。就立志之目有八：心情必欲通神明，度量必欲包宇宙，聰明必欲察毫厘，裁處必欲合聖賢，識趣必欲度漢魏，變化必欲該百家，體制必欲象沈宋，格力必欲造李杜。立志於此，此心斷定不回，不顧世俗之毀譽，不憚心力之勞瘁，勇往直前，不讓第一與他人，方可與言詩。③

這種具體平實的論述，比之此前過重道德和過於原則的判斷，顯然更可見出理智的清明和討論的深入。不過，畢竟《毛詩序》已將"志"與"情"相連言，稱"詩者，志之所志也"，"情動於中而形於言"，故"情志一也"之說仍十分風行，"情志"一詞也屢見於諸家論說。范曄《後漢書·文苑傳序》即有"情志既動，篇辭爲貴"云云。六朝以下，論者更多。明人受心學和思想解放思潮的影響，如湯顯祖並稱"志也者，情也"，"萬物之情各有其志"④。是用"情"來改造"志"，以對抗倫理道德對文學的干擾。清人袁枚論文尚"情"，也說"詩言志"意指"言詩之必本乎性情也"⑤。是爲"志情一體論"。

---

① 《禮記·樂記》有所謂"是故君子反情以和其志，比類以成其行"，這裏"反情"用宋末元初著名理學家陳澔《禮記集說》的解釋，是指反善復始，意在"復其性情之正"。又，《吕氏春秋·務本》有"古之事君者，必先服然後任，必反情然後受"，高誘注"反情"二字爲"常內省也"，這都給後世正統派論者提供了立論依據。
② 邵雍《伊川擊壤集序》，《伊川擊壤集》卷首。
③ 《冰川詩式》卷九。
④ 《董解元西廂題辭》，《湯顯祖詩文集》卷五十，上海古籍出版社，1982年，第1502頁。
⑤ 《隨園詩話》卷三。

"情"者,如前已論及,指人的情感體驗,是所謂"性之動",由外物觸著,"感而遂通","發動出來"①。儘管在很長的時間裏,它一直與"志"相與爲言,但越到後來,其自身的本位作用得到了越來越多人的肯認。基於其爲"心之精"②,被純用以指一心發動、誠中形外的情感流露。由於文學必須反映真情實感這一點爲人共認,"人之所以靈者,情也;情之所以通者,言也。或情之深,思之遠,鬱積乎中,不可以言盡者,則發爲詩"③。所以以此爲起始範疇,類似"情致"、"情韻"、"情味"、"情趣"、"情境"、"情態"等概念、範疇層見迭出。只是由於它們的意旨均偏在對由"情"造成的作品風格體調的揭示方面,所以不能算本原論範疇。當然,在這些偏正結構的概念、範疇中,"情"儘管在文法上是爲修飾"致"、"韻"等字而設,但基於"因情命思,緣感而有生者,詩之實也"④、"因情立格,持守圜環之大略也"⑤,它無疑對"致"、"韻"等中心字的意義有某種限定作用,這種限定作用可以看作是本原範疇對其他序列範疇的一種意義輻射與規範。

"情"與"志"同屬本原範疇,意義互相滲透,除構成"情志"這一範疇外,還與"性"、"意"等並列,構成"性情"、"情性"和"情意"等本原範疇。"意"是人的本意,主觀意志,在傳統哲學中一直是一個十分重要的範疇。古人認爲"心"爲體,"意"爲用,故每言"意者,心之所發也"⑥、"心之所發便是意"⑦。但這並不等於說"意"不重要,相反,他們認爲"心之本體,本無不正,自其意念發動,而後有不正"⑧。有的進而認爲"意"是"心"之本根,"心之主宰曰意,故意爲心本"⑨、"意者,心之所存,非所發也"⑩。基於"詩所以合意,歌所以咏詩"⑪,所以他們論文也很重視對它的探討,"常謂情志所託,故當以意爲主,以文傳

---

① 陳淳《北溪字義》卷上。
② 徐禎卿《談藝錄》。
③ 徐鉉《蕭庶子詩序》,《徐騎省集》卷十八。
④ 康海《太微山人張孟獨詩集序》,《對山集》卷三十三。
⑤ 徐禎卿《談藝錄》。
⑥ 朱熹《朱子語類》卷五。
⑦ 王陽明《傳習錄》中,《王文成公全書》卷一。
⑧ 王陽明《大學問》,《陽明先生文集》卷三。
⑨ 劉宗周《學言下》,《劉子全書》卷十二。
⑩ 《學言上》,《劉子全書》十一。
⑪ 《國語·魯語》。

意"①,"烟雲泉石,花鳥苔林,金鋪錦帳,寓意則靈"②,"意之所向,透徹玲瓏,如空中之音,雖有聞而不可仿佛;如象外之色,雖有見而不可描摸;如水中之味,雖有知而不可求索"③。並還將此範疇與"志"並提,組成"志意"這一名言,認爲"詩者,人志意之所之道也"④。故此,在與"情"、"志"的關係中,它更多地偏向"志",偏向人的思想旨趣,意義比較深刻微妙,以至引來古人對"言盡意"和"言不盡意"的長久討論。

但另一方面,與"志"之存諸己心不可力作不同,由於"意"關乎人的深層思旨,要準確傳達,必假搜求和安排。故落實到文學批評,它常常在如何"立意"和"出意"這個層面上被得到廣泛的論述。人們要求作文立意要深刻,要高遠,出意要驚挺,要高亮,並須忌"庸"、"陋"、"襲"、"俗"諸病,此外又提出"辭前意"、"辭後意"等許多相關命題。如唐人詩兼有兩者之長,被稱爲"婉而有味,渾而無迹"。宋人詩貴先立意,涉於理路,則被人貶爲"殊無思致"⑤。可見這裏面有一個度的問題,倘刻意布置,留下明顯的"作意",而不能意隨筆生,失却自然,是斷不可取的。正是有鑒於此,許多論者更多地轉尚"情"字,以爲其屬人心之自然流露,可能比"意"更適合於詩。如陸時雍《詩鏡總論》就說:

> 夫一往而至者,情也;苦摹而出者,意也;若有若無者,情也;必然必不然者,意也。意死而情活,意迹而情神,意近而情遠,意偽而情真。情、意之分,古今所由判矣。

他並以杜詩與《古詩十九首》對比,認爲"假令以《古詩十九首》與少陵作,便是首首皆意;假令以《石壕》諸什與古人作,便是首首皆情。此皆神往神來,不知而自至之妙"。

當然,陸氏的這種區分不免絕對了一些。蓋"意"在於假物而取,這種假物而取其實就是"興","興發意生,精神清爽"⑥,故唐代開始就有人關注"意"與

---

① 范曄《獄中與諸甥姪書》,《全宋文》卷十五。
② 王夫之《夕堂永日緒論·内編》。
③ 冒春榮《葚原詩說》卷二。
④ 孔穎達《毛詩正義·詩大序正義》。
⑤ 謝榛《四溟詩話》卷一。
⑥ 王昌齡《詩格》。

"興"的關係,並提出"意興"這個名言①,嚴羽《滄浪詩話》更將之作爲詩的三大要素之一,所謂"詩有詞、理、意興",並稱"南朝人尚詞而病於理,本朝人尚理而病於意興,唐人尚意興而理在其中。漢魏之詩,詞、理、意興無迹可求",可見"意"並非一定就直露,以後李開先更稱"詩貴意興活潑,拘拘謏謏,意興掃地盡矣"②。"意"既可以寄於言外,極煉如不煉,故還與"象"組合成"意象"範疇,乃或"得意忘象"諸命題,這些都恰恰排斥了意旨的刻意直露。至於與"境"組合成"意境"範疇,更是無涉一切淺顯與刻露。"意境"和"意象"以後都成爲中國古代文論中最重要的理論範疇。此外,"意趣"、"意態"乃至"意匠"、"意造"等概念、範疇,或指由作品主旨透發出的旨深韻長的特殊風貌,或指創作者用心精巧不拘常套的戛戛獨造,皆是由"意"範疇牽衍而出,成爲雖不具本原意義但内涵十分豐富的後序範疇的。

那麼,"性"又是什麼呢? 作爲傳統哲學的重要範疇之一,它指人的天賦本性,如告子所說"生之謂性"③。漢唐人多持此說,稱"天命之謂性"④,"性本自然"⑤,"性也者,與生俱生也"⑥。宋代理學家更是多有探討,以爲"天下凡謂之性者,如言金性剛,火性熱,牛之性,馬之性也,莫非固有。凡物莫不有是性,由通蔽開塞,所以有人物之別"⑦。一直到清代,戴震還說:"人之血氣心知本乎陰陽五行者,性也。"⑧但此外尚有從孟子開始,發展到宋代理學家所提出的"生之謂氣,生之理謂性"⑨,"氣之流行,性爲之主"⑩的先驗人性論。戴震包括前此顏元提倡自然人性,正是要否定此意。當然,這兩種解釋之間也並非沒有交錯,如程頤就不否認"性"的自然屬性,以爲"生之謂性,論其所禀也"⑪。

"性"範疇進入文學批評也很早,先秦諸子雖不在純粹的文學意義上用

---

① 康駢《劇談録》卷下《廣謫仙怨詞》就有"而長卿之詞甚是才麗,與本事意興不同"云云。
② 《中麓先生咏雪詩後序》,《李中麓閒居集》文之六。
③ 見《孟子・告子上》。
④ 《禮記・中庸》。
⑤ 《論衡・本性》。
⑥ 《原性》,《韓昌黎文集校注》卷一,上海古籍出版社,2014 年,第 22 頁。
⑦ 《性理拾遺》,《張載集》,中華書局,2008 年,第 374 頁。
⑧ 《孟子字義疏證》卷上。
⑨ 《朱子語類》卷五十九。
⑩ 胡宏《知言》卷三《事物》。
⑪ 《伊川雜録》,《河南程氏遺書》卷二十二上。

"性"和"情性",但所論對後世影響頗大。故《毛詩序》已將"性"與"情"並列成詞,提出詩可以"吟咏情性,以風其上,達於事變而懷其舊俗者也"。仔細區分"性"與"情"兩個範疇,可以看到其間區別雖微,但並非不存在。這種區別首先仍然基於哲學上的分殊。漢儒董仲舒曾説:"天地之所生,謂之性情……情亦性也,謂性已善,奈其情何。"①又説:"天之大經,一陰一陽。人之大經,一情一性。性生於陽,情生於陰。陰氣鄙,陽氣仁。"②劉向也對之作了區分,稱"性,生而然者也,在於身而不發;情,接於物而然者,出形於外"③。李翱更明確提出"性善情惡"説,以爲"人之所以爲聖人者,性也;人之所以惑其性者,情也。……情者性之動也,百姓溺之而不能知其本者也"④。邵雍則以爲"任我則情,情則蔽,蔽則昏矣;因物則性,性則神,神則明矣"⑤。程頤説:"性之本謂之命,性之自然者謂之天,自性之有形者謂之心,自性之有動者謂之情。"⑥後明楊慎作《性情説》、《廣性情説》兩文,引《樂記》"人生而靜,天之性也;感於物而動,性之欲也"之説,進一步劃定"性"靜而"情"動、"性"本而"情"末的義界。

然而,基於文學作品總要感情而動,而這"情"總應本乎本性與本真,所以在文學批評領域,論者並不強分"性"、"情",而是將兩者視爲一體,稱"詩之爲道,本於性生,而亦隨其聞見睹記,情緒感遇之淺深以遞進"⑦,進而鑄成"情性"一詞,稱"詩者,民之情性也"⑧,"歌咏者,極情性之本"⑨。也可顛倒成詞,稱爲"性情",所謂"詩以道性情,自昔《三百篇》所載,野樵、田畯、村嫗、閨秀,横口所出無非詩,總以道性情所欲言而已"⑩。"尚性情者得其本。"⑪又説:"惟夫詩則一由性情以生,悲喜憂樂忽焉觸之,而材力不與能焉。"⑫比之"材力",突出了"性情"之於創作的決定作用。前此楊慎雖主"性"靜"情"動之説,但仍然根據

---

① 《春秋繁露·深察名號》。
②③ 《論衡·本性》引。
④ 《復性書》,《全唐文》卷六百三十七。
⑤ 《觀物外篇十一》,《皇極經世書》卷十三。
⑥ 《伊川先生語十一》,《河南程氏遺書》卷二十五。
⑦ 彭賓《岳起堂稿序》,《陳忠裕公全集》卷首。
⑧ 王通《中説》卷十《關朗篇》。
⑨ 皇甫湜《諭業》,《皇甫持正集》卷一。
⑩ 畢自嚴《類選四時絕句序》,《石隱園藏稿》卷二。
⑪ 王棻《與友人書》,《柔橋文鈔》卷十二。
⑫ 戴表元《洵上人删詩序》,《剡源戴先生文集》卷九。

《易》《書》之理,稱情性合則雙美,離則兩傷,又以爲"舉性而遺情,何如曰死灰;觸情而亡性,何如曰禽獸"①。陳白沙乾脆説:"論詩當論性情。"②清人更推而論及不同文體中的"性情",稱"詞與詩體格不同,其爲攄寫性情,標舉景物則一也"③,"填詞種子,要在性中帶來"④。乃至爲反抗"性善情惡"説的保守,力倡"性"、"情"兩者本原同一,或用"情"來掩抑"性",所謂"蓋聲色之來,發於情性,由乎自然,是可以牽合矯强而致乎?故自然發於情性,則自然止乎禮義,非情性之外復有禮義可止也","有是格,便有是調,皆情性自然之謂也,莫不有情,莫不有性,而可以一律求之哉?"⑤"蓋有至情而後有至性,情既不至,則其性也亡。"⑥

他們還進而探討如何在創作中處理好"性情"的問題,認爲"性情"的表達要借助形象,深用比興,自然而然。元傅與礪所謂"唐詩主於達性情,故於《三百篇》爲近;宋詩主於立議論,故於《三百篇》爲遠"⑦,即揭示了尚"性情"之中實含有崇"形象"、"意象"和"比興寄託"的意思,這實際已觸及了文學的根本性特徵。屠隆稱:"夫詩由性情生者也,詩自《三百篇》而降,作者多矣,乃世人往往好稱唐人,何也?則其所託興者深也。"⑧是明確説出了這一點。由此與"意"和"興"可組合成詞一樣,這一序列又有"性興"、"情興"等複合名言。可以説,正是借助了"興"範疇的支持,"情性"才穩穩地確立了自己在文學批評範疇中的地位。或者説,只有從這個意義上强調"情性",才能明白它何以不斷被人揭舉提倡,何以成爲本原性範疇的原因。

"性"這個範疇還與"靈"、"氣"並列,構成具有本原性質的新範疇,其中"性靈"既根植於性情之本原,又落實爲靈透的妙用,尤其值得重視⑨。本書前幾章

---

① 見《性情説》、《廣性情説》,《升庵集》卷五。
② 尤珍《訪濂連日論詩有契辱贈佳篇次韻奉酬二首》其一自注引,《滄湄詩稿》卷十六。
③ 田同之《西圃詞説》。
④ 李漁《閒情偶寄·重機趣》。
⑤ 李贄《讀律膚説》,《焚書》卷三。
⑥ 袁枚《廣外餘言》。
⑦ 《詩法正論》,《詩學指南》卷一。
⑧ 《唐詩品彙選釋斷序》,《由拳集》卷十二。
⑨ 鈴木虎雄謂性靈之説"蓋取貴性情底靈妙的活用",見其所著《中國古代文藝論史》,孫俍工譯,山西人民出版社,2015年,第110頁。松下忠乾脆稱袁枚的"性靈説"爲"性靈的性情説",見其所著《江戶時代的詩風詩論》,范建明譯,學苑出版社,2008年,第865頁。

已論及"靈"這個範疇,指出它在宋以後特別是元明清三代得到許多人的强調。"性"與"靈"的耦合在時間上可上溯至南北朝,如劉勰《文心雕龍·原道》篇即有"故兩儀既生矣,惟人參之,性靈所鍾,是謂三才,爲五行之秀,實天地之心"。《宋書·顏延之傳》也有"含生之氓,同祖一氣。等級相傾,遂成差品。遂使業習移其天識,世服没其性靈"。察其所指,均指人的才性靈氣,尚非直接論文。鍾嶸《詩品》稱阮籍《詠懷詩》"可以陶性靈,發幽思,言在耳目之内,情寄八荒之表",庾信《趙國公集序》稱"含吐性靈,抑揚詞氣",顏之推《顏氏家訓·文章篇》稱"原其所積文章之體,標舉興會,發引性靈",則是直接論文①。後杜甫《解悶》詩謂"陶冶性靈存底物,新詩改罷自長吟",即用此義。

但也正是由於有"靈"的參與,"性靈"範疇成爲竭情張揚才性的代名詞,在很長一段時間裏並没有被崇尚理性和教化的古人賦予正面的意義。前引顏之推已稱這種"標舉興會,發引性靈"易使人"忽於持操,果於進取",以至於"損敗居多"。唐代史家總結各代文學,稱"自漢以來,辭人代有,大則憲章典誥,小則申抒性靈"②,則更以其爲藐乎小者,無足稱道。爲什麽?爲其意非正大而格非雄強,徒有聰明而缺乏力度。此所以元稹説:"齊宋之間,教失根本,士子以簡慢歙習舒徐相尚,文章以風容色澤放曠精清爲高,蓋吟寫性靈流連光景之文也,意義格力無取焉。"③

但到明中葉以後,隨着心學的興起,還有禪宗心性學説在士林中的風行,個體氣質才性和精神本位得到空前的肯定。與心學家講"蓋天地萬物與人原是一體,其發竅之最精處,是人心一點靈明","良知是造化的精靈"相一致④,論者開始"脱棄陳骸,自標靈采"⑤,張揚"性靈"之於文學創作的本原意義,所謂"詩非他,人之性靈之所寄也"⑥,話説得可謂明確而絶對。湯顯祖也説:"心含靈粹,而英華外粲,行則有度,言則有音。"⑦"其人心靈能出入於微眇,故其變動

---

① 劉熙載《藝概》:"鍾嶸謂阮步兵詩可以陶寫性靈,此爲以性靈論詩者所本。"
② 《南史·文學傳序》。
③ 《唐故工部員外郎杜君墓係銘並序》,《元氏長慶集》卷五十六。
④ 王陽明《傳習録》下,《王文成公全書》卷一。
⑤ 焦竑《與友人論文》,《澹園集》卷十二。
⑥ 焦竑《雅虞閣集序》,《澹園集》卷十五。
⑦ 《秀才説》,《湯顯祖詩文集》卷三十七,上海古籍出版社,1982年,第1166頁。

有象,常鼓舞而盡其詞。"①又説:"誰謂文無體耶,觀物之動者,自龍至極微,莫不有體,文之大小類是,獨有靈性者自爲龍耳。"②這裏所謂的"靈性"即"性靈",即使是崇尚追古的王世貞,晚年檢點心魂,也借此範疇重新確立自己對詩歌的認識,稱"詩以陶寫性靈、抒紀志事而已"③。"至所結撰,必匠心締而發性靈。"④稍後,袁宏道更揭舉"心"在創作中的主導作用,再次提倡"夫性靈竅於心,寓於境,境所偶觸,心能攝之,心所欲吐,腕能運之","以心攝鏡,以腕運心,則性靈無不畢達"⑤,凡此很清楚地表明他所講的"性靈"是從屬於"心"這個本原範疇的。所以,在《序小修詩》中他更倡言"獨抒性靈,不拘格套",推崇"從自己胸臆流出"的詩。在他看來,作文須賴興會,暢其意所欲言,只要是真情實感,就是非議和凌越傳統也無不可。

　　清中期以來,吳雷發、袁枚、張問陶等人接續其旨,繼續標舉此範疇之於文學創作的本原意義。特別是袁枚,堅稱"從《三百篇》至今日,凡詩之傳者,都是性靈,不關堆垛"⑥。詩不是"窮經讀注疏"可以成就的,而是"性情所流露者也"⑦。以注疏夸事,填砌矜博,只能"捃摭瑣碎,死氣滿紙"⑧。其時詩壇有沈德潛倡言"格調",翁方綱標舉"肌理",儘管沈、翁兩人決非不講性情,但"格調"和"肌理"所關涉的並非詩之本,其宗旨所在其實偏屬形式,且推展開去難免矯枉過正,以復古代創作却是確確實實的。袁氏承李贄、袁宏道之論,崇"性情",講"靈機",以爲這"性情"是自然而然的赤子之心,違衆違俗的個人獨見,不受學術的轄制,也不爲聞見所蒙蔽;這"靈機"是天賦的才性,智慧的靈光一現,且活潑潑地洋溢着鮮亮的生命意趣,確實具有糾正上述兩説偏失的意義。

　　他並提出"木"這個名言,稱"人可以木,詩不可以木","潘稼堂詩不如黃唐堂詩,以一木而一靈也"⑨。由其具體評論可知,"木"乃木質、木樸、木訥、木強之意,他認爲大凡詩有粗豪、板重、寬袍大袖氣象的皆是"木",它無生氣生趣,

---

① 《序丘毛伯稿》,《湯顯祖詩文集》卷三十二,第 1080 頁。
② 《張元長噓雲軒文字序》,《湯顯祖詩文集》卷三十二,第 1079 頁。
③ 《題劉松年大曆十才子圖》,《弇州山人續稿》卷一百六十八。
④ 《封侍御若虛甘先生六十序》,《弇州山人續稿》卷三十五。
⑤ 江盈科《敝篋集叙》引,《袁宏道集箋校》附錄三,上海古籍出版社,1981 年,第 1685 頁。
⑥ 《隨園詩話》卷五。
⑦ 《答何水部》,《小倉山房尺牘》卷七。
⑧ 《答李少鶴書》,《小倉山房尺牘》卷八。
⑨ 《隨園詩話》卷十五。

呆板僵滯,正與"靈"構成反對①。這種由"情性"之本論及"情性"之用,並以爲唯此才合詩之體、得詩之正,在理解上並不比他的論敵高明多少,但確乎爲人"重新找回詩歌失落的本體,找回詩歌失落的生命力和創造性"②。

在中國古代社會的末期,傳統詩歌由展開走向收結的清中葉詩壇,"性靈"無疑是最活潑的範疇之一,以至連文學觀比較保守的紀昀也不能不受其影響,雖認爲"情之至由於性之至",也說"詩本性情者也……其大者,和其聲以鳴國家之盛,次亦足抒憤寫懷,舉日星河岳,草秀珍舒,鳥啼花放,有觸乎情,即可以宕其性靈"③。"善爲詩者,其思浚發於性靈,其意陶熔於學問"④。更有女性詩人如熊璉,在所作詩話中開宗明義地聲稱:"詩本性靈,如松間之風,石上之泉,觸之成聲,自成天籟。"⑤至於詞曲、戲劇和小説批評中也常可見到此範疇,如哈斯寶評《紅樓夢》,稱"文章出於靈性,靈性亦隨文而生"⑥。劉鶚《老殘遊記序》甚至説文學史上一切偉大的作品都是作家靈性的表露,"有一份靈性,即有一份哭泣"。因此説這個範疇在古代社會後期部分代替了"性"、"情"或"情性"等範疇,成爲足以標別人對文學本質的認識程度,是完全可以成立的。

二、客體本原及相關範疇的聯結

本着"天人合一"的基本哲學觀,古代中國人好從自然物中觀照人的生命活動與藝術創造活動,又樂意把人的這些活動外化到自然物中去。他們對天地萬物懷有強烈的親和願望,常常深切地感到人的許多屬性都由自然賦予,至少是爲和這自然物相對應而存在的。由此,對這"物"投注了很大的關注,乃至賦予它崇高的本原地位。這個"物"主要指具體實有之物,所謂"有貌象聲色

---

① 黃子雲《野鴻詩的》謂:"眼不高不能越衆,氣不充不能作勢,膽不大不能馳騁,心不死不能入木,此四者,作詩之大旨也。"此處"木"指脱略聲色名利之計較,心如止水、情無外凝的清明自在的創作狀態,可與袁枚之説互看。
② 周裕鍇《中國禪宗與詩歌》,上海人民出版社,1992年,第231頁。又,祝德麟《悦親樓詩集》卷二十四《閲隨園詩話題後六首》之二有"宏奬風流雅意深,更從廣大識婆心"句,聯繫從其學詩者多方外緇流,青衣紅粉,此説之近情而得人心,可想見矣。
③ 《冰甌草序》,《紀文達公遺集》卷九。
④ 《清艷堂詩序》,《紀文達公遺集》卷九。
⑤ 《澹仙詩話》卷一。
⑥ 《新評紅樓夢回批》第三十九回。

者,皆物也"①,故有"天地與其所産者,物也"之説②。也指一切思維的對象,如《老子》之"道之爲物,惟恍惟惚",後者是從前者中引申出來的。但就一般情形而言,"形形之謂物,不形形之謂道。物拘於數而有終,道通於化而無盡"③,兩者的區別還是比較顯見的。

應該説,人對天地萬物及其抽象形式的發現,無不立足於人自身的認識視域和認知圖式,受自身知識譜系的規定和影響,詩人、小説家之納萬物於筆端自然也是同樣。不過儘管如此,古代中國人還是盡一切可能,努力突出"物"的自性與本位,努力抛棄對它的主觀區劃和機械裁割,以求最大程度地與它契合。故自《中庸》討論成己爲仁、成物爲知開始,心物關係就成爲重要的哲學命題,孟子以下一直到宋明理學家、心學家,都對此發表過意見。所謂"細看萬物,皆自冲漠無朕之微,以至於形著堅固,得天地之氣相感,而物乃成形","人能知天地萬物各有截然之分,則心自定矣"④。由此,在文學創作中如何理解和對待"物",如何處理"物"與"心"的關係,並使之進入詩意詞境,進入戲曲、小説所設立的特定場景,成爲歷代論者關注的一大重點。由於討論的繁富,一系列相應的名言和命題便被提了出來。

首先是"物感説"的被提出。自《禮記·樂記》指出"凡音之起,由人心生也,人心之動,物使之然也",陸機以下一直到劉勰、鍾嶸都承此説,或説"瞻萬物而思紛","應物斯感","物色之動,心亦摇焉",或説"氣之動物,物之感人,故摇蕩性情,形諸舞咏"。即"物"或"物色"由"氣"這個本原性因素决定,然後對人之"心"構成决定性的影響。由於"物"和"物色"對"心"的這種决定性影響,故就作者一方面説,如何把握和反映就成了必須解决的關鍵問題。於此,古人提出了"觀物"、"感物"、"應物"到"體物"、"寫物"等一系列命題。陸機《文賦》稱"賦體物而瀏亮",雖是就賦一體的特點而言,一部作品但能體物不能言志固然從來被人唾棄,此唐人柳冕所以稱"宋齊以下,則感物色而亡興致"⑤,但反過來只能言志不善體物,也不被認爲是成功之作。

---

① 《莊子·達生》。
② 《公孫龍子》卷下《名實論》。
③ 胡宏《知言》卷三《紛華》。
④ 薛瑄《薛文清公讀書録》卷二、卷四。
⑤ 《與滑州盧大夫論文書》,《唐文粹》卷八十四。

其次是"物以情觀"説的出現。即作者既可因物生感,也可應情感物,並使"物"進入文學,成爲涵蓄情思的特殊意象,此即所謂"物象"。它不同於"物色"爲純然客觀之物,而染有作者的情感色彩,這就是劉勰《文心雕龍·詮賦》篇所説的"物以情觀"的含義。這種"物以情觀"真正實現了"心"與"物"的互通,奠定了傳統文學主客交融的基本特性。李夢陽説:"遇者因乎情,詩者形乎遇","憂樂潛之中,而後感觸應之外"①。王夫之説:"有識之心而推諸務者焉,有不謀之物相值而生其心者焉,知斯二者,可與言情矣。"②討論的都是這個問題。

應該説,落實到單個人而言,這種向内搜尋形成的穩定心理結構和情感類型,通常是構成作者感物的基礎,所謂"借彼物理,抒我心胸……然則物非物也,一我之性情變幻而成者也。性情散而爲萬物,萬物復聚而爲性情,故一捻髭搦管,即能隨物賦形,無不盡態極妍,活現紙上"③。從這個意義上説,上述"物感説"是必須有"物以情觀"作補充的。故此,古人進一步提出了"託物"這個命題。因心本有主,投射於物,倘稍存意,便是一種主觀行爲。至於故意在物中寓寄情懷,就更不必説了。如元人黄溍爲避亂隱居的友人詩集作序,言其"久之稍出,游漸東西州,遇遺民故老於殘山剩水間,往往握手歔欷,低徊而不忍去",就對其因此"緣情託物,發爲聲歌"多有肯定④。楊載《詩法家數》將此意推及一般,稱"咏物之詩,要託物以伸意"。宋濂則指出:"詩緣情而託物者也,其亦易易乎,然非易也。"⑤

由於作者面對"物色",既有"觀物"、"體物"而"寫物",也有因情、緣情而"託物",這自然牽及了借物來感發心志的問題。"興"範疇正因此成爲連接"心"與"物"的重要樞紐。如劉勰《文心雕龍·詮賦》就曾在論説"睹物興情"的同時提及"情以物興",杜甫《陪李北海宴歷下亭》詩稱"雲山已發興",《逢早梅相憶見寄》詩稱"東閣觀梅動詩興"。葛立方所謂"自古工詩者,未嘗無興也,觀物有感焉,則有興"⑥,更明確地道出了這一點。沈德潛説:

---

① 《梅月先生詩序》,《空同集》卷五十一。
② 《詩廣傳》卷二。
③ 廖燕《李謙三十九秋詩題詞》,《二十七松堂集》卷五。
④ 《方先生詩集序》,《金華黄先生文集》卷十六。
⑤ 《劉兵部詩集序》,《宋文憲全集》卷七。
⑥ 《韻語陽秋》卷二。

事難顯陳,理難言罄,每託物連類以形之;鬱情欲舒,天機隨觸,每借物引懷以抒之。比興互陳,反復唱嘆,而中藏之歡愉慘戚,隱躍欲傳。其言淺,其情深也。倘質直敷陳,絕無蘊蓄,以無情之語而欲動人之情,難矣。①

中心有一段難以訴說的情感,由"物"觸動,再借比興互陳,一唱三嘆,就能將這種深微的情思傳達出來。所謂"天機隨觸",是說這種"物以情觀"不是主體一意尋找來作爲託情之物的,而是懷情之人適會此可以寓情之物,兩廂自然湊泊。在這個過程中,"物"決非一純然被動之物,這裏邊有着"天人合一"的文化傳統在起作用,不然"託物"便幾無區別於西人的象徵了。這裏的"天機"即指自然,李善注《文賦》"方天機之駿利,夫何紛而不理",引《莊子》"'蚿曰:今予動吾天機。'司馬彪曰:'天機,自然也。'又《大宗師》曰:'其耆欲深者,其天機淺也。'劉瓛曰:'言天機者,言萬物轉動,各有天性,任之自然,不知所由然也。'"將其意解說得明白。而"興"的運用正確保了這種自然屬性的完滿實現。前面曾論及"意"、"情"範疇對"興"的依賴,"物"的情況與此類似。據此,也可證前此將其確定爲元範疇,決非出於臆斷。

再說"以物觀物"。此命題的提出可以說是古人對"心"、"物"關係認識趨於成熟的標誌,它意味着主體在觀物過程中已注意到了對自身所持前見的超越。底下還要說到,"觀"這個範疇在中國古代與其說是指觀形,不如說更指觀神,故"以物觀物",在古人看來就是一種攝取對象精神的方法。要觀察和攝取對象之神,光調動耳目等外在感官顯然不行,還須用心靈,是謂"心觀"。而基於這"心觀"必須超越主觀前見和一切認知的蔽障,去情去欲至於情景都忘就很重要,只有這樣才能真正做到"以天合天",是所謂"反觀",即離開感官實踐,用心與理看世界,古人以爲它從根本上說是依從於"性"的。邵雍就說:

夫所以謂之觀物者,非以目觀之也。非觀之以目,而觀之以心也。非觀之以心,而觀之以理也。……聖人之所以能一萬物之情者,謂其聖人之能反觀也。所以謂之反觀者,不以我觀物也。不以我觀物者,以物觀物之

---

① 《說詩晬語》卷上。

謂也。既能以物觀物,又安有我於其間也。①

由此,他把"以物觀物"與"以道觀道"、"以性觀性"、"以身觀身"相聯言,稱"以物觀物,性也;以我觀物,情也。性公而明,情偏而暗"②。又稱:"任我則情,情則蔽,蔽則昏矣;因物則性,性則神,神則明矣。"③其實"以物觀物"哪能真的就去盡了我,但經由他這樣析言之,極言之,"物"的本位意義和本原作用確乎得到了空前的突出。

蓋萬物翼然而來,通於四極,神莫知其極。人要"遊心於物之初",得"至美至樂"的觀物享受,只有"虛而待物",這是道家的基本主張。古人承繼了這種思想,還有上述理學家的說法,爲求得觀"物"得"神",並這"物"成爲人精神真正適切的對象,而不是只粗得其外形無關乎"心"、"情",也大多強調"以物觀物"的重要性,由此確立以客體的方式去把握客體的認識原則,因閒觀時,因靜觀物,以求達到物我兩忘,如《老子》所說的"常無欲以觀其妙,常有欲以觀其徼"的高妙境界。"妙"者,神而不知其迹之謂也,虛靜無欲的觀物方式正可以達成對事物本體和精神的認識,這種認識自然是最切近"妙"的本義的。

宋人於此獨有會心,故論文談藝,對能"熏爐靜坐,世慮泊如,超然若欲立乎萬物之表者"④,每有無限的欽敬。到近代,王國維《人間詞話》將詞分爲"有我之境"和"無我之境"兩類,稱"有我之境,以我觀物,故物皆著我之色彩","無我之境,以物觀物,故不知何者爲我,何者爲物"。他所說的"以我觀物"和"以物觀物",自然是受了叔本華等西方哲學家、美學家的影響,指人帶着強烈的個人意志與"物"產生的某種關係,以及不帶任何主觀情感與"物"產生的那種沒有利害衝突的關係。前者"於由動之靜時得之"而產生"宏壯",後者"惟於靜中得之"而產生"優美"。依他說法,"苟一物焉,與吾人無利害之關係,而吾人之觀之也,不觀其關係,而但觀其物。或吾人之心中無絲毫生活之欲存,而其觀物也,不視爲與我有關係之物,而但視爲外物,則今之所觀者,非昔之所觀者也。此時吾心寧靜之狀態,名之曰優美之情,而謂此物曰優美。若此物大不利

---

① 《觀物內篇十二》,《皇極經世書》卷二。
② 《觀物外篇十》,《皇極經世書》卷十三。
③ 《觀物外篇十二》,《皇極經世書》卷十三。
④ 俞德鄰《奧屯提刑樂府序》,《佩韋齋集》卷十。

於吾人,而吾人生活之意志爲之破裂,因之意志遁去,而知力得爲獨立之作用,以深觀其物,吾人謂此物曰壯美,而謂其感情曰壯美之情。"①"有我之境"與"無我之境"正得之於這兩種不同的觀物態度和方式。由其對兩種境界取得方式的區分,可以看出這"以我觀物"和"以物觀物",乃至其所説的"唯自然能言自然,唯自然能知自然","以自然之眼觀物,以自然之舌言情",在精神上仍與道家及受道家影響的邵氏理學觀存在着不可割絶的聯繫。

"以物觀物"還可視作是一種"物化",即與物俱化,既不主己意,並不著己見。如清人所講,"士之負絶藝者,中有神解而外與物化,非至精者不能幾也"②。這種"一若本體完全物化,太空只是物質遍布"的境界③,非輕易可造,必待自體的"神解"。而要有這種"神解",虛靜其心,空其懷抱,以神行而不以目視,是十分重要的條件,所謂"體物之工,亦唯靜者能之"④。這也正是王國維"以物觀物"和"惟於靜中得之"的意思。因"以物觀物"的觀物方式說到底正是爲了與物俱化,故"物化"這個名言表明主體拆除了人與物的對立壁壘,真正走向了對物之神理的攝取,這不能不説是對"觀物"説的深化和發展。

不過,"以物觀物"或"物化"畢竟皆執一個"物"字,終究落一實相,故又有"無物"這樣的命題被提出。"無物"即指人在感覺外部世界時"應物"而不滯,"流觀"而不繫,如此不執着於"物"而"遺物",從而真正全方位地把握了"物",擁有了"物"的本相和本質。宋人於此種觀物方式曾有深入的探討,如蘇軾一方面稱讚"與可畫竹時,見竹不見人",一方面又提出人"不可留意於物"⑤。黄庭堅論觀物,也推崇"視而不見,聽而不聞","心能不牽於外物"⑥。晁補之説:"然嘗試遺物以觀物,物常不能廋其狀。"⑦"不能廋其狀"是指無從隱匿其貌。之所以眼中無物,並見物而心無物痕,反而能使物無遁形,在在成狀,正是因爲這觀物的主體有更爲徹底的澄神絶慮功夫,它不是努力追求泯滅物我,而是心中本來就無物我的區隔,"無物"也就是"無我",唯其"無我"才能做到"無物"。

---

① 《紅樓夢評論》,《静庵文集》,遼寧教育出版社,1997年,第68頁。
② 吴偉業《王石谷贈行詩序》,《梅村家藏稿》卷三十五。
③ 熊十力《新唯識論》,中華書局,1985年,第527頁。
④ 洪亮吉《北江詩話》卷二。
⑤ 《寶繪堂記》,《蘇文忠公全集》前集卷三十二。
⑥ 《道臻師畫墨竹序》,《豫章黄先生文集》卷十六。
⑦ 《跋李遵易畫魚圖》,《濟北晁先生雞肋集》卷三十三。

因此,從哲學角度說,這種無心應物的"無物"比"以物觀物"來得更精闢更深刻。

明人謝榛於此觀物法深有領悟,在《四溟詩話》卷三中他作了這樣的闡述:

> 夫尤景七情,合於登眺,若面前列群鏡,無應不真,憂喜無兩色,偏正惟一心。偏則得其半,正則得其全。鏡猶心,光猶神也。思入杳冥,則無我無物,詩之造玄矣哉。

"無我無物"賴"思入杳冥","這思入杳冥"就是前面說的空明虛静,澄神絶慮。此後李日華稱"必然胸中廓然無一物,然後烟雲秀色與天地生生之氣自然湊泊,筆下幻出奇詭"①,鄭燮稱"究其胸次,萬象皆空"②,皆是對"無物"之旨的闡發。王夫之稱曹植《七哀詩》之"明月照高樓,流光正徘徊","可謂物外傳心,空中造色,結語居然在人意中,而如從天隕,匪可識尋,當由智得"③。這裏"物外"云云,也與"無物"的觀物態度有關。

正如"情"與"意"均能構成"境"一樣,以"物"入詩也能構成"物境",故唐初王昌齡《詩格》已提出"詩有三境",這是"物"與"境"範疇的交合。無論是"以我觀物"的"有我之境",還是"以物觀物"的"無我之境",皆不脱於"物"。

前已特别指出,"物"這個範疇並不僅指天地萬物,由於它還指稱作為思維對象的一切客觀存在,所以當然也將現實生活中的各種事象收攬在内。故趙岐注《孟子》"萬物皆備於我",即稱"物,事也",鄭玄注《周禮·地官》大司徒"以鄉三物教萬民",也說"物,猶事也"。古代詩人、批評家用此範疇,也常常將現實人事包括在内。如鍾嶸《詩品序》稱"氣之動物,物之感人",這"物"除"春風春鳥,秋月秋蟬"等自然景物外,就還有"楚臣去境,漢妾辭宫"等種種"感蕩心靈"的複雜人事。唐人更明白地將"物"與"事"等列,稱"詩人之作,感於物,動於中,發於咏歌,形於事業,事之博者其辭盛,志之大者其感深"④,又稱"大凡人

---

① 《紫桃軒雜綴》卷四。
② 《題畫竹六十九則》,《鄭板橋集補遺》。
③ 《古詩評選》卷四。
④ 梁肅《周公瑾墓下詩序》,《全唐文》卷五百十八。

之感於事,則必動於情,然後興於嗟嘆,發於吟咏,而形於歌詩矣"①。明人也說:"詩也者,率其自道所欲言而已,以彼體物指事,發乎自然。"②

而自然而然地,"物"與"事"合成一詞也常見於古人的文學批評。如宋吳沆曾引張右丞的話,稱"杜詩妙處人罕能知,凡人作詩,一句只說得一件物事,多說得兩件,杜詩一句能說得三件、四件、五件物事"③。也可顛倒成詞,爲"事物",如林景熙說詩"蓋情性以發之,禮義以止之,博以經傳,助以山川,老以事物,而豈一日之積哉"④。古人還以"遇"這個名言概括這兩者,如李夢陽所謂"情者,動乎遇者也","故遇者物也,動者情也"⑤,艾穆所謂"情以遇遷,景緣神會"⑥,蔡羽所謂"情無異,感乎遇"⑦。這裏的"遇"皆既指"物"又指"事",兼兩者而爲言。而其所包含的不期而會、對待而合的意思,對人瞭解物我關係也有很富針對性的啓示。

"物"、"事"之外,"理"這個範疇也具有客體本原意義。如本書第二章所論,"理"本指物質組織之紋理,故《周易·繫辭上》有"仰以觀於天文,俯以察於地理",孔疏:"地有山川原隰,各有條理,故稱理也。"又指萬物之道理與準則,故《周易·文言》有"君子黃中通理,正位君體,美在其中而暢於四支",孔疏:"以黃居中,兼四方之色,奉承臣職,是通曉物理也。"儒道兩家言及"理"字,皆從此意義上置論。魏晉以下,人多從事物之所以然和不得不然的角度論"理"。降至宋明,儘管有唯心、唯物的認識區別,有的賦予它倫理性的品格,用以指實踐主體內化的道德結構形式和必須遵循的善,但對"理"爲"物"、"事"之條理和準則,且與"氣"、"道"關係密切這一點,諸家都無異議。"氣化"爲"道","氣"的變化表現爲"理","道"就是一定之"理",是對事物的一般認識這一點,也都爲古人所認同和采信。

文學反映生活,從自然景物到社會人事皆各有"象"有"理",作者因物而感,包含對此"象"此"理"的感會,故論文言"理"是必然的事。宋以來論者多直

---

① 白居易《采詩以補察時政》,《策林》六十九。
② 焦竑《竹浪齋詩集序》,《澹園續集》卷二。
③ 《環溪詩話》卷上。
④ 《王修竹詩集序》,《霽山先生集》卷五。
⑤ 《梅月先生詩序》,《空同集》卷五十。
⑥ 《十二吟稿原序》,《大隱樓集》卷首。
⑦ 《顧全州七詩序》,《明文授讀》卷三十五。

接以詩言"理",但未能從詩必須反映"理"和詩意必須根植於"理"的正確角度契入,以至陷於"理障",遭到嚴羽非詩的斥責。然就嚴氏立論之全體而言,是認同"理"乃詩所必具的,故稱"詩有詞、理、意興"。他最推崇漢魏詩,也因其"詞理意興,無迹可求"。顯然,"無迹可求"並不等於詩中無"理"。

如此考察歷代人所論之"理",早在魏晉南北朝文學批評初興期,陸機《文賦》已提倡"辭達而理舉",曹丕《典論·論文》反對"理不勝辭",劉勰《文心雕龍》亦無取"辭高而理疏",要求"文深於理"、"理正而後摛藻"。顏之推《顏氏家訓·文章篇》進而將"理"明確奉爲作文的本原,稱"文章當以理致爲心腎,氣調爲筋骨,事義爲皮膚,華麗爲冠冕"。"理致"者,即義理和情致。唐人不滿"理勝而文薄"或"文勝而理薄"①,要求"文、理、義三者兼并"②,但也有認爲"文以理爲本"的③。宋人如黃庭堅也說:"所遺新詩,皆興寄高遠,但當以理爲主,理得而詞順。"④張末更說:"古之文章,雖製作之體不一端,大抵不過記事、辨理而已,記事而可以垂世,辨理而足以開物,皆辭達者也",當然在要求"詞主於理"的同時,他更強調"理根於心"⑤。蘇軾指出陶淵明"談理之詩",如"笑傲東軒下,聊復得此生","客養千金軀,臨化消其寶","皆以爲知道之言"⑥,直將"理"與"道"相掛連。吳氏說:"爲文大概有三,主之以理,張之以氣,束之以法。"⑦因須主於"理",故這"理"自然就應得到充分的凸顯。對此,古人用"深"、"長"、"幽"等名言指實之。如劉克莊就以"意新而理長"稱人⑧,徐燉也說:"詩理淵宏,非思深者不能窺其奧。"⑨張之翰則說:"說性說理處,不患其不幽且深,但恐其搜索太過。"⑩可見,不存在作品中能不能有"理"的問題,"理"是文學的本質屬性,它之所以有時候成爲問題,是因人不知如何凸顯這種屬性而已。

明清人總結唐宋兩代創作,於此一點體會頗深。他們不但以爲"詩中談理,

---

① 梁肅《補闕李君前集序》,《全唐文》卷五百十八。
② 李翱《答朱載言書》,《李文公集》卷六。
③ 陸希聲《唐太子校書李觀文集序》,《全唐文》卷八百十三。
④ 《與王觀復書》,《豫章黃先生文集》卷十九。
⑤ 《答汪信民書》,《張右史文集》卷五十八。
⑥ 《詩人玉屑》卷十三引《韻語陽秋》語。
⑦ 《荊溪林下偶談》卷二。
⑧ 《後村詩話》前集卷二。
⑨ 《泡庵詩選序》,《重編紅雨樓題跋》卷一。
⑩ 《題劉洪父梅花百詠後》,《西巖集》卷十八。

肇自於《頌》"①,"《大雅》中理語,造極精微"②,"理原不足以礙詩之妙"③,還反復重申"文以理爲主,而氣以抒之"④。且還指出這"理"從根本上說肇源於"性",所謂"詩源情,理源性"⑤,"理語不必入詩中,詩境不可出理外"⑥。梁橋並分"理"爲"天理"、"物理"、"事理"、"神理"四者,稱"萬理不同,同歸於是,謂之至理。至理一本,其變無方,謂之衆理"⑦,是將此"理"推展至萬事萬物的一般規律。論詞的創作也是如此,李漁《窺詞管見》稱"琢句煉字,雖貴新奇,亦須新而妥,奇而確。妥與確,總不越一'理'字。"張竹坡《金瓶梅讀法》謂:"做文章不過是情、理二字,今做此一篇百句長文,亦只是情、理二字。"因戲劇、小說更着意於反映人情物理,故"理"字在戲劇、小說批評中,更被視爲須臾不可忽忘的基本原則。

雷燮說:"作詩翻盡古人公案,於無中生有,死中求活,亦必近理道,通人情然後可。"⑧紀昀說:"文而不根於理,雖鯨鏗春麗,終爲浮詞。理而不宣以文,雖詞嚴義正,亦終病其不雅馴。"⑨則說得不但明確,還很持平。將"理"作文論主幹的是毛先舒,其《青桂堂新咏引》一文嘗謂:"詩之爲物,名理而已。"《文論一》中更將之作爲統攝"義"、"事"、"情"、"辭"的靈魂。說:

> 理有義,有事,有情,有辭。義統於理,無詩義矣。文家標義務新奇,不軌於正,以務相攻奪,失理以爲之統故也。事得理以統之,則無夸事,因物而傅之文,以各肖其形……是中理也。情統於理則情不溢……辭統於理則無蕪辭焉,語必中道,淺而見深,故而長新,斯辭之極於理者乎。

將此意發揮得最爲完整的是葉燮。《原詩》內篇上認爲:"自開闢以來,天地之大,古今之變,萬匯之賾,日星河嶽,賦物象形,兵刑禮樂,飲食男女,於以發爲文章,形爲詩賦,其道萬千,余得以三語蔽之,曰理、曰事、曰情,不出乎此

---

① 張謙宜《絸齋詩談》卷一。
② 王夫之《薑齋詩話》卷二。
③ 賀裳《載酒園詩話》卷一。
④ 劉基《蘇平仲文稿序》,《蘇平仲文集》卷首。
⑤ 王夫之《古詩評選》卷二。
⑥ 潘德輿《養一齋詩話》卷一。
⑦ 《冰川詩式》卷九。
⑧ 《南谷詩話》卷上。
⑨ 《明皋文集序》,《紀文達公遺集》卷九。

而已。"詩文之道當"先揆乎其理","次徵諸事","終絜諸情"。他以"事"這個範疇指事物發生發展的過程,"情"這個範疇指事物不同的情狀,皆有不同於別人的特殊意義,而"理"指事物的本質屬性及發展規律,則遵從歷來的定義。他認爲這三者是詩歌所要著力表現的,有機統一而不可分開,其中"理"因"與道爲體"①,故是第一位的,"理一而已,而天地之事與物有萬,持一理以行乎其中,宜若有格而不通者,而實無不可通,則事與物之情狀不能外乎理也"②。即"理"體現在一切事物之中,又超乎一切事物。

有鑒於人們會持詩道性情的觀點,以"理"、"事"爲非切要之物,他在《原詩》中進一步指出,詩歌誠然以"泯端倪而離形象,絕議論而窮思維"爲極至,有時"言語道斷,思維路絕",但"理"和"事"並不與此相悖違,因"理"有"可言可執之理",也有"名言所絕之理",後者"遇之於默會意象之表","至虛至實,至渺至近",不但能實而虛,非板非腐,還能臻達"灼然心目之間,殆鳶飛魚躍之昭著"的"神境"。他稱這種"幽渺以爲理"爲"理"之至,實際上是在肯定"理"爲文學之根本的同時,對現實之"理"與藝術之"理"作了進一步的區別和論定。這種論定細微而精妙,足以涵蓋此前諸家的論說。

此後翁方綱也言"理",以爲"理者,民之秉也,物之則也,事境之歸也,聲音律度之矩也。是故淵泉時出,察諸文理焉;金玉聲振,集諸條理焉;暢於四支,發於事業,美諸通理焉。義理之理,即文理之理,即肌理之理也。""在心爲志,發言爲詩,一衷諸理而已。"③在他那兒,"理"包舉廣泛,不但是客觀的事物條理,即"密察條析"之理,還是主觀的聖賢心性之理,即依循宋儒之教,賦予其"徹上徹下"、"性道統絜"的深義。具體落實到文學創作與批評,他歸並提出了"肌理"這個範疇。

回溯"理"範疇的發展歷史,以之爲核心,前此已有一系列後序範疇出現。如在心爲"思理",它與"氣"與"道"的關係密切。發而爲文,則成"理致",所謂詩文"貴乎性情,根於理致……但窮理到處,出言皆能載道"④。作文之主旨合於"道",是謂"義理",古人以爲"義理溢而成文,性情比而成詩"⑤,"詩人能言義

---

① 《與友人論文書》,《己畦集》卷十一。
② 《赤霞樓詩集序》,《己畦集》卷八。
③ 《言志集序》,《復初齋文集》卷四。
④ 徐問《再寄應德》,《山堂萃稿》卷八。
⑤ 吳廷翰《蒙齋鄭先生集序》,《蘇原文集》卷上。

理者,自《三百篇》而後,恒不多見"①。與此相關,又有所謂"理道","文輕薄不顧理道,有甚害義者"②。如何表現這"思理"、"理道",則有"理法",所謂"觀其字音韻次序,皆有理法"③,有"理路",所謂"詩有辭前意,辭後意,唐人兼之,婉而有味,渾而無迹;宋人必先命意,涉於理路,殊無思致"④。由此"理道",不涉"理路",而得"理法",出"理致",也就接近了"理境",彰顯了"理趣",如王闓運《湘綺樓論唐詩》謂:"陳、張《感遇》諸作,用單篇而運以理境,乃學嗣宗《咏懷》。"如包恢連言"理"、"事"、"物"三者,稱"古人於詩不苟作,不多作,而或一詩之出,必極天下之至精,狀理則理趣渾然,狀事則事情昭然,狀物則物態宛然"⑤。宋人有的詩,像朱熹"好鳥枝頭亦朋友,落花水面皆文章"等句,因在很大程度上做到了這一點,所以被人推稱為"宋人詩有理趣者"⑥。古人以為"理微謂之妙"⑦,詩有"理趣"是幾於微妙之境,也就接近了"神理"。所謂"神理"不唯指精神理致和旨意理路,猶指道也⑧。唯此,前及兩者可耦合成"理道"一詞。古人又會說:"事爲名教用,道以神理超。"⑨如此由"理道"、"理境"、"理趣"而"神理",構成了以"理"爲核心的一個完整的範疇序列。

"肌理"連用雖早見於劉勰《文心雕龍》和杜甫《麗人行》詩,宋人論詩中也有,但這些論說大多由人的肌理、紋理喻指作品的組織結構。翁氏拈出這一範疇則有自己的創造,他用"理"兼指義理和辭理兩個方面,並將之抬舉爲文學創造的最高旨趣,雖不足以使上述從"理道"到"神理"均有以落實和呈現出來,但不能不說是獨樹一幟的。由此,經叶燮和翁方綱的闡釋和論述,"理"這個範疇在感物興懷、抒情言志的論說主流中始終占據一定的位置,足證其所具有的本原性質和理論影響力。

綜上所述,在對文學本原問題的認識上,古人主要以"道"、"氣"爲根本,由表示主體本原的"心"、"志"、"性"、"情"、"意",與表示客體本原的"物"、"事"、

---

① 蔣冕《瓊臺詩話》卷上。
② 趙彥衛《雲麓漫鈔》卷十。
③ 沈括《夢溪筆談》卷十五《藝文二》。
④ 謝榛《四溟詩話》卷一。
⑤ 《答曾子華論詩》,《敝帚略稿》卷二。
⑥ 吳文溥《南野堂筆記》卷一。
⑦ 荀悦《申鑒·雜言下》。
⑧ 《文選》王融《三月三日曲水詩序》李善注:"神理,猶神道也。"
⑨ 謝靈運《從遊京口北固應詔詩》,《先秦漢魏晉南北朝詩·宋詩》卷二。

"理"等範疇構成邏輯網絡。文根本於"氣"、"道",狀"物"寫"事",言"志"抒"情"。"志"、"性"與"氣"、"道"密不可分,且向"氣"、"道"歸附,所謂"若使援毫之際,屬思之時,以情合於性,以性合於道"①,"志"、"情"與"意"、"性"間的關係十分密切。"理"則本於"道"、"氣"而與"性"相連,所謂"詩源情,理源性"②,"詩人以培根柢爲第一義,根柢之學,首重積理養氣"③,這是一方面。另一方面,"理無我而情有我"④,"文以理爲主,然而情不至,則亦理之郛廓耳"⑤。這種"理之郛廓",即古人所稱的"理障"或"理臼",其所作必多議論,少形象,失含蓄。韓愈一部分詩被宋人號爲"狀體",即因其"鋪叙而無含蓄也","該於理多矣"⑥。而宋人之所以被後世稱爲"不知詩而強作詩",也爲其"言理而不言情,故終宋之世無詩焉"⑦。從這個意義上說,"理"與"情"的關係也十分密切的,此所謂"情理雲互"⑧。

在戲劇、小說批評中,"理"與"情"還構成一對待性範疇,被人廣泛地運用。戲劇、小說要講"情理",前引張竹坡《金瓶梅讀法》已有論及,脂硯齋在《紅樓夢》第十九回批語中並說:"不獨於世上親見這樣的人(指寶玉)不曾,即閱今古所有之小說傳奇中,亦未見這樣的文字。……其囫圇不解之中實可解,可解之中又説不出理路。合目思之,却如真見一寶玉。"可見即使在小說這類體裁中,"理"也以循情而潛出爲正。

倘若要更概括地勾勒文學本原性範疇的内在聯繫和結構特徵,那麽大體可簡化爲如下邏輯聯動關係:

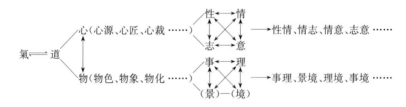

① 田錫《貽宋小著書》,《咸平集》卷二。
② 王夫之《古詩評選》卷二。
③ 朱庭珍《筱園詩話》卷一。
④ 《皮孟鹿門子問答》,《紫柏老人集》卷二十一。
⑤ 黄宗羲《論文管見》,《南雷文定》三集卷三。
⑥ 晁説之《晁氏客語》。
⑦ 陳子龍《王介人詩餘序》,《安雅堂稿》卷三。
⑧ 謝靈運《與諸道人辨宗論》,《廣弘明集》卷十八。

需要説明的是,"景"和"境"雖與"物"這個本原範疇在某些批評語境中意義同格,但"景"更多時候是情中之景,"境"則更是"非景物之謂,隨身之所遇,皆是焉"①,從創作一途而言,究非一純粹自足的存在,而多賴作者的掌控取用和營構創闢,故此處雖列入系統,不能不與"事"、"理"有所區別。

第二節 創作論範疇

這是古代文學批評範疇中最精微深刻的部分,幾乎吸引了歷代所有作家、批評家的視綫,由此發爲議論,凝結爲觀念,構成了自成系統的範疇體系。由於古代中國人的思維習慣和論理方式,極善於綜合地統觀問題,因此他們對文學創作問題的認識,通常也結合着具體的創作過程展開,諸如創作前的才識儲備和情感積累,創作中的興會佇候、意辭表達,以及具體的修辭運用和結構安排等等,然後總攝其成,撮其大旨,有與創作實際相貼合的足夠的豐富和生動。概念、範疇的創設運用也因此呈現爲互相貫連並紛至迭出的面貌。

一、指涉創作發動的範疇序列

依照古人對文學創作的認識,他們將創作之發動或開始設定爲一種爲物所感或緣情而動的過程。此所以"物"與"情"在前面被確定爲本原性範疇。對這"物"與"情"的表現方式的討論,構成了創作發生論的基礎。

在這裏,"興"範疇的被强調,代表了古人對感物和緣情之與創作發動的最根本認識。所謂"詩可以爲,可以不爲。有其才,有其時,有其興,則爲之可也"②。其中,"才"與"時"指創作所要具備的主客觀條件,"興"則契入創作活動的内裏,直指其發動初始的那一刻。那就是無論因物而感還是緣情而發,皆要依所感會,假"興"而立,所謂"興懷屬思,有所冥合"③。"感物而動則爲興"④,"緣人情而爲之者"也是"興"⑤。總之,"詩也者,興之所爲也"⑥。

---

① 鍾秀《觀我生齋詩話》卷一。
② 俞文豹《吹劍録》。
③ 賈島《二南密旨》。
④ 吳喬《圍爐詩話》卷一。
⑤ 趙南星《馮繼之詩序》,《趙忠毅公文集》卷八。
⑥ 趙南星《三溪先生詩序》,《趙忠毅公文集》卷八。

所以他們講"感興",王昌齡《詩格》已列"感興勢",稱"感興勢者,人心至感,必有應說,物色萬象,爽然有如感會"。講"融興",稱詩歌"參差錯落,連類生情,融興而來,興盡而止"①。講"觸興",即隨感起興,如《文心雕龍·詮賦》所謂"至於草區禽旅,庶品雜類,則觸興致情,因變取會",是爲"初無意於作是詩,而是物是事,適然觸乎我,我之意亦適然感乎是物是事"②。如宋人曾豐就以此題詩③。"興來筆力千鈞重"④,"興"若未來,須培蓄養候,故曰"養興"。待外物相激,便觸然而起,是爲"發興"、"開興",故古人説:"鳥獸草木乃發興之本"⑤,"夫崖谷之間,會物無主,應不以情而開興"⑥。

"興"不可力强而致,而須待其適情適意以自出,此所謂"興會"。早在南北朝,《顏氏家訓·文章篇》已説"文章之體,標舉興會,發引性靈"。其實《文賦》稱"若夫應感之會,通塞之紀,來不可遏,去不可止",已觸及這一點,只是道其現象,"未識夫開塞之所由"。後蕭子顯等人也有論及,不過未賦予其定名。中唐以後,特別是明清兩代,這一範疇開始頻頻被人論及,所謂"文章之道,遭際興會,據發性靈,生於臨文之頃者也"⑦,"本以娛性情,將有待於興會"⑧。"詩貴情與興會,必胸中有真情,目前有真景,迅筆直書,自覺興會淋漓"⑨。王士禎説:"夫詩之道,有根柢焉,有興會焉",以爲前者習古以道源,博趣以窮變,"原於學問";後者則"鏡中之像,水中之月,相中之色,羚羊掛角,無迹可求","發於性情"⑩。其所説的"會"是"對景感物,曠然有會"之"會"⑪,"古人稱詩在境會之偶諧"之"會"⑫,即一種心偶照鏡、應景感物的過程。這個過程的發動不賴理智而賴"性情",所謂"興者,情也",故此範疇凸顯的是文學創作過程中主客體交會諧和的自然性和突發性,其持續時間雖然不長,但對人的牽動力却很强,

---

① 閻爾梅《示二子作詩之法》,《徐州二遺民集》卷十。
② 楊萬里《答建康府大軍庫監門徐達書》,《誠齋集》卷六十七。
③ 《尋春觸興》,《緣督集》卷六。
④ 《王直方詩話》引歐陽修語。
⑤ 鄭樵《通志》卷七十五《昆蟲草木略》。
⑥ 闕名《廬山諸道人游石門詩序》,《全晉文》卷一百六十七。
⑦⑪ 袁守定《談文》,《占畢叢談》卷五。
⑧ 歸莊《吳門唱和詩序》,《歸莊集》卷三。
⑨ 任昌運《静讀齋詩話》。
⑩ 《帶經堂詩話》卷三。
⑫ 許學夷《詩源辨體》卷三引袁宏道語。

接近於今人所説的靈感。故古人又説："一用興會標舉成詩，自然情景俱到。"①
"作詩，興會所至，容易成篇；改詩，則興會已過，大局已定，有一二字於心不安，
千力萬氣，求易不得。"②"興會未至，強爲引之不得；興會既至，強爲遏之尤不可
耳。"③"興會不高，神致索然，雖極宮商之美，弗善也。"④

與"興會"同序的還有"仁興"。古人認爲凡作詩"一時仁興，故佳"⑤。如高
棟稱陳子昂"文不按古，仁興而成"⑥。"不仁興而就，皆迹也。"⑦古人還進而對
這種"興"作出一些性質分殊，認爲倘其過於普通粗疏，便不足以誕育好的作
品，故推崇"佳興"、"逸興"、"豪興"，所謂"但假山川以發豪興"⑧，"俱懷逸興壯
思飛"⑨，又要求"興欲高"。深入其中，析其精微，再講求"僻興"或"興僻"。殷
璠就十分推崇"興"之"僻"。"僻"也是中國文學批評中頗有勝意的名言，如"幽
僻"、"隱僻"、"深僻"、"孤僻"等爲不同的批評家所常用。《河嶽英靈集》稱常建
詩"似初發通莊，却尋野徑，百里之外，方歸大道，所以其旨遠，其興僻，佳句輒
來，唯論意表"。是假此道出其詩有出人意外、言其物表的特殊興會。當然，要
"託興深而不詭"⑩，不能"興者僻而不遂"⑪，不遂而詭且仄者是所謂"晦僻"、
"奧僻"與"誕僻""僻澀"，不是理想的"僻"。

此外，又有"寓興"、"興寄"（"寄興"）、"託興"（"興託"）、"興諷"（"諷興"）、
"興喻"等一系列後序範疇。古人認爲："詩本觸物寓興，吟咏情性。"⑫"詩人賦
咏於彼，興託在此，闡繹優遊而不迫切，其所感寓常微見其端，使人三復玩味
之，久而不厭，言不足而思有餘，故可貴尚也。"⑬詞人同樣，常"託懷豪逸，筆與

---

① 王夫之《明詩評選》卷六。
② 袁枚《隨園詩話》卷一。
③ 邱煒菱《五百石洞天揮麈》卷八。
④ 叶矯然《龍性堂詩話初集》。
⑤ 翁方綱《石洲詩話》卷三。
⑥ 《唐詩品彙・五言古詩叙目》。
⑦ 宋大樽《茗香詩論》。
⑧ 謝榛《四溟詩話》卷四。
⑨ 李白《登宣州謝朓樓餞别校書叔雲》，《全唐詩》卷一百七十七。
⑩ 王士禛《帶經堂詩話》卷五。
⑪ 安磐《頤山詩話》。
⑫ 叶夢得《玉澗雜書》，《説郛》卷八。
⑬ 洪炎《豫章黄先生文集後序》，《山谷全集》卷三十。

興俱,填詞亭亭嬌嬌,兀傲乎不可遏"①。當然,這所"寄"所"寓"所"託"所"喻"之"興"大有講究,必須擺開諸如道德訓教和功利追求的干擾,以如前所說的"逸興"、"豪興"、"僻興"等高雅之"興"爲主。明宋濂說:"予聞昔人論文有山林臺閣之異。山林之文,其氣瑟縮而枯槁;臺閣之文,其體絢麗而豐腴。此無他,所處之地不同,而所託之興有異也。"②在他看來,這兩種所託顯然皆非理想。對像詞這樣的文體,則"託興"又自不同,謝章鋌說得明白:"夫詞欲清空,忌填實。清空生於靜,靜則必妙,其寄意也微,其託興也孤。"③"孤"者,精約深微高秀不群之謂也,與"僻"一樣,也是古代文學批評中意義比較精微的重要名言之一,既可指超脫的高懷幽情,也可指奇拔的高詞逸韻,用古人詩方之,前者如孟郊《連州吟》之"孤懷吐明月",後者如李商隱《安平公》之"清詞孤韻有歌響",故歷代人論文,每有"孤懷"、"孤詣"、"孤邁"、"孤鯁"、"孤高"、"孤迥"、"孤特"、"孤矯"、"孤銳"、"孤介"、"孤挺"、"孤標"、"孤貞"等說法。這裏指述和狀言"興",是指其契入人性情的深處,不沾染一切貌似高嚴的虛相或浮巧庸常的俗相。至於稱"從來傳奇小說,往往託興才子佳人"④,與詩詞又自不同了。

由於指涉創作發生的"興"範疇具有如此豐富的意義,所以還提攜起一系列相關範疇,如與"機"、"靈"等範疇關係密切,表明創作的發動有非人力強構的隨機性和偶然性。與"氣"、"意"等範疇關係密切,表明其自身的實現既關乎先天的才性稟賦,還有關後天的養煉和積累。與"寄託"、"諷諭"等範疇相聯繫,表明文學作品的意旨在創作初起階段即已滲入了作品的中心。至與"化工"、"自然"、"入神"等範疇相聯繫,則昭示了依"興"的發動可以使作品臻於自然而然、入妙通神的至高境界,給人以強烈的感動和長久的回味。

在指述文學創作發動時,古人還具體探討到不同生活遭際對創作所起的作用問題,提出了類似"發憤著書"、"不平則鳴"、"窮而後工"等命題。這些命題皆從較外在的方面論述了創作發生的原因,究其根本,都與"興"有內在的關聯。唯此,梅堯臣要連言"因事有所激,因物興以通"⑤,李贄要說"其胸中有如

---

① 毛先舒《題吳舒鳧詩餘》,《東苑文鈔》上卷。
② 《蔣錄事詩集後》,《宋學士全集》卷十三。
③ 《抱山樓詞序》,《賭棋山莊全集·文集》卷五。
④ 天花藏主人《快心編凡例》。
⑤ 《答三韓見贈述詩》,《宛陵集》卷二十七。

許無狀可怪之事,其喉間有如許欲吐而不敢吐之物,其口頭又時時有許多欲語而莫可所以告語之處,蓄極積久,勢不能遏,一旦見景生情,觸目興嘆,奪他人之酒杯,澆自己之壘塊,訴心中之不平,感數奇於千載"①。生活遭遇的刺激嚴格說應屬前此論述的"事"範疇,這"事"刺激人有創作的衝動,而創作衝動促使創作行爲發生,最終仍需假"興"來實現。因此,可以說以"興"範疇爲核心,與此相關的一系列概念、範疇和命題的展開,構成了中國古代真正的文學發生論。

二、揭示創作思維規律的範疇系統

"詩者,思也"②,創作發動以後,其進一步的開展乃至最後完成,在古人認爲須憑賴挾帶情感的意象,進行超越邏輯的思維。他們稱這種依情越理的思維爲"神思"。由此"神思"範疇帶連起一系列相關概念、範疇,深刻地揭示了進入具體實施階段後,創作活動所面對的和所需着手解決的一系列問題。

"神思"一詞,最早似見於東漢韋昭"鼓吹十二曲"之《從曆數》的"聰睿協神思"。《晉書·劉寔傳》載管輅贊劉寔、劉智,也有"吾與潁川兄弟語,使人神思清發,昏不假寐"之語,不過尚指人出神入妙的思致,其中的"思"指靜態的思慮和思致。但受《莊子·讓王》之"中山公子牟謂瞻子曰:'身在江海之上,心居乎魏闕之下,奈何'"、《荀子·解蔽》之"坐於室而見四海,處於今而論久遠",以及《淮南子·俶真訓》之"一身之中,神之分離剖判,六合之内,一舉而千萬里"等說的啟領③,當其被引入文學和藝術批評,便偏於指動態的思維之意了。陸機《文賦》所謂"其始也,皆收視反聽,耽思旁訊,精騖八極,心游萬仞",然後"觀古

---

① 《雜述·雜說》,《焚書》卷三。
② 龔鉽敏《睿峰詩話》卷一。
③ "神思"與道教上清派的"存思",或稱"存想"、"存神"的修煉法也有一定的關係,後者所指述的修煉過程要求集中意念,通過靜觀想身體內外諸神形象,以達到與神溝通甚至祛病登仙的目的。這種觀想雖是意念中的,但又不脱實相,有時是修煉處所繪製的具體的神靈圖像。修煉者藉此存思仙真,如《存官訣》所謂"入靖燒香,皆目想仿佛若見形儀",與古人論文學想象須凝神守一、內觀虛靜極爲相似,故有論者以爲:"作爲一種精神思維活動,道教'存思'法具有馳騁想象的特點,文學'神思論'的出現,與之密不可分",見吳崇明《道教存思法與〈文心雕龍〉神思論的生成》,《江西社會科學》2009年第2期。更有論者進而指出,道教存思活動中的圖像特徵,"不但有具象的圖像,還有心理的圖像,兩者有時交織在一起,共同對文學創作產生作用",見万晴川《論道教上清派存思術對宋前小説創作的影響》,《文藝理論研究》2016年第3期。聯繫本書第三章"認識超越的實現"一節中對直覺思維和"目想"說的分析,可知"神思"自漢末後出現,不久又被引入文學批評,兩者之間決非沒有關聯。

今於須臾,撫四海於一瞬",是論及其義而未用及其語。南朝藝術創作發達,宗炳《畫山水序》則提出"萬趣融其神思",說明藝術創作須藉特殊的思維方式才能擁萬物爲己有。稍後,劉勰在《文心雕龍》中專設《神思》一篇,不但用此範疇來涵括創作展開過程中人的思維活動,還對其内涵、意義和構成基礎作了詳細的説明,所謂"形在江海之上,心存魏闕之下,神思之謂也。文之思也,其神遠矣。故寂然凝慮,思接千載。悄焉動容,視通萬里。吟咏之間,吐納珠玉之聲;眉睫之前,卷舒風雲之色:其思理之致乎",即指出"神思"是一種打破時空界域的純由一心掌控的特殊思維活動,但它始終不離具體的物象,所以他又説:"思理爲妙,神與物游。"贊語中再説:"神用象通,情變所孕,物以貌求,心以理應。"稍後,蕭子顯《南齊書·文學傳論》稱"屬文之道,事出神思,感召無象,變化不窮",也是在説"神與物游"的意思。

同時,"神思"這個範疇又説明藝術思維是一種打破有無界限的創造性活動。"夫神思方運,萬涂競萌,規矩虛位,刻鏤無形。登山則情滿於山,觀海則意溢於海,我才之多少,將與風雲而並驅矣。""虛位"和"無形"是指進入文學作品的種種事相,其中既多有形的實相,也可以是無形的虛相。劉勰認爲要把握並合適地處置它們,須賴"才氣"和"辭令"的作用,故謂"神居胸臆,而志氣統其關鍵;物沿耳目,而辭令管其樞機"。可知配合着"神與物游"的主張,"神思"範疇實際上牽涉到了藝術思維中主體與客體兩個方面。故黄侃《文心雕龍札記》説:"此言内心與外境相接也。内心與外境,非能一往相符會,當其窒塞,則耳目之近,神有不周;及其怡懌,則八極之外,理無不浹。然則以心求境,境足以役心;取境赴心,心難於照境。必令心境相得,見相交融,斯則成連所以移情,庖丁所以滿志也"。

此後,歷代人論"神思"皆不脱此意。如清人馬榮祖以"冥冥濛濛,忽忽夢夢,沉沉脈脈,洞洞空空"狀"神思"之狀,又稱"莫窺朕兆,伊誰與通。神遊無端,思抽有緒。躡電追風,知在何許。倏忽得之,目光如炬"①,突出其不爲理性所掌控的高度自主性和活躍性。一直到近代,如康有爲爲王鵬運詞作序,仍稱:"吾嘗游詞之世界,幽嫮靈眇,水雲曲曲,燈火重重,林谷奥鬱,山海蒼琅,波濤相撞,天龍神鬼,洲島渺茫,吐滂沛於寸心,既華嚴以芬芳,忽感入於神思,徹

---

① 《文頌·神思》。

八極乎徬徨，信哀樂之移人，欲攬涕乎火荒，惟情深而文明者，能依聲而厲長。"①所論幾同於劉勰。當然，在運用此範疇時，他們各有細緻深入的闡發，由此形成了一系列概念、範疇的互交聯動。

就主觀一途而言，由於"神思"由"志氣"統其關鍵，是所謂"澄神以思"②，不脫"情"的範圍，陳祚明即將之歸於"情"③。故主體如何"養氣"，如何在"虛靜"一途多加研煉，如何通過"妙悟"以求深入，就成爲古人討論的一大重點。他們一般以爲作詩必"神思悠然"④，才能成事。倘"疲神思，弊精力"⑤，則不能得詩之妙。故謝榛說："或造句弗就，勿令疲其神思，且閱書醒心，忽然有得，意隨筆生，而興不可遏，入乎神化，殊非思慮所及。"⑥

"養氣"、"虛靜"和"妙悟"等範疇前已論及，此處只點出其所處的理論位序及與"神思"的關係，不再作更具體的發揮。要著重考察的是與"神思"直接相關涉的一系列問題，以及由此牽衍出的一系列概念、範疇。

首先是"用思"。"神思"之落實於創作，是謂"用思"，唐人以降每言及此。如王昌齡《詩格》稱："凡屬文之人，常須作意，凝心天海之外，用思元氣之前，巧運言辭，精煉意魄。"那麼，如何"用思"呢？宋葛立方有云："詩之有思，卒然遇之而莫遏，有物敗之則失之矣。故昔人言覃思、垂思、抒思之類，皆欲其思之來。而所謂亂思、蕩思者，言敗之者易也。……前輩論詩思多生於杳冥寂寞之境，而志意所如，往往出乎埃埔之外。"⑦這裏"詩之有思"，既非指"覃思"、"垂思"和"抒思"，也非指"亂思"和"蕩思"，正指"神思"。

此外還有"構思"、"精思"、"沉思"和"馳思"、"融思"。"構思"在今天一般指創作活動的最初階段，作者對立意、選材和結構所作的一系列構想。但古代稍有不同，它被認爲是貫穿整個創作過程，並與這個過程的展開相伴隨的思維活動。明謝榛引劉勰"若妙識所難，其易也將至，忽之爲易，其難也方來"

---

① 《味梨集序》，《半塘填詞丙稿》卷首。
② 田錫《貽宋小著書》，《咸平集》卷二。
③ 見《采菽堂古詩選》"凡例"所謂"詩之大旨，惟情與辭。曰命旨，曰神思，曰理，曰解，曰悟，皆情也；曰聲，曰調，曰格律，曰句，曰字，曰典物，曰風華，皆辭也"。
④ 冒春榮《葚原詩說》卷二。
⑤ 李東陽《籚堂詩話》。
⑥ 《四溟詩話》卷四。
⑦ 《韻語陽秋》卷二。

之語爲作詩至要,稱"凡構思當於難處用工,艱澀一通,新奇迭出,此所以難而易也"①,尚未將其意論説得分明。清朱庭珍《筱園詩話》卷一則說得比較清楚:

> 詩人構思之功,用心最苦。始則於熟中求生,繼則於生中求熟,游於寥廓逍遥之區,歸於虚明自在之域,工部所謂"意匠慘淡經營中"也。每一題到手,先須審題所宜,宜古宜今,我作何體。布置略定,然後立意。……於題之真際妙諦,一眼注定,不啻立竿見影。然後沉思獨往,選意煉詞。凡人人所共有之意,及題中一切應付供給之語,不思而得者,與夫尋常蹊徑所有之意境典故,摇筆即來凑手者,皆一掃而空之。專於題之真際,人所未有,我所獨見處著想,追入要害。迨思路幾至斷絶之際,或觸於人,或動於天,忽然靈思泉涌,妙緒絲抽,出而莫禦,汩汩奔來。於是烹煉之,翦裁之,振筆而疾書之,自然迥不猶人矣。……今人憚於費心,非枝枝節節而爲之,即以應酬了事,心思尚不能銳入,何能銳出? 未曾用心至思路欲斷之候,何能望有思路涌出之時,安可希得心應手之技乎?

由文中"游於寥廓逍遥之區,歸於虚明自在之域"一語可知,朱氏所説的"構思",實指突破時空和有無界限的"神思",不過是從如何精心營構的角度論説而已。"神思"非輕而易得的慣常思維,須由"沉思"而遊心天外,催發靈感,所謂"用心至思路欲斷之候",捕捉"思路幾至斷絶之際",正是指"沉思"所達到的程度和境界。此處,由於"情實渺渺,必因思以窮其奥"②,所以朱氏用了"沉思"一詞。其實早在明代,用此名言者已多。如王世懋《藝圃擷餘》就説:"每一題到,茫然思不相屬,幾謂無措。沉思久之,如瓴水去室,亂絲抽緒,種種縱横坌集,却於此時要下剪裁手段,寧割愛勿貪多。"此後又有周濟《介存齋論詞雜著》稱:"學詞先以用心爲主,遇一事,見一物,即能沉思獨往,冥然終日,出手自然不平。"

與此相類是"精思"。王昌齡《詩格》已提出"久用精思,未契意象"之語,後

---

① 《四溟詩話》卷四。
② 徐禎卿《談藝錄》。

白居易《江樓夜吟元九律詩成三十韻》中"精微思入玄",也是此意。皎然《詩式》並有"蓋由先積精思,因神王而得乎"之說。宋代以下從此角度論詩的更多,如劉邠《中山詩話》稱"唐人爲詩,量力致功,精思數十年,然後名家"。歐陽修論人作詩:"二子精思極搜抉,天地鬼神無遁情。及其放筆騁豪俊,筆下萬物生光榮。"①姜夔《白石道人詩說》説:"詩之不工,只是不精思耳。不思而作,雖多亦奚爲?"明胡應麟説:"'欲罷不能,既竭吾材,如有所立卓爾',本顔回見道語,然實詩家妙境。神動天隨,寢食咸廢,精凝思極,耳目都融,奇語玄言,恍惚呈露,如游龍驚電,掎角稍遲,便欲飛去,須身詣其境知之。"②則不僅在"苦思"、"熟思"意義上論"精思",還在"神思"意義上討論了"精思"之於創造活動的作用,且其所說"精思"包含了"神思"範疇的部分内容。清人袁枚作《續詩品》,其中有《精思》一品,所謂"孔明天才,思十反矣。惟思之精,屈曲超邁。人居屋中,我來天外",則兼指兩義而渾言之。

而所謂"馳思",是指在"娛樂愁怨,皆張於意而處於身"之後,爲"深得其情"而展開的思維活動③。然後就是"融思",也即"融以神思","截取所剪字樣,以神思融會之,使與題中本事相合爲一,朗然可見。或折碎本語以融之,或點掇上下以融之,或合取筆意融之,或貼以己事融之"④。雖重在"精思"後的融化貫通,但與前及"沉思"、"精思"一樣,都歸屬"神思"範疇。它們在一種"若得神授"的活躍的思維狀態支配下"假之筆精,實以神遇"⑤,"思之窈然以曲,曠然以深,他人雖覃精研思亦不是過,斯真所謂如來第一義矣"⑥。也是詞曲家所謂的"靈思"⑦或"俏思"⑧,而與"苦思"、"勞思"大不相同。

這當中,有的人對"神思"的理解突過了劉勰的認識,即認爲它不僅超越時空與有無,還超越常情常理。前及朱庭珍論"構思"、"沉思"和"靈思",在指出"游於寥廓逍遥之區,歸於虛明自在之域"的同時,突出其"人所未有,我

---

① 《感二子》,《歐陽文忠公文集》卷九。
② 《詩藪》外編卷一。
③ 鍾惺《詞府靈蛇二集神集·三詩境·情境》。
④ 陳維崧《四六金針》。
⑤ 獨孤及《尚書右丞徐公寫真圖讚》,《全唐文》卷三百八十九。
⑥ 鄔啓祚《耕雲別墅詩話》引孫稼亭語。
⑦ 李調元《雨村曲話》卷下。
⑧ 凌濛初《譚曲雜劄》。

所獨見"的特徵,這"獨見"即包含常情常理之外的東西。早在宋代,釋惠洪《冷齋夜話》稱"詩者,妙觀逸想之所寓也,豈可限以繩墨哉。如王維作畫雪中芭蕉,自法眼觀之,知其神情寄寓於物,俗論則譏以爲不知寒暑"。雖未用"神思"兩字,但已明此旨。"人所未有,我所獨見",正是這種"妙觀逸想"也即"神思"之謂也。

而就客觀一途而言,"神思"之超越時空、有無乃至情理,畢竟不是沒有憑依的,相反需賴物以成,"神與物游"是其基本特徵。所以在闡釋這個範疇時,古人每從其與"物"的關係入手展開論述。早在唐代,王昌齡就提出"神會於物"。在《詩格》中,他説"詩有三格","一曰生思。久用精思,未契意象。力疲智竭,放安神思。心偶照境,率然而生。二曰感思。尋味前言,吟諷古制,感而生思。三曰取思。搜求於象,心入於境,神會於物,因心而得"。"生思"、"感思"是心爲外物所感、見景生情的過程,不過前者是現實的景物和人事,後者指已文字化、書面化的成言舊制對人的感召。"取思"則顯指用心去融攝外物、因情着景的過程。但不管是"生思"、"感思"還是"取思",皆不離"物"或"物"在作品中的存在形式——"象"。久用精思,調動"神思",都須賴此"物"、"象"表示。皎然《詩式序》所謂"彼天地日月,玄化之淵奧,鬼神之微冥,精思一搜,萬象不能藏其巧",是從另一個側面對此義作了表述。宋人王直方《詩話》有"題詩不窘於物象"之語,是因詩中"物象"要經過詩人"神思"的陶化,而不是説可以不用"物象"。明人謝徽稱高啓,"當其一室燕坐,圖書左右離列,拂拭塵埃几案間,冥默靜思,神與趣融,景與心會,魚龍出没巨海中,殆難以測度。或花間月下,引觴獨酌,酒酣氣豪,放歌作楚調。已而吟思俊發,涌若源泉,捷如風雨,頃刻數百言,落筆弗能休"①。這"神與趣融,景與心會",也突出了"神思"中"物象"的作用,不過未明確點出"神思"兩字而已。

劉勰提出"神與物游",王昌齡提出"神會於物",蘇軾也曾提出過"神與物交"②,皆突出"神思"與"物象"的交融,這還使人想及"想象"這個名言的意義。今天用以指人在知覺材料基礎上創造出新形象的思維活動,想象能力的豐富是作者藝術才能高超的標誌。但在古代,它更多地指"凝情顯象",即創作主體

---

① 《缶鳴集序》,《高太史大全集》卷首。
② 《書李伯時山莊圖後》,《蘇文忠公全集》前集卷二十三。

通過神思活動，在感覺世界中、進而在作品中，呈現出外物妙相的心理過程。"神思"的展開某種意義上正是爲了在心裏還原乃至創造一種物象，故《列子·湯問》載伯牙奏琴事："曲每奏，鍾子期輒窮其趣，伯牙乃舍琴而嘆曰：'善哉，善哉，子之聽夫，志想象猶吾心也，吾於何逃聲哉！'"又，《楚辭·遠游》稱："思舊故以想像兮，長太息而掩涕。"謝靈運《登江中孤嶼》詩也有"想象崑山姿，緬邈區中緣"之語。

後世論者將之引入文學批評，如齊己《風騷旨格》列"詩有四十門"，其中就有"想象"一門。吳子良《荆溪林下偶談》也以"想象無窮極"稱杜甫。祁彪佳《遠山堂曲品》則指出："傳情者，須在想象間，故離別之境，每多於合歡。"王夫之《古詩評選》卷四評潘岳《内顧》詩，稱其"想象空靈"，《明詩評選》卷八評朱陽仲《長門怨》，稱其"空微想象中，忽然妙合"，葉燮《原詩》内篇下更以"幽渺以爲理，想象以爲事，惝恍以爲情，方爲理至事至情至之語"論構思活動，皆突出了它與"神思"活動相契合的特點。宋人劉克莊曾在討論文章作法時，從另一個側面對"想象"作了論述：

> 夫品題泉石，模寫景物，惟實故切，惟切故奇。若耳目之所不接，想象爲之，雖有李、杜之妙思，未免近於莊、列之寓言矣。①

他認爲模寫景物貴在真切逼真，只有真切逼真才能出奇，如一任想象，脱略耳目，所得必幻而不實，類同寓言。持論不免保守迂執，但從另一個側面道出了"想象"的特點，其所謂不"實"不"切"，"耳目之所不接"，與"神思"之超越具體時空和有無正相同。此後范金門、邵循伯評小説，謂人"慣於空寫人物，令讀者想象，如郭英之絶世英雄，李氏之絶代佳人皆是"②，就從正面肯定此範疇的作用。

至於傳統畫論中用"想象"範疇的就更多了，它們均從一個方面反映了"神思"活動與客觀物象的密切關係。在第六章中，我們曾確立"象"的元範疇地位，在創作論中這種地位是得到充分顯現的。

---

① 《題丘攀桂月林圖》，《後村題跋》卷四。
② 《蕩寇志》范邵評本第八十七回。

三、"才"與"法"：關於創作機理範疇

創作者爲外物內情所感，頓時"興"起，欣然有作意。因是文學創作，不同於實用文寫作，故雖不排斥用"理"，但也不偏尚或突出"理"，而尤須講用思的精微，此爲"神思"範疇廣受重視的原因。"神思"所獲得的成果要化爲紙上吟誦含玩的文字，尚待作者的結撰。這個精心結撰的過程，就是創作落實和完成的過程。古代作家、批評家對創作的這一階段也作了十分充分的討論。在大量詩詞曲話文評乃至各種形式的戲劇、小說批評中，最常見到的就是這部分內容。從概念、範疇的創設和運用來說，他們通常以"才"範疇爲中心，提攜起一系列後序範疇和相關概念、範疇，討論創作主體在此一階段所起的作用及所要避忌的問題；以"法"範疇爲中心，提攜起一系列相關概念、範疇，討論創作落實與完成過程中客體方面所要注意的問題。前者屬創作論中的作家論，後者爲創作論中的藝法論。

"才"稟自天，與人得先天稟氣多少有關，故與本原性範疇如"氣"、"性"等關係密切，乃至組合成"才氣"、"才性"、"才調"、"才質"等後序範疇。又與人的思維能力大有關係，故王充《論衡·超奇》稱："陽城子長作《樂經》，揚子雲作《太玄經》，造於妙思，極窅冥之深，非庶幾之才，不能成也。"無非說明"才"與人所作的深刻而深入的思維活動尤其關係密切，惟才情高卓方能造此深思。班固《離騷序》稱屈原"雖非明智之器，可謂妙才者也"，也是從思維深僻出常這一角度說的。如前所說，文學創作賴"神思"和"想象"活動展開，但最後落實爲文字，須賴作者具體巧妙的結撰功夫。古人以爲不但藝術思維賴"才"展開，具體巧妙的結撰也須賴"才"完成。劉勰《文心雕龍·神思》在討論"神思"過程中屢言"才"字，先有"酌理以富才"，"我才之多少，將與風雲而並驅矣"，後又專門討論"人之稟才"，即從此意義出發的。以後蕭子顯《南齊書·文學傳論》指出："文章者，蓋性情之風標，神明之律呂也。蘊思含毫，遊心內運，放言落紙，氣韻天成。莫不稟以生靈，遷乎愛嗜，機見殊門，賞悟紛雜。"這"莫不稟以生靈"，即突出了"才"之於放言落紙、構境出韻的重要作用。

這層意思在歷代論者那裏每可見到，並且比之劉、蕭兩人，他們更突出"才"之於創作完成過程中靈變惝怳、妙萬物而爲言的決定作用，甚至連上述"神思"活動也納入其範圍。如明人安磐說："世之程才藝苑，獻最吟壇者，非不精騖八極，心游無始，日摛前藻，心企往躅，然而詠高歷賞離衆絕致者，蓋不多

見,詎非難歟?""思入於渺忽,神恍乎有無,情極乎眞到,才盡乎形聲,工奪乎造化者,詩之妙也。"①周遜説:"然率於人情之所不免者以敷言,又必有妙才巧思以將之,然後足以盡屬辭之蘊。"②雷燮説:"詩才出於天分,不在讀書;詩趣出於天興,不在窮理。皆自人性情中來,……可見自然境界。"③袁枚説:"詩文自須學力,然用筆構思,全憑天分。"④則明白道出創作完成須賴"才性"與"天分"的事實。當然,這並非説"情"不重要,相反,他們認爲"有才而無情,不可謂之真才"⑤。故"才"這個範疇的内涵還包含着情之至的涵義。"才情"這個後序範疇在很多時候可與"才"相置换,正基於此。

清人徐增《而庵詩話》對此論述得更爲全面充分:

> 詩本乎才,而尤貴乎全才。才全者能總一切法,能運千鈞筆故也。夫才有情、有氣,有思、有調,有力、有略,有量、有律,有致、有格。情者,才之醖釀,中有所屬;氣者,才之發越,外不能遏;思者,才之徑路,入於縹緲;調者,才之鼓吹,出以悠揚;力者,才之充拓,莫能摇撼;略者,才之機權,運用由己;量者,才之容蓄,洩而不窮;律者,才之約束,守而不肆;致者,才之韻度,久而愈新;格者,才之老成,驟而難至。具此十者,才可云全乎?

明確地以"才"範疇作爲統攝創作中一切因素的機樞。既統攝具體的"格"、"律"、"致",也統攝"思",其"入於深渺"也由"才"爲之引導。其實,早在白居易那裏,已將此兩者聯言,其《首夏南池獨酌》詩中有"境勝才思劣,詩成不稱心"之句。王世貞《藝苑巵言》更提出"才生思","思即才之用"⑥。但徐氏於此説得更爲全面,也更清楚。又,金聖嘆稱:"作《水滸》者,雖欲不謂之才子,胡可得乎?夫人胸中,有非常之才者,必有非常之筆;有非常之筆,必有非常之力。夫

---

① 《頤山詩話》。
② 《刻詞品序》。
③ 《南谷詩話》卷上。
④ 《隨園詩話》卷十五。
⑤ 錢大昕《春星草堂詩集序》,《潛研堂文集》卷二十六。
⑥ 宋末舒岳祥論詩甚至提出"氣初之精"與"才外之思",見《閬風集》卷十《劉士元詩序》,其義尤勝,故録此旁備。

非非常之力,無以構其思也。"①更表明這種認識是超越某一文體,貫徹在古人對文學創作的全部認識中的。

由於"才"的醖釀洋溢爲作品的情感,"才"的發揚外露爲作品的氣勢,而"才"的幽微深致體現爲作品變幻莫測的神思和文字表現,所以古人還對其作出許多區分。這種區分不僅是在一般意義上指出"才多則情贍而思溢,光景無盡;材少則境迫而氣窘,精芒易窮"②,在他們看來,其有清濁雅俗等性質的不同,是人要對之加以區分的重要原因,而多少還在其次。

且看宋人陳師道的論說:

> 萬物者,才之助。有助而無才,雖久且近不能得其情狀,使才者遇之,則幽奇偉麗無不爲用者,才而無助,則不能盡其才。然則待萬物而後才者,猶常才也。若其自得於心,不借美於外,無視聽之助,而盡萬物之變者,其天下之奇才乎?③

陳氏從創作角度,將"才"分爲"常才"和"奇才"。"常才"只能假萬物而成詩,雖幽奇偉麗盡爲攬入,畢竟有待,其搜奇入微想落天外的主體想象力,還未得到最大程度的開發。而"奇才"則不同,所謂"自得於心,不借美於外","無視聽之助,而盡萬物之變",正是說其能暢任神思,展開無窮的想象,如神龍之夭矯,天馬之奔軼,既隨物之宛轉,又與物而俱化,乃至不假物而物自化,心無物而心自滿。湯顯祖稱:"天下文章所以有生氣者,全在奇士,士奇則心靈,心靈則能飛動,能飛動則下上天地,來去古今,可以屈伸長短生滅如意。……不能如意者,意有所滯,常人也。"④除去論說中"奇士"的時代背景和異端色彩,其所談道理與陳師道是相同的。

清人吴雷發更提出"雄才"和"仙才"的區别,以爲"尺水可以興瀾,搏兔亦用全力,翻空則樓臺層疊,徵實則金貝輻輳",不過"雄才"而已;"納須彌於芥子,藏日月於壺中,如游桃源,如登華山,如聞九霄鶴唳,如睹空山花開",才是

---

① 《第五才子書施耐庵水滸傳》第十一回總批。
② 屠隆《馮咸甫詩草序》,《白榆集》卷一。
③ 《顏長道詩序》,《後山集》卷十一。
④ 《序丘毛伯稿》,《湯顯祖詩文集》卷三十二,上海古籍出版社,1982年,第1080頁。

更了不得的"仙才"①。這"納須彌於芥子"和"藏日月於壺中"用的分別是釋道兩家的典故,說的正是創作活動中運用神思巧思,落實文字安排和結構布置的道理。此外,袁枚還有"清才"、"奇才"之別②,"粗才"之説③。劉熙載有"麗才"、"練才"的分論④,因元明以來艷情的發揚,"香才"一説也間可見到⑤,於此可見時人對此議題的重視。

　　用"才"還有一個遲速的問題,劉勰《文心雕龍·神思》已論及此義,顔之推《顔氏家訓·文章篇》所謂"學問有利鈍,文章有巧拙,鈍學累功,不妨精熟;拙文研思,終歸蚩鄙。但成學士,自足爲人。必乏天才,勿强操筆",所説"利鈍"就是"遲速"。此後論者則還結合"巧"、"拙"展開討論,提出"巧遲"和"拙速"兩個名言。如李東陽《麓堂詩話》稱:"巧遲不如拙速,此但爲副急者道,若爲後世計,則惟工拙好惡是論,卷帙中豈復有遲速之迹可指摘哉?對客揮毫之作,固閉門覓句者之不若也。嘗有人言:'作詩不必忙,忙得一首後,剩有工夫,不過亦是作詩耳,更有何事?'此語最切。"以爲"巧遲"、"拙速"俱繫乎人而不留迹於文,可不必講究,作者的心力所注,應以作品工拙好惡爲務。王世貞《藝苑卮言》卷八則以爲:"巧遲拙速,摘辭與用兵,故絶不同。語曰:枚皋拙速,相如工遲……蓋有工而速者,如淮南王、禰正平、陳思王、王子安、李太白之流,差足倫耳。然《鸚鵡》一揮,《子虚》百日,《煮豆》七步,《三都》十年,不妨兼美。"似更着意於兩者的兼容。至袁枚稱"倚馬休夸速藻佳,相如終竟壓鄒枚。物須見少方爲貴,詩到能遲轉是才"⑥,則將此題折進一層,認爲作者不能任由作意,肆興而發,而要窮極精思,以彼刻至,出此工巧,這才是真正有才的表現。

　　與"才"及其後序範疇相關連,屬創作落實與完成過程中主觀一途的議題,尚有如何調動自己的積養和識見,暢達地表達思想的問題,對此古人用"學"、"識"、"膽"、"力"等範疇來表示。以這些範疇爲重點和中心,歷代論者曾展開

---

① 《説詩菅蒯》。
② 見《蔣心餘藏園詩序》,《小倉山房續文集》卷二十八。
③ 見《隨園詩話》卷三。又,陳廷焯《白雨齋詞話》卷三有"迦陵詞不患不能沉,患在不能鬱,不鬱則不深,不深則不厚,發揚蹈厲,而無餘藴,究屬粗才"。可爲參看。
④ 《藝概·文概》。
⑤ 張堅《梅花簪自序》謂:"余《夢中緣》一編,固已撇却形骸,發情真諦,猶恐世人不會立言之旨,徒羨其才香色艷。"可證"香才"之流行,已非一日。
⑥ 《箴作詩者》,《小倉山房詩集》卷二十三。

過十分熱烈的討論。

劉勰《文心雕龍·事類》篇提出"才自内發,學以外成",並於"學"一端提出"博"而能"約"的要求。後姜夔《白石道人詩說》提出"思有窒礙,涵養未至也,當益以學"。明清兩代論者或以"才"、"膽"、"識"並提,如李贄;或以"識"、"才"、"學"、"膽"、"趣"並提,如袁中道;也有以"才"、"學"、"識"並提,如袁枚、朱庭珍;有"才"、"學"、"識"之外再突出一個"性"字,如錢大昕。凡所論列皆是對"才"在創作過程中的作用作出進一步的補充和發展,目的無非在確保其順適暢達地落實與完成。綜其所論,如提出"才得學而後雄","得學而後發"①,"有才而無學,是絕代佳人唱《蓮花落》也;有學而無才,是長安乞兒著宫錦袍也"②。"有才情而無學識,不可謂大才"③,是強調作詩尚"學"的必要性。"才短而學薄,不足於識,不煉於事"④,是強調"識"對"才"、"學"的依賴。然雖如此,仍有論者提出合此數者,"才爲尤先",因爲"造化無才不能造萬物,古聖無才不能制器尚象,詩人無才不能役典籍,運心靈,才之不可已也如是夫"⑤。

當然,也有論者截然以"學"爲第一要務,明言所謂"作詩當以學,不當以才,若不曾學,則終不近詩"⑥。"詩須識高,而非讀書則識不高。"⑦特別是清人懲明季空疏,尤多尚學。桂馥就說:"顧亭林云:一號爲文人,則無足觀矣。余亦云,一號爲才人,將不得爲學人矣。"⑧故詩家論藝,普遍重"學"。而因嚴羽稱"夫學詩者識爲主",以"識"爲第一重要的議論也時常可以看到,所謂"筆墨之事,俱尚有才,而詩爲甚。然無識不能有才,才與識相表裏"⑨。"學"在精深,"才"要慧巧,"識"求高廣,且要去俗,所謂"識見高明,不染利欲"⑩,"胸中無事則識自清,眼中無人則手自辣"⑪,目的正是爲了便利人順暢地展開思維,求得

---

① 李維楨《郝公琰詩跋》,《大泌山房集》卷一百三十一。
② 馬桐芳《憨齋詩話》卷二。
③ 錢大昕《春星草堂詩集序》,《潛研堂文集》卷二十六。
④ 魏禧《惲遜庵先生文集序》,《魏叔子文集》卷八。
⑤ 袁枚《蔣心餘藏園詩序》,《小倉山房續文集》卷二十八。
⑥ 費袞《梁溪漫志》卷七。
⑦ 李沂《秋星閣詩話》。
⑧ 《惜才論》,《晚學集》卷一。
⑨ 吳雷發《說詩菅蒯》。
⑩ 王文禄《文脈》卷一。
⑪ 賀貽孫《詩筏》。

作品完滿的完成。此所以,朱熹還將之與"虛靜"相聯繫,稱"不虛不靜,故不明;不明,故不識"①。

在這方面,葉燮《原詩》的辨析尤其值得重視。葉氏承前人之論,以"才"、"膽"、"識"、"力"四者爲作詩的主觀條件,以爲"大凡人無才則心思不出,無膽則筆墨畏縮,無識則不能取舍,無力則不能自成一家"。在這裏,"才"主心思,猶王世貞所謂"才生思"。"膽"指創作落實過程中敢於出新,並肆陳自如。所以他説:"惟膽能生才","才"必待"膽"擴充之。早在唐代,劉叉《自問》詩已有"酒腸寬似海,詩膽大於天"之句。古人以爲"眼不高不能越衆,氣不充不能作勢,膽不大不能馳騁,心不死不能入木,此四者,作詩之大旨也"②。故謝枋得批點《文章軌範》,有"放膽文"、"小心文"的强調。江盈科《雪濤小書·詩評》有"詩膽"一節,馬榮祖《文頌》也有"膽決"一節。倘"膽薄而氣索"③,自然作不成詩,且"膽小氣促"與"見淺才迂"每相聯繫,如作出來也"無動人處"④,"非發乎性情,風行水上之旨"⑤。所以他們主張創作當任意揮灑馳騁以寄情,認爲"趨巧路者材識淺,走枉途者膽力大"⑥,"文章不可不放膽做"⑦。明人陳繼儒論傳奇創作,稱"《西廂》風流,《琵琶》離憂,大抵都作兒子態耳。《紅拂》以立談而物色英雄,半局而坐定江山,奇腸落落,雄氣勃勃,翻傳奇之局,如掀揭乾坤之歕,不有斯文,何伸豪興,信乎黃鐘大吕之奏,天地放膽文章也"⑧。是戲劇創作一樣要有此精神。

"力"指表現才思識見的能力。它是"才"的載體,所謂"惟力大而才能堅"。早在宋代,已有人提出"詩有力量,猶如弓之斗力,其未挽時,不知其準也;及其挽之,力不及處,分寸不可强"⑨,並推崇"記問足以貫通,力量足以驅使,才思足以發越,氣魄足以陵暴"⑩。同時王夫之評選古詩也每言"力薄則關情必淺",並由尚"力"而重"忍"。"忍"猶容耐也,指能持守隱蓄,用以論义,即所謂"每一回

---

① 《朱子語類》卷一百四十。
②⑥ 見黃子雲《野鴻詩的》。
③ 劉克莊《黃慥詩》,《後村先生大全集》卷九十九。
④ 袁潔《蠹莊詩話》。
⑤ 曹安《讕言長語》卷上。
⑦ 吳德旋《初月樓古文緒論》。
⑧ 《陳眉公批評紅拂記》總評。
⑨ 《許彥周詩話》。
⑩ 劉克莊《後村詩話》前集卷二。

筆,如有千波,而終平瀲,古人之力其神乎"。在他看來,"夫大氣之行,於虛有力,於實無影……及乎世人,茫昧於斯,乃以飛沙之風、破石之雷當之,究得十指如搗衣槌,真不堪令三世長者見也"。故推崇"直下不重收,千鈞之力,唯在欲止而止",對如何效仿自然之"風回雲合,繚空吹遠"①,通過收、轉、留、曲等創作技法使作品顯示力之美有許多討論。葉燮所論正是對前人論説的繼承,或可與時論相輝映。他最重視的是"識",不但以其爲反映紛繁世相的前提,還是辨識古人優劣的關鍵。《原詩》内篇下説:

> 大約才、識、膽、力,四者交相爲濟。苟一有所歉,則不可登作者之壇。四者無緩急,而要在先之以識,使無識,則三者俱無所托。無識而有膽,則爲妄,爲鹵莽,爲無知,其言背理叛道,蔑如也。無識而有才,雖議論縱橫,思致揮霍,而是非淆亂,黑白顛倒,才反爲累矣。無識而有力,則堅僻妄誕之辭,足以誤人而惑世,爲害甚烈。若在騷壇,均爲風雅之罪人。

倘再説得具體,則"識以居乎才之先,識爲體,而才爲用","識明則膽張,任其發宣而無所於怯,横説豎説,左宜而右有,直造化在手,無有一之不肖乎物也","無識而有才",雖思致揮霍仍不爲佳,就是因爲它没了"識"作主導,思維活動的展開直似不羈之野馬,横衝豎突,難有章法,難應創作之雅。

"才"、"膽"、"識"、"學"、"力"諸範疇關係密切,它們在分别擁有各自範疇序列,如"識"之下有"識度"、"識見"、"識趣"、"練識"等後序名言;"力"之下有"心力"、"思力"、"筆力"等後序名言的同時,又可以彼此牽衍組合,構成"學識"、"才識"、"學力"、"才力"、"識力"、"膽力"、"膽識"等新的名言。且這些名言涵蓋面廣,有時可兼及創作與接受兩方面,如"識趣"即如此。葉適《黄子耕文集序》中"不若刻二書巾山之上,使讀者識趣增長",尚就接受角度講;方東樹《昭昧詹言》卷一稱"學者須要胸襟高,識趣超,義理宏,筆力强,此皆詩文本領,不可强而能,不從學後得也",就分别從接受和創作兩個角度

---

① 《古詩評選》卷四。

説的。

　　再説"法"。因爲"神思"由"志氣"統其關鍵，又有"辭令"管其樞機，所謂"使玄解之宰，尋聲律而定墨；獨照之匠，窺意象而運斤"，故歷代論者因着傳統文學所具有的強烈的程式化特徵，在這方面作了大量的探討。有的論説深契創作過程的内在腠理，顯得精微而透闢。而就概念、範疇的創設和運用而言，大抵圍繞着"法"這個範疇，通過種種尚"法"理論爲中心來涵括、説明和展開。

　　蓋"文之法，有不變，有至變者"①，或者説"有一定之法，有無定之法"②。前者指文學創作必須遵守的基本原則，它基於文體本身的要求，是一種穩定恒久的規範，所以古人於此切講"毋使才而礙法"③，進而連言"才"與"格"，直至將其合成一詞④。此名言非可望文生義，理解爲才致風格，恰恰指能斂才就格并使格能盡才，相得益彰。如果"出意妄作，本無根源。未經師匠，名曰杜撰"⑤。唐杜甫《寄高三十五書記》之"佳句法如何"，即指此法。宋代以降，各種文體典範和傳統開始形成，講此具體實在的定法被認爲是體現學有本原乃至超越古人的基礎，如蘇軾、黄庭堅等人論詩就每言"句法"，謂某人詩得"老杜句法"、"張籍句法"，乃至有"句法窺鮑謝"、"句法出庾信"云云。

　　後者則指因情立格的縱横變化之術，它不如前者具體恒定，可以授受，而是一種"虚名"之法⑥，所謂"神明之變化"⑦。宋人研"法"日久，漸漸體會到要"從容於法度之中"⑧，而不拘泥"死法"。他們稱"斃吾言者，故爲死法；生吾言者，故爲活法"⑨，"所謂活法者，規矩備具，而能出於規矩之外，變化不測，而亦不背於規矩也。……謝玄暉有言：'好詩流轉圓美如彈丸'，此真活法矣"⑩。這"生"、"圓美"、"流轉"等名言，構成了後人瞭解"活法"的基礎。

―――――――

① 邵長蘅《與魏叔子論文書》，《青門簏稿》卷十 。
② 姚鼐《與張阮林》，《惜抱尺牘》卷三。
③ 吳偉業《致孚社諸子書》，《梅村家藏稿》卷五十四。
④ 宋人范正敏《遯齋閒覽·編詩》謂："或問王荆公云，編四家詩，以杜甫爲第一，李白爲第四，豈白之才格詞致不逮甫耶？"此處"才格"與"詞致"相對，可爲佐證。又，杜濬《變雅堂文集》卷二《敦宿堂集序》有"激發其聰明，鍛煉其才格"云云，更是一顯例。
⑤ 揭傒斯《詩法正宗》，《詩學指南》卷一。
⑥ 葉燮《原詩》内篇下。
⑦ 唐順之《文編序》，《荆川先生文集》卷十。
⑧ 魏慶之《詩人玉屑》卷十四。
⑨ 俞成《文章活法》，《螢雪叢説》卷一。
⑩ 吕本中《夏均父集序》，《後村先生大全集》卷九十五《江西詩派》引。

今就"定法"和"活法"之不同,考察古人對"法"的不同定位和概念、範疇的創設運用情況。

"定法"經由中唐以下特别是宋人的開闢,至元明清三代已有十分具體詳明的總結。大體上説,古人以爲"學問有淵源,文章有法度。文有文法,詩有詩法,字有字法。凡世間一能一藝,無不有法,得之則成,失之則否"①。若説得簡單些,"大抵前疏者後必密,半闊者半必細,一實者必一虚,叠景者意必二"②與"辭斷而意屬,聯類而比物"之類均是③。若要説得具體,則以詩爲例,"字有字法,句有句法,章有章法,不知連斷則不成句法,不知解數則不成章法"④。

其中"點掇關鍵,金石綺彩,各極其造,字法也"⑤。它"或在腰,或在膝在足,最要精思,宜細當"⑥。對此,論者每用"穩"、"當"、"響"、"亮"、"健"、"活"、"啞"等概念、範疇,或其後序概念、範疇如"穩貼"、"瀏亮"等要求之。如吕本中《童蒙詩訓》引潘邠老論詩中字法,"七言詩第五字要響","五言詩第三字要響","所謂響字,致力處也"。他自己也認爲作詩"字字當活,活則字字自響"。明清人講論得更具體些。如王世貞《藝苑巵言》卷一稱:"字法,有虚有實,有沉有響,虚響易工,沉實難至。"費經虞《雅論·下字》稱:"下字響則調高,知響而不知蘊藉則浮;下字静則句古,知静而不知蕭疏則啞;下字輕則體秀,知輕而不知深透則膚;下字實則格老,知實而不知圓活則板。"由兩家的論述大體可界定"虚響"和"沉實"的真實含義,亦可見時人對所謂定法中字法的要求是欲其"蘊藉"、"蕭疏"、"深透"和"圓活",而"浮"不是"響","啞"不是"静","膚"不是"輕","板"不是"實",而詩歌的格調高老正賴這種字法的切當運用。

明人李騰芳作有《文字法三十五則》,稱"字法甚多,有虚實、深淺、顯晦、清濁、輕重、偏滿、新舊、高下、曲直、平昃、生熟、死活各樣。第一要活,不要死。活則虚能爲實,淺能爲深,晦能爲顯,濁能爲清,輕能爲重,以致其餘,莫不皆然。若死則實字反虚,浮字反淺,清字反濁,以致其餘,莫不皆然"。著重論字法的"活",以爲此範疇可涵蓋其他諸項。此外又提出"拌"、"逗"、"抽"等多個

---

① 揭傒斯《詩法正宗》,《詩學指南》卷一。
② 李夢陽《再與何氏書》,《空同集》卷六十一。
③ 何景明《與李空同論詩書》,《何大復先生全集》卷三十二。
④ 徐增《而庵詩話》。
⑤ 王世貞《藝苑巵言》卷一。
⑥ 楊載《詩法家數》。

名言,辨析至細至微,有的雖失之牽強而未能傳遠,也未被視爲意義穩定的共名,但當時字法討論的深入細密已可以想見。

　　清人也標舉"響"、"穩"、"亮",不取"啞"、"浮"和"闇"。此外還特別強調"清"、"雅"、"秀",要求見"靈妙",有"神韻",尤反對"俗"、"險"和"笨"①。"一切涉纖、涉巧、涉淺、涉俚、涉佻、涉詭、涉淫、涉靡者,戒之如避鴆毒可也"②。表明文學創作的整體性要求須具體落實到字法的整合,不惟詩境要靈妙有韻,並字法也要這樣。他們還結合字的虛實論字法,提出"詩中用實字要融艷,用虛字要健練"③,"專用實字,不用虛字,故掉運不靈,斡旋不轉,徒覺堆垛,益成呆笨"④。"用實字者,能生動空靈,使實字如虛字,則化實入虛,句自峭拔";"用虛字者,能莊重精當,使虛字如實字,則運虛爲實,句自老成"⑤。有時更具體分疏不同詩體中虛、實字的不同使用效果,凡所牽涉的概念、範疇皆與"定法"的特性密切相關。若是詞曲創作,則更"要極新,又要極熟;要極奇,又要極穩"⑥,表現出與詩文同而不同的特殊一面。

　　"抑揚頓挫,長短節奏,各極其致,句法也。"⑦就此,論者每用"老"、"峻"、"渾成"、"獨造"、"自然"等概念、範疇要求之。如魏泰《臨漢居詩話》稱"詩須氣格完遂,終篇如一,然造句之法,亦貴峻潔不凡也",楊載《詩法家數》要求"煉句要雄深清健,有金石聲"。此是一方面。另一方面,又說此"雄深清健"是雄健自然,而非雄健有痕。朱熹就說:"詩須要句法渾成,如玉川子輩,句雄險怪,亦自有渾成底氣象。"⑧明清人也持此見,指出"大凡詩中好句,左瞻右顧,承前啓後,不突不纖,不橫溢於別句之外,不氣盡於一句之中,是句法也"⑨。又說"所謂琢句,非是故意蹺蹊以爲新穎,安於庸腐以爲名理,溺於浮艷以爲風流,惑於仙佛以爲高曠,假借老病以爲志慨,忿口罵世以爲悲壯,故意頹放枯瘠以爲老氣"⑩。而每要求能"渾然"、"渾成自然",以爲"凡煉句妙在渾然"⑪,"煉句要歸

----

① ⑨　薛雪《一瓢詩話》。
② 　郎廷槐《詩友師傳錄》。
③ 　李重華《貞一齋詩話》。
④ 　趙翼《甌北詩話》卷九。
⑤ 　朱庭珍《筱園詩話》卷三。
⑥ 　王驥德《曲律》卷二《論字法》。
⑦ 　王世貞《藝苑巵言》卷一。
⑧ 　蔡正孫《詩林廣記》前集卷八引。
⑩ 　張謙宜《絸齋詩談》卷三。
⑪ 　謝榛《四溟詩話》卷四。

於自然"①,"若煉句,當以渾成自然爲尚,着一毫斧鑿痕不得"②。當然,這"雄渾清健"也好,"渾成自然"也好,皆靠刻苦練就,非率意能得。故此,在他們看來,如果說字法忌"啞"忌"俗",句法就最忌"直率"了,"直率則淺薄而少深婉之致",句法中如倒裝橫插、明暗呼應、藏頭歇後諸法,所求無非在此,所謂不直述其意,"因委曲以就之"③。

此外,由於句法尚渾成自然,在古人看來便構成了對字法的超越。故胡應麟《詩藪》內編卷五說:"盛唐句法渾涵,如兩漢之詩,不可以一字求。至老杜而後,句中有奇字爲眼,才有此,句法便不渾涵。昔人謂石之有眼爲硯之一病,余亦謂句中有眼爲詩中一病。"當然,句法本身也不可拘泥,故王若虛《滹南詩話》卷三說:"古之詩人,雖趣尚不同,體制不一,要皆出於自得。至其辭達理順,皆足以名家,何嘗以句法繩人者。魯直開口論句法,此便是不及古人處。而門徒親黨以衣鉢相傳,號稱法嗣,豈詩之真理也哉?"這樣的認識,似乎宋人不能有。

最後說章法,又稱篇法。指詩的"首尾開闔,繁簡奇正,各極其度"④。"大約亦不過虛實、順逆、開合、大小、賓主、人我、情景"數端⑤。再說得具體一些,"有起,有束,有放,有斂,有喚,有應"⑥,有"伏應、提頓、轉接、藏見、倒順、縮插、淺深、離合諸法"⑦。論者每用"含蓄"、"自然"、"貫穿"、"圓緊"、"血脈"、"波瀾"等概念、範疇來表達自己的這部分想法。

如宋人張表臣就說:"篇章以含蓄天成爲上,破碎雕鎪爲下。"⑧以時人的觀念,句法之妙有不見字法者。同樣的道理,章法之妙也有不見句法者。所謂不見句法,正因章法起承轉合的流轉不滯,若不着力。以"到轉"爲例,它是古人常用的章法之一,講究"到要實在,轉要透脫"⑨,"貴變幻不可測,懼其易盡也","貴自然,懼其生別也"⑩。此也即張表臣所謂"含蓄天成"之意。清人進而指出:"章法有數首之章法,有一首之章法,總是起結血脈要通,否則痿痹不仁,且

---

① 龐塏《詩義固說》下。
② 陳僅《竹林答問》。
③ 冒春榮《葚原詩說》卷一。
④⑥ 王世貞《藝苑卮言》卷一。
⑤ 方東樹《昭昧詹言》卷十四。
⑦ 劉熙載《藝概・詩概》。
⑧ 《珊珊鉤詩話》卷一。
⑨ 費經虞《雅倫》卷二十二《瑣語》。
⑩ 李騰芳《文字法三十五則》,《李文莊公全集》卷九《山居雜著》上。

近攢湊也。"①"章法次序已定開合,段落猶須勻稱,少則節促,多則脈緩,促與緩皆傷氣,不能盡淋漓激楚之致。"②又要求"語不接而意接,血脈貫續,詞語高簡"③。提出"脈"、"血脈"和"促"、"緩"等名言,強調的也是這一點。薛雪《一瓢詩話》説:"杜詩云:'毫髮無遺恨,波瀾獨老成',最爲詩家傳燈衣鉢。……起須闢空,承宜開拓,一聯蜿蜒,一聯崒崔,景不雷同,事不疏忽,去則辭樓下殿,住則回龍顧祖,意外有餘意,味後有餘味,不落一路和平,自有隨手虛實,是章法也。"認爲章法宜講究"波瀾",所謂"一聯蜿蜒,一聯崒崔",就是對這一名言的具體説明。後劉熙載《藝概》在"伏應轉接"、"開闔盡變"意義上論"波瀾",馬榮祖《文頌》設《波瀾》一節,談的也是這個問題。其最避忌"冗雜"、"板滯"和"鋪填"④,爲其不應天地開合闔翕之道與一氣貫注之象,不能變化錯綜,自然入妙。

　　詩有章法,詞曲同樣也有。"詞之章法,不外相摩相盪,如奇正、空實、抑揚、開合、工易、寬緊之類是已",劉熙載《藝概·詞曲概》以爲其"承接轉換,大抵不外紆徐斗健,交相爲用,所貴融會章法,按脈理節拍而出之"。文就更多講章法了,特別是明清古文家,幾乎都有關於這方面的討論。當然,因文章在體制、篇幅上與詩詞曲都不同,除"時文法度顯而易言"外,一般"古文法度隱而難喻"⑤,故凡所討論相對疏闊,不專意於局部的遣詞造句,而偏重在結構的向背往來,是所謂"開闔呼應操縱頓挫之法",且對此向背往來也要求"出乎自然"⑥,"一歸於自然"⑦,"率其自然而行其無所事"⑧。由此也講"脈理",如唐宋派茅坤《唐宋八大家文鈔》即以鈎畫腠理脈絡爲務,在提出"生"、"承"、"還"三個獨創性名言,認爲作文之法不越乎此三者的同時,又講"脈絡貫通"⑨。桐城先聲戴名世論"御題之法",也着眼於"相其題之輕重緩急,審其題之脈絡腠理"⑩。至若以後方苞"義法説"的重要内容就是"脈相灌輸,而不可增損"⑪。較具勝義

---

① 何世璂《然燈記聞》。
② 龐塏《詩義固説》上。
③ 方東樹《昭昧詹言》卷一。
④ 分別見《漁洋詩話》、《昭昧詹言》卷一和《絸齋詩談》卷六。
⑤ 章學誠《文史通義》卷三《内篇三·文理》。
⑥ 唐順之《董中峰侍郎文集序》,《荆川先生文集》卷十。
⑦ 汪琬《答陳靄公書》,《堯峰文鈔》卷三。
⑧ 戴名世《李潮進稿序》,《南山集》卷四。
⑨ 見《文脈》卷三引。
⑩ 《己卯行書小題序》,《南山集》卷四。
⑪ 《書五代史安重誨傳後》,《方望溪先生全集》卷二。

的是魏際瑞論文標舉"逆",他說:

> 夫文者在勢,大抵逆則聳而順則卑,逆者奇而順者庸,逆則強而順者弱。形家以順龍爲奴龍,擂家以逆勢爲霸勢,是教一逆不已而再逆,故一波未平而再波。①

行筆用逆而出力,本是作書常識,每爲書論家言及之。宋人引以論文,也意在求取力度美,如陳慥說:"文有順而健,有逆置而彌健。"②後冒春榮也說"逆則力厚,順則勢走"③。包世臣以"隱顯"、"回互"、"激射"諸法論古文,也以爲"文勢之振在於用逆"④。魏際瑞的標舉承上而開下,是對古文章法的重要論說。此外,在駢文創作一途,清人陳維崧《四六金針》對此也有專門的探討。嘗提出"剪裁既定,融以神思,化以筆力,而四六之文成矣。其法有三,一曰融,二曰化,三曰串"。察其對"融"、"化"、"串"三個名言的詮解,突出的無外是章法的"渾然天成"與"脈絡貫通",在根本上與詩文無大區別。

要而言之,"夫積字成句,一字不穩則全句病,故字法宜鍊;積句成章,一句病則全章亦病,故句法不可不琢。且句之布置起落,即是章法,非句外另有章也;字之平排側注,虛實吞吐,即成句法,非字外另有句也"⑤。就創作"定法"而言,"古今之文法章脈,來龍結局,紆迴演迤,正在文從字順之中"⑥。古人於字法要求"響"而"活",句法要求"渾成",章法要求"貫穿",由此提攜起"穩"、"健"、"波瀾"、"脈理"等一系列概念、範疇。而通過"法極無至"的追求,這一切最後都歸向"自然"。

當然,真正達到"自然"的境界,還需由有法而臻於無法,故他們對所謂"法"另作定義,稱"知天下之至奇者、至易者莫過於知法,法非印模之謂,謂方之妙必不可使圓,曲之妙在必不可使直,無法之形在必不可使之有法也"⑦。故每每於"定法"之外追求無形無定之"活法"⑧。"活法"作爲無定之法,是神明

---

① 《答石公論文書》,《魏伯子集》卷二。
② 《文法》,《江湖長翁集》卷二十九。
③ 《葚原詩說》卷二。
④ 《文譜》,《安吳四種·藝舟雙楫》卷八。
⑤ 張謙宜《絸齋詩談》卷三。
⑥ 錢謙益《再答蒼略書》,《牧齋有學集》卷三十九。
⑦ 邱維屏《授何玄升今文選序》,《邱邦士集》卷六。
⑧ 劉熙載《藝概·詩概》謂:"煉篇、煉章、煉句、煉字,總之所貴乎煉者,是往活處煉,非往死處煉也。"

變化的產物，它超越了具體的字法、句法和章法，表徵了作者守"法"行"法"所達到的從心所欲的程度。對這種從心所欲的境界，古人每用"妙"、"奇"、"神"、"脱"、"生動"等概念、範疇表述之。其反面"在庸，在浮，在常，在闇弱，在生強，在無謂，在槍棒，在嘴爪，在不經"①。如宋人反對"死法"，以爲它"膠古人之陳迹，而不能點化其句語"②，"多取其已用字模仿用之，偃塞狹陋"③，正是著眼於它不能"奇"、"脱"、"生動"，流於"庸"、"浮"與"常"而言的。此後論者每用此意標舉"活法"，確認這種"活法"是以承認"文有大法而無定法"爲基礎的，是"觀前人之法而自爲之，而自立其法"。認爲盛唐人用心處在天人相湊，故好句自得；中唐以後漸漸束心於句，不着意全篇而務新貪好，正錯在拘守"死法"。所以在講"斂才就格"的同時，多講"巧運規外"，以爲倘"泥於法而爲之，則撐柱對待，四方八角，無圓活生動之意。然必待法度既定，從容閒習之餘，或溢而爲波，或變而爲奇，乃有自然之妙"④。爲此，他們甚至倡言"敢棄縠率，破繩墨，以私創法程"⑤，爲的正是能有這種"自然之妙"。

　　清人朱庭珍《筱園詩話》卷一稱"無定之不法"："或以錯綜出之，或以變化運之，或不明用而暗用之，或不正用而反用之，或以起伏承接而兼開闔縱擒，或以抑揚伸縮而爲轉折呼應，或不承接之承接，不呼應之呼應；或忽以縱爲擒，以開爲合，忽以抑爲揚，以斷爲續；或忽以開合爲開合，以抑揚爲抑揚，忽又以不開合爲開合，不抑揚爲抑揚，時奇時正，若明若滅，隨心所欲，無不入妙。"舉凡"正反"、"明暗"、"起伏"、"擒縱"、"抑揚"、"開合"、"奇正"與"明滅"，皆必出以自然，神妙而變化之，目的在使作品有"神妙"、"圓活"之美，達到"生動"、"自然"的境界。沈德潛《說詩晬語》卷上以爲亂雜無章非詩，作詩固要講"法"，但應"自神明變化於其中"，"試看天地間水流雲在，月到風來，何處著得死法"。劉大櫆《論文偶記》說，"古人文字最不可攀處，只是文法高妙而已。……古人文章可告人者，惟法耳。然不得其神而徒守其法，則死法耳。"也是重"無定"之"神妙"，尚"生動"、"自然"之意。

　　總之，"情不能自達，必才以運之；才不能馳驟，必法以範之；法不可固執，

---

① 佚名《詩家一指·四則·法》。
② 俞成《文章活法》，《螢雪叢說》卷一。
③ 葉夢得《石林詩話》卷中。
④ 李東陽《麓堂詩話》。
⑤ 袁袠《復大中丞顧公論詩書》，《袁永之集》卷十九。

必神以詣之"①。鑒於"挾才者之溢於格,苦思者之傷於神"②,古人特别强調"無定"之"活法"。"活法"之有别於"定法"、"死法",在他們看來正因有此"神"與"妙"。戲劇、小説批評中"定法"的名堂更多,論者曾用許多形象的語彙表述之,如金聖嘆之"弄引"、"獺尾"諸法,張竹坡之"趁窩和泥"、"草蛇灰綫"諸法,至於如"避犯"、"截岔"、"正襯"、"反襯"等法更爲論者所常道。但儘管如此,他們仍以運化無迹、自然而然爲最高境界,以爲"天生地設章法,不見一絲勉强"③,並也用"神"、"妙"、"化工"、"天然"、"自然"等概念、範疇指稱這種境界。所謂"真真奇絶妙文,真如羚羊掛角,無迹可求,此等奇妙非口筆不可形容出者"④,"文心之靈異,正如百折危灘,千盤激水,爲山硤於控扼,皆出於自然之勢,即鬼斧神工不能造也"⑤。又説:"文宜逆而不宜順,如前回扯出錢子幹,不過爲此回進城張本,一經打後更無可轉手處,文偏於無可轉手處,轉得如行雲流水,渾然無迹,斯謂化工之文。"⑥衡之以詩文批評,不唯意思相類,所用概念、範疇也大體一致。

"神"、"妙"等範疇極言"活法"之入神臻妙自然而然。"神"是什麽?《周易·繫辭下》曰:"知幾其神乎",《荀子·天論》曰:"不見其事而見其功,夫是之謂神"。"妙"又是什麽?王弼釋《老子》之"故常無欲,以觀其妙",謂"妙者,微之極也"。"活法"神妙到極處,聖而不可知之,妙萬物而爲言,催生了古人這樣一個觀念,即"萬法總歸一法,一法不如無法"⑦。怎麽理解和落實這個"不如無法"? 清人徐增提出了"脱"這個名言。在《而庵詩話》中他説:

> 余三十年論詩,只識得一"法"字,近來方識得一"脱"字。詩蓋有法,離他不得,却又即他不得。離則傷體,即則傷氣。故作詩者先從法入,後從法出,能以無法爲有法,斯之謂"脱"也。

"脱"既指"脱棄"、"脱離",又有"脱略"、"脱易"這層自在輕慢之義,間或還受到

---

① 徐熊飛《修竹廬談詩問答》。
② 魏大中《顧省輿詩序》,《戴密齋集》卷六。
③ 《脂硯齋重評石頭記》甲戌本第三回。
④ 《脂硯齋重評石頭記》庚辰本第二十回。
⑤ 《女仙外史》劉廷璣等合評本第九十四回。
⑥ 《嶺南逸史》醉園等合評本第十二回。
⑦ 陸時雍《詩鏡總論》。

道教脱去凡骨、結成聖胎等修煉説的影響。施諸文學批評,指寫景、狀物和述情不沾滯,透脱空靈,如查慎行所説:"詩之厚,在意不在新;詩之雄,在氣不在直;詩之美,在空不在巧;詩之淡,在脱不在易。"①徐增引此作爲對詩法的超越,賦予它以新的意思,在《而庵詩話》中他又説:"作詩之道有三:曰寄趣,曰體裁,曰脱化。今人而欲詣古人之域,舍此三者,厥路無由。"是强調欲成就好詩,尚情尊體之外,就數超越定法、變化生新爲最重要了。這裏他揭出"脱化"兩字,這一名言更直接來自道教的屍解羽化説,或如《淮南子·精神訓》所謂"蟬蜕蛇解,遊於太清。輕舉獨往,忽然入冥"。論者借其所挾帶的神秘虚靈之意,用指創作所達到的由因而創,既具本原,又漸次有了自家面目的高上境界。如惲敬即謂:"讀文則湛浸其中,日日讀之,久之則與爲一,然非無脱化也。"②況周頤論邵復孺詞"魚吹翠浪柳花行",也稱其"由韓詩脱化"③。無獨有偶的是,在小説批評中,金聖嘆論"法"也及此義,不過用的是"脱卸"一詞:"文章妙處,全在脱卸。脱卸之法,千變萬化,而總以使人讀之如神鬼搬運,全無踪迹爲絶技也。"④

綜上所述,傳統文學創作論範疇涵蓋創作的發動,創作的思維過程以及作品的落實和完成,這三個方面由表示思維活動的"神思"範疇串連爲一體。譬如,創作發動之初,主體在用"興"時可能已慮及如何行"法";創作的完成階段,主體在任"氣"用"法"過程中也要不斷"養興"以求振起,所以呈現爲雖過程階段化但實際上又是撰結一體化的整一徵象。依其各自的理論位置及相互關連,它們大抵可構成如下邏輯的聯動關係:

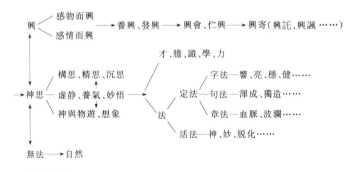

---

① 查爲仁《蓮坡詩話》引。
② 《答來卿書》,《大雲山房文稿·言事二》。
③ 《蕙風詞話》卷三。
④ 《第五才子書施耐庵水滸傳》第五一回批語。

圖中除依創作展開的實際過程而定向衍展外,"興"、"神思"和"無法"之間的互逆聯結,正表明在實際創作過程中,此數者相資相浹往復運動的特性。唯此,作者之"興"才不是無法定位的"漫興",作品之"法"也才非呆板僵硬不能超越的"死法"。

第三節　作品形態和風格論範疇

如果說,創作論範疇是整個古代文學批評範疇體系中最精微深刻的部分,那麼作品形態和風格論範疇則是其中最繁姿紛呈的部分①。這種形態和風格在古人是用"體"這個範疇來概括的。適應着客觀外物和主觀心靈的豐富多樣性,涵括其藝術存在形式的"體"範疇的同序及後序名言在古代可以說層出不窮,它們相互關連,彼此說明,突出地體現了古人在審美趣味上的多樣和統一,體現了古代文學創作多途發展的自然樣態和整體面貌。

一、風格範疇體系的導入途徑

要理清作品形態和風格論範疇之間的邏輯關係,遠較羅列出這些概念、範疇爲難。並且,與古人對創作論範疇的指述大體依據思維過程的順序展開不同,對於藝術思維的成果——文學作品的風格,他們的論述似更多因人因文而設,顯得靈變豐富而不易把握。

如劉勰《文心雕龍·體性》中提出"典雅"、"遠奧"、"精約"、"顯附"、"繁縟"、"壯麗"、"新奇"和"輕靡"等"八體",以爲作家個性不同,作品風格多樣,但大要不出於此。這八體中"雅與奇反"、"奧與顯殊"、"繁與約舛"、"壯與輕乖",兩兩構成對待。分派得雖清晰,但因指涉對象包括一切實用文體,故於純文學而言未必愜洽貼切,有的歸結如"遠奧"、"顯附",以後更被證明並非是概括文學作品形態和風格最適切的名言,所以並不爲人普遍認同和廣泛徵引。

---

① 孫康宜謂:"中國文學批評却有一點和西方大相徑庭,那就是在區分'風格'(styles)時,中國人貫注的心思頗巨。就體格之間的互依互恃而言,中國人也十分在意。"而究其所以如此的原因,"乃根植於傳統思想的一個特殊層面。對中國批評家而言,文風乃人格的呈現,因此也是衡量詩人詞家成就的指鍼。風格的區分故此就不僅是成就高低的問題,而是詩人詞客修身養性的表現"。見其所著《詞與文類研究》,北京大學出版社,2006年,第2頁。

大多數人的分派則没有這樣齊整和謹嚴。中唐皎然《詩式》立"辨體十九字",自稱"括文章德體風味盡矣",因混同作爲情志内容的"忠"、"節"、"志"、"德"與作爲藝術形式的"逸"、"閒"、"静"、"遠",不但未能在劉勰基礎上有所前進,反而倒退了一截,且不見對其間邏輯聯繫的任何揭示。齊己《風騷旨格》論"詩有十體",除"高古"、"清奇"、"清潔"可視爲是對風格的指稱外,其他如"雙分"、"覆妝"、"闔門"等均爲作法,而非關風格。徐寅《雅道機要》"叙體格"論詩有"十一不",提及"時態"、"繁雜"、"質樸"、"沉静"、"細碎"、"浮艷"、"僻澀"等名言,似從風格而論,但也無具體的展開性説明。

晚唐自署名司空圖《二十四詩品》以"雄深"、"冲淡"、"纖穠"、"沉著"、"高古"、"典雅"、"洗煉"、"勁健"、"綺麗"、"自然"、"含蓄"、"豪放"、"精神"、"縝密"、"疏野"、"清奇"、"委曲"、"實境"、"悲慨"、"形容"、"超詣"、"飄逸"、"曠達"、"流動"等概念、範疇概括二十四種風格之後,宋代有嚴羽《滄浪詩話》提出"九品二概"之説,所謂"詩之品有九,曰高,曰古,曰深,曰遠,曰長,曰雄深,曰飄逸,曰悲壯,曰凄婉。……其大概有二,曰優遊不迫,曰沉著痛快"。魏慶之《詩人玉屑》卷五提出"識理"、"高古"、"典麗"、"風流"、"精神"、"質幹"、"體裁"等"七德","典重"、"拋擲"、"出塵"、"瀏亮"、"縝密"、"雅淵"、"温蔚"、"宏麗"、"純粹"、"瑩静"等"十貴"。元楊載《詩法家數》以爲"詩之爲體有六,曰雄渾、曰悲壯、曰平淡、曰蒼古、曰沉著痛快、曰優遊不迫"。皆過於雜亂漫散,缺乏高屋建瓴的邏輯統領和明確的義界分疏。清林昌彝《射鷹樓詩話》卷十六稱:"蓋詩之品格多門,曰雄深、古逸、悲壯、幽雅、冲淡、清折、生辣、沉著、古樸、典雅、婉麗、清新、豪放、俊逸、清奇、妙悟。"其間區劃也頗含混,且如"妙悟"是否可列爲風格之一體也大可商榷,因既爲創作,則各種風格皆須賴人善體善悟而出。至於就這些論説的影響而言,均未趕過《二十四詩品》。

唯此,後人多沿用其體,如顧翰《補詩品》以"古淡"、"藴藉"、"雄深"、"清麗"、"哀怨"、"激烈"、"奥折"、"華貴"、"疏散"、"超逸"、"閒適"、"奇艷"、"凄婉"、"飛動"、"感慨"、"雋雅"、"高潔"、"精練"、"峭拔"、"悲壯"、"明秀"、"豪邁"、"真摯"、"渾脱"等概念、範疇概括二十四種詩歌風格。雖然,許多品目如"藴藉"之與《二十四詩品》之"含蓄","悲壯"之與《二十四詩品》之"悲慨",並無太大的區别,構不成其自期的"補",但總的來説,所用稱名似結合了中唐以來歷代人所用概念、範疇的實際,比《二十四詩品》之所列"實境"、"形容"等要更有概括性和普遍性一些。不過儘管如此，仍不能說包舉無遺，且一樣無系統可言。

與詩相類，詞賦也各有品。前者如郭麐《詞品》以"幽秀"、"高超"、"雄放"、"委曲"、"清脆"、"神韻"、"感慨"、"奇麗"、"含蓄"、"遒峭"、"穠艷"、"名雋"等概念、範疇論詞的風格；楊夔生《續詞品》以"輕逸"、"綿邈"、"獨造"、"凄緊"、"微婉"、"閒雅"、"高寒"、"澄淡"、"疏俊"、"孤瘦"、"精煉"、"靈活"等概念、範疇論詞的風格。其中自然多有與詩一體相同相近者，但也有"幽秀"、"清脆"、"孤瘦"等更多針對詞體而設的名言。後者如魏謙升《二十四賦品》，開列"源流"、"結構"、"氣體"、"聲律"、"符采"、"情韻"、"造端"、"事舉"、"應舉"、"程式"、"駢儷"、"散行"、"比附"、"諷諭"、"感興"、"研練"、"雅淡"、"瀏亮"、"宏富"、"麗則"、"短峭"、"纖密"、"飛動"、"古奧"等目，將作賦技巧方面的術語攬入，或是因《賦品》體例本不同於《詩品》，但就風格論範疇而言，針對賦體而設的名言如"瀏亮"、"宏富"、"麗則"等終究不多，且整體看去亦稍顯單薄和散亂。

馬榮祖、許奉恩則試圖對散文風格作出歸類。前者用"沉雄"、"峻潔"、"典雅"、"清華"、"淳古"、"怪艷"、"沉著"、"生動"、"嚴重"、"疏放"、"遒媚"、"超忽"、"蒼潤"、"清越"、"奇險"、"輕淡"、"鬱折"、"洸瀁"、"雄緊"、"頹暢"、"奧澀"、"樸野"、"蘊藉"、"恣睢"、"淡永"、"跌宕"、"瘦硬"、"渾灝"、"秀拔"、"排奡"、"修遠"、"夭矯"、"冲寂"、"鼓舞"、"停勻"、"雄挫"、"閒適"、"堅深"、"清新"、"古拙"、"妙麗"、"勁宛"、"英雅"、"遒逸"、"復隱"、"空靈"、"神解"、"飄渺"等概念、範疇概括四十八種文風，雖"排奡"、"渾灝"等頗具針對性，但總的來說，其內部如"淡永"、"冲寂"、"閒適"諸品區別在哪裏，"沉雄"與"沉著"、"雄挫"的不同又在哪裏，各品之間存在怎樣的關係，都讓人很難辨識得清。

後者用"高渾"、"名貴"、"超脫"、"簡潔"、"雄勁"、"典博"、"精煉"、"整齊"、"放縱"、"暢足"、"謹嚴"、"質樸"、"恬雅"、"濃麗"、"清淡"、"鮮明"、"老當"、"險怪"、"流動"、"細密"、"奇譎"、"空靈"、"纏綿"、"神化"、"圓轉"、"純熟"、"軒昂"、"幽媚"、"快利"、"峭拔"、"沉厚"、"和平"、"悲慨"、"得意"、"停蓄"、"遊戲"等概念、範疇概括三十六種文章風格，也存在着相類似的情況。分是分得夠細了，不可謂無針對性的漫設，但細細審察，總不免給人以漫散無統的感覺。

費經虞在評論《二十四詩品》時說：

> 蓋正變俱采，大小兼收，可謂善矣。然有孤行者，有通用者，猶當議焉。其曰：雄渾、冲淡、纖穠、高古、典雅、綺麗、自然、豪放、疏野、飄逸，各立一門；如洗煉、含蓄、精神、實境、超詣、流動、形容、悲慨之類，則未可專立也。雄渾有雄渾之洗煉，冲淡有冲淡之洗煉；纖穠有纖穠之含蓄，高古有高古之含蓄；典雅有典雅之精神，綺麗有綺麗之精神也。又勁健、沉著不外雄渾，縝密不外典雅，委曲不外含蓄，清奇、曠達不外豪放。①

他看到各體作品形態與風格間既有聯通又有區隔的事實，提出"孤行"與"通用"兩個觀察角度頗有見地②。其間層級不同，有的名言有自圓自足的意指，有的則假各種風格體現，雖大體符合文學創作的實際，但從義界的釐定而言，所謂"雄渾有雄渾之洗煉"云云，立論未免過於高蹈含混，靈慧警策有餘而未足以服人。至於所分疏出的"古奧"、"典雅"、"高老"、"俊逸"、"雄渾"、"深厚"、"富麗"、"纖巧"、"淡遠"、"穠郁"、"輕細"、"自然"、"峻潔"、"峭別"、"刻琢"、"擬古"諸體，是否義界嚴明區隔清晰，也不無可商榷之處，但儘管如此，所說"勁健"不外"雄渾"、"委曲"不外"含蓄"等等，提出了如何以適切的名言正確區劃風格類型的問題，確乎令人深長思之。

從上述豐富而淆亂的名言運用情況，可以看到古代風格論範疇雖總量十分龐大，但確實存在着意義交叉界域不清的情況。特別是同一序列的範疇十分豐富，彼此之間意義聯繫密切甚至互釋共決，如"深靜"、"宏深"、"深闊"、"深妙"屬"深"這一範疇系列，"豪放"、"豪宕"、"豪闊"、"豪邁"屬"豪"這一範疇系列，"清眇"、"清雅"、"清潤"、"清空"則又屬"清"這一範疇系列，其間有的區別還算清晰，有的則因古人隨意取用，未必有精確的義界。

即使不在同一序列，不相統屬的概念、範疇，也存在有密切的意義聯繫，其內涵也常常彼此進入，不易確定。且看胡應麟對杜甫七言詩風格的論說：

> 杜七言句，壯而闊大者，"二儀清濁還高下，三伏炎蒸定有無"；壯而高

---

① 《雅倫》卷十六《品衡》。
② 張謙宜《絸齋詩談》卷一論"老"這個名言，"大約'老'字對'嫩'看，凡下字造句堅緻穩當，即老也。……'老'字頭項甚多，如悲壯有悲壯之老，平淡有平淡之老，穠艷有穠艷之老。今匠人以竹木之成就者謂之老，以此思之可也。"可爲參看。

拔者,"藍水遠從千澗落,玉山高並兩峰寒";壯而豪宕者,"五更鼓角聲悲壯,三峽星河影動搖";壯而沉婉者,"三年笛裏關山月,萬國兵前草木風";壯而飛動者,"含風翠壁孤雲細,背日丹楓萬木稠";壯而整嚴者,"江間波浪兼天涌,塞上風雲接地陰";壯而典碩者,"紫氣關臨天地闊,黃金臺貯俊賢多";壯而穠麗者,"香飄合殿春風轉,花覆千官淑景移";壯而奇峭者,"窗含西嶺千秋雪,門泊東吳萬里船";壯而精深者,"織女機絲虛夜月,石鯨鱗甲動秋風";壯而瘦勁者,"萬里悲秋常作客,百年多病獨登臺";壯而古淡者,"百年地僻柴門迥,五月江深草閣寒";壯而感愴者,"錦江春色來天地,玉壘浮雲變古今";壯而悲哀者,"雪嶺獨看西日落,劍門猶阻北人來"。……凡以上諸句,古今作者無出範圍也。①

在"壯"這個共名下,不在同一序列的"閎大"、"沉婉"、"精深"乃至"古淡"、"穠麗"等名言都被聯繫在一起,讓人很難把握其間的些微差別,足爲前及費經虞所説的"孤行"、"通用"説提供確鑿的例證。

並且,由於古代作家、批評家對作品風格的追求常自覺不自覺地服從於一個基本相似的審美趣尚,這使得傳統風格論範疇的意義交叉還發生在不同文體的批評中,即風格論範疇有超越體式的共同共通性。所以,在詩、詞、曲、賦、文等各體文學批評中,往往出現類似"悲慨"、"雄渾"、"典雅"、"含蓄"等範疇可以概括一切體式作品風格的情況。即使戲劇、小説批評中也間可見到這些範疇的運用,如董月岩評《雪月梅》,就用"脱盡小説習套,又文雅,又雄渾"。清末曾國藩承姚鼐"陽剛"、"陰柔"之說,對之作了具體的展開:"陽剛之美曰雄、直、怪、麗,陰柔之美曰茹、遠、潔、適"②,並各作十六字以贊之。如果説前四個名言尚是對古文風格習見的規範,後四者則通用於詩詞曲諸體,乃至在元明清詩詞曲批評中用得更多。

這使後人有理由認爲,將稱述和涵括不同體式作品風格的概念、範疇統貫起來考察,決不僅僅是一種因文取便,而有着文學史提供的大量事實作基礎。至於前述不同著作分類紛繁,有的品目之間區別並不明顯,在説明古人辨析水

---

① 《詩藪》内編卷五。
② 《求闕齋日記類鈔》卷下。

平已日趨精微,運用概念、範疇的能力已日漸高強的同時,又多少說明這些衆多的風格概括之詞原是有着可以類歸的共通性質核的。這種有某一個或若干個核心範疇聚集同類,建立起範疇序列,可以與質核相異的概念、範疇及其序列構成明顯的意義區別。因此,對其進行分疏和釐析,進而揭示其系統聯係是完全有可能的。

不過,需要爲這種系統探討找到一個切當的角度或契入口。通觀中國古代文學風格論,仔細辨識其具體的分類和區別,以及這種分類區別後潛蓄着的古人的感性判斷,可以發現除却特定時代、地域和習俗等外部因素的作用外,作品的不同風格是與作者有偏向的藝術追求和落實這種追求的藝術手段相關連的。質言之,是與作者對作品形態的主觀設計相關連的。譬如希望自己所作雄勁剛嚴,作品的形態和風格必然偏在陽剛一路,此當於體制格法上求;希望自己所作清遠綿邈,作品的形態和風格必然偏在陰柔一路,此又當於神色韻味上求。雄勁剛嚴和清遠綿邈之間雖非絕然無關,更非不能轉換,但大致存在路徑上的差別則是毋庸置疑的事情。正是有見於此,歷代詩人、批評家才爲其冠以一定的稱名,進而作一系列的展開性說明。

今擬從作品的"聲色"、"格調"、"韻致"和"意境"四端切入,因這四者大抵正是古代作家、批評家探討不同風格時通常擇取的切入路徑。由此出發再考察風格範疇的衍生過程及其系統聯繫,庶幾可以完整地涵攝古人對作品形態不同層面的認識成果。而源遠流長的古代文學風格論,在發展到明清兩代的融會總結期,被基本匡限在由外而内、由粗而精、由具體而抽象的總的格局内,他們對不同風格的歸納和總結大體仍不脱此四個方面,既從中獲得認識角度,復藉以延展出新的成果,更使我們確信由此入手,可以比較切實地把握傳統風格論範疇的基本特徵和體系脈絡。

譬如胡應麟嘗説:"作詩大要不過二端,體格聲調,興象風神而已。體格聲調有則可循,興象風神無方可執。故作者但求體正格高,聲雄調鬯,積習之久,矜持盡化,形迹俱融,興象風神,自爾超邁。譬則鏡花水月,體格聲調,水與鏡也;興象風神,月與花也,必水澄鏡朗,然後花月宛然,詎容昏鑒濁流,求睹二者?故法所當先,而悟弗容强也。"[①]胡氏學問淹博,諸家書史無所不窺,是明代

---

① 《詩藪》内編卷五。

有數的博學家,所作《詩藪》二十卷,論及各代各體文學創作,徵引之富,評價之精,可稱美一代。尤值得表彰的是,他的論説條分縷析,歸納收攬中,多規律性的總結之辭,所論"作詩大要不過二端"云云即如此。從創作角度論,他認爲作者只有處理好"體格聲調"、"興象風神"兩者,才能有所成就。據此,後人自然很可以從作品形態論角度得到這樣的結論,即凡詩歌形態在這兩方面做得成功,就必然是優秀的,風格也必然大可肯定。

在遍考歷代詩歌後,胡氏又説:"漢、唐以後談詩者,吾於宋嚴儀卿得一'悟'字,於明李獻吉得一'法'字,皆千古詞場大關鍵。第二者不可偏廢,法而不悟,如小僧縛律;悟不由法,外道野狐耳。"①是明確了"體格聲調"的初始特徵和基礎地位。但相比之下,"興象風神"作爲詩歌創作的更高境界,似有着更精微深妙的審美意義和價值。"體格聲調"係乎"法","興象風神"則端賴"悟"。稍後許學夷以"體氣"爲詩之本,"字句"爲詩之末,推稱唐人律詩"以興象爲主,以風神爲宗"②,並多引胡氏之言,大體也是以此兩端考察詩體的。

詩歌如此,古文也同樣。桐城派劉大櫆和姚鼐在品藻文章時就每從此兩端置論。如劉大櫆《論文偶記》指出:"文貴品藻,無品藻便不成文字,如曰渾,曰浩,曰雄,曰奇,曰頓挫,曰跌宕之類,不可勝數。然有神上事,有氣上事,有色上事,有聲上事,有味上事,須辨之甚明。"後姚鼐《古文辭類纂序目》進一步將此意條理化,稱:"凡文之體類十三,而所以爲文者八,曰神、理、氣、味、格、律、聲、色。神、理、氣、味者,義之精也;格、律、聲、色者,文之粗也。然苟舍其粗,則精者亦胡以寓焉?"

劉大櫆認爲,文章風格多樣至於不可勝數,但從"神"、"氣"、"色"、"聲"、"味"數端入手,是仍可以詳加辨明的。儘管他沒有具體説明這幾個範疇的關係,也未説明如何掌握這五者就可以把握住文章的風格。然結合其全部論述,不難看出這數者之間是存在着一條由"聲"、"色"趨於"味"、"神"、"氣"的發展路徑的。他論"奇"一體,稱"然有奇在字句者,有奇在意思者,有奇在筆者,有奇在邱壑者,有奇在氣者,有奇在神者。字句之奇,不足爲奇,氣奇則真奇矣,神奇則古來亦不多見"。可知在他看來,"聲"、"色"是比較初級和外在的,近胡

---

① 《詩藪》內編卷五。
② 《詩源辯體》卷三十四。

氏所講的"體格聲調";"神"與"氣"才從内裏決定了作品的形態和風格。顯然,從意義位序上說,它類似胡氏所說的"興象風神"。正是在這種論說基礎上,姚鼐加以系統化和整贍化,提出了"文之精"、"文之粗"之說。他所說的"格"指體格、格法和格局,他每每從此角度推崇韓文和杜詩,突出其"雄峻"和"老成";"律"指法度和規則,如虛實、順逆、開合、抑揚、字法、句法之類;"聲"指音聲節奏的長短疾徐、抑揚抗墜,在這方面他推崇的是"音和而調雅"、"聲閎而不蕩";"色"指文辭藻彩,他尤重"瑰瑋奇麗"而排斥浮俗雜言。至於"神"、"理"、"氣"、"味"則超越具體的體格文辭,指作品的整體樣態和精神狀貌,可見論旨也類胡氏。

詞曲、戲劇、小說批評與傳統詩文關係疏密不同,因各自的體式特點,對作品形態與風格的概括也各不相同,在概念、範疇的創設運用上因此各有自己的特點。不過儘管如此,由外在的字句體調而及内在的風神意境則基本類同詩文。如小說由討論"奇幻"、"避犯"等諸種技法而及對作品"入神"的強調,戲劇由討論賓白唱詞的"麗詞俊音"而及對全局"意趣"、"神色"的分疏,等等。因此,在古代作品形態和風格理論未及全面清理,概念、範疇的創設運用情況尚未被完全掌握的情況下,從"聲色"、"格調"、"韻致"、"意境"四個方面切入,不失爲一條便捷的路徑。由此四端提攜起諸家議論及概念、範疇的整體網絡,庶幾可以契近和呈現風格論範疇的整體面貌。

二、作品物質構成提供的視點

這裏主要討論的是指稱作品物質構成形態的"聲色"範疇及與其對應的諸風格範疇。"聲色"是一個並列結構的範疇,即所謂"聲響色澤"。兩者並置出現得較早,所謂"選色遍齊代,徵聲匝邛越"[1],在南朝時已爲詩人所道;"暨音聲之迭代,若五色以相宣",更早見於陸機《文賦》。

概而言之,"凡文者,在聲爲宮商,在色爲翰藻"[2],"詩之所貴者,色與韻而已矣"[3]。由於"聲取其諧,韻取其協"[4],作爲狹義的"聲"就專指作品的聲律聲

---

[1] 鮑照《代陸平原君子有所思行》,逯欽立《先秦漢魏晉南北朝詩·宋詩》卷七。
[2] 阮元《文韻說》,《揅經室續集》卷三。
[3] 陸時雍《詩鏡總論》。
[4] 吴萊《古詩考錄後序》,《淵穎吳先生文集》卷十二。

韻。古人於此每要求其"和諧"、"委婉"和"悠長",所謂"詩以聲爲用者,其微妙在抑揚抗墜之間"①,"言聲韻之貴悠長也"②。詞也以"聲韻諧婉"爲上③。曲更欲其"清"、"圓"、"響"、"俊"、"雅"、"和",而不欲其"濁"、"滯"、"沉"、"痴"、"粗"和"殺"④。

廣義的"聲"則還兼指聲節,即音聲的節奏及由這種節奏造成的作品相應的體調,如杜甫《舟中苦熱遣懷奉呈陽中丞通簡臺省諸公》有"聲節哀有餘,夫何激衰懦"之句。由"聲"的運用肇成作品特殊的音節效果,是謂"聲調",如沈德潛《元詩別裁集序》稱《百一鈔》"諷諷乎,洋洋乎,氣格聲調,進乎古矣"。這種特殊的"聲調"出於某個作者之手,形成其作品固有的風格,是謂"聲口"、"聲格",故胡應麟《詩藪》内編卷四稱韋應物詩"婉約有致,然自是大曆聲口,與王、孟稍不同"。陸時雍《詩鏡總論》稱"專尋好意,不理聲格,此中、晚唐絶句所以病也"。聲律、聲節的運用能造成作品特殊的文氣和文勢,故又有所謂"聲氣"、"聲勢"。前此如劉勰《文心雕龍·附會》篇論"才量學文,宜正體制,必以情志爲神明,事義爲骨髓,辭采爲肌膚,宫商爲聲氣",已提出創作由聲律的講求而達到"聲氣"的問題。後人每引申發揮,如清惲敬《答伊揚州書》論作古文,"自皇甫持正、李南紀、孫可之以後,學韓者皆犯之,然其法度之正,聲氣之雅,較之破度敗律以爲新奇者,已如負青天而下視矣"。近代章太炎《辨詩》論漢《郊祀》《房中》之作,也稱"其辭閎麗訣蕩,不本《雅》《頌》,而聲氣若與之呼召"。後者如元稹《叙詩寄樂天書》提出"聲勢沿順,屬對穩切者爲律詩",後清人納蘭性德論七言歌行,也有"音節低昂,聲勢穩密"之説⑤。

對這種廣義的"聲",古人不僅要求其"和諧"、"委婉"、"悠長",以實現出所謂的"聲氣之雅",其他如"沉雄"、"急切"與"悲壯"也爲人所切講。如《後漢書·文苑傳》稱禰衡"方爲《漁陽》參撾,蹀躞而行,容態有異,聲節悲壯,聽者莫不慷慨"。劉勰《文心雕龍·樂府》也稱"杜夔調律,音奏舒雅,荀勖改懸,聲節哀急。故郭兆麒《梅崖詩話》説:"須知激宕沉雄,在思力、音節上論,原不拘虚

---

① 沈德潛《説詩晬語》卷上。
② 袁枚《隨園詩話》卷三。
③ 朱弁《曲洧舊聞》卷五。
④ 王驥德《曲律》卷二《論聲調》。
⑤ 見《淥水亭雜識四》,《通志堂集》卷十八。

字、實字多少之分也。"李重華《貞一齋詩說》說:"詩之音節,不外哀樂二端。樂者定出和平,哀者定多感激。"朱庭珍《筱園詩話》卷二則更以"穿雲裂石"、"高壯而清揚"形容之。至若胡應麟《詩藪》內編卷五所提律詩音節之"俊亮沉著",似介於兩者之間。

"色"與"聲"一樣,被視為創作"皆不可闕"的要素①。所謂"色也者,所以助文之光采,而與聲相輔而行者也。其要有三,一曰練字,二曰造句,三曰隸事"②。總之,指文辭藻采以及由這種文辭藻采造成的作品樣貌。又如同"聲"須有韻,韻要和諧,"色"也被要求有華彩,葉燮《原詩》內篇下就說:"夫詩純淡則無味,純樸則近俚,勢不能如畫家之有不設色。古稱非文辭不為工,文辭者,斐然之章采也。……故能事以設色布采終焉。"如"沈約有聲無韻,有色無華",即遭陸時雍《詩鏡總論》的嗤斥。他的表述是"質而無色者,易俗也"。

所謂"色"之華彩,具體地說就是色彩的鮮艷明麗,古人作詩講究"色欲鮮華"③,"興會選色,須鮮明妍茂,忌衰颯黯淡"④。故陸時雍《詩鏡總論》稱"有韻必有色,故色欲其韶也",並雖能欣賞"摩詰寫色清微",但每每推尚"錦色"、"麗色"甚至"翠色",更以"絕色"為上。《儒林外史》臥閒草堂本評語謂:"'老爺'二字,平淡無奇之文也,卜信捧茶之後,三人口角乃有無數'老爺'字,如火如花,愈出愈奇,正如《平原君毛遂傳》有無數'先生'字,刪去一二即不成文法,而大減色澤矣。"⑤"減色澤"即使色由鮮轉晦,不但作詩者以為病,作戲劇、小說也同樣須盡力避免。

當然,在肯定用色必當鮮明的大前提下,古人對鮮明到如何程度還是相當有講究的。總的來說,要求它節之於"雅",不能太過。如詞論家以為"設色,詞家所不廢也"⑥,詞作為聲學,又是艷科,綠情紅意在所不免,但"立意貴新"、"構局貴變"和"言情貴含蓄"的同時,還須注意用色不能太放任,是謂"設色貴雅"⑦。戲劇是通俗文學,本多講情艷辭艷,故劇學批評中有"香色"、"香麗"這

---

① 謝肇淛《小草齋詩話》卷一。
② 姚永樸《文學研究法》,黃山書社,1989年,第140頁。
③ 吳騫《拜經樓詩話》卷四。
④ 方東樹《昭昧詹言》卷十四。
⑤ 《儒林外史》臥閒草堂評本第二十二回。
⑥ 謝章鋌《賭棋山莊詞話》卷八。
⑦ 沈謙《填詞雜說》,《東江集鈔》卷九。

樣的名言①。但更多的劇作家、劇評家還是推崇"本色"，追求"宜俗宜真"，"越俗越家常越警醒"②。以爲"五味必淡，食斯真矣；五聲必希，聽斯真矣；五色不華，視斯真矣"③。詩文批評更是如此，要求"樸字見色"④，以爲"藻采不用繁碎，故色雅"⑤，如王夫之論古詩，每稱人能"麗而不浮"、"輕而不佻"，能"生色"而不"作色"，尤其無"輕俊之色"與"俊宕之色"⑥。此處"作色"即指刻意逞弄"俊色"，是爲過尤不及。有的人則進而提倡"眞色"，反對"借色"，乃至推崇"蒼淵之色"⑦和"古光幽色"⑧。如王世貞《藝苑卮言》卷一就曾稱五言雄渾，易爲七言，"雖曼聲可聽，而古色漸稀"，對詩無此色表示遺憾。而那些違反"自然之色"的"滯色"，則更遭論者否棄⑨。

"聲"與"色"結合成一個整一的文學範疇，專指作品經由聲律音節和文辭藻采的經營所達到的某種穩定恰好的樣態。歷代論者因爲其居於作品構成的基礎地位而給予很多的重視，以爲"詩以運意爲先，意定而徵聲選色，相附成章，必其章、其聲、其色融洽各從其類，方得神采飛動"⑩，"大抵詞必有意有調有聲有色"⑪。而"體段雖具，聲色未開"，則非成熟之作⑫。

清人冒春榮《葚原詩說》卷四指出：

> 論詩之要領，"聲色"二字足以盡之……古人之詩未有不協聲律者，自唐以前，能詩之士未有不知音律者，故言詩而聲在其中。騷、雅、漢、魏、六朝、三唐之聲各不相同，以樂隨世變，故聲亦隨世變也。自宋人逐腔填詞，以長短句爲樂府，而詩遂僅爲紙上之言。其體雖效古人，不過揣摩其音響

---

① 如明顧胤光《秋水庵花影集序》有"蓋詞不難填實，而難使虛。而花之弄影，妙香色之俱空"，呂天成《遠山堂曲品》評《玉麈記》"烟姿玉骨，隱躍其中；香色聲光，絪縕言外"。
② 徐渭《題崑崙奴雜劇後》，《徐文長佚草》之二。
③ 徐渭《贈成翁序》，《徐渭集·徐長文逸稿》卷十四。
④ 沈德潛《說詩晬語》卷下。
⑤ 張謙宜《絸齋詩談》卷一。
⑥ 見《古詩評選》卷五、卷六。
⑦ 宋濂《莆陽王德輝先生文集序》，《宋文憲全集》卷十六。
⑧ 《師友詩傳錄》。
⑨ 陸時雍《詩境總論》。
⑩ 李重華《貞一齋詩說》。
⑪ 毛奇齡《西河詞話》卷二。
⑫ 陳廷焯《白雨齋詞話》卷一。

而已,豈能知歷代之詩之聲之所從出哉?近世更思標新立異,就字句間弄巧,或並其音響而失之,詩道之所以益喪也。漢以前詩,皆不假雕繪,直道胸臆,此所謂太白不飾也,然而真色在焉。魏晉而下,始事藻飾,務尚字句,采獲典實,於是詩始有色矣。色之爲物,久則必渝。漢人詩所以久而益新者,是真色,非設色故也。六朝之色,在當時非不可觀,至唐則已陳,故唐人另調丹黄,染成新采,於是其色一變。宋之色黯然無光,其染采之水不潔故也。

推崇唐以前不知音律而聲在其中,漢以前不假雕繪而天然色具,並非拑斷"聲色"與格律辭采的聯繫,它傳導出這樣一個訊息,即浮薄之艷,枯槁之素,君子所弗取。然由格律辭采之"聲色"所達致的最高境界,決非僅是聲諧色麗而已,人們對"聲色"的期待絕然拔乎諧麗之上,希望它在給作品帶來聲諧辭麗的同時,能擺脫刻意追求的痕迹,無求工於字面,平平道出,略不作意,如此適從性情之真,使作品芳可滌穢,清可遠垢,瑩可沁神,有深切著明彌久彌新的價值。此即他所謂的求"聲色"而又"不滯聲色",要"真色"而不要"設色"①,或方東樹《昭昧詹言》卷十六所說的"極聲色之宗,而不落人間聲色"。

所以在一般地肯定"聲色",賦予其"響亮色新"②、警醒不俗的品性同時,他們也相應地肯定由這種品性造成的作品"和諧"、"圓朗"、"委婉"、"鮮明"、"妍茂",乃或"悲壯"、"慷慨"、"精練"、"遒勁"、"樸雅"、"蒼古"等風格。

而基於傳統的尚中庸、崇自然的美學觀,還有追求安雅的傳統趣味③,在對由此造成的多種風格中,古人相對來說較欣賞聲色內蘊的淡雅與清潔,所謂"詩以自然合道爲宗,聲色不動爲美",而無取"異聲異色"。以爲"詩至於齊,情性既隱,聲色大開,謝玄暉艷而韻,如洞庭美人,芙蓉衣而翠羽旗,絕非世間物色",並由其"佳而不佳,反以此病"而追求"穆如清風"的高上境界④,並將"絶去

---

① 所謂"設色"指過分的人爲藻飾,它是聲色凌越和汩沒情感的浮夸表現,每爲古人所棄。故陸以湉《冷廬雜識》卷二《黃少司馬》也有"情辭懇摯,不必以設色爲工"之論。
② 郝敬《藝圃傖談》卷四。
③ 葉燮《己畦文集》卷九《汪秋原浪齋二集詩序》謂:"詩道之不能不變於古今而日趨於異也,日趨於異而變之中有不變者存。請得一言以蔽之曰:雅","平、奇、濃、淡、巧、拙、清、濁,無不可以爲詩,而無不可以爲雅",可爲參看。
④ 陸時雍《詩鏡總論》。

形容,獨標真素"視爲詩家最上一乘。由此,"清"這個範疇在風格論意義上被人不斷提及,所謂"詩最可貴者清",他們並還列出"格清"、"調清"、"思清"和"才清"等多種區分①。認爲此四者皆關乎"聲色"。又說:"詩以清爲主,'吉甫作誦,穆如清風',《三百篇》言詩之旨,亦如是而已。清非一無采色之謂也,昔人評《離騷》者曰:'清絕滔滔';讀陶詩者曰:'香艷入骨',會得此者,可以追踪《風》《雅》矣。"②又說"詩有三淺":"意欲深而語欲淺,煉欲精而色欲淺,事欲博而用事欲淺。""詩有五不可失":"麗不可失之艷"、"新不可失之巧"、"淡不可失之枯"、"壯不可失之粗豪"、"奇不可失之穿鑿"③,都是要求"聲色"能內隱而得其中,入之深而出以淺。這入深出淺之"淺"很大程度上是與"清"範疇同義的,故有"清淺"這一合體名言④。此外,"清空"範疇也在此意義上被人作了突出的強調,所謂"清者不染塵埃之謂,空者不著色相之謂"⑤。

而他們最爲推崇的是那種用極"聲色"而不見"聲色"之美。如蘇轍稱贊王維《書事》詩,"輕陰閣小雨,深院畫慵開。坐看蒼苔色,欲上人衣來"是"不帶聲色"⑥,此"不帶聲色"不是說王維此詩不費巧心慧思,而是稱贊他巧心慧思至於字面上不帶些許熱艷的痕迹,顯得既含蓄又深厚。明陸時雍《詩鏡總論》認爲"精神聚而色澤生",他推崇"愈藻愈真,愈華愈潔"之詩,以爲"詩之佳者,在聲色臭味之俱備","詩之妙者,在聲色臭味之俱無",將此意說得甚爲明白。費經虞《雅倫·列章》也說:

> 古人氣味穆然,古人法度無迹可求,但諷詠之,覺聲色臭味都無。學者能醞釀而出之,斯爲上焉。……要含蓄而不晦,要透露而不盡,要典雅,要潔峻,要韞藉,要委曲,要超絕,要頓挫抑揚,要首尾停匀,中有裝載。宋至近代,言長篇,動舉杜子美爲規,以雄渾爲上。殊不知雄渾不過詩中一種耳。至於古人優柔溫厚,崎嶇歷落,似斷似續,重重複複,

---

① 胡應麟《詩藪》外編卷四。
② 宋咸熙《耐冷談》卷三。
③ 王壽昌《小清華園詩談》卷上。
④ 鍾嶸《詩品》卷中評謝瞻詩,"其源出於張華,才力苦弱,故務其清淺,殊得風流媚趣"。《四庫全書總目》稱朱誠泳《小鳴稿》中"古體清淺而質樸,近體諸婉可誦",可知其所指又不僅以近體爲限。
⑤ 沈祥龍《論詞隨筆》。
⑥ 魏慶之《詩人玉屑》卷六引。

止而不止,說了又說,如水上之漣漪,花中之霧露,纏綿懇至,一唱三嘆,豈後人所能到?

所謂"聲色臭味都無",與前述"不帶聲色"同意,指作者不刻意於聲律藻采,或極煉如不煉,斟酌再三而出以隨意,法度内隱而醇氣外溢,這實質是在鼓勵對"聲色"的超越①。費氏認爲這種超越可以爲詩帶來獨到的風格。如果説,像"雄渾"這類風格是底下要説的體格體調追求的適切對應,那麽以"含蓄"、"典雅"爲主,包括"潔峻"、"韞藉"、"委曲"、"超絕"等風格,則與"聲色"這一作爲作品物質構成基礎的範疇相對應,或至少部分與之構成了對應。

清人吳喬論詩尚含蓄,《圍爐詩話》卷一以爲"詩貴有含蓄不盡之意,尤以不著意見、聲色、故事、議論者爲最上"。卷六又説:"無好句不動人,而好句實非至極處。唐人至極處,乃在不著議論聲色,含蓄深遠耳。以此求明詩,合者十不得一。惟求好句,則叢然矣。"是説竭情聲色,至詩中每有佳句,然有句無篇,正是宋明以來詩不如唐,特别是詩歌風格不如唐人溫厚自然的地方。他推崇的因此也是不見聲色的濃後之淡。黄圖珌論戲劇創作,稱"字須婉麗,句欲幽芳,不宜直絕痛快,純在吞吐包含,且婉且麗,又幽又芳,境清調絕,骨韻聲光,一洗浮滯之氣,其謂妙旨得矣"②,强調的也是這層意思。"蓋聲色之來,發於情性,由乎自然。"③正是在這裏,"聲色"範疇與"含蓄"、"自然"這一系列風格範疇聯繫了起來。

"含蓄"、"自然"的風格在審美品性上與"和平"、"中正"或"清雅"有密切聯繫,乃至是"和平"、"中正"或"清雅"的必然反映,所謂"詩之爲教,和平沖淡,使人一唱三嘆,深永不盡之趣,而奇奥工博之辭,或當别論焉"④,故"聲色"主"和"的主張也屢見於古人的論述。歐陽修《梅聖俞墓誌銘》就説:"養其和平,以發厥聲。"許學夷《詩源辯體》卷一則説:"風人之詩,即出乎性情之正,而復得於聲氣之和,故其言微婉而敦厚,優柔而不迫,爲萬古詩人之經。"至若樓昉《崇古文

---

① 顧詒禄《綏堂詩話》卷上:"詩有聲色臭味……聲色臭味全具者,佳品也;然亦有超乎聲色臭味之外者,此又當以天趣賞之。"
② 《看山閣集閒筆》卷三。
③ 李贄《讀律膚説》,《焚書》卷三。
④ 鍾惺《文文瑞詩議序》,《隱秀軒文集》戾集。

訣》評柳宗元《與李睦州論服氣書》，嘆其"曉警深切，詞氣勁拔，開合曲盡其妙，所恨太厲聲色"，陸時雍《詩鏡總論》反對"氣太重，意太深，聲太宏，色太厲"，以爲"佳而不佳，反以此病"，是從反面强調了"聲色"之要在"和"，"聲色"所對應的作品風格應該有"和"的品性。其他如文天祥說："詩所以發性情之和也。性情未發，詩爲無聲；性情既發，詩爲有聲。閟於無聲，詩之精；宣於有聲，詩之迹。"①王世貞說："盛唐之於詩也，其氣完，其聲鏗以平，其色麗以雅，其力沉而雄，其意融而無迹。"②也在强調這一點。

總之，"聲色"範疇集中反映了古人尤其是晉宋以後人對作品語言的要求，它主要指向文字的聲音、音韻和敷采設色等物質構成，以及這種物質構成在作品中的呈示。誠如周濟《介存齋論詞雜著》所說："學詞先以用心爲主，遇一事，見一物，即能沉思獨往，冥然終日，出手自然不平。次則講片斷，次則講離合。成片斷而無離合，一覽索然矣。次則講色澤音節。"故它是與"片斷"、"離合"等具體創作講求聯繫在一起的，由沉思立意而片斷離合而聲音色澤，作品就此必然會體現出一種相應的風格。

古人由要求聲諧色麗，確立了"聲色"的基本要求，即欲其雅正平和，不取抗色厲聲。與之相對應，那種"精警"、"圓朗"、"鮮明"、"妍茂"等風格論範疇，便成爲與其多樣化特性相應合的定名，前此所列諸家對風格類型的劃分，"整齊"、"精煉"、"清麗"、"濃麗"、"鮮明"、"峻潔"、"清華"、"蒼潤"、"雄挫"、"明秀"、"纖穠"等等，包括它們同序的相關概念、範疇均可歸入此屬，至少與此類屬有直接的關係。換言之，很大程度上說，只有從"聲色"這一表示作品物質構成範疇所提供的角度切入，這一系列概念、範疇的内涵才能得到更具體確切的說明。而凡此種種，又須服從傳統的認知習慣，從理性判斷到感性認同上遵從中和適度的原則。所以，類似"典雅"、"含蓄"、"自然"、"中正"、"和平"等範疇也與"聲色"發生了聯繫。唯這些範疇涵蓋面廣，適應度最强，故不能因有此聯繫而徑稱兩者之間必然構成直接的對應，因爲"聲色"佳者固然可以是"含蓄"、"自然"，像底下要談到的"韻致"佳者，也同樣可以有"含蓄"、"自然"之美，這一點須特別予以說明。

---

① 《羅主簿一鶚詩序》，《文山先生全集》卷九。
② 《徐汝思詩集序》，《弇州山人四部稿》卷六十五。

三、基於格制體調等實性構成的規範範疇

這裏主要討論的是指稱作品實性構成形態的"格調"及與之對應的諸風格範疇。"格調"也是並列結構的範疇,本書第四章曾對其作過專門論述。已知"格"指一定的量度、式樣和標準,中唐起諸家論文各標風格,多用以指作品的體制體格,故有"格法"、"格制"、"格度"等後序名言。"調"指音調和調聲,用以論文,則指作品音調及基於作者才性氣質而形成的作品調性,故有"體調"、"才調"和"氣調"等後序名言。"格"、"調"整合爲範疇,指稱的是一種基於格制體調基礎上的高古遒舉而不失逸雅規矩的作品品格,因其之於文學創作的意義較"興象"、"風神"等爲實在具體,故稱實性構成。

就與"聲色"範疇的關係而言,"格調"與作品的用字用韻、音節藻采有十分密切的關係。作品"格調"高古遒舉又不失逸雅規矩,在古人看來,其音節字句和用色置采必定不同凡俗。至於如何才算逸雅有法,不至於墜入"野體",他們的認識不盡一致,乃至還引起諸多爭論。如李東陽《麓堂詩話》以爲:"古律詩各有音節……今泥古詩之成聲,平側短長,句句字字,摹仿而不敢失,非惟格調有限,亦無以發人之情性。"唐順之《答皇甫石泉郎中》則對人"率意信口,不格不調,大率似以寒山、《擊壤》爲宗而欲摹效之"提出批評。翁方綱《格調論上》說:"《論》曰:'變成方,謂之音',方者,音之應節也,其節即格調也。又曰:'聲成文,謂之音',音之成章也,其章則格調也。是故噍殺、嘽緩、直廉、和柔之別,由此出焉。"某種意義上,等於直認其與"聲色"爲一事。古文不像詩歌那樣依賴聲韻,但音節、辭采上的講求却並不見少,相反還與日俱增。特別是到清代桐城派手中,如聲音充暢色澤古雅等要求更被屢屢言及。此外,他們也講"格調",如方苞稱"退之變《左》《史》之格調,不陰用其義法,永叔摹《史記》之格調,而曲得其風神"[1]。可知在古文家那裏,音節、辭采與"格調"範疇也有密切的聯繫。

但"格調"的意義又不僅局限於此,"夫格者才之御也,調者氣之規也"[2],它還指向較"聲色"範疇更廣更深的領域,即因語言諸因素的諧合而達到的作品實性構成的高古樸茂與渾厚無迹。如清人戴名世《李潮進稿序》說:"今夫文之

---

[1] 《古文約選序例》,《方望溪先生集外文》卷四。
[2] 王世貞《沈嘉則詩選序》,《弇州山人續稿》卷四十。

爲道,雖其辭章格制各有不同,而其旨非有二也。"其中"聲色"屬辭章之事,"格制"即屬"格調"一系,它駕乎音聲色澤之上,指向的是更高一層的作品質幹及其實性構成。

就詩歌一體而言,秦漢詩高古天成,意旨方且難窺,何況字句,故一切圈點批抹概不必問。南朝宋齊間漸求下字,漸以句論,提領起唐人乃發明下字之法,詩之"聲色"之途遂開。然中唐以降,各種弊端不斷顯現,故論者開始注意用"格調"以爲拯救,兼用以表示自己既不脱"聲色"又越乎其上的審美要求,由此不僅講聲韻的"和諧"、"委婉"與辭采的"精警"、"妍茂",還講"格調"的"高古"和"逸雅"。這種從"格調"出發提出的"高古"和"逸雅",既是對"格調"範疇理想質性的限指,同時也是對作品存在狀態的又一個設定。

早在唐初,王昌齡已説:"凡作詩之體,意是格,聲是律,意高則格調,聲辨則律清,格律全,然後始有調。"①即"格"關乎意,有高下之分;"調"關乎格律而又超乎格律之上,有清雅之質。以後殷璠《河岳英靈集》稱儲光羲詩"格高調逸,趣遠情深,削盡常言,挾風雅之迹,浩然之氣"。序中又稱"貞觀末標格漸高,景雲中頗通遠調"。"遠"指清遠閒逸,故"遠調"即指雅調逸調。中唐以後類似的論説日漸增多。如皎然《詩式》論謝靈運爲文"直於情性,尚於作用,不顧詞采,而風流自然",故"格高"、"氣正"、"體貞"、"貌古"、"詞深"、"才婉"、"德宏"、"調逸"、"聲諧",遂明確以"高"和"逸"作爲兩者之極詣。而"格"、"調"與"才婉"、"聲諧"、"詞深"分列,表明在他看來,"格調"與聲節、藻采並非一事。唐至皎然的時代,近體詩的聲律規則已趨成熟,在綴章、調聲、用事、屬對等方面已積累下豐富的成果,將"格調"與指稱上述諸内容的"聲色"範疇區分開來,既反映了過求聲律藻采危及情性表達的情況已有出現,同時也表徵着一種渾整聲色,以期讓作品的美學品格更折進一層的要求在漸漸形成。從此意義上説,它所指稱的作品的存在狀態既是對古代文學範型的尊崇和回復,又是對這種範型的超越和突破。

唯此,宋元以下雖然關於聲律藻采的討論仍不絕於耳,但"始於意格,成於句字","意格欲高……只求工於句字,亦末矣"②,類似的意見更爲普遍。如時

---

① 遍照金剛《文鏡秘府論·南卷·論文意》引。
② 姜夔《白石道人詩説》。

人以爲,"欲韻勝者易,欲格高者難"①。因爲韻係乎"聲",格則關乎"意"與"氣"。故發言興說不僅好講"氣調",更重"意格"、"氣格"。所謂"詩最争意格"②,"詩文以氣格爲主"③,"氣所以貫格調"④。曲學批評中,周德清《中原音韻》提出"作詞十法",於造語一途要求"文而不文,俗而不俗,要聳觀,要聳聽,格調高,音律好,襯字無,平仄穩"。陳棟稱:"明人曲自當以臨川、山陰爲上乘。……《南柯》《邯鄲》二種,斂才就範,風格遒上,實在前無古人,後無來者。"⑤此處"風格遒上"就是"格調"高上的意思。

由此,有論者基本上抛開前此對"聲色"的追求,專意從這一實性構成發揮對作品的總體設計。嚴羽《滄浪詩話》所說"詩之品有九",排在前二位的正是"高"和"古"。它們超越具體的"起結"、"句法"和"字眼",指向一種更超拔高上的作品存在形態及審美結構。張謙宜《絸齋詩談》卷二說:"格乃屋之間架,欲其高竦端正;調如樂之有曲,欲其圓亮精粹。"賀貽孫《詩筏》並指出明李攀龍等人尚"格調"、"氣格","皆從華整處看,易墮惡道,使皆以'渾老'二字論氣格,又誰得而非之哉"。這"從華整處看",正是指其只從字句聲色處摹擬,而未能真正開顯古人作品的實性構成特點。

與此相對應,作品在形態上突出高逸的"格調",其風格必然體現出"高邁"、"蒼古"、"逸雅"等特徵,它體氣高上,設色樸雅,聲節警拔,句法蒼古,充滿着力度美,此所以"格調"又被稱爲"格力"。古人以爲作詩"氣韻清高深眇者絶","格力雅健雄豪者勝"⑥,要求"夫詩之爲道,格調欲雄放"⑦。如白居易詩在精細、巧新和平易一路收縱自如,但平淺太過,流於滑利,故高棅《唐詩品彙》稱其"格調偏而不高",其文也被王鏊稱爲格調"不甚高"⑧。即使作詞,古人也認爲"詞雖婉美,然格力失之弱"⑨,總非佳作。故在追求字面不粗疏、句法平妥精粹的同時,也以格調"高古"爲美⑩。所以,衡以前及諸家所論各種風格類型,

---

① ③ 謝榛《四溟詩話》卷一。
② 潘德興《養一齋詩話》卷三。
④ 張謙宜《絸齋詩談》卷三。
⑤ 《論曲十二則》,《北涇草堂集》卷二。
⑥ 張表臣《珊瑚鈎詩話》卷一。
⑦ 侯方域《陳其年詩序》,《壯悔堂文集》卷二。
⑧ 《文章》,《震澤長語》卷下。
⑨ 《魏慶之詞話》。
⑩ 見楊慎《詞品》卷五。

"高古"、"雄深"、"勁健"、"遒逸"、"雄勁"、"峭拔",以及與之同序的相關概念、範疇當可歸入此屬,至少與此類屬有直接的關係。而它們的反面,如"淺切"、"卑淺"、"卑弱"、"平衰"等自然也連屬之。從此表示作品實性構成的"格調"角度切入,可以更好地把握這一系列作品存在與風格論範疇的內涵。

當然,"格調"範疇畢竟還有"調"這個意項。相比較於"格"須"高古"、"勁健"乃至"奇峭"①,而不能"平"、"淺"、"卑"乃至"碎"②,"調"不一定那麼劍拔弩張,它可以清暢清華,也可以是安雅和粹,故論者每用"閒雅"、"閒放"等風格與之相應。高仲武《中興間氣集》稱郎士元、錢起"體調大抵欲同,就中郎公稍更閒雅"。晁无咎評晏殊,稱其"不蹈襲人語,而風調閒雅"③。胡應麟稱"盛唐一味秀麗雄深,杜則精粗、巨細、巧拙、新陳、險易、濃淡、肥瘦靡不畢具,參其格調,實與盛唐大別"④。也可知由"格調"表示的作品實性構成並非僅有高古雄深,衡以前及諸家所論各種範疇類型,則"閒雅"、"清雅"、"逸雅"、"清遠"等均可歸入此屬。

但總的來說,"格調"是一個並列性的合體範疇,既已整合爲一,還是有其主要的意指重點的,這重點偏向於"格"。由此影響及時人對"調"的規定,在標舉"清華"、"閒雅"的同時,也更多地偏向"警拔"與"高險"一路。早在南朝時,鍾嶸《詩品》評郭泰機,已用"文雖不多,氣調警拔"一語,殷璠《丹陽集序》中也以"體調尤峻"稱贊太宗,《丹陽集》中又以"體調高險"稱贊蔡隱丘⑤。宋李錞《李希聲詩話》說:"古人作詩正以風調高古爲主,雖意遠語疏,皆爲佳作。後人有切近的當氣格凡下者,終使人可憎",則並"風調"也要求以"高古"爲準了。明費經虞有鑒於時人多言格律而未講聲調,更分"調"爲四類:

> 所謂調者有四:曰高調,金鏞鼉鼓,響聲入雲是也;曰緩調,琴瑟笙竽,從容閒適是也;曰清調,簫管長吟,感幽動遠是也;曰平調,水流路直,柳綠桃紅是也。詩不從四調出,必杜撰文辭,旨乖韻失,不成章矣。⑥

---

① 見歐陽修《六一詩話》。
② 見郭兆麟《梅崖詩話》。
③ 趙令時《侯鯖錄》卷七引。
④ 《詩藪》內編卷四。
⑤ 《吟窗雜錄》卷四十一、二十五引。
⑥ 《雅倫》卷十二《入調》。

雖說得簡單，只有象喻而沒有理析，但認爲"調"有高峻閒婉之分，不喜歡緩調的"軟弱"、清調的"屠削"和平調的"鄙俗"，而將偏於"警拔"、"高險"的"高調"列爲第一類，突出之意是顯而易見的。以後朱庭珍論作五、七言律詩，"或雄厚，或緊遒，或生峭，或恣逸，或高老，或沉著，或飄脫，或秀拔，佳處不一，皆高格響調……可爲後學法式"①，明言"調"欲"響"，"格"與"調"耦合應整體地體現出"高"而"響"的徵象，也可見出這一點。

結言之，"格調"是較"聲色"更進一層的對作品存在形態的概括與設定，它的基本質性是"高古"、"逸雅"，由此造成與之意義相關的一系列風格論概念、範疇，這些概念、範疇也多屬"高古"、"逸雅"一路。這一路規範作品形態與風格的概念、範疇，同"聲色"相對應的那些名言不盡相同。當然，大抵偏於"警拔"與"高險"並不意味它可以一味逞雄任強，總的來說，它們還得歸服於自然含蓄的經典趣味，儘可能地示人以安雅和祥，而避免火暴與木強。此所以，古人又有"當其格正調和，泰然自得，雖平不避，雖樸不雕，從容酣適，而中通外潤，成一代之冠冕"之說②。陳洵論詞，稱"清真格調天成，離合順逆，自然中度。夢窗神力獨運，飛沉起伏，實處皆空。夢窗可謂大，清真則幾於化矣。由大而幾化，故當由吳以希周"③。這裏"由大幾於化"，就是其"格調天成"所達到的境界。它不一定是一味婉約，也可以有直峭之辭，要之一切皆自然合度。謝榛稱詩歌倘能"以奇古爲骨，平和爲體，兼以初唐、盛唐諸家，合而爲一，高其格調，充其氣魄，則不失正宗矣"④。之所以"高其格調"必以"平和爲體"，道理也在這裏。

四、虛性構成形態的規範範疇

這裏主要討論的是指稱作品虛性構成形態的"韻致"及與之對應的諸風格範疇。如前所說，"格調"是比"聲色"高一層的對作品形態的設定。不過"格調"範疇雖超越於具體的音節字句，畢竟還十分仰賴音節字句才能實現，故其"高古"、"逸雅"的形態特徵還是比較著實的，其所造成的"雄深"、"警拔"等風

---

① 《筱園詩話》卷四。
② 張謙宜《絸齋詩談》卷一。
③ 《海綃說詞·由大幾化》。
④ 《四溟詩話》卷四。

格的意義也較質實,較易爲人切實把握。

"韻致"則不同,"韻者,態度風致也,如對名花,其可愛處,必在形色之外"①。這種"形色之外",用宋人范溫《潛溪詩眼》所作的辨析,就是"有餘"。由於它如山之色,水之味,花之光,女之態,要在"形色之外",決定了它的實現也如范溫所説,總"在法度之外"。清《儒林外史》卧閒草堂本所謂"筆墨之外,逸韻横生",説的正是這一點。因此,有的作品"雖體格下而意韻高"②。"格調"意在辨體,以高下論,因多賴法度支持,故尚法者多言之。唯推尚過頭,一者遺落情性,墮入膚廓不切;一者高聲大腔,流爲叫囂粗鄙,於是雄放變爲粗豪,高古易爲曠悍,其弊病顯而易見。"韻致"則不同,它專注於"味"、"趣",以有無論,"所以條達神氣,吹嘘興趣,非音非響,能誦而得之,清氣徘徊於幽林,遇之可愛;微徑紆迴於遥翠,求之逾深"③,所指向的作品形態較"格調"要透闢和超脱,所以也就避免了後者常造致的執實板滯、粗澀剛狠等病。對此,清人用"格調實而神韻虚,格調呆而神韻活,格調有形而神韻無迹"來説明④。

宋人李廌於此嘗説:

> 凡文章之不可無者有四,一曰體,二曰志,三曰氣,四曰韻……文章之無韻,譬之壯夫,其軀幹梧然,骨强氣盛,而神色昏憒,言動凡濁,則庸俗鄙人而已。⑤

文之體正,骨强氣盛,就是格調高上,但他以爲僅有此骨强氣盛還不够,作文既是雅事,故品銓之時還當看其神色態度如何。而這"韻致"正關乎文的神色態度,因此特别重要。落實到具體作家作品,譬如初唐詩體式意味濃厚,"格調整齊",但由於時人當體制初興,講論過當,不免"時有近拙近板處"。到盛唐,詩人所作大都"氣象渾成,神韻軒舉",雖時有太實太繁處,總的趣尚要超脱渾融得多,所以就得到明人的好評,以爲其神韻悠長⑥,所論的着眼點

---

① 方東樹《昭昧詹言》卷一。
② 葉適《習學記言序目》卷三十一。
③ 王士禛《師友詩傳續録》。
④ 翁方綱《七言詩三昧舉隅》。
⑤ 《答趙士舞德茂宣義論弘詞書》,《濟南集》卷八。
⑥ 見《詩藪》内編卷五。

正與李廌相同。其時有前、後七子極力標舉"格調說",但到後來,前七子如徐禎卿、邊貢,後七子如王世貞、王世懋等人都紛紛轉道"神韻",也正是基於這樣的原因。

明代與前、後七子相對立的袁中道在《阮集之詩序》中說:"國朝有功於風雅者,莫如歷下,其意以氣格高華爲主……及其後也,學之者寖成格套,以浮響虛聲相高,凡胸中所欲言者,皆鬱而不能言,而詩道病矣。先兄中郎矯之,其意以發抒性靈爲主,始大暢其意所欲言,極其韻致,窮其變化,謝華啓秀,耳目爲之一新。"他以"氣格高華"與"極其韻致"相對待,"氣格高華"即格調高古,他認爲七子於此追求太過,流入虛響,終成格套;而發舒性靈,極其韻致,正足以對此構成匡救。"性靈"之有助於"韻致"形成,是因其任由性情,有真性情就能擺落格套,所以公安派論文每將此兩者連言。從此意義上說,"韻致"比"格調"離性情更近,也就更切近文學的本質。以後袁枚答人書,稱"足下論詩,講'體格'二字,固佳;僕意'神韻'二字,尤爲要緊。體格是後天架子,可仿而能;神韻是先天真性情,不可強而致。木馬泥龍,皆有體格,其如死矣,無所用何"[①],正道出了其間的區別。當然,袁氏因尚天分才情,話講得不免絕對,因爲"神韻"也須認真錘煉,非隨意可得,心中之"韻"未必就是手上紙上之"韻"。但他本於人的性情置論,比僅就格制講論終究要有活氣。

倘再論述得深入些,則"格調"的崇奉與儒家文論傳統有更多的關聯,而"韻致"的追求則與道家、玄學和禪宗的關係更密切一些。那些思想突過正統拘限的詩人、批評家,以追求"韻致"爲創作目標,因所投入的主體情感更真實豐富,表現的方式也更靈活自由,每每使作品的存在狀態較前者更顯得生動自在,因此在後人看來也更具有純美的價值。

當然,這不是說兩者沒有聯繫,在"韻"這個範疇下,有"氣韻"、"風韻"、"生韻"、"神韻"、"逸韻"、"雅韻"、"體韻"、"天韻"、"韻味"、"韻度"等一系列後序名言,它們均是"韻"的表現形式,是謂"韻致"。其中,如"韻"與"風"、"氣"、"雅"等範疇整合成新的名言,其邏輯重點雖仍在"韻",但因有後數者的參與,意義便有所增益。如以"氣"滲入"韻",因爲"氣"者乃生氣之謂,如前所說,是作爲萬物本原和主體生命力的象徵而存在的,它的滲入就給含婉陰柔的"韻"賦予

[①] 《再答李少鶴》,《小倉山房尺牘》卷十。

了鬱勃沛盛的意義,古人謂"文章以氣韻爲主,氣韻不足,雖有辭藻,要非佳作也"①,"觀古人詩,須觀其氣韻"②,"全以氣韻行文"則"淋漓振宕"③,就突出了"韻"的力度美。戲劇、小説批評也每在此意義上取用它。所以它也可以用"高"、"雄"等概念、範疇來形容和規範,所謂"氣韻高遠"④。宋人稱韋應物詩"韻高而氣清",並將之與王維詩的"格老而味長"並列⑤,即是一顯例。如前已指出,"格調"範疇與"氣"關係密切,乃至有"氣格"這樣的合體名言,"氣"的滲入賦予"格調"以擺脱呆滯生氣遠出的意義。"韻"和"韻致"範疇正是在這一節點上,與它相互溝通和連接了起來。

與此相聯繫,古代文學批評中還誕生了"格韻"(可顛倒爲"韻格")、"格致"、"韻調"這樣的合體範疇,更直接證明了兩者聯繫的密切。前者除蘇軾每每言及外⑥,胡仔《苕溪漁隱叢話後集》引《元城先生語錄》,有"西漢樂章,可齊三代,舊見《漢禮樂志》房中樂十七章,觀其格韻高嚴,規模簡古,駸駸乎商周之《頌》"。葛立方《韻語陽秋》卷二有"造語皆工,得句皆奇,但格韻不高"之語。《朱子語類》卷七十八稱"先漢文章重厚有力,今《大序》格致極輕,疑是晉宋間文章",也是一例。一直到晚清,王國維《人間詞話》論姜夔寫景之詞,仍用此名言,稱"高樹晚蟬,説西風消息"一句"雖格韻高絶,然如霧裏看花,終隔一層"。其中"高嚴"、"高絶"皆並"格調"和"韻致"兩者而言。後者如王勃《鞶鑑圖銘序》有"句讀曲屈,韻調高雅"。謝榛《四溟詩話》卷一也稱人賦作有"情詞悲壯,韻調鏗鏘"之句。此處"韻調"決不僅指"律調五聲之均"那個意思⑦,更指韻之與"體"、"氣"相諧構成的調,故這裏所謂"高雅"、"鏗鏘",實與"高嚴"、"高絶"所指大抵相同。所以,可以説"韻致"以其生氣遠出而非一味含婉的精闢內藴,與"格調"範疇有了密切的意義勾連。其他如"風韻"、"雅韻"與"格調"序列中的"風調"、"雅調"等名言也存在着相類似的關係。

當然兩者的區別畢竟是其關係的主要方面,古人説:"用剛筆則見魄力,用

---

① 陳善《捫蝨新話》上集卷一。
② 方東樹《昭昧詹言》卷一。
③ 侯方域《梅宣城詩序》,《壯悔堂文集》卷二。
④ 李延壽《北史·文苑傳序》。
⑤ 張戒《歲寒堂詩話》卷上。
⑥ 見《書黃魯直詩後》、《書曹希藴詩》,《蘇軾文集》卷六十八。
⑦ 見《文選·張衡〈思玄賦〉》李善注引《樂葉圖徵》。

柔筆則出神韻,柔而含蓄之爲神韻,柔而搖曳之爲風致。"①以此比照,則"格調"大多出於"剛筆",而"韻致"主要出於"柔筆"。因此,如果以"格調"範疇爲考察起點,作品的基本存在狀態通常爲"高古"和"逸雅",那麼以"韻致"範疇爲考察起點,作品的基本存在狀態就應該是"清遠"和"淡遠"了。

"清"者,主要不是指陸機《文賦》所說的"清壯",實"流麗而不濁滯"之謂②,意近劉勰《文心雕龍》所講的"清典"、"清省"、"清暢"、"清要",以及鍾嶸《詩品》所講的"清潤"、"清雅",乃或詞學批評常說的"清真"、"清空"③。其核心意旨體現爲以後胡應麟所說的"超凡絕俗"④。其所取得的途徑則如張謙宜所說:"詩品貴清,運衆妙而行於虛者也。"⑤"清"與"淡"範疇的意義聯繫密切,范溫《潛溪詩眼》稱陶詩有韻,就在於他"體兼衆妙,不露鋒芒","質而實綺,臒而實腴",這"不露鋒芒",似質臒而實綺腴,即"清"與"淡"之謂。陳善也說:"讀淵明詩,頗似枯淡,久久有味,東坡晚年極好之,謂李、杜不及也。此無他,韻勝而已。"⑥

"遠"者,承魏晉人好"通遠"、"曠遠"、"玄遠"等趣尚,指不刻意形容,切露膚耀,能保持味外之味,所謂"望之不盡,味之靡窮,所謂遠也"⑦,故又稱"悠遠"、"閒遠"。早在宋代,蘇軾《書黃子思詩集後》、曾季貍《艇齋詩話》等業已用它飾"韻"。葉適等人則用以擬議詩人之"發興"脫俗,遠在世外。具體地說,它可以是"境遠",也可以是"情遠"和"神遠",此數者造成了作品既耐人尋味又引人入勝的韻致。其取得方式則不以突兀見氣勢,翻騰見波瀾,而是悠長而潛隱,是謂"逸宕則神韻遠"⑧。

當然,"清"與"遠"之間的關係也是至爲密切的。古人認爲人之德識能"清",必能致"遠";思致能"遠",人也必至"清"。引之論文,則"典麗"與"精工"相關,"清空"必與"閒遠"一體⑨。且看陸時雍和王士禛的論述:

———————
① 施補華《峴傭說詩》。
② 楊慎《清新庾開府》,《升庵合集》卷一百四十四。
③ 薛雪《一瓢詩話》謂:"文貴清真,詩貴平澹,若誤認疏淺爲清真,何怪以拙易爲平澹。"田同之《西圃詩說》謂:"詩之妙處無他,清空而已。"可一並參看。
④ 《詩藪》外編卷四。
⑤ 《絸齋詩談》卷一。
⑥ 《捫蝨新話》上集卷一。
⑦ 梅成棟《吟齋筆存》卷一。
⑧ 施補華《峴傭說詩》。
⑨ 見胡應麟《詩藪》內編卷四。

> 有韻則生,無韻則死;有韻則雅,無韻則俗;有韻則響,無韻則沉;有韻則遠,無韻則局。物色在於點染,意態在於轉折,情事在於猶夷,風致在於綽約,語氣在於吞吐,體勢在於遊行,此則韻之所由生矣。①
>
> 汾陽孔文谷天胤云:詩以達性,然須清遠爲尚。薛西原論詩,獨取謝康樂、王摩詰、孟浩然、韋應物。言"白雲抱幽石,綠筱媚清漣",清也;"表靈物莫賞,蘊真誰爲傳",遠也;"何必絲與竹,山水有清音","景昃鳴禽集,水木湛清華",清、遠兼之也。總其妙在神韻矣。②

陸氏論文特尚"韻",他所說的"有韻則雅",也就是有"韻"則"清"之意,這與下文的"有韻則遠"顯然是有聯繫的。而王士禛引孔天胤論文語,則將兩者整合爲一。在他看來,作品有"韻"或"韻致",其形態特徵必定是"清遠"的。他把這種"韻致"涵括爲"神韻"範疇,是突出其超越字句格調乃或一般清婉與清和的特殊韻味。

"韻致"的中心特徵是"清遠",由於"涵之以完其神,虛之以生其韻"③,由作品的這種存在狀態切入,其相應的風格就是"高遠"、"清幽"、"秀上"④、"流轉"⑤。又由於"高遠"、"清幽"因隱而深,"秀上"、"流轉"由簡致遠,故其對應的風格又是"簡"是"隱"的,是"溫潤清和"⑥,"簡約玄淡"⑦。儘管歷代人也有以"沉雄"這類概念、範疇論"韻"的⑧,但其中心形態不能不說偏在上述意義較虛脫靈透的一路。再看《詩鏡總論》的另一段論說:

> 詩被於樂,聲之也。聲微而韻,悠然長逝者,聲之所不得留也。一擊而立盡者,瓦缶也。詩之饒韻者,其鉦磬乎?"相去日以遠,衣帶日以緩",其韻古;"携手上河梁,遊子暮何之",其韻悠;"高臺多悲風,朝日照北林",

---

① 《詩鏡總論》。
② 《池北偶談》卷十八。
③ 闕名《靜居緒言》。
④ 見李延壽《北史·楊素傳》。
⑤ 見戈載《宋七家詞選》。
⑥ 張戒《歲寒堂詩話》卷上。
⑦ 胡應麟《詩藪》内編卷五。
⑧ 見艾南英《張龍生近刻詩集序》,《天傭子集》卷四。

其韻亮;"晨風飄歧路,零雨被秋草",其韻矯;"采菊東籬下,悠然見南山",其韻幽;"皇心美陽澤,萬象咸光昭",其韻韶;"扣枻新秋月,臨流別友生",其韻清;"野曠沙岸净,天高秋月明",其韻洌;"天際識歸舟,雲中辨江樹",其韻遠。凡情無奇而自佳,景不麗而自妙者,韻使之也。

在這段文字中,陸時雍用"古"、"悠"、"亮"、"矯"、"幽"、"韶"、"清"、"洌"、"遠"等一系列概念、範疇,指稱以"韻致"見長的作品風格,這"悠"、"清"、"遠"、"幽"、"韶"顯然不是"沉雄",即"古"、"亮"、"矯"、"洌"也不能盡歸"沉雄"一格。它們各有所指,不盡悉合,但總的偏向在"沉雄"的反面是一望可知的。倘用清人郭兆麒稱贊王士禎"才調"、"神韻"說使"淺者悦其豐秀,深者愛其超朗"①來衡量,這"悠"、"清"、"遠"、"幽"、"古"、"洌"與"矯"近乎"超朗"之美;"亮"與"韶"則同於"豐秀"之美。至就這兩種美而言,鑒於古人普遍認同"體貴正大,志貴高遠,氣貴雄渾,韻貴雋永"②,入而能出的"超朗"之美還是比廣大美備的"豐秀"更高出一等,難為一般作手企及,有時甚或不為一般俗衆領會,因為"意味風韻,含蓄蘊藉,隱然潛寓於裏,而其表淡然,若無外飾者,深也"③。它内裹深厚,流向人感覺世界的深處,而外相超逸,擺脱了功利人生及現世趣味的影響,是"韻致"所揭示的作品生存狀態中的最佳境界。

所以衡以前及諸家所論各風格類型,如"流動"、"古淡"、"閒適"、"澄淡"、"疏俊"、"幽秀"、"輕淡"、"淡永"、"修遠"、"矢矯"、"古拙"等等,以及與之同序的相關概念、範疇都可歸入此屬,至少與此類屬有直接的關係。從此表示作品虛性構成的"韻致"範疇切入,可以更好地把握這一系列概念、範疇的意義内涵。

當然對這一些的把握都須合理適度,倘若過於虛脱,或過於刻畫,皆未免傷"韻"。故與"聲色"、"格調"一樣,古人論"韻"和"韻致"範疇,也要求自然含蓄,得中和之美,更何況"韻"的字義中本就有"和"的意項。陶詩之所以被推為有"韻致"的代表,就因其枯腴得中,淡而不厭。姚燮論詞,稱"韻不騷雅則俚,

---

① 《梅崖詩話》。
② 謝榛《四溟詩話》卷一引《餘師録》。
③ 包恢《書徐致遠無弦稿後》,《敝帚稿略》卷五。

旨不微婉則直。過煉者,氣傷於辭;過疏者,神浮於意"①,也意在凸顯其安雅中和、婉轉而深的特點。前及古人論"韻致"所對應的風格是"溫潤清和",亦此意也。翁方綱稱竭力標舉"神韻"的王士禛,雖專舉空音鏡象而推崇開、天諸家所作,不教人學"處處着實"的白居易,然因"獨具中和之氣,不至太過,是以他家亦不能及"②。可見,王氏尚"韻"及推崇"清遠"風格,也是注意力去有違中道的空寂與虛枯的。

五、對冥合主客體的生態構成的範疇指説

這裏主要討論的是指稱作品生態構成形態的"意境"及與之對應的諸風格範疇。"意境"範疇有着深厚的理論淵源,在被引入文學批評之前,曾受到先秦道家、魏晉玄學以及隋唐佛教、禪宗的深刻影響,以後作爲一個極具規範力的文論範疇在明清兩代正式確立,並對各個門類的藝術創作都產生過廣泛深刻的影響。

大體説,這個範疇指稱的是一種因主客冥合、情景交融而達到的意象鮮明、意藴深遠的作品存在狀態。這種狀態不粘滯,不虛脱,有景物而生動,有人情而婉轉,最能給作品帶來感染力和生命活性,故此處用生態構成稱之。深入這種構成的内部,作品情景交融含意無窮就是有"意境",宋葉夢得《石林詩話》卷中所謂"意與境會",明朱承爵《存餘堂詩話》所謂"意境融徹",清王國維《人間詞話》所謂"意與境渾",都指此意。倘站在外部評判,有這類優長的作品就是有"境界",如小説批評稱"行到水窮處,坐看雲起時,文境似之"③,"香山詩云:'千呼萬唤始出來,猶抱琵琶半遮面',文境似之"④。前者因作品"只道無所事矣,不料又有妙文在後",後者因作品前文都是虛寫,"此後蜿蜒而入",有情致餘味,故稱有"境界"。

"意境"不同於"聲色"、"格調"範疇,"聲色"偏於體物,未必能見餘情,出餘意。如宋人稱王安石"暮年賦《臨水桃花詩》,'還如景陽妃,含嘆墮宫井',此善體物者也,然不可止此而已。終云:'惆悵有微波,殘妝壞難整',此乃能見境,

---

① 謝章鋌《賭棋山莊詞話》引。
② 《重刻吴蓮洋詩集序》,《復初齋文集》卷三。
③ 《蕩寇志》范金門、邵循伯評本第七十七回。
④ 《聊齋志異》但明倫評本卷四。

而却掃除淨盡,此所謂'倒弄造化手'也"①。"格調"偏於出勢,但也只是意在去除浮靡庸弱,推尊文體,未必能進而賦予作品以感人久遠的意味。故王國維《人間詞話》稱:"古今詞人格調之高無如白石,惜不於意境上用力,故覺無言外之味,弦外之響,終不能與於第一流之作者也。"而事實是,"有境界則自成高格"。

同時,它也不同於"韻致"範疇,"韻致"側重在作品所造成的清遠悠長的審美風貌,這清遠悠長雖不可能不關涉主體的情志,凡作者情懷高雅脫俗,筆下便易流溢出"韻致",但畢竟更多地關注在作品所造成的純美樣態方面。而"意境"則物我貫通,情景交融,這使得人與"天"與"道"達到了高度的冥會和統一。且因情與景的交融,虛與實、顯與隱、形與神、象裏與象外、有限與無限便互相映射,相激相蕩,作品也就有可能完聚成一有內在生命律動的生態結構。

由於"意境"範疇既關涉主體又關涉客體,主體之情致無窮,兼以客體之形相無盡,決定了它的意指和涵蓋面都較"韻"或"韻致"爲深爲寬,以至明清兩代許多詩詞論者,包括戲劇批評家如祁彪佳,小説批評家如金聖嘆、梁啓超等人均集中討論過它的生成機制,借其來指稱作品有機諧和特徵的論者更是不計其數,以至林紓《春覺齋論文》有"意境中有海闊天空氣象,有清風明月胸襟","意境者,文之母也,一切奇正之格皆出於是間"之説。

"意境"之"境"有"實境"、"虛境"之分②,又有"內境"、"外境"③,或"身外之境"、"身內之境"之別④。古人以爲"意從境上宣出"⑤,但又不能"處處用意",沾上南宋人習氣。景語有境,情語也有境,情景構成的境最易出神韻,故他們好講"神與境觸"⑥,"神來境詣"⑦。"神"與"境"的遇合,特別是那種高妙超然的遇合,能讓主觀志意婉曲地從文字構成的情景中自然流出,這就構成了作品的"意境",給作品帶來一種鮮活的生態。

此外,又有所謂"境外境"和"餘境"。揭傒斯《詩法正宗》説:"唐司空圖教人學詩須識味外味,坡公嘗舉以爲名言。……爲古人盡精力於此,要見語少意

---

① 王銍《默記》卷下。
② 陸時雍《詩鏡總論》。
③ 張謙宜《絸齋詩談》卷三。
④ 陳匪石《聲執》卷上。
⑤ 普聞《詩論》。
⑥ 王世貞《藝苑卮言》卷四。
⑦ 胡應麟《詩藪》内編卷四。

多,句窮篇盡,目中恍然,別有一境界意思。而其妙者意外生意,境外見境,風味之美,悠然甘辛酸鹹之表,使千載雋永常在頰舌。"是"境外境"與"意外意"、"味外味"相關聯。方東樹《昭昧詹言》卷一稱:"但從詩作詩,而詩外無餘境道理,則只成爲詩人而已。"這"餘境"也與"餘韻"、"餘味"相類。於此可見其與"韻致"範疇頗有相同之處。但"意境"既最具概括力,所涵括的意思又不僅止於此。如古人以爲援理入詩,倘不能偕情韻以行便易墮"理障"。但從"意境"的角度看則不盡然,不但情語生境,理語也可以有境。如孫綽、許詢、桓溫、庾亮等人詩固然平典似《道德論》,但曹丕、曹植"悲婉哀壯,情事理境,無所不有"①,"陶、謝用理語各有勝境"②,却是大可稱道的。

"意境"指稱的作品存在狀態既不同於"聲色"、"格調"和"韻致",與之相對應的風格自然就有了不同於前此所列舉的各色諸般。由於着眼於作品的生態結構,涵蓋面廣而概括力强,它賦予作品的品格便既充滿動態又富於變化。

以形量而論,它有寬窄之分。如袁枚就說過"蓋詩境甚寬,詩情甚活"這樣的話③,並以"格律嚴而境界狹矣,議論多而性情漓矣"爲詩之病④。方東樹也說:"凡諸詩家,大抵語氣雌弱,境界隘小,氣骨輕浮,縱有佳句,不過前人熟徑;即有標新領異,又失之新巧僋俗。"⑤這種狹隘往往被指爲未能真造作家之境。戲劇批評也同樣不取"境界淺促"⑥,而倘"意境寬然而餘",則往往能得人好評⑦。

以質量而論,則又有奇特和平庸之分。"境"可以"奇",歷代作者但凡有成就,作品多有此境,不過"苦不穩,不匀稱,不停當"⑧。其中"英筆奇氣,傑句高境,自成一家,則韓、黃其導師也"⑨。與"奇"接近的還有"老",所謂"翩翩意象,老境超然勝之"⑩。還有"熟",當然這是"皆從生處得力"⑪之"熟",非敗腐庸爛之謂也。清人潘德輿進而還爲"意境"確立了"質實"這樣的質性:

---

① 王世貞《藝苑卮言》卷三。
② 劉熙載《藝概·詩概》。
③ 《隨園詩話補遺》卷三。
④ 《隨園詩話》卷十六。
⑤ 《昭昧詹言》卷十。
⑥ 祁彪佳《遠山堂曲品·降獅子》。
⑦ 紀昀《瀛奎律髓刊誤》卷一。
⑧⑪ 賀貽孫《詩筏》。
⑨ 《昭昧詹言》卷十。
⑩ 王世貞《藝苑卮言》卷四。

> 吾學詩數十年，近始悟詩境全貴"質實"二字。蓋詩本是文采上事，若不以質實爲貴，則文濟以文，文勝則靡矣。……或言詩貴質實，近於腐木濕鼓之音，不知此乃南宋之質實，而非漢、魏之質實也。南宋以語錄議論爲詩，故質實而多俚詞；漢、魏以性情時事爲詩，故質實而有餘味。分辨不精，概以質實爲病，則淺者尚詞采，高者講風神，皆詩道之外心，有識者之所笑也。①

他以有情有味爲"質實"，旨在反對以文濟文、不勝靡麗的詩壇積弊，包括一味追求風神高遠，以至一鱗半爪不見全體的片面追求。這些詩可能有"韻致"，但也至多有"韻致"而決談不上有詩境。可見他所推崇的"意境"偏在深厚一路，雖與"奇"不盡相同，但與"老"、"熟"範疇却相聯繫。

而做不到這些，便是"平"、"庸"、"常"、"俗"。如姚鼐《與陳碩士書》説："文之出奇怪，惟功深以待其自至，却又須常將太史公、韓公境懸置胸中，則筆端自與常境界漸遠也。"這裏的"常境界"即尋常境界之意。汪師韓《詩學纂聞》評許渾《中秋》詩"意境似平，格律實細"，祁彪佳《遠山堂曲品》評吳鵬《金魚記》"氣格雖高，轉入庸境"，這種意境不僅與"奇"相反，即"熟"也談不上，是"意境"中的下品，乃或根本不被認爲有"意境"。

當然，這不意味偏於陰柔一路的作品就構不成"意"，出不了"境界"。清人馬平泉説得明白，"詩味腴者，往往失於穠麗；而清淡之章，又患無深秀之觀"，但只要克服極端的偏向，則"平原漠漠，遊目無極，絕無一點雜花叢棘"，與"長林老樹，疏疏落落，蘭芷隨風披拂，雲繞煙籠，飄颺空際，並爲詩家妙境"②。"妙"者，適切得常、變化若鬼而不着痕迹之謂也。這種變化無痕熔一切，化一切，足以造成絕佳的作品生態，所以許多時候成了限定"意境"和"境界"最常用的範疇之一。詩歌批評如《帶經堂詩話》卷三有《詩品》"只標妙境，未寫苦心"云云，戲曲批評如《遠山堂劇品》有"境界妙，意致妙，詞曲更妙"云云，《遠山堂曲品》有"此是絕妙之境"之評，小説批評如《增訂金批西廂》卷一則有"真乃手搦妙筆，心存妙境，身代妙人，天賜妙想"之説。

---

① 《養一齋詩話》卷三。
② 《挑燈詩話》卷五。

指向作品生態構成狀態的"意境"範疇,其所對應的風格因此就較"韻致"等範疇爲寬。有"境界欲如深山大澤"①,是謂"深厚",倘"意境不深厚,措辭亦淺顯"②,不能得人好評。有"其境界皆開闢古今之所未有"③,是謂"神奇","境界神奇,忘其爲戲也"④,"突如其來,倏然而去,令觀者不能預擬其局面"⑤。有"意境清絶高絶"⑥,是謂"清高"。有"詞境以深静爲至"⑦,是謂"深静"。此外還有"宏壯"、"渾闊"、"深妙"等多種類型,如紀昀《瀛奎律髓刊誤》稱陳與義《登岳陽樓》詩"意境宏深,直逼老杜",杜甫《江月》詩"意境渾闊",孟浩然《歸終南山》詩"意境殊爲深妙"。方東樹《昭昧詹言》卷八稱欲學杜、韓,"意境高古雄深,則有乎其人之學問、道義、胸襟"。是"格調"範疇的對應風格通於"意境"。陳廷焯《白雨齋詞話》推崇"意境却極沉鬱",每以"意境最深"稱人,而反對"意境不深"。如納蘭性德《飲水詞》在清初大得好評,但陳氏以爲其"閒雅"、"平衍"、"凄惋"有之,"意境不深厚"。而况周頤因好講"深静",《蕙風詞話》每以"意境較静"、"意境幽瑟"、"意境亦空靈可喜"稱人,是又近於"韻致"所對應的那一類風格。

對照前及諸家所論各風格類型,如"清奇"、"超詣"、"瑩静"、"幽秀"、"空靈"、"老當"、"雄深"等等,以及與之同序的相關概念、範疇,都可歸入此屬,至少與此類屬有直接的關係。由此表示作品生態構成的"意境"範疇所提供的角度切入,可以更好地理解這一系列範疇的内涵。

當然,基於獨特的文化傳統和審美習慣,"自然"、"平淡"也被認爲是與作品"意境"相對應的上好的風格,所謂"文家之境,莫佳於平淡,措語遣意,有若自然生成者"⑧,如此"淡淡寫來,冷冷自轉,此境有不易到"⑨,故有"境與天會"⑩、"詩境平易"⑪,以及"詩境貴幽"等說法⑫。古人有稱這種"自然"、"平淡"之境

---

① 侯方域《陳其年詩序》,《壯悔堂文集》卷二。
② 陳廷焯《白雨齋詞話》卷三。
③ 葉燮《原詩》内編上。
④ 張岱《陶庵夢憶·劉暉吉女戲》。
⑤ 孔尚任《桃花扇小引》。
⑥ 况周頤《蕙風詞話》卷三。
⑦ 《蕙風詞話》卷二。
⑧ 姚鼐《與王鐵夫書》,《惜抱軒文集後集》卷三。
⑨ 許昂霄《詞綜偶評》。
⑩ 王世貞《藝苑巵言》卷一。
⑪ 查慎行《白香山詩評》,《查初白詩評十二種》。
⑫ 吳雷發《說詩菅蒯》。

爲"妙境"的,更稱之爲"化境",以相對於較膚表平淡的"畫境",其情形一如"化工"之相對於"畫工"①。如賀貽孫《詩筏》就說:"詩有畫境焉,有化境焉,兼之爲難。"紀昀說:"風水淪漣,波折天然,此文章之化境,吾聞之於老泉。"②這種"自然"、"平淡"和"化境"又是一種允執其中、不違其和的境界,故朱庭珍《筱園詩話》卷一在引孔子"過猶不及"、《尚書》"允執厥中"後,將此歸結爲"超凡入聖,自有此神化境界。"上述"化境"即此"神化境界",它最能凸顯作品的生態構成特徵。朱氏繼續說:

> 詩家造詣,何獨不然,人力既盡,天工合符,所作之詩,自然如"初榻《黃庭》,恰到好處",從心所欲,縱筆所之,無不水到渠成,若天造地設,一定而不可易矣,此方是得心應手之技。故出人意外者,仍在人意中也。若夫不及者,固不足道;即過者,其病亦歷歷可指。是以太奇則凡,太巧則纖,太刻則拙,太新則庸,太濃則俗,太切則卑,太清則薄,太深則晦,太高則枯,太厚則滯,太雄則粗,太快則剽,太放則冗,太收則蹙,皆詩家大病也,學者不可不知。必造到適中之境,恰好地步,始無遺憾也。

"奇"、"巧"、"新"、"清"等皆可爲"意境"、"境界"之一種,但求之太過,違反了中道,都會轉生弊端,於此亦可見"和"這個元範疇對作品存在形態和風格論範疇的統攝和滲入。

現在可以對風格論範疇作一初步歸納和總結了。大體上說,這些概念、範疇或自成　序列,或彼此不相統屬但意義密切關聯,可見諸詩、文、詞、曲和戲劇、小說等各體文學批評,這表明傳統文學風格論範疇確有超越作品體類之上的普遍意義。同時,由"聲色"、"格調"、"韻致"和"意境"角度切入,可以看到這四種意義密切關聯且有邏輯遞進關係的作品存在狀態,確實大體各有自己對應的特定風格範疇。這種對應在一定程度上說明了風格論範疇雖豐富繁複,仍可以類歸並系統化的事實。

---

① 顧詒祿《綏堂詩話》卷上:"詩本化工。結撰天地,此化工也。"
② 《水波硯銘》,《紀文達公遺集》卷十三。

倘若要更簡潔地表達這種系統化的邏輯聯繫，則大抵可用以下聯動圖式表示：

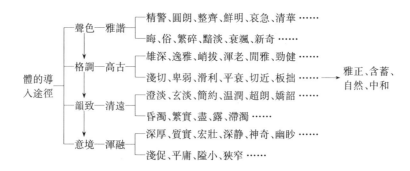

當然，這四類風格的稱名之間並没有絕對的界限。一則因由"聲色"到"意境"之間，有"聲韻"、"格韻"、"韻境"等概念、範疇相聯接，本身關係密切，且又歸向"雅正"、"含蓄"、"自然"、"中和"等範疇所標示的共同的風格範型；一則因古人評判作品討論創作，確有即興置評，不作系統論證的習慣，故四者之間常有串用，如不唯"聲色"講"清華"，即"格調"也有講"清華"的；不唯"格調"求"高古"，即"韻致"、"意境"也有求"高古"的①。此類情況還有多種表現形式，但應該承認，如上面所說，其間大致區別還是存在的。至於上面所述諸概念、範疇僅是就其犖犖大端而言，相關風格論範疇當不以此爲限，這也是要特別說明的。

第四節　鑒賞與批評論範疇

中國古代文學理論從某種意義上可以說是鑒賞批評理論。在這些豐富的理論成果中，有一部分是特別針對鑒賞與批評本身而作的，人們通常稱它們爲鑒賞論或批評論。同本原論、創作論和風格論一樣，鑒賞批評理論也誕生了一系列獨特的概念和範疇，它們接續着古人對文學創作認識的主體部分，成爲構成古代文學批評範疇體系的重要一環。當然，其數量不如前數者來得豐富。

---

① 如翁方綱《復初齋文集》卷三《坳堂詩集序》謂："詩有於高古渾樸見神韻者，亦有於風致見神韻者，不能執一以論也。"

一、規範批評主體的範疇序列

　　文學鑒賞和批評活動的展開端賴批評主體的識見和修養，還有適當的論説立場和評價態度。雖説"文章如金玉，各有定價"①，然"文章之體，尤難評賞"②，視聽殊好，愛憎難同。故當蘇軾以上述主張一再申言時，黄庭堅就發出無奈的感嘆："文章大概亦如女色，好惡止係於人。"③面對文本，究竟如何賞會入微，有正確的解説和符合原意的發揮，所謂"真賞"④，"深詣精解"⑤，成爲古人討論的中心議題。

　　早在南朝，劉勰《文心雕龍》一書就專門討論了這個問題，並援音樂欣賞之理，提出"知音"這個名言。他十分感慨"知音其難哉，音實難知，知實難逢。逢其知音，千載其一乎"！其實，漢代以來就有諸家論及此義。總結漢以來如王充、曹丕、葛洪等人的論説，大抵將知音的稀缺歸結爲人們通常好"貴古賤今"、"信僞迷真"和"知多偏好"、"文人相輕"。這四種現象説到底，就是衡文之際不能有正確的態度和正常的心態。後柳宗元感嘆"鑒之頗正，好惡係焉。……故曰知己愈難"⑥，正基於此。一直到宋代以後，如胡仔、劉攽、姚燧等人仍在説"知音者難得耳"⑦，"知心賞音之難"⑧，"作者難而知之者尤難歟"⑨，《胡氏評詩》並有"知音難得"專條。到清代，論者仍有"詩人快意之句不可多得，見賞於知音尤難"⑩。究其原因，不外"問學有淺深，識見有精粗"⑪，與劉勰所揭出的"信僞迷真"、"知多偏好"大體相同，不過一從原因言，一從結果而論⑫。

　　那麽批評主體應該具備怎樣的條件，才能綜其衆制，别具慧裁，以良好的

---

① 蘇軾《答毛滂書》，《經進東坡文集事略》卷四十七。
② 葛洪《抱朴子·辭義》。
③ 《書林和靖詩》，《豫章黄先生文集》卷二十六。
④ 蔡嵩雲《柯亭詞論》："看人詞極難，看作家之詞尤難。非有真賞之眼光，不易發現其真意。"
⑤ 方東樹《昭昧詹言》卷一。
⑥ 《與友人論文書》，《柳河東集》卷三十一。
⑦ 胡仔《苕溪漁隱叢話》後集卷三十二。
⑧ 《中山詩話》。
⑨ 《送楊純甫序》，《牧庵集》卷四。
⑩ 丁鶴《蘭皋詩話》卷三。
⑪ 宋濂《丹崖集序》，《宋文憲全集》卷二。
⑫ 張晉本《達觀堂詩話》卷三："詩文，遊藝也，然作者難，知者亦不易。世有能作而不能知者，未有不能作而能知者也。而不知者，每强不知以爲知，致没作者之長而留其短，甚可惜也。"是揭出批評者須善創作，亦誠心造有得之言。

心態進入到鑒賞批評之中呢？於此，歷代論者提出了靜以養心的主張：

> 凡看詩文，初入眼時，清鑒炯然，美惡無纖毫能遁。至閲數篇後，與作者之意稍合，便生護惜，稍離便生厭棄，爲識神所役故也。所以，看書當虛神靜志，則欣厭不生。
>
> 閲詩文亦不難，少不得一篇之中，自有作者精神結聚處。但澄心一觀，到此處自陡然相感，神爽心開，如與古人面相賞也。若此處漠然，定是學識不到。①

在他們看來，批評與創作一樣也要"虛靜"、"養氣"、"虛神靜志"，唯"虛靜"、"養氣"，且養的是"正氣"，才能"澄心"進而"平心"②。清人章學誠嘗說："凡受成形者，不能無殊致也；凡禀血氣者，不能無争心也。有殊致，則入主出奴，黨同伐異之弊出矣；有争心，則挾恐見破，嫉忌詆毀之端開矣。"③任血氣而執殊致，正因其人不能虛以含氣，靜以養心④。不能"虛靜"、"養氣"，自做不到平情客觀，古人文中特別的好處自然也就不能瞭然。故王世貞對人好王維而不喜杜甫提出批評，稱："少陵集中不啻有數摩詰，能洗眼靜坐三年讀之乎？"⑤這裏，所謂"虛神"、"靜志"、"澄心"、"平心"等名言，正是傳統"養氣說"和"虛靜說"在批評論範疇中的回響。

又，清人勞孝輿論吳公子季札觀樂也頗值得咀嚼玩索。他説："唯公子以至聰之耳，至明之目，而運以古人之心，得之於神，遇之於幽，不覺其津津道之，皆行以見古人之真面目、真性情也。今之説詩者，苟如其評以求之，不爲耳聖，

---

① 歸昌世《假庵雜著》。
② 舒岳祥《閬風集》卷十《俞宜民詩序》："作詩難，評詩尤難也。必具真識而後評之當，必全正氣而後評之公"，富貴者"真識懵然"、少鋭者"真識未定"，固不能與評，即貧賤者"正氣索然"、衰老者"正氣已耗"，也不能與其事。此外，朱庭珍《筱園詩話》卷三："總當平心别裁，録長去短，不必一味推尊，一概攻擊，隨聲附和，自墮門户之見"，"平心靜氣，公道持論，取其長以爲法，棄其短而勿犯，則觀古人得失，皆於我有神益"。此外，康發祥《伯山詩話後集》卷一也論及"平心易氣讀其詩"之重要。
③ 《文史通義》卷四《内篇四·知難》。
④ 曾國藩《曾文正公全集·文集》卷三《孫芝房侍講芻論序》有"君子之言也，平則致和，激則召争，辭氣之輕重，積久則移易世風，黨仇訟争而不知所止"，可爲參看。
⑤ 《藝苑卮言》卷四。

不爲目礙,並不以心爲師,或可介公子以見古人也。"①要做到"不爲耳罣","不爲目礙",並"不以心爲師",必須做到耳聰目明。而要做到耳聰目明,一己之心必須空明虛静。只有這樣才能得彼之神,遇彼之幽。援此語入詩,清人稱讀詩論詩須"先揣知作者當日所處境遇,然後以我之心,求無象於窅冥惚恍之間"②,"恍然相遇於語言文字之外"③,與之一理:此正"虛静"、"養氣"説最切要意旨之所在。

聯繫范温《潛溪詩眼》的"潛心説",朱熹的看詩"但是平平地涵咏自好"④,鍾惺《詩歸序》所説的"内省諸心"、"孤行静寄"、"虛懷定力"與"獨往冥游",沈德潛《説詩晬語凡例》所説的"讀詩者心平氣和,涵咏浸漬,則意味自出",乃至錢斐仲所謂"讀詞之法,心細如髮,先屏去一切閒思雜慮,然後心向之,目往之,諦審而咀味之,方見古人用心處"⑤,況周頤所謂"讀詞之法,取前人名句意境絶佳者,將此境締構於吾想望中,然後澄思渺慮,以吾身入乎其中,而涵咏玩索之"⑥,可知"澄心"、"平心"、"養氣"、"虛静"、"澄思"等概念、範疇在文學批評範疇體系中的重要地位。

小説批評中,同樣可見到論者從主體角度對"養氣"、"虛静"範疇的强調。如張竹坡論"讀《金瓶》,必須静坐三月才行。否則眼光模糊,不能游射深到"⑦。文龍更指出:

> 夫批書當置身事外而設想局中,又當心入書中而神遊象外,即評史亦有然者,推之聽訟、解紛、行兵、治病亦何莫不然。不可過刻,亦不可過寬;不可違情,亦不可悖理。總才、學、識不可偏廢,而心要平,氣要和,神要静,慮要遠,人情要透,天理要真,庶乎始可以落筆也。⑧

話説得非常全面,其中"人情要透"之"透"與"天理要真"之"真",尤深契小説批

---

① 《春秋詩話》卷五。
② 黄子雲《野鴻詩的》。
③ 葉矯然《龍性堂詩話初集》。
④ 魏慶之《詩人玉屑》卷十三引。
⑤ 《雨華庵詞話》。
⑥ 《蕙風詞話》卷一。
⑦ 《批評第一奇書金瓶梅讀法》。
⑧ 《金瓶梅》文龍評本第十八回。

評的基本特性,且其之能如此,進而"設想局中"而又"神遊象外",都仰賴這心平氣和與神靜慮遠。金聖嘆稱"《西廂記》不是姓王實甫此一人所造,但自平心斂氣讀之,便是我適來自造,親見其一字一句,都是我心裏恰正欲如此寫,《西廂記》便如此寫"。這裏的"平心斂氣"也就是"虛神靜志","虛靜"、"養氣"之意。他並以爲"王實甫此一人,亦安能造《西廂記》,他亦只是平心斂氣,向天下人心裏偷取出來"①,言下之意,鑒賞和批評它時也當如此。

在鑒賞、批評的主體規範方面,古人還提出了"細"、"細入"、"細參"和"留心精細"等名言和命題。

讀詩與作詩,用心各別。讀詩心須細,密察作者用意如何,布局如何,措詞如何,如織者機梭,一絲不紊,而後有得。於古人只取好句,無益也。作詩須將古今人詩一帚掃却,空曠其心,於茫然中忽得一意,而後成篇,定有可觀。若讀時心不能細入,作時隨手即成,必爲宋明人所困。②

讀古人詩,本來不許心粗氣浮,我於陶尤覺心氣要凝煉,方能入得進去。有看古人詩,略一披閱,便云不過爾爾,吾已了然於心口。此無論聰明人、鈍漢子,皆自欺欺人也,斷不可信。

大家之詩,每細讀一過,手自丹黄,以爲遺漏頗少矣。隔數月讀之,又有前此看不到處。此等緣故,才隔數月,不是關學力有淺深,是一時心有勤怠事有觸發之故。又如看這一部頭太熟了,須另換一部來看,字之大小行數不一,頓覺眉目一清。此種道理,全要自家留心精細。③

因爲若要真正做到從容諷誦,優遊浸潤,涵咏默會以得其意,往復低徊以盡其致,乃至玩理於趣中,逆志於言外,"虛神靜志"固然十分重要,但從鑒賞、批評的具體過程來看,又不能不承認"留心精細"也非常關鍵。唯有從"細",才識得清,唯有"細入",才判得明。當然,上述兩者存在有十分密切的關係,一般來說,主"虛神靜志"者大多反對"心粗氣浮","心粗氣浮"也即不能"留心精細"之謂也。前引文龍評《金瓶梅》也論及"求細"的重要,稱"須於未看書之前,先將

---

① 《貫華堂第六才子書西廂記·讀法》。
② 吳喬《圍爐詩話》卷四。
③ 延君壽《老生常談》。

作者之意體貼一番,更須於看書之際,總將作者之語思索幾遍"。清人戚蓼生《紅樓夢序》稱:"然吾謂作者有兩意,讀者當具一心。"這裏所說的"一心",顯然也是"細入"和"留心精細"之意。

此外,論者還專門探討了"才"、"學"、"識"之於批評主體的重要意義。以爲這數者不僅作者不可或缺,鑒賞、批評者也必須具備。前舉文龍所説之外,諸如"詩之等級不同,人到那一等地位,方看得那一等地位人詩出,學問見識如棋力酒量,不可勉強也"①、"讀書不多,未可輕議古人"②,觸目皆是。其中"識"和"識量"範疇尤爲諸家所重,所謂"作者難,識者尤難","作與識原是一家眷屬,蓋失則兩失,得則兩得"③、"故村學究斷不可與談詩,有識量者,得其道,守其道,以俟知者;倘識量未定,爲其所移,一盲引衆盲,相將入火坑矣"。只有能"豎起脊梁,撐開慧眼,舉世譽之而不加勸,舉世非之而不加沮"、"識古人避就出脫處"④,才是作者真正的知者。

故宋以來,受范温《潛溪詩眼》學詩當能潛心,"要先以識爲主,如禪家所謂正法眼者,直須具此眼目,方可入道"這類議論的影響,他們認爲鑒賞和批評同樣也要具備此眼。如程敏政説:"古之妙詞翰者,不拘一律,往往隨其興之所到爲之,故自有佳處,非具眼者莫識也。"⑤王曉堂説:"禪家有正法眼,直須具此眼目,方可入道。吾謂學者讀太白集,先以識爲主,不爲僞句所惑。"⑥這種"識",何良俊稱爲"卓識"⑦,丁紹儀稱爲"特識",所謂"綜古今詩詞而論列之,貴有特識,尤貴持平。若於古人寓微詞,而於近人多溢美,適形其陋而已"⑧。"識"與"膽"有關,是爲"膽識",故徐增《而庵詩話》稱金聖嘆"身在大光明藏中,眼光照徹,便出一手,吾最服其膽識"。然後由"識"生"悟",有"識"能"悟",就容易真正有所得。故謝榛《四溟詩話》卷二又説:"詩有四格,曰興、曰趣、曰意、曰理……悟者得之,庸心以求,或失之矣。""庸心"者,不能入情入理,得真知真解

---

① 徐增《而庵詩話》。
② 楊慎《升庵詩話》卷十四。
③ 張晉本《達觀堂詩話》卷四。
④ 梁九圖《十二山齋詩話》卷七。
⑤ 《書艾郎中所藏山谷真迹後》,《篁墩文集》卷三十九。
⑥ 《匡山叢話》卷二。
⑦ 《四友齋叢説》卷二十三。
⑧ 《聽秋聲館詞話》卷十二。

之謂也。又,林昌彝論歷代詩話之弊有五:"一則無識,二則偏見,三則濫收,四則徇情,五則好異"①,除列"無識"爲第一弊外,後兩弊其實也都與"識"有關。

"才"、"學"、"識"與"悟"結合,決定了鑒賞、批評者所能到達的層次。對這種層次,古人每用"境界"這個範疇來表示。如徐增《而庵詩話》說:"今人好論唐詩,論得著者幾個?譬如人立於山之中間,山頂上是一種境界,山脚下又是一種境界,此三種境界各各不同。中間境界人論上境界人之詩,或有影子;至若最下境界人而論最上境界人之詩,直未夢見也。"如果說"虛静"、"養氣"是賞會、批評的基礎,"才"、"學"、"識"是其展開的條件,"悟"是實現賞會、批評活動的中介,那麼,"境界"範疇正標誌着上述數者以及主體審美趣味和理解力所達到的自覺程度。

二、涵括批評原則與方法的範疇序列

這一部分的概念、範疇要較前述主體部分爲豐富。綜合歷代論者所說,大抵圍遶"鑒照"、"觀"、"味"、"解"等幾個主要範疇展開。

先説"鑒照"及其範疇序列。劉勰《文心雕龍·知音》篇已提出"鑒照洞明"之說,受傳統文學批評從自然與人事中汲取觀念來源的影響,劉勰在討論批評如何做到客觀公正時,引鏡子和衡器以爲說明,前有"豈不明鑒同時之賤哉"之論,後又申"平理若衡,照辭如鏡"之理。當然,他稱"目之照形"是爲了喻"心之照理"。此種"照理"尤賴人的識見,故在同一篇中,他又提出了"識照"這一名言。

一般來說,優秀而成熟的文學作品都有理不外顯的特點,故要求鑒賞、批評者能做到"披文以入情,沿波以討源"。倘作品有足夠的深廣乃至深奧,人之"識照"就必須全面周該,這就是劉勰要標舉"圓照"這一名言的原因。"圓"者,"圓密"、"圓備"和"圓融"之意也,其中"圓密"和"圓備"就數量範圍言,"圓融"則切入內容,就這種鑒賞、批評活動的質性說的。得此"圓密"、"圓備"和"圓融"之理,佛教以爲就是"圓妙"、"圓明",所謂"圓妙明心"②,"圓明一切智"③。"圓"與"照"整合爲一個合體範疇,即指廣泛全面、融而不執地照鑒與察知外

---

① 劉聲木《萇楚齋四筆》序引林昌彝《射鷹樓詩話》。
② 《楞嚴經》卷二。
③ 玄奘《大唐西域記·劫比羅伐窣堵國》。

物。在文學而言，是照鑒與察知作品的方方面面，由此識得其貌，攝得其神。

在《比興》篇中，劉勰又提出"圓覽"一詞，《總術》篇又提出"圓鑒"一詞，皆是一義。他認爲"篇章雜沓，質文交加"，人在鑒賞、評論這豐富多樣的文學作品時往往各執偏向，加以性情學養不同，很難做到全面公正，從而準確領會作品的真義，所謂"知多偏好，人莫圓該"。因這種不能"圓該"，故對他們提出"圓照"的要求十分必要。以後柳宗元稱"夫觀文章，宜若懸衡然"①，"鑒之頗正，好惡係焉"②，只重復劉勰"鑒照"之意而未及"圓照"，後明人田藝蘅稱"詩關氣運，此語誠然……精鑒詳評，自然可別"③。何偉然稱"文成獨賞，則其人亦危，然必自照精，而後共賞出焉"④。清人張竹坡稱"讀《金瓶》必須懸鏡於前，庶能圓滿照見"⑤，要求"圓滿"、"精鑒"，則對此義作了很好的補充。

次說"觀"及其範疇序列。"觀"本指用感官來觀察和感知客觀對象。這對象可以是具體之物，如《易傳·繫辭下》之"仰則觀象於天，俯則觀法於地"；也可以是抽象的事理，如《老子》第十六章所謂"萬物並作，吾以觀其復"，後者之義是將對客觀外物的體察推向深入和精微，所謂"觀其妙"、"觀其徼"。故《春秋穀梁傳》有"常事曰視，非常曰觀"之說，《說文》釋"觀"曰"諦視"，段注謂"審諦之視也"，似也認定它含有徹底究詰的意思。

自《左傳》載季札"觀於周樂"，《論語》載孔子"興觀群怨"之說後，"觀"就成爲重要的批評範疇，且有時施諸文學鑒賞和批評，與"觀風俗之盛衰"或"考見得失"就再無必然的關係，而只依從其本義，指對作品的觀察和分析，此《國語·周語下》所謂"夫樂不過以聽耳，而美不過以觀目"之"觀"，或葛洪《抱朴子·廣譬》所謂"觀聽殊好"之"觀"。劉勰《文心雕龍·知音》討論"圓照"時說："夫綴文者情動而辭發，觀文者披文以入情"，這個"觀"與之同義。當然，並不排斥有時仍可以用指風俗得失的觀察。

劉勰於此還提出"博觀"這個後序名言，稱"故圓照之象，務先博觀"。由於要做到"博觀"，勢必涉及到創作的許多方面，對此他用"六觀"來表達："一觀位

---

① 《答吳秀才謝示新文書》，《柳河東集》卷三十四。
② 《與友人論文書》，《柳河東集》卷三十二。
③ 《香宇詩談》。
④ 《獨鑒錄序》，《獨鑒錄》卷首。
⑤ 《批評第一奇書金瓶梅讀法》。

體,二觀置辭,三觀通變,四觀奇正,五觀事義,六觀宮商。"此後,論者每有用此範疇討論鑒賞、批評問題的。如皎然感嘆"工之愈精,鑒之愈寡",希望有"通識四面之手"出現,這"通識四面"就是"博觀"。明楊慎《宛陵詩選序》謂:"長夏簡出齋閣,因手所批勘,博觀而約取之。"清曾國藩《孫芝房侍講芻論序》謂:"著書之多,與茉雲(漢陽劉傳瑩)異,而其博觀而慎取則同。"直接用此範疇論文。黎庶昌稱:"文章之道,莫大乎與天下爲公,而非可用一人一家之私議",其編纂《續古文辭類篹》,全然以"博觀慎取"爲原則①,又可見此範疇的深入人心。並且,劉勰析言"六觀"的論說方式也爲後人所采用,清人陳枚就說,看詩要"一觀意思,二觀體裁,三觀句調,四觀神韻,四者皆得,方爲全詩"②。雖主要就作詩修養論,但與鑒賞分不開。陳廷焯稱王安石誤判張子野"雲破月來花弄影",不如李世英"朦朧淡月雲來去","此僅就一句言之,未觀全體,殊覺武斷"③,則專就批評鑒賞而言。其所謂"全體",無外是上述聲辭體變諸端。

除"博觀"外,屬"觀"這一序列的後序名言還有所謂"通觀",即貫通精神的全面把握。如果說"博觀"是就數量而論,"通觀"則意近"圓照",就質性而言。如袁枚《隨園詩話》卷十四稱:"凡人全集,各有精神,必通觀之,方可定去取。倘捃摭一二,並非其人應選之詩,管窺蠡測,一病也。"他認爲收攬人所有作品以觀之只是"博觀",能打通其精神,融而會之才是"通觀",將兩者的區別說得很明白。

又有所謂"諦觀",即《說文》"諦視"之意,原指仔細認真地看,這裏顯然指深入賞會,切實把握。如葉矯然《龍性堂詩話初集》說:"作詩甫脫稿,頗信爲然,而轉眼諦觀,覺其不然。讀古人詩,有乍見爲佳,及展轉披玩,覺未愜人意;亦有乍見爲不佳,他日一再讀,翻覺大獲我心。此種境況深淺,非作者不能領會。"方東樹《昭昧詹言》卷十四說:"諦觀陶、謝、杜、韓諸大家,深嚴邃密,律法森然,無或苟且信手者也。"古人以爲,只有這種沉潛往復,含玩再三,才是會盡文意,巧解文心。

此外還有所謂"深觀",因文學作品寄託了作者的一段精神乃至生命,能攪動人性靈和情感的精微,觀者披文入情,倘只在面上"博觀",乃至只在此種"博

---

① 《續古文辭類篹序》,《拙尊園叢稿》卷二。
② 吳騫《拜經樓詩話》卷一引。
③ 《白雨齋詞話》卷五。

觀"基礎上求"通觀",而不再反復咀嚼含玩,往深處尋索,向幽玄處掘發,也不一定能真正體會作者的用心;或即體得作者用心,但其潛隱着的主旨仍不易被把握,故還需要講"深觀"。從此意義上說,"深觀"與"諦觀"意指相近。古人論鑒賞、批評時每講"沉潛諷誦",《西清詩話》載歐陽修語人曰:"修在三峽賦詩云:'春風疑不到天涯,二月山城未見花',若無下句,則上句直不見佳處,並讀之,便覺精神頓出。文章難評如此,要當着意詳味之耳。"這"着意詳味"也就是"沉潛諷誦",也就是所謂"深觀"。也正是在這一節點上,它與作爲鑒賞、批評論範疇的"味"聯接了起來。

在"味"這個核心範疇主導下,有"體味"、"尋味"、"吟味"、"熟味"、"耽味"、"諦味"和"深味"等一系列後序名言。這"諦味"和"深味"意同"諦觀"和"深觀"。清人賀貽孫《詩筏》說:"李、杜詩,韓、蘇文,但誦一二首,似可學而至焉。試更誦數十首,方覺其妙。誦及全集,愈多愈妙。反復朗誦至數十百過,口頷涎流,滋味無窮,咀嚼不盡。乃至自少至老,誦之不輟,其境愈熟,其味愈長。"實際講出了由"博觀"、"通觀"而"深觀",並由此種種"觀"而體味作品無窮妙趣的過程。於此,正充分見出"觀"與"味"這兩個範疇在鑒賞、批評論中的意義聯通。

蘇軾在談論觀賞書法須"反復不已,乃識其奇趣"的同時①,又用"深觀"這個名言論詩。他說:

> 夫詩者,不可以言語求而得,必將深觀其意焉。故其譏刺是人也,不言其所爲之惡,而言其爵位之尊,車服之美,而民疾之,以見其不堪也。"君子偕老,副笄六珈","赫赫師尹,民具爾瞻",是也。其頌美是人也,不言其所爲之善,而言其冠佩之華,容貌之盛,而民安之,以見其無愧也。"緇衣之宜兮,敝予又改爲兮","服其命服,朱黻斯皇",是也。②

在蘇軾看來,《詩經》中許多作品不直斥其言,而是曲晦其情,正言若反,尤須讀者脫略字面而"深觀"之,"深觀"的目的在由得其意進而識其趣,故它不同於一般意義上的品賞,所謂"觀玩",如李贄《與友人書》所謂"次欲爲之書其先輩解

---

① 《書唐氏六家書後》,《經進東坡文集事略》卷六十。
② 《既醉備五福論》,《東坡七集》後集卷十。

注之近理者,逐品詳明,鈔録出來,使之時時觀玩",或袁枚《隨園詩話》卷二所謂"康熙間,曹楝亭爲江寧織造,每出,擁八騶,必携書一本,觀玩不輟"的記載。"觀玩"的目的通常在身心愉悦,耳目供養,與"深觀"要調動理性通合判斷是有些許不同的。當然,"深觀"與所謂"浮觀"、"淺觀"的區别就更大了。

這種與"深觀"不同的"浮觀"、"淺觀",古人又稱之爲"膜外之觀"。如清人賀裳《載酒園詩話》卷一嘗謂:

> 文章聲價自定,嗜好終是難齊。如老杜"風急天高"、"玉露凋傷"、"老去悲秋"、"昆明池水"四篇,寧非佳詩? 必欲取爲全唐壓卷,固宜來點者之揶揄也。鍾生曰:"老杜至處不在此",自是公論。然選《詩歸》終不能全删,仍取"老去悲秋"、"昆明池水",此所謂定價也。弇州尤愛"風急天高"一章,固是意之所觸,情文相會,猶宋孝宗獨稱"勛業頻看鏡,行藏獨倚樓"耳。然即此一詩,弇州嫌其結弱,劉須溪則云結復鄭重。平心觀之,弱耶? 重耶? 恐兩公未免皆膜外之觀也。

賀氏認爲杜甫"風急天高"一章作於大曆夔州時期,字裏行間飽含播遷之恨,不能以常見詩法繩律,劉辰翁和王世貞以爲其結句"艱難苦恨繁霜鬢,潦倒新亭濁酒杯"或重或弱,是不能深入到詩人内心,且賞會之際又未做到平心静氣,所以是隔靴搔癢,不着要害。此所謂"膜外之觀"。

再説"解"。毫無疑問,前述"圓照"也好,"諦味"、"深觀"也好,目的都爲解析。在作者是從中得到創作的滋養,在論者是用爲自己文學主張的佐證,或傳授心得於他人。故觀照玩味到最後,必落實爲具體的擘肌分理,條分縷析。如何無私輕重,不偏憎愛,既求親至親歷,領會其要,又能不拘不執,發揚其妙,使凡所論述成爲一種"真評"①、"真賞"②,幾乎是批評得以實現其本義的最根本保證。"解"這個名言正是基於此爲歷代論者反復論及。

劉勰《文心雕龍·指瑕》論晉末文章,稱其"始有賞際奇至之言,終無撫叩酬即之語。每單舉一字,指以爲情。夫賞訓錫賚,豈關心解。撫訓執握,何預

---

① 見延君壽《老生常談》。
② 見蔡嵩雲《柯亭詞論》。

情理"。提出"心解"這一名言。所謂"心解",無非指用心領悟①。宋人胡仔因黃庭堅感嘆歐陽修只欣賞林逋"疏影"、"暗香"一聯而不及其餘,議論道:"王直方又愛和靖'池水倒窺疏影動,屋檐斜入一枝低',以謂此句與前所稱,真可處伯仲之間。余觀此句,略無佳處。直方何爲喜之,真可謂一解不如不解也"②。已道出"解"之難。楊萬里將此分爲"意解"和"辭解"兩種,稱"可以意解,而不可以辭解,必不得已而解之,可以一句一首解,而不可以全帙解"③。因爲作品是作者主觀情志的産物,語言只是表情達意的工具,解詩欲求其真,自當深入這種情意的内裏,而不能止於文辭的覼索,所以他要對"解"作出如此分疏。按,禪宗戒惕"一翳在眼,空華亂墜",故講無量知解,會於一心,行者依經解義,聞教知蹤,由意解而略識本心④,這或許對楊氏構成影響。以後,章學誠稱善論文者"貴求作者之意指,而不可拘於形貌也"⑤。"意指"意同時人所説的"本指"⑥、"正指"⑦,這"意解"正與"意指"構成對應。

當然,有時"意解"也會流於"强解"⑧,故此,明人又提出"可解"與"不可解"、"不必解"的問題。如王世貞《藝苑卮言》卷四就曾指出:"李于鱗言唐人絶句當以'秦時明月漢時關'壓卷,余始不信,以少伯集中有極工者,既而思之,若落意解,當别有所取;若以有意無意,可解不可解間求之,不免此詩第一耳。"執"意解"固然較執"辭解"爲勝,然有時不免先入爲主,預設主題,不利賞會和批評的客觀公正,甚至還會遺落作品的原意和真旨。如使自己處有意無意之間,取一種既可解又不可解的認知態度,不堅執固我,反而能真正切入原作,獲得真正的領會。王氏最終同意李攀龍的評價,正是基於這樣的認識。

與王世貞同時,謝榛在《四溟詩話》卷一中對此有更爲直捷的表述:

---

① 《禮記·學記》有"雖終其業,其去之必速",鄭玄注曰:"學不心解,則志之易。"此外《隋書·經籍志》也有"陵夷至於近代,去正轉疏,無復師資之法。學不心解,專以浮華相尚"之語。又,《文選》卷三十一"雜擬下"録江淹《雜體詩·謝僕射混》,李善注引《聲類》曰:"悟,心解也",可爲參看。
② 《苕溪漁隱叢話前集》卷二十七。
③ 薛雪《一瓢詩話》引。
④ 瞿汝稷《水月齋指月録》卷之二《寶志禪師》有"如涂毒鼓,如太阿劍,聞之者喪,嬰之者斷,不可以心思意解者"。録以參看,以知所謂意解如不能究明本心,亦自有所限,自當酌量。
⑤ 《文史通義》卷一《内篇一·詩教下》。
⑥ 見安磐《頤山詩話原序》。
⑦ 見張書紳《新説西遊記自序》。
⑧ 見劉熙載《藝概·詩概》。

> 詩有可解,不可解,不必解,若水月鏡花,勿泥其迹可也。
> 黄山谷曰:"彼喜穿鑿者,棄其大旨,取其發興於所遇林泉、人物、草木、魚蟲,以爲物物皆有所託,如世間商度隱語,則詩委地矣。"予所謂可解、不可解、不必解,與此意同。

黄庭堅之説見於所作《大雅堂記》。在文中他提出杜詩妙處在無意爲文,無意而意已至,雖意味深永,但不可刻意深求。謝榛引用其説爲自己所主"可解"、"不可解"、"不必解"之説張目,所謂"可解"很容易理解,聯繫黄氏之論,"不必解"的意思也易明白,即不能事事求深意,處處尋寄託,有時作者興會所至,但求吐心中所鬱積,未必想寄存什麽微言大義,強爲索解,反成厚誣。值得重視的是他所説的"不可解",詩爲什麽"不可解"？什麽是"不可解"？

可能這一説法在當時已引起人的困惑,故不同意見時有出現。如俞弁引蔣冕"近代評詩者,謂詩至於不可解,然後爲妙"之説後就指出:"詩美教化,敦風俗,示勸戒,然後足以爲詩。詩至於不可解,是何説邪？且《三百篇》,何嘗有不可解者哉！"①以後徐增説:"今人論詩輒云:有意無意,可解不可解,此二語誤人不淺。吾觀古詩無一字無着落,須細心探討,方不墮入雲霧中,則將來詩道有興矣。"②何文焕也説:"觀孔子所稱可與言詩,及孟子所引可見矣,而斷無不可解之理",並稱前述謝榛之説"貽誤無窮"③。可見持不同意見的人是很多的,兩者對壘的時間也很長。

其實,謝榛"水月鏡花,勿泥其迹"八字已將爲何"不可解"和什麽是"不可解"説得很分明。所謂"不可解"是基於文學創作有不同於其他文類的特殊性而言,譬如它的意旨是超象而隱蓄的,結構是完密而整一的,意境構成後,各部分相映互射,字分句析根本不足以傳達其真義,因爲作品的整體生態不是各部分和各要素簡單相加就可以把握的,其情旨惝怳悠渺,意境玲瓏透剔,恰如水中月,鏡中花,便一絲絲外力的施爲已足以破碎那份至美,更不要説字分句析了,此所以詩"不可解",而不是説不能對其作深入而恰當的詮解和説明。故從很大程度上可以説,所謂"不可解"正是出於對詩最深入的瞭解。唯此,清人厲

---

① 《逸老堂詩話》卷下。
② 《而庵詩話》。
③ 《歷代詩話考索》。

志會説:"詩到極勝,非第不求人解,亦並不求己解。豈己真不解耶,非解所能解耳。"①

薛雪《一瓢詩話》引杜甫詩歌爲例,對此有更具體的論述:

> 杜少陵詩,止可讀,不可解。何也?公詩如溟渤,無流不納;如日月,無幽不燭;如大圓鏡,無物不現,如何可解?小而言之,如《陰符》《道德》,兵家讀之爲兵,道家讀之爲道,治天下國家者讀之爲政,無往不可。所以解之者不下數百餘家,總無全璧。

他承明董其昌"作文要得解悟……妙悟,只在題目腔子裏,思之思之,思之不已,鬼神將通之"之説②,以爲杜詩無所不包,與其各有詮解,不得其全,不如不解,"讀之既熟,思之既久,神將通之,不落言詮,自明妙理"。這樣的論説看似有些不可知論的神秘色彩,却從又一個角度道出了詩歌"不可解"的原因。在另外一處,他又稱"用事全在活潑潑地,其妙俱從比興中流出,一經刻畫評駁,則悶殺才人,喪盡風雅也,故村學究斷不可與談詩"。説的也是"不可解"之意。宋人解杜詩每重出處,就不知此比興之意,誠如陸游所批評的那樣,"不知少陵之意初不如是"③。薛雪以爲倘若没有足夠的才學識量,不妨僅就一己之感知與作品相交接,一味追求解説分明,實在没必要,也要不得。此外,方東樹《昭昧詹言》卷一也論及"解悟",稱"漢魏人大抵草蛇灰綫,神化不測,不令人見。……試取《詩》《書》及《大學》《中庸》經傳沉潛玩味,自當有解悟處"。言談中頗可見到禪宗義理的影響。禪宗以爲佛性不可解釋,所謂"尋枝摘葉我不能",永嘉玄覺《證道歌》就如此説。禪宗這種只有棄知解方能大覺悟的説法影響及方氏,當其引以論詩,也就悟到了賞詩"殆類如禪家之印證,不可以知解求者"的道理。此所謂一經筆舌,不觸則背。吴雷發《説詩菅蒯》還結合具體作品闡發此意:

> 有强解詩中字句者,或述前人可解、不可解、不必解之説曉之,終未之信。余曰:古來名句如"楓落吴江冷",就子言之,必曰楓自然落,吴江自然

---
① 《白華山人詩話》卷一。
② 《評文》,《畫禪室隨筆》卷三。
③ 《老學庵筆記》卷七。

冷,楓落則隨處皆冷,何必獨曰吳江?況吳江冷亦是常事,有何喫緊處。即"空梁落燕泥",必曰梁必有燕,燕泥落下,亦何足取?不幾使千秋佳句,興趣索然哉!且唐人詩中,鐘聲曰"濕",柳花曰"香",必來君輩指摘,不知此等皆宜細參,不得強解。甚矣,可爲知者道也。

古人以爲,"詠物詩最忌粘皮帶骨,其妙處正在可解不可解之間"①。這裏"皆宜細參,不得強解",即禪家不求知解的印證工夫。脂硯齋論《紅樓夢》,稱"其囫圇不解之中實可解,可解之中又說不出理路"②,雖未引用禪家話頭,但所論却與禪理暗合。

領會了不可"強解"和"不可解"之意,其鑒賞和評判作品才會出真知灼見。對此,古人用"真解"、"心解"和"玄解"、"神解"等同序名言表示。如清闕名《静居緒言》論"讀坡、谷詩,如讀《華嚴》、《内景》諸篇,隨心觸法,便見渠舌根有青蓮花生,華池中有金丹氣轉,不可以人世語言較量,故須另具心眼,得有玄解,乃知宋詩妙處"③。馬其昶論讀古文:"若夫古人之精神意趣,寓於文字中者,固未可猝遇,讀之久而吾之心與古人之心冥契焉,則往往有神解獨到,非世所云云也。"④所謂"不可以人世語言較量","非世所云云",正是人們通常說的"不可解"。古人以爲,這種認識到"不可解"而作的解釋才比較接近真正的"解",所謂"使古人之神明如見,而吾心之真解突出"⑤,"若入之已深,心解則耳目皆廢,況古人之陳言乎"⑥。"真解"、"心解"之意一望而知,至於之所以又稱"玄解"、"神解",是爲突出其不拘字句形迹,賞會入微幾於化工的質性也。其實,早在南朝,劉勰《文心雕龍·神思》已提出"玄解"這個名言,他稱"積學以儲寶,酌理以富才,研閱以窮照,馴致以繹辭,然後使玄解之宰,尋聲律而定墨",正謂通過才力積累與研讀群書,從容玩味前人作品以深得妙理,然後再用此深得妙理之

---

① 張晉本《達觀堂詩話》卷三。
② 《脂硯齋重評石頭記》庚辰本第十九回。
③ "玄解"與佛道兩教均有關係,故陸龜蒙《和襲美寄懷南陽潤卿》詩有"才情未擬湯從事,玄解猶嫌竺道人",徐鉉《步虛詞》之四有"何處求玄解,人間有洞天"。後衍指精切著明的妙解,如王陽明《傳習錄》卷下有"或務爲玄解妙覺,動人聽聞"。
④ 《古文辭類篹標注序》,《抱潤軒文集》卷四。
⑤ 費經虞《雅倫》卷十五《鍼砭》。
⑥ 延君壽《老生常談》。

心,按寫作的規則審定筆墨。而《世説新語·術解》説荀勖"善解音聲,時論謂之闇解……阮咸妙賞,時謂神解",《南史·張融傳》稱"融玄義無師法,而神解過人,高談鮮能抗拒",也屬一種廣義的美學批評①。清人用這兩個名言指稱對文學作品的深入賞會,可謂言之有本,於前人論説有紹續光大之功。

與"可解"、"不可解"相關聯,清人還提出"有題"、"無題"。以爲"大抵《詩》之作必有題,而善讀者不可有題。非謂詩本無題也,學者生千載後,不得起千載以上之人而請業焉,事在渺茫,而強爲之題,牽詩以就我,則有題已無詩,不如無題詩尚在也。試觀諸名卿所賦何詩,其詩何題哉? 余故就此一題,發解《詩》之大凡,以與解人參之"②。所謂"不可有題"指解讀詩歌不可穿鑿拘泥於字面,蓋世遠事湮,人既不能與古人相交接,一味執題而以己意度之,正不如無題更接近可信可味之真解。這樣的論説可以説是非常深刻的,也符合文學鑒賞和批評的實際。

視"有題"之詩如"無題",是在前人字句與今人賞會之間關出一個空間,因有了這個空間,作品的潛隱意蘊和内在張力才有可能得到釋放。並且,因有讀詩論詩者活潑積極的參與,這種意蘊和張力得以變得更加飽滿,作品的整體意境也顯得更加深遠。而就讀者與論者方面説,因凸顯了批評活動的主體性特徵,這一主體性也足以鼓舞人尋找更適切的契入途徑,給作品以更完滿的解説。傳統文學批評自來有作者未必有、讀者未必無的説法,如譚獻《復堂詞録序》就對"作者之用心未必然,而讀者之用心何必不然"作過論述。突出這種讀者何必不然也是一種"解",並且在一定程度上可以説更符合"玄解"和"神解"的真諦。對此,清人曾異撰説:

> 愚意今之帖括,當如古人新詩之例,隨其興會而解之。愚近喜讀《左氏傳》,凡左氏引詩,皆非詩人之旨,然而作者之意趣,與引者之興會,偶然相觸,殊無關涉,精神百倍,此非詩人之情,而引詩者之情也。後之訓詁注疏者,自舍其情,而徇聖賢之貌。而今之爲帖括者,並舍聖賢之貌,以徇乎

---

① 袁枚《隨園詩話補遺》卷十有"金纖纖女子詩才阮佳,而神解尤超",可爲參看。
② 勞孝輿《春秋詩話》卷二。

訓詁注疏者之貌，轉轉相摹，愈求肖而愈遠矣。①

運用"隨其興會而解之"的方法，在使原詩"精神百倍"的同時，更能暢"引詩者之情"，在他看來，這是一種不同於形追貌逐的賞會之道。這種脫略形貌正符合"玄解"、"神解"的本意。

最後再說指稱解讀作品所易犯的諸種弊端的相關概念、範疇。這些概念、範疇主要有"泥"、"鑿"、"碎"、"刻"等。且看清人陳僅《竹林答問》中的論說：

說詩當去三弊，曰泥，曰鑿，曰碎。執典實訓詁而失意象，拘體格比興而遺性情，謂之泥；厭舊說而求新，强古人以就我，謂之鑿；釋乎所不足釋，疑乎所不必疑，謂之碎。

對"泥"、"鑿"、"碎"三個概念解說得十分分明，衡之以古人的批評實踐，凡有弊端大抵不出此三者，故時人論說多集矢於此，既反對"詩道本靈通變化，而彼故拘泥而穿鑿之也"②，復強調"詩有虛用而非典實者，若指實轉見其鑿"③。

其實，此意清代以前已爲人提及。如黃庭堅論詩就反對"穿鑿"，其他如王觀國以杜甫《古柏行》之"霜皮溜雨四十圍，黛色參天二千尺"，《潼關吏》之"大城鐵不如，小城萬丈餘"爲例，稱"詩人之言當如此"，而不滿沈括"拘以尺寸較之"的責難④。"拘以尺寸較之"，正是所謂"泥"；其論詩所取的角度和方式則不脫"碎"。明人來知德嘗謂："豪傑之士不偶於時者，每每於詩歌言其志，寄其興。某所以說詩最難解。今之解杜詩者，每每因其字句而解之，而言外之意則未之發。間有發者，易至於鑿。"⑤是專就"鑿"一病而言。胡應麟《詩藪》內編卷四更明言"論詩最忌穿鑿"，並舉例說明宋人解詩之誤，稱李商隱《無題》詩"結句及曉夢、春心、藍田、珠淚等，大概無題中語，但首句略用錦瑟引起耳。宋人認作詠物，以適、怨、清、和字面，附會穿鑿，遂令本意憒然"。對這種刻意曲解

---

① 《又復曾叔祈書》，《尺牘新鈔》卷一。
② 宋犖《漫堂說詩》。
③ 莫友棠《屏麓草堂詩話》卷二。
④ 胡仔《苕溪漁隱叢話前集》卷八引《學林新編》。
⑤ 《省事錄》，《來瞿唐先生日錄》卷六。

的解詩方法作了徹底的否定。

　　清代以來，此意更是不斷爲人論及。具體到"鑿"而言，如曹丕有《七哀詩》，呂向注以爲指"病而哀，痛而哀，感而哀，悲而哀，耳目聞見而哀，口嘆而哀，鼻酸而哀，雖一事而七者具"，陳僅《竹林答問》就指出"此説牽合，絶無意義。或謂情有七而偏主於哀，亦未與。大抵當時必別有所感，不欲明言。讀古人書遇此等處，苟無關典要，寧缺毋鑿可也"。人有以杜甫句句傅著而至於每飯不忘其君，時人以爲"不可穿鑿"如此①。就"泥"而言，謝靈運"池塘生春草"句，《吟窗雜録》引權德輿言，以爲作者坐此得罪，是因"池塘者，泉水潴傾之地。今日生春草，是王澤竭也。《豳詩》所記，一蟲鳴則一候變，今日變鳴禽，是候將變也"，釋冷齋就指出"古人意有所至，則見於情，詩句蓋寓也。謝公平生喜見惠連，而夢中得之，此當論意，不當泥句"②。陶元藻也説："讀詩者能會其意，便不當泥其詞，才曉得詩人興到筆隨之妙。"③

　　宋人論文識見清通，但仍有人不脱此病，引來明人許多批評。前及胡應麟甚至以爲"千家注杜，類五臣注《選》，皆俚儒荒陋者也"④。楊慎則以爲："詩本淺，宋人看得太深，反晦矣。"⑤清人承此，從"泥"、"鑿"、"碎"角度對此義作了諸多引申發揮。賀貽孫《詩筏》曾説："梅聖俞有《金針詩格》，張無盡有《律詩格》，洪覺範有《天厨禁臠》，皆論詩也。及觀三人所論，皆取古人之詩穿鑿扭捏，大傷古作者之意。……若字字穿鑿，篇篇扭捏，則是詩謎，非詩也。……千古而下，只作隱語相猜，安能暢我性情，使人興觀群怨哉。"在他看來，作者寄託之語不過十之二三，且既云寄託，未必要人猜知，倘牽強索解，反類説夢，殊不足取。這種認識代表了清人的整體見解。即以注杜而言，杜詩之區別於諸家在能包羅一切，但其時露敗缺，也正因於此。但論者置此不顧，反代爲周徵遍引，設辭開脱，甚至以作時文的方法曲爲解説，就引來沈德潛的批評⑥。此外，李調元對那種"全以唐史附會分箋"的做法也大爲不滿⑦。嚴廷中乃至有"工部之詩，壞

---

① 《詩辯坻》卷三。
② 潘德輿《養一齋詩話》卷二引。
③ 《凫亭詩話》卷上。
④ 《詩藪》内編卷四。
⑤ 《升庵詩話》卷十一。
⑥ 見《説詩晬語》卷下。
⑦ 《雨村詩話》卷下。

於宋人之詩話"之說①。由此,他們對宋人詩論總體評價不高,稱其"論詩也鑿,分門別式,混沌盡死"②。對宋詩話評價更低,稱"類多穿鑿"③,"大半不足取,以其意見偏僻,非失之纖巧,即失之穿鑿,否則失之拘泥也"④。此頗可反證他們對"泥"、"鑿"、"碎"的戒惕和反感已到了什麼程度。

詞學批評也可看到類似的討論。如陳廷焯《白雨齋詞話》卷二就打通詩詞界域,稱"古人詩詞,有不容穿鑿者,有必須考鏡者",分別而論,頗爲客觀。譬如南宋詞人王沂孫生於季運,寄興篇翰,纏綿掩抑,所作《慶清朝》,通過吟詠梅花來暗寓六陵故事,確可用資考鏡,但更多的詞,特別是那些咏物之作,鬱伊惝恍,意旨莫測,解說時就不宜穿鑿拘泥。謝章鋌《賭棋山莊詞話續編一》中稱:"詞本於詩,當知比興,固已;究之尊前花外,豈無即境之篇,必欲深求,殆將穿鑿。"基於此種認識,他一方面對人論詞"大旨在於寓託,能蘊藉"持肯定態度,以爲"固倚聲家之金針也",另一方面則認爲其說不可拘執,並引"以意逆志"說以爲糾正。其論說精神與論詩者一脈相承。

"泥"、"鑿"、"碎"之外,古人還提出"刻"或"刻深"這一名言,要求臨文以敬,衡文以恕。"凡古人詩,須求其本領所在,不可以流俗所趨,一概抹殺"⑤,是謂"厚道"⑥,反之就是"刻"。葉燮《原詩》就說:"讀古人書,欲著作以垂後世,貴得古人大意,片語隻字稍不合,無害也。必欲求其瑕疵,則古今惟吾夫子可免",且觀人作,當看全體,"不觀其高者大者遠者,動摘字句,刻畫評駁,將使從事風雅者,惟謹守老生常談,爲不刊之律,但求免於過,斯足矣。使人展卷,有何意味乎?"

再看清人的兩段論述:

> 僕平生不喜妄議人得失,至於詩之爲教,雖義取諷諭,而意存忠厚,尤不敢以刻深爲文,不欲以矯厲求勝。夫刻深者摘瑕而掩瑜,矯厲者驕己而

---

① 《藥欄詩話》。
② 陳僅《竹林答問》。
③ 郭麐《靈餘叢話》卷一。
④ 周煐圻《騷餘脞錄》卷一。
⑤ 郎廷槐《師友詩傳錄》。
⑥ 薛雪《一瓢詩話》。

陵物,此心術所以大壞,風雅於焉道喪者也。①

余不喜苛求前人疵瑕,偶讀萍鄉文賓叔大令鴻詩云:"後人攻前人,頗不遺餘力。攻人人攻之,相攻無終極。自非大聖言,有得即有失。字句苟求疵,六經可指摘。時手無大謬,駁斥究何必。古籍久流傳,議論毋過刻。先儒縱推倒,名豈爭能得。"自是通人之論。②

兩人皆言議論過"刻"之非,前者並以爲它足以壞心術、喪風雅,措辭甚嚴厲,但以苛刻的態度論文,不利不同風格的出現,不利批評的發展確是事實。清人處古代文化的總結期,對宋人朋黨意氣和明人門户之爭的危害看得清楚,故於此再三致意,稱"動輒貶駁譏彈,往往作過量語,是名士招牌,頭巾習氣。前人謂詩話作而詩亡,緣拾宋人道學唾餘,於大處全無見地,惟毛舉細瑣繩人,且多尖酸刻酷語,蓋此事自關心術也"③。這種"於大處全無見地,惟毛舉細瑣繩人",即陳僅所説的"碎"。"碎"、"泥"、"鑿"和"刻"這個名言,於此可見本有内在的聯繫。此外,如賀裳《載酒園詩話》卷一也批評宋人"作詩極多蠢拙,至論詩則過於苛細","苛"即"刻"也,"細"即"碎"也,也是連通兩者而言。

賀貽孫《詩筏》對明前、後七子"謂後人目中不可有宋人一字"的説法提出批評,以爲"議論太刻"。沈德潛《説詩晬語》卷下總結七子至公安、竟陵以下詩派的迭代,以爲"論者獨推孟陽,歸咎王、李,並刻論李、何爲作俑之始"並不正確,顯然是針對明代詩壇習氣和時人的不正確解釋而發。當然,清人雖多强調"講解且不可率鑿附會,議論且不可欹刻好奇"④,實際上自己也未能盡除此病。如杭世駿排詆王士禎,"索垢求斑,幾於體無完膚,謂《精華録》再删去六分,身價乃高",就説得太過,"失之過刻"⑤。王夫之《夕堂永日緒論》"持論甚精",但"立言則太刻酷,幾使人無完膚",也引來時人的不滿⑥。而馬星翼則説:"寬以求之,而其人之真出矣。"⑦態度之公正清厚,確實超出宋明人許多。

---

① 吴文溥《南野堂筆記》卷六。
② 李文泰《海山詩屋詩話》卷一。
③ 張晉本《達觀堂詩話》卷三。
④ 薛雪《一瓢詩話》。
⑤ 陸元鋐《青芙蓉閣詩話》卷上。
⑥ 張晉本《達觀堂詩話》卷一。
⑦ 《東泉詩話》卷二。

還有一種"刻"主要不是指批評的態度和立場,那種苛求和不公正。它關涉到對詩歌創作的理解,此時其意已有點近"鑿"。如王世貞《劉諸暨杜律心解序》嘗謂:"夫不得其所屬事而淺言之則陋,得其所屬事而深言之則刻;不究其所以比則淺,一切求其所以比則鑿。"解詩"陋"與"淺"是所謂不及,"刻"與"鑿"是屬於過當,故又有"刻鑿"一詞①。古人認爲論詩"當以意融會,不必苛責"②,其妙正在不深不淺、有意無意之間。一旦"刻鑿",原詩意境可能被破壞且不論,個人的賞會也會大打折扣,真正得體準確的判斷根本無從做出,所以必須戒除。其他如薛雪《一瓢詩話》有"得句先要煉去板腐",所說"板腐"意同於此。

古代文學鑒賞和批評論範疇已如上述。這些概念、範疇大抵依循主客觀兩方面展開。在批評主體,論者提出要"虛神靜志",由此標舉"養氣"、"虛靜",此"養氣"、"虛靜"範疇雖與作爲創作論範疇的意旨相同,但因施用目的有異,自然自有勝義。譬如較之後者,它更是方法與本體的合一,觀賞與人生的合一。而這種區別,由上面對鑒賞與批評論範疇的論述已可約略看到。由此也可以證明,鑒賞批評論範疇的主客兩端是緊密聯繫在一起的。倘若沒有"虛靜"、"養氣"、"澄心"、"精細",加上"才"、"學"、"識"、"悟"的配合,則觀照之間,求其"圓"與"博"尚可,欲致"深觀"、"諦視",得"妙賞"、"玄解"幾無可能。因此,儘管古人很少明示鑒賞、批評過程中諸概念、範疇的邏輯聯繫,乃至是否可形成一完整的系統,形成一個怎樣的系統,但細按詳察,其間聯繫還是在在成狀的。倘欲究明,則大抵可用以下簡切的聯動圖式表示。

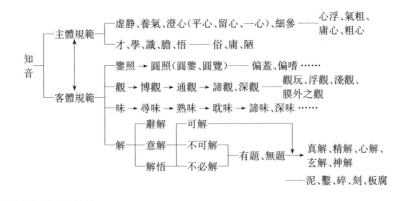

---

① 《揭傒斯全集文集》卷三《純德先生梅西集序》有"談經明白統貫,不刻鑿以爲異"之說,可爲參看。
② 叶秉敬《敬君詩話》。

第五節　範疇體系的整合

經由上述討論,特別是對元範疇和範疇體系的別類分述,大致可以清楚,中國古代文學批評範疇各部分確實存在着橫向的邏輯聯繫,具有可以迹尋的内在結構。這種聯繫和結構構成了各個部分中概念、範疇的系統特徵。而再深入一些地説,在這些部分之間,同樣也存在着某種意義交叉與關聯。當我們就事論事地考察一個範疇系統,如創作論範疇,乃至僅考察一個範疇,如"神思"或"風骨",可能看不到這種關聯的存在;但倘將它們集中起來統合考察,這個體系特點就顯現了出來。儘管在空間上展開其勾連交合的静態結構比較難一些,因爲它是古人對文學及文學發展認識的立體網絡和動態把握。但只要不預設立場,期待它一定要是什麽樣的,而通過扎扎實實的研究,它原本是什麽樣,還是可以得到説明的。

一、"潛體系"狀態下範疇勾連的凸顯

可以大體確認,正如中國古代文學理論體系是一種"潛體系",中國古代文論範疇體系也同樣表現出"潛體系"的徵象。

所謂"潛體系"顯然是相對於"顯體系",即西方那種觀念形態體系,或説已完成了學科形態的體系而言的。西人多以形式邏輯爲手段,以求真求知和求用爲目的,講究通過分析、歸納和推理,建起嚴謹縝密的理論系統。古代中國人因從語言到文化,從思維習慣到思想資料,都深受不尚分析的認知傳統的影響,在用概念、範疇固定和網絡自己對客觀對象的認識時,通常以辯證邏輯爲依據,通過意會和體悟,達到對其體系特性的系統説明。如果説,西人建構理論體系也講體悟,但這種體悟是建立在深入分析之後的話,那麽在古代中國人,領悟之後是並不再需要辨析什麽,説明什麽的。這種不再辨析説明的論述立場和文化選擇,以及基於價值論認同而發展出的濃郁的人文精神,不同於西人基於認識論認同而發展出的科學精神,造成了古人各種理論體系,包括文學理論體系和文論範疇體系,其深邃的思想與豐富的內容,彌漫在一個立體網狀的動態構造之中,而其平面静態的結構圖式則並不十分分明。

對於中國古代理論體系的這種特性,西人長期以來不能很好理解。如19

世紀,深受黑格爾哲學影響的德國美學家鮑桑葵就曾斷言,包括中國在内的東方,"這種審美意識還沒有達到上升爲思辨理論的地步"①。此後,海德格爾在《通向語言之路》中,也對像"意境"、"神韻"這樣的東方美學範疇表示了極大的驚奇和不理解。依他們的知識構成和思維習慣,不認爲這種理論或範疇有體系或可以構成體系。然而誠如布洛克曼所說:"如果人們對不同語言的,特别是它們的陳述系統的系統性質作一徹底研究,就必須承認它們彼此的等值性,這樣就有了一個機會,來使西方文化相對地離開人類中心主義。"②由這種離開了歐洲中心主義的眼光看待中國古代文論及其範疇體系,這個體系顯然是存在的,其特點也可通過仔細的比勘和研究,獲得清晰的呈現。

即儘管在中國古代,自先秦時起,諸子哲學中邏輯思想曾有過生長和發育,諸如由取象、比類而求故,由辨合、符驗而解蔽,由觀變、知常而明理,凡此種種,無不可見古人思維和論説的嚴整一面。但由於從語言到文化,從思維方式到思想資料,中國人都有自己特殊的傳統,所以最終沒有選擇用邏輯的方式來表達對這個世界的看法。譬如從語言上説,由於漢語不强調每個字詞的獨立性,而注意語句乃至語境的整合,字詞不是句子結構的真正基礎,相反要靠句子的組合方式取得明確的意義。也就是説,字詞從本質上説不是確指而是多指的,這使得概念、範疇的意義凝定變得非常困難。傳統哲學範疇、文學批評範疇的所指與能指複雜至於難以一言道斷,有很大一部分原因就出在這裏。而由於漢字原本多爲單音字,中古以後才更多地衍爲雙音字,這種多由單音字連綴成雙音字的組合方式彈性大而穩定性差,甚至多見顛倒變易,這又使得傳統概念、範疇的稱名不容易固定。哲學、倫理學範疇是如此,文學批評範疇更是如此。

如"意境"這個範疇,自唐皎然、權德輿等著意討論"境"與"意"的交會後,王昌齡《詩格》提出"意境"一詞,不過這裏的"意境"只作爲其所主的"三境"之一,並非後世通用之義。"意境"最早的固定稱名該是"境意",如孫光憲《白蓮集序》評貫休詩,就稱"骨氣渾成,境意卓異"。舊題白居易《文苑詩格》也每用此詞。一直到宋代,釋普聞仍説:"大凡識境意明白,覷古人千載之妙,其猶視

---

① 《美學史》,商務印書館,1985年,第2頁。
② 《結構主義》,商務印書館,1986年,第23頁。

諸掌。"到了元代,趙汸評杜甫《江漢》詩,正式揭舉"意境"二字。明人承此而迭有論述,遂使之固定下來。而有的概念、範疇則始終沒有得到固定,如"性情"之於"情性","性靈"之於"靈性"等等。皎然《詩式》提出"復變"這個名言,到吳喬《圍爐詩話》中變成了"變復"。這是一種情況。還有一種情況,是不同的單音字連綴成詞,表示的範疇却可以是同一個,如古人認爲"風人之詩,含蓄固其本體"①。這"含蓄"是一個出現頻率極高的重要範疇,但袁中郎却可以將之表述爲"含裏"②。與此相關連,"蘊藉"也可以寫成"韞藉"③。

而就傳統文化而言,如前已指出其根本精神是"天人合一"。"天人合一"其實就是中國古代的系統思想,它除包括人本觀念外,還包括整體觀念、統一觀念和發展觀念,但這種系統思想不易爲人瞭解。蓋西人所執持的是世界統一於物質的有限系統觀,在這種系統觀裏,事物之間的邏輯排序顯得既清晰又穩定。中國古人則不同,由於視天地人爲一體,其系統觀便因此有了無限性的特徵。這種樸素的無限系統觀影響了古代哲學、文學理論及範疇體系的建立,使之既包容宏大,又不易被限指和離析。所謂"善言天者,必有徵於人"④。善言人者,自然也必有徵於天。天人交感互動,互相影響,在西人看來頗不利於學科向專門化方向的發展,但在中國古人看來,它却是使事物獲得合理定位的最好方式。所以他們好"求同",並由"同"趨"和",而不尚"辨異"。如作爲這種文化重要部分的佛教理論,就以爲"智者了無分別,愚徒強析名言","達境性心已,分別即不生"⑤。比之"世俗智"執分別而生妄想,"般若智"之無分別反而能達到真智。在本書中,我們很少論及古代醫學理論對古代文化學術的影響。事實上古代中醫理論對聯通天人的無限整體有更直接親切的體認,故"智者察同,愚者察異。愚者不足,智者有餘"⑥。"辨異"之不必要,是因爲它"不足",並不能全面把握對象。這在一定程度上啓發了古代中國人,由此形成好在內在連續性中找到自己學說定位的人文傳統。諸如其"臟象五志論"、"心象說"之於古代意象理論,"滑澀浮沉論"之於人格分析理論和文章氣脈說等等,無不

---

① 許學夷《詩源辨體》卷一。
② 見《宋元詩序》,《珂雪齋集》卷二;《淡成集序》,《珂雪齋集》卷三。
③ 見費經虞《雅倫》卷十二《列章》。
④ 《荀子・性惡》。
⑤ 元來《無異元來禪師廣錄》卷五、卷二十三。
⑥ 《黃帝內經・素問・陰陽應象》。

如此。

　　具體到文學理論批評而言，如果說西人長期堅持從認識活動的基點考察文學活動，從而爲自己構建起一個實證的邏輯確定的對象世界，那麼中國古人因信奉"天人合一"，多注意從生命活動的基點上考察文學，從而爲自己建構起一個本體空靈的先於邏輯存在的整體的生命世界。這個世界和合統一，不能從理論層面解析，也不能用語言分區鎖定，這使得古人論文每每牽涉極廣，指說宏大。而作爲這些理論觀點的結聚，其所用以推演和展開的概念、範疇也極富涵括力，既指涉天地，又包容萬有。一般來說，古人創設新範疇較少，在原範疇中注入新意却多，正是因爲範疇內部具備這種擴張消化的活性和能力，因此使人無須另立新詞，以冲冒不被理解和認同的危險。這樣一來範疇的意義內涵不斷豐富、充實和深化，由這些範疇貫連或表徵的理論體系，其自體性面貌却變得似乎不甚清晰起來。甚至同一個批評家，其前後論說的界限，不同語境下論說的區別，因用了同一個稱名，也變得不易把握。個人的體驗既是十分豐富的，給語言帶來了最重要的影響就是使之在有限的意義蘊含中，產生一種向個人的理解無限開放的能力。有時一種論說被人否定了，但它的核心範疇並沒有隨之崩潰，相反被吸收到另一個意義相近乃至相對的體系中，成爲其從屬性名言，甚至是中心名言。

　　所以，其在整體上呈現出全然不同於西方的特點。西方人以創設新的概念、範疇爲學術創造力和學問成熟的標誌，故自亞里士多德創立十大範疇，從早期詭辯派到近世笛卡兒以下，人人各顯其能，尤見分門。即使論說起點相同，歸趣無異，也要別設新辭以志區別。文學理論構建過程中概念、範疇的創設也呈現出同樣的情況，如德里達爲表示符號沒有永恒不變的本源意義，它的意義只存在於特定的語境中，因此是流動的，特創設了"分延"這個名言。但在中國古人而言，這種別設新辭既非明智得體之舉，更有汩沒本原的危險，遠不如延展已有範疇來得更合適愜洽。當然，誠如劉若愚所指出的，"同一術語甚至在同一作家那裏，也常常表示着不同的概念，而不同的術語事實上又可能是表示同一概念的，這當然不是中文獨有的現象"①。但不能不承認，這種情況以中國古代文學理論批評爲最多見。

---

① 《中國的文學理論》，四川人民出版社，1987年，第9頁。

由此,中國古代文學理論體系和範疇體系的面目就變得不很分明。加以古人在賦予原有概念、範疇以新意時,常常不作特別的説明,更使其原本存在的系統聯繫杳難追尋。在西人看來,説明和解釋都是對理解的應用;但在古代中國人而言,應用就是理解,或者説就表示了理解。這種説明和解釋的缺乏,在他們那裏是人人心知肚明一目了然的。只是世代相隔,今人看起來不免心生困惑,並因悟性備受考驗而重嘆古人的高蹈乃至懶惰。而不能怪罪的是,還有一部分人會進而以爲,古人看來並不具備分疏和解説自己的文學體驗的能力,此即中國古代文論不及西方文論的説法時常可以聽到的原因。

　　而古代中國人的思維方式帶有明顯的"原始思維"特徵。維柯在《新科學》中將這種思維的具體性特徵概括爲"詩性的思維",頗適切東方的中國。如第三章所説,古代中國人大都重視對對象的直接感知,是所謂直覺,由此強調對具體的原生意象和內覺體驗的把握。道家和道教、禪宗和心學就堅持這種思維方式,它們的許多論説既是這種方式的產物,又反過來給歷代人選擇這種方式以強烈的支持。道家哲學在這方面的論説自不用説了,禪宗説"真法","不可以智慧識,不可以言語取,不可以境物會,不可以功用到"①,理學家説"大其心則能體天下之物,物有未體,則心爲有外。世人之心,止於聞見之狹。聖人盡性,不以見聞梏其心,其視天下無一物非我……天大無外,故有外之心不足以合天心"②,"體是置心物中","此是置心在物中,究見其理,如格物致知之義","猶仁體事而無不在"③,強調的也都是這一點。故此古人不太重視對認識對象作過細的結構分析,加以認識的目的本在求善而不在求真,至少不唯求真,所以功能分析和價值判斷就變得更爲常見。而要談到如何把握這功能和價值,他們認爲但"從其用而知其體之有","日觀化而漸得其原"④可也。所謂"法極無迹",太落實的判斷並非必要。

　　本書第一章曾對古人許多名言的界定多從否定方面作出,是爲讓人知所避忌有過論述,其實從根本上説,這正體現了直覺思維的特點。馮友蘭曾將對經驗作邏輯釋義稱作"正的方式",但又認爲還另有一種對"真際"這樣的本體

---

① 《黃檗山斷際禪師傳心法要》。
② 張載《正蒙·大心篇第七》。
③ 朱熹《朱子語類》卷九十八。
④ 王夫之《周易外傳》卷二。

界作釋義的方式,它常常不能説它是什麽,只能説它不是什麽,他稱這種方式爲"負的方式",並認爲此法可提高人"極高明"的程度。這種"負的方式"帶着特有的神秘色彩,其實就指一種直覺思維。在他看來,如果前者在西方哲學中占據主導,後者則顯然在中國哲學中占據着主導。他并還指出:"一個完全的形上學系統,應當始於正的方法,而終於負的方法。如果它不終於負的方法,它就不能達到哲學的最後頂點。"①因此,那種一味説枯瘠非蒼、方鈍非老是一種含混模糊的界定,不一定是切中肯綮的見道之言。再説判斷的落實要賴語言,但語言可信賴嗎?語言既澄明又遮蔽,因前已論及的原因,其本身缺陷多多,而事物種類繁富,世相複雜多變,語言對此常常無能爲力。既如此,那麼指望判斷乃至建構的確定或恒定不是一種痴妄的奢求嗎?所以,他們把思路折轉過來,強調語言之外的領域才是最適合人精神的所在,"人情物態不可言者最多,必盡言之則俚矣。知能言之爲佳,而不知不言之爲妙,此張籍、王建所以病也"②。創作是如此,批評又何嘗不是如此?由此,他們更重視主體悟性的開發,強調並尊重一切被感知的經驗。由於經驗有當下發生性,常常是個人化的,別人不可重複,甚至因當下發生,瞬息逝去,便自己也不一定能够重複,要取得別人的認同,只有通過合理的外推方式,讓人通過體會和領悟來確立同感,故詳盡地再現經驗到的事實,而不亟亟地作主觀判斷和人爲肢解,便成了他們通常做的選擇。

　　這也決定了直覺思維的性質,即它的思考過程始終不脱具象,並在粘帶具象的概念、範疇上思考,在思考過程中假象見理。西人多由合乎邏輯的概念運演來建起體系,它則通常以表象爲元素,進行非邏輯的聯想和推思,因此其指述關係常常豐富而不固定,意義隱微而不外顯。由這種指述關係豐富精微的名言建起的系統結構,自然也就不可能一如西人那麼清晰明瞭了。

　　但是,認識與呈現的不同一是經常有的事,正如不明確説不等於没説,不被感知不等於不存在,今人不能清楚地找到古代文學批評範疇的結構綫索,也並不意味着就没有這一結構。倘若説在上述直覺思維的籠蓋下,中國古代文學批評範疇没有一個體系,那不啻説古人所建立起的那些概念、範疇及其相互

---

① 《中國哲學簡史》,北京大學出版社,1996年,第295頁。
② 陸時雍《詩鏡總論》。

關係,根本不反映文學的本質及其創作規律,不反映這種本質和規律的自身運動特性,而盡是些個人當下即刻的主觀感悟和臆測。可事實顯然不是,範疇是關係的規定和抽象,一代又一代人沿用某個或某些名言,乃至把它們作爲論述重點多方探討,既分析其形成的原因和轉化條件,又追索其實現的途徑和欣賞角度,並且,許多概念、範疇如"神韻"、"趣味"、"境界"、"妙"、"奇"、"虛實"等等,貫徹在各體文學的批評中,爲趣味不同的作家、批評家所沿用或遵奉,能說它們沒有意指上的客觀穩定性和普遍有效性? 因此,答案只有一個,這是一個不同於西方文論範疇體系、獨立於西方文論範疇體系之外的體系,因它有上述諸種特點,我們稱之爲"潛體系"。

這種"潛體系"特徵在古代文學批評範疇體系中表現得異常分明。由於除一小部分論理性著述和專門性討論外,古人多是在入情的賞會中調動概念、範疇,而不是在冷静理性的評判中運用概念、範疇的。所謂"賞者,所以辨情也;評者,所以繩理也"①。這種賞多於評,並許多時候評只是一種賞或接近於賞,使得古人對作者的創作用心和作品的些微妙處可以說得很精闢靈透,但理性的規定和抉發往往不太夠,以點及面、由此及彼的規律性總結隱性地伏隱在精彩紛呈的詩性賞會中,觀念形態因此不見整贍與豐滿。

具體地說,單個作家、批評家在運用概念、範疇時,大部分並不先明確界定其在系統中的邏輯位序,乃或以爲這些概念、範疇爲固有名言,原本不必對之作體系中的位序固定和交代說明。可問題是他們常常是在自己個人化的理解基礎上運用這些概念、範疇的,由於不明言其體系位序,也不交代思想背景和觀念來源,致使其論說本身雖中心突出主旨分明,但相對於整個文學批評史,它所處的邏輯位序,所實有的理性脈絡卻内隱在各人的意會中,不甚分明。

譬如"適"這一名言爲明清以來人每每論及,大抵用以指一種自然恰好和安便自得之樂,它起於偶然,不求而來。如屠隆《舊集自叙》稱:"余惡知詩,又烏知美,其適者美邪! 夫物有萬品,要之乎適矣;詩有萬品,要之乎適矣。……余讀古人之詩則灑然以適,而讀今人之詩則不適,斯其故何也?"謝肇淛《小草齋詩話》也說,"詩境貴虛"、"詩情貴真"、"詩意貴寂"、"詩興貴適"。王夫之《唐詩評選》更每以"亦警亦適"、"琢率皆適,適者存乎詩才"稱人。但除了對"適"

---

① 劉晝《劉子·正賞》。

本身未作針對性解説外,"適"的思想來源和其在創作論、風格論範疇中的邏輯位序,也未見哪家出來具體説明。蓋《莊子·達生》説:"忘足,履之適也;忘腰,帶之適也;知忘是非,心之適也。"是要人不執著於功利,齊一是非,以保持心的自足安和。詩人感物起興,能適然灑然,其情必真,意必寂,境必虛,有不知其所以然而然的天真恰好。故應該説這一名言來源於道家,可以在傳統創作論範疇的主體序列和風格論範疇的生態構成序列中得到更好的説明①。但由於古人不尚切指,沒有任何説明,故不但詩的"適"與"不適"不知其故,即其源於道家哲學的大本大旨及其之與"虛静"、"興會"、"自然"等範疇的密切聯繫也未被點破説透。袁枚《隨園詩話》卷一嘗説:"《莊子》曰:'忘足,履之適也。'余亦曰:忘韻,詩之適也",點出了道家思想的背景,但其與"性靈説"的理論聯繫仍然不甚明確。至於其與"神"、"妙"等範疇有什麼區別與聯繫,在範疇體系網絡中是一個什麼樣的關係,上述諸家均未有一語道及。這使得這一重要的名言長期以來孤懸在範疇體系之外,直到今天都很少被研究者提及。

像劉勰那樣,以"原道"爲"文之樞紐",然後"論文叙筆","割情析采",分別提攜起文體論、創作論諸範疇,最後再及作家論和批評論,擘肌分理,條貫分明,在古代少而又少。明清以來,出現了像葉燮《原詩》這樣篇帙不大但議論精括的著作,產生了像胡應麟《詩藪》、方東樹《昭昧詹言》、朱庭珍《筱園詩話》這樣有一定規模又論述全面的著作,但在體系的統貫方面,在使具體問題的論述,包括概念、範疇的討論有明確的邏輯歸向方面還是未多經意。究其原因顯然無關學養和能力,而純然出於他們的不願爲甚至不屑爲。或者説是根本沒想到要像後人期待的那樣一一指陳,曲曲勾連。

而就概念、範疇運用的整體情況而言,有許多名言跨類存在於不同的論説場合,"道"、"氣"、"興"、"象"、"和"這樣的元範疇自不必説,即一些理論地位並非十分顯赫的概念、範疇也常常存在這種情況。正是這一點,使今人所作的許多範疇體系圖式每每迭受考較,脆弱不堪。如一般的體系圖式均將"虛静"範疇上聯"道"、"氣",下貫"神思"、"興會",從創作論角度予以安頓和説明,其實由前及古人對批評主體須"虛神"、"静志"的再三申説可知,批評論中主體能否"虛静"也是

---

① 施山《薑露詩話》有所謂"吟詩爲自適之天",可爲參看。

其十分強調的問題,創作中"粗浮在心,必致陳濁在筆"①,鑒賞、批評又何嘗不是如此? 再如作爲批評論概念的"刻"在創作論中也同樣可以見到,如朱庭珍就說:"太刻則拙"②,袁潔也說:"作詩貴含蓄,耐人諷咏,不可說煞;貴深厚,深入咀嚼,不可過刻。"③"觀"也同樣,爲鑒賞與批評論範疇中重要的名言之一。但事實是,它也出現在創作論中。不僅有爲人熟知的"觀物"與"觀理",還有"形觀"之意。如蘇軾之論"虚静而觀動,則萬物之情畢陳於前"④,"幽居默處,而觀萬物之變,盡其自然之理"⑤,意屬前者;而其稱人"游談以爲高,枝詞以爲觀美者,先生無一言焉"⑥,即屬後者。謝榛《四溟詩話》卷一説:"凡作近體,誦要好,聽要好,觀要好,講要好。誦之行雲流水,聽之金聲玉振,觀之明霞散綺,講之獨繭抽絲。此詩家四關,使一關未過,則非佳句矣。"則將"形觀"之意説得十分清楚。

因此之故,在對概念、範疇作條分縷析的時候,人們便不易看到它們一一安居於固定的邏輯位序和由此構成的網狀結點上。相反,它們意義發散,彼此交纏,如光之相網,水之浸潤,相洽而俱化,構成一種立體網狀的多指向度的高維結構。在這種結構方式面前,沒有全面的掌握和深入的研究,入山見寶而不見蹊徑是很正常的事。但不管是就單個論者的範疇運用來説,還是就範疇系統的整體運演來説,這種體系性勾連顯然是存在的。唯其如此,中國古代文學理論才得以有一個統一的面貌出現在後人面前。當我們統合歷代人的論述,既以不同的概念、範疇爲名言基準釐清歸納,又依循古人對文學的論説,按創作的自然展開習慣兩相整合,是分明可以一一爲這些概念、範疇找到合適的位置的。也就是説,概念與概念、範疇與範疇,以及概念與範疇之間的關係既是不可窮盡的,但又有可尋繹與把握的一定之規。而概念與範疇的跨類出現,在凸顯其自身意義豐富性的同時,也使人對這個範疇體系的存在更具信心,有更深入的覺解。

譬如"虚静"、"養氣"範疇在創作論和批評論中跨類存在,正可以見出"氣"範疇之於文學的根本性意義;同時講"静",乃至要求這"氣"也是"静氣",則在

---

① 《圍爐詩話》卷一。
② 《筱園詩話》卷一。
③ 《蠡莊詩話》卷二。
④ 《朝辭赴定州論事狀》,《蘇軾外集》卷三十六。
⑤ 《上曾丞相書》,《蘇軾外集》卷四十八。
⑥ 《鳧繹先生文集叙》,《經進東坡文集事略》卷五十六。

賦予文學以豐沛生命力的同時,又凸顯了古人對"含蓄"、"中和"的創作境界的向往。"靜"不僅去物,去具體的形態,且去我,去情欲、知識和功利。如此,不僅"得之於靜,故所趣皆遠"①,"六情靜於中,萬物蕩於外,情緣物而動,物感情而遷"②。而這種去物去我指向的就是"天人合一"的傳統文化根莖,表徵着藝術創造過程中作者真正實現了遊心於天地之間,寄情於物事之外。當然,有此創作、鑒賞、評判者也應有與之同構同質的準備,虛己服善,澄心靜觀,無撼於勢利,無徇於聲名,深入賞會,貢獻真解。故由這"養氣"、"虛靜"範疇,正可提攜起從創作到批評,從發抒到接受的範疇運動的全程綫索,並由此見出傳統哲學和文化對文學批評的深刻影響。至於那些元範疇因地位特殊,貫徹在文論範疇體系的始終,最多跨類出現,正好説明古代文學批評範疇不但有體系,且這體系還有其穩定的邏輯中心,並非初級狀態的自然牽合。

　　當然,上述切直的指述並不意味着端出一個統攝古代文論全局的體系圖式是一件殊爲簡單的事。長期以來,學界一直試圖構建起這樣的圖式。有的看起來包羅廣大氣象恢宏,但人爲牽合痕迹明顯,乃至還可以説匪夷所思。故一些態度嚴謹的研究者已提出,目前尚未有構建這類圖式的成熟條件,"因爲要將一個有機整體性的東西條分縷析,付出的必然是割裂之代價,這種失敗的例子多矣"③。我們因自身的體會,於這一點有十分深切的認同。因此只分别將本原論、創作論、風格論和批評論範疇的聯動關係列出,而不想作全局意義上的圖式呈示,並且還傾向於認爲這種統貫全局、無有闕遺的圖式或許永遠不可能出現,因爲它在本質上與中國人的思維方式和文化傳統不相契合。傳統文學批評範疇的意義及其相互關係在人們付諸解釋之前已趨穩定,它不易被輕易置換。我們要做的只能是將概念、範疇分疏詮釋得更充分深入,將概念、範疇間的聯繫揭示得更具體準確,這樣範疇的結構性聯動圖式自然會浮出水面。讓這種聯動葆有其生機盎然的本相吧,而不要去任意地裁割它,人爲地安排它,特别是不要用西學的觀念去裁割和安排它,以爲假此西學可組織起文論範疇的整體系統。範疇固然是思維成果的靜態體現,但要真正瞭解它,必須通過對審美過程的認真研究,對造成這些名言的文化底藴有真切的瞭解,這應該

---

① 權德輿《左武衛冑曹許君集序》,《全唐文》卷四百九十。
② 楊慎《李前渠詩引》,《升庵合集》卷十六。
③ 党聖元《中國古代文論的範疇和體系》,《文學評論》1997 年第 1 期。

是一條不能輕忽的基本原則。

其實,研究西方文論範疇也必須遵循這一原則。西方文論範疇自然有體系,且較中國古代爲豐富,爲整贍,但也並非一概如今人爲構成對比所夸大的那樣體大思精,康德不已指出過嗎?"我所瞭解的審美觀念就是想象力裏的那一表象,它生起許多思想,而沒有任何一特定的思想,即一個概念能和它相切合,因此沒有言語能夠完全企及它,把它表達出來。人們容易看到,它是理性的觀念的一個對立物,理性觀念是與它相反,是一概念,沒有任何一個直觀(即想象力的表象)能和它相切合"①。現代哲學大師維特根斯坦也説:"一個字詞的意義,是它在語言中的用法。"②在西方古典時期,也有像席勒、歌德這樣重視通過具體事象的呈示和展開來説明抽象問題的批評家,他們的名言運用有時並不截然服從於一種固定的體系。故那裏也有研究者以爲,"要系統地將這些範疇分類,要將這些範疇固定在一個有限的序列之中,這是不可能的"③。到了當代,西方的文學批評和美學批評更呈多途發展的活躍態勢,其中有一個特點是從對文學本質、美的本質的探討轉向對審美的討論,從對客體的究詰轉向對主體的追問。其間理論對邏輯形式的依賴也出現了與古典時代不同的情況,故與中國古代文學批評體系和範疇體系相比,它所構成的特點也是多樣統一的。即使盡用邏輯思辨的方式,也不足以取消中國古代文論範疇及其體系的固有特點。這兩者互有優長,難説優劣,其間的關係決非一般和個別的關係,而是特殊對特殊。因此,任何用西方的邏輯思辨來否定中國古代文學批評範疇體系的存在都不可接受。而隨意貶抑這種體系,以爲它尚處在"前科學階段",或將永遠處在"非科學階段",更沒有道理。

結言之,中國古代文學批評範疇體系保持了傳統文學創作與批評以交感性形象爲基礎,以不脱經驗的感性媒介傳達超驗的審美體驗的特點,既濃縮和凝練了主體對自然萬物與人世百態的深刻覺解,又充滿着流動性和活躍性。其旨意湛深,自圓自足,有很強的抗異化能力,絶然可以作爲同類系統結構的一極,是毋庸置疑的。不正視這一點,談不上研究的客觀性,也不能真正實現研究的科學性。

---

① 《判斷力的批判》上卷,商務印書館,1964年,第160頁。
② 《哲學研究》,三聯書店,1992年,第31頁。
③ 符·塔達基維奇《西方美學概念史》,學苑出版社,1990年,第214頁。

二、一個尚未閉合的系統

中國古代文學批評範疇體系不僅有很強的抗異化能力,還有很強的自我糾補能力和延展能力,它是實踐和認識的統一,歷史性和發展性的統一,能動性和創造性的統一。這諸端的統一與上述抗異化能力構成相互作用,共同保持了傳統文論範疇延續不斷的潛進與發展。

在討論範疇的特點以及範疇與文體的關係時,我們曾論及古代文論範疇具有極強的活力和衍生能力。這裏要進一步指出,與此相關連,並以此爲基礎,古代文論範疇體系也同樣具有這種特質。它表現在概念和範疇每每能通過延展自己來構成一個完整的意義系統,用以推進論說,完密思想。如自曹丕《典論·論文》提出"文以氣爲主"以後,對"氣"範疇之於文學創作的重要性,歷代人都有強調。繼六朝時的"齊氣"、"逸氣"、"異氣"之後,唐人更細析出"昏氣"、"矜氣"等等。宋以後講論愈精,析分也愈細,並有"浮氣"、"和氣"、"清氣"、"傖氣"等一系列後序名言。一直到清代,湯大奎有"霸氣"、"禪氣"、"冷氣"、"庸氣"之說①,方東樹有"英氣"、"奇氣"和"客氣"之分②。由此對創作主體特定的心態及心理結構之於創作過程及作品風格的關係,論述得比前人更豐富,更深入。並且,伴隨着仙道之術在宋明的繁興,時人所論之"氣"還摻入了仙家的"精氣"說與"行氣"說,《太平經》稱"人欲壽者,乃當愛氣、尊神、重精"③,時人論文,也有所謂"導引之術,曰精、氣、神,詩之理亦然"④。由此傳統文學批評中的"文氣論"迭有代興,不斷深化,體現出很強的理論生命力。

它還表現在概念、範疇每每能通過延展自己來辨正陳說,翻新前人。如清人蔣紹輝論"真"這個範疇,稱"詩之妙不外一真,真非直白之謂也。惟從真境、真情真實寫出,以真意蓄之,以真氣行之,平奇濃淡,無往而不得其真矣"⑤。儘管"真境"、"真情"、"真意"、"真氣"等"真"的後序名言在清代以前都已爲人道及⑥,但

---

① 《炙硯瑣談》。
② 《昭昧詹言》卷一
③ 《雲笈七籤》卷五十六至六十二錄有"元氣論"和"諸家氣法",論及服氣、調氣、布氣、用氣、行氣等,可爲參看。
④ 黃子雲《野鴻詩的》。
⑤ 陸元鋐《青芙蓉閣詩話》卷上引。
⑥ 此處"真氣"既指真元之氣,如《素問·上古天真論》所謂"恬淡虛無,真氣從之",又指與"邪氣"相對的"正氣",如《靈樞·邪客》所謂"如是者,邪氣去矣,真氣堅固"。道教以之指稱由先天與後天之氣結合而成的性命雙修勤苦所得之氣,並有各種煉氣化神之法。宋以後人言"真氣",間有受此影響者。

討論"真"的要義,以及這種"真"在創作中的實現途徑,蔣氏此說不能不說是較前人爲完整深入的。他不是在一般意義上說"真"是什麼,而是結合"境"、"情"、"意"、"氣"諸端,深入討論"真"範疇的品性和內涵,對以"真"爲"直白"的傳統誤解是一種有力的駁正。再如宋代以來受禪學影響,論者多主"妙悟",爲求此"妙悟"而講"參悟"、"悟入"。但清人黄培芳以爲不是非得假禪理才能悟,可能是爲與禪學色彩濃重的"妙悟"相區別,他另用"超悟"這個名言來表述自己對"悟"的理解,稱"詩貴超悟,是詩教本然之理,非禪機也。孔子謂商賜可與言詩,取其悟也;孟子譏高叟之固,固正與悟相反也"①。同時,這種名言的迭代也進一步指出了"悟"的特性,即它不惟指藝術思維的微眇深入,還指能入而復出,越然超乎物相之上與形迹之外。唐張彦遠《歷代名畫記》卷二稱"凝神遐想,妙悟自然,物我兩忘,離形去智"。這"物我兩忘,離形去智"就有點接近"超悟",這可以說是黄培芳對"悟"範疇深刻意指的進一步探索與掘進。而就範疇本身而言,由"妙悟"而"體悟"、"參悟"、"超悟",正可見"悟"一序列範疇邏輯延續的發展軌迹。

範疇體系的延展性再表現在不同的範疇序列之間,即一個概念、範疇可以不斷引出與其相關的鄰序範疇,其後出範疇既是對前面一個範疇的説明,同時又以這個範疇爲自身存在的條件,由此層層轉進,因果密接。如清人賀貽孫《詩筏》説:

> 詩亦有英分、雄分之別。英分常輕,輕者不在骨而在腕。腕輕故宕,宕故逸,逸故靈,靈故變,變故化。至於化而英之分始全,太白是也。雄分常重,重者不在肉而在骨。骨重故沉,沉故渾,渾故老,老故變,變故化。至於化而雄之分始全,少陵是也。若夫骨輕則佻,肉重則板,輕與重不能全於變化,總是英、雄之分未全耳。

這裏由"英"、"雄"兩個名言牽衍出一連串相關名言。由於這一連串名言之間關係密切,故這種貫串牽衍實際向人勾畫出了這一名言序列的邏輯關係。至於它們最後都由"變"而歸於"化",尤見其議論的體系性。它對後人具有重要

---

① 《香石詩話》卷四。

的提示意義,即不論"輕"與"重"、"宕"與"沉"等名言之間區別有多大,它們的歸本處相同,結穴處相同,所有的區別不是根本的,最終的歸趣才最重要。中國人的傳統,自來以爲"物之極由乎變","物之生從於化"①,即事物的發展因乎"變",事物之所產生因乎"化"。前者是所謂"化而裁之","以著顯微也"②,後者是"推行有漸",才更精要。故《周禮·柞氏》注"若欲其化也"爲"猶生也"。此其一。其二,這"化"因此又有結果呈現之意,即呈現物之生、之極的結果,此即《荀子·不苟》所謂"神則能化矣",《禮記·中庸》所謂"變則化"。故以後產生"化物"、"化作"、"化胎"、"化氣"、"化光"、"化向"、"化流",進而"化俗"、"化服"等多個後序名言。故這種由相關範疇串聯起的審美形態的品類萬端與質性互歧之最終向"化"皈返,正可見傳統文學崇尚"自然"、"中和"的基本趣味。

這種範疇體系的延展性自然還包括在原有範疇中注入新意,使新的理論乃至範疇系統得以確立。如"性情"是自秦漢以來屢爲人道及的重要範疇,漢唐以前人對它的解說一直比較穩定,但宋以後對這些解說的質疑不斷出現,時人認爲:"蓋有一時之性情,有萬古之性情"③,且這"性情"不一定"必出以正,必出以深厚"④,"不必義關乎倫常"⑤。袁枚乾脆說:"詩者,各人之性情耳。"⑥言語之間,擺脫儒家詩教的傾向至明。至若潘德輿說:"吾所謂性情者,於《三百篇》取一言,曰'柔惠且直'而已。"⑦以爲"此不畏強禦,不侮鰥寡之本原也",則與上述諸家所論又不盡相同,其堅執道義與難見不平之情,也非儒道思想所能牢籠。

再如"痴木"這一名言在明清多被論及,如我們在討論主體本原範疇時所指出的,它大抵指人缺乏聰慧的靈性,性情愚執至於講理棄情,冥頑不靈,以致作品也相應顯現出迂腐滯實之相。如湯顯祖《集異記·寧王》批語,稱"《集異》較《齊諧》氣韻便減,矧後世之記載乎?詞意痴木,都不足觀"。毛先舒和袁枚也論及此意,前者在《詩辨坻》卷四中要求作詩能"避痴重",並拿它與"避板"、

---

① 《素問·六微旨大論》。
② 張載《正蒙·神化篇第四》。
③ 黃宗羲《馬雪航詩序》,《南雷文定》四集卷一。
④ 張燮承《小滄浪詩話》卷一。
⑤ 喬億《劍溪說詩》卷下。
⑥ 《答施蘭垞論詩書》,《小倉山房文集》卷十七。
⑦ 《養一齋詩話》卷十。

"避套"相聯言；後者在《隨園詩話》卷十五中明確提出"詩不可以木"。但冒春榮《葚原詩說》卷一說："詩思欲痴"，"狂欲上天，怨思填海，故世間痴絶之事，不妨形之於言，此之謂痴思"。黃子雲《野鴻詩的》也說："心不死不能入木"，並以之與"眼不高不能越衆，氣不充不能作勢，膽不大不能馳騁"同列爲"作詩之大旨"。他們所講的"痴木"，據其詞義而引申衍展，指人心不旁鶩，專神凝思，近於莊子"用志不分，乃凝於神"之意，與湯顯祖所論了不相及。可見範疇體系的延展是多方向的，既可以同向順接，也可以逆向拓殖。

當然更爲徹底的是，基於一些概念、範疇的被深刻體認和高度重視，催生和孕育了大量與之相關的新概念與範疇的誕生，這種情況在中唐以後在在多有，其勢頭一直保持到了清代。譬如傳統文學批評中"神氣"、"精神"等範疇，就曾啓發方東樹創設了"汁漿"和"起棱"等名言：

　　一詩必兼才、學、識三者，起棱在神氣，存乎能解太史公之文，汁漿存乎讀書多，材料富。

　　大約不過叙耳，議耳，寫耳。其入妙處，全在神來氣來，紙上起棱，骨肉飛騰，令人神采飛越，此爲有汁漿，此爲神氣。

　　無寫但叙、議，不成情景，非作家也。然但特寫，猶不入妙，必加倍起棱汁漿，或文外遠致，此爲造極。

　　起法以突奇先寫爲上乘，汁漿起棱，橫空而來。

"才"、"學"、"識"俱佳，落實到作品中，尤需善於振起文章的"神"、"勢"、"氣骨"，輝光其精彩，如前所說，"起棱"、"汁漿"取式於現實人事，是以事理設喻。從這兩個新起名言，可以隱約看到唐殷璠"三來說"的一脈延傳。

由上述論述可知，那些能延展體系的，大多是内蘊深邃豐富的元範疇，乃或意義活躍的核心範疇。有一些範疇如"熔裁"、"通變"，或指文章内容和文辭的提煉剪裁，或指文學自身運動的具體原則，意義比較簡單純一，故前者爲藝法論範疇收攝而歸入"法"的序列；後者爲"正變"、"合異"等更具包容性的範疇所替代，劉勰以後，論者乃至引用者少而又少。其他如"文質"、"因革"、"工"、"達"、"誠"等範疇也差不多如此。本書對這類概念、範疇未多著墨，正因其意義單純，不是體系中活躍的因子，其邏輯歸屬一望而知的緣故。

範疇不僅關聯着思想觀念，還是一個文化問題。結合古代文學批評範疇的理論背景可以知道，這種因元範疇和核心範疇的被把握而延展出的可以進行創造和評價活動的新的理論名言，同樣也是基於傳統文化的本質規定，包括由於這種文化重感覺内省，向内用功，内省内視，且不在内省中尋求靈魂震蕩以完成精神超越，而在内省中求得情性的陶冶和心智的洗練，這使得古人在由平面鋪展的博學趨於垂直推進的深思的同時，更注意繼承中的發展，是謂不脱本原的拓展。

由於與感覺以外物為對象不同，内省是意識以自己為對象，内省的過程周遍内外上下，有混一切物和發展各種感覺的功能，這使得古人創設文學批評範疇也有混一切和統一切的特點，它交感互應，自信地處在未定的狀態，向各種理解和解釋敞開。雖有大致穩定的意旨及語言外殼，並不妨礙同時又處於永遠的流動之中，留存有很大的活動空間，所謂"以類行雜"，"以一行萬"。語言固定在某種意義上，不過是為人們提供一個統一的論説背景和技術性稱名而已。因此，可以説中國古代文論範疇體系是一個開放性的體系，它自圓自足，但決非自我圓足到不假外求，自我封閉。它具有參照的價值，同時也具有生長性，它以自己的開放性，生動地體現了人的認識的無限運動過程。

因語言和文體關注的改變，還有文化構成的改變，傳統文論範疇的這種抗異化能力和自我延展力的統一，在 19 世紀末到 20 世紀中國文學及文學批評中没能再現昔日的輝煌。有人以為，那是因為古代文論及範疇還不足以強烈打動當代文論，這話大致不錯，但撇開其中很大一部分責任該由後人承擔外，還應看到它仍在不同程度上，以不同的方式進入了現代人的視域。特别是作為一種思想資源，一種知識修養，乃至一種審美的趣味和審察的角度，它對今人的影響可以説至為深刻，並且可以預期將長久存在。至於"味"、"神"、"韻"、"奇"、"趣"、"虛實"、"意境"、"境界"等範疇，還有大量的風格論範疇，本來就一直存在於現當代文學批評，甚至一些前衛的新鋭批評中。從此意義上，可以説中國文學理論批評並未"失語"，至少是並未全部"失語"。一段時間以來，關於中國文論是否患上"失語症"成為學界討論的熱點，從某種程度上説，這種夸大的表述反映的是一種並不開展的文化心態；而期待傳統文論及其概念、範疇全面復興，則也根本没可能，且没有必要。基於前面各部分的論述，相信這裏作如此論説，不會被認為是從符合當代知識論觀念的立場後撤。科學的體系建構必須反映作爲多樣統一和有機整一的研究對象的實際情況。上述抗異化能力和自我延展能力兼具的特點，決定了中國古代文論範疇體系的開放性並不具有覆蓋所有時代一切論說的功能，因此任意張大它實在既沒必要也不可能。

重要的倒是，由中國古代文學理論及批評範疇的内在發展過程，顯示了它本身從未喪失過活力。它用不脫具象的批評方式，乃至概念、範疇也多不棄具象，是因在古人看來，這具象不僅是對對象的感性規範，還有概括、判斷與確證、深化對象的功能，故不是沒有邏輯和系統，而是別有一種邏輯和系統。它博大精深，包羅宏富，以至今人從不同的角度作考察，仍未能真正窮盡它。從哲學觀點上説，一個過去只有當不再有未來的時候才算最終固定下來。源遠流長的中國古代文學理論及文學批評範疇，直到今天仍給人們以無窮的啓示，有些甚至是難以企及的樣板。因此，説它是一個尚未閉合的系統是完全可以成立的。

結　語

　　在中國古代文學批評範疇及體系這個題目上盤桓得已經很久了。當這個過程即將告一段落時，我們沒有一絲輕鬆的感覺，相反更加意識到這個問題的厚重分量。

　　回應本書開頭對範疇的定義及其研究意義的論述，我們說，正如研究人類物質生產方式要考察生產工具的流變，研究人的精神活動方式也必須考察思維工具，即概念、範疇的發生發展歷史，因為作為康德所說的能將經驗轉化為知識的"先天的理性"，它所包涵的信息指向的是這種精神活動的全部奧秘，是這種活動的精華凝聚和表徵。馬克斯·韋伯曾把概念工具——他稱為"理想類型"，視作比較不同文明的主要手段，認為這種"概念上的純凈體"，功用類似坐標上的原點，藉此進行經驗的比較和因果解析，可使研究者客觀地理解人們寄寓在行動中的主觀內容，從而達到對這種行動以及產生這種行動的社會環境的因果聯繫的合理解釋①。中國古代文學批評範疇就是古代文學理論在時間和空間兩個向度構成的系統坐標上的原點，是這種理論整體網絡上的紐結。圍繞着這種原點和紐結，我們組織並還原古代文學創造和審美發展的歷史，除了折服於它的博大精深外，只感到無比的愧畏！

　　當此 21 世紀，全球信息一體化程度的加強，促使每個人都必須思考自己研究的世界性背景。人類曾創造過各種具有特色的文明系統，以古希臘文化為中心的歐洲文明，以中國、印度古文化為核心的東方文明，都曾誕育過輝煌的文學藝術和關於美的理論，有自己獨特的範疇系統。每一個系統都向文學和美投去不同的光束，照見和彰顯其所見到的那一個側面。因此，儘管"任何

---

① 　韋伯曾指出："每一個個別的理想類型都是由類概念成分和作為理想類型形成的概念成分組成的"，它是"許多現象所共有的種種特徵的複合體意義上的簡單類概念"。見其所著《社會科學方法論》，中央編譯出版社，2005 年，第 49 頁。

一門科學都依賴於範疇來劃分和界定它的對象領域,都在工具上把範疇理解爲操作假設"①,但各種範疇體系仍都必須放到人的實踐活動中進行考察審視,然後匯入人類認識史的長河。從這個意義上説,全面清理和深入研究古人的文學理論和範疇創造,是讓這種獨具特色的系統走向世界,乃至參與人類文明交流與應答的唯一途徑。

基於中國古代文學批評範疇及其體系的豐富生動和博大精深,我們完全有理由自信,一方面不拒斥其他文明成果,積極汲取能與這一構成契合的各種養料;另一方面不忘傳統文化的本位,不因現下西方文學觀念占據主流而患得患失,因這不盡是傳統文學本身的缺失造成的,而有諸歷史因素的綜合作用。再説,光亦步亦趨並不足以造成文學的發展,因爲這種以追趕爲特徵的發展僅僅是一種派生性增長,從長遠來看並不可持續。文學理論和範疇體系發展的遠景有賴一種世界性、全球性的文學觀的出現,這其間一切當符合知識論的公義,没有中西優劣之分。

現在,人人都在講全球化,其實全球化決非單一社會理想模式的普及化,落實到學術層面,決非某種特定理論或理論範疇的普及化,而是多元模式和理論、範疇的相互對待與作用。由於不同國家是在不同的發展階段和不同起點上面對全球化進程的,可以肯定,依據中國古代文學理論批評的實際情況,深入研究並積極傳揚和使用,是讓傳統文論範疇走向世界的唯一道路。顯然,這是一個遙遠的目標。"所以我們的工作,一方面自然要望着遠遠的天邊,一方面只好從最近最卑一步步地走。"②

---

① 海德格爾《面向思的事情》,商務印書館,1999年,第71頁。
② 梁宗岱《詩與真・詩與真二集》,外國文學出版社,1984年,第44頁。

引用書目[1]

一、古籍

《周易集解》,〔唐〕李鼎祚撰,上海古籍出版社影印文淵閣《四庫全書》本,1989年。

《橫渠易說》,〔宋〕張載撰,上海古籍出版社影印文淵閣《四庫全書》本,1989年。

《易纂言》,〔元〕吴澄撰,上海古籍出版社影印文淵閣《四庫全書》本,1989年。

《周易外傳》,〔清〕王夫之撰,中華書局校點本,1977年。

《尚書引義》,〔清〕王夫之撰,中華書局校點本,1976年。

《毛詩原解》,〔明〕郝敬撰,中華書局影印《叢書集成初編》本,1991年。

《詩廣傳》,〔清〕王夫之撰,王孝魚點校,中華書局,1964年。

《禮記集説》,〔元〕陳澔撰,世界書局影印武英殿本,1967年。

《春秋繁露》,〔漢〕董仲舒撰,周桂鈿譯注,中華書局,2011年。

《經典釋文》,〔唐〕陸德明撰,上海古籍出版社影印宋刻本,1985年。

《論語全解》,〔宋〕陳祥道撰,黄山書社影印文淵閣《四庫全書》本,2008年。

《論語傳注》,〔清〕李塨撰,四存學會鉛印本,1923年。

《孟子字義疏證》,〔清〕戴震撰,何文光整理,中華書局,1982年。

《孟子正義》,〔清〕焦循撰,沈文倬點校,中華書局,1987年。

《讀四書大全説》,〔清〕王夫之撰,中華書局校點本,1978年。

---

[1] 爲省篇幅,本書目不録古人詩文别集、詩詞文曲話和今人單篇論文。

《史記》,〔漢〕司馬遷撰,中華書局點校本,1984年。
《漢書》,〔漢〕班固撰,中華書局點校本,2000年。
《後漢書》,〔南朝宋〕范曄撰,中華書局點校本,2000年。
《後漢紀》,〔晉〕袁宏撰,收入《兩漢紀》,張烈點校,中華書局,2002年。
《三國志》,〔晉〕陳壽撰,中華書局點校本,1982年。
《晉書》,〔唐〕房玄齡等撰,中華書局點校本,1996年。
《宋書》,〔南朝梁〕沈約撰,中華書局點校本,1974年。
《南齊書》,〔南朝梁〕蕭子顯撰,中華書局點校本,1996年。
《南史》,〔唐〕李延壽撰,中華書局點校本,1975年。
《北史》,〔唐〕李延壽撰,中華書局點校本,1974年。
《舊唐書》,〔後晉〕劉昫等撰,中華書局點校本,1975年。
《新唐書》,〔宋〕歐陽修、宋祁撰,中華書局點校本,1975年。
《元史》,〔明〕宋濂等撰,中華書局點校本,1974年。
《明史》,〔清〕張廷玉等撰,中華書局點校本,1974年。
《資治通鑑》,〔宋〕司馬光撰,標點資治通鑒小組校點,中華書局,1956年。
《續資治通鑑長編》,〔宋〕李燾撰,上海師範大學古籍整理研究所、華東師範大學古籍整理研究所點校,中華書局,2004年。
《通志》,〔宋〕鄭樵撰,中華書局影印萬有文庫"十通"本,1987年。
《貞觀政要》,〔唐〕吳兢撰,上海師範大學古籍整理組校點,上海古籍出版社,1978年。
《都城紀勝》,〔宋〕耐得翁撰,上海古籍出版社影印文淵閣《四庫全書》本,1993年。
《夢粱錄》,〔宋〕吳自牧撰,中華書局影印《叢書集成初編》本,1985年。
《宋元學案》,〔清〕黃宗羲原撰,〔清〕全祖望補修,陳金生、梁運華點校,中華書局,1986年。
《明儒學案》,〔清〕黃宗羲撰,沈芝盈點校,中華書局,1985年。
《祁忠敏公日記》,〔明〕祁彪佳撰,杭州古舊書店影印民國刊本,1982年。
《求闕齋日記類鈔》,〔清〕曾國藩撰,文海出版社有限公司,1974年。
《大唐西域記》,〔唐〕玄奘撰,章巽校點,上海人民出版社,1977年。
《淳熙玉堂雜記》,〔宋〕周必大撰,《全宋筆記》第五編,大象出版社,

2012年。

《通典》,〔唐〕杜佑撰,王文錦、王永興等點校,中華書局,1992年。

《郡齋讀書志》,〔宋〕晁公武撰,臺灣商務印書館,1968年。

《直齋書錄解題》,〔宋〕陳振孫撰,徐小蠻、顧美華點校,上海古籍出版社,1987年。

《史通》,〔唐〕劉知幾撰,中華書局影印明張之象刻本,1961年。

《文史通義校注》,〔清〕章學誠撰,葉瑛校注,中華書局,1985年。

《荀子》,上海古籍出版社影印清浙江書局本,1989年。

《說苑》,〔漢〕劉向撰,上海古籍出版社影印清文淵閣《四庫全書》本,1990年。

《潛夫論》,〔漢〕王符撰,中華書局影印《諸子集成》本,1996年。

《申鑒》,〔漢〕荀悅撰,上海古籍出版社影印明文始堂本,1990年。

《中論校注》,〔漢〕徐幹撰,徐湘霖校注,巴蜀書社,2000年。

《周敦頤集》,〔宋〕周敦頤撰,陳克明點校,中華書局,1990年。

《張子正蒙》,〔宋〕張載撰,〔清〕王夫之注,上海古籍出版社,2000年。

《二程集》,〔宋〕程顥、程頤撰,王孝魚點校,中華書局,2004年。

《朱子語類》,〔宋〕黎靖德編,王星賢點校,中華書局,1986年。

《胡宏集》,〔宋〕胡宏撰,吳仁華點校,中華書局,2009年。

《北溪字義》,〔宋〕陳淳撰,熊國禎、高流水點校,中華書局,1983年。

《薛文清公讀書錄》,〔明〕薛瑄撰,中華書局影印《叢書集成初編》本,1985年。

《傳習錄》,〔明〕王守仁撰,吳光等編校《王陽明全集》上册,上海古籍出版社,1992年。

《明道編》,〔明〕黃綰撰,劉厚祜、張豈之標點,中華書局,1959年。

《王心齋全集》,〔明〕王艮撰,廣文書局影印日本嘉永元年刻本,1979年。

《呻吟語》,〔明〕呂坤撰,朱恒夫注評,江蘇古籍出版社,2002年。

《管子》,上海古籍出版社影印清浙江書局本,1989年。

《韓非子》,上海古籍出版社影印清浙江書局本,1989年。

《世要論》,〔三國魏〕桓範撰,嚴可均輯《全上古三代秦漢三國六朝文》本,中華書局,1987年。

《馬王堆漢墓帛書〔肆〕》,馬王堆漢墓帛書整理小組編,文物出版社,1985年。

《黄帝内經素問》,〔唐〕王冰訂補,人民衛生出版社,1982年。

《靈樞經》,〔宋〕史崧整理,楊鵬舉校注,學苑出版社,2008年。

《難經本義》,〔元〕滑壽著,傅貞亮、張崇孝點校,人民衛生出版社,1956年。

《四體書勢》,〔晋〕衛恒撰,上海書畫出版社、華東師範大學古籍整理研究室選編校點《歷代書法論文選》本,上海書畫出版社,1981年。

《續畫品録》,〔南朝陳〕姚最撰,盧輔聖主編《中國書畫全書》第一册,上海書畫出版社,1993年。

《筆髓論》,〔唐〕虞世南撰,上海書畫出版社、華東師範大學古籍整理研究室選編校點《歷代書法論文選》本,上海書畫出版社,1981年。

《山水訣》,〔唐〕王維撰,盧輔聖主編《中國書畫全書》第一册,上海書畫出版社,1993年。

《歷代名畫記》,〔唐〕張彦遠撰,秦仲文、黄苗子點校,人民美術出版社,1963年。

《〈述書賦〉語例字格》,〔唐〕竇蒙撰,上海書畫出版社、華東師範大學古籍整理研究室選編校點《歷代書法論文選》本,上海書畫出版社,1981年。

《宣和畫譜》,岳仁譯注,湖南美術出版社,1999年。

《圖畫見聞誌》,〔宋〕郭若虚撰,俞劍華注釋,上海人民美術出版社,1964年。

《續書譜》,〔宋〕姜夔撰,上海書畫出版社、華東師範大學古籍整理研究室選編校點《歷代書法論文選》本,上海書畫出版社,1981年。

《書史會要》,〔明〕陶宗儀撰,盧輔聖主編《中國書畫全書》第三册,上海書畫出版社,1992年。

《繪事指蒙》,〔明〕鄒德中撰,中國書店影印明嘉靖洪楩校刻本,1959年。

《珊瑚網》,〔明〕汪砢玉撰,盧輔聖主編《中國書畫全書》第五册,上海書畫出版社,1992年。

《繪事微言》,〔明〕唐志契撰,盧輔聖主編《中國書畫全書》第四册,上海書畫出版社,1992年。

《山静居畫論》,〔清〕方薰撰,中華書局影印《叢書集成初編》本,1985年。
《尹文子》,上海古籍出版社影印明《正統道藏》本,1990年。
《公孫龍子校釋》,吴毓江校釋,吴興宇標點,上海古籍出版社,2001年。
《鬼谷子》,上海古籍出版社影印明《正統道藏》本,1990年。
《吕氏春秋》,〔戰國〕吕不韋撰,徐小蠻校點,上海古籍出版社,2014年。
《淮南子》,〔漢〕劉安等撰,上海古籍出版社影印清浙江書局本,1989年。
《人物志》,〔三國魏〕劉劭撰,王水校注,黄山書社,2010年。
《劉子校釋》,〔北齊〕劉晝撰,傅亞庶校釋,中華書局,1998年。
《顔氏家訓集解》(增補本),〔北齊〕顔之推撰,王利器集解,中華書局,2007年。
《習學記言序目》,〔宋〕葉適撰,中華書局校點本,1977年。
《猗覺寮雜記》,〔宋〕朱翌撰,江蘇廣陵古籍刻印社影印《筆記小説大觀》本,1986年。
《能改齋漫録》,〔宋〕吴曾撰,上海古籍出版社排印本,1979年。
《容齋隨筆》,〔宋〕洪邁撰,孔凡禮點校,中華書局,2005年。
《困學紀聞》,〔宋〕王應麟撰,欒保群等校點,上海古籍出版社,2008年。
《愛日齋叢鈔》,〔宋〕葉寘撰,中華書局影印《叢書集成初編》本,1985年。
《捫蝨新話》,〔宋〕陳善撰,中華書局影印《叢書集成初編》本,1985年。
《通雅》,〔明〕方以智撰,侯外廬主編《方以智全書》第一册,上海古籍出版社,1988年。
《日知録》,〔清〕顧炎武撰,中華書局影印《四部叢刊》影印稿本,1982年。
《義門讀書記》,〔清〕何焯撰,崔高維點校,中華書局,1987年。
《陔餘叢考》,〔清〕趙翼撰,中華書局排印本,1963年。
《癸巳存稿》,〔清〕俞正燮撰,中華書局影印《叢書集成初編》本,1985年。
《書林揚觶》,〔清〕方東樹撰,李花蕾點校,華東師範大學出版社,2015年。
《新論》,〔漢〕桓譚撰,黄霖、李力校點,上海人民出版社,1977年。
《論衡》,〔漢〕王充撰,上海古籍出版社影印明通津草堂刊本,1990年。
《夢溪筆談》,〔宋〕沈括撰,上海書店出版社排印本,2001年。
《曲洧舊聞》,〔宋〕朱弁撰,孔凡禮點校,中華書局,2002年。
《石林燕語》,〔宋〕葉夢得撰,侯忠義點校,中華書局,1984年。

《寓簡》,〔宋〕沈作喆撰,新文豐出版股份有限公司影印本,1984年。
《梁谿漫志》,〔宋〕費袞撰,金圓校點,上海古籍出版社,1985年。
《老學庵筆記》,〔宋〕陸游撰,李劍雄、劉德權點校,中華書局,1979年。
《鶴林玉露》,〔宋〕羅大經撰,王瑞來點校,中華書局,1983年。
《吹劍錄》,〔宋〕俞文豹撰,中華書局影印《叢書集成初編》本,1991年。
《七修類稿》,〔明〕郎瑛撰,上海書店出版社排印本,2001年。
《四友齋叢説》,〔明〕何良俊撰,中華書局排印本,1983年。
《五雜俎》,〔明〕謝肇淛撰,上海書店出版社排印本,2001年。
《玉堂漫筆》,〔明〕陸深撰,《明代筆記小説大觀》第一册,上海古籍出版社,2012年。
《小柴桑喃喃録》,〔明〕陶奭齡撰,明崇禎八年李爲芝刻本。
《讕言長語》,〔明〕曹安輯,中華書局影印《叢書集成初編》本,1991年。
《紫桃軒雜綴》,〔明〕李日華撰,薛維源點校,鳳凰出版社,2010年。
《畫禪室隨筆》,〔明〕董其昌撰,盧輔聖主編《中國書畫全書》第三册,上海書畫出版社,1992年。
《在園雜志》,〔清〕劉廷璣撰,張守謙點校,中華書局,2005年。
《牘外餘言》,〔清〕袁枚撰,王英中校點,王英志主編《袁枚全集》第五册,江蘇古籍出版社,1997年。
《冷廬雜識》,〔清〕陸以湉撰,崔凡芝點校,中華書局,1984年。
《觚賸》,〔清〕鈕琇撰,南炳文、傅貴久點校,上海古籍出版社,1986年。
《樗園銷夏録》,〔清〕郭麐撰,清嘉慶二十一年家刊《靈芬館全集》本。
《郎潛紀聞四筆》,〔清〕陳康祺撰,褚家偉、張文玲點校,中華書局,1997年。
《菽園贅談》,〔清〕邱煒菱撰,清光緒二十三年刊本。
《説郛三種》,〔明〕陶宗儀等編,上海古籍出版社影印本,1988年。
《少室山房筆叢》,〔明〕胡應麟撰,上海書店出版社排印本,2009年。
《册府元龜》,〔宋〕王欽若等編,中華書局影印明崇禎刻本,1985年。
《大唐新語》,〔唐〕劉肅撰,許德楠、李鼎霞點校,中華書局,1984年。
《澠水燕談録》,〔宋〕王闢之撰,吕友仁點校,中華書局,1997年。
《畫墁録》,〔宋〕張舜民撰,中華書局,2010年。
《侯鯖録》,〔宋〕趙令畤撰,孔凡禮點校,中華書局,2002年。

《東軒筆錄》,〔宋〕魏泰撰,李裕民點校,中華書局,1983年。
《鐵圍山叢談》,〔宋〕蔡絛撰,馮惠民、沈錫麟點校,中華書局,1997年。
《唐語林》,〔宋〕王讜撰,上海古籍出版社,1985年。
《默記》,〔宋〕王銍撰,朱杰人點校,中華書局,1981年。
《清波雜志校注》,〔宋〕周煇撰,劉永翔校注,中華書局,1997年。
《獨醒雜志》,〔宋〕曾敏行撰,朱杰人點校,上海古籍出版社,1986年。
《西塘集耆舊續聞》,〔宋〕陳鵠撰,孫菊園、鄭世剛點校,上海古籍出版社,1993年。
《歸潛志》,〔金〕劉祁撰,崔文印點校,中華書局,1983年。
《南村輟耕錄》,〔明〕陶宗儀撰,中華書局排印本,1959年。
《嗇菴隨筆》,〔清〕陸文衡撰,廣文書局,1969年。
《萇楚齋隨筆》,〔清〕劉聲木撰,劉篤齡點校,中華書局,1998年。
《唐闕史》,〔唐〕高彥休撰,商務印書館排印本,1949年。
《夷堅志》,〔宋〕洪邁撰,何卓校點,中華書局,1981年。
《醉翁談錄》,〔宋〕羅燁撰,古典文學出版社排印本,1957年。
《閱微草堂筆記》,〔清〕紀昀撰,上海古籍出版社排印本,1980年。
《維摩詰經》,〔後秦〕鳩摩羅什譯,賴永海、高永旺譯注,中華書局,2010年。
《維摩詰所說經注》,〔後秦〕僧肇注,〔日〕高楠順次郎編集《大正新修大藏經》本,大正新修大藏經刊行會,1960年。
《佛說觀無量壽佛經》,〔南朝宋〕畺良耶舍譯,〔日〕高楠順次郎編集《大正新修大藏經》本,大正新修大藏經刊行會,1960年。
《楞嚴經》,〔唐〕般剌蜜帝譯,〔日〕高楠順次郎編集《大正新修大藏經》本,大正新修大藏經刊行會,1960年。
《大華嚴經略策》,〔唐〕澄觀撰,〔日〕高楠順次郎編集《大正新修大藏經》本,大正新修大藏經刊行會,1960年。
《佛說大乘無量壽莊嚴清淨平等覺經解》,黃念祖撰,中州古籍出版社,1994年。
《大智度論》,〔印度〕龍樹撰,〔後秦〕鳩摩羅什譯,〔日〕高楠順次郎編集《大正新修大藏經》本,大正新修大藏經刊行會,1960年。
《阿毘達磨俱舍論》,〔印度〕世親撰,〔唐〕玄奘譯,〔日〕高楠順次郎編集《大正新修大藏經》本,大正新修大藏經刊行會,1960年。

《物不遷論》,〔後秦〕僧肇撰,〔日〕高楠順次郎編集《大正新修大藏經》本,大正新修大藏經刊行會,1960年。

《涅槃無名論》,〔後秦〕僧肇撰,〔日〕高楠順次郎編集《大正新修大藏經》本,大正新修大藏經刊行會,1960年。

《般若無知論》,〔後秦〕僧肇撰,〔日〕高楠順次郎編集《大正新修大藏經》本,大正新修大藏經刊行會,1960年。

《弘明集》,〔南朝梁〕僧祐撰,上海古籍出版社影印宋磧砂版大藏經本,1991年。

《廣弘明集》,〔唐〕釋道宣撰,上海古籍出版社影印宋磧砂版大藏經本,1991年。

《高僧傳》,〔南朝梁〕釋慧皎撰,中華書局影印《叢書集成初編》本,1991年。

《宋高僧傳》,〔宋〕贊寧撰,范祥雍點校,中華書局,1987年。

《禪門師資承襲圖》,〔唐〕宗密撰,商務印書館影印《大日本續藏經》本,1923年。

《佛祖統紀》,〔宋〕释志磐撰,江苏广陵古籍刻印社影印清刻本,1992年。

《法苑珠林》,〔唐〕道世撰,上海古籍出版社影印宋磧砂版大藏經本,1991年。

《三藏法數》,〔明〕一如撰,藍吉富主編《大藏經補編》本,華宇出版社,1986年。

《法藏碎金錄》,〔宋〕晁迥撰,臺灣商務印書館影印《四庫全書珍本》本,1981年。

《壇經校釋》,〔唐〕慧能撰,郭朋校釋,中華書局,1986年。

《黃檗山斷際禪師傳心法要》,〔唐〕裴休集,〔日〕高楠順次郎編集《大正新修大藏經》本,大正新修大藏經刊行會,1960年。

《碧巖錄》,〔宋〕圓悟撰,華夏出版社,2009年。

《大慧普覺禪師語錄》,〔宋〕蘊聞撰,〔日〕高楠順次郎編集《大正新修大藏經》本,大正新修大藏經刊行會,1960年。

《人天眼目》,〔宋〕智昭撰,〔日〕高楠順次郎編集《大正新修大藏經》本,大正新修大藏經刊行會,1960年。

《五燈會元》,〔宋〕普濟撰,蘇淵雷點校,中華書局,1984年。

《無異元來禪師廣録》,〔明〕弘瀚、弘裕編,商務印書館影印《大日本續藏經》本,1923年。

《出三藏記集》,〔南朝梁〕釋僧祐撰,蘇晋仁、蕭鍊子點校,中華書局,1995年。

《老子》,上海古籍出版社影印清浙江書局本,1989年。

《老子本義》,〔清〕魏源撰,黄曙輝點校,華東師範大學出版社,2010年。

《列子》,上海古籍出版社影印清浙江書局本,1989年。

《莊子》,上海古籍出版社影印清浙江書局本,1989年。

《南華雪心編》,〔清〕劉鳳苞撰,方勇點校,中華書局,2013年。

《太平經合校》,王明編,中華書局,1997年。

《抱朴子内篇校釋》(增訂本),〔晋〕葛洪撰,王明校釋,中華書局,1985年。

《雲笈七籤》,〔宋〕張君房編,李永晟點校,中華書局,2003年。

《天原發微》,〔宋〕鮑雲龍撰,湯一介主編《道書集成》本,九州圖書出版社,1999年。

《道德真經四子古道集解》,〔金〕寇才質撰,湯一介主編《道書集成》本,九州圖書出版社,1999年。

《杜臆》,〔明〕王嗣奭撰,上海古籍出版社,1983年。

《文苑英華》,〔宋〕李昉等編,中華書局影印宋刊配明刊本,1982年。

《先秦漢魏晋南北朝詩》,逯欽立輯校,中華書局,1983年。

《古詩評選》,〔清〕王夫之評選,張國星點校,河北大學出版社,2008年。

《詩鏡》,〔明〕陸時雍選評,任文京、趙東嵐點校,河北大學出版社,2010年。

《唐音評注》,〔元〕楊士弘編選,〔明〕張震輯注,〔明〕顧璘評點,陶文鵬、魏祖欽點校,河北大學出版社,2006年。

《删補唐詩選脈箋釋會通評林》,〔明〕周珽輯,《四庫全書存目叢書補編》影印明崇禎八年刻本,齊魯書社,2001年。

《唐詩評選》,〔清〕王夫之評選,任慧點校,河北大學出版社,2008年。

《瀛奎律髓》,〔元〕方回選評,〔清〕紀昀刊誤,諸偉奇、胡益民點校,黄山書社,1994年。

《唐宋詩舉要》,高步瀛選注,上海古籍出版社,1978年。

《明詩評選》,〔清〕王夫之評選,李金善點校,河北大學出版社,2008年。

《湖海詩傳》，〔清〕王昶編，商務印書館，1958年。

《全上古三代秦漢三國六朝文》，〔清〕嚴可均校輯，中華書局影印清光緒王毓藻刻本，1987年。

《敦煌變文集》，王重民等編，人民文學出版社，1957年。

《文心雕龍校釋》，〔南朝梁〕劉勰撰，劉永濟校釋，中華書局，2007年。

《文心雕龍義證》，〔南朝梁〕劉勰撰，詹鍈義證，上海古籍出版社，1982年。

《文鏡秘府論》，〔日〕遍照金剛撰，周維德校點，人民文學出版社，1975年。

《全唐五代詩格校考》，張伯偉編撰，陝西人民教育出版社，1996年。

《本事詩》，〔唐〕孟棨撰，中華書局影印《叢書集成初編》本，1985年。

《歷代詩話》，〔清〕何文煥輯，中華書局文學編輯室校點，中華書局，1982年。

《歷代詩話續編》，丁福保輯，華文軒校點，中華書局，1986年。

《宋詩話全編》，吳文治主編，江蘇古籍出版社，1998年。

《宋人詩話外編》，程毅中主編，國際文化出版公司，1996年。

《韻語陽秋》，〔宋〕葛立方撰，上海古籍出版社影印宋本，1984年。

《浩然齋雅談》，〔宋〕周密撰，中華書局影印《叢書集成初編》本，1985年。

《詩林廣記》，〔宋〕蔡正孫撰，常振國、降雲點校，中華書局，1982年。

《元代詩法校考》，張健校考，北京大學出版社，2001年。

《明詩話全編》，吳文治主編，江蘇古籍出版社，1997年。

《全明詩話》，周維德集校，齊魯書社，2005年。

《明人詩話要籍彙編》，陳廣宏、侯榮川編校，復旦大學出版社，2017年。

《稀見明人詩話十六種》，陳廣宏、侯榮川編校，上海古籍出版社，2014年。

《清詩話》，丁福保輯，上海古籍出版社，1982年。

《清詩話續編》，郭紹虞編選，富壽蓀校點，上海古籍出版社，1983年。

《清詩話三編》，張寅彭選輯，上海古籍出版社，2014年。

《煮藥漫鈔》，〔清〕葉煒撰，清光緒十七年金陵刻本。

《五百石洞天揮麈》，〔清〕邱煒萲撰，清光緒二十五年邱氏粵垣刻本。

《歷代文話》，王水照編，復旦大學出版社，2007年。

《清名家詞》，陳乃乾輯，上海書店出版社，1982年。

《詞話叢編》，唐圭璋編，中華書局，1990年。

《詞話叢編二編》,屈興國編,浙江古籍出版社,2013年。
《宋金元詞話全編》,鄧子勉編,鳳凰出版社,2008年。
《清詞序跋彙編》,馮乾編校,鳳凰出版社,2013年。
《中國古典戲曲論著集成》,中國戲曲研究院編,中國戲劇出版社,1982年。
《中國古代戲曲序跋集》,吳毓華編,中國戲劇出版社,1990年。
《歷代曲話彙編》,俞爲民、孫蓉蓉主編,黃山書社,2006年。
《京塵雜錄》,〔清〕楊懋建撰,江蘇廣陵古籍刻印社影印《筆記小説大觀》本,1983年。

二、近人著作

陳昌明《沉迷與超越:六朝文學之感官辯證》,里仁書局,2005年。
陳平原《二十世紀中國小説史》第一卷,北京大學出版社,1989年。
陳寅恪《金明館叢稿初編》,上海古籍出版社,1982年。
陳寅恪《元白詩箋證稿》,上海古籍出版社,1982年。
陳子善編訂《陳世驤文存》,遼寧教育出版社,1998年。
成復旺、黃保真、蔡鍾翔《中國文學理論史》(二),北京出版社,1987年。
成中英《中國哲學與文化》,三民書局,1974年。
成中英《中國文化的現代化與世界化》,中國和平出版社,1988年。
鄧九平編《張岱年哲學文選》,中國廣播電視出版社,1999年。
杜曉勤《初盛唐詩歌的文化闡釋》,東方出版社,1997年。
方東美《原始儒家道家哲學》,黎明文化事業公司,1987年。
方東美著、馮滬祥譯《中國人的人生觀》,幼獅文化事業公司,1986年。
馮契等《中國哲學範疇集》,人民出版社,1985年。
馮友蘭《中國哲學簡史》,北京大學出版社,1996年。
高名凱《漢語語法論》,科學出版社,1957年。
黃保真、蔡鍾翔、成復旺《中國文學理論史》(四),北京出版社,1987年。
黃維樑《中國古典文論新探》,北京大學出版社,1996年。
簡錦松《明代文學批評研究》,台灣學生書局,1989年。
姜亮夫《古文字學》,浙江人民出版社,1984年。
蔣孔陽《德國古典美學》,商務印書館,1980年。

蔣寅《大曆詩風》，上海古籍出版社，1992年。
金克木《文化屺言》，上海文藝出版社，1996年。
金岳霖《論道》，商務印書館，1987年。
李昌集《中國古代散曲史》，華東師範大學出版社，1991年。
梁啓超《清代學術概論》，中華書局，1954年。
梁啓超《中國近三百年學術史》，中國書店出版社，1985年。
盧前《盧前曲學論著三種》，商務印書館，2014年。
魯迅《中國小說史略》，上海古籍出版社，1998年。
羅忼烈《詞曲論稿》，中華書局香港分局，1977年。
羅因《"空"、"有"與"有"、"無"——玄學與般若學交會問題之研究》，臺灣大學出版委員會，2003年。
彭漪漣主編《概念論——辯證邏輯的概念理論》，學林出版社，1991年。
錢穆《現代中國學術論衡》，岳麓書社，1986年。
錢鍾書《管錐編》，中華書局，1979年。
錢鍾書《談藝錄》，中華書局，1984年。
饒宗頤《澄心論萃》，上海文藝出版社，1996年。
任中敏《詞曲通義》，商務印書館，1931年。
阮芝生等編《中國史學論文選集》第二輯，幼獅文化事業公司，1977年。
唐君毅《中西哲學思想之比較研究集》，正中書局，1997年。
唐長孺等編《汪籛隋唐史論稿》，中國社會科學出版社，1981年。
王國維《宋元戲曲考》，《王國維遺書》（十五），上海古籍書店，1983年。
王國維《靜庵文集》，遼寧教育出版社，1997年。
王力《中國語法理論》，中華書局，1954年。
王夢鷗《初唐詩學著述考》，臺灣商務印書館，1977年。
王運熙、顧易生主編《中國文學批評通史》，上海古籍出版社，1996年。
聞一多《神話與詩》，古籍出版社，1956年。
吳梅《顧曲麈談 中國戲曲概論》，上海古籍出版社，2000年。
吳毓華《古代戲曲美學史》，文化藝術出版社，1994年。
熊十力《新唯識論》，中華書局，1985年。
徐復觀《中國藝術精神》，春風文藝出版社，1987年。

姚永樸《文學研究法》，黃山書社，1989年。

葉朗《中國美學史大綱》，上海人民出版社，1999年。

章太炎《訄書》，《章太炎全集》（三），上海人民出版社，1984年。

張伯偉《禪與詩學》，浙江人民出版社，1992年。

張岱年《中國哲學史史料學》，三聯書店，1982年。

張岱年《中國古典哲學概念範疇要論》，中國社會科學出版社，1989年。

張岱年、成中英等《中國思維偏向》，中國社會科學出版社，1991年。

張立文《中國哲學範疇發展史》，中國人民大學出版社，1988年。

張汝倫編選《理性與良知——張東蓀文選》，上海遠東出版社，1995年。

張廷銀《族譜所見文學批評資料整理研究》，人民文學出版社，2012年。

張顯成《先秦兩漢醫學用語研究》，巴蜀書社，2000年。

周策縱《古巫醫與"六詩"考——中國浪漫文學探源》，上海古籍出版社，2009年。

周錫山編校《王國維文學美學論著集》，北岳文藝出版社，1987年。

周裕鍇《中國禪宗與詩歌》，上海人民出版社，1992年。

周裕鍇《法眼與詩心——宋代佛禪語境下的詩學話語建構》，中國社會科學出版社，2014年。

朱東潤《中國文學批評史大綱》，上海古籍出版社，1983年。

朱良志《中國藝術的生命精神》，安徽教育出版社，1995年。

朱自清《詩言志辨》，華東師範大學出版社，1996年。

宗白華《美學散步》，上海人民出版社，1981年。

三、翻譯著作

［比］J.M.布洛克曼著、李幼蒸譯《結構主義：莫斯科-布拉格-巴黎》，商務印書館，1986年。

［英］鮑桑葵著、張今譯《美學史》，商務印書館，1985年。

［德］恩斯特·卡西爾著、于曉等譯《語言與神話》，三聯書店，1988年。

［德］恩斯特·卡西爾著、甘陽譯《人論》，上海譯文出版社，1985年。

［波］符·塔達基維奇著、褚朔維譯《西方美學概念史》，學苑出版社，1990年。

〔德〕海德格爾著、陳小文等譯《面向思的事情》,商務印書館,1999年。

〔英〕赫伯特·里德著、王柯平譯《藝術的真諦》,遼寧人民出版社,1987年。

〔德〕黑格爾著、賀麟等譯《哲學史講演錄》,商務印書館,1959年。

〔德〕黑格爾著、賀麟譯《小邏輯》,商務印書館,1980年。

〔德〕黑格爾著、朱光潛譯《美學》,商務印書館,1981年。

〔日〕吉川幸次郎著、章培恒等譯《中國詩史》,復旦大學出版社,2001年。

〔德〕康德著、宗白華等譯《判斷力批判》,商務印書館,1964年。

〔德〕康德著、藍公武譯《純粹理性批判》,商務印書館,1982年。

〔日〕笠原仲二著、魏常海譯《古代中國人的美意識》,北京大學出版社,1987年。

〔法〕列維-布留爾著、丁由譯《原始思維》,商務印書館,1988年。

〔日〕鈴木虎雄著、孫俍工譯《中國古代文藝論史》,北新書局,1929年。

〔日〕鈴木修次著、吉林大學日本研究所文學研究室譯《中國文學與日本文學》,海峽文藝出版社,1989年

〔美〕劉若愚著、田守真等譯《中國的文學理論》,四川人民出版社,1987年。

〔德〕馬克斯·韋伯著、韓水法等譯《社會科學方法論》,中央編譯出版社,2005年。

〔日〕松下忠著、范建明譯《江戶時代的詩風詩論:兼論明清三大詩論及其影響》,學苑出版社,2008年。

〔美〕孫康宜著、李奭學譯《詞與文類研究》,北京大學出版社,2006年。

〔英〕特雷·伊格爾頓著、伍曉明譯《二十世紀西方文學理論》,陝西師範大學出版社,1986年。

〔美〕托馬斯·庫恩著、紀樹立等譯《科學革命的結構》,上海科學技術出版社,1980年。

〔意〕維柯著、朱光潛譯《新科學》,人民文學出版社,1986年。

〔英〕維特根斯坦著、湯潮等譯《哲學研究》,三聯書店,1992年。

〔古希臘〕亞里士多德著、方書春譯《範疇篇 解釋篇》,商務印書館,1959年。

後　記

　　現在回想起來，二十世紀八九十年代真是一個了不起的時代。無論是各類文化創造還是學術研究，都有專門家做着讓人印象深刻的工作。文學批評史一途也是如此，不但出現了質量上乘的研究專著，還揭出了許多新問題，開拓了許多新方向。範疇研究就是其中之一。特別是經由中哲史領域一批重要成果的推動，此一方向吸引了許多學人投入，其日後成就的氣象和規模，幾乎改變了整個批評史研究的格局。

　　也就是在這個時候，進入研究生階段的我將論文題目確定爲範疇研究。記得前期成果發表後，受到不少學界前輩的肯定，以後改定出版，又每被人摘錄和稱引。這使我多少受到了鼓勵。可繼續深入下去，就感到目迷五色不勝接覽的窘迫。同時對照已有研究，發現其間存在太多的問題，依恃僵硬的研究套路，有太多的事實被誤判和遮蔽。蓋因今人對與批評史相關的文獻掌握遠未達到竭澤而漁的程度，對宋以後許多資料所及的範圍、性質和數目更沒有準確可信的知識，故對古人文學活動實況和談藝論文特點的瞭解，實際上是存有很大隔膜的，一些統合性的通觀與綜論因此不免缺乏周恰穩實的基礎。具體落實到範疇研究，由於它縮聚着古人的觀念發明與理性思考，既跨越不同的時代，復貫通着各類文體，尤須在歷史與邏輯的統一中予以解明。但既有的研究對諸如範疇的性質特點和組合規程都未作深入討論，對其所有的理論層級和系統特徵也没能形成大體的共識，這使得整個研究每每徘徊在粗疏的單向格義上，精湛而密致的探討遠未出現。一般説來，對一些基本問題未達成共識，只能説明該研究尚處在起步階段。至於更進一步，如何在中西文化比較中照見傳統範疇的個性與殊相，開示由"漢語性"帶來的名言的獨特理論品性，就更談不到了。

　　可事實是，古代文學批評範疇的形成與發展有迥别於西學範疇的特點。

因根植於傳統文化的土壤,其展開對文學存在與創造的相關論述,所結聚和牽衍出的理論名言,從來"未嘗離事而言理",並"不敢舍器而言道"。但是,由於迄今爲止我們對古代文學批評的討論大抵都以西方的理論爲基準,影響及對範疇的審視也一以西學爲式,因此不免常看到它隨意無序的一面,而看不到它對古人文心精準而深刻的揭示,乃至心態失衡之下,產生種種失視失語的焦慮,還有倉促轉換的率意。當然,來自不同文化背景的疑問就更尖銳到武斷的程度,有的甚至直指範疇構成的語言基礎。譬如有西方學者以爲,漢語是一種特爲喚起人感覺而不是幫助人定義的語言,它重描繪而不重分類,所以通常爲詩人和歷史學家所崇拜,然而爲着支持一種清晰的思想,不能不說它是一種最壞的語言。凡此種種,不難看到西方中心主義在作祟。因爲著實地説,與印歐語系相比,漢語確乎重詞彙甚於重語法,且這詞彙多爲單純詞,但由於這種單純詞所負荷的意義通常很大,活性和牽衍力也很強,所以其理據性並不薄弱,由此造成的語言系統並不是"個人語型"的,而是"集體語型"的。落實到古代文學批評範疇,雖說其意義受到語言自身能量和使用者不同理解的雙重限定,但貼近古人的批評實踐和文論原典,分明可以看到前者才是起決定作用的因素,後人的理解在許多時候不過是對前者能指的邏輯延伸。當然,這種延伸可以是順向的,也可以是逆向的,而許多甚至就是個人創作實踐或自由心證後的重復性強調。也就是説,範疇的形式變化並沒有導致其意義的消解與渙散,它的意旨豐富、能動而又基本穩定。這樣,它就給了後人一個機會,使他們能夠在確定其內涵的同時,找到其間潛隱着的系統聯繫。

　　正是基於這樣的認識,我們認爲在面對古代文學批評這個全局性問題時,僅抱守幾個基本範疇做反求式的語義還原,是不能奢談有獨到的發現的,欲就此裸出範疇的體系勾連,更不啻緣木求魚。可遺憾的是,以往的研究大多扎堆在這樣幾個範疇上,這些範疇固然重要,也應予關注,但當它就此成爲人罔顧大量更精準微妙的名言的理由,進而成爲人掩飾自己的惰性和平庸的藉口,就會造成文學批評史的歷史圖景的缺損。拿這樣的圖景去與世界對話,不惟是厚誣古人,還誤盡了後生。

　　放眼今古,人類的知識幾乎都建構在語言系統中,所有的文字和著作堆積起來,就是人類文化的墳塚,它期待人去發掘,去清理。如何發掘清理才更得體有效,實在是關乎學術未來的絕大命題。而上述避生就熟、避難就易的研究,顯然既失準又失效,其沒有遠大的前途幾乎是可以肯定的事。本書的寫作初衷之一,就是要改變這種狀況。需要說明的是,人的認識成長歷史已反復證明,當人們對某一種現象作剔肉見骨的深切針砭時,他一定是將自己也包含在内的。所以,我願以自己並不成熟的工作,作爲這種檢點和反省的見證。

本書原是《中國古代文學理論體系》的一種,由於這一序列的三種各由作者獨立承擔,從觀點到寫法都大不相同,乃或氣息上也並無多少勾連,加以書出不久即告售罄,讀者索求,經年未絕。此次承母校出版社和賀聖遂社長的雅意,易以更適切的題名別出單行,實可用以明確標示個人的理念與追求,兼以求教同行,應答各方,因此私心有無限的感激。

還要特別一提的是,拙著初版不久,曾接獲川大李凱博士的來信和書評,因多有謬贊,至今不敢出以示人,自然也沒有從其所請拿去發表。他還開列了一份詳盡的勘誤表,對書中各處錯漏一一給予指正。這份素昧平生的識賞,令我至今想來仍很感動。當時曾請汪習波兄查覈過部分資料,但更多的是出於自己的疏失。這次重版,煩姚大勇兄代爲找書,李良學棣再做初校,自己在復校中更有一些修訂,不惟字句的錯漏,並觀點的平情客觀,表述的準確簡切都做了考較。雖整體結構未變,各部分的改易頗多。此外,鑒於以前研究雖各持一見,所用典籍却陳陳相襲,給人以面目相似之感,有的還遺落了歷代人後出轉精的見解,故此次就自己讀書所及,增補了不少,以致書中有些部分的論列稍嫌繁富,不易看入。但要說明的是,此事無關堆垛,更非書袋的掉弄,實在是因古人有太多精彩的發言讓人無法輕棄,更因範疇研究必須對名言用例有盡可能齊全的搜羅的特點規定。相信經由這樣的努力,這次的新版要比以前稍稍整贍了一些。

當然,限於個人的學養,更因爲努力不夠,書中各處一定還存有不少乖誤,凡此種種,敬請讀者諸君不吝賜教。

汪涌豪
2006 年 12 月 2 日

新版後記

　　距本書初版到今天，已將近過去了二十年。在這二十年中，古文論研究繼前十年的繁興到後十年的沉寂，現在可謂疲態畢現，既缺乏爲學人共同感興趣的話題，也很少驚聽回視新人耳目的巨構。排開大環境的變化，僅就學術本身而論，顯然是因爲浮在面上的議題已掃除殆净，而更深層次的耕植又非人人都能勝任。

　　這也構成了個人此次修訂的背景。當然，賴歲月的加持，終究是有新的觀察，更添益了一些新的見識，相信在不少問題的判斷上，可以帶給人些許新的思考。特別是，有鑒於範疇研究至今仍多拘限於單體與局部的討論，一朝一代或一個批評家具體觀點的評述，加以所調動的思想資源不脱儒釋道三家的片言隻語，既較少顧及並認真體察此後理學與心學家對範疇意旨充擴的深刻影響，更幾乎不觸及道教義理之於創作批評的隱性鑄範，這使得許多研究顯得非常寒儉貧薄，甚至有點想當然的自説自話。

　　倘要説得具體，則就前者而言，從邵雍、二程到胡宏、朱熹，從陸九淵、王陽明到薛瑄、劉宗周，理學家和心學家們對"心"與"意"孰爲本原，"心"與"物"如何互應，"心"與"理"是否爲一等一系列問題，都有過本體意義上的深入討論，對"性"與"情"之間的意義分疏，更有基於先驗論或自然論的不同解説。而諸如張載基於"氣本"與"氣化"的主張，竭情發揚無我乃大從容中正的理念，其誠明互進的淑世關懷，與此後胡居仁之篤踐履、謹繩墨、守先儒之正而無所改易，對傳統儒學所開闢的境界也有明顯的拓展與提升。雖説學問有分界，術業有專攻，但真要究明古人如何因閑觀詩，因靜炤物，因時起志，因物寓言，乃或如何學語録，習舉業，消經劃史，驅儒歸禪，致不知何者爲真性情與真文字，而徒飾虛文美觀，不能興感；進而真要揭示尚志、言情諸説及"氣"、"淡"、"静"、"閑"等概念、範疇的真實意涵，不於其人內向性的道德形上學建構有"瞭解之同情",不對其力主"與物同體",從而強化直覺體驗的格物方式有切實的領會,進言之,不對心性理氣與存養觀物諸命題或問題有充分的審察,根本沒可能說清楚問題。

而就後者言,基於"詩者,思也"的一般認知,類似道教上清派"存想"、"存思"的修煉理論與功法,對古人構思活動的展開及"神思"範疇(包括"用思"、"精思"、"馳思"和"融思"等一系列後序名言),顯然有重要的影響。而道教"愛氣"、"尊神"、"重精"的基本主張及諸家所主的"真氣說"、"行氣說",與古文論氣論和"養氣說"之間也顯然存在着千絲萬縷的聯繫。在這個重要的問題上,許多超越通常所及的積學或行歷之上的精微的意思,是僅用先秦時的"精氣說"或"元氣說"所無法說清的。然自漢魏以降一直到唐宋,歷代文人士大夫恰恰願意並著意在這個地方傾力較勝。明清兩代,博学智能之士輩出,其腹笥充厚,嗜好廣泛,常能出入三教,兼及卜筮星占與醫術農書,更是如此。即以明萬曆年間而言,除佛教繼續對人構成重要的吸引外,時人對道教也抱有強烈的興趣,這從其好神仙書寫及道籍整理一事上可以看出。如張文介有《廣列仙傳》,汪雲鵬有《列仙全傳》,楊爾曾有《仙媛紀事》,陳繼儒有《香案牘》,屠隆有《列仙傳補》,即王世貞、胡應麟也作有《書道經後》、《玉壺暇覽》以示博贍。惟此,才有王思任以道教"神君氣母"作譬,來品評湯顯祖的戲劇創作,並別創新詞,屢屢用"斡空"、"空到"等名言來敷說文理。此與佛教之尚"真空",禪宗之講"頑空",正構成有意思的對照。清人差不多也如此,如黄子雲《野鴻詩的》稱"導引之術曰精、氣、神,詩之理亦然"。闕名《静居緒言》則直言"讀坡、谷詩如讀《華嚴》、《内景》諸篇,隨心觸法,便見渠舌根有青蓮花生,華池中有金丹氣轉,不可以人世語言較量,故須另具心眼,得有玄解"。是道教養生義理與功法正賦予其別一種論文視角和別一重審美理想之顯證。至若張謙宜《絸齋詩談》謂"身既老矣,始知詩如人身,自頂至踵,百骸千竅,氣血俱要通暢,才有不相入處,便成病痛",具體到"實字嵌得穩則腠理健,虛字下得穩則筋脈健。腠理健則無邪氣盜入之病,筋脈健則無支離漫散之病",又稱"凡物之精者必變……此皆天地英華,鬼神秘妙,不可思議。即如詩家臨摹老杜,豈少名手,然食生不化,反受其累。惟煉我氣力,熟彼法度,久久皮毛落盡,髓液獨存,可以獨成面目。究竟不改本原,任搓丸化汁,總是一般",並特別標舉"詩品貴清,運衆妙而行於虛者也。譬如觀人,天日之表,龍鳳之姿,雖被服袞玉,其豐神英爽,必不涸於市兒；若乃拜馬足，乞殘鯨，即荷衣蕙帶，寧得謂之仙人耶？"更是將道教義理與傳統養生術一滾論之。順便一說，其時文人士大夫除好談禪外，也好談養生，乃至有怕人以爲自己疏於此道而強作解會者，故類似《素問》、《靈樞》等醫書每爲其所切講。醫書常析分"真氣"爲"真元之氣"、"經脈之氣"以及與"邪氣"相對的"正氣"，又析分"精氣"爲"生殖之精"、"水穀之精"和"五臟之氣"等等，不僅被時人充作談資，更成爲其常識。故當我們討論諸如"氣"範疇與"養氣說"，還有"氣血"、"筋力"、"脈法"及"脫"、"平"、"正"、"轉"等名言，怎能不參合上述諸方面作統合性的考察？但遺憾的是，我們就是沒有這種統合性的考察，即使有也很不夠。

再從理論層面作更超越一些的審察。我們說，作爲人類理性思維的邏輯形式，範疇揭示的是事物的本質屬性和普遍聯繫。它不是對某一特定領域或個別問題的反映，而是對自然、社會和思維發展過程最本質最普遍聯繫的概括與表達，因此是一種對各種具體問題都有方法論意義的"基本概念"。文學批評範疇自然也是如此，既來源於由自然和人事構成的這個世界的客觀事實，又是對這種事實的高度歸納。因此有將抽象思想造成的一般性特徵延伸與覆蓋到所有同類客體上，從而讓人可以言說、溝通與交流的特點。正是基於這一特點，說文學批評範疇實際上構成了人對與文學相關的一切問題的知識基礎，而人所有的這方面認識又都來自于對文學的微妙自覺及這種自覺與範疇之間不可分割的意義連接，是一點都沒有誇大的事實。更進而言之，一切文化批評範疇也大體具有同樣的特點。

惟其如此，在歐洲20世紀70年代，得益于社會文化史和人文科學的語言學轉向，有專門研究這種"基本概念"的學問產生，在昆廷·斯金納和考澤萊克那裡，它被直接喚作"概念史"。而霍布斯鮑姆《革命的年代》和雷德蒙·威廉斯《關鍵字：文化和社會的詞彙》對新詞彙的研究，與之實有着密切的義脈聯繫。在此間，上世紀80年代開始，對中國哲學固有的概念範疇的研究也被正式提了出來，不久就陸續有單卷和多卷本的《中國哲學範疇史》或《中國哲學範疇發展史》這樣的專著出現，對範疇體系的討論也日漸增多，這直接推動了文論範疇研究在90年代的崛起。此後，包括古文論的"現代轉換"與"失語症"討論，許多熱點問題其實都圍繞着範疇展開，或與範疇有關。在此過程中，開始有學人對前面所列舉的種種缺憾做出糾補，並產生了一批高水準的成果。這實際上爲近一段時間以來學界提出的"中西文論關鍵詞比較研究"提供了紮實的基礎,後者從某種意義上可以視作是對上述研究思潮的接續。當然,關鍵詞的"下沉性"決定了它們不可能與意義更凝練更超拔的範疇相提並論,但無疑構成了範疇的來源和基礎。相信在全球化和中西文化交流的大背景下,這種研究必然會帶動與增進人們對範疇的關注。落實到文學批評範疇的研究,必然會倒逼其走向更學理、更精深的境地,並最終使對前者的研究漸漸向其會聚,爲其所用。

這其間,如何使傳統文學批評範疇真正成爲與西方文學批評範疇構成對待的重要一極,有一系列問題需要解決,一些重要的規程和準則需要確立。其中最重要的,恐怕依然是明其原始,識其歸趣,通曉其變化,把握其本根。任何的單向格義或以西釋中、以今釋古式的簡單對接,都只能是魯莽滅裂,而且徒勞無益。一段時間以來,基於對傳統哲學的評價,許多人都在討論中國學術爲何在國際學術中少有影響,有一種説法就將其歸爲中國的話語體系太過特別,集中體現爲概念體系幾乎皆爲"專名"而難成"通名"。對此,我們一方面不能骸骨迷戀,沉浸在封閉的語境中,繼續自己良好的感覺,因爲置身於全球化時代,每個人都逃無可逃地要面對自己言説的世界背景。但另一方面也應該認識到,我們其實是有自己的"通名"的,而且它們可以爲人所認同,事實上也已經爲越來越多的人所認同。難道我們能抹去這些話語及其背後的文化基因,或爲了便於更多人瞭解而讓它穿上別人的衣衫乃至俗世流行的新裝?當缺乏對不同文化等值性原則的認同,對不同文學特有的經驗與傳統的尊重,人類共同的價值理想將永遠不會誕生,合乎當代公義的"知識共同體"永遠不會出現。由目前已有的對中國文化與文學關鍵詞或範疇研究的成果看,是中西方都困陷在語言-文化的黑洞中,都差強人意。因此我們無需將對方須作反思或改變的問題全堆到自己頭上,這是不必要的謙卑。倒不如切切實實,從最卑近的基礎做起。至於如何讓傳統哲學範疇、文論範疇儘快走出去,並更多地爲人所瞭解和運用,請恕我直言,讀書人能做的不是很多,但能專注於自己的工作,就已經很好。

個人的研究正基于這樣的原則。限於才力與學養,雖然没能解決更多的問題,但自分始終站在既尊重傳統又匯通中西的立場,並始終正面迎向問題去的,即力求透過古人殊散零碎的靈警表達,開顯傳統文學理論批評的大本大宗與體系特徵,揭示其隱在的當下意義與理論價值。但也正因爲如此,有時力小難任,難免半折心始,許多論述可能過於密緻謹細了,而有的展開又不夠充分深入。至於離深切著明就更有距離。這是要請讀者原諒的。

本書先後出過兩次,距第二版售罄也已經過去許多年。其間,學界的稱引與讀者的索書經年不絶。惟此,對書中存在的各種不足殊深愧疚。此次異地客居,終得以有充足的時間作比較徹底的修訂。除文字訛誤外,對過去未及留意和有所疏略的地方都作了增補,又添列了引用書目。需要说明的是,這些書大抵出版於上個世紀甚至更早,雖説後出轉精,但没有趁此修訂別擇新本記入,意在存史也。當然,新增補的部分不以此爲限。

最後要感謝兩位導師王運熙先生和顧易生先生的識重,引我參與到復旦文學批評史研究的課題中。謹以此遠不能稱作成熟的舊作,表達我對兩位先師真摯而無盡的思念!

當然,也要感謝母校出版社,感謝孫晶總編輯和責編宋文濤兄!感謝同事張金耀兄與學生王汝虎在書目整理及文獻查核方面提供的可貴的幫助!

丁酉年初春于巢雲樓

圖書在版編目(CIP)數據

中國文學批評範疇及體系/汪涌豪著.—2版.—上海：復旦大學出版社，2017.9(2023.11重印)
ISBN 978-7-309-13080-5

Ⅰ.中… Ⅱ.汪… Ⅲ.文學批評史-中國 Ⅳ.I206.09

中國版本圖書館 CIP 數據核字(2017)第 162884 號

中國文學批評範疇及體系(第二版)
汪涌豪　著
責任編輯/宋文濤

復旦大學出版社有限公司出版發行
上海市國權路 579 號　郵編：200433
網址：fupnet@fudanpress.com　http://www.fudanpress.com
門市零售：86-21-65102580　團體訂購：86-21-65104505
出版部電話：86-21-65642845
浙江新華數碼印務有限公司

開本 787 毫米×1092 毫米　1/16　印張 38.5　字數 579 千字
2017 年 9 月第 2 版
2023 年 11 月第 2 版第 2 次印刷

ISBN 978-7-309-13080-5/I·1053
定價：125.00 元

如有印裝質量問題,請向復旦大學出版社有限公司出版部調換。
版權所有　　侵權必究